追梦赤子心

狼·黑道

何顿 —— 著

湖南文艺出版社

图书在版编目（CIP）数据

狼·黑道 / 何顿著. -- 长沙：湖南文艺出版社，
2013.4（2023.5重印）
ISBN 978-7-5404-6165-2

Ⅰ. ①狼… Ⅱ. ①何… Ⅲ. ①长篇小说-中国-当代
Ⅳ. ①I247.5

中国版本图书馆CIP数据核字（2013）第072698号

狼·黑道
HEN·HEIDAO

作　　者：何　顿
出 版 人：陈新文
责任编辑：龚煌景（龚湘海）
特约编辑：徐小芳　李雪菲
封面设计：天行健
内文排版：刘晓霞
出版发行：湖南文艺出版社
　　　　　（长沙市雨花区东二环一段508号　邮编：410014）
印　　刷：长沙鸿和印务有限公司
开　　本：710 mm×1000 mm　1/16
印　　张：38.25
字　　数：727千字
版　　次：2013年4月第1版
印　　次：2023年5月第2次印刷
书　　号：ISBN 978-7-5404-6165-2
定　　价：68.00元
　　　　　（如有印装质量问题，请直接与本社出版科联系调换）

目录

一 大学 / 001

二 子弟学校 / 010

三 刘丽云 / 017

四 计划 / 028

五 偷车 / 035

六 批钱 / 042

七 求聘 / 055

八 金阳夜总会 / 064

九 郑小玲 / 074

十 结婚 / 086

十一 龙行长 / 093

十二 王总 / 098

十三 力总 / 106

十四 李所长 / 117

十五 银城桑拿中心 / 126

十六 派出所 / 133

十七 买死 / 138

十八 通风报信 / 145

十九 丁建 / 150

二十 刘副局长 / 155

二一　桂花树　/　162

二二　李培　/　169

二三　孙厂长　/　173

二四　合同　/　179

二五　银元卡拉 OK 娱乐城　/　183

二六　关局长　/　192

二七　小马的老婆　/　199

二八　陈大队　/　205

二九　审讯　/　215

三十　小马　/　223

三一　最后的晚餐　/　230

三二　找枪　/　234

三三　出狱　/　240

三四　关伟　/　246

三五　打架　/　255

三六　小小　/　261

三七　金圣大酒店　/　270

三八　刘松木　/　276

三九　儿子　/　282

四十　李自强局长　/　287

四一　悲伤的蒋老师　/　295

四二　杨敏　/　300

四三　宋经理　/　307

四四　石妹子　/　314

四五　村小学　/　321

四六　杨小姐与周小姐　/　327

四七　莫伢子　/　332

四八　三狗和张兵　/　339

四九　刘进　/　344

五十　李乡长　/　349

五一　结婚　/　356

五二　二十万　/　365

五三　干儿子　/　371

五四　宋叔叔　/　379

五五　大胡子　/　390

五六　乡村酒店　/　398

五七　塘　/　406

五八　刘夫人　/　413

五九　四白方　/　421

六十　绑架　/　427

六一　左轮手枪　/　437

六二　模特儿　/　444

六三　宝马　/　452

六四　吸毒　/　461

六五　双规　/　471

六六　尼龙绳　/　483

六七　张兵　/　491

六八　云南妹　/　500

六九　大哥大嫂　/　509

七十　宁亚丽　/　515

七一　李东和李坚　/　520

七二　李秋燕　/　524

七三　星姐冠军　/　531

七四　关老板　/　537

七五　大货车　/　542

七六　银马大酒店　/　547

七七　高军所长　/　558

七八　搜查令　/　564

七九　撤职　/　570

八十　神秘人物　/　575

八一　前陈大队长　/　584

八二　离婚　/　589

八三　剪彩　/　596

一　大学

　　很多年后，当钟铁龙已是个腰缠万贯的成年人，去参加高玫女同学的追悼会时，他站在高玫女同学的遗像前暗想，假如他多年前的那天没参加李秋燕同学家的聚会，不受到高玫和黄艳两名女同学的鄙视，他就不会再读书了，因为他并不是一个愿意坐在教室里读书的人。但那天他感觉到了那几个在某种意义上高高在上的女同学的鄙视，仿佛他真的是只癞蛤蟆，而李秋燕是只绝对的天鹅。这刺激了十八岁的他！那种刺激成了他奋发向上的动力。当他看着李秋燕脸上那种即将远走高飞的灿烂的笑时，当他看见众多的男女同学撇下他拥戴着李秋燕去看电影时，他心里产生了一种莫名的嫉妒。就是这种莫名的嫉妒给了他不服输的力量。假如他不爱李秋燕，李秋燕就不会给他向上的动力，那他走的可能是另一条路，一条他没有走过所以他永远也不知道的路。但李秋燕考上大学了，他就得考上，不然他又怎么能配上李秋燕！这是那种古老的爱情故事的演绎，却演绎出了极为反叛和刺激的现代色彩。

　　二十世纪的八十年代，钟铁龙考取了湖南师范大学数学系。他完全可以读别的大学，但他就是要读湖南师范大学，为的是要让李秋燕看看，他也可以成为她的大学同学。他没有举办那种拖泥带水的告别聚会。他是一个人悄悄走的，扛着背包，迈上长途客车，坐了两个小时车，于当天下午便来到了湖南师范大学的报到处报到。

　　几天后，他去体育系找李秋燕。李秋燕已从另外的高中同学嘴里知道他考取了她就读的大学。李秋燕看着他，脸上既惊讶又高兴，笑得很热情、亲切。"是你！"她说。她穿一身很能体现她身材曲线的红运动衫，真青春真漂亮，像一朵盛开的娇艳的牡丹花。这让他不觉哆嗦了下，呆呆地望着她，脑袋里却对她展开了很多美好的联想。她不知道他在想什么，一笑，大大方方地说："走，我们出去走走。"

　　他跟着她，她身上有一股肌肤的体香，那香味于他鼻前萦绕。他深深地吸了几口，脸上很幸福，仿佛这个美丽的女人已经是他的了。两人走出女生宿舍，走进了秋天迷人的阳光，那片阳光里开着一些月季和美人蕉。"我晓得你会来找我。"她说，脸上很快乐，那种快乐是很大方又很惬意的，犹如前面的美人蕉一样开得很灿烂："因为你晓得我在这里读书。"

　　钟铁龙很激动又很坚决地说："我肯定会来找你。"

　　"你其实很聪明，钟铁龙。"

钟铁龙就用劲瞥着她。阳光下，她的瓜子脸蛋很俏丽，这让钟铁龙恨不得将她紧搂在怀里。他激动地说："老实说，我是因为你在这里才填的这所大学。"

李秋燕见他的目光火一样烫，就明白了似的轻轻一笑："那我不敢当。"

钟铁龙望一眼天空，这是上午十点钟的大空，白亮亮的，街上飘来汽车驶过的声音。他又把目光放到她俊俏的瓜子脸上，盯了眼她的眼睛，她的睫毛很长很美，在她的瞳仁上产生了迷人的荫翳，犹如一片树荫，这让他心灵一颤，激动道："我没骗你。"

李秋燕回转头来，抿嘴一笑："你是为你自己。"她把目光移到前面，领着他向运动场走着，"我想告诉你，如果我没说错的话，你可能对我有点意思。"

他听她这一说，脸蓦地红了，心跳也加快了，仿佛自己就要走到终点站了。她却略有些抱歉地一笑说："不过我已经谈了男朋友。"

"你谈了男朋友？"钟铁龙心里一凉，脸上的红潮迅速褪去了，迷茫地望着她。

"是的，他是我们体育系学篮球的。"她说。

钟铁龙感到自己为此奋斗的目标，其结果是让自己空忙一场。为了能考上大学，他简直是咬牙切齿地恶补每一门功课。在县一中复读的这一年里，他没有一个晚上在凌晨两点钟前睡过觉，一旦瞌睡来了，他就毫不犹豫地把脑袋往水龙头下一伸，把瞌睡活活淋醒；或者咬吃生干辣椒，很无情地把瞌睡"辣"跑。他只有一个目的，就是一定要考上李秋燕就读的大学，考上了才有资格与李秋燕站在同一条水平线上说话，爱情才会变成春天。这是他这一年里疯狂奋斗的动力。此刻，他的目光困惑了：他为此奋斗的一切，换来的却是她有男朋友了。世界于此刻变灰暗了，变冷了，阳光仿佛起了霉，变成霉绿色了。他的脸色苍白，不再说话。她见他脸上愁云惨雾的，知道他陷入了痛苦的泥潭，她清楚她是他的痛苦之源，她没法解除他的痛苦，也沉默了。两人坐在草地上，眼睛都盯着自己的鞋子和发黄的草。他穿着他父亲穿过的黑皮鞋。鞋面有几条凸起的山梁，还有一条沟壑，沟壑已有裂缝了，露皮里子了，他为了不至于让李秋燕看出来，特在此处多打了鞋油。此刻，皮鞋在他鼻子底下散发着浓浓的鞋油味。这双皮鞋是他瞒着父亲穿来的，就是为了穿着它来与李秋燕见面。

钟铁龙长长地吁口气："我白忙了一场，我真的白忙了一场。"

李秋燕瞟他一眼，瓜子脸上就呈现同情之色，隔了气说："考上大学是你自己的事，前途会不一样，怎么说是白忙一场？"

钟铁龙痛苦地摇头，又叹口气："我钟铁龙是个傻子，唉，怎么就没想到这些啊。"

李秋燕安慰他说："钟铁龙，比我好的姑娘多的是，何必唉声叹气？"

钟铁龙再次摇头，望着天，又望着她，她把脸扭开了。他说："李秋燕，我之所以读高中是为了你，不然我不会读，因为我不喜欢坐在教室里读书。我复读一年，考进师大，也是为了能和你在一个大学读书，但让我没想到的是，你告诉我你有男朋友了……"

李秋燕打断钟铁龙的话说："不要说了，我知道，谢谢你爱我，钟铁龙。"

一个一米九三的汉子走来，魁魁梧梧铁塔一般，脸上略有些络腮胡子，让钟铁龙略有点吃惊。一米九三的汉子盯一眼钟铁龙，又望着李秋燕，李秋燕解释说："我的初高中同学钟铁龙。"她又向钟铁龙介绍她的男朋友说："他姓卫，卫立功。我男朋友。"

卫立功伸出手掌很大的手，盯一眼钟铁龙，钟铁龙迟疑了两秒钟，还是伸出手与他的手握了下。卫立功说："你们是同学？"

"同学。"钟铁龙只吐了两个字，也盯着这个魁梧的男人。

李秋燕的脸稍稍有点泛红，红得很漂亮，她说："他现在在数学系读书。"

"哦，学数学？"卫立功说，"那很好的。在这里吃中饭吧？我去打饭。"

已经是中午了。一些学生三三两两地拿着碗向食堂走去。太阳阴了，有学生端着饭上运动场来了，找了地方坐下，边说话边吃饭。卫立功和李秋燕打饭去了，他只身坐在跑道旁。天上翻滚着乌云，就是那些乌云把太阳遮没了。他的心上也压着乌云，厚厚的乌云在他心上翻滚，让他难受。他的眼泪水于那一刻很不听话地涌了出来，打湿了一大片天空。他不愿李秋燕看见他流泪，把眼泪一揩，恶狠狠地对天骂了一声，没等他们把饭打来，走了。

四年大学，他再也没去找过李秋燕。他太爱李秋燕了，她是他少年时代到他考入大学前那段青春岁月里的天空，在那片旖旎的天空下，她是只美丽的飞翔的白天鹅。他没胆量去打扰他心里的白天鹅。他学会了抽烟，以前抽烟没瘾，但那段时间他因常常抽烟就上瘾了。父亲寄来的汇款，他大部分是买烟抽，好在读师范吃饭不要钱，否则他都不知道怎么过了。

大学四年里他喜欢上了踢足球，除了上课，他就在运动场上踢球。他把自己晒得同非洲大陆来的黑人一样。除了早晚在足球场上踢球，中午大家在寝室里午休时，他也跑到球场上傻踢，一个人练点球，跑来跑去。他成了学校里的足球明星，系与系展开足球赛，他绝对是最好的射手，有时候一场球下来，他要踢进去三个球，谁都防他不住。一次，他们与体育系的学生比赛，体育系的人早就知道数学系有一个脚法很好的男生，每场比赛都要进球，就暗中派一个很凶的大汉害他。当然就有一脚踢在他的髌骨上，造成了粉碎性骨折。那是他读大三的那年。很多同学都跑到医院看他，说体育系的学生是故意这么干。他无所谓地笑笑，觉得这一脚挨得真的很值，因为有一个外语系的漂亮女生为此愤然爱上了他。

外语系的女生手捧一大把红艳艳的鲜花来看他，脸上对他展开了许多气愤和多情的笑。那些笑容用脸盆装都会溢出来，流到地上还会起泡泡，因为太多气愤了，成了无法把握的气体。外语系的女生为他打抱不平说："踢球就踢球，干吗踢人？"

他看着这名外语系的漂亮女生，觉得她气愤得有点夸张，就笑。

漂亮女生又说："我听说他们是约好了害你，他们都是些体育流子。"

她又愤恨地说："他们说把你搞定，这场球就肯定赢，所以他们就围着你踢。"

他觉得她说话的模样挺可爱，就无所谓道："要是我知道他们要害我，我会先踢他们。"

外语系的漂亮女生说："我祝愿你把他们个个踢成残废。"

这个祝愿让钟铁龙再次笑了，他看着她，觉得她不但长得漂亮，穿得也很时髦。

外语系的漂亮女生是长益市人。漂亮女生毛遂自荐地告诉他，她姓刘，名丽云。他晓得她，他在足球场上踢球时，刘丽云常端着饭吃着，在远处看他踢球。他也看她，偶尔瞟一眼。她看他的时间更多一些，有点盯着他看的劲儿。刘丽云的父亲是长益市的一名处级干部，母亲也是一名干部。这是事后他到她家玩才晓得的。之前，他并没打算跟她好，他心里仍装着即将毕业的李秋燕，他之所以发狠踢足球是他一度想转到体育系去。当别的同学告诉他，外语系的刘丽云很欣赏他踢球的风采时，他连想都没想这话的含意。在学校的林荫道上，当两人相遇，刘丽云因看见他而满脸绯红时，他甚至都懒得看她脸上的绯红。直到他在医院里养伤，刘丽云手捧一大把鲜花来看他，两人面面相觑时，他才发现她的皮肤超一流的好，长得也妩媚，甚至比他深深爱恋的李秋燕还漂亮一点。那天他就不由得多打量了刘丽云几眼，她无所适从的样子走时，他感到她对他的爱情很多，便冲她一笑说："谢谢你刘丽云。"

过了两天，刘丽云又来了，拎来一篮水果，穿着一身漂亮的草绿色衣服，手里捧着一本很厚的书。她晃晃手中的书："我来陪你可以吗？"

他看她，她脸红了，红得很美。他想这个女生心里装着他，便答："行啊。"

她瞥他一眼，娇声问他说："你没人陪那不太孤独吗？"

"也没什么。"

她把手中的书递给他看："读过这本书吗你？"

书是《简·爱》，他没读过，但他发现很多同学都读过。"我没读过。"

"这本书写得几好的。你要看吗？你要看我就借你看。"

她的脸还是红的，像一朵美丽的晚霞。那应该是夏天的晚霞，能感觉到热度。

他觉得她真好，人漂亮、热情、洋气，想莫非这是上天安排的？说："那你不没书看了？"

"我今天就能看完，只有结尾的一部分了。"

刘丽云看书，低着头。他望着窗外。窗外是五月里十分明净的天空。再有一个多月，李秋燕就大学毕业了，三年里除了他去找过她一次，两人再也没碰见过，可见还真是没缘分。他又打量一旁的刘丽云，觉得她的皮肤真是非常好，比李秋燕好，很光滑和细嫩。他问自己，我爱她吗？他心里说："为什么我就不能爱她？为什么我还要傻爱李秋燕？"他突然感觉自己很傻很痴情，三年里，为了表示自己是个对爱情忠诚的青年，居然丝毫不去留意别的姑娘！他想，他凭什么要对一个心里根本没有他的姑娘痴情？这不是傻到家了吗？

刘丽云扬起漂亮的脸蛋说："我看完了，给你。"

他接过刘丽云递来的书："谢谢，我正好一个人很无聊。"

刘丽云就一脸爱意地望着一脸黝黑的钟铁龙，那种爱中还包含着女人对男人的心疼。他能感觉到她爱昵的目光，那目光如一只燕子在他耳畔呢喃，让他心跳，让他想干什么。他鼓足勇气，用敞开心扉的目光迎接她的目光，他的目光犹如两团火掷去。刘丽云仿佛烧着了，好像还没准备好一样，慌乱地站起身说："我走了，过两天我还来看你。"

他想她起火了，生平第一次对一个姑娘用温情的声音说："你来我很高兴。"

刘丽云又来了，穿一身束腰的黑衬衫，显得高雅、端庄和秀丽，仿佛是一朵开得正艳的荷花。她带来了水果、面包和牛奶。她让他喝牛奶，她端茶给他喝，对他笑，还给他削苹果。她跟他讨论《简·爱》这本书。他对刘丽云淡淡一笑："我想抽烟，能帮我买包烟么？"

刘丽云很乐意地去了，不一会她拿了包常德烟厂生产的芙蓉烟来了。他说了声"谢谢"，点上支烟抽着。刘丽云看他抽烟，说："你抽烟的样子好帅。"

钟铁龙一笑："我第一次听一个姑娘说我很帅。"

刘丽云不相信他的话："没有一个女孩子说过你帅？"

"没有。"

"不可能吧？"

"真的没有。"他又轻轻强调一句，"不骗你。"

"其实很多女孩都认为你很帅。"刘丽云一笑，脸上掠过一抹娇媚的风情，像河中驶过一只白帆样，"我们寝室里除了我，还有一个女同学认为你很帅，不骗你。只是你不是那种挖空心思去讨女孩子喜欢的男生，所以才没有女生敢对你说她们心里想说的话。"

钟铁龙望着刘丽云，刘丽云的脸又一次红了，红中继续透着女孩子的娇媚。这娇媚就像花瓣上沾着的露珠，让他想伸出手去触摸那湿湿的鲜艳的娇媚！他说："你真美。"

钟铁龙在医院里住了一个月，出院了，但还不能踢球，就在教室和寝室里读书。刘丽云常来看他，为他忙这忙那，还拿来酒精炉为他煮鸡蛋和面条吃。刘丽云很能干，也大方，口袋里有永远用不完的钱，买鸡蛋买面条买水果，还买烟给他抽。刘丽云成了他寝室的常客，寝室里的同学都看出来了，看出刘丽云的爱情像火焰一样在全寝室同学的面前燃烧，那热度可以把全寝室的同学烧成焦炭。他们褒奖她说："这个外语系的女同学真的可以，钟铁龙。"

他们说："这个女同学心细，做老婆绝对好。"

他们品评着刘丽云说："刘丽云长得绝对漂亮，钟铁龙，你走桃花运了。"

走桃花运的钟铁龙终于在七月的一个下午将刘丽云扳倒在床上了。那是在刘丽云的闺房里。那天下午她爸爸妈妈都上班去了，那个下午很热，热得使人有些烦躁。刘丽云的闺房没装空调，但有电扇，电扇于那个燠热的下午里扇出的风是热风。他头上汗水直流，他穿的白底蓝格子衬衣也被汗水湿透了。刘丽云娇声说："钟铁龙，你热就把衬衣脱了。"

他想也没想就脱了衣服。这一脱衣服，感觉就不一样了。刘丽云也只穿着白色的薄薄的连衣裙，自然就有她的汗香和体香从薄薄的衣裙里肆无忌惮地飘出来，犹如桂花香在房里飘似的。钟铁龙的脑海里顿时就生出很多之前没有的化学分子，就有一些色情的东西从那些化学分子里演变出来，如童话世界里的兔子和白老鼠，一蹦一跳的。他开始紧张了，从心底冲出的情欲由兔子变成了猛兽，龇牙咧嘴地瞪着他，让他紧张，让他身上的每一处肌肉都绷得紧紧的，仿佛身体都要爆炸了。刘丽云在他紧盯着她的目光下也显出了空前的紧张，似乎变成了一只被逼到死角的白老鼠，绝望地瞪着眼前这只赤着上身的大猫。她为了掩饰这种如潮水一般涌来的恐慌，忙说："我去切西瓜，冰箱里有半边冰西瓜。"

刘丽云走了出去。钟铁龙一动不动地坐着，盯着窗外，天空很亮，晴空万里。然而他脑海里却大雨滂沱。刘丽云端了盘切好的西瓜进来。钟铁龙吃了两口西瓜就把刘丽云搂到了身上，他自己都没想到他会如此大胆！他开始亲她，她的脸很烫，像发高烧一样。

刘丽云知道他要干什么，十分紧张地小声说："我好怕的。"

他的身体绷得紧紧的，力气很大，把她的身体搂得离开了地面："怕？怕什么？"

"怕我爸爸妈妈突然回来。"

他听她这么说也很紧张，问："你爸爸妈妈经常突然回来？"

"那倒没有。"

他觉得他一定要做什么才行，否则他会受不了！他突然觉得自己是一条晃动的船，再有一个浪头扑来，会把他打翻在江中。她在他怀里越来越软了，软成了熟透了的柿子。他充满激情地把她抱到床上，他嗅到她床上有一股淡淡的香气，那香气让他浑身炽热难熬，还让他迷醉。她说"钟铁龙钟铁龙"，张开双臂紧搂他，闭上了眼睛，任他在她身上疯狂。他十分粗鲁和慌乱地进入了她的身体，就同一个偷儿慌不择路地东躲西藏，情急中爬进了一户有钱人家样，让他有得来全不费工夫的心花怒放味儿。他太幸福了，幸福得自己产生了飞升的感觉。他对她说："啊啊，这是我第一次接触女人，第一次呢，刘丽云你明白吗？我的一生有了新的体验，很快乐的体验。我大师兄至今也没结婚，为的是保持童子功。他真是少了一种快乐。"

她不懂他说什么。

他告诉她："我读初高中的时候曾学过摔跤和散打。我们中有一个人叫黄建国，他是我们的大师兄，今年三十一了。他一直没结婚，就是为了保住自己的童子功。"

"哦，有这样的事？"

"我其实也想这样做，但我没有我大师兄的控制力。"

刘丽云听他这么说，一笑，问他："你后悔吗？"

"不。"他果断地晃了下头，"在你身上，我感到了升天的快乐，怎么会后悔？"

刘丽云笑了。"我也很快乐。"她摸着他结实的胸肌，"你是个了不起的男人。"

他听她这么说就快乐地嘿嘿嘿笑了，把她紧紧地拥在怀里，更加投入地做爱。她在他身下，也紧紧地抓着他的背，欢快地叫唤道："钟铁龙钟铁龙我好爱你的。"她是闭着眼睛这么叫唤，仿佛是内心里发出的声音，充满了磁力，如磁铁一样将他的全部思想和感情都吸在她温热、润湿和娇柔的身上了。他觉得自己很幸福。

事后，他发现刘丽云并非处女。两人平躺下来后，他说："你不是处女吧刘丽云？处女应该有血的，我的一个叫刘松木的同学说女人第一次做爱会流血。你没流血。"

刘丽云说："我不是。我的第一个男朋友是我的高中同学，他现在在济南大学读书。"

钟铁龙心上掠过一抹阴影，"你们分手了？"

她抽口气："去年就分手了。"

他若有所思地"哦"了声。

她感到不安地斜睨着他问："你很在乎？"

"不，不在乎。这是你过去的事，你过去的事我不会计较。"

她松了口气，但又觉得他不是说真话道："你说的是心里话？"

"我没那么小气。"他说，点了支烟，又强调，"你的过去与我没关系。"

刘丽云的母亲是个市侩，虽然是个科级干部，却是个生长在长益市也就变得很牛的女人。她不想看见她的女儿受苦受难。她的一些同龄人如今生活得都不好，而不好的主要原因是没嫁个好丈夫，她们的男人既没权又没钱，那她们就只能认命地跟着男人受苦。刘丽云的母亲见多识广，经验告诉她，女婿如果没有家庭背景，那她的女儿就只能跟着这个名叫钟铁龙的男青年受苦，这似乎是能看见的未来。她就这么一个宝贝女儿，她只有一个愿望，那就是尽量让自己的女儿生活幸福。而这个叫钟铁龙的男生，目光如两团火，看人时好像要把人"钉"在墙上一般，这样的男生毕业后，怎么能左右逢源地融入社会？以她多年积累的经验推断，谁会器重他这种一身火焰的男人？这种带着一身火焰的男人步入社会，有几个不是碰得头破血流最后像龟孙子一样缩在家里的？她见得多了。再说，他毕业了不就是个中学老师？女孩子当老师倒是个稳定的职业，男孩子当老师那不等于是当孩子头？一个男人既没钱又没权，他的老婆会好过？像他这种在小地方长大的，既没背景又不懂社会的人，不过是在黑板前把自己呕心沥血到死而已，除了学生抬起头听他讲课，社会上还有谁会听他说话？

一天，刘丽云的母亲让钟铁龙坐到沙发上，让女儿回避她和钟铁龙谈话。刘丽云的母亲是名科长，脸庞子很大，脸上一脸的冷淡——面对这个即将大学毕业的钟铁龙，说话用不着遮遮掩掩。"小钟，我不是看你不起，"她很看不起他道，"我不了解你，也没时间了解你。"她用冷淡的中年妇女特有的看人不来的目光望着他，"但我了解我女儿，刘丽云从小生活得很好，娇生惯养，没缺过什么东西。她要的东西我们都给了她，她大手大脚惯了，用钱没概念的，钱经常乱丢。所以她不适合你，反过来你也不适合刘丽云。"

钟铁龙见这位母亲用如此冷漠的目光望着他，心里就十分慌乱、凄凉，一时不知如何回答。这位母亲绷着面孔又说："我女儿读大学的这四年，每个月都要在我手上要至少两百元零用。你们大学毕业的工资，还没一百元。你能养活她？"

钟铁龙低声说："她也有一份工资。"

"你不懂的，她用起钱来，一个月的工资她一个星期就用完了。到时候你们吃什么？"刘丽云的母亲说，"我女儿不适合你，你们分手吧。老实说我不同意你们好下去。"

钟铁龙心肌扯得一痛，问她："刘丽云也是这个态度吗伯妈？"

"刘丽云的态度会转变的，"刘丽云的母亲说，"我是充分考虑后才跟你说的。"

钟铁龙瞧着这位自我感觉很优越的女人，他茫然不知所措，真想说"我爱刘丽云，刘丽云也爱我"，但他没把这句话说出口，他忍了，他怕这句欠成熟的话一说出口后，会惹起这女人说出更多难听的话，到时候就不好收拾残局了。他对自己说，不要跟这个掌管着刘丽云命运的女人发生冲突。他起身走了。

刘丽云很气愤，跟母亲吵了一架，跑到学校对钟铁龙说："别理我妈，她是个神经，她想要我嫁一个有钱人，想把我嫁到香港去。我才不去呢。"

钟铁龙心里痉挛了下，问："把你嫁到香港去？你家里香港有亲戚？"

"我姨妈在香港，"刘丽云说，"上次我姨妈来，我妈要她在香港跟我找一个丈夫。"

钟铁龙想原来如此，就有点恨地想这个世界真的可恶，做母亲的都打着香港人、美国人的馊主意，都想把自己的女儿嫁给有钱人。刘丽云却说："我没同意。"

钟铁龙想了下说："你要真嫁到了香港，把我也顺便捎带去。"

刘丽云恼他说："这个时候你还有心开这样的玩笑？"

钟铁龙就把她揽到怀里："我爱你，刘丽云，你永远是我钟铁龙的私人财产。"

钟铁龙再到她家时，不但刘丽云的母亲对他很冷淡，她父亲也不理他了。他在刘丽云房里，忽然听见刘丽云的母亲尖声对刘丽云的父亲说："癞蛤蟆想吃天鹅肉，有些乡下人就是没一点羞耻心。"他被科长母亲的话刺激得特别难受！对于长益市的人来说，他钟铁龙等于是乡下人。他最怕听的就是别人说他是乡下人，这等于是揭他的短！他一张因长期爱运动而呈现出刚毅个性的黝黑的面孔唰地白了，白得同一张纸样的了。他晓得这话是说给他听的。他看一眼刘丽云，刘丽云也听见了母亲的话，脸上的表情也变了。

刘丽云冲出去，对她母亲大声叫嚷道："妈，你神经吧？"

科长母亲回答刘丽云："你懂什么？你以为你读了大学就了不起了？大学生算什么？我们单位甩了一层，还不是都夹着尾巴，老老实实做人。"

刘丽云说："妈，你少说两句好不好？你有病吧？"

"你才有病，还病得不轻。"科长母亲一点也不退让地说，"我跟你说了谈男朋友不要随便谈，你就是不听。你像话？父母的话你都不听？你听谁的话？我告诉你，这个世界上，只有父母关心女儿是真关心，也只有父母的爱才是发自内心的。"

刘丽云绝望道："我不需要你们的爱。"

刘丽云的处长父亲发火了，拍了下茶几，嘭的一声，他说："你这是什么态度？啊？你这是跟谁说话？你像个女儿吗？你越来越不像话了。"

钟铁龙很难受，还很伤心，这个家明显不欢迎他。他好像一个陌生人误入别人家，无意中撞见了这家人吵架，或像一个贼情急中躲到床下偷听着什么似的。他不想再听他们母女父女吵嘴了，他走出来，见刘丽云的母亲一看见他就跌下了脸，脸仿佛都拉长了，而刘丽云的父亲也不理他，他没敢打招呼就低着头走了，那当儿他觉得自己真像个小偷。

刘丽云追出来，两人走到街上，钟铁龙突然站住说："你回去吧。"

刘丽云愣了下，马上回答他："我不回去。"

"你应该回去，你妈妈说得对，我既没权又没钱，你爸爸妈妈不会同意我们好的。"

"我才不管他们呢。"

钟铁龙望了眼街上，内心十分凄凉，他吸一口气，恨恨地说："我不会再到你家里去了。你不可能为了我与你父母亲断绝一切往来是不是？你回去吧，真的。"

"我不回去，"刘丽云说，"我讨厌我父母。我讨厌他们管我的事。"

两人回到学校，钟铁龙就那么枯坐在草地上。刘丽云坐在他旁，时不时拿眼睛盯他。钟铁龙不看她，心里渐渐沥沥地下着大雨，那是愤怒和凄凉的大雨，让他在六月的热风中都感觉到冷。他从小长到大，还从没被人这样嫌弃过！他生平第一次酸苦地感到，一个人立足于社会，要想站直身体，就得拼，不拼出个人样来就没人瞧得起！他恨恨地发誓，我钟铁龙一定要站起来。刘丽云见他不说话，问他想什么，他回答："想一头撞死。"

二　子弟学校

钟铁龙大学毕业分到了长益市电工厂子弟学校教书。长益市电工厂在长益市郊区，距市区有二十公里。长益市电工厂在长益市算得上一家大工厂，有三千多职工。厂内又设了十一个分厂，生产的产品主要是电工电路方面的。电工厂被长益市评为花园式的工厂，厂里的绿化自然就搞得不错，树木葱茏、花团锦簇，一派生机盎然的景象。钟铁龙于那年七月里的一天，拎着行李，搭乘一辆开往郊区的公共汽车来了。子弟学校在厂区外，与宿舍区连在一起。钟铁龙扛着背包和行李走进学校，迎面碰见了女校长。女校长望着他："你找谁？"

钟铁龙回答女校长："我是刚分来的大学生。"

女校长打量他一眼："你是新分来的数学老师？"

"我是学数学的。"

女校长就接过他手中的一部分行李，问他到厂人事科报到没有。他说："没有。"

女校长说:"那我带你去厂人事科报到,先把东西放到我办公室。"

女校长带着他去厂人事科报到,再走回来时女校长说:"你来了我很欢迎。你一来就得挑重担,我们学校高中部缺数学老师,你下个学期就从高一教起吧。"

钟铁龙动了动脖子:"那我尽力。"

女校长向他介绍厂里的情况道:"早两年厂里效益不错,比市里的一些机关单位都好。这两年经济效益没以前好。不过困难是暂时的,相信不久又会好起来。"女校长很乐观,嘿嘿嘿笑了下,满脸的自信,"厂里人才多。有很多新老大学生。这几年年年都有新分来的大学生和中专生,他们一分来就直接下车间像工人一样做事。"

女校长把钟铁龙领到子弟学校小学部的一幢红砖黑瓦的平房前,让一个管总务的一脸邋遢胡子的老师打开一扇房门,房间刚粉刷过,墙壁白白的,搁了张单人床,顶上装了台吊扇,窗户为防蚊子入侵还安了纱窗。女校长说:"这是学校特意为你腾出来的房子,先将就着住。等厂里以后建了新房,学校会为你争取一套。"又说:"你来了,要安心工作。"

钟铁龙很感激女校长的热情道:"我会安心工作。"

女校长走了,留下他一个人坐在这间窄小的房里。他走到窗前,推开窗户,窗外是农民的菜地,有一股粪池的沤臭飘来。几步外是一处公厕,他到公厕前的洗手池边洗了把脸,看见有人在学校操坪上打篮球就站在那里看了会儿。"这就是我将生活的地方。"他自语道,心里蓦地腾起一阵凄凉。四年前他那么发奋地读书,结果就是来到一所傍着菜土的子校教书,住一间不远处就是粪池的小房子?这就是用无数个夜晚奋斗来的今天?他有点悲哀,折回了还有点石灰气味的房间。夜晚悄然降临了,窗外一片青蛙和蛐蛐的叫声,他躺在床上听着,思想跑到了他出生和长大的黄家镇。他想起了刘松木和李培,这是他两个玩得最好的同学,从孩童起就玩在一块了。刘松木好讲勇斗狠,一身蛮力,打架是不计后果的。李培的母亲是唱歌老师,父亲是转业军人,就比松木多几分涵养。记得少年时,他和刘松木跑进学校邀李培玩,李培的母亲却阻止李培出去玩,同时把他和刘松木拒之门外,说"我家李培要做作业"。他还想起了三狗和张兵,他们是他读初高中时于黄公庙后面的树林里,一起练武的师兄,三狗的反应最快,是黄师傅(也是他们共同的体育老师)最欣赏的弟子。他忽然想起几年前,他读中学时,黄老师曾对他说"你和黄建国都具备习武的资质",他想起这话,淡淡一笑,自语道"我好久没练了",就爬起床,走到操坪上,在星空下活动着筋骨。

第二天他搭车回了黄家镇,大哥问他:"报了到了?"

"报了。"

大哥说："工资是从报到那天算起。子弟学校大不大？"

"不大。"

"比我们县一中呢？"

"那小多了。它只是一所子弟学校。"

吃过晚饭，他走在迎宾路这条破旧的街上，顺着这条街走到镇武装部前，犹豫了下还是走到李培家前，敲门。李培的母亲开了门，见是他，很高兴："钟铁龙，是你呀。"

蒋老师看上去还不老，这是她把灰白的头发染成了黑色，且剪短了，就精神。蒋老师对着房里叫道："李培，你同学钟铁龙来了。"

李培在另一间房，关着门。穿着黑背心的李培开了门，房里坐着一名单单瘦瘦的女人，女人望着走进来的钟铁龙。李培向他介绍："我女朋友。"

李培三年前于县商业学校毕业后分到镇百货商店，这个女人就是黄家镇百货商店的营业员。女营业员望一眼钟铁龙，不好意思地说："你好。"

钟铁龙想原来他关着门把父母的视线阻挡在门外，是门里有爱情，就觉得自己打扰了他们的雅兴，但还是坐下了。钟铁龙拿出长沙烟，递一支给李培："抽烟。"

李培接了烟。钟铁龙瞟一眼女营业员，觉得她长得还漂亮，一张尖脸白白的，不像刘松木的老婆长了张不对称的南瓜脸。钟铁龙问李培："李秋燕回来了没有？"

李秋燕于去年大学毕业后，分在长益市的一所中学教体育。"回来了。"李培说，又补一句，"她男朋友也跟着她一起回来了。我听她妈说，李秋燕要跟她男朋友结婚了。"

钟铁龙再没心情在李培家坐了，他原打算拉着李培去李秋燕家看她，听李培说"她男朋友也跟着她一起回来了"，就改变了初衷，站起身对李培说"我去大师兄家打个转身"，就感到无聊地走了出来。他对自己说："好在我有刘丽云，不然我会疯了去。"但这句话一出口，刘丽云母亲的那张冷冰冰的大脸儿便陡然跃现在他眼前，让他凄凉。

大师兄三狗住在镇红旗织布厂的一间宿舍里。那是一排建得很粗糙的工棚样的房子，三狗住了一间。三狗房里除了一张床、一个桌子、一个柜子和两把竹靠椅，剩下的就是搞饭吃的锅灶了。三狗一个赤膊，面对门坐着，看见他走来，脸上绽开了笑。"啊呀，大学生来了，"三狗表情夸张地笑，起身为他泡茶，"怎么样？毕业了吧？"

"毕业了。"他欣赏地打量着三狗，"大师兄，你一身的肌肉。"

三狗一笑，问他："分在哪里？"

"分在长益市的一家工厂子校教书。"钟铁龙坐下后，脑海里出现了黄公庙后面的那片树林及他们在那树林里摔打的幻影，"大师兄，你现在还到黄公庙后面练拳脚吗？"

"现在不像以前，没有人去了。"三狗说，"都有事。松木和李培都没去了，张兵有了孩子后，人就没以前勤快了。家里一大堆子事，要挣钱吃饭，还有小孩要管。"

他看着这一年已经三十有二的三狗："大师兄你没想过找个老婆过日子？"

"不找老婆好，"三狗嘿嘿嘿嘿笑，"难得养，找了老婆就要有孩子，孩子需要养育。我一个人很随便，不需要对老婆和孩子负责。"

"过年时，你说你准备去县城武馆教武术，怎么又没去？"

"后来他们没跟我联系了。"三狗脸上的表情十分无所谓，淡然道，"我们师傅教我们的武术很实用，但不漂亮，这可能是他们后来不请我的原因。他们需要一招一式都很漂亮的武术教练。他们请了从广东来的两个师傅，听说有一个还在全国武术比赛中获过棍棒第二名。人家拿着获奖证书，聘的当然是他。我听说那是实实在在的证书，盖了公章的。"

大师兄很乐观，不是那种一心谋划自己的小人。大师兄混到三十二了，家里仍是这么一副破败相，其原因是大师兄好交友、义道，来了朋友就掏钱请客，把自己的工资常常吃成负数，就是说在那家吃熟了的酒店赊账，发了工资，再把那个缺口补上。这就是大师兄！钟铁龙觉得大师兄人很义道，他问："大师兄，你跟那个人比过武吗？"

"没比。"三狗很憨厚的模样看着钟铁龙，"人家既然想吃那碗饭就让他吃。"

钟铁龙再次深感三狗是个不计较得失的好人，就说："你这人厚道。"

三狗起身，告诉他一套他自己琢磨出来的拳路，两人的手相碰，钟铁龙蓦地感到他的手碰撞大师兄的手就跟碰在石头上一样坚硬，就感到自己真的生疏了。大师兄说："你没事的时候还是要练一下，丢了可惜了。这东西说是没用，但练了它总没有坏处。"

钟铁龙觉得大师兄说得对："我是要练一练，很久没练，肌肉都松了。"

两人就在三狗的门前对练招式。

十二点钟，三狗打哈欠了，他清楚三狗是个早睡早起的人，就起身告辞。他缓缓地走在街上，街上还有些人走动，一条街在七月的夜空下十分闷热，有阴沟和垃圾的沤气在街上飘荡。电灯杆下有处馄饨摊子还没收摊，刘松木坐在那儿，叼着烟，一旁坐着他的女人。刘松木早两年因在镇文化电影院门前打架伤人，正赶上县里"严打"，被判了三年有期徒刑，按说他此刻还应该蹲在监狱里，怎么会坐在这里卖馄饨？他很惊讶地叫了声："松木是你？"

刘松木见是他，很高兴，"坐、坐。"刘松木说，忙递烟给他抽。

钟铁龙坐下说："你出来了？"

"四月底出来的，放我出来过五一，因为我在监狱里表现得好。"刘松木嘿嘿嘿说，"我出来了，没事干，以前贩卖电影票还能挣几包烟钱，现在家家都有了电视机，没人看电影了，老子只好跟她爸爸出来卖馄饨，他妈的，没办法。"

钟铁龙笑笑，坐到刘松木踢给他的一张椅子上："卖馄饨蛮好的，自食其力。"

刘松木转头对他女人说："钟铁龙现在是大学毕业生，是我最好的朋友，一起玩大的。"

女人一笑："松木常跟我说你，说他最佩服的就是你，你做什么事都能成。"

钟铁龙说："松木讲话不打草稿的，你别听他乱说。"

刘松木却说："我是佩服你，你这人最执着。初中毕业前你的成绩还没我好，你说你要考高中就考取了高中。学拳脚，黄老师说你的悟性最高。后来你说你要考大学就考取了大学。你做一件事成一件事，这是我很佩服你的地方。"

钟铁龙不是个爱听表扬的人，他总觉得表扬里水分多，不实在："松木，别说这些。"

刘松木问他："你分在哪里？"

"长益市电工厂子弟学校。"

"当老师？"

他没回答松木这句话，而是问："你卖馄饨一天能卖多少钱？"

刘松木说："那能卖多少钱，一天二十来块钱的样子。"

"二十来块钱？"钟铁龙是学数学的，脑海里迅速蹦出了二乘三得六的数字，"那你一个月能卖六百元呀，可以啊。"

刘松木笑着吐口烟，觉得这不算一回事道："你肯定比我好，你读了大学，发展比我好。哪一天你当了科长、局长，我去找你，你别装做不认识我刘松木啊。"

钟铁龙觉得这话像讽刺样，打个哈欠说："那肯定不会忘记你，不过你要有耐心等。"

他吃了碗馄饨，吃完后他要付钱，一块钱一碗，他掏出钱给刘松木。刘松木不接，反而推开他的手说："我们两个人，从小玩到大的，付什么钱?!"

钟铁龙不想白吃，把那块钱丢到刘松木的馄饨担子上，起身要走。刘松木抓住他的手，"你这是不给我刘松木面子。"松木说，把那块钱还给钟铁龙，"拿着。"

钟铁龙一笑，把那块钱放进口袋，走了。

学校开学的前一天，他准备动身走人。这天晚上，父亲很严肃地坐到他面前，先是庄重地咳了声嗽，看着他，接着就以过来人兼长辈的身份开口说话了："你明天就走向工作单位了，走向工作单位就要面对很多人，爸爸考虑了几天，想跟你谈几句话。"

钟铁龙正躺在床上看书，见父亲眉头紧锁，如此庄严，就坐直了身体。

"你可以自食其力了，爸爸的一颗心也总算踏实了。不过，我要提醒你，做人要小心，要谨慎，这个世界上人心隔肚皮，你要设防。"他看着父亲，父亲拧着眉头又说："你大了，能听进父亲的话了。我把我的教训告诉你，我在'文化大革命'中吃了些亏，有的人内心非常黑暗，今天两个人坐在一起谈的话，他第二天就跑到领导面前揭发你。所以不要相信任何人。"

钟铁龙觉得父亲想得太多了，他淡淡地道："爸，时代不一样了，你们那个时代是政治挂帅，用人先要经过政审这一关。现在与你们那个时代不同了。"

父亲绷着脸说："时代是不一样了，但人还是一样的人。嫉妒心、坏心并没有因时代不一样而改变。古代有坏人，旧社会有坏人，现在还是有心眼坏的人，你要明白。"父亲停顿了下，又思忖着说："没有人可以使你信任的。我年轻的时候太相信朋友了，结果吃了不少亏。比如'文化大革命'中，我看到厂里的老厂长挨造反派的整，我有点不理解，就在几个当时与我要好的同事面前说了几句造反派的怪话。那几个同事是经常跟我一起下棋和一起喝酒的。但我说的几句为老厂长鸣不平的话却传到造反派的耳朵里。我几乎被造反派整死！"

钟铁龙瞅着父亲，父亲从没对他说过这些，便问："晓得是谁告发你的吗，爸？"

"我至今都搞不明白是谁把我说的话学给造反派听的。你马上要踏入社会了，去长益市电工厂工作后，第一，跟领导要搞好关系。我这一生呷亏（方言：吃亏）就呷亏在没跟领导搞好关系上。我年轻时自负，认为自己聪明就看不起别人。其实聪明要有人赏识你的聪明，聪明才有价值；没人赏识，聪明就等于是一袋米，放在家里发霉。其次，交朋友要谨慎，有些话要学会留在肚子里，宁可在肚子里烂掉也不要说出去。这就叫宰相肚里能撑船。"

钟铁龙想了下父亲的话，回答父亲："爸，我会注意的。"

父亲说："儿子，不是会注意，是一定要注意。老话说祸从口出，是有道理的。你今天跟别人说的话，明天就成了别人告发你的口实，这样的事，'文化大革命'中太多了。"

钟铁龙觉得父亲说得很对地望着父亲，父亲老了，脸上的皮起皱了，眼珠也黄了，不会再对他甩耳光了。他小时候可没少挨父亲的耳光。父亲又说："爸还告诉你，有的人看上去是好人，够义气，其实骨子里坏透了。你太年轻了，我怕你因经验不足而以后吃暗亏。记住我的话，不要相信任何人，这个世界上只有权力和利益，没有朋友。这都是我从我做人失败的教训中悟出的道理。你爸爸——我，是个失败者，吃亏就吃在年轻时爱乱说话上，后来厂领导收拾我，都是我乱说话给自己添的麻烦。如果你不注意，阴沟里都会翻船。用我们镇上的话说，这是厄运缠着你。所以你永远要记住，祸从口出。"

钟铁龙忙说："爸，我一定会认真消化您说的话。"

开学的那天，学校总务处的老师让他去总务处领工资，工资袋里只有八十多元，那还是所有的补贴加起来的总数。他想这还没有刘松木一个星期卖馄饨的钱多。刘松木只读了初中，一个月卖馄饨却能卖六百元；他读了大学，临了只有八十多元一月，心里就有一抹虚无缥缈的感觉，仿佛自己奋斗来的东西不过是一种讥讽。他垂着手站在总务室，总务老师又拿出一只工资袋，那袋子里装着他七月份该领的半个月工资。总务老师说："你签个字。"

他签了名。这可是他这一辈子第一次领工资，当然就很珍惜地将工资放入口袋。他走进会场，在一隅坐下。女校长姓陆，陆校长向在座的五十几名小学和初高中老师介绍他。陆校长让他站起来，他就站起来对在座的老师鞠了个躬，掌声落下后，他也落座了。陆校长说："钟铁龙老师是我们学校的数学老师，这给我们子弟学校增添了新的力量，希望钟铁龙老师能把他在大学里学到的知识教给我们电工厂的子弟，让我们厂多出几个大学生。"

散了会，一个脸上胡子乱长的男人对他笑，他是数学组组长，他说："你来一下办公室，我那里有一些备课资料，给你。你拿回去看看。"

钟铁龙就跟着数学组组长走进了数学教研组办公室，数学组办公室里有五张桌子，其中一张桌子空着，数学组组长指着这张桌子说："这张办公桌是你的。"

这张办公桌是新的，上面有一层细细的灰。他伸手摸了下，撑着这张办公桌想，要是他把这张办公桌用到旧，怕也要长一脸胡子了。数学组组长的脸长长的，除了胡子乱长，还皮打褶了，往年轻看也有五十岁了。钟铁龙与数学组组长聊了几句，在数学组组长手上拿了些授课资料，回到宿舍便忙着备身为人民教师的第一堂课。他备了一个通宵的课，前后写了十一页，把第一堂课里自己将在教室里面对学生们说的话也写在备课本上。备完课，他起身伸懒腰时才发现天色微明了。他走到公厕前的水龙头下冲了个冷水脸，洗脸时，厕所里有臭气飘入他的鼻孔。他回到宿舍打算入睡，但备课的兴奋和对第一堂课产生的恐惧让他无法入眠。他听到学校操坪上有人跑步，接下来又听见拍打篮球的声音，篮球打在篮筐上和迅速落在地上的声音冲撞着他的耳壁。他穿上衣服走出来，看见一个着一身运动服的年轻人在投篮，练习三步跨篮和三分篮。当篮球滚到他脚下时，他捡起，一个三步跨冲上去，篮球自然投进了篮筐。他转身走开，年轻人对他笑了下说："你是新分来的大学生吧？"

钟铁龙见球又飘到了他身前，就抓起球，拍着又一个三步跨篮，球又落入了篮筐。他的双脚落到地上时，回头对年轻人说："是的。"

一身运动服的年轻人说："你是哪个大学分来的？"

"湖南师大。"

年轻人说："我是成都电讯工程学院毕业的，姓石，名小刚。你呢？"

"姓钟，叫钟铁龙。"他说，又拾起球，一个跳投，球进了。

石小刚抬手揩了把额上的汗，甩到地上，递了支长沙烟给钟铁龙，说："我是去年分来的。我是宁乡人，花明楼晓得吗？"

"花明楼是刘少奇的故居吧？"

"是。我们村子就离花明楼刘少奇故居不远。你哪里人？"

"白水县人。"

石小刚好像还是第一次听说湖南还有一个白水县："白水县？我还真的不晓得。"

"白水是个穷县，属于穷山恶水的地方，没出什么伟人，也没好玩的景点。"

石小刚淡淡一笑："我们村子也穷，农民都穷。"

钟铁龙把没抽完的烟撮灭，又开始投篮。又来了几个年轻人，都是这几年分到电工厂的大学生，精力都很旺盛，一早就爬起床，来打球，好打掉一些多余的精力。

三　刘丽云

钟铁龙的第一堂数学课上得有些紧张，因为数学组组长和陆校长都搬了椅子坐在教室后面正襟危坐地竖着耳朵听他授课。前面一刻钟他都不晓得自己讲了些什么，他见一些学生在下面笑他，而且没几个学生认真听他授课，就觉得自己备了一个通宵且反复练习的第一堂课失败了。但过了那一刻钟，他调整好心态，不再在乎校长和数学组组长的目光，课就讲得能让一些学生听懂了。下了课，数学组组长指出他的缺点说："你讲深了，要讲简单点，另外要多留些时间给学生做课堂练习。你讲课的时间多了些。"

他惭愧地承认说："是的，我第一次上课有些紧张。"

数学组组长问他："你们搞过教学实习没有？"

"搞过，不过当时有很多同学，就没这么紧张。"

陆校长安慰他说："开始都这样，慢慢就会好些。紧张是正常的。"

第二堂课他就没那么紧张了。但他发现了一个问题，就是子弟学校的学生不像他搞教学实习的学生那么听话和肯读书，上课玩东西和讲小话的学生很多，而且布置的家庭作业四十七个学生只有二十一个学生交了作业本，另外二十六个学生欠交。他问那些学生怎么不交家庭作业本，那些学生只比他小六七岁，又见他是新老师且讲一口不怎么好懂的普通话，便有点欺他。他们一点也不在乎他的询问，甚至都懒得理他地回答道："不晓得做。"

他的心噗地燃烧了，火焰烧红了他的脸，问："不晓得做就可以不交作业本？"

学生回答："不晓得做可以交空作业本吗？"

他压着火焰问："不晓得做不会问晓得做的同学？"他感到怒火都冲到脑门顶了，很想骂一句"猪"，但他把冲到嘴边的话吞进了咽喉。他很硬地咳了声，宣布说："放学后，请没交家庭作业本的同学都留卜来。"

放学后，他走进教室，只有七个女学生留了下来，男学生都跑了。他气得咬牙切齿，就更加下决心要整治那些无视他上课的男生。调皮？他想，我就是调皮学生出身。他让那七个女生补了家庭作业。第二天上数学课，他要那十九个男学生起身，站到教室后面听课。他知道他不把他们收拾一顿，他们会更加肆无忌惮。有一个块头很大的男学生姓鲁，叫智勇，在班上自诩是鲁智深的亲戚而不肯起身，而且他一脸无所畏惧地大声声明："钟老师，我们是交了钱来读书的。"

钟铁龙走上去问："既然你交了钱，那你就更应该把作业做好！"

"鲁智深的亲戚"说："不晓得做。"

"不晓得做你不晓得认真听课？或问老师或其他同学？"

"听了，还是不晓得做。""鲁智深的亲戚"说，不看他，把目光抛到其他同学脸上，那些学生都对他吐舌头，虽然不是表示支持，但明显有点欣赏他的勇敢。

钟铁龙想不把他压下去，那他就没法在这间教室里混了："我再说一遍，鲁智勇同学，请你出去，最好不要我动手拉你。"

"鲁智深的亲戚"看一眼钟铁龙，意思很明显，你试试看的意思。钟铁龙当然敢试。他一把就抠住了鲁智勇的锁骨："你是自己出去还是要我拉你出去？"

鲁智勇已很痛苦了，成了颗软蛋："我自己出去！我自己出去！"

钟铁龙松了手，鲁智勇很佩服地看他一眼，赶紧起身往外走。钟铁龙在他身后说："做了作业你再来上课，做不出就借同学的作业本抄一遍交给我。"

一天傍晚，刘丽云来了。刘丽云分在长益市二中教书。那是所重点中学，能直接分进那所中学是需要一点关系的。二中的福利高出长益市其他中学两倍。这是因为二中在校长的监管下教学质量于那几年里步步攀升，直至中考和高考升学率都遥遥领先。二中的名气一大，学校就俏起来了，许多家长都想把孩子塞进这所中学受教育。于是就出现了分数没达到二中的录取线而出钱来二中就读的事情，老师的福利也跟着水涨船高了。刘丽云有一个手上有权的处长父亲，还有一个会搞社会关系的科长母亲，一毕业就分到了二中。

刘丽云很恨母亲，假如不是母亲干涉，她就可以名正言顺地跟钟铁龙在一起。她一直没法忘记钟铁龙，一直等着他去找她。有很多次有人敲她的门，她以为是钟铁龙来了，结果是别的老师。他们找她探讨教学方法，或者直接传授教学方法给她。其中一个男老师也是教英语的，身高一米七八，父亲是话剧团的演员，他自然也长得同话剧演员样标标致致。标标致致的英语老师姓杨，比她大五岁，先她一年调到了二中，他除了课上得好——课上得声情并茂的，让一些喜欢他眉飞色舞的老师和学生觉得上他的课居然是种享受，之外，他歌也唱得好，自然就有一点吸引刘丽云。刘丽云心里充满了矛盾，那些矛盾像一大堆乱石和砖瓦样堆放在她那荒凉的脑海里，使她的脑海涨潮了。她愤恨地想，凭什么他可以不来而要她去找他？她不去，等钟铁龙来二中找她。她跟同事玩，与同事一起看电影，一起逛商店。她这么耐着性子等了三个星期，也斗争了三个星期，最后她忍不住地来了。她穿了套天蓝色的休闲服，头上扎了个体现纯洁的白蝴蝶结，脚上一双白旅游鞋，一脸秋游的样子来了。

钟铁龙说："哎呀，是你。"

她不承认自己是专程来的，说："我秋游游到了附近，顺便来看你，不高兴吧？"

钟铁龙清楚她这是给自己找一个台阶，回答她："很高兴啊。"

她对他很有意见，嘟起了嘴。她嘴上涂了美国口红，因而嘴唇红嘟嘟的。她原是准备来骂他一顿，然后做出一副高傲的样子扭头走人的，就是输，也不能丢长益市女孩子的脸面。但不知怎么回事，她一看见他，那个要骂他的她就躲了起来，犹如一只兔子嗅到了狼的气味慌忙钻进了地洞一般。她虽不是只兔子，但那个高傲的她却隐蔽了，像森林遮挡了庙宇。她怀疑他不在乎她道："是假装高兴吧，你？"

"我真的很高兴。"他张开双臂抱住她，当然是在他的房间里。

她投进他的怀里，这才坦率地说："你比我狠，我熬不过你。"

他笑，他当然不止一个晚上地想过她。他爱她，但他心里清楚她更爱他。"不是，我刚开始当老师，不晓得要怎么上课就忙着备一堂又一堂课。"

她知道他撒谎，他不可能一门心思地备课，人又不是机械，但他既然这么说，她就用同样的话回敬他："我也是，天天是边上课边听课，一脑壳的课文，都没有你了。"

他一愣，想她说的是真话吗？她真的一脑壳课文？他看着她笑了下，暗想这是借口。有人敲门，是石小刚，石小刚在门外叫他打篮球。这几天他们每天傍晚都在学校篮球场上打篮球，打出一身臭汗，把多余的精力和体力都打掉，这才各自回宿舍。石小刚见房里有一漂亮女人，就问："你今天打球不？"

钟铁龙说："打。我换了衣服就来。"

刘丽云等石小刚一走，问他："我来了你还打球？"

"还有一个晚上，打打球就回来。"他说，一边脱下皮鞋换回力。

"我就那么不重要？"她瞅着他，觉得自己很委屈，"我是不是太贱了？"

钟铁龙清楚他的决定伤害到她了，就想她脑袋里并不是一脑壳的课文，笑笑："看你说的，你是我最亲爱的。我今天晚上要好好地跟你亲热一番。"他穿好回力后，走拢来，把她抱到怀里，在她脸上亲了口："你真香，我们有一个晚上，等着我，美人。"

球打到八点多钟，天完全黑了，钟铁龙才一身臭汗地回来。刘丽云坐在铺上生他的气，脸上的表情像她母亲脸上的表情样冷淡。钟铁龙有点惊讶，怎么在她脸上看见了她母亲？她老了会不会像她母亲一样变成一张又大又冷的脸庞？他说："我这是锻炼身体，你不要生气。"

"我没生气。"她生气地说，"我才懒得跟你生气。"

钟铁龙知道他打球的时间长了，她生气了，想女人就是容易生气，说"等下我们出去吃饭"，便拿了毛巾去公厕前的洗手池旁洗澡。学校没人了，只有蛐蛐在阴沟的砖缝里叫。他站在洗手池前洗了澡，走回来，她望着他问："钟铁龙，你爱我吗？"

钟铁龙就深情地觑着她。她很漂亮，皮肤白白的，脸蛋圆圆的，一双炯炯有神的凤眼充满疑问地望着他。他想她真迷人："爱。"

"你爱我那你为什么不来学校找我？"

"我一去找你就回不来了，我这里是郊区，晚上一过八点钟就没公共汽车了。"

"讲假话。"

钟铁龙一愣，他差不多说的是假话，又说："主要是你父母反对，我受不了你父母的样子，我怕他们说我缠着你。我最担心在你那里碰见你母亲，我怕你母亲嫌我。这其实就是我想去找你又迟疑着没去的原因。其实，我心里一直想你。你像一轮月亮悬挂在我头上，只要我一抬头看见月亮，眼里就出现了你。"他把她搂到怀里，亲她的嘴，她很快就软了，好像成熟了的柿子样捏一捏就软了。他冲动起来了，问她："我们先做爱？"

她点点头，两人就做爱了。她告诉他："我们学校有一个姓杨的年轻老师追我。"

他在跟她做爱，她却跟他说另一个男人，他盯着她道："是吗？"

她脸上一片红潮："他是本地人，他爸爸是省话剧团的演员。"

他随口"哦"了声，想她可能心存二人了。她又说："他的歌唱得好，他唱蒋大为的《在那桃花盛开的地方》同蒋大为唱得一个模样。"

他惊讶她怎么会在同他做爱时不停地谈另一个男人，这个男人于这一刻能存在于两人之间，这让他迷茫。他看着在他身下满脸红光、目光蒙眬的女人："是吗？他多高？"

"一米七八。"

他的心疼挛了下："你倒是很了解他的。"

"他追我呀，经常来我房里。"

他于昏暗的台灯下觑着她，突然产生了这种感觉，自己与她可能走不到头，就对自己说"想开点"，一笑："好啊，你又多了个新的追求者。"

她目光发亮地问他："你不怕他把我追到手？"

他又想，她可能是在跟他设置一个竞争对手，就道："如果你硬要跟他，我也没法。"

"你真大方，"她把他抱住了，"这证明你不爱我。"

"傻瓜，我爱你，只是我不喜欢你父母。"

她提议："你应该拿点办法出来讨好我妈。"

他不再跟她说这些，对她说"把舌头给我"。她把舌头奉献出来，他吮住她的舌头，吮得她心潮澎湃，身体温柔地扭动着。一时间只有娇喘声充斥在这间简陋狭窄的房子里，他听见刘丽云充满幻想地说："啊，钟铁龙，我快飞起来了，我在飞了……"

早晨七点钟他醒了，她已经不在他身边了。她得赶他们厂早晨七点钟开往市区，接职工来厂的班车。枕头上似乎还有她留下的发香，淡淡的。他嗅了嗅枕头，把目光抛到窗外，天空苍白的，让他忽然忆起他七岁那年走在送葬队伍里的情景，那天清晨里苍白的太阳与装着他姐姐的黑棺材形成强烈对比地烙在他七岁时的脑壁上了，只是那是春天，此刻是秋天。他起床，点上支烟抽着，想害死我姐姐的凶手至今也没抓到，又想难道我钟铁龙要在这间烂房子里过一辈子？这样活着，胡子长满一脸，怕也就混个数学组组长。他把一支烟抽完，拿了餐票去厂食堂吃早饭。厂食堂是早几年建的，很大，有很多张方桌供吃饭的人坐。他买了两个馒头和一碗稀饭，坐在靠门的一张桌前吃着。他刚刚扒了口稀饭，就见一个模样楚楚动人的女子走来。他的眼睛一亮，心怦地一跳，仿佛一只青蛙跃入水中。

这女子穿一件黑色的束腰衬衣，衬衣扎在她的大摆裙里，身姿窈窕，脚上一双白高跟皮鞋，高高挑挑。他估计她的身高不下一米七。这还不是直接吸引他的地方，吸引他的是她那双又黑又亮的眼睛和她那张俊俏的脸蛋。她走过去时，他注意到她的头发很随意地扎成一把。石小刚端着稀饭和馒头走来，一屁股坐在他对面。石小刚是今年年初厂团委改选时诞生的宣传委员，这是因为他写得一手好毛笔字，还喜欢拿着彩色粉笔龙飞凤舞。石小刚在一张黄纸上写道：舞会，厂团委举办。地址：厂部大会议室。他把这张纸贴在一块黑板上，再把黑板搬到食堂门口，让来食堂吃饭的人都能见到。

石小刚吃馒头时问钟铁龙："你今天晚上来跳舞么？"

钟铁龙在大学里时爱好的是踢足球，他跟刘丽云只进过两次舞场。"我不会跳舞。"

石小刚说："多跳几次就会跳了。这又不是跳芭蕾。"

钟铁龙觉得石小刚这句话说得很有趣，笑了笑："那倒是。"

引起钟铁龙注意的那个高挑的女子端着馒头和稀饭了过来，向食堂外走去。石小刚叫住她："郑小玲，晚上来团委跳舞啊。"

郑小玲转过头来一笑，犹豫了下说："好吧。"

郑小玲走了出去，身影消失在拐弯处了。钟铁龙听出郑小玲的口音不是湖南口音，有些普通话的味道。钟铁龙就把目光放到石小刚脸上："她不是湖南人吧？"

石小刚知道钟铁龙所指，说："她是湖北宜昌人。"

"她是你们成都电讯工程学院毕业的？"

"是的。她也是学半导体，比我低一届。"石小刚说，脸上有点兴奋的色泽，目光就一派神秘，表情也随即神秘起来，"在学校里，很多男同学都追她，她一身是非，在大学里她跟他们班的一个男同学好，他们班里，另一个西安的男同学想不通，为她跳楼自杀了。"

钟铁龙大为惊讶："有这样的事？"

石小刚忽然大笑："还有个贵州的男同学大学都快毕业了，却因想她想成了神经。他跑到寝室里要强奸她，手里拿着水果刀，把她逼到了床上，结果把她寝室的所有女同学吓得都跑了。系里老师闻讯赶来，把那个贵州学生扭送到派出所，审讯时发现他答话文不对题。医生来了，一看那学生的面部表情就说，他患了精神分裂症。"石小刚瞟一眼钟铁龙，脸上有几分很想得通的开心，又说道："以前我只听说寡妇门前是非多，其实漂亮女人的门前是非更多。所以我觉得找老婆应该找既不丑又不漂亮的，这样安全。你觉得呢？"

钟铁龙说："有道理。"心里却想，这个姓郑的湖北女人真漂亮。

晚上来了。他脑海里出现了郑小玲，那袅袅娜娜的身影是那么神奇地展现在他眼里，像一束鲜花于窗台上摇晃，仿佛有一股芳香飘来似的。他似乎嗅见了那股芳香，就有些醉地走出来，在篮球场上漫步。月光一片银色，踏着有水的感觉。他觉得自己没道理不去跳舞，就向厂部会议室走去。他的心有点乱跳，好像他是第一次去约会样，他取笑自己说"我是个傻瓜"。厂部会议室已被厂团委布置成舞厅了，红红绿绿张灯结彩的。靠墙摆满了椅子，一些人坐在椅子上，另一些人却跳着交谊舞。人不少。钟铁龙坐下，看着一对一对男女跳舞，他当然看见了郑小玲。郑小玲跟一个看上去比她还矮点儿的小伙子跳着，脸偏向一边。石小刚看见他，走来说："你邀她们跳舞吧。"他指着一些坐在椅子上看跳舞的姑娘们。

钟铁龙谦虚的模样回答说："我只是来看看。"

石小刚觉得他胆小道："邀她们跳就是，不要怕。"

钟铁龙就强调："我不是怕。"

有人叫石小刚，石小刚走开了，钟铁龙便不动声色地瞧着。这支舞曲完毕，大家回到了座位上，刚坐下，新的舞曲又从扩音器里扬出来，一支轻松的快三舞曲，一些不会跳的人就坐下了。钟铁龙看见郑小玲的屁股刚落座，一个年轻人就冲上去，向她伸出手。郑小玲又起身，笑着，将一只手搭到了舞伴的肩上。两人便于舞曲的旋律中转动起来。石小刚又走来，宽宽的脸上展现着宽大的笑，那笑里似乎带着泥土的芬芳，他说："跳舞吧钟铁龙？"

钟铁龙摆手："我不跳。"

石小刚很欣赏钟铁龙，欣赏钟铁龙的稳重和涵养。但他觉得钟铁龙在跳舞上不像他打球那么勇敢，就以团委宣传委员的身份说："我跟你邀一个舞伴跳。"

钟铁龙的目光时不时落在郑小玲身上，觉得翩翩起舞的郑小玲真是一朵流动的牡丹花。郑小玲穿一身红衣裙，在她旋转时裙子都散开了，像一朵花绽放了似的，一停，那朵花又收拢来了。钟铁龙看着她，心里有一股热血涌动，仿佛血液在歌唱，心潮就澎湃起来，眼里就出现了船和大海。再一支舞曲开始时，石小刚领了个女人走到钟铁龙身前："我们团委的组织委员小杜，三分厂的团支部书记。钟老师，子校的数学老师。"

钟铁龙起身，与小杜一并步入了舞池。这是支慢三舞曲，以前在大学的舞场里，他和刘丽云跳过这支舞曲，他跟小杜跳这支舞时舞步就不至于那么生疏。小杜脸上笑着，笑脸像只烂苹果，似乎有点儿烂苹果的气味，让他把脸别开了。小杜脸上长了很多青春痘，有些青春痘破了，烂苹果的气味好像是从破了的青春痘里渗出的。小杜找他说话："你是外地的吧？"

钟铁龙"嗯"了声："你是本市人？"

"我是本厂子弟，厂里长大的。"

"哦，"他望一眼小杜，"你爸爸还是你妈妈是这个厂的？"

"爸爸妈妈都是这个厂的。"小杜说，"爸爸在十分厂，妈妈在财务科。"

钟铁龙说："那好呀，一家人都在厂里。"

舞曲完毕，钟铁龙见他坐的椅子被另一些人占据了，就择了个地方坐下。他觑了眼郑小玲，她离他坐的地方不远。他觉得她对他很有吸引力，她似乎是盏灯，而他像只飞蛾，正朝着她颤颤抖抖地飞去。他平静下来的血液又歌唱了，他盯着她，他的身体有点僵硬了，思想却很活跃。在他活跃的脑袋里，他看见了鲜花和草地，还看见着一身白衣裙的郑小玲正在草地上散步。又一支舞曲开始时，有个男青年走上去邀郑小玲跳，郑小玲摇手，示意她累了，那男青年就转身去邀别的姑娘跳舞。这是一支慢四步舞曲，曲名是《请跟我来》。读大学时，学校的广播里经常播放这支舞曲。他向郑小玲走去，伸出了右手。郑小玲起身，说了句"我今天累死了"。他轻轻一笑，觉得她说话的声音真好听，他搂着郑小玲踏着舞步的节拍。他已经听石小刚说起过她，但他装出对她的情况一无所知道："你是哪里人?"

郑小玲说："我是湖北宜昌人。"

"宜昌好啊。"

郑小玲就用她那双美丽的眼睛望他一眼："你去过宜昌?"

"没去过。"他嗅到了一股女人的芳香，不同于刘丽云的香味，香味儿扑入他的鼻孔，直接进入了他的心扉，于他心扉内萦绕。他说："以后一定会去。你父亲是做什么工作?"

"我爸是宜昌市委的干部。"

钟铁龙想怎么又是一个干部子女，就故意问："是市委书记还是副书记?"

"是市委组织部的干部。"

钟铁龙懂了："是管干部的干部。那你母亲干什么工作?"

郑小玲一笑："我妈在市政府的水利部门工作。"

钟铁龙想那肯定也是个干部："也是干部吧?"

郑小玲不好意思地一笑："是个小科长。"

她家怎么跟刘丽云家那般相似? 他想，看她一眼，在舞厅里闪闪晃晃的彩灯下，她的脸既端庄又美丽，一双眼睛很明媚，像雨后的阳光，让他血液沸腾了。"你几姊妹?"

"有一个弟弟。"

刘丽云是独生子女，没有弟弟。他想，说："有机会，我去你们宜昌玩?"

郑小玲咯咯一笑，声音特别清脆："那好呀，我们宜昌蛮好的。"

钟铁龙觉得她说话的声音真好听，好似银铃碰撞发出的声音，那声音透过他的耳膜，落入他的心底，心里就有一丝莫名其妙的甜蜜。他高兴道："你说话的声音特别好听，迷人。"

郑小玲看他一眼，目光一闪，犹如一道乌色的闪电，让他不觉目光一眩，仿佛一颗火星飙入了他的眼帘。她仍用清脆动听的声音说："是吗？我自己不觉得。"

舞曲完了，两人分开时，郑小玲对他礼貌性质地一笑，他也回了个笑。

下一个星期六，刘丽云来了，他就没去跳舞。再下一个星期六，他步入舞场，但舞场里没郑小玲。他一支舞也没跳，溜了出来。这是十月里一个漫长且寂静的夜晚，一轮皎月悬在学校空荡荡的操坪上。他就这么仰着脖子看月亮，看了很长时间，回到宿舍，觉得自己有很多话要找人倾诉就拿起笔向郑小玲写信。他写得毫无头绪，说这个世界很世俗也很无情，他为了改变自己的命运而拼命读书，结果到头来他一个月的薪水还不及他的一个名叫刘松木的初中同学卖馄饨的六分之一，这是不是太滑稽了？另外，他真正爱的女人于今年十月国庆节正式成了另一个身高一米九三的男人的老婆，他只好躲在被窝里哭。而另一个女人虽然走进了他的生活但他却爱对方爱不起来，而爱不起来的明证就是她不来找他，他也不会想她。他又说他当年并不怎么想读书，为了不至于输给他暗恋的女同学，他咬着牙读了高中，又咬着牙考上了大学，结果到头来那个女同学却告诉他，她有男朋友了。他在信里说："这就是我在前文中提到的国庆节结婚的那个女人，这是不是太残酷了？"这封信他写了三页，把他这几年的委屈和思考全写在信纸上，最后他在信上说："能认识你我很高兴，我和你在厂团委举办的舞会上跳了一回舞，但你千万不要猜我是谁，我只是想找个人发泄一下情绪。看了信后，请你把它烧掉。"他在落款上想了想怎么落款，本来他想写"内详"两个字，但他的笔头一触到纸上又犹豫了，因为他脑海里蓦地蹦出一个更好的句子，那句子是："一个爱你的男人。"他就把这个句子写了上去，成了这封信的落款。

第二天傍晚，他在操场上与石小刚打篮球，他问石小刚郑小玲是在哪个分厂，石小刚望他一眼，那目光是意味深长的，说："八分厂。你想追她？"

"不，"他回答石小刚，"我没那样想。"

石小刚笑笑："你要小心啊，我娘在我小时候就告诉我，红颜祸水。"

钟铁龙觉得这思想太老掉牙了，哈哈大笑说："那是古代吧？"

石小刚奋力做了几下扩胸运动："你那个女朋友长得也不错。"

钟铁龙说："打球打球。"

这封信在他的抽屉里睡了一个星期。星期六他再次步入舞厅，郑小玲又不在。他想她肯定被某男人约进城玩了，心里就有一种不平衡，觉得她已经搅乱了他的生活，他也该搅拌一下她的生活，把这封信寄给她，让她看了之后心里起一点波澜，至少她会猜这封信是哪个破男人写的。次日，他搭厂车进了市区，在邮政局买了个信封，写了厂里的地址和"八分厂郑小玲收"，在信封的落款处上只写下了"内详"二字，将这封信掷进了邮筒。

那天下午他走进食堂吃晚饭，忽然就看见了郑小玲。她穿一身白衣服，裤子也是白的，头发却披散在肩上，头上扎了个发箍，显然是刚洗过澡。他暗暗奇怪，他在舞厅里曾想象她穿一身白衣服在草地上散步，怎么她真的有一身白衣服？她穿着白衣服真像他脑海里闪现过的白雪公主！她也看见了他，居然对他一笑，那一笑，把他的目光粘住了，好像蛛网把一只蜜蜂粘住了似的。她真美！她走过去时，他想她最迟后天就能收到他寄给她的信，她看后会一头雾水。回到家，刚一躺下，激情又让他坐起来，又趴在桌上写信，仍然是对郑小玲写。他觉得给她写好，追求她的人一定很多，她不会拿着他写的信四处炫耀，即使她炫耀也没关系，反正他没在信上留名。他把他今天在食堂里看见她的感觉写了下来，说他感觉她像仙女样缓缓飘来，顿时使食堂里一片光彩，很多人都不自觉地把目光落到了她身上。他似有骄傲感，那种感觉挺奇妙，在他平静的心坎上产生了一种从未有过的甜蜜。这种甜蜜是一个男人对一个女人的爱。为了引起郑小玲的好奇心，他夸大了内心的感受，说爱情真是一支看不见的利箭，已射穿了他的心脏，等等。写完，他自己读了遍，觉得这封信更能激起郑小玲内心的波涛，就觉得自己这个晚上过得挺有意义地进入了睡眠。

下个星期的一天，他把这封信寄了。过了两天，他在厂电影院门前碰见了她。厂电影院放国产影片《红高粱》，那是张艺谋拍的，被媒体炒得很火爆。她没对他笑，他也只是匆匆扫了她一眼就走进了电影院。他坐下，等着看《红高粱》，脑海里却闪现了郑小玲读他写的莫名其妙的信的情景。他想她一定会莫名其妙，甚至怀疑他是个精神病患者，就觉得好玩。看完电影，回到冷清的宿舍，一下子觉得有很多话要说，他又趴到桌上给郑小玲写信。说不知张艺谋在宣扬什么，一泡尿撒到酒缸里就酿出了好酒，真是荒诞。接着他说，他绝不会平庸地活一辈子，绝不会让人任意宰割，他一定要干出一番事业，等等。

一早，刘丽云来了。刘丽云搭厂里八点钟开出厂区于八点半又开回的班车来了。今天是星期天，他打算把一个上午好好地睡干净。刘丽云的敲门声把他惊醒了。他以为是石小刚，忙把信收到抽屉里，打开门，是刘丽云。刘丽云今天很漂亮，嘴涂着褐色口红，眼睑上画了眼影，使她的一双眼睛更显妩媚。她穿件天蓝色呢子大衣，下身一条黑裤子，脚上一双很昂贵的靴子。他躺到床上，看着刘丽云的这身打扮，觉得她很靓丽，问道："你买了新衣服？"

刘丽云摆了个姿势："好看吗？"

他觉得刘丽云摆姿势时有点妖，点头说："真好看。"

刘丽云就坐到床边，温柔的样子道："我今天要你去我家吃晚饭，我们买件贵重的礼物给我妈，今天我妈生日，我带了一千块钱，特意来叫你的。"

　　他一听到她妈，一张中年妇女的冷冰冰的大脸就呈现在他眼前，头就大了，便说："我不去。"

　　"今天我妈满五十岁，这是个好日子，说不定她就同意我们好了。"

　　他摇下头："我受不了你妈嫌贫爱富的样子。我已经发了誓不去你父母家了。"

　　刘丽云恼了："你竟发这样的誓？你神经，到底去不去你?!"

　　"不去。"他望着她，"我怕看见你妈。"

　　"钟铁龙，我觉得你好狭隘的。"

　　他不承认自己狭隘，"男人都有面子的，假如面子都可以不要，那这个男人活在这个世上就成了下等货。你妈妈看我不起，要我买礼物去讨好你妈妈我钟铁龙做不到。"

　　"面子面子，面子比我更重要吗？"

　　他点上支烟抽着，一想到她妈那张黄脸婆的宽脸上将挂着许多冷漠，他就心寒，脑海里就打了霜。中午时，他端饭来给她吃，吃过饭，两人爬到铺上睡觉。他把她搂到身上，她拒绝地推开他，说她今天不想把自己弄得筋疲力尽。他知道她这是故意这么做。四点钟她醒了，说她得走，便坚决地下床，穿上衣服后打开挎包，拿出描眉笔、睫毛膏和口红，精心打扮自己。他看着她化妆，想她这是为谁化妆呢？不觉就问："你这是准备勾引谁呀？"

　　"反正不是勾引你。"她回答他。

　　他想随她去吧："那好啊，勾引到谁，通知我一声。"

　　她边描眉边回答："你好大方啊。"

　　"你这么漂亮，还怕没人爱你？"

　　她冷笑一声："你晓得就好。"

　　他把她送到从市内开回来的班车前，石小刚从班车上跳下来，问他："你进城去？"

　　"不。"

　　"那等下打篮球。"

　　"好。"

　　刘丽云上了车，找了个座位坐下，从车窗里探出头来看钟铁龙。他也望着她。他觉得她还是挺好看的。她对他笑。她笑起来更好看。刘丽云说："你有什么话带给我妈妈吗？"

　　"没有。"

四　计划

寒假来了，一个学期就这么平安无事地画上了句号。这天，学校开会，安排下学期的工作。由于他天生就属于那种不怒而威的人，学生都怕他，因此数学成绩普遍提高了。陆校长发觉只要是他上课，那间教室里除了他讲课的声音就是学生做课堂练习的声音，便果断地安排他教高二的数学。"你下个学期教高二的数学。"陆校长说。

他没想到，问："教高二？"

陆校长肯定地点下头："学校相信你能挑重担。"

晚上十点多钟，石小刚来了，说他肚子饿了，拉他一起去吃宵夜。两人出门，往厂外农民开的餐馆走去。这是一九八九年元月的一天夜晚，这一天的气温下降到了零度，地上的水有点结冰，踩上去沙沙响。两人走进一家农民开的餐馆，择一隅坐下。石小刚点了三个菜，要了瓶邵阳大曲。餐馆里只有他们两人吃宵夜，外面下着小雪，西北风把树木刮得有点惨叫似的，有些凄凉。吃宵夜时，石小刚看着身体很结实的钟铁龙，感慨道："人无横财不富，马无夜草不肥。我们两个该想办法搞点钱呢。"

身体很结实的钟铁龙动了动脖子，也觉得要搞钱道："是要搞点钱就好。"

石小刚望了望左右，旁边没人，但他还是压低声音说："有一笔很可观的钱可以搞，但必须是我们两个人精诚合作才行。"

钟铁龙望着石小刚，想这个厂团委宣传委员要干什么？不是要叫他犯罪吧？石小刚喝了口酒，"嗨"了声，骄傲的样子伸出四个指头，"至少有这么多钱。"

"四千？"

石小刚说："你可以在后面加两个零。"

钟铁龙是学数学的，一听，脑海里就跳出了四十万的数字。他不敢相信自己的耳朵，他减掉一个零，看着喝酒喝得很兴奋的石小刚说："四万吧？"

石小刚见农民老板走来，便说："等下到你房间里我再跟你详谈，隔墙有耳。"

钟铁龙看出石小刚很谨慎，便觉得石小刚这人可信任。他没再问，但脑海里对四十万这个数字展开了很有激情的想象。四十万，一个分二十万！他一个月才百把元，一年才一千二，二十万是他两辈子的工资！吃了宵夜，两人向钟铁龙的宿舍走去。吃宵夜时，天老爷下起了雪，地上白白的，让两人很兴奋，都手舞足蹈的，于雪夜中敞开喉咙咆哮。石小刚快乐地蹦跳时，差点溜倒了，被钟铁龙伸手一把扶住了。两人走进钟铁龙的房间，石小刚在他的铺上坐下，递支烟给他。石小刚拾起那个话题说："我讲的那件事，如果搞，至少是四十万到手，只会有多的。"他望着钟铁龙，"但必须是两个人合作才能搞成。"

钟铁龙回望着石小刚，发现石小刚的目光不像过去那么温情和善良，而是充满了一种叫"狠"的东西，像狼的目光。钟铁龙一愣，觉得自己看错了人一样，问道："你说是什么事？"

石小刚继续用那种目光盯他，脸色也跟着变凶狠了："抢钱。"

钟铁龙又一愣，想这个身为厂团委宣传委员的大学毕业生，竟有这种阴险的强盗思想，真应了他父亲说的话，知人知面不知心。"抢钱？有那么多钱给我们抢？"

石小刚说："我先问你一句，你敢不敢做？"

钟铁龙想先听他说的是什么事，就回答："敢当然敢，但如果今天抢了，得手了，明天就被公安抓到监狱里去，那还不如不抢。那是拿自己的自由和生命乱搞。"

"当然要安全，我们要进行周密的计划。"石小刚用了"我们"一词，脸上很坚定也很高兴，目光也更尖利，"每一个细节都要想到，抢了要平安无事，否则就是杀头的罪。"

钟铁龙觉得有趣，因为他没想到他一向敬重的厂团委宣传委员的脑袋里竟会冒出这种罪恶的念头，便想问具体内容地道："那是什么事？一下子可以抢这么多钱？"

石小刚一脸聪明相道："我观察了你很久，从我们认识起我就开始留意你了。我发现你是厂里最值得我信任的人。你不串门，嘴巴紧，像上了锁一样，我跟你玩了半年，没听你说过什么人的坏话，这证明你这人有远离是非的卓见。所以我才选定你一起干。"

钟铁龙听他这么说，脸上没什么表情，心跳也没加快。石小刚又说："去年三月十一日，离厂里发工资还差一天，我去农业银行取钱，看见杜会计和张会计在农业银行的柜台里数钱。人民币一叠叠的，那是我们全厂职工的工资。"石小刚望着钟铁龙，继续说："七月份我去银行取一笔汇款，我母亲寄来的，那天正好是十一号上午，我又看见杜会计和张会计在银行里数钱。我就是那天产生了这种人无横财不富的想法。"

钟铁龙再次感到"知人知面不知心"这句俗话是多么正确，谁能想到像石小刚这样的待人热情似火的厂团委宣传委员也想干坏事？"这事你跟别人说过吗？"

"我是第一个跟你说。"石小刚说，一脸的果断，好像岩壁上一岩壁的薄冰，"上个星期三，就是十一号，我坐厂车进城，那应该是上午九点半钟，杜会计和张会计从银行出来，两个中年女人，一人手里拎着只很大的旅行袋，那里面都是一百块、五十块、二十块和十块的钞票。杜会计和张会计就那么往前走，看见厂班车路过还对车上的人笑。第二天是厂里发工资，那两只鼓鼓的旅行袋里装的绝不是卫生纸！这就是我说的非得两个人干的原因。"

"我明白了。"

石小刚满脸亢奋地分析说："全厂职工，加离退休一起有三千三百多人。平均一百五十元一个人，至少是五十万。因为很多离退休干部和工人都是两三百元一月，只有这两年分到厂里的大学生工资偏低一些，再就是这两年厂里招的本厂职工子弟，他们的工资比我们又略低。我说四十万还是保守的，实际上应该有五十多万。"

钟铁龙的脑海里起了滔天巨浪，将他脑海里那条伦理道德的帆船打翻了。他想了想说："这是一笔大数额，这事要认真考虑，一点都马虎不得。"

"一旦事成，我们对半分，这样我们就有钱了。"

钟铁龙点上支烟，想石小刚是要把他引向罪恶之路："我想清楚了再回答你。"

石小刚很兴奋："也不能太拖了，我觉得这样的好事不光只是我想到了，别的人也肯定想到了。我们不干，别的人也会滋生这种念头，别人一旦干了，就轮不到我们了。因为这实在太容易得手了，只要走上去在后脑勺上敲一棒，钱袋了不就掉地上了？"

钟铁龙觉得这事很重大，便说："等过了年我再回答你，我得把事情想清楚。"

石小刚见钟铁龙一脸的思索，就像他家乡的山包上一山包的枞树似的，便觉得钟铁龙比他想象的还要冷静，还比他想象的更成熟，就有几分高兴："好的，我等你把事情想清楚。"

钟铁龙过年回家，从刘松木的老婆嘴里得知刘松木因打架又被抓进了班房。打架的原因是有三个年轻人吃了馄饨不给钱，起身就走。刘松木一把逮住其中一个年轻人的衣领，把那个小伙子抵到了壁上。另外两个小伙子就从袖筒里抽出扁铁砍刘松木，刘松木一拳把那个拿扁铁砍他的小伙子的眼珠打得"飙"了出来，又舞起桑木扁担砍另一个想跑的小伙子，结果把那个小伙子的脑袋砍开了。接着，他又一拳将另一个小青年的鼻梁骨打得粉碎，仰倒在地，鼻血直喷。三个小伙子如今都躺在镇人民医院，整天哼着悲歌。刘松木自然被关起来了，人家要他赔医药费，还要他赔护理费和营养费等。

钟铁龙望着刘松木的老婆："事情不是他们惹起的么？"

刘松木的老婆挺着五个月的大肚子说："我也是这样说的，但那三个人都一口咬定，说是松木先动手打人。"

"那就比较麻烦了。"

刘松木的老婆说："已经关了一个多月，不晓得这事的结果会如何。"

大年三十的那天上午，天上露出了一抹阳光，钟铁龙于那抹阳光中看见刘松木的父亲弯着腰从他眼前走过，便决定去看一下刘松木。这么些年里，哪一年过年他和刘松木、李培不是在一起？他买了条郴州牌香烟，买了两个猪肉罐头，还称了一斤散装的蛋糕。刘松木被关在派出所的一间肮脏的牢房里，牢房的窗户都焊了铁护窗，门也是粗壮的铁栅栏门。派出所的民警都放假了，牢里只关了刘松木一人。值班民警见他说他是刘松木的同学，来看刘松木，就让他进了派出所的大门，但没为他开牢房门。值班民警说："你在门口跟他说几句吧。"

钟铁龙谢了值班民警。刘松木早站在铁栅栏门口了，一身衣服邋里邋遢的，一脸灰色，一双眼睛因他的到来而发亮。"钟铁龙，"刘松木的脏脸上笑容可掬，"你回来了？"

"回来过年。"钟铁龙说，把手中拎的东西递进去给刘松木。

刘松木也不客气，把那条郴州烟撕开，掏出一包，摸出一支要给钟铁龙，钟铁龙看见刘松木这副模样，心里有点酸，说："你自己抽，我刚丢的。"

刘松木就点了支烟，贪婪的样子抽了口："好舒服呀，我烟饿醉了。"

"自由多好，退一步海阔天空，你硬要打架干什么？"

刘松木晃下脑袋："又不是我想打架，他们抽出扁铁要砍我，逼我动手。"

"结果你就到牢里来了。"

"打架的时候哪个还想那么多？哪像你们读了大学的，先想后果再来做！老子一打架，想的就是怎样让对方在最短的时间内倒在地上。"刘松木嘿嘿嘿笑，脸上一脸自信，吐口烟到铁栅栏门外，"你手一软就要呷亏。我刘松木打架，不是吹，从小到大还没吃过亏。"

刘松木说这句话时，钟铁龙看出他那张肮脏的脸上竟有一抹自负掠过，好像有一片云飘过天空样。刘松木的脸是那种船型脸，两头尖，中间略宽。这样的脸看上去很有几分暴徒相。他想刘松木天生就是打架的料，说："你吃亏都是吃亏在打架之后。"

刘松木在自己的思维里说："一个人想多了就什么都不能做了。"

"老话说，三思而后行是有道理的。你跟李逵一样，动不动就打。"

钟铁龙从派出所出来，忽然决定去镇武装部李培家走走，说不定能碰上李秋燕。他有很久没看见李秋燕了，不晓得她变成什么模样了。他从来没有忘记她，在子校的某些月夜里，当他一个人躺在床上思想时，李秋燕会不请自来，在他脑海里飘浮。街上，一些孩子在街头巷尾玩鞭炮，时不时有"嘭"的一声炸响落入他的耳孔。镇武装部大院是两栋红砖楼房，一栋办公楼一栋宿舍楼，中央一块很大的坪，栽着梧桐树、桃树和几株杉树。几个武装部的孩子在坪上掷鞭炮，嘭叭之声充斥在武装部的大院里。镇武装部在黄家镇是特别的，住的都是穿军装的人，李秋燕的父亲是南下干部，资历比县武装部长的资历还老。但他出身农民，没文化，就一直在黄家镇武装部当部长。他想起那时候他来镇武装部，名义上是找李培玩，实际上是来看他暗恋不已的李秋燕。他还记得一九八二年夏天，他壮着胆子送电影票给李秋燕的情景。那天太阳落山后，他走进镇武装部，看见李秋燕坐在竹铺上乘凉，她父亲躺在竹躺椅上，拿着蒲扇摇晃。当时蝉在梧桐树上尖唱，他的心却在哆嗦。他假装是找李培下棋地走进李培家，但他无心下棋，他等机会，十点来钟，他趁李培解大溲时，走出来，见李秋燕仍坐在竹铺上乘凉，他忙从口袋里掏出电影票，满脸紧张地小声对李秋燕说："这是明天晚上的电影票，是日本电影《生死恋》。"李秋燕望一眼他，他把电影票放到李秋燕手上，这是他生平第一次接触一个女孩子的手，而且是他爱恋的女孩子的手，虽然只是碰了下，他已感到满足了。李秋燕接住他送给她的电影票，没说话。他又说："你一定要看，明晚见。"

那个晚上他没睡好觉。他想李秋燕会不会去看电影？又想要是她去了，他怎么对她开口说第一句话。第一句话他应该说："你来了。"或者说："晓得吗，我非常喜欢你李秋燕。"不过不能这样说，那会把她吓跑，应该这样说："我以为你不会来。"他这么翻来覆去了很久，怎么也想不出一个结果。不过，他感到欣慰的是他终于走出了这一步，这一步他迈得非常艰难，当时他十七岁，心里却燃烧着对李秋燕的强烈爱情。第二天，他无心干任何事，仿佛是等待宰杀的一只羔羊。刘松木来叫他去黄公庙后面的树林里练武，那时刘松木已没读书了，成了镇文化电影院门前的票贩子，靠倒卖电影票为生。八十年代初，看电影还是很风靡的。那个夏天的上午，钟铁龙的心完全在李秋燕身上，摔跤就摔得心猿意马的，后来他不摔了，坐在一旁看三狗和张兵摔，看刘松木和李培摔。十点钟，他们又去游泳，把剩下的时间都在湘江里泡完，才折回家。傍晚，七点钟还没到他就心潮澎湃地走到了镇文化电影院门前。这是他平生第一次约一个女孩子看电影，他不但心潮澎湃，还忐忑不安，自己都感觉自己的脸热得发烫。他看见刘松木手里拿着几张电影票，正大声叫嚷"退票不退票不"，一些想看电影的人就围着刘松木，想从刘松木手上退几张座位较好的电影票。钟铁龙心里有事，就绕过追逐刘松木的那堆人，走进了电影院。电影是七点半开演，此刻正播放着科教片。他旁边的位置空着，李秋燕没来。七点半，电影院的灯黑了，电影开演了，李秋燕仍没来。他心里一凉，第一次觉得自己是个失败者。在《钢铁是怎样炼成的》那部小说里，冬尼娅是喜欢保尔的，但是在现实生活中，李秋燕心里却没有他，这让他有很长一段时间十分郁闷。

他走进李培家，李培笑呵呵地迎接着他，嘴里说："我正准备下午去你家送请柬。"

李培脸上是那种人逢喜事精神爽的笑。李培一身灰色西装，脖子上还系了根蓝领带，看上去很知识分子。李培从茶几上的一堆请柬里找出给钟铁龙的请柬说："我大年初四结婚，地点定在异南春饮食店。你一定要来，你不来，我有意见啊。"

钟铁龙问李培："你请了几个同学？"

李培整理了下自己的头发："能通知到的都通知了。"

钟铁龙走进镇武装部时没看见李秋燕，便问："李秋燕会参加你的婚礼吗？"

"同学里，你只记得李秋燕，"李培脸上显出一抹意见，"除了李秋燕，你还记得谁？"

"还记得你李培。"

"早两天李秋燕的妈说，李秋燕今年不回家过年。"

"哦，"钟铁龙一笑，"祝贺你早得贵子。"

"黄家镇还能生出贵子？"李培自嘲道，"只要是个正常人就行了。"

大年初四的那天上午，钟铁龙着一身西装走进了异南春饮食店。异南春饮食店的门上和墙上都贴了大红喜字，来了很多人，其中一部分是他们的初高中同学。同学们相互打招呼，说俏皮话，叫叫嚷嚷的。李培穿一身黑西装，打了根红领带，头发上打了很多凡士林，以致头发像结了层厚厚的壳一样油亮亮的。李培的脸颊上还一边打了坨红，估计是他母亲蒋老师心血来潮为当新郎官的儿子打的。小时候，学校搞元旦文艺节目，轮到他们登台，蒋老师就勒令他们站好，给他们的脸上一边打一坨红，让他们笑时显得灿烂些。新娘走在新郎身边，穿一身大红衣服，脸上也打了红，笑起来自然很灿烂。大家都围坐在一起说话，喝着喜酒，谈的却是如何才能发财的事情。有的同学谈起自己的计划来满口大话，这让钟铁龙听了想笑。李秋燕没来，他成了在座的同学中唯一一个读了正牌大学的。大家问他情况，他满嘴低调，说读大学没用，说他的薪水还不及在座的许多同学的工资高。他指着坐在他一旁的一个在县公安局刑侦队当刑警的同学说："像他，就混得比我们都好。"

刑警同学谦虚道："哪里哪里，我不过是混饭吃而已。"

刑警同学于高中毕业时考取了县公安学校，实际上也不是正规的考，而是内部职工那种名额限制的考。他父亲是镇派出所副所长，出于照顾，他被录取了。三年公安学校毕业后，如今他在县公安局刑侦队当刑警，已当了三年刑警，骑一辆印着公安牌子的摩托车。摩托车就停在异南春饮食店门前。二十多个男女同学里，只有他骑着摩托车。钟铁龙有点羡慕他，还觉得有些问题应该问问他，便问他："现在案子好破吗？"

刑警同学摆摆头："好破又不好破。"

钟铁龙不露声色地进一步问："怎么这样说？"

刑警同学说："有的案子拖得长，这是因为罪犯很狡猾，犯了罪后不留痕迹。这样的案子就难以侦破。要等他再犯案才能破获。"

钟铁龙就感兴趣的样子问他："为什么？"

"因为这些罪犯并不是惯犯，他们往往只犯一次案就收手了。这样的案子最难破。"刑警同学说，为此卖弄着自己的公安知识，"一般罪犯犯了法，等一段时间觉得没事后，就又作案，当然就有被逮着的一天。有的罪犯不是出于这种目的，例如出于报复，那就难破，因为他只作一次案。作了案他就收手了，跟平常人一样生活，你就很难抓到他。五十年代中期，县公安局局长被人杀死在家，三十多年了，至今案子也没破。'文革'中，县里还有几起杀人和抢劫案，二十年过去了，也没破。这是那些犯罪分子只犯一次案就隐藏起来了，他不再犯，你怎么破？不过百分之九十九的大小案子都破了。这是罪犯犯了案后，见没事，就又犯第二次。因为不劳而获的甜头总是诱惑着一些犯罪分子继续作案。"

李培丢下其他客人，也坐到这一桌，分析说："这是犯罪分子都拘着侥幸心理。"

"正是。犯罪分子总是抱着侥幸心理，以为会没事。犯罪分子之所以最终落入法网，主要有两条：第一，他们作完案后，觉得没事就放松了警惕。开始他们都很警惕，但他们会逐步放松警惕，一放松，马脚就露出来了。在县公安学校时，我老师说，犯罪分子犯罪都是有目的的，有目的就总会留下侦破的线索。这就是马脚。"

钟铁龙懂了地点点头："第二呢？"

刑警同学说："第二就是别的罪犯带出来的。两个人或三个人犯案，犯了后，另一个人在另一个地方或城市犯案，为了减轻罪行，把他曾与某个人犯的罪行也交代了出来。这种情况很多，因为犯罪分子一旦被抓了，就想减轻罪行，早点出来。"

李培说："看来做强盗也要一个人做才踏实，不然总担心同伙会把自己供出来。"

"人不为己，天诛地灭。"刑警同学说，"很多犯罪分子都是这样想问题，我曾经审问过一些罪犯，那些犯罪分子杀人时心里想的就是这句话。"

钟铁龙想侥幸心理是很害人的，犯罪分子往往都被这种心理支配，这种心理会导致一个个可以成为罪犯的人成为罪犯。他说："人不为己，天诛地灭，是一种自私的主张。"

"就是，"刑警同学一笑，骂道，"犯罪分子都是自私自利的畜生。"

五 偷车

过了年，一开学，钟铁龙就走进了高二班教室。高二的教室闹哄哄的，见进来的是一个只比他们大几岁的新老师，就更加吵哄哄了。钟铁龙扫了眼讲台下的五十五个学生，发觉这个班的男生比女生多一半。他站了几秒钟，才提高声音说："上课。"

一个女生用尖尖的嗓门叫了声，"起——立！"

同学们起立得稀稀拉拉的，有的先起立，有的滞后一步起立，其中一个大个子男生是最后一个起立，且还歪着身体站着，他身高有一米八五，脸上是那种力大不吃亏的蛮相。钟铁龙当然清楚擒贼先擒王那一套，但他克制着，盯他一眼后说："坐下。"

同学们又稀稀拉拉地坐下了，大个子同学又是最后一个坐下。钟铁龙转身在黑板上写道"钟铁龙"，在名字下画了一杠，说："这是我的名字，同学们以后就叫我钟老师。"

一男生简直不把他放在眼里说："钟老师，姓钟，闹钟的钟。"

另一男生当然不甘示弱："钟老师是读钟，不是读曾。嘻嘻。"

他一旁的男生纠正说："你连钟和曾都发音不准，还教别个。你做好事。"

钟铁龙在一片嘈杂声中把这堂课上完了。课间休息时，他步入数学组办公室，数学组组长正拿铁夹子夹核桃吃，也请他吃说："吃核桃，这东西润肺的。"

钟铁龙拿了枚核桃在手上玩着，没吃。他说："这个班的学生好像有蛮吵。"

数学组组长赞同说："这是个最讨厌的班，班上都是些厂干部子弟。"

数学组组长又说："陆校长让你教这个班，就是要你收拾这个班的学生。"

钟铁龙像得了将令样，一笑："看来是得收拾一下。"

第二堂课，他步入教室时，教室里仍然一片吵哄哄的声音。他照例叫了声"上课"，学生们照例稀稀散散地起立又拖拖沓沓地坐下。数学组组长告诉他，除了孙厂长的儿子在这个班，还有厂党委副书记及几个厂中层干部的孩子也在这个班。他们根本不把老师放在眼里，老师们为了解决住房问题或加工资的问题都放下了知识分子的架子，在他们的父母面前当然就不够为人师表。钟铁龙将那枚核桃捏在两指之间，问："同学们，这是什么？"

有同学就回答说："核桃。"

钟铁龙说："我们来一个公平合理的测验，谁能把这个核桃捏碎，谁以后就有资格上课讲话，而且我上课时他可以不站起来。我讲话算话，绝不食言。谁想试试请举手？"

没有人举手，都望着他。

钟铁龙一笑："既然你们都不试，那我就捏了？"他把核桃递给前面的几个男同学，让他们检查，说道："你们可以试试，看能不能捏碎。"

有个男同学就龇牙咧嘴地捏了捏，没法让核桃破裂。另一个男同学接过核桃，也咬牙切齿的模样用劲捏，还不是用一只手，而是用双手捏它。核桃仍然是核桃。

钟铁龙伸手要过核桃，脸上笑着说："看。"只听见咔嚓一声脆响，核桃碎裂了。他说："同学们，我是调皮学生出身，调皮学生都义道，也讲一个服字。服不服气是关键。我给同学们一个月的时间练，你们回家只管捏，如果你们在这一个月内能捏碎核桃，你们哪一个上课想讲话就只管讲，我保证不管。如果捏不碎，上课就不要讲话，讲话就影响了其他同学听课。我就会采取措施。好了，现在请同学们翻开数学书。"

这一堂课平安无事。

过了几天，一天上午他走进教室，见那个大个子男同学斜靠在椅子上，歪着脑袋坐着，一脸流氓相。他就让大个子男同学坐正，大个子男同学一脸不服气的样子坐正了身体。大个子男同学觉得自己在这个班上的崇高地位遭到了颠覆，于是在钟铁龙转身在黑板上写字时就故意讲话。钟铁龙一转身，手中的粉笔头就嘭地落在大个子学生的额头上了。钟铁龙瞪着他说："已经约法三章了，你怎么找不自在？"

大个子学生是孙厂长的儿子，背后有一个在这个厂随便说一句话都有人洗耳恭听和认真分析的父亲撑腰，脖子就很粗。他把额头上的粉笔灰抹掉，大声说："你打什么人？"

钟铁龙走过去问："那你要我怎么样？你不听劝告，影响别的同学上课，老师就不该惩罚一下你？你上课能讲话，别人就不能讲话？你个子大些？"

大个子同学攥紧了拳头，横着眼睛瞪着他。

钟铁龙本想就此打住，见他攥紧拳头斜视着他，就来了火："你给我出去。"

大个子同学说："我出了钱，就是来读书的。你凭什么要我出教室？"

钟铁龙不想跟他啰唆，一把抠住大个子同学的锁骨，大个子同学痛得叫了声"哎哟"，哭了。他没让大个子同学在教室里涕泪滂沱，拎着大个子同学，把他拎到陆校长办公室，让陆校长去教育他。他再绷着脸步入教室时，教室里连一点说话的声音都没有了，安静得只有翻书的声音和钢笔写字的声音萦绕于他的耳畔。

但是第二天陆校长找他谈话了，要他为此事写份检查，检查还不是针对学校写，而是对厂领导写，认识自己的错误。钟铁龙听完陆校长的话，说："我不写。"

陆校长觉得钟铁龙不懂事道："钟老师，胳膊扭不过大腿。昨天晚上厂里分管教育的陈厂长到了我家，说你不认识自己的错误就不准你进教室上课。"

"不上课正好。"

陆校长关心地望着他说："钟铁龙老师，只是写个检查，转一下弯就行了。你整的那个学生是孙厂长的公子，他跟他父亲说他要转学，不然就不读书了。"

"我没整他，我已经在教室里约法三章了，他要显狠，那我就没办法。"

陆校长脸上不高兴了："你不写检查我过不了门啊。"

学校没敢安排钟铁龙上课了。用粉笔头打学生和抠学生的锁骨将学生拧出教室成了他体罚学生的"罪状"。这天上午，陆校长把他叫进办公室："你体罚学生也要看对象啊，厂领导让我停你的课，让你停职反省。小钟呀，你赶紧写个检查，把检查交到厂教育中心去吧。"

钟铁龙听陆校长这么说，心立即变硬了，冷笑了声："我不写。"

陆校长说："不写你就只能在总务处打杂。"

钟铁龙想打杂有什么了不起？正好落个轻松，便说："我愿意打杂。"

陆校长批评他："你这人没脑子，评职称和加级的名额都在厂领导手里攥着。你不上课就评不了职称，评不了职称工资就低很多。你今年可以评二级教师，钟铁龙老师。"

钟铁龙想，在子校当老师真没劲，这半年里他隐隐感觉自己在厂里地位低下，由于子校不是生产部门，老师在厂里就没什么地位，不光只是厂长、副厂长，就是科长什么的都可以大大咧咧地迈入子校，对子校工作指手画脚。他打个哈欠冲陆校长说："评不了就不评。"

他走出校长室，向体育老师要了只这个学期刚买的新篮球，就进了篮球场。下班时，石小刚来了，也来打球。一场球打到天彻底黑了，自然也打出了一身臭汗，这才换衣吃饭。饭已经冷了，两个人就把电炉打开，在电炉上热饭菜。石小刚问他："那事想好没有？"

钟铁龙点上支烟，瞭着满脸期待的石小刚说："想了，我不敢干。"

石小刚脸上有几分失望，盯着他说："你怕了？"

钟铁龙冷冷地看着他："我怕万一查出来了，我们还没好好地享受人生就进了监狱。"

石小刚说："我们可以精心策划，有十足的把握了，再干。"

钟铁龙把目光放到石小刚脸上，石小刚的脸上充满了期待，自然还充满了邪恶的欲望，那些欲望像水一样在他脸上流淌，仿佛溪水在岩石上流淌一般，冰冷的，却清晰可见。他觑着石小刚的脸："我是真的不敢做那事，因为这是与法律为敌，我还想多活几年。"

石小刚坚决地说："人无横财不富，那是一笔很容易到手的钱。"

钟铁龙的心怦地跳了下，他点燃一支烟，吸了口，瞧着石小刚，他见石小刚一脸的期待和狂热，像一条等待指令的猎犬样望着他，便说："如果真要干，你得答应我两个条件。"

石小刚激动地问他："两个什么条件你说？"

"第一，只做一次，永远不干第二次。"

石小刚点头说："当然，就这一次。"

"第二，三年内不能动用这笔钱，要用也要离开这个厂之后，在外面找份工作先装腔作势地做三年，然后再用这笔钱做基础，做生意。"

石小刚道："你想得很周到，我们是得谨慎。"

钟铁龙把他大年初四与刑警同学的谈话一句一句地学给石小刚听，然后说："破不出的案子都是只做了一次。我们只做一次，鬼都寻不到我们。"

石小刚兴奋地点头："我懂。过年的这段时间我已想了很多套方案，我还跑去勘察了逃跑路线。怎么逃跑用什么工具逃跑我都想清楚了。"

钟铁龙盯着石小刚，想石小刚是真的要干，是真的要把他拉到与监狱只有一墙之隔的路上去。他想那条路一定是凶险的，随口问："用什么工具逃跑？"

"摩托车。事先我们去市内偷一辆摩托车，把牌子取了，先藏起来。"

"你会骑摩托车？"

"会骑。我们村里有几个搞基建的老板有摩托车，我骑过他们的摩托车。"

"那就好办了。"

石小刚脸上很激动："钟铁龙，我已经看见我们两人分钱了。"

"我还没一点钱到手的感觉，也许事情不是你想象的那么简单。"

"这事决定下来了就不要犹豫，钟铁龙。人为财死，鸟为食亡，这是《增广贤文》上说的。我明天去厂里的基建工地上偷两根螺纹钢，那样的钢棍敲一下脑袋不怕对方不晕。"石小刚比画着说，"一棍打下去准让对方昏迷。"

钟铁龙抽口烟，说："不要动厂里的东西，别人会怀疑到是厂里的人干的。"

石小刚觉得也对，就改口道："那我去废品店买根铁棍。废品店这样的东西多。"

"用过后，还不能随便丢在哪里。"他望着石小刚，"不能留一点线索，要销毁凶器。"

石小刚夸钟铁龙："你很谨慎，这我更加放心了。"

钟铁龙啪地按燃打火机，看着一坨黄灿灿的火苗往上蹿，想他好在还有个大哥，万一他栽了，家里还有大哥安慰父母。说："我们这是往深渊里跳，不谨慎会掉脑袋。"

星期天上午八点半钟，钟铁龙醒了，是被敲门声敲醒的。来者是刘丽云。这次他从白水回来，并没跟刘丽云联系，因为他心里存了准备干的坏事，这事让他产生了顾虑，不想连累她。刘丽云穿一件棕色皮夹克，脖子上系条白丝绸围巾，像一只大雁一样飞来了。也可能是他心里决定冷淡她，就没有说她漂亮，而是说："你来了。"

刘丽云有很多不痛快，还有很多失落。她没想到她在他面前那么没魅力。她是作了很多斗争，并且下了很大的决心才来的，看见他，她心里觉得委屈，觉得自己心里老想着他，而他却不重视她。她低声说："你回来了也不跟我打个电话？"

他随口说："学校不让我上课了，我心里烦躁就没跟你联系。"

刘丽云愣愣地瞧着他问："学校不让你上课了？"

"我在课堂上用粉笔头打了厂长的公子。"

"你怎么拿粉笔头打厂长的公子？"

"他上课故意讲话，我就拿他开刀。"钟铁龙烦恼地把这事对刘丽云说了。

刘丽云脸上有了理解他的表情，目光就温柔多了。她知道钟铁龙是个要面子，而且很硬的男人，一颗心又为他担心起来，问："你打算怎么办？"

"打算下个学期调走。"

"你联系了别的学校吗？"

钟铁龙摇下头："还没有。"

刘丽云本来是来讨伐他的，这会儿全忘记了初衷，把身体偎到他怀里："钟铁龙，我好爱你的。其实我们学校那个男老师在拼命追我，但我就是舍不得离开你。"

钟铁龙不希望她这么爱他，说："你自己选择你的未来，别太在乎我了。"

"为什么？"

钟铁龙想到他将要干的事，便说："我怕我给不了你好日子。"

"你对你自己就那么没信心？"

"我真的对自己没信心。"钟铁龙看着她，"我生长的地方没有一个做了大官的，也没有一个大老板可以投靠，在长益市，真是举目无亲，你要我对自己怎么有信心？"

石小刚来了，在门外拧单车铃，两人约好了今天骑车去察看作案后逃跑的路线。这路线在钟铁龙看来开不得半点玩笑，必须彻底考察清楚。石小刚见他的女朋友来了，就站在门口问他："今天还去不去？"

"当然去。"

刘丽云说："你们去哪里？我跟你们一起去。"

"你不要去，"他当着石小刚的面断然说，"我们去打球你也跟着去干什么？"

刘丽云的脸上升起了一抹绯红，觉得他没给她面子，便说："那我回去。"

刘丽云说着就拎起包要走人，钟铁龙没留她，尽管他想挽留，但他没把这话说出口。刘丽云走出门时说："那你们打球吧，祝你们玩得开心。"她说这话时声音都带点哭腔了。

石小刚不忍心道："你快把她追回来，今天就不去了。"

"去，"钟铁龙硬着心肠说，"这样更好，免得到时候我拖累她。"

钟铁龙没单车，他从体育老师手上借了辆松鹤牌单车。车已破旧了。钟铁龙骑上它，两人往厂外奔去。农业银行就在电工厂旁的大马路上，对面是一家三层楼的酒店。这一带里凡是想讲点排场又懒得往城里跑的人都拉着朋友上这家酒店吃饭。银行一旁是家百货商店，百货商店是原来的供销社改的，没什么人光顾。再一旁是一所技工学校的围墙，围墙与商店之间有条水泥铺的小路，小路的一边是技工学校的红砖围墙，另一边是农民的菜地和房子。小路到头是另一家单位，一张铁大门朝着小路；拐弯是条简易公路，简易公路傍着围墙，到了尽头是一处家具厂，从家具厂前经过，再往前走就是坑坑洼洼的村公路。村公路两旁是山坡、树木和房子，跟着是农田和菜地。再往前是两条路，一条通向更远的乡村，一条拐向 107 国道。这里有处山坡，山坡上有很多竹子，还有众多树木。一旁有处破旧的空房，房子的主人嫌这里太荒凉和太不安全了因而搬离了此地，要不就是房子的主人发了财因此在另一处地方建了楼房。房子废弃在这儿，门被什么人踢烂了，窗玻璃全被人打碎了。两人走进去，地上有干了的狗屎和鸡粪，墙上和篾顶天花板上布满蛛网。石小刚递支烟给钟铁龙："到时候我们可以在这里换装。"

"我也是这样想。"钟铁龙说。他看了下表，刚才两人骑着单车考察这条路，用了一个多小时。他问："假如是骑摩托车，到这里需要多长时间？"

"那最多二十分钟。"

"二十分钟？"

"我们刚才骑得慢，如果是骑着摩托车直奔这里，不会超过二十分钟。"

"我们要穿一套我们从没穿过的衣服，到了这里，我们把衣服换了，再上 107 国道，我在 107 国道下车，你骑着摩托车往市区跑。"

"往市区跑？"

钟铁龙判断说："往市区跑比往乡下跑安全。城里你熟，骑摩托车的人也多。往乡下跑，你骑着摩托车反而会引起乡下人的注意，因为乡下骑摩托车的人少。到时候公安人员追来，一问乡下人，农民就会指引他们抓你。"

"有道理，在乡下，骑摩托车太显形了。"

两人抽完烟，又骑上单车缓缓上了107国道。107国道上行驶的车辆很多，摩托车、单车、货车、客车和拖拉机等，这条国道很宽广。往前有一个站牌，有长途客车和短途客车在站牌前作短暂停留，马上又往市区驶去。钟铁龙看了眼表，计算着客车停靠的频率，半个小时里有四辆客车在此站下客和上客，平均八分钟一辆。他心里有了主意，说："我到时候就上辆客车，你骑摩托车，分头走。现在的计划就是到哪里去偷摩托车了。"

"市内多的是，我常看见一些骑摩托车的人把车停在路旁人就走开了。"

石小刚又说："只要买一把剪钢丝的钳子，什么车子都可以偷到。"

"你小时候偷过东西吗，小刚？"

"没偷过，如果要说偷过那就是偷过我娘的钱。"石小刚回忆说，"不过我娘的钱有数，读小学的时候有次我偷了我娘两块钱，结果被我娘打得半死。我爹也很生气，他没打我，要我在毛主席像下跪了整整一个下午，我记得我的膝盖都跪肿了。"

钟铁龙笑："我小时候不敢偷钱，只溜到菜地里偷过农民的黄瓜吃。"

几天后的一个晚上，钟铁龙和石小刚在长益市内一家单位的宿舍前偷了辆本田145。两人走进那处宿舍时，看见这个骑本田145摩托车的男人来了，把车停在一处宿舍楼下，只锁了龙头锁就奔上楼去了。那是晚上十点多钟，那天晚上十点来钟时突然下起了小雨，那骑摩托车的男人没穿雨衣，因此他顾不得锁轮胎就回家了。估计是这样，因为没有别的理由让他这样做了。当时两人站在那栋楼的一株法国梧桐树下，看见了。

石小刚兴奋地说："他没锁轮胎锁，这个猪。"他大胆地走了过去。有电视机的声音从一家窗户里传来。石小刚把龙头往那边扭，然后猛地往回扳。他接连扳了五下，然而那锁并没被他碰掉。钟铁龙走拢去，用力将摩托车的龙头扭过去，再猛力一回，龙头摆正了。铝合金的锁扣被他发力撞掉了。石小刚推着摩托车朝前急走，钟铁龙断后。石小刚把摩托车推到马路上，拐弯，进了一条黑乎乎的小巷。钟铁龙替他打望。石小刚是学电路的，事先又上一家摩托车修理店参了师。他拿起子撬掉启动开关，用小手电筒照着，将一根红线和一根绿线一接，摩托车便嘟嘟嘟地启动了。石小刚骑上去，推亮大灯，对钟铁龙说："快上来。"

钟铁龙就跨上摩托车的后椅，石小刚骑着它驶出小巷，上了大街。

钟铁龙要求说："转弯，向那条街拐去。"

石小刚就拐弯，骑着摩托车驶上了另一条街。"好爽啊。"

钟铁龙附在石小刚的耳朵上说："不要把摩托车骑到厂里去。我们不能让厂里的同事晓得你会骑摩托车，免得抢了钱后，厂里的同事马上想到你会骑摩托车。"

"我正是这样想的，我们想到一块去了。"

"下一步就是买两只可以把脸遮起来的头盔和买两身衣服了。"

石小刚说："这事我来办。"

两人把摩托车骑到郊外，衣服已被毛毛细雨打湿了。石小刚骑着摩托车拐上一条简易公路，再往前骑就只有山坡和农田了。钟铁龙见不远处有棵大树，就叫石小刚把摩托车骑到树下。两人下车，石小刚用起子撬开摩托车后椅上的箱子，找出钳子和扳手，蹲下身取摩托车牌照。世界在这一刻静静的，只有他们两人于这棵树下忙碌……

六　抢钱

三月十一号于期待中来了。这天上午，钟铁龙在学校露了下脸，故意到校长室问他什么时候能进教室上课，陆校长绷着脸说："你写了检查就可以上课。"他说："不写。"随后，他跑到总务室站了站，说了几句话，又走进数学教研组，在教研室待了五分钟，然后他走出来，急急向厂外走去。他上了辆开往市区的客车，坐了两站，下车，石小刚已在那儿等他了，胯下是那辆偷来的本田145。石小刚对他露齿一笑，钟铁龙没笑，因为他脑海里装了一脑袋的警惕，像麻袋里装了一麻袋米，脸就绷得紧紧的。他跨上摩托车后座，石小刚将摩托车发动了，朝着那处废弃的房子奔去。不到一刻钟，摩托车奔到了那处房子前，两人下车，从尾箱里拿出两件油漆师傅穿的蓝色长衣，套在西装上，又将两只冬天里戴的把一张脸完全遮没的头盔戴上。石小刚拿了把管丝钳，这是那种很大的用来松紧水管螺丝的钳子。钟铁龙拿了根用一块钱在废品店买的铁棍，握在手上试了试，觉得一铁棍下去一定能将对方打晕。

石小刚望着钟铁龙，说："我心里有点紧张。"

钟铁龙听石小刚这么说，便感到这事做不得，就丢下铁棍，这里太安静了，铁棍落在地上的声音吓了两人一跳。钟铁龙硬着脸说："石小刚，你怕，我们就不要干。现在我们还什么都没干，只是偷了辆摩托车，还没走到绝路上，后悔还来得及。"

石小刚走到门口，觑了眼上天，天空呈一片灰白色。他说："老天，请您保佑我们。"

钟铁龙冷冷地说："靠祷告是没用的，很多坏人在做坏事前也跟你一样向老天爷祷告，乞求老天爷保佑。但老天爷从来没保佑过任何人，更不会保佑坏人。人首先要战胜自己。如果你连自己都战胜不了，那就不要干。因为只要你怕，问题就会跟饿狼样扑上来。"

石小刚看着钟铁龙，钟铁龙脸上的表情很平淡，又说："有些事情做了还可以回头，有些事是没有回头路让你纠正错误的。我这几天老在想这个问题，是这样苟且偷生地活着，还是冒一次险，然后换一种方式方法生活？这个问题总是在我脑海里打架，一时想就这么平淡地活着算了，一时又想应该冒一次险。但你怕，我们就趁早收手。现在我们只是偷了辆摩托车，把摩托车扔了，回去，这件事就不要再提了。走吧。"

石小刚见钟铁龙不想干了，脸上又变坚决了，说："我现在没事了。"

钟铁龙担心石小刚事后会害怕："小刚，我们后悔还不晚，你不要勉强自己。"

石小刚说："人为钱死，这是个机会。抓住这个机会我们就发财了。"

钟铁龙纠正石小刚的话说："人为钱活，人为钱死是古人。"

"对，"石小刚差不多是大声说，对天举起了拳头，"人为钱活。"

他俩上摩托车，钟铁龙戴好头盔，捡起铁棍，把铁棍藏到袖筒里，两人便向农业银行驶去。石小刚把摩托车拐到距银行没几步的一边是技工学校围墙的那条小路上，停下，装作修摩托车。钟铁龙注视着农业银行的大门。十分钟后，杜会计和张会计一人拎着个旅行袋出了银行。那鼓鼓囊囊的旅行袋里装的无疑是长益电工厂这个月里全厂职工的薪水。

"出来了。"钟铁龙只说了三个字。

杜会计和张会计并不知道她们今天会倒霉。而且，进入更年期的杜会计根本就没想到今天是她生命的最后一天。她既舍不得吃又舍不得穿，一天到晚讲节约，最终却什么也没得到地离开了人世。杜会计一早还和女儿吵了一架，原因是女儿赖在床上不起床。杜会计伤心地觉得女儿太没出息了。张会计也没想到今天会在她身上发生抢劫钱财的大事，她自己后来在医院里哭着说，她一生都谨小慎微，而且因职业原因，也很注意周边的人。但那天，杜会计跟她谈论她女儿的婚姻大事，她就把注意力放到杜会计的女儿身上了。她注意到了一旁有两个男人，戴着头盔，头盔完全把脸遮没了，穿着蓝长衫，那是油漆工人穿的衣服。她们走过去时，她没想到两人敢在光天化日之下行劫。张会计能回忆起这些事情，并把它们讲述给围绕着她的刑警和厂领导及同事听，是距这桩于全国影响很大的恶性抢劫案发生半年后的一天。半年后，她醒了。医生以为她可能永远只能像植物人那样活着，没想她经过医生的精心抢救和医治，终于从昏迷状态中走了出来。张会计觉得自己应该死，因此呼天抢地地哭着说："让我死让我死吧，我对不起领导，对不起全厂职工啊。"

那天，当两个中年女人拎着装满钱的旅行袋，说着话从钟铁龙和石小刚身边走过时，钟铁龙一铁棍打在张会计的后脑勺上，只听见咚的一声，张会计还没哼一声就栽倒在地，手中的旅行袋也掉到了地上。就在同一时刻，石小刚跨前一步，手中的管丝钳便落在杜会计的脑门顶上。杜会计发出了她一生里最后一声惨叫，但那声惨叫在空旷的马路上就不强烈。杜会计倒下了，石小刚捡起杜会计手中的旅行袋，两人上了摩托车，本田145一直没熄火地停在路旁，于是载着两人飞奔而去。路上没人，此刻是上午十点钟，正值上班时间，大家都在车间或办公室里干着事情，就是附近的农民，不是在菜地里也是在家里忙着。摩托车驶出小路，绕过那个单位，奔向家具厂，从那儿突然拐弯向另条路上飙去，又驶过山坡、菜地和农田，再往前驶了百多米，摩托车拐个弯，驶向了那处荒坡。两人把摩托车停在那处废弃的农舍前，奔到农舍后面，掀开钢筋水泥井盖，把管丝钳和铁棍及脱下的衣服和黑手套都扔进了那口水井。井里还有很深的水，这些东西一落下去就不见了。钟铁龙将井盖复回到原来的样范。两人走出来，钟铁龙从摩托车箱里拿出一只大蛇皮袋，他见旅行袋上锁了把小锁，就抓着小锁使劲一拔，旅行袋的拉链撕开了。他把旅行袋里的钱倒进了蛇皮口袋。

两人又上了摩托车。摩托车驶到107国道，钟铁龙跳下车，石小刚骑着摩托车迅速向市区飙去，钟铁龙却走进农民建在公路旁让等车的人留下粪便的茅屋里。他在这间茅厕里等着，不一会，他瞧见一辆长途客车驶来，忙冲出茅屋，上了那辆长途客车。车上很多人，没人注意他。客车开走了，他松了口气。他坐了三站，下车，又上了辆朝回开的客车，他坐五站，在通向长益市电工厂的那条丁字路口前下车，再上了辆开往电工厂的客车。他在厂门前下车，看了下表，此刻是十一点过五分。厂门前有一堆人，那堆人正在热议一小时前发生在厂前的那可怕的一幕，没人注意这个提着蛇皮袋的人就是抢劫犯。厂生活区是另张门，他进了这张永不落锁的铁门。学生和老师都在教室上课。他进了房，将蛇皮袋塞进柜子。他点支烟，调整了下心态，把内心的恐惧和不安都赶进了脑海深处里一个僻静的角落。他对自己说："钟铁龙，现在你已经没头可回了，你不能毁在自己手上。"

学校第四节课还没下课，他抽着烟，向总务室走去。总务室里已围了一堆人。他听见一女老师说："杜会计当场就死了。"

总务主任脸上的胡子都翘了起来，声音变得很激动，他大声说："我今天早上到锅炉房打开水时还跟杜会计说了话，她笑眯眯地问我听了天气预报没有……"

钟铁龙拼力往自己脸上挤出几分笑地走上去，总务主任看见他就做出满脸恐怖的样子说："钟老师，刚才厂里发生了一件可怕的大事你晓得吗？"

这个时候钟铁龙的脑海里马上诞生了两个反应，一个反应是"听说了"，另一个反应是问"什么事"，他选择了后一句话："什么事？"

一个老师插在总务主任的前面说："我告诉你，就在一个小时前，杜会计和张会计从农业银行里提出来的全厂职工的工资，被两个歹徒抢了。"

"有这事？"他脸都白了，心慌得像煮饺子，"光天化日之下抢钱？"

"杜会计当场被打死了。"总务主任说。

钟铁龙的腿发软，忽然有一种天塌下来的感觉，这感觉来得太突然了，让他目眩、站不稳，甚至想呕。那一瞬，他似乎看见自己孤零零地站在一处悬崖边上，一支枪口对着惊恐而绝望的他。他明白他和石小刚所干的事，现在已经无法挽回了，可怕啊。他的脸苍白，血仿佛于那一刻变冷了，凝固了。幸亏没有老师注意他。他一旁的李老师尖声说："刚才我听厂里人说，厂医生说杜会计死了，张会计现在被救护车送到市一医院急救去了。"

钟铁龙表示出异常的惊讶道："真是胆子太、太大了，凶犯抓到没有？"

总务主任说："跑了，骑摩托车跑的。太猖狂了，这比强盗还强盗。"

钟铁龙听了这话脸上一阵白，身体也有些颤抖。他极力让自己显得镇静，他对自己说"这会儿你要是你要是露馅儿就完蛋"。他就边边一屁股坐到一张椅子上，掏出烟，点上烟，看着窗外的天空。李老师又说："厂区里停了好几辆公安车，市公安局的局长也亲自来了。"

女老师分析说："这又不是一般的案子，这么大的案子，上面肯定十分重视。"

钟铁龙没再说什么，因为他感到他的舌头有点不听使唤，说话竟结巴，好在老师们都把热情和注意力放到了那事上。他的目的就是在此时此刻露露脸，让大家看见他。他觉得自己镇静下来了，腿不颤抖了，走出来，深深地吐了口长气。一些小学生正在操坪上打篮球，吵吵嚷嚷的，体育老师看见他对他笑了下。他也回个笑，进了自己的房间。他对自己说"你这是犯了死罪了"，身体一软，倒在铺上。他听到厂广播响了，一首《歌唱祖国》从电灯杆上的大喇叭里飘扬出来：五星红旗迎风飘扬，胜利歌声多么嘹亮，歌唱我们亲爱的祖国，从今走向繁荣富强……他在这支歌曲中苦思着，不安地等着石小刚回来。

中午一点多钟，石小刚回来了，也拎着只蛇皮口袋，蛇皮袋里装着杜会计提的那只旅行袋里倒出来的钱。大多是一百和五十的钞票，也有二十和十块的，还有五块和一块两块的，那些块票和角票都是新票子，没用过。钟铁龙打开石小刚拎来的蛇皮袋，看了眼五块、两块和一块的新钞票，指出说："这些新票子都要找个地方烧掉，不能用，这些新票子是连号，银行里有记录，一用就会被发觉。我们一起烧，一分钱都不能留。"

石小刚也点头说:"那是应该烧掉。"

钟铁龙问:"摩托车丢在哪里了?"

"丢在河西的一个单位前,我把摩托车停在一栋楼房的前面,还故意弯下腰来锁了轮胎锁。见没人注意我,才走开。走到一个拐弯的口子上,我才摘下头盔放在地上,又摘下手套假装系鞋带,看了看四周,都没人,这才走开。"

钟铁龙脸上的表情很紧张,也很后悔,他感到这事的压力太大了。他说:"告诉你,我听学校老师说杜会计死了。你下手太重了,管丝钳要了她的命。"

石小刚听毕,脸上刚才飘扬着的那片得意顿时烟消云散了,好像晴天变成了阴天,取而代之的是一种苍白苍白的脸色。"死死死了?"他说话都说不清了。

钟铁龙望他一眼,觉得自己告诉他是对的,要是别人告诉他,他脸色变成这样,别人不会怀疑到他身上才怪!钟铁龙想他得把话说穿,因为问题太严重了,他似乎看见了自己和他锒铛入狱的可怜相,他抽口气,绝望的样子说:"我现在很怕这事被查出来,我们真的干了件最蠢的事,从此我们会不得安宁,因为一旦查出这事是我们干的,我们俩都会没命。"

石小刚脸色苍白地瞧着钟铁龙,钟铁龙想,自己干吗跟着他干这事啊?说:"现在后悔已经晚了。钱抢了,人也死了。你这种表情,人人都能看出是你干的。"

石小刚的脸仍然苍白:"我只是想把她打晕。"

"你让她彻底晕过去了。"钟铁龙说,"秀才造反,三年不成,就是说我们这种人做了坏事又怕,现在看出来了,我们的心理承受能力很低。好在我是子校老师,你是厂团委宣传委员,暂时还不会有人怀疑到你我身上。所以,一定要镇静、镇静、镇静。"

石小刚痴痴地望着他,钟铁龙递支烟给他,觉得他的脸上破绽百出,忙建议道:"你下午去厂里上班时最好戴副墨镜,那至少可以让人不易发觉你脸上的表情。你有墨镜吗?"

石小刚说:"有。"

钟铁龙扫了眼门角弯的篮球,说,"我们打球去。打打球,你会放松些。"

星期天厂里为杜会计开了个隆重的追悼会,钟铁龙和石小刚都没去,与另几个年轻人在操坪上打球。刘丽云来了,穿着上次来的那套衣服,腿上一双黑羊皮靴。她以为他会高兴,他们有三个星期没见面了,但他看见她却没说话。她斜着脑袋瞅着他:"你怎么啦?"

"没怎么。"

"你不高兴?"

他向房间走去。她跟着他。两人进了房。他转身关了门,把她猛地抱住,往床上一放。她被他的粗鲁举动弄得有些吃惊，问他："你这是干什么钟铁龙？"

钟铁龙冲她狞笑一声，就粗蛮的样子把她的皮带解开了。

刘丽云觉得有些被他侮辱样，便不愿意跟他继续下去："你不要这样，钟铁龙。"

钟铁龙却恶声说："你是自己跑来找我的。"

刘丽云听了这话脸都变了，申辩说："我只是来找你说说话。"

钟铁龙冷笑道："借口。你是又要当婊子又要立牌坊。"

"钟铁龙你怎么这样说我？"刘丽云望着他，眼泪水都快出来了。

"你要我怎么说你？难道不是你找我？从一开始就是你找我。"

刘丽云一听这话，眼泪水立即夺眶而出。钟铁龙没管她的眼泪，把她的裤子全扒了。他脱衣裤时，刘丽云突然坐起身穿裤子，钟铁龙按住她的手，又把她推倒了。刘丽云想反抗也反抗不起来了，因为钟铁龙已进入了她的身体。刘丽云不反抗了，而是觑着这个行为粗鲁的男人。她说："钟铁龙，我算是认清楚你了。农民。"

钟铁龙听她说他农民，骨子里那个很原始的钟铁龙给激怒了，抬手给了她一耳光。他说："我最不喜欢你们这些在城市里长大的女人，自以为是，农民就不是人？你以为只有城市里长大的人就是人？你还不是乖乖地躺在老子身下！"

刘丽云冷冷地看着他说："你虽然得到了我的肉体，但我还是看不起你。"

钟铁龙猛撞了下她的下身，刘丽云叫了声"哎哟"，他说："我从来就没把你做人看！"

刘丽云要推开他说："你是人？你走开。"

钟铁龙把她的手扳开："走开？这是我睡的床，你要我走到哪里去？"

刘丽云挣脱不开，扭开脸，泪水涟涟地将脸朝着墙。"钟铁龙，你是个流氓！"

钟铁龙就是要把她赶走，他不想连累这个女人。这些天里，除了他干的那桩事缠着他，就是这个女人在他脑海里飘来飘去的，如云如雾。他必须放弃她。他知道他这是最后一次跟她亲热了。

感觉自己受了侮辱的刘丽云扯过被子盖住脸，任他在她身上作为。钟铁龙很快就泄了，趴在她身上，说："好了，我完了。"这话从他嘴里一说出，他自己都吃了一惊，他怎么会说出这种听上去很不吉利的话？他马上补充这句话说："我做完事了。"

刘丽云没说话，他起身，她就跟着起身穿衣服，正要穿裤子时，他又扑上去把她按在床上，脸上一脸的欲望。刘丽云厌恶地想推开他，但他又把她压在床上。他说："刘丽云，我这人很坏，不值得你爱，希望你以后找一个爱你的男人。"

刘丽云已经听不进他的话了，看不起他道："农民。"

钟铁龙听她又称他农民，恼了，脸上就充满了恶，突然又用劲撞她，刘丽云痛得一叫，用手抵着他说："钟铁龙，你好毒啊。"

钟铁龙完事后把刘丽云搂得紧紧的，搂得刘丽云都迷茫了，一时都忘记恨他了。钟铁龙却盯着她的脸，侮辱她道："我好了，你滚吧。"

刘丽云瞪着这个男人，推开他，下床，穿上裤子，穿鞋子时，她愤怒地对钟铁龙发毒誓说："钟铁龙，我发誓，我还来找你，出门就被汽车撞死。"

钟铁龙望着她，很想说"刘丽云对不起"，临了却从嘴里蹦出这么一句："你滚吧。"

刘丽云猛地转过身，一巴掌打在钟铁龙脸上，钟铁龙没还手。"钟铁龙，我希望你不得好死！"她愤怒地说，出门时把门猛劲一甩，嘭，这边的玻璃窗也悲愤地颤抖了几下。

钟铁龙感到很疲劳。他睡了一觉，醒来已错过了吃午饭的时间。他有一种饥饿感，肚子咕咕叫着。他起床，走到厂里的小卖部，买了几个鸡蛋饼，走出小卖部，抬头看见郑小玲。郑小玲穿一身白衣白裤，黑亮亮的乌发披散在肩后，手里拎包东西，鼓鼓的。他说："你好，出去啊？"他也不清楚自己哪里来的勇气跟郑小玲打招呼，居然就这么简单地打了。

郑小玲站住了，迟疑地看他一眼，一笑。

他抓住了她脸上的笑："你笑起来真好看。"

郑小玲生了一口非常好看的牙齿，这也是她笑时能够大胆展示牙齿的原因。她回答他前面说的那句话说："我去裁缝店做个被套。"

厂外确实有一家裁缝店，厂里有些职工就去那家裁缝店做衣服。郑小玲是去做被套，这是在百货商店里买被套太贵了。钟铁龙找话说："什么料子呢？"

郑小玲就把袋子打开，让他看。钟铁龙装模作样地看着，摸着那蓝花布的被套布料，鼻子却嗅到了她身上飘来的香气，那香气很好闻，犹如玫瑰花的幽香。他不由得就深深地吸了口，说："这料子盖在身上一定舒服，既好看又素雅。"

郑小玲一笑："我也喜欢这种料子。"

钟铁龙不想就这样放她走，便说："喂，小郑，能请你吃饭吗晚上？"

郑小玲听他这么说，目光在他脸上走了圈："你说什么？"

"晚上请你吃饭？"

"请我吃饭干吗？"她问。

他想她真美，这是上天宠爱她要她长这么漂亮。"就是请你吃饭，不干吗。"

"我晚上有事。"她说，把袋子收好，走了。

钟铁龙觑了眼她的背影，觉得她走路袅袅婷婷的，肩膀斜、腰身细，真是个美人，颇像电视剧里那个演貂蝉的。回到宿舍里，他倒了杯开水，慢慢吃着鸡蛋饼。体育老师敲门，进来找他下象棋，见他吃鸡蛋饼，就斜着脸笑笑说："怎么吃这个东西？"

"没吃中饭的，一觉把中饭睡过了。"

体育老师把带来的象棋丢到桌上，问他："下棋么？"

在学校里，钟铁龙还只跟体育老师有些交往，就跟体育老师下起了象棋。象棋下到四点多钟，有人敲门，是石小刚，叫他去打篮球。石小刚见体育老师在他房里，就瞪大眼睛望钟铁龙一眼，钟铁龙不动声色地继续走棋。石小刚便走近来看，一盘棋于几分钟后结束了，钟铁龙不下了，说："打球去？"

体育老师说："好，打球去。"

晚上，钟铁龙不敢出门，于是大量的夜晚时间就扑进了他空虚的怀抱。他想他今天对刘丽云做得太过分了，但他又想他只能这么做，万一东窗事发——尽管他和石小刚做得挺隐蔽，但什么事情都怕万一，他不想刘丽云受牵连，这也是他侮辱她并狠着心将她赶走的原因。他忽然想如果不是刘丽云的母亲反对，也许他和刘丽云去年就结婚了，那他就不会与石小刚干这事，因为一个人成了家就会扛着责任。但刘丽云的母亲成了他和刘丽云之间的障碍，那老娘们长着双正宗的狗眼，看见他就跟防贼一样盯着。

他有很久没跟郑小玲写信了，他觉得他有大量的话要说，要发泄。他坐到桌前，在信上告诉郑小玲，他跟他女朋友分手了，分手的原因是他太爱她了，爱情是不能分割的，爱情不是蛋糕，不可能切割成很多块。自从他爱上了她，他的心就完全属于她郑小玲了。他写到这里一笑，想郑小玲一定觉得他是个神经。他想神经就神经吧，说不定她还会感动一下呢，于是进一步写道："啊，也许你认为我是个神经，不，我很正常，正常得再没比我正常的男人了。也许，你已经有男朋友了，也许你拥有很多爱情，因为你漂亮，你迷人，你不会像我一样缺乏爱情滋润。但是，只要你没结婚，我就还有希望。我是那种不见棺材不掉泪的男人。也许你读到这里时会觉得我可笑，但这没关系，我爱你，这是真的，就跟你穿的衣服是真的你穿的鞋子也是真的一样。'我愿做一只小羊，跟在你身旁'，这是《在那遥远的地方》的歌词，这歌词让我觉得不够彻底，因为我爱你爱到了我愿意做一双袜子，穿在你脚上，紧贴你的肌肤，跟着你去任何一个地方。"

他很满意自己写的这段话，又起一段道："亲爱的，也许我这么张狂地称呼你会让你反感。你会说：谁是你亲爱的？神经病。但即使你反感，我仍然要这么叫你一声：亲爱的。现在是清晨五点一刻，今天我和你都要上班，我只能睡两个小时，还不见得能进入睡眠，因为我一给你写信就兴奋。我得打住了，亲爱的，你此刻肯定是在清晨的梦乡里，梦见的不是大海就是鲜花，有一点可以证明，你一定不会梦见我。而我呢，却在勤于给你写信。外面北风呼啸，把门外的树叶和我的窗玻璃吹得叮当响，这是清晨的北风，从西伯利亚来的，此时此刻，也许只有我一个人在领略它的寒意。再见。有时间我还会给你写信。"

他在落款处写下"一个爱你的男人"，写了年月日，他觉得还有话没说完，就又写道："我没钱，但我会创造财富。我不会甘于在厂里过这种吊一口气的不死不活的生活，我将向你证明，男人在这个世界上就是为了创造奇迹而生的。"他写到这里，对自己的思维里突然蹦出这样的句子很是欣喜。怎么会有这么有分量的语句从我笔头下飘出来？他自己都奇怪，继续写下去："亲爱的郑小玲，你相信这个世界是美好的吗？如果你勇于追求和探索，这个世界就是美好的。"他感到自己在给她写信上，已开始投入感情了，就自语道"我真的爱上她了"。他觉得这封信很有分量，一定能打动郑小垮，就把信封好，放到西装口袋里，随后　脑海波澜地躺到床上。他感到自己不是一只一般的船，而是一艘舰艇，正在海上乘风破浪。他站在舰艇上，在巨浪中前进，大海一片湛蓝。他一脑袋甜蜜地步入了睡乡。

五月份快来了。那时候五一劳动节还没施行放长假，但有三天假。这天晚上下着雨，学校变得十分安静。钟铁龙只身守着这间房，他感到孤寂，但柜子里有那么多抢来的钱，他哪里也不能去。假如有一个小偷撬开他的房门，又撬开柜子的话，他有十个脑袋也掉了。八点多钟，石小刚打把伞来了。后天是五一劳动节，正是转移这笔巨款的大好机会，因为在平时背着个包或拎个旅行袋出去，难免不引起厂里人注意，自从发生了他俩制造的那桩命案，厂里的人警惕多了，而且便衣警察时常光临厂区。市刑侦队的陈队长曾来学校秘密调查过。那天，他坐在数学教研组办公室，见有两个年轻人走来，要找校长，他心里起了疑，装没事地走进校长室找报纸看。陆校长正为两人泡茶，一个身材略胖的人向陆校长介绍另一个个头跟钟铁龙差不多高的年轻人说："这是市刑侦队一中队的陈队长，市局让我们负责调查发生在你们厂外的那桩抢劫杀人案。"钟铁龙忙趁机打量了眼陈队长，那是个长着一张长形脸的看上去很精干的年轻人，年龄看起来比他大几岁，一双目光锐利的眼睛在他打量他时扫了他一眼。钟铁龙觉得那目光有点厉害，带了电样，让他心里一颤。他赶紧拿着报纸走了。那天晚上，他居然梦见了那双寒光闪闪的眼睛，那双眼睛盯着他，盯得他身体直哆嗦。那张长形脸说："就是你，老实交代吧。"醒来后，他出了一身虚汗。他扯过枕巾，揩着身上的汗，揩了又涌了出来，在他额头和脖子上横流。身体也在不停地抖，像打摆子似的。他呆了半天，自己都想不明白他怎么会梦见这个与他只见了一面的人？就因为这个姓陈的队长在秘密调查他和石小刚做下的这个案子？他想假如这个人那天逮住他，让他交代，他会顶不住的。他没把这个梦告诉石小刚，石小刚有点外强中干，石小刚怂恿他做下了这个案子，但事后石小刚比他更害怕。石小刚一旦垮了，他也完了。这段时间，石小刚很少来，他们只在篮球场上相见，就是避免他人把他俩联想到那桩案子上去。石小刚忙着在厂团委搞一个个活动，厂区的橱窗上、电影院的海报上、食堂前的宣传栏等都留下了他龙飞凤舞的笔迹。

钟铁龙把窗帘拉上，打开柜子，拿出了那两只蛇皮袋说："我从没打开过它们。"

两人开始清点钱数，把一百和五十的捡开，一百的都是一万元一沓，有四十二沓，五十的则是五千元一沓，有十七沓，剩下的就是十块和五块及一块两块和一角两角及五角的。一百和五十的都是用过的钞票，没有连号，上一张的号子与下一张的号子根本就不搭界。但十元和五元的有连号，是新票子，还有一元两元和一角两角及五角的新票子也有连号，一叠一叠的，都没用过。两人把这些新钞票清出来，放在一边。把那堆钱（五十一万三千元）分成两半，放进两只蛇皮袋，准备利用五一劳动节那天运走。钟铁龙和石小刚一起烧那些新钞票，就在墙角烧，怕烧不透就一张张地烧。石小刚蹲在钟铁龙一旁，拿着那一张张小面额的钞票烧着，边说："真可惜"。

钟铁龙瞟一眼他，说："我小时候，父亲教育我说，小心驶得万年船。"

石小刚说："对，我就欣赏你的小心，这是我要学习的地方。"

钟铁龙把目光放到燃烧的钱上："我们现在是两名犯罪分子，稍不留意就栽了。"

石小刚说："我这几天晚上睡觉常做噩梦。"

钟铁龙的心颤了下，想："石小刚啊，你干吗怂恿我干这种天大的坏事?! 现在我们两人都成了公安局正绞尽脑汁要抓的罪犯，一旦抓获，那等待我们的就是死刑。"他悲哀地望着石小刚，石小刚的目光有些弱，好像灯光不强一样。他后怕地问："你梦见过杜会计吗?"

"没梦见过。这一向我连酒也没敢喝，我怕我在梦里说醉话。"

钟铁龙的心一紧，自己都感觉到心脏紧张地一缩，问："你有说醉话的习惯?"

石小刚摇头，"没有，但我还是怕万一酒后失言。"

两人把新钞票烧完，已是凌晨一点钟了。"前天吃中饭的时候，我看见了在我们校长室碰见的市刑侦队的陈队长，一个长着双鹰眼的公安。案情已过去一个多月了，公安仍在厂里暗访，可见事情有多么恐怖，想来真是后怕。我们要一清早走。"钟铁龙望着石小刚，"只有清晨，公安还没上班，也就还没来，那时候走不会被公安拦住检查。"

石小刚笑了声："不至于吧？厂里也没人被拦住检查过。"

钟铁龙摇头说："不怕一万就怕万一啊，你六点钟就来，越早走越安全。"

钟铁龙没睡好觉，他明白他得为自己和石小刚做的蠢事担一辈子惊受一辈子怕，这段时间，只要有人从门前经过，他就紧张，一颗心就蹿到了喉头上，只差蹦出来了。清晨，天还只麻麻亮他就把自己吓醒了，是一个梦把他吓醒的，在那个清晰可见的梦里，他在校长室碰见的陈队长正追着他，对他吼叫"再跑，我就开枪了"。他听见这话，腿一软，人就在梦里滑倒了，还啃了一嘴的泥。醒来后，他抽了支烟，使自己镇静下来。接着，他干的第一件事就是仔细清理昨夜烧的那一沓沓钞票，看是不是有没烧透的，见都烧成了黑纸灰，这才将这堆纸灰扫到阴沟里。他提了两桶水，将这些黑纸灰冲进下水道。他坐到床上，抽着烟，忽然听到有人敲门。他想不是民警发现了什么吧，忙问了声："谁啊？"

门外是石小刚的声音："我，石小刚。"

天已经亮了。石小刚背着个大学时代背的旅行袋，他把塞到袋子里的几本书和几件衣服倒在钟铁龙的床上，从柜里拿出一只蛇皮口袋，将一沓沓的钱装进了他的旅行背袋。他说："我在芙蓉酒店的大厅内等你。"

钟铁龙将他送出门，他跨上永久牌单车，箭一般朝前冲去。此刻是早晨六点多钟。钟铁龙走到水池边洗了把脸，也把蛇皮袋拿出来，把一沓沓钱装进他读大学时与刘丽云一起买的一只黑旅行袋，在上面放了件衬衣，穿上西装，出了门。他十分紧张，夹紧腿，努力做出平静相。好在今天是过节，厂里于此刻还很冷清，大部分人还在梦乡里梦游。厂司机班出了通知，厂里的班车根据节日调整了出车时间，八点钟发第一班车。他走出厂生活区，几步外有一个站，那儿有几个人在等车。他等了几分钟，上了辆开往市区的公共汽车。

石小刚坐在芙蓉大酒店大厅的皮沙发上等他。石小刚看见他，脸上展开了笑。他想石小刚还笑得出，这个没心没肺的家伙。石小刚的一旁搁着口大皮箱，是那种旅行的人拖着旅行的皮箱。石小刚已将他的旅行背包放入了大皮箱。石小刚说："我刚才在酒店一旁的旅行社买的。把你的旅行袋放进皮箱吧。"他说，打开皮箱，皮箱里确实还有一处空间，钟铁龙将旅行袋塞进皮箱，石小刚把皮箱锁了，把钥匙交给钟铁龙说："钥匙你保管。"

今天是个好天气，阳光灿烂的。这样的日子既不冷又不热，街上的树木绿绿的。两人在汽车西站上了开往宁乡的中巴，中巴拉着一车人离开了汽车站，迎面扑来的是更加清爽的空气和阳光及绿油油的树木和一片片嫩绿色的田野。

石小刚的家是一处土砖黑瓦房，坐落在一处山包下，山包上尽是年轻的杉树，也有樟树和竹子。这是一栋前后左右共六间的农舍。一旁还有个猪舍，养着三头猪。屋前有块坪，铺着水泥，用来晒谷和晒其他农作物。坪旁有一棵桃树，于这个季节里结满了毛桃子；还有一棵梨树，在坪的另一头，挨着猪舍，比桃树高大，结满了只比板栗大一点的梨子。一条土路从坪前经过，通向村里。再前面是个塘，塘里养着鱼。石小刚介绍说这口塘村里已分给了他家及另外两户农民，过年时打上来的鱼，三家人平分。石小刚是家里唯一的儿子，上面有两个姐姐，下面有一个妹妹，都嫁了人。春插或双抢或秋收的时候，两个姐姐会派丈夫来替父母犁田或割禾、挑谷。石小刚的母亲看见石小刚领着个小伙子走来，脸上就高兴。母亲说："我正想你是不是也该回来打个转身了你就回来了。"

石小刚向母亲介绍钟铁龙说："我同事，来我家过五一劳动节。"

石小刚的母亲就对钟铁龙敞开了农民那种善良和慈爱的笑，忙着为钟铁龙泡豆子芝麻姜盐茶。石小刚家里非常普通，一台十四寸的黑白电视机搁在堂屋里，一张吃饭用的方桌，几张破烂的椅子，另外鞋啊劳动工具啊到处乱丢。石小刚的房间摆设简陋，一张床，床上挂着肮脏的蚊帐；靠窗一张老式桌子；一个能装一担箩筐的大柜靠墙立着，柜里装着棉絮，还有石小刚早已不穿了的衣裤。石小刚说："我家里简陋，我们将就着住两晚。"

钟铁龙点头说："我也不是讲究的人。"

钟铁龙从带来的包里拿出了两本书，一本《犯罪心理学》，是大学期间买了好玩看的；另一本是《案例大全》，是他早一向在新华书店买的，这本书很厚。钟铁龙指着《犯罪心理学》说："这本书是我特意带来给你看的，看了你就能了解公安人员是怎么破案的。"

石小刚说："那我看。"

钟铁龙说："知己知彼，才能掌握自己的命运。我们的命运现在是掌握在自己手上。"他把《犯罪心理学》递给石小刚，又说："这对公安是本教科书，对我们同样是教科书。看看它，你就能避免充当公安的猎物。公安是用发现线索和咬住线索不放的心理看这本书，我们是用对付侦破的角度看。同样的一本书，角度不同，教育意义就不一样。"

"你早就应该给我看。"石小刚说。

"我怕你在厂里看时引起别人注意，就没给你。我这几天看这本书，"钟铁龙说，晃晃手中的《案例大全》，"这样，我们这两天就不枯燥了。"

石小刚的母亲走进来，说饭菜做好了。吃饭时，石小刚的姐姐和姐夫也来了，当然是两个纯粹的农民。一家人吃饭时，钟铁龙没说什么话，细心观察他们一家人，发现他们一家人还是蛮和谐的，不像有的人家，分了家就各过各的且陌生起来了。

第二天，石小刚从村里的小卖部买来了铁搭扣、螺丝钉和一把江山牌锁，将铁搭扣钉在大柜上，将皮箱塞进大柜，锁上，这才觉得踏实。石小刚说："现在安全了。"

但那天晚上，钟铁龙又觉得这样还是不安全，万一他姐夫或什么别的人撬开大柜上的挂锁，那他和石小刚冒着生命危险干的事不白干了？"我觉得不安全。"他对石小刚说。

石小刚说："你放心，这间房子没人来，我把这间房子锁了，不会有人进来。"

钟铁龙不放心，他看一眼窗户，窗户是木头窗架，窗外是竹林。假如有一个贼盯着石小刚家，来了，这窗户是不能防盗的。贼撬开窗户，再来撬柜子就简单了！钟铁龙坚决不同意道："不行，我不放心。"他把目光抛到天上，顶是篾席顶，木条将篾席顶钉成了一个个方块。他盯着篾席顶说："我看把箱子藏到顶上，再把篾席和木条复原，这样要安全些。"

石小刚觉得钟铁龙说得有道理，就找出撬钉子的锤子，爬到大柜上，撬开木条，又把篾席撬开，用床旧毯子裹着皮箱，再把皮箱塞进去，捆牢在屋梁上，又将木条和篾席复原，还加了几颗新钉子。石小刚从大柜上下来，对钟铁龙一笑，抬头看着屋里的一切说："除非房子垮了，不然鬼都不晓得这屋梁上藏着一口大皮箱。"

钟铁龙瞄着石小刚，问："这房子不会有问题吧？"

石小刚很肯定地说："这房子再住二十年都不会垮。"

三天很快就过去了。三天里，钟铁龙将这间房子里里外外地打量了个透，觉得再大的狂风暴雨也不会将这栋农舍摧毁。他又细心留意来石小刚家走动的人，没发现有什么人脸上浮动着狡诈和邪恶，都是些朴实憨厚的农民，他放心了。那天下午，石小刚的一个叫莫伢子的中学同学是村里的一个小包工头，小包工头莫伢子骑摩托车送他们。石小刚坐中间，钟铁龙坐在后面。莫伢子骑着摩托车把他们送到了宁乡县城，两人在县城上了辆开往长益市的大巴士，巴士上有歌声，从汽车的音箱里飘出来的。《友谊地久天长》的歌声于汽车上飞扬：怎能忘记旧日朋友，心中能不怀想，旧日朋友岂能相忘，友谊地久天长。友谊万岁，朋友，友谊万岁！举杯痛饮，同声歌颂，友谊地久天长。这让钟铁龙听了忽然想起了刘松木和李培，还想起了李秋燕，心里就有一种远去的伤感。他对石小刚说："这首歌好听。"

石小刚也肯定这首歌道："这首歌是好听。"

钟铁龙感情充沛地拍拍石小刚的肩头，把石小刚扳到离自己的头更近一点后，笑笑说："我们两人的感觉很接近，这预示着我们的友谊地久天长。"

石小刚毫不犹豫地回答："那肯定，如今我们的命运连在一起了。"

钟铁龙盯着他，见石小刚脸上有很多高兴，那高兴像山涧的溪水样清澈诱人。

他想他和他真的是连在一起了，倒一个另一个也会跟着倒，便说："你不能负我，石小刚。"

石小刚立即表态："那当然，我石小刚永不负你。"

七　求聘

五一劳动节一过，厂里召开了一个全厂职工大会，因为厂里穷得发工资都困难了，只好找银行贷款发工资。长益市电工厂这两年都在走下坡路，走下坡路的主要原因是美国和日本生产的同类产品打入了中国市场，并且受到中国市场的青睐和追捧。这是美国和日本的产品既比长益市电工厂生产的产品质量好——有的同类型产品要比长益市电工厂的产品先进二十至三十年，又比长益市电工厂的要便宜三分之一。这样，过去使用长益市电工厂产品的单位，由于有国外生产的更好更先进的产品替代，就不要长益市电工厂生产的产品了。

长益市电工厂于七十年代末至八十年代中期确实赚了不少钱，但那是在余厂长手上赚的，余厂长调走后，孙副厂长成了正厂长。孙厂长是个搞政治的人，一上来就把余厂长任用的能人都赶下去或逼走了，大力推行他那套任人唯亲的政策。长益市电工厂从此走下坡路了。然而正如那句俗话所说：瘦死的骆驼比马大。长益市电工厂于孙厂长手里，硬着脖子挺了三年，终于就挺不住了——这是美国和日本的同类型产品冲垮了长益市电工厂在国内的固定市场。孙厂长曾想一搏，带着厂里的骨干力量去美国和日本考察，去引进国外的先进生产流水线。但临了他带的不是厂里的技术骨干，而是带着他那班对他的指示唯命是从的干部去玩，花了三百多万美元，引来的却是一套人家已淘汰的生产线。在那个时候，三百多万美元折合成人民币就是三千万，这严重挫伤了长益市电工厂的元气。想想吧，十几个厂干部跑到美国和日本，又是吃又是玩，结果被日本人骗了。为掩饰厂里的窘境，厂里动用了仅剩的一点流动资金，于是流动资金也于这一年当工资发给了职工，如今只好贷款发工资了。孙厂长再不敢逮着厂里的大学生不放了，厂里负担太重了，得想方设法地裁员。这天，孙厂长在职工大会上讲了一大堆厂里如今举步艰难的大小事情，然后说："现在，我只能这样说，我们厂的全体职工应该捆成一团，共渡难关。当然，话又说回来，如果有些人不愿意，想调走，有好单位接受他们，厂里放行。工人、大学生、干部，你们有地方去，厂里原则上不再卡你们。一句话，要走的，厂里放行。"

孙厂长原是想在全厂职工大会上煽情，激励大家与他共渡难关，把来自国际市场上的困难克服掉。但他这番话没让任何人感动。去年他带着一班他任用的干部去美国和日本玩时可不是这副哭丧着脸的样子——那样子很牛，西装革履、器宇轩昂的，简直上得天——然后引进来一堆废铁的事，厂里的大小人物都还记忆犹新呢。一散会，大家就冷笑。第二天就有一批人向厂人事科递交请调报告，第三天也有一些人向厂人事科递交请调报告，脸上是一副终于解脱了的表情。那个月，长益市电工厂人心浮动，一下子就走了五十三名这几年分来的大学生。他们走时倾其所有地请客吃饭，弄得全厂的人都晓得他们"高就"了。第二个月又走了二十几名大学生。他们可不愿在厂里等死，远的去了深圳、珠海和宁波、温州，近的也是广州、东莞，最近的则是调到长益市的与电工相关的工厂。石小刚则去了广州。石小刚有一个大学同学在广州的一家私营企业打工，是厂里的重点技术人员，工资为三千元一月。石小刚同他联系上了，去了趟广州，回来后他告诉钟铁龙说："老板给我两千元一月。"

在一九八九年，两千元一月是令芸芸众生羡慕得不得了的。钟铁龙望着石小刚，说："你去吧，去干三年，三年很快会过去，到时候我们再合到一起干。"

"你呢？你准备还在厂里干三年？"

"不，我打算调到市内的哪所中学教三年书。"他捡起球拍了拍，向篮筐投去，进了。"好球，"他表扬自己道，"到时候我们再合在一起干就显得有积累了。"

石小刚走了一个星期后，钟铁龙觉得再在这个厂待下去也没意思了。日子平平淡淡地过了一个月，七月份来了。一个星期天，他跑到厂外的树林里练功，在这片绿绿的树林里他想起了刘丽云。刘丽云有三个月没来了，两人在这三个月里像断了线的风筝样没任何联系。他有几次想跟她联系，但临了又打消了念头。这一天，他忽然很想她，就决定去找她。他是上午九点一刻的样子走进长益市二中的，他以前来过两次，这是他第三次走进长益市二中。这是一栋面对着学校操场的旧楼房。钟铁龙上了三楼，在一处挂着绿色门帘的房子前，他站住了。门关着，对着走道开的窗户上装着窗式空调，以前这台空调是没有的。空调正在工作，嗡嗡嗡的声音就在他耳畔鸣响。显然刘丽云在家里。他有些兴奋，想自己没有白跑，又想他突然来找她，她一定会吃惊和高兴，便抬手敲了敲门。门里，刘丽云问："谁啊？"

钟铁龙说："我，刘丽云。"

里面没声音了。钟铁龙又敲了下门，刘丽云说："来了。"

门开了，刘丽云穿一身薄薄的藕白色睡衣，她的发型变了，剪了个女式男发，显得有些怪。他笑了下，刘丽云让开，他走进去却愣住了，床上睡了个男的，男的赤着上身，背对着他们，似乎还在梦里。刘丽云拿开了丢在沙发上的她和那个男人的衣裤，说："坐吧。"

钟铁龙这会儿没了主意，刘丽云又说："你坐呀。"

钟铁龙坐下了，沙发软软的，他一坐下去人就矮了许多。

刘丽云把男人叫醒："起来，我的大学同学都来了，你还睡觉。"

男人翻转身来，当然就看见了钟铁龙。男人长得白白净净，男人从床头柜上拿起眼镜，戴上，忙着穿刘丽云扔给他的衣服和裤子。男人问："几点钟了？"

刘丽云在两个男人中间伸个懒腰，说："快十点了。"

男人"哦"了声，起身，扯下洗脸架上的一条白毛巾，又拿起杯子和牙膏牙刷，对钟铁龙满脸蒙眬地一笑："你坐。"他走了出去。

房间里非常凉爽，那是空调制造出来的凉爽，一股凉风吹着钟铁龙的脖子。钟铁龙觉得很尴尬，觉得自己跑来看她是很愚蠢的，说："看来我不该来。"

刘丽云没说话。钟铁龙又问："他是谁？"

"就是我跟你说的那个追我的英语老师。"

"嚯，"钟铁龙想今天来得好，免得自己再想她，"还真把你追到手了。"

刘丽云不动声色地看他一眼："他比你对我好，他心疼我。"

"那很好。"他说，脸上有一丝失意，为掩饰不悦，又说："你装了空调啊。"

"他跟我装的，天太热了。"

男人洗了脸，走来，望钟铁龙一眼说："我去买早点，你吃饭没有同学？"

他叫我同学，钟铁龙想，一笑："我吃了早饭来的。"

男人就把目光投到刘丽云脸上，问："你是吃面包还是想吃蛋糕？"

刘丽云说："蛋糕。"

男人放下杯子和毛巾，转身出门时，刘丽云又改口："蛋糕吃厌了，我还是吃面包。"

男人应了声，去了，传来男人下楼的脚步声。

钟铁龙怅然地笑笑："我是不是没一点挽回的余地了？"

刘丽云又看一眼钟铁龙："我真的想问你一句话。"

"什么话？"

"这句话在我脑海里放了很久。今天你正好来了，我想你应该会回答我。"

"什么话，你说。"

"你要答应我你保证是说真话。"

钟铁龙莫名其妙了，回答她："我保证说真话。"

"你爱过我吗？"她盯着他。

他看着她的眼睛，她的目光十分清澈，眼眸里有他的脸，很小，小得同一粒芝麻样了。"爱过。"他说，又加了句："只是我是学数学的，不喜欢把爱挂在嘴上说。"

刘丽云紧盯着他的眼睛问："你今天应该是说真话吧？"

他很认真地回答："当然是说真话。我不是来找你了吗？"

"我一直很迷茫，一度很痛苦，我跟你好了两年多，我从来就感觉不到你对我有多少爱，好像只是我爱你一样。我对自己都没一点信心了。"

钟铁龙听她这么说心里就一酸，觉得自己很对不起她："我现在仍然爱你。"

刘丽云望着钟铁龙说："我跟现在的男朋友都上了床，你今天都看见了，还说爱我？"

钟铁龙听她这么说，眼睛湿了，望着她说："爱，我爱你，真的。"

"钟铁龙，你是个怪人。"她说，把目光抛到天花板上，"不过我要谢谢你今天当着我的面这么说。无论你是说真话还是假话，我都要谢谢你。我一定会好好生活。"

钟铁龙觉得她太言重了，心里觉得自己以前是有些伤害这个给了他很多爱的女人，他难过地说："我真的爱你！这个发型非常适合你，使你显得精神。"

刘丽云一脸如释重负的样子说："在我心里的结，今天总算解开了，我很高兴。"

钟铁龙见她很高兴就让她更高兴道："我这人不好，不晓得哄女人，我很后悔。"

刘丽云的男朋友拿着两个面包和两瓶酸奶来了，走路走得有点气喘，估计是走急了。他递了个面包给刘丽云，又将手中的吸管插进一瓶酸奶，也递给刘丽云。刘丽云接了，但她放下来没吃，她望一眼钟铁龙说："你坐一下，我去漱口洗脸。"

钟铁龙却跟着起身说："我走了。"

刘丽云没留他，陪他走到楼梯口，钟铁龙也不想要她送下去，说："你忙你的。"

自己的女朋友由于自己不珍惜，成了别人的女朋友了，而且都跟别人睡一张床了，钟铁龙的内心很有几分悲伤。这都是自己的缘故，自己把爱自己的女人赶走了，他想。他在街上漫无目的地走着。他真的想哭一场，他想，眼泪盈满了眼眶："你不能掉泪，这一切都是你自己造成的，你啊，心野，吃着碗里的瞧着锅里的，犯下了那么大的罪，你是个罪犯，还有什么权利爱她？钟铁龙啊钟铁龙，你应该把她忘记，你应该祝愿刘丽云生活幸福。"

暑假，钟铁龙回了黄家镇。他走进了刘松木家。刘松木的老婆坐在一张竹靠椅上，正扯出白嫩嫩的奶子喂孩子。他有点尴尬，说："松木呢？"

刘松木老婆把奶头塞进哇哇哭的孩子嘴里说："他在县监狱服刑。"

钟铁龙扫了眼婴儿，问："男孩还是女孩？"

"男孩。"

钟铁龙在一张椅子上坐下，问："取名字没有？"

"他爷爷给他取了个名字叫松树。"

钟铁龙嘿嘿一笑，刘松木老婆说："我不同意呢。你是大学生，你给他取个名吧？"

"叫松花江吧。"

刘松木老婆说："我是一本正经地问你。"

钟铁龙说："还是等松木取吧。"

刘松木家里什么都没有，值钱的东西都被人家搬走了，剩下的都是不值钱的货。刘松木的老婆因奶孩子养得很胖，脸胖得圆圆的，腰很粗，腿也显得很粗。钟铁龙没在刘松木家坐多久，他转身去了李培的新房。李培结婚的房子是镇百货商店楼上的办公室。钟铁龙走进镇百货商店时，镇百货商店里没几个顾客，只有营业员站在柜台前说话，一副生意萧条的景象。李培的老婆是家电柜的营业员，看见他，便高兴道："是你？"

李培的家布置得很漂亮，一间二十来个平方的房子里，摆着一房白漆家具，彩电、冰箱、洗衣机都分别摆在显眼的地方。墙上还贴着"喜"字，不过"喜"字的红色已没结婚时艳了。

李培的老婆姓肖，叫小小。小小将一杯茶递给他，说："在我家吃晚饭啊，尝尝我的手艺。"

钟铁龙觉得小小这女人蛮热情的，客气道："不麻烦你，我坐一坐就走。"

"麻烦什么呀？李培就回来了。"

李培回来了。李培现在是镇百货商店的副经理，负责为商店调货方面的事宜，经常跑县镇。李培一推门，看见钟铁龙坐在他家，就笑望着他："什么风把你吹来了？"

"自己把自己吹来了。"

李培坐下，递支烟给钟铁龙，第二句话就是问他："报纸上写的，发生在你们厂的那桩抢劫杀人案现在破了没有？"他不等钟铁龙回答，又说："刚才在县里，几个人闲谈时还在说起这个案子，有人怀疑是你们厂的职工干的，你觉得有这种可能吗？"

钟铁龙一愣，望一眼李培说："什么都有可能，本厂职工干的可能性也有。"

李培一脸感叹道："有狠咧，真的有狠。"

钟铁龙拿不准李培说这话的意思，便问："什么有狠？"

"那两个人，"李培说，"居然敢在光天化日之下抢公款，那不是有狠？"

钟铁龙笑了下，不想再跟他说那桩事便说："刚才听小小说你当经理了？"

"不是经理，是副经理。"

"可以嘛，当官了。"

李培说："什么官？我等于是当马夫官，一天到晚在外面跑货调货。"他为此晒得脸和手都黑了，他摸了摸晒黑的手臂，转头看一眼小小："你去买点腊肉腊肠子来。"

钟铁龙说："随便吃点什么就行了。"

李培把衬衣脱下，挂到衣架上，说："没事，招待你吃餐饭还是招待得起。"

钟铁龙在黄家镇住了半个月。半个月后，他回了长益市。一天，体育老师来找他卜棋，邀钟铁龙去他家，他家装了台窗式空调。钟铁龙去了，下棋下到吃晚饭时，体育老师留他吃晚饭。体育老师亲自进厨房炒菜，钟铁龙没事，就拿起桌上的《长益晚报》翻阅。忽然就看见一则这样的招聘广告，广告上说金阳歌舞夜总会即将隆重开业，特招聘有五年以上工作能力、年龄限于三十岁以下的男性经理两名，工资面议。括弧注明：必须有五年以上部门负责人经历，且执有本市户口和大专以上学历的男性方可报名。他觉得有两项他符合，但缺了五年以上的部门负责人经历。下面还有：会计两名。接下来则是：男服务员十名。括弧注明：诚招身高在一米七五以上，年龄在二十五岁以下，有本市户口，执有高中毕业文凭的男性。钟铁龙觉得他完全符合，因为他身高正好一米七五，而文凭他则是本科。再看下去，是招保安人员，也是十名，与招男服务员的条件一样。他看了个遍，觉得这可是一个学习经营的机会，就将地址和报名时间记住了。吃饭时，钟铁龙说："我想出去闯，待在学校里没意。我想去应聘。"他指着诚聘广告给体育老师看，"去应聘经理。我有大学本科文凭。"

体育老师接过报纸看着，说："要五年以上的部门负责人工作经历。"

钟铁龙说："那我就当一名男服务员。"

体育老师看一眼钟铁龙："男服务员有什么好当的？还不如当老师。"

"我还是想到社会上闯闯，机会一定比待在学校多。"

吃过晚饭，他跟体育老师还下了几盘棋，十一点钟，他回到房里，从箱子里找出大学毕业证，又从抽屉里找出身份证和户口簿。他觉得什么事情都做一做，多积累些经验也好适应这个五花八门的社会。次日，他搭公共汽车进了城。他走进金阳歌舞夜总会设在长岛饭店的报名地点时，已是上午十点钟。那是长岛饭店三楼的一间房子，房子里坐着两个男人，还有一男人躺在铺上抽烟。他走进去，将那张《长益晚报》拿出来，看着那两个盯着他的男人说："请问，你们这里是金阳歌舞夜总会的报名处吗？"

两个男人同时说："是的。"

钟铁龙就从口袋里掏出身份证、工作证、大学毕业证及户口簿给两个男人看。其中一个男人看着他的文凭说："你是大学生？"

"是的。"

另一个年轻男人抢过他的大学毕业文凭看，边问："你是学数学的？"

"是的。"

躺在床上的男人也支起身体，看着他，第一个发现他是大学毕业生的男人对坐在床上的男人说："林总，他是大学生，还是学数学的。"他把钟铁龙的大学毕业证拿给林总看。

林总就看文凭，又瞄一眼钟铁龙，问："你来应聘什么？"

"都行，"钟铁龙说，"经理、男服务员或保安人员都行。"

林总说："经理需要五年管理经验，你只工作了一年，还是当老师。"

另一个年轻男人说："保安要会打，你会打么？"

钟铁龙望一眼年轻人，见这年轻人年龄与他相仿，长着一张黑黝黝的短脸，且用怀疑的目光望着他，便说："小时候练过拳脚。"

年轻男人马上高兴了，像找到了同志样："你真的练过拳脚？"

"练过，还拜过师。"

林总一笑："那你有童子功吧？"

钟铁龙站直身体，看着他们。另一个男人打量着钟铁龙，觉得钟铁龙这模样挺精干，便带点鼓动的味儿说："看他这身坯，好像是有点功夫。小马，你跟他试试就晓得了。"

年轻人小马左右瞧一眼说："这里怎么试？地方太小了。"

林总觑一眼小马，嘿嘿嘿笑道："又不要你们真打，只是随便试试，我听你说，你只要手一搭上去，就晓得这个人是不是会打。你原来是吹牛皮的？"

钟铁龙打量小马一眼，也看出小马是一种好斗的样子，这让他想起了连环画里的那个秦叔宝，便解释："我只是练过，但不会打，我从没打过架。"

林总属于长益市里那种爱看热闹的男人，怂恿地插话道："又不要你们真打架。小马以前在武术馆学过，是我们任命的保安队长。你要做保安，得经他点头才行。"

身板很厚实的小马走上来，在他胳膊和肩头上捏了捏，感觉他身上的肉绷紧的，再看他的身体，单单瘦瘦却很结实的样子，便对林总说："他可能能打。"

林总见小马不愿出手，作罢道："那好，你觉得行就行。"

房间里有一台复印机，他们把钟铁龙的身份证、工作证、户口簿和大学毕业证一概复印了一份，这才把原件交还给钟铁龙。林总说："八月二十六日你来金阳歌舞夜总会听信。"

八月二十六日上午八点半，钟铁龙就到了长益市五一路金阳歌舞夜总会的大厅里。大厅里已坐了些人，都是年龄与他相仿的年轻男人。林总和小马也在，他们看见他，笑了下，小马走过来拍了下他的肩道："大学生，还要等一下，董事长还没来。"

钟铁龙想原来还有一个董事长，便问："不是说八点半吗？"

小马嘿嘿一笑说："哪个敢问董事长什么时候来？"

他问小马："董事长姓什么？"

"姓丁。"小马说，"看了电视连续剧《上海滩》吗？丁力的丁。"

钟铁龙想那我就是许文强，一笑，和其他年轻人一起，坐在大厅里等丁董事长。丁董事长十点钟时来了，一辆黑色的皇冠轿车忽地停在装修一新的大厅门前，丁董事长下了车。丁董事长穿一件花衬衣，头发油亮亮的，戴副墨镜，下身一条黑裤子。他大约一米七高，他的一旁走着个壮汉，壮汉长一张宽大的脸，脸上有些胡子，剪着个很阳刚的平头。丁董事长走进大厅时，林总和小马都叫他丁董，于是所有的人都叫他丁董。丁董气度不凡地扫一眼大家，径直步入了夜总会。夜总会当然是刚刚装修的夜总会，还未开业，就有一股装修材料释放出来的怪怪的气味，但夜总会开了空调，感觉上就比坐在大厅里凉爽些。

林总招呼大家说："都进来都进来。"

大家就笑着拥入夜总会。林总让大家坐拢来，向大家介绍丁董事长说："这是我们公司的董事长，姓丁。丁董很忙，于百忙中抽空来了，大家欢迎丁董给我们作指示。"

钟铁龙觉得这跟在学校里开会一样，厂领导来学校检查工作，陆校长就是这么说的。他想林总肯定在什么单位混过，不然也不会把单位上的这一套大话搬到社会上来。丁董跟电视连续剧《上海滩》里的丁力样，对大家打了个拱手，开口了："我只有一句话：金阳娱乐公司及金阳歌舞夜总会欢迎你们加入。"他突然说："问一个人，哪个是钟铁龙？"

钟铁龙站了起来："我是钟铁龙。"

丁董扫一眼钟铁龙："你大学本科毕业，又有工作，怎么工作都不要了跑来应聘？"

钟铁龙说："我不喜欢教书。"

"我听林总说你是常山赵子龙，能文又能武？"

钟铁龙觉得他与常山赵子龙没一点关系，如果他是什么人的话，也应该是《上海滩》里的许文强，就笑着回答："没那回事，丁董。只是读中学时，跟我们学校的一个体育老师学了下摔跤，不是在武馆里学真正的武术。"

丁董是个好斗的人，上上下下地打量他几眼："能不能表演一下？这里有舞台。"

钟铁龙咧嘴笑笑："怎么表演？"

丁董盯一眼小马："小马，你是武术馆里出来的高手，你陪小钟玩一下。"

小马望钟铁龙一眼，就很自信地一跃，上了舞台，很想在老板面前显一下身手。钟铁龙迟疑了会，走了上去。小马摆了个马步，端着架势瞅着钟铁龙，钟铁龙对小马谦逊道："小马哥，我学的不是真正的武术，是一点花架子。"

小马太想表现自己了，一听丁董毛遂自荐地说"我来当裁判"，立即就挥拳向钟铁龙打来，钟铁龙一折身让开了。丁董说："老子还没说开始，你就动起手来了，犯规。"

小马收了手，一副好斗的模样瞪着钟铁龙，等着丁董发号施令。

丁董说："小马你武艺好，莫上来就欺负大学生啊。"这才把手一挥道："开始！"

小马就又一拳挥过来，想一拳将钟铁龙打倒，钟铁龙借着他挥拳的力量一带，小马就一头栽在地上了。小马爬起身，脸都红了，重新审视了下钟铁龙，出手就比开始谨慎多了。钟铁龙没动，他只是试了小马一下就晓得小马差他太远了，好像三段棋手与九段棋手下围棋似的，不在一个层次上。丁董看出了点名堂，问："怎么？小马你怕了？"

小马是长益市南区一带长大的蛮汉，从小就爱打架，听不得"怕"字，又冲了上来，钟铁龙身体一折，一勾腿，小马又跌在台上，这一次跌得有点难看，脸好像在尚未打扫的舞台上擦了下，一张本来就黑的脸变成乌黑的了。钟铁龙想第一次就把对手弄得这么难看实在是不得已，便不好意思地走上去，要拉小马起身，从武术馆出来的小马觉得自己在老板面前很丢脸，想把他也拉倒，但钟铁龙只是身体歪了歪就站稳了。钟铁龙说："承让承让。"

丁董说："好了，你们两个是以武会友。"

小马站起身，红着脸，脸上还有点不服气。

钟铁龙给小马台阶下说："我只是会摔跤，实际打起架来，我肯定不如你。"

丁董歪着头扫一眼钟铁龙，很欣赏钟铁龙一脸为人谦逊的样子，说："你跟着我，你是学数学的大学生，又能打，脑筋肯定转得快，你就当我的助理。"

钟铁龙没想自己一下子就被提拔了，忙道："谢谢丁董。"

丁董站直身体，扫一眼在座的新员工。他摸出支烟，刚含到嘴上，站在他一旁的林总就啪地按燃强力打火机，替丁董点烟。丁董吸口烟，开口说话了："你们中也许有人听说过我，我是从做流氓开始的，所以我有我的规矩。"他望一眼大家，目光忽然就有点凶，"不管你们是什么人，在金阳歌舞夜总会做一天就得老老实实做一天，如果要走，你今天提出来，我今天就跟你结账，保证不会克扣你一天薪水。"他吸口烟，"但是，我的钱也不会白给，你们不认真做，想来就来想走就走，那就一分钱也别想拿到。我丁建不希望发生不愉快的事。我希望大家不要为难自己，为难自己就是为难我丁建。"

丁建再次坦率地自我鄙薄说："我的文化只这么高，'文革'后期毕业的高中生，没读书，是个吃软不吃硬的人。好了，公司里的具体事情都是林总负责，林总当过厂长，管理方面的才能超过了我，你们有什么事直接找林总汇报。"丁建说完后，望一眼他身后的身高一米八五的老张，说："走吧。"又望一眼站在一旁看着的钟铁龙，说："你跟我走。"

钟铁龙跟着丁董上了皇冠牌轿车。

八　金阳夜总会

钟铁龙写了份留职停薪报告，将报告交给陆校长，陆校长让他坐，戴上老花眼镜读了他的报告，脸上很不悦。她昂起那张五十多岁的女人的老脸说："我不会同意你留职停薪。"

钟铁龙说："我想到外面闯闯，我觉得学校不适合我。"

陆校长瞟一眼他："你要想清楚，不要意气用事。如果你真要这样，那你调走，或者辞职。"她说到这里，把他写的留职停薪报告退给他，"我不会接受你留职停薪的要求。"

钟铁龙没说话。

陆校长说："你好好工作，我们还是很看重你的。上个学期，只要你写一份检查就过关了，你硬是不写，这能怪谁？人家是厂长，你怎么就不会转弯呢钟铁龙老师？"

钟铁龙想，人真是要走了才香，晃下头说："我没想这事了。"

陆校长忽然起身，拿了只白瓷杯，倒了半杯开水洗了洗，抓了点茶叶丢进杯底，为钟铁龙泡了杯茶。"明天我跟厂领导说说，这个学期还是安排你上课。"她说，"你好好干，厂里现在是困难时期，等渡过这个难关，还是会好起来的。再说，学校缺数学老师。"

钟铁龙想缺数学老师却把他闲置了一个学期，有这样缺的？他晓得这个女人是说不通的，就懒得再说地走出校长室。体育老师邀他下棋，钟铁龙说："今天不下，我有事。"

过了几天，钟铁龙回学校拿衣服，碰上体育老师，体育老师说："你这几天哪里去了？影子都没有，陆校长寻你人呢。"

钟铁龙迟疑了下，还是走进了校长室。已经开学了，学校的老师都上班了。陆校长坐在办公桌前喝茶，旁边是数学教研组组长，数学教研组组长看见他，脸上的胡子都颤抖起来，高兴道："哎呀，找你人找了两天都找不到，你到哪里去了？"

"我应聘在市内一家娱乐公司做事。"

陆校长打断他的话说："你来得正好，我有事要告诉你。"

数学教研组组长问他："一家什么娱乐公司？"

陆校长示意数学教研组组长别打岔，她对钟铁龙说："钟铁龙老师，学校准备安排你这学期上高一的数学课。这还是找跑厂教育中心做工作争来的，本来厂教育中心……"

钟铁龙打断陆校长的话："陆校长，我要留职停薪。"

陆校长脸上不悦了："你是学校的数学骨干老师，怎么可以留职停薪？"

"陆校长，我现在对教书没一点兴趣。"

陆校长看他一眼："你要走也要等学校来了新数学老师后才能走。"

钟铁龙想覆水难收了，他已经上了贼船，只能由着贼船走了。"我已经在娱乐公司上班了，老板对我很满意，给了我董事长助理的位置。工资也比在学校当老师高几倍。"

陆校长抹下了老脸，斜一眼钟铁龙："你们这些年轻人，没一点组织观念，说留职停薪就留职停薪。你硬要留职停薪，你去找厂人事科。我没有权力批你留职停薪。"

钟铁龙回到房间里，眼里闪现了刘丽云的身影，还呈现了他与石小刚蹲在墙角烧钱的影像。他想，为人不做亏心事，夜半敲门心不惊。我现在只要有风吹草动，就跟兔子样紧张。"钟铁龙，你得把自己的心变冷、变硬、变麻木。"他自语道，"最好是变成一块石头。"他趴在桌上，三言两语地又写了个报告，把报告送到了厂人事科。

金阳歌舞夜总会实际上是把夜总会和迪斯科舞厅分开了的，所以金阳歌舞夜总会招了两名经理，一名管金阳夜总会，一名管理金阳迪斯科舞厅。来夜总会玩的人都是跑到夜总会听歌和观看节目的，有小姐陪伴。那些刚刚尝到赚钱的快乐的老板们，晚上基本上都往夜总会跑。一是夜总会里有靓丽的女人和男人唱歌，其次有妖娆的小姐陪伴。小姐们也不知是从哪里冒出来的，金阳夜总会一开业，没一个星期就云集了百来个小姐，个个把自己打扮得花枝招展的，期待着先生们叫她们坐台，因而金阳夜总会在长益市一下子就显得很有人气了。一些老婆已成了黄脸婆的先生们纷纷跑来，来与这里的小姐交流爱情，与比自己小个十几岁或几十岁的小姐搂着欣赏歌曲和节目，一边抒发感情道："啊，真浪漫。"或者："你真漂亮，比我老婆漂亮多了，我要好好地爱你。"

金阳迪斯科舞厅是针对长益市的年轻人开的。开这个迪斯科舞厅的目的就是赚年轻人口袋里的钞票。年轻人因年轻，不把赚钱当回事，以为这个世界上有赚不尽的钱，就跑来大把大把地花钱。金阳迪斯科舞厅的生意好得出奇，每天舞厅里总有几百上千人蹦迪，喝起啤酒和百事可乐与雪碧来，一听又一听的。金阳夜总会与金阳迪斯科舞厅，就钟铁龙而言，他更喜欢上金阳迪斯科舞厅蹦迪。他年轻，喜欢那种强烈的迪斯科音乐，觉得这种音乐同子弹一样有穿透力，能敲击他那颗骚乱不安的心。每当他步入迪斯科舞厅，面对喧哗的迪斯科舞曲，他就忘记了自己干的坏事。他喜欢迪斯科舞厅里强烈、喧闹的音乐，这种音乐可以把他内心的恐惧感彻底淹没。他在这种音乐里，总能看见自己是一条船，在大海上颠簸。浪头打击着他的脸，打湿了他的身体，但他仍孤独和坚强地驾驶着船与风浪搏斗。这种幻觉让他迷醉，使他总想匀出一两个小时步入迪斯科舞厅，蹦出一身大汗，然后洗澡、睡觉。

丁建却喜欢玩夜总会，喜欢跷着二郎腿，躺在夜总会宽大的沙发上，仰着脖子观看台上的小姐唱歌，逢到他有感觉就问他一旁的人："你觉得这个小姐怎么样？"

丁建身旁全是些胆大包天的好色之徒，也全是些爱吃喝玩乐的把伦理道德弃于脚下的老板们。他们的大脚就是为了探访女人而生的，他们说："那还用说，漂亮得下不得地呢。"

丁董会不屑道："我一分钟就要把她勾到手。"

丁董确实是个勾女人的能手。丁董虽然个头不过一米七，脸却长得很俊，而且他那种有钱人的气质能把许多没钱的人压倒，就同一棵大树能把灌木压得半身不遂一样。那些女人都是为了钱而来夜总会唱歌的，而丁董花起钱来那么大手大脚，令许多自诩出淤泥而不染的女人一下子变得污泥浊水了。有一个女歌手，内蒙古自治区来的，一副蒙古族女人打扮，穿的是蒙古族少女的服饰，头上戴的也是那些首饰，因而在台上唱歌时就有一种异族姑娘的情调。这女人不但声音亮、身材好，长得也十分好看。她在市内的三家夜总会跑场，金阳夜总会是她唱压轴戏，最后那半个小时便是她唱歌及与金阳的节目主持人逗乐。她逗乐时装天真和说本市话，让长益市的好几个老板特别开心。他们叫马仔代他们献花给她，用五百或一千块钱点她唱自己爱听的歌。丁董的朋友龙行长是个超级大色魔，夜总会玩得多，到处都有人花钱请他玩夜总会，而且不但请他玩夜总会，还请他玩小姐，因为他占据着一个重要位置，他是长益市工商银行行长，他一高兴就可以贷一百万两百万元款给你，让你去发财；他不高兴，那就别想从他身上贷到一分钱。那时候改革开放的步子还只是刚刚向前迈进，犹如一岁的婴儿学走路，歪歪扭扭的，只要你有关系，你就可以从银行贷到款，贷了款你就可以放手去搞你的项目。钱反正是国家的，又不要自己掏腰包，这就是那个时候的银行。龙行长玩夜总会无须带一分钱，他只要带一张嘴和一个肚子就行了，一个申话就有人赶来买单。

丁建就是从龙行长手上贷了五百万，才把金阳夜总会和金阳迪斯科舞厅"栋"起来的。龙行长当然就成了丁董的座上宾。林总是金阳夜总会的艺术总监，节目啊演员啊都是他联系、审查和安排。龙行长来了，当然是一尊神样地坐在夜总会正对舞台的宽大的沙发上，接受着金阳夜总会的人款待。他的坐姿不像丁董那样把脚架在有机玻璃茶几上那么张狂，他喜欢盘腿而坐。在他那色情的大脑里，他的下身相当重要，一个道士告诉他，他这样坐能保护好下身。因为这样坐的结果是，身体的气场围绕着下身转，无形中抚养着那东西。龙行长把自己的下身看得比自己的脑袋还重要，所以只要是坐，他就盘腿。龙行长有些想搞从内蒙古来的女歌手，因为他这样坐着倾听从内蒙古来的女孩唱革命歌曲时，下身不由得很亢奋。他对林总说："这个女歌手不错，你跟我叫来。"

林总把女歌手叫来，告诉她，龙行长是他们得罪不起的银行行长，要好生陪他。然而在内蒙古自治区长大的女歌手不是个女色魔，相反，根本不把男人放在眼里。当龙行长伸出他那只沾着哈密瓜汁的脏手，掀起女歌手的裙子，企图摸摸女歌手白净的大腿时，在内蒙古草原上长大的女歌手瞪大了眼睛："你干吗？请你自重点。"起身走了。

"这个女人有性格，"龙行长感叹说，"可惜我们没缘分。"

丁建却把这个女人弄到了手。丁建深知女人需要什么。一天，他让林总叫女歌手留下来陪他吃宵夜。女歌手唱完最后一首歌《打虎上山》，那是京剧《智取威虎山》里杨子荣唱的，那是某个老板喜欢听而拿五百块钱点她唱的歌。随后，她退场，夜总会的观众散了后，她一脸笑容地走来，看着丁建。丁建的脸也笑着，但丁建不像龙行长那样急不可待地进入正题。他是那种在跟女人感情交流时更喜欢玩迂回曲折那一套的男人。在他眼里，不迂回曲折的女人都是"鸡"，丁建是瞧不起"鸡"的。他对她一笑，一声吆喝道："上蓝天大酒店吃宵夜去。"一行人就前呼后拥地跟着他走出夜总会。他大老板样望一眼黑沉沉的夜空，上了他的皇冠车，叫钟铁龙为女歌手开另一边车门。钟铁龙忙走过去开另扇车门，让女歌手坐进了汽车。蓝天大酒店是长益市最牛气的酒店，在那个时候它是长益市唯一的一家四星级大酒店。丁建让林总叫来了电视台的一些人，还叫来了经常收受金阳歌舞夜总会的红包因而在报纸上鼓吹金阳夜总会的娱乐节目的报社记者。他将这些人一一介绍给女歌手，然后道："来来来，为我们未来的女歌星干杯。"

内蒙古长大的女歌手真的不在乎龙行长或一些赚了钱就自以为是的老板，这是因为她的心不在做娇太太和阔太太上，而是在成为女明星的梦想上。她当然就不敢得罪眼前的记者们，因为记者们的笔头是可以让她变成一只金凤凰的，所以她很在乎记者们捧场。她渴望出名，渴望用自己的嗓门征服更多更广的听众。在夜总会宽大的沙发上，盘腿而坐的龙行长敬她酒，她没喝，还有几个老板也端着酒敬过她，她也没喝。但记者们端起酒杯敬她，她却慌忙跟这些记者们碰杯，且一一喝了。一杯又一杯，中间都没停歇，当然就喝醉了，喝得脸红灿灿的，像一颗朝阳。一桌宵夜吃了三个小时，吃了几千元钱。临了，内蒙古长大的女歌手支持不住了，走进卫生间呕了，出来，走路摇摇晃晃的，脸上挂着蒙眬却娇媚的笑。丁建当机立断，对钟铁龙说："你去开间房。"他又对女歌手说："你今天就不要回去了，就住蓝天吧。"

女歌手居然没表示反对。

钟铁龙开了房，将房卡交给丁董，丁董就搂着对自己的未来充满幻想的女歌手进了电梯。这以后，靓丽的有一副金嗓子的女歌手就成了丁建的情妇，丁建的皇冠轿车穿梭于这家夜总会与那家夜总会之间，把她接来接去的。在八十年代末，你有一辆皇冠轿车，当然就是超级大老板了。那个年代，你骑一辆摩托车都会有人叫你老板，因为在当时，不要说科长，就是处级干部上下班还要奋力挤公共汽车！内蒙古出来的女歌手，往皇冠轿车里一坐，身上就没有了草原姑娘的那股泼辣野劲了，居然就小鸟依人。"我今天好累的。"她撒娇说。

丁建把她往怀里一搂："休息一下，等下洗个澡就不累了。"

女歌手便倒在丁建的怀里装睡，丁建便对司机老张说："去蓝天大酒店。"

丁建属猪，不过不是一头好猪，而是一头臭名昭著的恶猪，生于一九五九年。丁建是在长益市的街道上长大的"野猪"，没父母管的，他父亲还在他几岁时就因偷盗而判了十二年徒刑，母亲早早地改了嫁，他成了无人管束的野男孩，因此他读小学一年级时就开始了他的打架生涯，拳头就变得很凶。读中学时，他用扁铁砍伤过高年级同学，把那滋事的同学砍得头破血流。从此，他的名声就在那条街上鹊起了。他成了小流氓的头子，十八岁时他率领一伙人于长益市的劳动广场上打群架，舞着砍刀和扁铁，一路高歌地砍伤了好几个无辜者，影响很坏，被判了三年徒刑。出狱后，他在公共汽车上认识了他现在的老婆，她长得小巧玲珑。那是夏天，她穿一件印着蝴蝶的连衣裙，一张娇气的脸上遍布着美丽的晚霞。下车后，他跟着她，直跟到一所小学校前。她回转头恼怒地盯他一眼说："你跟着我干什么？"

丁建满脸逗趣地说："你背上的蝴蝶好看。"

姑娘不跟他客气道："你有病吧你？"

丁建一点也不生气。从此，他就经常上这所小学校附近玩，他打听到姑娘是这所小学校的美术老师，他就跑到文体用品商店买了只画夹子，还买了白报纸和一把铅笔，走进小学校对美术老师说他要跟她学画画。美术老师比他还小两岁，是第一师范学校毕业的中专生，中专生满脸涌红地看着他，半天才说："那你画一棵树看看。"丁建画了。美术老师像教小学生样给他改画，他就很规矩地坐在美术老师身旁看，一边嗅着美术老师身上释放的淡淡的好闻的体香。美术老师指出道："小丁，别把你的头挨得这么近，别人看见以为我们是谈爱。"丁建大笑说："李老师说得对。"他并不急着向李老师表白爱情，但他每天画一棵树给她修改，今天画柏树，明天画槐树，后天画樟树，再后天画法国梧桐树，终于把李老师画到床上了。

丁建与李老师有了个五岁的儿子。李老师从不管他的事，在家里安心带儿子，教儿子画画和写字，这是她不希望儿子像他父亲一样不务正业。丁建天天在外面玩，但无论玩到什么时候，他都要回家；假如他不回家，他也会打电话回家，告诉老婆他今天在外面有事，不回来了。丁建泡上内蒙古来的女歌手后，一个星期就有三个晚上是跟女歌手在一起，另外的四个晚上他则于夜半三更回家，把那四个晚上的剩余时间交给老婆。星期六和星期天的晚上，哪怕玩得再晚，他也一定要回家。丁建把儿子看得很重，寄望也颇高，希望儿子好好读书，考上大学，最好是将来能出国留洋，弄一身洋墨水回来。他教育儿子说："你爸爸没读什么书，你不要学你爸爸。你要像你钟叔叔样，把大学读了。"

但是，在他儿子丁小毛看来，钟铁龙叔叔虽然读了大学，脸上的笑容却没有他父亲的自信，反而是那种不好意思的笑。丁小毛说："爸，为什么不能学你而要学钟叔叔呢？"

丁建说："你钟叔叔读了大学。"

儿子不懂了，问父亲："读了大学比没读大学好吗？"

"当然好些，"丁建教育儿子说，"知识多一些呀。"

儿子问父亲："爸，钟叔叔的钱比你多吗？"

钟铁龙笑着插嘴说："钟叔叔没你爸有钱。"

丁建说："你钟叔叔比你爸有文化。"

钟铁龙听丁建这么说，感觉好像是被人揶揄了下一样，忙摸摸丁小毛的脑袋说："你爸爸是大老板，比钟叔叔有钱多了。"

钟铁龙成了丁建最信任的人，这是读了大学的钟铁龙做人一副很本分的样子。丁建喜欢请客，经常叫上一堆人去这个酒店或那个酒店喝酒吃饭，吃了饭，他总是叫他的总经理助理钟铁龙去结账。钟铁龙成了他的跟班，拎的那只黑皮包里永远搁着几万元现金，买的东西是多少钱或买了单后还剩多少钱，他都索要发票并一笔笔地记在账本上，一清二楚。丁建试了他几次，没一次出差错，就对钟铁龙更加信任了。到后来，他自己都懒得管钱了，索性让钟铁龙管理公司的钱财。金阳夜总会一个月赚了多少钱，金阳迪斯科舞厅这个月赚了多少钱，金阳海鲜楼这个月有多少收入，他只要翻开钟铁龙随身带的账本，就清楚他这个月进了多少钱，用了多少钱。有时候，他会大吃一惊："什么？这个月老子用了二十七万？"

钟铁龙就会从公司的保险柜里拿出一叠叠发票，一张张细算给他看，告诉他："你这个月打牌输掉了十一万，吃饭喝酒共支出十三万，有一桌，光洋酒就喝了一万三千元，再就是送出去的礼加起来有三万，一共二十七万。"

丁建望一眼钟铁龙："我是不是用起钱来太大把大把的了？"

钟铁龙一笑，感到他的老板用钱是太大把大把的了，便说："你是应该秀气点用钱。"

丁建突然阴下脸说："有钱不用那不等于没钱？！"

钟铁龙觉得丁建的心理变化太快了，答："那倒也是。"

丁建一天到晚都是吃喝玩乐，这是他除了吃喝玩乐，不晓得自己要干什么事。长益市凡是在吃喝方面有点名气的地方，他都率领他的手下或朋友光顾过。生意上的事情，他都交给老张和林总了，他自己上午十点钟起床，有时候是十一点钟，这要看他先一天晚上玩到了什么时候。一起床，他就打电话邀人喝酒，邀的都是市里有头有脸的人物。例如工商局或税务局的领导，或者电视台或报社的记者，让电视台的记者一高兴就扛着摄像机来采访林总和他的金牌节目主持人，从而在长益市扩大金阳夜总会和金阳迪斯科舞厅的知名度，好让更多的年轻人一来劲就往金阳迪斯科舞厅跑，而老板们一想请人玩首选的就是金阳夜总会。如果被邀的人不是电视台或报社记者，也不是那些爱玩的工商或税务干部，那便是他的铁哥们。他们一喝了酒就向他表忠心，他们说："丁董的事就是我的事。"

他们说："丁董一句话，我就铁了心跟丁董干。"

他们说："丁董别的忙我帮不上，要打架，我第一个上！"

他们都是些拼命在社会上混却因缺乏知识而始终没混起来的人。这些生活在社会底层的曾与丁董一起做过贼或坐过牢的人，平时没什么人把他们当人，丁董发达了，仍把他们当人，请他们喝酒、吃饭，他们当然就心存感激，总想回报待他们好的丁董，当然最好的回报就是为请他们喝酒、看得起他们的丁董甩开膀子打架。那种义气和愿意付出一切的劲儿，让钟铁龙觉得丁董在这方面做得真好，是他以后自立门户时应该效仿的榜样。

快年底了，一天，长益市公安局副局长在电视上说，市公安局设立了五万元重奖，奖励提供"长益市电工厂抢劫杀人案"线索的人。丁董的很多朋友都从电视或报纸上看到过这条消息，就坐在一起议论。丁董的一个在税务局工作的朋友说："公安局的人放了很多卧底到社会上，让他们充当公安的眼线暗访一些做过贼的人。重赏之下，案子一定会破的。"

钟铁龙听毕，笑着点头。

这帮人里有人得知钟铁龙是从长益市电工厂出来的，便向钟铁龙打听情况："你觉得这会是什么人干的？"

钟铁龙心里冷笑，说："这要问公安，我那时在厂子校教书。"

一人说："公安都觉得奇怪，这两个人作了案就他妈的消失了。"

钟铁龙说："纸包不住火，我相信他们迟早会浮出水面。"

另一人说："他妈的，要是老子抢了那五十万，老子也会像他们一样销声匿迹。"

他们中的另一种意见说："其实没什么意思，担惊受怕的。搞了钱是为了花的，如果搞了钱又怕被抓起来，因而不敢用，那还不如不搞。"

钟铁龙表示同意："是的，如果抢了钱不用，那去抢干什么？"

丁董很不屑地挥下手，说："这个案子迟早会破。我听市公安局的一个公安说，这个案子公安部很重视，已下了死命令，必须于今年十二月三十一日前侦破。"

钟铁龙想，真能侦破，他不进牢房了？还能跟他们坐在一起吃饭、喝酒？龙行长那天也在，龙行长不相信这个案子能水落石出，他道："一点线索都没有。上次我跟市公安局的一个科长碰巧坐在一桌吃饭，那人说有可能是外地来的流窜犯做的。搞了钱就跑了，而我们却还在长益市布控。可能一开始侦察对象就搞错了。"

丁董又一脸不屑地摇头："你太幼稚了，龙行长。昨天市刑侦大队一中队的陈中队长还到我公司来了，我们一起喝酒，晚上我还请他到夜总会玩。"丁董说，"陈中队长说现在是故意在外面放这样的风，说是外来的流窜犯干的，好让那两个抢劫杀人犯放松警惕。"

昨天钟铁龙陪几个报社的年轻人在迪斯科舞厅蹦迪，没与丁董一起吃饭，这会儿，他听丁董这么说，就想公安的手腕真多，他得百倍小心才行。丁董瞧一眼钟铁龙，说："陈中队长说肯定是你们厂的人干的，只有你们厂的人才晓得发工资是哪天，才会有时间做准备。从作案的一切细节来分析，这是蓄谋已久的，陈中队长说他可以百分之百地肯定。"

钟铁龙随口说："我也是这么想，可能是我们厂的人干的。"

丁董喷一口烟，待那口烟于桌上缓缓散开后，他又说："你们厂的某个人伙同外面的人抢的，或者你们厂的某个人通知他在外面的朋友来抢钱。陈中队长说，你们厂的每一个人都可以说是犯罪嫌疑人。"

钟铁龙忙点头："那是那是。"

丁董呷了酒，大脑一发热就坦率道："我老实告诉你，昨天陈中队长来我这里喝酒，就是来摸你的底。我说你在长益市没有根基，你是白水人，是子校的数学老师。我说据我对你的观察，你是个本分的老实人，做人规矩，不可能干那种事。"

钟铁龙的脸不易察觉地惊讶了下说："还背地里调查我？"

丁董说："老实告诉你，陈中队长说，从你们厂出去的人，个个都得调查，包括现在去了上海、宁波、广州和深圳的，市局都跟当地公安局联系了，让当地公安暗中查访。"

钟铁龙的心痉挛得一疼，感觉好像是有人抓着他的心扯了下。他没心思吃饭了，尽管他还在吃，也在说话，但他的心已经飞离了这群人。他想市公安局肯定会派人去广州调查石小刚，或者在广州找了广州的公安暗中留意石小刚。要用什么方式给石小刚去一个信呢？写信是绝对不行的，一写信，马脚就露出来了。打电话也不行，恐怕电话已被监听了。这是个大案，公安部都下了死命令，不但惊动了公安部，还震惊了全国。他深感他真不该和石小刚作这个案子，现在想改变也不可能了。

十二月份，钟铁龙随丁董去了趟广州。丁董的一个从长益市跑到广州的朋友在广州开了家酒店，丁董去贺喜。丁董邀了个认识那个在广州开酒店的朋友坐他的皇冠轿车一起去。路上，丁董对搞装修的朋友说："力总，这个在广州开酒店的朋友是我的牢友，他出来后，去云南贩了两年毒，狠赚了一笔钱，现在贩毒不好贩了，他便跑到广州开酒店做正行。"

丁董的装修朋友力总扑哧一笑："我还有点怕跟他来往，真的，我怕惹他。说不定他现在已经在公安局的黑名单上了。"

丁董说："我跟老刘很熟，他做人很谨慎的。"

丁董抽口烟，又说："老刘做人我还不晓得？他嚣张不在脸上，在心里。"

搞装修的力总说："老刘做人很义道，五年前我找他借三万块钱，他问我三万够不够？当时我记得老刘说，趁我现在还有钱，我能帮你就帮你。我当时很感动。"

丁董说："老刘义道，这也是我们做朋友做得长的地方。"

钟铁龙坐在司机老张一旁，听他们说话，不插嘴，也不回头，却想"义"这个东西是很抓人的，让人记得一辈子，以后自己另辟蹊径时，一定要在"义"字上多做文章。

钟铁龙一到广州，忙完丁董的事，那天晚上他就按石小刚给他的地址去找石小刚。石小刚看见他，很快乐，扑上来抱住他，拍着他的背说："真没想到是你。"

两人走到一处排档前吃排档，石小刚要了两瓶啤酒，庆祝两人重逢。钟铁龙说："我不主张你喝酒。现在你要清楚，也许你身边就睡着公安局安插的卧底。"他把他所知道的事都告诉了石小刚。"我老板说，刑侦队的都跑到金阳娱乐公司来调查我了，我一个当老师的，他们都要调查，可见这个案子是他们下大力要侦破的。你得注意你身边的每一张嘴脸。"

石小刚压低声音说："这是要掉脑袋的，我从来就没放松过。"

"我想打电话提醒你，我都怕公安局的人窃听你办公室的电话。"

石小刚说："我在广州，也有人问过我我们厂里发生的这个案子，我当然是装蒜。"

"你得处处小心。"

石小刚让他放心说："我不会拿自己的性命开玩笑，我还想多活几年。"

钟铁龙拍拍石小刚的肩说："人是没有后悔药吃的，现在我们都只能夹紧尾巴做人。算了，不说那些废话了。小刚，我和你的命运是连在一起的，要谨慎又谨慎。"

石小刚就深情地看着钟铁龙："我会的，我们永远是朋友。"

"当然，"钟铁龙说，"任何时候我们都不能背叛对方。"

石小刚举着一双思索的眼睛看着他，很诚恳地点点头，"我绝不背叛你，我石小刚虽然不是个好人，但是个讲信誉的人。我从小长到大，没什么朋友，你是我最好的朋友。"

钟铁龙就握住了石小刚的手："小刚，交朋友要小心，别栽在朋友手上了。"他又说："我父亲说，朋友宁可少，不要滥。交朋友不慎，往往就是阴沟里翻船。不要被朋友的豪言壮语所迷惑，要多设几道防线，懂吗？"

石小刚觉得钟铁龙的话说得很忠心，忙道："你放心，我会很注意交朋友的。"

钟铁龙感到放心地喝口啤酒，说："我能睡个好觉了，这一向我寝食不安的。"

九　郑小玲

　　厂人事科给钟铁龙下了最后通牒，如果他在十二月三十一日前不回厂报到，就以除名论处。这份通牒从门下塞进了他的房间。有天晚上，钟铁龙回厂里，当然就发现了这份措辞严厉的通牒。他一点也不恼。第二天，他走进校长室，陆校长告诉他，如果他不回学校报到，就该向厂人事科写份辞职报告。钟铁龙就趴到校长办公桌上，写了份辞职报告，陆校长绷着脸看完报告，在上面签了她的大名，说："钟老师，你这几天把房子腾出来。"

　　钟铁龙走出校长室时，心里又有点怅然若失，还有一种犯了罪的歉疚感，想假如他没和石小刚干那件事，也许他就不会走这条路，这是自己把自己逼到了这条路上。梁山泊的好汉是被当时的社会逼上梁山，而他是自己把自己逼上了绝路，他想。中午，他在厂食堂吃饭，碰见了郑小玲。他觉得她真是个美人，婀娜，且高贵，不像夜总会里的那些女孩，虽然花枝招展、妖娆妩媚，却显得低贱。那天下午，他把他的不多的东西打了包，晚上，他在那间冷清的房子里深深品尝着寂寞。他感觉自己是童话世界里的一头怪物，可以打败来自另一世界的任何猛兽。他瞧着窗外的夜空想，在金阳，跟着丁董，一天到晚声色犬马，不是进夜总会看一个个帅哥和靓妹唱歌，就是走进酒店喝酒吃饭或看老板们豪赌。这一刻，他觉得世界特别安静，外面，北风刮得窗玻璃叮当响，让他有一种久违了的陌生感。

　　他心里空空的，仿佛出现了一个很大的广场，自己忽然变渺小了，仿佛是那个广场上爬动的蜗牛。他又想起七岁时人中上吊着浓鼻涕的他——那个他穿着姐姐做的肥大的衣服，迷茫地走在一口晃动的黑棺材后面，那个单纯的一心要为姐姐报仇的他长大了，如今长成了个犯了死罪的抢劫杀人犯！他驱逐开这个不快的记忆，想到了电视剧里的宋江，宋江有什么本事？说打，八十万禁军教头林冲、花和尚鲁智深、黑旋风李逵等都远在他之上；讲文，智多星吴用和卢俊义也高他一筹，他凭什么能让那么多桀骜不驯的英雄好汉臣服于他？就是他待人友善！一个人要想让朋友信服就得像宋江一样时常替朋友想困难。他想，丁建待朋友也不错，但丁建在对某些地位低的朋友时，有点高高在上，比如他对那些望着他发红包的报社记者，又比如他对曾经跟着他打架的小混混，他会下意识地露出蔑视。有的人不会看到，但那些敏感的人却能捕捉到。他想他以后做了老板，绝不能有这种表情，这种表情只会在对方的心里埋下不快的种子。他趴到桌上给郑小玲写信。这是他写第十八封信了。他决定在这封信上约郑小玲见面，从而揭开"谜底"，对于郑小玲来说，他当然是一个谜。他大胆地写道：

"亲爱的，我现在想坦率地告诉你，我是今天中午在食堂里碰见你的那个以前在子校教数学的老师。从我第一天看见你起就爱上你了，为了你，我和我的女朋友分手大半年了。我很自作多情，但没办法，我是那种天生就自作多情的男人。相信我，我只对你自作多情。对别的女人，我不会再自作多情了。自作多情是很累的，还很辛苦。它是一种痛苦的单相思，是傻瓜的爱情，因为这种爱情基本上是没有回报的。"他又起一段写道："亲爱的郑小玲，我是那种充满创造欲的男人，我要创造属于我钟铁龙自己的世界，就是失败了我也不后悔。我是那种既冷静又孜孜不倦的男人，我不晓得我最终能不能干出一番事业，但如果我钟铁龙干了，哪怕迎接我的是失败，我也甘心，不然，我钟铁龙绝不甘心！"

他写到这里，点上支烟，想应该结束了，便写道："我想请你这个星期六的晚上来金阳迪斯科舞厅跳舞，我八点钟在金阳迪斯科舞厅的大门前等你。希望你能来。如果你不来，我会很失望的。"他把后面这句话划了，涂黑，接着写道："不，不是希望，希望这两个字不足以表达我的感情，是全身心地等待，等待你来。"

星期六来得很慢，整整等待了五天，每一天都是在一分一秒地挨过的，一旦落座，他就在想星期六晚上。终于，星期六晚上在他焦虑的等待和胡思乱想中来了。先一天下午，在老张的参谋下，他买了一套洁白的西装。星期六这天，一天的阳光，这让他心情既不安又蔚蓝。傍晚，他穿上这套西装，眼睛瞪一眼夕阳，发觉夕阳红灿灿的，很美。他想新的生活应该开始了。他很高兴，也很紧张。还在七点一刻，他就穿着锃亮的老人头皮鞋走到了金阳迪斯科舞厅前，负责迪斯科舞厅保卫的小马看见是他就笑着说："龙哥，你今天很靓。"

钟铁龙对小马一笑，看了眼四周，见一片热闹景象，便说："你觉得我可以是吧？"

小马竖起大拇指道："岂止是可以？简直帅死了。"

钟铁龙不喜欢听"死"字，但他没计较小马这么说。他看着小马，两人再没交过手了，但因都学过武，又都是丁董倚重的人，就有同道的感觉。"小马你有老婆吗？"他问。

小马就正色说："我早一向结的婚。"

"怎么不通知我，小马？"

小马嘿嘿嘿笑道："我哪个都没通知，非常简单地结了婚。"

"小马，你老婆是干什么工作？"钟铁龙心里很乱，找话说。

"在一家手帕厂工作，不过现在那家工厂效益很差。"

钟铁龙想从小马身上学一点谈爱经验，便问："你和你老婆是怎么谈上的？"

小马嘿嘿一笑："我们很早就认识，还在我读初中时我和她就认识。"

钟铁龙笑道："那你们是老感情啊，谈了十来年吧？"

"没有。认识了十来年，但没谈十年。她是我初中同学的姐姐。"

钟铁龙想那这个女人一定比小马要大一点，便问："马哥，你老婆一定很漂亮吧？"

小马快乐地一笑："还可以吧，反正我觉得她漂亮。"

有人叫小马，小马转身走进了舞厅，钟铁龙就立在舞厅前等郑小玲，眼睛盯着街口。街口上车水马龙的，行人来来往往，街那边一片灯火，闪闪烁烁，让他心慌。八点钟来了，八点过五分了，八点过十分了，八点一刻了，仍不见郑小玲的身影。钟铁龙觉得这个星期的等待白等了！这整整一个星期里，他的思想无时无刻不在等待此刻的到来，为此，他不知牺牲了多少睡眠时间……我是个大傻瓜，太爱幻想了，她那么漂亮，肯定有男朋友了，她男朋友不让她来。他正想他应该去哪里打发这个漫长的夜晚，忽然郑小玲出现在他视野里了。她穿着浅红色衣服，下身一条黑牛仔裤，身材当然就窈窈窕窕；头发扎成一把，垂落在她肩后，眼睛大大地看着他。这是王母娘娘派来的吧？他想，笑了，非常不好意思地看着郑小玲。

郑小玲用湖北话说："原来是你写的信？"

他觉得她的声音真好听，说："是我犯的错误。"

郑小玲一笑，声音缓缓地说："你的文笔挺好的。"

他看着她，她迅速把目光从他脸上移开，他开玩笑道："我本来是想做诗人的。"

"是吗？"她又把目光投到他脸上，"怎么你没做诗人呢？"

能与郑小玲单独相处，又彼此如此近的距离内相望，他觉得太幸福了。"我父亲要我学数学，说学好数理化，走遍天下都不怕，结果我没做成诗人。"

郑小玲笑道："有些段落读后，挺让我感动。"

他想他就是想要她感动，高兴道："那我很高兴。"

她看着他："你这么帅呀？"

他居然脸红了："我特意买了这套衣服穿着跟你约会。"

她再打量他一眼："以前我没看见你穿过这身衣服。"

他想她难道注意过他？说："是吗？"

她又肯定说："你穿白色的西装挺好看，人显得精神。"

他观察了她几眼，从她的目光里他找不出讨厌，他心里的火花突然就旺了，胆子也就大了，说："你能来真让我快乐，我们进去玩吧？"

郑小玲犹豫了下，回答他："好吧。"

他把烟蒂揿灭，领着郑小玲走进了迪斯科舞厅。

迪斯科舞厅里一片迪斯科舞曲的喧闹声，那些强而有力的音乐和节拍冲撞着每一个人的心灵，让年轻人在这片惊涛骇浪一般的乐曲声里狂呼和蹦跳。领舞的是北京舞蹈学院毕业的年轻帅哥，穿着牛仔衣裤，故意把牛仔裤剪烂了，于强烈的聚光灯下反而让女孩子们疯狂。他的迪斯科舞姿很到位，每一个动作都很性感。舞厅里很多男女都围着他和跟着他跳，叫声、笑声和欢呼声随着节奏感很强的乐曲声一并在舞厅里如海浪般欢腾。

钟铁龙跳交谊舞有些笨，但跳节奏感很强的迪斯科却一点也不笨，这迪斯科是那种不规矩的舞蹈，只要身体的动作谐调就好看。钟铁龙从小就爱体操，常在体操垫上翻筋斗、打空翻，要不是他父亲吝啬口袋里的钱，他早就进了市体校，也许他就是在另一条路上走了。后来读中学，他又练上了摔跤和散打，蹦迪，动作自然就谐调。郑小玲更不示弱，她从小就爱跳舞，只是她父亲反对她跳舞，于是她放弃了考舞蹈学院。她身体的千亿个毛细孔一听到迪斯科音乐就张开了，仿佛海绵在吸收海水样，也疯了，舞姿就妖娆无比。她跳舞很美，跳得疯狂起来人就更美了，仿佛是一朵鲜艳的白玫瑰于风中摇摆。有几个男青年注意到她了，当然还注意到了一旁跳着的钟铁龙。他们注意到他们只是一对，就分别摇晃着身体跳过来，让两个男人跳到钟铁龙和郑小玲之间，让另一个男人用屁股撞郑小玲的胯部。那一撞来得下流，让郑小玲脸上不高兴了。郑小玲不跳了，站着，望着那个故意用臀部碰撞她臀部的男青年。男青年用本市话大声夸她说："小姐，你迪斯科跳得真棒。"

郑小玲说："谁稀罕你这么说？好笑。"

男青年就鼓起了眼睛："表扬你都不行？要骂你你才舒服？"

舞厅里迪斯科乐曲太吵了，钟铁龙不知道他们说什么，就走上来拉郑小玲到一边去。郑小玲就跟钟铁龙在一旁跳着，笑着。那几个年轻人心里不舒服了，想调戏一下郑小玲，又过来了，其中一个又用屁股碰了下郑小玲的臀部。郑小玲瞟一眼那男人，让开，又一个男青年用肩膀撞了下她。郑小玲生气了，骂道："神经病。"

那男青年瞪郑小玲一眼，目光很凶道："小姐，你不要骂人啊。"

郑小玲看一眼钟铁龙，钟铁龙走拢来，把郑小玲拉开。两人走到另一处地方跳着，那伙青年喝了酒，色胆就包天，又走了过来，脸上布着无所畏惧的邪恶。郑小玲不跳了，站在那儿。一青年走到郑小玲面前时，故意往后一倒，背就撞了下郑小玲的背，郑小玲被那青年撞得很恼火，用湖北话骂道："流氓。"

那青年用本市话说："我流了你吗？你骂我流氓是想要我流你一下吧？"

钟铁龙很想一拳打倒那个用背撞郑小玲的小青年，但他忍了。他觉得跟这些素不相识的小流氓打架实在不值得。好钢要用在刀刃上，要学会化干戈为玉帛。这是师傅于他学拳时告诫他的话，此刻师傅的话在他脑海里起了作用。他盯那几个人一眼，觉得可以绕开他们，便再次把郑小玲拉开，把嘴附在郑小玲耳朵上说："你太美了，他们都有点控制不住自己，这是群疯子，应该送进疯人院的。我们走。"

他们走出迪斯科舞厅，郑小玲脸上有些恼怒，觉得自己被无端端地调戏了。钟铁龙就逗她笑说："你不能怪他们，你太漂亮了。他们就有些情不自禁。"

郑小玲望他一眼："谁稀罕？这些人，真没劲。"

钟铁龙说："这些人不好得罪的，我们去夜总会听歌吧？"

两人走进了金阳夜总会。金阳夜总会里也很喧嚣，很多人仰着头听歌，一边搂着身旁的妖娆的小姐。两人找了气（方言：一会），座位都满了。钟铁龙说："怎么办？座位都满了？"

郑小玲也觉得没地方可坐了，说："好热闹啊。"眼睛就盯着台上一个唱歌的青年。

钟铁龙说："这个夜总会的生意是长益市最好的。"

"是吗？"

两人在夜总会里站了气，觉得没劲地走了出来。钟铁龙问："我们吃宵夜去？"

郑小玲回答："我不敢吃宵夜，我怕胖。"

钟铁龙说："胖一点也没关系，去吧？有一个餐馆的鸭翅膀和鸭爪做得很不错。"

郑小玲望一眼天空，天上繁星满缀，她心情就很好。"好吧。反正也没事。"

钟铁龙拦了辆的士，回头对郑小玲招手，她钻进的士，钟铁龙便让的士司机去黄兴路。那时候，长益市黄兴路一带有很多家专吃鸡翅膀和鸭翅膀的宵夜摊，很多市民都爱上那条街吃卤鸡翅膀卤鸭翅膀，边喝啤酒边聊天。的士把他们载到了这条街上，两人下车，走到一家宵夜摊处，卤锅里正卤着香喷喷的鸭翅膀和鸡翅膀。店里出来一女人，引两人进店堂坐下，店堂里坐着几桌男女，正津津有味地吃着鸭翅膀和鸡翅膀，边喝啤酒。老板娘端来热烘烘香喷喷的鸡翅膀和鸭翅膀，问两人喝不喝啤酒。钟铁龙说："来两瓶青岛啤酒。"

钟铁龙敬了一只鸭翅膀给郑小玲，郑小玲轻巧的模样拈到朱唇边，吃起来，边看着他笑了下。钟铁龙觉得郑小玲的吃相真好看，想假如她的命再好一点的话，她今天就不是坐在这里跟他吃鸭翅膀了，说不定是跟一个大老板或大导演吃鸭翅膀了。他想李秋燕从他身边溜走了，刘丽云也从他身边走开了，他不能再放弃她了，就一笑："你真美。"

郑小玲又一笑，笑得十分妩媚，问他："你现在真的没女朋友？"

"真的，我跟我女朋友分手了。"

"为什么？"

他盯着她："因为我爱上你了。"

郑小玲瞥着他："太夸张了吧你？"

声音很好听，这让钟铁龙怔怔地瞧着她，她脸上红彤彤的，皮肤十分光溜，没一点小孔和小坨；一双眼睛水汪汪的，像沾着露珠的黑葡萄。上天把她造得真美！他突然懂得什么叫秀色可餐了，看着她，他有饥饿的感觉。啤酒来了，撬开了一瓶，钟铁龙替郑小玲满上，举起杯子，这才回答郑小玲："不，一点也不夸张。你真美，我今天真想吃了你。"他说，又添一句："我想我今生今世不会再爱别的女人了。我说这话是负责任的。"

郑小玲没说话，好像在想什么事。钟铁龙生怕她说出他不愿听见的话来，忙道："来，我很高兴今天能和你在一起，为今天的快乐干杯。"

郑小玲浅浅一笑说："为我们今天见面干杯。"

钟铁龙听了这话就觉得自己有希望："你这话说到我心里去了。"

郑小玲端起酒杯与钟铁龙碰了杯，喝了口啤酒。她望着钟铁龙，钟铁龙对她一脸亲热地挤卜眼睛，她觉得他的表情挺有意思，问他："你跟你女朋友分手，真的是为我？"

他想这个女人已进入了他铺设的轨道，便说："主要是你，当然还有别的原因。"

"怎么说主要是我呢？我没做什么对不起你女朋友的事呀。"

"我一看见你就觉得你才是我心中的女皇。我跟你坐在一起，感觉这个世界很美好，跟别的女孩坐在一起，心却跑到你身上去了，心里想的是你那一刻在干什么！我好傻吧？没办法，爱情就是让人变傻的，如果爱情不能让人变傻，那就不是爱情。"

郑小玲沉默了。

"喝酒。来，碰一下。"

郑小玲就端起酒杯跟钟铁龙碰了下："你真会说话。"

钟铁龙盯着她："你现在有男朋友吗？"

郑小玲说："你猜呢？"

"我猜不出。"他说，又理所当然地补一句："你这么漂亮，应该有吧？"

郑小玲不回答他。钟铁龙笑笑："有也没关系，我在信上说了，只要你没结婚，我就觉得自己还有希望。我这人很执着，只有一根筋，只要有一线希望，我绝不放弃。"

郑小玲偏着脑袋看着他："你真的那么爱我？你不觉得你这样做很傻？"

"我刚才说了，爱情就是让人变傻啊。"他喝口啤酒，"但是我再傻也不会让你郑小玲失望。"他想他还真不知道自己的未来是怎么回事，又觉得自己不应该害她。"我不勉强你。也不强求你。不过，我爱你是纸写笔载的。我写给你的那些信，你烧了吧？"

"你是要我退给你吗？"她反问他。

"不，我寄给你了就没打算再索回来。那是我爱情的见证。"他看着她光润的脸，看着她那双眸子闪动的眼，他身上，热血沸腾了，爱，使他觉得这个世界真美好，嘴就甜起来。"你知道吗？在长益市电工厂的那些寂寞的日子里，我每次趴在桌上给你写信时，心里就激动，就有一种无比幸福的感觉，好像是在给我爱的人和爱我的人写信。"

两人在宵夜店里说了很多话，主要是钟铁龙说，那哪里是说话，那是把蜜汁往郑小玲的耳朵里灌，让她通体都甜了。宵夜吃到凌晨一点钟，她已经成了一只蜜罐，身上的每一个毛细孔里都沾着蜜，释放出来的自然是甜腻腻的气味。她说："我今夜很开心。"

那声音不光是音质好，呼出的气体，还是香甜的。钟铁龙叫了辆的士，送她。的士向市郊驰去。他坐在车上，很君子地坐着，一个手指头也没碰她。的士开得很快，一刻钟后，的士在电工厂宿舍区的铁门前停下，她下车，对他一笑，他也对她笑，挥手道："明晚见。"

钟铁龙在距金阳夜总会不远的一条小巷里租了套一室一厅，房里摆设着原主人结婚时使用过的家具，是那种国漆色家具，床、大柜、装饰柜、书桌、方桌等。一天晚上，钟铁龙领着郑小玲走进了这个家，他说："这是我暂时的家。"

他用了"暂时"两个字，郑小玲就斜着眼睛看他，他解释说："我会在市内建一个属于自己的家。房子也一定要比这大。"

郑小玲问他："你现在拿好多钱一月？"

"上个月我的工资自己都不晓得是怎么回事就涨到一千五了，跟我们林总的工资是一个档次。"钟铁龙说，望着郑小玲浅浅一笑。

郑小玲吃惊道："一千五？我一年的工资还没一千五呢。"

钟铁龙说："我们金阳公司的保安和男服务员都是三百元一月。"

"三百元一月？"郑小玲说，"比我们厂长的工资还多，孙厂长才两百多一月。"

"这不算什么，我不会就这样过一辈子的。"他把目光爱昵地涂到她脸上，这个女人将是我钟铁龙的妻子，他想，接着说："我不是在你面前说豪言壮语，我看不起丁建那样的人，我钟铁龙一定会另起炉灶，会把自己的人生干得很绚丽，虽然这必定要付出更多的努力，但我以前在信里跟你说过，男人活在这世上，就是为了创造奇迹的。"

他说得郑小玲的目光一愣一愣的，致使郑小玲都有些佩服他了。他又说："我现在只是暂时在金阳公司，我是利用这种场合和机会交结朋友和学习经商，什么东西都要学。我现在是捧着学习的目的，我钟铁龙从厂里出来，丢掉工作，不是只当个马仔就完事的。"

郑小玲用她那双漂亮的眼睛盯着他："你真要自己成立一个公司？"

"我对你发誓，我会自己干！"他盯着她，从她的眼神判断她在接受他，他又说："你觉得我是那种甘于在人家下巴下接饭吃的人？那样的男人也值得你郑小玲爱？"

"我不知道，不过我相信你能做大事。"

"我就是为做大事业而活的。"他走过去，大胆而果断地抱住了她，脸贴到了她那张温热、姣好和香甜的脸上，"相信我，我会努力。我钟铁龙会让你过上你想过的生活。"

郑小玲被他的这番话感动了："钟铁龙，我觉得我有点爱上你了……"

他把她搂得更紧了："那我真的很快乐，我会好好爱你。"

"不过我不是处女了，不晓得你会不会计较这个……"

他觉得这没什么地打断她道："不计较，我怎么会计较你的过去呢？"

"我怕你以后会计较这个。"

"不，绝不计较，哪怕你以前谈过十个男朋友，我钟铁龙也铁了心要你。"

她马上说："没那么多，只是谈过两个。"

他想比他想象的少，便问她："我给你写信时，你想到过是我吗？"

"没有。"

"那你以为是谁写的信？"

"我脑海里没有具体人，但我想写信的人一定是这个世界上最爱我的人。这就够了呀。"

"我确实是这个世界上最爱你的男人。"

他把她搂得更紧了，搂得她都有些喘不过气来了。他把她放到床上，很深情地吻着这个娇媚的女人。他把她的衣服脱了，一件一件地脱。她温情地看着他，他说："你不冷吧？"

她说："有点冷。"

他就扯过被子盖在她身上。他也钻入了被子，在她嘴上吻着。她的身体开始还有点僵硬，接着就波浪一样起伏。她仿佛是在大海中，他也在大海中，爱成了一望无垠的情海，她在情海中漂浮，如一叶轻舟，说："啊，钟铁龙……我感到我爱上你了，你真的让我爱上你了。你是个标准的男子汉。"

他听她这么说，很兴奋。他觉得上天很宠他，把这个极美丽的女人送到了他的怀中，让他变得更勇猛、更顽强，他觉得自己不是人，而是在这个世界上行走的雄狮，只是碰巧长着一张人的脸，而身体是狮子的，刚劲、有力，能吞下整只山羊。他一脸兴奋道："亲爱的，我太爱你了，你永远是我的女人。"

她说："我也很爱你，亲爱的，我没想到我会彻底爱上你。"

"就是刚才，在进这间房子以前我都不敢想我们会发展得这么快。"

"我也是，我走进来时还有点犹豫。"她睁开一双痴迷的眼睛，"你让我没法拒绝。"

他们说了很多疯话，一个晚上都在不停地说话和做爱。那个晚上他感到自己有的是精神和力气，像一头雄狮样不知疲倦。他有一种很罪恶和很甜蜜的幸福感，这种很罪恶和很甜蜜的幸福感，以前和刘丽云相吻时没有过。在刘丽云身上，他是被爱，而且，那时他也没和石小刚干下那桩足以让他和石小刚判处死刑的大罪，心是坦然的，甚至是平静的，犹如宁静的山丘迎接着狂风暴雨。如今他的感觉变了，他身负着这种让他时常紧张和窒息的罪恶，在与郑小玲做爱时他就百般用心、痴迷，因为除了深藏在他内心的罪恶感折磨着他，更有猎人猎到了自己朝思暮想的猎物的快乐，就疯狂。在她身上，他是追求者，是猎人！他珍爱地捧着他的娇美迷人的猎物，深情地吻着她柔软、光润的肌肤，说："你真的让我快乐。"

她笑了，在他汗水淋淋的脸蛋上亲了口，说："我也很快乐，亲爱的。"

过年的时候，他带着美貌的郑小玲回了白水。他大哥大嫂都瞪大了眼睛，这是他们没想到他会带一个这么漂亮的女人回家过年。大哥钟唤龙已有了个三岁的儿子，大哥摸着儿子的头，却看着郑小玲说："我这个弟弟小时候比较调皮，身上有很多野性，你要管好他。"

郑小玲说："我才不管他呢。"

大嫂说："铁龙最大的缺点是懒，不爱卫生。你要多督促他洗澡。"

郑小玲说："他现在经常洗澡呢。"

饭桌上，父亲钟万银却称赞儿子说："钟铁龙的优点是有毅力，什么事情一干就有毅力干下去。这一点还是很好的。"

郑小玲就笑。

大年初二，钟铁龙带郑小玲去了镇武装部大院，当然是带着郑小玲给李培过目，顺便想拉李培去师傅家坐坐，年前，他有两次梦见了师傅。那时李秋燕家已不住镇武装部了，她父亲是新中国成立前参加革命的，离休后，举家搬到了县里的老干部休养所。李培不在家，小小在，小小挺着个大肚子，暑假的时候钟铁龙还看不出小小怀了孩子，这个时候看小小的肚子，至少有八个月了。小小看了眼郑小玲，说："张兵来了，叫李培到黄建国那里玩去了。"

钟铁龙没在李培家坐，带着郑小玲向镇红旗织布厂来了。镇红旗织布厂于这两年显得有些破烂了，一些厂房因没钱修缮，露出了以前不曾见过的穷酸的破败相。钟铁龙对郑小玲说："这家工厂在七十年代是最俏的单位，街上，很多执城镇户口的人都想进这个厂。早几年江浙一带发展了很多家织布厂，那些私营企业成本低，又都是从农村招的廉价劳动力，无须养一大群干部和离退休职工，竞争力自然比国营企业强。布比国营厂的便宜。一些商家和印染厂就买他们的产品，因为买他们的产品可以拿回扣。这样市场就一个个丢失了。我们电工厂的市场是被美国和日本人抢走的，红旗织布厂的市场被江浙一带的私营企业抢走了。"

两人边说边走到了三狗住的那幢破屋子前。三狗从他的破屋子里走出来，站在门口笑。三狗穿件毛衣，下身一条运动裤，头上戴顶军帽，很土的样子。三狗笑呵呵地说："你还在拐弯的地方我们就看见你了。张兵还说那不是你。"

三狗说完又嘿嘿嘿笑，张兵在，李培也在。张兵穿得很随便，李培却穿着灰西装，打着蓝领带，但白衬衣的领子有点显脏了。三个大男人在喝酒，桌上一碟卤牛肉，还有一盘花生米。张兵见是钟铁龙，便笑着说："哎呀，你老婆蛮漂亮啊。"

李培望了眼郑小玲，说："你要晓得铁龙是大学生，和我们不一样。"

钟铁龙坐到一张椅子上，对坐下的郑小玲介绍三狗说："这是我大师兄黄建国，小名叫三狗。三十多岁了，现在还是单身汉。"他又补了句："不是没有女人爱他，十年前有几个女人愿意做他老婆，但大师兄为保持童子功，怕破坏童子功而不跟女人谈爱。"

三狗嘿嘿嘿一笑，摇手说："你不要听小钟乱介绍。"

钟铁龙哈哈一笑，指着张兵："这是我二师兄张兵，拳脚功夫一流。"

张兵也冲郑小玲一笑。钟铁龙指着李培："李培，我们是小学、初中和高中同学，他父亲是镇武装部副部长，他母亲是我们读小学时的唱歌老师，刚才我们就是到他家。"

李培对郑小玲笑，郑小玲也笑，钟铁龙问："李培，百货商店的效益还好吧？"

"越来越差了，差得人人都在找关系往外调。现在，除了家用电器——一些人不放心私营小商店而进我们百货商店购买外，"李培感到沮丧地望着钟铁龙，"其他商品街上尽是的，又比我们百货商店便宜，因此商店的效益越来越差了。"

张兵跟着叹口气："我们厂也越来越差了，发生活费都成问题了。"

三狗说："张兵，你还好一点，自己开了个小餐馆，每天还能赚十几块钱。我们厂，现在一个月只发四十块钱生活费。四十块钱半个月就用完了。"

问到钟铁龙时，钟铁龙说他现在有一千五百元一月。李培吃惊地叫一声，简直带几分嫉妒地说："他妈的，我一年才是你一个月的工资。你太好过了。"

钟铁龙觉得李培脸上的表情很夸张，就摇头说："也没存什么钱。"

"我当年完全可以考大学，假如我像你一样复读一年，我也读了大学。"李培因羡慕钟铁龙的收入丰厚，就怨怪他父亲说，"我当年是想复读再考的，父亲硬要我读县商校，说那是一个难得的机会。就是这个'难得的机会'把我变成了这样。唉，现在后悔已经晚了。"

钟铁龙告诉郑小玲："读高中时，李培在我们班上成绩算好的，当过劳动委员，还当过化学课代表，那时候他是我们班的佼佼者。但他高考考砸了。"

李培感到自己很冤枉地说："我这劳动委员，就是因为你被撤了。"

郑小玲觉得奇怪道："怎么呢？"

钟铁龙就笑着向郑小玲解释说："我读高一的时候常常缺交家庭作业，一放学就跑来和大师兄他们练拳，根本不做作业，就得罪了我们班主任老师。李培那时候是班上的劳动委员，班主任老师在班上孤立我，李培还坚持跟我玩，班主任老师就撤了李培的班干部。"

李培笑道："基本属实，后来我还是他的小老师，辅导他数学、化学。一上课他就问我这道数学题怎么做，那道化学题怎么做，害得我一心跟他解题，自己都没听课了。我的学习成绩就是被钟铁龙拖垮的，要不是我，钟铁龙高中都毕不了业，考大学那就更不要想了。"

钟铁龙大笑，点头道："是这样是这样，是我害了你，李培。"

他们说了气这样的话，钟铁龙才对他们提议："我们一起去师傅家拜年去？"

三狗、张兵和李培顿时没说话了，三狗脸上一片沉痛，就如山巅上一片山岚。张兵也跌下了脸，李培开口道："你不晓得黄师傅死了？我还以为你晓得了。"

钟铁龙瞪大了眼睛，眼帘里出现了黄师傅那张和善的脸。"黄、黄师傅死了？"他想起师傅对他那么好，心就一痛，声音就低沉了，"什么时候死的？"

"去年十二月十二号，肝癌晚期，从发病到死刚好整整一个月。"三狗说，他望着钟铁龙又说："本来我想通知你，打电话问长益市的114，问到长益市电工厂的电话，又打长益市电工厂的电话，再打子校的电话，你们子校的老师说你离开学校了。我又跑到你家问你父亲，你父亲也说不清楚你现在的联系电话，就没法通知你。"

钟铁龙醒悟了地拍着额头，目光就有些缥缈地回忆着梦境说："难怪师傅跑到我梦里来找我，对我说工作再忙，也不要荒废了自己的身手，原来师傅已经走了。"

三狗沉痛地望着钟铁龙："我是守在师傅身边看着师傅落气的。师傅死前还念到你。师傅死前肝昏迷了三天，醒来后，望着我说的第一句话就是：'钟铁龙来没有？'我说你在长益市，我们找不到你，你不晓得师傅病了。师傅就没再说什么。"

钟铁龙听得一身鸡皮疙瘩，霍地起身："师傅葬在哪里？我要去拜见师傅！"

四个大男人就起身，走出三狗家，走到街上时，钟铁龙迟疑了下，对郑小玲说："你先回我家，我要和大师兄他们去给师傅烧炷香。"

郑小玲说："我没事，就让我跟你一起去拜一下你师傅吧？"

他们路经一家日杂店时，钟铁龙买了一盘一万响的浏阳鞭炮，还买了很大一包冥钱和香烛，一行人向黄家镇的公墓走去。这是一座热闹的坟山，有很多墓，一个连一个，有不少人于这天下午在坟山祭奠死去的亲人，因而鞭炮声络绎不绝。师傅的墓在山顶上，是坟山的北面，相对落寞一点。碑上凿着"黄崇武先生之墓"。钟铁龙觑着墓碑，跪下，脑海里却出现了很多年前黄崇武老师收他为徒的事情。那一年钟铁龙十四岁，上初二，身高一米六八，单单瘦瘦，上体育课时喜欢竖倒立、打空翻。体育老师黄老师是"文革"前省武术队的，"文化大革命"中省武术队被取缔了，黄老师有一身武艺却感到英雄无用武之地，便扛着背包回了黄家镇。黄老师矮矮墩墩，一张脸长期间没洗一样，始终显得邋遢什么的。黄老师见钟铁龙长得精神，目光敏锐，就喜欢他。黄老师在街上有五六个徒弟，都是他先后教过的学生。那时候整个黄家镇还没人经商，经商被街上的人视为投机倒把。黄家镇的年轻人，吃了饭没事干就在街上闲荡，三三两两的。有的青年不想荒废时间，就去湘江边或黄公庙后面的树林里习武，习武的目的很简单，就是为了有朝一日把架打好。一天上体育课，黄老师问钟铁龙想不想习武，钟铁龙答"想"，黄老师就笑着对钟铁龙说："我有几个徒弟，他们常在黄公庙的后面习武，星期天我带你去认识他们吧。"钟铁龙少年时候喜欢上异南春饮食店听人讲书，就很想成为岳飞那样的英雄，次一点也想成为张飞。星期天一早他来到了黄老师的门前，黄老师把他带到黄公庙后面的树林里，交给三狗。"三狗很不错的，"黄老师对他说，"三狗在摔跤方面很不错，你可以跟他学学摔跤。"当时三狗已二十多岁，但个子比钟铁龙矮，只一米六五，一张瘦脸，看上去像没什么本事一样。钟铁龙就有些小看三狗地把手搭到三狗肩上，两人开始了摔跤。他自己都弄不清怎么一交手他就跌在地上了，他不服气，又摔，又跌倒在地。他暗暗吃惊，心里对三狗就生了敬畏。他问："黄老师，我怎么老是被三狗师兄摔在地上？"黄老师嘿嘿嘿直笑："你晓得吗？三狗用的是借力打力，借你身上发出的力把你打倒，这是摔跤惯用的伎俩。"钟铁龙就一脸求教地望着黄老师说："那我怎么防止三狗把我摔倒呢黄老师？""我带你来就是要你向三狗师兄学摔跤，"黄老师说，"摔跤要有预见性，意识要抢在对方前面。这话不好说，主要是多练。摔多了，经验积累多了就能判断对方怎么用力了。"

此刻，钟铁龙跪在墓前，想起师傅说的话，忙悲伤地叫了声"师傅"，就磕头。三狗、张兵和李培也相继跪下，冲着冷冰冰的墓碑磕头。郑小玲也磕了三个头，钟铁龙见郑小玲也跪下磕头就很感动，对墓碑说："师傅，我妻子也来看你了。"

接着，钟铁龙解开那一大盘鞭炮，点上，噼里啪啦的鞭炮声就围绕着墓碑炸响个不停。鞭炮声止，硝烟散尽，几个人蹲下身为师傅烧香点烛和烧冥币。忙完一切，天渐渐黑了。冬天里，天黑得早，还只五点多钟，天就暗了下来，跟着是一抹浓浓的黑色吞噬了整个小镇。几个人从坟山上下来，去张兵开在迎宾路上的餐馆吃饭。一路上心情都很沉重。吃饭时，大家都在回忆师傅的好，说的都是师傅的教导，一边回忆师傅，一边谈论未来。钟铁龙脸上的悲哀渐渐散去，他脸上有了笑，看着三狗、李培和张兵。在人城市里生活了几年，他反倒珍惜他和他们建立的友谊。一桌饭菜吃到八点多钟，临了，他掏出钱包："这餐饭我请了。"

张兵按住了他拿着钱包的手："不要你请，你第一次来我饭店吃饭就掏钱，那我显得太不义道了。你把钱包收起来。"

钟铁龙看张兵一眼，见张兵一脸的认真，就跟田里一田的禾苗样，便不再坚持，看一眼喝酒喝得满脸红光的李培和三狗，说："那好，改日我再请你们三位喝酒。"

十　结婚

六月中旬的一个星期天上午八点多钟，钟铁龙正在梦中漫步，忽然听见敲门声。他心里不由得一紧，赶紧起床，问了声"谁"，门外的人回答："我，石小刚。"

石小刚来了，把睡觉中的他和郑小玲吵醒了。他想，人不能做亏心事，做了亏心事，一有人敲门就紧张。他起床，开了门。石小刚于过年时来过，来时带了些他母亲做的酸菜和剁辣椒。这是第二次来。石小刚给了他一个笑，冲卧室望了眼，见郑小玲还躺在床上，就对钟铁龙说："我母亲病了，我回家打了个转身。我下午的火车回广州。"

钟铁龙"哦"了声说："你吃早饭没有？"

石小刚又一笑："吃了两个包子。"

"我肚子饿了，我们出去吃碗牛肉粉吧。"他是说给醒在床上的郑小玲听，说完，他进厨房随便洗了把脸，两人就去巷口上的粉店吃了碗粉。南方的六月，很热，太阳一早就挂在天上，电风扇吹出的风，扫在脸上，感觉都是热风。吃完粉，两人走出粉店，因郑小玲在家里，就决定到江边走走。江边上，有一张张躺椅搁在柳树下，是供人喝茶聊天时休息的。这个时候还没什么人来闲坐，两人走到一株垂柳下，在两张躺椅上躺下了。

躺椅的主人走拢来，问他们要不要喝茶，钟铁龙知道不可能白坐人家的躺椅，就要了两杯茉莉花茶。两人抽着烟，看着白亮亮的天空和脚下缓缓流淌的湘江，说着话。

石小刚忽然转过头来望着他说："已经两年过去了，钟铁龙。"

钟铁龙也盯着石小刚："一直没人查问过你？"

"没有。"

"那就好，长益市也早没人谈这个案子了。我们作的这个案子由于公安找不到线索，陷入了僵局，成了这几年里发生在长益市的最大的悬案。市公安局长和市刑侦大队长没法向上面和全市老百姓交代，都被撤职调离了。"钟铁龙想那两个倒霉蛋，因他们而改变了命运。他望着石小刚："我们丝毫不能放松，更要谨慎，案子没破，公安不甘心啊。"

石小刚认同地点下头："那是，我是公安我也不会善罢甘休。"

"明白就好。钱放在你家安全吧？"

"安全。我家在村里不算富裕，没人盯着我家。你不要担心，不会有事的。"

钟铁龙嘿嘿一笑，看一眼河中，正有一条船载着货物在河中行驶，有马达声从江中飘来。他突然觉得，每个男人都是一条船，载着满脑袋的计划和欲望，朝着自己的未来行驶，有行到头的，有走到半途上触礁翻船的，还有搁浅在沙滩上动弹不了的。我一定要行驶到自己的目的地！他想。转头望着石小刚，他把手捏成拳头，说："明年这个时候我们就自己干。"

"好的。"

"你要设法在广州弄来二十万，我在这里借三十万。加起来有五十万才行。"钟铁龙望着石小刚，"因为我们一旦办公司或开店子，资金问题一定会引起公安部门的注意，到时候一查，钱有来路就什么都说得过去。先把钱弄来，到时候用那笔钱还债。"

"我懂。"石小刚说。

石小刚的眼睛里有兴奋的火花，脸上的表情也很坚决，是那种随时准备把自己投入大风大浪中打拼的表情。钟铁龙说："我们要生死与共，在命运前面，绝不退让。"

"退让?"石小刚大声说,"我的脑海里没有'退让'这个词。"

石小刚在钟铁龙家吃的中饭,中饭是郑小玲做的。金阳娱乐公司给钟铁龙配了个叩机,便于丁董唤他。上午十点钟,郑小玲打他的叩机,问他回不回家吃中饭,钟铁龙说"回",郑小玲就去买了菜。桌上有六个菜,青辣椒炒肉、小炒腰花、葱煎鸡蛋和红萝卜丝等。石小刚做出要流口水的模样笑笑,表扬她说:"郑小玲你真能干。真委屈你了,害你亲自动手。"

郑小玲也客气道:"我们自己反正要吃的。"

石小刚说:"想不到我们厂的厂花还会做饭菜。"

她听了这话很舒服道:"我喜欢做吃的。"

石小刚赞美她的手艺:"啊,腰花炒得又嫩又好吃。"

郑小玲说:"小刚,你真会哄女人。你找了对象没有?"

"没有,"石小刚很精神地望着郑小玲,"你能给我介绍一个吗?"

"我要是有妹妹就介绍给你,"她说,"可惜我没有。"

吃过饭,郑小玲走进厨房洗碗时,石小刚小声问钟铁龙:"她不晓得吧?"

"你神经,"钟铁龙盯一眼石小刚,"我告诉她不害了她?什么人都不能说的。"

石小刚颇觉宽慰地一笑:"我懂。"

那天晚上,钟铁龙与龙行长坐在夜总会听歌,龙行长的身边坐着四川来的小姐。她是龙行长看中的小姐。龙行长这几次米,都点她坐台,与她喝酒、划拳、猜色子,时不时在她那张娇嫩的脸蛋上猛亲一口,表示自己很爱她。龙行长快活得要死,对四川小姐说:"我的计划是要跟你睡一觉,但每次你都说你的身子不干净,你总是来月经?你未必是月经王?"

四川小姐打了龙行长的肩膀一粉拳:"你别说得这么难听好不好?"

龙行长就嘻嘻一笑:"你的月经就不去的?"

钟铁龙在一旁说:"我们龙行长挺帅的,看上你是你的福气。"

四川小姐娇声说:"谢谢,龙行长你放心,我会把自己给你的。"

龙行长盘腿坐着,让自身产生的充满色情的气场滋润着他的下半身,边笑着举手摸摸自己的肥脸说:"还要我等到什么时候?要我等一年吗?"

四川小姐说:"等你爱上我我就把自己给你。"

龙行长哈哈一笑:"我早就爱上你了。"说着,他伸手把四川小姐搂到了怀里。

四川小姐挣脱开他的搂抱,坐直她婀娜的娇躯说:"龙行长你吃哈密瓜。"她用牙签杵了块哈密瓜塞进了龙行长的嘴。

夜总会里一片嚷叫声,龙行长偏过头来问钟铁龙:"这四川妹子还可以?"

钟铁龙一笑:"你龙行长看上的,还有错的?"

龙行长小声说："我喜欢这妹子，你帮我把她弄上床，怎么样？"

钟铁龙看一眼肥头大耳的龙行长，拍了下四川妹的肩头，说："你过来。"

四川小姐望一眼钟铁龙，起身，跟着钟铁龙走出了喧哗的夜总会。"龙行长是我们夜总会的座上宾，你晓得的，我们得罪不起。"他盯着四川小姐，"他喜欢你。"

四川小姐说："我在重庆有男朋友。我只是出来坐台挣钱。"

"你姓什么？"

四川小姐瞟一眼他，不答。

钟铁龙就用力瞪着她，目光如两把刀样逼着四川小姐："你姓什么？"

"姓张，弯弓张。"四川小姐说，见他仍那么盯着她，再次说："我真姓张。"

"好，张小姐，我晓得你不愿意。"钟铁龙看到了自己目光的力量，原来他的目光是能让人胆寒的，"你很漂亮，又年轻，真是天生让男人爱的。男朋友是男朋友，怎么说呢？谁叫你这么漂亮？这样吧，你帮我这个忙，我们金阳夜总会可不能得罪客人。"

张小姐摇头："真的不行。我有男朋友，我只是出来挣钱。我不卖身。"

钟铁龙又用那种目光盯着她："金阳夜总会在市内生意是最好的，你应该知道。"

张小姐点头："是的，金阳夜总会的人气最旺。"

"你如果还想在金阳夜总会坐台，你就得帮金阳夜总会这个忙。"

张小姐用四川话问他："假如我不帮呢？"

钟铁龙想说"从此你就别再来金阳混了"，但话到嘴边，他脑海里跳出两个字"不妥"，就换了句："我希望你帮。"他见她不说话，就换一种方式鼓励她走出这一步道："张小姐，你不要太老实了，也不要太看重贞洁什么的了，那是骗人的话。"

张小姐一时语塞，钟铁龙进一步诱她投向龙行长的怀抱说："龙行长为人很大方，尤其在女人身上花钱如流水，绝不会亏待你。再说你又不要跟他结婚，你男朋友在重庆，天隔地远，他也管不着你，你在长益市也可以找一个情人解解闷么。你怎么那么老土？"

张小姐把目光抛到夜空里，天下着毛毛雨，有一点凉。张小姐穿得少，就缩了下脖子。钟铁龙瞥着她，想他要是拉皮条拉成了，龙行长一定会记得他，说："你是出来赚钱的，你将来回重庆结婚，也没哪个会拖着你不放。在长益市，我们丁董是个响当当的人物，龙行长又是丁董的恩人，金阳夜总会当然就是你的靠山。人在外面混，总要找个靠山才安全。"

张小姐担心道："我们这里有好几个同乡姐妹，我怕她们晓得了不好。"

"又不是公开的，你说只是一般的朋友。你放心，没人管你的事。"

钟铁龙又把张小姐带进了热闹的夜总会，一个女歌手正放开喉咙唱《在希望的田野上》，唱得夜总会里充满了希望似的。钟铁龙对盘腿而坐的龙行长一笑："我替你去开间房。"

龙行长客气道："那怎么好意思？"

"没事。"钟铁龙说，想以后他会用得着龙行长的，走开了。

夜总会在一家宾馆的二楼，这是家三星级宾馆，在长益市算得上人气很旺的宾馆。他经常看见老板们把勾引到的小姐邀上楼，去做两相情愿的事情。钟铁龙清楚龙行长的价值，决定把好人做到底。他下到一楼，走到总服务台开了间单人间，又走进夜总会，见龙行长搂着张小姐坐在他的肥腿上亲着，就笑笑，把房卡给了龙行长。

龙行长快活地拍了下钟铁龙的肩："兄弟，谢了。"

钟铁龙回到家，郑小玲已睡了。他把郑小玲弄醒了。郑小玲说："干吗？"

"干你。"他说，把衣服脱得精光，"本来不想把你吵醒，但实在忍不住了。"

郑小玲把他搂进怀里，问："我们什么时候结婚？"

"等明年我的公司开业后，我们就结婚。"

郑小玲温情地吻了下他的脸，说："那你别让我怀孕。"

一个月后，钟铁龙还是让郑小玲怀了孕。"我怀孕了。"郑小玲害怕地说。

钟铁龙的内心被深重的罪恶感狠狠地纠缠着，就像一头狮子死咬着一头挣扎着的雄鹿不放一样，这种感觉让他窒息，甚至在他快乐的时候，这种罪恶感会突然而至，侵蚀他的心，污染着他的快乐，犹如油轮泄漏了石油，仿佛能清晰地瞧见油污沾到了他身上，腥臭难闻，致使他的快乐会突然萎缩，因而一片怅然。他想万一石小刚……他不敢深想下去，觉得既然郑小玲怀了他的孩子，那就留下这个种，免得白来阳世一遭。"那我们结婚。"

郑小玲就搂住他的头："你得答应我，结了婚，就不能离婚。要不就不结婚。"

钟铁龙把郑小玲的脸扳正，内心很歉疚地盯着她，觉得这个女人真好，愿意为他生子。他说："你是上帝送给我的最好最美最迷人的礼物，我怎么舍得跟你离婚？"

郑小玲一笑："真的吗？太夸张了吧亲爱的？"

"一点也不夸张亲爱的，"他说，把她搂到床上，平放下，手指就在她头上梳理着她那头美发，"你没发现吗？你是世界上最美的女人！最美的女人当然就是礼物了。"

"我没有你说的那么漂亮，我晓得。"她说。

他瞅着她的脸，眯上眼睛瞅。她的脸白白净净的，眼睛如一弯月亮似的又黑又亮；鼻梁挺挺的，鼻翼窄窄的，鼻头尖削圆润；上嘴唇略有点翘，含几分挑逗意味，充满性感；下巴尖而圆，有一种自信遍布在她的下巴上一般。他喜欢她的下巴。他觉得自己真的不配拥有这个美丽的女人！他用手指轻轻刮着她挺拔的鼻梁，说："亲爱的，金阳夜总会有很多女孩打扮得花枝招展地出出进进，有的乍一看也很漂亮，但我觉得她们加起来都不及你一半漂亮。"

郑小玲的眼睛就亮亮地望着他："你很会哄女人，你晓得我喜欢听你这么说是吗？"

他问她："你不觉得我们在一起很幸福吗？"

她觉得很幸福道："幸福。我真切地觉得我很幸福。"

他想假如他没干那桩事，他真愿意和她过一种远离罪恶的，不与人争斗的平平淡淡的生活，可是自己的好斗和想占有金钱的欲望让他成了个万劫不复的罪恶之人。他起身，把突然而至的一大片阴影像驱赶蚊子样挥手赶掉。她不知道他这是干什么，问："你怎么啦？"

"好像有只蚊子叮了下我的眼睛，"钟铁龙说，重新伏下身，吻了下她的香唇，"你很美，美得我永远也不可能伤害你。你是我的宝贝，谁也别想把你从我身边夺走。"他看着她，"我发誓，无论我钟铁龙将来发不发财，哪怕我钟铁龙成了千万或亿万富翁，也永远是你郑小玲的丈夫，你郑小玲也永远是我钟铁龙的老婆。我绝不背叛我今天的誓言。"

郑小玲听他这么说，心情激荡，仿佛自己是一朵盛开的玫瑰于水中漂流，漂到了他的身旁，被他捡起来，捧在手心，吻着。她的头上是一轮皓月，她犹如皓月下注目凝望苍天的袋鼠，她觉得自己无须思想了，跟着他，任由他去天涯海角，她只需像绵羊样跟着他就行了。她的身体已柔软得像遇热的巧克力了，说："啊，钟铁龙，我要你。"

钟铁龙当然就充满激情地进入了她湿淋淋的娇躯。

钟铁龙的心很大，也很野，骨子里是个占有欲相当强的男人。他觉得要结婚，这套一室一厅小了，自己也没面子，就去了房屋中介所，中介所的人带他去看一套两室一厅房，租金为两百元一月。这是一栋建于八十年代中期的楼房，房东说他只住了两年，因为他爱人的单位离这里远，上班不太方便，他只好住到他爱人的单位上去。

钟铁龙看了房子后，决定租道："我租你的房子，是为了结婚，你没意见吧？"

房东说："这是好事，当然不会有意见。"

钟铁龙在中介所与房东签了五年的租房合同，付了一年的租金：两千四百元。然后他拿了房门钥匙，和一脸兴奋因而显得更加娇美的郑小玲搂着走了。

这一年的十月，于一个阳光明媚的日子里，两人结婚了。婚礼是在长益市一个叫玉楼东的酒店举行的，办了二十桌，来了很多人，长益市电工厂的人占了十桌，另外的人都是钟铁龙这两年在金阳夜总会结识的新朋友及双方的父母和亲戚。婚礼很热闹，大家都举杯敬钟铁龙酒，钟铁龙唯一一次喝醉就是在自己的婚礼上。他不想喝酒，但自己的婚礼就没不喝酒的道理，开始是笑着喝，后来是皱着眉头喝，再后来就不晓得自己是不是在喝了。人家把他抬到车上，又抬进新房，醒来时已是婚礼后的第二天。他醉了一天，也昏睡了一天。他和郑小玲原打算婚礼的第二天去杭州玩，结果没去成。他睁开眼睛后她惊喜地说："你醒了？"

　　"醒了，几点了？客人呢？"

　　郑小玲笑了："什么客人？"

　　"参加我们婚礼的客人，还有我爸爸妈妈呢？"

　　"你爸爸妈妈和你大哥大嫂今天上午都走了。"

　　钟铁龙怔怔地瞧着郑小玲："我睡了多久？"

　　"你睡了二十六个小时。"

　　"那我们去杭州的火车票不废了？"

　　"你大哥帮我们把车票退了。"

　　钟铁龙觉得错过了杭州旅行是自己喝酒喝出的错误，便歉疚地把郑小玲的手拉到嘴边吻了下，脸上淡淡一笑道："对不起，小玲。"

　　"没关系，不去正好节约钱，旅游要用很多钱。"

　　他听她这么说，觉得他找了个会持家的女人，想别看她如此美丽动人，思想却是有节约意识的。"不，我们不能把蜜月就这么浪费掉，蜜月一定要过得有意义。"他走到晾台上，长益市十月的天空灰蒙蒙的。这一片是老居民区，房子就很矮小、陈旧，屋顶黑压压一片，有的屋顶上还竖着电视机天线。他很坚决地说："我去买火车票，我们去北京玩。"

　　钟铁龙买了去北京的火车票，带着怀了三个月孕的郑小玲去了北京。他们不但在天安门前照了相，还在皇帝办事的太和殿和乾清宫前照了相。"小时候，一想起北京天安门就觉得很神圣，心里就激动，"他对郑小玲说，"其实也没什么。"

　　郑小玲倒觉得挺了不起道："这是皇帝住的地方呢。"

　　他掉过头来看着郑小玲："皇帝都死了，现在都是普通老百姓了。"

十一　龙行长

被朋友们称为"龙总"的龙行长是个既贪财又贪色的人。这是没办法的，龙行长天生就是这样的人，因为他生下来就非常好过，还在别人受苦时他就过着优越的生活了。龙行长出生于高干家庭，父亲倒真是个好干部，北方人，随解放军南下而在长益市生了根，在位时官做到了长益市市长。龙行长长着一双聪明的眼睛，从小就看见了他父亲很有权力。那时候小车和电话都是权力的象征，龙行长的父亲不是长益市第一个乘坐小轿车的，也是长益市第二个乘坐小轿车的。至于电话，他们家五十年代就装了电话。他父亲可以跷着二郎腿坐在客厅里打电话发号施令和接电话听取汇报。他五岁时就学着父亲的模样跷着二郎腿，坐在沙发上给远在沈阳的爷爷奶奶打电话问好了，而远在沈阳的爷爷奶奶则是站在邮局的电话间里，靠着墙跟他通话。龙行长的父亲早两年离休了，现在龙行长得靠自己敛财了。

"妈妈的人，"龙行长可不是一个讲文明礼貌的人，在单位上他可能讲，在朋友中他喜欢用粗痞话来表达自己的心意，"老子要多搞点钱，老子想出国。"

龙行长说这话时已是一九九二年四月里的一天。那一天长益市下着春雨，绵绵不断的春雨于那几天里淅淅沥沥个没完。龙行长被雨下得很郁闷，就跑到金阳夜总会来解闷。龙行长的脑海里总是有很多贪玩的色情的思想，他觉得人来到这个世界就是玩的，像他父亲，工作了一辈子，到头来也只是混了个离休，离了休，门庭就冷落了。从前，家里的电话响个不停，如今他父亲家的电话跟只懒猫样，基本上是趴在茶几上睡觉。他说："像我老子干了一辈子，离了休鬼都不理了。老子想去美国玩玩，老子还没操过洋妞的。"他掉头望一眼钟铁龙，目光一闪，那是他的色情思想里迸出的淫乱的目光，"不晓得泡洋妞是什么味啊?"

钟铁龙也不晓得，就笑："你肯定会有这种机会。"

他一脸向往道："我听一个从美国回来的朋友说，洋妞好骚的。"

钟铁龙想真是饱暖思淫欲，他活活就是个西门庆，笑问他："川妹玩腻了?"

"川妹是个好女人，"龙行长大言不惭道，"要是她是处女之身，我就要她做老婆。"

钟铁龙故意用惊讶的眼神望着龙行长："龙行长，你还在乎女人是不是处女?"

"做老婆的只能是处女。别人操过的，拿来做老婆，有点败胃口。"

钟铁龙看着盘腿而坐的龙行长，想这个在长益市长大的龙行长思想虽然淫乱，脑袋瓜里还有一根土生土长的南瓜藤揪着他——那是落后的传统观念。他想按龙行长的认识，郑小玲可是别人操过的，脸上就飘过一丝不悦，忙附和："那是那是。"

钟铁龙陪龙行长说话，一心讨好龙行长。他处心积虑地跟龙行长交往，是要从他手上贷一笔款项，因为他要另立山头了。"龙行长，"他望着一谈女人就眉飞色舞的龙行长，"丁董对我真的很好，但我还是想自己出来干。你觉得我能干吗？"

龙行长就严肃的样子打量他一眼，用长辈的口气说："你小子准备自己干？"

钟铁龙不想听他称自己"小子"，皱了下眉头："我有这个想法。"

"你不想跟着丁董干了？"

"我想自己出来闯一番事业，跟着丁董，永远只是个马仔。"

"自己干，你在长益市没根基，会遇到很多麻烦的。你考虑过没有？"

"考虑了。不过万事开头难，一开了头就好办了。"

龙行长点上支中华香烟，问："丁建晓得你准备出来干吗？"

"我还没跟丁董说。"

龙行长对他竖起大拇指："你是个人物。我早就觉得你会是个人物。"

钟铁龙略略有点高兴："龙行长你过奖了，前途还未卜呢。"

"你准备办一个什么公司？"

钟铁龙回答他："我想搞一个桑拿中心，就是让小姐给你搓背的场所。长益市还没有这样的场所，在广州也才开始兴起。到时候，你龙行长来玩，一律免单。"

龙行长哈哈一笑，瞪大眼睛望着他，问："你公安局有靠山没有？"

"到时候还要仰仗你龙行长。"

"公安局刘副局长是我的铁哥们，"龙行长说，"我们从小是在一个院子里长大的，我父亲是市长时，刘副局长的父亲是计委主任，我们从小就认识。"

钟铁龙听他这么一说就觉得自己还真没白交这个肥头大耳的朋友，赶紧恭维他道："那到时候我要拜托你跟他打个招呼，你们是老朋友，你打招呼肯定灵。"

龙行长不置可否地哈哈一笑，伸手摸出一支中华香烟，钟铁龙啪地按燃打火机，一团火苗就伸到了龙行长的嘴前。龙行长吸口烟，把一口烟吐到钟铁龙的脸上，钟铁龙没动，看着这个圆额头、大脸块的龙行长，低声说："我想找你贷五十万元款。"

"贷五十万？"龙行长怀疑地瞟他一眼，"这怕不行吧？"

"我必须有五十万元资金才能启动。"钟铁龙见龙行长脸上是那种迟疑和犹豫，便补了句："我会返回你个人百分之二十，就是给你十万元现金。"

龙行长眯了下眼睛，贷五十万，返回十万进他的私人腰包，这让他的心动了下。他斜睨着钟铁龙，见钟铁龙的目光很诚恳和坚定，忽然觉得这个年轻人是能拼敢抢的。"你小子是要把我送进监狱啊，"他笑笑说，"你将来一出事，把老子一供出来，我不就成了死狗子？"

"这种事永远不会发生，"钟铁龙让龙行长放心，"我钟铁龙做人有原则，就是永不负朋友。我绝不是那种只想自己怎么好过或怎么脱身的人，你应该相信我。"

龙行长朗声大笑："我怎么能相信你？"

"以后你会觉得我说的话是真的。"钟铁龙回答龙行长，"我是那种知好歹的人，你龙行长抬我，我钟铁龙永不负你。如果我负你，天打雷劈。"

龙行长见钟铁龙山盟海誓得如此坚决，又哈哈一笑："你得找个老板做经济担保，因为银行方面会对你的偿还能力进行审核。你得找个老板替你和银行承担风险。"

钟铁龙看到了希望，就非常友好地问他："我找丁董可以吗？"

"丁董不行，他还有两百万的贷款没还。"

"那你觉得谁最合适？"

龙行长想了下："找力总。"

力总名叫杨力，是广州美院毕业后，丢了工作搞装修的。装饰公司取名为金天装饰公司，力总便是金天装饰公司的老总。力总只用几年时间就把自己做大了，去年买了辆本田雅阁。力总喜欢打麻将，他们打五十元一炮，一场麻将下来常常输赢几千或上万。力总有次在银城打麻将，一晚上输了五万，那是打一百块钱一炮的，输得他都丢了绅士风度。力总出生于一个大学教师家庭，父亲在英国混过几年，是五十年代赶回来建设新中国的。不过他父亲只能在嘴上建设新中国，他学的是哲学，谈起培根、笛卡儿和卢梭来倒是头头是道，要他讲怎么搞新中国建设，他却只能照本宣科地念《人民日报》。据说力总的父亲一天到晚都是绅士，口袋里永远有一把牛骨头梳子，在没人注意他的时候就梳那么几下。如今他的一头白发基本上都梳得没有了，只剩了几绺不肯离去。力总受其父影响，也成了绅士，在任何地方他都是西装革履，口袋里却备着把乳白色的象牙梳。力总即便输了钱，也不会把绅士风度输掉，就是那个输五万元的晚上，他也没把绅士风度彻底输光，走时他仍对着镜子梳理了下他那头茂密的黑发。这也是他始终有魅力和让朋友们喜欢他的地方。

丁董的金阳夜总会和金阳迪斯科舞厅都是力总设计和装修的，两人起先并不认识，但几年前于装修中一接触，便成了朋友。钟铁龙也喜欢力总，觉得他在长益市男人中算优秀的。力总没有架子，并非钟铁龙是丁建的马仔就蔑视他，看见他同看见丁建时脸上的笑容是一样的。钟铁龙这天打力总的手机，说有事要找他，问力总在哪里，力总说："我在办公室。"

力总的公司在一幢新落成的大厦的十八楼，从十八楼望出去，视野很开阔，可以看见几里外的湘江大桥。力总的办公室很大，看上去比丁董的还气派，一张定制的办公桌有乒乓球桌那般大，漆成黑色，力总就坐在这张黑漆颜色的大办公桌前。力总为钟铁龙泡了杯西湖龙井，让他在桌子对面坐下，自己重新坐回到转椅上，笑着说："什么事你说？"

钟铁龙就说了他的想法："我找龙行长贷五十万元款开一家桑拿中心，龙行长说要有经济担保人。"他望着力总，又加重语气说："我想找你做我的经济担保人。"

力总啪地按燃打火机，点上手中的烟，问"为什么找我做经济担保人？"

"龙行长说你很义道。"

力总一笑，瞟他一眼："丁董晓得你这事吗？"

钟铁龙摇了下头："我暂时没跟丁董说。"

"为什么你不找丁董？"

"龙行长说丁董还有两百万贷款没还。"

力总吐一口烟："龙行长同意贷款给你？"

"龙行长说只要我找一个可靠的经济担保人就行。"

力总将一口烟吐到桌上，烟便从黑漆桌上飘升起来，像河床上的雾样渐渐散开。力总问他："搞桑拿中心要有地方啊，你准备在哪里开一家桑拿中心？"

"银城大酒店，路段你觉得还可以吗？"

"哦，那里不错。"

钟铁龙本不想说的，还是说了。"刘总答应将六楼的会议室和一半客房租给我。"他盯着力总，力总脸上淡淡的，似乎在想别的事，他拿不准力总肯不肯做他的经济担保人，就丢一句说："我的桑拿中心如果搞的话，还要请你们公司搞设计和装饰。"

力总的脸松动了下，把目光放到他脸上，说："到时候你找我就是。"

刘总也是力总和龙行长的朋友，准确地说他们是"麻友"。刘总就是银城大酒店的老总。银城大酒店不是私人酒店，原是长益市财政局招待所，后来拆了，在招待所的原址上建了栋二十层的高楼，成了银城大酒店。龙行长和力总他们去银城大酒店打麻将是不用付房费的，因为有一个好打麻将的刘总在酒店接待他们。刘总三十多岁，特别好玩，是那种上半夜玩夜总会，下半夜还要打麻将的男人。没有人能管住刘总，也没有人能干涉刘总的生活，因为他是酒店的总经理。刘总当然愿意把六楼的房子租给钟铁龙，这是钟铁龙私下许诺每年付五万元现金给他。五万元在九十年代初可不是一笔小数目，五万元给任何一个普通家庭都可以解决很多梦想。刘总是个过早就对未来丧失了信心的男人，他觉得他这一辈子就这么回事了，但他想把女儿送到维也纳学钢琴。女儿三岁就开始弹琴了，如今女儿的钢琴弹得像回事了。刘总在钢琴老师的煽动下，决定等女儿初中一毕业便送女儿去维也纳学琴。"据说要十几万元人民币一年，"在金阳夜总会玩时，刘总对龙行长他们说，"所以老子得准备一大笔钱。"

这话钟铁龙听在耳朵里了。

一个星期前，钟铁龙与刘总在金阳夜总会有过一次这样的对话。那天刘总来玩，带着他们酒店的一个女服务员，那女服务员只有十八九岁，因而一张脸嫩得就同一朵刚刚绽放的荷花。刘总没心思听台上的女歌手唱歌，他更钟情于他身旁的荷花。他问陪他的钟铁龙说："你们丁董到哪里去了？怎么没见人？"

"丁董去一个朋友家喝酒了。"钟铁龙笑笑，跟刘总说起了租房子开桑拿中心的事。

刘总听完钟铁龙的话，回答说："可以啊。我那酒店的生意很好，经常有会议，你在我酒店开桑拿中心，一定有财发。"

"先谢谢你的吉言。租一层楼，一年要多少钱租金？"

"那至少要四十万，"刘总说，"我每层楼都有三十八间客房，还有会议室。"

"租半层呢？"钟铁龙望着刘总，"比如说租二十间，那要多少租金？"

"至少要二十万一年。"

钟铁龙想了想，问："租金你能提成吗刘总？"

"我一分钱都得不到，你直接交酒店的财务科。"

钟铁龙想起他需要搞一笔钱将来送女儿去维也纳学钢琴的话，就拍了下刘总的肩说："刘总，这样吧，我每年给你五万元现金，私下给你个人，不做账，也不开发票和收据。租金我交十万一年，半年一交。你看行吗？"

刘总看一眼钟铁龙，钟铁龙用一脸的诚恳和承诺鼓舞刘总道："刘总，你帮我节约十万，我理应回报你五万。每年返回你五万。我钟铁龙绝不食言。"

刘总虽然只三十多岁，可也称得上老江湖了，见过各式各样的嘴脸，他用心地瞅了眼钟铁龙，钟铁龙没有回避他的目光，而是敞开心扉的样子迎接他的目光。刘总在钟铁龙脸上没有读到奸诈，看到的是一张干净、略长，嘴唇轮廓分明因而体现出刚毅个性的坦诚的脸。"你真行。你具备创业的素质。"他称赞钟铁龙，"你的脸相温和，也刚毅，不是那种奸商相貌，当你说事时那种刚毅就显了出来，让人放心。谈判，你一下子就能把对方拖下水，哈哈哈，可以啊你老弟。你将来肯定是要唱主角的。"

钟铁龙忙回答："谢谢刘总夸奖。"

十二　王总

四月下旬，郑小玲生了个儿子，郑小玲在产房里生孩子时，钟铁龙攥着拳头在走道上徘徊，走过来又走过去，像匹骄躁不安的公马，很紧张又很激动，一双眼睛不停地东张西望，因为他要当父亲了。岳母也在。岳母五十岁，还在工作，是请假来的。钟铁龙的母亲自然也来了，坐在郑小玲的母亲身旁，看上去像个乡下来的老佣人。母亲穿得一点都不讲究，不像岳母西装、白衬衫和紫色的羊毛背心什么的。母亲穿着深蓝色衣服，虽然干干净净，却没一点款式。母亲的脸也有些苍老和虚肿，脸色呈黄泥巴颜色——那是被黄家镇的太阳晒的。母亲皱着眉头对岳母说："我不喜欢大城市，我走在大城市里心闷。"

岳母说："那是你习惯在农村小镇上生活。"

母亲说："是的，我习惯在黄家镇生活。"

钟铁龙就是听了母亲这么说后，暗笑着走开的。母亲一辈子没离开过黄家镇，这是她老人家第二次来长益市，是他早几天接来的。母亲只高兴了一天，第二天就不高兴了，一打开窗户，她就觉得空气有点呛鼻子，还有点灰尘扑扑，不像黄家镇有田野和树林的清纯空气飘入窗户。母亲看着他问："龙伢子，大城市哪点好啊？还不如我们黄家镇。"

"黄家镇哪点好？"他问母亲。

母亲眷恋着她的黄家镇，说道："黄家镇好，空气好些。再说，出门没这么多车。"母亲明年就六十岁了，看上去像是六十好远的人了。母亲已属于那种对生活和未来都心灰意冷的老女人。钟铁龙就两兄弟，中间夹个姐姐，但姐姐早些年死了，母亲唯一的希望就是她的两个儿子都平安。母亲强调说："不是小玲生孩子，用轿子抬我来我也不来。"

钟铁龙就笑："妈，我晓得呢。"

孩子生下来了，医生走出来告诉他们是个男孩，有八斤二两。半个小时后，郑小玲被护士推出产房，钟铁龙把郑小玲抱上床休息，对郑小玲说："亲爱的，你非常了不起。"

郑小玲听他这么夸她，幸福地一笑，接着就步入了深沉的睡眠。下午，儿子被医生放在婴儿车里推了出来。儿子的身体最长，脸也最光洁，抱到怀里时感觉沉甸甸的。郑小玲非常疲惫和幸福的样子抱着儿子，一边解开衣服喂奶，一边问钟铁龙：“铁龙，你打算给我们的儿子取一个什么名字？”

钟铁龙嘿嘿一笑："钟万林和钟万山中随便你选一个。"

郑小玲说："妈，钟万林好听还是钟万山好听？"

她母亲说："钟万林吧。家有万座森林，这名字好啊。"

过了两天，钟铁龙把老婆从医院接了回来。下午，他走进金阳娱乐公司，丁建坐在办公桌前看报。他叫了声"丁董"，丁董头也没抬地说："你这两天跟会计把账交接清楚。"

他举头看丁董，丁董放下报纸，扫他一眼："我不喜欢公司里的人有二心。"

钟铁龙"哦"了声，走进他和林总的办公室，从桌柜里拿出这几个月的发票和账单，与会计一笔笔地累计着。中午时，他离开了金阳娱乐公司，走在大街上，觉得四月的阳光照在身上还真舒服。这种舒服的感觉是他觉得自己成了自由人，他可以放手发展自己了。他想不是力总把他的话传给了丁董，就是龙行长把他的打算告诉了丁董。他决定去华盛房地产公司找王总，王总跟丁建也是朋友，但王总跟丁建又不是一路人，王总曾很欣赏钟铁龙地对钟铁龙说"你有事可以找我"。现在，他冲着王总的"欣赏"来了。

王总是这座城市里第一批从单位上走出来自己干，接着就发了财的老总。王总是一九七七年全国恢复高考后，第一批大学生，学的是历史，陈胜、吴广啊，刘邦、项羽啊，楚灵王、齐桓公、赵襄子等，他都晓得。他原打算当历史小说家，都写了几十万字了，但他有一个任副省长的舅舅，舅舅见他趴在桌上写历史小说就提醒他道："你别犯错误啊。"

王总的舅舅说中国没有好作家，因为中国人读小说都戴着"有色眼镜"，就是在你的小说中找错误，人犯错误是难免的，但写成小说就白纸黑字了。王总觉得舅舅说得有理，于是弃文从商，把目光放到了赚钱上。就跟龙行长是靠父亲而做了市工商银行行长样，王总则是靠其舅舅成了千万富翁。二十世纪的八十年代，常常一纸批文就能捞到大把大把的钱，而王总的舅舅手中的那支笔就是专门在报告上签"同意"的。王总就是靠几纸批文改变了状况。前年，王总来夜总会玩时开的还是一辆白色桑塔纳，去年开的却是黑色奔驰了。王总是最早一批在长益市搞房地产的，地买进来很便宜，五千块钱一亩，他一家伙就买了六百亩。那六百亩地就是他舅舅大笔一挥，批的。那是一九八六年。一年后，那块地就涨到了三万一亩。隔了一年，又有一家公司找他，愿意出五万元一亩买他的地，他仍没卖。直到去年，他才将六百亩地里的五百亩抛了，一家伙赚了五千万。王总用卖地赚的那五千万投资建房。他这人就是走财运，仿佛财神菩萨也是他舅舅，他建的房也卖得好，几栋楼还只建到一半就售完了。龙行长认识很多私营老板，把很多私营老板都看成没素质的个体户，但谈起王总时脸上竟有一抹敬重，说："王总这人还有点文化，他坐在办公室读巨厚一本的《史记》，这畜生。"

王总是金阳夜总会的常客，他总是带一班人马来，一来就是几千或上万的消费。王总的大哥大总是响个不休，他高兴了就接，不高兴就对他的马仔说："告诉他，我不在。"也不管对方是谁。王总是那种自视自己有一肚子墨水的商人，这样的商人自然就瞧很多人不来，就跟高大威猛的狮子瞧不起行走在它一旁的豹子样。他当然就我行我素和自高自大，看人的眼神是把人往扁处看的，那一瞟，让很多人都觉得自己很渺小。王总打一个哈欠都有人伸手接，因为那在一些人看来是财神爷打哈欠，于是想沾沾仙气。王总常常来金阳夜总会采摘野花，这是男人一有了钱就想掠尽人间春色。

"这个妹子漂亮，跟我叫来。"他对他的马仔说。

他的马仔就赶紧去叫那个妹了，让那个妹了跟着王总开房睡觉。王总喜欢的妹子当然不是那些坐台小姐，这个有着几千万的老板，对那些坐台小姐连正眼也不望的，他喜欢的是来金阳夜总会唱歌的女歌手。她们不但天生丽质，还有一副赚钱的金嗓子，说话声音也好听。王总就爱玩一个个楚楚动人的女歌手。但那天王总看中的女歌手已名花有主了。"主"是长益市的黑社会，在市区的东南西北都有当铺。当铺老板的手下是一批能打架的狠人。女歌手姓杨，长益市人，音乐学院毕业的，身材高高挑挑，往台上一站，一笑，真的挺惹男人喜欢。杨歌手每次来金阳夜总会唱歌都有保镖护送，她唱歌时保镖就站在后台叉着腰等她。

王总居然看上了她，说："这个小杨不错。"

他的马仔不说话。

他又补了句："这个小杨不错啊。"

他的马仔说："老板，她是宏大当铺老板的情妇。"

王总看不起当铺，在王总掌握的知识里，当铺在旧社会是地痞流氓开的，就不悦道："我管她是哪个的情妇？拿一千块钱点一首《红梅赞》，要她唱。"

他的马仔起身，送上一千块钱和一张点歌单，让杨歌手唱《红梅赞》。杨歌手唱歌时，马仔走到后台等她。杨歌手谢了幕，王总的马仔便走上去说："我们老板要见你。"

杨歌手的保镖拍了下王总马仔的肩："朋友，她还要到百花夜总会唱歌。"

王总的马仔是一家武馆出来的，有几招，一转身便把当铺保镖的手扭到背后，让那保镖一下子动弹不了。马仔说："走开，告诉百花夜总会的老板，她今天不去了。"

杨歌手脸都白了。

马仔对杨歌手一笑："走吧，小杨，我们老板要你陪他喝杯酒。"

杨歌手跟着王总的马仔走来，王总的马仔对杨歌手说："这是我们老板。"

王总对杨歌手一笑，让她坐，为她倒了杯洋酒。杨歌手不肯喝地摇摇手，王总指着酒杯命令道："喝啊，你。"

杨歌手就抿了口，目光四处搜索，坐立不安的样子。王总被法国人头马冲昏了头，脸上就红灿灿的，就想跟她玩绚丽、火热的爱情。"你真美，歌也唱得好，老天爷让我们走到了一起，今天晚上你就不要再有什么想法了，等下我们开房去。"

然而十分钟后，有七个年轻人冲进了金阳夜总会，目光四处搜索，当然就看见了杨歌手和王总，就虎着脸直奔王总而来，把王总和王总的两个马仔及王总的三个朋友围在一起。几个人突然拔出砍刀就砍。王总站起身，往后倒退着走。一个年轻人绕到他身后，一把雪白的裁纸刀就架到他脖子上。"你想要命就老实点，"那人说，"不然老子砍死你。"

金阳夜总会此刻已如一锅开水样开了，冒着的可不是热气，而是血腥气，让人害怕。王总的两个马仔已被刀砍得血淋淋的了，其中一个马仔身上被砍了三刀，正分不清东南西北地在那儿乱舞拳头，因为从头上流下来的血已把他的眼睛遮没了。另一个马仔挨了两刀，一刀砍在肩上，一刀砍在手上，血正在他身上乱流。

钟铁龙那天在金阳夜总会的楼上看丁董他们打牌，接到电话忙赶来了。他见一个人正举着裁纸刀要砍王总，赶紧走过去护住王总，喝道："你们这是踢场子啊朋友？"

那个年轻人挥刀要砍他，他的动作比那青年快，将砍刀从那青年的手中夺过来，攥在手上，又飞起一脚踢掉另一把砍刀。小马接到电话，也从金阳迪斯科舞厅飞奔而来，一拳把一个持着刀要砍人的年轻人的下巴打掉了，那青年叫了声"哎哟"，就蹲下了身。小马又一拳把一个小伙子打得往后倒退了三四步。金阳夜总会里的几个保安先是在一旁围着，见钟铁龙和赶来的小马动起了手，就相继冲上来，于是打成了一团。林总拨打了110，110的民警赶来，将那五个竟敢跑进夜总会砍人的流氓抓了。另外两个跑了。

王总很欣赏钟铁龙的果敢行为。120的急救车来了，王总让救护人员把那个因流血过多而昏迷的马仔抬上急救车，自己走向了奔驰车。钟铁龙一脸赔笑地护送他到奔驰车前，他把一张名片递给钟铁龙，很欣赏钟铁龙的模样一笑，拍拍钟铁龙的肩膀说："今天谢你了，不是你，我就被这帮流氓砍了。你有事可以找我。"

这事发生在去年年底，现在钟铁龙来了。

王总是见过世面的人，美国啊，澳大利亚啊，新加坡啊都去过，还去西欧打了个转身，还在俄罗斯的圣彼得堡住了半个月，当然就晓得什么叫荣华富贵。他的办公室就装饰得富丽堂皇的，墙上贴了华丽的意大利墙纸，顶也吊着宫殿那种华贵的顶，办公桌是红木的，椅子也是红木椅子，当然还有宽大的真皮沙发。一边的墙上还供了个坐在莲花上的观音菩萨，菩萨前设了个香炉，烧着三根香，是真香在烧，屋里就有一股庙里才能嗅见的香味儿。而最让钟铁龙留意到的是一只载着满舱金元宝的十分精美的帆船，这帆船有半张茶几大，通体珠光宝气的，搁在王总身后的正墙上，墙上还画了波涛汹涌的海浪，仿佛正在航行。王总见进来的是钟铁龙，就高兴道："哎呀，你坐。"

钟铁龙笑着坐到了那张黄牛皮沙发上，注意到王总放下的书是很厚一本的《资治通鉴》，他想起龙行长说的话便一笑。王总递支软中华香烟给他，也坐到沙发上。两人说了几句话，钟铁龙看了眼墙上的船，望着王总说："王总，我有点事想找你帮忙。"

王总客气道："说吧，什么事？"

"我想找你借钱。"

王总傲气的模样瞟着他："借多少？"

"二十万。"

王总又看他一眼："借那么多钱做什么？"

"我在银城大酒店租了半层楼，想搞一个桑拿中心。"钟铁龙说，脸上布着很多诚恳的笑，"我借一年为限，一年后我连本带息还你二十三万。"

"息就算了，几个朋友，什么息不息的！你开桑拿中心？你一个人干？"

"我还有一个伙伴。"

王总怀疑地瞟他一眼，将手中的强力牌打火机抛到空中，又接住，问他："你开桑拿中心，搞这种生意，你在公安局和派出所有亲戚还是朋友？"

"没有。"

王总起身，回到桌前坐下，目光投在《资治通鉴》上，说："那你不是找死？"

"工商行的龙行长跟公安局的刘副局长是哥们，龙行长说他替我摆平公安。"

"公安是那么好摆平的？你跟公安没有铁关系你这桑拿中心就难以搞下去。"

钟铁龙说："到时候我还要仰仗你王总。王总在公安方面有没有熟人？"

"熟人很多，治安队长、副队长我都认识，"王总摸着厚厚的《资治通鉴》说，"不过公安还真的难招呼，招呼了这个没招呼那个就等于白招呼。公安是六亲不认的，很难摆平，你一个外地人，还是搞点别的生意安全些。"

王总喜欢读这样的书，钟铁龙想，这书里一定有做人和做事的道理，不然王总这样聪明绝顶的人也不会读。我也要买几本古书读读，了解点历史，说不定对自己会有帮助什么的。他坚持着说："别的生意都有人做，搞桑拿可能好赚钱点。"

王总喝口茶，想了想说："你硬要搞，我只能借你十万，算是对你那天晚上的回报。"王总笑笑，"我这人是有恩必报。息不要你的。一年后你有钱就还，没钱，拖一拖也没事。"

钟铁龙冲王总打了个感激的拱手说："谢谢王总提携。"

王总拿起座机打电话，让财会室的人开一张十万元的现金支票送来。只一会，一个漂亮女人拿着张十万元的现金支票放到王总的办公桌上，王总从衬衣口袋里抽出一支金笔，金笔的尾端刻着他的私章。他在用户签名盖章处盖了私章，把支票递给钟铁龙说："小钟，我多两句嘴，你人聪明，但做人要低调，不要跟公安、政府干部和客人斗。不然你发不了财。"

钟铁龙说："谢谢王总忠告，我一定低调。"

王总继续看着他说："做生意，想做一个好商人，要学会吃透'舍得'两个字，有舍才有得，不要怕吃亏，能吃小亏的人才能占大便宜，懂吗？"

钟铁龙很感激地回答王总说："您真是一句话点醒了我。"

王总见钟铁龙一副孺子可教相，就接着说："客人闹事你也要心平气和，就是理在你这头，也要放让。你年轻，就容易犯年轻气盛的毛病，要学会吃亏，吃亏是舍，先舍后得，这是生意上的逻辑。做人，最大的学问是化敌为友。钱这东西是身外之物，有钱赚就多赚，没有就少赚，不要强求。"王总伸出一根指头，"做生意只有一个原则：和气生财。"

钟铁龙觉得王总说得太对了，便说："我一定记住你今天说的话，王总。"

这天下午，王总打开名片夹，找一个老板的名片，当然就看见了钟铁龙的名片，名片上印着金阳夜总会的电话和钟铁龙的叩机号码。事实上，表面上大气的王总把十万元借给钟铁龙后，又有点后悔，觉得自己嘴一张气一喷就"喷"出去了十万，真是财大气粗！他心里清楚，钟铁龙在长益市搞那种生意是很难立足的，因为长益市是内陆市，不是香港和深圳，要想那十万块钱不打水漂，就得帮一下钟铁龙，他虽然与公安打交道不多，但也认识几个。在金阳夜总会的那个晚上，不是钟铁龙出手相救，说不定他就像他那两个没用的马仔样躺在医院里了。这么一想，他打了钟铁龙的叩机，钟铁龙回话时，他让钟铁龙来他公司一下。

钟铁龙西装革履的样子来了，王总递支熊猫牌烟给钟铁龙："这种烟不简单，我一个朋友送了我几条。试试烟味。"

钟铁龙点上熊猫牌香烟，恭维说："这烟的味道是纯些。"

王总看着他笑："你的桑拿中心开张没有？"

"还没有，开张时一定请王总亲临指导。"

王总吸一口熊猫牌烟，将那口烟吐到空中，说："我读史有一个感受，那些巨贪的人都栽了，无论是贪权的还是贪财的！所以做人不要太贪，'贪'字去掉上面那一点就是'贫'字。"

钟铁龙觉得王总与丁建、力总他们不一样，有点儒商的味道，就想王总真的能当他老师，忙道："我懂。王总，你身上有很多东西值得我琢磨和学习。"

王总又告诫钟铁龙："你一定要多读些书。"他望了眼他的书柜，书柜里一书柜的书，"有些老板，根本就不读书，不知道书中自有黄金屋的道理，这样的人迟早会被淘汰。"

钟铁龙一笑："我确实要向你学习，我这辈子认识了你，真是有幸。"

王总也觉得自己很优秀说："跟我做朋友的人都发了财。我这人'旺'朋友。"

到了吃晚饭的时候，王总邀钟铁龙上蓝天大酒店吃晚饭，他准备跟钟铁龙介绍几个公安朋友。他让他的马仔给那几个公安朋友打电话，约他们去蓝天大酒店吃晚饭。他的马仔就翻开 个专记电话号码的小本子，忙着跟一个个人打电话。

王总说："走吧。"

他们下到一楼，停车场上停着他那辆黑奔驰，奔驰黑亮亮的，连一点灰尘都没沾，这是司机用鸡毛掸子把落在奔驰车上的灰尘打掉了。奔驰车比起丁董的皇冠轿车，当然又高级了几个档次，感觉上宽敞和舒适多了。钟铁龙欣赏着车内的装饰，说："我以后赚了钱，也要买一辆奔驰车。王总，奔驰车要好多钱一辆？"

"一百多万。"

"一百多万？"钟铁龙觉得这是一个可怕的天文数字，"那我不敢奢望了。"

王总笑笑，又递支熊猫牌烟给钟铁龙，汽车启动了，徐徐向大街上驶去。从奔驰车里下来，就是蓝天大酒店的玻璃大门。两人走进了长益市最豪华的大酒店。钟铁龙有些感动，他一无名小卒，又是外地人，哪里又受得住王总这么客气的款待？他觉得自己不配坐在这里吃饭道："王总，在这里吃餐饭很贵的吧？"

"没什么。"王总说，"我特意帮你叫来了几个公安朋友。"

钟铁龙何尝被人这么抬爱过？感动得腿一软，简直想跪下来，他说："王总，谢谢你帮我。"

王总说："公安局的人说话，你不要全信。在公安局混的人，脑袋里有很多小九九，要钱，又看重自己那身老虎皮，跟他们打交道，你只能信他们一半。"

钟铁龙满脸听懂的表情道："我记住了。"

来了几个公安，都是王总的朋友。王总有钱，又有一个那样的舅舅，这几个公安对王总就很客气。其中一个公安是长益市公安局的刘副局长，他是个身体微胖的中年男人，四十来岁，一张胖脸，两撇眉毛很浓，眉宇间游荡着一股煞气。钟铁龙在荧光屏上不下十次地见过他！刘副局长喜欢出风头，时常在荧光屏上大发议论，针对社会上发生的丑恶现象和犯罪分子进行严厉谴责，一口一个"坚决"，无非是坚决打击犯罪分子之类的话。钟铁龙一看见刘副局长，不觉就打了个哆嗦，幸亏刘副局长和王总及另外几名公安都没把注意力放在他脸上。那一个哆嗦只是一瞬间，他立即将内心的恐惧镇压了。王总跟刘副局长握完手，忙把钟铁龙介绍给刘副局长说："钟铁龙，我朋友。"

钟铁龙忙讨好的样子伸出手要跟刘副局长握。刘副局长不像那几个公安随便，没对他伸出手，只瞟了他一眼又把目光移开了。钟铁龙有点尴尬地缩回了手。王总瞥见了，笑笑："刘局长，我朋友准备在银城大酒店开家桑拿中心，到时候你可不能下令你的弟兄们去吵事啊。"

刘副局长在公安局是分管治安这条线的，他的胖脸上展开了一大片波浪一样的笑，说："只要不违法就好说，哈哈哈哈。"

钟铁龙觉得刘副局长的哈哈打得掷地有声，就想到底是当副局长的，声音听上去都富贵。刘副局长官最大，自然就当仁不让地坐上席。一桌子人喝着XO，喝了三个小时，都喝得醉醺醺的。钟铁龙坐在一角，目光默默地打量着一个个人，听他们说事和人。他跟他们不熟，就没有插话的份儿，只是摆出一副好学的样子听他们谈论，暗想自己要爬到与他们平起平坐，真正成为他们中的一员，那不知要奋斗多少年。在他看来，人的价值，说穿了其实就是钱和权的价值。有钱，哪怕你再没地位都能赢得尊敬。王总说话很傲气，一是王总本身是名牌大学毕业生，自视有文化；二是王总是大老板，有钱，那目光当然就瞧人不来。钟铁龙觉得王总脸上的那种傲慢是断断不可模仿的，那种骄傲的表情在王总脸上也许别人能接受，但那种表情如果移植到他脸上，那就没人能接受了。这就跟西施皱眉、东施效仿，不是一个味一样。王总告诫他要低调，但王总自己一得意起来，表现的却是另外一副样子。

钟铁龙暗暗觉得攀上刘副局长这棵大树，自己在长益市的日子一定会好过些。人要会来事，还要会巴结人，他想，忙起身，双手捧着酒杯，恭敬的模样看着刘副局长说："刘局长，我敬您一杯酒，请赏脸好吗？"

刘副局长望钟铁龙一眼，没端酒杯，而是摆摆手说："我不能喝了。"

王总喝得七分醉了，见刘副局长不给钟铁龙面子，又见钟铁龙站在那里很尴尬的样子，就指着钟铁龙，对刘副局长等几个公安夸张道："这位朋友救过我的命！所以我想帮他。"

刘副局长听王总这么说，就端起酒杯望着钟铁龙笑笑："来，喝一口。"

钟铁龙跟刘副局长碰了杯，说："局长您随意，我一口干。"说完，他一仰脖子，将大半杯XO倒入嘴中。他坐下时王总叫了声"好"，他望着王总，对王总打个拱手，这才回答王总说的"救过我的命"的话道："王总你言重了言重了。"

王总喝多了酒舌头就大了，思维也没开始清晰，他说："我这位朋朋友准备在在在银城大酒店开开家桑桑桑拿中心，到到时候你你们要捧捧场啊。"

刘副局长嘿嘿一笑，问："桑拿中心是洗澡的吧？"

钟铁龙说："是的，到时候请你们赏光。"

刘副局长说："北方人喜欢聚在一起洗澡，南方人可没这个习惯啊。"

王总说："刘刘局长，他开的桑桑桑拿中心会会有小小姐，小姐可以替你你你搓搓背。"

刘副局长哈哈一笑："原来是这回事。"他望一眼钟铁龙，又说："我提醒你，小钟，别搞违法的事。我是党员，违背党性和原则的事我不会做的。"

"那当当然，违背党党性和原原原则的事我我也不会要您做。"王总喝得眼睛都红了，"我我们都不会叫您局长去做违违背党党性的事。"

另一公安也表态说："我也是这个原则。党性第一，朋友第二。"

王总可不是拉他们来开党员会讨论党性和原则的，王总说："等下我我们去金金阳夜总会听听听歌去。去夜夜总会玩玩不违背党党性吧？现在不谈党党性，喝喝酒。"

一桌人就笑。

十三　力总

钟铁龙知道自己年轻，做人和做事里有很多道理他都不懂，要想立足于社会，就得给自己补课。他相信书中自有黄金屋那句话，人做得好才能发财，这是王总坐在奔驰车上对他说的。他跑进书店买了《史记》和厚厚的《资治通鉴》，有时间就啃。五一节那天，钟铁龙正在琢磨着刘邦由弱变强而项羽由强渐弱的道理在哪里，石小刚就雄赳赳地来了。广州的太阳比长益市的太阳要灼热和持久，把石小刚的脸晒黑了。石小刚不是一个人来，还带来一个云南妹。云南妹脸色黑黑的，个头不高不矮，但长得很漂亮，一双眼睛生得很美，目光像月光一样清澈，又像火球一样热辣。他把云南妹介绍给钟铁龙："我女朋友，中山大学毕业的。"

云南妹笑笑，像日本电影里的日本姑娘样说："请多关照。"

钟铁龙放下《史记》，瞧着石小刚从广州拐来的漂亮女人，觉得石小刚的命不错。他打量了几眼石小刚称呼的云南妹，开她的玩笑说："你是日本人？"

"不是，我是大理人。"

"少数民族？"

"我母亲是傣族，父亲是汉族。我是不同民族混出的'混血儿'。"

"混血儿都很聪明，难怪能考上广州中山大学。"

云南妹一笑，笑得很清爽，她说："考上大学不算什么。"

石小刚和云南妹在钟铁龙的两居室里吃了晚饭，晚饭是钟铁龙的母亲做的，郑小玲还在坐月子。儿子钟万林睡在郑小玲的胳膊弯里，睡得很熟，怎么逗也逗不醒。

石小刚咧开大嘴说："他真可爱，脸上的皮肤同豆腐做的样，好嫩好嫩的。"

郑小玲望一眼云南妹说："那你们也生一个吧。"

"是要做一个出来了。"石小刚这么回答。

云南妹脸上有点夸张的表情道："我怕生孩子，很恐怖的吧？"

郑小玲一脸慈爱地笑道："一点也不恐怖。"

石小刚对云南妹说："郑小玲是我们电工厂的厂花。"

郑小玲不好意思了，说："不是的，那是他们封的，不关我的事。"

云南妹瞧了几眼郑小玲，说："嫂子的确挺漂亮。"

石小刚把目光投到钟铁龙捧在手中又准备看的《史记》上，问："你读这样的书？"

钟铁龙就笑："想了解一下历史，看看我们的古人是怎么做的。"

石小刚不屑道："司马迁是两千多年前的人，太遥远了，那有什么好看的？"

"古为今用么，"钟铁龙说，"了解一下也是好的，你说呢？"

"我没精力了解，"石小刚说，"今天的东西都了解不过来，还有什么精力了解历史。"

石小刚不但带来了长得有几分像傣族女孩的云南妹，还带了十七万人民币。钱装在一只绿色的密码箱里，一打开，全是一百一叠的，十七叠。有五万是石小刚这三年存下来的，另外十二万是他找他的大学同学和另外两个在广州工作的老乡借的。他说："钱就这么多，我在广州结识和交往的那些人都不是老板，还差三万，实在没人可借了。"

钟铁龙说："没事没事。"

钟铁龙事先跟石小刚租了套带家具的两室一厅。房子在另一条街。钟铁龙带着石小刚和云南妹走进了那条街。这也是条平民百姓居住的小街，破破烂烂的，钟铁龙替石小刚租的房子在六楼。石小刚说："到了六月伏天，这间房子可能会有蛮热。"

"热没什么要紧，到时候你可以装台空调。"

石小刚拧开水龙头，涌出一股黄水，黄水过后清水就流出来了。石小刚说："行。这里离湘江比较近，夏天的晚上可以到湘江里游游泳，游累了再回来睡觉。"

云南妹一脸浪漫的样子打开窗户，让空气流进来，因为屋里有一股淡淡的霉味儿。窗户打开了，风把室内的霉气吹走了。石小刚问钟铁龙："这里有学校没有？"

"怎么？就考虑到孩子读书的事情了？你想在这儿住一辈子？"

"哪里会想那么远，我是想有学校就有篮球场，可以打打篮球。"

晚上，钟铁龙打龙行长的手机，龙行长说他在家陪老婆。钟铁龙问龙行长家在哪里，龙行长告诉他："在蔡锷路的宿舍。怎么？有事吗？"

钟铁龙回答龙行长："是有点事。"

龙行长住着三室一厅房，家里的布局是他和老婆一间房，女儿一间房，还有一间书房。龙行长家装修得很客气，吊了三级顶，墙上贴了粉红色的意大利墙纸，地上铺着枣红色木地板。客厅有　桌麻将，洗得稀里哗啦响，不过不是龙行长打，而是他老婆同几个女人打，龙行长在一旁看，既看麻将又看电视。钟铁龙走进去时拎着只鼓鼓的黑皮包，龙行长看了眼，知道包里有内容，就领他进了书房。书房里有一墙壁书，很多新书恐怕翻都没翻过。龙行长哪里有闲心看书，他的大多数晚上不是泡夜总会就是同四川妹待在宾馆或酒店的哪间房子里搞色情活动，剩下的两个晚上他宁可看老婆打麻将或一集集电视连续剧，也没心思看一页页破书。钟铁龙尽管晓得书在龙行长的书柜里不过是装点门面，仍一口赞扬说："龙行长真是饱学之士，难怪你的头脑跟别人不同，原来装了这么多书。"

龙行长很高兴他这么说，嘿嘿嘿笑着："书我还是翻翻的，有朋友说，不看书，不充电，不吸取营养，人活在世上不等于是个白痴？"

"那是那是，龙行长给我的感觉就是不一样。"钟铁龙说，打开包，拿出十沓百元钞票，递给龙行长，"这是十万，为了不让你怀疑我的诚信，先付给你。"

龙行长笑了，那种笑真的是见钱眼开的笑。他说："这不好吧小钟？"

"没事，"钟铁龙说，"除非你自己说出去，不会有第三个人晓得我们之间的事。"

龙行长摸着自己的脸颊，不敢接地看着他："我怕犯错误呢。"

"我这人嘴巴很稳，不会把我们的事讲出去。"钟铁龙笑笑，"早一向王总在蓝天大酒店请客，叫来了一帮公安朋友，我认识了你说的刘副局长。"

电话响了。龙行长忙把钟铁龙递上来的钱塞进书桌抽屉，这才接电话。电话是力总打来的，找他去打麻将。"力总打来的，三缺一。"他放下电话时看着钟铁龙。

钟铁龙说："我要走了，我还有事。贷款的事请龙行长放在心上。"

龙行长笑笑："放心，过两天就跟你把这事办了。"

钟铁龙去了石小刚家。他敲了半天门，石小刚才穿着汗衫、短裤走来开门。卧室的门关着，云南妹睡在卧室里。他望一眼石小刚说："我肚子有点饿了，出去吃宵夜吧？"

石小刚说："那我换条裤子。"

石小刚就推门进卧室换了条长裤，两人下楼，走进街头的一家餐馆。餐馆里有一桌人在吃宵夜，划拳、喝酒，吵吵闹闹的。钟铁龙让老板把桌子搬到门外，两人坐下，看着小街上的行人。钟铁龙望一眼石小刚："我才把十万块钱送去了。"

石小刚把目光放到钟铁龙脸上，钟铁龙说："贷款的事应该没问题了。"

餐馆老板把两人点的菜端上来，石小刚要了两瓶啤酒，两人就吹着啤酒瓶。石小刚很开心，觉得他们可以大干一番了，他吃了口菜，说："等把这里的事落妥了，我们去一趟广州。我回来前的一天还到了桑拿中心，好热闹，生意好得不行。真的是饱暖思淫欲。"

"但愿我们也生意好。"钟铁龙举起啤酒瓶，两人碰了下啤酒瓶。他又说："王总已替我把前面的路铺平了，公安局刘副局长是王总的朋友。"他望了眼四周，没人，但还是放低声音对石小刚说："老实跟你说，当刘副局长走到我面前时，我心里打了个冷噤。他哪里晓得他挖空心思要抓的人就站在他面前！"

石小刚望着钟铁龙："我真的很佩服你，你居然能和公安局长同桌吃饭。"

钟铁龙说："我只用了一秒钟就把自己镇静了。"

石小刚就欣赏地看着钟铁龙："所以我觉得我选择你做合作伙伴没有错。"

钟铁龙告诉石小刚："我这人你不要操心，我绝不做甫志高，打死我我也不会吐一个字，因为吐了也是死。我现在还想活，我已经有儿子了，而且我很爱郑小玲，为了她，我也要谨慎地活着。你现在有了云南妹，也要绷紧一根弦地活着。"

石小刚认同道："你说得对，我们不能光想自己，还要想想自己的亲人。"

两人嗑了很久的啤酒，一起商讨着未来。钟铁龙和石小刚这两颗发热的大脑里都充斥着金钱。两人这三年虽然没生活在一起，可彼此牵挂，心灵就相通，望一眼对方便知道对方在想什么。两人坐在长益市的夜空下，嗑着啤酒，边激动地憧憬着未来。钟铁龙说："我这几年在丁老板手下干，感到改变我们男人的命运，其实只有两条路，一条是求功名，以功名换取权位；另一条是求财，以钱财改变地位。我们选择了第二条路，这是一条捷径，无须一步步向上爬，看上去简单，其实更凶险。"他说到这里，脑海出现了他和石小刚抢钱的那一幕，他干吼一声，驱赶开那罪恶的一幕："来，为我们放手拼搏——干杯！"

石小刚举起啤酒瓶，碰了下："是该轮到我们发财了。"

这天下午，钟铁龙步入了银城大酒店刘总的办公室。刘总正和几个人在办公室打麻将。他的手气不怎么好，因而脸上一片阴云。他瞟一眼走进来的钟铁龙，又埋头打牌，嘴里骂骂咧咧的，一点也不像个老总。刘总是个贪婪的小气鬼，一辈子都是花公家的钱。他的大方体现在花公款上，凡是他请客，吃饭、喝酒、住店都要对方开票，他好拿到财务室报销。打麻将是没法开票的，他当然就很想扳回他输掉的两千三百元钱，就更加阴着脸打牌。其实并没人在乎他阴着脸，因为那些人都是把人往死里"打"的赌徒，一点也不讲情面。刘总见对方和了牌，把牌一推说："老子和三六九万都和你不赢，这是什么鬼手气！"

对方就笑。

钟铁龙不打麻将，但看还是看得懂。他走到刘总一旁看着，刘总手上的牌很难成为一句句的话，起手有时连一句话都没有，摸到快听牌了，上手或者下手就和牌了，不是他放炮就是人家自摸。刘总就阴着脸骂一句"臭牌"，又阴着脸洗牌。

一桌麻将打到五点半钟，下手无论如何也不玩了，说他约了个处长吃晚饭。他收拾东西，把烟啊打火机啊往包里放。刘总还想玩，说："打个电话要他改期……"

下手马上说："不可能的，你要晓得我约这个处长吃饭约了一个多月才约到。"

下手匆匆走了，一张桌子就变成了三个人，三个人都把目光集中到笑着的钟铁龙脸上。刘总说："你玩不？"

钟铁龙摇头，装不懂麻将说："我不会打麻将。"

一桌麻将自然散了，刘总心情不畅快，身也没起地目送着他们。刘总把穿着老人头皮鞋的脚架到茶几上，仰头，脸上灰蒙蒙地叹了口气。钟铁龙知道刘总输了钱心里不快，想刘总也太小气了。他打开包，拿出五叠百元一张的人民币。"刘总，"他说，"这是五万块钱。"

刘总就用一双眼睛正视他一眼，问："合同还没签你就把钱送来了？"

钟铁龙解释："我这人总是把事情做在前面，免得朋友们对我疑心。"

刘总高兴地起身说："哦，还没跟你泡茶的。喝杯茶吧。"

钟铁龙是三点钟走进他办公室的，直到五点四十五分，刘总才想起要给他泡茶，而且还是看见五万元之后。钟铁龙觉得自己在刘总眼里太没地位了，恐怕属于那种想发财但无野心的乡下人。这样的人当然不值得身为银城大酒店的刘总经理尊敬。他深感人有时候干什么事是被逼的，社会逼人，人逼人，一个眼神能把你刺死，一句话能把你噎死。你没有钱没有地位，最好是缩在家里跟老婆过日子，不要跑到社会上混，因为人家不会把你当人看。他恶狠狠地想，人要在这个社会立起来，让人另眼相看，就得打拼。

刘总用一次性杯子为钟铁龙泡了杯毛尖，端给钟铁龙，把钟铁龙放在茶几上的五万元收进抽屉，锁上。他心情好多了。"还是你们好，不受约束。"他拍了下钟铁龙的肩，"像我们拿公家的工资，吃公家的饭，时时刻刻受公家管，没有你们自由。我羡慕你呢，铁哥。"

钟铁龙惊讶了下，他没想到一向自高自大的不把他这个外地人放在眼里的刘总，这个时常用一种冷淡的目光打量他的于长益市成长起来的刘总，这个经常西装革履地出入这种场合那种场合的刘总，居然称他这个外地人"铁哥"！他明白，这是钱把刘总脸上的自高自大打掉了。钱这东西就是具备魔力，可以把人的自尊打得乌七八糟。他想，用一种轻蔑自己的语气说："哪里，你们好些，我们没保障，随时都有可能变成穷光蛋。"

刘总哈哈一笑："走，吃饭去。"

星期五上午，钟铁龙走进了力总的办公室。力总正在另间办公室里召集他的手下开会。钟铁龙便在力总办公室里欣赏着字画和古董。他等了一个小时，他想要是来的是龙行长，当然就不用等，真是人微言轻，人家就可以把你晾在一旁不管。他更加渴望改变自己，不觉捏紧了拳头，把气愤的目光投到天空中。天上有一朵乌云正缓缓前移。

力总西装革履地来了，对他开玩笑道："钟总，有何指示？"

钟铁龙赶忙赔笑地贱道："于肿脚肿呢，叫我小钟听起舒服些。"

力总很绅士派头地坐到椅子上，递支烟给钟铁龙："抽烟，钟总。"

钟铁龙接了力总给他的烟，望着风度翩翩的力总。力总自己开口道："你说的事，我还真不好担保。早几天跟丁董打麻将，丁董要我不要给你做经济担保。"

钟铁龙一脸灰白，说："昨天我到了龙行长办公室，龙行长要我找你担保。"

"龙行长贷的是公家的款，只要有人替你担保，他就贷钱给你。"力总说，把背靠到转椅上，用一双没什么表情的眼睛望着钟铁龙。

钟铁龙却感觉到他的目光里有冷笑，心就颤了下。力总又说："我倒没什么别的顾忌，只是丁董特意这么跟我说，这让我有点小为难。"他白净的脸上露出难色，"我跟丁董是好朋友，他既然这么说，我就不好跟他过去。你最好是找别人担保。"

钟铁龙想到了王总，但他已经找王总借了十万，又要他做经济担保，这好像说不过去。他说："我在长益市就你们几位朋友，龙行长指定我找你……"

力总坐正姿势，回绝他说："你要龙行长另外跟你找一个人担保，丁董晓得了会对我有意见，都是朋友，你处在我这个位置也会为难，你说呢？"

"那我跟龙行长打个电话可以吗？"

力总瞟一眼桌上的电话，淡淡道："你打吧。"

钟铁龙就拿起力总办公桌上的电话，拨了龙行长的手机，通了，龙行长接了。

钟铁龙把力总的意思说给了龙行长听，龙行长在电话那头说："你把电话给力总，我跟他说。"

钟铁龙把话筒给了力总，力总满脸堆笑地对着话筒差不多是嗲声嗲气地叫了声："龙行长，亲爱的，有什么指示？"

龙行长在电话那头叽叽咕咕地说了五分钟，力总的脸上先是犹豫、申辩和解释，接着口气就变柔和了，一口一个"可以"或"好的"。力总把话筒递给钟铁龙，龙行长在话筒那头对钟铁龙说："我跟力总约好了，下周星期一上午十点钟到我办公室来。你放心，力总不敢得罪我，他要做银行的装修业务就不敢得罪我龙某。这事敲定了。"

钟铁龙听了这话十分感动，忙回答龙行长："谢谢龙行长。"

龙行长说："谢你自己。"

钟铁龙可以想象龙行长胖脸上的高兴或不高兴，龙行长可不是一个把心思放在肚子里烂掉的人。他从小生活在优越的环境中，用不着看别人的脸色行事，高兴了就一脸的喜悦，好像出了太阳；不高兴了脸上就不高兴，也不管对方是张三还是李四，这也可能是北方人的特点：直爽。钟铁龙清楚不是那十万块钱，龙行长那样的公子哥儿也不会帮他钟铁龙。他放下电话，力总笑看着他，脸上就是合作的表情了。"龙行长开口了，我可不敢得罪他，他是我的财神爷。"他说，"下周星期一上午九点半，你到我公司来。"

钟铁龙心里一暖，看着力总的目光就很坦诚："力总，我以后会报答你。"

力总就用心地瞟一眼他，那探索的目光在钟铁龙的脸上停留了几秒钟。"应该的，都是朋友，不过我不是看在你的面子上，"他很直爽，把语气也变淡了，"而是看在龙行长的面子上。所以你要报答的不是我，而是龙行长。"

钟铁龙当然懂，说："再怎么说，我还是要感谢你。"

星期一一早，还只八点钟石小刚就来了。钟铁龙还在床上，钟铁龙听见石小刚对他母亲说"钟伯妈您好"。钟铁龙对醒在床上的郑小玲说："石小刚来了。"

石小刚穿一身绿西装，打了根蓝印花领带，皮鞋擦得锃亮，看上去很清爽、精干。钟铁龙便一笑："你今天收拾得蛮可以吧，小刚。"

石小刚说："那还用说。要搞路了，总不能随随便便没一点新气象。"

钟铁龙就很欣赏地看着石小刚："你穿绿色的西装很好看。"

石小刚嘻嘻一笑："云南妹跟我买的。"

钟铁龙觉得石小刚笑得很灿烂，这是被云南妹的爱情滋润的。男人有了爱情，好像船舶有了港湾。"云南妹有眼光，"钟铁龙说，"到底是中山大学毕业的。"

两人出了门。九点钟，他们便到了金天装饰公司。力总还没来，公司里几个搞设计的年轻人来了，有的还在吃早点，手里拿着面包啃着。两人就走过去看他们画图纸。那时候还没电脑画图，一切图纸都是手绘。一个个子很高的青年正在画一家酒店的门厅装修效果图。钟铁龙看了看，觉得他画得好，便说："我们准备搞桑拿中心，到时请你跟我们设计一下。"

高个子青年说："好的好的，你们是力总的朋友？"

钟铁龙说："是，力总约我们来的。"

力总来了，头上戴着顶白太阳帽，一件白色的休闲西服敞在身上，一条隐条纹裤，脚上一双耐克旅游鞋。力总的脸圆圆的，看上去像要去旅行。力总喜欢这种装束，这种装束也适合他向往自由的天性。力总对高个子青年说："图纸出来没有？甲方下午要看。"

"下午可以出来，"高个子青年笑笑，"没问题。"

力总走上来看了看图纸，转身对钟铁龙说："走吧？"

钟铁龙把石小刚介绍给力总认识："我的搭档，姓石，也是大学毕业生。"

力总折过头扫了石小刚一眼，没伸手，只是点了下头。他走进办公室，拿了工商执照，还拿了公章和私章。力总脸上有一抹不悦，因这事不是他愿意干的。钟铁龙瞥着力总，看到了他脸上的不悦，脸上挤出笑说："力总，真的要麻烦你。"

力总不答，三个人下楼，力总打开车门说："上车吧。"

车内有一股淡淡的香气，那是喜欢玩浪漫的力总在车内打的香水。力总还真是那种追求浪漫的年轻人，身边的女人从来是一个一个的。力总开车的姿势也相当休闲，不像那种一本正经地坐着开车的样子。力总开着车向工商银行驶去。钟铁龙和石小刚坐在他车上，觉得上帝对力总是真好，年轻轻的就让他有钱有车有房子有女人，还要怎样呢？石小刚对钟铁龙说："我不敢指望汽车，我这辈子只要能有一台铃木王摩托车就行了。"

力总边驾驶着车边说："我们公司的小高有一台这样的摩托。"

石小刚说："我就想买一台铃木王骑骑。"

"这不要好多钱，一万六千块钱就可以了。"力总说。

"一万六千块钱不少了。"钟铁龙故意这么说，觉得自己的声音太大了，像没见过世面的乡巴佬，便降下音来说："汽车我不敢想，我也打算买一辆摩托车代步。"

龙行长在办公室等他们，跷着二郎腿坐着，一边拿两枚硬币拔他下巴上的胡子，那样子似有点痛苦，因为毕竟有点疼。他的办公室里还坐着两个人，他的副手和一个专门负责信贷的科长。龙行长把他的副手和信贷科王科长介绍给他们。握手之后，龙行长让王科长打开隔壁小会议室门，小会议室里有一张椭圆形桌，很多贷款合同都是在这张椭圆形桌上签的。一女职员走来，为他们泡茶，六个大男人坐在椭圆桌前大谈国际国内形势，谈海湾战争和中东问题，谈改革开放后，人的道德观念是上升了还是下降了，等等。龙行长仍然在下巴上钳胡子，动作很坚决，偏着脑袋，胖脸上似有抵御痛苦的果断表情。女职员走后，龙行长便让王科长把贷款协议书递给钟铁龙他们看，他继续拔着一根根胡子。"老子清一色的小七对自摸，还是海底。"他停止拔胡子，跟力总谈起了他昨晚打的一手麻将，"本来老子输了两千多，一把牌就摸回来了，最后赢了三千三百元。"

力总嘻嘻笑道："那你手气好。"

力总是要恭维龙行长的，这是龙行长对于力总来说跟财神菩萨差不多，他脸上就有很多讨好。力总又说："龙行长，我发现你的赌命真好。我很少看见你输钱。"

龙行长偏着脸说："也输的，上次不就输了？"

"我不记得你哪次输了。"力总说。

龙行长大笑："你这杂种，赢了老子的钱就不记得了！"

力总叫道："我敢赢你的钱？我赢的是刘总的钱，我从没赢过你一分钱。"

钟铁龙看着协议书，看完又给石小刚看，石小刚也看了遍，觉得没问题，就在协议书上签了名，注明了年月日。力总作为经济担保人在另一份协议书上签了他的大名，"杨力"两个字写得龙飞凤舞的，还公章私章地盖了一堆。

龙行长觉得事情办完了，问力总："力总，晚上我们切磋不？"

力总笑笑："我怕你清一色的小七对的海底啊。"

龙行长大笑："你晓得怕？你把丁董叫上，我好久没跟他玩了。"

钟铁龙望着龙行长，龙行长肥头大耳，一副贵人相。他缓步走上去，握着龙行长的手，感觉龙行长的手软绵绵的，不是那种劳动人民的手，就更加觉得龙行长应该是他命里出现的贵人。早两个月，他去一个在本市很有点名望的算命先生家拜访，那是个高人，摸着他的左手，又仔细盯着他的脸看，说他的命相好，命里会有贵人相助。钟铁龙相信龙行长就是他命里出现的贵人！他说："谢谢龙行长帮我。"

龙行长哈哈一笑，用他柔软的手掌拍拍他的肩："没什么。"

三个人走出银行大门，又上了力总的车，向银城大酒店飙去。刘总在，穿一身银灰色西服，头发油光光地梳在脑后。刘总为三个人一一泡了茶，大家喝着茶，聊天，等力总公司的小高。小高来了，拎着包，额头上冒着汗。小高是匆匆赶来的，脸上还有颜料，那自然是画图纸时手弄到脸上的。力总指着他的鼻子说："你鼻子上有蓝颜色。"

小高就用手掌揩了下说："我没注意。"

小高二十多岁，一头长发，脸上还有些胡子，看上去很有艺术家气质。小高脸上的笑容嘿嘿嘿的，那是一种自信和乐意跟人交往的笑容。几个人说了几句废话，刘总就领着他们下到六楼，让服务员打开会议室的门，又打开几间客房，让他们进去测量。小高从包里拿出皮尺、纸和笔，开始测量房间的尺寸，边做记录。

大家坐在一起讨论，会议室自然是改成桑拿中心的休息室，客房的卫生间一律改成洗淋浴的桑拿间。房间基本不动，只是将双人间改成单人间，还得加张门，上面有规定，任何娱乐场所，门上要开窗，门上不开窗，检查就不能通过。所以在房内再加张门，平时这张门不关，洗桑拿时便关上，一是为隔音；其次，搞检查的来时，也好做一些该做的事情。这加一张门是石小刚提出来的，因为在广州的那家桑拿中心，每间客房都是两张门。石小刚介绍说："客人进来洗澡，外面的门关上，里面的门也关了。"

力总点头说："这样也好些，客人也相对有安全感。"

中饭是在银城大酒店吃，点了好几个贵菜，钟铁龙请客。刘总见今天不由他买单，就什么菜贵便上什么菜，什么酒好他就要喝什么酒。钟铁龙笑笑，暗暗觉得刘总这人是不能做朋友的，因为他压根儿就不替朋友考虑支出。他觉得刘总、龙行长、丁董、王总和力总里，刘总是超级狡猾和超级自私的，这种一眼就能见出自私自利的人，其实活得并不高明，也不知他是怎么坐到总经理这位置上的！八成是他攀靠了某局领导。一桌饭吃了二十七，吃得石小刚听到"二十七百元"这个数字时脸都白了。钟铁龙的脸没白，跟着丁建混时，丁建有时候请客花起钱来如流水，都是他去结账，心自然就养大了。吃过饭，刘总因喝多了酒，回办公室睡觉了。力总没时间睡觉，公司里还有一堆事等着他，他回公司了。钟铁龙和石小刚走出酒店，石小刚的脸上有几分不快说："今天一桌饭就吃了我们三千七，太冤枉了。"

钟铁龙不这样看，说："不冤枉，看清了一个人。"

石小刚斜一眼钟铁龙："看清了谁？"

钟铁龙本想说"看清了你，你太沉不住气了"，但转而改口道："看清了刘总，这个人不能做朋友，只能利用。所以这顿饭吃得不冤枉。"

石小刚还在计较那三千七百元："这么贵的一桌饭，这是杀猪呢。早晓得这么贵，就不应该在这里请他们吃饭。我觉得他们没什么了不起。"

"你不要低估他们，聪明不是写在脸上的。他们一生下来就比你我优越，我长在小镇上，你生在农村，他们能和我们交往，已经够看得起我们了。我们要这样看。"

石小刚不服气道："有什么了不起？我心里一点也看不起他们。"

钟铁龙瞟一眼石小刚，觉得有必要开导他一下："小刚，王总告诉我，要想发财就要先学会吃亏，有舍才有得，有几个一毛不拔的人发了财的？我们只能谦卑、再谦卑，懂吗？不要显得太精明了。你太精明了，谁敢跟你玩？'舍得'两个字是生意之道，王总说做生意就要吃透这两个字，很多人吃不透，所以发不了大财。另外，我们要认清一个千古不变的道理，这个世界是人抬人，有本事还要别人抬。我父亲说聪明没用，要被人赏识，聪明才有用，不然聪明就像一袋米，放在家里起霉。这就是我父亲教育我做人的道理，先做崽，后做人。我们不能有半点看不起他们。"他问石小刚："你晓得他们有好深的水吗？"

石小刚鼓起眼睛道："那我怎么晓得？"

钟铁龙一笑，坦然说："所以就不要看他们不起，现在我们是靠他们发财，假如他们都不帮我们，我们在长益市连立足之地都没有，吃去三千七算什么呢？"

石小刚叹口气说："我没你这么好的心境。我从小生长在农村，我比你心疼钱。"

钟铁龙把烟蒂弹到街上，说："我家也很穷，我也跟你一样心疼钱，以前比你还抠。那时我跟刘丽云谈爱，我连一件衣服都没送过她，就是舍不得用钱，结果我失去了她。王总的几句话点醒了我，让我茅塞顿开。该用的钱就要睁开眼睛用，亏吃在明处，让人能看见，这就是舍的道理。只有舍，才会有朋友，有朋友才好少事，这就是得。"

两人上了一辆的士，的士载着他们驶到了钟铁龙家。云南妹在他家，正跟郑小玲说话。郑小玲坐在床上，怀里抱着钟万林，钟万林正在吸母乳。钟铁龙走过去看了眼儿子，走过来递支烟给石小刚，云南妹批评石小刚说："你要少抽烟，抽烟有害健康。"

石小刚因被钟铁龙抢白了几句，心里有点不悦道："活那么长时间干吗？"

云南妹说："我不想你比我先死，你要死在我后面。"

钟铁龙看出石小刚不悦，就大笑："小刚，女人就是比男人自私，连死都想死在男人的前面，想要男人先为她们悲伤。我就一定要死在你们前面，让你们为我悲伤。"

郑小玲在卧室里说："别死啊死的，讲点别的吧。"

石小刚无所谓道："我们村里，一些老头子八十岁了还活得很健康，他们十几岁就开始抽烟了，还是抽自己种的旱烟。燥得死。"

云南妹说："他们不比你们，他们每天搞劳动，生活的环境也没城市这么污染。"

钟铁龙看着石小刚和云南妹，云南妹脸上有一种少数民族女性的风情，她怎么会爱上石小刚的？想石小刚其实有点外强中干，小气，小气的人把钱看得重，小气的人还容易生意见，意见又生隔阂，隔阂会产生矛盾什么的。他不愿深想下去，人心隔肚皮，想也想不清。他走到晾台上，从晾台上望出去，一条街上人影幢幢，到处都是一栋栋宿舍楼。

十四　李所长

　　钟铁龙跟着石小刚走进了广州 W 宾馆的桑拿中心，这家 W 宾馆是中外合资的，有三十层楼，这在九十年代初很招眼，真有些鹤立鸡群。这家宾馆属于四星级宾馆，看上去比长益市的宾馆豪华和气派多了。石小刚第一次走进这家宾馆是一年前他的大学同学带他来的，那时这家宾馆刚开张，人气很旺，常常爆满。石小刚的大学同学是广州人，是那种不爱赌博，但爱女人的男人。广州人一天到晚打听哪里好玩，当然就打听到W宾馆的桑拿中心来了，不久又把石小刚带来了。石小刚跟他的大学同学来过两次，两次都是大学同学请客，后来大学同学不请了，石小刚就自己来了几次，他自然认识这里的老板，还认识"鸡头"。鸡头是个脸色黑黑的年轻人，小名叫"黑皮"，海南人，他的普通话里夹带着一些海南土话，听他说话有些费劲。石小刚说起自己对黑皮的印象："他很直爽，对客人很热情。你莫看黑皮是个鸡头，黑皮还真有钱，他抽的是中华烟，自己开一辆日本丰田佳美车。"

　　黑皮看见石小刚就拍石小刚的肩膀，说："好久没看见你了，朋友你到哪里发财去了？"

　　石小刚反过来抓着黑皮的胳膊说："没有发财，想发财，还得靠你呀。"

　　黑皮笑道："靠我能发什么财？我是要靠你们才能发财。"

　　石小刚接过黑皮递给他的烟，黑皮对走拢来的一个年轻人说："安排他们进去玩吧，叫两个最好的小姐。"

　　钟铁龙没说话，他被一名男青年领进了一间客房，客房果然像石小刚说的，有两张门，卫生间里有浴缸，还有个坐着能蒸出一身汗的桑拿间。房间里摆张床，床上铺着白床单，摆着白色的浴巾和枕头。一对沙发，沙发之间搁着张茶几。他在沙发上坐下，一名男青年端着杯热茶进来，将茶放到茶几上，说："先生，请用茶。"男青年出去两分钟后，一名很漂亮的高高挑挑的小姐走来，脸上没有笑容，但有热情，她问钟铁龙："先生，我可以吗？"

　　钟铁龙瞥她一眼，想她这么漂亮，怎么会干这种营生？她着一身白衣服，白衣服裹着她饱满的乳房，一条薄薄的白裤紧裹着她柔美的臀部。她见钟铁龙不说话，又小声问："先生，我可以吗？"

　　钟铁龙想看看别的小姐，便说："不，我想换一个。"

　　小姐转身走了出去。一会儿后又有一小姐敲门进来，走进来的小姐也很漂亮，

117

一双眼睛大大的，比刚才那个小姐略胖点儿，因而上身更显得丰满。她浅浅地笑了一下，问钟铁龙："先生，我可以吗？"

她也是穿身白衣服，白裤子紧裹着她线条丰满的大腿和臀部，脚上一双拖鞋。钟铁龙还想看看其他小姐，便说："你叫一个更漂亮的来吧？"

小姐转身走了。一会儿后，第三个小姐来了，这小姐比刚才进来的小姐略矮一点，也苗条一点，同样是穿着白衣白裤，也许白衣白裤是一种干净的象征吧。小姐望着他，用一口标准的普通话说："先生，我可以吗？"

钟铁龙喜欢她，说："你可以。"

小姐一笑，亲昵的样子走上来亲了他脸蛋一口，拿起电话，向服务台的服务员报钟。小姐放下电话，脸上的笑容就多了许多。"老公，"小姐改称他老公，"我替你脱衣服吧。"

钟铁龙是来享受服务的，说："可以。"

小姐走过来，先是在他大腿上坐下，接着就给他脱衣服。小姐脱下他的西装，起身将他的西装挂在衣架上，又转过来，坐到他腿上，解他的衬衣纽扣。钟铁龙望着她，小姐替他解开衬衣纽扣，他就很合作地让她把衬衣脱下了。小姐表扬他说："你真乖。"

他问她："小姐是哪里人？"

"我是青岛人。先生去过青岛吗？"

"没去过。"

他们说了几句话，小姐帮他把裤子脱掉，说："去洗澡吧先生？"

他起身，去洗澡。小姐走进来，拧开水龙头调水温。接着，小姐让他转过背来，小姐弯下身替他在背上揩香皂。钟铁龙从没与女人同在一处洗过澡，想自己一个罪恶之人，竟在此处与如此美妙的女人洗澡，就激动。他转身把小姐抱住说："我们到卧室去吧。"

小姐说："不急呀老公，我会让你好好享受的。"

洗完澡，两人上床，小姐让他躺下，伸出舌头在他身上舔着。他闭着眼睛任小姐舔他的身体，脑海里出现了郑小玲，便想男人的誓言是说了就忘的，就一笑。随后，他就爬到小姐身上做他该做的事。做完那些事，他不敢急慢地忙爬起床洗澡。洗完澡，他穿上衣裤走出客房，坐到休息室里休息。黑皮扫他一眼，问他："老板，我们的小姐还可以吧？"

他回答黑皮："非常好。"

石小刚神清气爽的样子走出来，看见黑皮坐在一旁，便高兴道："黑皮，我和我朋友这次来广州，是特意来找你。"

黑皮一笑："不会吧？来找我？我又不是女的。"

"找你有事。"石小刚说，很认真的模样看着黑皮。

"真找我有事？"黑皮怀疑地笑笑。

石小刚说："是真的找你有事，我们出去说吧。"

两人把黑皮叫出 W 宾馆，叫到一家小餐馆吃晚饭。黑皮脸上很高兴，身为鸡头，晓得他是鸡头的人都有些看他不起，因为他是在女人身上赚钱，既然石小刚和钟铁龙看得起他，他脸上的笑容就十分猖狂。"我这人最义道了，"他用海南话说，脸上就一脸的义气，"你敬我一尺，我敬你一丈。我这人很看重朋友。男人没朋友活着就没意思啦。"

钟铁龙顺着黑皮的话说："你说得对。我也朋友第一。"

"朋友就是朋友，"黑皮说，"朋友需要帮忙，我义不容辞。"

黑皮只有小学文化，但他在社会上混久了，自然能处理一些事情。石小刚说了他们来的目的，石小刚说："我和我朋友准备在长益市银城大酒店开家桑拿中心，现在正搞装修，但小姐现在还没着落。我们还不熟悉这行，不知道去哪里找小姐。"

黑皮笑出了一口白白的牙齿，脸上就一脸的自信和骄傲："小姐包在我身上啦，你们要多少小姐我就帮你们多少小姐。小姐有的是。"

钟铁龙觉得黑皮是在吹牛皮讲大话样，问："你说的是真的？"

黑皮喝口啤酒："你们不知道，做这一行的小姐很多，小姐不是问题。"黑皮说到这里，一脸开心地看着钟铁龙和石小刚。他又喝口啤酒，脸上就很坦率："我告诉你们，很多小姐都是在这里做做，然后又去别的酒店做做，她们从来不在一个地方做一年以上。"黑皮再一次看着他俩，"客人都喜欢新鲜货，任何小姐在一个地方做久了，就没生意了。"

钟铁龙听明白了，"哦"了声。黑皮嘿嘿一笑："我还可以跟你们调东北的小姐来。"黑皮说这话时目光都亮了，"那些妹子个个漂亮，人也老实，不像南方妹子调皮。我们桑拿中心以前杭州的妹子挺多，现在都是黑龙江的妹子。"

钟铁龙说："怪不得她们说的都是普通话。"

黑皮说："跟你服务的那个是山东妹子，那个妹子怎么样？"

钟铁龙说："不错。"

黑皮又笑："我跟你说，她们以前没这么好，都是调教出来的。"

钟铁龙问："还要调教？"

"不调教不训练能做得那么好？"黑皮说，"你不调教，客人不满意以后就不来了。干我们这一行主要是赚男人的钱，对不对？男人不满意不来玩，你赚谁的钱？"

钟铁龙冲黑皮竖起了大拇指："厉害。"

黑皮问钟铁龙:"你以前是做哪一行?"

"做夜总会。"

黑皮说:"夜总会的小姐也挺多呀。"黑皮的手机响了,老板叫他,他走了。

钟铁龙望一眼石小刚,见他一脸友好和快乐,以至于眉宇间飘荡着喜气样。他相信只有两个人精诚合作,才能发财。"小刚,我们分下工,你跟黑皮把这方面的套路学到手,小姐的事由你负责。我负责工商、税务和公安方面的事,那些事肯定是要动脑筋做的。"

石小刚说:"好。那我留下来多住几天,跟黑皮学学这方面的套路。"

"这个黑皮没什么文化,但人很直爽,好利用。"

石小刚点头:"是的,他很义道。"

有强烈的音乐声从隔壁店子里飘过来,钟铁龙把目光抛到街上,喝了口啤酒,脸上的表情十分坚定,拳头也跟着攥紧了,"他妈的,谁挡我们发财,就得死。"

石小刚见钟铁龙的眼睛红红的,说:"对,你说得太对了。"

钟铁龙举起玻璃杯跟石小刚碰了下:"我们做这种生意,肯定要跟公安打交道,公安的工作我来做,我们在长益市没有根基,要想在长益市站稳脚跟,肯定是要用钱铺路。"

石小刚说:"现在的人眼睛都盯着钱,是得用钱开道。"

"钱是这个世界的大魔鬼,人是小妖。"钟铁龙把自己的所思说给石小刚听,"没钱,没人跟你办事;有钱,什么人都会为你我卖命。龙行长要身份有身份,要地位有地位,但他也是金钱的奴隶。如果不是那十万,他能把力总抓来给我们做经济担保?"

石小刚也觉得是这样,便说:"那是,不然,他凭什么贷款给我们?"

钟铁龙盯一眼街上川流不息的人群说:"钱能打败一切人。"

钟铁龙回来了。银城桑拿中心还在装修中,他让刘总出面把当地派出所的李所长约到了银城大酒店,银城大酒店属李所长的管辖区域。李所长三十多岁,长一张猴脸,脸上长着只红鼻子。李所长十六岁就从事公安工作了,那时他初中毕业,长益市招民警,他报了名,面试时他很机灵,录用了他。那是七十年代,那时候社会太平,没有人贩毒,凶杀案也少,抢劫案也不多。那年月最多的案例是偷窃,其次是流氓犯罪,流氓犯一看见民警就腿发抖。李所长当民警时,有一年他接连破了好几桩强奸案,升了副所长。他在副所长的位置上待了九年,直到前年他才升为所长。李所长的一双眼睛看人时喜欢斜着,一副老公安相,似乎一眼就能洞穿你的心脏。在他眼里,只有坏人才讨好他,所以他对来找他的人常常是一副爱理不理的表情。"我这人很清白,"李所长骄傲的样子标榜自己说,"也许是活得太清白了,所以才没意思。因为什么人找我，我一听就晓得他找我的用心。这可能是职业敏感。"

刘总表情夸张地哈哈一笑，笑完后他抹了把脸上的笑容。"你就是太清白了，"刘总用讨好的语气巴结李所长说，"太清白了反而不好，要难得糊涂呢，李所长。"

刘总在李所长面前不敢骄傲，刘总管的只是占地几十亩的银城大酒店，出了酒店的玻璃大门，什么人都可以对他瞪眼睛。而李所长的辖区方圆十多平方公里，十几万人，只要你胆敢作奸犯科，他就有权抓你。这就是区别。刘总是个聪明人，很希望钟铁龙的桑拿中心能搞起来，如果钟铁龙的桑拿中心能在他的酒店蓬勃发展，那他每年就多五万元灰色收入。这便是他三番五次地打电话约李所长来银城大酒店吃饭的原因。

李所长淡淡地瞟刘总一眼，脸上颇有些当公安的不把他人放在眼里的傲气，这是没办法的，因为找他的人十之八九都是作奸犯科者的家属或朋友，都是通过各种关系跟他套近乎，求他放一马或求他帮忙，就把他"求"成了斜着眼睛瞧人不来的这副德性。"我在公安战线混了十八年，十六岁当民警，今年三十四了，什么人没见过？杀人犯、强奸犯、贪污犯、诈骗犯、贼和扒手都打过交道。我这辈子都是跟坏人打交道，我很想跟有文化的人打交道，偏偏他们都不理我。他们不犯法，也就一点也不在乎我这个所长。"

刘总有意见了，嘟着嘴装天真说："喂，所长，我未必是坏人？你这话讲得不对。"

李所长斜瞟一眼刘总，笑笑："你至少不是文化人。"

"他是大学生呢，"刘总指着钟铁龙，"正牌大学毕业的。"

李所长就侧过头来望钟铁龙一眼，那目光是疑惑的："你是哪所大学毕业的？"

"湖南师范大学。"

李所长又瞟他一眼，轻慢的样子问钟铁龙："怎么没当老师？"

"不想当老师。"钟铁龙说，又补一句："当老师拿那么一点薪水，太没意思了。"

李所长批评钟铁龙说："也不能这样说，老师是人民教师啊。你当过老师吗？"

"当过。"

"在什么学校？"

"长益市电工厂子校。"

"长益市电工厂？"李所长用那种警惕和尖锐的目光盯着钟铁龙，那目光就跟尖刀样刺向钟铁龙，好像要把他的身体刺穿似的。"三年前，你们厂发生了一件轰动全国的抢劫杀人大案，"李所长不动声色地说，"有这事吧？"

钟铁龙感到李所长的目光很厉害，忙对自己说"镇静"，答："是的。"

李所长继续用那种怀疑的目光盯着钟铁龙："那时候你在厂里吗？"

"在厂里。"

李所长更加审视着钟铁龙了。

钟铁龙已经禁不住这种目光盯了，马上说："你用这种目光看着我是什么意思？"

李所长很严肃道："你估计是什么人干的？"

钟铁龙不敢同李所长的目光交流，把目光放到刘总脸上，说："这我不知道。"

李所长继续问："你怀疑是流窜犯干的还是你们厂的职工干的？"

"这是你们公安的事。"

李所长判断说："我相信是你们厂的人干的。"

钟铁龙简直要崩溃了，因为李所长继续用那种严厉的目光瞪着他。钟铁龙觉得自己在那一刻都要爆炸了，想他可不能在阴沟里翻船，说："你什么意思？这样盯着我？"

刘总心里没鬼，插话道："老李，跟你说正经事，钟铁龙是我的兄弟，准备在我们酒店开桑拿中心，到时候你得睁只眼闭只眼啊。"

李所长更加警惕地望着钟铁龙："你才毕业几年？这么快就搞了钱做生意？"

钟铁龙想幸亏自己早有这手准备，不然就真的栽了，不觉就为自己的这手准备而微笑。"我一分钱都没有，都是丁建的一些朋友抬我。我在金阳夜总会打工时认识了龙行长，龙行长抬我，贷了五十万元款给我。我还在王总手上借了十万，这事刘总晓得。我的一个朋友也从广州带来了十七万。我现在压力很大，一身的债，所以请李所长多关照我。"

李所长听他这么一说，脸上就没有了刚才冒出来的那股逼人的煞气，而是露出一脸的不屑，他望一眼钟铁龙："不是搞什么色情服务吧？"

刘总插话道："话莫讲得这么难听，只是个洗桑拿的场所。"

"只要不是搞色情服务就没事。"李所长说。

刘总替钟铁龙说话："喂，老李，跟你讲实话，连不搞一点色情服务也不行，那哪个来玩？如果只是纯粹的洗洗澡，那还不如在家里洗。"

李所长嘿嘿笑着："我晓得你找我就没好事。"

刘总也不客气了："老李，你脑子放活点，这年头只有傻瓜才讲正直。"

李所长大言不惭道："我就是个傻瓜，所以才老老实实干公安。"

刘总哈哈一笑："李所长，我们可是好兄弟，你得关照我的朋友啊。"

李所长瞟一眼刘总，又扫一眼钟铁龙，"最好不要搞那些事。"他板着脸说。他的叩机响了，他走到柜台前打电话。走回来时，他说他还有事要处理，得马上走。钟铁龙起身送他，送到门口，忙把一只信封塞进了李所长的口袋，那是个两千元的红包。李所长伸手进口袋一摸，信封厚厚的一叠，就没拿出来，而是笑笑道："谢了。"

李所长走后，钟铁龙看着他的背影，想要是早两年，李所长用尖刀一样的目光盯他，那他不被李所长那尖刀一样的目光刺得血淋淋的了？他深深感到，难怪很多罪犯在警察面前立不住，是因为人犯了罪就心虚。人最好是不要犯法，犯了，人就虚了。已经过去三年多了，没想李所长一提这个案子，自己心里就慌乱、恐惧，思路就受阻碍。他怅然地想，我的心一定要变得像石头一样坚硬才行，才能面对公安这种审视疑犯的目光。他回到餐桌前，看着脸上有气的刘总。刘总觉得李所长没给面子，让他脸上没光，事先他在钟铁龙面前丢了很多大话，说李所长是他的铁哥等，"铁哥"却表现得一点也不铁哥，这让刘总心里有火，刘总骂李所长道："他一副鳖相，不就是一个派出所所长？摆什么卵架子？小人得志。"

钟铁龙什么话也没说。

几天后，石小刚回来了，带回来一个小个子男人，是黑皮的弟兄。黑皮的弟兄也是讲一口海南话，他看了看银城大酒店的桑拿中心装修，觉得行，就问什么时候要小姐。他对钟铁龙说小姐由他负责，不过他在小姐身上要抽成。钟铁龙同意了，转身把石小刚拉到一边，同他说了他跟李所长的那番谈话，石小刚很认真地听他讲，一副思索的样子。他对石小刚说："幸亏我事先把这一切都考虑进来了，不然就在阴沟里翻船了。"

石小刚有些困惑道："已经过去三年多了，还有人盯着啊。"

钟铁龙说："我们当初干这种事，真是蠢到家了。"

石小刚看他一眼，看钟铁龙是不是有责备他的意思，见钟铁龙只是就事论事，便抠抠耳朵说："铁龙，现在也没有后悔药吃了，不要说了。"

力总来了，来检查工程进度。力总手里拿着顶白太阳帽，一路扇着。天气有些热，连续一个星期长益市没下一滴雨。力总脸上笑呵呵的，这年头有钱赚才会有笑容，力总又接了个大工程，是在龙行长手上接的。工商行在某街建了栋十八层的办公楼，即将竣工。力总当然参加了投标，道貌岸然地走了个过场，五百多万的装修业务就很自然地"走"到了他手上。力总因捞了个大装修业务，就很快乐："今天我请客，我发财了。"

力总打刘总的电话，刘总一身运动装地下来了，头发梳理得一丝不乱，贴在他头皮上像戴的假发。刘总发现自己胖了，腰变粗了，走出门不再像个年轻人，而像个发福的中年人，为了让自己变年轻和变得更有魅力，他新近买了台跑步机搁在办公室，一个人在跑步机上狂跑，跑出一身臭汗，洗个澡，再出门找人玩。他看见力总便问："晚上打麻将不？"

"你手痒了?"力总问他。

刘总说:"上个星期你赢了我两千多,我今天晚上要搞回来。"

力总笑笑,叫着出去吃饭。刘总想在酒店吃,力总毫不含糊地指出:"你们餐厅的饭菜太贵了。我们到外面吃去。有一家土菜馆,饭菜便宜,味道又好。"

四个人就上了力总的本田雅阁,车内飘着好闻的香水味儿。汽车驶到土菜馆前,四个人下车,进了土菜馆,力总让服务员拿一条中华香烟,一人发了一包:"请抽烟。"

龙行长来了。一辆黑色的桑塔纳送他来的,那是他的专车。龙行长带着他的四川妹,四川妹在龙行长的滋润下,变得更漂亮了,像从《大众电影》封面上走下来的美女。龙行长不许四川妹做坐台小姐了,他要独霸四川妹的青春和美丽,替四川妹租了房,买了电视机、洗衣机和冰箱,每个月还给她一千元零用,让她安下心全力以赴地当二奶。龙行长看见刘总和力总就高兴,说话一点也不顾及别人的感受道:"好啊,看来老子今天晚上又要赢钱了。"

力总说:"那肯定,这里没有人敢和你的牌。"

龙行长就笑,肥厚的屁股坐到一张靠椅上,那靠椅发出一声惨叫,一只脚发生了粉碎性骨折,龙行长立马跌到了地上。龙行长一爬起身就破口大骂,老板忙跑过来赔礼道歉,替龙行长拍打屁股上的灰,又让服务员端来一盆清水给龙行长洗手,再找来一把结实可靠的椅子给龙行长坐。龙行长这一次坐下时就没那么猛,试着落座后觉得没事才把背靠到椅子上。"他妈的,这次就免你一死,"龙行长骂道,"不然老子要判你死刑。"

四川妹在一旁笑着,老板还在赔礼道歉。钟铁龙觉得这事已经够了,就大声把话题引到四川妹身上说:"张小姐,我发觉你越来越漂亮了,这跟我们龙总的滋润分不开呢。"

四川妹笑出一口洁白的牙齿,说:"那是,还要谢你钟总呢。"

"龙总,你现在是财运也走,官运也好,"钟铁龙冲龙行长一脸讨好说,"桃花运也走,真是三喜临门啊。"

龙行长就不再跟饭店老板"理论"地挥挥手,把目光放到他心爱的四川妹身上,哈哈一笑,手也放到四川妹那圆润的肩膀上,说:"我的小张是越长越漂亮了。"

力总嘿嘿一笑:"那还用说?美女一个了,龙总的功劳啊。"

龙行长又哈哈大笑:"力总你也学会拍马屁了,你这畜生。"龙行长骂"你这畜生"是带亲密的语气,假如他跟你不亲密,他还不会骂"你这畜生",能在龙行长嘴里变成"你这畜生"的人,都是龙行长的好朋友。饭菜上来,啤酒也上了,几个大男人碰了杯,喝起了啤酒。

吃过饭，大家又向银城大酒店而去。那天晚上，钟铁龙也打了麻将。三缺一，钟铁龙就凑数玩着。钟铁龙赢了点钱，龙行长赢得最多，他一自摸就情不自禁地在四川妹脸蛋上摸一把，肥脸上就一脸的快活，好像地上一地的水似的。"亲爱的，你很旺我，我爱死你了。"

　　刘总就看不下去道："这是打色情麻将啊。"

　　刘总输得很惨，所以他可以对这个有意见对那个有意见，上手吃牌下手自摸了，他有意见；下手碰牌，龙总自摸了，他更有意见。一桌牌就打不下去了，龙行长把牌一推，说不玩了，说他明天要开会。龙行长看不起刘总叫叫嚷嚷的样子，拉着四川妹便走，力总也收拾自己的包，走了。刘总脸上有输了钱的苦恼，说话就刻薄起来："龙行长每次都是赢了钱就要开会，输了钱什么会都不开了，玩到第二天中午还要玩。人家打他的电话，他不是说在株洲就是在衡阳办事。这个人真不够意思。"

　　钟铁龙笑笑，见刘总输钱输得这么心疼，就想这个人像古书上说的不堪大任，做不了大事，心里就看不起刘总。他问刘总："你输了多少？"

　　"老子输了三千块钱。"

　　钟铁龙就把二千块钱给刘总，刘总很有些惊讶："你什么意思？"

　　钟铁龙很随便的样子："拿着。"

　　刘总既惊讶又不好意思道："我怎么好意思接你的钱？"

　　"拿着。"钟铁龙把钱放到刘总手上，见刘总接了，就觉得刘总像个孙子，"我在你银城开桑拿中心，既是你的客户，也是你的朋友，不要讲客气刘总。"

　　两人走出酒店，走到冷清清的大街上，刘总的脸上忽然就有些感慨，对他说："你很义道。人也大方，我没交错你这个朋友。"

　　钟铁龙想不就是三千块钱吗？就把刘总的心收买了，这就是"舍"的妙"得"啊。他瞧着刘总一笑，立即回一句奉承话给他说："刘总，我也没交错你这个朋友。"

　　刘总开一辆右舵的走私车，是法院的朋友没收了别人的车后，作价处理给酒店的。这辆车碰过，不好开，空调也坏了。刘总发动了一气，车才启动。刘总第一次开着车屈尊把钟铁龙送到他住的那条小街上，钟铁龙下车，目送刘总开着那辆破车离去。

十五　银城桑拿中心

　　银城桑拿中心于七月八日那天上午九点四十八分正式开张了。来了一些人，王总、龙行长、力总和刘总都送了花篮。丁董也来了，但没送花篮。他带来了六七个人。他昂着头，不可一世的样子走进休息室，看见王总也坐在休息室，说话的调子就没那么高了。王总是众人首推的大佬，假如有人问长益市最有钱的人是谁，一些人就会说出王中华的名字，王中华就是王总。王总虽然也骄傲，但在大庭广众下，还是把骄傲藏匿了起来。这大概就是读书人与文化低的人的区别了。王总与丁董、力总、龙行长和刘总说笑，到吃午饭的时候他却走了，说他约了一个副省长吃饭，谈一笔生意。他的生意都跟副省长做起来了，哪个还敢留他？大家下到二楼的餐厅吃饭，一行人嚷嚷叫叫地喝酒吃饭，都很高兴。

　　丁董端着酒敬钟铁龙，那目光是直逼钟铁龙的，一副得理不饶人的架势，这架势就有点逼人。"你很不错，把我的朋友都利用了。"他说，"这杯酒你得喝下去。"

　　前天下午，钟铁龙心虚地拜访了丁建，当时丁建还在睡觉，房门关着，钟铁龙就坐在他办公室等，等了两个多小时。换了别人，他就丢下请柬走了，但丁建是个特殊人物，对他有恩，不是丁建赏识他，把他放在身边使用，他又怎么有机会结识龙行长、王总、力总和刘总？没有这几位老总抬他，他钟铁龙又怎么能起来？他就很坚定地坐在沙发上，龇牙咧嘴地又等了一个多小时。丁建起床，看见他，脸上有些不悦："你？什么事？"

　　钟铁龙起身，恭恭敬敬地把请柬递给丁建，丁建一屁股坐到转椅上，打开钟铁龙递给他的请柬瞟了眼，丢到桌上，问："还有事吗？"

　　钟铁龙见丁建一副瞧他不起的模样，便说："到到时候请请丁董能赏赏赏光。"

　　丁建不说什么地拿起报纸看。钟铁龙坐在一旁遭受冷待，他希望丁建能理解他，说："丁董，我一直就想找你沟通，我做得有什么对你不起的，还请你谅解。"

　　丁建继续看报。

　　钟铁龙晓得丁建对他有意见，他一个外地人，什么人都不敢得罪，更不敢得罪丁建，又说："到时候请丁董一定要赏光，您能来，是我最大的荣幸。"

　　此刻丁建来了，钟铁龙觉得无论怎么说，丁建还是给了他面子，就一脸"荣幸"。丁建这么说，这让钟铁龙有一瞬间脸都挂不住了，他马上说："丁董，我从不喝白酒的。但你丁董要我喝，我绝不含糊。我干了。"他一仰脖子，一口喝掉了手

126

中的白酒。

丁董忙要过酒瓶，又为钟铁龙倒酒，他知道钟铁龙不胜酒力，便一心要灌醉钟铁龙。他又端起酒杯，坏笑道："好，再来一杯，我丁建敬你。"

钟铁龙又喝了。丁董坏笑着鼓起了掌，一脸玩味和轻慢的样子说："你挺让我佩服的，只混了三年就起来了。有的人混一辈子都是跟在别人屁股后面转！"

钟铁龙请丁建，纯粹是出于对丁建的惧怕，怕丁建来他的桑拿中心吵事。因为力总私下对他说丁建对他意见很大，言语中有要搞他的意思。力总说"丁董这个人你最好不要得罪"，力总分析丁董说："丁董这个人的缺点是容易记仇。优点也很明显，他要对你好，那就什么都可以给你。你得罪了他，那他什么都做得出。"钟铁龙可不想一开张就树敌，前天下午亲自去送了请柬，昨天又积极主动地跟丁建打电话，在电话里说了很多热情洋溢的他自己听了都肉麻的话。此刻，钟铁龙听丁董这么说，就满脸感激地对丁建、龙行长、力总和刘总一一打个拱手道："都是朋友们抬爱，以后我钟铁龙定当报恩。"

丁董又拿起酒瓶，为钟铁龙添了杯酒，放到钟铁龙面前。钟铁龙晓得丁董想灌醉他，笑笑说："好，我再喝一杯，感谢丁董的栽培和好意。"他一仰脖子，又喝了。

丁董笑了："好，男子汉就要是这样。"他也把杯子里的液体喝了个干净。

丁董再为钟铁龙倒酒时，钟铁龙就不再喝了，丁董就煽动力总敬钟铁龙酒。力总受到丁董的诱惑，就拿起酒杯跟钟铁龙碰，钟铁龙只好又喝了一杯。丁董又让龙行长敬钟铁龙酒，还说龙行长是钟铁龙的恩人，两人一定要喝杯酒。龙行长不喝白酒的，在众人的鼓动下，只好倒了半杯白酒与钟铁龙碰杯。钟铁龙确实对龙行长心存感激，再次喝了杯中物。这杯酒一下肚，他便觉得肚子里翻江倒海，且有物体不顾一切地蹿了上来。他转身向卫生间奔去。他在卫生间里呕吐不止，将吃进胃里的酒和菜都吐在了便池里。他再走出来，人就四肢发软。石小刚见状，搀扶着他走进电梯，电梯上升时，他又有要呕的感觉。石小刚说："你喝不得就少喝，你还看不出来？那个丁董是故意要把你灌醉。"

钟铁龙无力地回答："我知道。"

钟铁龙走进休息室，往躺椅上一坐就不晓得事了。待他醒来时，休息室里没有几个人了，只有石小刚坐在一旁看电视。他问石小刚："几点了？"

"十点钟了。"

他问："他们呢？"

"他们在刘总的办公室打麻将。"

钟铁龙把腿伸直地架到茶几上，小黑皮走拢来。石小刚点燃支烟给钟铁龙，钟铁龙就含在嘴里吸着，想让烟帮他醒瞌睡。石小刚对小黑皮说："叫服务员跟钟总泡杯浓茶解酒。"

小黑皮走出去，只一会儿服务员端着只盘子进来，盘子里搁了杯浓茶。服务员放下茶杯走开后，石小刚把目光放到钟铁龙那张疲惫的脸上，说："丁董好像是有意整你。"

"他对我有看法，说我利用了他的朋友。所以让他整一整也应该。"

石小刚睁大眼睛说："你睡着后，他的六个弟兄分别在这里玩了，没买单。"

"有这事？小姐的小费也没给？"

"没给。"

钟铁龙就郑重地望着石小刚："他这六个弟兄的小费记在我账上。我给。"

"他们是些什么角色？"石小刚有点不服气了，"怎么可以这样耀武扬威？"

钟铁龙觉得有必要让石小刚知道，就正色道："这些人都是长益市的流氓，上下关系都相当复杂，而且都是些不要命的蛮汉。"钟铁龙瞧着脸呈愠色的石小刚，"我们刚刚起步，还只是雏鸟，想在长益市立足，就千万不要惹他们。"

过了两天，丁董又来了，一身黑西装，带着六个年轻人，个个脸上充斥着邪气。那天生意还不错，一些房间里有客人。丁董走进来就对他的六个弟兄说："你们去洗桑拿。"

石小刚说："只能先安排两个，其他房间都有客人。"

丁董望一眼石小刚："要等多久？"

"要半个小时。"

丁董看了眼腕上的金表，钟铁龙忙走拢来说："先到休息室坐坐，马上就好了。"

丁董就领着另外四个弟兄走进休息室，他大老爷样地往沙发上一坐，鞋也没脱地把脚架到罩着白布的踏凳上，阴阳怪气地说："钟总，生意不错啊。"

钟铁龙赔小心的模样道："主要是你们关照我。"

有两个客人出来了，头发湿湿的，神清气爽地笑着买了单，走了。丁董的两个弟兄就叫叫嚷嚷地进去了。丁董仰着头，抽着烟，很不屑地看一眼钟铁龙，不阴不阳地说："你算胆子大的，敢在我们长益市干这行，我佩服你。"

钟铁龙忙笑笑："还得靠你丁董多多抬爱。"

丁董突然用冰冷的眼光盯着钟铁龙道："公安没来吵事？"

钟铁龙被那眼光"冰"得一凉，说："已跟公安打了招呼。"

"一声招呼就不来吵事了？"丁董说，"塞了钞票吧你？"

钟铁龙没有回答这句话。

一个客人雄赳赳的模样走出来，正准备到服务台前买单。丁董一眼认出了这个男人，马上叫道："剑宝，跑到这里来玩？搞发了啊，你这杂种。"

身材魁梧的剑宝也看见了丁董，马上叫道："丁董丁董，哎呀丁董。"

丁董说："他的单我买了。"

剑宝说："谢谢谢谢。"把掏出的钱包又放进了屁股口袋。

"怎么样这里的小姐？"丁董问剑宝。

剑宝点头感叹道："舒服，太舒服了，比夜总会的小姐懂事多了。"

剑宝又对丁董说："丁董，你在长益市是大哥大，我觉得你应该开一家。"

"这就是我开的。"丁董一副漫不经心的样子说。

剑宝惊异地瞧一眼丁董，问："真是你开的？"

丁董说："嗯。"他指着钟铁龙，"他是我的伙计，我在这里占一半股份。"

钟铁龙有点不舒服，但他勉强地笑笑，把头扭开了。

丁董的两个流氓弟兄也神清气爽的样子走了出来，脸上是那种占了便宜的快活。

有客人来了，来了五个，钟铁龙忙迎上去对客人说："要等一下。"

客人就在躺椅上坐下等。不到十分钟就又有客人来了，休息室的躺椅被客人占满了。钟铁龙让了椅子，起身到门外站着。石小刚见来了这么多客人，就一脸忙不过来的样子进进出出地打招呼。一个先来的客人有些不耐烦了，抠着头皮问石小刚还要等多久，石小刚笑容满面地回答他："还要等一刻钟的样子。"那客人走开后，石小刚又笑嘻嘻地戳了下钟铁龙的肩膀，高兴道："看来我们要把这边的房间也一起租过来，装修成桑拿室。"

钟铁龙也想到了这一层，说："等营业一个月后再说。"

丁董见他的弟兄都出来了，便起身对他的弟兄摆了下头说："走。"

他的几个弟兄呼啦一下全站了起来，跟着他走到了门口。电梯到了，钟铁龙送他们进电梯，电梯门关了。石小刚攥紧了拳头，说："再讲霸道，小姐的小费还是要付的。"

钟铁龙不想跟丁董他们计较，对石小刚的不满意也表示理解，说："丁董他们的小费都记在我账上，小刚，得罪不起的我们就不要得罪。"

石小刚说："假如他们天天来呢？"

"那就天天记在我账上，到时候我买单。"

石小刚盯着他问："你那么怕他们？"

"怕。老实说，不是他的朋友抬我，我们在长益市还真站不起来。我真怕他。"

石小刚与钟铁龙不是一个态度，他蔑视这些人洗了桑拿不给小费，他觉得这种人属于无赖系列。他望着钟铁龙说："我不是你这样看问题，人老实被人欺，马老实被人骑。他们是在社会上玩的，就要讲社会上的规矩，台费可以免单，再怎么样小姐的小费总要给吧？我不像你，那么舍得，舍多了别人就认为你好欺负！这就是人老实被人欺马老实被人骑的道理。有什么好怕的？我不怕他们。他们再来，你就找个借口走开，我来找他们讨公道。"

钟铁龙听他把话说完后，问他："讨什么公道？你跟他们讲公道？"

石小刚不愿意吃亏说："大不了打一架。"

"打架？打架就不要开桑拿中心，开桑拿中心是做生意。大家都盯着我们，我们要学会忍。小刚，我们不要跟他们斗，我们只是两个人，他们的水深得很。"

石小刚愤怒道："我还没看见过这么不要脸的。"

"现在你看见了？"钟铁龙说，递支烟给石小刚，啪地按燃打火机，替石小刚先点烟，然后才自己点。"这个世界上这样的人很多，古人说，小不忍则乱大谋，丁建并不是舍不得出钱，而是有意挑衅我们。这些人都是无赖，你跟无赖计较什么？"

石小刚听不进去，说："天下没有免费的午餐，人再恶也要讲个理。"

架就真的打了。也不是打架，而是几个人打石小刚一个人。钟铁龙不在，他去驾校学骑摩托车了。八月底，他和石小刚一人买了辆铃木王摩托，红色的，无须用脚踩，钥匙一拧，摩托车就快乐地启动了。他已经会骑了，但拿驾照得经过驾校。那天下午，丁董来了，仍然带着那六个面呈凶色的弟兄，他们一来就要进房洗桑拿。那一周银城大酒店开糖酒销售会，各省市都来了人，因而银城大酒店爆满。那些客人见桑拿室有小姐，就鱼贯而入，生意好得排长队。丁董一行人来时，休息室已有很多客人在等房间了，把休息室都占满了。当有两个客人出来时，石小刚想安排两个已在休息室等了一个多小时的客人进去，丁董却要他的两个弟兄进去，石小刚不同意说："他们先来，已经等了一个多小时了。"

丁董盯着他，石小刚解释说："丁董，我们这里的规矩是先来后到。"

丁董瞟一眼石小刚，又指示他的弟兄道："进去，你们。"

他的弟兄就起身，笑着向前走去。石小刚本来就有火，这会儿火冲到了头顶，大步走上去拦住他们说："不行，别的客人会有意见。"

丁董使个眼神，丁董的弟兄就把石小刚搪开了，石小刚想起钟铁龙说要忍，便把这股怒火咽进了肺叶，但又不甘心就这么就范，便硬着脖子道："朋友，什么事情都要讲规矩，就是做贼都要讲贼规矩。"

丁董的弟兄掉过头来瞪着他问："你说我们是贼？"

石小刚觉得他们比贼都不如，他见这个长得很凶的男人用要打架的眼神盯着他，就忍让着解释："我不是这个意思，只是打个比方。我是说如果不讲规矩，生意就做不下去。"

丁董的弟兄吼道："就是要你的生意做不下去。"一拳打在石小刚脸上，"滚开！"

石小刚的鼻子出血了，血从他的两处鼻孔里涌出来，流过他的嘴唇，越过他的下巴，欢快地滴落在他的衬衣上。石小刚马上仰起头，好让血少流点，仍用身体挡住那人的去路。他仰着头说："朋友，有话可以讲清楚，请你不要动手打人！"

"打你又何解（方言：怎样）啰?！"丁董的弟兄说，又一拳打在石小刚脸上。那一拳打在石小刚的眼睛上，石小刚感到眼睛一黑，身体就控制不住地后退了几步，背撞在吧台上，吧台的三夹板发出了撞裂的叫声。石小刚叫了声"哎哟"，另一个丁董的弟兄见他还没跌倒，便凶狠地一脚踢在他肚子上，石小刚跌坐在地上了，一脸狼狈地看着他们。那弟兄说："我还没看见过打不怕的人。"说着又一脚踢在石小刚的下巴上。

石小刚又叫了声"哎哟"。那人穿的是老人头皮鞋，一脚踢来就很重，石小刚捂着下巴。小黑皮走上来，扶起石小刚，石小刚就瞪着用皮鞋踢他的青年说："你记着……"

石小刚的话还没说完，那人又一拳打在石小刚脸上，说："你还威胁老子？你怕是活人了？！"

石小刚再次感到脸上一阵猛痛，另一壮汉走过来，一脚踢在石小刚的下身上，石小刚发出一声惨叫，人就矮了下去。那壮汉说："你这乡里鳖嘴还蛮硬啊?！你是想死吧?！"

石小刚捂着下身，紧盯着那壮汉。那壮汉又抬起脚要踢石小刚，小黑皮用瘦小的身体挡住了那只随时都可能踢下来的脚，那脚穿着双宽大的上海牛头牌皮鞋。小黑皮见过风浪，很镇静地用海南话说："有话好说么，朋友。"

那壮汉的脚就落到地上，蔑视石小刚道："你还敢瞪着老子？老子打死你！"

客人们见这里打得热闹，都怕沾上是非地起身走了。

钟铁龙回来时，丁董那伙人早走了。石小刚鼻青脸肿地坐在休息室，鼻孔上塞着药棉，一边脸肿了，一只眼睛被乌云圈着。小黑皮坐在另张躺椅上，正值吃晚饭的时间。钟铁龙一看石小刚的脸就明白他不在时出了事，他望着石小刚问："你的脸怎么被打成这样了？"

小黑皮说："丁董的人打的，他们来踢场子。"

钟铁龙望一眼小黑皮，又看着石小刚，问："没什么要紧吧？"

石小刚关心的不是自己而是生意："他们把三十几个客人都吓跑了。"

小黑皮说："他们好凶，两句话不对劲就动手打人。这在香港叫踢场子。"

钟铁龙不想惹事说："算了，也没什么大不了的。"

石小刚很怄的样子，脸上就充满仇恨："他们以为我们怕他们呢。"

钟铁龙半天没吭声，想了下说："丁建对我真的有恩，我还真不想对付他。"

石小刚觉得自己吃了亏，便有气道："我就白打了？"

"小刚，你是我的好弟兄，我说了我们在长益市还只是刚刚起步，"他安慰石小刚，"我其实也窝了火，但我们是做生意。我师傅在我拜师学艺时曾对我说：'做人先要学会忍。忍字怎么写？心头上一把刀，不忍就是祸。'这话让我受用一辈子。"

过了几天，丁董的那伙人又耀武扬威地来了。这一天钟铁龙在，钟铁龙看见丁董走来忙起身相迎，脸上自然挂着笑："丁董，坐、坐坐。"

丁董坐到椅子上，傲慢的样子把腿架到踏凳上，一双锃亮亮的尖头皮鞋就冲着钟铁龙。钟铁龙仍然笑脸相赔，丁董说："生意不错吧。"

钟铁龙想丁董的样子真骄傲，说道："勉勉强强。"

丁董望他的几个弟兄一眼："你们去洗桑拿。"

丁董的几个流氓弟兄就问小黑皮："今天有房间没有？"

小黑皮说："有，就洗还是休息一下再洗？"

丁董的流氓弟兄说："就洗。"

石小刚走过来，看见丁董便低下头走了出去。

丁董望着钟铁龙，缓缓从西服口袋里拿出一张纸递给钟铁龙，一脸的不屑道："你看一下，力总把经济担保书转给了我。你自己看这事怎么办？"

钟铁龙一看就明白丁董的想法，笑笑说："丁董你是什么意思？"

"两条路，"丁董一点也不把钟铁龙放在眼里，"一是你明天就把五十万的贷款还了。第二条路就是你和你朋友退场，你那五十万贷款我跟你还。"

钟铁龙说："我们会还的，我们到年底会一次还清贷款。"

"还有一条路，你自己看着办，就是我占一半股份，银行贷款我也认一半。你跟你朋友占一半。"丁董望着钟铁龙，"我给你三天时间考虑，你考虑清楚再回答我。"

钟铁龙想丁建看他开的桑拿中心生意好，就要插手，说："丁董你开玩笑了。"

丁建吐口烟，一个很大的烟圈就升上了他的脑袋，散开了。丁建说："我也不要你马上就回答。不过我可以明确告诉你，老弟，你要想在长益市站住脚跟，不跟我合作是绝对不行的。我一句话就可以把你踩死。"

钟铁龙望着丁建，喉咙里像卡了只苍蝇，想他逼人太甚了，没说话。

丁建又吐一个烟圈，说："在长益市，踩死你不就跟踩死一只蚂蚁样？老实跟你说，我自己都懒得动手，随便一个电话，公安就会来吵你，你的生意还做得下去？！"

钟铁龙一听这话，忙说："丁董，我也晓得你在长益市是老大……"

"我这老大被你玩了，"丁建说，脸上是那种上了当受了骗的恼怒，目光就凶，"你居然玩老子！你有几个脑袋？"钟铁龙听他这么说，摸了摸脖子，脑袋还在脖子上。丁建又道："王总、龙行长、力总和刘总哪个不是老子的朋友？你也该想想你对得住老子？老子给你三天时间考虑。你自己好好想想。三天之后，你要不同意，我保证你在长益市混不下去。"

十六　派出所

三天过去了，第四天也过去了，一切平安无事，但第四天晚上十一点钟，忽然从电梯里拥出来一班穿警服的公安，十几个人，个个绷紧脸，来抓卖淫嫖娼。"都不准动，"为头的是李所长，他一脸不认人的样子虎着猴脸，命令钟铁龙和石小刚他们，"都给我站好。"他掉头对他的公安弟兄说："把洗桑拿的人统统叫出房间，都给我拉到派出所去。"

钟铁龙的脸白了，他没想到李所长会来这一手，说道："李所长……"

"莫空话！"李所长一副公事公办的样子，厉声说，"给我站好。"

钟铁龙的脑袋大了，大得可以装个足球了。他把要说的话又咽进了喉咙，瞟着绷紧着脸六亲不认的李所长。李所长指挥他的弟兄迅速向一间间客房走去，一下子抓出来十七对洗桑拿的男女。其中有一个还是区里的副区长，李所长认出了那领导，脸上就有一抹柔和的笑："王区长，委屈你了。"

被叫做王区长的男人脸色顿时铁青，对李所长说："我可以单独跟你说话吗李所长？"

李所长犹豫了下，走上去附在王区长耳朵上说了句话，随后对他的弟兄道："把人都带到车上去。"他见有人在议论，就跌下脸来大声恶道："不要说话。"

所有的人都沮丧着脸，勾着头，跟着民警步入电梯，下楼了。银城大酒店的坪上停着四辆警车，每一辆警车都可以乘坐十几人，警车上赫然印着"公安"字样。洗桑拿的男人和一个个小姐被统统赶上了警车，挤坐在一起。钟铁龙和石小刚也被赶上了警车，副区长和请副区长来玩的另外两个男人上了李所长的警车。小黑皮逃脱了，小黑皮在海南见过这种场合，知道这种事来了只有开溜才是上策。钟铁龙没见过，但知道一进派出所就不会有好果子吃，就尽量使自己镇静地看着石小刚一笑。石小刚用责备的目光望着他说："你还笑得出？"

钟铁龙却盯着李所长坐的那辆警车："未必哭?"

一个已经认识了钟铁龙的经常来洗桑拿的年轻老板说："他妈的，今天真倒霉。"

钟铁龙看着年轻人，又望一眼坐在一旁的民警，对石小刚说："看来得找人救我们。"

石小刚问："找谁? 谁会救我们?"

钟铁龙想到了王总和刘副局长，没吭声。

他们被带进了派出所。派出所里有几间简陋的牢房，是专门关临时犯人的。他们被一一赶进了这几间牢房，铁门在他们进去后，哐的一声关了，接着就是大铁锁锁铁门的声音。钟铁龙注意到被赶进牢房的人里，没有那个副区长。那个副区长在警车未驶进派出所前下车走了，他想，瞧着石小刚说："那个区长走了。"

"人家是领导，顶头上司，他们肯定要给面子。"石小刚说。

钟铁龙摸出三五烟，烟盒里只剩了几根，看来得熬过一个晚上，就又放进口袋。牢房里有两张长靠椅，那几个客人坐到椅子上，在那儿骂骂咧咧的，其中一个抱怨说："你赶快喊人来救我们，你们敢干这一行，未必在公安局没人?"

钟铁龙听他这么说，又想起了王总，他问那个抱怨他的年轻人说："你有大哥大吗?"

那年轻人有台大哥大，不过被收走了。年轻人说："我的收走了。"

"那就只能等明天……"

"老子明天上午还有事，约了甲方的人签合同。"年轻人说。

钟铁龙心里有些惭愧，说："我也不想这样。"

"没有靠山就莫开桑拿中心，"年轻人说，"害得我们被关在这里。我明天还尽是事。"

另一个客人也很恼，说："老子明天也尽是事。"

钟铁龙望着这两个年轻人，这两个年轻人都满脸烦恼，心里就觉得对来玩的客人不起，便苦笑了下，解释说："我跟公安的朋友都打了招呼的。"

"打招呼有卵用? 要塞钱。"一个年纪大点的人说，"没钱哪个会管你?"

石小刚说："给了钱的，不给钱，早就吵事了。"

另一个男人责怪他们道："钱给少了，有些公安的胃口都大得跟河马的嘴一样。"

钟铁龙看了那客人一眼，觉得那客人说得对，两千块钱是堵不住李所长那张河马嘴的。他当时怎么就不给两万呢? 他事先问过刘总，刘总说塞个一千块钱的红包就可以了。他塞的是两千，李所长接了，还笑了，今天照样来抓人，脸上一点都不通融。这给了我一个教训，以后要么就不塞钱，要行贿就要把对方"买死"，让他变成你的死党。他想。

石小刚说："这个所长你打点了没有？"

"打点了。"他回答。

石小刚困惑道："打点了他还来抓？"

"打点得不够，"他冲石小刚伸出两个指头，"只打点了两千。"

一旁的人听到他们的对话后回答："两千块钱你就想摆平他们？你们也太小气了。"

钟铁龙听这个人公然谴责他小气，很以为然地点下头，抱歉地一笑："我们没经验。"他又对石小刚说："小刚，以后我们要吸取教训，我们两人不能同时待在桑拿中心，吃一堑长一智，一个人抓进来了，外面总还有一个人想办法。都抓进来了，那就只能等死了。"

那个说有些公安的胃口比河马的嘴还大的男人冷笑一声，插话说："两万块钱都喂不饱他们，两千块钱那只能打发叫花子，朋友。"

钟铁龙觉得这等于是给他上课，他不能把这些客人都丢了，这些客人都是他的上帝，丢了他们，他到哪里去发财？他想派出所肯定会罚他们的款，应该把他们的罚款都认了，到时候给他们一个意料不到的惊喜，等这事平息后打电话让他们来银城桑拿中心领"罚款"，好利用他们为他做活广告。他们一从他手中拿到钱，一出去，那还有不说赞扬话的？一赞扬，就会有更多的人来玩，一说怪话，谁还敢来玩？他想明白了，自己感到通体舒畅，脸上的表情变柔和了，笑笑，对这帮喜欢这壶酒的男人说："你们不会有什么事，只是委屈了你们一晚，你们把联系电话给我，到时候我会补偿你们的，我保证。"

一个年轻人问他："你怎么补偿？"

他没有把这事说透，说透了就没意思了，他说："到时候你们就知道了。"

一壮汉听他说到补偿，就猜到了什么似的对他跷起大拇指道："你是个人物。"

那个拿河马打比方的男人递支烟给钟铁龙，说："抽烟。你记下我的呼机，你真能补偿，你打我的呼机，我保证还来玩，还给你四处宣传。"

钟铁龙很高兴，忙记下了他的呼机，说："到时候我一定打你的呼机。"

次日上午八点钟，派出所里热闹起来了，那些昨晚抓他们的干警来上班了。跟着就是提审，钟铁龙是被第一个叫走的，这是因为工商执照上他是法人代表。他被两个民警带进了审讯室。审讯室里摆着张黑漆桌子，昨晚抓他们的李所长一脸威严地坐在那儿，抽着烟，烟在他的红鼻子前缭绕。他一脸不认识钟铁龙的表情说："姓名？"

钟铁龙想他真做得出，我真正认识他了。"钟铁龙。"

"年龄?"

"二十六岁。"……

如此这般地问了一番，钟铁龙一一作答，边想几年前，他在大学里读书的时候，怎么也不会想到自己有一天会坐在派出所里遭审讯。人啊，都在设想自己的将来，但谁也不会把自己的将来朝派出所想。他望着李所长，想要用让他想不到的钱打败他，摆平这个人，自己才有好日子过。李所长不知道钟铁龙的心正在盘算他，一副慢条斯理的形容说："你们这是组织卖淫嫖娼，违反了社会治安条例。"

钟铁龙没说话，盯着李所长的河马嘴，李所长的嘴唇略嫌厚，褐色，牙齿被烟熏黄了，有一颗上牙突了出来。他想用多少钱才能"买死"这个人。

李所长说："你们这种行为，已构成了犯罪，可以判刑的，五至十年。"

钟铁龙低下了头。

"你一个大学毕业生，怎么可以开这种肮脏的场所?"

钟铁龙说："我看广州也有，就开了。"

李所长冷笑了声："别人贩毒那你也贩毒啰?"

钟铁龙不说话了。

"现在有两条路供你选择，一是罚款，一是坐牢。你选择哪条?"

"罚款。"

李所长明知故问道："你们的桑拿中心开了多长时间?"

"两个月。"

"一个月罚十万。罚款二十万。"

钟铁龙想这个李所长真的是长一张河马大嘴，真说得出口，这不是要我上吊? 心里再一次佩服这个吃了他的饭，拿了他两千元红包，却还把他抓进来往死里整的李所长。他暗暗惊讶，人怎么可以活得这么厚颜无耻又如此理直气壮? 这已经成魔了。他想这个时候不能松口，他回答道："那我坐牢，我没赚那么多钱，第一个月还没人知道，也就没赚钱。"

李所长盯着他，脸上飘荡着几丝冷笑："你不愿意接受罚款?"

"愿意，但我希望罚个五万可以不?"

李所长斩钉截铁地告诉他："二十万，一分也不能少。"

钟铁龙想了想说："我能打个电话吗?"

李所长昂着脸问他："打电话做什么?"

"我没那么多钱，我只能找人借钱。"

李所长就对他的手下说："带他去隔壁打电话。"

钟铁龙想起了龙行长，龙行长是他认识的人里干部级别最大的，而且龙行长私下拿了他十万元的回扣，他想龙行长应该会救他。他打了龙行长的手机。龙行长接了，钟铁龙忙对龙行长说了这事，希望龙行长能跟刘副局长联系，让刘副局长出面讲讲情。龙行长在电话那头说："我现在在省工行开会，抽不开身，你自己想办法吧。"

钟铁龙说："要二十万罚款才能放人，龙行长，你得帮帮我。"

龙行长说："这事不好办，我不能说了，台上有领导讲话。"

"我可是全靠你了，龙行长。你得救我呀龙大哥。"

钟铁龙的话还没说完，电话里就传来一片忙音，再打过去，就是"您拨的用户已关机"。钟铁龙心里骂了声，想这个人就不怕自己把他吃回扣的事说出来，真稳得住阵脚，定力太好了。他脑海里又跳出了他崇拜的王总，那次王总在蓝天大酒店请吃饭，刘副局长与王总的关系显得极特殊，他就打王总的手机。王总的手机是关机，他估计王总还没起床。他没有王总家的电话，王总的名片上没有印住宅电话。他打刘总的手机，刘总接了，他一听到刘总的声音，心里就说谢天谢地。"刘总，你要救我，我被李所长抓到派出所了。"

刘总摊牌道："这事很难办，昨晚我听员工说你被抓了，就跟李所长打了电话，李所长说他这是公事公办，要我莫管。你找龙行长，龙行长的面子大，我已经被他顶回来了。"

钟铁龙急了，对着话筒说："你得帮我这个忙啊刘总。"

刘总说："李所长这人是典型的小人得志，是个转背就不认人的人，我真的很难办。"

钟铁龙还想说什么，刘总把手机挂了。钟铁龙想到了力总，但他想这个时候找力总，力总也不会帮他。他与力总的中间隔了个丁建，那是一条他们彼此都没法逾越的渠沟。他就这几个朋友，都是在彼此利用，交情还没深到肯出大力帮忙的程度，算了，自己把这坨狗屎吞下去算了。他想，放下电话，对盯着他的民警说："我没电话打了。"

民警表情淡漠地把他送回了牢房，他对一脸灰色的石小刚说："他们要罚我们二十万。"

石小刚惊呆了，鼓起眼睛问他："你答应了？"

"我答应坐牢。"

石小刚看着他，他说："你告诉他们你是我请来做事的，这样你就可以出去。你出去了，不要管我。等他们觉得我没油水可捞，我再跟你联系。"

十七　买死

钟铁龙被关了十天，这十天，他赚了十万。罚款二十万到了第十天便降了十万。起先石小刚来交涉过几次，李所长绷着脸硬是不肯，非要他提二十万元现金来领人。李所长看都不想看石小刚一眼，像驱赶蚊子样挥手赶石小刚道："莫废话，拿二十万来领人。"

石小刚低三下四道："我们真的没那么多钱，五万块钱可以不？"

李所长仍然绷着面孔说："莫废话，二十万还是低的，没罚你们四十万算是客气的了。"

石小刚说："李所长，帮个忙，我们确实拿不出那么多钱。"

李所长火了，骂道："你怎么这么多废话？走开，别在这里妨碍公务。"

石小刚就来看钟铁龙，说："李所长前世一定是只豺狼，很恶。"

"没办法，"钟铁龙说，"你要跟他磨嘴皮。"

石小刚就每天都来派出所找李所长磨嘴皮。李所长不理他，他走过去找李所长搭腔，李所长一点也不愿意跟他亲近地走开，要不就是那句梆硬的话"拿二十万来领人"。石小刚望着李所长，真恨不得把这个男人剁成肉酱。李所长长着张猴脸，这张猴脸上似乎只写了"耿直"和"执法如山"几个字。派出所的民警都认识石小刚了，因为石小刚一看见穿公安制服的，都递烟。他们看见石小刚整天守在李所长的办公室外，像条讨厌的脏狗，一年轻民警就对石小刚说："这没用，我们李所长是这样的人，梆硬的。随便你怎么软磨硬泡都没用。我们李所长这人一是一二是二，就是市局的人都拿他没办法。你快点去搞钱把你朋友救出去。"

石小刚一脸可怜道："我到哪里去搞那么多钱？"

年轻民警说："那就没办法，只要把案子往局里一交，你有钱都救不了了。"

石小刚一惊，垂着脑袋说："还真不如把我煮了好。"

石小刚送烟给钟铁龙时，把情况跟钟铁龙说了，钟铁龙冷冷一笑，对石小刚说："他们是吓你，把我交到局里，那派出所连一分钱罚款都得不到了。拖，没事的。"

石小刚说："干脆把罚款交了算了？"

钟铁龙不愿交二十万，因为钱交给派出所是白交，没有人情的，他望石小刚一眼，说："你有好多钱交？我不会有事的。死猪还怕开水烫？继续跟他们磨。"

派出所的民警对石小刚和钟铁龙说："你们今天交钱，你今天就能出去；你们明天交二十万罚款，明天你就能出去。"

到了第九天下午，钟铁龙想吃荤菜，石小刚便跑到饭店里买了几个荤菜端来给钟铁龙吃，钟铁龙小声对石小刚说："你今天晚上拿五万块钱去走李所长的水路，把他买死。"

石小刚瞪大眼睛问："怎么走？"

钟铁龙胸有成竹地告诉石小刚说："刘总晓得他住在哪里，你问问刘总就清楚了，你单独去，取五万元，送到他家去。他一定会收，我估计这个人没他表面那么正直。那天我塞给他红包时，他的手放进口袋里掐了掐红包，这是摸索红包的厚度。这证明他爱钱。"

石小刚没把握地看着他："你能确定？"

钟铁龙回答石小刚："我估计是时候了，你已经在这里磨了九天，派出所的人都认为我们没钱，你去了，李所长会把罚款降低，你放心去办吧。"

那天晚上石小刚敲开了李所长家的门。李所长当时在洗澡，他老婆开的门。李所长住着一套两室一厅房，客厅铺着米黄色木地板，有一个五岁的男孩坐在地板上叫妈妈。李所长的老婆为他泡了茶。李所长洗完澡，赤着上身出来，见客厅里坐着他，奇怪道："你怎么跑到我家里来了？"李所长说这话时脸上没有在办公室里时那么不愉快。

石小刚起身，递支芙蓉王烟给李所长。李所长居然接了，脸上的表情也比较柔和，说："有事去所里说，不要来我家里，我在家里不谈公事，你走吧。"

石小刚拍了下手上的皮包："我想了想，还是来登门拜访好些。"

李所长扫了眼他手中的包，觉得有意思地笑了下："你不要贿赂我啊，什么事你说。"

石小刚望了眼李所长的老婆，李所长的老婆见他要跟她老公说事，马上对儿子说："我们到另间房子去，你爸爸要谈事。"

李所长的老婆带着儿子进了另间房后，石小刚打开黑皮包，拿出五叠一万元一叠的人民币，将钱放到茶几下面的隔层上。"还希望李所长能多多包涵。"

李所长的脸色马上端庄起来："你这是干什么？你这是想害死我啊，拿走。"

石小刚一脸诚恳道："哪个敢害你？这五万块钱又不是我的，是你的。"

"你什么意思？"李所长很庄重地看着他，"你是想先让我受贿，然后跑到法院告我吗？告诉你，什么人我都见过，我不会上当的，我还没那么笨。你把钱拿走。"

"你这样的朋友，我巴结都来不及，还敢告你？"石小刚说，摆出一脸乡下人的老实可怜相，"我们是外地人，在长益市没一点靠山，我来没别的意思，就是希望你李所长以后能关照我们。"他说着，又从包里拿出条芙蓉王烟，晃晃，"我来是送你一条芙蓉王抽，谁也没看见我送钱给你，罚款的事，请你老兄多关照。我走了。"

第二天上午，石小刚走进李所长的办公室，李所长正在办公室里同两个民警说事，石小刚退了出来，等着。等了一刻钟，李所长和那两个民警一并走出来，石小刚说："李所长，我的朋友已经关了十天了，今天放了吧？我们真的没有钱……"

李所长就沉着他那张坑坑洼洼的猴脸说："真的拿你烦躁，瘟猪样的。"

石小刚见李所长脸上的表情有所松动，便道："我们真的拿不出那么多罚款。"

李所长走前几步，停住，在两个手下面前做出烦躁和恼火的样子道："这样吧，那就罚五万。"他看石小刚一眼，"五万块钱总是要罚的吧？"

石小刚心里一喜，忙道："该罚该罚，那我现在就去筹钱。"

李所长一脸不悦地挥挥手道："你去拿钱来，交了罚款我们就放人。"

中午边上，钟铁龙出来了。他没急着回家，而是坐上石小刚的铃木王摩托车，去了银城大酒店。桑拿中心关了，小黑皮还有那些小姐都走了。他洗了个澡，往自己身上搭了两遍香皂，用心地冲着身上每一片肌肤。他不想把晦气带回家。洗完澡，他感到精神好了很多地躺到躺椅上，望一眼石小刚，舒展开手脚，觉得紧张了一向的筋骨也在缓缓放松。"老子总算自由了。这十天真不是人过的。你给李所长钱时李所长是怎么说的？"

"李所长说，我什么都没拿啊，我烟都没抽你一根。"

钟铁龙嘿嘿嘿一笑："五万块钱替我们赚了十万，还是划得来。这个结果早在我意料之中。跟有些公安打交道，唯一的套路就是拿钱买他们，所以钱是这个世界上最坏的好东西，没人不要。五万块钱把他买死了，值啊。你跟小黑皮联系，要他马上调小姐来。"

石小刚疲了："还做？"

钟铁龙想了想说："我这十天想了很多，这事绝对与丁建有关。听他说话的口气和他说这话时的阴险表情，越想越是他。给我们三天时间考虑。因为我没答应，第四天晚上就来抓人了。哪里有那么巧的事？他就是想把我们挤走，把桑拿中心打给他，他来做。"

石小刚站了起来，脸上一副恍然大悟的样子："我也觉得是这样。"

"丁董的生意已经够多了，"钟铁龙说，拿一条干净的浴巾揩着自己的头发，"金阳夜总会、金阳迪斯科舞厅，还有一家金阳海鲜楼。他还要抢我们的生意，这真是应了那句话，贪心不足蛇吞象啊。"钟铁龙说完这话，脑海里飘过了一抹阴影，这抹阴影里既有一条蛇，又有一只象。他搞不清他是蛇，还是丁建是蛇。他苦笑了下，又说："我总是忍让，总是想王总说的话，退一步和气生财。看来，有的人并不明白我，反而觉得我们真好欺负。"

石小刚点上支烟，说："我早就跟你说了，跟他们打一架，明天我去买两把三角刮刀，把他们一人捅一刀。大不了同归于尽。"

"我们还没好好享受人生就跟社会流氓同归于尽，值吗？一人捅一刀，他们就那么傻，站在那里排着队让你石小刚捅？"钟铁龙摆了下手，"我们是做生意，不是要打架。"

石小刚一拳砸在躺椅上："我就是想出这口气，上次我被他们打了，就想捅他们。"

"捅人很容易的，不就是一刀？但捅了人后呢？"钟铁龙说，把目光抛到吧台上，"我们读了大学，还跟社会上的小混混一般见识？那我们读大学干什么？"他望一眼石小刚，石小刚正点烟。他又说："知识告诉我们，先礼后兵，和气生财，能绕过的障碍就想办法绕过去。郑小玲嫁给我，不是要看着我逃亡。云南妹跟着你，也不希望你东躲西藏。丁建这个人很贪，他不落在我们手上，也会栽在别人手上。为人不可太贪，要匀一部分利益给别人，大家才会相安无事。这是书上说的。打架是下策，我们最好不用。"

石小刚趴着，想着钟铁龙说的话。

钟铁龙见石小刚好像听进去了他的话，又说："我在派出所想了九个晚上，终于明白了，我们农民意识太重了，舍少了，太只顾自己赚钱，当然就有所失。干我们这一行，以后我们要这样，赚一块钱，要分五角钱给别人，钱如果是大家赚，大家就都会来维护这架赚钱的机器。钱如果只是我们两个人赚，就有人不舒服，当然就有人会想方设法地踩我们。"

石小刚理解道："你是说跟丁建合作？"

钟铁龙不愿屈于丁建之下，他了解丁建，丁建这人凶悍、霸道，是不可能合作的。他点上烟，吸了口，说："不，不能跟丁建合作，我是指喂饱李所长，让他不来吵事。"

石小刚去广州找小黑皮时，钟铁龙回了趟黄家镇。他送母亲回家。大哥钟唤龙在家，坐在桂花树的树荫下看书，兄弟俩说了几句话，接着他走出来，快步走进了镇百货商店。店堂内冷清清的，营业员比顾客还多，营业员站在柜台里说话，零星几个顾客漫不经心地张望着。镇百货商店已面临垮了，这是街上众多的小商店把镇百货商店挤得摇摇欲坠了。身为副经理的李培不可能有回天之力，因为街上的小商店成本低，售价就比镇百货商店的低。李培早就想出来干了，只是贪恋副经理这个职位而坚持着没出来。他这个副经理的工资很低，只有不到一百元的工资，老婆的工资则还低一个档次。钟铁龙到李培家时，李培正在迷茫中，毫无力气的样子盯着电视机，思想却在另一个天地里转悠。那个天地让他觉得自己真窝囊。小小的母亲病了，小小的两个姐姐都送了三百块钱给母亲看病，李培偏偏就拿不出三百块钱。李培抽着劣质的龙山牌香烟，烟味弄得屋里很臭。他皱着眉头，那种一脸倒霉的表情让钟铁龙望着他扑哧一笑。"跟我到长益市去吧，我给你六百元一月。"

李培一愣，想钟铁龙是开玩笑，就嘀咕了声："六百元一月？你骗我吧？"

"六百。"钟铁龙说，"一分不少你的。还包吃包住。"

在一九九二年，白水县的人均工资也就一百元左右。李培坐直身体，有点怀疑地盯着钟铁龙，见钟铁龙满脸的庄重，像读小学时面对红领巾宣誓一样，他就伸出舌头舔了下干燥的上嘴唇："我还是不相信你说的话，你肯定是吊我的胃口吧钟铁龙？"

"不。"钟铁龙大气地笑笑，"我需要你，还需要三狗和张兵。长益市的一帮流氓经常跑到我的桑拿中心吵事，我需要一帮自己的弟兄。"

李培说："原来是这样。"

"我不会亏待你，李培。我是什么人，你应该晓得。"

李培来了精神，跺了下脚："我跟你去，老了不是咒镇百货商店，镇百货商店要垮了。我这个副经理不当了。他妈的，窝在镇上也没什么出息。"

钟铁龙从李培家走出来，一刻钟后走进了三狗家。三狗的家穷得叮当响，李培家里至少还有电视机和洗衣机装点门面，三狗的家仍四壁空空。三狗看见钟铁龙西装革履且笑呵呵地走来就直起腰，事先他坐在门槛上望着天。三狗说："你瘦了点，但更精神了。"

钟铁龙走进房间，问他现在干什么，三狗回答："没干什么。"

"还练功夫没有？"

"早晨练一下。有时候晚上也练一下。"

三狗三十五岁了，他个头不高，长的又是张娃娃脸，看上去好像只有二十六七岁。钟铁龙晓得三狗活得不痛快，三狗的志向是在武术上求发展，可是偏偏就没人提供一个这样的空间给他，因此他就像一袋米一样搁在家里起霉，霉花都长到脸上来了，致使他一张脸确实有些灰不溜秋，活得也心灰意冷的，就懒得努力了。钟铁龙递支芙蓉王烟给三狗，三狗当然认识这种烟，脸上的表情就有些夸张："你抽这么好的烟，那是发了财呀。"

钟铁龙问他："你想出去做事吗？想的话，去我在长益市开的桑拿中心做事。"

三狗抽着芙蓉王烟，用心体会着烟的味道后，说："跟你帮忙？"

"不，"钟铁龙说，"我付工资，每个月付你八百元。"

三狗以为自己听错了地望着他："八百？"

"对。我还想把张兵和李培也叫去，他们我付六百元一月。"

"那不好吧？"三狗说，"都是兄弟，你要一碗水端平。"

钟铁龙觉得三狗这句话提醒了他："那就都八百元一月。"

三狗盯着钟铁龙："你跟他们说了没有？"

"我只跟李培说了，我告诉李培是六百元一月，他同意了。张兵我还没说。"

三狗瞟了眼手中的芙蓉王烟，赞美芙蓉王说："这烟的味道就是好。"随后，他猛地站起身，快乐地盯着钟铁龙说："走，我们找张兵去。"

张兵在他的小餐馆里炒菜，炒得满屋子油烟。李培站在张兵一旁，正咳着嗽，那是油烟使他的呼吸受阻了。李培在钟铁龙走后，一冲动就冲动到了张兵的餐馆里，向张兵说了钟铁龙的意思。两人见钟铁龙和三狗走来，都笑了。张兵起身为他们洗杯子，泡茶。李培一脸高兴地对钟铁龙说："我刚才跟张兵说了，张兵说只要三狗去，他就去。"

张兵开了瓶邵阳大曲，笑着为四个人倒了酒，又端来一碟油炸花生米。"来，我们好久没坐在一起喝酒了。"

张兵因自己在这个小镇上开了个小饭店，活得就比三狗和李培充实，脸上的笑也不像李培和三狗那般淡薄、迷茫，是充实和快活的。钟铁龙端起酒杯喝了口酒，随后他拈起几粒油炸花生米丢进嘴里嚼着，他赞美花生米说："这花生米炒得好香的。"

张兵问钟铁龙："什么时候回来的？"

"今天，送我娘回来。明天走。"钟铁龙又添了句："我想把你们一起带走。"

三狗说："钟铁龙如今是老板了，他叫我们三个人到他的公司做事。"

钟铁龙笑笑说："工资每人八百元一月。"

李培瞪大眼睛望着他，以为自己听错了，兴奋地问他："你刚才在我家说六百元一月，一转背就涨成八百了？"

"有钱大家赚，都是弟兄，我觉得应该给你们八百元一月。还包吃包住。"

张兵很高兴，问他说："你发了什么横财？一下子这么有钱了？"

"暂时还没发财，我是想要你们跟我去站墙子。"

"站墙子"是黑话，做保安或保镖的意思。钟铁龙挑明说："我在长益市开了个洗桑拿的场子，常有一些长益的流氓进来玩又不给钱，我请你们是为了制服这些流氓。"

李培感到高兴地问："要我们去打架？"

"最好不打架，但不排除有打架的可能。"

张兵是个壮汉，少年时就开始习武的，自然就豪气冲天，他把酒杯里的酒喝了

143

个干净，说："你就是不付钱，我们也会帮你这个忙。"

钟铁龙觉得有他们三个人帮衬，就不担心丁建的那几个流氓伙计吵事了。"我不是请你们打架，是请你们为我做事，工资是一定要付的。我确实需要几个我了解的人跟着我干，有你们几个弟兄，我心里踏实。"钟铁龙望他们一眼，"你们是我的大师兄二师兄，李培是我从小学到高中的同学，有你们帮衬，我就没什么好怕的了。"

三狗淡淡一笑说："打架是下策，硬是打到头上来了，也不能不还手。"

张兵说："当然，我不先动手，练了这么多年，我还从没打过真架。"

"我也没打过真架，"李培说，嘿嘿笑着，"我这几年也没练武了，不过我想打架的事硬是来了，我也会不顾一切。再说有大师兄和二师兄，还有钟铁龙，轮到我出拳的时候肯定不多。要是刘松木也跟我们一起去，那就最好了，可惜他现在因打架在监狱里待着。"

"松木是个打架狂，松木去了反而不好。"钟铁龙望着李培说，"我们毕竟是做生意，又不是摆擂台打架，能不打架就不打，做生意的原则是有理也要让三分。"

三狗表扬钟铁龙："你说得对，有理也要让三分。"

四个人喝完那瓶邵阳大曲，已是晚上九点多钟了，张兵还想叫老婆开一瓶邵阳大曲，钟铁龙阻止说："不要再喝了，你们准备一下行李，明天我们一起走。"

李培很兴奋。他在镇百货商店副经理的位置上苦恼了很长一段时间，现在，他再也不会踟蹰不前了，因为他感到这个芝麻官把他的手脚束缚了很长时间，以致小小都觉得他没用而看他不起了。八百元一月，他觉得他可以在小小面前打翻身仗了，这让他激动，于是他还要喝酒道："有什么好准备的？就是几件衣服。喝酒喝酒。"

钟铁龙说："你们要做好长期打算，不是搞个一年半年又溜回来。以后，"他望着李培和张兵，"有可能都要把老婆和孩子接到长益市，在长益市安家。"

李培更高兴了："那最好，我早就想离开黄家镇了。"

张兵也说："想不到今天我们要跟着你出去混了。不过你放心，我们虽是朋友，但现在跟着你干就是你的手下，我们会摆正位置，绝对都会尽心尽力地跟你做事。"

钟铁龙知道张兵，张兵理性，待朋友也忠，不惹事也不怕事。三狗武艺高强，但他不是那种自以为是的武夫，为人谦和，能让就让。李培，他更了解，做朋友可以做得把心掏给你，在朋友面前，他肚子里没一点坏水。他们都是黄家镇这块土壤上成长起来的不惹事不怕事的男人，义道又厚道，干起事来都肯出力。钟铁龙对张兵说："我要谢谢你这句话，我也说一句话，我当着你们三位的面对天发誓，我钟铁龙只要有饭吃，就绝不会饿你们。"

三狗就笑，笑声有些嘶哑，却很灿烂，他望着张兵："我说了钟铁龙是个有头脑的人。"

李培高兴地拍了下桌子，对张兵的老婆叫道："嫂子，来酒。我要把自己灌醉。"

十八　通风报信

十天后，银城大酒店的桑拿中心又开张了，只是多了三个人，着一身黑西装地站在桑拿中心的门前或走在吧台前。他们是钟铁龙叫来的三狗、李培和张兵。他们的脸都刮得干干净净，由于都练过武，身体都挺得笔直，脸上都很温和、自信，他们对客人笑，引客人进休息室或送客人进电梯。他们看客人的目光也是亲善的，不是紧盯着，而是笑着。钟铁龙十分守信，给那天被派出所抓去的十几个客人一一打电话叫到桑拿中心，补偿他们在派出所遭受的罚款。这些客人很高兴，因为在他们眼里这是破天荒的事，一出桑拿中心，他们就当怪事样地在朋友中宣传。这一宣传，只是一个星期，银城桑拿中心又热闹起来了，来玩的客人就多了。钟铁龙觉得这一招很成功，就对石小刚说："这就是舍不得孩子套不到狼的道理。"

一个周末的晚上，丁建又来了，仍然是六个大男人跟着他一并来的。他一脸傲慢无礼的模样走来，没看见钟铁龙，只看见石小刚，还看见三个着一身黑西装的男人伫立在吧台前，他打量三个男人一眼，不觉得他们有什么能耐。他问石小刚："钟总呢？把他叫来。"

石小刚说："钟总有事出去了，请问丁董你找他什么事？"

"什么事？"丁建扫一眼四周，"你们胆子不小啊，还敢做这种生意。你们不怕？"

石小刚强忍着脾气说："丁董说笑了，我们是没办法。"

"没办法？"丁董盯着石小刚，"我看你们蛮有办法，把钟铁龙叫来。"

石小刚觉得他太霸道了，说："他有事情去了。"

丁建命令石小刚道："打他的叩机，叫他来。"

石小刚拿起吧台上的电话打钟铁龙的手机，钟铁龙已买了手机，他没去哪里，就在酒店八楼的房间里看电视，这是他好随时出面"营救"弟兄们。石小刚说："丁董来了。"

钟铁龙问："他说什么话没有？"

"他找你。"

钟铁龙在电话那头犹豫了下："你告诉他，我十分钟后到。"

钟铁龙按了大哥大的结束通话键，眼睛盯着电视，荧光屏上正播放一部美国警匪片，正播到精彩处。警匪片里几个正直的警官与几名毒贩周旋，利用毒贩的弱点进行侦破，毒贩杀了人，正在隐藏自己的罪行，但一个毒贩已落入法网，毒瘾发了，正蜷缩在牢里，而警官就利用他毒瘾发了进行审讯，用毒品引诱他交代。毒贩看见毒品，立不住了，忙像竹筒倒豆子样吐着犯罪事实。钟铁龙想，这个世界有什么人能靠得住啊？再好的兄弟，只要与毒品相染，人就没有了义气可言了。他看下表，十分钟了，他关了电视，出门，步入电梯，下到六楼，丁建正躺在休息室的躺椅上抽烟，一双穿着尖头皮鞋的脚搁在踏凳上。钟铁龙皱了下眉，马上把不快隐藏起来，毕恭毕敬地叫了声："丁董。"

丁建嘲讽地瞟他一眼："你还没抓怕？"

钟铁龙一听这话，心就一抽，痛了下，说："丁董，你上次害我倒了血霉呢。"

丁建一脸看不起他的傲慢相，说："我没害你，是你自己害自己。我说了给你三天时间，你这杂种没答复我。"

钟铁龙真不愿意相信是丁建指示李所长搞他，尽管他猜到了这一层，而且思想在这一层面上转了很多圈，都转疲了，但他真不愿意是这样。他眼睛里蹦出了两团火，恨不得冲上去掐死丁建，但他忍了，他已经犯了抢劫杀人的罪，他害怕心里的那个狂徒再抬头，再犯罪，因为刑警同学在李培的婚礼上曾说"犯罪分子总是抱着侥幸心理"，他时刻提醒自己不能抱这种心理，这种心理会让他丧命。他看着丁建，他真的不想还没好好生活几年就因这个丁建而完蛋，他就想这样平静地过日子，把自己的罪恶隐藏起来，做一个循规蹈矩的生意人。他尽量让自己不卑不亢道："我考虑过，丁董，我知道您并不在乎我这生意，您是对我有看法，我如有得罪您的地方，我在您面前赔不是了，丁董。看在过去我跟着您混的面子上，您抬我钟铁龙一把吧？以后，兄弟如果发了，再知恩图报……"

"知恩图报？你把我做鬼哄吧？"丁建把踏凳踢开，尖头皮鞋在地上跺了下，坐直身体瞪着他说，"我又让你考虑三天。这个场子，老子要定了，不然就踩死你。"

钟铁龙觉得他是一条眼镜蛇了，望着他，脑海里出现了他自己都不想看见的狂风，在那狂风里，他看见自己手持斧头，对着丁建的脑袋劈下去。这是他曾经想过的解决掉这个来桑拿中心吵事的丁建唯一的也是最直截了当的方式！此时此刻，这个他不愿意采纳的血淋淋的方案，于他脑海里突然舒展开了，清晰可见。丁建太只在乎自己了，不想了解钟铁龙脑海里在想什么，又很凶地强调："还是三天时间，三天为限。你自己考虑清楚。"

他的几个伙计洗桑拿洗完了，笑着走进了休息室。丁董自己没进去洗，而是瞧他们一眼说："走，弟兄们。"

他的弟兄就纷纷起身往外走。

三狗拦住他们一行人，伸出胳膊说："等一下，你们还没买单。"

丁建瞪着他："你算老几？叫你的老板来说话。"

张兵的目光凶凶地瞪着他："你就是到餐馆吃饭也要买单的。"

丁建的一个弟兄走拢来拍张兵的肩膀，张兵是摔跤高手，以为那人是要袭击他，本能地一带，那弟兄就跌倒在地了。那弟兄叫了声"哎呀"，爬起来说："你是不想活了？"

三狗把张兵拉开，自己就站到前面。三狗个头不高，但那种一眼望上去就显出不凡的模样让丁建的几个弟兄不敢轻举妄动。三狗抱拳说："有话好说。"

钟铁龙正与刚来的一名有身份的客人聊天，见这里闹起来就赶紧走来，他可不想在桑拿中心打架，忙说："三狗你们退下，丁董是我的朋友，丁董你们走你们走，单我买了。"

丁建瞄一眼张兵，走前儿步，突然转过头来对站在一旁的张兵说："你只要走出银城大酒店一步，我就要打死你。"

张兵用白水话回答："那就不晓得是谁打死谁。"

钟铁龙瞄张兵一眼，见张兵像乡下那种很凶的狗，便觉得张兵还缺乏"有理也让三分"的涵养，说"算了，张兵"，又掉头对丁建说："我这几个伙计刚出来做事，不懂规矩。"

丁建想收住脚步走过来打张兵，钟铁龙没让他这么做，他用身体推挤着丁建到了电梯门口。他揿了下电梯键，电梯迅速到了。钟铁龙满脸堆笑说："丁董，您一个大老板，大人大量，犯不着跟我的兄弟计较。"

电梯的门合到一半时，丁建掷出来一句："跟我斗，我要搞得你喊我做爸爸。"

钟铁龙呆呆地站在电梯门口，张兵问钟铁龙："他是什么角色？你好像很怕他一样？"

钟铁龙说："这个人是什么手段都使得出的，而最让我头痛的是他有恩于我。三年前我从长益市电工厂子校出来，遇见的第一个赏识我的人就是他，是他把我推到台前的。"他望着张兵，批评张兵说："你以后要学会忍，我是做生意，不是要打架。"

三狗笑笑："他们这些人身体都空了，不经打的。"

钟铁龙望着三狗："这不是打架的问题。"

三狗道："总不能让我们白端你钟铁龙的饭碗，该出力时就应该出力。"

钟铁龙提醒他们："我们尽量不要在桑拿中心打架，做生意，得理也要饶人。"他拍拍张兵的肩，"二师兄，遇到这些人，你宁可让他打两拳，也别出手。"

三天很快过去了，好像抽支烟那般快。第四天的下午，石小刚刚躺到躺椅上，吧台的电话响了，三狗走过去接了，电话说要找老板，三狗就把电话递给石小刚，电话那头说："你们赶快清场，市局治安队接到举报电话，来抓人了。"

石小刚很感动，说："啊，谢谢，你是谁？"

电话挂了。

石小刚忙按亮了红灯。在每间桑拿间里都装着一盏红灯，遇到紧急情况便亮红灯。小姐们一看就明白，马上搂着衣服离开了。这天下午，有十九个客人在洗桑拿，他们受了吓，同时又感到莫名其妙地走出来，一个个瞪大眼睛问怎么回事。石小刚解释说："我们的内线来了电话，市局治安队的要来查，你们赶快离开。"

那些人一听这话，就跟蒸发了样地消失了。

一刻钟后，市局治安队的人果然来了，不光是市局治安队的，李所长也带了派出所的民警配合市局的人一并来了。李所长一走出电梯就喝道："谁也不能动，原地站着。"

石小刚和三狗、张兵在原地站着。整个桑拿中心只有他们三人，不但没客人，连小姐们也被安排转移了。市局治安队和派出所的民警，来了二十多人，他们这间房那间房查看，结果都没人。市局治安队的队长很不高兴，骂道："怪事，连鬼影子都没一个。"

他们无功而返了。李所长走时对石小刚眨了下眼睛。石小刚马上明白了，待他们一走，他立即上了另一台电梯。钟铁龙在八楼的包房里，躺在床上看录像片。电视机旁搁着台国产的放像机。石小刚敲门进来，钟铁龙问："走了？"

石小刚点了点头，相信自己的判断道："没错，是李所长报的信。"

那天晚上天下着小雨，钟铁龙打了李所长的手机，李所长接了，对他说："我现在在蓝天吃饭，要半个小时后才回家。"

那天是星期六，星期六对于很多人来说都是普通日子，但对于丁建来说则是法定要回家陪老婆和孩子的日子。丁建常常可以不回家，但到了星期六，哪怕玩到半夜，他也要回家陪老婆。钟铁龙跟了丁建近三年，当然晓得丁建的生活规律。钟铁龙家里有两把斧头，两把都是他买了给他母亲砍猪脚和剁骨头的。郑小玲生下钟万林后，须吃一些发奶的食物，猪脚就是发奶的，骨头么是为了增加钟万林的钙质。钟铁龙买的第一把斧头，母亲嫌重了，提不动，钟铁龙就走进日杂店买了把小点的斧头给母亲用，那把大一点的斧头就一直搁在碗柜上没用。钟铁龙回到家，郑小玲正和保姆逗着儿子玩耍。钟铁龙把儿子抱到怀里逗了会，又将儿子交给老婆，说他马上还要出去应酬。他步入厨房，取下那把斧头，斧头上有些铁锈。他不想让郑小玲看见斧头，忙拿起雨衣搭在斧头上，不等她走拢来他就出了门。他下楼，把斧头塞进摩托车尾的工具箱，穿上雨衣，发动摩托车，走了。他把摩托车骑到没人的地方，打开工具箱，取出钳子和扳手，将摩托车的前后牌照摘了下来。接着，他把摩托车骑到离李所长家不远的一处店铺前，又打李所长的手机，李所长说："我十分钟后回来。"

李所长九点五十分时回来了。他开着一辆印着"公安"字样的面包车，他把车停下，下车，钟铁龙笑着走上去，"李所长。"他跟李所长打招呼说。

李所长看着他。

钟铁龙的手中拎着一只黑皮包，李所长的目光在他的黑皮包上扫了眼，坑坑洼洼的猴脸上就有几分怜悯道："钟铁龙，什么事急着找我？"

"当然是好事。"

李所长嘻嘻一笑："你还有好事找我？"

家里有一桌麻将，老婆与几个女人在客厅里打牌，一桌麻将洗得稀里哗啦响。李所长的老婆见老公回来了，忙对李所长嗲声说："老公，我手气痞死了，你来跟我挑土。"

李所长说："我和朋友要谈点事，等下我再跟你挑土。"

李所长把钟铁龙引进书房，书房里摆张床，床上铺着白床单，不过没叠被子，还有他儿子的几件衣服扔在床上。今天是周末，儿子被小姨子接到外婆家去了。李所长让他坐到一张靠椅上，自己坐到儿子的床上。钟铁龙一脸感激地打开包，拿出一包东西给李所长，说："这是三万块钱，纯粹是为了感谢你李所长的。"

李所长接了，说："又收你的钱，那就不好意思了。"

"应该的，今天不是你，我们又要罚款了。"

"今天我是违反了公安纪律，现在局里正在查，查是谁通知了你们。查出来了我就要脱这身衣服。我被你们拖下水了。"李所长无可奈何地笑了下，"要是上次没收你的钱，我不会管。但我想刚把你们放出来一个多月，又抓你们，怕你们误会我。"

钟铁龙清楚这是李所长怕他们在市局供出他受贿，便给他们报信，假如他没拿那五万，他就一脸正直地来抓人了。两千块钱只能说是红包，五万块钱那就不是"红包"两个字能解释的。他忙向李所长打着拱手说："谢谢谢谢，李所长你真够朋友。"

李所长坦率地说："我是怕你们以为我故意搞你们，才通知你们，你嘴巴要紧。"

李所长的老婆在麻将桌上嚷叫："我又放了个大炮。老公，快来帮我挑土。"

李所长朗声回答道："我就来。"

钟铁龙忙起身说："你放心，我一个字也不会说。"

李所长把他送到门口，钟铁龙换好鞋子，李所长拉开门，他一脸郑重地丢一句话给钟铁龙说："我丢一句话给你，你们最好跟丁建搞好关系。别的话我就不说了。"

钟铁龙立即说："好的，过几天，你替我请他，我们一起喝杯酒。"

"没问题。"李所长说，用他那双抓贼的手拍了拍钟铁龙的肩。

十九　丁建

钟铁龙骑着摩托车飙到丁建家住的那条小街上，此刻已十点多钟了。这是十月下旬的一天夜晚，又下着雨，街上没几个人，只有少量的车辆驶过。钟铁龙把摩托车骑到隔丁建家一百多米的一栋楼门前，那楼门黑洞洞的，一楼和二楼的人家都在看电视，有电视的声音从窗户飘出来。他为了便于骑它，没锁大锁，只锁了龙头锁。他从工具箱里拿出斧头，握在手上试了试，心想这一斧头劈下去，没有不死的人。他站在那儿注视了下前后左右，没人。他走到了丁建住的那幢楼前，这里有个花坛，还有几株樟树，其中有株樟树有几十年树龄了，就有点高大挺拔。他走到这株较粗的樟树下，等着丁建。如果丁建命大，那他一定在家里，那我就妥协，跟这个爱讲霸道的人合作。如果他还没回来，那就证明他命数已尽。不是我要杀你，是你把我逼成这样的。什么叫逼上梁山？是你逼我对你下手。他恼恨地想，我一再忍让，但你不要我活，那我就只能让你先死。他手中的斧头攥得更紧了。

他等了一个小时，这一个小时里，只有三个人路过他蹲着的这棵樟树，但都没注意他，就算注意到了也没看清他的脸和身高。他为了隐瞒身高而故意蹲着，而且用雨衣遮着脸。他的腿都蹲酸了。十一点四十五分，丁建的皇冠车来了，车在前面拐弯的楼道前停下，丁建下车，车驶开了，丁建向他走来，没注意到他。在丁建即将走过他时，他站直了身体。一个黑影突然蹿起来，这让丁建有点意外。钟铁龙手中的斧头在他颇觉意外的那当口举起又迅速劈下来，劈开了那颗颇觉得意外的头颅，也许那一刻这颗脑袋里所有的细胞都在问：这个人想干什么？只听见沉闷的一声"嘭"，好像西瓜掉在地上时砸开的声音。丁建晃了下身体，一头栽在地上。

钟铁龙为了不让看见这一幕的人晓得他的身高，弓着腰，迅速离开现场，大步穿过那几栋楼，走到了他停放摩托车的楼前。他把斧头扔进工具箱，跨上摩托车，迅速向前飘去。没有人阻挡他，因为没有人会想到此刻一桩凶杀案就发生在他们眼皮底下。他把摩托车骑上大街，径直朝前飘去，拐了两条街，奔到了湘江大桥上。那当儿湘江大桥上也没什么车辆。他把摩托车骑到桥中央，靠边停下，拿出斧头，走到大桥的水泥栏杆前，看了眼大桥下面，下面是深灰色的流淌不息的湘江。他丢了斧头，三秒钟后，他听见桥下传来斧头落水的声音，那声音大部分被雨声吞没了，只有小部分传入他的耳孔。他重新跨上摩托车，转个弯，又驶向了城区。他回到家里时是十二点过二十分，他把雨衣脱下，拿到水龙头下冲洗，郑小玲醒了，问他干什么。他说："雨衣脏死了，洗一下。"

郑小玲看了眼雨衣，溅到雨衣上的血迹早被雨水冲了个干净，但他仍不放心地洗着。郑小玲望着他，脸上一脸喜气："儿子和保姆都睡了，我们那个一下吧?"

钟铁龙把洗净的雨衣挂起来晾干，回过头看着郑小玲，心里既慌乱不安，又为自己干掉了一条缠着他不放的"眼镜蛇"而兴奋。他觉得是该与郑小玲那个一下了，这段时间他守在酒店里，一直把老婆冷落在家里，是有些对不起她，便说："那我先洗个澡。"

钟铁龙洗了个热水澡，把一头的恐惧洗到了下水道里。他走进卧室时，老婆已脱光衣服睡在被子里了。他揭开被子，被子里是一个炽热的身体。炽热的身体张开双臂抱住他，要吻他。他把嘴给了她。两人便热吻起来。他感到自己的身体在她的身体的感染下很有激情，就感慨道："啊，我这一向太紧张了，好久没享受过跟女人做爱的滋味了。"

她说："我也是，我以为你不爱我了。"

他回答："哪里啊，你永远是我爱的女人。"

他们做得很热烈，以致郑小玲都发出欢快的叫声，啊、啊、啊的。

隔了一天，《长益晚报》上赫然刊登着非常醒目的标题:《'黑恶势力'的头子丁建被人砍死在家门前》。刊登在晚报第四版的头条，一号大的黑体字，给人一抹阴森森的感觉，让人看了出一身冷汗。那天他在酒店八楼的那间标准间里看《犯罪心理学》，石小刚敲门进来，脸上一脸的激动，手里拿着《长益晚报》说："快看，好消息。真的是好消息。"

钟铁龙问什么好消息让他如此激动。石小刚就把报纸给他看："丁建被人砍死了，报纸上说警方分析，死者是被砍刀一类的凶器致死的。头盖骨都被剁开了。真是恶人有恶报啊。"

钟铁龙就接过报纸看那段文字，脸上不觉笑了下。

石小刚抓住他的笑说："不是你砍的吧?"

钟铁龙想起父亲的教诲"这个世界上最靠得住的人是自己",就盯石小刚一眼,见石小刚满脸疑惑和期望,又一笑说:"我才知道。"

石小刚不相信地盯着他:"真的与你没一点关系?"

"没有,"钟铁龙放下报纸,用友好的表情看着他,"你未必觉得我像个杀人犯?"

石小刚拍了下床沿,仍望着他:"我第一个反应就是这可能是你干的。"

钟铁龙不笑了,石小刚的脸跟一张漫画样,上面打满了问号,那些问号仿佛同煮熟的饭样冒着热气。他想他必须消除石小刚脸上的疑问,便说:"小刚,真的不是我。"

"那最好,要真的是你,我就为你担心了。"

钟铁龙了解石小刚,知道石小刚表面上恶,心却虚,是乡下那种爱叫的狗,心里盛不了大事。他听石小刚这么说就有些感动,忙递支烟给石小刚,并替石小刚点燃。石小刚吸烟时,他想起父亲说的"有些话要学会留在肚子里,宁可在肚子里烂掉也不要说出去"就觉得父亲很伟大,假如父亲不这么告诫他,也许他昨天就对石小刚说了,那石小刚还不为他担心死?他很和善的模样看着石小刚说:"我这人你还不晓得?我其实比你还怕事。"

石小刚就一脸刚勇相说:"我也觉得你太怕丁建了。"

"我是怕他们,而且最主要的是我欠了丁建的情,一辈子都还不清。"钟铁龙分析自己不愿跟丁建斗的原因说,"在丁建身上,我利用了他,这让丁建不舒服。他的朋友都成了我的朋友,龙行长、力总、刘总都是他的朋友,没有他们,我这个桑拿中心就立不起来。假如我是丁建,我也会不舒服,这就是我在丁建面前一让再让的原因。"

钟铁龙的手机响了,力总打他的手机,力总问他:"你在哪里?"

钟铁龙回答:"我在银城。"

力总说:"丁建死了你晓得不?"

"刚晓得,"他回答力总,"刚看的报纸。"

力总在手机那头犹豫了下说:"有人怀疑是你请杀手干的。"

钟铁龙在手机这头说:"那是瞎猜,我怎么可能!"

力总嘿嘿一笑:"真的不是你喊人干的?"

"我和丁董并没仇,只是一点小矛盾。"他轻描淡写地回答力总,"这些矛盾只是一点小误会,是可以化解的。"钟铁龙笑笑说:"丁建是我的恩人,我是跟着他混到今天的!"

力总在手机那头说:"那倒也是,不过真是怪事。丁建那么好一个人,很够朋友的，怎么会被人杀死在自己家门口，我真有点想不通。"

钟铁龙觉得自己说话的声音太轻松了，便降低声音说："我跟你一样想不通，力总。"

石小刚说："他们怀疑到你身上了。这会不会有麻烦？"

钟铁龙让石小刚不要担心："没事，我们做我们的事，不会有麻烦。"

傍晚，龙行长来了，来告诉钟铁龙丁建被人杀死在自家门口的事，顺便洗洗桑拿，还顺便找刘总打麻将。龙行长其实是个十恶不赦的淫棍，假如他是皇帝，一定会像杨广断送隋朝样断送掉他的王国。他太色了，还太自私了，为了私利他从来不把朋友们放在心上。如果他不是工商行行长，连鬼都不会跟他玩，但他是行长，大家就都愿意跟他玩，就都不在乎他的缺点。这会儿他问石小刚来了新货没有，石小刚就向他推荐了一个从杭州来的小姐。龙行长就搂着那个小姐进房间洗桑拿。洗完桑拿，他便上八楼找钟铁龙。龙行长的头发还湿湿的，脸上还沾着水珠，他进门便问："丁董死了你晓得吗？"

石小刚拿来的报纸还在床头柜上，钟铁龙把报纸拿给龙行长看，说："我刚看了报。"

"丁董其实是个很够朋友的人。"龙行长也跟力总一样的口气。

钟铁龙跟丁建混了几年，知道丁建这人相当势利，对丁建有用的人或可以在某一天利用的人，丁建确实表现出了非凡的客气，用起钱来大把大把的，让对方感动，但对一些他觉得没利用价值的人，就很冷淡，甚至当着众人的面挖苦和羞辱，让那人很没面子。钟铁龙早就看在眼里了，觉得丁建身上好的一面他可以学，轻视别人的一面，他断断不能效仿。他顺着龙行长的口气说："我也觉得丁董人很好。"

"不过他真的不该死，他还欠了银行一百万的贷款没还。"

"哦。"

龙行长狠劲吸口中华香烟，又出粗气样地把烟吐出来。有人敲门，是刘总。龙行长在电梯里时打了刘总的电话，刘总来了。刘总还不晓得丁建死了，他是个不爱看报的人。他除了没事时看看电视，在跑步机上跑跑步外，就是睡觉。而事实上他看电视也很少留意新闻，他跟长益市的婆娘们样，爱看香港和台湾的漫长的爱情肥皂剧。这个台的爱情肥皂剧看完他就看那个台的。酒店的顶上安了只"锅"，是专为他安的，能收很多亚洲台，比如新加坡的，马来西亚的，中国香港和澳门的，甚至还能收到色情节目。他的大量空余时间都被这些电视台的节目占据了。龙行长以为他晓得了就说："真没想到丁建会死。"

"丁建死了？"刘总鼓起一双因看电视看得很疲劳的眼睛。

钟铁龙忙拿报纸给刘总看，刘总匆匆读着报纸，边问："是谁干的有线索吗？"

"这只有公安局的人才知道。"龙行长说。

刘总边读报纸边又说："这很专业啊，怕是职业杀手干的。报纸上说令公安头痛的，是现场没留下任何东西，也不见凶器，雨水把凶手的脚印也冲走了。"

钟铁龙听刘总这么说，边抠着头皮回答："如今的罪犯很聪明，现在的人犯罪就连一枚烟蒂也不会留下。"他仿佛是在说一件与他毫无关系的事。他确实是这样做的，那天他蹲在樟树和楼门里抽烟时，把撤灭的烟蒂都放进了西装口袋，直到第二天他从家里出来，才把烟蒂丢掉。《案例大全》里，公安干警常在犯罪分子遗下的烟蒂上提取唾液，再做 DNA 分析，与犯罪嫌疑犯的血型进行比对。他读了书的，当然不会遗下烟蒂。他递烟给龙行长和刘总抽，脸上一脸兴致地参与讨论说："公安只会破留下线索的案子，没线索就等于大海捞针。"

力总也来了，还带了个朋友。力总一身深灰色西装，一根红领带在他衣襟上晃荡。力总跟丁建的关系最好，丁建的金阳海鲜楼、金阳夜总会和金阳迪斯科舞厅都是力总装修的。力总说："想不到丁董被人砍死在家门口，前天下午我还跟他通了电话。"

龙行长开他的玩笑说："我们刚才还在讨论，怀疑是你干的。"

力总哈哈一笑："我要是有那样的本事，我就当杀手去了，还搞什么装修!"

龙行长分析说："丁董的仇家很多，做人要低调，丁董的缺点是做人太张狂了。"

四个人下到二楼吃饭，饭菜点得很简单，这是他们还要赶着打麻将。钟铁龙吃过饭，回到自己的房间，就那么干坐着。想自己可能是有职业杀手的品性，他杀丁建时出奇地冷静，冷静得就像干一件平常事。他这两天反复想，一般人杀人都很怕，他怎么就不怕? 是不是他骨子里就是个杀人犯或天生的刽子手?! 他觉得自己很可怕道："你真可怕。"

十一点钟，石小刚敲门进来，还带了个朋友，那朋友也是长益市电工厂出来的大学生，现在在外面开了家家电维修店。他是早两天听朋友说来银城桑拿中心玩，就是抓了，老板还退赔罚款的话后，一个人壮着胆子来了，不料碰见了石小刚。三个人几年前经常在一起打篮球，就说起了各自出来的一些遭遇，觉得还是在外面自己闯天下好，至少捞了个自在。

二十　刘副局长

　　刘副局长正在市局的小会议室开会，抽着烟，手抚着青花瓷杯子，边认真听取市刑侦大队陈大队长分析有关丁建被人砍死在家门口的案情。市刑侦大队的陈大队长是个精干的年轻人，身高一米七七，一张刚毅的国字脸。他天生就是抓贼的，长着双鹰眼，目光相当锐利，很多刑事犯罪分子在这双鹰眼的注视下，都守不住内心的秘密因而战战栗栗，感觉自己被他捉住真是倒了八辈子大霉，是上天要害他，就干脆像竹筒倒豆子样把自己所干的坏事全倒了出来。这些年，陈大队曾破过好几宗发生在长益市的大案，屡建奇功，于是他从一般干警，一步步升到了长益市公安局的刑侦大队长，手下都叫他陈大队。陈大队这几年也有一块心病，他随前刑侦大队长参与了发生在长益市电工厂前的抢劫杀人一案的侦破工作，但快四年了，这个案子仍一点线索也没有，这让他不禁吸了口冷气，暗暗奇怪罪犯怎么可以消失得跟人间蒸发了样！此刻，又有一桩棘手的案子让他头痛。"在砍死丁建的犯罪现场，罪犯竟没留下一丝痕迹，一枚烟头、一个脚印、一点气味都没落下。宋局、刘副局……"陈大队望着两位听取他汇报案情工作的局长说，"我感觉这不是一般人作案，这个犯罪分子智商极高，不是一般的凶蛮罪犯，我猜他具有很强的反侦破能力。"

　　宋局长扫一眼他，又把目光放到刘副局长脸上，刘副局长弹了下烟灰，宋局长说："这是公然挑战我们公安啊，陈大队，"宋局长笑看着陈大队，"你责任重大啊。"

　　陈大队点头："从法医送来的尸检报告上看，这个犯罪分子力大，下手狠，动作快得死者还来不及反应，只是一击，死者的头骨就碎裂了。足见犯罪分子很不简单。"

　　刘副局长嘬口茶，为了调节会议室里凝重的气氛，他讥诮地一笑，道："陈大队，这样的犯罪嫌疑人正对你的胃口，你是案情越复杂你就越兴奋，是吧?"

　　会议室里就有了笑声，刘副局长笑道："你陈大队是看不起低智商的人作案的，现在出了个这样的案子，你正好可以动脑子侦破了。"

　　几个人分析了一气案情，又分析死者，从走访调查中获取的材料上看，都觉得死者关系复杂，生前不是个简单的人，交往的人众多，人际关系庞杂，喜欢使用武力解决纠纷，与长益市的几股地下的黑势力有过节，还涉嫌与广州那边的毒枭有瓜葛，因为他的贴身保镖老张说，半年前广州有个毒枭借了他两百万元，说是一个月后还，但据他所知，那个毒枭没还，而死者这两个月都在打电话催逼对方还钱等等。会开到五点半钟，散了，都觉得这案子办起来不是一件容易的事，动用的人力和物力会很多。

刘副局长是最后一个离开会议室的，他老婆打电话给他，让他去酒店吃饭。刘副局长的老婆与自己的妹妹妹夫合开了家酒店，取名为吉祥酒店。刘副局长反对老婆开酒店，但刘副局长驾驭不了老婆，这是因为在某工厂当过车间主任的刘夫人，从小就是个不怕事的厉害女孩，少女时发起飙来，常常把同龄男孩打得抱头痛哭，在一条名叫大马巷的街上还有点小名气，街上的人称她为"女男孩"，后来长大了，认识到自己是个女人，脸上的霸气才有所收敛。刘夫人个性强，行事就有自己的一套，她要干什么事就一定要干，她一点也不在乎老公的反对说："你怕什么怕？你老婆既没偷，又没抢，正正当当做生意，还解决了下岗职工的问题，有什么好怕的？"刘夫人的妹妹妹夫的确都下岗了，一家人开酒店前，妹妹妹夫曾找过刘副局长，希望刘副局长替他们安排个工作，刘副局长不想为姨妹和姨妹夫求别人，这个姨妹做什么事都缺心眼，而姨妹夫却是个好吃懒做的人，就没答应。刘夫人利用自己是副局长夫人的关系，到处借钱，"栋"起了这家酒店。刘副局长告诫老婆说："你们开酒店，别打我的牌子。"刘夫人讥讽丈夫说："你以为你是市长，能让人升官发财？你一个副局长算什么？"

刘副局长有点惧内，因为刘夫人横起来，根本不顾场合，骂起刘副局长来，兴致来了能从头骂到脚，骂得刘副局长觉得自己里外不是人。当然，这样的吵闹，是有回数的，刘夫人毕竟不是母夜叉，八十年代中期读了夜大的，学管理，所以给人的感觉还是有礼节的。吉祥酒店开张后，一些人闻知酒店是刘夫人一家开的，就来了，为的是讨好刘夫人。这些人，大多与刘副局长共过事，知道刘副局长惧内，便来求刘夫人在刘副局长耳边说情。有人为感激他们帮忙而请他们吃饭，他们就把买单的人带来，在吉祥酒店海吃海喝。

派出所李所长就是这样的人。李所长很想到分局去当个副局长或局长，知道刘副局长这样的人软硬不吃，就走夫人路线，希望刘夫人能在老公面前多美言他几句。有天，钟铁龙请李所长吃饭，李所长忙把钟铁龙带到吉祥酒店吃，只一个目的，就是让刘夫人杀钟铁龙这头猪。吃饭时，李所长点了一桌子贵菜，且对女老板十分客气，称女老板"刘夫人"。钟铁龙便暗暗惊诧，想李所长这样的人物应该是不把酒店老板放在眼里的，怎么对酒店女老板热情得在他看来近于谄媚呢？！就打量着女老板，被李所长称为"刘夫人"的女人四十来岁，穿得挺时尚，如果你不用心看，你根本不晓得她已是四十岁的女人了，还以为她只是三十出头呢。女人身材保持得很好，化了妆，描了眉，眉毛描得柳叶样弯在眉弓上，谈不上好看，但能让你看出这女人挺爱惜自己；头发拉直了，像少女的头发样披散在肩后，只是那个发箍略嫌花哨了点。女老板去别的包房后，李所长见钟铁龙一脸迷惑，便附在他耳朵上小声说："我告诉你，这桌菜贵是贵点，但值，她是我们市局刘副局长的夫人。"

钟铁龙把"舍得"两个字早已吃透了，得知吉祥酒店是刘夫人开的后，就晓得自己应该怎么干了，今天拖刘总来吃，明天叫上力总和石小刚来吃，过几天又把龙行长请来海吃。刘夫人当然有一双眼睛，眼睛当然很会观事。这个叫钟铁龙的男人每个星期都要来两三次，一来就捡贵菜点，甲鱼啊海鲜啊，酒也是几百上千元的人头马，她当然就笑眯眯地跟钟铁龙打招呼，用一双期待钟铁龙开口的目光打量着钟铁龙。钟铁龙知道刘夫人是个心知肚明的女人，就不急，照样隔三岔五来吃，一桌饭菜和酒水不丢下两三千块钱，绝不走人。几个月下来，吃了好几万，刘夫人都有点沉不住气了，脸上就遍布着好感和好奇，希望能回报一下他。有天，钟铁龙买单后，刘夫人笑着走进包房，在钟铁龙对面笑着坐下，一团和气地看着钟铁龙说："你经常来我酒店吃饭，是不是有什么事要求刘局长？"

钟铁龙想这饭吃得多值啊，把刘副局长的夫人吃得主动跟他套近乎了，就笑笑说："没有什么事，是你吉祥酒店的饭菜搞得好吃就来吃。"

刘夫人咯咯笑，笑声里充满了怀疑："真是这样吗？"

钟铁龙想刘夫人这样的大鱼，应该放在水里好好喂养，不能钓起来吃掉。他现在还没事要找她，就决定把人情先做到李所长身上，好让李所长知道后感激他，答道："当然，不过也是因为李所长要我照顾你的生意。"

刘夫人就笑："谢谢，李所长人蛮好的，他的脑袋很好用。"

钟铁龙不说自己的事，照样隔不了几天就叫上几个人来吃饭。有天，钟铁龙又请李所长来吃，点了好几个贵菜，要了瓶上千元的人头马，李所长一高兴就冲刘夫人表扬钟铁龙说："钟老板是个很义道的人，就老板而言并不是很大，但出手大方。不像有些老板，身价几千万，请客却十分小气。"

钟铁龙忙谦虚道："哪里哪里，你这样夸我我都不好意思了。"

刘夫人也站在李所长一边表扬他说："小钟是大方，是值得一交的朋友。"

钟铁龙听了这话十分舒坦，又把好人做到李所长身上："李所长对我说，要请客吃饭，就到吉祥酒店，照顾一下我们局长夫人的生意。"他说着盯一眼李所长，又看刘夫人，刘夫人就笑容可掬地看着他和李所长，李所长感觉自己脸上十分有光，自然高兴得手舞足蹈的。钟铁龙把两边的马屁都拍了下，接着说："刘姐，我常听他们叫你刘夫人，我觉得他们把你叫大了，夫人夫人的，我叫起来别扭，我以后改口叫你刘姐可以吗？"

刘夫人听他这么说就很高兴道："可以，你就叫我刘姐吧。"

钟铁龙叫服务员拿来了只干净的玻璃酒杯，倒了点人头马进酒杯，站起身，恭恭敬敬地端给刘夫人，刘夫人接了。他自己端起酒杯，酒杯里还有一半酒，他一脸诚意地举起酒杯，说："刘姐，我敬你，我一口喝完，你随意，喝了这口酒，我们就是姐弟了。"

刘夫人哈哈笑着："好，小钟，你太客气了。"

钟铁龙将杯中物往嘴里一倒，举着空酒杯看着刘夫人，刘夫人也将那口酒尽数倒入嘴中，并把酒杯倒过来给钟铁龙看，李所长鼓着掌说："好，从此你们是姐弟了，要相互关照。"

钟铁龙要的就是这句话，感到李所长无意中点了题，便对李所长一笑，又看刘夫人，刘夫人面色红润，笑容满面。他觉得光喝口酒，礼还不够隆重，就觉得还要进一步，加深刘夫人对他的好感和关爱，忙对刘夫人说："刘姐，受小弟一拜。"他说着，双膝跪下，刘夫人慌了，一时不知所措，他却对刘夫人说："刘姐，天地为证。"就行大礼。

刘夫人脸都红了，慌忙道："小钟，别这样，快起来。"

钟铁龙自然就有了与刘副局长吃饭的机会。刘副局长不常来吉祥酒店，有时候逢到无饭局，家里又没饭吃时，他便来酒店吃几口饭，然后回家。吉祥酒店离他家不太远。那天钟铁龙又约李所长来吃饭，李所长因临时有任务，来不了。钟铁龙正要打电话叫力总和刘总来吃，刘副局长出现在他视野里了，他忙弓身叫刘局长。刘副局长用了几秒钟才认出他，这还是钟铁龙自我介绍说"我是钟铁龙，曾和王总与您在蓝天大酒店吃过饭"。刘夫人见状，忙拢来说："老刘，小钟是李所长的朋友，人很仗义的，是我酒店的常客。"

刘副局长又打量钟铁龙一眼，奇怪他的夫人怎么会赞美他。刘夫人在一旁说："你可不要把他做坏人看，他是个能干的人，是李所长的铁哥们，我都认他做弟弟了。"

钟铁龙见刘夫人这么夸他，便笑道："刘姐，今天让我请局长吃餐饭吧？"

刘夫人说："今天不要你请，你总是山珍海味的，今天让姐请你吃顿家常菜。"

就有了钟铁龙与刘副局长对饮，刘副局长早已忘记了钟铁龙是干什么的，在喝酒时，他才想起钟铁龙是开桑拿中心的。他打量着这个青年，见这个青年长得英俊，眉宇间又有一股豪气，刘夫人又时不时走来美言他，就有点喜欢钟铁龙了。刘副局长年轻时也有一股豪气，仗义疏财的关云长曾经是他挂在嘴里崇拜的偶像，如今钟铁龙在他眼里有他年轻时的影子，他当然就喜欢钟铁龙地告诫钟铁龙说："小钟，我们相识是缘。你好好干，不要做那些违法的事，也不要树敌。我向来主张一个人走入社会，做人做事要多栽花，少种刺。"

"我一定记住局长的话。"

"我是政府干部，违背原则的事，你不要找我。在原则范围内的事，我能帮的，我会帮。"刘副局长喝了酒，掏心窝子了，"这个社会是个大家庭，有法律和法规，你年轻，不要在社会上跟人斗狠，古人说'枪打出头鸟，雨打泡头鱼'是有道理的。"

钟铁龙忙说："谢谢局长教诲。"

刘副局长进一步告诉他说："有钱也不要乱搞。社会上，曾经很多赚了钱的人现在连影都没了，怎么回事？不是犯了法判了刑，就是被人踩扁了，成了在地上爬的蚯蚓。"

钟铁龙觉得"蚯蚓"这个比喻好，又举起酒杯说："谢谢局长教导。"

钟铁龙为能与负责长益市治安工作的刘副局长套近乎而高兴，因为抓住了刘副局长就等于跟财神爷交上了朋友，这确实是他一次又一次跑来花钱吃饭的原因。他没把握刘副局长是真正直，还是像李所长那样表面上跟你玩正直。他喝了酒，胆量就大了，对刘副局长说："刘局长，从这个月起，您在我们银城桑拿中心有一份干股，每个月的三十号，我会分一次红利给您，到时候我会送到您府上去。"

刘副局长有些惊讶，抽口烟，望着这个说话很猛的青年道："小钟，这不好的。"

钟铁龙却硬着脖子说："这没什么不好。我不能只顾自己赚钱，有钱大家赚。"

刘副局长哈哈一笑："小钟，你也太热情和大方了，我们交个朋友就行了。"

钟铁龙很高兴，感到自己终于与刘副局长搭上钩了，说："谢谢局长看得起我，我钟铁龙绝不是一个忘恩负义的人。"说完，他一口把杯里的 XO 尽数倒入嘴中。

到了月底，钟铁龙打电话约刘副局长吃饭，当然是在吉祥酒店。钟铁龙要求上大龙虾，刘夫人就叫妹夫去采购龙虾。刘副局长来之前，刘夫人陪着钟铁龙说话，"还是你们好，"刘夫人说，"像老刘，办起案来没有白天和晚上。早几年，他没当局长的时候，有时刚睡下，一个电话，他又得爬起床。还有的时候，刚刚端起碗，事情就来了，饭都吃不安。"

钟铁龙观察着刘夫人，想刘夫人这样的女人，长得一副命好相，嫁了个好老公却还抱怨，真是应了那句话，不入厨房，不知道柴米油盐贵。她这个年龄的女人，好多都下岗了，在家做家庭妇女，抱怨的是没钱。他说："刘姐，你命好着呢，我看你会富贵一辈子。"

刘夫人说："什么富贵啊，要那么多富贵干什么？"

刘副局长只身来了，刘夫人陪着说了几句话，就去另间包房招呼另外的客人。钟铁龙对给刘副局长上了茶，正准备退出去的服务员说："小姐，我和刘局长要谈点事，我没叫你进来时，你不要打搅我们。"

服务员点头说"好的"，退出去时带关了门。钟铁龙把包提到桌上，打开包，拿出五叠人民币，说："刘局长，这是五万元，分给您的红利。"

刘副局长被桌上的五万元人民币吓了一跳，脸色变严厉了，目光就尖尖地盯一眼他："小钟，我既没为你的桑拿中心做一天事，又没为你出一个主意，你是什么意思?!"

钟铁龙见刘副局长一脸严厉，笑笑说："它是您局长大人该拿的。您是我们银城桑拿中心的保护神，我们能赚钱，自然也有您的功劳。不是您局长罩着，我们桑拿中心又哪里有这份平安？不平安，天天吵啊闹的又哪里能赚钱？您当然要分这份红利。"

刘副局长严肃着脸说："你说到哪里去了？我根本就没管你的事，你不要胡说。"

钟铁龙不解地望着他。

刘副局长绷紧着脸说："有事你就说，你不要拿钱贿赂我。"

钟铁龙心里很钦佩刘副局长，看来不是什么公安都能用钱买通。刘副局长说："你只要不干违法的事，我就不会为难你。"刘副局长的手机响了，他看了眼手机上的号码，接了，"我正跟一个朋友准备吃饭。怎么？快来了？那我马上布置警力。"刘副局长合上手机，对钟铁龙说："中央的一位领导人要来了，省里要我们市局配合一下。我得去安排警力。"

刘副局长匆匆走了，留下钟铁龙坐在餐桌前发呆。刘夫人不知丈夫走了，敲了敲门，进来问："怎么你一个人，老刘呢？"

"刘局长被电话叫走了，中央某领导人来了。"

"干公安的就是这样，任务说来就来了。"刘夫人说，"今天没什么客，我陪你坐坐。"

桌上是那五万块钱，钟铁龙没来得及收进提包。他正愁送不出去，刘夫人就来了，这让他那颗没了底的心又看见了希望，就跟一条饥饿的狗看见了新鲜的肉骨头似的。他望着刘夫人，脸上就没有了刚才的那种沮丧。刘夫人当然看见了这堆钱，"这么多钱？"

"送给你的，刘姐。"钟铁龙盯着她。

"那我不敢要，"刘夫人摆手，"老刘说了，不能收别人的钱财。"

钟铁龙心里默了下神，观察着刘夫人，见刘夫人在一分钟内有三次把目光投到了这五万元上，这种频率让他心里有了底。"刘姐，你就代刘局长收这五万元钱，"他望着刘夫人，"我晓得你刘姐能量大，公安局的都认你刘姐，我开桑拿中心这样的场子，如果没有人罩着，随便一个人都可以把我这个外地人踩死。所以刘姐，你一定要收下。"

刘夫人笑笑，眼睛又瞟了下钱："我怕老刘晓得了不好。"

钟铁龙知道刘夫人的心动了，就对刘夫人郑重其事地发誓说："你放心，我绝不会在外面说半个字，也不跟刘局长说半个字。"

刘夫人嘿嘿笑了，再一次瞟一眼钱："小钟，你能保证不会有第三个人知道？"

"我能保证，刘姐。"钟铁龙说，"以后每个月的三十号，我就送五万元到吉祥酒店来。我只遵循一个道理，钱要大家赚大家才舒服，我才会有发展空间，刘姐你说是不是？"

刘夫人比刘副局长爱财，这个在长益市的街巷里长大的女人，对自己和对未来充满了自信。她说："好吧，那我收下，公安局里治安队的人，都是老刘的手下，我都认识，我会跟他们打招呼。你那里如果有事，你就打我的手机，我会想办法的。"

钟铁龙感到自己走夫人路线是正确的，便感激地看着刘夫人说："谢谢刘姐抬爱。"

当然就没人来查了。公安不查，银城桑拿中心就天天客满，三个月后，生意更好了，每天都要排长队。钟铁龙又果断地从刘总手上把另外半边客房也租了，叫来力总装修，要求力总把某些房间装修得高档些儿，好用它们接待外宾，因为有外国客人也跑来玩了。力总就让他手下设计了三套那样的房子，带客厅的套间。客厅里摆了真皮沙发，还买来了红木茶几，床也是宽大的席梦思床，浴缸却是意大利产的那种带冲浪功能的大浴缸。装修完后，石小刚充满激情地去了趟黑龙江。本来是小黑皮去，小黑皮的老婆宫外孕，小黑皮就跟那边联系，让石小刚去。半个月后石小刚带来了一批东北姑娘，还带来了几个长相挺漂亮的俄罗斯小姐，是正宗的进口货，金头发蓝眼睛。石小刚把一支五四式手枪放在茶几上，对钟铁龙说："送给你。"

钟铁龙惊讶地望着一脸快活的石小刚："你哪里搞的枪？"

石小刚兴奋极了："在东北时，哈尔滨的一个专门做俄罗斯生意的黑社会老大送我的。他们出入边界，都带枪，他有很多手枪，送了把给我。"

钟铁龙看着手枪，握到手上，感觉手枪冰凉的，似乎在冒着丝丝凉气。石小刚说："这东西用来防身最好了。歹徒们不怕刀，但只要你亮出枪，没人不怕枪。"

钟铁龙说："要有持枪证才能带在身上。"

石小刚说:"送给你玩玩,还有二十发子弹也给你。哦,还有消音器。"

石小刚说着,从包里拿出二十发黄灿灿的子弹和消音器。钟铁龙把消音器试着拧到枪管上,玩着枪。他见石小刚羡慕的样子舔了下舌头,就问:"你自己呢?你有枪没有?"

"我先给你,以后我自己再搞一把。"

"私藏枪支是违法的,你不要跟别人说你送了把枪给我。"

石小刚望着他,他又强调:"就连三狗、张兵他们你也不要说。"他担心石小刚会对三狗他们炫耀,"有些事情别人知道得越少越好,因为一说漏了嘴,麻烦就找上门来了。"

石小刚嘿嘿嘿笑,晃了下头,说:"你这人也太谨慎了。"

钟铁龙很认真地说:"有时候一句话没注意就会带来灾祸。你晓得谁嫉妒我们、恨我们、想踩我们?嫉妒和恨又没写在别人脸上,所以什么事情都不能说。我悟出来了,做生意就是做崽做孙,做得越红火别人越眼红,眼红就会有人想害你,所以更要低调和谨慎。"

石小刚走后,钟铁龙点上支烟,抽着,边长时间地盯着五四手枪,就这么大的玩意,却能置人于死地,真是奇妙啊。要是一年前有枪,他就用不着拿斧头砍了。他想,笑了。枕头边有他正在读的《资治通鉴》,他捧起这本厚厚的书翻阅着。

二一　桂花树

俄罗斯小姐高高挑挑又十分丰满,一双蓝眼睛盯着你时,好像你是在泡海水浴似的,这让长益市的男人们十分兴奋,于是一出去就奔走相告,一些得知银城桑拿中心有俄罗斯小姐的长益市的男人就一个个喜滋滋地来了,仿佛是来与俄罗斯小姐相亲,脸上红彤彤的。

只是大半年,把所有的开支及见不得人的隐形开支除掉,钟铁龙和石小刚就纯赚五百多万。钱来得真是太容易了,跟假的样。两人就丢下摩托车去学开车,驾驶证一到手,便一人买了辆本田雅阁。钟铁龙想他一个罪恶之人,身负命案,鬼知道哪天会栽在公安手上,赚了钱,当然要让老婆和儿子跟着他享受一下钱带来的好处,于是他开着崭新的本田雅阁,带着老婆和儿子去了趟广州和珠海,玩了十来天。过年时,他又带着老婆和儿子开着车回了黄家镇。儿子一岁多了,郑小玲看着儿子在车上又蹦又跳,指出说:"你看你崽多快乐啊。"

"就是，他一生下来就掉在蜜缸里了。"钟铁龙说，望一眼儿子，"不像我，生下来被父亲绑在桂花树下不管。那时候我的世界就是那棵桂花树。"

郑小玲觉得不可思议："有这种事？"

"我小时是在桂花树下长大的，那时候父母都要上班，哥哥和我后来死去的姐姐都要上学，我父亲就把我放在站篮里，把站篮搬到桂花树下，任我自生自灭。"

钟铁龙生于一九六五年，他有一个哥哥和一个姐姐，哥哥比他大十岁，姐姐比他大八岁。父亲钟万银在那个讲究家庭出身的年代，是既可以被视为地主，又可以被看成资本家的。很多年前，钟家在黄家镇的确是大户，佣人、长工、雇工加起来上百了，自然很风光。一九四九年，来了讲普通话的解放军，成立了新的人民政府，钟万银再也不是可以大把大把花钱的大少爷了，走路不再穿皮鞋了，头发也不油亮了。被视为黄家镇第一美人的刘桂香也摘下了美人的桂冠，把裹在娇躯上的绫罗绸缎一概脱下，老老实实地在镇麻袋厂做工。待刘桂香怀上钟铁龙时，早已是个十足的劳动妇女了。为了一家人的吃饭穿衣，她挺着大肚子仍拼命干活，希望多挣几个钱来滋补她与钟万银共同支撑的这个家。钟铁龙的家是一栋破旧的两层楼的大四合院。楼层很高，砖墙结构，房子很大一间。这四合院是钟万银的爷爷于二十世纪的二十年代建的，当年在黄家镇是最气派的房屋。四合院里有一株很大的桂花树，那是钟万银的爷爷亲手栽的，一到农历八月，桂花的香气就溢满了院子，好像你在院落里洒满了香水似的。钟铁龙几乎是盯着这株高大的桂花树长大的。在他的婴儿期，父母基本上没管他。钟铁龙半岁时，父亲动手做了个宽大的站篮，把他从摇篮抱到了站篮里。父亲要母亲去上班，免得有人背后骂她是资本家的臭老婆。父亲把站篮搬到桂花树下，看了眼天，估计不会下雨，就说："桂香，让他去。俗话说生死有命，谁叫他投胎到倒霉的钟家啊。"

于是钟铁龙在那个站篮里开始了他孤单和幼小的人生。他小时候，对任何人都是张开双臂的，只要看见一个年龄比他大的，他就伸出一双瘦弱的手臂，渴望那人抱他。但没人愿意抱他，一是他一身肮脏，其次，在那个讲究出身的年代，谁也不会对这样的"狗崽子"伸出怜悯之手。钟铁龙在父亲做的站篮里站了整整一年。一天，钟万银下班回来，见一岁半的儿子居然爬出了站篮，因爬出站篮时摔了一跤，脸皮擦破了，脸上红红肿肿的，还有血痂呈现在脸上。儿子在地上爬着，一身邋遢得像条泥鳅。钟万银迷茫了，这么高的站篮，这孩子是怎么爬出来的？父亲担心儿子会爬了就会爬出大门。那天傍晚，父亲钟万银去日杂店买了条锁狗的铁链，第二天一家人出去时，他将链子一头系在桂花树上，一头扣在儿子腰上，这样儿子再怎么爬也只能爬出七米远。从那天开始，钟铁龙就一直被系在桂花树下，那根令他讨厌的铁链永远控制着他的活动范围，最长的距离是可以让他爬到门槛很高的大门前，让他趴在门槛上或直起腰看街上行驶的驴车或偶尔驶过的单车。

郑小玲听丈夫这么说完，爱怜地看一眼丈夫，问："那你小时候一定很苦吧？"

钟铁龙边开车边说："我小时候人贱得同狗一样，没人关心我的存在。"

郑小玲捡起他姐姐的话题问："我以前好像听你说，你那个姐姐是被人害死的？"

很多年里，钟铁龙都不愿意想姐姐，因为他一想到姐姐就浑身哆嗦、牙关紧咬，就仇恨得眼睛充血！这是他长到七岁时，第一次看见的死人竟是他姐姐。那是一九七二年。那一年姐姐钟金凤十五岁，是名身材丰满的大姑娘。金凤小学毕业后就没读书了，原因很简单却相当有力，父亲是地主兼资本家，两顶"高帽子"把她阻挡在黄家镇中学的校门外了。钟金凤是父亲的掌上明珠，高高挑挑又漂漂亮亮。父亲可不想看见女儿整天在家闷闷不乐，咬咬牙，找这个人那个人借了笔钱，买了台上海缝纫机厂生产的蝴蝶牌缝纫机，让女儿金凤学缝纫。金凤就天天在家里踩缝纫机。她做的第一件衣服是为钟铁龙做的一件学生服，只是钟铁龙穿在身上时，始终觉得口袋不在同一条线上，一个高一个低于是不肯穿。她做的第一条裤子也是为弟弟量体裁衣做的，因怕弟弟第二年穿不了，把裤腿做得很长，裤裆做得很大，裤腰都爬到钟铁龙的胸脯上了。钟铁龙觉得好丑的，说："我不穿。"

父亲钟万银给了儿子一耳光，说："穿，不穿我捶死你。"

钟金凤很高兴，弟弟穿了她做的衣服，还穿了她做的裤子。那年十一月里的一天，钟金凤眯着眼睛欣赏着自己的"作品"，忽然对弟弟说："铁龙，姐姐给你做件棉袄。"她扯来了一丈多农民织的土布，又买来两斤棉花，在家里大张旗鼓地为弟弟做着棉袄。她做了四个月，做了拆，拆了又做，还搭车到县城书店买了本裁缝书，面对裁缝书研究袖口怎么对接。等她终于把棉袄做好已是次年春天了。就是那个春末，姐姐钟金凤死了。

姐姐去镇百货商店买线，镇百货商店是晚上八点半钟关门，吃过晚饭，姐姐见还不到八点钟，就起身去百货商店买线。姐姐这一去就再也没有回来。等街上的人发现姐姐时，姐姐被人掐死在一处破败的房子里了。那处房子没人住，房子最后的主人是个老女人，老女人于几年前死了。姐姐的死相让人心悸，衣服撕烂了，裤子被扒下来，腹部和阴部上有抓痕，还有血和男人留下的精液。这一切，七岁的钟铁龙并没看到，当钟铁龙看到姐姐的遗体时，尸体已被心痛的父亲用床单裹得严严实实了。父亲最疼爱姐姐，也就痛哭流涕；母亲也号啕大哭，钟铁龙也哭了，心里很害怕地哭道："姐姐、姐姐呀呜呜呜呜姐姐……"

他脑海里始终悬着一个画面，这个画面很破、很忧伤，人影浮动，而姐姐那张稚嫩且姣好的脸却浮在人影上，像晨曦中的一颗朝阳。他记得，姐姐死后，大人们在院子门前磕磕钉钉地搭了个油布棚，棚里挂了姐姐的遗像，遗像是姐姐小学毕业时照的毕业像，那是张十二岁的少女稚嫩的脸蛋，一双眼睛幼稚地看着尘世，目光十分天真。遗像下摆了张桌子，桌子上摆着木头鱼和苹果、香蕉，桌下搁着口杉木棺材。在他的记忆里，开追悼会的那晚，来了几个姐姐的女同学，还有左邻右舍的婆婆姥姥。母亲哭得昏死过去，有人就掐母亲的人中，让她醒过来。母亲醒来了又哭，但声音很嘶哑和悲伤，父亲没哭，大哥一直没哭，而是黑着脸。那时大哥已是名知青，下放在离镇街上六七里远的黄家村。那天晚上钟铁龙也没哭，事先大哥钟唤龙冲他斩钉截铁地吼道："别在街坊面前丢人现眼。"他记住了大哥的话，就木木地站在姐姐的棺材前，觑着来来去去的人，脸上没什么表情。他看见刘松木也站在人堆里，李培也来了，穿着一身干净的蓝衣服，站在一旁用同情的目光看他，还对他友好地挤了下眼睛。追悼会结束，李培走过来对他说："我妈说你姐姐是被一个坏男人奸污后掐死的。"

钟铁龙恨恨地说："等我长大了，我要杀了那个坏男人。"

刘松木插话道："那我帮你一起杀死那个坏男人。"

此刻，钟铁龙的脑海里，隐约呈现了七岁的他，那个七岁的他在姐姐的追悼会上，攥着小小的拳头，仇恨地觑着一个个面孔陌生、古怪的男人，总觉得其中某一个男人就是杀害他姐姐的凶手，这让童年的他迷惑、心颤、全身哆嗦。很多年里，他脑海里一直悬着一幅移动的画面，就是他在读大学时，和后来在电工厂子校的宿舍里及再后来在金阳娱乐公司混时，脑海常常浮现着那幅凄惨的画面。即使他提起斧头劈丁建的那个晚上，他蹲在雨中等候丁建归家的那一刻，脑海里挂着的仍是那幅凄惨的画面！那幅凄惨的画面是他七岁的那个清晨，他被父亲叫醒了，一缕苍白的阳光涂抹在那个四月的令他迷茫的清晨的墙上，致使那面墙格外苍白、刺亮和诡异。他睡眼惺忪地站在街口，突然鞭炮声炸响了整条街，烟雾在街上飘，不是上升而是横着向他冲来。几个与钟家有点亲戚关系的大男人于鞭炮声中起棺，抬着棺材悠悠晃晃地出了小巷。七岁的他跟在后面，直走到镇尾的坟山上，那儿已挖了个墓穴，新挖的泥土释放出刺鼻的腥味。父亲和那几个大男人将棺材小心地放进墓穴，把抬棺的粗麻绳扯上来，接着，一铲一铲的黄土在他眼里抛下墓穴，打在棺木上，发出一种古怪的令人齿寒的响声。这种忧伤、铿锵且杂乱的响声伴随着送葬的悲惨场景，形成了一幅流动的画面，犹如锤子将一颗钉子钉进墙壁似的，永远钉在他脑海里了，在他脑海里生锈、发烂，致使他的心理十分阴暗、孤寂和恶毒。只要他想到姐姐，掩埋姐姐时那一铲一铲的土坨儿打在棺材上的响声，便从他记忆的深海里跳出来，像冷血的鳄鱼爬出水面晒太阳样，在他耳膜上爬动、喧闹，让他发毛、生恨，还让他牙龈酸冷，因而生出种种邪恶的念头。

钟铁龙开着车，眼睛盯着路面，边回答郑小玲说："我姐是被人强奸后掐死的，死时只有十五岁，还是个少女，很惨。我从来没忘记过我姐，我读初中时跟着三狗他们练武，心里只有一个目的，就是想为我姐报仇，杀死那个狗娘养的。"

郑小玲见钟铁龙黑着脸，问："你姐的案子一直没侦破？"

"没有，这也是我很恨的原因。"

郑小玲说："什么人干的，一点线索都没留下？"

"那时候是'文革'期间，我们家在镇上是'黑五类'，在那个'左'得没边的年代，谁会去关心'黑五类'家的人？被害的是'黑五类'家的子女，就没有人认真去查。时间一久就查不出了。那个害死我姐的坏人，至今还逍遥法外。"他说到这里，冷冷一笑。

"那太要不得了，"郑小玲望一眼儿子，儿子已在她怀里睡着了，"人命关大呢。"

"当时我只有七岁，假如我当时年龄大一点，我会自己去查。"

钟铁龙想，自己的性格形成和发展，与当年他姐的死似乎有着千丝万缕的关系，又道："我姐的死，让童年的我很恨当时的社会，可以说姐姐的死，改变了我的生活和我，使童年的我充满了报仇的心理，这种心理让童年和少年的我一度很敌视社会。"

郑小玲咯咯一笑："我能理解，因为你很爱你姐。"

"是的，我小时候就是追着我姐玩，"钟铁龙回忆道，"大哥那时候不理我，嫌我小，我姐从不嫌我，经常带我上街玩，过年时还带我去她同学家玩。"

钟铁龙边驾车，边又说："'文革'中，我们家在镇街上遭人唾弃和鄙视，我四五岁的时候，常看见我父亲被造反派揪着在镇街上游斗，他们押着我父亲，让我父亲一边敲锣一边喊'我是牛鬼蛇神，我有罪，我罪该万死'。你想想，那时候我多大？还不眼泪汪汪的？我小时候很孤独，其原因就是我父亲是所谓的地主兼资本家，那时候街坊都不准他们的孩子跟我玩。所以我童年时候常常是一个人，像条脏狗，不逗人喜欢。我很感谢刘松木和李培，他们是我童年和少年里，唯一两个愿意跟我玩的伙伴，尤其刘松木，差不多天天和我在一起玩。如果没有他们两个人，我的童年和少年那就一个朋友都没有。"

郑小玲听他说，边表示同情地点头："我能理解，铁龙，我感觉你的不幸的童年，形成了你今天这种坚强的性格。"

"是的。"钟铁龙说，脑海里又出现了穿得脏兮兮地走在为姐姐送葬的凄凉的队伍中的七岁的自己，那个隐匿在时间里的他长着个小尖脑袋，紧攥着小拳头，一脸悲伤。"以前我每次回来，都要找刘松木和李培玩，这是我心存感激。一个人要善于知恩，不知恩的人，在这个世界是不会有朋友的。男人没朋友，就打不开事；有朋友，朋友会为你出力。"

钟铁龙开着辆米黄色的本田雅阁车出现在家门口时，令左邻右舍都惊呆了。在九十年代，小轿车很少光临黄家镇，镇上的人见得最多的是手扶拖拉机和农用汽车，那些嘟嘟嘟响的机动车一路冒着黑烟，既让人羡慕又让人生厌。钟铁龙开来的是一辆崭新的轿车，很快就招来了一大群看着他长大或同他一并长大的人。刘松木也来看他的轿车。刘松木因那一次打架将对方致残又无钱出医疗费而在县监狱蹲了几年，今年放出来了。刘松木走拢来，傻傻地看着这辆漂漂亮亮的轿车，满脸都是羡慕和惊奇，问："这是什么车？"

钟铁龙告诉他："本田雅阁，日本车。"

"这车要好多钱一辆？"

"三十多万。"

"这么贵？"刘松木吃惊道。刘松木回来后从别人嘴里晓得李培和三狗、张兵都跟着钟铁龙在长益市做事，脸上就有一些要求。他咧咧嘴说："让我到你公司去打工？"

钟铁龙不想让刘松木到他的桑拿中心打工。刘松木遇事时不是那种息事宁人的目光，看人时目光反倒很挑衅，这便是他两次打架两次蹲监狱的原因。两人还在地上爬时就玩在一起，钟铁龙当然了解他。李培、三狗和张兵的目光柔和些，不会让人不舒服，刘松木盯你的目光会让你全身发毛，甚至是有意刺激你的大脑神经，激活你产生敌对的化学反应，这是因为刘松木渴望打架，好使用武力征服你。钟铁龙对刘松木说："我那里暂时不需要人了。"

刘松木冷冷地瞟他一眼："李培、大师兄和张兵不都在你那里做事吗？"

"是的，但我们桑拿中心用不着再添人。要我辞退其中一个，也不好，你说是不是？"

刘松木没想到他的开口被拒绝了，他觉得他跟钟铁龙应该是最好的，没想钟铁龙居然拒绝了他。他的脸跌了下来，跟地上的黄土一个颜色了。钟铁龙拍拍他的肩说："松木，你不要急，等以后有什么事了我再跟你联系。"

刘松木把意见放到脸上，阴着脸一句多话也没说地走了。

晚上，一家人吃过晚饭，钟铁龙走到茂盛的桂花树前，拍了拍结实的树干，摘下几片桂花树叶，放到鼻前嗅着，想自己的幼年就是在这株茂密的桂花树下长大的。他一出门，到了刘松木家。他知道刘松木对他有意见，他来，是想帮一下刘松木。刘松木家里破破烂烂的，连台电风扇都没有。刘松木的儿子三岁了，已经能跑了，一身邋里邋遢的。这让钟铁龙想起了自己和刘松木的小时候。刘松木的老婆很瘦，一张南瓜脸因为瘦，变成怪相了，还只二十多岁就像有三十岁了似的，憔悴、清苦、冷漠跟刀刻在她脸上了一样。她看见进来的是钟铁龙，脸上就尽量笑着。刘松木没笑，脸上仍搁着许多意见，抽着烟，屋里有劣质烟味儿。

刘松木抬脚把一旁的椅子勾给他说："坐。"

钟铁龙一点也不嫌弃地在那张椅子上坐下，刘松木对老婆说："泡杯茶啰。"

刘松木老婆就为钟铁龙泡茶，刘松木冷冷道："我这烟你不会抽。"

钟铁龙拿出一包软中华，递了支给刘松木，说："你现在出来了，打算干什么事？"

"我想跑运输，"刘松木丢大话说，"以后搞辆货车，运煤什么的。"

刘松木的老婆讥笑刘松木道："松木，莫做梦了，你哪里来的钱买车？"

"又不买新车，买旧货车。旧货车只有一万至一万五一辆。"

刘松木老婆又讥诮道："你好像随随便便就拿得出一万五一样，还是死了这份心你。"

刘松木睨一眼老婆，目光像一道电光掷去，把他老婆打得一颤，他克制了发火，对钟铁龙说："跑运输虽然赚不了大钱，但养活自己和一家人还是没问题。"

钟铁龙问刘松木："松木你有驾照吗？"

"没有，驾照要到县交警队办的驾校学车才能拿到。"刘松木说，仰头看了眼电灯，"那要交八百还是一千块钱，学车还要几百块钱伙食费，我现在还没这笔钱。"

钟铁龙掏出钱包，钱包里有一千七百块钱，他全掏出来给刘松木，说："你拿去学开车。"

刘松木的脸上就有感动："这我怎么好意思？"

刘松木老婆反对刘松木学车："他就是学了开车也没用，买车还要一万五千块钱，他到哪里去拿这一万五千块钱？你还是现实点，松木，我们还是卖馄饨实际些。"

钟铁龙笑笑："一万五千块钱不算事，到时候我可以借你们。"

刘松木老婆说："借钱是要还的，他拿命还你哦？"

刘松木终于动火了，盯老婆一眼说："你嘴巴可以闭上不？"

"让她说，"钟铁龙望一眼刘松木老婆，"赚了钱就还，没钱就不还。我不在乎。"

刘松木老婆酸溜溜地说："钟铁龙到底是大老板，说话口气真大。"

钟铁龙想这女人嘴巴是有点讨厌，笑笑，望着刘松木。刘松木把那一千七百块钱放进口袋，脸上就有了笑，人就显出了气魄："老子明天就去县交警驾校报名。"

二二　李培

刘松木真的去了县交警队，交了钱，报了学开货车的名。一个星期后他就进班了，跟着司机学开车。刘松木非常热爱开车，学得很认真。那时候学车要住驾校，每天训练。刘松木一早就起床了，坐到车上抓摸方向盘，他觉得这真好。摸了一个星期的方向盘，他开始驾车了，教练坐在一旁指导他开车。教练员说："方向盘要把握好，不要跑方向盘。"

刘松木就把方向盘抓得牢牢的。

教练员说："你的右脚要做到不在油门上，就在刹车片上。"

刘松木记住了，脚不是在油门上就搁在刹车片上。

六月里的一天，身材高大壮硕的刘松木就雄赳赳地走进了长益市银城大酒店的桑拿中心，李培看见是他，高兴地打了他一拳，"松木是你。"李培大笑着说。

在刘松木眼里，李培瘦了，从前那一头浓密的黑波浪不见了，剪了光头，因而脸显大了，比以前也白了许多，且胡子刮得干干净净，像个和尚。李培穿一身黑西装，手戴白手套，脚上的皮鞋一尘不染，因此整个人很帅气。刘松木看着李培如此帅气，心里不免有点妒忌，见李培一脸的快乐，就觉得李培过得一定很舒坦。"你在这里还好吗李培？"

李培拍着刘松木的肩，说："我好，没什么蛮多事。你呢？怎么跑来了？"

刘松木笑笑："来找钟铁龙有点事。"

李培很高兴地看着刘松木："要是你也来做事，我们三个人又在一起了。"

"我也想来，就是不晓得钟铁龙会不会要我。三狗师兄和张兵呢？"

"三狗和张兵今天考摩托车驾证去了，"李培说，嘻嘻笑地看着刘松木，刘松木也嘻嘻笑地望着他，"走吧，我带你到钟铁龙房里去。"

李培把刘松木带到八楼钟铁龙长包的客房里，刘松木从衬衣口袋内掏出个黑本子，那是白水县交警队发给他的实习驾驶证。他拿给钟铁龙看说："我已经会开车了。"

钟铁龙递了支中华烟给他抽，刘松木贪婪地吸几口，看着他。钟铁龙说："有了驾驶证，下一步就是搞车了。"

"嗯，我已打听了，红旗织布厂那辆解放牌货车只要一万二千元。"

钟铁龙拿起电话，打楼下出纳员的电话，对出纳说："你拿一万二千元来。"他突然问刘松木："一万二千元够不够？"

"可能还要钱搞一下车。"

钟铁龙又对着话筒说："拿一万五来。"

出纳拿了一万五千元来了，用一张旧报纸包着。出纳走后，钟铁龙让刘松木数一下，刘松木数了，是一万五。刘松木从没见过这么多钱，数钱时手竟有点抖。刘松木说："龙哥，你真够朋友。哪天，若用得着我刘松木，我刘松木保证为你赴汤蹈火。"

两人从儿时玩到今天，刘松木是从不服输的，儿时打架，刘松木就是输了也不服气，不是说他没吃早饭，就是说自己感冒了或肚子不舒服，总是有借口。今天身材魁梧的刘松木竟张口称他"龙哥"，钟铁龙就看着他笑，想钱这东西既能让人高大，又能让人卑贱。钟铁龙拍拍刘松木的肩："会有用得着你的时候，不过你还是先老老实实搞你的运输。"

刘松木就表忠心说："只要你用得着我，我就是把命送了也无所谓。"

李培开口道："龙哥，我以为松木是来做事的。"

钟铁龙望一眼李培，李培居然也跟着刘松木叫他"龙哥"了，他们可是同班同学啊。读高二时，李培还老师样辅导过他数理化呢。他心里有几分高兴他们这么叫他，这证明他在他俩心中的地位变了，脸上又一笑："等我的公司发展了，再叫松木来做事。"

刘松木咧开嘴笑笑："我还真想开车，开车蛮好玩的。"

钟铁龙说："好好搞你的运输，尽量不要跟别人打架，你的缺点就是爱惹是生非。"

刘松木忙向钟铁龙表白："龙哥，我现在表现极好的，一点都不惹是生非了。"

钟铁龙看一眼李培说："李培，你带松木开一下洋荤，下去跟石总说，要他安排松木跟俄罗斯小姐洗个桑拿，账记在我身上。"

李培拍了下刘松木的肩："龙哥对你真客气。"

刘松木和李培下到六楼，李培在刘松木肩上打了一拳："你跟牛一样结实。"他再要揍刘松木，刘松木就逮住李培的拳头，李培就用勾拳打刘松木的腰，刘松木闪开道："如果是别人我就一勾腿把他踢飞。"

李培哈哈一笑，对走近的石小刚说："石总，这是刘松木，龙哥的朋友，这是石总。"

刘松木就瞟着石小刚，石小刚伸出手，刘松木与他相握，石小刚说："幸会幸会。"

李培说："龙哥要你安排俄罗斯小姐给他洗桑拿。"

石小刚握着刘松木的手没松，愣了下，问李培："哪个龙哥？"

李培一笑："钟铁龙。"

石小刚望一眼刘松木，觉得刘松木有点土气，但那土气中有一股粗野和凶悍，就把目光落到李培脸上说："普通房间都有客，你带他进豪华套房吧。"

李培把刘松木带进了桑拿豪华套间里。刘松木一进豪华套间就一脸兴奋，他往绿色的羊皮沙发上一坐，马上又起身进桑拿间看，那带冲浪的浴缸和那张宽大的席梦思床让他由衷地兴奋。他对李培说："李培，我刚才看见一个妹子好漂亮的。"

李培回答："这里的小姐个个漂亮，不漂亮的这里还不要。"

刘松木拿出自己买的一包精白沙烟，原是准备开给钟铁龙抽的，因为桌子上、茶几上到处都丢着软中华烟，他就没拿出这包精白沙。他撕开亮纸和锡皮纸，抽出一支递给李培，问李培："那这里的妹子都可以搞吗？"

"当然都可以。"

松木就眼睛发亮地盯着李培问："你搞了几个？"

"我？我们连边都不能沾。龙哥自己都不搞的，龙哥说了，谁搞了谁立即走人。"

有人敲门，用生硬的中国话说："我可以进来吗？"

李培仰起头说了声："请进。"

门推开了，走进来的是一名金头发蓝眼睛的俄罗斯小姐。俄罗斯小姐见房间里是两个男人，脸上有些疑惑，问："我可以吗先生？"

李培起身，说："我走了，松木，她问你她可以不？"

刘松木的眼睛直了，他没想到进来的是一位金头发蓝眼睛的洋妞，忙说："可以。"

李培出门了。俄罗斯小姐关了门，转身对刘松木亲昵地一笑。俄罗斯小姐走到他面前，低下头用生硬的中国话叫了声"老公"，刘松木觉得很别扭，没动。俄罗斯小姐站直身体，脱去一身白连衣裙，她的身体闪烁着迷人的光泽地呈现在刘松木的眼里，把这个在黄家镇长大的男人看傻了眼。俄罗斯小姐笑着脱掉了他的衣服，亲昵的模样拍拍他的胸，转身走进桑拿间，开水试水温。刘松木脱得精光地走过去，一身激情地用俄罗斯小姐听不懂的白水话发狠道："老子今天要×死你。"

俄罗斯小姐因听不懂就微笑了下。

身材高大、魁梧的刘松木回到黄家镇再望着老婆时，觉得老婆真不是东西，如果俄罗斯小姐像一朵牡丹，那老婆真像一朵枯萎的南瓜花，既没香味，也没有看相。老婆见他拿了一叠厚厚的人民币回来，就讽刺他说："松木，我不是不相信你，看你以后拿什么还人家？"

171

刘松木粗着喉咙说："拿命还人家总要得吧？"

老婆说："你的命值几个钱？钟铁龙会要你的命？"

刘松木真想给他老婆一巴掌，说："你真是张乌鸦嘴，你别的都好，就是这张嘴讨嫌。"

老婆不喜欢欠债："我劝你把钱还给他妈妈。"

刘松木给了老婆一耳光，把老婆打倒在地。他只用了三成力，老婆就被他打晕了。小松木正在一旁玩从隔壁家孩子手上抢来的变形金刚，见母亲忽然倒地，害怕地哇哇哭了。刘松木望一眼儿子，脾气很大地吼了声："再哭，老子打死你。"

小松木就闭了嘴，眼泪汪汪地看着他和躺在地上的妈妈。刘松木拿起一只脏碗，舀了碗冷水，泼到老婆脸上。老婆醒了，打了个冷噤，抽搐了下，愤恨地骂道："畜生。你是畜生，你说过畜生打老子，你今天又打老子，你是畜生。"

刘松木对老婆说："我说过我不想动手打人，是你自己讨打。"

老婆愤怒道："畜生，你畜生一个咧。"

整整有三天老婆都不理他。

刘松木摸老婆的奶子，老婆护住乳房，让他睡一边去。刘松木摸老婆的屁股，老婆就起身爬到儿子床上去睡。老婆说："松木，你这畜生打老子，老子就是不给你搞。"

刘松木眼里出现了那个俄罗斯小姐，就觉得这个世界很大，无须把心放在老婆身上，他大声说："等我买了车，赚了钱，你请我搞，我都不得搞你了。"

第二天，他一肚子劲地跑到县城里，叫了个专门修汽车的师傅，让他看车。刘松木对那个师傅说："我想买辆货车，但我不懂汽车，我想请你帮我看下车。"

那师傅是个学修理且热爱修理汽车的年轻人，他一听松木这么说，就开一辆丢在他修车店修理的旧北京吉普，来了。在车上，刘松木问他修了几年车，修车师傅说"我十五岁就开始学修车了"，刘松木放心了，忙拍了下修车师傅的肩道："我一定要交你这个朋友。"

红旗织布厂的这辆解放牌货车已报停两年了，汽车的外壳都生锈了，轮胎也瘪了气。曾有几个人想买下这辆货车跑运输，但一看这副情形都甩头走了。红旗织布厂的负责人用穿着邋遢皮鞋的脚踢着瘪轮胎说："这辆车看相是差一点，但应该还好开，它只跑了十三万公里。只是厂里出不起养路费和汽油费，就停了这辆车。"

刘松木问修车师傅："你看怎么样？"

修车师傅摇着头说："不行，这辆车最多值八千块钱。"

红旗织布厂的负责人说："一万二是最低价。"

修车师傅摇头："这辆车还要大修，要换的东西很多，至少还要修几千块钱才能上路。车厢车头都还要做油漆。最多值八千。"

红旗织布厂的负责人说："做油漆要多少钱？一桶漆才几块钱。"

修车师傅说："油漆是要不了好多钱，但要保证这辆车上路安全就要换零件。"

红旗织布厂的负责人也觉得这辆车值不了一万二，就降价说："可以少一千块钱。"

刘松木太想开车了，这辆破货车最终以一万一千元的价格卖给了刘松木。修车师傅拿来气泵，将这辆破货车的四个轮胎的气充足，加了一壶汽油，发动了一气，居然发动了，刘松木就高兴地爬上驾驶室，开着它缓缓驶出了红旗织布厂的破大门。他一上路就按了下喇叭，居然很响，把一只在路旁漫步的母鸡吓得飞了起来。刘松木嘿嘿嘿地笑了，很开心。

二三　孙厂长

早些买车前，钟铁龙和石小刚就在长益市的南区运动路旁的一条小街上各买了套四室两厅两卫房，建筑面积有一百五十六个平米。钟铁龙买了四楼的一套，石小刚买了三楼的一套，叫来力总，力总就领着他的设计师测量每间房子的长宽高，设计和装修，过了年，两家人就相继搬了进去。郑小玲没上班了，长益市电工厂已停产，吃着国家救济。郑小玲在家带孩子，边指挥保姆搞卫生。住惯了小房子的郑小玲，一住进大房子就有一种辽阔草原的感觉，特意跑进商场买了双溜冰鞋，带着儿子在客厅里玩溜冰。有着四十多个平米的客厅，铺着贵妃红花岗岩，洒一点水就很滑，正好玩溜冰。母子俩没事就在客厅里溜冰。好在楼下住的是石小刚，对他们母子俩别开生面的玩法没提意见。事实上，楼下一般只有云南妹一人，石小刚基本上是在桑拿中心待着，只有半夜里和上午在床上睡觉。云南妹不怕吵，为了抵制楼上的旱冰运动，她把电视机的声音开得很大，没电视看她就看录像片，没录像看她就听音乐，在音乐的旋律中回想她的家乡和同学。云南妹喜欢写诗，时不时会写一首情感饱满的诗拿给郑小玲看，让郑小玲提意见。郑小玲不懂诗，只会说："好、好、好，写得好。"

云南妹会娇媚的样子斜一眼郑小玲，用云南话说："好在哪里呢你觉得？"

郑小玲用湖北话回答云南妹："我不懂诗，钟铁龙的大哥是诗人，下次我把你的诗带去，让他点评下，我再告诉你。"

云南妹一笑："钟铁龙的大哥是诗人？"

郑小玲说："不是，是教语文的老师，写过一些诗，有些诗还在报刊上发表过。"

云南妹兴奋了，问："钟铁龙的大哥叫什么名字？看我以前读过他的诗没有。"

"钟唤龙。"

云南妹马上检测她大脑的记忆库，就跟拼命回忆某个人似的，但那个仓库中储藏的诗人里没有钟唤龙这个名字。她摇头说："我好像没读过钟唤龙的诗。"

郑小玲一笑："我也没读过，他大哥在诗界好像没什么名气。"

云南妹见郑小玲不懂诗，就拿录像来看。云南妹喜欢看恐怖片，一个人又害怕看，便上楼和郑小玲一起看。两个女人看恐怖片看得非常紧张，看完后就等着各自的男人回家。云南妹说："我要是男人就好了，我就不会老待在家。"

郑小玲说："下辈子吧，下辈子我们都做男人。"

云南妹没事就上楼来逗钟万林，买了很多东西给钟万林，今天给钟万林买件衣服，后天给钟万林买双鞋子，大后天又头一个坑具给钟万林，再后天又搂着钟万林上街买东西吃。云南妹是那种热情、率真、爱幻想又爱交往的女人，还是个身上所有的细胞于新陈代谢中都在生产爱的女人，她必须把这些爱用完才舒服，不然就浑身别扭。

郑小玲说；"你这么爱孩子，就跟石小刚生一个吧？"

云南妹听了一笑："不正努力吗？"

运动路上有一家儿童玩具厂，儿童玩具厂当街，一栋楼上下三层，那是儿童玩具厂的全部。儿童玩具厂是一家大集体工厂，因生产的玩具一点也不新鲜，早十年就开始走下坡路了，等到钟铁龙留意到它的存在时，儿童玩具厂早停产四年了。儿童玩具厂的一旁有家面馆，钟铁龙有天早上在这家面馆吃面，儿童玩具厂的厂长也在吃面，面馆老板就笑着问厂长厂里的情况，厂长叹口气说："要散了，工资都发不下去了。生产的娃娃和小熊，没孩子玩了。"

面馆老板问："那是为什么呢孙厂长？"

孙厂长又长叹一声说："现在的孩子都去玩变形金刚啊汽车火车啊和玩打得响的枪了。哪个还玩娃娃啊积木啊这些简单的玩具？"

面馆老板说："那你不晓得生产变形金刚啊汽车啊什么的？"

孙厂长摇头说："哪里来的钱啊？要转换产品就要投资，没有几百万是不行的。"

面馆老板说："那你还不如把厂房租出去，可能还能租一笔钱。"

孙厂长说："早一向有一个人找到厂里，想租我们的厂房做旅社，还有一个人想租厂房的下面一层开饭店。但租金都太低了，他们只肯出五万一年。厂里有一百多人要吃饭，每个月光给职工开工资就是一万多元，一年没有十五六万是不行的。"

钟铁龙盯了眼孙厂长，孙厂长五十来岁，长一双青蛙似的鼓眼睛，秃了顶，露出一个光亮亮的赭色额头，这额头里装的不是快乐而是困窘。钟铁龙记住了孙厂长的模样。

这天上午，钟铁龙把本田雅阁停在玩具厂的破大门前，下车问传达室的一个老头："请问你们孙厂长办公室在几楼？"

传达室的老头扫一眼钟铁龙："三楼。"

钟铁龙就上了三楼，他走进厂长室时，孙厂长正在那儿大喊大叫地打电话，孙厂长放下电话，望着走进来的钟铁龙，问："你有什么事？"

钟铁龙一眼就认出了他是那天在面馆吃面的孙厂长，便说："我找孙厂长。"

孙厂长拿不准他来的目的："我是孙厂长，你有什么事？"

钟铁龙递上一支中华香烟给孙厂长，"我想租你们的厂房。"

孙厂长打量他一眼："我们的厂房很贵的，至少要二十万一年。你租得起？"

钟铁龙说："我可以坐下跟你谈吗？"

孙厂长忙指着靠窗的藤椅："坐坐坐。你准备租它干什么？"

"开餐馆，"钟铁龙没把真实的想法告诉他，"也有可能是搞别的行当。"

钟铁龙跟孙厂长说了将近一个小时话，进来一个中年妇女，中年妇女的脸上挂着微笑。孙厂长向钟铁龙介绍说："我们厂的刘书记。"

两人握手，孙厂长对刘书记说："他想租我们的厂房开酒店。"

刘书记"哦"了声，刘书记不关心这些，问孙厂长说："走吧？"

孙厂长和刘书记要去医院看一个病人，那是个老工人，患了肺癌，快死了，孙厂长和刘书记觉得应该去医院看看。钟铁龙对孙厂长说："那我晚上请您吃晚饭，您有空么？"

孙厂长没有手机，但有叩机，他把自己的叩机告诉钟铁龙："你打我的叩机吧。"

钟铁龙下到一楼，打量着这栋破旧的厂房，他眼里出现了这栋楼装修后变成很热闹的情景，一拨拨的人拥来消费，钱像水一样流入了他的口袋。他看了眼街对面，对面是一栋新落成的二十层楼的金圣大酒店，他想他的桑拿中心一开业，金圣大酒店的客人不潮水一般涌来了？到时候怕是门都挤烂呵。他开心地想。他真的很烦躁，账上现在有五六百万，如果不重新投资，那是放在银行里变水。做别的行业，他没把握，他决定在运动路上开一家既唱卡拉OK，又洗桑拿的娱乐城。他把车开到银城大酒店，直接进了自己的长租房，拿起厚厚的《史记》啃读。下午四点多钟，他从梦里醒来，出了身冷汗，因为他梦见丁建倒在地上的情景，还梦见丁建一头血地抓着他的胳膊，要把他扭送到公安局去。在这个可怖的梦里，血不但在丁建头上流淌，还流到了他手上和衣服上。他醒来后，首先看自己的手，手上没有血，又看衣服，衣服干干净净的，便奇怪地想他怎么会梦见一头是血的丁建？丁建怎么会在这个时候跑到他梦里来？他呆呆地望着窗外，那个七岁的走在送葬队伍里的他，又出现在他脑海里，那个他的脸色是苍白的，穿着姐姐给他做的宽大的衣服。他驱赶掉这个童年的记忆，打了孙厂长的呼机，十分钟后孙厂长回话了，钟铁龙在手机这头说："我开车来接您？"

孙厂长说："那谢谢你了。"

钟铁龙开着车向运动路驶去，他在车上打了孙厂长的电话，孙厂长下来了，灰暗的秃额头上滚动着细小的汗珠，让他的脸色变得十分焦虑和困窘。孙厂长钻进汽车，感叹说："真舒服，你们这些有钱人真晓得过。"

钟铁龙想就在两年前，面对刚才在他梦里纠缠他的丁建，他也是孙厂长这样想的，便一笑，开着车驶向银城大酒店。银城大酒店的餐厅很凉爽，那是中央空调制造的凉爽。两人在靠窗的桌前坐下，从窗玻璃望出去，大街上车水马龙，天空一片橘黄色。钟铁龙点了好几个菜，问孙厂长喝茅台还是五粮液。孙厂长说："茅台吧。"

吃饭时，钟铁龙没跟他谈生意，而是笑着问他活到五十五岁里，一生中嫖过娼没有。孙厂长忙凄凉的样子摇下秃头："我们厂很穷，要有钱才能玩啊。我一个月也就是两百块钱，家里有三个小孩，大儿子倒是工作了，可是结婚还需要钱咧。我哪里有钱干那种勾当？"

钟铁龙觉得这事已经有八成了，这年头，一个有着三个孩子的父亲是多么渴望有钱改变生活啊。他笑笑："等下我请你到楼上洗个桑拿。"

孙厂长望着钟铁龙："我听说洗这种桑拿很贵的，要一千块钱一次是吗？"

钟铁龙打消孙厂长的顾虑说："你不用担心，我买单。"

孙厂长的眼睛就亮了，很想尝鲜，又担心道："这不太好吧？"

"没什么的。"钟铁龙说，想要把这个老男人拖下水就得先腐蚀他，便大气地一笑，"男人么，连不干一点坏事也不是男人。"

孙厂长是小领导，小到除了厂里的职工，什么人都可以冲他瞪眼或视他而不见。孙厂长活得很自卑，还觉得自己活得很窝囊，一辈子都缺钱花，过着紧紧巴巴的日子，而这一切都是由于他有三个儿女，以致他在不断地付出付出付出，付得自己连买双袜子都要下三次决心。孙厂长领导着儿童玩具厂的一些穷酸的嘴巴很多的堂客们，尽管他是跌在那样的花园里，尽管他想同厂里的某个女人做床第之事，但他的伦理道德思想像一根很粗的麻绳样将他粗暴地捆住了，犹如一根狗链子勒住了一条好斗的公狗似的。因此，孙厂长为人和给人的感觉就一本正经。孙厂长这样的小领导，一辈子都是被上级领导压迫和绷着脸批评的，或者被怨声载道的工人指桑骂槐地骂的，还没被人捧在手上招待过，当然就十分受宠若惊。他洗完桑拿，一脸快活地走进休息室，说："我发现世道真的变了，不再是六七十年代的世道了。"

钟铁龙想他才发现，便看着孙厂长那张快活的脸淡淡一笑："社会在进步啊。"

"我是你这年纪的时候，摸一下女人的手，女人都会骂你流氓。"孙厂长说。

钟铁龙哈哈一笑，把刚刚享受了下小姐服务的老色鬼领进房间，让老色鬼坐到沙发上。钟铁龙开口了："你说一个具体数额，把厂房租给别人的底线是多少钱？"

孙厂长皱起了眉头："最低也要十五万。因为我们厂有这么多职工要吃饭，不开最低基本生活费，他们会吵事，会跑到局里骂娘。"

钟铁龙吐一口烟，看着一脸苦恼的孙厂长，问："十二万怎么样？"

孙厂长说："十二万不行，我们厂有一百一十三名职工。"

钟铁龙从抽屉里拿出两万元人民币，递给孙厂长说："这是两万元。以后，我每年给你个人两万，我跟你签十年合同。十年就是二十万。二十万很多人一辈子都赚不到的。你一点事都不要想就进了二十万，直接进入你的私人口袋。"

孙厂长是个另惜了的男人，常常为几元钱的用途要思考和斗争半天。他看着这两万元钱，想的是后面的事。他说："要是你签了合同又不付后面的十八万，到时候我怎么找你要？"

钟铁龙想这个人倒是实在，有什么担心就说什么。"你放心，你先拿着这两万块，合同一签，我保证付你另外的十八万，一次性付给你。免得你提心吊胆。"

孙厂长睁着一双看人看得很多的五十五岁的眼睛，问他："你多大了钟老板？"

"二十八岁。"

孙厂长就一脸钦佩的样子说："你真年轻有为，二十八岁就做得这么好了。"

钟铁龙想着孙厂长的话，想他要不是负罪之人就好了，可惜他没有回头路可挑选了。他玩着打火机，想谁也不知道他，表面上他什么都拿得起放得下，其实他内心很恐惧，因恐惧而很想把自己变成一架不停地运转的机器。杀人很简单，要忘记自己所干的恶事，把自己变麻木，却真不容易。老子真想把自己变成一块没有感情的石头！他讨厌自己地想。孙厂长见他心猿意马又心烦意乱的样子，便起身告辞，他没留孙厂长进一步说话，送孙厂长出门后，他打石小刚的手机，让石小刚上来。石小刚上来了，穿着白尖领蓝花纹的短袖衫，看上去像是从韩国跑来的黄种人。他手握大哥大，脸上戴着赭石色的太阳镜，脖子上挂一根很粗的金项链，很有些俗气。钟铁龙觉得他好笑："你晚上还戴太阳镜做什么？"

石小刚就摘下太阳镜："我喜欢戴它。什么事？"

直到这个时候钟铁龙才告诉石小刚说："我准备在运动路再开一家桑拿娱乐中心。"

石小刚就一脸正色地问："开在哪里？"

"儿童玩具厂。"钟铁龙弹了下烟灰，"我要把儿童玩具厂租下来，你和张兵负责银城桑拿中心，我把三狗和李培抽出来，让他们负责那边的事。"

石小刚"哦"了声，钟铁龙则说："现在有刘夫人出面打招呼，就没什么可怕的了。"

石小刚回答钟铁龙："可以，你搞就是。"

石小刚下去后，三狗敲门进来了。三狗一点也不像从小地方来的人了，穿着雪白的衬衣，系一条灰领带，脸上十分精神，只是说话还有点土气。三狗、李培和张兵三个人里，钟铁龙最欣赏三狗，这个人做人很有原则，一是一二是二，从不做违背朋友的事。他想跟三狗找个女人，可能的话还跟三狗买套二室两厅房，把三狗永远安置在他身边。"大师兄，你从明天起把你手中的事全部交给张兵，你不在这里干了。"

三狗感到纳闷地看着他，钟铁龙给了三狗几秒钟困惑的时间，接着说："我准备重新开家桑拿中心，到时候你到那里当经理。我让李培做你的助手。"

三狗就稳重的样子笑笑："谢谢你信任我。"

"三狗，你已经三十六七了，再不找老婆也不行了，我跟你托人介绍一个？"

三狗又笑笑："看看吧。"

钟铁龙不想过多地跟三狗套近乎。三狗以前是他的大师兄，现在他是三狗的老板。"你可以走了，过几天，你和李培就跟我一起去签协议。"

钟铁龙觉得他应该感谢上天，上天让他拥有几个跟着他干的朋友。他在取用三狗或李培做经理的问题上权衡利弊了好几天，最后才选定三狗，因为要三狗听李培的，恐怕三狗会不服，不服就会有矛盾。试想想要三狗听命于李培调遣，他这个当年教他们摔跤和散打的大师兄的脸面不就扫地了？从某种意义上说，钟铁龙对三狗更放心。三狗一脸的稳重，不像李培那样遇事就激动就有些不知所措，李培人好、正直、坦率，但李培不能镇住"场子"。李培不是虎将，不是徐达，也不是常遇春（这段时间钟铁龙在读《朱元璋传》），没有虎相。三狗能镇住，三狗是他的徐达，三狗随便坐在哪里都挺直腰杆，哪怕是坐在门槛上，腰杆也是笔直的，如果他生气了，一双眼睛便坚定地盯着你，那目光会让你发怵。钟铁龙要的就是这个。

二四 合同

合同签得并不顺利，主要是玩具厂的刘书记反对，她坚持要十五万。孙厂长说服不了刘书记，刘书记见孙厂长这么热心地要把厂房租给钟铁龙，就怀疑孙厂长在这个项目中营私舞弊，更加坚持非十五万一年不租。孙厂长恼了，觉得刘书记故意跟他作对，便摆出厂长的架子说："我是厂长，我说了算。"

刘书记也不是省油的灯，关键时候敢于针锋相对："我是书记，厂里的重大事项，书记有权干预。十二万，我坚决不同意。"

孙厂长急了，说："这是一个难得的机会，错过了，就没了。我告诉你，对方只肯出十万一年的租金，我摆了很多厂里的困难，他才让步，答应十二万一年。"

刘书记不是这样看，她可不是那种随便几句话就能打发或哄倒的女人，她不屑地摆手："会有机会的，这么大一栋厂房，我就不相信租不出去。"

钟铁龙隔三岔五就约孙厂长吃饭，他一上吉祥酒店就叫上孙厂长，两个人海吃一顿，吃得孙厂长觉得钟铁龙像个皇帝，都崇拜起钟铁龙来了。钟铁龙对孙厂长的印象恰好相反，接触了几次，钟铁龙发觉孙厂长不是那种雷厉风行的男人，相反，他是个毫无主见的随大流的男人，怪不得玩具厂会毁在他手上。孙厂长说他很喜欢计划经济时代，那个时代没有竞争，只有生产指标，指标下来了，完成指标就是完成任务。孙厂长感叹说，现在这个时代是商业竞争时代，太激烈了，面对这个时代他毫无办法。钟铁龙不爱听他唠叨这些，说："你现在最要紧的是把刘书记搞定，不要让一个中年女人成为我们签合同的障碍。"

孙厂长没法搞定刘书记，这事拖了一个多月，刘书记找来了一个愿意出十三万元一年的老板，他是做服装的老板，他办的服装厂在县城，他想把服装厂搬到长益市来。那老板颇像个农民，腋窝下紧紧夹着黑包，包里装着十三万元现金，见面就要跟孙厂长签协议。孙厂长蒙了，这等于是将孙厂长的军，假如是下象棋，他这盘棋就被刘书记将死了。孙厂长觉得很背气，自己的如意算盘居然栽在刘书记手上了。他没有理由不同意，便说："可以，不过我得跟那个钟老板打个电话。"

钟铁龙一接了这个电话就晓得孙厂长做不得一点事。他原是想让孙厂长每年在他手上得两万元好处，自己顺便也每年省下一万元。现在，他觉得自己的想法很不对，为一万元，这份合同迟迟签不下来，这种所谓的节约意识如果不从根子上剔除掉，以后怎么发财？他一听孙厂长说那个老板肯出十三万一年的租金，马上说：

"我出十五万。"

孙厂长放下电话，阴着脸对服装厂老板说："钟总出十五万一年，他比你先联系，又比你多两万一年，我就只能考虑钟老板。当然，如果你愿意出十六万一年的租金，"他望一眼坐在一旁盯着他的刘书记，"我给你一天时间考虑，你愿意，我就租给你。"

服装厂老板迟疑了，现在要他加三万一年，三万块钱要做多少件服装才能赚回来啊。他说："你等两天，我回去跟我舅舅商量一下。"

孙厂长觉得自己总算取得了一点小胜利，便打发他走人说："那你回去商量吧。"

刘书记起身送服装厂老板，孙厂长冷冷地目送着他们出门，接着他有些沮丧地坐下，想十五万元一年他就什么都没有了。他在办公室坐到十一点半，电话响了，钟铁龙约他上吉祥酒店吃中饭。他放下电话，就骑着单车回家，匆匆拿了藏在衣柜里的钱，又赶往吉祥酒店，钟铁龙已在吉祥酒店的玫瑰包间等他了。孙厂长满头大汗，一进门就一脸服输地叹口气说："我骑单车骑急了心跳得慌，现在真是你们年轻人闯天下的时代了，我老了。"

孙厂长其实并没有他自己形容的那么老，还只五十五就已经不收拾自己了，衣服随便穿，胡子也懒得刮，皮鞋脏兮兮的。这是一个人甘愿服老，就把自己做落伍的人看了。钟铁龙看着他，感到这个人像一棵枯树一样倒了，剩下的只是慢慢腐朽了。孙厂长对钟铁龙说："我今天来是我认栽了。我来还钱。"孙厂长缓慢的样子打开搁在腿上的皮袋，拿出那两万块钱，一脸望着银子变了水的苦相说："既然是十五万一年，钱我就不要了。"

钟铁龙扫了眼孙厂长，见孙厂长一脸窝囊的老实相，就摆下手："钱送给你了就是你的了，你拿着。十五万就十五万，我们明天把合同签了。"

孙厂长忙作了个揖："谢谢，那明天签吧，刘书记也没话说了。"

第二天，钟铁龙便以十五万一年的租金与玩具厂签了租期为十五年的合同。过了几天，钟铁龙带来了金天装饰公司里几个学设计的小伙子，这些小伙子在空荡荡的厂房里丈量着房屋的长宽高，进行改造设计。钟铁龙的想法是一楼和二楼装修成卡拉OK娱乐城，三楼开桑拿中心。三层楼有将近六千个平米的使用空间，力总估算着说，装修下来，会要三百多万。钟铁龙对力总说："我要漂亮，又要别致，好好设计。要别人一进门就喜欢这里。"

力总说："我会认真设计的，你放心。"

钟铁龙想装修中的猫腻很多，不过让力总赚点钱也无所谓，自己不就是踩在他的肩上起来的？当年不是他力总出面做经济担保，他钟铁龙今天还不晓得在哪里混！他看一眼力总，说："力总，质量要过得硬，"他丢下一句有分量的话，"不然朋友都做不成了。"

力总笑着递支烟给钟铁龙："如果质量有问题，你可以不付钱。"

"好，"钟铁龙回答力总，"就冲你这句话，我给你做。"

先一年，长益市已出现了两家卡拉 OK 厅，一家叫太阳城，一个台湾人搞的；另一家叫金盛，是一个广东人来长益市搞的。两家卡拉 OK 娱乐城都在长益市北区的一条大街上，相距不远，都很火爆。钟铁龙曾和龙行长还有刘总一起去太阳城玩过，在太阳城里唱了个通宵达旦。长益市的男人都爱玩，不喜欢孤独地坐在家里，好赶热闹。钟铁龙在与龙行长、力总和刘总的交往中看出了长益市人的好恶，"搞卡拉 OK 肯定赚钱。"他对石小刚说。

石小刚说："太阳城和金盛是在北区……"

钟铁龙打断石小刚的话道："王总说，自古在长益市就有南帝北丐之称，你看那些国民党时期的公馆和别墅，大多建在长益市的南区。南区比北区的消费意识要强些。王总说，旧社会，长益市的北区住着的都是码头工人和纺织女工，而南区基本上住的是官僚。卡拉 OK 开在北区的生意都这么好，那开在南区会更好。"

石小刚见钟铁龙坚持要开卡拉 OK，便不再反对地说："我也希望如此。"

银元卡拉 OK 娱乐城装修至临近竣工时，钟铁龙让三狗去《长益晚报》登了则广告，注明银元卡拉 OK 娱乐城即将开业，诚聘会计一名；女服务员十名；保安八名。工资面议。这天上午，有个年轻人来应聘，穿着一件飞行员穿的皮夹克，剪着个光头，一脸傲气的，甚至是无所畏惧的样子走进装修已近尾声的娱乐城。"我来应聘保安。"年轻人说。

三狗着一身西装，很总经理的样子主持着应聘；李培也着西装，打一条黑领带，坐在三狗一旁，手里玩着钢笔。钟铁龙坐在另一隅，举着报纸看新闻，听这人说话，觉得这声音挺耳熟，就抬头看，当然就看见了来应聘的人是曾经在金阳夜总会和金阳迪斯科舞厅做保安队长的小马。钟铁龙高兴地叫了声："小马哥。"

小马一回头，也看见了钟铁龙，忙大声说："哎呀，是你。你也来应聘？"

钟铁龙笑笑："好久没看见你了，怎么，不在金阳夜总会干了？"

小马走拢来说："还金阳夜总会？去年金阳夜总会开枪打死了人，封了。"

钟铁龙听说了这事，是去金阳夜总会玩的客人与客人发生冲突，其中一客人有枪，情急中掏出枪打死了对方。这事闹得很大，公安便把金阳夜总会的老板抓了，封了金阳夜总会。钟铁龙递一支软中华烟给小马，小马在夜总会混过几年，认识烟的价格，接了，又看一眼钟铁龙的坐姿，就清楚今天的钟铁龙已不是当年的钟铁龙了，便感兴趣的样子坐下说："我看到报纸上说这里诚聘保安，想来试试。你老兄怎么也在这里？"

钟铁龙觉得自己在小马面前颇有点成就感地拍拍小马："你就不用试了，还给你保安队长当。工资么，你看你要多少？"

小马很高兴，想了想工资，伸出一个指头问："一千可以吗钟哥？"

钟铁龙听小马叫他钟哥，心里一热，忙打量着小马，觉得小马比几年前瘦些了，"我给你一千二一个月吧，我们是老朋友。"他说，"别的保安，我只给六百元一月。"

小马非常激动，差不多想扑上来抱住钟铁龙亲一下似的。"谢谢谢谢谢谢谢，"他一连说了三个谢谢，才又说，"我一定死贴你干，钟哥。"

钟铁龙想小马混了这么久还做保安便觉得他这人一定太厚道了，看小马的脸也是一张为人憨直、厚道的脸，就觉得小马这样的人可以变成"近臣"。"中午一起吃饭。"他说。

过了年，长益市南区一带的人还沉浸在过年的欢愉中，钟铁龙开的银元卡拉OK娱乐城便于军乐声中开张了。钟铁龙请来了一支军乐队，军乐队里都是些女兵在吹号，那些女兵身材一般高，个个靓丽，站在装修得很漂亮的卡拉OK娱乐城前，腮帮子一鼓一鼓的，吹来了很多行人，于是把那条街上的交通都堵塞了。很多人都送了花篮，花篮摆满了门两旁。王总来了，龙行长来了，力总和刘总也开着车来了。

龙行长一来，肥脸上流着喜悦道："唱歌唱歌。"他自备了小姐，还是那个四川妹，四川妹已同他好了三年，好出了浓厚的感情，自然也好出了麻烦，因为她盼着他跟他老婆离婚。但龙行长是不会离婚的，他就喜欢今天哄老婆，明天哄四川妹，在两个各有千秋的女人面前一遍遍地山盟海誓，但转背又去跟第三个女人玩一夜情。因为他那盘腿而坐的姿势，致使他的雄性荷尔蒙全包围着他的下身，无处扩散，也就浑身是劲，精力过剩。龙行长天生有副好嗓门，自诩适合唱男高音，他一开口，总要把周边的人吓一跳，这是他的嗓门太大了。比较起来，刘总的嗓门低沉一些，唱的歌相对也好听一些。刘总不像龙行长，要唱什么《我的太阳》啊《拉网小调》啊，以显示自己的喉咙是多么浑厚、高昂。刘总喜欢唱抒情的《三套车》，唱充满少男少女情怀的《红莓花儿开》。刘总爱抒情，拿起麦克风就是"蓝蓝的天上白云飘"那样的老歌。力总也爱唱歌，不过他只喜欢唱刘德华和张学友的歌，他往荧光屏前一站，刘德华的歌或张学友的歌就从音箱和他的嘴里同时飘了出来。

那段时间，他们常来唱歌，锻炼肺活量。仿佛谁的肺活量大谁的性欲就强些似的。比如龙行长，他高兴起来恨不得同三个女人睡觉，一手搂一个，还要用脚去勾另一个。这是他的肺活量很大。医生说，一般成年男人的肺活量只有三到四升。龙行长的肺活量可能有七八升。他唱《拉网小调》，你去小便回来后他还在"拉"，真让你吃惊。刘总不行，所以他只有一个老婆，也只能唱那种没有多少肺活量可以体现的歌。有时候他们三个人约着一起来，有时候是自己带几个朋友来，唱完歌便上三楼洗桑拿。他们不玩到眼睛都睁不开了是不会走人的。"我要睡觉了，我真的要睡觉了，"刘总告饶说，"麻烦你们放过我。"

这个时候你看刘总的眼睛，那已经是一双疲惫得眼皮都浮肿起来了的眼睛。

"我也要走了，我今天玩累了。"力总也告辞说。

这个时候，力总的脸色都灰了，而时针必定已指到了凌晨三点。

龙行长精神很好，他身上的脂肪足够他抗拒任何疲劳，自然就没有走的意思。他以前把大部分晚上的时间都消耗在麻将上，现在他可以把一部分时间腾出来分给卡拉OK厅的小姐。他当然还要玩。他的能充分展示他那惊人的肺活量的《拉网小调》还没登场，他不肯放刘总和力总走道："走？亏你说得出口，老子还没说走，你就要走？"

刘总不买他的账，他的领地是银城大酒店，龙行长的手伸不进他的酒店，他站起身来伸个懒腰道："你倒是精神很好，我要睡觉了。我没有你这么好的身体。"

龙行长把刘总按在沙发上："你不能走。等下还要打麻将的。"

刘总一听有麻将打，斗志立即昂扬起来，脸上也没那么多疲倦了。"那就打麻将。"

三狗的总经理室里备着张绿茵茵的麻将桌，就是为他们三个人准备的。他们大步步入总经理室，三狗已为他们摆好了椅子。三个于长益市长大的男人快活得同几只好斗的公鸡样，往麻将桌前一坐，搓搓手，又开始在麻将桌上厮杀起来。

二五　银元卡拉 OK 娱乐城

银元卡拉OK娱乐城在运动路太打眼了，整日歌舞升平，车水马龙，难免不遭人嫉妒。每天晚上，娱乐城前停满了小车，因停不下而不得不停到街对面的金圣大酒店前，这让金圣大酒店的人非常妒忌。这家金圣大酒店，是家标准的三星级酒店。金圣大酒店里也有一家桑拿中心，之前生意可以说好得吓人。但自从银元卡拉OK娱乐城在他们眼前诞生后，金圣洗桑拿的生意就突然清淡下来了。原因查来查去，最后断定是银元卡拉OK娱乐城挡了他们的财路。请来的风水先生是衡山县人，他指着银元娱乐城说："那是龙头，你们这儿是龙身，现在龙头活起来了，龙身就受影响。"

金圣桑拿中心的老板有些不服气，问风水先生："那我们该怎么办？"

风水先生是个歪人，并没真正的本事，他出歪主意说："你们的头现在被别人占据了。你们必须在楼顶上做一块金字招牌，招牌的箭头直指对面，用箭头刺破对面的生意。"

金圣桑拿中心的老板花了上万块钱做了块像一把宝剑样的招牌，竖在酒店顶上，直指银元卡拉 OK 娱乐城。然而，一个月下来，生意并不见好转。所有的一切还是老样子，对面夜夜笙歌，歌声在马路上飘荡，而他的桑拿中心却冷冷清清。

金圣桑拿中心的老板是个三十几岁的年轻人，姓关，名伟，属于丁建那类人，只是一个在北区，一个在南区。关伟有个叔叔在南区公安分局当局长，做人就有点仗势，什么人都敢结交，什么人都不怕。关伟表面上较平和，骨子里却跟丁建样，是个什么手段都使得出且什么坏事都干得出的人。关伟是长益市南区一带的老大，年轻时曾背着把砍刀一路砍杀到监狱，就跟关云长过五关斩六将样，他一下子砍倒了十一个人，名声大噪。出狱后，很多不读书不看报的年轻人都因敬佩他的胆量而臣服于他，称他老大，久而久之他便成了长益市南区黑社会中名声最大的人物。有时候南区一带的小混混打大架，公安赶来了都制止不了，关伟来了却可以调解，这是那些一提及他就尊称他"老大"的小混混们服他。他一句话，一场剑拔弩张的械斗就风平浪静了。一年前，关伟见银城桑拿中心的生意好得吓人，自己也开了家桑拿中心，做起了这一行。这种生意又没什么科技含量，比较好做。正当他蒸蒸日上时，"妖怪"出现了，妖怪自然是银元卡拉 OK 娱乐城。

"他妈的，不把他搞死，我就活不下去了。"一天，他一脸脾气和忌妒地瞪着银元卡拉 OK 娱乐城，对他的手下发指示说，"打听一下，看他们是什么来头。"

他的手下打听了，见到了说一口外地话的三狗，回来后告诉关伟说："伟哥，老板是个年龄跟你差不多的外地人。"

关伟瞪着他的手下："北方人还是广东人？"

手下说："讲一口乡里话的湖南鳖。"

关伟脸上就有脾气，想这帮外地鳖开桑拿中心都开到他的地盘上了，那他不正好利用他叔叔打压这帮外地王八蛋？关伟很清楚他叔叔是什么人，是个正直得六亲不认的思想还停留在七八十年代的老公安。他便笑着向他叔叔举报银元娱乐城的桑拿中心有色情服务。

关伟的叔叔不喜欢关伟，在关叔叔眼里，这个侄儿是不学好的，而且关叔叔知道，他这个侄儿时常用他的名字在社会上招摇撞骗，他早有耳闻，这让他很讨厌，觉得这个侄儿在外面坏他的名声。过年的时候，侄儿来拜年，他还在家里很不客气地训斥过侄儿。

桑拿中心是那两年兴起的服务行业，关叔叔不懂，便问侄儿："桑拿中心是干什么的？"

关伟就向叔叔解释，叔叔问他："你的桑拿中心里有没有色情服务，你老实说？"

关伟向他叔叔保证说："绝对没有，您是南区公安分局局长，我敢搞那种服务的？"他清楚如果他告诉叔叔他的桑拿中心也有这种服务，他叔叔会首先拿他开刀，毫不犹豫地封掉他的桑拿中心。他又睁着眼睛说瞎话道："叔叔，您放心，我不敢搞这种服务。"

关局长听毕，放心了点，就恼怒地想，那是个什么角色？胆子如此大，竟在长益市开这样的场所？是谁给了他这么大的胆子？他打手下治安队杨队长的电话，说："杨队长，有人向我举报，银元桑拿中心有色情服务，你带些人去打扫一下。"

治安队杨队长是个正在恋爱的年轻人，二十六岁，年轻又有理想，自然就很想在公安战线上干一番事业。那天晚上十一点钟，他带着七八个治安队队员和十来个联防队员突然光临了银元桑拿中心，将洗桑拿的十几对男女全拎走了，像赶走一群鸡鸭似的，还把银元桑拿中心负责人的李培和阻挡他们抓人的小马也抓走了。一个联防队员见小马虎着脸不肯走，就很不客气地打了小马背上一拳，说："走，老实点。"

小马冲上去揪住联防队员的衣领，吼着说："你凭什么打人？"

另一个联防队员冲上来，踢了小马的大腿一脚，小马身体一歪，顺势倒下了，趴在地上装死。杨队长很不客气地道："怎么？不要用轿子抬你吧？"

钟铁龙这天晚上躺在床上看电视，石小刚躺在另张床上，两人边看电视边说话。手机响了，是三狗找他。三狗说："龙哥，出事了，南区分局治安队的把十五个正洗桑拿的客人抓了，李培和小马也被他们抓走了。"

他很吃惊，望一眼石小刚，说："我就来。"他对石小刚说："银元出事了。"

石小刚说："不是跟治安队的都打了招呼吗？"

钟铁龙的手机里有市局刘副局长夫人的手机号码。他马上打刘夫人的手机，刘夫人接了，问："小钟，这么晚了还打手机，什么事？"

钟铁龙在手机里说了事："刘姐，这事恐怕要麻烦您了。"

刘夫人说："那我跟关局长打个电话，老刘跟他在一个局工作过，我让他放人。"

钟铁龙说："好，我等你的电话。"

他合上手机，伸手到放棉被的壁柜里，拎出一口黑密码箱，密码箱内装着一箱钱，就是为了应急时用。他穿上西服，系了根黄领带，等着刘夫人的电话。石小刚有脾气道："是哪个角色居然敢不听招呼，他不想活了？"

钟铁龙递支烟给石小刚，石小刚点上，一脸疑问地望着钟铁龙，两人等了二十分钟，手机仍没响。钟铁龙禁不住又拨了刘夫人的手机。刘夫人在电话那头说："我正要给你打电话，要是关局长问你是什么关系，你一定要说你是市纪委何书记的亲戚，懂吗？我是打了何书记的牌子，说是何书记让我打这个电话，他才同意让你们去接人。"

"好的，要是他问，我就按您刘姐说的说。谢谢你，刘姐，你帮了我的大忙。"钟铁龙说，望一眼石小刚，脸上不免有点得意，"走吧。"

两人出门，钟铁龙对迎面碰上的女服务员说："你给我的房间打扫一下。"

女服务员回答他："我马上打扫。"

钟铁龙觉得银城大酒店里，还只有这个女服务员长得漂亮。女服务员为他按了电梯，他盯着女服务员，女服务员被他盯得不好意思，扭开了脸蛋。电梯一到，他走进电梯，回头对女服务员一笑。电梯的门关上后，他对石小刚说："我觉得她长得很漂亮，味道很正。"

石小刚嘻嘻一笑："你不是看上了她吧？"

"有一点。"他说。

石小刚也笑笑："那不简单！"

钟铁龙摇头："楼下尽是简单的。要不简单才有意思。"

"她可能只有十八九岁。"

"我喜欢她那双眼睛，很清澈，好像可以见底样。你不觉得吗？"

"她应该还是处女。"石小刚淫笑了下，"我刚才看了眼她的眉毛，眉毛还没散开。我小时候听村里人说，女人的眉毛一散，就是被男人破了身。再说，她的屁股还是上翘的。"

钟铁龙嘿嘿一笑："你倒蛮有研究啊。云南妹是处女吗？"

"当然是处女，不是处女我早把她一脚踢开了。"

钟铁龙有点难过地说："郑小玲不是。"

两人走出电梯，走到停车坪上，开着车向运动路驶去。

三狗在门口等他们。三狗看见他们便把两人引进一间包房，说："抓人的杨队长说他是奉关局长的命令行事。"

"杨队长？"钟铁龙想起来了，"我们请他吃过饭的，还送了条芙蓉王烟给他。"

银元卡拉OK娱乐城开张时，钟铁龙让李所长把南区治安队的杨队长特意请了来。杨队长很随和，在酒桌上还称钟铁龙"钟兄"。钟铁龙当时觉得杨队长蛮好打交道的，脸上的笑容也没有治安队长的傲气，而且杨队长喝不得酒，一喝酒就打拱手。这些特点钟铁龙还记忆犹新。钟铁龙说:"那天他对我很客气,李所长介绍说杨队长是大学毕业后进公安队伍的。"

三狗说:"杨队长说他是公事公办。"

十分钟后,两台本田雅阁驶到了南区公安分局的大门前,这时已是子夜十二点。传达室前站着两个公安。钟铁龙对两个公安说:"我找关局长。"忽然就认出站在门口的一个与他个头相仿的公安是杨队长,便马上说:"杨队长你好,我们来接人。"

杨队长领着他们向一楼的办公室走去。关局长坐在办公室里,还有三个公安也坐在办公室里,他们看着走进来的他们。杨队长对关局长说:"关局长,他们来接人。"

关局长是个五十多岁的男人,剪着平头,头发有一半白了,方脸,一张阔嘴上挂着冷峻且讥讽的笑。"你们中哪个是银元的老板?"他不动声色地问。

钟铁龙忙走上去套近乎的模样笑笑说:"关局长,您好。"

关局长脸上没任何表情地说:"你们胆子蛮大吧,把玩具厂变成了洗桑拿的色情场所。"

钟铁龙立即谦卑地笑笑,递上支软中华烟给关局长。关局长把钟铁龙拿烟的手很厌恶地挡开,冷冷地说:"今天是刘副局长夫人打电话,说何书记要我放你们,不过我警告你们,别在我的辖区内搞色情场所。我丑话说在前,我不会给你第二次机会。"

钟铁龙潜意识里感到这个关局长是个六亲不认的人,一脸生铁色,冰冷的。何书记是长益市委政法委书记,管公、检、法这条线的,电视里常常有何书记的身影。钟铁龙并不认识何书记,但知道这个人,忙说:"哪里哪里。"

关局长虎着脸道:"话我可说清楚,没收的嫖客的钱不退,人可以放。你们要想清楚,在长益市只能做正经生意,开色情场所是不会有好果子吃的,走吧,你们。"

抓进去的十五个洗桑拿的男人被关在同一间房子里。铁门打开了,十五个男人不知道怎么回事地看着他们,当他们看见总经理三狗时,就明白是怎么一回事了。十五个男人就感到轻松地舒口气,其中一个男人大声叫骂道:"他妈的,人都吓蠢了。"

杨队长瞪他一眼:"莫骂人啊,我警告你。"

钟铁龙看杨队长,杨队长的脸是黑的,明显抑制着恼怒,便说:"走吧,都到银元去压压惊。外面有车,不够就打的,的士到了我们付的士费。"

一男人问:"还到银元去干什么?"

三狗说："我们董事长亲自出马，当然是好事，走吧。"

李培和小马关在另间牢里，钟铁龙走到牢门前，李培和小马就看见了钟铁龙。杨队长让看门的治安队员打开门，李培和小马双双走了出来。李培一脸没事的样子，小马却捂着胸部，脸色不太好看。钟铁龙拍拍李培的肩膀说："让你受苦了，李培。"

李培说："我没事。"

钟铁龙又拍拍小马的肩头，小马叫了他一声"钟哥"，钟铁龙见他脸色不好，目光空泛，就关心道："受惊了，没伤着哪里吧小马？"

小马回答："这算不了什么。"

"走吧，"钟铁龙看他们一眼，"你们两个上我的车。"

汽车驶到银元，三狗让李培和小马登记谁谁谁被治安队的没收了多少钱，加起来，共两万七千四百元钱。钟铁龙打开密码箱，让一个个的人排队领钱。那些来洗桑拿的顾客觉得这简直是天方夜谭，就更加瞪大了眼睛。"你们真够义气。"

钟铁龙希望的就是这种效果，他觉得这句话很值钱，在社会上混，义气是很有张力的，便说："今天是我们的失误，让你们受惊了，今天的桑拿费都免了，算我们请客。"

另一个男人拿到三千二百块钱时，脸上一脸朋友相，说："公安局收了我三千二百元，我想我今天很背时，你们又退给了我。"他扬着手上的三千二百元人民币，"明天晚上我带两个弟兄来玩，这三千二百块钱你们既然退给我，我就要在你们这里花掉。"

钟铁龙要的就是这句话，嘴里却说："无所谓无所谓。"

那些受惊的顾客走后，几个人感觉肚子饿了，就上一家饭店吃宵夜。三狗挺佩服钟铁龙这么做说："龙哥，老实说，我很佩服你为人大气。"

钟铁龙有他的考虑，他把他的考虑说出来道："这不是大气的问题，这是商业信誉。客人们敢来玩，是对我们开的桑拿中心产生了信誉。你不给客人一种安全感，谁还敢来？这就好比你在一家鞋店买的一双皮鞋是烂的，你去退，他不认账，你还敢买他的皮鞋？"

李培认同说："那是那是。要是我，我走错了路也不会进那个鞋店了。"

"出了这样的事，客人们比你我更害怕，害怕单位领导晓得，害怕老婆知道。"钟铁龙望一眼他们，"我们把公安局没收的钱都当着每个人的面退给他们，看上去我们吃了亏，其实这是让他们出去做活广告。舍小得大。"他望着石小刚，"两年前，我们刚开桑拿中心时，李所长带派出所的公安来抓，抓了十几个，关了一晚，我们后来把那些客人在派出所遭受的罚款都退给了他们，他们没想到，在朋友中一宣传，来玩的人不就更多了？"

石小刚抿了口酒，说："是的，那段时间很多人就是听了那些客人的宣传跑来玩的。"他也一脸佩服地望着钟铁龙，"你做事比我有魄力，而且什么事情都做得比我周到。"

"银元娱乐城刚开张不久，更要这样做，让他们去宣传。"钟铁龙说，"喝酒。"

小马端起酒杯猛喝了口，小马以前只佩服丁建，但他在钟铁龙手下做了几个月事后，感觉钟铁龙比丁建更会做人也更大气。他很诚恳地对钟铁龙说："我不会读书，十六岁就在社会上混了，前后跟了四个老板，钟哥你是第五个。以前我最服丁建，丁建被人砍死后，我觉得长益市再也没有人让我佩服了。现在，我感到你是我跟的老板里最义道，还最大方的。"

钟铁龙望一眼小马，灯光下，他感到小马的脸色很灰暗，而且小马比早两个月又消瘦了一圈，便关心小马说："小马，你去医院看一下，我觉得你应该去检查一下身体。"

"我没事，"小马说，晃了下头，"只是昨天晚上我没睡好，女儿病了，半夜里哭把我哭醒了，我就没再睡觉。"

小马的老婆比小马大六岁，是小马初中同学的姐姐，小马读初中时经常上那个同学家玩和吃饭，每次看见同学的姐姐心里就波澜壮阔的，就觉得同学的姐姐是这世界上最漂亮的女人，看多了就看出了感情。同学的姐姐二十五岁时结婚了，小马得知后有一个半月一天门都没有出。五年后，同学的姐姐离婚。小马就是在她离婚后开始追她的。最开始他老婆不同意，说他比她小六岁，街上的人会笑话她。小马没有歇气，继续追她，当有人跟她介绍男朋友时，小马就出现在她男朋友前面，用那种让对方害怕的眼神盯着对方，那些男人都是三四十岁的男人，不想为一个带着孩子的女人弄得头破血流，都被他的目光"盯"退了。小马追了一年，追得老婆心软了，就跟他结了婚。一年后，小马有了个女儿，仍对老婆与前夫生的儿子极好，每天骑摩托车送儿子去上学，下午又去接，老婆就对小马说："你是个好男人。"正如他老婆评价的，小马是个好男人，当然就能看出别的男人好或不好，这是将心比心地看出来的。小马说："钟哥，丁建没你对手下好，他有钱，但有点看人不来。你钟哥不同，一碗水端得很平，只要是在你钟哥手下做事，人人都觉得愉快，因为你都关心。一个人关心一两个弟兄不算什么，但人人你都关心，这就是你让我服的地方。"

钟铁龙端起酒杯说："小马，喝酒，别把我捧得太高了。"

过了一个星期，一天晚上十点钟，钟铁龙的手机响了，三狗告诉他："公安又来了，来了几十个，进来就不问青红皂白地抓人……"三狗的话还没说话，就听见手机那头的人呵斥三狗说："说了不准打手机，你想死吗?"手机就没声音了。

他回拨过去，却没人接了。他茫然了，前两天他在吉祥酒店吃饭，刘夫人对他说"我已跟关局长打了招呼，应该不会有事了"。此话的余音甚至还在他耳畔萦绕，今天又出事了。他决定去弄清楚。他打石小刚的手机，说："你上来一下，银元又出事了。"

石小刚上来了，穿一身 T 恤衫，下身一条黑裤子。他打量一眼石小刚，说："三狗的电话还没打完，手机就被人抢了。走，去看看。"

两人上了钟铁龙的车，迅速飘到了银元卡拉 OK 娱乐城。银元卡拉 OK 娱乐城已人去楼空，所有的人，包括服务员也被带走了，银元卡拉 OK 娱乐城的拉闸门也拉上了，锁了把将军牌大铁锁。钟铁龙摸着那把大铁锁说："这是存心要搞死我们。"

"哪个有这么大的胆子?"石小刚盯着钟铁龙，"你打刘姐的手机问问?"

钟铁龙本来想自己查清楚，再跟刘夫人打电话，现在看米，得请刘夫人出马了。他调出刘夫人的手机号，打过去，刘夫人接了，钟铁龙说："刘姐，你快想办法，这次做得更恶，把所有的人都抓走了，连卡拉 OK 厅的经理和服务员都抓走了，这不是要把我搞死吗?"

刘夫人说："是哪个治安队的人来抓的你知道吗?"

"我现在也搞不清，娱乐城的拉闸门上一把锁，没一个人可以问。刘姐，你在哪?"

刘夫人说："我在家。"

自从刘夫人每个月收受钟铁龙送到吉祥酒店的五万元现金后，刘夫人基本上就是他钟铁龙的雇员了。钟铁龙让石小刚在这里守着，他望着石小刚，说："你在这里等我，我去把刘夫人接来，让她目睹一下现场，他妈的，做得太恶了，还要我们活不?!"

他开着车迅速飘到了刘副局长的家前，车灯照着刘夫人，刘夫人着一身紫色衣裙，正站在那儿打手机，看见是钟铁龙的车就钻进了他的车。"我刚才打李所长的手机，让李所长替我查，李所长打了南区分局马主任的电话，"她说，"是关局长亲自带队抓的。"

钟铁龙的脸上就有很大的一个惊叹号："关局长?"

刘夫人面呈难色道："关局长不是个好说话的人。"

没等钟铁龙开口，刘夫人又说："老刘不在家，他在北京开全国公安会议，我打电话给老刘，让他给关局长打个电话，我家老刘把我骂了几句，说我一个妇道人家，管起公安局的事来了。我说别人的事我不管，但钟老板的事我得过问，因为你钟老板是我酒店的常客。老刘不肯打电话，说这事已经做了，就得按章程办。"

钟铁龙望着刘夫人，想他是不是巴结人巴结错了，便问："你就不能让刘局长想想办法？"

刘夫人晃晃她那张四十多岁的女人的脸，说："老刘如果在家里，我还好跟他软磨硬泡，他在北京开会，这事就不好办。再说，你不知道，我家老刘也是个死脑筋，脑袋里只有原则，生怕犯错误。而这个关局长是个老公安，在公安战线干了三十五年，市局一把手宋局长还曾经是他的下级。这个关局长比我家老刘还犟，他一点都不讲情面的。"

钟铁龙迷茫了："那上次他怎么就放人了？"

刘夫人说："上次我是打了市委政法委何书记的牌子，我对关局长说，何书记跟我家老刘说，要我家老刘关照你钟老板，他才松口，要你去领人。"

钟铁龙想原来这样，这刘姐也会骗人，忙要求说："那你再打何书记的牌子……"

"我估计我的谎话穿帮了，他一定问了何书记，不然他也不会亲自带人来抓。"刘夫人打断钟铁龙的话，分析说，"要不他就问了我家老刘，他们早几天在一起开会，我又没跟老刘交底的，老刘不准我管这些事，上次我是背着老刘打的关局长的电话。"

钟铁龙问刘夫人："刘姐，那我们现在怎么做？"

刘夫人坦然道："不太好办。关局长这人的工作不好做，我家老刘又不肯出面讲情。"

钟铁龙想他今天遇到大灰狼了，说："刘姐，那你跟宋局长打个电话试试？"

刘夫人一脸无计可施的模样看了钟铁龙一眼，他在刘夫人脸上看到了他从来也没见过的难色，那些难色像一大团乌云样在刘夫人脸上浮动。"我不是不愿出力，我上次已假冒何书记的名打了电话。既然关局长还要这么做，那是他不把我这个副局长夫人放在眼里。"她想了下，又说："这事不好惊动宋局长，宋局长会想我跟你是什么关系，这中间会不会有经济利益？老刘说别看宋局长年轻，人很精，不好哄的。我跟你说，这事非常棘手。"

钟铁龙点上支烟，看着刘夫人，就在此刻以前，他觉得只要有刘副局长的夫人为他说话和打招呼，在长益市干桑拿这一行就可以高枕无忧了，现在看来这个庙小了，容不下他这股妖风。李所长曾对他说"刘夫人很有能耐，公安局的人个个熟，有时候说话比刘副局长还管用"，看来，是李所长夸大其词了。他想了想，还是不甘心，又说："刘姐，你再问问那个马主任，看他能不能从中疏通一下？"

刘夫人有点不情愿，但还是拨打了马主任的办公室电话，电话没人接。"马主

191

任没有手机，"刘夫人说，"电话没人接。"

钟铁龙有点急躁，很想说"我的钱白给你了"，但话到嘴边他咽了回去，他知道只要这句话一说出口，就没有挽回的余地了，刘夫人可不是一般女人，得罪了刘夫人谁还会为他在公安系统疏通关系？他强笑了下，瞧着刘夫人，感觉刘夫人为这事弄得脸上都憔悴了，便做出不好意思的样子说："刘姐，辛苦你了，一切等明天再说。"

刘夫人说："也只能这样，明天我再打老刘的手机，再跟他磨磨。"她说着，下了车。

二六　关局长

关局长是长益市公安战线的一名老公安，也是一名功勋卓著的虎将，曾多次荣获市劳模和省劳模的奖状，他曾成功地破获过好几宗抢劫杀人案，为此还获了省公安厅颁发的五一劳动勋章，当然就谁也不怕。关局长如今五十五六岁了，由于他历来在案情上都是公事公办，得罪了不少希望他网开一面的人，自然错过了提拔的年龄，混到今天他仍是个副处级的分局局长，这还是前两年南区分局的局长退休了，宋局长和刘副局长一商量，才把他挪到这个位置上。关局长当然知道他的这一生该画上句号了，而且他也看清了荣誉啊地位啊权力啊都是些过眼烟云，一退休就归还给公家了。"老子'六亲不认'。"他对杨队长他们宣布说，"没有我的指示，任何人来说情都不许放人！"说毕，他开着桑塔纳，虎着一张老脸走了。

关局长睡了个很惬意的觉，醒来后他自己都很吃惊，居然天大亮了。他不是被人打手机吵醒的，而是自己醒来的，他真感到高兴。关局长吃了老婆煮的一大碗面，嫌面有点咸地嘀咕了句，就开着桑塔纳上路了。关局长把车开进分局院子，看了眼天，觉得天气不错。他跟几个下级说了几句话，一走进办公室，电话响了。他一接，是市局宋局长的电话。关局长忙在电话这头说："口供都录了，确实有卖淫嫖娟的服务，局长，你看这事怎么办？"

宋局长在电话那头问："都是些什么人？"

关局长回答："反正不是好人，好人不会有胆子嫖娼。"

宋局长说："依法办事，不要讲情面。"

关局长得到宋局长的支持，很高兴："放心吧局长，我会依法办事。"

上午十点钟，刘夫人打了他的手机。关局长觉得这个号码好熟样，一接，是刘夫人，心想她终于打他的手机了。关局长就假装高兴道："嚯，是刘夫人，有什么指示？"

刘夫人听出关局长的话里带挖苦，就在手机里咯咯笑道："我敢指示您关局长？您讽刺我啊关局长，我又不是您的领导，我只是想求您关局长帮个忙。"

关局长说："您是刘局长夫人啊，有什么要我做的，请吩咐？"

刘夫人说："关局长，您又挖苦我了，我哪里敢吩咐您？你们昨晚抓了不少人吧？"

关局长心里笑了下，想她到底沉不住气了，回答说："是的，抓了批卖淫嫖娼的。"

刘夫人在手机那头迟疑了片刻，说："关局长，那场子是我一个熟人开的，您能不能高抬贵手，帮我个忙……"

关局长不等她说完便道："你的熟人太猖狂了，居然在长益市做这种肮脏生意。"

刘夫人说："我说了他，他年轻，不懂事。老刘在北京开会，我跟老刘打了电话，老刘要我直接跟你打，关局长，能不能先把那些人放了？"

关局长暗笑，前两人局里开会，会后，他侧面问过刘副局，刘副局说他不知道这事，何书记没跟他打过要他关照谁的招呼。关局长就没再说一个字。此刻，他想这刘夫人也太自以为是了，竟干预起他的工作来了，心里就来了火。他看了眼窗外，有一只鸟在树梢上叫唤，他有点恼地把皮球踢给她说："刘夫人，你叫刘局长亲自放人好不好？局里有规定，嫖娼罚款五千。我放了人，他们谁会把罚款送来？"关局长说到这里，眼睛继续盯着树梢上的鸟，他认出了那鸟是只白头翁。他淡淡地说："这事不太好办，放了人不好向局领导交差。"

刘夫人退一步说："那些服务员可以放吧？"

关局长说："服务员昨天晚上做了笔录后都放了，小姐和嫖客，还有几个负责组织卖淫的都关押在分局了。"他的目光继续盯着树梢，那只鸟飞走了，天空很蓝。他想起上次刘夫人打何书记的牌子唬他，被这个女人骗了，就对着刘夫人幽默地说："要不您跟您老公或何书记再打个电话，让刘局或何书记发个指示放人？"

刘夫人挂了电话。关局长也合上了手机。什么玩意？他想，对走进来的杨队长说："那些嫖客，一人罚款五千，一分钱都不能少，钱来了就放人。没钱就继续关着。银元卡拉OK娱乐城罚款五十万。一分钱都不能少，我要罚得他们倾家荡产。这些人，居然敢在我的辖区搞色情行业，真是胆子大得没边，自己找死。不交钱，一个人都不能放。"

杨队长嘿嘿嘿笑了下："好的。"

关局长那天的心情很好。整整一个白天，都有人打他的电话，一个电话刚刚放下，又一个电话打了进来，都是为抓进来的人求情。关局长既讨厌嫖娼的人又讨厌这些为嫖娼被抓而说情的人，他觉得这个社会的风气就是被这些个像刘夫人样自以为是的鸟人搞坏的，没有这些人包庇、呵护、纵容，这个社会的空气一定会纯净得多。所以，他一点也不通融，不管对方是谁，他一概不给他们想要的面子。直到下午，还有电话追着他，跟他套近乎，有的甚至是多年没联系了的连声音都听不出的老朋友。他很惊讶，他们是通过什么人摸清他的电话和手机号码的？他后来索性关了机，也不接电话了，因为他的手因接电话都举酸了。傍晚，他走出办公室，指示杨队长也把手机关了，免得被这样那样的鸟人纠缠，一行人就去一家四川人开的餐馆吃饭。吃过饭，他开着车回了家，家里有一个人等他，见他进来，忙恭敬地起身叫了他一声"关局长"。关局长愣了下，觉得这个人有点面熟，这个人是钟铁龙。

钟铁龙是通过马主任晓得关局长的住址的。刘夫人让李所长打电话把马主任叫到吉祥酒店，钟铁龙在吉祥酒店很热情地招待了马主任，除了开了瓶一千八百元一瓶的人头马给马主任喝，走时还送了马主任两条芙蓉王烟。马主任经刘夫人一鼓励就告诉钟铁龙说："关局长这人不是几万元能搞定的，你要明白我的意思，别的话我就不好说了。"

钟铁龙就很懂的模样握了下马主任的手说："谢谢你，我懂了。"

吃过饭，他把醉醺醺的马主任送回家，开车回银城大酒店，拎着那只装着二十万元的密码箱，来了。他心里清楚，像关局长这样的人物，要么就不买，要买就一家伙把他"买死"。他在用十万还是用二十万买关局长上犹豫了一气，最后却决定花二十万买他。

关局长把车钥匙丢到茶几上，在沙发上坐下了，他认出了钟铁龙，脸上就冷笑了下。钟铁龙忙掏出名片，恭恭敬敬地递上去，关局长不接他递上来的名片，问："你找我什么事？"

钟铁龙有点尴尬，把伸出的手缩了回来。

关局长想他怎么跑到我家里来了，又想他怎么知道我家？他冷冷地问钟铁龙："你给了刘夫人什么好处？刘夫人为你的事倒是蛮卖力啊。"

钟铁龙忙摇手说："没有没有，我和刘夫人只是朋友，我还要仰仗您关局长多多关照。"

"不要仰仗我，"关局长把二郎腿架了起来，"我这人的耳朵硬，不喜欢听好话，你交五十万罚款我就放人，不交你就让他们待着吧。"

钟铁龙指着密码箱说："关局长，我这里有二十万，是孝敬您的。"

关局长扫一眼钟铁龙，想这个人一定是跌伤了大脑，居然拿二十万来"孝敬"

他，就冷笑了声说："你出手蛮豪气吧，二十万？拿二十万块钱孝敬我老人家？"

钟铁龙打开密码箱，让关局长看箱子里的二十万块钱。关局长扫了眼那一叠叠厚厚的人民币，讥诮道："你一出手就二十万，倒是蛮大方啊。"他不想跟钟铁龙啰唆，又虎着脸说："钱，你带走。我要休息了，我告诉你，我干了三十五年公安，从没收过别人一分钱。"

钟铁龙拿不准关局长说的是真话还是假话，因为马主任告诉他，关局长有三个儿女，一个工作了，一个读大学，最小的还在读高中。在钟铁龙看来，有三个儿女的人当然需要钱，孙厂长有三个儿女，对钱财的渴望就飘在脸上，他见过。他相信关局长也需要钱，关局长的家里没几样值钱的东西。他坐的沙发，面子已经烂了，电视机还是那种十四英寸的小彩电，立在墙边的白云牌冰箱也牛了锈。他相信关局长早就想更换沙发、电视和冰箱了，苦于他的那点工资还要管两个儿女读大学和高中，就没钱换。这是关局长进门之前，他坐在沙发上打量客厅里的摆设时所想，因此他判断关局长要他把钱拿走是违心之论。他迟疑地站起身，说了声"打扰您了关局长"，就往门口走去。关局长冷冷地看着他说："你把钱拿走。"

钟铁龙转身对关局长说："关局长，希望我们能成为朋友。"

关局长脸上讥笑了下，没理他。钟铁龙离开后，他老婆从另间房子走出来，见沙发上搁着只皮箱，脸上就一笑。"这里面是什么东西？"老婆问。

关局长蔑视地吐了两个字："炸弹。"

老婆也有五十岁了，是一家单位的会计。老婆盯一眼皮箱说："是钱吧？"

"二十万。"

老婆的眼睛都鼓裂了："这么多钱？我看看。"老婆说着就走上去动皮箱。

关局长吼了句："不要动。这都是些肮脏钱，看一眼都会污染你的眼睛。"

老婆望着他，关局长说："我干了三十五年公安，你想我最后栽在他手上吗？"

关局长望一眼老婆，又说："这些人，以为这个世界上什么东西都能用钱买通，就无法无天，我就是要告诉他，有些东西是用钱买不通的。拿二十万来买我，真大方。"

老婆问他："他是干什么生意的，这么有钱？"

关局长吐出一口烟，说："反正不是做正经生意，这些个人心里哪里有法律法规？都是些唯利是图的家伙！"他说，"我在位一天就要管一天，别说这些屁事了，睡觉。"

第二天上午十一点钟，钟铁龙正苦恼地看着电视，手机响了，是刘夫人的手机号码。刘夫人在手机那头说："小钟，你马上来吉祥酒店，我有话要跟你说。"

钟铁龙不敢怠慢，开着车飙到了吉祥酒店。吉祥酒店里很多人，都是冲着刘夫人来的，刘夫人脸上挂着笑，忙着跟这个人那个人打招呼，接着她把钟铁龙领进一间包房，钟铁龙的屁股刚落座，刘夫人就变了脸色，那一脸笑容没有了，有的是尖刻、冷峻和责备，说："你真的没头脑，小钟，你做了件很蠢很蠢的事你晓得吗？"

钟铁龙一听就明白了，嘴里还是问："什么事刘姐？"

"很蠢的事，我都不好跟你说话了，连口都不敢开了。"刘夫人生气地瞪着他，"你怎么可以送二十万给关局长？他把你给他的二十万交到市局纪律检查委员会了。"

钟铁龙呆了，他没想到自己的二十万元迎来的是这样的结果，就深感失策地看着刘夫人。刘夫人又说："不是我不帮你，是我现在根本不敢帮你了，我现在一开口，人家就会想我拿了你好多钱的问题。老刘在电话里说，如果我拿了你的钱，他就要把我这老婆休了，老刘都怀疑我拿了你的钱，这事我真的帮不了你了。"

钟铁龙疑惑了，想自己的钱是不是都打水漂了？"刘局长真不知道我们之间的交易？"

刘夫人说："老刘比你想象的还要怕事，你别看他是公安局副局长，我告诉你不怕你笑话，他一分钱都不敢收，也从没收过人家一分钱，人家送的礼品，价值五百块钱以上的他都退了。他要是知道了，还能睡着觉？不交到纪委，也会逼着我退给你。"

钟铁龙想，原来刘夫人把他送的钱都私吞了，就勉强笑了下："刘姐，我昨天是想用二十万搏那五十万。"

刘夫人说："你真是聪明得过了头，你就是送他一百万他也不会要。你怎么不问问我？老关是什么人？铁包公一个，他会要你的钱？"

钟铁龙交了五十万元罚款，把三狗、李培、小马和那二十六个小姐统统赎了出来。五十万打了一个水漂，不过也交了个朋友，那朋友就是马主任。马主任跟小马有点亲戚关系，两人的父亲是隔了两代的堂兄弟。两人小时候曾住在一个大院。小马出来后，把这事告诉钟铁龙，钟铁龙就让小马打电话给马主任，约马主任去吉祥酒店吃饭。马主任是个二十九岁的年轻人，长着个硕大的脑袋，不过这颗脑袋里没装多少知识，倒装满了很多往上爬的个人主义思想。在吉祥酒店接连吃了几次饭后，马主任便觉得钟铁龙很对味，于是拍着钟铁龙的肩膀说："钟老板，我不妨把实情告诉你，免得你蒙在鼓里，要踩你们的是关局长的侄儿。"

钟铁龙睁大了眼睛，马主任喝了酒就嘴无遮拦，又说："关局长的侄儿名叫关伟，他在金圣大酒店，也就是你们银元娱乐城的街对面，开了家桑拿中心，你们抢了他的生意，他就利用他叔叔来整你们。"马主任看着钟铁龙，"本来这事我是不打算说的，但既然你这么义气，我还是告诉你，你最好不要在银元搞桑拿服务，因为我们关局长是死脑筋，容不得别人在他的辖区做你们这种生意，随时会来抓人。"

钟铁龙吃惊地问他："为什么他不去金圣的桑拿中心抓人？"

"没人举报吧，这事我也不知道。"

小马说："我晓得关伟，我曾在关伟手下做过事，这个人是什么手段都使得出的。"

钟铁龙愣在桌旁想这事，马主任说："你们只能在银元娱乐城做正行。"

小马望着他的堂兄问："那怎么办？未必你要我们的桑拿中心关门？"

马主任说："你们想过安宁日子就关门，你们自己决定。"

三狗走了来，手里拿着只漂亮的纸盒子。钟铁龙让三狗打开，里面是只漂亮的爱立信手机，钟铁龙拿爱立信手机打自己的手机，通了，号码便呈现在他手机的显示屏上。他合上手机，笑着将手机递给马主任："送你的，马主任。"

马主任高兴地瞪大眼睛："送给我？"

钟铁龙说："给你用。"

马主任拿着手机说："这怎么好意思？"

小马嘿嘿嘿笑道："钟哥给你的，拿着拿着。"

马主任就是用这台手机向三狗报的信，那是罚了五十万元款的两个月后。

银元卡拉OK包房很热闹，但桑拿中心已变得很冷清了。出了那事，桑拿中心在众多客人心中的声誉度就大幅度下降了，没有什么人胆敢上银元桑拿中心玩了。有时候，一个晚上才几个人来洗桑拿，而且洗得骇心骇胆的，三下两下地就赶紧跑人，逃也似的。第二个月，生意又好了点，但也没好到哪里去。这事儿让钟铁龙有些烦躁，又有些不甘心。石小刚甚至觉得把银元的桑拿中心关了算了，将桑拿中心也改成唱卡拉OK的包房。这天晚上，石小刚就坐在钟铁龙的房里，两人正在议这事，三狗来电话了，急急道："钟总，南区治安队的杨队长又带队来抓人了。"不等钟铁龙问，三狗又说："幸亏马主任提醒了我。"

马主任在关局长布置任务时，发了条信息给三狗，只有三个字"快清场"。三狗马上叫李培和小马清场，有个洗桑拿的年轻人死活不肯走，说他还没洗完。李培急得直跳，说："公安局的来抓人了，你赶快走。"那青年还是慢腾腾的，小马走来，火了，吼道："快走啊你。"说着，拉起他便往门外推。

那青年瞪小马一眼，喉咙变粗了，吼道："你推什么人？"

小马急道："公安要来了，你还不快走？"

李培忙搂起他的衣服要他走。那青年不肯出门。李培也火了，和小马一并用力推他，那青年站不稳，被李培和小马推出了门。就在这时，南区分局治安队杨队长领着一队公安闯了进来。那青年是南区公安分局的联防队员，是关局长派来侦察的，见这里仍有色情服务，就发了条信息给关局长，关局长便令杨队长率队来了。那人见杨队长领着弟兄们来了，就变得凶起来，给了李培脸上一拳，打得李培头一甩。他说："杨队长，他们仍然从事色情服务。"

李培一听这话脸都变了，难怪这个青年不肯走！李培说："我们哪里色情服务了？"

那青年又猛地给李培脸上一勾拳，打得李培脸一歪。他叫道："你说什么？再说一遍？"

李培感到脸上火辣辣地痛，就斜着眼睛看一眼他。李培并不怕他威胁，又缓缓说："是没有色情服务么，你打人干什么？"

"打人？"那青年可不是刚才洗桑拿的那个青年了，而是理直气壮的侦察员。他又一拳击在李培的鼻子上，李培鼻子一痛，流血了。"你还敢说没色情服务？"

小马冲上来，扶着李培说："是没色情服务。"

那青年又抬脚踹了小马一脚，小马转身，很勇敢地一拳打在那青年脸上，那青年没想到小马敢还手，愣着叫道："哎呀，你不想活了？"夺过一公安手中的警棒，就揍向小马。小马跳开，摆出一个还击的架势。一公安见小马无视执法，朝着小马的头就是一警棒，打得小马往地上一扑。那公安吼道："敢拒捕，不想活了你们？"

小马被警棒电了，瘫软在地上半天起不来，眼睛就愤怒和哀怜地瞪着那个电他的公安。三狗闻讯上来，见小马坐在地上，马上说："有话好说，有话好说。"

杨队长领着另一些公安和联防队员一间间房查看，结果没发现其他人。他明白有人走漏了风声，他不动声色地问三狗："还有人呢？你们行动蛮快吧，啊？"

三狗说："杨队长，我们的桑拿中心已经停业了。"

"停业了？"那被关局长派来洗桑拿的联防队员说，"刚才我还看见好几个人洗桑拿。那个陪我洗桑拿的小姐称自己是杭州的。把那个小姐找来？"

李培很平静地说："哪里来的小姐？是你自己带来的小姐吧？我们这里没小姐。"

洗桑拿的青年拿出工作证，亮给李培看："你看清楚，老子是联防队员。"

三狗瞥了眼年轻人，淡淡地说："原来是条黑狗，我还以为你是正牌公安呢。"

洗桑拿的联防队员瞪一眼三狗，指着李培对杨队长说："是他把那个小姐叫走的。"

李培不理他，洗桑拿的联防队员又抡起拳头要打李培，三狗一把逮住那青年的手臂，那青年想挣脱，居然挣不开。那青年就不觉诧异地盯三狗一眼。"哎呀，你还蛮有劲啊。"他大声吼道，再次想要挣脱，但仍是徒劳。他对三狗说："你放手不？"

三狗脸上的表情很坚定，反而用力捏了把，洗桑拿的青年叫了声"哎哟"，三狗声音很低但口气相当强硬地道："你不要动手就打人，小心你自己，兄弟。"

小马身上没那么麻了，知觉又恢复了些，他阴着脸道："朋友，小心老子宰了你。"

那青年就盯着小马，杨队长知道再在这里搜也搜不出名堂了，只能把这两个人带回局里慢慢审问，他扫一眼他的队员，命令道："把他们都带走。"

二七　小马的老婆

李培被打成了重伤，那当然是他们要李培交代银元桑拿中心从事色情服务而打的。那时候法律有点乱，公安不像现在的公安规矩，那时的公安有点凶，又渴望立功，当然就任随没穿公安服却为公安效力的联防队员动粗。联防队员则是些素质较低的，有暴力倾向的A厂或B厂里调皮、捣蛋的青工，厂领导们拿他们十分头痛，就大力推荐他们来当联防队员。李培不敢交代，他知道这一交代就是罚一笔巨款才能了结的事。李培不想丢掉这份来之不易的工作，就硬着不说。小马也被联防队员打得全身无一处好肉，尽管他儿时的朋友马主任跟同事打了招呼，但小马的肋骨还是被那几个爱打人的联防队员打断了两根。到了第五天，小马吐血了，一口血喷出，吐了一个挥拳打他的联防队员一身，跟着他就不停地吐血。关局长闻讯赶来，虎着脸骂了几声联防队员，让他们把小马带回了牢房。

关局长脸上密布着阴云，现在他真的不好收场了，待几个联防队员走回来时，他站在办公楼前又把他们痛骂了一顿："你们这些没脑壳的，把人打成这样，上面要求文明执法，你们太不像话了。"他担心李培或小马会死在公安分局，那他就真的收不了场，他继续恼火地瞪着那几个联防队员，"你们把社会上的流氓习气都带进公安局了，这行的？我多次说过，重点是引导和说服教育，哪里有像你们这样打人的？出了人命，我看你们逃得了干系?!"

随后，他让杨队长把三狗叫进他办公室，三狗没挨打，只挨了几个耳光，因为他一口咬定他不清楚桑拿中心的事，他的工作是负责卡拉OK那档子事。关局长说："回去跟你的钟总说，拿十万块钱来，你们什么时候交十万块钱，我们就什么时候放你们的伙计。"

三狗说："捉贼要抓赃，罚款要讲证据，凭什么罚我们十万？"

关局长此刻的目的是要把小马和李培弄出分局，以免死在局里。他很恼火又很蔑视地看一眼黄建国，想这些顽固不化的鸟人，以后再收拾他们也不迟。"我警告你们，不要在我的管辖范围内搞色情场所，我们随时会来查的。你们走吧。"

三狗、李培、小马是分开关的。三狗随杨队长走进关着李培的牢房，见李培躺在地上，眼睛顿时红了。三狗说："杨队长，这医药费哪个出？"

杨队长吼了句："没罚你们的款就是好的，还医药费，讲什么废话！"

三狗扶起李培，李培歪咧着嘴，挪动着步子。三狗又去关着小马的牢房，见小马捂着肿胀的半边脸，坐在地上，脸色灰暗。三狗对小马说："我们可以出去了。"

小马说："有烟吗？我烟饿伤了。"

三狗忙掏出烟，给了支给小马。小马猛抽了几口，咬着牙说："走。"

三个人走出公安分局，径直去了医院。

小马吐血是拳头打伤了肋骨，肋骨又伤了肺，而最糟糕的是小马已经没有几块好肺了。他的肺上遍布着黑斑，医生告诉小马的老婆说，小马患了肺癌，而且已是癌症晚期。小马的老婆一听这话，就捂着脸哭了，哭得很伤心："那怎么办啊？"

医生对小马的老婆坦然道："癌症已到了晚期，他最多还能活半年，如果动手术，那顶多只能活两三个月。我想你应该瞒着他，如果告诉他，他可能死得更快。"

小马的老婆伤心得想死道："那……那我不……不不告诉他。"

小马天生把自己看得很高，他尽管是个敢于向任何人挑战且哪怕被人打死也不服输的粗人，但也有心细的时候，那就是在他老婆身上。小马从他老婆那张哀伤的脸上还是看出了点名堂，他老婆内功没修炼到家，不会掩饰发自内心的忧伤，常常痴痴地悲伤地盯着他，等他把目光投到她脸上，她又慌乱地把泪汪汪的目光移开，一副欲哭的样子，这让小马感到他问题很严重。小马就不断地问她，小马的老婆经不起小马反复再三的询问，就把医生的叮嘱告诉了小马。小马沉郁了很久，很久里脸上的表情很凄惨，然后他对老婆说："你放心，我不会死的，我这人一时半晌死不了，你不要给人一副可怜相。"

小马的老婆捂着嘴，哭着点头，小马："不要哭，亲爱的我还没死。"

小马的老婆就拿手巾揩眼泪，怅然地望着前面的一株小树苗，小马很寒心地说："我唯一放心不下的是马苗和丽丽，他们都还小，我真的死了，谁养活他们啊。"

马苗是老婆与前夫生的，这个学期进小学三年级；丽丽是小马与她生的，才两岁半。老婆一听他这么说，马上摇头道："你不会死的，你要活一百岁。"

小马也很有信心的样子强调："我肯定会活一百岁。"

小马和他老婆说这番话是在医院的花坛前，花坛里有很多花：美人蕉、月季花等。钟铁龙来看李培和小马，老远就看见小马和他老婆坐在花坛前，就笑着走了上去。小马的老婆眼泪汪汪的，看见钟铁龙居然立不住地哇的一声哭了。小马批评她道："你哭什么哭?!"

小马的老婆跑开了，钟铁龙愣着，小马的脸上有很多愁云惨雾，因而一张脸在天光下就更加显得黑而且瘦。钟铁龙说："小马，出了什么事？不要瞒我，我能帮你的，说吧。"

小马当然想到了肺癌的可怕性，还想到他万一死后，女儿没人照料，就把医生对他老婆说的话一五一十地告诉了钟铁龙。"我最担心的是我女儿，她真的还很小，"他悲伤地望着钟铁龙说，目光里含着乞求，"她还只两岁半啊。"

钟铁龙抽了口冷气："我去问问医生，看能不能想办法把你的病治好。"

小马对钟铁龙摆摆手，很镇静道："没用，我的癌症已是晚期了，而且还是肺癌，医生对我老婆说我最多只能活半年，如果动手术，也许连三个月都活不成。"

钟铁龙见小马面对死亡的威胁如此哀伤又如此镇静，这让他暗暗钦佩："不过，医生往往喜欢夸大其词，把事情说得很严重，医生的话，你不要信。"

小马低着头："死，只是脚一伸。只是我女儿还小，苦了我女儿。"

钟铁龙见小马说得如此悲伤，心一热，马上表态："你放心，会有办法解决的。"

小马扑通一声跪下，手往水泥地上一撑，头就要往地上砸。钟铁龙慌忙用膝盖顶住小马的头，制止小马行大礼道："你这是干什么小马?"

小马道："钟哥，我万一死了，我我把我女儿拜托给你你你钟哥了。"

钟铁龙说："万一真像医生说的那样，只要你女儿肯读书，我保证她能安安全全地读完大学，我绝不会丢下你女儿不管。快起来，大庭广众之下跪什么!"他把小马拉了起来。

小马感动得哭了："我这一辈子，最后交了你这位好朋友，也没白活一世。"

钟铁龙把银元桑拿中心关了，在那张不锈钢拉闸门上锁了把将军锁。一天晚上，钟铁龙让石小刚步入金圣大酒店的桑拿中心洗桑拿，他坐在大堂里等。三十分钟后，石小刚衣冠楚楚地下来说"好热闹的"。钟铁龙冷笑了声，掏出手机拨打刘夫人的手机："刘姐，金圣大酒店的桑拿中心是南区公安分局关局长的侄儿开的，有色情服务。"他说，"我举报，请你转告刘副局长，快派市治安大队的人去金圣大酒店的桑拿中心抓人。"

刘夫人一听，来劲了，问钟铁龙："关局长的侄儿开的？你确定那里真有色情服务?"

钟铁龙回答："当然有，刚才我一个朋友在那里洗桑拿，说色情服务得很周到。还要我去洗，我没去。"

刘夫人很高兴，说"我马上跟老刘说"。她挂了手机，对正准备睡觉的刘副局长说："老刘，赶快下令市治安大队的去金圣大酒店的桑拿中心逮人。"

刘副局长迷茫地看着老婆说："什么事？抓什么人？"

刘夫人说："抓卖淫嫖娼啊，小钟说那里有色情服务。"

刘副局长说："真有这种事？"

刘夫人尖声说："这还有假?! 我是什么人？他会空口无凭地乱说吗？"

刘副局长瞪大了眼睛："这像话?! 这是个什么角色？"

刘夫人懒得回答老公，而是拿起老公的手机，调出市治安大队长的手机号，按了通话键，"通了，接电话。"她把手机递给老公，"人家举报了，你还不安排人去抓？"

市治安大队长当然就召集了众多队员，开了八辆警车直奔金圣大酒店，一下子抓了二十几对洗桑拿的男女。刘夫人得知情况后，跑到卫生间里给钟铁龙打手机，高兴道："抓了二十几对，刚才治安大队长向老刘汇报时，我还接过老刘的手机跟他说，一定要狠狠地打击卖淫嫖娼，一定要罚那老板五十万元款，不交五十万不准放人。他回答我，一定照办。"

关局长得知他侄儿在金圣大酒店开的桑拿中心竟也搞色情服务，脸都气扁了，他曾经多次叮嘱他侄儿要正儿八经地做人做事，侄儿在他面前信誓旦旦，把他骗了，害得他颇为侄儿脸红，因为在一些人眼里，他似乎是一心保侄儿的生意而踩银元娱乐城，这让他感到一张老脸颜面扫地。他拼命维护的公安的尊严，被他侄儿轻易地破坏了。关局长把他侄儿叫到他办公室，严厉着一张脸痛骂了侄儿一顿："你把你叔叔的脸丢尽了，你要你叔叔以后怎么有脸抓卖淫嫖娼的人？自己的侄儿干的也是这种营生……别人会怎么看待你叔叔？别人以为我那样做，是为了保你的生意！做什么不行？在你叔叔的眼皮下做那种生意?! 我以前问你的桑拿中心有没有色情服务，你还对叔叔说绝对没有。叔叔你都欺瞒，你无法无天了?!"关局长盯着侄儿，眼睛里射出恨不得把侄儿痛打一顿的火焰，那火焰似乎带着明火，烧着了关伟，让关伟不住地拍打着衣服。"你还想要叔叔帮你说情少罚点款？亏你说得出口，我告诉你，叔叔不会帮你说这方面的情，一个字都不会说。你老老实实去市局治安大队交罚款，给我关了那种色情场所。"他很凶地瞪着他侄儿道，"在长益市，只能做合法生意，不要打歪主意，否则，人家能容你，叔叔也不能容你这么干。叔叔会一个星期去查你一次，你再干，叔叔亲自来抓，绝不客气。叔叔警告你，在长益市，叔叔绝不容忍你胡作非为。"

关局长是那种工作很认真，又很看重自己的名声的人，为了证明他不是保侄儿的桑拿中心，他一个月内带队"袭击"了三次金圣大酒店的桑拿中心，当然一无所获，因为关伟知道他叔叔会搞突然袭击，就把桑拿中心改成了表面上很正规的洗脚按摩城。关局长挺满意，因为侄儿在他的高压下改邪归正了，局里没有人再在背后议论他是为保侄儿的生意而打压银元娱乐城了，心儿就宽广了，走起路来腰杆挺得更直了。有天，他听侄儿说，银元娱乐城的桑拿中心虽然关了，但娱乐城的那些小姐也提供色情服务，是陪吃陪玩陪睡的三陪小姐。一天，关局长路经银元娱乐城，也觉得银元娱乐城的小姐有问题，一个个那么妖艳地站在门前，与来来去去的男人打情骂俏，这太不像话了。关局长阴下了脸，他是那种非常正直的男人，不喜欢女人没羞耻心，男人没廉耻心，那些当众调情的举动，让他十分反感。他决定把这些小姐赶到看不见的地方去，以免污染他辖区的社会风气。一天晚上，他带着分局的治安队员来了，一间间包房查，查卖淫嫖娼，把小姐们集中起来，一个个地叫去盘问，怀疑有问题的或没带身份证的就往警车上带。这样的风暴行动搞了几次，云集在银元娱乐城的小姐就如一群麻雀样飞走了，关局长再从银元娱乐城经过时，就没有小姐站在门前，扭着屁股无比妖艳地翘首期盼了。关局长觉得他的"清扫"行动还是挺见效的，就高兴地对杨队长说："过去说，世界上怕就怕'认真'二字，只要你认真去做，就没有做不到的事。"

银儿卡拉OK娱乐城变冷清了，有时候一个晚上只有两个或三个包房有人唱歌，而且还是无须买单的熟人，其他包房都是空的。这两三个唱歌的包房里，必定有一个包房里有钟铁龙。一到晚上，他就邀人去银元娱乐城唱卡拉OK，他自己很少唱，只是看朋友们唱，或是喝着啤酒或是喝着上好的乌龙茶、铁观音，脸上很谦虚地笑着。他不干任何事，只是与他叫来玩的朋友聊天，时而出来走走，看看是不是有公安潜伏在娱乐城的两旁。银元娱乐城距关局长家不远，隔两条街，七分钟就走到了，如果快一点走，五分钟便到了。关局长住的是一幢私房，私房在一条小巷里，那条街上，住着的大多是长益市的小市民。关局长是那条小街上出的最大的官。关局长的车开不进这条小巷。小巷太窄了，最多能走一辆板车。关局长就把他开的印着"公安"二字的桑塔纳车停在小巷街口，那一处地方好像是他专用的泊车位，有一棵大树，形成了一片阴凉地，关局长的车就停在大树下。钟铁龙注意到，每天晚上十点钟左右，关局长的白色桑塔纳会安静地泊在这里。

五十六岁的关局长不怎么喜欢应酬了。他不爱唱卡拉OK，夜总会他嫌闹了，喝酒也是他一心要拒绝的大事，因为他那有问题的心脏会受不了酒精的刺激。他也不爱吃宵夜，他有高血压，还有糖尿病，胆固醇也很高。因此，他把自己的生活变得很规律，十点钟便回家睡觉。这天晚上，局党委开会，过组织生活，大家在会上进行批评与自我批评。会开到九点多钟，关局长打个哈欠，晃晃脑袋说："算了吧？这两天我没休息好。"

会议在他的建议下散了，本来也没什么大事。关局长走进办公室，放下茶杯，拿了车钥匙就出门了。他的桑塔纳就停在坪上，他坐进驾驶室，将车倒了把，掉头，看见杨队长站在前面，说了声"你这鬼挡在路上干什么"，车就从杨队长身边驶了过去。这是九月末的一天，天转凉了。关局长把车开出公安分局的大门，把车窗摇下，让街上的凉风清扫车内的烟气。关局长将车驶上城南路，接着向运动路开去，又转向书院路，进了一条小街，拐个弯，就缓缓驶到了那条巷口上。关局长把车停好，关了车灯，正着手摇车窗，突然看见一个人走来，他就抬起头望着这个人。这个人一句话也没说，拔出手枪抵着他的太阳穴，勾动了扳机，叭，一声被消音器减去了一大半的枪声消失在那个九月的夜色中了。关局长一头栽在方向盘上。那人却弓下腰，伸手捡起那枚发烫的弹壳——弹壳在飘出枪膛时，他留意到弹壳就落在他脚旁。他将弹壳放进口袋，转身离开了。他走进一条小巷，又迅速钻入另一条小巷，这条巷很旧很窄，只能走单车或摩托车，有一个人叫他"钟哥"，他装没听见地走过，再拐个弯，从一个油货铺旁走过，才直起腰大步横过马路，走进了另条街，又从那条街走出去，向前走了一白多米，不见有人追他，才又迈进一条小巷，从这条小巷拐向一条小街，他在那条街口站了一分钟，掉头看后面有没有人尾随，巷子空空的，只有一盏路灯在巷子里闪烁。他放心了，上了热闹的运动路，快步向前走了段，横过马路就是银元卡拉 OK 娱乐城。

　　那儿停了几辆车，霓虹灯在那张不锈钢玻璃大门和那幢楼上闪耀着。他走进一间包房，包房里龙行长和刘总正在比歌，你一首、我一首地唱，都站得笔挺的，由于小姐要自备，刘总叫来了银城大酒店的两个女服务员。她们在一旁笑着，为他们的歌声拍手叫好。

　　"这首歌唱得还马马虎虎。"龙行长表扬刘总说。

　　刘总不屑他的表扬说："只是马马虎虎？你也讲句良心话看？"

　　龙行长不太爱讲良心话，就很吝啬地添一句："算可以。"

　　龙行长的歌来了，日本民歌《拉网小调》。龙行长摆好姿势，就猛"拉"起来。

　　刘总对钟铁龙说："他只晓得唱这首歌。"

　　钟铁龙不是来听歌的，他的内心很不安，他突然做出痛苦的样子，起身按着肚子对刘总说："我今天拉肚子，不晓得吃了什么，不行不行，我又要拉了。"

　　他走出来，上了他的车，开着就向前飘去。他把车开到湘江大桥上，在桥中央靠边停下，看了眼天空，天上繁星满缀。有几个年轻男女从他车旁走过。他下车，走到水泥栏杆边，左右望望，没人注意他。他把手枪和弹壳都丢了下去。他看见手枪消失了，飞速地落入水中。他转身，钻进汽车，见桥上没车，就在桥上掉头，又迅速向来的路上飘去。

二十分钟后，他又走进了那间包房，只比解大便的时间稍长一点。他做出舒服了的样子对刘总说："我现在舒服多了。"

龙行长说："吃一粒土霉素，我保证你不会拉了。"

刘总的歌来了，《听妈妈讲那过去的事情》，刘总举起麦克风就开始抒情了，声音居然有点哆。钟铁龙笑着递支烟给龙行长，边听刘总哆声哆气地唱《听妈妈讲那过去的事情》，龙行长却附在钟铁龙的耳朵上说："刘总发情了。"

二八　陈大队

关局长被人枪杀在车上，这让长益市公安局的人十分震惊、愤怒，当晚就开了个紧急会议，研究案情。在现场，杀人犯没留下任何线索，连弹壳也没留下，这是很令人头痛的。那天晚上，会议室里空前沉闷，因为谁也没想到一生刚直不阿的关局长，最终以这个令人悲痛的结果终结一生。宋局长脸色沉郁，刘副局长也铁青着脸，陈大队更是感觉头痛地耷拉着脑袋，因为他预感这又是一桩毫无头绪的案子。会议室里烟雾缭绕的，大家各抒己见，对案情一一分析，但会开到凌晨两点钟，仍然毫无结果。陈大队拖着疲惫的身体回到家，躺在床上却无法入眠，什么人竟敢枪杀关局长？这是公然与公安为敌，这样的人不是吃了豹子胆，就是个十足的疯子。第二天，验尸的法医交给他一枚从桑塔纳车里找出来的弹头，这是一枚从五四式手枪里射出来的弹头，弹头扁了，上面还沾着一丝血痂，这让陈大队见了心生痛苦。这天上午又接着开会，会场很严肃，宋局长亲自主持，叫来了南区治安队杨队长，大家一起分析案情，分析谁最有可能杀害关局长，关局长近来得罪了谁，谁是关局长的头号敌人，银元娱乐城于分析中像一根肿木样浮出了水面。刘副局长目光凝重地看着陈大队说："陈大队，这个案子你一定要侦破，不然关局长会死不瞑目。"

陈大队感到自己责任重大，还觉得这个案子对他的智商是一个极大的考验。"会的，刘局，"陈大队看着那枚封在小塑料袋里的弹头，"我一定要查出杀害关局长的凶手。"

宋局长道："银元娱乐城是很有嫌疑，我看就从银元娱乐城开始查。"

几天后的一个晚上，一群公安闯进了银元卡拉OK娱乐城。市局刑侦大队的大队长亲自挂帅，领着五个荷枪实弹的刑警和杨队长的十几个治安队员及二十来个联防队员，包围了银元娱乐城。当时银元娱乐城内有五个包房有人唱歌，比平常热闹几分。

杨队长大喝一声说："任何人都给我原地待着不要动。"

银元娱乐城的服务员们就望着公安，不晓得公安怎么又来了。

刑侦大队的陈大队把案情仔细思虑一番后，觉得银元娱乐城肯定脱离不了干系。陈大队是个聪明、刚毅又很有责任感的、话不多、爱思考的年轻人，同时也是个把公安工作看得很重的工作狂，这得益于关局长生前对他的点拨。他与关局长还真有渊源，十二年前，他从公安专科学校毕业出来，遇到的第一个赏识他的领导就是关局长。那时关局长是南区公安分局副局长，四十多岁，是个精力充沛、干劲十足又经验丰富的老公安。关副局长看着当时脸上还有孩子气的陈大队说："干我们公安这一行，你一定要记住，首先自己要正，所谓邪不压正，你正，才能气吞山河；你正，才能使犯罪分子惧怕！有的公安思想变坏了，与犯罪分子沆瀣一气，结果没有一个有好下场。"十二年过去了，陈大队从来也没忘记关局长当年对他说的告诫之语。就是这番话给了他奋发向上的力量，让他跟着关副局长破了一个又一个发生在当年的重大案件，使他初出茅庐就学到了不少东西。他和关副局长共事了五年，后来市局刑侦大队需要人，把他调入市局刑侦大队工作，可是两人一直有电话往来。陈大队觉得假如当年关局长不让他干刑警，那他现在可能还是个一般的公安，但关局长见他聪明敏锐、思维逻辑性强、办事有责任心，便推荐他去了市局刑侦大队，使他从他那班同学里脱颖而出。现在他接受了局领导交给他的任务，一定要侦破关局长被人枪杀在车上的案子。

陈大队用他那双鹰一样的眼睛把站在他面前的银元娱乐城的人员一个个地盯了一遍，想这些人里谁可以提供线索，他对杨队长说："把他们都带到一间包房里，要他们不要说话。"

杨队长说："都给我闭嘴，不要说话。"他说完，推开一个包房，揿亮灯，然后对银元娱乐城的员工说："都过来，不要说话，进去。"

陈大队又发布命令："把客人都叫出来，让客人们走。"

杨队长和陈大队的手下及十来个联防队员就开始一间房一间房地驱逐客人，客人们个个莫名其妙的，有的客人有意见道："为什么要我们走？我们只是唱歌，又没乱搞！"

刑警说："我们要对这里的每一间房子进行搜查。"

三狗在一间包房里陪几个老顾客唱歌，见公安又来了，三狗看着公安驱赶顾客，就起身说："公安同志，我们又犯了什么错？怎么连生意都不让我们做了？这个损失谁赔啊？"

杨队长走过来，绷着脸说："等下你就晓得了，啰唆什么！"

搜查开始了。刑警和治安队员一间房一间房地查，搜枪，然而，他们什么也没搜到，搜到的是果皮纸屑。陈大队深知这个案子要破，就必须找到枪，枪是这个案子的焦点，枪会开口说话，会告诉你子弹是从这把枪或那把枪里射出来的。陈大队阴着脸走到三楼，见桑拿中心的不锈钢拉闸门上挂把大锁，就命令三狗叫人打开。拉闸门打开了，几个公安走进去，仔细搜查着一间间桑拿房，把柜子打开，把席梦思床搬开，把床头柜抽屉拉开，搜来搜去，只发现地上有几枚长了霉的烟蒂。

陈大队感觉这个世界看上去歌舞升平，其实隐藏着许多肮脏的交易和罪恶勾当，就跟老鼠和蟑螂样，这些肮脏的东西从不在光天化日之下行走，而是躺藏在潮湿的沟渠或人们的视线顾及不到的阴森的角落里，一旦爬出来就让人恶心。在陈大队眼里，犯罪分子都是老鼠或蟑螂变的，只会在暗地里搞阴谋算计人，是人类中的下等货、垃圾。陈大队感到自己生下来就肩负着某种使命，那使命就是清除人类中的垃圾，维护守法公民的尊严。否则，这个社会就乱套了，就正不压邪了，而那样的社会是好人都不愿意看到的。陈大队板着脸把三狗叫进总经理办公室，让三狗打开柜子和抽屉及保险柜。陈大队用他那双锐利的鹰眼一一查看，连一张纸片也没放过。他什么也没发现，他忽然抬起头盯着三狗问："你叫什么名字？"

"黄建国。"三狗回答。

"黄建国，你九月二十六日的晚上在干什么？"

九月二十六日是上个星期的日子，三狗说："我想不起来了，怎么啦？"

陈大队严厉地说："你仔细回忆一下你在干什么？"

三狗推算着九月二十六那天的日子，想起来了，说："我在娱乐城招呼客人。"

陈大队问得更加具体了："九月二十六日晚上的九点到十一点钟你在干什么？"

三狗想也不想地道："我整个晚上都在招呼来玩的朋友。"

"有人证明你这段时间在娱乐城吗？"陈大队盯着三狗。

三狗说："我们的工作人员都可以证明。"

陈大队直视着三狗："你晓得关局长被人枪杀在汽车里吗？"

三狗说："晓得，报纸上说了。这关我什么事？"

陈大队盯紧三狗："我怀疑你杀了南区公安分局关局长。"

三狗说："我黄建国从没杀过人。你可以认真查。"

陈大队盯了他十秒钟，他曾多次用这种犀利的匕首一般寒光四射的目光击溃过不少犯罪分子。但三狗不是犯罪分子，就没被击溃。陈大队估计不是三狗干的，因为他的目光深入三狗的眼球里查询，没看见恐惧。他问："你那个名叫李培的副总经理哪里去了？"

"他住在三医院。"

"他没来？"

"他在病床上躺着，身体还没恢复，怎么来？"

陈大队说："在事情没搞清楚前，你不能离开长益市。"

这几天，钟铁龙哪里也没去，十分不安，同时又拼命让自己镇静，他发现自己太好胜和太阴狠了，做了件无可挽回的事。为了分散自己的注意力，为了设法让自己平静，他躺在银城大酒店里读《史记》。他读出味来了，《刺客列传》里记载的聂政之所以为严仲子去刺杀韩国宰相侠累，是严仲子对聂政好到让聂政感动得愿意为严仲子去死。荆轲之所以冒险去刺杀秦王，也是燕太子丹对荆轲太好了，好到让荆轲觉得自己欠太子丹太多了，因此愿意为太子丹去刺杀他明白自己无法刺杀的秦王。好的力量很巨大！好的力量很多人都不懂，好是一种魔力，比金钱更有冲击力；好是一种麻醉剂，能让人像聂政和荆轲一样甘愿为你赴死。用好支配人比用钱收买人更艺术。钟铁龙的脑海里跳出了小马，就点上了一支烟。他知道那天他从那条巷子穿过时，叫他"钟哥"的人就是小马，别人要不叫他"钟总"，要不就叫他"龙哥"，只有小马叫他"钟哥"。钟铁龙心里清楚，如果有什么人可能知道他那天晚上出现在犯罪现场，这个人就只能是小马。钟铁龙那天之所以没停下脚步地匆匆而去，就是不想让小马确认看见的是他。但小马在他心里却是块病。他千算万算，却没想到自己犯了罪会遇上小马！小马已出了院，钟铁龙知道他在世的日子不多了，就让他回家陪老婆和孩子。那天，钟铁龙开车送小马和他老婆回家时，记得小马不是住在顺利巷，怎么小马会出现在顺利巷？这天下午，钟铁龙重读《刺客列传》，见燕太子丹对荆轲那么好，就突然放下书，打了小马的叩机。小马很快回了话，叫他"钟哥"。钟铁龙说："小马你在哪里？"

小马回答："在家里。"

钟铁龙这么问："是不是我送你回去的那个家？"

"是，"小马说，"怎么钟哥你找我？"

钟铁龙想了一秒钟，说："我来看你，告诉我你家的门牌号码。"

小马报了门牌号码，钟铁龙记在纸上，说："你在家等我，别出去了。"

钟铁龙在医院和小马的家都见过小马的儿子和女儿，他明白要想让小马永远闭嘴，只能在小马的儿子和女儿身上做文章，文章做得好，小马就不会说一个对他不利的字。他去一家大百货商店给小马的儿子和女儿一人买了三套衣服。小马家的电视机是一台十八寸的牡丹牌电视机，而且还不清晰。他买了台二十九寸的长虹大彩电，把小马家的门牌号码给了商店送货的。他还买了很多高档营养品，当然是给小马吃的。他开着车驶到小马家旁，拎着很大一堆东西下车，小马看见了，感动得眼睛都湿了。钟铁龙笑笑，走进了小马家。小马家很简陋，但很干净。钟铁龙把六套衣服递给小马的老婆说："这都是给你儿子和女儿买的，嫂子。"他叫小马的老婆

208

"嫂子"，是因为小马的老婆比他大六岁。他把另只手上的东西递给小马："这都是营养品，给你补身体的。"

小马接过钟铁龙手上的东西就哭了，呜呜呜呜，钟铁龙还没来得及安慰小马，小马又扑通一声跪下，边说："钟哥，我马新从小长到大，还从没有人对我这么好过，我父母对我也没你这么好。钟哥，你要我怎么报答你啊。"

钟铁龙把小马扶起："我们是好兄弟，你这样说我反而愧疚了。"

小马老婆说："谢谢钟哥谢谢钟哥，钟哥你坐、你坐。"

钟铁龙坐下，把小马拉到身边问寒问暖，身体啊，营养啊，要多吃防癌食品啊，说不定奇迹就发生了啊等等，问了个把小时，才把话题转到小马父母身上："你父母还好吗？"

"父亲不在了，母亲和我弟弟弟媳住在一起。"

钟铁龙"哦"了声，再问："你弟弟住在哪里？"

"顺利巷。"小马说，望着钟铁龙。

钟铁龙当然清楚那条巷子叫顺利巷。在他考察退路时，他记住了顺利巷的名字。钟铁龙看小马一眼，小马也看着他。钟铁龙没再问他母亲和弟弟的事，而是把话题放到小马女儿身上，小马的女儿醒了，在床上哭，小马的老婆走进房，抱着女儿出来，边哄着。女儿头发乱蓬蓬的，一张小脸蛋红润润的。钟铁龙灵机一动，要让小马安心，还得在小马的老婆身上做文章，便对小马的老婆说："嫂子，你从明天起，去银元娱乐城上班，我跟黄总打个电话，让你负责收银，只是别错了账，工资我开你两千块钱一月，万一小马不在了——嫂子，我只是说万一，你别放在心上，你有一个儿子和一个女儿要养，没钱是不行的，不能苦了小马的骨肉。这也是我今天来的原因。"

小马站起身，又扑通一声跪下，这是他第三次跪在钟铁龙身前，小马跪得很直地打着拱手，一脸坦诚道："钟哥，我马新对天发誓，我真的愿意为你去死。"

"言重了，看你说到哪里去了。"钟铁龙起身扶起小马，感到自己对症下药了，就笑了下，"你是我的好兄弟，你的儿女我当然不会不管。你起来，小马。"

这时有一辆运货的车驶来，问钟铁龙是不是住在这里，钟铁龙说是，运货的人就将一台电视机搬了进来，放下。小马很惊诧，钟铁龙却说："你在家养病，无聊，我送台大彩电给你，你可以看看电视，消遣一下时间，免得心里老想着病。"

小马又哭了，抬起手揩自己的眼睛。钟铁龙哈哈一笑："男子汉哭什么脸？不要哭。"

小马说："我是激动，我太激动了，激动得流泪。"

钟铁龙觉得自己该退场了，对小马说："我走了。"

小马和小马的老婆把钟铁龙送到本田雅阁车前，钟铁龙打开车门，对他们说："回去吧，你们。嫂子，你还是先在家陪陪小马，工资从这个月算起，等小马身体好些了，你再来银元娱乐城上班，我会跟黄建国打电话的。"

石小刚陪云南妹去了云南，回来后他听张兵说，关局长被人击毙在桑塔纳车上，就很激动地冲进钟铁龙的房间，脸上大放异彩道："关局长不是你杀的吧？"

钟铁龙望着他，摇头说："你怎么想到我身上来了？我怎么可能杀关局长？"

石小刚吃惊不小，鼓起了眼睛："真的不是你？"

钟铁龙想不能让他知道，就严肃着脸说："真的不是我，不骗你。"

石小刚疑惑了："我送给你的那把手枪呢？"

"早就丢了，那是'祸'啊，哪个敢把它带在身上？"

石小刚就不解地看着他："我不相信你会丢？你丢到哪里了？"

钟铁龙编故事道："一年前陪税务局的几个人去钓鱼，丢到鱼塘里了。那东西带在身上容易出事……我真的丢了。怎么，你怀疑是我杀了关局长？"

石小刚想不明白，见钟铁龙说得那么认真，便想会是谁杀了关局长。说："我听张兵说关局长被人一枪打死在车上，我就想到了我送给你的那把枪。"

钟铁龙说："那把枪的事，你不要跟任何人说，免得给我添麻烦。"

石小刚点头："你放心，我没那么蠢，就算公安局的问我，我也一字不提。我们是不是把银元娱乐城关了算了？那里好像是个是非之地，不吉利样的。"

"会好起来的，"钟铁龙丢了支软中华烟给石小刚，"《增广贤文》上说，否极泰来。那里的风水很好，只是被那些公安吵得生意不怎么好做。我们只要跟公安协调好关系，等过了这一阵，到时候再疏通关节，我相信生意会好做。"

次日上午，钟铁龙正在睡觉，突然就撞进来几名公安，他们是市局刑侦大队的，为首的是陈大队。陈大队对起床开门的钟铁龙说："穿上衣服。"

另外几个公安便开始搜查。

钟铁龙脸上的瞌睡全跑了："为什么搜查我的房间？"

"为什么？"陈大队鼓着一双鹰眼盯着他，"等下你就清楚为什么了。"

几个公安很仔细地翻看着每一处地方，为此把床铺都抬开，把席梦思都翻了个边。陈大队盯着钟铁龙，又打量着房里的一切，鼻子在房间里似乎闻到了某种气味，这是种什么气味他也说不好，但这气味有点像他几年前抓的一个杀人犯身上的气味。他暗想，难道杀人犯们身上有某种相近的气味？他斜睨着钟铁龙说："穿上鞋子，跟我们去公安局。"

钟铁龙不愿意跟他们走："凭什么要我去公安局？"

陈大队尖声说："凭什么？凭我们怀疑你是杀死关局长的重大嫌疑犯。"

钟铁龙心里一惊，暗想他们终于怀疑到他身上了，但他侦破片看多了，知道这时候应该怎么办："怀疑就可以抓人？抓人要有证据，没证据凭什么抓人？"

一个刑警在他肩上重重地拍了下："走吧，到公安局去讲清楚。"

钟铁龙说："我不走。还有王法没有？随便就可以把人带走，这是哪一条法律？"

陈大队吼了句："会告诉你的，现在你必须跟我们走。有人指出是你或你的手下干的。你老实点，合作点。事情会查清的。走吧，不要我们动铐子吧？嗯？"

钟铁龙被带到了市公安局一间四壁都刷着铁灰色漆的房子里，那是刑侦队专门用来审讯犯罪嫌疑人的审讯室。他被推进审讯室，被铐在一张靠椅上，接着门被锁上了。钟铁龙盯着墙上的一幅白纸黑字的标语：坦白从宽，抗拒从严，他发现墙角有摄像头，摄像头就对着他。他冷冷一笑，想像他这种人，那就不属于这条严令"拯救"的对象。难道有什么疏忽的地方？他这么想，他是经过周密细致的考虑，经过一个月的观察才下手的。哪里出了纰漏？未必小马把他供了出来？但就他对小马的了解，小马一个要死的人，怎么会把他往监狱里推呢？未必有人看见他拿枪抵着关局长的脑袋开枪？那一刻周围并没人，就算有，那是晚上，也不可能看清他的长相和身高，因为他离开时是弓着腰走的。这几天，他把每一个细节都过滤了好几遍，他连弹壳和烟蒂都没留一枚，就算有人无意中从窗口探出头看见他，也不可能看清他的长相。凭什么抓他？

下午，门开了，进来三个刑警，三个刑警都绷着脸。陈大队在那张黑漆桌前坐下，昂着有些络腮胡子的脸，脸上的表情相当严肃，那种严肃就像森林一样茂盛和广袤。陈大队一旁是一个中年人，准备做笔录。还有一个刑警坐在陈大队的另一旁，嘴里叼支烟，很凶地盯着他。陈大队开口了，声音像石头掷在地上碰出的声音："姓名？"

"钟铁龙。"

陈大队又问了钟铁龙年龄、学历和出生地及职业之类，然后话题一转，斜着眼睛问他："你九月二十六日晚上在哪里？"

钟铁龙想了想的模样说："在银元卡拉OK娱乐城玩。"

陈大队冷冷地说："跟些什么人玩？"

钟铁龙就把龙行长和刘总端了出来。

陈大队说："那天晚上你整个都在包房里唱歌？"

"是啊。"

陈大队猛地一拍桌子，吼道："你不老实。"

钟铁龙望着他："我是在包房里喝酒和唱歌。怎么啦？"

"晓得我们为什么抓你来?"陈大队用锐利无比的目光紧盯着钟铁龙。

钟铁龙说:"不晓得。只晓得你们这样做已经伤害了我。"

陈大队大声说:"那我告诉你,你说假话,有人看见你中途开车外出了。"

钟铁龙心里一颤,他们居然调查得这么清楚,可见他们把注意力放到他身上了。他想起那晚开车回来的路上,心里堵得慌,就想上药店买点镇静方面的药吃。他记得他路过的两家药店都关了门,便把自己出车的缘由放到药店上道:"我那天晚上吃了凉拌海带后,拉肚子。肚子很不舒服。我开车去药店买药,但药店关了门,我就回来了。"

"拉肚子?"

"这你们可以问问工商行龙行长,他可以证明。龙行长那天还对我说吃一粒土霉素,保证可以止住我拉肚子。另外,你们还可以问银城大酒店的刘总。"

陈大队突然盯着他说:"钟铁龙,你以为我们是随便抓你?我们怀疑你是一九八九年三月十一日发生在长益市电工厂前的那桩抢劫杀人案的真凶。"

钟铁龙的脑袋里嗡地一响,他没想到自己早已忘记的事被陈大队掀了出来,他看着陈大队说:"你们说话要有证据。"

陈大队盯着钟铁龙的目光变得更严厉了:"你是不是长益市电工厂子校的数学老师?"

钟铁龙说:"曾经是的。"

陈大队说:"你以为我们没摸你的底?早几年我们就摸过你的底。你父亲虽出身资本家,但是个普通老百姓。两年前,你一个数学老师哪里来的钱开桑拿中心和住酒店?"

钟铁龙想他们在暗中调查他,但他们也没完全彻底地调查清楚。他说了开桑拿中心的全过程,陈大队冷笑道:"这么说,你是这帮朋友抬上来的?"

"是的,他们抬我。"

"丁建是不是你叫人砍死的?"

钟铁龙一笑,扭开了头,说:"你越说越没边了。"

"你看着我的眼睛。"

钟铁龙就看陈大队的眼睛,陈大队把自己尖利的目光刺进了钟铁龙的眼球,再沿着连接钟铁龙的眼球的神经钻进了钟铁龙的大脑,在钟铁龙的大脑里,他看见了混乱,还看见钟铁龙举着一把五四式手枪对着关局长的脑袋开枪的情景。那一瞬,钟铁龙的脑海里正重现着这一幕。陈大队一惊,钟铁龙把目光移开了,陈大队说:"你害怕了?"

钟铁龙那一刻确实有点慌乱,还感到眼睛刺痛,回答:"我害怕什么?"

陈大队厉声道:"你的眼睛告诉我是你杀了挡了你财路的关局长。"

钟铁龙觉得陈大队的目光真的像刀子样直捅他的心脏。他真的有点受不了这种目光。他不敢再看陈大队的眼睛,把目光移到"坦白从宽"那几个黑体字上。他想我能坦白吗?说:"你要这样说我也没办法。我没杀关局长。你就是借个胆子给我,我也不敢。"

"我告诉你,你在你的朋友唱歌时,开车出去杀了关局长,然后你又开车回来,装肚子痛。"陈大队说,拍了下桌子,"你是那种做人做事都很阴险的家伙,是人渣。"

钟铁龙望着陈大队一旁那个做笔录的刑警说:"我什么事都没做,你们不要冤枉我。"

"不会冤枉你,会查出来的。"陈大队指着钟铁龙说,"我知道是你干的。"

过了几天,被视为重大杀人嫌疑犯的钟铁龙被警车带到了长益市监狱,长益市监狱地处市郊,建着高高的围墙,围墙上还安着密密麻麻的铁丝网。钟铁龙被单独关在一间牢里,那间牢房很窄小,黑黑的,没有窗,只有一张牢不可破的铁门,铁门上开了个窗,窗上焊着很粗的螺纹钢。室内的光线就是从这窗口投入的。囚室内有一张长靠椅,一旁是深灰色的电胶木尿桶,供犯人排泄用。这是关重大嫌疑犯和在监狱里吵事的犯罪分子禁闭的囚室,感觉上这间囚室就阴森可怖。钟铁龙一被关进这间囚室,就明白自己犯了个巨大的错误,这错误就是他不该打死关局长。他心里清楚,如果没有石小刚送的那把枪,他也不会动置关局长于死地的念头,那把枪让他动了这个不该动的恶念。他太好胜了,太只想自己的利益了,太小觑公安了,以为自己做得干净就神不知鬼不觉。现在,在这间醒醐、寂静的囚室里,他深感钱把他的心养大养恶了,因而做人做事都太逞能了而做了件无法弥补的蠢事。

这天上午,长益市下着雨,淅淅沥沥的雨声弄得陈大队内心很烦躁。市委何书记要求他十天内必须破案,还亲自召见他,对他寄予厚望道:"小陈啊,犯罪分子十分猖狂,竟敢向我公安宣战,不把这个杀人犯揪出来,我们怎么向全市人民交代?!你一定要调动一切可以调动的力量,在十天之内把这个案子破了,给关局长的家人一个交代。"这些话,此刻就在陈大队耳畔回荡,让他很郁闷地攥紧了拳头。陈大队之所以这么快升到市刑侦队大队长,是他这些年里破了很多起大案要案。但那些他破获的大案要案,有一个特点就是多少都留下了一星半点蛛丝马迹,让他逮着不放,从而将案情一点点扩大,又一圈圈缩小,最后归结到一个或几个人身上。然而这个杀关局长的人很狡猾,具有相当强的反侦查能力,居然连弹壳都被他从犯罪现场带走了。前天,检测弹头的报告送到了他的办公桌上,子弹确实是五四式手枪子弹,但是一把什么编号的五四式手枪,却没有答案,要找到枪,做弹道测试才会有结果。他郁闷地想，枪被罪犯藏在哪里了？他愤怒地骂道："老天爷真是瞎了眼啦！"

陈大队的老婆是个有点迷信的女人，还是个温柔得说话细声细气的女人，她一听陈大队骂老天爷，吃惊不小。"喂，你哪根神经不对劲？骂起老天爷来了？"

陈大队十分烦躁，这个案件像一座大山样压着他，他却一时无计可施，便转过脸冲老婆说："我是真烦躁呢，何书记要求我十天内破案，我现在面对的是一个智商相当高的罪犯，犯罪现场干净得连一枚弹壳都没留下，我又不是神，这叫我怎么破案?!"

老婆微微一笑，要他别烦躁说："放心吧，你会破案的，犯罪分子又哪里是我老公的对手？我老公是什么人？犯罪分子再聪明，也没我老公聪明呀。"

陈大队觉得他老婆真好，懂他，就给了老婆一脸笑："还是你懂我。"

老婆也笑："当然呀，我不懂你谁懂你么。"

陈大队嘿嘿一笑："我要走了，上班的时间到了。"他出门，开着车向市局飙。他的车驶进市局，手下高军就大步走拢来告诉他："大队长，局长叫你。"

宋局长坐在办公室里，刘副局长也在。宋局长示意陈大队坐，刘副局长笑着为陈大队泡了杯茉莉花茶，刘副局长放下茶杯，望着陈大队说："案子有进展没有小陈？"

陈大队向宋局长和刘副局长汇报说："正好两位局领导都在，我向你们汇报，暂时还没进展。罪犯很狡猾，不肯承认。"

宋局长很关心这个案子道："你有什么办法让他开口？找到枪了？"

陈大队说："没有，但我想会找到的。"他端起茶杯喝口茶，"这个姓钟的相当狡猾，智商很高，抗压能力也很强，对付这样的人要进行轮番审讯，不能让他有片刻喘息。我就不相信他能逃避法律的制裁！"

宋局长点下头，也觉得这个犯罪分子不是一般的犯罪分子。他说："这个人鬼得很，做得很干净，现场连弹壳、烟蒂和一个脚印都没留下。是个有着极强的自我保护意识的杀人犯。"

刘副局长吸口烟，吐出来，待烟分散后，他望着陈大队说："小陈，这个案子破不破，关系到我们长益市公安局的声誉。这是件大事。"

宋局长也说："何书记十分钟前打来电话，指示我们要尽快破案。一定要严惩罪犯。"

陈大队脸上就很严肃和坚决，说："请局长放心，我一定尽快把这个案子破了。"

刘副局长问陈大队："你能肯定关局长就是那个姓钟的杀的？"

陈大队就望着刘副局长说："我相信是他。"

刘副局长吸口烟，望着陈大队："相信只是推理，应该讲证据。"

陈大队说："他的眼睛告诉我是他杀的。"

宋局长感兴趣了："怎么呢小陈，你说说？"

"在我盯着他时，他的目光很慌乱。一个人没犯罪，目光是平静的。"陈大队形容罪犯说，"他不同，我第一次正视他的目光时，我看出他内心非常慌乱和恐惧。还有，那一瞬我似乎看见他拿枪指着关局长的太阳穴开枪。"

刘副局长曾经破获过几宗凶杀案，是个脚踏实地的老公安，他不太注重心理活动，他主张找证据。他严肃着脸，"关键要找枪，枪找到了，问题就都解决了。"他向陈大队提出建议说，"我看，你可以在他周边的人身上入手，调查他是不是有五四式手枪。只要他有枪，就总会有人知道，再查枪的下落，就可以调查出结果来。"

陈大队点头道："我马上查枪。"

宋局长的脸绷得很紧，说："这事惊动了公安部，犯罪分子太猖狂了，竟敢对公安局长下黑手，这是公然挑战我公安干警！市委、市政府也相当重视，市委政法委何书记指示我们，要尽快破案。"他扫一眼刘副局长，再把目光放到陈大队脸上，"这案子不破，我和刘局长头上的乌纱帽都会摘下来，你这个大队长也干不成了。"

陈大队顿时觉得自己责任十分重大，因为两位局长的乌纱帽都攥在他手上，他立即庄严地保证道："请局长们放心，我会尽快破案。"

二九　审讯

陈大队带着两个手下走进了审讯室。钟铁龙已在审讯室里坐了四天，审讯室的中央有一张铁椅子固定在地上，围绕着铁椅子有四盏探照灯，探照灯都有灯罩，聚光于铁椅子上。钟铁龙就坐在铁椅子上，戴着脚镣手铐，四盏探照灯照着他。钟铁龙在这样强烈的灯光下，不能思考，只能应对。四天里，他没合一下眼。陈大队走进来时，钟铁龙就睁着红红的眼睛望着陈大队。陈大队坐下，看着这只脏猴，在陈大队眼里，钟铁龙不过是一只狡猾的脏猴。陈大队看一眼钟铁龙，暗想这只脏猴的意志算坚强的，四天了还没垮，有很多犯罪嫌疑人到了第三天就崩溃了，这只脏猴未必还有求生的欲望？陈大队想，看他还能坚持多久！他说："钟铁龙，你老实交代，不要抱着侥幸之心。说吧，把一切都说了，说了就少受一天活罪。"

由于四天没睡觉了，钟铁龙眼睛充血，喉咙也上火，嘶了，他嘶声说："说什么？你们抓错了，我钟铁龙又没杀人。"

"是你杀的，我和你都清楚是你杀的。"陈大队说，很厌恶地斜睨着他，"你从小练武，性格强硬，你干非法生意，关局长带人来抓，挡了你的财路，你那逞强好胜的性格能容别人挡你的财路？你的眼睛告诉我，是你亲手杀的关局长。"

钟铁龙重复着他说了上千遍的话："我没杀关局长，你们可以调查。"

"我详细调查了你身边的人，黄建国那天一直在娱乐城里，没离开一步。你的搭档石小刚在云南，他也没有作案时间。还有一个叫张兵的是你从白水带来的手下，那天他在银城桑拿中心守着，没人看见他离开银城桑拿中心。你的初、高中同学李培躺在医院里，我也去医院查了，他那天躺在病床上，也没有作案时间。只有你有作案时间，交代吧钟铁龙。"

钟铁龙有气无力地说："交代什么？关局长又不是我杀的，你们冤枉好人。"

陈大队听钟铁龙说自己是"好人"，觉得"好人"两个字从这个人嘴里说出来十分刺耳，简直带着巨大的讽刺，便特别反感地一拍桌子吼道："你是好人？你是好人，全世界的人都是好人了。"陈大队又冷声道："你是个阴险狠毒的家伙，一个十足的坏蛋！我告诉你，坏人再凶再狡猾，终究逃脱不了法网。人民警察是干什么的？就是抓你们这种坏人的！你以为你干得天衣无缝？就有人看见你在那个时间段出去了，你有作案时间！也有作案动机！你别一副无辜相，就是你干的，我不会错！"

四面都是白的，白得耀眼，强烈的灯光照在钟铁龙身上，让钟铁龙觉得自己是一只可怜虫，这只可怜虫在强大的攻势下，变得更加可怜了。他很想倒下去睡一觉，但他们就是不让他睡。他说："我要睡觉。"

陈大队没听清他说什么，"大声点。"他吼道。

钟铁龙红着眼睛说："我什么都没干，我要睡觉，我很困。"

陈大队的心情很不好，他感觉压力很大，压力来自何书记和局领导对他寄予的厚望。他盯着钟铁龙，觉得这只大蟑螂还企图从他的手里逃脱，他真的想一脚把这只大蟑螂踩死，踩成肉泥。但陈大队知道他不能运用刑具逼供，他也知道这只令人生厌的大蟑螂是不会主动交代的，他清楚要把他这只大蟑螂的臭嘴撬开，让他坦白是十分困难的！陈大队觉得室内的气味太难闻了，因而眉头攥得更紧了，他说："你老实交代罪行，我们就让你睡觉。"

钟铁龙四天没睡觉了，痛苦得眼睛皮都有胀痛的感觉了，他觉得眼睛很痛地说："我说什么？你们不问青红皂白就把我抓进来，硬说是我杀的关局长，这是冤枉好人。"

陈大队火了，"好人？"他吼道，"好人也杀人？看着我的眼睛！"

钟铁龙不看陈大队的眼睛，因为他的眼睛已充血得疼痛难熬了。

陈大队又说："看着我的眼睛！"

钟铁龙就勉强睁开血红的眼睛看着他，陈大队紧盯着他的眼睛，他感到陈大队的目光直接伸进了他的心底，在他那片肮脏的心田上搜寻，就像一条蛇正钻进鼠洞逮一只田鼠似的。钟铁龙的心抽搐了下，痉挛得一痛，陈大队的目光仿佛是一副钩子，勾起了他那颗血淋淋的心脏，正掂量着他心脏的分量。他心里对自己说"你不能倒"，闭上了眼睛。陈大队又道："把你的狗眼睛睁开，听见没有？睁开你的狗眼睛。你杀了关局长是不是？"

"没有。"

陈大队与很多杀人犯打过交道，有的杀人犯粗蛮得像一头棕熊，可是在他面前，最终都败下阵来了，交代了自己的犯罪事实。眼前这个钟铁龙，看起来文质彬彬，但却比那些个长相凶狠的犯罪嫌疑人更有意志，四天的轮番审讯，居然没倒，这让陈大队感到十分棘手。陈大队放缓声音说："你说吧，你把那把手枪藏在哪里了？"

钟铁龙说："我没手枪，你们搞错了。"

陈大队说："承认吧，承认就让你睡觉，不要顽抗了。"

钟铁龙不说话了，心里再次感到自己那好胜的性格害自己自作聪明地干了件蠢事！他曾在一本书上读到过一句话：人的命运都是由性格决定的，是性格决定命运。看来这话是一语道破天机！这几天，他反复想过，他表面上一团和气、谦虚、大气和待朋友友善，其实这些优点都是他从别人身上和书本里偷来的。他骨子里是个十足的恶魔，是个病入膏肓的罪恶之人。这种病已经渗透到了他的血液里——好斗和自作聪明，为了自己的利益可以走极端，用极端手段消灭对方。他突然感到很难受，就大叫一声："你们把我杀了吧！"

陈大队厉声说："杀你？杀你太简单了，你的下场是接受法院审判！"

陈大队抓过很多杀人犯，但这个钟铁龙是他觉得最难对付的，是个顽固的不见棺材不掉泪的坏人。这天下午，陈大队处理完另一桩凶杀案，把车开进市局，刚在自己的办公桌前坐下，屁股还没坐稳，又被局办公室的人叫到了局长室。陈大队深知两位局长的压力很大，市委政法委何书记一天一个电话，这就给了两位局长相当大的压力。此刻，刘副局长也在宋局长办公室，都昂起头看着走进来的他，宋局长笑笑："怎么样啊陈大队？"

陈大队真的不知如何回答宋局长，他望一眼坐在沙发上的刘副局长，刘副局长也笑看着他，他回答宋局长："这个姓钟的十分顽固，跟茅坑里的石头样，又臭又硬。"

墙上有张毛主席像，是宋局长任局长时亲手贴到墙上的，宋局长望了眼毛主席像，说："怎么，你陈大队也没办法让犯罪嫌疑人开口？"

陈大队说："这个人不好对付，心理防线跟铜墙铁壁样，不好攻破。"

刘副局长点上支烟，抽着，望着窗外，窗外是十月的天空，秋高气爽的。刘副局长的心情却好不起来，因为他满脑海都是钟铁龙在他面前讨好卖乖的样子，如果关局长真是钟铁龙杀死的，那钟铁龙真是一个可怕的人。想起钟铁龙在他面前说的那些阿谀奉承之话，他全身都发冷，好在自己断然拒绝了他行贿，不然此刻那他不成热锅上的蚂蚁了？昨天夜里，他夫人在枕头边上问他钟铁龙的情况，他火道："钟铁龙是个杀人嫌疑犯，你还对他印象那么好，说他大方、豪爽，这都是假象，表面功夫。我警告你，离他远点，不要再在我面前提他。"刘夫人问他："关局长真是他杀的？"他回答夫人："不是他，谁敢杀关局长？钟铁龙是个什么人，现在你明白了吧？你还为这样的人说话？我警告你，以后不要管你不该管的事。"

宋局长见刘副局长一脸深思的模样，问："刘局，你有什么高招？"

刘副局长吐口烟，说："我还是那句话，关键是找枪，找到了枪，这个案子就好破，光审，犯罪嫌疑人是不会交代的。他既然做得如此干净，就是他预谋已久，根本没打算坦白。"刘副局长又吸口烟，"这样的人，只有在犯罪事实面前才会低头。"

宋局长点头："是的，我同意刘局的意见，找枪。"他望着陈大队，脸上有些烦恼，"陈大队，上面催得很紧，市委政法委何书记一天一个电话，催问我案情进展。陈大队，你要抓紧，这几天你少休息点，多辛苦点，突击把这个案子尽快破出来。"

陈大队不敢在两个局长面前说大话，他已经审过钟铁龙多次，清楚这个人不见到棺材不会低头。他走出局长办公室，两位局长的目光让他感到身上的担子很重，上面越重视，他的压力自然就越大！他想，别说是"少休息点"，假如能破案，就是要他不吃饭、不睡觉地干十天他也愿意舍命陪君子。陈大队走进自己的办公室，手下高军和小旷就坐在他办公室里。他的办公室很简陋，沙发的人造革皮都有些破烂了，露出了一点海绵。桌上搁着只保温的钢化玻璃杯，高军已为他泡好了杯碧螺春茶，高军说："茶是刚泡的。"

陈大队轻轻点了下头，拿起保温杯，喝了口茶，好烫，他把保温杯放下，坐到沙发上，望着高军和小旷。高军个头较高，脸庞也大，一头乌发，是个办案能力很强的人。小旷略矮，人精瘦，也马虎，但目光十分锐利。这两个手下是他这几年办的那几桩大案的得力助手。他掏出精白沙烟，一人递了支。"我们破了这么多案子，很多犯罪嫌疑人，被我们一眼就盯穿了，这个人是我们遇到的最强劲的对

218

手。"他说，"这很有挑战性，你们说呢？"

高军点头，他这一向天天与陈大队一起审讯钟铁龙，对钟铁龙进行过多次心理攻势，知道这个人非一般犯罪分子可以比拟。他说："有挑战性才好，宋局、刘局是什么意思？"

陈大队说："宋局、刘局要我们尽快破案，上级领导催逼得很紧。"

小旷说："这个人如此聪明，回答我们的问话没一点漏洞，我感觉他不像一般的犯罪嫌疑人，我奇怪的是，如此聪明的人，就没想过后果的？"

陈大队瞅一眼小旷，小旷这样说是因为他对钟铁龙产生了疑惑。他曾亲自驾车测试过，从银元卡拉OK娱乐城到关局长住的那条街巷，只需两分钟，把车停好，下车，走上去掏枪杀害关局长只需要五秒钟，再包个大圈回来，也只需三四分钟。银元娱乐城的一名保安说，九月二十六日晚上，他看见钟老板开车出去和回来，这中间相隔有二十分钟。二十分钟能让罪犯有很从容的时间作案。陈大队说："是他杀的，我的判断不会错。"

高军说他对钟铁龙的认识道："我觉得这个人是个意志刚强的疯子。这样的人很可怕，若是掌了权，就是个杀人魔王。"

陈大队觉得高军想得太远了，鄙夷道："不会有这一天的，一定要把他绳之以法。"

小旷说："我觉得人啊，一到利益面前，就会疯狂，为了自己的利益，不惜杀人。"

陈大队冷冷一笑："这只是某些人，那些心里只装着自己的自私自利的脑子狭隘的家伙，他们总以为犯了法还能逍遥法外？！我们是吃干饭的？我陈国辉就是他们的克星！"

高军说："对，这个世界毕竟是个邪不压正的世界。"

陈大队吐口烟："我们要找枪，找到了枪，这家伙就成死猪了。"

早几天，陈大队曾和高军、小旷走进了钟铁龙家，对钟铁龙家进行搜查，让郑小玲打开所有的柜子和抽屉，还把席梦思床搬开，又把吊的三级顶撬开，拿手电到隔层里照。郑小玲怕得要死，人缩成一团坐在沙发上。陈大队觉得郑小玲很高雅、漂亮，同时又觉得她非常可怜，因为她居然嫁给这样一个心理阴暗、歹毒的男人。陈大队把每一间房子都搜查一遍后，最后叫郑小玲起身，他们把沙发掀翻，还撕开沙发，伸手到里面去摸，结果是白忙了几个小时。陈大队盯着郑小玲说："你晓得你男人有手枪吗，嗯？"

郑小玲在他审视的目光下回答他："我不晓得。"

陈大队以常理判断，丈夫有枪，妻子不应该不晓得。他说："你是真不晓得还是装不晓得？"

郑小玲摇头说："我的确不晓得。我要晓得，不得好死。"

陈大队警告说："窝藏枪支是犯法的你懂吗？"

郑小玲点头说："我懂。钟铁龙从没说过他有枪。"

陈大队从郑小玲脸上看不出她晓得丈夫有枪的痕迹。郑小玲在陈大队眼里不是那种在社会上玩的女人，像她这样的女人，如果知道丈夫有枪又不说实话，一定会脸红，就是不脸红也是一脸不安。什么女人在犯罪事实面前是什么反应，陈大队心里有一本册，郑小玲比他想象中的女人单纯多了，他相信郑小玲是真不知道。

"走，"此刻，陈大队大声说，把烟蒂撵灭，"找枪去，找不到枪，这个案子没法破。"

高军和小旷赶紧起身，三个人向一辆黑桑塔纳走去。

陈大队想现在银元娱乐城的黄总以为他们查过了就不会再来查了，这会儿犯罪分子可能放松警惕了，按惯例，一般搜查过的地方是不会再进行二次搜查的，陈大队要打犯罪分子一个措手不及。他以前就这么干过，杀回马枪，逮住了犯罪分子的罪证。那是个贩毒的罪犯，也很狡猾，他们第一次搜查那毒犯的住宅时没找到线人举报的毒品，几天后，他们搞了个突击，再次搜查，那毒犯没想到他会来这一手，正趴在桌上分装海洛因，结果栽在他陈国辉大队长手上了。陈大队是那种人，不露声色，但执着、勇敢、坚定，且喜欢出其不意，只要有一丝希望——哪怕那线希望其实是空穴来风，甚至是虚无缥缈的，他也绝不放过。因为干刑侦，嗅觉和直觉都特别重要，有时候能让你逮住犯罪嫌疑人遗落的一点蛛丝马迹，从而一举侦破。已经审了钟铁龙七天了，每天轮番审，就是一台机器不停地运转七天七晚，恐怕也烧坏了，钟铁龙居然还没倒下，这让陈大队既恼怒，又憎恶。如果在银元娱乐城找到了枪，那钟铁龙就没法硬下去了。他领着高军和小旷又开车到了银元娱乐城，三狗站在大厅里，正跟几个人说话，看见他们走来就说："哎呀，陈大队上午好。"

陈大队瞟三狗一眼："到你的总经理室去说话。"

三狗在前面领路，他和高军、小旷一并步入三狗的总经理室，让三狗打开所有的抽屉和柜子。他和高军、小旷又仔仔细细地搜查了遍，把他们认为有可能藏枪的地方都找了，但没找到五四式手枪。"我告诉你，黄建国，"陈大队很不客气地指着三狗，"不要抱侥幸之心，一旦查出关局长的死与你们有关，你们就等着判死刑吧。"

三狗因没做这样的事，马上答应说："可以可以，只要你查出关局长的死与我黄某哪怕有一丝关系，我都愿意接受法律的制裁。"

陈大队说："你不老实。"

三狗觉得陈大队盯着他盯错了："我说的句句都是实话。"

陈大队在三狗脸上也没读到惊慌不安，他想要不三狗是个十分狡猾的惯犯，要不三狗是真的没参与杀害关局长的案情中去。难道钟铁龙是单独干的？事先真的就没跟他的手下或搭档石小刚透露过一个字？果真是这样，那这个人就是个彻头彻尾的危险分子！那就真像高军说的是个"意志刚强的疯子"。陈大队想，冷冷一笑，昂起头，看着大街上的繁忙景象，自信地大声吼了句："不过，这个疯子一定会栽在我陈国辉手上。"他坐进车里，边跟力总打了手机，开着车向力总的装修公司飙去。昨天下午，他和高军去了长益市工商银行，找龙行长。他遵循刘副局的指示，在努力调查钟铁龙是否有枪。凭他的经验，像钟铁龙这种在社会上闯荡的人，假如有枪，是不可能不在朋友们面前炫耀自己有枪的。

龙行长很吃惊他怎么跑到他的办公室来了，问："你们找我什么事？"

陈大队要龙行长别误会，陈大队说："你晓得钟铁龙有一把手枪吗？"

龙行长摸摸自己的肥下巴："我不晓得。"

"是你贷款给钟铁龙开办银城桑拿中心的吧？"陈大队问。

龙行长想未必钟铁龙在公安面前承认了他行贿？就谨慎地问："是的。怎么啦？"

陈大队就盯紧龙行长问："钟铁龙没告诉你他有一把五四式手枪？"

龙行长放心了，想钟铁龙没把他出卖给公安，一张脸就很宽松："那他从没说过。"

陈大队想从钟铁龙的朋友嘴里了解钟铁龙："你觉得钟铁龙这人如何？"

龙行长心情平静地点上支烟，认认真真地吸了口，想了想回答："我觉得他为人方面还可以，讲信誉。向我们银行贷的款，按期还了。待朋友也忠厚，大家在一起玩，喝酒吃饭，他总是抢着买单。这事你们可以去银城大酒店问刘总，还有他的经济担保人力总。"

陈大队告诫龙行长："就我对钟铁龙的调查和观察，钟铁龙这个人藏得很深，是个杀人不眨眼的危险人物，你跟他交朋友要慎重。"

龙行长摸着胖胖的下巴："我们只是普通朋友，并不存在利害关系。"

陈大队向龙行长要了刘总和力总的手机号，此刻他的车驶到了力总的装修公司前，三个人下车，大步迈进了力总的办公室。力总着一身白衣白裤，本来是要去跟女朋友约会的，他们要来，他就滞留着没去。力总很绅士地替三个公安煮了咖啡，又递芙蓉王烟给他们抽。陈大队品着力总煮的墨西哥咖啡，觉得味道挺香，就称赞道："力总，味道不错啊。"

力总笑笑："一个朋友送的，包括这套煮咖啡的炊具。"

陈大队感觉力总这样的人目光和面部都很和善，是不会犯罪的，就觉得力总这样的人如果晓得钟铁龙有枪，定会坦言相告，便问："你晓得钟铁龙有一把五四式手枪吗？"

力总就用快乐的目光看着陈大队说："我没听说钟铁龙有枪。他有枪？"

陈大队抿了口墨西哥咖啡，又问："钟铁龙是个什么人你了解吗？"

力总笑笑说："我多两句嘴，你们是不是抓错了？关局长死的那天，我问过龙行长和刘总，那天晚上他们确实是在一起唱歌。十一点钟，当时我已睡了，钟铁龙又打我的电话，叫我去打麻将。当时龙行长和刘总都在。我们打了三个小时麻将，三点钟就没玩了。"

力总分析说："我相信他不会杀关局长，我和龙行长、刘总私下讨论过这事，龙行长说，除非钟铁龙有分身术，不然他没有作案时间。杀人是既要有胆量，还要有时间的。"

"钟铁龙不是你能了解的，"陈大队说，"他对付对手是一点也不手软的，这一面他没在你们面前展示，因为你们跟他没有利益冲突，一旦发生利益冲突，你就会晓得他是个什么人。所以，我提醒你还是跟他疏远点好。"

陈大队当然还问了刘总。陈大队和高军、小旷从力总的办公室出来，就直接将车开到了银城大酒店。刘总正在他的会议室里训他的部门经理，见陈大队他们来了，便把他的部门经理赶走，留下一个女经理为陈大队他们泡茶递烟。陈大队坐下，笑着跟刘总聊了几句闲话，这才把话语转到正题上，说："钟铁龙有一把手枪你晓得吗刘总？"

刘总说："那我不晓得，他有枪？"

陈大队抽着烟："你不知道他有枪？"

"我不知道他有枪。"刘总想了想说，"如果他有枪，按道理他应该会对我说。我们可以说是三天两头就要见上一面，有时候是我跑到他的客房里聊天，有时候他又跑到我办公室来坐一坐。他毕竟是我酒店的老顾客，我算比较了解他的，他有枪，也应该会对我说啊，他不应该瞒着我。他从没说过他有枪。"

陈大队盯着刘总："你认为如果他有枪，他会告诉你？"

"我想会。"刘总想了下说，"人都有爱卖弄的心理。再说，一般对朋友都不会设防。除非他早就存心要杀关局长了。不然，他没道理不说。"

陈大队想他们都不知道钟铁龙有枪，这越发显示出钟铁龙这人不简单。他能把朋友捧在手上，让朋友都为他唱赞歌，这更证明他不是一般人。"我可以告诉你，俗话说，狐狸再狡猾也只是只狐狸。"陈大队丢下这句话，让刘总去莫名其妙，带着高军和小旷走出了刘总的总经理室。他下楼时想起了银城桑拿中心，忽然决定再问一次石小刚，钟铁龙有枪，石小刚应该是百分之百知道，他断言："石小刚肯定晓得钟铁龙有枪。"

高军说："陈大队，这真是个最棘手的案子。"

小旷缓缓地说："我现在开始迷茫了，钟铁龙如果有枪，难道他不跟朋友们说？是不是他的这几个朋友在说假话？"

陈大队分析道："这个人阴暗得死，他根本没把他们当朋友，他只是在利用他们。"

三十　小马

钟铁龙被抓走了，石小刚就在钟铁龙的长包房里守着，房里有很多录像带，还有几本书，这都是钟铁龙看的书。石小刚没看书，眼睛就盯着电视机，看电视机里的节目，或者看录像带。晚上，他也没回家，倒不是住在酒店里舒服些，而是他心烦。石小刚也不能断定关局长就是钟铁龙杀的，但他又觉得钟铁龙可能是杀死关局长的凶手。枪是他送给钟铁龙的。那天他问钟铁龙枪的下落，钟铁龙居然告诉他枪早丢了。他觉得这话太不可信了。他恼火的是钟铁龙这人深不见底，没把他石小刚当兄弟，什么话都不跟他说。但他又想钟铁龙不说是对的，何必要让他知道？假如是他一个人干的，他也不会告诉钟铁龙。

有人敲门。他去开门，进来的是陈大队，陈大队身后还跟着一个高个儿刑警和一个中等个儿刑警。陈大队盯着他："你坐。"

石小刚认识陈大队，一个多星期前陈大队曾和高军赶到银城桑拿中心调查他和张兵于九月二十六日那天晚上身在何处，他当即拿出从云南飞长益市的机票给陈大队看，说他九月二十六日时人还在云南他岳父岳母家。此刻，他暗暗吃惊他们怎么又来了，说："你们——"

陈大队说："我们找你了解点情况。"

石小刚望着陈大队："不知你们想了解什么情况？"

陈大队坐到沙发上，他的两个手下也相继坐到椅子或床边上。陈大队脸上很严肃地望着石小刚说："你愿意跟我们公安合作吗，石总？"

石小刚递中华烟给他们抽，说："当然愿意。什么事你说？"

"钟铁龙是不是有一把手枪？"

石小刚那颗悬着的心跌了下来，忙回答："我不知道。"

"不知道？"陈大队吸一口烟，盯着他，"你没说真话。"

石小刚说："我真的不清楚。"

陈大队把石小刚上上下下打量了几秒钟，问："钟铁龙有一把五四式手枪是吧？"不等石小刚说话，他又提醒石小刚说："包庇犯罪嫌疑人是要追究刑事责任的，你懂吗？"

石小刚说："我晓得，但我确实不晓得钟总有枪。你们去问别人吧。"

陈大队站起身，突然又坐下了，问："你跟钟铁龙是怎么认识的？"

石小刚说："我们是在长益市电工厂认识的。怎么啦？"

陈大队立即想到了几年前发生在长益市电工厂厂区外的那桩抢劫凶杀案，就又上上下下地扫了石小刚几眼："你们长益电工厂发生的那桩抢劫杀人案你晓得吗？"

石小刚心里一惊，马上说："我晓得。"

陈大队深深地吸口烟："那桩抢劫杀人案是不是你与钟铁龙合伙干的？"

石小刚的心都跳到喉咙口了，马上想钟铁龙绝不会说的，假如说了他们就是来抓他了，便说："你冤枉人了，我那时是厂团委宣传委员、厂团委干部，除了上班，天天都在厂团委画画写写，出橱窗表扬好人好事，哪里会干那种事。"

陈大队的手下高军随手拿起床头柜上的一本书翻阅，那本书的封面包了，但扉页上的书名让高军吃了一惊，《刑警必读》。高军把《刑警必读》递给陈大队看，陈大队瞟了眼，马上盯着石小刚："你在看《刑警必读》？你蛮爱学习啊，都涉猎我们这一行来了。"

石小刚说："这不是我的书。"

"哪个的书？钟铁龙的书？"陈大队又盯一眼石小刚，走过去，把桌上的几本书都抱到腿上翻着，有厚厚的《史记》和同样厚厚的《资治通鉴》，还有几本硬纸壳面的白话文本《二十四史》，其中有一本《案例大全》，书已经被翻旧了，用不透明的塑料薄膜包着。他查看书上的出版日期，是一九八七年五月。他冷冷一笑："难怪作案专业，原来是读了书的。"

石小刚脸都白了，解释说："这不是我的书，我没读过。"

陈大队厉声说："我告诉你，我们不会冤枉一个好人，也绝不会放走一个坏人。"

石小刚想这些刑警真厉害，缠着他不放，他忽然有点担心钟铁龙会立不住。他的手机响了，他想在这危难时刻多亏手机响了，不然他真会被陈大队的目光"击毙"。他接了，是小马找他，他忙说："啊呀是你，好久没看见你了，你还好吧？哦，好的好的，你等等，我马上来。"他转过头来问陈大队他们说："你们还有事吗？"

陈大队没再说什么，很蔑视地把书丢下，对他的两个手下说："走吧。"

石小刚把陈大队和高军、小旷送出门，关了门，回到沙发前坐下，这才对手机地头的小马说："市刑侦大队的几个人在我这里调查枪，才被我打发走了，什么事小马，你说？"

"石总，你在房里等一下我，我找你说点事。"

石小刚有点奇怪，看一眼窗外的天空："我等你。"

石小刚合上手机，脑海里忽然出现了小马的病相。小马只能活几个月了，是不是可以让小马做替死鬼把钟铁龙替出来？他这么一想，大脑兴奋了，小马这人义气，也勇敢，关键是他活不长了，肺癌已到了晚期，用这个人走这一步棋，钟铁龙就能自由。万一钟铁龙立不住就会竹筒倒豆子样把他也倒出来，那他石小刚就只能锒铛入狱了。现在生活这么好过，要钱有钱，要车有车，想到什么就买什么，用不着考虑钱。他想假如把他抓进监狱，那他一天也活不下去。要不给小马三十万，不，三十万要小马背这个黑锅少了，他激动地想，这个黑锅应该值五十万。小马反正要死了，五十万可以留给他老婆、儿子和女儿。这也算是他对他老婆、儿子和女儿有一个妥善的交代。石小刚这么想着时，张兵来了，他很高兴地对张兵一笑："你通知会计，取五十万现钞给我。"他兴奋地拍了下张兵，"我要用五十万救钟铁龙。"

张兵一听是用五十万救钟铁龙，立马说："那我就去办。"

石小刚把张兵送到门口，又叮嘱说："马上去银行，要银行调集资金。如果我们这里的现金一时取不足，就叫三狗那边也取，我要派大用场。取了五十万，马上给我送来。"

石小刚觉得自己很伟大，还觉得自己很聪明，终于作出了一个重大而且非常有意义的决策，这个决策一旦付诸实施，钟铁龙就有救了。钟铁龙一出来，他石小刚才能睡踏实觉。这些天里，他每天晚上要做三个噩梦，跟电视连续剧样，一个套一个，环环相扣，害得他寝食不安。小马来了，很瘦，脸色白中泛青，头发剪得很短，穿着白长袖衬衣，下身一条牛仔裤裹着他两条瘦腿。石小刚为小马倒了杯茶，又递支软中华烟给小马，小马摆手："我不能抽烟了，一抽烟就咳嗽，一咳嗽就出血，一坨坨的血。我不抽了。"

石小刚觑着小马，想他还能活多久。这哪里是几个月前的小马啊，那个小马跟什么人都敢打架，连公安也不畏惧，眼前的小马却有点弱不禁风了。"小马，找我什么事？"

"没事，"小马说，看着石小刚，"就是心里堵得慌，来你这里坐坐。"

"我心里也堵得慌，"石小刚说，就一脸的烦躁，"想想钟铁龙现在被审讯，关在监狱里不知死活……唉，我当年要钟铁龙不要开银元娱乐城，他坚持要开，关局长在这个时候又被人一枪打死了，公安认定是他干的，刚才陈大队还来了，问我钟铁龙是不是有枪。"

小马机警地瞟着石小刚："钟哥是不是真有枪石总？"

石小刚盯一眼小马："你什么意思？"

小马说："我只是问问，没别的意思石总。"

石小刚见小马一脸心事的模样，目光飘浮，说话声音低低的，就觉得小马应该找他有什么事。"小马，你今天好像有什么心事？有什么事你说吧。"

"没有。"小马说，把脸转到另一边，表情有些犹豫不决。

石小刚看着小马："我想把钟铁龙救出来，如果救不出钟铁龙，我们这个公司就会垮，大家就散了。"小马掉转脸来望着他，石小刚又说："我想到了你，只有你才能救钟铁龙。恕我直言，你在阳山的日子没多长时间了，所以我想到了你。"

小马没说话。

石小刚浅浅一笑："当然我只是一厢情愿地想，这一切取决于你。不过，你要是愿意，我决定给你五十万现金，我已让张兵和黄建国去取了。这样你就是死了，你老婆和儿子、女儿也不至于过苦日子，你在九泉之下心也安你说是不是？"

小马点下头："我愿意，钟哥对我马新恩重如山，要我马新替他抵命，我马新二话没说。我只是想问问，关局长是不是钟哥杀的，假如不是，我不是白给谁抵命了？"

石小刚兴奋地瞪大了眼睛，问小马："你真的想替钟铁龙死？"

"我反正是要死的人了，我很愿意把钟哥换出来。"小马说，因为一激动，马上就是一连串的咳嗽声，跟着他就起身去卫生间吐了口血，吐在便池里，嘴唇边上还留了一点残血。又说："只是我不知道是一把什么手枪，假如公安问我是一把什么手枪，我怎么答？"

石小刚迟疑了，盯着小马。小马见石小刚满脸狐疑，就表白说："石总，你不要怀疑我的忠诚，老实告诉你……"小马压低了声音，嘴巴几乎是凑到石小刚的耳孔前说："我在那天晚上离犯罪现场不远的顺利巷里曾碰见了钟哥。我没跟任何人说，我是第一个跟你说。"

石小刚很惊讶："真的？"

小马接着道："我结婚前就住在顺利巷，我初中时候抢同学的钱，关局长还抓过我。我结了婚才搬到我老婆家住。那天晚上我去看我妈，我刚把摩托车骑到门口，就看见钟哥低着头朝我走来，我当时还叫了声钟哥，不过钟哥没回答我。我说的每一个字都是真的。"

石小刚没把握地看着小马，小马又说："所以我问你钟哥是不是有枪，钟哥有枪，我就能说出枪的样子，这样我就能说得有模有样。如果钟哥没枪，万一不是钟哥干的，我不是自己给自己找一个冤枉背吗？我今天来找你，也是这个目的。"

石小刚很感动，马上握着小马的手，感觉小马的手有些凉，就更热情地握着。"我代表钟铁龙先谢谢你。钟铁龙有一把五四式手枪，还配了消音器。要是公安问你枪到哪里去了，你就说你丢在公园或什么地方了，反正那把枪是找不到了，因为钟铁龙把枪丢了。"

张兵和三狗相继把钱运来了，张兵背来了三十五万，三狗提来了十五万。两袋钱，倒在床上，一叠叠的，一万一叠，五十叠，摊了一床。小马从没见过这么多钱，现在这些钱就在他面前，沉默地跟他较着劲。小马的眼睛睁得大大的，眼珠都要掉出来了。张兵先跟小马打了声招呼，这才对石小刚说："石总，银行说我没预约，不肯让我取这么多钱，我跟他们吵，说我有急用，救人，医院里要，银行就打电话跟我调资金。"

石小刚说："你辛苦了，张兵。"

石小刚把五十万码成一堆，挥手催张兵和三狗走说："你们去忙你们的。"他觉得这个手势是学了钟铁龙的，便觉得自己被钟铁龙潜移默化了。

三狗看了眼小马，问小马的病情："你身体好些没有小马？"

小马回答他："还是那样子。"

"要注意吃药，不过你别太相信医生了。"三狗说，起身，拉着张兵出门了。

石小刚等三狗和张兵离开后，把兴奋的目光集中到小马那苍白、尖瘦的脸上，说："趁现在银行还没关门，你去把钱存了。我陪你去。"

小马摇头："不用，石总。"

石小刚看着他："你不想干了？"

小马把目光移到石小刚脸上："干，只要我这条命能换回钟哥的命，死也值了。"

两人又说了几句这样的话，石小刚把钱重新捡进张兵留下的那只黑人造革旅行袋里，五十万现钞把旅行袋胀得鼓鼓的。石小刚穿上西装，把旅行袋提起来晃了晃，还真有点重量，觉得小马提着这一大袋钱打的不安全，便说："小马，我开车送你回家。"

小马跟着石小刚出了门，下到一楼，石小刚拎着一袋钱走到本田雅阁车前，把钱丢到后椅上。小马坐到副驾驶座上。石小刚把车开到小马家前停下，再次对小马慎重道："钟铁龙能不能平安无事地回来就在于你了，小马。"

小马说："我保证能换钟哥回来。"

小马这一去，石小刚知道自己再也见不着小马了，再次伸出手跟小马相握，感觉小马的手冰凉的，便暗想他可能真的没多少日子活了。"小马，我会永远记得你。"

　　小马激动地咳了声，握着石小刚的手晃了下，把涌到喉咙的血咽了回去。他说："石总，我们就此永别了。"

　　石小刚一听这话，眼睛都湿了，小马的眼睛也湿了。小马不再看石小刚，转身拎着那袋钱，下了车。石小刚对朝家里走的小马大声说："小马，我代钟铁龙谢谢你。"

　　小马回头说："你见到钟哥后，替我对钟哥说，我谢谢钟哥对我好。"

　　小马拎着那一旅行袋钱回到家，儿子和女儿坐在客厅里看电视，电视当然是钟铁龙送的那台长虹牌大彩电，声音开得很大，荧光屏上播的是动画片。老婆杨敏在厨房做饭。小马把一袋钱提进卧室，卧室里有两张床，一张床是他和老婆睡的，另一张床是他的亲生女儿睡，女儿睡的床就小一点，靠墙摆着。小马把旅行袋塞到女儿床下，直起腰，老婆走了进来。老婆身上系着围兜，她见女儿的床下多了个旅行袋，问他："这是什么马新？"

　　小马说："钱。"

　　老婆说："什么钱？"

　　小马走过去关了门，激动地把旅行袋拖出来，把五十万元尽数倒在女儿床上。"五十万，老婆，整整五十万，这是我留给你和儿女用的。"

　　老婆很惊讶，几乎是叫着说："这么多钱？马新，你哪里来的这么多钱？"

　　小马说："小声点，反正不是偷的，你不要有任何担心，杨敏。"

　　杨敏不敢走上去，仿佛这堆钱是一包炸药。杨敏说："你告诉我是怎么回事？"

　　"这钱是我准备用生命换的，我反正活不了多久了。这笔钱就留给你和马苗、马香丽两个孩子用，别的你就不要问了。"小马看一眼杨敏，见杨敏满脸疑虑，又说，"我告诉你，你不能告诉任何人我拿回了这么多钱，否则，你连一分钱都得不到你明白吗？"

　　老婆瞪大眼睛看着他，小马又说："我明天就去南区分局自首。我杀了关局长，我投案自首，所以我今天是跟你和儿子还有我们的女儿吃最后一餐饭。我要请你们出去吃，去金太阳酒店。你晚上不要做饭了。去吧，去换一身最漂亮的衣服亲爱的。"

　　杨敏望着他："马新，你说什么呀？我糊涂了，关局长的死与你有什么关系？"

　　"关局长是我杀的，我明天陪你去银行存了钱，就去自首。"

　　杨敏不相信："这钱是哪里来的你告诉我？"

"你只认这笔钱，这是我留给你和儿子、女儿的生活费。"小马很严肃地对老婆说，"你总不会让马苗和丽丽将来怨我这个父亲没留下一点财产吧？"

杨敏猜到了什么地说："是钟哥给你的这笔钱吧？"

"钟哥现在在监狱里，他怎么晓得？"小马说，"钟哥一点也不知道，他现在是杀害关局长的重大嫌疑犯，他在牢里受冤枉，真正的凶手是我，明白吗老婆？"

老婆说："我不相信是你，马新，你一定是准备代钟哥受过是吗？"

小马犹豫了片刻，断然说："不是。不谈这些了。你准备一下，我们出去吃饭，这是最后的晚餐，我们要盛装出门，打的去。"说完，他坐下，在老婆的注视下把一叠叠钱重新装进旅行袋。这一次他没把旅行袋放到床下，而是脱掉皮鞋，站在女儿的床上，把旅行袋放到用来装棉被的吊柜里，为此他扯出了一床八斤重的棉被。小马见老婆还默默地看着他，不动，就走拢去，捧着老婆的脸在她的额头上亲了口。"老婆，你给了我很多幸福，我很爱你。只是我这人命薄，不能陪伴你一起老。我永远爱你。"

杨敏的眼睛里滚动着泪珠，说："马新，你能不能不这样？我们不要这些钱……"

小马打断她的话说："你不要说傻话。我用我这残余的生命能为你和马苗、丽丽留下五十万，说老实话我高兴都来不及呢。亲爱的换衣服吧，我去跟两个孩子说。"

小马拉开门向两个孩子宣布："马苗、丽丽今天晚上出去吃饭，你们说去哪里吃？"

马苗说："去四喜饮食店。"

丽丽说："爸爸，我想吃羊肉串。"

小马说："好的，我带你们去一个最好吃的酒店吃饭，你们说去不去？"

两个孩子同时道："去。"

小马看着两个孩子说："那你们去换衣服，要穿最漂亮的衣服。"

两个孩子都穿上了钟铁龙不久前送的秋衫。丽丽换了那套水红色的，一张脸就苹果样可爱和天真，马苗也换上了一套尚未穿头次的酱色夹克衣裤。小马在一旁欣赏着两个孩子兴奋地穿衣，表扬道："你们两个小家伙真漂亮，一个是帅小伙，一个是小靓妹。"

杨敏也换上了一身枣红色的西服套装，穿上了白亮亮的高跟鞋，坐在梳妆台前拼命打扮自己。杨敏平常很少化妆，只有出席什么人的婚宴或参加具有重大意义的同学或朋友聚会，她才会坐到梳妆台前化妆。今天，她清楚她恐怕是在丈夫面前最后一次化妆了，她化得很仔细，描眉、画眼影，还涂了平时不怎么涂的口红。她抿了抿嘴，看着镜子里她这张三十六岁的面孔。她觉得自己很可怜，她的丈夫，她很爱的男人就要离她而去了。这么一想，一颗泪珠就涌出了眼角，缓缓地掉了下来。小马走拢来，赞美说："你真漂亮。"

杨敏蓦地抓住他的手，紧紧攥着。

三一　最后的晚餐

小马一只手牵着他的亲生女儿，另一只手牵着老婆与前夫生的马苗，老婆走在后面。这是长益市十月里的一个傍晚，天差不多黑了，但还没黑透，街上的人看见他们一家人手牵着手高高兴兴的样子出门，就打招呼说："一家人打扮得这么漂亮，上哪里去呀？"

小马回答："去金太阳大酒店吃饭。"

那人就惊讶道："去那么好的酒店吃饭？那很贵的啊。"

小马笑笑："偶尔吃一餐还是没事。"

一辆的士驶来，小马招了下手，的士停下。马苗要抢前面的座位坐，小马就搂着女儿上了后面的座椅。小马在女儿的脖子上亲了口，他嗅到了女儿脖子和头发的气味，觉得真香。小马把女儿搂到腿上坐着，杨敏坐进来，看着他。小马见老婆的目光相当迷茫、忧郁，便安慰她说："高兴点。"又对的士司机说："去金太阳大酒店。"

金太阳大酒店在长益市很有名，它是高档酒店，一些扮大款的人，不是去蓝天大酒店吃饭就是上金太阳大酒店吃饭。的士司机开着的士直奔金太阳大酒店，一刻钟后，一家人在金太阳大酒店那两扇漂亮的玻璃大门前下了车。小马付了的士费，牵着马苗和丽丽走进了金太阳大酒店。酒店里灯火通明，大厅里坐满了人，热热闹闹的。服务员将小马一家人带上二楼一处傍着不锈钢柱子的桌前坐下，女儿和马苗都举着眼睛东张西望，小脸蛋儿都红扑扑的，那是由衷的快乐。杨敏没说话，也不看他，目光时而在儿子身上，时而在女儿脸上。小马晓得老婆的内心很复杂很痛苦，他能理解，因为在他眼里，这真的是全家人在一起吃的最后的晚餐。服务员上了茶，然后将菜谱递给小马，小马边品茶，边接过服务员递上来的菜谱点菜，基围虾、黄焖鸡、啤酒鸭、清蒸鲫鱼、爆炒黄牛肉、糯米蒸排骨、蚂蚁上树、海带排骨汤、手撕包菜和皮蛋煮苋菜，整整十个菜。还在点到六个菜时，服务员就提醒说"够了，吃不完的"，小马觉得不够，他一定要十个菜，以此预示十全十美。小马望着杨敏，觉得他的老婆很美，一张鹅蛋脸，长长的，下巴有些翘，好看，身材也十分好。小马想他死后，老婆还可以找一个男人，不知那个男人长得什么模样。小马的目光引起了老婆的注意，小马说："老婆，你真漂亮，我觉得我看你怎么也看不够。"

杨敏的眼睛蓦地湿了，泪水在她眼眶里打着转儿。小马说："高兴点。"

上菜了，一钵黄焖鸡端上了桌，跟着糯米蒸排骨和基围虾也相继上桌了。小马要了瓶青岛啤酒，自然也要了两听可口可乐。啤酒和可乐都打开了，小马亲自为老婆倒了杯啤酒，自己也盛满，小马一脸深情道："我们从没喝过酒，来，亲爱的我们碰一下。"小马端起酒杯与老婆手中的酒杯碰了下，这才跟马苗手中的玻璃杯碰，小马对马苗说："苗儿，爸爸要出远门了，要出去很久很久，我不在家，你要听妈妈的话，要照顾好妹妹你听见吗？"

马苗说："听见了。"

小马又拿酒杯跟女儿手中的高脚玻璃杯碰了下，望着女儿娇气的脸蛋说："爸爸要出远门了，要去很久很久，你要听哥哥和妈妈的话，不要使性子，听见吗丽丽？"

丽丽说："不，我要跟爸爸一起去。"

小马就一脸爱怜地对女儿说："爸爸只能一个人去，爸爸去为你和哥哥、妈妈赚钱，去赚很多很多的钱。你去了，爸爸就要照顾你，就赚不到钱。晓得吗丽丽？"

丽丽说："那你要赚好多好多钱回来。"

杨敏的眼泪水终于忍不住地奔出来了，像断了线的珍珠，一串串地掉。小马制止她流泪道："别这样，你高兴点。这是最后的晚餐，高兴点亲爱的。"

女儿用稚嫩的声音问："爸爸，什么是最后的晚餐？"

小马说："最后的晚餐就是在一起吃最后一餐饭，因为爸爸明天要出远门了。"

一家人吃起来。小马没胃口，但他故作胃口大开地吃着，老婆心事重重，吃不进，在他的鼓励下，吃了口什么，在他的敦促下又吃一口什么。小马就敬菜给老婆，把什么菜都夹一筷子放到老婆碗里，以致老婆碗里的菜已堆得像座山了。老婆吃不动，美食进入她的嘴如同木屑子样苦涩。儿子和女儿倒是吃得津津有味，基围虾、黄焖鸡、啤酒鸭等，逮着什么就往嘴里塞，一边还喝着可乐。一桌饭吃到八点钟，两个孩子再也吃不动了，彼此望着，小马就钟爱地问女儿："还吃吗丽丽？"

丽丽说："吃不进了，爸爸。"

小马伸手探丽丽的肚子，丽丽的肚子胀得像面鼓了。小马问儿子："马苗不吃了？"

马苗说："吃饱了。"

小马就对服务员招手说："小姐，买单。"

那天晚上小马没有睡眠。女儿回家不久就睡了，儿子也睡了。小马没瞌睡，老婆也没睡眠，小马没怎么跟老婆说话，脑海里盘算着明天怎么面对公安说谎，因为谎言一旦被戳穿，那就竹篮打水一场空了。小马很需要这笔钱，五十万，这是他事先万万不敢想象的。他去找石总时还犹豫，他一个要死之人该不该去为钟铁龙顶罪，顶了罪结果会是什么样子他心里也没底，他只是觉得钟铁龙对他好，他实在应该为钟铁龙做点什么，并没想到石小刚会甩给他五十万，这是一笔意外之财！有了这五十万，小马觉得他死也心安了。老婆见他不说话，眼睛瞪得大大地盯着天花板想事，便问："你想什么啊？"

小马就把目光放到老婆脸上，说："想我总算能给你和两个孩子有所交代了。找高兴咧。"又说："我死了，你肯定还要结婚的，你还这么年轻，你结婚前一定要到我坟上烧炷香，告诉我他是谁，长什么模样，干什么工作的，让我在阴间为你祝福。"

老婆说："我不要老公了，你不要说这些。"

"你傻啊，有一个男人关心你，总比没男人关心你好啊。"小马说。他把目光落到装着那五十万的吊柜上，又说："杨敏，我刚才认真想了想，二十万用你母亲的名字存，将来马苗长大了，给马苗，但要告诉马苗，这二十万是我留给他的；另外二十万用你弟弟的名字存，马香丽长大后给马香丽。另外十万分三个银行存，用你的名字存，需要用钱也好取。这样存钱，就算将来你找的男人不好，想骗你的钱也骗不到，你说是不是？"

杨敏说："随便你，反正这是你的钱。"

"这不是我的钱了，钱是你和两个孩子的。"小马很忧伤地叹口气，"关于我和钱的事，你一个字都不要说，无论以后什么人来找你调查，你只说一句话就行了，'我从不管马新的事，他也从不跟我说他的事'。不然我死了，你什么都得不到，那就苦了两个孩子。"

杨敏爬到小马身上，小马说："你睡吧，不要担心我。我已经很踏实很安心了。"

杨敏说："我心里不好受。"

她哭了，呜呜呜呜。小马就搂着她，她捂着嘴哭。"你应该高兴，因为我最后还是为我们这个家作了贡献，亲爱的。"小马说，安慰地抚摸着老婆的脖子和肩膀，"只可惜我不能陪伴你到老。"他深情地低下头，在老婆的脸上吻一下，吻到了老婆的眼泪，湿湿的、涩涩的，他心里也凄苦，但他强忍着不哭说："别再哭了，睡吧，就在我怀里睡吧。"

杨敏仍哭着，流着泪，小马的心很凄凉，像二月的田野，冰冷、荒凉而空旷。他抚摸着老婆的身体，老婆哭累了，瞌睡就侵袭了她的大脑，把她的忧伤赶到了一隅。她的身体抽动了几下，又抽动几下，就进了睡眠。世界非常安静，街上偶尔有汽车驶过的声音。小马等老婆睡熟了，才轻轻移开身体。小马走到女儿床旁，看着女儿的脸，女儿睡得很熟，歪着稚嫩的脸蛋，眼珠子在眼皮底下动。小马想女儿一定在做梦，因为他突然看见女儿脸上笑了下。小马伏下身，在女儿脸上亲了口，女儿一惊，翻个身，又睡了。小马看女儿的脸，看得很仔细，发现女儿脸上的汗毛很深，额头上的胎毛还没褪尽。小马很怜爱地举手摸了摸女儿的肩膀和胳膊，为女儿未来的日子祈福。随后，他又坐到床上，关了灯，眼睛就望着窗外灰暗的天空。他看见天上有一弯月亮。

清晨时他打了个盹，床头的闹钟把他和老婆都吵醒了。老婆起床为儿子煮面和鸡蛋，接着老婆叫儿子起床，儿子起床了，洗脸漱口，跟着就坐到桌前吃面。小马也去洗脸漱口，也坐过去吃面。儿子埋头吃着，他望着儿子说："爸爸要出远门了，你要听妈妈的话。"

儿子说："什么时候回来爸?"

"我去的地方很远，去求医，"小马说，"如果医生治不好爸的病，爸就不回来了。"

儿子稚声稚气地说："我要爸回来，爸。"

儿子背着书包读书去了，女儿还在床上睡觉。小马再次盯着女儿，又一次伏下身，非常爱昵地在女儿左脸颊上亲了口。女儿挥手驱赶开他，继续睡着。小马不想把女儿吵醒，小声对女儿说："丽丽，爸爸跟你永别了。"他说完这话，眼泪居然涌湿了眼眶，他眨了下眼睛，把眼泪挤出眼眶，站到床上，把那袋钱从吊柜里取下来，和老婆一起出门了。清晨逝去了，街上热闹起来了，洒水车把行人赶得朝两头奔跑。这是十月里一个有雾的，因而阳光不强的早晨。两人去了街上的工商银行，取出二十万，用老婆母亲的名字存了，另外用杨敏的名字存了三万。那时候存钱，不用看身份证，只需在存款单上填写姓名就行了。两人走出来时，旅行袋就轻了一半，两人去了中国银行，又用老婆弟弟的名字存了二十万和用杨敏的名字存了三万。跟着，两人再走进一家农业银行，又以杨敏的名字存了另外的四万。小马对杨敏一笑，说："存折一定要保管好。"

老婆说："好的。"

小马就对老婆说："回去吧，杨敏。丽丽还在床上睡觉，我们就此永别了。"

老婆的眼泪水又出来了，看着他，拉起了他的手。他的手已经很瘦了，瘦得只剩了皮。他说："你走吧，不要回头，从这一刻开始，你就当我死了，把我忘记。走吧。"

老婆泪水涟涟地瞥着他，小马却说："走吧走吧，我不想看见你哭脸。"

老婆索性哭出了声。小马对一辆驶来的的士叫道："的士。"的士停下，小马把老婆推上的士，说："把我忘了，别哭了。"小马把车门一关，对的士司机说："走吧。"

的士驶离了，小马看见老婆的脸贴在车窗上。

小马对南区公安分局的布局非常熟悉，他径直走进马主任的办公室，马主任看见他，很高兴，说："小马你来了，什么事？"

小马对他的堂兄弟说："我来投案自首，我杀了关局长。"

马主任十分惊讶，要重新认识小马似的，上上下下打量了小马几眼："真的是你？"

小马板着脸说："我会拿这事开玩笑？马主任，你把我抓起来吧。"

三二 找枪

刘副局长正和宋局长在一起，两人此刻都很沮丧，因为案情至今都毫无进展。何书记昨晚说："市长发了话，如果这个案子你们破不了，就不要干公安了。"昨天，宋局长驱车去了监狱，亲自审问过钟铁龙，跟钟铁龙动之以情晓之以理地说了一堆，但是没用，钟铁龙始终说他没杀关局长。宋局长此刻望着刘副局长，脸上没笑容，只有脾气，他说："这个杀关局长的人到底是谁啊？陈大队是不是搞错了？"

刘副局长想起钟铁龙在他面前一脸义气的样子，又想起昨天老婆跟他分析说"钟铁龙是个大学生，又不是在社会上玩的二流子，没这么大的胆子，我怀疑关局长不是钟铁龙杀的"。他也动摇了，说："这事还真不好说啊，宋局，你觉得钟铁龙会杀关局长吗？"

"有可能杀。"宋局长说，那枚从关局长的脑袋里取出的弹头就摆在他办公桌上，封在一只小塑料袋里，他的目光就落在弹头上，"如果不是他，又是谁与关局长结了怨呢？"

"复杂啊。"刘副局长说，想起他和老婆的交谈，就复述老婆的话说，"我和我夫人讨论这个案子，我夫人说，钟铁龙是个大学生，又不是在社会上玩的，应该没这么大的胆子。"

宋局长熟悉刘副局长的夫人，就住一个单元，常相遇，知道刘夫人能干，人精明，脑瓜子活，不是一般的家庭主妇。他瞅着刘副局长问："你夫人真是这么说的？"

刘副局长说："我老婆不相信关局长是钟老板杀的，我老婆说：'钟老板又不是活不下去，他干吗要杀关局长？吃错了药吗？'所以我也有点迷惑，是不是陈大队判断有误？"

宋局长喝口茶，放下茶杯说："是啊，人都有失误的时候。"

就在这个时候，刘副局长的手机响了，马主任打他的手机，向他汇报说："刘局，有一个叫马新的人主动来我们分局投案自首，说他是枪杀关局长的罪犯。"

刘副局长听毕，马上对手机那边的马主任说："你等等，你跟宋局说。"他把手机递给宋局长，嘴里说："宋局，案情有眉目了，我要马主任向你直接汇报。"

马主任又重复了一遍刚才说的话，宋局长高兴地一拍桌子，叫道："好啊，你叫两个人马上把犯罪嫌疑人押到市局来。这可是一件大事。"

宋局长很高兴，一张迷茫的脸立即就云开雾散了，他把手机递还给刘副局长，"好啊，真是好。"他说，又对走进来的秘书说，"叫陈国辉马上过来，案情有进展了。"

一刻钟后，马主任和两个南区分局刑侦队的公安把小马押来了，宋局长让秘书和两个公安把小马押进刑侦大队的审讯室，自己亲自接见了马主任。"马主任，你辛苦了。"

马主任嘻嘻笑着："我不辛苦，局长辛苦了。"

宋局长说："怎么回事说说？"

马主任就把小马主动投案的前后说了遍，马主任说："马新说他杀了关局长后，内心很恐惧，晚上睡不了觉，稍有一点风吹草动他就害怕，白天他一看见穿公安服装的人就发抖，他受不了了，觉得与其以后被公安查到，不如主动投案自首，争取宽大处理。"

宋局长听毕，"哦"了声。陈大队走了进来，他是从外面赶来的。陈大队见面就冲宋局长说："局长，我听说案情有进展了？"

宋局长说："有人投案自首了。"

"投案自首？"陈大队很愕然地瞪着宋局长和刘副局长。

宋局长起身，说："陈大队，你和马主任去审审他，我和刘局在监视室看你们审吧。"他拍拍陈大队的肩，"你是负责这宗刑事案的，这事责任重大啊。"

陈大队马上挺直胸脯："谢谢局长信任，我这就去审。"

宋局长和刘副局长去了监视室，陈大队和高军及马主任就向刑侦大队的审讯室走去。这间审讯室的墙上安着两个监视器，一个摄着全局，一个盯着罪犯。小马坐在椅子上，低着头，戴着锃亮亮的手铐。陈大队严厉地喝道："抬起头来。"

小马就抬起头看着他们。陈大队走着审讯程序道："姓名？"

小马回答："马新。"

高军就在审讯记录簿上写下：马新。

走完那些程序后，陈大队单刀直入地问小马："你九月二十六日晚上在哪里？"

小马说："我一直在关局长住的那条街上等着，关局长的车一开回来，我就把他杀了。"

陈大队见小马回答得如此平静，便仔细打量了眼小马："你为什么要杀关局长？"

"因为他带着手下经常跑到银元卡拉 OK 娱乐城抓人，搞得我们娱乐城的生意越来越差，我和他们讲理，他还放纵联防队员打我和李经理。我恼不过，杀了他。"

陈大队心里感到小马杀关局长的理由不够充分，说："就这点理由你就敢杀人？"

"不，我恨透了关局长。不光只是这一点，还有历史原因。"

陈大队紧盯着小马问："什么历史原因？"

小马回答："我读初中的时候玩了几个坏伴，他们唆使我抢低年级同学的钱，有一次我抢钱，被经过我们学校的关局长抓了，他把我关了三天，还把这事捅到了我们学校。结果我被学校开除了。那一年我读初三，是关局长害得我没书读了。这事我记得一世。"

陈大队想这点历史原因只称得上鸡毛蒜皮，便说："这就是你说的历史原因？"

"对，这是一个结，一直在我心里没解开。"小马说，"我恨他，就杀了他。"

陈大队盯了小马三十秒钟，觉得这个单瘦的年轻人不像个杀人犯，他说话平静，脸色也不疯狂，一点也没有杀人犯那种歇斯底里的表情。他问："是钟铁龙指示你杀的关局长吧？"

小马摇头："这和钟铁龙无关，纯粹是我自己要杀关局长。"

陈大队点上支烟，吸了口，吐出来，怀疑地看着小马，还是不相信这个人有能力杀关局长。他道："你为什么要投案自首，告诉我你投案的真实原因。"

小马随口编道："上两个月我在医院疗伤，医生查出我得了肺癌，这等于是跟我判了死刑。我已是要死的人了，想想钟老板背着冤枉，就觉得自己对他不住，就来投案自首。"

陈大队想他得了肺癌，所以他就来做替死鬼，这后面一定有一笔肮脏的交易，不然他干吗要跑来替罪？他想他们这些王八蛋把公安当阿斗了。"杀人是要有充分

236

的理由的你懂吗？"陈大队觉得马新的理由很脆弱，不足以让他持枪杀人，"你刚才说的理由还不足以让你冒险杀人啊，你不觉得你说的话破绽百出么？"

小马知道这个陈大队不相信他，就来了脾气，低声说："杀人还需要更多的理由吗？如果你今天放我出去，我明天看见你，因为你轻视我不敢杀人，我会杀了你，你敢赌吗？"

陈大队想是谁唆使他来替钟铁龙顶罪呢？钟铁龙是不可能把口信带出去的，是黄建国还是那个石小刚？陈大队一头雾水地看着这个自称杀了关局长的马新，问他："枪呢？"

"枪早丢了。"

"丢在哪里了？"

"丢在公园的石椅子下了。"

陈大队斜睨着小马问："你哪里来的枪？"

小马早就编好了枪的来源说："丁建给我的。"

丁建早死了，陈大队疑惑道："丁建？"

小马回答："几年前我在金阳夜总会和金阳迪斯科舞厅当保安队长，替丁建做事。后来丁建让我当他的保镖，给了我一把五四式手枪，要我保护他。"

陈大队冷冷道："带我们去找枪。"

他们当然找不到枪，枪被钟铁龙扔到湘江里了。小马带着他们来到了公园里，指着树林前的一张石凳说："那天晚上，我把枪放在这张石凳下了。"

石凳下除了一些草和几片枯树叶，什么都没有。陈大队观察了下周围，觉得这不是一个罪犯所选择的场所，便盯着小马："这就是你藏枪的地方？"

"我没打算藏枪，我是丢枪。"小马说。

"就丢在这里？"

"丢在这里。"

陈大队再不相信小马所说的了，更加相信这个人在替真正的罪犯开脱，就提醒小马道："你知道吗你这样做，会让真正的犯罪分子逍遥法外。"

"我就是真正的犯罪分子。"小马绷着脸说，"我愿意认罪伏法。"

陈大队冷笑道："你不是杀关局长的凶手。你不要骗人了。"

"我是，关局长确实是我杀的。"

陈大队他们把小马带进了市局，把小马单独关在一间牢里，这才步入宋局长的办公室汇报情况。刘副局长也在宋局长的办公室等他，两位局长瞅着陈大队，宋局长眉开眼笑道："陈大队，辛苦了，来，喝杯开水。"

陈大队坐下，喝了口水，马上说："宋局、刘局，我觉得这个姓马的不像是杀关局长的凶手。他带我们去找枪，找了一气，最后指着一张石凳说那天晚上他把枪就丢在石凳下，那张石凳前后空空的，不像是罪犯选择藏枪或丢枪的地方。"

宋局长说："怎么呢你说说看？"

陈大队说："犯罪分子在一般情况下，作了案后，都是把凶器丢在隐蔽的地方，要么丢到山洞里，要么丢到河或塘里，怎么会那么轻易地丢在公园的石凳下？而且犯罪嫌疑人所指定的石凳就在林荫道旁，公园里扫地的人都可以把枪捡走，这不该是犯罪分子所为。"

宋局长觉得陈大队分析得有道理："是不符合常规啊，"他望一眼刘副局长，又把目光放到陈大队脸上，"不过有些人做事是没脑子的，不是所有的人都思想缜密、条理清晰。我和刘局在监视室看你们审讯，犯罪嫌疑人说话是有些漏洞，但不少犯罪嫌疑人往往都思想混乱、没有逻辑。"

刘副局长说："我的意见是还可以查一查，最好能查清楚。"

陈大队说："好，我再查查，查出他做替罪羊的原因。"

那天傍晚，陈大队和高军两人到了马新家。杨敏正和两个孩子坐在客厅吃饭，陈大队和高军穿的是便衣，走进马新家时，杨敏和儿子、女儿就看着这两个严肃着脸的陌生男人。陈大队掏出公安证件，对杨敏说："我们是刑警，希望你能配合我们调查你丈夫的事情。"

杨敏一听这话脸都白了，看着两个男人问："什什么事？"

陈大队瞟一眼这女人，见这女人满脸憔悴又一脸惊慌，又见两个孩子害怕地瞪着他们，便说："我们只是来调查，你丈夫说南区分局的关局长是他杀的，他跟你说了这事吗？"

杨敏摇头："我不知道。"

"经过审讯你丈夫，我们怀疑关局长不是你丈夫所杀，你丈夫马新不具备杀关局长的理由。我们想问问你，最近几天，有什么人跟你丈夫接触比较频繁？"

"我不知道。"杨敏说，"他从不跟我说他的事。"

陈大队想这个女人一定在说谎，又说："你好好想想，不要隐瞒事实。你丈夫这两天跟你说了什么？"

杨敏说："他什么都没说。"

陈大队伸手摸了摸马新的女儿，笑笑说："她父亲得了肺癌是吧？"

杨敏说："是的。"

陈大队瞅一眼她："你丈夫想他反正要死了就替人顶罪，他是不是拿了一大笔钱回家？"

杨敏很警惕地看着他们，"没有，不信你们可以搜。"

陈大队打量了眼房里的一切，"你没说实话。"陈大队盯着她说。

杨敏说："我真的不知道，你们问马新吧。"

陈大队打量了眼马新家，见矮柜上的电视机是新的，就起了疑，盯着女人问："你丈夫在银元娱乐城当保安，有好多钱一月？"

女人说："一千二百元一月，我有三百多元一月。"

陈大队没在马新家坐多久，他看出这个女人不会对他讲实话。这个女人脸上很忧伤，同时也很固执。陈大队把一张名片递给她："你好好想想，想清楚了就打我的电话。"

杨敏接了名片，说"好"，又问一句："马新还能回家吗？"

陈大队丢下一句话·"你丈夫在公安局认罪说他是杀害关局长的凶手，除非我们找到你丈夫不是凶手的证据，否则他就回不来了。这个证据恐怕只有你能提供给我们。"

杨敏扭开脸："我真的不知道他的事。"

过了两天，小马又说枪他丢在湘江里了，那天晚上他杀了关局长就跑到了公园里，在那张石凳上坐了很久。开始他是把枪丢在石凳下，后来觉得不妥，又捡起枪，来到湘江边上，把枪掷进了湘江里。陈大队就领着小马去湘江边上，让他指出抛枪的地点。小马就指着一片江水说他把枪丢在那里了。陈大队就从水上派出所里借来小汽艇，又调来了两个潜水员，让潜水员潜到水下打捞，打捞了很长时间，枪没打捞上来，倒是打捞上来了日本侵略军当年进攻长益时扔下的两枚炸弹，炸弹已锈得起壳了，一掰，厚厚的锈迹就往下掉。一个下午打捞完了，潜水员爬上岸，嘴唇都冻乌了，说："找不到枪。"

小马被带上了囚车，囚车驶出几百米，刚要拐弯时，小马又指着前面的河段说："我记得枪好像是丢在这个地方了，那天晚上天黑，我记不清准确位置了。"

第二天，陈大队又率领几个手下和潜水员上了汽艇，驶到小马重新指定的河段，下河捞枪。一个巨大的磁铁用绳子吊着，放到水里，潜水员拿着磁铁在水下探索。从上午十点打捞到下午五点，粗壮的吸铁石倒是吸上来了不少东西，堆起来有几大箩筐，但都是些破烂腐朽的废铁。陈大队问小马："你说这里肯定有枪，你还有什么话说？"

小马说："没有了，我记得我是丢在这一带。"

陈大队觉得自己身为长益市公安局刑侦大队队长却被小马玩了，很来火，吼道："你没有枪，你根本就没杀关局长是不是？是有人指使你这么做，你把我们公安当阿斗是不是？"

小马说："我有枪，我是丢在河里了。"

陈大队说："世界上最蠢的人恐怕就是你。没有人再比你蠢了，你儿子和女儿将永远背着父亲是杀人犯的罪名，对于你的两个孩子来说，一生一世都是阴影。别人杀了人，你来顶罪，你以为人家会感激你？人家会觉得你是全世界最傻的傻瓜。"

小马很疲劳，身体很虚弱，他闭着眼睛说："关局长真的是我杀的。"

三三　出狱

在小马上南区公安分局投案自首的那天起，钟铁龙便从审讯室转到了监狱的"号子"里。钟铁龙一被丢进号子，就趴在地上睡着了，没有人可以把他吵醒，犯人们用脚踢他的肚子，他不醒；他们又用脚踢他的头，他毫无知觉。他从当天中午睡到第二天半夜，他醒来时，感觉头没那么痛了，眼睛也没那么肿痛了。号子里有一盏十五瓦的灯，悬在灯线上。他坐起来，这个时候他才发现他是睡在地上。好在这是秋天，南方的秋天比较干燥，但全身还是有些酸疼。号子里关着二十多个犯人，一边床上睡十几个。有两个吸毒又贩毒的犯人此刻毒瘾发作了，拿头碰撞墙，或狂暴地揪着头发叫喊"干部"。全号子的犯人被这两个吸毒的人吵醒了，其中一个喊道："再哭再哭，老子打死你。"

一个说："打死我吧，我不想活了。"

一个犯人就爬起床，用脚踢那个渴望吸毒的犯人。一脚把那吸毒者踢得一头栽在地上。被踢倒在地的犯人一点也不反抗，继续用头撞地，哭道："杀了我吧你们，我受不了了。"

另一个吸毒的犯人还在用头磕墙，磕得嘭嘭响。他身旁的犯人就厌恶地一脚踹在这个吸毒的犯人腰上，想把他踢下通铺。这吸毒的也不还手，而是求那个踢他的犯人说："打死我吧你，我毒瘾发了，我受不住了，打死我吧。"他用哀求的目光望着被他们闹醒的犯人。

那些人都爬了起来，你一脚我一拳地毆打两个吸毒者。钟铁龙静静地看着他们打人，觉得这两个吸毒者已经可怜得不是人了，而是遭受其他犯人痛恨的惨兮兮的可怜虫。牢房的动静把值夜班的看守吸引了过来。看守走到铁门前凶道："吵什么吵？想死啊你们?!"

一个犯人报告说："报告干部，这两个吸毒的毒瘾发了，吵得我们睡不了觉。"

看守只一个人，不敢开门，就绷着脸说："不准吵，明天再说。"

看守走了，号子里两个吸毒的照样哭爹叫娘的，犯人们照样对他们拳打脚踢。

钟铁龙不想睡地上了，他站起来，睡到通铺上。他刚刚在通铺上坐下，一个粗鲁的犯人就抬脚踢他，钟铁龙本能地反手逮住他踢上来的脚一拖，粗鲁的犯人叫了声"咦呀"，就整个儿倒在通铺上了。钟铁龙说："对不起，兄弟，我不是故意的。"

那壮汉站起身，他昨天踢了钟铁龙好几脚，钟铁龙连动都没动，今天这个人醒了，就开始还手了。壮汉抬脚又要踢钟铁龙，钟铁龙跳开了："兄弟，我已经道歉了。"

钟铁龙身后的犯人本来在打吸毒的，见钟铁龙醒了就来攻击钟铁龙，抬脚就踢。钟铁龙好像后面长了眼睛似的，折身一脚把后面的犯人踢了个一屁股坐在地上。钟铁龙转过身来盯着壮汉说："你偷袭我？我不想跟你们打架。"

另一个犯人举拳向钟铁龙打来，想一拳把钟铁龙打晕。钟铁龙迅速转身抓住那人的拳头，用劲一捏，那犯人叫了声"哎哟"，就抱着拳头退到一边去了。

钟铁龙看他们一眼说："打架，不是我吹牛，你们差我太远了。还有哪个上？"

一个不信邪的蛮汉从床上蹦下来，他一直没动手，他是这号子里的牢头，拳头当然也是最硬的。蛮汉说："你们都闪开。"蛮汉摆了个架势。

钟铁龙想不把他打趴，他在这个牢房里就只能做孙子。他一脚踢在那蛮汉的脖子上，蛮汉被他踢得一头砸在通铺上。钟铁龙不等蛮汉回过神来又一脚踢在他髌骨上，这一脚下力很重，蛮汉大叫了声，坐在地上，捂着髌骨叫痛，脸上就龇牙咧嘴的。"我不想跟你们打架，是你自己要打架。"钟铁龙觉得他太不经打了，想少年时学的拳脚今天用上了，脸上就露出胜利者的形容，"你们哪个再动一下手，我保证让他躺半年。还有哪个敢上？"

犯人们都是见风使舵的老江湖，一看钟铁龙的反应和身手就清楚他不是一般人，没有人再敢动他了。"我要睡觉了。"他说。他再躺到通铺上时，就没人敢对他偷袭了。钟铁龙想这些人是能欺负的就摆出大哥的样子欺负，不过是些垃圾而已。他蜷缩着身体，把重要部位都护卫好，耳朵很警觉，但除了两个吸毒的在地上哼哼，拿头磕墙外，号子里的气氛祥和多了，没有人再动手打人了。他很快又进入了睡眠。醒来时已是中午，犯人们知道这个人厉害，便很尊敬地看着他。钟铁龙想赢得他们的尊敬简直太容易了，便对他们一笑："我现在总算恢复了，没那么疲劳了，不是吓你们，我有八天八晚没睡觉。"

一个犯人就跟着一笑说："难怪你一进来倒在地上就睡觉，踢也踢不醒。"

另一犯人也一笑，问他："老兄，你犯的什么罪，吊了你八天八晚？"

钟铁龙再也不觉得脑袋痛了，那些在他脑海里翻爬地啃着他脑髓的虫子都死了，之前，他觉得自己脑海里有无数只千足虫在滚爬和啃噬。同时，眼皮也能自由地张合了。他说："不是吊，是审了我八个白天和八个晚上。"

那个被他一脚踢肿骸骨的蛮汉说："那你到底犯了什么罪？"

钟铁龙说："没犯罪，他们抓错了人。他们认为我杀了人，我没杀。"

一个戴眼镜的犯人说："那你可以告他们滥用职权。"

"你的武功非常好，一看就晓得你是学武的。"一个犯人讨好他说。

钟铁龙没看见那两个吸毒的，就问他们："那两个吸毒的呢？"

一犯人说："他们被带走了，一个吸毒的说他受不了了，叫了看守，交代去了。"

钟铁龙想吸毒的人已经不是人了，只是可怜虫。这个社会什么事情都可以干，就只不能吸毒，他想，说："他们去交代了？"

"那还用说，"戴眼镜的囚犯说，"这些吸毒的，一看见毒品就软雕了。"

钟铁龙不懂长益市人说的"软雕"是什么意思，问："软雕是什么意思？"

"软雕就是立不住的意思，"戴眼镜的说，"雕塑是硬的，软了就等于碎了。"

钟铁龙觉得"软雕"这个词很形象，便嘿嘿一笑，想自己就没有"软雕"。这天下午四点钟，看守推醒了呼呼大睡的钟铁龙，"钟铁龙起来，"看守说，"你可以出去了钟铁龙。"

钟铁龙就很激动，跟着看守走出号子，去领取进来时从他身上搜走的物品。

陈大队在接待室里等着他，释放钟铁龙的命令就是他来传达的。他接受了新的任务，一宗于光天化日之下持枪抢劫银行的侦破任务。关局长被杀的事，必须结案，离公安部下的死命令只差一天了，再不结案就没法向上面交代了，没法交代宋局长和他这个直接负责侦破案情的刑侦大队长就可能撤职。发生在一九八九年三月十一日长益市电工厂外的那桩至今未破的抢劫杀人案，就先后让两个局长和一个刑侦大队长撤了职。他这个刑侦大队长就是前刑侦大队长、副大队长因办案不力相继撤职调离后，上来的。这天下午，宋局长把刘副局长和陈大队叫进了局长办公室，宋局长要陈大队把案子结了，既然马新已承认他是杀害关局长的凶手，又具备作案时间，那就用不着再节外生枝。宋局长脸色很不好看地说："陈大队，你今天把关局长的案子结了，局里让你马上接发生在农业银行里的持枪抢劫银行的大案。这个案子很重要，在社会上影响很坏，你必须全力以赴，尽快抓到罪犯。"

陈大队说："杀关局长的案子就这样结了？我觉得马新身上有很多疑点……"

宋局长觉得陈大队身上疑神疑鬼的职业病太重了，说："罪犯都承认了，你还要干什么？"

陈大队觉得自己责任重大，说："我觉得这里面可能有问题，局长。"

刘副局长插话说："我刚才与宋局交流，我不太相信钟铁龙是杀人犯，钟铁龙这人我还算有点了解，做人比较谦虚，并不嚣张。再说，上面追得紧，一天一个电话，我尊重宋局的意见，罪犯既然承认了，我看就这么定。至于你关心的枪的下落，以后再追查。当然，枪能追查到最好，追查不到并不能说明马新就没杀关局长，你说呢陈大队？"

宋局长很烦恼，因为他得赶紧向上级交差，他大声说："我的意见是今天把案子结了，以后发现了新情况以后再说，现在得交差。公安部下了死命令，没有按期破案，我们都得丢乌纱帽，你是具体办案人员，你能脱离干系？前车之鉴啊，小陈。"

陈大队想起他的前任现在就在交警大队任了个管内勤的副职，一天到晚捧杯茶，举张报纸看，就觉得这真的是前车之鉴，便说："那就按局长的意思办。"

刘副局长问陈大队："那个钟铁龙现在还关着？"

陈大队马上说："在案子没结之前，暂时还关在监狱里。"

刘副局长望一眼宋局长，这才说："放了他。"他见陈大队脸上迟疑了下，还想说什么，他就觉得陈大队正如他夫人说的"有点过敏，又太想立功了"，便咳了声，强调说："这个案子一结，你再关着钟铁龙就没道理了，人家出来后可以告我们公安滥用职权，到时谁去法院跟他打官司，你去？那些律师可不好对付。"

陈大队看不起律师道："那些律师都是些小知识分子，没什么了不起。"

刘副局长批评陈大队说："小陈啊，你这话就说错了。不要把自己看得太高了。我们都没什么了不起，你也没什么了不起。你一开始对我们说你坚信关局长是钟铁龙杀的，现在有一个马新冒了出来，认了罪，你现在还相信是钟铁龙杀的？"

陈大队望着刘副局长，没说话。宋局长不高兴了，啪地按燃打火机，瞅着那团黄火说："我看你是被关局长的侄儿关伟影响了，破坏了你断案的能力。不能光凭关伟的猜测就下结论啊。这个案子就不要节外生枝了，你去把钟铁龙放了。如果钟铁龙真的像你怀疑的是犯罪分子，那他还会犯案。放出去，比关在牢里更有利于破案。"

陈大队不再坚持了，说："我听两位局长的。"

陈大队清楚，宋局长和刘副局长都怕丢乌纱帽，他们可不想因关局长的案子被撤职。陈大队带着高军和小旷走进监狱，让看守把钟铁龙领进了接待室。陈大队盯着他，想用目光打垮这个人，但这个人却把目光移到了天花板上。陈大队想这个姓钟的迟早会要落在他手上，孙悟空再怎么捣蛋，总是离不开如来佛的手心。陈大队想，现在就暂时让你逍遥法外，看你能猖狂到几时！他虎着脸说："你小子出去嘴巴紧点，不要在外面乱说，我警告你。"

钟铁龙一听这话就知道他真的可以走人了，点头说："我不会在外面乱说一个字。"

陈大队觉得这个人心性极高，意志坚强，不是个好对付的人，便强调说："你不要以为你可以逃脱法律的制裁，我发誓你总有一天要栽在我手上。"

钟铁龙摇头："不会的，我是守法公民。"

陈大队想看看钟铁龙的反应："知道你为什么可以出去吗？你的手下马新于四天前跑到南区分局投案自首，说他是杀害关局长的凶手。"

钟铁龙一听这话，心里就有谱了，想自己的牢狱之灾被小马这股洪水冲走了。他做出很吃惊的样子望着陈大队说："小马杀了关局长？那我真的没想到。"

"不要在我面前装糊涂了，"陈大队觉得这个人非常讨厌，"滚吧。"

长益市监狱建在远离公路的一处山坡上，从监狱的铁大门走出来，走到公路上至少有五里路，沿途是沙子和碎石铺的简易公路，路两旁栽满了树。钟铁龙走在这条简易路上，兴奋地瞧着树木和天空，有鸟儿在树与树之间飞翔，或栖息在枝丫上，叽叽喳喳的叫声让他感到格外亲切，还让他觉得自由是多么美好。他走了两里路，感到有些累，肚子也咕咕直叫，饿的感觉涌到了肚子里，在他肚子里闹腾。他已跟石小刚打了手机，石小刚一听见他的声音就激动万分，说"我马上来接你"。钟铁龙想他应该快来了，就在路旁的一棵樟树下坐下。路上没人，也没车，只有黄昏边的残阳涂抹在路上，使简易路上的土黄中泛红。他这么坐了几分钟，眼皮就不听使唤地打起架来。他很快就跌进了睡乡，人就歪倒在树下。

石小刚的本田雅阁车开过去时，瞟了眼折身躺在地上的他，石小刚没认出他，还以为地上的人是个乞丐。石小刚把车开到监狱门前，他前后左右看了看，没看见钟铁龙，就打钟铁龙的手机，钟铁龙睡得很死，没听见。石小刚又掉转车头，缓缓开着，睁大眼睛左右搜索。石小刚把车开到这棵树旁，跳下车察看，这才认出睡在地上的人是钟铁龙。石小刚很惊诧，赶紧走上去摇醒钟铁龙："喂，我到处寻你，你原来在这里睡觉。"

钟铁龙坐起来，糊糊涂涂地看着石小刚，以为自己在做梦。"我是在梦里吗？"

不过是半个月不见，钟铁龙瘦了三圈，脸上骨头杵杵的，眼眶也陷了下去。石小刚都不敢认他了，叫道："不是做梦，我来接你了，我还以为你自己走了。"

钟铁龙清醒了，说："拿支烟给我，我烟饿坏了。"

石小刚忙掏出中华烟，点燃一支，塞到钟铁龙的嘴里。钟铁龙贪婪地吸了口，这才把目光放到石小刚脸上。石小刚的脸上很兴奋，那些兴奋像西瓜汁样在石小刚的脸上流淌。"你受苦了，"石小刚说，"你瘦多了，怎么把你折磨成这样？"

钟铁龙吸了几口烟，精神好些了，"走。"他说，上了本田雅阁车。

石小刚开着车缓缓朝前驶去。钟铁龙想起陈大队说小马已经承认自己是杀害关局长的凶手，就问石小刚："小马是怎么进去的？"

石小刚知道他会问，就说了他跟小马的交易。"五十万，我算对得起小马吧？"

钟铁龙望着石小刚，心里既感激石小刚毅然救他，又觉得石小刚不应该这么做，因为内中有太多的冒险了。"这好危险的，你不应该叫小马替我顶罪，我真的没杀关局长。"

石小刚跟小马一样相信是钟铁龙杀的关局长，这也是他用足以让小马目瞪口呆的钱鼓励小马做替罪羊的原因，否则他也不会这么干。但既然钟铁龙矢口否认，他就用小马的话指出道："小马说他那天晚上在离凶杀现场不远的顺利巷碰见了你。"

钟铁龙仍不愿在石小刚面前承认他杀了关局长，他仍然想把这件令他吃足了苦头的事烂在肚子里。他道："他看错了，我都不晓得顺利巷在哪里。你告诉他我有枪了？"

石小刚想钟铁龙没把他当兄弟，说："我说我从东北回来时，带了把五四式手枪给你。"

"小刚，你的好心我钟铁龙领了，"他说，"但这样草率地处理事情，是很危险的。小马是铁了心跟我，但假如小马是公安派来试探的，我们就死定了。"

"我没那么傻，"石小刚说，将车开上宽敞的马路，"我给他那么多钱，就是买他抵命。要是小马不说他那天晚上在离杀人现场不远的顺利巷碰见了你，我也不会擅自做出营救你的行动。我是想明白了才做的，救你也是救我。"

钟铁龙想石小刚说得没错，他们是捆在一根绳子上的一对蚂蚱，在审讯室的最后两天，有一度他还真想一吐为快，然后睡一觉再去刑场赴死。他说："我没怪你，小刚。"

他看着车窗外飞逝的树木和房屋，看着渐渐暗下来的天空，想不知关局长的在天之灵会怎么想，好在这个世界，人死了就死了，就算死者有在天之灵，也不会开口指证谁是杀人凶手。他看一眼身旁的石小刚，表情真挚地说："小刚，你是我的好兄弟。"他不想再谈这事，把心思放到自己身上说："我现在最想的是洗澡，我一身好痒的。"

石小刚就加大油门，一脸高兴地开着车朝银城大酒店飞驰。二十分钟后，两人步入了酒店，进入房间时，石小刚问他："要不要喊三狗和张兵他们都来庆贺你出狱？"

"等我洗了澡再喊。"

钟铁龙走进卫生间，脱掉衣裤，拧开莲蓬头，把一头结了壳的头发伸到热水下淋洗。他洗了大半个小时，把每一片肌肤都洗了一遍。再走出来时就是一具干净的裸体。他不忌讳石小刚看他的裸体。他的内衣内裤放在一口箱子里，箱子塞在壁柜里。他光着屁股打开壁柜，找出内衣内裤穿上。石小刚觉得他蜕了一身皮肉，道：

245

"你的腿都细了，屁股都尖了。"

钟铁龙坐到沙发上，伸长腿打量自己的腿，觉得自己是瘦了，再扯起衣服看肚子，肚子上那本来不多的脂肪都消失了。"拿支烟给我，我全身都是酸的。"

石小刚忙拿起茶几上的中华烟，点燃，很友情地塞到了钟铁龙的嘴里。钟铁龙猛地吸了口，慢慢将一口烟吐出来，拿眼睛看着窗外的天空，天黑了，有一弯月亮悬在高空。他想月亮真迷人，又想这场灾难总算度过了。这才懒懒地回答石小刚："我能不瘦？我被连续审讯了八天，四盏聚光灯照着我，八天里我都没睡一下觉……到后来我纯粹是用意志了，因为身体都不听指挥了，好像脑袋都不在自己肩上了。"他说到这里打了个喷嚏。

石小刚忙起身，扯过床上的毛毯盖到钟铁龙的肚子上，说："你别感冒了。"

钟铁龙感到石小刚还蛮会关心人地看着石小刚："小刚，我们两人都不能倒。"

石小刚答："那能倒的?" 他见钟铁龙脚上的趾甲很长，就掏出钥匙，扳开指甲刀，把钟铁龙的脚搬到自己腿上搁着，替钟铁龙剪趾甲，边说："看见你活生生地坐在我身边，我才放心。老实说，这一向，我天天晚上做噩梦，一醒来，就再也睡不着了。"

钟铁龙笑笑，让石小刚替他剪趾甲，也说："你要是进去了我肯定也跟你一样。"

石小刚手中的指甲刀咔嚓一响，剪掉了钟铁龙右脚中趾的一片厚厚的趾甲，说："所以我们都不能进去。一个进去了，另一个就跟热锅上的蚂蚁似的。"

"是的。"钟铁龙感到恢复自由真好，他脑海里浮现了他对着关局长的太阳穴开枪的情景，叭，一声被消音器吞没了大半的枪声在他耳畔嘶哑地一响，关局长的头栽了下去。他驱赶开这可怕的一幕，大声说："我肚子饿了，叫三狗、张兵一起来吃饭。"

三四　关伟

在金圣大酒店开桑拿中心的关伟坚信叔叔的死与银元卡拉 OK 娱乐城的人有关。他想这事假如是发生在他金圣桑拿中心，他也会这样做。就是他派手下与银元娱乐城的保安人员套近乎，请那个保安喝酒，让银元娱乐城的保安回忆起那个晚上他们钟老板曾开车外出的。就是关伟自己跟陈大队打电话，把这条重要线索提供给陈大队并催促陈大队抓人的。陈大队在关局长手下任刑侦队副队长时，两人就认识，那时候陈副队经常与关伟喝酒，也就经常规劝关伟做人要收敛。陈大队确实是个正直的人，是个视法律很神圣的法律捍卫者。陈大队时常站在法律的角度提醒关伟说："吸毒贩毒的事边都不要沾，杀人放火的事更不要干。沾上了这两件事，谁都摆不平。不要说你叔叔，就是公安局长和长益市市长都摆不平。"

所以关伟就开桑拿，桑拿不是吸毒贩毒，公安可以睁只眼闭只眼。一开，生意火爆得跟假的似的，让他一年赚了三百多万。但银元娱乐城的桑拿中心一开，他的生意就下降了。为了整垮银元桑拿中心，他动用了叔叔的权力，说银元桑拿中心有色情服务，没想他自己的桑拿中心却遭到了市局治安大队的袭击。关伟明白，他在害别人之后，别人也会害他。他本来想找他叔叔疏通关系，没想遭到了叔叔的臭骂，他接受了罚款，五十万就那么进了市局的财务科，这让他恨得咬牙切齿，发誓要让这帮外地人从他视野里消失。他叔叔要他关了桑拿中心，他关了，把桑拿中心改成了洗脚按摩城，让桑拿小姐背地里给客人提供特殊服务。然后，他就动着脑筋，三天两头地给他叔叔打电话，说银元娱乐城的坐台小姐提供色情服务。他一心想把经营银元娱乐城的几个外地人赶跑，他很想看见银元娱乐城的门上哪天突然出现"门面转租"的招贴，他好去揭招。没想世事难料，他的叔叔，一个让他既爱又恨的，被他挑拨得脑袋发热的正直的老公安，却把命都赔了进去，这让他觉得自己很对不起叔叔。

这天下午，他正搂着一个小姐睡觉，辉哥敲门把他从梦中唤醒了。辉哥是他的铁杆，铁杆辉哥一脸郑重地对他说："伟哥，对门那个姓钟的老板出来了。"

关伟跌下了脸，让陪他睡觉的小姐立即走人，接着他拨了陈大队的手机，陈大队在手机那头用亲热的语气说："你这鬼又有什么事？"

关伟说："我刚才听我朋友说，那个姓钟的人出来了？"

陈大队说："有一个叫马新的人自首了，说你叔叔是他杀的，他有作案时间。"

关伟喉咙变粗了："马新？哪个马新？"

"住在顺利巷的马新。"陈大队说。

关伟叫道："你是说马叫鸡？马叫鸡敢杀我叔叔？我还不了解马叫鸡？早些年，他跟在我屁股后面混，他敢杀我叔叔？爱叫的狗不咬人，不叫的狗才咬人。马叫鸡是只爱叫的狗，没长心眼的。后来他跟了丁建，每次看见我都低三下四的，我敢打赌，他绝不是杀我叔叔的凶手，你借给他一颗豹子胆，他也不敢伤我叔叔一根毫毛。"

陈大队在手机那头说："你说这么多废话干什么？案子已经结了。"

"案子结了？"关伟断言说，"陈大队，我敢发誓，他没有胆量朝我叔叔开枪！"

陈大队说："我不跟你说了，我要开会了。"

关伟很怄地说："陈大队，我叔叔的死就这么完事了？"

陈大队在手机那头说："结案了，材料都报了上去，只等法院判了。"

关伟叫道："你们搞错了，马叫鸡一定是替那个姓钟的背黑锅。"

陈大队回答关伟："你不要乱说，说话要有证据。钟铁龙如果真是罪犯，宋局说，只能等他再次犯案，自己浮出水面再抓。懂我的意思吗你？"

关伟火道："他又不是女尸，你以为他会自己浮出水面？我会查出真正的凶手的。"

陈大队担心关伟这人一冲动就按自己的思维行事，便提醒关伟说："你不要乱来啊。"

关伟合上手机，点上支烟，对辉哥说："把马宇和李东叫来。"

马宇和李东也都是关伟的铁杆，马宇和李东比关伟小几岁，也是长益市南区一带长大的，还在读书时，两人就知道关伟的名声，就仰慕此人。两人都爱在街上玩。高中毕业后，他们在社会上混了两年就混到关伟的"队伍"里了。关伟见两人长得高大，又义道，且打架敢拿刀子捅人，就接纳了他们。他们就一直跟着关伟，先是替别人要债提成，后又跟关伟搞桑拿中心，现在又做洗脚按摩。马宇和李东这会儿就各伸出一双脚，给洗脚的小姐练习洗脚。辉哥推门进来，见两人闭着眼睛休息，就说："伟哥叫你们。"

李东睁开圆圆的眼睛，命令小姐用毛巾替他把脚揩干。

马宇说："什么事辉哥？"

辉哥说："马叫鸡做了替罪羊，那个姓钟的放出来了，伟哥心里很不高兴。"

辉哥、马宇和李东都认识马新，过去他们都叫马新马叫鸡，就因为马新说话的声音像公鸡。他们曾经在一起玩，但关伟不喜欢他下巴下接饭吃的马叫鸡，时常给马叫鸡脸色看。马新被关伟当众嘲笑过几次，脸就挂不住，后来马新就离开他们，跟了丁建。三人上了楼，楼上有关伟的长包房，马宇一走来便问："怎么，马叫鸡替那个杂种顶了罪？"

关伟轻轻一笑："嗯，你们以为马叫鸡敢杀我叔叔吗？"

李东想了想说："假如哪个出了几十万块钱，那就很难说。"

关伟不屑于李东的论调："就是借给马叫鸡豹子胆，他也不敢向我叔叔开枪。"

辉哥也觉得是这样："我也是这样认为。"

"我还不晓得马叫鸡？有贼心没贼胆的人。"关伟不屑地弹了下烟灰，"以前在一起玩，哪次打架他拿刀子砍过人？他这人表面上义气，心里却打着小算盘，见利益就上，见对自己不利的事、人就往后躲。他这样的人，敢向公安局长我叔叔开枪？"

马宇说："他正是这样的人，表面上叫得凶，真要他拿刀子砍人又不敢。"

李东就不再坚持自己的意见，而是担心道："要是杀死你叔叔的真凶跑了呢？"

关伟瞟一眼李东："跑到卵上去！跑？我会让他跑？我要搞死他。"

"我们是要搞死他，"马宇一脸义气道，"不然你叔叔就死得冤了。"

关伟又打陈大队的手机，陈大队接了："什么事你这鬼？"

关伟说："马新关在哪里？我几个弟兄想去看看他。"

陈大队一听就明白了："关在死囚室。你们想见他？"

关伟把腿架到茶几上，说："我想亲耳听他说是他杀死了我叔叔。"

陈大队说："我现在很忙，过两天我再安排。"

关伟合上手机，笑看着他的弟兄，辉哥主动请缨道："伟哥，我看最好的办法就是叫几个弟兄把那几个乡里鳖剁了……"

关伟望他们一眼："先等等，看马叫鸡怎么向我交代。走，到银元唱卡拉OK去。"

辉哥、马宇和李东就随着关伟下到一楼，一并钻进关伟的白色宝马车，一分钟还不到车就停在了银元卡拉OK娱乐城的门前。四个人下了车，大大咧咧地走进银元娱乐城。关伟扫一眼走上来的三狗，不屑道："叫四个小姐来陪我们唱歌。"

三狗便掉头对坐在吧台前的妈咪说："叫四个小姐来。"

三狗把四个人领进二楼的一间包房，让四个人坐，就叫二楼的服务员去招呼他们。关局长一死，南区治安队的公安就没来查了，因为南区公安分局的办公室马主任，升了分局副局长，分管治安。刘夫人跟马副局长打了招呼，还对马副局长说，他这个副局长是她老公提的名，马副局长一听就千恩万谢，就扯着刘副局长的大旗对杨队长说："刘局有令，不要扰乱了长益市的投资环境，市纪委何书记早有指示，公安的重点任务是维护社会治安，不要动不动就往三星级、四星级酒店冲，破坏了投资环境，谁还敢来长益市投资？"

没有公安再来抓小姐，小姐们就又跟蝴蝶样飞来了，又云集在银元娱乐城里了。

妈咪领着七八个小姐上楼来了，三狗对妈咪说："让小姐好生招呼他们，别怠慢了。"

小姐们先后走进包房，妈咪让花枝招展的小姐们一字排开地站在四个大男人面前，一脸笑着说："老板，小姐们来了，你们自己挑。"

辉哥挑了一个，李东也要了一个，马宇和关伟都摇头说："还有小姐吗？"

妈咪就对剩下的小姐说："你们可以走了。"又掉头对关伟和马宇说："那我再去找几个小姐来。有一个小姐是个女大学生，我保证你们喜欢。"说着，她很有把握地出去了。

女大学生被妈咪领来了。女大学生身高一米七，那高挑的身材还真有点亭亭玉立。女大学生对两位身旁没坐小姐的先生一笑，马宇就看着关伟说："你喜欢她吗伟哥？"

关伟打量她一眼说："给你吧。"

马宇就对女大学生招手，让她坐到他身旁。女大学生坐了过去，马宇做出亲热的样子搂着女大学生，在女大学生的脸上亲了口。马宇说："你的脸喷香的。"

妈咪又领来了几个小姐，让关伟挑选。关伟不是来找小姐的，他的心不在玩上，他是来吵事的。他要发泄，说："我要胖的，有奶子大的胖小姐没有？"

妈咪又把那几个小姐带了出去，不一会领了个丰满的小姐走来。妈咪推荐说："你看，这位小姐好丰满的，波好大的。"

关伟就笑，让小姐坐到他身旁。小姐一坐在他身旁，他就把头靠到小姐的"波"上，笑着对他的二个朋友说："肉枕头，蛮舒服的。"

服务员见他们要了小姐，就问他们吃什么东西，服务员说："这间包房的最低消费是八百八，八百八里有五百元是可以消费的。"

关伟说："来四瓶白沙啤酒，来一碟手撕鱿鱼，再送盘水果来。"

服务员说："好的。"又问小姐们："你们喝什么？"

女大学生说："我喝黄瓜汁。"

波大的小姐说："我要一听椰奶。"

另外两个小姐说："我们都来一杯西瓜汁。"

服务员出去了，包房里就剩了四男四女，女大学生弓起身点歌，问马宇说："你想唱什么歌？我替你点。"

马宇不是个喜欢唱歌的男人，事实上这个五大三粗的男人五音不全，他来玩，纯粹是来摸小姐的奶子和屁股。他说："我不唱。你唱吧。"

关伟开口了："唱什么歌？不唱，都不唱。"

辉哥也嘿嘿嘿笑道："不唱，一来就唱歌，没劲。"

李东跟他喜欢的小姐感情很充沛地抱在一起，主要是他感情充沛。他问小姐："我们开房去？"

小姐摇头说："不行。"

李东奇怪道："怎么不行？"

小姐说："我说不行就不行。"

李东说："为什么你说不行就不行？你是老板？女人不就是给男人操的吗？"

小姐觉得他说话很恶心地看他一眼说："我不跟男人睡觉。"

李东叫了起来："你们说说，天下有不跟男人睡觉的女人没有？"

小姐脸上不悦了："怎么啦？我说错了话吗？"

关伟瞟一眼那小姐："要她滚，换一个小姐。"

小姐看一眼关伟，起身走了。服务员端着东西走来，妈咪也走了来。服务员开酒瓶时，妈咪问李东说："先生你要一个什么小姐？"

李东大声说："要一个可以脱裤子睡觉的小姐。"

妈咪一笑，觉得这个男人很粗痞道："要睡觉都可以睡觉。"

李东说："我问她，她说她不跟男人睡觉。我要一个喜欢和男人睡觉的小姐。"

关伟攥着拳头说："啰唆什么？快去叫一个小姐来。"

妈咪退出去，又把刚才叫来的几个小姐重新叫来，让李东挑选。

李东指着一个穿一身白衣服且乳房很大的小姐说："就她吧。"

乳房很大的小姐就走到他一旁坐下，对李东娇艳的样子一笑。李东也对她一笑，表扬她的奶子说："你的奶子很大啊。我可以摸么？"

关伟说："问那么些废话干什么？你想摸就摸。"

李东是流氓出身，十三岁时就爬澡堂偷看过隔壁女人洗澡。他大大咧咧地把乳房很大的小姐抱到怀里，动手摸小姐的乳房。小姐不同意说："不行，真的不行。"

李东说："你不就是要钱？"他打开皮包，扯出两百元钱，问："可以不？"

小姐摇头说："不，不能摸。"

关伟望也不望说："换人啰，李东，换一个。"

李东很听关伟的话，就不客气地推了小姐一把道："滚，叫你们妈咪来。"

乳房很大的小姐横李东一眼，拿起包，很干脆地走了。

妈咪又走了来，带着两个小姐，两个小姐都浓妆艳抹的，身上充斥着劣质香气。李东不急着要，而是问妈咪："未必你们的小姐既不能摸又不能搞的？"

妈咪说："这些小姐都是带刺的玫瑰。你不顺着她，她就刺你。"

"顺卵咧，"关伟叫道，"只有小姐顺男人，哪里有男人顺小姐的？"

妈咪觉得这几个男人好霸道，抿嘴一笑说："这两个要不要？"

李东就指着一个脸打得粉白粉白的小姐说："那就她吧。"

脸打得粉白粉白的小姐坐到李东身边，一开口说的是一口很土的乡下话，这让关伟扑哧一笑："换一个啰，太差了，李东你等于是跟一个喂猪的乡里妹子调情。"

李东马上说："你走，让妈咪再叫一个来。"

讲一口乡下口音的小姐听懂了关伟的话，脸上就很愤怒，拿起她的包站起身，走时骂了句"鳖相样子"，说着把门一关，不见了。

关伟不高兴了，对辉哥说："把她喊进来。"

辉哥忙起身，拉开门，对已走到楼梯拐弯处的小姐说："喂，你过来。"

李东也走出门喊道:"妹子,你过来。"

小姐犹豫了下,还是折了回来。关伟望着她:"你这小鳖,你年龄不大脾气蛮大啊!"他问她:"哪个是鳖相样子?"说着,他把杯子里的啤酒泼到了小姐脸上。

小姐一惊:"你,你无聊……"

辉哥站起身,忙把手中的一杯酒倒到了小姐的头顶上,啤酒便从小姐的头发上流下来,湿透了小姐的衣服。小姐骂了声"流氓",哇地哭了,转身向门外跑去。

四个男人顿时开心地笑了。

他们不是来玩的,是来吵事的。关伟折过身,把一杯啤酒朝他身边的女大学生头上倒。女大学生跳开了,惊慌地瞧他一眼说:"你干什么?"

"玩呀,你又不跟我睡觉,那不就玩玩。"

女大学生愤怒了,因为她的头发被啤酒淋湿了,衣服也被啤酒淋湿了。女大学生感到自己的人格被侮辱了,就气愤地端起半杯黄瓜汁,那是她喝剩下的,泼到了关伟脸上。那黄瓜汁就把关伟的脸弄得绿绿的。女大学生拎着拎包要走,但辉哥把逮住女大学生的胳膊,把她拖过来,一耳光扇在女大学生脸上,把女大学生打得一屁股跌坐在沙发上。辉哥等女大学生站起身,又一脚踹在女大学生的肚子上,把女大学生踢得又落到沙发上。辉哥一脸凶恶地骂道:"你这臭鳖,你是想死吧?你以为你是大学生奶子上就雕了花?你不过是只母狗。"

女大学生满脸痛苦,吓得不敢吭半句声了。

辉哥又一耳光打在女大学生脸上,打得女大学生叫了声"哎哟"。"把它舔干净,"辉哥指着关伟脸上和衣服上的黄瓜汁,"不然你今天会变成残废。"

另外两个小姐见状,一个机敏的小姐赶紧溜了出来,她看见三狗,就冲三狗叫道:"不好了黄总,他们打小姐,黄总。"

三狗就是听妈咪告诉他,包房里有几个客人侮辱小姐,便赶来制止的。三狗把门推开,看见女大学生惊恐地坐在沙发上,而辉哥正拿一瓶啤酒从女大学生的头顶淋下来。女大学生再也没有反抗精神了,不敢动,全身哆嗦着。三狗是名正义之士,一见这种情况发生在他的卡拉OK娱乐城,脸上就来了怒气,便大声喝道:"朋友,请你不要这样对待我们卡拉OK城的小姐。"他夺下了辉哥手中的啤酒瓶。

辉哥转过身,盯着三狗,目光很凶地盯着。三狗也盯着他,三狗说:"有什么事好说,不要欺负小姐。她们挣儿个钱也不容易。"

辉哥是长益市长大的凶汉,一直跟着关伟混,年轻时为打架能占便宜,练过些拳脚,就自诩自己是霍元甲地举手一拳打来。三狗是真菩萨,练了那么多年还在乎辉哥的花拳绣腿?他本能地闪开,又本能地将辉哥挥来的拳顺手一带,辉哥就一个趔趄摔在地上了。不但摔在地上,还把茶几上的杯子啊酒瓶啊都碰倒了。辉哥觉得

252

自己在关伟面前失了面子，爬起身，操起啤酒瓶就往三狗头上砸。三狗闪开，一脚踢在辉哥身上，把辉哥又踢倒了。李东见辉哥吃了亏，拿着另一只啤酒瓶，跳起来砸三狗。三狗已防了这一着，一脚把李东也踢翻在地。三狗对瞪大眼睛看他打架的女大学生说："你还坐在这里干什么？快走啊。"

一身啤酒的女大学生忙起身，往门外走去。门是开的，外面站着一些男女，看三狗跟这几个人打架。女大学生走到门口时，马宇冲上去把女大学生拖住了。"走？你跟我站着。"

这时李培也闻讯来了，李培见状，很兴奋，说："怎么？在我们这里打架？"

女大学生看着他。

三狗指示李培说："让她快走。"

李培就对马宇吼道："放开她。"

马宇不松手，李培就一拳打在马宇脸上，打得马宇松开了手。

关伟拿着啤酒瓶冲上来，对着李培的头砸下来，李培一闪，啤酒瓶砸在他肩上。李培叫了声"哎哟"，就一拳挥来，把关伟打得身体失去重心，跌坐在门旁的沙发上。

马宇见关伟吃了亏，就抬脚踢李培，李培挨了那一脚，一转身一拳打在马宇脸上。

110的警察来了，妈咪打电话叫来的。110的警察举着电棒说："都住手。"

三狗说："他们在我们这里侮辱小姐，把啤酒倒在小姐头上，还打小姐。"

110的警察马上说："到派出所去，都到派出所去。"

被关伟他们称做马叫鸡的小马不愿意见关伟、辉哥、李东和马宇。陈大队跟监狱长打了电话，并亲自带关伟他们去监狱看马新。陈大队把关伟他们送进监狱，走时说："我还有事，如果马新有翻供的表现，就立即通知我。"

关伟瞟一眼陈大队："我一定要马叫鸡吐出真相。"

关伟带了很多东西，烟啊酒啊还有其他吃的，那些东西都拎在李东和辉哥及马宇手上。他们准备用这些东西打动小马，劝小马翻供。看守见他们是陈大队亲自领来的，陈大队又有交代，就去通知小马说有人来看他，要他去接待室。小马没动，小马以为是钟铁龙和石小刚来看他，他已经跟石小刚告别了，还让石小刚替他给钟铁龙转了话，他觉得再说一个字都是多余，便对看守说："我没一点力气，走不动，不想去。"

看守说："你不想知道是什么人来看你？"

小马头也不抬："不想知道。"

看守还是告诉了他："是你的老朋友关伟他们。"

马新缓缓地说："我不想见他们。"

小马压根儿就没想起过关伟，在他的记忆仓库里，他早把关伟等人删除了。他在关伟手下干过，曾经很想成为关伟的干将替关伟卖命。但关伟不钟情于他的效力，不关心他，关心的是辉哥、李东和马宇。李东病了，关伟一点也不含糊地嘘寒问暖；辉哥感冒了，关伟陪辉哥去医院打点滴；马宇跟另一帮人打架打伤了，关伟亲自为马宇摆平这事，还在医院里陪马宇治伤。可是他马新病了，发高烧，走路脚提不起劲，关伟看见了却跟没看见一样。这是一种比较呀，这让马新看清了自己在关伟眼里丝毫没分量。还有一次——那是九十年代初，几个人一起去西安玩，他们故意把马新甩开，跑到一处有小姐的地方玩小姐，回来后还在他面前大书特书，故意气他。就是这事让马新寒了心，觉得自己不是他们看好和愿意深交的朋友，这也是他后来悄悄离开他们的原因。看守几分钟后又走来了，对马新说．"马新，他们跟你带来了很多东西。你还是见他们吧。"

小马说："要他们把东西带走，我不见他们。"

看守做小马的工作说："何必呢？他们有事要问你。"

小马说："我没什么好说的，你要他们走。"

过了一刻钟，好几个人的脚步声一并涌来，小马不用抬头就清楚看守把他们带来了。小马清楚关伟这个人，不达到目的是不罢休的。小马抬头望着他们，关伟的头在同一时刻出现在铁栅栏门前，一旁是辉哥的脸。关伟的嘴里叼着烟，烟在他脸上飘；辉哥的脸上挂着僵硬的笑，像是在冬瓜上描画的笑。"马叫鸡，伟哥来看你了。"辉哥说。

小马没说话，只是看着他们，想他们来看他八成是为了关局长被杀的事。关伟用凶悍的眼光盯着他，关伟说："马叫鸡，我叔叔是你杀的？你老实告诉我，是你还是不是你？"

小马想关伟从来就不把他马新当回事，他干吗要跟关伟说话？

辉哥说："马叫鸡，伟哥问你呢。"

小马看着关伟，见关伟脸上一脸的怒气，心里想笑。他又把目光放到辉哥脸上，辉哥脸上没那么多怒气，倒有许多假模假样的诚恳。辉哥说："我们晓得你不敢杀关局长，你还没这个胆子，你是不是替那个姓钟的做替罪羊你说一句？"

小马回答关伟说："对不起了伟哥，我欠了你一条命。"

关伟说："你有胆子杀人？剁了我的脑袋我都不相信！马叫鸡，我还不了解你？哪次打架你砍过人？你要说实话，把真相吐出来，不然你老婆和崽女的命都保不住了。"

小马见关伟威胁他，就对门外的看守说："干部，请你把他们带走。"

关伟火道："走？你跟我听着，你敢杀我叔叔，我要搞死你们全家！"

小马不再开口，转过身把背对着铁门。小马听见关伟骂了句脏话，冲他啐了口痰，好在他坐的床离铁门较远，那口痰就没啐到他身上。看守知道这不会有结果，就把关伟和辉哥他们推走了，小马听见他们一伙人一路骂骂咧咧地离开了。小马长长地嘘口气，跟着便觉得喉咙痒痒的，有痰淤积在喉管里似的。他把那口痰啐了出来，是血，一坨带着唾液的乌血，跟着他就吐着涌到喉头的鲜血了，一口又一口，胸部扯得很痛很痛。

小马还活了两个星期，两个星期后他死了，死在监狱的医务室里。死前，他拒绝吃药，拒绝进食，也拒绝喝水，很坚决地躺在铺上等着死神降临。死神来得不很痛快，半夜里只有瘦长的老鼠爬进来看他，爬到他弃在床旁不吃的碗里快乐地大吃着，吃得嘀哩啰啰响，天一亮又溜走了。监狱里不允许他寻死，请示了局长，局长指示说一定要让小马熬到开宣判大会的那天。于是他们把奄奄一息的小马抬进医务室，给他打葡萄糖，为他输氧，指望他恢复身体后把他拉出去开宣判大会，再押送刑场枪毙。但小马就是不合作，当他的意识清醒后，他拔掉吊针，扯开了输氧管。他死时，身体只有四十公斤，瘦得只剩了皮包骨头。

三五　打架

关伟在监狱里碰了一鼻子灰，心里很恨，就要把这股淤积在心头的恨发泄出来，就调动了可以调动的一切人马，一下子来了四十多人，全是长益市街头巷尾的小混混，他们身上都带了"醒头"。他们不是来玩，而是来寻衅闹事的。他们在银元卡拉 OK 娱乐城前集合，相互笑着，等人到齐了就一窝蜂地拥进娱乐城，把一些在唱歌的老板赶走了。他们大大咧咧的样子说："走走走，不想挨打的就赶快走，这里要打大架了。"

有的老板唱得正开心，就问他们："怎么啦？"

那些小混混就露出"醒头"，都是锋利的凶器，砍刀啊匕首啊之类。在长益市，这类东西于黑社会自然就用黑话替代了，黑话称凶器为"醒头"，那真是让人见了就"醒"的。那些一本正经地来唱歌的先生们，一见"醒头"就不吱声了，赶紧收拾着东西走人。

他们走到吧台前说："不是我们不买单，是我们还没玩到时间就被赶走了。"

"不怪你们。"三狗送他们出门说，"下次再来玩。"

三狗打了钟铁龙的手机，告诉他有一帮人在这里吵事。钟铁龙来了，所有的客人都被这帮人赶走了，就剩了他们在娱乐城里闹腾。三狗说："龙哥，这事有些麻烦。"

钟铁龙没说话，而是在一张小姐们常坐的椅子上坐下。他抽着烟，觑着这帮耀武扬威的来来去去的人。凌晨一点钟左右时，他们不玩了，又都汇集到大厅里，站或坐在椅子上，等着关伟出来。关伟出来了，走到门口，回头望了眼三狗和钟铁龙，钻进了他的宝马车，车开走了，那伙人也跟着走了。李培很不服气，说："天下总有个理字吧？可以不讲理的？"

钟铁龙还没想出办法对付他们，说："有些人不是来讲理的，是来讲狠的。"

李培不怕道："大不了打一架。"

"打架是下策，他们那么多人，带了刀，打架万一有个闪失，那不是我们吃亏？"钟铁龙不主张打架说，"再说，我们是在他们的地盘上。不要动不动就打架。"

第二天，这伙人又来了，仍然是四五十人。这一天他们都穿着黑西装，也不知是自己买的还是借了别人的，反正个个一身黑西装，有的打了领带，有的没打，里面的衬衣领子也脏兮兮的。有的人还剪了光头，自己摸着自己的光头嬉笑不止，或笑别人的光头不好看。他们一来，就在娱乐城的玻璃大门前嘻嘻哈哈，像长益市的黑社会大集会，弄得一些原打算来银元唱歌或玩的先生或女士，到了门口又打退堂鼓了。他们嬉笑着说："好走啊。"

或者："嘻嘻嘻，何解？怕来玩？进来噻，陪我们唱歌啰。"

或者："喂，跑什么？我们又不打你们。"

三狗一脸恼怒，攥着拳头，但拳头还是松开了。李培也很恼怒，他搞不明白这些小青年怎么如此猖狂！居然像录像片里五六十年代的香港样，公然在大庭广众之下闹事。他的拳头始终捏得紧紧的，腿上的肌肉也绷得铁紧，黑着脸，恨不得大打出手。他对三狗说："打吧？"他瞟着一个个子很高的长一张长脸的男人又说："那个人是他们的头，专捡那个人打。"

三狗望他一眼："生意还做不做？再说他们这么多人，我们几个人？"

李培说："那就干瞪着眼睛看他们吵我们做不成生意？"

三狗说："等龙哥来，我刚才跟他通了电话，他正在吉祥酒店请刘局长吃饭。"

李培很厌恶这帮长益市的小流氓说："这帮畜生，只怕公安。"

刘副局长来了，坐钟铁龙的本田雅阁来的，同来的还有刘夫人。今天是刘夫人为钟铁龙约自己的老公在吉祥酒店吃饭。钟铁龙出狱后，去吉祥酒店拜访刘夫人，刘夫人告诉他，是她做她老公的工作，她老公让陈大队放的他。刘夫人坦率地说：

"你知道吗？有的人没事都关半年呢。"钟铁龙相信会有这样的事，为感谢刘副局长，就让刘夫人约刘副局长吃饭，当然就有了今天的这顿饭局。吃饭时，刘副局长听钟铁龙说，有一帮黑社会的人无视法律法规，跑到银元娱乐城闹事，很是生气，就亲自来了。刘副局长一身警服，让这群来捣乱的小青年不免就注意到了。刘副局长说："喂，你们是哪里的？走开走开，不要在这里非法集会。"

一小青年大声说："怎么啦？我们只是在这里玩，又没犯法。"

刘副局长看这小青年一眼说："你叫什么名字？你是领头的？"

小青年说："我是脚趾头。"

刘副局长拉长了脸，掏出手机打了个电话。一会儿后，南区分局的马副局长带着杨队长等七八个警察来了。马副局长看见刘副局长和刘夫人在这里，忙满脸堆笑地走拢来打招呼，刘副局长绷紧脸指着小流氓们说："这是非法集会。出了问题，你这个副局长就不要当了。"

马副局长忙转身对小流氓们说："走开走开，不想到局子里去就走开。"

那伙在长益市街头上混的小流氓说："我站在这里犯什么法了？我在这里等人。"

马副局长火了："喊你走开你就走开，你耳朵聋了？"

那个被马副局长呵斥的青年就走到另一边，但并没真走开。

这当儿关伟和辉哥来了，关伟的宝马车一停下，这帮着黑西装的小流氓就迎上去，一口一个伟哥辉哥。杨队长也在驱赶这些人，他是分局治安队长，很不想看见在他的辖区内有黑社会聚会，他走到关伟前面说："关伟，把你的人喊开，莫在这里吵事。"

关伟望一眼杨队长："我又不认识他们。"

杨队长板着脸对关伟说："你胆子真有蛮大，你以为这是三四十年代的上海滩？快点叫他们走。不然，我抓人了！"

"你抓吧，他们又没犯法。未必站在这里也犯了哪条法？"他嘲笑的模样问杨队长，"这里是军事禁区？就是站在军事禁区的门前也不犯法啊，只要不闯禁区是不是？"

钟铁龙见马副局长和杨队长还没把人驱逐开，就一脸笑容地走上来，拿着烟，准备递烟给关伟抽，说："老兄，有什么得罪之处还请你老兄高抬贵手。"

关伟扫一眼钟铁龙："把你的脏手拿开。滚。"

钟铁龙笑笑："老兄你莫这么大的火。"

关伟很凶地瞪着钟铁龙："哪个是你老兄？滚开。"

杨队长拍了拍关伟的肩膀说："市局的刘副局长在这里，你给点面子给我好啵？"

关伟一点也不给杨队长面子，大声道："给卵，老子的叔叔干了一辈子公安，就是被他们搞死的！我就是要让他们做不成生意，就是要他们从我眼里消失！"

钟铁龙听他这么吼叫，走开了，走到刘副局长身前，递了支中华烟给刘副局长。

刘夫人觉得这些人太不给她老公面子了，堂堂的市公安局副局长站在这里，居然被人熟视无睹，便说："老刘，你如果这样的事都摆不平，你这公安局长就白当了。"

刘副局长见杨队长还在那里跟姓关的磨嘴皮，火了，他掏出手机，打防暴队队长的手机："你调三十名防暴队员来。这里闹事了。"

防暴队的接到命令，来了三辆警车，跳下来三十几个防暴队员，头上戴着草绿色钢盔，个个手握折叠式冲锋枪，这情形有剑拔弩张的火药味儿了。"我命令你们赶快离开，"防暴队长手里握着电喇叭，大声说，"不然，一切后果自负。"

关伟是明眼人，晓得掂轻重，不然他在长益市也混不出水。他对辉哥说："叫他们去南门口呷酒去。"说着，他上了他的宝马车，宝马车于是扬长而去。

钟铁龙看着他离去。李培走到钟铁龙面前，表示他不怕说："这些人没什么好怕的。真打起架来，没狠。"他把攥紧的拳头给钟铁龙看，"我的拳头都拧出水了。"

钟铁龙的脑际掠过了关局长的身影，他强笑了下说："做生意，要学会息事宁人。"

刘副局长很不高兴，他这副局长平时随便走到哪里都是有威严的，随便站在哪里都让长益市的小痞子小流氓畏惧，今天在这里却被冷落了。他虎着脸批评马副局长和杨队长说："你身为南区公安分局副局长、你身为分局治安队队长，你们是怎么维护社会治安的？这些人居然不怕你们，敢公然与你们唱对台戏，人民赋予你们维护社会治安的权力到哪里去了？"

钟铁龙见马副局长和杨队长被市局刘副局长批评得不知所措，脸色苍白，就走上来替马副局长和杨队长打圆场："刘局长，面对这样的局面，他们也确实不好办。"

刘副局长很生气："有什么不好办？该硬的时候就要硬！"

马副局长忙表态说："我保证不会有这样的事发生了，刘局。"

然而，过了两天，这帮小混混又来了，又聚集在这里。他们来得比先一天更早，三狗和李培他们还在吃晚饭，他们就来了，就站在银元娱乐城的门口，虎视眈眈地瞪着走来的每一个人。他们看见有人从对面街上走来，就迎上去用那种要打人的目光盯着。如果是女人走来，他们就把邪恶的目光放到女人的脖颈上，仿佛要探索脖颈下面的一些地方似的。那些本来想来唱歌或玩的男人和女人自然就望而却步了，不是拐弯就是走开了。他们堵在门口的停车坪上，车来了也不让，一些司机按喇叭，他们就瞪着司机说："你是显你有车吧？"

那凶巴巴的目光让司机掉头把车开走了。

有一个司机没走。他开一辆白色桑塔纳，带着女友，是个年轻人。他约了几个朋友来唱歌，他和他女朋友先来了。他按喇叭，没人理他，他就又按喇叭，仍没人理他。他开口骂道："你聋了吧？好狗不挡道，走开点。"

这话一出口就得罪了挡道的那青年。那青年是辉哥，辉哥转过身，走到驾驶室前，手就伸进车窗，抠住了年轻人的衣领。年轻人穿着西装，早几天才买的，为的是穿给他的女友和朋友们欣赏，当然就有些恼怒，就叫道："你把我的西装扣子扯掉了，赔啰。"

李培就在这个时候走了来，当然就跑上来制止挡道的辉哥说："你太过分了。"

辉哥和关伟都是南区一带的老大，他讲狠道："过分又何解啰？"

李培的拳头攥紧了："我警告你，你不要老在我们这里瞎吵。"

辉哥比李培个子高大些，就瞧不起李培的拳头："瞎吵又何解啰？"

李培眼睛鼓得大大地说："你是仗着你们人多吧？要打架我们单挑？"

辉哥把抠着司机西装的手抽回来，握成拳头一拳打过来。李培防了他这一着，闪开身，一勾腿将高大的辉哥绊倒了。辉哥从他十五岁开始打架起，还从没在大庭广众中丢过这样的脸，叫了声"哎呀"，爬起来，拔出一把一尺多长的砍刀就朝李培砍来。李培一闪身，一拳将辉哥打得往前蹿了七八步。辉哥站稳了，抢着砍刀又朝李培劈来。李培摆了个架势，直盯着他。李培太注意拿砍刀的辉哥了，忽然就感觉他的肩膀一阵剧痛。马宇见状，装出不经意的样子走上来，手上握着刀，但他的手放在背后。李培事先也看见了装模作样的马宇，但他没想到马宇那背在身后的手握着刀。当马宇握刀的手突然举起来时，李培已躲闪不及了。那一刀硬生生地砍在他肩上，砍得李培大叫了声。李培扑上去就要夺马宇的刀，另一个站在他侧面的青年突然拔出"醒头"——那是把锋利的弯刀，砍在李培的背上，砍进去很深一条。李培感觉背上一阵剧痛，转身给了那青年一拳。李培说："你蛮狠啊。"

另一黑脸青年大叫着说"发生什么事了"地跑过来，李培以为他只是来看打架的，不想这青年用这一招骗过了李培。他从西装内拔出杀猪刀，一杀猪刀捅进了李培的腰。

李培晓得自己上当了，叫了声"哎呀"，他清楚这一刀不轻，就回过头来，一拳打在这青年的脸上。这青年挨了他一拳，拔出刀又要捅。李培一闪身，结果撞在辉哥的刀口上，辉哥就势一刀砍在他脖子上，砍断了他脖子上的动脉血管，顿时血如泉涌。

李培的身体摇晃了几下，支持不住地倒下了。

那当儿三狗在厕所里。当他听见妈咪跑来叫他说"黄总，打架了打架了"，他搂起裤子，边扣皮带边走出来，妈咪一脸激动地说："黄总不好了，那些人动刀子了。"

三狗问："报了110没有？"

妈咪说："我还没报。"

三狗边跑边说："赶快报110。"

待三狗跑下楼来，那些人已溜了。事情从发生到结束，前后不过两分钟。李培浑身是血地倒在地上，身体在地上痛苦地抽搐着。李培看见三狗，忙说："注意他们手上的刀。"

三狗抬起头看，剩下的都是走过来看热闹的路人。三狗又把目光投放到李培身上，李培仍用那种可怜的目光盯着他。他人叫一声说："赶快拦辆的士送李经理去医院。"

一个保安就到马路上拦的士。一辆的士见状不肯停，加速跑了。又一辆的士见一个人浑身是血，也开着跑了。那个开白色桑塔纳的青年，这会儿想走也不好意思走了——事情是由他而起，他的脸苍白的，脸上还有一些愧疚，说："我送他和你们去医院。"

钟铁龙赶到市三医院时，李培还剩一口气。好像就是为了等他来而留着这口气似的。他见李培浑身是血，手上、鼻孔里都插着管子，正在输氧和输血。三狗悲伤地站在一旁，还有妈咪也在，妈咪哭过了，眼睛通红的。他抓住李培的一只手，轻轻叫了声："李培。"

李培没回答。

三狗忙对闭着眼睛的李培说："李培，钟铁龙来看你了。"

李培就睁开了眼睛，要说话，示意三狗把输氧的有机玻璃罩拿开。三狗就拿开了有机玻璃罩，李培连咳了几声，这才体弱无力地说："龙哥，我儿子还小，就拜拜托你了。"

"你放心。不过你不能死。"钟铁龙说，稍微用了点力地捏了下李培的手。他脑海里闪现了两人上高中时同桌的情景，那时的李培是化学课代表，成绩比他好。"李培，你要挺住，你不能死，我要把你完完整整地交给小小。医生，快救人，用最好的药救。"

李培脸上掠过了一丝凄迷的微笑，身体一软，那半握着的手也慢慢松开了……

李培没有挨到他老婆来。尽管他很想见见老婆，还很想瞧一眼儿子，但他没能做到，那口气一见到钟铁龙，就放心地飘走了，就跟一只断了线的风筝飘走了似的。

三六 小小

刘松木来了，陪着李培的老婆和儿子一起来的。是三狗打刘松木的叩机，让刘松木护送李培的老婆和儿子来的。刘松木因搞运输于早两个月配了只叩机，好便于那些需要车的人联系他。刘松木的叩机佩带在腰间没多久，上两个星期，刘松木出事了。

刘松木的货车撞了人。刘松木有了车就跟疯子样，常常开着车在马路上用白水话说"做死地飙"，跟开飞机样不顾一切。这是刘松木要抢生意。从白水县火车站运煤到铁矿厂，那段路全长有二十多公里，而运输是计件的，运一趟煤多少钱，少运一趟就少多少钱。这就让刘松木开车的速度很快，加上县城到铁矿厂这条公路除了他们这十几辆运煤或运冶炼的生铁上火车站外，没什么其他车，他于是将车开得更快，经常快得像一阵狂风刮过，让一些在路旁行走的农民吓得半死。终于就出事了。这天路上有些湿，下了雨。下雨时刘松木开车还是很注意的，但另一辆跑运输的货车企图超过他，这便让生性好斗的刘松木不爽，让他加快速度往前赶。在快驶到铁矿厂的那条公路上，有一个挑着一担小菜准备到铁矿厂卖的妇女，一时惊慌了，不知是进还是退好，而刘松木又刹不住车，于是朝那个妇女撞去，妇女的双腿被压断了。现在那妇女躺在县人民医院，生命危险是脱离了，但那双腿却被锯掉了。刘松木在家里霉了一向，跑运输所赚的钱都赔到那女人身上了。

李培在黄家镇的家没装电话，三狗打刘松木的叩机，刘松木回话时，三狗告诉刘松木说李培被长益市的黑社会砍了，现正处在死亡线上挣扎。三狗对刘松木说："你通知下小小，要她快带儿子一起来。拦一辆的士来，你护送他们母子。的士费由我这边付。"

刘松木放下电话就往李培家跑去。小小正在家里打麻将，两岁多的儿子坐在电视机前看电视。小小没上班了，在家里带孩子，李培每个月寄八百元回家，这够她和孩子吃缴了，于是她时常跟街上的几个妇女打麻将。刘松木说："嫂子，快快快，李培出事了。"

小小望着刘松木："你说什么？"

刘松木跑得急，就喘着气说："我也不清楚，大师兄打电话来，要我通知你快去。你准备一下，我去拦辆的士。"

刘松木说着就转身冲了出来。黄家镇的街上没有的士，只有一种叫做"叭叭叭"的三轮摩的，而且还是由两轮摩托车改装的。的士县城里才有。刘松木在街上站了气，终于看见了一辆的士，那的士开得很慢，是县城来的，想顺便带个回头客。刘松木拦下的士，对已牵着儿子走来的小小说："快上车。"

刘松木坐到驾驶座旁，待小小和她儿子坐好后，他才对司机说："快，快去长益市。"

的士司机说："这么晚了，都十点钟了，我不去。"

刘松木一把揪住司机的衣领，一个硕大的拳头就举了起来，"你去不去?"他命令的士司机说，"我又不是不给钱，你今天不去也要去，不然老子打死你。"

司机一见他的拳头捏得那么紧，怕了，说："两百块钱我就去。"

"快开，"刘松木说，又对小小说，"嫂子，不要急，也许事情没那么严重。"

小小急得哭了："这怎么得了啊，我旭旭还小啊。"

刘松木说："没事的，嫂子，我估计没事的。"

的士在刘松木和小小说话中迅速向长益市飙来了。

刘松木口袋里有一百七十块钱，全部给了的士司机。刘松木领着小小和抱着李培的儿子，快步走进了三医院的急诊室，还只是在走道上他就看见了钟铁龙、三狗和张兵。三个大男人看着小小和松木，三狗的嘴抽搐着，说话就结结巴巴："小小，李李培已经死死死了。"

小小哇的一声哭了，人就往地上一坐，捂着脸哭泣："呜呜呜呜李培啊，你不能丢下我和你儿子啊呜呜呜……"

钟铁龙的脸上遍布着泪痕，他对张兵说："张兵你扶小小去见李培的最后一面吧。"

张兵就过来扶起小小，边说："小小，事情既然如此，你就要坚强点。"

翌日中午，几个男人坐到了吉祥酒店的包房里。几个男人的心情都十分沉重，三狗脸上有很多懊悔，他埋怨自己说："要是我当时不解大溲，打架时我在场，李培就不可能死。"

钟铁龙心里十分难受，他觉得自己没法向李培的父母交代，他昨晚一夜失眠，脑海里尽是他和李培从小到大的生活，有的早已忘记了的事情，也被他一点点地回忆起来了，比如两人曾经在一农家前偷橘子的事，又比如两人曾在学校后面的菜地里挖红萝卜吃的事等。他看着三狗说："你也不要太责怪自己了。"他把目光放到石小刚脸上，说："小刚，我们不能不管李培的遗孀和儿子，你这两天去市内的房地产公司看看，看有没有两室两厅一类的房子，买了，简单地装修下，再买些好点的家具，彩电冰箱洗衣机什么的都要买齐，给李培的老婆和儿子住。最好是离小学校近一点，便于她儿子以后上学。"

石小刚忙表态道："没问题。我下午就去问。"

钟铁龙又望着三狗说："我决定待小小的情绪稳定下来后，让她到银元娱乐城收银，她以前是镇百货商店的营业员。每个月给她两千元，不能让他们母子过紧巴巴的生活。"

石小刚很欣赏钟铁龙这么做地瞥着钟铁龙说："我赞成钟铁龙的决定。"

钟铁龙昨晚把这事想了个透，只有这样做才会有一种凝聚力，不然，谁会舍生忘死地为他卖命？只有这样做，石小刚、三狗和张兵才不会有后顾之忧，大家才能拧成一股力量，一起朝前走。他瞟了眼大家，从他们脸上，他看到了信赖和喜悦，就觉得他的思想是对的，这要得益于《史记》那本书，好的力量是能让人为你赴死的。他又说："我们一定要坚持这样做下去，直到小马和李培的儿女参加工作为止。都是朋友，我们要团结一致。"

三狗笑笑，看钟铁龙的目光就露出了钦佩，就跟屋前的笋子露出了尖角似的。他说："李培在九泉之下也会笑。"

钟铁龙喝了口啤酒，说："李培死了，我觉得我最对不起蒋老师。我都不敢面对蒋老师，我们读小学时唱的第一首歌就是李培的妈妈蒋老师教的，就是那首《听妈妈讲那过去的事情》，我一直记得。李培死了，我都不知怎么开口说。"

几个男人一边吃饭，一边说着这些事。

吃过饭，大家又各忙各的了，李培的尸体仍存放在医院的停尸间，因为得让李培的父母见李培最后一面，然后才好运去烧。张兵的老婆此刻正陪着李培的父母和小小的父母往长益市来。小小在银城大酒店住着，不肯吃东西，沉迷在一片悲伤的浓雾中。

刘松木没事，准备去接李培的父母。钟铁龙问刘松木："你身上还有钱没有？"

刘松木惭愧道："没有。"

钟铁龙就打开皮包，拿出两千元，说："你先拿着用。"

刘松木接了，钟铁龙说："听三狗说你的货车压了一个农村妇女？"

刘松木一脸烦躁和惭愧道："我真背时，把我这一年跑运输的钱全部贴进去了。"

钟铁龙笑笑："说了要你小心，你就是毛糙。"

南区公安分局的李局长陪市局的陈大队长来了。李局长就是与钟铁龙关系密切的李所长。李局长是个能见风使舵的会钻营的能人，关局长一死，他就积极活动，跑宋局长家，跑刘副局长家，当然就跑到南区公安分局任局长了。李局长走马上任的第一天，便陪陈大队来调查那几个用刀子捅死李培的人。三狗被陈大队叫去问话了，两个于打架时在袖手旁观的保安也被叫到陈大队面前描述那几个用刀子捅李培

263

的人的特征。妈咪也接受了调查，妈咪说："就是先几天来的那帮人中的几个。"

陈大队问："他们长什么模样？"

妈咪说："什么模样，还不是社会二流子模样！他们是来吵事的。只要把他们的主谋姓关的抓来一问，那几个人就出来了。"

李局长说："我们问了关伟，他说不是他的人干的，他根本就不晓得这事。"

妈咪说："就是他们，我至少可以肯定有两个人和姓关的是朋友，他们曾经一起来唱过卡拉OK，是我给他们安排小姐的。"

陈大队想这个关伟就是不听劝，自以为是，把自己做长益市的老大看，现在弄出这么大的事来了，看他怎么收场！陈大队不是那种在工作上营私舞弊的人，他的心跟明镜似的，从不在是非问题上退让半步，哪怕对方再有权势。陈大队一听说银元卡拉OK娱乐城发生了命案，他第一个反应就想到了关伟，关伟是什么人他太了解了，就打了关伟的手机。关伟回答他，说他在浏阳，他现在还在浏阳大围山住着，他保证这事与他无关。关伟还说："抓人要有证据，我没犯法你抓我，那你就是滥用职权。"陈大队回答妈咪道："我问过关伟，关伟当天在浏阳大围山。他不知道这事。"

妈咪一听陈大队这么说，霍地起身走了，走出来对钟铁龙和三狗说："我早就晓得他们只是来做样子，他们一定得了那边的好处，明摆着是那帮人搞的，他们还来调查。"

妈咪还不屑道："那个姓陈的队长，一脸不信任人的样子，真是警匪一家。"

陈大队和李局长走了来，陈大队听见妈咪说"警匪一家"，就瞪妈咪一眼，"我警告你，不要造谣生非，这对你没好处。"陈大队对妈咪说，"什么警匪一家？抓人要讲证据，你再这么胡说八道，我先把你抓起来。"

妈咪不敢吭声了。

陈大队这才看着钟铁龙和三狗，说："钟铁龙，我也警告你，不要报什么仇啊。"陈大队扫一眼钟铁龙，目光还是那般生硬，"人命关天的事我们会查到底，你不要逞能。"

"我相信你们会揪出凶手的。"钟铁龙对陈大队和李局长说。

陈大队又盯一眼钟铁龙，说："犯罪分子跑得再远，跑到天上去我也要将他绳之以法。"他脸上一脸蔑视，"凡是敢与法律对抗的人，最终都没有好下场！"

钟铁龙觉得陈大队这句话是一语双关的，有一半是针对他说的，他心里一紧，想这个陈大队真可怕，仿佛是他天生的死敌，他表态道："你放心，我们外地人不敢跟本地人斗。"

李局长走时神气地对钟铁龙说："好好做你们的生意，别给我惹事。"

陈大队和李局长走后，钟铁龙想李局长这人既贪财又贪权，好对付，陈大队这样的人就黏不上去，他长着一双鹰眼，阴森、尖锐、厉害，这人仿佛置身于权势与财富之外，似乎有一副攻不破的金钟罩护着他似的。他想不出怎么对付这个人，每当这个人出现，他的心就发颤，难道真的是龙虎相克？他对三狗说："这事给我提了个醒，打虎还需亲兄弟。"他是指两个保安站在那儿袖手旁观一事，"我们到白水招十二个保安来，家乡人才会为家乡人出力。当年曾国藩打太平天国军，就是招的家乡人打仗。"

三狗说："那我回白水招十二名保安，明天我要回白水，参加李培的追悼会。"

李培已烧成灰运回白水了。昨天下午走的，包了辆日本面包车，刘松木和张兵一并陪李培的家人回了黄家镇。一个大活人来，一盒骨灰回去，这让钟铁龙心里很不是滋味。他对三狗说："明天下午我们一起回去，坐我的车回去。"

刘松木忙了整整一天。他累得腿都酸了。他请来了镇上专做丧事的一班人，又亲自为灵堂搭棚，搭好棚，又忙着替李培的父母招呼来来去去的人。他这两天根本没合眼，不是陪李培的父母就是同张兵说话，还要向一个个来咨询李培死因的同学和邻居讲述李培的死。他累得灰头灰脑的，以致开追悼会时，他几乎站着就睡了过去，像匹马样。追悼会结束，鞭炮声雷鸣，他这才惊醒，忙睁着一双猩红的眼睛左右张望。

钟铁龙指出说："你刚才站着都睡着了。"

刘松木抽口气："我刚才是打了个盹。想不到李培死了。"他抬头看着挂在灵堂上的李培的遗像，遗像框上扎着黑绸子，李培微笑地盯着前面。这是小小从相册里找出的李培的头像翻拍放大的，是去年李培办摩托车驾驶证时照的，没想摩托车还没买，像就成了遗像。

刘松木停顿了片刻，忽然瞅着钟铁龙说："李培是我们最好的朋友，你说是么？"

钟铁龙的眼皮跳了下，说："是的，李培这人很义气。"

刘松木脸上的表情很坚决："我一定要为李培报仇。"

钟铁龙也把目光放到李培的遗像上，他脑海里出现了他和李培的高中时代。读高中时，他和李培都受香港电视连续剧《霍元甲》的影响，都想成为霍元甲，他自然就很少做家庭作业。有天，班主任李老师发火了，铁青着脸走进教室，因为很多老师当着学校领导的面向他反映，说"李老师，你们班上那个叫钟铁龙的男学生老是缺交作业"。李老师是个自认为很有魄力的人，然而在任课老师眼里，好像他拿这个学生没办法似的，便决定拿点颜色给钟铁龙瞧瞧。他一站到讲台上，把桌子一拍，阴着脸说："你出去，钟铁龙同学。"

钟铁龙没想到李老师会这么凶他，这让已学会了要面子的钟铁龙觉得李老师是拿他"杀鸡给猴子看"。钟铁龙觉得自己不是"鸡"，就不动，望着李老师，心肺里的血却往脑海里涌。李老师又粗声说："钟铁龙，你听见没有？我叫你出去!"

钟铁龙没动窝。

李老师黑着脸走到钟铁龙的座位前，厉声说："你这么大一个人了，不要我拖你吧?"

钟铁龙本来是想走的，听李老师这么一说，就不好走了，因为他暗恋的李秋燕正用一双美丽的大眼睛瞪着他。他眼睛的余光看见了那双明亮的大眼睛。他觉得不能在这双大眼睛面前丢掉男子汉气概，就涨红了脸地望着李老师说："你敢拖。"

李老师是名男老师，身材高大，伸手就来抓钟铁龙。钟铁龙顺手一拉，李老师就跌倒在地了，为此额头砸在课桌上砸得嘭的一响，随后又在地上砸了下。李老师没想到自己会跌倒得这么快和这么惨！李老师揉着自己的额头，脸变得铁青，他晓得钟铁龙跟着体育老师黄老师练武，他对一旁的学生说："把体育老师黄老师叫来。"那学生就跑出了教室，当然就叫来了黄老师，黄老师就把他的弟子拎出了教室，让他在太阳下暴晒了整整一个下午。他因打老师，受了"开除学籍留校察看"的处分。处分是当着全校师生宣布的，当广播体操做完后，教育处主任站到台前训话，大讲尊师爱友的传统美德，然后宣布学校对钟铁龙同学的处分："开除学籍留校察看一学期。"那一刻，认识他的同学和老师都用某种目光盯着他，那些目光如雨滴打在他身上，把他浑身淋得透湿，也把他的心淋得很硬。

李老师再走进教室时，就开始孤立他了。他深刻记得，李老师说："同学们，你们要擦亮眼睛，不要跟连老师都敢打的恶徒为伍。"这话从李老师嘴里说出来，他自然就是个"恶徒"了。从此，全班只有一个同学愿意跟他玩，就是李培。李培是班上的劳动委员，因为他执意要跟钟铁龙玩，劳动委员被李老师撤了。李培就更加坚决地跟钟铁龙玩。一下课，李培就走到他桌前，邀他出教室。假如碰巧被李老师看见，李培就做出极为亲热的样子搂着钟铁龙，这让钟铁龙实在受不了。钟铁龙会揎开李培说："我又不是妹子，你不要抱啊搂的。"

李培就笑，不恼。读高中的时候，李培脸上率先长了胡子，他体内的雄性荷尔蒙像流窜犯样跑到他脸上来了，还长了很多青春痘痘。李培长一双三角眼，小时候还不怎么三角，后来越来越三角了。这双三角眼时常留意着钟铁龙，于是他发现了钟铁龙的秘密。一天放学，两人在路上缓缓走着，前面就走着李秋燕。李培笑着说："钟铁龙，我晓得你喜欢哪个。"

十六岁的钟铁龙看一眼李培说："我喜欢哪个?"

李培狡猾地眨一下三角眼："我晓得但我不敢说，我怕你打我。"

钟铁龙撇下嘴说："废话，我打你？"

"你万一打人呢？我又没你会打。"

"你说，畜生打你。"

李培一笑，看着和几个女同学走在前面的李秋燕说："我晓得你喜欢李秋燕。"

钟铁龙哈哈一笑："笑话，我喜欢她？"

"你的眼睛告诉我你喜欢她。"

钟铁龙很是吃惊，否认说："你不要瞎猜。"

"好多同学都是这么说，说你癞蛤蟆想吃天鹅肉。"

钟铁龙听了这话极不舒服，说："李秋燕有什么了不起？不就是一个妹子！"

李培看着钟铁龙笑："她是班上最漂亮的妹子，这你得承认。"

"我不觉得李秋燕漂亮。"

"那你觉得哪个漂亮？高玫漂亮还是黄艳漂亮？"

"高玫长一张柿饼脸，黄艳太肥了。"

李培就得意道："那就是说，在你心中还是李秋燕最漂亮。"

钟铁龙望着天空说："不，我不觉得哪个漂亮。"

后来读高二，大哥钟唤龙见他还沉迷在练武上，便告诫他说："你这样下去，我怀疑你高中都毕不了业！没有高中文凭，你以后怎么找工作？"当时钟铁龙也有紧迫感了，同学们都在狂搞学习，李培也要他听课，要他搞学习，说"你不懂，我可以帮你"。他便把霍元甲的梦放到一边，开始大张旗鼓地搞学习了。读高二时，他的化学课本都没打开过，拿出来复习时还是新的。李培是化学课代表，有很好的化学基础，又喜欢卖弄他的化学知识，他就让李培卖弄。"李培，这个题目怎么做？"

李培看一眼说："这太简单了。"

他又问另一个题目，李培又扫一眼说："这太简单了。"

结果那个学期的期末考试，他的化学考了八十三分，而李培只考了八十一分。李培都不敢相信，以为试卷看错了，跑去查试卷，结果没错，李培就望着钟铁龙说："真是徒弟打师傅啊。我辅导了你，你居然考得比我的分数还高。"

钟铁龙想到这里，脑海里就有很多忧伤，鼻子都酸了，这个对他说"真是徒弟打师傅"的人，成了一盒冰凉的骨灰，骨灰就搁在桌子上！他悲愤地对刘松木说："松木，我们绝不能让李培白死，这个仇一定要报！不然怎么对得起李培的父母？！"

李培的父母就坐在一旁的房子里。李培的父母已经被李培的死打"趴"了，蒋老师的喉咙已哭嘶了，说话都困难了，脸上一大片悲痛像地上一地的瓜子壳样。老实说，蒋老师有点怪钟铁龙，事先她就反对李培跟着钟铁龙去长益市。她希望她的儿子能守在她身边，她曾对李培说："你不要去，就在街上开个小店子，有饭吃就行了。"李培曾经把他母亲的话告诉过钟铁龙，李培死后李培的母亲就不断地重复着这话，这让钟铁龙觉得自己真没脸见蒋老师。张兵从一旁的房子里走出来，望着他，他问："蒋老师现在好些了吗？"

张兵说："她还是晕晕乎乎的样子。"

钟铁龙走进了那间房，蒋老师望着他，没理他。蒋老师这几天头发白了很多，看上去老了许多似的。钟铁龙有一种愧疚感。李培的父亲坐在一旁，手里夹支烟，手在微微颤抖。钟铁龙注意到了这个细节，心里就深深地对这个老人生出了几分怜悯。他对老人说："李伯伯，我们一定会把凶手找到的。"

李培的父亲叹口气，还是那句话："怎么他就死了呢？"钟铁龙面对这个老人，心里又腾起了一股歉疚，犹如车轮卷起了一片灰尘。"我们不会让李培白死的，您老放心。"

张兵也说："我们会把凶手绳之以法，绝不会不管。"

松木说："李伯伯，您不要太伤心了，我们都是您的儿子。"

钟铁龙觉得松木这句话说得好，忙说："我们都是您的儿子。"

李伯伯那张皱纹错综复杂的老脸上一派茫然，仿佛岩壁上长满了涩涩的青苔，他自言自语道："李培的儿子还小啊，这么小就没了爸爸，叫他以后怎么办啊，唉。"

钟铁龙知道李培的父亲很担心孙子，忙道："您放心，我们会将李培的儿子抚养大。"

钟铁龙再次觉得自己很对不起两位老人。他们其实也不是很老，蒋老师还没到六十，李伯伯好像是快六十岁了。但两人唯一的儿子突然死于非命，这把两位老人打倒了。钟铁龙攥紧拳头，走出来，走到灯光照不到的一隅蹲下。他想假如遗像上的照片是他钟铁龙，他父母也会悲伤，但他父母至少还有他大哥，而李培的父母却成了孤独的老人……

刘松木走到他一旁，蹲下，问："你有什么主意？"

钟铁龙低下头："我一时还没想好，如果我们去找那个姓关的打复架，出了人命，那我们就全军覆没了，现在长益市公安局的人正盯着我们。有一个姓陈的公安，是长益市刑侦大队的大队长，很厉害，我不想落在他手上。"

刘松木气呼呼地说："那就让李培白死了？"

钟铁龙说："当然不是。"他于夜色中看一眼刘松木，见刘松木那张棱角分明的脸上布着许多愤恨，就拍了下刘松木的肩，说："李培有你这样的朋友，不会白死。"

次日，一行人把李培的骨灰送到墓地，安葬完，钟铁龙就在呜呜呜的哭声中走了。他无法承受来自街坊邻舍的压力，那些压力都来自遣责的目光，他活着，他的同学、朋友李培却死了，这让街坊们觉得不应该是这样。我一定要干掉那个姓关的，他心里说。傍晚，他的车开到了银元娱乐城前，银元娱乐城安安静静的。三狗提前回来了。娱乐城里换了保安，是三狗从白水县武术馆带来的，个个都年轻，且很精神。三狗对他们一招手，门厅里的四个保安就走了上来，三狗向保安介绍说："这是钟总，我们的老总。"

钟铁龙摆摆手，向楼上三狗的总经理室走去，妈咪正下楼，碰见他就对他笑。这几天妈咪在这里守着，他问妈咪："这几天公安来查没有？"

"没来。"

钟铁龙又问："那些人还来吵没有？"

妈咪不屑道："那他们还敢来？杀了人，都怕抓呢，都跑得没影了。"

钟铁龙走进总经理室坐下，发现三狗的办公桌上多了只船，船占了半边桌子，竹子织的船，有众多桅杆，船头尖尖的，翘得很高，像一只古船，船舱前有用竹子雕刻的一个个卫士站岗，卫士都手执大刀和利剑。钟铁龙仔细打量了这只工艺品，问三狗："你买的？"

三狗说："力总送的。"

钟铁龙看着三狗，又看着船，三狗说："力总说他总觉得我办公室里少了什么东西，有次他和龙行长、刘总他们在这里打牌，力总说，下次他送条船给我。早两天力总来玩，把船带来了。力总说，每个男人都是一条船，都载着满船的货物，财富、梦想、欲望都装在船上，做生意就跟在江河里行船一样，要小心，不然，船就沉了。"

钟铁龙体会着这番话，三狗又说："力总说，过去有很多老板，赚了几个钱就眼睛望着天，不小心行船，结果触了礁，沉了，不触礁才能一帆风顺。"

"难怪力总、王总都把船摆在显眼的地方，原来寓意蛮深的，是提醒自己。"钟铁龙说，边拨打南区分局李局长的手机，李局长接了。钟铁龙说："李局长，凶手抓到没有？"

李局长说："凶手跑了，陈大队说对你弟兄动刀的三个人都跑了。"

"那些吵事的就不追究了？"

"怎么追究？"李局长说，"他们又没犯大法，关一关，还不是要放人。"

钟铁龙啪地按燃打火机，点上烟，一口烟吐到桌上，烟在竹船上缓缓散开，他抚摸着船体，边说："我的人不会白死吧李局长？"

李局长说："拿刀砍死李培的是三人，一个叫辉哥、一个叫马宇，还一个叫郑宝，那个郑宝本来就有命案在身。他们当天就跑了，一些人交代，他们跑到福建去了。"

钟铁龙觉得李培死得冤地攥紧拳头道："就这么让他们跑了？"

"陈大队和负责办案的高军已赴福建了，我们分局的刑侦队也去了人。"

钟铁龙问："那个关伟呢？你们打算怎么处理？"

"关伟没犯罪，那天他在浏阳大围山，有不在场的证人。"

钟铁龙说："他是主谋，那些人都是他的弟兄，是他叫来闹事的。"

"这事我们清楚，但关伟说他并没叫他们杀人，他只是要他们来吵你们的生意。关伟说是你杀了他叔叔关局长。"

钟铁龙听了这话，心头一噤，说："我没杀，他叔叔是马新杀的。"他看着船上的桅杆，想如果是死的别人，他就算了，但他已经对着李培的遗像发了誓，不能让李培就这么白死。他说："李局长，你们是不是把关伟放了？"

李局长在手机里说："我们只是要求他配合调查，人又不是他杀的，没抓他。"

三七　金圣大酒店

关伟站在窗前，从他房间的窗户望出去，可以看见银元娱乐城。他一旁站着长相威猛的李东，李东为了体现威猛，脸上的胡子都没刮，因而一张脸黑森森的，仿佛是一座森林，似乎有山岚从这森林里飘出来样。李东手上握把锋利的砍刀，眼睛也盯着银元娱乐城。辉哥和马宇不敢来金圣大酒店了，李培的死与他们有关，他们怕公安突然闯进金圣大酒店抓人，两人便躲在一朋友家。李东那天没参加杀害李培的行动，那天他在洗脚按摩城管事，假如他当时也在，他肯定也动刀子了，他自视不是那种袖手旁观的人。他偏过头看着关伟，关伟却仇恨地盯着银元娱乐城，叔叔的死让他很想把银元娱乐城夷为平地。"老子叔叔一世正直，正直得连我这个侄儿送的钱他都不接，却死在这帮外地鳖手上，你说我的脸往哪里放？"他掉头望着李东，"我不把那个姓钟的搞死，我就不是关伟。"

李东说："伟哥，真要搞就喊住在河边上的那帮弟兄搞。"

"那帮弟兄敢砍人？"关伟问李东。

"敢，那帮弟兄个个身上都带刀。只是这样一闹，我们在长益市就待不下去了。"李东说，"那个陈大队是个六亲不认的公安，那天陈大队说了，我们再闹事，就都抓起来。"

关伟被陈大队训斥了一顿，也知道陈大队跟他叔叔样是不讲情面的。他曾经塞钱给陈大队，陈大队一分不收地退了。过年时，他利用过年的由头提了几条中华烟去陈大队家拜年，陈大队硬是没要，让他把烟拎走了，还说"如果你这样做，我们连朋友都做不成了"，这是陈大队的原话。关伟想要是他把银元娱乐城搞了个天翻地覆，那他真的在长益市待不下去了，便恨恨地说："我们去云南，以前跟辉哥玩的一个朋友，现在在金三角一带贩毒。"

　　李东说："贩毒是提着脑袋跑，搞不好要掉脑袋的。"

　　"怕卵，老话说，富贵险中求，"关伟说，"掉了脑袋也只碗口大的疤。"

　　电话响了，李东走过去接，是马宇打来的。李东说："马宇，正好，你是住在河边上的，伟哥要调用你那帮弟兄。"

　　关伟走过来，一屁股坐到床上，说："你现在还和河边上的那帮弟兄联系吗马宇？"

　　马宇在电话那头说："随时都可以联系，一个电话就可以把人调来。"

　　关伟嘿嘿嘿一笑："他们敢砍人吗？"

　　马宇说："他们都是些不怕事的，个个身上都有'醒头'。只是会要有点钱。"

　　关伟说："钱肯定要给，你问问砍一个人他们要好多钱。"

　　马宇说："那我问了再打电话告诉你。哦，我特意告诉你，马叫鸡死在监狱里了。"

　　关伟半天没说话，他昨天晚上还跟李东讨论用什么方法才能让马叫鸡说实话，今天却听到这样的噩耗。他问："马叫鸡是什么时候死的？"

　　马宇说："早两天死的，死在监狱的医务室，一个搞保外就医的朋友说的。"

　　关伟没说话，马宇又道："听那个人说，马叫鸡是自己拔掉输氧管和输液管死的。"

　　关伟感叹说："我还真错看了他，这个马叫鸡还真是一头义道的猪。"

　　关伟放下话筒，脸上冒出一股莫名的杀气。"马叫鸡死了，"他对李东说，"那个姓钟的可以高枕无忧了。他妈的，把那个姓钟的和姓黄的砍了，我们就走人，去云南。"

　　李东说："马叫鸡死了？"

　　"刚才马宇告诉我的。"关伟说，他不愿意再提马叫鸡，"我们这几天找个买主，把金圣洗脚城折价卖给他，把银行里的钱都取出来。砍了银元娱乐城，我们就溜之大吉。"

　　"伟哥你不要出面，事情我一个人搞，你就在洗脚城等我的好消息。"

　　关伟已经被陈大队警告过，再用这一招，陈大队是不会理睬的。关伟不像李东

271

他们头脑简单，他脑海里有了主意。"不行，在洗脚城不行。我想避嫌的最好的办法就是请陈大队吃饭，我跟陈大队边吃饭，边汇报思想谈人生，搞点幽默的，让他们哭笑不得。"

李东赞成地点头，嘿嘿嘿大笑："你先把陈大队约好，你哪天约好了陈大队，我们就哪天动手。这样，陈大队至少不会找你的麻烦。"

"陈大队是我叔叔的老部下，跟我叔叔一样，也有一身很让人头痛的正气，但这样的人有一点好，就是他不是那种只认头衔的势利小人，我约他，他应该会给我面子。"

电话响了，马宇打来的，马宇在电话里说："我跟河边上的猴子说了，他说伟哥是他们尊敬的大哥，伟哥的事他们也听说了，不要钱，只要你用得着他们，他们随时听你调遣。"

关伟很高兴，嘿嘿嘿嘿笑着，觉得自己的名声还是有点用的，便说："你代我谢谢他们，钱是肯定要给的。我明天就要李东送十万给你，你去给他们。事后，我再付十万。"

马宇说："那我明天就把十万块钱给他们，要他们做好准备。"

关伟放下电话，起身走到窗前，眼睛就盯着银元娱乐城，问李东："把手机给我。"

李东把手机给他，他按了陈大队的手机号，通了，陈大队接了："你这鬼什么事？"

关伟说："什么时候请你吃餐饭吧？我们谈谈心。"

陈大队听关伟说要找他谈心就笑："辉哥和马宇有消息了？"

"没有消息。"

陈大队说："你要辉哥和马宇主动投案自首，争取宽大处理。"

"我真的不知道他们，我还要找他们，劝他们来投案自首，争取保命。"

陈大队说："关伟，我要提醒你，什么事情都有个度，过了那个度，再好的朋友我也是公事公办。我这人你应该了解，软硬不吃。你要是晓得他们的下落，你就劝他们来投案。"

"我真的不晓得他们的去向，他们也不敢跟我联系。你什么时候有空我请你吃饭？"

陈大队说："你又打什么歪主意？我这几天在调查一宗大案，等忙了这阵吧。"

关伟和李东于这天下午走出金圣大酒店，开着宝马车驶到了湘江边上，两人下车，走到一片柳树林前，柳树林里有竹躺椅，供到江边的游人休息。关伟在一处躺椅上躺下，面对着湘江。湘江水于这一天碧清碧清，能见度也远，对岸的房屋、树

272

木和电线杆都尽收眼底。有个穿灰色西装的壮汉和一个着黑西装的高个头男人缓缓走来，边走边东张西望。李东对壮汉和高个男人招手，边对关伟说："辉哥和马宇来了。"

关伟就把头偏过去，当然就看见了他这两个兄弟。辉哥看见关伟很高兴，跑上来笑着说："老子天天缩在屋里不敢出去，人都缩出病来了。"

"公安局的在找你们，你不缩在屋里，难道被他们抓到监狱里好过些？"关伟说。

辉哥脸上一脸无奈："天天闷在屋里人会废了去。我这样的人活动惯了，一天不出门就心慌。在家里整整缩了一个月，腿脚都缩麻了。"他说着就活动着手脚。

马宇左右望望，不见有人跟踪他们，这才在另一张躺椅上坐下，望着关伟表白："这段时间什么都没搞，女人也没碰，身上一身的力气，都想去强奸了。"

关伟笑，觉得马宇这个兄弟勇猛敢干，是那种能替他挡子弹的人，就笑："马宇你这人最大的优点就是义道，最大的缺点就是没脑子。"

马宇说："要脑子干什么？嘴巴有饭吃就行了。"

四个男人坐或躺在柳树林里，抽着烟，说着话。天色有些阴了，有一种要下雨的迹象。没几分钟，雨卜卜来了，打在他们身上。关伟穿一身白西装，见下雨了，就起身说："走，找个店子喝酒去。"

四个男人走进一家小酒店，要了个包房，关伟坐下，李东、辉哥和马宇才相继坐下。酒店的服务员为他们泡了茶，关伟点了菜，服务员退出去，四个男人就喝着茶。外面下着雨，雨越下越大，天一下子就黑透了。关伟说："你们不能在长益市待了，干脆我们一起去云南那边打天下。在外面混几年，等风声过去了，再回来。嗯？"

辉哥赞成道："好啊，我喜欢云南，云南好玩多了。"

马宇说："那我们就跟着伟哥去云南混，你去哪里，我们就跟到哪里。"

关伟打量马宇，马宇铁塔一样，说话喉咙很粗，直来直去，不跟你转弯，关伟就喜欢他这样的人，好驾驭，就嘿嘿嘿笑："马宇，你这个兄弟我认定了。"

菜上来了，一大盆水煮活鱼，酒也开了，关伟把五粮液酒放到鼻子前闻了闻，说："这酒真香。"他说毕，就亲自为辉哥和马宇、李东倒酒。"我们四个人不能分开，一分开就郁闷。这是不是有同性恋倾向啊你们说？"

"这是因为我们都看重朋友，"马宇说，"我是把朋友放在第一的，我曾经想过，如果我的朋友和我的女朋友同时遇到危险，我会先救哪一个？"他把目光放到李东和辉哥脸上，然后才将他那认真严肃的目光掷到关伟脸上，"我会先救朋友。"他很义气的样子又说："女人我可以舍弃，女人哪里都有，但朋友失去一个就是一个。所以在那种情况下，我会先救朋友。"

"说得好，"关伟表扬他，"这才是男人。来，我敬你一口。"

马宇就一仰脖子，把那杯酒倒进喉咙，将杯子翻过来给关伟看。关伟没把酒喝完，很欣赏他的样子说："过几天，我把陈大队约好，你就带着河边上的那帮弟兄去摆平他们。"

"没问题，保证要他们一个个趴下。"马宇笑着，快活地一拳击在桌上，把桌上的碗筷和酒杯击得全蹦了下，"警察来以前，我们保证跑人。"

辉哥也说："110的警察赶到那里，至少要五分钟，从接到报警到调动警力出动，包括在路上的行车时间，没五分钟是不行的。我们有两分钟，什么事情都干完了。"

"好，"关伟举起酒杯，开心道："你们自己要把时间掐准，一旦落在警察手中就出不来了，因为你们有一条命案在身，所以一切行动不能超过三分钟。来，喝酒。"

四个人碰了杯，饮了口酒，关伟又说："我那天和李东陪陈大队喝酒，到时候看他们怎么说。不搞死他们，我不甘心，喝酒！"

马宇说："我马宇为伟哥甘愿肝脑涂地。"

关伟听他这么表决心，想这个马宇真是个义种，一个男人非得有几个这样的朋友替他卖命才能成功。他嘻嘻一笑，对马宇说："莫说得这么惨烈，要朝好的方面想。肝脑涂地我不需要，但你马宇能这么说，我关伟很开心。来，我单独敬你。"

马宇端起酒杯，一仰脖子，一杯酒就尽数倒进了咽喉。关伟想这个马宇应该属于张飞那类人，要好好待他。"到时候我们一起去云南搞路，"关伟说，"你们都是我的好兄弟。"

郑小玲炖了只乌鸡，打钟铁龙的手机说她炖了只乌鸡，放了枸杞子和桂圆肉，特意为他炖的。郑小玲在手机里说"老公，我想你了"。钟铁龙觉得不能辜负老婆的一片心意，就回家了。饭吃到一半，手机响了，龙行长打来电话，告诉他有几个朋友要来银元娱乐城唱歌。钟铁龙合上手机，看着郑小玲说："我今天本打算陪你的，但龙行长要我去，我不能不去。"

郑小玲就笑，在他脸上戳了下："你去吧，不准在外面搞女人。"

"怎么会？你是全世界最好的女人，也是最好的老婆。"钟铁龙觉得郑小玲不但温柔，还很支持他，就表扬她说，"我永远爱你。"

郑小玲就当着儿子的面在他脸上亲了口："我只爱你。"

保姆从厨房走出来，看见了，笑。郑小玲说："去吧，开车要注意安全。"

钟铁龙开着车到达银元娱乐城时，已是八点钟，这时候夜生活还只是刚刚拉开序幕。华灯初上，使这座城市的夜色多了几分神秘和妖娆。钟铁龙停车时，留意到银元娱乐城前聚集着一些年轻人，有十来个。钟铁龙从车窗里望出去，见那些人的目光落到了他车上。他想不会是又来吵事吧？那他们胆子也太大了。他下车，步伐警惕地向银元娱乐城的大门迈去。三狗正在大厅里跟几个来玩的年轻人说话，见钟铁龙走来，又见钟铁龙身后，那几个让他心生戒备的年轻人一窝蜂地拥进，就快步向钟铁龙迈去。其中一人拔出了砍刀，那个人是辉哥，三狗曾经阻止他欺负女大学生小赵。三狗大声说："龙哥注意。"

　　钟铁龙早注意了，一脚把辉哥手中的刀踢掉了。辉哥身体歪了下，没倒，瞪着他，要捡地上的刀。马宇从银元娱乐城里跑出来，大叫"发生什么事了"，他想采用捅死李培的套路。但钟铁龙不是李培，眼睛的余光就落在马宇身上。马宇的手藏在背后，手上拎着砍刀。钟铁龙想不能让他从背后或侧面砍他，忙退到壁前站着，三狗护在他身前。马宇见自己的计策不起作用，索性挥刀向钟铁龙砍来，钟铁龙一闪身，一把逮住马宇握刀的手臂，转身一个背包就把马宇摔在地上。辉哥捡起刀又朝钟铁龙砍来。三狗就跟李连杰样，一脚踹开辉哥，又一脚踢开了另一个舞着砍刀砍来的年轻人。马宇爬起身，叫了声"弟兄们砍死他们"，握着刀又朝钟铁龙砍来，三狗一脚踢在马宇的肚子上，把马宇踢倒了。马宇仍号召他叫来的河边上的那帮人道："给我砍死他们。"

　　十几把刀举了起来，拥上来要砍人。

　　三狗和钟铁龙退到了楼梯口旁，楼梯口旁倒放着两支拖把，三狗拾起一支，打掉了冲上来要砍他们的一个小混混手上的刀。钟铁龙捡起另一支拖把，那拖把上还沾着脏水，湿漉漉的。钟铁龙一拖把把冲上来的辉哥打得身体一歪，马宇举着砍刀再次向他劈来，钟铁龙一拖把打在马宇脸上。三狗又在马宇脑袋上加了一拖把，马宇叫了声"哎哟"。另一流氓大步赶过来，手上的砍刀就朝三狗脸上劈。三狗一脚踢在对方裆下，对方惨叫了声，捂着下身蹲在地上打滚。辉哥又举着刀冲上来，三狗的腿功非常好，一脚踢在辉哥腋下，辉哥手中的刀哐当一声掉到了地上。十几个人没法一齐冲上来，只能两三个两三个地往前冲，然而没有一个手中的刀伤着了钟铁龙和三狗。他们就举刀乱砍，倒是砍伤了另外几个刚招来不久的保安，他们都是白水县武术馆出来的尖子，但学艺不精，也许是太想表现自己的勇猛了，有两个就挨了两刀，都是情急中本能地用胳膊去挡而砍在胳膊上的。还有一个年轻客人被这些流氓误以为是银元娱乐城的工作人员，因为他穿得太职业了，因而平白无故地挨了两刀，手臂上挨了一刀，肩上挨了一刀。他叫道："你们砍我干吗？我是看热闹的。"

那些人听他这么说，犹豫了下，就没再砍这个看热闹的客人。110的警察赶来以前，这群流氓便散了。他们是掐了时间的，知道110的警察快来了，马宇吆喝一声"走"，这群人就迅速撤了。大家还没反应过来，人就一个都不见了。110的警察赶来时，大厅里只剩了三个受伤的，其中那客人感到最冤枉，他捂着流血的伤口叫屈道："关我什么事呢？我只是走上来看热闹，一句多话都没说就被他们砍了，真是地道的流氓。"

110的警察说："多话不要说了，快去医院包扎。"

钟铁龙让三狗快带这个客人和那两名受伤的保安去医院，钟铁龙对两个保安说："兄弟，你们是好样的，快跟着黄总去医院。"

李局长也乘警车来了，他问钟铁龙："是什么人来砸你的场子？"

钟铁龙纠正李局长的话说："不是砸场子，是来杀人。假如我手脚不灵敏，不是黄总有武功，保护找，我早被他们砍死了，不信你可以问我们娱乐城的工作人员。"

李局长扫一眼一旁的几名围着他们的工作人员，几个工作人员都说："他们是来杀人的，个个手上都拿着很长一把的砍刀，刀刀都要砍我们钟总和黄总。"

李局长觉得问题严重道："都是些什么人？"

"就是一个月前杀李培的那帮人，"妈咪冲向前说，"那两个拿刀想砍我们钟总和黄总的人我认识，他们曾和关老板多次来吵事，是关伟的手下。"

110警察在本子上记下了关伟的名字，说："我们会抓到他们的，这还得了！"

李局长瞟一眼妈咪："你是说关伟当时也在场？"

"关伟倒是没看见，"妈咪说，"但那几个人绝对是他的手下。"

李局长望一眼钟铁龙，说："我们会调查的，如果是关伟，我们绝不会放过他。"

三八　刘松木

关伟没一点事，他那天晚上和李东在蓝天大酒店宴请陈大队及陈大队的两名手下喝酒、聊天直到十点钟，陈大队还有陈大队的两名手下可以证明。这是李局长于次日下午在电话里告诉钟铁龙的。"关伟说，他根本就不晓得那两个人还在长益市，他跟他们有一个月没联系了。他还要找他们，其中那个叫马宇的借了他几万块钱还没还，至于他们想不通要来砸银元娱乐城，那是他们的事，他关伟管不着，因为脑子和手脚是长在他们身上。"李局长说,"关伟说得也不是完全没道理。所以这事还有待调查。你不要乱来啊,钟铁龙。"

钟铁龙放下电话,心里不得不佩服关伟,这个人是条泥鳅,想他若不是条泥鳅,怕也混不到今天这模样。他坐在总经理办公桌前,盯着那只满载着货物的竹船,半天没说上一句话。这就是说他们指证关伟是白指证,他想,因为关伟有不在现场的证人,还有管不了那些人的理由。他抽着烟,到时候我也弄一个不在现场的理由,看你们怎么说。他恨恨地想。

三狗推门进来,背后跟着小马的遗孀,杨敏瘦了,面色憔悴,穿一件白秋衫。引起钟铁龙注意的是杨敏胳膊上戴着黑纱。钟铁龙见状,说的第一句话就是:"小马死了?"

杨敏点了下头:"死了有半个月了,我和我弟弟去监狱收的尸。"

钟铁龙看着这女人,脑海里闪现了小马那张清瘦的面孔。他问:"小马埋在哪里了?"

女人把眼皮落下来:"暂时骨灰还在火葬场,还没埋。"

钟铁龙对三狗说:"小马是个好人,很够朋友。这事你办一下,找个风水先生,有一块好墓地,凿一块好碑,让骨灰尽快入土为安。"

三狗回答:"我等一下就去办。"

钟铁龙又望着杨敏说:"嫂子,你瘦了,要注意营养,你要节哀。你暂时在家调养一段时间,把家里安排妥了,再来上班。你放心,工资不会少你一分。"

杨敏动了动嘴,钟铁龙关心道:"你想说什么嫂子?"

杨敏说:"我不上班还拿那么高的工资,我不好意思拿。"

钟铁龙笑了下:"你只管拿。大师兄,你陪嫂子去选一块好墓址,把小马葬了。"

杨敏和三狗走后,钟铁龙想这个女人真可怜,还觉得这个女人的面相有点克夫。小马为他死了,只有他、石小刚知道小马是为他死了。这个女人当然也知道,但她不会知道得那么详细。小马是老江湖,不会把什么事情都告诉老婆。他想,思想又回到了关伟身上,这个人成天都在想搞死我,我怎么能让这个人活着?他脑海里出现了一只猛虎,那猛虎正瞪着他,是该我钟铁龙回击了!他看着天空,天上浮动着一团棉絮样的白云,他在这朵白云里看见了七岁的他走在送葬的队伍里,他母亲和他父亲悲伤地走在他前面,大哥走在他一旁,身后还有他姐姐生前的几名好友,她们正在小声议论着什么——那天的太阳白晃晃的,坟山一派荒凉,风是冷风,从山头吹来,让他冷得哆嗦。他赶开这个常常呈现在他记忆里的影像,恨恨地想,我也要弄一个不在现场,到时候我带老婆和孩子去北京和西安旅游。

过了差不多一个月，刘松木一身黑西装地来了，脸上一脸的严峻且神圣。钟铁龙在刘松木肩上拍了下："你真结实，松木。"

刘松木抹了抹脸上的油，嘿嘿嘿笑了。

"你脸上有一股杀气，"钟铁龙说，"晓得我叫你来的目的吗？"

刘松木是钟铁龙叫来的，半个月前刘松木从回家省亲的张兵嘴里已晓得了那帮杀害李培的人又挥着刀跑来砍钟铁龙。他咧嘴一笑，问道："是叫我来杀那个人吧？"

"当然。"钟铁龙很欣赏刘松木脸上的果敢，这种果敢不是什么人脸上都有的。刘松木的目光很凶，凶光掷到狗身上，狗也会哆嗦。八十年代末，刘松木和老婆在街上卖馄饨的时候，街上有户人家养了条狼狗，那条狼狗很恶，看见什么人从它身边走过都狂躁地吠叫，一副要挣脱铁链子咬人的凶相。有天刘松木挑着馄饨担子走过，它叫，刘松木就转头盯着它，挑着馄饨担子迎上去，与那狼狗的目光相撞，那狼狗立即目光温顺了。刘松木用指头点了下那狼狗的鼻子，警告说"再叫，老子一拳打死你"。从此，那条狼狗只要看见刘松木，就不敢吠叫地缩在一角，连主人都唤它不动。这事在黄家镇一度传为佳话。"你来了，不要告诉任何人，也不要跟三狗和张兵联系。你一个人去一个小旅社开间房。"

刘松木脸上的表情很坚决地说道："好的。"

半个小时前，钟铁龙在汽车站接了刘松木，此刻两人是坐在一处餐馆的包房里。服务员走进来，为两人泡了茶，跟着就上菜。服务员问："喝什么酒你们？"

钟铁龙说："不喝酒，我们在说事，你不要进来了。"

服务员退出门，将门关上。室内只有他们两人，还有几个菜，菜冒着热气。钟铁龙率先拿起筷子，夹了块红烧排骨，嚼着。他咽下排骨肉，这才又说："松木，你知道我为什么一直不让你到我公司来的原因么？"

刘松木不知道地看着他："我不知道。"

"你知道我为什么让三狗、张兵和李培到我公司做事，偏偏不让你来，你想过没有？"

刘松木也夹了块排骨放到嘴里嚼着，边说："想过，但没想明白。"

"因为你好打架，而且下手狠。你一上手就要把人打晕。那时候师傅都不敢教你。为什么？师傅对我说，刘松木身上杀气重了，不适宜习武。"

"是吗？"刘松木惊愕了，"师傅从没对我说过这话。"

钟铁龙吃口菜，说："师傅只跟我和大师兄说过。师傅评价大师兄为人厚道；张兵做人有礼有节，讲一个理字；李培天资一般。师傅只是没有说李培不是打架的料子。"钟铁龙递支烟给刘松木，"你和李培区别很大，你从小好斗，一打架就要

278

赢，而且你打架时只看怎样把对手往死里打。所以我早就把你视为我的杀手锏了，现在你明白了？"

刘松木的一张宽脸上就敞开了笑："难怪你不让我到你这里来做事。"

"我当然不能让你来，我都不愿意三狗和张兵知道你来了，因为告诉他们，等于是害了他们。松木，讲老实话，我们不能害朋友是不是？"

刘松木想当然地点点头："这还要你说！"

"有些事情，晓得的人越少越好。"钟铁龙压低声音，"比如我今天要你做的事是把那个姓关的杂种做了。这事就只能限于你我之间，永远都不能有第三个人知道。"

刘松木点了下头，看着他，问："那个人长什么模样？"

"左额头上有一条疤痕。开一辆白色宝马车，车牌是 BA6677。记住这个车牌。"

刘松木重复了句："左额上有条疤痕，白色宝马车，BA6677。"

钟铁龙把随手带的黑金利来包提到桌上，打开，拿出十叠百元大钞。"这是十万块钱，给你的报酬，你要杀了他，当然，你一定要干得漂亮。"他望着刘松木说。

刘松木没想到会有这么多钱摆在他面前，脸上就激动了："杀个人给我这么多钱？"

"钱你要收好，就是回了黄家镇也不要声张你有这么多钱。"

刘松木说："我不说。"

"你老婆你也不要告诉，你老婆喜欢问这问那，嘴巴多。"

"你放心，你交代的事，我都会照办。"

"我明天就去北京，带我老婆和儿子去旅游。因为关伟一死，公安局的会迅速怀疑到我身上，我为了脱离干系，免得他们又找我的麻烦，我走远点。你干完那事，就打我的手机，我买了个新手机，号码是新的，但我要跟你说清楚，虽然号码是新的，你也不要在手机里多说一个字。你只要说一句话就行了，说'刘老板，事情办成了'。别的什么都不要说。我一听是你的声音，就会回答你打错了电话，这是说我知道了。"

刘松木感到有趣地笑了声，点上支烟，说："好的，龙哥，我以后就专门为你干杀手。"

钟铁龙又从包里拿出三千元，说："这是给你这几天用的，你不要找三狗和张兵。你自己去金圣大酒店附近找个招待所或小旅社住下。然后你自己小心又小心地干那事。"

"他大概多高？"

"一米七三到一米七五的样子。"

"胖瘦呢?"

"不胖不瘦,就我这样子。"

刘松木哦了声,再一次问:"明显的特征就是左额头上有一条疤痕?"

"对。你不能失手,一定要把他做到岸。"

饭后,钟铁龙开车带着刘松木驶到金圣大酒店前,在酒店前转了圈。钟铁龙说:"不要留下凶器,要把三角刮刀带走,连一个烟蒂也不要留下。抽了烟,把按灭的烟蒂放进口袋里带走,因为国外有根据罪犯在烟蒂上留下的唾液进行 DNA 鉴定,从而侦破凶杀案的。"

刘松木惊讶道:"有这么厉害?"

"你一不看电视二不看报,怎么了解国内国外的动态?现在科技高速发展了,已发展到了你想象不出的程度。"他望刘松木一眼,"我告诉你,留下任何线索对你都是致命的。"

刘松木点下头:"那你提醒了我。"

刘松木在距金圣大酒店几百米远的冶金招待所住下了。冶金招待所不在运动路,而是在一条小街上。冶金招待所已经承包给私人了,私人老板当然就只朝钱看。刘松木走进去登记住宿时,人家问他要身份证,松木不愿意被登记说:"我的身份证丢了。"

私人老板还是给刘松木开了间房,收了三天的房租和押金。刘松木走了出来。这是十二月的一天,这样的天气不下雨,还是不觉得冷。街上有许多人,都在长益市冬天的阳光下懒懒的样子散步。刘松木也慢慢地走着,不经意的模样走到金圣大酒店前。他不急着走进去,而是装出无事的样子踱着步,眼睛却在打量金圣大酒店周边的环境,想着逃跑的线路。停车坪上有很多小车,刘松木看见了好几辆白车。刘松木不认识宝马车,便看车牌,他没看见 BA6677 的车牌。金圣大酒店的保安在停车坪上指挥着来来去去的车辆,边盯着他。刘松木见自己引起了保安注意,就走进了金圣大酒店。他要了杯绿茶,就着玻璃幕墙坐下,瞪着外面的停车坪和保安走动。他从下午五点钟坐到深夜十二点钟,始终盯着玻璃大门,但他没看见钟铁龙说的那个左额头上有疤痕的年轻人出现。

刘松木走出金圣大酒店,走到街上一家小餐馆吃了碗蛋炒饭,因没事干,又不敢去找三狗和张兵,就走进街上一家录像厅看录像。那是部打闹得很凶很夸张的警匪片。看了那片子,他觉得钟铁龙是对的,那些歹徒之所以落入法网,纯粹是在作案现场留下了蛛丝马迹。回到招待所已是凌晨两点多钟,他倒到床上,瞌睡就来了。

上午醒来，九点多钟，他来到了金圣大酒店，在停车坪上转了圈，没看见BA6677车，就进了酒店。他要了杯绿茶，又靠窗坐着，点上支白沙烟。他想等吧，反正这种事必须有耐心。一个上午，他就这么等完了。中午，他肚子饿了，走出来，走到一家粉铺前，要了碗三两的肉丝粉，吃了。下午，他回招待所睡了个舒坦的午觉，醒来已是四点多钟。他又到了金圣大酒店。他在停车坪上仍没看见BA6677车。这一次他没走进酒店，而是在酒店外游荡。时而在这里坐坐，时而在那里看看。那儿有一处报刊亭，他就走过去买了张报纸，假装读报。街对面就是银元卡拉OK娱乐城。他回头望了眼银元娱乐城，那里很平静。太阳在他观察和等待中落山了，夜色降临了这座城市。他很有耐心地坐到九点钟，肚子又饿了，就走进一家小餐馆吃饭。他要了一个蛋炒饭，还点了个小菜和一碗肉片汤。吃讨饭，他再一次走到金圣大酒店的停车坪上，仍不见BA6677车。他站在一株樟树下，在那片路灯照不见的阴影里等着。自己看见很多人出出进进的，那些人好像生活得很好，脸上笑逐颜开的。他想，他算混得不好的，老子迟早也要出人头地。十一点钟，他腿都站酸了，而且瞌睡也上头了，让他眼皮打架。他回到招待所，一觉睡到了大天光。

　　刘松木又来到金圣大酒店前的停车坪上，停车坪上停满了车，却没有他要找的那辆白色的BA6677车。他坐下喝茶，想这个世界怎么会有这么多有钱人？在他眼里，出入金圣大酒店的男人都是有钱人。他在酒店里待了一天，晚上十点，他觉得眼睛因长时间地盯着一个个人看，都看疲劳了，有些胀疼，就走出金圣大酒店，回了招待所。私人老板看见他，忙跟他打招呼道："你是做什么生意，老板？"

　　他随口答道："做塑料生意。"

　　私人老板道："塑料生意好做吗？"

　　刘松木一笑："不好做，我想做猪肉生意。"

　　"哦，你是猪贩子？"

　　刘松木嘿嘿嘿道："现在还不是。"

　　他回到房间睡了个很沉的觉，醒来时已是第二天中午。街上在下雨，雨不大，不打伞也能走。他又走到金圣大酒店，不见那辆车。他要了瓶青岛啤酒和一包熟食，就抿着啤酒和吃着辣香干，眼睛却一眨不眨地盯着酒店的玻璃大门。晚上于干等中来了，夜幕又一次包围了这座物欲横流、妖娆、诡异和贪婪的城市。他陆续喝了三瓶啤酒，为了拖延时间，他喝得十分缓慢，付钱时服务员问他说："你经常是一个人啊？"

　　他望一眼服务员，想他只身一人已引起酒店的服务员注意了，说道："嗯。"

　　女服务员说："我看见你天天坐在这里。"

刘松木想不能再在这里坐了，服务员已记住他的模样了。他不再理女服务员，买了单，匆匆出了金圣大酒店。他想明天只能在酒店外面游走，不能再坐在酒店里了。

刘松木没法完成任务。他很有耐心地等着，酒店里进酒店里出，酒店周围东走西荡，每一个从他眼皮下走过的人他都很留意，但没一个左额上有疤痕的男人。酒店的停车坪上，也没有他要找的白色的 BA6677 宝马车。这样住了十天，他已经不指望赚这十万块钱了。这天晚上，他的叩机响了，一看打头是北京区号，就猜想是钟铁龙找他，忙走出金圣大酒店，上一家公用电话亭回话。钟铁龙在电话另一头问他："你那边说话方便吧？"

刘松木瞟了眼四周，说："我这边没事，告诉你龙哥，我在酒店和酒店附近守了十天，既没看见那个左额上有疤痕的人，也没看见你说的那辆车。"

钟铁龙很肯定地回答："应该不可能啊，车牌你还记得吗？"

刘松木说了遍车牌，又说："我每天去酒店的停车坪上查看车，已经引起酒店保安的注意了。"

钟铁龙一听这话就制止刘松木再行动说："你明天回黄家镇，等我回来再说。"

三九　儿子

这几年，钟铁龙坚守着银城桑拿中心和银元娱乐城，根本没时间跟郑小玲出门旅游和谈爱。现在儿子三岁多了，可以牵着走了，于是他带老婆和儿子上北京来了。他喜欢北京，这里有帝王之气，不像长益市充其量只是个诸侯国。北京的冬天很冷，这种冷也带着王者之气，让人心颤。不像长益市的冬天，气温长期在摄氏十度左右跳上跳下，偶尔下一场雪，没一天又融了。北京的冬天冰天雪地，看到的是一个白雪皑皑的城市，北风吹在脸上有一种生疼的被寒风抽打的感觉。这种寒风才像寒风，不像长益市，冬天的寒风吹在脸上不过像一双沾着水的女人的手摸着你的脸。他觉得让儿子感受一下北国风光真是件好事。他和郑小玲非常愉快地带着儿子游故宫，他站在天安门前，摆了个藐视一切的姿势，让老婆替他和儿子照相，他说："我是小学生时，经常看着课本上的天安门，梦想自己能像毛主席样站在天安门上挥手。"

老婆用湖北普通话说："那你胆子蛮大的。"

他笑笑，把儿子领到乾清宫前，说："万林，这里曾经是皇帝住的地方。"

儿子说："爸，什么叫做皇帝？"

他解释说："皇帝是最大的官，是统领全中国的人。"

儿子说："爸，那我要做皇帝。"

他一笑："现在没皇帝了，只有主席。"

儿子说："那我就当主席。"

钟铁龙笑笑，觉得儿子真可爱，什么官大他就要当什么官，这也算是一种志向了。他牵着儿子折回到太和殿，走到"正大光明"的牌匾下，指着金光闪闪的椅子说："儿子，这把椅子过去就是皇帝坐着听大臣们奏报的。"

儿子说："爸爸，我在电视里见过这椅子。"

"这是黄金做的椅子，只有皇帝才有资格坐。"

儿子说："爸爸，我要坐。"

"那不能坐，"他对儿子说，"这里是不准碰的。"

郑小玲说："儿子，将来你让爸爸做一张这样的椅子给你坐。"

"爸爸，我要坐这样的金椅子。"

钟铁龙看老婆一眼，笑笑："你可不能给万林许这样的愿，我就算将来有了钱也不能做，别人会以为我钟铁龙是个疯子，想当皇帝呢。"

郑小玲就笑："那我就是皇后了。"

钟铁龙说："梦做大了会破的。我只遵循一条原则，对朋友好，朋友就会对我好。我仔细研究过明朝灭亡的历史，明末的崇祯皇帝小气多疑，钱舍不得用，对大臣又时时刻刻产生怀疑，其结果是哪个还敢替他卖命？袁崇焕那么卖命地替他守边疆，他却听信一个宦官的谗言，把袁崇焕凌迟处死了，那不是自毁长城？他还不解恨，还要大臣们尝从袁崇焕身上割下来的肉，那还有不倒台的？寒心啊，诸臣们。他的祖先朱元璋是怎么夺取江山的？靠拉拢人心，把足够的利益让给手下，手下觉得跟着朱元璋做事有利可图，还不个个卖命？！"

郑小玲说："所以你很照顾你手下，对他们好，是吧？"

钟铁龙觉得老婆很懂他，便轻松的样子笑了下说："钱财是赚不尽的，假如你的弟兄跟着你看不到利益，所有的利益你一个人独占，他们就会走人。项羽的部下，很多后来都投奔了刘邦，就是这个道理。狗是最忠实于主人的吧？你养条狗，不对它好，经常虐待它、打它，它也会咬你。动物都如此，何况人？刘邦是怎么得天下的？就是他肯赏赐手下，让他的手下觉得跟着他干能荣华富贵。人都希望能荣华富贵，这是所有人的通病，古人有这种病，现代人更有这种思想。项羽败在哪里？败在他太自负了，看他的手下不起，不像刘邦那样及时给部将好处。项羽舍不得施恩，钱啊权啊都攥在手上。刘邦的手下则拼命打仗，看上去是为刘邦，其实是为自己效力，因为他们为刘邦卖命能得到利益！"

郑小玲感到很新鲜地望着丈夫，钟铁龙又说："这些道理很多人懂，但有些人懂，临到实施起来就跟项羽一样吝啬，舍不得。例如王总，王中华什么都懂，有些道理还是他教我的，但王中华就跟项羽样出身高贵，出身高贵的人最容易犯的错误就是瞧不起手下，把手下的效力看成应该的，而且不信任手下，疑心手下的能力。项羽就瞧不起出身贫寒的韩信，所以把江山丢了。要尊重手下，舍利益于手下，手下才会为你效力。"

"老公，你很理性的，"郑小玲由衷地表扬丈夫，"我真的没看错你。"

钟铁龙说："历史书告诉我，要做好自己的事，首先要学会驾驭别人。"

"难怪你买历史书看，原来是在学怎么驾驭人。"

钟铁龙望一眼老婆，说："人首先要学会给别人利益，这是舍，别人才会跟着你卖命，这就是得。历史上能成为将军的将领和那些很有名的大臣，都无不礼贤下士。《史记》中有一则故事极启发我。战国时有一个将军叫吴起，与他的士兵一起劳动时，发现他的 个士兵生了毒疮，他亲自蹲下身为士兵吮吸脓汁。吴起是将军，那士兵还有不感动的？后来那士兵打仗时勇往直前，绝不后退半步，为他战死了。吴起不过是低下头为他的士兵吸了几口脓汁，啐掉，那个士兵却甘愿为他战死。这里面有很多做人的学问啊。严仲子和燕太子丹都是有身份的人，而聂政当时只是个屠夫，荆轲是个食客，两人相距一两百年，一个被严仲子的好感动了，一个被燕太子丹的好感动了，于是两人都心甘情愿地为他们去行刺、赴死。对人好而让人感动的力量就有这么大！严厉，只能让人听话守规矩；好，却能让人为你去死。"

郑小玲就很崇拜地看着他："啊，老公，你好厉害啊。"

钟铁龙又谈他的心得道："聂政是个屠夫，天天杀猪、杀狗，按说感情已经麻木了，头脑也变简单了，严仲子却能用好唤起聂政的侠义之心。荆轲是个游侠，史书上说他好读书、舞剑，见的世面也广，这样的人应该能断是非、知好恶，目光也能洞穿别人的意图。对于荆轲来说，谁当大王谁灭谁他都无所谓，因为他并没在游戏规则中，他是游侠，但他也受不了燕太子丹的恩惠，燕太子丹对他太好了，好得他情愿为燕太丹子去刺杀秦王。"他把"好"吃透了的样子浅浅一笑，"史书上，那些大将军和开国皇帝，比如刘邦、李世民、赵匡胤、朱元璋等，对手下都非常好，用好团结了众多谋士和一帮亡命之徒。好，能让人舍命为他们夺天下！好的力量是无形的，也是最强大的。"

郑小玲在寒风中亲了他一口："我好爱你的。"

三个人走出太和殿，一股北风吹得儿子呛了下。儿子不想走了，要妈妈抱。钟铁龙制止儿子说："不行。你必须自己走，要锻炼脚劲。"

儿子不愿意走，攀着母亲的皮衣服，钟铁龙跌下了脸："你不听我的话，我打你。"

儿子有点怕父亲，就不再缠母亲。

玩了七八天，一天，太阳出来了，一家人就去游长城。站在长城上，钟铁龙想起读高中时，有一天，李培曾经仰着脖子面朝天空朗诵：秦时明月汉时关，万里长征人未还。不觉就深深地吸了口从西北边刮来的冷风，感叹道："人生真是一场梦，一场游戏啊！想想当年秦始皇派儿子扶苏和大将蒙恬率领三十万人来修筑长城，那时候这里一定很热闹。"

郑小玲不懂历史，她不看历史书，她想的是游人，说："没什么游人。"

钟铁龙也望了望左右，确实没多少游客。"太冷了，没人来。"他用老婆的背挡风，点上支中华烟，吸了口。"长城已经有两千多年历史了，两千多年里，不知发生了多少争权夺利的战争，也不知有多少古人战死在长城内外。"他望着前面那片白雪皑皑的树林，"人生就是一世啊，所以我们要多玩多看，以免白活。"

儿子咳嗽了。儿子在爬长城时，身上穿的衣服太多，走得比较吃力，头上就冒出了点微汗。但站在长城上经冷风一吹，汗迅速干了，这会儿可能有点着凉了。"走吧，"老婆看一眼他，"万林咳嗽了"。

回到酒店已是傍晚，天完全黑了。钟铁龙对总台的服务员说："小姐，订三张后天飞西安的机票，其中一张儿童票。"他指着钟万林。

小姐说："好的，先生，请把你的身份证拿给我登记一下。"

钟铁龙把自己的身份证和郑小玲的身份证都给了总台的小姐登记。小姐登记完，一家人就去餐厅吃晚饭。儿子钟万林不怎么想吃饭，吃了几口就直打哈欠，他玩累了。在家里，很少像这样玩的。夫妻俩就带儿子回房睡觉，儿子一倒到床上就睡着了，身上的衣服还是当父亲的他帮着脱掉的。钟铁龙没有睡。他有些不安，因为刘松木至今也没打他的手机，刘松木是不是失手了？他想，他觉得应该打刘松木的呼机，如果刘松木回话，他就接；如果不是刘松木的声音，那就是刘松木出事了。郑小玲在浴室洗澡。他想不能用手机打，万一刘松木出事了，他的手机号就会留在刘松木的呼机上。他走出酒店，一股冷风吹得他打了个哆嗦。他走到一处公用电话亭前，打了刘松木的呼机。刘松木回了话，他听说刘松木引起酒店保安注意后，马上制止刘松木的行动说"你明天回黄家镇，等我回来再说"。他挂了电话，担忧的脑袋又轻快了些，边想人啊，真的不能做亏心事，做了，成了负罪之人就疑神疑鬼的。他转回酒店，老婆已洗了澡，坐在床上，楚楚动人地看着他："你去哪里了？"

"忽然感到心闷，走出去透了口气，"他看着老婆，来了兴致，"做爱吧？"

钟铁龙和老婆及儿子从西安回来已是二十天后的事。石小刚开着本田雅阁去机场接他。石小刚瞧着他们一家人很高兴，问："玩得开心吧你们？"

钟铁龙看着车窗外凄凉的风景答："还好，你也该带云南妹出去玩玩。"

石小刚说："要出去玩也要春天，冬天我不喜欢到处跑。"

钟铁龙淡淡地笑了下："南方的冬天看不到雪，北方遍地都是雪。"

石小刚看一眼钟铁龙的儿子说："万林越长越像你了。"

石小刚把车开得飞快，先把郑小玲母子送回家，接着就开车去了银元卡拉 OK 娱乐城。三狗站在门口，一张憨厚的宽脸上挂着笑。三狗的笑是真诚而坦率的，钟铁龙想，这是三狗不像他，三狗没做下使自己恐惧的恶事，也就没有同他一样拼命掩饰的罪恶感。三狗的一旁站个漂亮姑娘，姑娘脸上甜甜地微笑着，她是那个曾经被关伟和辉哥他们羞辱过的女大学生。钟铁龙最开始没注意她，只是扫了眼她，问三狗："生意还行吗？"

"生意可以，"三狗说，"晚上基本上都是满的。"

钟铁龙看见大厅里热热闹闹的，便说："那就好。"

三狗高兴地告诉他："可能是接近过年了，生意好了起来。"

石小刚说："我那边的生意也不错，经常客人来了要等。"

三个人站在大厅里说了几句话，就往三狗的总经理室走。女大学生跟着他们也一并上楼。钟铁龙有点奇怪，进了总经理室，女大学生笑着为他们泡茶，说："两位老板请喝茶。"

钟铁龙这才仔细打量了女大学生一眼，说："谢谢。"

女大学生嫣然一笑。女大学生脸上的笑容很漂亮，也很年轻。女大学生脸上还有一对难得的酒窝，一闪，不见了，又一闪，又不见了。三狗说："她姓赵，师大英语系的学生。"

钟铁龙说："那我们是校友。"

女大学生又一笑，说："那我要叫你师兄。"

钟铁龙看着三狗，说："我出去的这二十天，那些人还来吵事没有？"

三狗说："没来吵，我天天守在这里，个别客人吵架，那不是他们那帮人吵事。"

钟铁龙心里感觉踏实了些，表扬三狗说："大师兄，主要是你那一身功夫让他们怕了。那么多把刀砍来，你居然能把他们摆平，大师兄，你出手真敏捷。"

三狗说："你也不错啊，出手很快的。"

钟铁龙说："我们现在要长一个心眼，尤其你，你天天接待的都是生人，招呼

286

那些人明的斗不赢就来阴招，趁你不备而捅刀子。"

三狗说："每个人走近我我都很戒备，这已经形成本能了。"

大家说了气这样的话，就一起去吉祥酒店吃晚饭。三狗对女大学生说："走，吃饭去。"

钟铁龙觉得这里面有内容，不觉笑了笑。"黄总不错吧。"

三狗笑笑："现在还不晓得。"

钟铁龙低声对三狗说："她气质很不错，黄家镇可没有这么漂亮的女人。"

三狗坦然地嘿嘿嘿笑笑："八字还只是一撇，那一捺还不晓得能不能写下来。"

他们开着车去了吉祥酒店，刘夫人看见钟铁龙带着几个朋友走来，高兴道："哎呀，钟总，你有一向没来了，我还正想打电话问问你。"

钟铁龙回答刘夫人："我去了北京和西安旅游，今天才回。"

刘夫人笑："难怪，好久没看见你了。"

钟铁龙也笑："有刘姐在这里，我敢不来?"

刘夫人与他说了几句话，刘夫人去别的包房应酬时，钟铁龙心情很好地对女大学生说："三狗是我大师兄，为了保持童子功，一直就是个处男。现在看来得毁在你手上了。"

女大学生的脸红了。

三狗很愿意毁道："毁了算了。"

石小刚斜瞟着三狗笑："你老实坦白，现在毁了没有?"

三狗又憨厚的样子笑笑："该毁就毁，这是缘分。"

女大学生有几分腼腆地莞尔一笑，没说话。

钟铁龙又开口道："真是缘分，我敢拿我的人格担保，大师兄为了保持童子功，一直不近女色。你是第一个让我大师兄动心的。我真为你和我大师兄高兴。"

石小刚也赞美三狗："这点我可以证明，黄总从不多望女人一眼。"

上菜时，钟铁龙对女大学生说："来，为你征服了我大师兄，干一杯。"

四十　李自强局长

有天晚上，钟铁龙被噩梦缠着，噩梦里关局长握着一把手枪追他，他拼命往前跑，关局长却对他穷追不舍。他跑到山顶的一株枫树下，一抬头，满树的红叶，他正吐着气，看着红叶在风中摇曳。他以为甩脱关局长的追捕了，一回头，却看见关局长气喘吁吁地往山上爬。他吃了一惊，又朝山下狂奔，穿过草地，跑过山坡，奔入了丛林，躲在茂密的树林里。树林里没有太阳，天光在树林里变得阴惨惨的。他在梦里清晰地意识到，他不该杀人，不该杀关局长，他祈求上天放过他，便跪在地上祷告。他祈祷了气，抬头张望，没看见关局长了，一回头，却看见一个男人坐在一棵树下哭泣，穿着脏兮兮的黑西装，裤子烂了，皮鞋尖尖的，裤子和皮鞋上沾满了泥沙和草屑，好像这个哭泣的男人是刚从田里走来的。他十分奇怪，在这荒无人烟的山林里，这个男人在哭谁。他走过去，准备走开时，那男人抬起了头，竟是丁建，脑袋上还在淌血，这吓了他一跳，脚一踹，醒了。醒来后，他发现全身都湿了，那是吓出来的冷汗。他看一眼窗外，天色仍黑沉沉的。他拉亮灯，走过去找出干净汗衫换上，看了眼手机上的时钟，还只凌晨三点钟。他点支烟，抽着，想我其实是个很自私、很阴毒又很残忍的人，为了个人利益，我可以杀人。这是人性中最原始最恶毒的一面，在我身上居然很茂盛地存在着。他又想，要是别人能进入我胃子里，一定会看着我害怕。那天他没有再入睡，因为这个噩梦像台湾爱情肥皂剧样，已经在他的梦里出现过多次了，害得他一步入梦乡，关局长就拎着手枪追赶他，丁建却会在出乎他意料的地方等着他，让他夜无宁日。他消瘦了，因失眠，眼眶周围都呈现青色了。

中午，钟铁龙把南区公安分局的李局长约到了吉祥酒店。李局长开着一辆破警车高高兴兴地来了，两人在一间包房里坐下，李局长就笑着问钟铁龙："什么好事啊？"

钟铁龙笑笑，递支古巴雪茄给李局长。李局长猴脸上的表情就有几分夸张，红鼻子就突然更红了，说："哎呀，钟总抽起雪茄来了？"

钟铁龙对李局长说："你试试，古巴雪茄，全世界最好的雪茄。"

李局长嬉笑地瞟一眼钟铁龙问："这要好多钱一支？"

"一百八十块钱一支。"

"一百八十块钱一支？"李局长说，"这么贵？"

"雪茄专卖店在湘江宾馆边上。你不信可以去看。"

李局长就更感兴趣："抽一支就是我半个月的工资。抽两支，那就连饭都没吃了。"

钟铁龙替李局长点上雪茄，李局长赞美雪茄说："好，这味道还真不错。"

钟铁龙想李局长是个吃喝玩乐都在行的男人，说："我明天送一盒给你。"

"一盒？行啊，"李局长也不客气，"我喜欢雪茄的味道。"

李局长抽着古巴雪茄烟，猴脸上就表现出了几分义气。"我从事公安工作这么多年，认识的各种各样的人也多。"李局长瞟一眼钟铁龙，"你最大方，这一点我很欣赏。说老实话，我是个船过得舵就过得的人。人都要生存，你只要不使我太为难，我都会睁只眼闭只眼。"

钟铁龙忙捧李局长道："那是那是，看得出来，你李局长的性格，是既刚强又柔和。"

"我是柔和的人。"李局长一脸快活地标榜自己，"你对我好，我就不会对你歹。人是感情动物，不知好歹的人在这个世界上混不下去。"李局长说到这里，瞟一眼钟铁龙，"哦，我告诉你，早几天我去金圣洗脚城洗脚，老板换了个中年人，不是关伟了。"

"真的？"

李局长盯一眼钟铁龙，说："那个老板姓焦，焦老板说关伟把洗脚城做五十万转给了他。"

"怎么可能？"钟铁龙心里一紧，想关伟是不是想躲在背后搞他，"他哪里去了？"

李局长摇头："这我不清楚。"

钟铁龙想他以后更要注意，又问："关伟天不怕地不怕的，怎么会突然丢下一切走人？"

李局长说："有可能他是到别的地方做生意去了，关伟那畜生是没定性的。"

"李局，你猜他会不会在背后搞我？"

"防着点好，像关伟那样的人，报复心很重。"李局长又说，"我告诉你，什么人干了坏事我都会抓，在法律和朋友面前，我是站在法律一边。"

钟铁龙想李局长真是那种吃肉不吐骨头的人，这种人属于鹰类，没有亲情的，鹰在小时候为自己能活下来是连自己的同胞兄弟也要啄死吃掉。李局长这张猴脸没什么温情，那只红鼻子是只典型的鹰钩鼻，冷冰冰的，是一嗅到对自己不利的气味就立即转向或掉头就跑的。他笑笑说："李局，我是外地人，奉行和气生财的原则，我不敢与法律对抗。"

"吃亏的往往都是胆子大得没边的人。"李局长又点燃古巴雪茄，"说老实话，我希望你们都遵纪守法，你们守法就是对我李局长最大的支持。"

李局长的手机响了，他接了手机，说："我还在吃饭，跟一个朋友。晚一点好吧？"

"李局，你还有事？"

李局长说："一个朋友找我打麻将。我别的爱好倒是没有，就是喜欢打打麻将。"

"身上有钱没有？"

"有。"

"不够吧？"

李局长看一眼钟铁龙，预感钟铁龙会送钱给他，便说："还真没带好多钱。"

钟铁龙打开皮包，抽出三叠人民币，非常恭敬地放到李局长的胸前，说："你拿着去玩，你堂堂的局长，打断了腿那就没面子了。"

李局长高兴地哈哈一笑，把三万块钱放到包里，笑道："我什么都没拿啊。"

"当然当然。"钟铁龙说，想这个人真是厚颜无耻的祖宗，刚才还义正词严地跟他谈遵纪守法，片刻工夫就拿他的钱了，拿得十二分地心安理得。他要是脱了这身警服，在社会上混，他这德性，那还不被别人打成残废？人啊，有了地位就人模人样了。

李局长拿了钱，就表扬他："你比别的生意人就是有头脑，这一点我最欣赏你。"

钟铁龙笑着，想有他欣赏就好办了，就说："李局，我在银元开的桑拿中心已关了好几个月的门，每天都是一笔损失。我准备重新开业，到时候你李局要来捧场啊。"

李局长刚收了三万元，就不好拒绝钟铁龙，便问："怎么捧？"

"我想用你的名字送个花篮，不要你买，只要你同意。"

"以我的名字送花篮？"李局长觉得这三万块钱拿得也太便宜了，"那怎么行！"他觉得这三万块钱不能要，"你这三万块钱烫手，我退给你。"

"你听我解释，你的同事问起来，你可以不承认，推托说你不晓得这事，是银元桑拿中心的人因为认识你就自作主张，你还可以打电话骂我，你完全可以否认。"

李局长哈哈一笑："不行不行，那我这局长的位置都保不住了。"

钟铁龙说："我就是要你这南区公安分局局长的大名。我会在花篮上写着'长益市南区公安分局李自强局长赠'。这样，我的桑拿中心就会给客人一种安全感。"

李局长打开漂亮的黑皮包，一边退钱一边说："这三万块钱我退给你。"

钟铁龙按住他的手，说："三万块钱能买你的名字？那我也太小看你李局长了。你堂堂的南区公安分局局长的大名只值三万？你听我说，首先，这对你丝毫没影响，但对我却意义重大。我的银元已被你们南区分局搞臭了，查得客人都不敢来玩了。我这样写是要让来玩的客人放心大胆地玩，你都送了花篮，谁还有胆子来查我们？你不点头，杨队长还敢带人来银元桑拿中心抓人？你的名字入了我们银元桑拿中心的干股。从银元桑拿中心重新开业起，每个月你都可以从桑拿中心拿到三万元现金。你'李自强'的名字一年值三十六万，十年就是三百六十万，三百六十万，少说也是你三辈子的工资吧？你一辈子有多少工资？"

那时的工资都还不高，李局长一个月才三百多元，一年三千多元，十年才三万多元，三百六十万还真是他三辈子的工资！这样的数字太诱人了，像一只魔盘样在李局长的大脑里飞速地运转。他看着钟铁龙，内心一片混战，那是金钱和他的公安原则进行混战。看来金钱的力量大过了原则，他笑道："你准备开十年？"

"至少还要干十年，我签了十五年的合同。有钱大家赚，这是我做生意的原则。"钟铁龙说，伸出三根指头，"每个月三万，一分不少。这是我和你私下的交易。"

李局长觉得有财发地又一笑："跟你做朋友还真可以发财。"

刘夫人穿得非常时髦地走进来跟钟铁龙和李局长打招呼，两人来时刘夫人不在，此刻刘夫人的脸上飘扬着开心和夸张的笑容，说："哎呀，你们谈得很投机么。"

钟铁龙把好人做到李局长身上说："我请李局吃饭，李局说，他只在你刘姐的吉祥酒店吃饭人才舒服。别的酒店他不去。"

刘夫人就嘻嘻笑，在李局长的肩上打了下，说："谢谢李局长关照。"

李局长哈哈一笑："谢我？我要谢谢你刘姐抬我呢。"

刘夫人就当仁不让道："那是的，我不抬你抬谁？"

钟铁龙知道李自强这个局长是刘夫人影响其丈夫而得的，刘夫人是那种明人不做暗事的胆子很大的女人，她曾对钟铁龙说"不是我家老刘在宋局面前推荐李自强，李自强只怕还是在派出所当所长"。在钟铁龙眼里，刘夫人很能影响自己的丈夫，这是她既能赚钱，还能把家里的一切料理得妥妥帖帖。家里的琐事，家外的烦心事，刘夫人都能手到病除，另外，刘夫人对一些问题的敏锐分析常常能钻进刘副局长的心，所以刘副局长很看重她。"刘姐，我要是在公安局工作，我哪个都不巴，就巴你刘姐。"钟铁龙说。他这话有一半是说给当了分局局长的李自强听，意思是要李局长别忘了刘夫人的恩德。

刘夫人声音多少有些亲昵道："小钟，你一张嘴真会说话。"

李局长抽了口雪茄道："钟老板说得对，巴结上刘夫人就够了，别人我都不巴结。"

刘夫人笑，把两人扫了眼，"你们一唱一和，好像什么都知道。"她说，见两人很客气地对她笑，知道两人在谈事，就觉得够了地退出去道："你们谈，我去招呼别的客人。"

钟铁龙待刘夫人出去后，想有李局长支持，银元的桑拿中心又可以开业了，便把自己和李局长绑在一起说："刘姐对你和我都很好，我们要对得起她。她帮了我很多忙。"

李局长就盯着钟铁龙说："她还真帮了你不少忙，为你的事都打过我好几个电话。"

银元桑拿中心自然又开张了。钟铁龙于这几年交的好几个朋友都送来了花篮，龙行长、刘总、力总和王总都送了花篮，还有很多长益市的老板也送了，以至于从二楼走向三楼的楼梯走道上都摆满了。但摆在最醒目的位置上的花篮——也就是摆在进桑拿中心那张漂亮的不锈钢玻璃门前的花篮上，写着"长益市南区公安分局局长李自强赠"，又是"南区公安分局"，又是"局长"，这样的字是挺让人兴奋的。

"南区公安分局？"一些人站在这个花篮前说，"还是李局长？"

三狗回答："嗯。"

有人评价说："那可以吧。有公安局长保驾护航，那肯定安全啊。"

另有人说："那我以后来玩就放心了。"

一个说："公安局的都送花篮来了，这证明他们已把公安搞定了。"

另一个说："只要公安不跑来查，这里就是快乐的自由世界。"

那天中午在金圣大酒店吃过开业饭，就有人走进银元桑拿中心洗桑拿了……

龙行长洗了个心旷神怡，走进休息室，一屁股坐到躺椅上，但他不是腿架到茶几上，而是盘腿而坐，以免他的气场在没有滋润他的小弟弟时就挥发掉。他看着钟铁龙说："老老实实地告诉你，我很佩服你。你一个外地人能把这些事情摆平，你真行。"

力总比龙行长先一刻钟出来，他说："一个'行'字能包揽我们龙哥？'行'字不够分量，要用另一个字形容，那就是'狠'字。钟总是真有狠。"

钟铁龙笑笑，谦虚地散烟，边说："哪里哪里，我哪里能跟你们比。"

龙行长说："你他妈的比我们厉害。我认为搞不定的事，你一件件都搞定了。你真狠。"

钟铁龙哈哈一笑，对走进来的刘总说："抽烟，抽烟。"

刘总还一头湿湿的头发，说："我不抽雪茄，味道太重了。"

"给我，"力总说，"他不抽就给我，我留着晚上抽。"

钟铁龙就把那支特意留给刘总抽的雪茄给了力总。力总当宝贝样地将雪茄放进口袋，他的手机响了，是一个朋友打电话找他打麻将。力总说："我现在在银元娱乐城洗桑拿。你过来洗桑拿不？"

那朋友就开车来了，一来就大着嗓门嚷道："力总，洗桑拿不叫上我啰？"

力总说："你去洗，我请客。"

那朋友犹豫了下说："今天不洗，今天我发了牌瘾，改日再洗。"

力总笑笑，看一眼一旁的龙总和刘总，吆喝说："走啊，我们打麻将去。"

四个人就上三狗的总经理室打麻将了。

钟铁龙忙了一天，开着车上银城大酒店去睡觉。他一走出电梯，碰见了他心里有点喜欢的那个女服务员。他望着她，她脸上有一抹绯红，那抹绯红也不知是从何而来，犹如朝霞的颜色，照进了他灰暗的心田，致使他内心里升起一股暖意。她说："钟总好。"说完抿嘴一笑。

钟铁龙觉得她的嘴唇长得真性感，轮廓也好看，笑起来还真有点迷人。她比郑小玲年轻，不知她是不是处女。他瞟一眼她的身体想。女服务员笑着走过去时，钟铁龙叫住她："喂，你什么时候下班？"

"下午四点钟下班。"

他觉得她的身材挺美，就问她说："我请你吃晚饭吧？"

女服务员想了下说："那好吧。"

钟铁龙对女服务员说："要是有人来找我，你就说我出去了。我要睡觉。"

女服务员点了点头。

钟铁龙步入房间，关了手机，拔了电话线，洗了个澡，躺到铺上，捧起罗贯中著的《三国演义》看，他觉得曹操这个人非常了不起，曹操年轻时也杀过人，但曹操没他这么心神不宁。他想他做不了曹操。他看不起刘备，觉得刘备比起曹操来至少差了两个档次，不是诸葛亮一心帮他，他刘备是成不了事的。至于关羽和张飞，那是两个草莽英雄。他看了一个小时书，实在熬不住了，睡了。他睡得很沉。关局长今天没到他梦里来，估计是他把自己变年轻，到他老婆的梦里与老婆重温逝去的年华了。丁建今天八成在阴曹地府里忙着别的事，也没坐在他梦里哭泣。醒来后，他看见七岁的他走在送葬的队伍里，那个他人中上挂着清鼻涕。他对自己说"真想回到童年里重新来过"，他坐起身。"我终于睡了个好觉。"他嘀咕道，穿上西装，系了根蓝领带，一拉开门，看见了女服务员，就笑笑问："你下班了没有？"

女服务员说："早下了。"

他说："那走吧？"

女服务员抿嘴一笑。

他们走进电梯，下到大厅。他去开车，她上了车。他开着车向街上驶去。他说："我们到远一点的地方吃饭，去郊区吃农民的饭菜你同意吗？"

女服务员又抿嘴一笑："好呀，我也想吃农家饭菜。"

钟铁龙就开着车向郊区驶去。改革开放到九十年代中期，长益市的农民也觉悟起来了，觉得致富不能光种田，有的农民就把房子建到路边，开起了农家餐馆。钟铁龙是在黄家镇长大的，有农村情结，喜欢吃农民煮的柴火饭。他开了二十多分钟车，驶到了郊外一处挨着植物园的农家餐馆。这里停了好几辆轿车，都是来吃饭的。钟铁龙将车停到樟树下，下车，心情就变得更好了。他掉头对女服务员说："好舒服啊。"

女服务员点头说："是的。"

他把视线抛到前面，前面有一排高大茂盛的樟树；残阳涂抹在树梢上，使树梢呈暗红色，残阳还散布在云层上，致使云层都变成了橘红色，十分好看；远处是灰绿色的山脉，一大片沉在天边，犹如舞台布景，有白鸟朝这边飞来。"我喜欢这种味道的地方。"他说。

女服务员也含笑道："我也喜欢。"

餐厅里有几对男女在吃饭，都是年轻人。钟铁龙感到自己好久没放下包袱生活了，心理包袱像山样压着他。这几年，他一直就生活在一种紧张的思前想后的状态中，尽管声色犬马，却好像是生活在一片荒芜的冰天雪地里，时常让他单独一人时感到恐慌，让他一听见人敲门就神色紧张，一看见穿公安制服的，心理反应就紊乱，就想是不是来抓他的。他有时候很恨自己，恨自己不该杀人，恨自己杀了人又调整不了心态。只有他自己清楚他表面上活得潇洒，实际上他的内心没有几刻安宁过。早几天他还在想，他其实是两个人，一个是对人很友爱的钟铁龙，这个钟铁龙被朋友所称赞；另一个是魔鬼钟铁龙，这个钟铁龙无人所见。魔鬼钟铁龙像头巨兽，潜伏在他体内——犹如一只凶狠的鳄鱼隐藏在浊流中，经常怂恿他，鼓励他拿起斧头或枪，对他说"你怕？人活一世谁不为自己？你怕什么？你不晓得怕"。他被心里的魔鬼骗了，因为其结果是，他不但晓得怕，而且一个人时内心还充满了恐惧。

女服务员见钟铁龙目光飘浮、满脸旁骛，便问他："钟总，你想什么呢？"

钟铁龙听她这么说，心回到了她身上，瞟她一眼，感觉她很漂亮。她的漂亮不是郑小玲那种漂亮，一双眼睛也和郑小玲的不一样，有点上挑，眼眸更黑，却亮亮的。他驱赶开内心的恐惧，在恐惧的大门上加了把锁，对她一笑："你真漂亮。"

她不好意思地说："我不漂亮。"

钟铁龙又一笑，对一个穿一身红衣服的村姑打了个响指，村姑走拢来，他说："点菜。你们餐馆有什么菜做得好吃？"

村姑就向他推荐："酸菜蒸肉、剁辣椒蒸鲫鱼、蚂蚁上树……"

钟铁龙说："有什么好吃的小菜没有？是你们自己种的？"

"大白菜、黄芽白、包菜。"

钟铁龙就点了这些菜，然后问女服务员："你喝点啤酒吗？"

女服务员说："喝点吧。"

钟铁龙就让村姑来瓶百威啤酒。村姑走开后，他看着女服务员，觉得她跟李秋燕有一点像，但比李秋燕还长得漂亮些。他说："真的，我还不知道你姓什么？"

女服务员笑出一对酒窝说："姓刘，单名一个进。"

钟铁龙说："刘进？"

刘进把目光从他脸上掷到天花板上，打了个哈欠。他觉得她打哈欠也很好看。她的脸秀秀气气的。他想他有点爱上她了，这是危险的。她见他色狼样地盯着她，有些不好意思了，把目光抛向门外。菜上来了，热喷喷的。啤酒也开了，倒了两杯。钟铁龙举起杯子，心情畅快地对她说："小刘，你很美，为你的美丽干杯。"

刘进举起酒杯，两人就碰了下，刘进将啤酒喝下，不一会脸蛋上便飘扬着一抹红云。

四一　悲伤的蒋老师

黄家镇的改革路上新增加了栋三层楼的别墅，每层楼都是三室两厅。这栋别墅从破土动工到建成花了人半年时间。过年时，钟铁龙带着老婆和儿子就住进了别墅。一楼父母住，二楼给了大哥大嫂，钟铁龙不常回家，就要了三楼。房子竣工还不久，也只是简单地装修了下，室内充斥着水泥、石灰和夹板气味。父亲和母亲看见家里的"功臣"回来了，都很高兴，脸上的笑容真可以用"琳琅满目"来形容。大哥和大嫂都住回来了，县一中给他们的房子是那种前后两间的房子，厕所在另一处地方，若是下雨就得打把伞上厕所。钟铁龙把铃木王摩托车给了大哥，大哥就骑着摩托车带着大嫂来回跑，沿途欣赏着田园景色，倒也惬意。母亲和大嫂做了一桌子菜，全是大鱼大肉。吃年夜饭前放了挂五千响的浏阳鞭炮，炸得硝烟直朝家里冲，最后只好关着门等硝烟离散。父亲有些显老了，那个曾经脾气很大，一生气就拳头乱舞的父亲如今成了个温和的老头。父亲说："我看着你们两家人都好就高兴。"

母亲说："我们做父母的，因为你好都可以多活几年。"

钟铁龙的脑海里飞过一只鹰，鹰投下一大片黑影在他潜意识里，潜意识说"要是父母知道我杀过人，那还不担心死"，却笑笑说："那是那是。"

大嫂说："我们只是一般，比不上铁龙。铁龙搞得好。"

大哥赞美说："想不到铁龙还有发财的命。不是铁龙，这栋房子就建不起来。"

钟铁龙知道自己建这栋别墅的原因，他骨子里是个好胜的人，一赚了钱，好胜的那面就如春风样在他身上吹着，让他想表现。镇上，有很多人赚了钱都建了大房子，钟铁龙——这个从小被街上人瞧不起的"狗崽子"，可不想输给什么人。另外，他怕万一东窗事发后——这也是他内心深处的担忧和恐惧——他没给父母和大哥大嫂留下一点实际的好处，因此他出钱建了这栋别墅。他回答大哥说："应该把老屋的那棵桂花树移来。"

大哥看着他，他又说："那是棵发财树。"

大哥说："开春的时候我叫上几个人，把那棵桂花树移来就是了。"

父亲说："那好办，我再多种几棵桂花树。"

大哥笑，大嫂也笑。

父亲又教育钟铁龙："有钱也不要太张扬了，做人还是要谨慎。"

钟铁龙让父亲放心道："我不会的。"

大哥过去是经常笑这个弟弟不切实际的，现在他不这么笑了，觉得弟弟无论是在父母眼里还是在别人眼里都比他有出息。他为有这样的弟弟高兴。"你要注意身体，"大哥见他很疲惫的模样，就关心他说，"什么东西都没有身体重要。假如没了身体，钱赚得再多也是白赚。"

"我知道。"钟铁龙回答大哥。

刘松木来了，穿着一身灰色西装，打着拱手走进来："拜年拜年拜年。"

一家人就叫他坐下来吃东西，刘松木嘿嘿嘿说："我刚吃了。你没看见我嘴上还有油？"

钟铁龙放下筷子，他已吃饱了，说："楼上去坐。"

刘松木跟着他上楼，边说："我以后赚了钱，也要建一栋这样的楼。"

三楼的客厅里摆着一组亚麻布沙发，是镇家具厂做的那种很大的沙发。两人在沙发上坐下，母亲端了两杯茶很慈祥的样子上来。刘松木欠起壮硕的身躯，接过茶杯，放到钢化玻璃茶几上。母亲下楼后，钟铁龙掉过头来看着刘松木问："你最近搞什么？"

刘松木咧开嘴巴说："没搞什么。"

钟铁龙递支古巴雪茄给刘松木："古巴雪茄，试一根？"

刘松木就接过古巴雪茄点上。刘松木狠劲抽了几口，说："真舒服。"

钟铁龙觉得刘松木的样子像个农民，又问他："你没搞什么，总要搞点事吧？"

刘松木吐口烟："没事搞。黄家镇你怕是长益市？什么都不好搞。"

钟铁龙也觉得是这样，这样一个小镇，除了做点小生意，能做什么呢？但他又不希望刘松木整日在镇上游荡，便盯着他："你自己没点想法？"

"我想在街上开家电游室，"刘松木嘿嘿嘿说，"还没看好房子。"

钟铁龙问他："十万块钱用了多少？"

刘松木摇头："那是你的钱，我敢用的?"

"你存到银行里吧，留给你儿子长大了读大学用。我准备给小小一张五万元的存款，给李培的父母两万元，由他们支配。李培为我死了，我不能丢下李培的父母和儿子不管。"

刘松木钦佩地望一眼钟铁龙，说："你真义道，难怪大师兄和张兵都死贴着你。"

钟铁龙想这些做人的道理都是读书读来的，有些人读书不是捧着学习的态度，只是拿书消遣，因而忽略了，其实这些道理都在书上，没什么了不起。他望着刘松木，觉得迟早他要用刘松木办事的，先把他养起来。他走进卧室，拿着两万元给刘松木，说："你把那十万块钱留着给你儿子将来读大学，你拿这两万块钱去开申游室。下次回来，我要看见你做事。"

刘松木很感动，脸上的横肉都颤抖起来了，不敢接。他说："那怎么好意思龙哥?"

"拿着。"

刘松木扑通一声跪下，对钟铁龙表白说："龙哥，你对我太好了，好过了我父母。只要你将来用得着我刘松木，哪怕就是要我替你去死，我刘松木也绝不打反口。"

钟铁龙在小马身上看见过这一幕，现在在刘松木身上又重演了，刘松木可是他从小玩到大的朋友啊。这就是对人好的力量，好得让人情不自禁地下跪。这种力量多么伟大啊，能把人的心取走。钟铁龙想到了荆轲，燕太子丹不是供荆轲吃，供荆轲穿，供荆轲女人吗? 钟铁龙忽然想这个刘松木就是他的荆轲，便对刘松木说："没那么严重，起来，松木，你的心意我领了。我劝你还是要做点事，你有老婆和儿子要养，你要担起抚养的责任。"

刘松木咧开一口沾满烟垢的牙齿，说："老婆倒无所谓，主要是儿子。"

钟铁龙走前一步，抓着刘松木的手，感到刘松木的手非常有力。"起来，"他拉起刘松木，"我下次回来要看见你的电游室。"

"好的，我准备买三台游戏机。"刘松木说，"我过了年就在街上租间房子。"

钟铁龙抽口雪茄，说："哦，下午一起去李培父母家拜拜年。"

刘松木说："好，下午我来找你。"

刘松木走后，大哥上楼来了，大哥说："街上的人对你评价很高，说你对朋友都好。"

钟铁龙递支雪茄给大哥，大哥说："这烟味道不好闻，抽得一屋的怪味。"

钟铁龙告诉大哥："这要一百八十元人民币一支。"

大哥说："我看见你已经抽了两支了。三百六十元就这样烧了？"

"这烟非常好抽，不伤喉咙。"

大哥就好奇的样子点上一支，抽了口。

钟铁龙望着大哥笑："大哥你适合抽雪茄。"

大哥淡淡地看一眼雪茄烟，说："我一个教书的，抽两根烟就得饿死。"大哥折过头看着他问："你公司里有适合我做的事吗？你嫂子觉得我教书没出息，要我跟你一起赚钱。"

钟铁龙想他一身罪恶，今天不晓得明天的，大哥活得比他正直和善良，他断断不敢拖大哥下水，便说："我的公司暂时没适合你的工作，以后做大了，我再考虑。"

"我随便做什么事都行。"

大哥今年四十岁。四十岁的人可想改变了现状。大哥又说："我教了十多年书，教来教去真的觉得自己是一支蜡烛。燃烧自己，照亮了别人。"

钟铁龙就笑："那是那是。"又说："商场是战场，为人老实了不行，太恶了也不行。你教书教了这么些年，我怕你不适应商业社会。这个社会血淋淋的。"

大哥见弟弟这么说他，不高兴地起身下楼说："我只是随便说说。"

钟铁龙看着大哥的背影，想他不拖大哥下水是保护大哥。那个关局长真是个灵魂不死的人，最近这段时间，每当月明星稀的夜晚便钻进他的梦里，耷着一颗血淋淋的头，提着枪追赶他，害他在月光下没完没了地跑马拉松，每当醒来，都是一身汗水。还有丁建，隔三岔五地跑到他梦里哭泣，不是坐在树下就是坐在台阶上，一身脏兮兮的，像个行乞者，身上带着浓浓的臭气。有次在梦里，丁建坐在他家的门槛上，他恼怒地一脚踢过去，却是一堆蛆虫，蛆虫在他梦里成团地散开、翻滚，又变成苍蝇满屋子地飞，吓得他醒来后脚趾都在出汗。一旦我"栽"了，谁说得清？父母还有大哥照料，不然的话父母老了谁照料？难道让父母眼睁睁地看着两个儿子都被枪毙？所以我不能让大哥参与进来。他自语道。

下午三点来钟，钟铁龙和刘松木步入了镇武装部。镇武装部仍然是过去的样子，钟铁龙一走进镇武装部大院，脑海里就跳出了李秋燕。十二年前，就在这块坪上，李秋燕大摆宴席，以庆祝她考取了师范大学。那时李秋燕可是有一张很阳光的红灿灿的脸蛋，她现在也应该是二十八九岁了。他想。他们走到李培父母家，李培的父亲开的门："嗨，是你们。"

"李伯伯，给您拜年拜年了。"钟铁龙说。

李培的父亲笑得露出一口残牙，"坐坐坐。"他指着沙发。

李培的母亲坐在一隅，她抬起头，脸上有些吃惊地看着钟铁龙和刘松木。李培的父亲解释说："李培的死，对我老伴刺激很大，她现在精神有点问题。"

钟铁龙感到愧疚地点下头，问李培的父亲："去医院看了吗李伯伯？"

"看了，"李培的父亲说，"县医院的医生说她是受了刺激，开了药，正在吃药。"

音乐老师穿得很笨重，像只怕冷的老企鹅，室内确实冷森森的。小小带着他们的孙子在自己娘家，因而这个春节对于两位老人来说就相当凄冷、寂寞。音乐老师没经受住儿子死亡的打击，情感和思维都掉进另一个阴暗潮湿的霉味十足的世界里去了，表情就有些木讷，脸色也很苍白、灰暗，脸上还添了不少苦难的皱纹。那些头发像枯萎的干草样既凌乱不堪，又大多白了。钟铁龙望着蒋老师："给您拜年，李伯妈。"

蒋老师望着钟铁龙，回想了半天的样子才说："你是李培的同学钟铁龙吧？"

"是呢，我是李培的同学钟铁龙。"钟铁龙指着刘松木，"他是李培的同学刘松木。"

蒋老师痴呆的样子盯着他们，临了，缓过一口气说："刘松木？我想起来了，读小学的时候你很调皮，经常跟同学打架。"

"他现在不调皮了，"钟铁龙替刘松木回答，"我们都不调皮了，都是听话的人了。"

蒋老师表情古怪地笑了下。

"你们呷茶。"李培的父亲为钟铁龙和刘松木泡了茶，一手端着一只杯子走拢来，钟铁龙和刘松木分别接过茶杯。钟铁龙把杯子放到茶几上，打开包，从包里拿出两叠人民币，要给李培的父亲。李培的父亲不接道："咦，那要得的？怎么能要你们的钱？！"

钟铁龙说："过年，我们没买东西，您就当是您儿子孝敬您吧，李伯伯。"

李培的父亲还是不接道："你不要这样，我们都有工资，不缺钱。你这样就不好了。"

"钱一定要给的，李培死了，我钟铁龙和刘松木就是你们两老的儿子。"钟铁龙说得很真诚，心里觉得他欠这两位老人实在太多了，"你不收，我们以后就不来了；你收，我们逢年过节都会来看你们。"

李培的父亲说："谢谢你们，我们老了，不需要这么多钱，钱还是你们留着自己用。"

钟铁龙执意要把钱留下，李培的父亲就收下了。李培的母亲没开口，目光投在这个脸上又投在那个脸上，对钟铁龙送钱不发表意见。两人在李培的父母家坐了大半个小时，说了很多安慰李培父亲的话，把李培的父亲说得老泪横流。出来时，钟铁龙半天没吭一声，走了半里路钟铁龙才说第一句话："我很对不住李培的父母，他们只有李培一个儿子。"

"这是没办法的，"刘松木安慰他道，"人死人活都是命中注定的。"

"在李培家，我看着李培的爸爸妈妈，蒋老师一下子老了那么多，我都想哭，但我怕我太伤心了而激起两位老人更伤心，还是忍住了。"

"我看出来了，"刘松木说，"你很重情义，龙哥。"

"我一想起李培母亲的那副痴呆可怜相，我真想哭。"钟铁龙说，眼泪就盈满了眼眶，有两颗泪珠迫不及待地滚了出来。"我一定要为李培报仇。"

刘松木看见钟铁龙哭脸，见钟铁龙抬起胳膊抹泪，就一把抱住钟铁龙，不想让街上的人看见钟铁龙垂泪。"龙哥你是我最佩服的人，别人都可以哭你不能哭。"

四二　杨敏

钟铁龙一家人回到长益市是初三的下午。钟铁龙打刘副局长的手机，准备给刘副局长拜年。钟铁龙跟刘副局长套近乎说："刘局长，您搬了家，我还没来贺喜的。"

刘副局长说："小钟，免了免了，你有这个心我领了，人不要来了。你忙你的吧。"

"那怎么行？我答应了刘姐，过年一定来贺喜的。"

"谢了，你人太好了，总是这么客气。"

"应该的呢，刘局长，刘姐在吗？我还没跟刘姐拜年的。"

刘副局长就把电话给了老婆。"小钟，回来了？"刘夫人问他。

钟铁龙答："今天回的，一回来，第一个电话就是给你刘姐和刘局长拜年。"

刘夫人说："谢谢你，今天家里一家的客，好热闹的。"

钟铁龙说："我知道，电话里好闹的，晚上我再来吧刘姐？"

刘夫人尖声说："那好吧。不过你不要带东西来，我家老刘会骂人的，他不准我收受礼物，你来玩玩就行了。"

钟铁龙放下电话，目光放到天上，天空灰蒙蒙的，天空下便是这座繁华的城市，有鞭炮声从这里那里飞来；室内传来音乐声，儿子在看电视。一股淡淡的芬芳从身后袭来。他掉头，郑小玲站在他身后，他说："我得出去打个转身，去跟小马的遗孀拜个年。"

郑小玲问："回家吃晚饭吗你？"

他回答郑小玲"看吧"，他想他应该去小马家看看，他关心和不关心，在小马的遗孀心里是不同的。他开车上一家大超市为两个孩子分别买了一套质地很好很漂亮的冬装，还买了很多零食。街上一派过年的景象，具体体现在一些单位和店铺的门上张灯结彩的，还体现在一些年轻人和孩子在街头巷尾玩花炮中。四点来钟，他的车驶到了小马家。小马死后，钟铁龙一直没露面，他得避嫌，因为他总感觉这里被人盯着一样。钟铁龙拎着东西下车时，杨敏看见他，忙从房里走了出来。钟铁龙见这女人又瘦了些，颧骨都突了出来，嘴唇的颜色也变乌了。他迎上去说："嫂子，给你拜年了，我给你的孩子买了冬装和吃的。"

杨敏的眼睛红红地看着他，"谢谢钟老板。"她说，低下了脸。

钟铁龙步入她家，她儿子和女儿坐在沙发上看电视，声音开得很大，家里一派动画片的打斗声，还一派凌乱，东西乱丢，墙上有黑镜框框着小马的遗像。遗像上的小马二十多岁，一点也不像短命相。钟铁龙盯着遗像，遗像也默默地瞪着他。钟铁龙盯了遗像十几秒钟，想小马和李培都是因他而死，就内疚的模样对杨敏说："小马死了，我很难过。"

杨敏把电视机的声音拧小了，说："他死的时候瘦得就跟一只猴子样。"

钟铁龙说："小马是个好人，我一世都记得他。"他这才想起他手上还拎着袋子，"嫂子，这是我买来的衣服，给你儿子和女儿试试，不合身的话可以去换。"

杨敏说了声"谢谢"，接过他递给她的装衣服的袋子，打开，一看就说："丽丽能穿，丽丽快谢谢钟伯伯。"

丽丽抬头看一眼衣服，回答："谢谢钟伯伯。"

她又拿出另一件带帽子的棉袄，一看就明白这是给她儿子买的，忙对儿子说："苗儿，快谢谢钟伯伯。"

儿子眼睛都不离开电视机地回答："谢谢钟伯伯。"

钟铁龙看着这个脸色泛青的女人，想她一定没休息好，便说："嫂子，你瘦多了。你还年轻，要为自己想想。过了年，你干脆来上班，一个人闷在家里会闷出病。"

杨敏说："好的，过了初八我来上班。"

钟铁龙说："小马葬在哪里？你带我去拜祭下他？"

女人转身进卧室，换了件厚厚的蓝棉袄出来，还将一条白围巾围到脖子上。她对两个孩子说："我和钟伯伯出去一下，你们不要出去，要听话。"

两个孩子望着荧光屏上的动画片回答母亲："好。"

钟铁龙夸奖两个孩子说："你两个孩子真可爱，有两个孩子就是好。"

他们出门，杨敏走在钟铁龙的后面。钟铁龙打开车门，杨敏也坐了进来，脸上有点儿拘束。钟铁龙开车驶离了这栋破房子，驶到大街上，大年初三的大街上没什么车辆，人都走到马路中间来了。钟铁龙问杨敏："这一带哪里有鞭炮买？"

杨敏明白钟铁龙的意思："前面不远有个日杂店，那里有鞭炮。"

钟铁龙买了一盘一万响的浏阳鞭炮，还买了很多包冥币、香烛，拎了一大包丢进后备箱，又开着车朝前驶去。公墓在长益市郊区，是一处新公墓区，过去这里是一大片山丘，山丘的树木于早些年的集体经济年代里砍光了，市政府便把这一带变成了公墓区，修了柏油路和水泥路，使山丘成了梯田似的一层层的，全是墓，墓与墓之间和路旁栽了些松柏。钟铁龙把车停在山下，抬头一看，感觉有一种阴森森的味道，好像气温也比市区低几度。一股带着十足阴气的西北风吹来，让他机械地缩了缩脖子。他把衣领竖起来，拎着那一大包东西，对杨敏说："走吧嫂子。"

杨敏就领着他上山。这是大年初三的下午五点多钟，天色略显得灰暗，与沉甸甸的碑石林立且灰暗的山林比较，西边的天空呈现出一片爽快的淡红。整个公墓区静悄悄的，也许是时间偏晚了，还也许是活着的人都沉浸在过年的喜悦中，就没有人惦记死去的人。山上，那密密麻麻的墓碑下，沉睡的是一个个曾经活着的人。坟山的静与市区的闹形成了鲜明对比，这种对比让钟铁龙想到的是，人终究无法战胜死亡。想想小马，几年前他和小马第一次于金阳夜总会的舞台上试身手时，小马是何等孔武有力又何等好胜啊，一脸武术家的样子，跌倒在他身下还不服输，说自己没站稳。就是几年工夫，生命就飞落到了这里，成了尘埃。

小马的墓坐东朝西，此刻有一抹浓重但温和的夕阳照在墓碑上，使白白的花岗石墓碑呈现着一抹凄凉的红。杨敏跪下，冲着墓碑磕了个头。钟铁龙打量着墓碑，此墓碑比一旁的墓碑宽大，是他授意三狗办的，墓碑上凿着：马新之墓；一旁凿着：墓中人生于公元一九六五年六月十五日；卒于公元一九九四年十月二十七日。钟铁龙大惊，几乎是惊得往地上一跪，他的生日如果按公历推算，就是公元一九六五年六月十五日。黄家镇人的风俗，生日都是说农历，很少记公历。他与郑小玲结婚时曾对照着公历和农历查过，如果算公历他的出生日正是一九六五年六月十五日，他和小马是同一年同一月同一日生。此刻，同一年同一月同一日出生在不同地方的两个人，一个不再为生存而苦恼地永远躺在土里了，另一个还在生活中争斗。钟铁龙跪着撕开了那盘一万响的鞭炮，把鞭炮扯出来铺好，弯弯绕绕了两个来回，对杨敏说："嫂子，你站开，莫炸伤你了。"

杨敏起身退开几步，觑着他。钟铁龙点燃了鞭炮，噼里啪啦的鞭炮声把整座坟山炸得热闹了一气，残阳就在鞭炮的炸响声中隐退了，天空暗了下来，然后沉寂了。钟铁龙点燃了香烛，很虔诚地插到地上，烛火在死者的碑前缓缓燃烧，一股青烟于火光中飘上了天。

杨敏吸一口冷气说："你能来看我家马新，我家马新在九泉下也安息了。"

"应该的。"他回答。

他回头看一眼杨敏，说："嫂子，你到车上等我吧，我想单独跟小马说说话。"他掏出车钥匙要给她，"只要按一下遥控器的开锁，车门就开了。"

杨敏没接车钥匙，"好，"她说，很感激地看他一眼，"我到山下等你。"

杨敏转身下山，身影渐渐消失在浓重的暮色中。钟铁龙再次跪下，将一包包冥币撕开，扯出几张伸到香烛上点燃，慢慢烧着。"小马，谢谢你，真的要谢谢你，不是你，我可能还在监狱里，还有可能因抵挡不住没完没了的连续审讯，早承认了自己是杀害关局长的凶手，而被政府枪毙了。"他对着墓碑小声嘀咕，"我钟铁龙只告诉你，小马，你不冤枉，关局长是我杀的，因为他让我没法活下去，我一时冲动，就干了件很蠢很蠢的事。我以为只要公安找不到证据我就没事，但公安凭脑袋分析就清楚是我干的，何况还有人看见我开车离开了娱乐城。想起来，这是我钟铁龙做的一件最可怕也最愚蠢的事。在那种不让我睡觉的审讯中，我一度都想交代算了死了算了，就在我即将崩溃的时候，你挺身而出，为我钟铁龙顶了罪，是你让我免去了牢狱之灾。小马，我们是同年同月同日生，我们就等于是孪生兄弟，我发誓，只要我不死，只要我还有钱，我绝不会丢下你的儿子和女儿不管。你的遗孀是个守口如瓶的好女人，还年轻，你要祝愿她再找个好男人。"

钟铁龙在马新的墓前跪了很久，腿都跪木了，起来时，脚有些颤，不听使唤，那是腿神经麻了。他只好折着身体坐在坟前伸直腿，等待腿上的神经恢复知觉。天空完全黑了。这种季节山上连一只昆虫的叫声也没有，因此浓重的坟山给人一种可怖的沉寂。他没急着下山，又在坟前抽了支烟，还点燃一支中华烟，放在小马的墓碑上。他看了眼天，星星出来了，只有几颗，昏暗得不仔细观察都看不出来。他动了动腿，知觉恢复后，他把目光再次投到墓碑上，墓碑已黑得像块生铁了。"我走了，小马哥。"他说。

坟山下，杨敏缩着脖子在他车旁徘徊。说：他开了车门，"走吧，嫂子。"

刘副局长的新家是三室两厅房，局长楼，有一百多平米。整个装修都是钟铁龙叫力总的手下精心设计和装修的，装修的钱自然也是钟铁龙出的。刘夫人很高兴，因为一切都是按刘夫人的想法搞的。过年前，刘副局长一家人搬进去住了。晚上，钟铁龙就拎着包到了刘副局长家。刘副局长家仍坐了很多人，云集在客厅里看电视和打麻将。刘副局长不在家，刘夫人在，刘夫人见他进来就起身笑着对他说："来了，小钟。"她见钟铁龙迟迟疑疑的样子，忙让钟铁龙放心道："哦，都是我们家的亲戚。"

钟铁龙就冲刘夫人的亲戚一一点头，"刘局呢？"他问刘夫人。

刘夫人说："公安部的一个领导来了，他和宋局去陪了。"

钟铁龙就不再问，他对刘夫人使了个眼色，聪明伶俐的刘夫人很懂他这个眼色，就笑领着他走进书房。书房里做了一壁书柜，书柜里码着整套整套的古今中外名著，那些书都是钟铁龙让人从新华书店里拉来的。刘副局长没时间看书，刘夫人就更加不读书，所以这些书不过是在书柜里睡觉而已。刘夫人说："我的一些朋友说这个书房布置得很有格调。"

钟铁龙说："金天装饰公司的那班小年轻还是很有品位的。"

刘夫人非常喜欢钟铁龙，她从女人的角度都觉得钟铁龙这人很好很义道，她曾多次在丈夫面前赞美钟铁龙，说"小钟这人脑子好用，是个做大事的"，还说"钟铁龙这人大方，不像有的老板，送出去一千就妄想得到两千元的回报"。就在今天，钟铁龙打完电话，刘副局长送走一拨朋友后，转头严肃着脸告诫他夫人说："我跟你说，你不要与钟铁龙交往过密了，更不能收受钟铁龙的礼品。我干了这么多年公安，这个人我却看不透，你要是收了他的贿赂，我警告你，到时候别怪我不讲夫妻感情！"

刘夫人嘻嘻笑道："你什么意思？"

刘副局长沉默片刻后说："这个人给我的感觉是不择手段的。"

刘夫人就笑，在丈夫面前否认说："我怎么会收他的贿赂？他要巴结你这局长，我有什么办法？他来我酒店吃饭，我总不能把他堵在门外，不准他进吧，你说是不是？"

刘副局长虎着脸批评刘夫人说："你似乎为他做得太多了。"

刘夫人不在乎道："我人正不怕影子斜，小钟是我酒店的老顾客，顾客就是上帝，帮他说说话也合情理，你不要职业病地疑神疑鬼！"

刘副局长说："孔夫子说，君子群而不党，还是少来往点好。"

刘夫人恼了，反抗说："你别跟我说孔夫子，孔夫子是个大男子主义者，我最看不惯他，他说唯小人和女人难养也。什么女人难养也？他养过几个女人？他懂女人吗？我最讨厌他这句话！女人就只能是男人的下饭菜？我是女人，我要你养了？酒店一年进几十万，还不是我劳神费力的结果？你操过一点心？你别拿孔夫子的话唬我。"

这是两口子于三小时前发生的口角。此刻，刘夫人生怕钟铁龙不珍惜自己而出事，便关心他说："小钟，你要珍惜自己的前途，赚点钱也不容易，什么事都要注意。我家老刘最担心你。"钟铁龙一惊，忙点头，刘夫人又说："我家老刘是有原则的，刚才我还和老刘讨论你，老刘要我转告你，你年轻，容易犯好胜的毛病，别在社会上称雄。"刘副局长并没说这样的话，是刘夫人临时想出来的。刘夫人说："钱是赚不尽的，看开点。"

钟铁龙说："那是那是，我一定会把握好自己。"

刘夫人进一步打着丈夫的牌子关心钟铁龙道："老刘觉得你人义道，也大方，这一点与他的性格很对味，老刘也爱帮人，这也是别人很看重他的地方。但他担心你血气方刚，干傻事。所以有些事情，不该做的就千万别做。比如贩毒那样的事，你就千万不要沾边。"

钟铁龙说："我知道，刘姐。"

刘夫人的亲戚嚷着打麻将，刘夫人回答"我就来"。钟铁龙一听这话，忙从包里拿出五万元，又拿出一个一万元的红包，一并放到书桌上，"刘姐，这五万元是您这个月的红利，这一万是过年我孝敬刘局和刘姐您的。我不晓得买什么东西好，还是您自己买吧。"

刘夫人不好意思道："小钟，这怎么要得啊，老是收你的钱，我心里都有些不安了。"

钟铁龙说："刘姐，我有今天，全靠您刘姐关照。"

刘夫人咯咯一笑："小钟，你太客气了。"

钟铁龙一走出刘副局长家就打南区分局李局长的手机，李局长在牌桌上，因为钟铁龙听见洗麻将的声音从耳机里像海浪样传来。钟铁龙说："李局，你在哪里潇洒?"

李局长说："在金圣大酒店打麻将。"

钟铁龙说："我准备给你拜年。"

"明天吧，明天中午怎么样?"

"那明天中午我们一起吃中饭?"

李局长说："行，你说在哪里?"

吉祥酒店的员工都回家过年了，要初八才来，钟铁龙便说："就在金圣大酒店吧。"

李局长脸上有很多困意，因而猴脸灰暗，鼻头也没那么红了。李局长昨晚输了钱，他想赢回来，就没有人敢起身，因而打牌打到今天早上，要不是他惦记着中午与钟铁龙一起吃中饭，他可能会打到中午再"鸣锣收兵"。李局长简直就是个着一身警服的赌棍。他常自我慰藉说"公安也是人，也要玩"，指的就是打麻将。李局长只在南区他管辖的地盘上玩，金圣大酒店的棋牌室是他常光顾的场所，他在这里也有干股。他来了，那就是"爷"来了，没人不给他面子。钟铁龙与李局长握手，两人就进包房坐下了。钟铁龙点了几个高档菜，待服务员走开，钟铁龙便从包里拿出一个一万元的红包给李局长，李局长说了声"谢了"，就接了红包，把红包理直气壮地放进皮衣口袋，还拍了拍。钟铁龙看着这个长益市最厚颜无耻的男人问："李局，昨天晚上打牌手气怎么样？"

李局长淡淡地回答："不好，输了一千多。"

钟铁龙就笑："跟些什么人打？他们敢赢你的钱？"

李局长看一眼钟铁龙，说："几个老朋友，过去的同学。你又不打，你打就好了。"

钟铁龙想他跟李局长打那不等于是送钱？"我对打麻将一点兴趣都没有。"

李局长说："还是不打麻将好，一打就是一个通宵，很费神和时间的。"

"我也是这样看。看你们打牌都觉得累。"

李局长递支烟给钟铁龙，自己叭地点燃，说："我想戒麻将，但人家一喊，又想打。"

服务员端着菜走来了，两人就面对面地吃起来。钟铁龙端起啤酒杯，说："李局，你是我的贵人，你帮了我很多，为我们永远是朋友干杯。"

李局长也举起啤酒杯，两人碰了下，碰出了清脆的一声玻璃响。

石小刚打钟铁龙的手机："我回来了，刚下飞机。"

石小刚去了云南，随他老婆去云南过年。石小刚的岳父岳母都是中学教师，现在正是两位教师的寒假期间，他们就希望女儿在他们身边多符些时日。石小刚自己回来了，留下了怀孕七个月的老婆。钟铁龙说："我在金圣大酒店吃饭，你过来。"

石小刚就过来。石小刚看见李局长就对李局长笑着说："李局，新年发财。"

李局说："我有什么财发？你们发财，你们发财。"

石小刚还没吃饭，钟铁龙让服务员加了副碗筷，石小刚就狼吞虎咽地吃着。石小刚忽然盯一眼钟铁龙和李局长，说："李局，我们开个赌场吧？我在云南时实在无聊就去了趟瑞丽，那里的赌场生意好得吓人。"

李局长盯着石小刚："开赌场？那是政府明令禁止的，搞不得。"

石小刚说："我们三个人开，李局，我们三一分成。我来搞，投资并不多。"

石小刚很有信心道："就是买几台老虎机，买两个轮盘赌，定做两张押单双的桌子就行了，又不要好多钱。到澳门赌场转一圈回来，你就什么都会玩了，规矩也学到手了。我发现现在的人，都好赌，全民皆麻，打麻将就是赌博。但打麻将对于一些好赌的人来说，又不比纯粹赌博来钱来得快，也没有赌博来得刺激。"

钟铁龙望一眼李局长："这要李局长表态才行。"

李局长摸摸自己的红鼻头，说："这个态我不能表。"

石小刚说："李局搞吧？有你局长罩着，还怕我们发不了财？"

李局长的手机响了，是他老婆打他的手机，李局长对老婆说："我就回。"

李局长望一眼钟铁龙和石小刚，拿起钟铁龙送给他的一条软中华香烟，"我得走了，"他说，"我觉得你们还是要认真考虑一下，开赌场是政府明令禁止的，不要说我，就是市局刘副局长也不敢开这个口子。长益市是人民政府的长益市，开赌场是绝对不行的。"

钟铁龙和石小刚都起身送李局长，走出金圣大酒店的玻璃大门，见李局长伸手拦驶上来的的士，钟铁龙问李局长："李局你的车呢？"

李局长说："我那辆破车现在在修理厂治病，这几天我都是打的。"

钟铁龙想这个李局长还真是他的财神爷，自从李自强来南区分局当局长后，他的银元娱乐城生意就蒸蒸日上得不行，他忙把车钥匙掏给李局长，说："我这辆车给你用。"

李局长偏过头来看着钟铁龙，脸上一喜："给我用，你自己呢？"

钟铁龙说："你不要管我，你局长过年应酬多，需要车用。你那辆破车早该退役了。"

李局长见钟铁龙为讨好他主动把本田雅阁给他用，就客气地拍了下钟铁龙的肩膀，大声说"谢了"，一转身，神气地向停车坪走去……

四三　宋经理

石小刚见李局长开着车满脸快活地走了，便把他单眼皮眼眶里射出的自认为锐利的目光投放到钟铁龙脸上，用夸奖的口气说钟铁龙："你做人比我活泛些。"

钟铁龙瞟一眼石小刚："我们做的生意不是正行生意，是偏门，所以在公安面前不是做人，是做崽做孙。我们现在还是小老板，只是有几个钱，翅膀并没长硬。他们一不高兴就能把我们拈死。别看他们跟你笑，来和你坐在一桌吃饭，你晓得他们内心想什么？他们是我们的活祖宗，侍候好他们我们才能舒服。这辆车我打算送给他。"

石小刚没有听进钟铁龙的话，那当儿他被开赌场的想象和诱惑鼓舞得脑海里一片金灿灿的阳光。他很吃惊地瞪着钟铁龙说："你把车送给他那你不没车开了？"

钟铁龙说："我再买辆车。"

石小刚心里暗暗一惊，但没流露到脸上，问他："那你买什么牌子的车？"

钟铁龙很平和友好地看着他一笑："奔驰怎么样？"

石小刚说："那当然好啊。"

钟铁龙打燃打火机，将一支雪茄烟烧了烧，这才放到嘴里吸着。"奔驰车是有钱人的象征，王总开奔驰，别人对他就很尊敬。我的意思你明白吗？"

石小刚就觑着他，他又说："开奔驰的人总有点狐假虎威，别人摸不清开奔驰车的人的底细，不晓得他有多少钱和多大的背景，就不敢乱来。我并不是贪奔驰车的奢侈、豪华，我发现有钱人和有权人都认它，比如王总从奔驰车里下来，一些人就露出羡慕和尊敬的目光，就不会找王总的麻烦，连的士和公交车都绕开奔驰车走，这说明这个社会很势利。这是个用钱来衡量人的价值的充满铜臭味的社会，我们就是要利用别人的这种心理，免得别人动不动就来找我们的麻烦。在他来找麻烦前，他首先要掂量一下我们，这一掂量，心里就虚了三分。"

石小刚说："不找我们的麻烦，我们的日子就好过了。"

钟铁龙瞟一眼大街上的行人。"这个世界，活着的都是些被欲望和金钱缠身的人。"他指着大街上川流不息的芸芸众生说，"人人莫不如此，我们只是其中一员，但我们比那些走路和骑摩托车的人混得好。要想混得更好，就再努力干。"

石小刚笑："说得对。"

两人重新走进包房时，石小刚的脑海里还是被开赌场的利益鼓舞着，他坐到沙发上，也点上支雪茄烟，望着钟铁龙一笑："我们搞个赌场？"

钟铁龙看着两眼射出坚定和贪婪目光的石小刚，想了下说："我看这事有些困难。"他刚才很用心地听了李局长的话，"明令禁止"这样的话他不敢当耳边风，"既然是公安部门明令禁止的，就不好搞，弄不好是血本无归。"

石小刚有意见了："我还没搞你就说丧气话。"他望着钟铁龙，又说："我在瑞丽的赌场里，问过几个去赌博的人，他们都说开赌场是干坐赢不输的生意，钱来得快。"他一提到赌场就头脑发热、满脸兴奋，就想与其天天守着桑拿中心，不如开个赌场，猛赚几年，然后去世界各国旅游，再然后干别的行当。石小刚觉得钟铁龙越来越"大哥"了，那种平等关系似乎不知不觉地变了，这让同样争强好胜的他有点儿不舒服。几个小时前，他在飞机上盯着舷窗外散漫的云雾和透亮的蓝天，曾用拳头击着自己的手掌狠下决心道："我一定要显示自己的能力！"他想起他在天空上发的誓，脸上就一副很有追求的相，目光就变得更坚决、固执和灼热——那是他体内的火炉在燃烧，烧得他头顶都冒烟了，说："我考虑了一段时间，我来经营赌场。银城桑拿中心有张兵守着，我没必要天天守在那里。我搞这个新项目。"

钟铁龙说："小刚，真要开赌场，也不急在这一刻。"他不知道石小刚脑海里此刻沸腾着许多炽热的思想，犹如高压锅里炖着芋头排骨样。他的心很平稳，脸上就一种满足的表情。他玩着手中的雪茄，觉得自己和石小刚不知不觉就奢侈了许多。

308

这种奢侈当然是钱"闹"的，过年前账上就有三百三十万，且正每天几万几万地增加。他想到了三狗和张兵，觉得这两个人是他的得力干将，像关云长和张飞忠于刘备样忠于他，便觉得不光只是工资提到五千块钱一月就完事，还应该进一步地好，好到他们死心塌地地跟着他钟铁龙，就像萧何和曹参死心塌地地跟着刘邦似的。想到这里，他一笑，对石小刚说："我准备给三狗和张兵各买套三室两厅，付首期，另一半让他们自己慢慢付。三狗谈女朋友了，那个女大学生要跟三狗结婚。"

石小刚想钟铁龙对朋友不是嘴里好，而是用行动来表现，自己以后在做人方面一定要跟他学。忙说："那是好事情。"

"他现在还没房子，我得安排他和张兵都在长益市有房子，让张兵把老婆和儿子接来。这样，大家才会团结一致，才可能死心塌地地跟着我们干。"

石小刚听到"我们"二字，又觉得钟铁龙还是没把他当手下，也就不计较刚才钟铁龙说话的那种领导干部样的口气了。他说："那就买宏都花园的房子吧。"他也比较喜欢张兵和三狗，觉得这两人义道、忠诚，没用错。"李培的老婆就住在那里，他们也好有个照应。"

"行。你认识那个老板，看能不能再便宜些。"

石小刚激动了："他们还可以解决户口问题，买他们的房子他们就跟你解决户口。"

钟铁龙觉得石小刚与他真是绝配，什么都能想到一起。"那最好。要是张兵知道他老婆和孩子的户口都可以迁进长益市，成为长益市人，他一定很高兴。他老婆也会高兴。"他想他终于可以帮三狗和张兵解决实际问题了，又说："小刚，先不要告诉他们，告诉了就平淡了，到时候我来给他们一个惊喜。我要让他们记一辈子。"

石小刚想他还会玩浪漫，便说："只要你能沉住气，我是不会说的。"

"我们两人常常能想到一起。"他望着石小刚，"这也是我们能同舟共济的原因。"

"那当然，我们是兄弟。"

两人说了很多话，钟铁龙的手机响了，是那个刘进。刘进用甜甜的声音问他回来没有，他说："我刚到，我的车还在一个朋友手上。你在哪里？"

刘进说她在家，钟铁龙说："出来吧？你出来我就赶来。"

刘进说她出来，钟铁龙就笑容满面地对女服务员说："买单。"

石小刚听出是一个女孩子的声音，问他："是一个女孩吧？"

"刘进。"

石小刚眼里出现了刘进那张娇艳的小脸蛋，羡慕地抿了下嘴唇："你跟刘进搞上了？"

钟铁龙的脑海里就出现了刘进那婀娜的裸体和热烈的鱼水交融的幻象，脸上便一笑："今天我要跟她上床。听我的好消息。哦，你把车借我。"

石小刚把车钥匙丢给了钟铁龙。

石小刚吃多了，肚子有些胀。他叼着雪茄，缓缓往前面的解放路走去。解放路上有一家酒吧，叫"东方快车"。他就向那个酒吧走去。长益市的这一天阳光灿烂，是二月里少有的一个阳光明媚的天气。人沐浴在阳光下，感觉这个世界非常绚丽、舒适、美好。石小刚的手机响了，母亲打电话问他今天回不回家，他对母亲说，今天车被朋友借走了，明后天回来。过年前，石小刚开着车回了趟村，送了些吃的东西给父母。那天天气很冷，他只住了一晚，与母亲和姐姐姐夫说了很多话，还给了姐姐姐夫们一人一千块钱过年，使两个姐姐和姐夫笑得嘴都合不拢了。

石小刚生于一九六四年九月，那一年是龙年。他懂事后，姨父回忆说，他出生时，止遇上村里大旱，连续两个多月没下一点雨。他家屋前的那口塘都干裂了。他出生那天，下起了雨。而最重要的是他出生的那一刻，雨停了，一道彩虹出现在他家的后山上。如果是站在村子里看，那道彩虹就在他家的屋顶上。他生于午时，村里算命的说，他必定大富大贵。因为男孩子很难有午时生的，生在午时，若在古代，是要头戴官帽身系绶带，坐轿进朝廷的。石小刚小时候身体非常差，很孱弱，病病歪歪的，腿整个就是软的，怎么站也站不稳。三岁才能在床上爬，五岁才在姐姐的搀扶下歪歪扭扭地学走路，七岁了还于走路时脚打跩，忽然就往地上一扑，好像给什么人拜年似的，因而经常摔得鼻青脸肿且一身脏兮兮的。然而，即使是这样，他仍然在家里受到了最高的"礼遇"，因为算命先生的那一番谬语，使他在家里有着不可忽视和动摇的特殊地位。姨父是个农民梦想家，读过几年私塾，农闲时喜欢翻看老书。还在石小刚背着书包上村小学时，姨父就语重心长地告诫他，要他好好读书，将来必定是国家之栋梁。"小刚，姨父老老实实告诉你，你跟别人不同晓得啵？"石小刚不晓得他哪里跟别人不同地瞧着姨父，姨父给他幻想说："你出生时，有一道彩虹罩着你家屋顶和后山。算命的说你的命贵。"

石小刚不相信道："真的吗姨父？"

姨父告诉他："千真万确。不信，你可以问你爹。"

"我爹说我是个蠢宝呢。"石小刚说。

姨父笑了："你爹才是个蠢宝。你不是，你的命会比你爹好。不过你要改变当农民的命运，首先应该把书读好。你只有先把书读好，才会有大出息，懂吗小刚？"

石小刚似乎听懂了姨父的话，因此他很努力地读书，觉得自己的命运与村里其他男孩子不同，因为大家都说他出生时他家的屋顶上有一道彩虹。不是随便什么人出生时屋顶上都有彩虹的。村里的同龄男孩，都贪玩，很多男孩读了小学或初中就把书包一丢，回村种田了。石小刚抱着姨父灌输给他的"坐轿进朝廷"的美梦，考上了高中，跟着又考上了大学。他觉得自己的苦难云消雾散了，背着背包，抱着很多人寄予的厚望踏上了征途，像一条龙游着离开了苦难的村落。但大学一毕业，他的梦也跟着"毕业"了。他长大了，清楚如井底之蛙的姨父及村里人是多么无知。这么大一个世界，他生在这个世界里算个什么东西！他一个大学生算个卵！他觉得自己被骗了，一切努力不过是一场设计好了的骗局。他感到很没劲，想一个人从副科长到科长，从副处长到处长，再从副厅长到厅长，又从副省长到省长等，那要爬到何年何月呀？而且还不见得能爬到他想要爬的位置上去。也许一辈子就是个科长，最多也就是个副厂长或厂长而已。厂里有些老人也读了大学，几十年过完了，不就是名普通干部吗？他想到了另一条路，就是人无横财不富的路——这条路才是衣锦还乡的捷径。时代不一样了，读书做官不再是唯一的途径。经过一年多的反复思考和比较，他决定放弃仕途上的追求，选择一条通向财富的路，且将钟铁龙也拉上了这条路。

石小刚心里有不平，他拼命把这种不平压着，不让这种不平爆发，就像你把对领导的怒火压下去一般。他的不平在于，钟铁龙是他拉上这条路的，但如今钟铁龙好像变成了他的老大，这让他心里别扭。石小刚的头上有反骨，这不奇怪，因为石小刚不是一个愿意久屈于他人之下的男人。钟铁龙虽然没对他指手画脚，但公司里的一切都是钟铁龙说了算，如今钟铁龙又准备动用一大笔资金买奔驰车，为此还说了一大堆理由，这让他心里有一丝不悦。我现在好像是他的打工仔了！他有些生气地自语道。

石小刚当然不会跟钟铁龙翻脸。他是个明白人，清楚他和钟铁龙是一根绳子上的两只雄蚂蚱，一旦闹翻了，两人这些年经营的一切就完了。"我嫉妒心太重了。"他自我检讨说，"我应该祛除身上的嫉妒心。我居然嫉妒钟铁龙的才能，还嫉妒他办事果断，这是很危险的。"

石小刚不爱读古书，但钟铁龙曾把一些读史书的心得说给他听。他记得钟铁龙说："陈胜、吴广之所以失败，天下最后被刘邦夺去，是陈胜和吴广都想称王，因而分手了，一分手就势单力薄了。"钟铁龙说这些话时，脸色很凝重，又说："清朝咸丰年间的太平天国起义，太平军打下了半壁江山，后来之所以失败，也是天王洪秀全与东王杨秀清闹翻所致。"钟铁龙的用意他明白，石小刚也是个聪明人，一听就懂，说："那当然，我们也不能分。"钟铁龙喝口茶，躺在铺上，折着身体盯着他说："我感觉历史上能真正做到'同甘共苦'的人很少。刘邦杀韩信、英布、彭越，是因为韩信、英布和彭越的心志都很大，都想称王，无法与刘邦'同甘'。明朝开国皇帝朱元璋杀那么多功臣，也是天下安定下来后，'同甘'时彼此猜忌所致。老话说，疑心生暗鬼。暗鬼一生，彼此就不和了。小刚，我们一定要彼此信任，绝不做违背彼此的事。"这番话自然是在钟铁龙的长包房里说的，他也晓得钟铁龙是出自肺腑之言，他听了这话很感动，当即点头说："那当然，还用你交代?!"

但石小刚的心也很大，这是没办法的，因为他是那种好表现的人，还在厂团委当宣传委员时，他就喜欢展示自己的聪明才智，写表扬稿、出通知，字写得龙飞凤舞。当桑拿中心的日子安定下来后，他觉得自己守着桑拿中心的日子就有点英雄无用武之地了，展不开自己的拳脚。他想开赌场，建立自己能发号施令的"王国"，从而显点本事给钟铁龙他们瞧瞧。在石小刚那狭隘的妒忌心很重的心里，钟铁龙、黄建国和张兵是"他们"，而他是单个的独立的宁乡人，不属于"他们"那个范畴。在一起商量事情时，只要他们三人说一口白水土话，假如他们不说普通话而大张旗鼓地尽情说白水话时，他连一句都听不懂，这让他感觉自己有些势单力薄，因而心生不悦。这两年，石小刚嘴里不说，心里还是有想法的。他想拉 支自己的队伍，扩大自己的势力。两年前，钟铁龙想做什么事都事先跟他商量，现在是把事情做了再跟他说，这证明钟铁龙有点不尊重他了。关局长的死，其实是钟铁龙干的，小马透露了，那天晚上他在离犯罪现场不远的顺利巷碰见了钟铁龙。枪是他石小刚送给钟铁龙的，钟铁龙居然说不是他干的，还说枪早被他丢了。钟铁龙没有对我说真话，好像我会去告密似的。他比我狠，这令我石小刚佩服，他想，所以我要建立自己的队伍，培养自己的嫡系。

石小刚开赌场的想法之所以能迅速燃烧起来，不光是受云南赌徒的鼓励，长益市也有人怂恿他开赌场，说澳门的好些赌场老板，资产都是几十亿几百亿。还说澳门的赌场老板，除了有豪华别墅和豪华游轮外，还有私人飞机。今天在夏威夷打高尔夫，明天在英国的高尔夫球场甩杆子。这话让石小刚产生了强烈的幻想。石小刚想：奔驰算个卵，我赚了钱一定要买一架飞机，到时候把飞机开到村子里，那不把村里人羡慕得一个个晕死？这个给在农村长大的石小刚这么多幻想的人，是东方快车酒吧的宋经理。宋经理是个好色的年轻人，银城桑拿中心的常客。有段时间，他几乎天天泡在银城桑拿中心，今天这个小姐、明天那个小姐地猛搞。后来的一天，他对石小刚说他搞得脚都抽筋了，得歇歇身体了。他消失了半年，突然又出现在石小刚眼里时，他告诉石小刚他没做建材生意了，在解放路上开了家酒吧，名为"东方快车"。"没事时你就来我东方快车喝喝酒。"宋经理那天说。

从小在山上摘蕨菜，在竹林里挖笋子，在田里插秧、割禾，且背着书包在乡间小道上敞开喉咙唱歌的石小刚，能与长益市的年轻老板交朋友，他当然去了。那天是星期三，连续下了一个星期雨，空气很潮湿，带着霉味儿。他感到心闷，就开着车去了。

宋经理是长益市的一个"玩家"，一脑壳的坏点子，是个奉行好事做到底、坏事要做绝的人。他是个金庸迷，一时称自己是采花大盗田伯光，一时又自诩是《笑傲江湖》里坏透了的岳不群，或是《射雕英雄传》里的那个西毒欧阳锋。欧阳锋一肚子坏水，宋经理自诩也是一肚子坏水。宋经理鼓励石小刚开赌场说："我们开个赌场？你投资，我入干股，我叫人来赌。长益市有一层赌徒，他们只喜欢赌，不爱玩别的。"

　　宋经理那天一脸蔑视地说："那帮杂种只要听说有赌场就跟狗一样地寻来了，拎着一箱箱的钱，拦都拦不住。真是一帮嗜赌如命的杂种。"

　　石小刚喝着啤酒，大脑皮层被宋经理的这番话刺激得很兴奋，他脑海里闪现了直升机和游轮，还有他一身白衣白裤地从舷梯上下来的幻影，说："真的？我怎么没见过？"

　　"你见得到的？"宋经理觉得石小刚外行道，"那帮人就跟王朔小说写的一样，玩的就是心跳。你开个赌场，我把他们叫来玩，你赌场赢了钱，我抽百分之十怎么样？"

　　石小刚生性多疑，就怀疑地问宋经理："你自己开不是一样？"

　　"我自己开就不好把他们叫来玩。你在台面上，我做笼子，把他们带进笼子里。"

　　石小刚也是个歪人，动心了，说："我还有一个合伙人，我得跟他商量。"

　　宋经理喜欢单干道："石总，这年月，谁还跟谁合伙？都是自己给自己打工。"

　　这是过年前，石小刚在东方快车喝酒时，宋经理和他聊天时说的话。

　　石小刚一路缓步走进了东方快车酒吧。此刻是下午，酒吧还不到热闹的时候，宋经理在，看见他，打了个哈欠，眼泪水都打出来了，说："哎呀，石总新年好，你坐。"

　　宋经理是长益市的痞子文化培养出来的我行我素的流氓，长一张圆形脸，一头长发垂落在肩上，乍一看有点女性味道，多看几眼才能断定他是个男人，因为他有喉结，且下巴上有几根山羊胡子。宋经理曾经学过美术，不喜欢人云亦云，衣服就故意乱穿，旨在标新立异。他穿着看上去很像农民的黑棉袄，棉袄敞开着，露出了里面的土色羊毛衫。

　　石小刚晓得宋经理这人自私，谈吐中时常进出自私自利的言语，且是个滑头。但他仍喜欢跟他玩，这是宋经理这人有滑稽好玩的地方。石小刚见宋经理脸上有层疲倦，以为宋经理昨晚搞妹子去了，便笑笑说："搞妹子去了吧你？"

　　宋经理反问他："哪个搞妹子搞得一晚？我昨晚打麻将打到凌晨四点。"他又打个哈欠。

石小刚觉得宋经理的牙齿能把木头咬碎，问："你们玩好大的？"

"玩一百的，输了一万七千元，手气否（方言：差）得死。"

石小刚见宋经理说这话时脸上有一种懊悔，便同情他说："你手气否就该早点收场。"

"你是不打麻将，打麻将是输家怕天亮，赢家怕吃饭。"宋经理看着石小刚，"输家怕天亮了人家不玩了，赢家怕吃了饭转手气。输家越输越想赢回来，就玩到凌晨四点。"

石小刚想宋经理一定认识不少长益市的赌徒，心里就有火花闪亮。他点上支古巴雪茄："我如果开个赌场，你会带人来赌么？"

宋经理伸了个懒腰，把两条腿架到一张椅子上，翘起半边屁股放了个响屁。"你终于想通了？"他望一眼石小刚，声音怪怪地笑，"其实不要我带，也会有人来，只要你的赌场隐蔽、安全，公安不来吵事，我当然会带人来玩。"

石小刚感觉宋经理很粗俗，想钟铁龙能做的事，他石小刚也能做。"公安是鳄鱼，但只要喂饱了就不咬人了。"石小刚说的是钟铁龙曾对他说过的话，"关键是要有人来赌。"

"那你放心。"宋经理鼓励石小刚开赌场说，"有人说，阳世上只有三样东西吸引男人，金钱、女人和权势，赌是玩钱啊。长益市有一层好赌的人。他们的鼻子跟狗鼻子样，嗅觉灵敏，只要晓得你开了个赌场，他们还有不来玩的？这跟你开桑拿中心是一个道理。"

石小刚觉得宋经理说得有道理，笑了下说："还真是这样。"

宋经理说："你开赌场我第一个来赌，来贺喜。"

石小刚望宋经理一眼，忽然觉得他们两人为什么投缘了，因为宋经理什么都愿意跟他说，比钟铁龙透明。钟铁龙身上总是有一层很结实的膜，仿佛穿着铁布衫，让他总觉得进不了钟铁龙的内心，就像一只蚊子飞不进蚊帐似的。这个在长益市长大的宋经理与他无话不谈，给他一种彼此很近的亲切感。他下决心说："有你支持，那我就开个赌场。"

四四　石妹子

这天，石小刚打算狠狠地睡一觉，把自己这一向的睡眠恶补回来。银城桑拿中心有张兵和小黑皮，这两年又风平浪静的，他用不着像小男人守媳妇样天天守着了。这一向，他老在东方快车泡着，把大量的夜晚时间都耗在酒吧里了，于是没睡什么觉。他玩得脸都肿了，眼皮也泡泡的。昨天晚上，他八点钟就睡了，直睡到今天中午一点。"我睡了个好觉。"他说。他没事可干，云南妹在云南的父母家，他一个人在家就待不住。他是个好热闹的人！他开着本田雅阁又驶到了东方快车酒吧。宋经理不在，酒吧里有几个客人，还有几个穿戴时髦的酒吧女。他要了个炒饭和几碟菜，还要了几瓶啤酒，一个人慢慢吃起来。

一个穿得挺时髦的酒吧女走来，笑得很灿烂，好像白云上抹了层朝霞。"你好，你一个人喝闷酒呀。"说着，她在他对面坐下，用一双明丽的眼睛觑着他。

那时长益市才刚刚兴起酒吧，那时的酒吧与今天的酒吧不太一样，为招揽男人来玩，酒吧里有不少酒吧女。她们都是宋经理请来的"托"，来陪一些男人喝酒，因为酒喝得越多，酒吧就越赚钱。她们都会喝酒。酒吧女在酒吧里靠的是消费提成。酒吧女用媚眼瞅着石小刚，石小刚也瞅着她。酒吧女戴着顶牛仔帽，帽檐长长的。酒吧女摘下帽子，一笑。石小刚觉得她的脸长得好看，年轻还是其次，关键是看起来很阳光，就留下她说："喝酒。"

酒吧女嘻嘻一笑，见桌上没几个值钱的菜，便大胆建议说："是不是还来点别的？"

石小刚觉得这女孩子不拘泥，好玩，就说："你想吃什么就点。"

酒吧女就拣酒吧里贵的东西点，要了一碟手撕鱿鱼，还要了一碟烧烤羊排。酒吧女要了这些东西，脸上的笑容更多了，好像地上撒满了金黄的谷子，差不多都有稻香了，眼睛也笑得弯成了屋顶上的一线月牙。石小刚更加觉得她长得妩媚好看，就有了想跟她做爱的冲动，心情立即开阔了，仿佛有一大片肥沃沃的土地铺在他心田上，那里的稻谷一夜之间就蹿得老高了，似乎能看见金灿灿的穗子在摇曳了。他问酒吧女："你是哪里人？"

酒吧女回答石小刚："我是长益市人。"

石小刚想他还没跟长益市的姑娘做过，问："真的是长益市人？"

酒吧女觉得没必要重复道："你觉得我不像长益市人？"

石小刚想长益市的姑娘就是大方，不像他们村的姑娘忸忸怩怩。他问："你多大了？"

"十九岁。"

"读了高中吧？"

"肯定读了。"

石小刚想那就好，继续问："姓什么你？"

"姓石。"

石小刚听她说姓石就仔细地看了她一眼，说："姓石？我也姓石。"

酒吧女就笑了："那我们是家门。"

"家门。"石小刚举起酒杯，"为我们姓石喝一杯。"

酒吧女高兴地做了个鬼脸，一仰脖子，把杯中的啤酒全倒进了嘴里。

石小刚表扬她说："好酒量。"

服务员端来了一碟手撕鱿鱼和一盘烧烤羊排。酒吧女拿起一块鱿鱼撕下一条吃着。石小刚瞧着酒吧女吃鱿鱼，觉得她的吃相很文雅，不像酒吧女而像大家闺秀。而且酒吧女的脸也很白净，皮肤看上去十分光洁。石小刚就想他一个农村里长大的乡下人，要是能跟她这个长益市的姑娘睡一觉，那不是"孔雀东南飞"了？便勾她说："你很漂亮。"

酒吧女不屑他的赞美说："算了吧，你们男人都喜欢哄女人。"

石小刚觉得她回答得聪明，说："我是说真话，不哄你。"

"是吗？那我谢谢你。来，喝一口。"

石小刚端起酒杯，两人碰了下。他说："我喜欢你这种无拘无束的妹子。"

酒吧女机敏地一笑："你尽拣好话说。你真会说话呀石老板。"

石小刚觉得今天下午的郁闷都被她解决了，好像竹林里的湿气被太阳收干了样，就大声对吧台说："再来两瓶啤酒。"

两个人从下午两点多钟喝酒喝到凌晨一点钟，整整喝了三十瓶。这期间，两人除了上卫生间外，一坐下就又是喝酒、聊天、猜色子。手撕鱿鱼、烧烤羊排、凉拌黄瓜和香菜拌豆皮等也吃了好几百元钱。结账时，石小刚的脑袋已有点晕了，从皮夹里扯出一叠人民币，懒得数了，对酒吧女说："你数一数是多少？"

酒吧女没数完，因为她随便数了数，有两千多元。酒吧女说："不要这么多钱。"

石小刚想男人征服女人的第一要素就是大方，女人最讨厌男人吝啬，只有大方，女人才会拿你当男人。他豪气十足地一扬手："剩下的你拿着。"

酒吧女的眼睛一亮，小脸蛋上就溢满了快乐："真的给我？"

"未必我还骗你？"石小刚说，觉得自己要走桃花运了地站起，摇摇晃晃地走了。

过了两天，石小刚于一个下午的三点钟又来了。他把车停在东方快车酒吧前，几乎有点堵住用棕树皮装饰的酒吧门了。酒吧里的服务员跑出来，见是他就没阻止他这么做。石小刚跳下车，进门扫了眼酒吧，酒吧里光线暗淡，看不清人的脸。他对酒吧的服务员说的第一句话就是："来一打啤酒，把那个姓石的妹子叫来陪我喝酒。"

宋经理跟他打招呼："石总，你越来越精神了。"

石小刚很高兴地拍拍宋经理的肩，把一瓶啤酒推到宋经理面前："来，我们喝杯酒。"

姓石的酒吧女出现在他面前了。石妹子长一张很阳光的瓜子脸，有那张瓜子脸，这个世界是很好玩的，喝酒有男人付钱，吃饭有男人买单，真是太快乐了。石妹子的头发梳得贴着头皮，脸上没怎么化妆，只是把嘴涂得鲜红。石小刚指着椅子说："坐。"

石妹子笑着坐下了。

宋经理忙起身："你们谈你们谈。"

石小刚没留宋经理，有石妹子陪他，他觉得够了。石小刚今天备足了雪茄，那天石妹子说他抽雪茄的模样很酷，他当然就想"酷"给石妹子看。他把一盒精美的雪茄烟放到桌上，抽出一支递给石妹子，笑着问她："你抽不抽？"

石妹子可不是待在家里的闺秀，读高中时她就出来玩了，一眼就清楚这种雪茄烟贵得让人晕。她表示识货的样子说："这雪茄很贵的吧？多少钱一支？"

"人民币一百八十元一支。"

石妹子还是感到吃惊地瞪大眼睛看一眼石小刚："这么贵？"

"五一路的金威洋酒和雪茄专卖店有卖，你自己去看。"

石妹子就十分好奇地接过雪茄："那我要抽一支。"说毕，她就学着石小刚的派头点燃了雪茄，一笑，眼睛笑成了一弯熠熠生辉的黑月亮。

石小刚动了色心，想把这个女人睡到身下，看着她问："味道怎么样？"

"好抽。"石妹子笑得眼睛眯了起来，"我喜欢男人抽雪茄。好酷的。"

石小刚玩着手中的雪茄，目光时而落在雪茄上，时而投在石妹子脸上，想这个女孩子一定很开放，说不定今天就可以上床。说："我觉得女孩子抽雪茄也好看。"

啤酒拿来了，石小刚又要了羊排和手撕鱿鱼，两人又抽烟、喝酒，吃着烧烤羊排及手撕鱿鱼。石妹子很感兴趣地问石小刚："石大哥在哪里发财？"

石小刚嘿嘿一笑，不想跟石妹子说桑拿的事情："在你看不见的地方发财。"

石妹子也嘻嘻一笑："咦呀，你这是故意不告诉我呀。"

石小刚想到了自己准备干的事，便说："我是开赌场的。"

"开赌场？那好玩呀。"

石小刚开玩笑道："看着别人把钱掏出来往我口袋里放，是好玩。"

"我可以去你的赌场玩玩吗？"石妹子一脸的向往，就直着眼睛瞪着石小刚，"要不，叫我去你赌场当服务小姐吧？"

"可以呀，不过要等一段时间。"

石妹子说："为什么要等一段时间？"

石小刚笑笑："我的赌场还没开业。"

石妹子又笑了，用一双媚眼瞟着他："你说话真有意思。"

石小刚觉得她挺逗人爱的，跟石妹子在一起很轻松，好像他跟这个女人已认识了很长一段时间似的。他想不知她有男朋友没有，便盯着她说："小石，你有男朋友吗？"

石妹子挥了下手："吹了。我一封休书把他休了。"

"你炒了他的鱿鱼？"石小刚更加觉得这个女孩子可以上床了，"他是干什么的？"

"打工的，在一家发廊学徒，徒不好好学，经常跑到发廊对面的电游室打电游。"

"那是应该把他炒了。"

石妹子说："他太没出息了。"

石小刚见石妹子俊俏的小脸上有些不快，便说："喝酒。"

石妹子就拿起酒杯喝了口啤酒。石妹子一手拿酒杯，一手夹雪茄，脸上挂着青春且快乐的笑。石小刚觉得钱这东西真好，钱可以完成自己想做的一切事情。他又想这个十九岁的酒吧女肯定是个有嚼头的骚货。他用一种愉快的眼神看着她说："现在是四点多钟，我们再玩两个小时，然后我们去蓝天大酒店，我请你吃晚饭。"

石妹子说："老板不让我们跟顾客出去吃饭。"

石小刚说："你们宋经理是我的朋友，我跟他说。"

宋经理自己是男人就充分了解男人，一般不准酒吧女跟男人出去。他之所以招来这么多漂亮女人，就是让这些漂亮女人在他的酒吧里勾引男人，让男人不断地拥来，为她们大把大把地花钱。宋经理非常明白地告诫他的酒吧女："不要一下子就跟喜欢你的男人上床，因为一旦他们把你们睡了，你们在他们眼里就没魅力了。"宋经理还告诫他的酒吧女说："来酒吧玩的男人，十个有九个是拈花惹草的。男人如果说他好爱你的，你们就要警惕，这是他们想跟你睡觉。懂吗？"石妹子就用那种想洞穿石小刚的目光盯一眼石小刚，石小刚马上给石妹子一个笑。"我今天想跟你一起吃晚饭。"石小刚又说。

石妹子再次拒绝石小刚道："我们老板不准我们跟你们出去。"

石小刚就举起胳膊对那边的宋经理招手，宋经理看见石小刚的手臂，忙笑嘻嘻地走来："怎么，石总叫我？"

石小刚大声说："宋总，我要带石妹子出去吃晚饭，你批准不？"

宋经理说："哪敢不准啊，是别人我不会同意，你石总，那就是另一回事。"

石小刚扫了眼酒吧的装饰，调子很暗，用色大胆，门啊柱子啊和做在外面的屋梁都大胆漆成了黑色。石小刚表扬宋经理说："有些酒吧弄得很俗气。你的酒吧显得很有艺术味儿。"

　　"哪里哪里，装修得太仓促了。"宋经理像女孩子样甩了甩头发，又说，"本来还可以搞得更出味的，后来没时间搞了。"

　　石小刚对宋经理说："你跟我留意一下，看有什么地方适合开赌场。"

　　宋经理人妖样地挥下手，说："没问题，你石总吩咐的，我保证跟你打听。"

　　石小刚又点燃一支雪茄。宋经理虽然不抽雪茄，但他清楚抽雪茄的男人都有钱，不然就不会奢侈到抽雪茄了。宋经理的鼻子是一流的，一嗅就明白这种雪茄的味儿很纯粹，是古巴雪茄。宋经理望一眼石妹子说，"你可不能得罪石总，石总是我朋友，是大老板。"

　　石小刚就笑着对酒吧女说："你们老板同意了。"

　　宋经理说："小石是从不跟客人出去吃饭的，你能让她出去，那证明你有魅力。"

　　石小刚就为自己的魅力高兴道："是我和小石有缘分。"

　　石妹子就汤下面地笑了笑，附和石小刚道："看来我跟石老板是有缘。"

　　七点钟时，石小刚把酒吧女带到了蓝天大酒店。石小刚不是要吃饭而是要品尝石妹子，他在东方快车酒吧喝了很多啤酒，又吃了很多下酒菜，肚子一点也不饿。他走进蓝天大酒店华丽的大堂时，觉得这个世界因为有漂亮女人而美好，就掉头问石妹子："你吃饭吗？"

　　石妹子也没有吃饭的意思，笑笑："我肚子是饱的，不想吃。"

　　石小刚说："那我们就开间房休息，等晚一点再下来吃宵夜？"

　　石妹子说："随便你石老板。"

　　石小刚的心里蓦地呈现了一大片蓝天，就觉得自己是一只雄鹰。他走到总服务台前，开了个单人间。酒店的客房布置得很高档和舒适。石小刚把皮包丢到床上，自己就一个大字地躺到床上，看着石妹子。石妹子在沙发上坐下了。室内暖烘烘的，石小刚觉得热就把外衣脱了，也要石妹子把外衣脱了，石妹子看他一眼，也脱了外衣。石妹子穿件白羊毛衫，白羊毛衫紧束着她的腰，身材很好。石小刚大胆地盯着石妹子，看得石妹子脸都红了。石小刚说："小石，你的波真大啊。"

　　石妹子眯起眼睛瞟他一眼说："你讲点别的好不好？"

　　石小刚说："我是个农民，我们村里的农民说女孩子长得漂亮只用一个白字，不是说你长得很美，而是说你长得好白。我就觉得你长得好白。"

　　石妹子眯起眼睛笑了："石老板，你说话好有意思啊。"

石小刚觉得石妹子说话的声音好听，眼睛也水灵灵的，就道："我们村里的农民都是我这样说话。我们村的农民不晓得浪漫，都是来硬的，把姑娘往床上一按就脱衣脱裤。"

石妹子左右望望，不晓得怎么回答石小刚的粗鲁，便说："你讲点别的吧。"

石小刚拿云南妹与石妹子比，云南妹既没石妹子年轻，也没石妹子生得狐媚。云南妹的优点是比石妹子多读了几年书，但石妹子青春、靓丽，胸部也比云南妹的饱满和骄傲。他起身，把石妹子搂到了怀里。石妹子偏着头说："不要这样好不好石老板？"

石小刚说："为什么不能这样？我喜欢你。"

石妹子想挣脱开，石小刚把她搂得更紧了，还把她抱了起来。

石妹子说："我们还没培养感情呢。"

石小刚就没急于下手。他想她已经是只煮熟的鸭子了，还怕她飞了不成？他打开包，拿出古巴雪茄，问她说："你抽支雪茄不？"

石妹子说："你抽呀，这么贵，我就不浪费了。"

石小刚点燃雪茄，吐出一口雪茄烟，室内顿时就飘散着雪茄烟的香味儿。他将腿架到茶几上，眼睛就望着墙上的一幅油画，那幅油画画着一片森林。我已经是"而立"之人了，我的王国在哪里呢？他想。"我准备开一个赌场。"他把目光放到石妹子的脸上，"到时候我的赌场里总需要几个女孩子端茶送水，你就做领班。工资么，给你三千元一月。"

石妹子立即笑得目光都亮了："三千？好啊。那我先谢谢石老板。"

"我相信你会尽心尽力，我也欣赏你能喝酒。"石小刚用美好的前程引诱她，"到时候我还会招几个女孩子，都由你管，你是她们的领导，要把她们领导好。"

石妹子笑得更灿烂了，这正是她梦寐以求的，她说："我一定尽我的能力。"

"我要给你一个舞台，让你展示你的能力。"石小刚想不给她许诺，她怕是不会跟他上床，又一笑，"在赌场里做事，你要学会察言观色。你人机灵，我相信你一定能做好。"

石妹子说："我谢谢你能给我一个舞台，我一定会做好我的事情。"

石小刚想是时候了，就把她搂到了怀里。石妹子因被"舞台"的梦所吸引，就不敢拒绝石小刚的搂抱。石小刚搂着一个城市女孩，心就甜得如同吃了一大口蜜似的，想他那些在农村里一起长大的初高中同学，又有几个有他这么风光？于是把石妹子搂得更紧了，手就在石妹子的腰和臀部之间没完没了地徘徊，嘴里却叼着雪茄。石小刚知道自己这样子很流氓，但他已顾不得那么多了。他将未抽完的雪茄放到烟灰缸上，抱起石妹子，移步到床边，一起倒在了松软的席梦思床上。石小刚说："你真让我动心，亲爱的。"身体就压在了她身上。

石妹子看着他，提醒石小刚说："石总，我们是不是太快了？"

石小刚说"不快"，就低下头亲她的脸。石妹子想把脸扭开，但没用。石小刚把她的脸扳正，嘴就凑到了她嘴上，问她："我嘴里是不是有烟气？"

石妹子皱着眉头说："有。"

石小刚觉得这个女孩子味道纯正，身体白净、青春，散发出青草的芬芳，接吻时嘴里透出香气，便决定把这个女孩子做情人养起来。说："你跟着我，就要学会忍受我嘴里的烟气。"手就在石妹子身上摸着。

石妹子在酒吧里见得多，知道男人花言巧语的时候只有一个目的，就是把他喜欢的女人弄上床睡。她想阻挡他的手进一步深入，说："别这样好不好？别啰，石总，别啰。"

这更加刺激了一身野性的石小刚，让他的身体如一炉火样炽热起来。他觉得他征服她应该是件简单的事。有一会儿他没动，只是仔细地盯着她。她的眼睛一动一动的，她脸上和脖子上的皮肤真好，光洁润泽。他满脸欲火道："亲爱的你真的不能怪我，你太让我爱了。"他起身，把石妹子的手拿到他的下身处，"我想控制，但它没大脑，它控制不了自己。"

石妹子把手移开，笑笑，"不行，真的不行，你们男人一达到目的就不理人了。"

他粗鲁地把她的毛衣掀到脖子上，俯下身，石妹子推他，没把他推动。她就在他脑门上打了一粉拳，不反抗了，笑着说："石总，你好坏的，你这是要一步到位啊。"

石妹子也不是第一次接触男人，她清楚石小刚讨好她，请她喝酒、吃饭，就是这个目的。石妹子开始冷冰冰的，后来也热乎起来了，任石小刚亲吻，当石小刚昂起头瞅着她时，她摸着他的脸说："我可以给你，但你别让我怀孕啊。"

石小刚兴奋道："我会注意的。"

石妹子就一脸柔情地迎接他的进入。

四五　村小学

石小刚起先想在银城大酒店租一层楼开赌场，但刘总没石小刚那么大的胆量，一听说他租房是开赌场就摇头拒绝说："你莫给我惹祸，石总。"

石小刚说："刘总，开个赌场，我们狠赚一把，然后再干别的事。"

刘总把一个哈欠打给石小刚："我没有房子，你去别的酒店问问看。"

石小刚就去找金圣大酒店的总经理，希望把他们的棋牌室租下来。金圣大酒店的总经理见他穿一身名牌，又抽古巴雪茄，就要一百万一年的租金，并且要求先交租金，因为他怕开赌场的人卷款而逃。总经理很大气地说："随你开什么场子，先付一百万租金。"

石小刚对开赌场的事其实并没十足把握，尚未开张就把一百万垫进去，这让他想钟铁龙恐怕不会同意。他犹豫了，回答金圣大酒店的总经理说："我考虑一下。"

钟铁龙果然不同意，他看石小刚一眼："我问过刘姐，她要我们千万不要开赌场。"

石小刚坚持说："我就是想搞赌场，他们说澳门的赌场老板个个很有钱。"

"小刚，你不要固执，如果能做，我肯定会跟你一起开，但刘姐说这事搞不得。"

石小刚觉得刘姐不过是个狐假虎威的妇道人家，人是精明，也肯帮忙，但假如刘姐没一个市公安局副局长的丈夫，她那点精明也算不了什么。石小刚觉得钟铁龙未免太把刘姐当回事和太相信刘姐的话了。"我觉得搞得，事在人为。"他坚持自己的看法，"我们还没做，怎么能断定搞不得？我们赚一把狠的就收手。"

钟铁龙看一眼石小刚，觉得石小刚有点跟他抬杠，便说："我不跟你争，我不同意。"

石小刚想他钟铁龙要做的事，他石小刚想拦也拦不住，多灾多难的银元娱乐城不就是个例子?！他石小刚起心想做的事，他钟铁龙就打破。他不是想一个人独揽一切吧？要不是他石小刚果断地让小马替他顶罪，他钟铁龙今天还能坐在这里？他一想起这事，就有点不快，说："也许我是比较固执，但我就是想开赌场。我很有信心。"

钟铁龙看着石小刚说："你真要开，我不沾边，万一你出了事，我还可以救你。"

石小刚有意见了："我还没开你就说这些晦气话，你这是打击我啊。"

钟铁龙想石小刚有点小变化，不进油盐了。他的手机响了，刘夫人打他的手机，说她和几个朋友到了银元娱乐城，准备唱卡拉 OK。钟铁龙觉得脸上很有光，因为刘夫人亲自光临他的银元娱乐城。他回答刘夫人说："我马上来。"他得去招呼刘夫人，就对石小刚说："我不赞成，但你硬要开赌场，我希望你马到成功。"

石小刚见钟铁龙没有彻底反对，便说："谢谢。"

这天下午，石小刚去东方快车酒吧喝酒，宋经理在他的办公室里教育他的酒吧女。酒吧里满是长益市的年轻男人。他们都是情感充沛的诗人和自诩怀才不遇的艺术家。他们一来就喝酒，就嚷嚷叫叫，他们想把一个个酒吧女勾引到床上一起醉生梦死。宋经理鬼得很，生怕他请来的姑娘轻易就跟男人上床，然后被男人带到他看不见的地方去，就常把她们喊到他的办公室敲警钟，教育在他店里喝酒拿提成的酒吧女放慢进度。"你们就是谈爱也不要太快了，太快了那些男人就不会珍惜，没有人会珍惜来得很容易的东西。不要像小鸡样被他们一把就逮住了，你们要像泥鳅，溜滑的。我告诉你们，电影和电视里的爱情都是假的。"

他的酒吧女说："我们晓得了。"

宋经理挥挥手强调说："一见钟情的爱情是最容易分手的爱情。"他希望他请来的酒吧女能在他这里至少干一年，"真正的爱情，至少要一年。如果你们不让他们追你们一年，他们就会把你们当作旧衬衣一样扔掉。你们要记住我的话。去吧，让他们多放点血。"

那些酒吧女一笑，一个个起身走出了他的办公室。

宋经理是长益市里那种最"下"（方言：烂）的人，下得只要你肯花钱，他甚至都可以把妹妹叫出来给你搞。他曾经就对一个想搞他妹妹的看上去比他妹妹大十几岁的老板说："她是我亲妹妹，你想搞她，先付十万给我妹妹。"那老板跟他讨价还价说："一万块钱可以不？"宋经理就开那个老板的玩笑道："一万块钱那就只能摸一下奶子。"这事成了东方快车里的佳话，石小刚是听石妹子私下告诉他的。石小刚由此觉得宋经理很贱，心眼坏，但石小刚又乐意跟宋经理玩。跟那些知书达理的好人玩，石小刚总会想起自己做的亏心事，但与宋经理这号坏种玩，石小刚就从没想过自己也是坏人。宋经理望着走进来的石小刚，想到了那个屁股圆圆的脸蛋白白的酒吧女小石，就淫邪地看着石小刚问："石妹子很骚吧？"

"还可以啰。"石小刚回答。

宋经理继续用那种探讨的闪烁着色情内容的目光说："石妹子的屁股长得几好（方言：非常好）的，圆圆翘翘的，我估计石妹子骚起来一定骚劲冲天。"

石小刚眼里出现了石妹子与他做爱时闭着眼睛叫唤的声音，就一笑："还有点味。"

宋经理脸上那双邪恶的眼睛忽然就一亮，想起了什么地对石小刚说："有一个地方我觉得蛮好。从前那里是一所村小学，现在那所村小学由于学生生源太少，停办了。前几天，我和几个朋友去那个村子钓鱼，问了问，那所村小学的学生都转到乡中心小学读书去了。我觉得那里开赌场是个好地方，独门独院，又隐蔽，离长益市又不远。"

石小刚说："你嘴里说这些话没用，我要亲自看看。"

宋经理说："那里离市区有四十公里的样子。"

石小刚说："那哪个会去玩？"

宋经理说："这你就外行，玩赌博的人还怕远？人家为了玩赌博，澳门和马来西亚都要去，还在乎这四十公里？四十公里开车最多三十分钟，这根本就不是距离。再说，那里不起眼，我还特意替你走进学校看了看，学校里有一块坪可以停二三十台车。学校外面还有个篮球场也能停十几台车。我那天就觉得这里适合开赌场。"

石小刚心里又起了疑，问宋经理："你为什么不开？"

"我没你那么多钱，我的钱都投到酒吧和股票上了。"

石小刚将蹿到喉头的痰唾到烟灰缸里，他不知道宋经理说的是真话还是假话。他起身，走出宋经理的办公室找石妹子，他有一向没看见石妹子了，他的目光在人堆里搜索了遍，不见石妹子。他问走出来的宋经理："没看见石妹了啊？"

宋经理就打石妹子的叩机，石妹子没回话。宋经理笑嘻嘻地看着石小刚："你想去看那所村小学不？想去的话我现在就陪你去。"

石小刚想看看也无妨。

这是四月里的一天。四月是石小刚内心比较骚乱又很蔚蓝的季节。石小刚一到这个季节，被大地上春暖花开的气流一熏，人就野心勃勃且热血沸腾了，感情都要多几升。石小刚有时候觉得自己是植物，是自己屋后的笋子，一到这个季节就使劲往上蹿，三天就可以长一米高。石小刚觉得四月的阳光是最迷人的，人和动物在这个季节都最骚动。小时候，他经常看见牛啊狗在这个季节里频繁交配，而在其他季节，公牛很少与母牛交配。他勇敢地想，这样的季节，人的思想都活跃些，胆子也大些。他让宋经理指路，他开着本田雅阁驶出长益市，朝那处傍着107国道的村子狂飙而去。石小刚的心情被沿途的树木和山林的绿色感染得快乐无比，说："我就喜欢这个季节，春天是万物生长的日子。"

宋经理人再歪，也爱大自然："我也喜欢绿色。"

开了三十分钟车，宋经理让石小刚将车拐上一条简易公路，从简易公路上望过去，果然有一栋白墙黑瓦的旧房子呈现在石小刚眼里，那房子很长，中间有一张木大门，门前有株很大的樟树，还有一株枫树，也很大。门上有一块水泥浇制的匾，匾上是一行这样的字：福田村小学。石小刚把车开到枫树下，枫树下有很大一片阴地，是枫树弄出来的阴地。石小刚看着这棵枫树，高兴道："宋总，老子非常喜欢这棵枫树。"

宋经理也仰头望着枫树说："这是一棵招财树。"

石小刚摸着树身："说得好。我就喜欢这棵枫树。"

学校前面有一口足球场大小的塘，有几个人坐在塘边的树下垂钓，于四月的春光下享受着阳光的爱抚。学校旁有几栋农舍，都是新建的两层楼房。这口塘就是他们几户农民共同拥有的。宋经理几天前就是在这口塘边钓鱼。塘里有很多鱼，是农民买来放养的，喂猪屎牛粪给鱼吃。宋经理一来，那个认识宋经理的农民就笑着走拢来，以为宋经理和石小刚是来钓鱼的。宋经理瞧着这个一脸黑黑的农民说："今天不钓鱼，我带个大老板来了。他想找个地方办一家农家乐旅社。"宋经理指着学校，"他来看看。"

农民姓陈，陈农民就满脸憨厚的样子道："嘿，那好啊。"

石小刚望陈农民一眼，又望了望前后左右的农田和山丘，然后把目光放到福田村小学的大门上。大门已十分破旧。他问陈农民，"这所学校怎么关门了？"

陈农民说："村里没这么多学生，养不起老师，村里的学生都到中心完小读书了。"

学校的大门关着，有一把大锁锁着，有张小门虚掩着，小门开在大门上。陈农民把小门推开，三个人就跨进了校门。学校是个大四合院，四面都是教室和办公室。教室的墙壁上不是学生留下的鞋印就是球印，还有另一些肮脏的印渍；顶是粗糙的篾顶，有的篾席已垂落下来了；窗户，没有几块玻璃是完整的。所有的课桌椅都没有了，只剩了一间间空空的教室。学校的中间是一块坪，坪上长满了草，这是那种没人管理自己生长出来的草，草丛中有些野花，此刻开着一朵朵指甲大的蓝花和黄花，于微风中摇摆。这坪看上去确实能停三十辆小车。石小刚扫视了下周围，把目光落到衣着朴实的陈农民身上，"你们村谁说话顶用？"

陈农民说："村长。"

石小刚问陈农民："村长多大年纪？"

"三十岁。村长跟我是本家。"

"村长在家吗？"

"在家，村长就住在我家隔壁。"

石小刚一笑："那好，叫你们村长来一下。"他和宋经理走进了陈农民家。陈农民家同所有的农民家样，只是拿全部的积蓄建了栋房子，室内没几件像样的家具，桌子椅子都是以前使用过的破旧玩意，墙上贴的都是庆丰收的年画。石小刚和宋经理在堂屋坐下，陈农民让老婆替两人倒茶，自己转身去隔壁请村长，村长不在家，陈农民就去村里找村长。

石小刚和宋经理抽了两支烟，陈村长就笑眯眯地来了，当然是由陈农民领来的。石小刚起身与陈村长握手，感觉陈村长身上有泥腥味。陈村长又跟宋经理握手。陈村长矮矮墩墩，穿一身灰衣服，脏兮兮的裤管卷到了黝黑的大腿上，小腿上沾满了泥沙——那是秧田里带上来的泥沙。陈村长是个很健壮的农民，脸上的笑也是农民那种朴实无华且有几分自信和聪明的笑。石小刚本就是个农民，见这种笑见得多，晓得陈村长这样的人在村里属于头号人物。陈村长坐下，接过陈农民递上来的茶，看着石小刚和宋经理问："你们找我么子事哦？"

宋经理抢先开口说："这位老板姓石，他想租用你们这所废置的村小学开旅社。"

陈村长愣了，鼓起眼睛问："开什么旅社哦？这么子人来住哦？"

"那你就不要管了。"宋经理说，"只问你一句话，你们租不租？"

陈村长说："租当然可以租，只是你们出多少租金呢？"

石小刚反问陈村长："你们要多少租金一年？"

陈村长想了想，伸出一根指头，望着石小刚，却不说。

石小刚想这根手指头不会有多粗，斜睨着陈村长说："这是多少？"

"一万。"

石小刚差点笑了，但他没笑出来，故意跟陈村长讨价还价说："六千一年怎么样？"

"六千恐怕不行哦。我们村有一个做木材生意的想用六千元租这学校放木材呢。"

"八千？"石小刚故意这么提价说，"八千，不能再多了。"

陈村长吸了口烟说："九千吧？"

"九千就九千。"石小刚说，做出吃点亏也无所谓的样子。

陈村长笑了："那就九千一年。这学校空着也是空着，说不定你们一来，会把我们村子的经济搞活。以前长益市的知识青年就下放过我们村，人个个好呢。"

随后，两人又走进了学校，思索怎样装修好。宋经理提了他的思路："我的意见是就搞那种简单的装修。墙壁整饬一下，顶上钉层杉木板子，地做水磨石地，拖把一拖，干干净净的。越简单越好，投资少，万一以后政府封你的赌场，舍弃它也不心疼。"

"你说得对。"石小刚觉得宋经理的这个建议很对路，万一政府来查封，舍去也不可惜，就赞赏地瞥一眼宋经理，然后左右扫一眼，脸上就呈现出那种老板们脸上常有的霸气，"我喜欢这里，这学校后面有山，前面有塘，风水好。"

宋经理笑笑："有山就是有靠山，做生意是要讲风水的。风水好才能发财。"

石小刚想他要创造一个自己的王国了，这人啊，不思进取怎么行？说："我要弄几间带卫生间的房子，没事我就住在这里享受一下清新的空气，城市是好，但空气太差了。朋友们来了，想休息一下，也有房子提供给朋友们休息。"

四六　杨小姐与周小姐

　　两人回到东方快车酒吧时天已经黑了。石小刚在一张餐桌前坐下，餐厅里有众多的酒吧女，这个时候客人们还没一窝蜂地飞来。石小刚让宋经理打石妹子的叩机，石妹子没回机，他就让宋经理叫来两个漂亮点的酒吧女陪他吃饭和喝酒。宋经理向两个酒吧女招手，两个衣着时髦的酒吧女就春风满面地走来。宋经理在其中一个酒吧女肩上拍了下说："好生招呼我们石总，石总是我的铁哥们，大老板，招呼不周，小心我割你的肉喂狗。"

　　那个酒吧女就伸手打了下宋经理的胳膊："割下你的肉喂狗呢。"

　　石小刚大笑，觉得这个女孩一点也不含糊，指着他对面的椅子说："坐，你们。"

　　两个酒吧女相视一笑，在石小刚对面坐下了。

　　石小刚望着她俩，觉得她们长得有点像，问："你们是两姊妹吧？"

　　两个酒吧女中的一个说："我们是玩得好的中学同学。"

　　"我觉得你们两人有点像。"

　　另一个酒吧女说："都说我们两人有点像，不过我姓杨，她姓周。"

　　石小刚望着这两个女孩，觉得两人长得还算漂亮，但不是那种出类拔萃的漂亮，想可以把这两个女孩弄到他将开的赌场去，就做出礼貌的样子躬身说："杨小姐，周小姐。"

　　杨小姐说："不敢不敢。"

　　周小姐笑得露出了一口不怎么好看的牙齿说："你这是笑话我们呀。"

　　石小刚心情很畅快，在这样的季节，他体内的感情犹如洪水一样泛滥，把他内心的一切伦理道德都冲垮了。他对一个服务员说："拿三十瓶啤酒来，我要和两位小姐喝个痛快。"

　　杨小姐说："三十瓶？喝不完的。最多二十瓶就够了。"

　　石小刚想灌醉这两个美女，脸上的表情就很坚决。"不行，"他说，"我们要就喝个一醉方休。不搞个一醉方休我们绝不收兵。两位小姐有没有这个胆量？"

　　周小姐被他的几句话鼓舞得成了猛女："谁怕谁啊，搞就搞，又不是没醉过。"

　　石小刚向服务员招了下手："上酒。"

　　啤酒拎来了，先来了十瓶，摆在桌上。菜也上来了，有炒菜，有凉菜，有羊排，有狗肉。三个人就快快活活的样子喝起酒来。石小刚觉得两个妹子都可爱，一个脸略长点，一个脸略圆点，都很白，便笑笑说："我只有一个遗憾，你们晓得是什么吗？"

杨小姐就望着他："你大老板还有遗憾？"

石小刚笑得脸都短了："你们猜猜我的遗憾是什么？"

周小姐抿嘴一笑："那猜得出的，我们又不是你肚子里的蛔虫。"

石小刚说："猜得出我奖一百块钱。"

杨小姐想了想说："是不是没有发更大的财？"

石小刚说："不是发财的事。"

周小姐想了下说："对了，是你没跟你的初恋情人成为夫妻？"

"不是。"

杨小姐说："是不是想出国而没出国？"

石小刚摇下头："我告诉你们吧，我一生最大的遗憾就是我不是妹子。"

杨小姐和周小姐都扑哧笑了："你不是故意拿我们当开心果吧？"

"是妹子多好，自己用不着挣钱，反正有男人请吃请喝的。"

杨小姐瞟他一眼："哎呀，你是变着法子挖苦我们啊？"

"不是，我是真心实意地这么说。我想我要是妹子就好了。"

两个酒吧女相视一笑，举起杯子说："来，石总，为你的遗憾干杯。"

石小刚哈哈大笑，感觉很爽地对走过来的服务员说："再来十瓶啤酒。"

宋经理很想要石小刚多来他的酒吧，因为石小刚用钱连眼皮都不眨，他不知道石小刚到底是多大的老板，不过看石小刚花钱的架势应该不是等闲之辈。宋经理喜欢石小刚，把石小刚当财神菩萨那样喜欢。宋经理见石小刚与两个酒吧女玩得很开心，就让服务员叫石小刚。石小刚起身，宋经理朝他一脸坏笑，把他拉到一边，附在他耳朵上说："石总，你如果想搞她们，我就给你开瓶洋酒，我办公室里有春药，美国货，无色无味，到时候我把春药放到洋酒里调好，她们喝了，那就洪水泛滥了。"

石小刚一听，感到宋经理真是他的好兄弟，很兴奋："有春药？那会有效果吗？"

宋经理淫秽地一笑，拍了下石小刚的肩膀："我保证你有效果。"

石小刚淫心荡漾地点头："你给我开瓶洋酒。"

"洋酒很贵的，要一千多元一瓶。"宋经理笑，"春药也要两百，你要我就开？"

"无所谓，开吧。"石小刚说，心里喜滋滋的，"我会记得你的，宋总。"

"是你石总，我才这样的。"宋经理说得很无耻，脸上荡漾着淫秽的笑，"换一个人，我才不拉皮条呢，谁叫我喜欢你石总。"

石小刚对宋经理打个拱手，以示谢意，回到座位上。周小姐看见他和宋经理说话时的那种鬼鬼祟祟相，就问他："宋总又在出什么歪点子吧？"

"宋总说送瓶洋酒给我们喝。"

"什么洋酒？"周小姐问，目光有些疑惑。

"威士忌。"

洋酒上来了，宋经理亲自端上来的，一杯给周小姐，一杯放在杨小姐面前，另一杯给了石小刚。宋经理对石小刚挤了下眼睛："威士忌，送给你们喝的。"

石小刚就举起玻璃酒杯："来，喝酒，为宋总的盛情干杯。"

三个人的玻璃酒杯就碰到了一起，碰出了清脆悦耳的声音。石小刚一仰脖子，咕嘟咕嘟将一杯兑了雪碧的洋酒灌进了喉咙。周小姐有些疑惑，只是小抿了口；杨小姐是个直爽的妹子，心里没有几道弯，一仰脖子，将杯中的洋酒倒入了喉管。杨小姐看着石小刚，石小刚望她一眼，又看周小姐，对周小姐说："美女，喝完啊，亲爱的。"

周小姐说："我不喜欢喝洋酒，我喝啤酒。"

杨小姐仰起白净的长脸，妩媚的模样看着一眼石小刚："她不喝正好，帅哥，我们喝。"

石小刚就没再劝周小姐喝兑了春药的洋酒，想有杨小姐就够了，便瞥着杨小姐，觉得杨小姐长得妩媚，一张瓜子脸若在平常，不会引起男人注意，但喝了酒后，脸上红润起来了，妩媚就在她的眉眼之间闪亮起来，犹如鱼儿在水池里游动似的，就有一种特别的妖气，仿佛雾气在河床上飘。酒吧服务员把兑了雪碧的威士忌拿来了，石小刚挥手赶开服务员，想这兑了春药的洋酒他要亲自为杨小姐盛才够味儿。他把杨小姐的杯子倒满，再把自己的酒杯添满。他笑嘻嘻地望一眼她俩，很快活地对杨小姐说："她不喝，我们喝个痛快，我们好好地快活一下。"

周小姐的脸蛋比杨小姐圆点儿，就长相而言，还漂亮几分，也丰满点儿。石小刚想象着周小姐的身体，想这个女人骚起来一定很疯，便说："周小姐，洋酒味道很好，喝杯吧？"

周小姐嘻嘻一笑："谢了，我还是喝啤酒。"

酒喝到十二点钟，杨小姐的脸色更红润了，像只熟透了的鲜桃，仿佛一挤，皮就会破似的。石小刚想下在酒里的春药肯定起作用了，不然她看他的目光就没这么流光溢彩。石小刚想应该是时候了，他自己此刻也春心荡漾了，像一只竹筏在江中摇晃样。周小姐也喝醉了，喝得趴在桌上，他就大胆地望着杨小姐说："喂，我们开房睡觉去？"

杨小姐脸色娇媚地嗲声道:"请问,你是说跟她睡觉还是跟我睡觉?"

石小刚望一眼杨小姐,杨小姐目光亮闪闪地望着他,春水如潮了,好像再不泄洪堤就会垮了,便笑笑说:"当然是跟你睡啊。"

杨小姐痴笑道:"帅哥,看我等下收拾你。"

石小刚说:"谁怕谁啊。"他对一旁站着的服务生打了个响指,叫买单。

杨小姐拍了下周小姐的肩:"喂,我们要走了。"

周小姐说:"我头好晕的,那你们送我回去。"

"好啊。"石小刚结了账,起身说,"我们送你回家,走吧。"

杨小姐就扶起周小姐,嫣然一笑地跟着石小刚走出了酒吧。

但临到把周小姐送到她家住的那条街上时,周小姐又不肯回家了,要跟着他们一起去。石小刚二话不说地掉转车头,把车开到蓝天大酒店,停下,耀武扬威的样子走进酒店大堂。他开了两间房,领着她们走进电梯。杨小姐因吃了药,早已如柴火样倒在他怀里了;周小姐因喝了很多啤酒,也软绵绵地靠在石小刚身上,石小刚就一手搂一个,觉得自己真幸福。三人走出电梯,石小刚打开了间房,三个人走进去,石小刚把周小姐扶到床上躺下,说:"你今天晚上就睡在这里,我们在隔壁,明天早上叫你一起吃早饭。"

石小刚说完这话,看一眼杨小姐,杨小姐也看着他。石小刚把杨小姐往怀里一搂,两人出了门,石小刚对杨小姐说:"你真美啊小杨,我等卜要╳死你。"

杨小姐妖媚地笑笑说:"好啊,你以为我怕吗?只要你有这个本事。"接着,她又目光发亮地在他脸上摸了下说:"帅哥,你别到时候说我不行了啊。"

石小刚快乐得都要疯了,觉得上天对他太好了,有钱,美女就不再是远方的风景了。他开了门,边说:"我从来就没有不行过,我都是╳得小姐叫求饶。"

杨小姐嘟起嘴不相信道:"嘘,吹牛——你。"

两人一进房,杨小姐就扑到石小刚身上,对石小刚淫笑。石小刚把杨小姐搂到床上,杨小姐爬起身,脱去衣服,一把将他拉到自己身上,春药让杨小姐的情欲已高涨得不行了,好像河堤崩塌了似的,就见一股洪水冲过来,把两人冲到了上帝都看不见的角落里,沉浮、起伏、尖叫。

就在此刻,石小刚的手机响了。他的手机在皮包里响着,包丢在沙发上。石小刚听见手机响,正想是不是接,杨小姐却嗲声说:"大色狼,来呀。"

手机却在包里顽强地响着,这严重影响了石小刚做爱的欢乐感觉。他觉得还是接一下,万一是哪个找他有急事呢。他对杨小姐说:"我接下手机。"

他拉开包,掏出手机,手机上显示的是他岳母家的号码。他忙示意杨小姐不要吱声,接了,岳母在手机那头说:"小石,小茜生了,生了个儿子。"

石小刚一听是儿子就来精神了："儿子？有几斤呀妈？"

"七斤二两。"

石小刚说："告诉小茜，我明天飞来。"

杨小姐一听他的话就明白了，马上祝贺他说："恭喜你喜得贵子啊石老板。"

石小刚淡淡一笑，杨小姐又问："你老婆是哪里人？"

"云南人。"

"你也是云南人吗？"

"我是宁乡人。"

杨小姐说："还是你们做男人的好，不用受生孩子的苦。"

春药让杨小姐柔弱如水，她软软地扑到石小刚身上，身体就如奶酪样黏在他身上了，眼睛亮亮地瞅着他，伸出舌头在他脸上舔着。石小刚觉得春药真好，让他和这个陌生而美丽的女人一起上了这条充满情欲的帆船，在这条帆船上如醉如痴地交欢，致使满屋子都是春光，满屋子都是他和她大口呼吸的因而灼热的生命旺盛的气味，这气味有点像刚挖出的竹笋的气味，生涩和缠绵，还有身体于运动中扩散的汗味和杨小姐身上的玫瑰香水气味。

两人干完那些事后，杨小姐欣慰地痴笑，身体仍如一炉火似的炽热，贴到石小刚身上，从背后搂着他的腰说："你有老婆，我做你的情人吧，你这么厉害，我天天陪你睡。"

石小刚说："好。"回过头，在她脸上亲了下。

他去洗澡，洗了澡走出来，躺到床上，点上支烟抽着。杨小姐也洗了个澡，出来时脸色就没再那么迷惑和淫荡了，清醒些了，笑容也恬淡些了。两人躺在床上没说几句话，他便沉入了梦乡。早晨醒来，杨小姐还在睡梦中。他突然疑惑，他身边怎么睡了个女人？忽然想起了昨天的一切，他记起隔壁房间还睡了个周小姐。他起床，洗脸、漱口完毕，推了下杨小姐，杨小姐困顿地摆手说："我还要睡，我好困的。"

他平静的模样抽了支烟，看着睡眠中的杨小姐，一支烟抽完，他起身，去隔壁叫周小姐。他敲了几声门，周小姐从床上爬起来，晕晕乎乎地开了门。石小刚见周小姐只系着乳罩、穿着肉色的裤衩，身体的曲线那么柔和、娇美，肌肤的色泽那么光洁、迷人，眼睛都直了。周小姐坐到床上，晕着脑袋问他："几点钟了？"

"九点钟了。"石小刚说，笑。

周小姐说："还只九点钟你就起来了？"

石小刚坐到沙发上，觑着几乎是全裸的周小姐，觑着她那毫不设防的懒散、娇憨的媚态，他的眼睛发亮了，射出火热的光芒。他起身，去关了房门，扑到周小姐温暖的身上。周小姐问他："有烟吗？"

石小刚就掏出一根雪茄烟点上，吸燃，把雪茄烟塞到周小姐的嘴里。周小姐深深地吸了口，将一口雪茄烟喷到石小刚脸上，石小刚说："女人抽雪茄的模样就是好看。"

周小姐吸了几口雪茄，人比开始时清醒些了，问："小杨呢？"

石小刚答："她在隔壁睡觉。"说着，他伸手摸周小姐的大腿。

周小姐笑："好痒的。"

石小刚也笑："你怕痒？"手就伸到了周小姐的大腿根部。

周小姐把一大口烟吐到石小刚脸上。"你别碰我，我妈都骂我是女鬼变的，是狐狸精。"周小姐一脸慎重地宣布道，"我是超级女色魔，是天生的白骨精，小心我把你吃了。"

石小刚想他可从来没听女人自称是"超级女色魔"过，兴奋道："你是白骨精，那我就是牛魔王。"他吻着周小姐的脸蛋，"白骨精只服牛魔王，我们两人一起去吃唐僧肉去。"

周小姐笑，在石小刚脸上打了下："你是个大色魔。"

石小刚嘿嘿嘿嘿笑："你不喜欢吗？"

杨小姐在门外敲门了："喂，开门，你们开门。"

石小刚说："别理她，她想破坏我们的好事。"

四七　莫伢子

石小刚回了趟老家，去招兵买马。一走进家，老父亲看见儿子是开着车回来，脸上就很高兴。还在去年，钟铁龙拿钱给家里建别墅时，石小刚也为其父母造了栋红砖黑瓦屋，屋造在离公路不远的村里。他动用的就是几年前他和钟铁龙合伙抢的那笔巨款，农村里建房便宜，只花了十几万，还花了五万元修了条水泥路，水泥路东接省道，西直铺至家门前，全长一公里多一点，并在门前修了块宽大的水泥坪，用来晒谷，他回来了也便于停车。石小刚一回到家，脑海里就呈现了那口密码箱，那口密码箱从旧房的屋梁上搬到了新房里，箱子里还有三十五万，钟铁龙不要了，让他用。他想他应该把这三十五万用在开赌场上。有人在他身后叫他："刚哥，刚哥。"步入他家的是他的同学莫伢子。

"你好。"他跟莫伢子打招呼，笑着。

莫伢子是村里最先拥有摩托车的年轻伢子，莫伢子中学一毕业就拿起了砌刀，几年后他成了包工头，赚了钱第一件事就是买了辆摩托车。现在莫伢子仍骑着那辆摩托车，仍然是一副包工头打扮，西装甚至也是几年前穿在身上的西装，显旧。石小刚说："你坐。"

莫伢子坐在靠椅上，跷起了二郎腿。莫伢子脸上有年轻农民对有钱人的讨好，那些讨好像糯糊样糊在他脸上，似乎脸都变白了，也黏了。他说："刚哥，你这如今是大老板。"

"卵大老板。"石小刚用村里话说，笑笑，看见他就想起当年一起上中学时的情景，不觉就希望莫伢子跟着他干，"莫伢子，你的生意好吗？"

莫伢子咧嘴道："不好咧，没事做。"

石小刚觉得莫伢子说话的神态挺好笑，还是那种没见过世面的乡下汉模样。在莫伢子面前，他觉得老天爷对他石小刚友善些。石小刚觉得莫伢子这人比较可靠，毕竟是同学，而且莫伢子一直都崇敬他，就问："莫伢子，你一年搞得几万？"

"还几万？有钱捡哦？"莫伢子几乎是叫嚷，"也就是一万块钱的样子，还要不到干。"

"怎么呢？"

"人家欠着不给啊。他说暂时没钱，你拿他怎么办？杀了他？"

石小刚很清楚农村，农民之所以外出打工就是想弄几个活钱，田里长不出钱，种的粮食又不是泰国米，没人要。地里的菜长成了也只是自家人吃，只有靠喂猪和鸡，拉到镇街上变几个钱，那又能卖好多钱呢？他看着莫伢子一笑："农村里是不好赚钱。"

"就是。"莫伢子感到石小刚能理解他，就对着石小刚谦虚和讨乖的模样说，"还要请你石大老板指条财路。你赚大钱，我就在你脚下捡几个零钱花嘿嘿嘿嘿。"

石小刚就一脸正色地看着莫伢子，说："莫伢子，你想跟我去长益市郊开赌场不？我准备在离长益市不太远的地方开个赌场。那里的环境很好的。"

莫伢子鼓起了一双鱼泡眼睛，问："开赌场赚钱吗？"

"赚。坐赢不输的。"石小刚说，想莫伢子一定愿意成为他的麾下，莫伢子这人灵泛，不是那种蠢得死的农民。"你如果愿意，我给你三千块钱一月，一年四万，每月工资三千，另外四千做奖金发。工作不吊儿郎当，就有四千；否则，就一分钱都没有。"

莫伢子一脸喜悦："好呀。我跟你去。"

石小刚觉得光他一个人还不够，说："我还要招两个人。你觉得哪个合适？"

莫伢子想了想，推荐他的表弟，还举荐了一个小名叫"光头"的农民。光头在村里算调皮的年轻农民，莫伢子举荐他的理由是："光头能打，有武功。"

光头石小刚也认识，光头比他小五岁，就住在村头，只读了小学，后来跟村里的一老农民学了几年功夫，但功夫混不到饭吃，又跟一个油漆匠学做油漆，如今已出师了。石小刚对莫伢子的表弟不太感兴趣。他曾听村里人说莫伢子的表弟是个贼，喜欢偷东摸西。石小刚对光头比较感兴趣，他对莫伢子说："你去把光头叫来，说我找他有事。"

莫伢子答应了一声"好"，走到门口又转过身问他："我表弟呢？"

石小刚就问莫伢子："你表弟现在搞么子（方言：什么）事？"

"表弟跟我一起做事，他是木匠。"

石小刚觉得木匠好，至少可以安排他做点木工活。"那你把你表弟也叫来。"

莫伢子忙屁颠颠地跨上摩托车，叫人去了。

石小刚的脑海里分析着这几个人，想莫伢子这人机灵，不是那种打不开事的农村青年，缺点是略微老实了点；光头勇敢，比莫伢子胆子大，早几年他就看见光头在集市上跟一个什么人打架，把对方打得抱头鼠窜；莫表弟这个人他不太了解，只晓得他做过贼。

父亲称了肉回来，母亲也从山上下来了。山上有很多茶树，母亲上山摘茶叶了，衣兜兜里满是绿青青的茶叶。母亲说："你回来也不打个电话给家里。"

母亲更显老了，脸上的皱纹真是千头万绪。石小刚说："我是临时回来，我明天去云南，飞机票都买好了。妈，小茜生了个儿子，七斤二两。"

母亲很高兴："呀，七斤二两，小茜有本事呀。"

父亲从厨房里走出来，脸上笑得同抹布样："怎么小茜生了？"

母亲说："生了个七斤二两的孙子呢。"

父亲说："好啊。我有孙子了。"

石小刚说："我就是回来告诉你们的。爸，你给孙子取个名字吧。"

父亲脸上就呈现出一抹老农民的羞涩："我不会取啊。你读了大学，你给他取吧。"

石小刚早就想好了名字，他是出于对父亲的尊敬而这么说。他看着父亲，父亲七十岁了，看上去真的很老了。父亲瘦了，脸上的皱纹不比母亲少。石小刚见父亲的目光都有些黄浊浊了，就关心父亲说："爸，你应该多吃点营养方面的东西。"

母亲说："你爸舍不得。一天到晚萝卜白菜，油都舍不得多放一点。"

石小刚批评父亲说："那要得的？身体是自己的，人老了更需要营养。"

母亲问他："你给儿子取了么子名啊？"

石小刚说："我想过了，取名叫石金水。"

父亲说："这名字好。金木水火土占了三样，叫石金水好。"

姨父来了。姨父身上穿件深蓝色棉袄，天这么热了，姨父还穿棉袄，可见姨父的身子骨大不如从前了。姨父手上拎着只蛇皮口袋，蛇皮口袋里装了些东西。姨父放下蛇皮袋，瞧着石小刚说："刚才在村头看见你的车一飙就过去了，就晓得你回来了。"

姨父没有八十也有七十八了。姨父住着自己多年前建的三间土砖屋，自己洗衣自己做饭吃。姨妈多年前去世了，姨父没再娶。石小刚递烟给姨父抽，说："姨父，您身体还好吧？"

姨父忙说："我还好。你出息了。"

石小刚忽然想起小时候姨父曾对他说"你长大了是要坐轿讲朝廷的"，就想姨父的古书读多了。石小刚说："只是赚了几个钱，也没什么大出息。"

姨父说："赚得到钱就是出息啊。"

石小刚想姨父已变成个糟老头了，但这个糟老头在他少年时曾深深影响过他。他对姨父说："姨父，就在我们家吃饭吧。等下莫伢子来了，我叫莫伢子去买两瓶酒来。"

姨父就笑出了一口腐朽的老黄牙，说："那就在你家吃饭。"

莫伢子叫来了光头，他表弟不在，去镇街上一户人家做木工了。光头一身泥，裤管一只卷在大腿上，一只卷在小腿上。他正在侍弄秧田。光头在县城一户人家做油漆，这几天赶回村里忙"春插"。光头一看见石小刚，脸上就呈现出一派尊敬："刚哥，你找我？"

石小刚看着光头，小时候的光头单单瘦瘦的，现在的光头长得壮壮硕硕的，一张脸晒得黑黑的，一身的肌肉，身高怕有一米八几，像个大汉。这让石小刚有几分喜欢，觉得这个人稍加调教，把西装一穿，领带一系，带在左右不会丢脸。他丢支芙蓉王烟给光头，光头称赞烟好说："刚哥抽这么高级的烟。"

石小刚歪着脑袋问光头："莫伢子说你很会打？"

光头谦虚道："不，我么子会打哦。"

石小刚见光头表现得较谦虚，就更觉得他可以调教，便问："你学过武功？"

"也没认真学，学那东西没用，混不到饭钱。"

石小刚再次把目光落到光头脸上，说："晓得我要你干么子事吗光头？"

光头就瞧着石小刚问："么子事？"

"我要开赌场，那是所小学，我把它租了，准备开赌场。装修之后，我得留下几个人做我的帮手，遇到吵事的赌徒，这样的人肯定会有，你就替我赶出门。工资么……"他看一眼莫伢子，他知道光头家很穷，住的房子还是他父亲于七十年代建的农舍，门窗什么的都陈旧了，便觉得无须给光头三千元一月，就问莫伢子说："你跟他说了好多钱一个月没有？"

莫伢子机敏地摇下头："我没说，这不是我该说的。"

石小刚想莫伢子能沉住气，晓得自己该说什么不该说什么，这是一种懂尊卑的表现。他又把目光放到光头脸上，说："我给你两千元一月。"

"两千元一月？"光头脸上一派惊讶，"两千元一月那我就不用种田了。"

石小刚说："那当然，你可以出钱请人帮你种。"

光头就嘿嘿嘿大笑："那是呢。现在村里缺的不是劳力，而是钱。"

莫伢子的表弟来了，骑着辆沾满了泥巴的破摩托车。表弟的老婆打电话到表弟做木工的那家找表弟，说表哥找他有急事，在石小刚家等他，表弟就丢下木工活，骑着摩托车飞奔而来了。在莫表弟眼里，石小刚可不是个可以怠慢的人物。村里人都认为石小刚会有大出息，将来是要显贵的。莫表弟二十多岁，是个高个子年轻人，比莫伢子高，比光头又矮一点。莫表弟一进门就跟江湖中人似的冲石小刚打了个拱手说："刚哥回来了。"

石小刚望着莫表弟，莫表弟穿得比莫伢子和光头都讲究，黑西装白衬衣，一根灰色的领带系在邋里邋遢的衬衣领子下；黑西裤，脚上一双皮鞋，皮鞋上沾了些泥沙。一双眼睛却滴溜溜转，还是那副贼相。石小刚单刀直入地问莫表弟："你现在还在做贼没有？"

莫表弟脸乍地一红。"看你说的。"莫表弟红着猴脸说，"那是哪辈子的事哦？"

石小刚笑笑："江山易改，本性难移。你未必真的就一点都不做贼了？"

光头听了这话嘿嘿嘿笑，莫伢子也笑。莫表弟说："畜生还做贼。我那是小时候饿的。"

石小刚觉得这是个说得过去的理由，他小时候也没少挨饿。他又瞟一眼莫表弟，莫表弟身材高，腿也长，便觉得莫表弟这模样稍加改造，带在身边也不像个农民，就笑着问："你做木工，工钱是按天算还是按月算？"

莫表弟坦率地说："农村里都是按天算。包呷，二十块钱一天。"

"一个月六百元？"

"是那样子。"

"天天有事么？"

莫表弟笑得嘴都歪了："天天有事做那就发财了。"

石小刚冷笑道："这也叫发财？你表哥莫伢子是我同学，是个做踏实事的人。莫伢子向我推荐你，说你脑子灵活，要我接受你跟我一起去做事。"他看着莫表弟，"我给你两千元一月，你想不想跟着你刚哥干？"

莫表弟一听两千元一月，脸上的笑就跟牡丹花开了样，连声说："干呢干呢。"

石小刚听他满嘴村里土话，拧了下眉头，就扫一眼他们三人说："出外混，你们都要说普通话。我们宁乡土话除了我们自己，鬼都听不懂，你们懂吗？"

"晓得呢。"莫表弟说，"普通话我晓得说呢。"

"跟我干，就没有农忙季节，也没有节假日，你也干？"

莫表弟回答："这么多钱一个月，猪都想干咧。"

石小刚想他有自己的人了，眼里立即出现了一面旗子，那旗子上写着"石"字，旗子仿佛在那所村小学的旗杆上飘扬。公司里都是钟铁龙的人，现在他想他也该拉着自己的人跟他去打天下。他想弄一个自己的王国，自己是这个王国的国王。他想，别看他们几个人现在个个窝窝囊囊的，刘备、关云长和张飞一开始不也是窝窝囊囊的？后来不也闯出了一方天下？"关键是我们在一起干就要齐心，要步伐一致。"他说。

"我们懂呢。"莫伢子说。

莫表弟也表态道："你刚哥说东，我们就不说西，你说什么我们就干什么。"

石小刚看着嘿嘿嘿笑的光头："你呢光头？"

光头脸上的表情很冷静："刚哥，你说什么我就干什么。"

石小刚发话道："过几天你们就跟我走，这两天你们在家准备。"

石小刚从云南一飞回来，就把莫伢子、莫表弟和光头带到了福田村，他下车，指着面前的枫树说："我喜欢这棵枫树，你们看这像不像一棵招财的树？"

莫伢子忙点头："是呢，这棵树肯定招财。"

光头看着石小刚说："那还用说，刚哥看中的树，还有假！"

莫表弟也说："这棵树好，这棵树肯定能让刚哥发财。"

石小刚打量着这棵茂盛的枫树，觉得耳朵很受用。他领着三个宁乡人走进福田村小学的破大门。"我要在这里办一个乡村酒店。"他望一眼他们，"我要把这里装修成很有特色的乡村酒店，到时候竖一个灯箱到马路边，灯箱上就写'乡村酒店'四个字。"

莫伢子困惑了："在这里开酒店？"

石小刚嘿嘿一笑："总不能说开赌场啊，赌博是政府明令禁止的，开酒店是掩人耳目。我开的赌场，来玩的都是大老板，不是大老板我不接待。来玩赌博的，住宿和吃饭、喝酒一律免费，不玩赌博的，就照常收费，所以也可以叫酒店。"

光头说："我们做什么？"

石小刚扫一眼光头："你到时候负责保安。你等于是酒店的保安队长。"

莫表弟嘻嘻一笑："我呢我做什么刚哥？"

石小刚说:"还没想好,到时候会有事给你做。"

莫表弟说:"行,我扫地扫厕所都行,只要你刚哥看得起我。"

石小刚领着他们看一间间教室,"现在它们都是破烂不堪的,装修后,它们就好看了。地,当然搞地板砖,坪做水泥坪,顶钉杉木板,窗户改成杉木方上镶磨砂玻璃的推拉窗,窗套和窗台都用杉木做。"他望一眼莫伢子,指示他说:"你把我刚才说的都记下来。"

莫伢子就点头说:"我都记下了。"

"六间赌室的杉木板子和杉木方一律做旧,用皮鞋油擦拭,到时候买几箱皮鞋油来,到村里叫一些村妇和村童来擦,两毛钱一平方。再在擦了鞋油的杉木上做两道清漆。"

石小刚望一眼莫伢子、光头和莫表弟,说:"你们三个就守在这里。"

陈农民看见一辆轿车停在学校前,就放下手中的活,探头探脑地进来了。石小刚对他说:"哦,我口干了,到你家喝口茶。"

四个人就尾随陈农民走进陈农民家,石小刚问陈农民:"你家有空房子没有?"

陈农民指着楼上说:"楼上有两间空房子。"

石小刚说:"给你一百块钱一个月,租给我的三个伙计住。"

陈农民说:"住就是,要么子钱哦?"

石小刚想农民不要钱是假的,便说:"钱是要给的,不能白住你家。"

石小刚的手机响了,是石妹子打他的手机,石妹子问他:"爱人,你在哪里?"

石小刚一听石妹子叫他"爱人",心里就甜得很,忙回答她:"我在乡里。"

石妹子说:"你什么时候回来?"

石小刚说:"下午回来,想我啦?"

石妹子在手机那头一笑:"没事,就是问你在哪里。"

"晚上在东方快车见。"

石妹子停顿了下,说:"我想找你借一万块钱,你有吗?"

石小刚问她:"你借一万块钱做什么用?"

"我父亲单位买房子,房子不买使用权就是公家的。"

石小刚想一万块钱不算什么,说:"我晚上给你一万就是。"

石小刚对陈农民说:"中午就在你家吃饭,随便搞儿个菜,等下我给你五十块钱。"

陈农民说:"要么子钱哦,请都请不来的!"

吃饭的时候石小刚问陈农民:"修一条水泥路,从公路上修到学校门前,要好多钱?"

陈农民说："那恐怕会要好几万哦。"

"几万你说？"

陈农民想了想说："四万块钱会要哦。"

石小刚觉得这太便宜了，便说："四万块钱？我包给你做，你做不做？"

陈农民好像看见了财神爷坐在他家一样，脸上就一脸的笑："我做呢。"

石小刚望一眼莫伢子："老莫，你负责监工，要把好关，不准老陈哥偷工减料。"

陈农民让石小刚放心："你放心，石大老板。"

石小刚感觉自己脑海的上空一片蔚蓝，仿佛有直升机在他脑海里盘旋。他想他要是成了亿万富翁，他就要买一架直升机。他很有信心地想：没有你钟铁龙前怕狼后怕虎的，老子更能放开手脚干，这个世界是撑死胆大的，饿死胆小的！到时候来玩赌博的人会络绎不绝，到时候我要向你钟铁龙证明我是对的。他坐到门口，视线落在学校前的两棵树上，心想这两棵树都是好树，一定是为我招财进宝的风水树。学校前面有塘，后面是起伏不大的山丘。他对莫伢子和光头说："你们跟着我好好干，我石小刚不会亏待你们。"

四八　三狗和张兵

钟铁龙买了辆新款式的奔驰600，黑色，看上去十分庄重和高贵。这车是减速玻璃，开起来时速达到两百公里也不觉得快，可惜长益市没一条公路能让它正常发挥，因为所有的公路上都有破车甚至摩托车在中间行驶。另外，公路也确实太窄了，不能那么跑，这让钟铁龙觉得奔驰600有"英雄无用武之地"的感慨。"这车在这样的城市跑真是糟蹋了。"他看着他心爱的奔驰车，对三狗说。

三狗嘿嘿嘿笑："那是那是。"

他对三狗说："这车应该在高速公路上跑才能体现威力。早两天我开着它回黄家镇，路上它把很多车都甩在后面了。"

三狗说："你还是要注意，安全是最重要的。"

钟铁龙觉得三狗是真关心他，便说："大师兄你放心。你跟那个小赵什么时候结婚？"

三狗说："还不晓得，小赵的父母反对她和我好。说我们年龄悬殊太大了。"

"大十几岁算什么大？还有大二十岁的。小赵呢，她什么态度？"

三狗说："她说她认定了我。"

339

"那好啊。她既然出来坐台，那她的家庭情况不怎么样吧？"

"不怎么样，小赵的爸爸身体不好，下岗了。她妈妈也面临要下岗。"

钟铁龙放心道："那就好，那她的父母说话就没用。"

钟铁龙很懂用人之道，不是那种一心只顾自己好而忘记伙计的疾苦因而最终伙计们纷纷离去的老板。这两年，他在银城守着，天天在房间里不是看书看电视就是看碟，他从失败者的身上吸取了教训。那些人失败一是因权力和利益分配不匀而内讧，其次是为头的太嚣张了，不把他人放在眼里因而积怨甚多；还有一条是老板们不顾手下的死活，仿佛手下就不是人而只有他是人似的。钟铁龙觉得那样的老板很愚蠢，过去身为皇帝都要赏赐大臣，大臣才舍得卖命。没有好处；谁会替你卖命？你若想让手下对你忠诚，你至少要让手下看见他用忠诚换来的好处，如果用忠诚换不来好处，他干吗要忠诚于你？北宋末年，宋江有何德何能？何以众英雄都叫他"哥哥"，不就是他对朋友很义气很好吗？刘邦与项羽比，无论是武艺，还是军事才能都不及项羽一半，就连相貌，也不及项羽伟岸，但刘邦有一点比项羽强，就是他能舍去利益，而项羽在这方面却十分吝啬，所以项羽失去了江山。为头的不能只考虑自己。钟铁龙安排杨敏在卡拉 OK 部做出纳，让小小在桑拿中心做出纳，并为李培的遗孀买了套两室两厅房，就是做给三狗和张兵及其他人看，让他们晓得他钟铁龙不会手下朋友的亲人不管。人是情感动物，感情是彼此呼应和依赖的，你感动了他，他就会用他的方式感动你。

一天上午，钟铁龙打电话给三狗和张兵，让他们上银城他的房间来。他在电话里分别对他们说："你来一下。"

两个人来了。

钟铁龙就笑，领着两人上了他的奔驰车。钟铁龙说："我们去哪里吃饭？"

三狗无所谓道："我随便。"

张兵也说："龙哥，吃饭随便。我们的胃还不习惯吃好东西。"

钟铁龙就又笑："那我们先去看一下小小和李培的儿子，看她还需要什么。"

张兵说："可以可以。"

钟铁龙开着奔驰向宏达花园驶来了。宏达花园在长益市东南区的城边上，宏达花园有十几栋六层楼的商品房，栋与栋之间修了花坛，栽了树木。钟铁龙领着三狗和张兵向一栋刚竣工不久的楼房走去。张兵提醒钟铁龙说："喂，龙哥，走错了。是对面这栋。"

直到这个时候钟铁龙也没亮出底牌，而是说："我晓得，我们先去看一个朋友。我一个朋友在这里买了套四室两厅房，建筑面积有一百五十五个平方。"

张兵就没吭声了。

三个人走近楼道门时，楼门内还堆着几包用剩的水泥，且有些简单粗糙的劳动工具搁在楼门内。楼门前还是泥巴地，还没铺砖和糊水泥。三个人上了三楼，在一张门前，钟铁龙站住不动了。他从包里掏出一串钥匙，递给三狗："大师兄，你把这房门打开。"

　　三狗一看钥匙，六片钥匙都一模一样，心里似乎明白什么了，忙将一片钥匙插入锁孔，一拧，门开了。三个人走了进去，房间里还有水泥和石灰的味儿。钟铁龙走过去，把铝合金窗拉开，又走入另间房，把另一间房的铝合金窗也拉开。一股南风便吹了进来，扫荡着室内的水泥和石灰气味。三狗把钥匙递给钟铁龙："钥匙。"

　　钟铁龙不接钥匙了："钥匙你拿着。"

　　三狗就露出几分惊喜地看着他说·"我拿着？"

　　钟铁龙说："这房子是你的，你不拿着还要我跟你守屋？"

　　三狗大叫了声，一把搂住钟铁龙，将钟铁龙搂得脚都离了地。"哎呀！"他说，马上松了手，"谢谢龙哥。这么大的房子，我这辈子做梦都没想过。"

　　"公司为你买的，房主的名字是你的名字，房子是给你结婚的。"

　　三狗说："我太感动了我真的太感动了。"他高兴得都失去常态了，这间房子那间房子地打量，"我真没想到我这一世还会有这么大的房子住。"

　　钟铁龙笑笑："你想到了，那我做起来就没创意了。"

　　张兵到每间房子走了遭，望着三狗："这房子真好，客厅很大，我喜欢这客厅。气派。"

　　三狗的眼睛都湿了："我以前在红旗织布厂住的那房子，比狗窝还差。"

　　张兵就羡慕三狗说："大师兄，龙哥对你真好。"

　　三狗忙点头："那是那是，不是龙哥，我哪来的今天。"

　　"把房子装修好后——"钟铁龙笑着估计说，"要小赵把她父母接来看看，最好是能住一向，他们一走进这房子就再也不会反对小赵和你结婚了。"

　　三狗说："那是那是，她们家很破烂，比我在镇红旗织布厂的房子只好那么一点。"

　　钟铁龙望着张兵："你也有一套，跟大师兄打对门。"说着，他掏出钥匙，也是一串，六片一模一样的钥匙。他把钥匙丢给张兵："给你。"

　　张兵也跟三狗似的大叫了声，望一眼钟铁龙，赶紧冲出去开了对面的门，只听见他大叫一声"没搞错吧"，接着，这个三十六岁的男人在那套房子里又蹦又跳。"龙龙哥，我我太激激动了，太太太激动了。"他大声说，"这真是太好了。"

　　三狗和钟铁龙走过去看张兵的房子。这是一套跟三狗的房子一模一样的房子，客厅宽敞，卧室朝南，主卧室的卫生间里可以摆个浴缸的房子。"我太激动了太激动了。"张兵不断地重复这句话,"我老婆一定会高兴得三天三晚都睡不着。"

"现在你们知道了我三个月前为什么向你们要身份证的原因了吧?"钟铁龙说,"就是要用你们的身份证登记。现在,你们可以把你们的户口从白水迁来了。当时房子在封顶,我没告诉你们。我就是要给你们一个惊喜。"

张兵叫道:"惊喜、惊喜。真的是一个巨大的惊喜。"

三狗重复张兵的话说:"惊喜、惊喜,真的是巨大的惊喜。"

钟铁龙的手机响了,他一看是王总的手机号码,他和王总好久没联系了,就接了。王总说:"在哪里发财钟总?"

"现(方言:旧)事情,还有什么能更发财的王总?"

王总在手机那头笑:"过来吃饭吧。"

"我就来。"他回答王总。

钟铁龙合上手机,望一眼三狗和张兵,见两人脸上都笑容可掬的,就说:"等过了这个夏天,墙干透了,你们就可以装修房子了。如果钱不够,可以找公司借。房了一定要装修得像样子才行,免得糟蹋了这样好的房子。"

王总给钟铁龙推荐了一个朋友,那朋友是专搞药物研究的,他发明了一种药,专治男性性功能衰退的药,但他没钱投资生产,因为建药厂和买设备都需要大把大把的钱。王总明确道:"没有两千万,这家药厂就难以实现。我账上没那么多钱。我们合作办药厂怎么样?"

钟铁龙笑了笑,看着王总身后被两盏射灯照着的载满金元宝的黄灿灿的船,想跟王总不能合作,王总这人书读多了,像项羽样刚愎自用,只能做朋友,不能合作。说:"你王总一个大老板,还拿不出两千万?"

王总说:"拿得出就不找你了。"

发明了药的医师说:"这药一旦生产,一打广告,我相信一年就能收回投资。"

王总玩着手中的打火机,用一种傲气的表情看着钟铁龙。"你考虑一下,你同意,就你拿一千万,我拿一千万。"王总说,"你不要想一点事,只管分红。"

钟铁龙想就凭他这个表情也会把事情办砸,不办砸至少也会花很多冤枉钱,因为人家不舒服呀,就笑笑说:"我没那么多钱。"

王总瞟他一眼:"那我就只好找别人了。"

王总领着钟铁龙在他开发的楼盘里行走。王总把自己开发的楼盘取名为"湘都花园",湘都花园已入住了很多人,还在建最后两栋楼。王总说:"这一次我开发了几十套大房子,没想全订了,长益市人有钱,也不晓得这些王八蛋是从哪里搞的钱。我开发的时候还担心房子卖不出去,现在楼盘几乎都销完了。我又得重新找地皮开发。"

钟铁龙心里越发觉得自己不与王总合作是对的，听他用轻视的口气称别的老板"王八蛋"，就感到这样的人就是得罪了人也不清楚自己是怎么得罪的。他不太关心房地产，随口问王总："房地产好做吗？"

"那要看你怎么做。"王总说，脸朝上一扬，"做得好肯定赚钱，做得不好肯定亏钱。海南那边，一些老板都跳楼了，因为欠了银行一屁股账，而银行又把资金抽回去了。"

"哦，那是他们没跟银行协调好关系吧？"

"银行追贷，追得那些老板跳楼了。"

钟铁龙在王总的楼盘里转了转，觉得王总做的花园不像花园，楼与楼之间的空地太小了，只设了两个小花坛，这就是花园？钟铁龙没有把他的感觉说出来。王总是个很自信的人，自信的人是不愿听取别人的意见的。他赞美王总说："你王总才是真正动脑筋的人。"

钟铁龙开着车驶出了湘都花园，晚上，他邀石小刚在吉祥酒店吃饭，两人有几天连面都没见，他心里有点不踏实，就把石小刚邀来了。他看着石小刚说："两天没看见你就想你。"

石小刚笑："我也想你呢，只是我那边太忙了。"

钟铁龙知道石小刚的赌场正在装修，他去福田村看过，感觉那里的风水是好，笑笑："你的赌场装修得快完了吧？"

"还没有，福田村的人做事做到一半就开始磨洋工了，他们要加工钱。我没同意，说好了的，不能你说加工钱我就加工钱。我想换一批人做，又担心将来关系搞僵了对我不利。"

"那就不要搞僵，因为赌场是开在他们村。"

"那就只有加工钱。"

钟铁龙说："加吧，一点点钱无所谓的。"

石小刚点上支古巴雪茄。"我那几个手下不同意加。"他抽着雪茄烟说。

"你那几个手下都是眼睛望着鼻子的农民，目光短浅。"钟铁龙道，"你不要在小事情上跟当地村民计较，弄不好会因小失大。"

石小刚的手机响了，是酒吧的宋经理，宋经理说："快来，两个猛女等着你呢。"

石小刚知道宋经理说的两个猛女是小杨和小周，脸上就快乐地一笑，对钟铁龙说："我们去东方快车泡吧去？"

钟铁龙也想放松放松，问石小刚："那里的小姐很漂亮？"

石小刚回答："好得很。"

四九 刘进

钟铁龙就跟着石小刚去了东方快车酒吧。石小刚把钟铁龙介绍给宋经理，钟铁龙跟宋经理握了手，坐下，宋经理叫来小周和小杨陪石小刚和钟铁龙喝酒。石小刚把小杨搂到怀里，在小杨脸上亲了口，嘻嘻笑道："你今天好香的。"

钟铁龙的手机响了，一接，是刘进找他。刘进在手机里听见他坐的地方吵吵嚷嚷的，就问他在哪里。他告诉她他在东方快车酒吧喝酒。刘进在手机那头娇声说"我要来喝酒"。钟铁龙不喜欢小周，也不喜欢小杨，就说："那我来接你。"

钟铁龙一直没碰刘进。他也说不清是为什么，好像是刘进太清纯了，太清纯了就有点让他有所顾忌。钟铁龙在感情上不是那种快刀斩乱麻的人，相反，他喜欢在情感上多酝酿，因为在当今这个社会跟男人玩"一夜情"的女孩子太多了，他觉得那没什么意思。他见石小刚一手搂一个酒吧女喝酒，想石小刚的生活变肮脏了，就是钱这东西让人变脏的。当年在电工厂，石小刚说起女人和爱情来一脸神圣，好像基督徒说到上帝样；如今他一手搂一个酒吧女，一脸恬不知耻的快乐相，就想钱这东西是白蚁，能把人的身心掏空。他瞟着石小刚，又瞟着这两个说话嗲声嗲气的娇艳的酒吧女，正想刘进就不会像这些女孩样随便让男人搂着喝酒，刘进的电话就来了，这真让他高兴。他对石小刚说："我去接个人来。"

刘进的家住在一处类似于贫民窟的小巷里，那条小巷连接着一条小街，从前这一带住的都是船工和挑夫，都是些爱扯皮打架的人。刘进的家还不在这条小街上，是从这条小街的中央拐进去，但汽车进不去，小巷太窄了。刘进就站在巷口上等他。刘进穿一身漂亮的紫色连衣裙，手上拎着只漂亮的手袋，感觉既青春又靓丽，比起那些个酒吧女，真不知强多少倍。她笑吟吟地坐进了奔驰车，他赞美她说："你今天很漂亮，刘进。"

刘进用娇羞的表情回答他："谢谢。"

车驶上了大马路，刘进说："这两天我没看见你，你去哪里了？"

他想她开始惦记他了，这意味着他进了她的心扉。"我回家了。"

刘进说："我也想你应该是回家了。"

"我岳父岳母来了，我回家陪陪他们。"

刘进"哦"了声，目光就抛到了街上。街上一片灯光，车川流不息的。

钟铁龙把车开到东方快车酒吧前，下车，听见有人指着他的车说："奔驰。"他心里有一种快乐，两人笑着进了酒吧。石小刚一手搂着一个酒吧女坐着，却跟第三个酒吧女玩猜色子比大小的游戏，谁输了谁喝酒。石小刚瞅一眼钟铁龙，要那个酒吧女让位给钟铁龙和刘进坐。钟铁龙坐下时说："你晓得快乐啊，叫三个小姐侍候你。"

石小刚嘿嘿一笑："再来一打啤酒。"

钟铁龙说："等你老婆回来，我要告诉你老婆。"

石小刚又嘿嘿嘿笑，对那个掷色子的酒吧女说："你输了，喝酒。"

刘进也坐下，鼓着眼睛看着。酒吧里光线昏暗，但喧闹声却此起彼伏，一些年轻人在高声叫着，喝着酒；另一些人可能是吃了摇头丸，在座椅上摇头，嘴里哼着歌。钟铁龙递了瓶酒给刘进，刘进说："我不会喝酒。"

"好玩喝一点。"他说，举起酒瓶跟刘进碰了下，自己就喝了口啤酒。

刘进也喝了口，是冰啤，喝下去的感觉像喝冰水，只是比冰水味道怪一点。

石小刚也拿起酒瓶与刘进手中的酒瓶碰了下："为你天天有好心情干杯。"

钟铁龙看石小刚与小杨和小周玩猜色子，有时候，目光也会落在刘进脸上，刘进的目光却常常落在他脸上，笑容也是冲他来的。这让他觉得刘进有点爱他了，因为那清纯的目光、那靓丽的笑和脸上那种羞涩的表情都是颁给他的，这让他想起少年时候，他坐在学校操坪上看老师给好学生颁发奖状的情形，那时候他又嫉妒又无奈，因而少年的脸上对好同学充满了醋意。他笑了笑，却没说话。银城桑拿中心有张兵在那儿负责，张兵机警、严肃、坦率，他用不着担心。银元卡拉OK娱乐城有三狗负责，他更加放心。三狗是那种连一分钱账也要算清的一丝不苟的人，对自己和对员工都一丝不苟，身上的西装总是笔挺的，随便站在哪里，腰杆儿都挺得笔直，这也是他欣赏三狗的地方。那种剑拔弩张的紧张局面，早已过去，现在没人来吵事了，生意蒸蒸日上热热闹闹的，真的是歌舞升平得天天"鬼哭狼嚎"的。

刘进问他："钟总你想什么?"

钟铁龙说："我想我们应该出去，这里闹哄哄的。你说呢?"

刘进不喜欢这种带几分色情情调的酒吧，说："好啊。"

钟铁龙的脑海里闪现了芙蓉度假村。上个月，龙行长曾拉他去芙蓉度假村打麻将。芙蓉度假村的老板是龙行长的朋友，在龙行长手上贷了一百万，自己投进去一百万，在那里建了个度假村。他把他的奔驰开向了那处度假村。郊区一片黑暗，已经十一点钟了，路上除了他这辆奔驰车，几乎没几辆车。刘进有点好奇，说："我们这是去哪里?"

"芙蓉度假村。"

刘进说："去那里干吗?"

345

钟铁龙把车刹住了，问她："你要去哪里？"

刘进就回答："我随便你。"

"那就去那里，那里空气比市内好。"钟铁龙说，"我还想在那里建一栋别墅。"

刘进高兴了："你建了别墅，我来跟你家打扫卫生。"

钟铁龙一笑，又开车朝芙蓉度假村飙去。

芙蓉度假村建在一处山坡下，山坡上满是茂密的树木，山坡下是一处水库，水库修建于七十年代，是拦坝修的，很大，叫芙蓉水库，因为这一带野生着很多芙蓉树木，一到春天，山上就开满了芙蓉花。芙蓉度假村坐落在水库上，是一栋两层楼，为便于管理，建成了个四合院，一条车道穿过一片树林，直接驶入这处四合院。钟铁龙将车停下，走出来，感觉有一股凉爽的山风吹在脸上，因而就有一种舒坦的感觉进入胸怀。他说："好舒服啊。"

刘进左右打量了下说："这里的空气是好。"

钟铁龙看着天空说："星星都亮些，你不觉得吗？"

刘进就看天空，天上确实有很多闪烁着的星星，天底一派深蓝，一线月亮弯在天边。

钟铁龙开了房，领着她进了房间。他觉得房内有一股怪味，就打开窗户，窗外是黑乎乎一片芙蓉树林，清新的空气立马从外面灌进来，将室内的怪味吹得四散。他掉头看，刘进脸上有一抹红潮，使她的脸蛋更加美丽。他在沙发上坐下，说："你去洗澡吧。"

刘进说："洗澡？洗澡干什么？"

他看着她，呼吸变粗了："我们做爱，你同意吗？"

刘进的脸红得更厉害了，犹如一朵沾满露珠的羞答答的玫瑰。他走过去把她拉到怀里，亲着她的脸蛋。"你真美，我非常喜欢你。"他说，"知道吗？我喜欢你都有一年了。"

刘进说："我也喜欢你，你人好精干的，不是那种轻浮的男人。"

"是吗？"他觉得她这句话说得很好玩，"你真是个可爱的女人。"

她在他抚摸她的臀部时，她抬起手摸他的脸。他亲她的红唇，她在他怀里扭动，沉浸在他散发出来的爱情的潮水中，她晕晕乎乎地呢喃："啊、啊啊、钟总、钟总……"

他说："我要跟你做爱，亲爱的。"

她娇媚地点下头。他起身，把自己脱得精光。她也起身脱衣。她的身体很白，美玉一般白。她脱到只剩裤衩时，不脱了，躺下，绷直两腿，闭上了眼睛。他眼里是一具美人的身体，像是从画上走下来的美人。面对这具比他年轻整整十岁的柔美

346

的玉体，他十分激动。他跪下了，跪在温馨的玉体旁，俯下身，亲吻她的脸。她的眼睫毛动了动，红唇也在轻微地战栗。他做得很小心，很虔诚。她睁开了美丽的眼睛，她的睫毛很长，眼眸黑亮亮的，目光里充斥着好奇、探询和勇敢。他吻她的眼睛，她闭上眼睛说："你好温柔的。"

他没说话，嘴唇在她脸上缓缓地吻着，吻她的脸颊，吻她的鼻子，吻她的嘴。她呻吟起来，张开双臂搂住他的脖子，她说："亲爱的，你爱我吗？"

他说："你嘴里又甜又香，你的身体一定很好。"

她瞥着他，他解释道："假如你身体不好，嘴里会有异味。"

他脱掉了她的白裤衩。他觉得她太美了，每一处地方都是圣洁的，犹如雕像维纳斯。他开始进入她的身体。她突然扭开脸，用手抵着他的胸部，叫了起来·"痛痛，好痛的。"

他想她还是处女？就兴奋地用力。她脸都歪了，闭着眼睛大叫："痛痛痛。"

他再次发力，她奋力地把他推开，说："痛痛痛，好痛的。"

他严肃地望了眼她："你真是处女？"

她点点头。

他惊讶道："你看起来很放得开的，我还以为你不是处女了。"

小刘说："我爱你钟总。"

钟铁龙这才第一次说："我也爱你。"

她说："我好爱你的亲爱的。"

他一边跟她说话，分散她的注意力，一边进入她的身体，她又叫痛。他起身，步入卫生间，把一条白毛巾折叠成四层垫到她屁股下，这样就不至于把床单弄脏。他要她忍着点，他说："只是痛一下，等下就不痛了。"说着，他让她放松放松再放松，他一用力进入了她的身体。她叫了声"痛"，然后就不叫痛了，闭上了含着泪花的眼睛。

他看见浴巾上还真有血迹，快乐道："我要把这条浴巾带走。它是你处女之身的见证。"

她娇媚地一笑："不，让我来保留它。"

他想她从此不再是处女了，她处女之身毁在他手上了，便说："那你要好好保留它。"

那天晚上，关局长又在他梦里拎着枪追赶他。以前的梦里，关局长手上的那把枪从没射击过，那天晚上的噩梦里，关局长对他开了两枪，一枪从他头顶呼啸而过；一枪打在地上，土渣飘到了他皮鞋上。醒来时，刘进抱着他的头说："你做了噩梦吧？"他看着刘进，刘进又说："你的脚把我蹬醒了，你不停地抽动身体。"

他没说话，揿亮台灯，看了眼皮鞋，皮鞋干干净净的，他松口气，想关局长有好一向没奔进他的梦里了，怎么又来了？他看一眼刘进，在她脸上亲了下，他嗅到了年轻女人的体香。"我梦见自己被一个恶鬼追杀，"他一脸忧惧地说，"那个恶鬼在我梦里对我开了两枪，枪声在我梦里竟很真实，子弹把泥土打得飘起来，我不停地跑，好不容易才甩脱那个恶鬼。"

刘进不懂，便笑："梦有什么好怕的？只是个梦，又不是真的。"

钟铁龙点上支烟，看着天花板，想阳世上是不是真有冤魂？冤魂为了报复你在你入睡后就从你的鼻子或耳孔钻入你的梦境？冤魂不散是不是就是这个意思？他很烦恼，冷冷地盯着前面。窗外是风刮得树木发出的沙沙声，还有青蛙的咕咕叫声，时而是齐声欢唱，时而是一只青蛙独吟。刘进睡意很浓地摸着他的脸，说："睡吧，亲爱的。"

他说："你睡吧，我脑海里事情多，我要想 下以后的事，你睡，别管我。"

他没有再睡着，他抽了两支烟后，试着再睡，但他无法再步入睡乡，似乎有一张无形的门，把他拦在门外。他听着青蛙叫，听着风声，朦胧中似乎又看见了走在送葬队伍里的七岁的他，童年的他走在送葬的队伍里一脸迷茫，天白得发亮，棺材在他前面晃动，让他一脸仇恨，心里想着等自己长大了一定要为姐姐报仇。他想这么多年过去了，很多经历过的事情都从他记忆里消失了，唯独送葬的那一幕始终也没忘记，这是为什么？他想不明白，就悲哀地摇了下头，我一罪恶之身，要小心又小心才驶得万年船啊。他的思想转到了石小刚身上，想石小刚有点不听我的了，他坚持要开赌场，是不是我有什么不对的地方？他想起早一向读的唐史，唐玄宗后期，安禄山和史思明造反，把唐朝的大半江山都占了，可是最终却失败了，其原因是安禄山与史思明都想称帝，分道扬镳了，结果两人都落了个悲惨的下场。他不愿深想下去，他清楚一旦东窗事发，等待他的将是什么结局。他把目光抛向窗外。鸟是世界上醒得最早的生灵，叽叽喳喳的鸟叫声把天空吵白了。刘进在他身边动了动，一头芬芳的乌发散落在枕头上，她似乎也被鸟叫声吵醒了。不一会，天大亮了，清晨的一抹清冷的阳光涂抹在墙上。他爬起床，看着窗外，看见一片可人的绿色在阳光下闪晃，还看见鸟儿在树林上飞翔。他想这儿真好啊，这儿离城市既不远又不近，适合城市人居住。刘进也坐了起来，笑看着他。他转头望着刘进说："我真的不晓得你是处女。"

她对他做了个羞涩的鬼脸。

他说："要是你事先告诉我你是处女，我不会碰你。"

刘进就咧开嘴儿笑："没那么恐怖吧？"

"我觉得恐怖。"他说，"我没想你二十岁了还是处女，你给我的感觉是放得开的女性。"

刘进吐了下舌头。

"起来吧。"他说，"外面空气很好，我们到外面走走。"

刘进懒懒地起来了，进卫生间洗脸漱口，走出来，站到镜子前化了点淡妆。

他说："你不化妆也好看。"

她在他脸上亲了下："谢谢。"

度假村里没什么人，因为这一天并非周末。两人走出来，迎接着两人的是清晨的阳光、花草和郁郁葱葱的树木，再往前走便是于阳光下波光粼粼的湖水。他望一眼四周，四周全是山坡和树林。他想起王总的湘都花园，那算什么花园？他鄙夷地想，他账上有一千多万，他突然有了个崭新的想法："我要在这里开发别墅区。"

刘进也觉得这一带好，望一眼四周说："这里是适合做别墅区。"

"这里离市区不是太远，适合城市人周末来度假。"

这句话一旦说出，就如射出去的箭，击中了他突然冒出的目标。他对这一片山坡和树林突然产生了浓厚的兴趣。跟龙行长来玩时，他没这样想；跟刘进来，这种思想就冒出来了，仿佛水池里突然游动着一群鱼似的。他和刘进在附近走了走，方圆几里内除了几家农舍和农田及菜土，就是山坡和树木。回到度假村，刘进把那条沾着她处女血迹的毛巾折叠好，对钟铁龙说："我要把它珍藏在箱子里，直到我死。"

钟铁龙觉得这句话有伤吉利，批评道："你不说好话。"

她一笑："因为这是我的第一次。"

他在她俊俏的脸蛋上亲了下："我知道，你真是我遇到的最好的女人。"

"你也是我遇到的最好的男人。"她说，举手在他脸上拍了拍。

钟铁龙退了房，开着车驶出度假村，沿途看见的仍然是树木茂密的山林，再往前开，两边才有些农舍和农田。"这里太好了。"他对刘进说，"我想搞房地产，我有一种直觉，这里有个几年就会火起来，我要在这里建别墅区。"

刘进说："那我来跟你做销售。"

他一笑，看着这个漂亮的女人："好，从今天起，你跟着我。"

五十　李乡长

七马乡乡长姓李，是个三十出头的年轻干部，本地土生土长的。李乡长有一颗硕大的秃了顶的脑袋，聪明的脑袋不长毛，大概就是说李乡长那样的脑袋。李乡长坐一辆北京吉普，时常这里跑那里跑，只有一个目的，就是想在这片贫瘠的土地上帮助农民致富，好让老百姓对他歌功颂德。李乡长年轻，时刻拿自己与好干部比，一比就觉得有差距，县里郑副县长当乡长时曾带领那个乡的大部分农民摆脱了贫困，因此被提拔为常务副县长了。李乡长就觉得自己不能"坐以待毙"，也要积极进取，好让市里的领导看到他的魄力。李乡长是个把仕途看得很重的男人，从他当干部的第一天起，一生里连一笔小礼物都没收过，人家为感谢他，送给他礼物，他一律不接。有次，一个包工头承包了乡中学一栋教师宿舍楼的基建工程，趁他出差时把一个一万元的红包送到了他家。李乡长的母亲接了，追出去退，那包工头骑着摩托车狂飙而去。李乡长回来后，母亲就把这个红包给了李乡长，说了当时的情况。李乡长当天就把红包退到乡纪委。这是两年前的事，打那以后，就再没人敢拿钱贿赂李乡长了。

李乡长接待了钟铁龙，引荐钟铁龙与李乡长见面的是芙蓉度假村的李总。李总和李乡长是堂兄弟，两人的父亲是亲兄弟。李总比李乡长大五岁，是李乡长的堂哥，堂哥李总对钟铁龙说："我堂弟是个想在仕途上求发展的人，不像我，我没有我堂弟那么上进。"李总一转背向李乡长推荐钟铁龙说："长益市的钟总，一个很有经济实力的大老板。"

李乡长一听堂兄这么介绍钟铁龙，就伸出了他那双柔软的大手，"你好你好你好！"他接连说了三遍"你好"，又道："欢迎你到我们七马乡投资。"

钟铁龙笑了下，递支古巴雪茄给李乡长，李乡长说："这能抽？没毒吧？"

钟铁龙不晓得李乡长是故意幽默还是无知，就笑笑说："美国总统抽的也是这种雪茄，古巴雪茄，折合人民币要一百八十元一支。"

李乡长就重新审视了钟铁龙一眼，这可是他半个月的工资啊，便说："这么贵？"

钟铁龙说："你抽一口就晓得了。"

李乡长立马就点上，一抽就赞美说："是好抽。"

李总说："钟总到我的度假村住了几晚，觉得这里好，想在这一带开发别墅区。"

李乡长马上应道："好啊，这是大好事。欢迎你来我们七马乡投资。"

钟铁龙说："李乡长，你的辖区地理位置还可以，离城市有一定的距离，但不远。"

李乡长说："话是这么说，可这一带还真不富裕。丘陵太多，农田太少。"

李总说："钟总想在芙蓉水库边上买几百亩地。"

李乡长摇头说："那可能不行，县里有规定，水库两边的山林不能开发。"

钟铁龙说："我就是看中了那些山林，我不是要开发山林。"

李乡长吸了口古巴雪茄："那你要买哪块地？"

钟铁龙和刘进来芙蓉度假村住了多次，他越来越觉得这一带好。他提议说："李乡长，你没事的话我们到实地看看。"

李乡长叫上另外一个干部，介绍说他是张副乡长。两人就随钟铁龙走到了奔驰车前，张副乡长一副识货的样子说："这是奔驰车吧？"

李总替钟铁龙回答："奔驰车，要一百多万呢。"

张副乡长惊讶道："爷咧，这么贵。"

几个人上了奔驰，奔驰车载着他们飘到了芙蓉水库前。四个人下车，站在十一月里晴朗的天空下。钟铁龙觉得这一带的天空颜色都明净些，不像三十里外的市内，天空灰蒙蒙的，苦大仇深的样子。

钟铁龙指着水库说："我喜欢这个水库，这水是山上流下来的泉水吧？"

张副乡长介绍说："泉水也有，主要是雨水。我们这个水库在长益市附近算大的，有一千三百多亩。"

钟铁龙看着波光粼粼的湖面。李乡长吐口痰，大步走到一处草已枯黄的土堆上，站住了，眺望着水库说："我们县和市里都很重视这个水库。"

钟铁龙走到李乡长一旁："我就想在这一带搞房地产。"

李乡长脸上有些为难的颜色："这恐怕有些困难。不光是县里不准在这一带搞开发，连当地的农民砍树也不准。八十年代初时把这些山都分给了农民，现在又都收回来了，出钱让农民护林。市里一个抓环保的副市长来视察过，说这一带是长益市的肺叶，不能搞开发。"

钟铁龙更加高兴，既然有个副市长做了这方面的指示，这一带就显得更重要了。他说："山林我是不会动的。"他指着前面的两个山丘之间的一块空地，"那块空地，还有前面的几块空地和那几户农民的菜地，还是可以开发吧？"

"空地可以，山林不行。"李乡长是个环保者，"现在县里明令禁止农民砍伐山林。哪个砍了，发现了都要重罚，抓得很严的。"

他们走到了那处空地上，这块面朝水库的空地长满了草，也长了些树木。这并不是一块很平整的空地，而是一块坑坑洼洼的斜坡地，不适合种庄稼，但有几块菜地。那是守水库和守山林的农民开垦的。钟铁龙走到斜坡上，站在一处石头上不动了，他的两旁是樟树，风从水库方向吹来，吹拂在他们的脸上。他望一眼李乡长说："这块空地有多大面积？"

李乡长看一眼说："三四十亩吧。"

几个人又往前走，走过这处山丘，又呈现了一块斜坡地，地上有草和树，但稀稀散散的，不像山林的那么密。"这块地有多大？"钟铁龙问李乡长。

李乡长伸出头左右张望了眼说："也有二十多亩。"

再往前路就不好走了，只有牛和农民挑着担子踏出来的小道。钟铁龙和刘进于前几天散步时来过，再往前有一片平地，住着二十几户农民，有田有菜地，还有树木乱长的斜坡地。这块地有一百七八十亩，处在水库和山林之间，很适合建一栋栋别墅。钟铁龙领着李乡长和张副乡长走到这里，说："我想在这里建一栋别墅，自己住。"

李总说："这里适合建一个别墅区。"

"如果我买下这些空地，就得傍着水库修条能双向行驶的公路。"

"那肯定要修路。"李总望着曲折的山林小道说，"没有路，车怎么进来？"

钟铁龙问李总："修条路进来投资会要两百万吗？"

李乡长答："这要看你修的路好宽。你要是修双车道，会要两百万。"

他们又往前面走，再走到前面又是一块空地，水库到了这里就到头了，一座山林挡在前面，山上的树木郁郁葱葱，树木似乎比其他山丘上的树木也高大粗壮些，挨着水库有几株很古老的芙蓉树，很高大、俊逸。几个人走到这里时，身上都有些微汗了。钟铁龙从包里拿出古巴雪茄，一人发一支，四个人就在上午十一点钟的芬芳的阳光下，于这片青山绿水的山坡上抽着雪茄。钟铁龙望着李总："等下一起去芙蓉度假村吃中饭。"

李总说："你在这一带建别墅区，我的生意可能会相对好些。"

"那肯定，因为人气来了，你的生意就旺了。"

李乡长在大学里学的是林业，特别钟爱树木。李乡长说："我清楚，只要有人的地方，森林和土地就难免不遭破坏。你一搞房地产，这一带又要遭破坏了。"

"我跟你一样喜欢大自然。"钟铁龙说。他想他一个罪恶之人，只有远离警察和尘嚣，躲在这里，才能抛弃时常压迫着他的让他于梦里都感到窒息的罪孽。这几次，他与刘进来芙蓉度假村开房，他睡在这里虽然也做了噩梦，但感觉上还是睡得沉些，早晨起来精神也好些，似乎丛林和水库能隔离他在长益市犯下的罪恶似的。"我之所以看中这里就是喜欢这一带，既然喜欢我就不会破坏。"他望着茂密的树林，抽了口雪茄，感觉这里是修身养性的好地方，"如果只是为了纯粹赚钱，我干吗不在市内搞房地产？再说能买得起我建的房子的人，至少不会提把斧子来砍树。我又不是建农舍，是建一栋栋别墅。"

过了几天，又一个阳光灿烂的日子，钟铁龙把龙行长拖来了。龙行长比早两年胖些，这可能是他太缺乏运动所致。龙行长一天里，大部分时间都坐在办公室，或坐在麻将桌前，很少进行户外活动。龙行长以前还打打羽毛球，还提倡锻炼，这段时间他好像没怎么锻炼了，身上一不小心就长了十几斤肉。钟铁龙说："你该做些运动了。"

龙行长说："是啊，人不能懒，一懒就不想动。"

钟铁龙领着龙行长于这一带走着，没走多远龙行长的圆额头上就渗出了许多汗珠，一抹一甩一大把汗珠。龙行长幽默道："钟总，你带我秋游啊？你该跟我预备个秋游小姐。"

钟铁龙大笑，觉得龙行长说得有理，忙打三狗的手机："你让领班在桑拿中心挑一个漂亮小姐来。"他问龙行长："要丰满的还是苗条的？"

龙行长说："你真跟我安排小姐？苗条的。"

"苗条一点的。"钟铁龙说，"你打个的把小姐送来。"

三狗在手机那头回答"好的"。

"我要在这里搞房地产开发，你觉得怎么样？"

龙行长的胖脸上满脸的惊愕，"在这里搞？这有谁来住？"他前后左右地看了眼，批评钟铁龙，"这么远和偏僻的地方，又没有超市和大商场，你是要鬼来住吧？"

"我不是搞普通房地产，我是搞别墅区。"

龙行长反对道："那也没人来，这里离市区太远了。"龙行长扫了眼四周，又说："这里环境是可以，但太远了。你建了房子没人买不是白建了？"

钟铁龙觉得这一带好道："龙总，我的直觉告诉我，肯定会有人买。"

龙行长扬扬手说："你不要那么自信。我在长益市从小长到大，我了解长益市人，长益市人最大的特点就是爱热闹。这里这么幽静，谁受得了？"

"也有人喜欢安静的地方。"

龙行长摇头："喜欢安静的人是大学教授和离退休干部。他们买得起你的别墅？你趁早打消这个念头，你赚钱也不容易，免得把钱丢到水里。我不主张你在这里搞房地产。"

"我要找你贷两千万，两千万分三年还清。"

龙行长看他一眼："现在不是早几年了，不是你说贷两千万我就可以贷给你。银行方面要审核。因为经济担保让银行在贷款上吃足了亏，银行贷出去的钱打了水漂。"

"我到时候用买的地做抵押，抵押给你们银行。"

龙行长说："有些事情不是你说的那么简单，手续很繁杂。现在银行基本上不搞私人贷款，只给国营大公司贷款，国营小企业都不贷了。私营企业找银行贷款都很难批。"

"你是行长，你一句话不就批了？"

"两千万的贷款我一句话就批，下面会想我在你手上拿了好多回扣。"

钟铁龙说："我正要跟你说回扣，这次找你贷款数目巨大，我给你百分之十五，两千万你拿三百万现金回扣。你如果觉得现金麻烦，要我帮你把钱存到国外的账上，我在国外跟你立个账户。我说话是讲信誉的，你应该了解我。另外，我帮你办一次出国旅游，你不是想去美国睡洋妞吗？所有的费用都归我出，免费送你去美国玩一趟。怎么样龙总？"

龙行长看一眼钟铁龙："你别吓我好啵？我哪里敢接受这么大的回扣？三百万，查出来了要判死刑的。"龙行长眺望一眼坡下的树林，"这个社会这么好玩，我还不想死。"

钟铁龙摆摆头说："哪个查？查我的公司？我的公司，只有我晓得钱的去处。未必我会枳极主动地配合检察院，把你供出来？你被抓起来了，我有什么好处？我钟铁龙是个过河拆桥、出卖朋友的人吗？你放心，查不出的。"

龙行长望了眼天空，天上飘着一绺白云。他听了钟铁龙的一番话后，想了下说："这事我考虑一下，这是件必须认真考虑的事情。假如你还不了贷款那不把我端出来了？"

钟铁龙见龙行长有所松动，冲着水库哈哈一笑："龙行长，你要考虑的是用什么方法贷款给我。那些事情你不用担心，我就是把自己卖了也不会卖你。"

三狗骑着摩托车驮着一个说一口普通话的河北小姐来了。三狗来过，早一向钟铁龙拉着石小刚和三狗一并来芙蓉度假村吃饭，一并于这一带查看过。三狗对龙行长笑，龙行长看一眼三狗，望着三狗后面走来的女孩。女孩高高挑挑，可能有一米六八的样子。三狗说："她是河北石家庄的，一个城市里长大的妹子。"

龙行长"哦"了声，三狗对河北女孩说："这是龙总，你要好好招呼龙总。"

河北小姐马上满面春风地迎上去，手就挽着龙行长的胳膊，嗲声嗲气地叫了声"龙总"。

龙行长觉得这女孩懂事道："这女孩挺乖的啊。"

李乡长坚持要五万元一亩，说了一大堆理由。钟铁龙只肯出三万，李乡长说："三万元一亩是不可能的。因为这些地一旦卖给你就再也收不回来了。"

钟铁龙很有理由认为这些地只值三万元一亩，理由之一是地闲在这里也就闲在这里了。理由二是，这块地盘下来，从生地变成熟地，少说也要十五万一亩。因为有很多事情要做，整地、修路、挖沟、安装液化气、埋下水道、铺自来水管、埋电缆、竖电杆和架电线、换变压器及接有线电视，还有修护坡等，这些事没有上千万是拿不下的。他摆出理由二后，说："李乡长，这又不是在市内，路不要我修，下水道最多是挖自己楼下的下水道，自来水管请自来水公司的人来安个水表，接上就能用。电杆也不要我请供电局的人来埋杆架线。你这里，什么都要花钱，一个螺丝钉都要用钱买。我不把基础设施搞齐搞好，谁会买我建的别墅？难道要他们自己挖水井，自己接电线、电话线和接有线电视？"

李乡长点上支烟，思索着的样子吐口烟，说："四万一亩，降一万。"

钟铁龙想这样的大买卖不可能见面就谈成，肯定要采用怀柔政策，跟谈爱差不多。又想一定要表现出无所谓的样子，不能让对方看出他很想把这块地弄到手，这跟买衣服样，你越是想要，对方就越不降价。"我真的随便。"钟铁龙瞥一眼李乡长，"我并没搞过房地产，我还真不晓得怎么弄，你们乡卖地，要通过国土局吗？"

李乡长点头："要在县国土局备案。"

"县国土局？"钟铁龙说，"县国土局我一个熟人都没有，关系都不晓得怎么走。"

李乡长马上说："这不要你操心。县国土局局长就是七马乡的老乡长，姓欧阳，跟我关系很好。八年前，我提副乡长就是欧阳乡长提的，那时候他是乡长。"

"这不要你操心"，只凭这句话钟铁龙就听出李乡长急于卖地给他，因为李乡长在说这话时是脱口而出，这证明李乡长在这事上反复想过多次。钟铁龙答："光买这块地是没用的，要把生地变成熟地，还必须上很多设施，这都是要大投入的。"

李乡长暴露了急于求成的弱点，他确实急于想把这块地抛出去，一抛出去他就有活钱干他想干的事。他想了想，抽口烟，从烟雾后面瞅着钟铁龙，他感到这个姓钟的很干练，便咳了声，再次强调："四万一亩，不能再低了。"

钟铁龙觉得好笑，也坚持说："我最多出三万一亩，你考虑吧。"

李乡长不打算卖了的样子说："你也先回去考虑考虑，你不买，到时候可能别人会要。因为有人已经跟我们联系了。"

钟铁龙转过头来淡淡一笑："老实说，我这等于是玩赌博。我拉了好几个朋友来过，他们都反对我在这里搞房地产。我的搭档都反对。"他递支古巴雪茄烟给李乡长，李乡长接了，钟铁龙想这个时候最要沉住气，"做房地产，我其实也没有十足的把握。"

李乡长听了这话又被莫大的失望笼罩了，想想自己将干的事情由于没资金，泡汤了，脸上就不再有热情了，望着别处。钟铁龙是个察言观色的专家，一眼就瞟出李乡长的内心很焦虑，而且是个极情绪化的人。张副乡长哼着花鼓调儿走来，钟铁龙忙表扬张副乡长："啊呀，张乡长的《刘海砍樵》唱得还可以啊。"

张副乡长指着脸色漠然的李乡长："我们李乡长的歌唱得好。"

钟铁龙就望着李乡长："那你们没事时，来我银元卡拉 OK 娱乐城唱歌吧？"

355

李乡长问："银元娱乐城在哪里？"

"运动路金圣大酒店的对面。"

李乡长抽着古巴雪茄，一脸心事重重地看了钟铁龙一眼，说："有时间的话，会来玩。"

钟铁龙的手机响了，是郑小玲找他，郑小玲的母亲今天乘飞机来，郑小玲问他出发去接她母亲没有。他对郑小玲说"我就去接"。他对两位乡长打个拱手，起身告辞。李乡长和张副乡长送他到门口，钟铁龙钻进奔驰，回头对两位乡长一笑。

五一　结婚

十二月中旬的一天，三狗和小赵结婚，婚礼是在新华楼举行，订了十六桌酒席，来了很多人，除了三狗的父母和姐姐，还来了一些三狗多年前的同学及镇红旗织布厂里三狗过去的同事。当然还有很多这两年三狗在银元卡拉 OK 娱乐城结交的新朋友。小赵的母亲没来，三狗三十九了，比小赵大整整十七岁，小赵母亲觉得这种年龄悬殊太大，对小赵以后不好，就全力反对，但小赵没有听她母亲的，坚持要跟三狗结婚，母亲就死活也不来。钟铁龙没带郑小玲来参加三狗的婚礼，而是带着刘进。刘进说："三狗那么老了，真是有艳福。"

钟铁龙说："男人老一点更加稳重。"

刘进就娇嗲地吐下舌头，问："你老婆比你小几岁？"

"没小几岁。"

"比我漂亮吗？"

"没你年轻。你想见？"

"想见。"

钟铁龙就一个电话打到家里，对郑小玲说："老婆，你快来，我忙得都忘了，今天是大师兄结婚，快来新华楼。"

郑小玲说："新华楼在哪里？"

"你打个的，对的士司机说去新华楼就是了。"

郑小玲就来了，牵着她的儿子钟万林。郑小玲穿一身喜庆的红衣服，头发梳成一把扎在后面，像条马尾巴样摆动。钟铁龙对刘进说："这就是我老婆，年轻的时候可是个美女。"然后对儿子说："儿子过来，到爸爸这边来。"

张兵忙让位，儿子就坐到了张兵坐过的椅子上。钟铁龙抱起儿子，把儿子放到腿上，指着刘进说："叫阿姨。"

儿子就叫了声"阿姨"。郑小玲在一旁坐下，说："你怎么才告诉我？"

三狗手中端着酒，他的一旁是新娘，新娘脸上一片红霞，那是红葡萄酒蒸发出来的红霞。三狗举着酒杯，特意过来与郑小玲喝杯酒，郑小玲说："我不会喝酒。"

三狗希望郑小玲喝一点道："小郑，这杯酒你无论如何要喝。"

郑小玲就喝了，说："祝你们幸福。"

三狗走开后，刘进看一眼郑小玲，见郑小玲也望着她，就一笑，问钟铁龙："钟总，三狗就没一个大名？怎么你们都叫他三狗？"

钟铁龙说："叫顺口了。三狗有大名，叫黄建国。"

郑小玲插话说："现在他结婚了，有了老婆，再叫三狗就有点不像了。"

刘进也说："我也觉得三狗好难听的。"

钟铁龙在两个女人中说："听顺了就不难听了。我从小就叫他三狗师兄，叫惯了。"

刘进问："三狗很能打吗？"

"能打。"

刘进看一眼郑小玲，问："比李连杰呢？"

"那不知道，不过三狗确实能打。"

钟铁龙的手机响了，是一个陌生号码，接了。手机那头是张副乡长，张副乡长说："我和李乡长到了你们银元卡拉OK娱乐城门口。"

钟铁龙想他们沉不住气了，便说："那我马上安排。"

钟铁龙打妈咪的手机，让她安排两个最好的小姐陪李乡长和张副乡长唱歌。"他们是我的重要客人，"他强调，"我等下来，安排两个最漂亮又会唱歌的。"

李乡长早就想把那块地卖掉了，他托了很多人替他销售七马乡的地，但没人要。李乡长今年三十二了，他清楚，只有把乡里的经济搞上去了，才会有领导器重他。但要把七马乡的经济搞上去就得有钱，而要有钱就得卖地，这是一环套一环的连锁反应。然而，李乡长又不想为了个人的仕途而太让商人得利，他是个讲究名声的干部，他骨子里迷信"人过留名"那句老话，他希望留下好名声。李乡长很想在七马乡办一家农药厂和一家化肥厂，因为全中国的农民都离不开农药和化肥。他初步估摸了一下，没有一千二三百万的资金投入是无法实现他的宏伟目标的。他考虑了两个星期，等不及了，拉着张副乡长来了。唱歌只是个借口，他主要是来谈那笔土地买卖。

钟铁龙跟李乡长和张副乡长握了手，见茶几上只是摆了几杯茶水，连果盘和啤酒都没上，马上按了呼叫铃。服务员来了，钟铁龙说："来两个果盘和一打啤酒。"

李乡长说："钟总您不要这么客气。"

钟铁龙说："这不是客气。再来几个喝酒的凉拌菜。"

服务员应声走了，钟铁龙马上把古巴雪茄递给两位乡长抽。他说："今天我下面的一个经理结婚，我喝了很多酒。"

张副乡长说："我的歌来了。"他起身唱歌，唱的是苏联歌曲。张副乡长唱歌时发音不准，但没人听他唱歌，他唱完，几个人给了他一点掌声。张副乡长坐下，见刘德华的歌出现在荧光屏上，便对李乡长说："乡长，你的歌来了。"

李乡长笑笑，拿起麦克风，起身，摆好唱歌的架势。李乡长的歌明显比张副乡长唱得好些，掌声自然就热烈几分。钟铁龙说："李乡长，没想到你还有一副好嗓子。"

李乡长客气道："不行不行，只是以前喜欢唱歌而已。"

啤酒来了，吃的东西也上来了，人家就边吃边唱歌和说话。玩到六点钟也就到了吃饭的时间，钟铁龙就请他们去吉祥酒店吃饭。他点了一桌菜，问："两位乡长喝什么酒？"

李乡长摇头："已经喝了那么多酒，不喝酒了，我等下还要开车。就吃点饭菜吧。"

钟铁龙望着张副乡长，张副乡长也说："不喝不喝了。"

钟铁龙就没要酒。吃饭时，钟铁龙没怎么吃，事实上他已经很讨厌吃吉祥酒店的饭菜了，吃腻了，但他又不能不来，不来，就是不给刘夫人面子。他没动什么筷子，李乡长和张副乡长也没吃多少，一桌菜基本上浪费了。钟铁龙不跟李乡长和张副乡长提买地的事，而是跟他们扯一些天南海北的闲话，两位乡长饶有兴致地听着。刘进来了，打的来的，在钟铁龙一旁坐下。钟铁龙笑着介绍刘进："我的私人秘书，姓刘，刘小姐。"

刘进说："怎么没有酒？有酒我好敬两位乡长呀。"

钟铁龙就要要酒，李乡长忙制止道："不能喝不能喝，再喝酒，肚子都会胀破。"

张副乡长早没吃了，拿着牙签剔牙缝之间的菜屑。钟铁龙注意到李乡长给了张副乡长一个眼色，张副乡长便开口问："钟老板，买地的事你考虑得怎么样了？"

钟铁龙想不能让他们摸清自己这张牌，便不急不慢地说："考虑了，但要在芙蓉水库一带建别墅，额外的投资太多了。我觉得我拿不下那几块地。"

"我有一个这样的方案，不知你觉得行不行？"李乡长是真沉不住气了，咳了声，"你不要东买一块西买一块，那样你自己也不好整体规划和管理，我觉得你要干就干个大买卖，"李乡长用鼓励的目光盯着钟铁龙，"索性把那一千二百三十亩山地全买下来。怎么样？"

"那些山地买下来可以开发建房？"钟铁龙望着李乡长，故意这么问。

"原则上不行，因为县里不会同意。但县里现在不同意，保不住以后的，你也晓得，政策这东西是常变的。换一个领导，又是一种搞法。"

钟铁龙说："那倒也是，不过要是把那些山林全砍了建别墅，那也没什么特色了。"

"就是，"李乡长说，期待地望着钟铁龙，"你把傍着水库的那片丘陵全买下来，就可以整体规划，到时候就没有别的房地产公司进来破坏了。你说呢？"

钟铁龙摇头："你说的那些山地买下来又不能开发，那是白丢钱啊。"

李乡长和张副乡长彼此望了眼，李乡长心里无鬼，就很坦然的模样说，"钟老板，跟你说老实话，我们乡政府讨论了多次，觉得那些丘陵地交给你管理，比给当地的农民管理要好，我们也更放心。当然要你花四万元一亩买下所有的地是不合理的，有些山林是不好开发和不能开发的。我们让人测量了下，那片山林有一千二百三十亩，我们都让一步，一千二百三十亩做三千万卖给你，折算起来，一亩地还不到三万，可以了。"

钟铁龙原只打算买三百亩空地，按三万一亩计算，也就九百万，再花四五百万搞基础设施，另外投资几百万建一栋栋别墅，边建边销售，压力不会很大。现在要他一下子拿出三千万，他怎么也拿不出这笔巨款。他一脸没反应过来的样子愣了半天，心里想到了以退为攻的策略，便做出打算放弃这个项目的样子，脸上的表情都是退却。他说："一万元一亩我可以考虑，尽管有些山地是不能开发的，但我认了。要我突然拿三千万买市里县里明令禁止开发的绿色丘陵，你们想我买了它做什么？你们去找别的投资商吧，我不搞了。"

李乡长把熄了的雪茄重新点上，眉头拧成了疙瘩，问："你真的不搞了？"

"不敢搞，说老实话，要我一下拿出那么多钱来搞房地产我也拿不出。"

李乡长将一口雪茄烟吐到空中，说："我们都让一步，两万一亩怎么样？"

钟铁龙想笑，心里判断李乡长是要把那块地做狗屎一样卖给他了，说："你们要我把水库边的那片丘陵买下来，我也愿意，但我只能出一万一亩。多一分钱我都出不起。"钟铁龙笑笑又说："要把你们乡那块生地变成熟地，还要投资很多钱，我没那么多钱投入，银行也不会贷那么多钱给我。要不，你们找别的投资商？"

李乡长望着他，揣测着钟铁龙的心理。钟铁龙打一个哈欠，把得意当哈欠打了，又说："其实我搞房地产没一点经验。我现在的日子很好过。说老实话，我起先的动机是自己在那里买个十亩地，建一栋别墅，想去住就去住一下。那有个几十万就可以了吧？"

"那是，"张副乡长说，"在乡里，建一栋房子不要好多钱。"

"这样吧，我就买二十亩地，建一栋四合院，自己住。"钟铁龙故意这么说，看两位乡长的表情，见李乡长和张副乡长都木木地望着他，又说："到时候我请两个农民跟我栽花、栽菜和守屋，我懒得做大的打算和计划了。"

李乡长失望道："你原来是不想买地哦？害得我们在乡里还专门开会讨论了好几次。"

钟铁龙听了这话，就更加做出已不打算要这块地的样子，说："我主要是经济压力太大，怕吃不消。"他说到这里一笑，"你们回去考虑下，如果你们接受我的条件，我就是砸锅卖铁，也要把那一千二百亩地拿下来。我来管理，森林和水库我都不会动。"他望一眼李乡长，"我一旦跟你们签了合同，我的日子就不好过了，还有可能被你们那块地拖破产。我的风险其实很大，我自己没那么多钱，我要向银行贷两千万，贷款是有期限的，一旦到达期限，房子卖不出手，不还贷款，银行就毫不客气地冻结我的资金。海南岛就有很多房地产老板建的楼房卖不出去，银行冻结了他们的资金，因此破产了，在海口市吃五块钱一个的盒饭。"

李乡长脸色不怎么好看，起身道："走吧，我们回去再商量下。"

李乡长和张副乡长走后，钟铁龙跟刘夫人打了招呼，问了几句刘副局长，就带着刘进去了金圣大酒店，开了房，钟铁龙笑着坐了下来。刘进看着他，问："你很高兴样？"

"我要捡篓子了。"

"捡篓子？你认为他们会把地卖给你？"

"他们找不到别的买主。"钟铁龙说，笑笑，手在刘进的头上摸了把，"李乡长眼巴巴地望着别人在他当乡长时来他们乡投资。你晓得他们为什么要把那片丘陵都卖给我？因为这能让乡政府省钱，乡政府时刻担心农民偷砍林木，只好派人护林，这要花乡政府的钱。他们把那片山林一家伙踢给我，乡政府就卸掉了一个包袱。在我眼里那是一块可以变黄金的风水宝地，在他们眼里是一个包袱，区别就在这里。"

他笑笑又说："你等着看吧，如果他们乡政府需要钱搞别的事，不出一个星期，他们就会找我。一万块钱一亩的地，离市区又这么近，开车二十多分钟就到了，这不是捡篓子？"

刘进说："那我要恭喜你了？"

钟铁龙说："做爱。我要跟你做爱，跟你做爱，你准能给我带来好运。"

刘进一笑，在他脸上摸了下，"那我祝贺你。"她说，起身进卫生间洗澡。

钟铁龙打了石小刚的手机，石小刚在他的乡村酒店，他对石小刚说："那块地基本上搞定了。明天我就去工商局注册一家房地产公司，你觉得银马地产公司怎么样？我们的娱乐公司是银元，我们现在搞一个银马房地产公司你的意见呢石总？"

石小刚说："可以，蛮好的。"

"赌场的生意怎么样？"

"可以，你过来看看不？"

"王总早两天跟我说要到你的赌场赌几把，龙行长也要来赌。"

石小刚在手机那头笑："那你叫他们来。"

刘进洗完澡出来了，身上裹着洁白的浴巾，走过来亲了他脸庞一口，坐到床沿上。他合上手机，看着一脸红润润的刘进，说："你是全世界最美的女人。"

刘进抿嘴一笑。他起身，走进卫生间洗澡。他随便冲了下身体，走出来，让刘进替他揩身上的水。他觉得刘进很漂亮，目光很清澈。他想她怎么会喜欢上他这样一个坏男人？他把她搂到床上，抚摸着她光洁如玉的身体，摸到她挺翘的乳房时，他笑了："啊，它的样子真可爱，我十七岁时曾想，女人的乳房到底是什么样子啊。"

刘进伸手在他脸上刮了下："你真坏。"

他心情很好地回忆道："我第一次夜梦遗精就是我十七岁的时候，当时我吓坏了，以为自己那里出了问题。

刘进觉得他的下巴长得很俊，有棱有角的，就摸他的下巴，说："要是你以后不爱我了，我会很痛苦的，因为你是我生命中的第一个男人。"

钟铁龙一笑："真对不起，一不小心就做了你的第一。不过我会很爱你，我再不会爱别的女人了。"他脑海里闪现了丁建可怜兮兮地倒下去和关局长坐在汽车上的惨相，心就一悸，挥手把脑海里的丁建和关局长赶开，大声说："做爱，我们做爱。"

李乡长有一个母亲。还在他五岁那年，父亲就跟他母亲离婚了，离得很无情，这让李乡长从小便恨他父亲。读大学的时候，他父亲绕开母亲，曾跑到农学院看他，带了很多吃的，还准备塞两百元钱给他补贴伙食。李乡长把父亲带来的东西扔出了寝室，把两百块钱掷到了父亲脸上。李乡长愤怒地说："谁是你的儿子？我父亲早就死了，我只有母亲！"

李乡长只认母亲。他母亲一个人带着他，把他养大，一生不知吃了多少苦。家里喂的鸡和鸭，母亲从没吃过一枚鸡蛋和鸭蛋，都是把它们拎到集市上卖掉，好攒钱给李乡长读书。李乡长童年至少年到读大学及参加工作前，基本上属于食草动物。当他第一次拿到工资，称了两斤猪肉回家，觉得自己从此可以无所担忧地吃肉时，他那贫贱的肠胃一下子弄不明白进来的是些什么东西，就拼命抵抗，害得他拉了整整一个星期肚子。李乡长很爱母亲。七年前，他跟一个爱上他的女人谈婚论嫁时，提出的条件就是：他母亲必须跟他们生活在一起。那女人是他的高中同学，也读了大学，很懂道理地回答他："我会对你母亲好的。"

两人结婚了，他和老婆住楼上，母亲住楼下。母亲照样喂鸡喂猪，一早就爬起床，扛着锄头上地里忙碌。李母不爱说话，不爱跟村里人交往，来了人，她就进自己的房间休息，眼睛就看着窗外的竹林；等客人走了，家里静了，她又走出来干自己想干的事情。李乡长对老婆说："我就一个妈，她就我一个儿子，你对我妈好，我会对你更好。"

老婆一笑："你是个孝子。"

李母病了，以为自己是胃病，怕儿子和儿媳担心，就自己上药店买三九胃泰吃。吃了三九胃泰，果然肚子就不痛了。这样过了一年，再吃三九胃泰就不能解决问题了，吃别的药也不行。去乡卫生院看病，开了些护肝护胃的药给她吃，这样维持了一年。有天，她醒得很早，下床，去菜地里忙碌，忽然肚子痛，痛得大汗直冒，就按着肚子回家找药吃，突然喉咙痒痒的，一张口，一口鲜血吐了出来。李母自己都吓了一跳，第一个反应就是她再也没办法瞒儿子和儿媳了，因为李乡长就站在她面前，并且大吃一惊地盯着她。"妈，你怎么了？"李母没说话，继续吐血。李乡长把母亲扶上车，送到乡卫生院，乡卫生院的医生见来的是乡长的母亲，马虎不得，便建议李乡长送母亲去市里的大医院看病。李乡长就开着破吉普把母亲送到长益市一医院，让教授替他母亲看病。医生让李乡长带母亲去抽血、照片和 CT 扫描，忙了一上午。结果出来了，医生告诉李乡长，他母亲的病不是出在胃里，而是肾脏方面。医生看着李乡长说："像你母亲这样的情况，要住院治疗。"

李母不愿意住，要走，因为住院太花钱了。"我不住院，我今天就走。"李母很坚决地对儿子说："把我扶起来，我要回家。"

医生望着李母又看着李乡长，医生说："你母亲的病很严重，如果不住院治疗，很快就会……"医生没把这句话说完，扔下李乡长跟别的病人家属说话去了。

随李乡长一起来的七马乡卫生院的医生拉了下李乡长的衣角，李乡长望着医生，医生说："李乡长，你母亲这样子是肯定要住院的，不然那就真的说不好了。"

李乡长当然清楚母亲的用意，早两年，家里建房李乡长借的亲戚朋友的两万块钱，还有一万没还，母亲是晓得的。但不能因为现在自己还欠着一屁股债就不给母亲治病吧？母亲还只五十八岁呢。李乡长对母亲说："妈，您的病不治好，儿子怎么能好好工作？万一您有个三长两短，我会后悔一辈子！您不在乎自己，儿子可不能失去您啊。"

李母听了这话流泪了，眼泪汪汪地看着儿子："小斌，妈是舍不得你花钱。"

362

李乡长对母亲说："妈，您不要操心钱，您只管安心治病。儿子是七马乡一乡之长，儿子孝不孝顺，全乡一万三千多人都看着呢。儿子要做表率啊。"

李乡长在乡财会室借了一万元，打了借条，把那一万元送到住院部，天天往医院跑，晚上就睡在医院。李乡长的脑袋里，一半装着母亲，一半装着乡里的事。母亲让他焦虑，乡里的事也让他焦虑。他想办农药厂和化肥厂的心，一天也没减过。李乡长曾想在乡里搞集资，但这种念头还只是刚冒出来就被县领导否决了，县领导说："你这是要犯错误啊，上面三令五申，禁止民间集资，你乡政府还带头集资，这行的？"李乡长想找银行贷款办厂的事也被银行拒绝了，这让李乡长觉得想当一个造福一方的好干部还真不容易。

这天上午，李乡长从医院回到乡里，处理了乡里的几件小事，就打钟铁龙的手机。钟铁龙的手机是二十四小时开机的，一接就笑了，说："李乡长好。"

李乡长在手机里沉默了几秒钟，问他："起床没有？"

他回答："还在床上。"

李乡长说："你考虑得怎么样？你要不买，我就卖给一个浙江老板了。"

钟铁龙回答："我们见一下面吧？"

李乡长说："见面签合同吗？"

钟铁龙回答："今天不签合同，我向来要选吉利的日子才签合同。中午我请你喝酒，下午我请你开开洋荤，我们桑拿部来了几个很漂亮的古巴妹子……"

李乡长不是一个放纵自己的男人，他打断钟铁龙的话说："我们不谈这些。"

钟铁龙"哦"了声，说："那你来银城大酒店吧。"

李乡长放下电话，望着窗外的那片斜坡地，还望着天空，天空蓝莹莹的。他的思想溜到了母亲身上，我妈病成这样，这是我的错啊。我一定要把妈妈从死亡的怀抱中夺回来。他想。见张副乡长走进来，他说："我去办点事，有事打我的手机。"

李乡长开着他的北京吉普，一路思考着怎样跟钟铁龙谈这番话地来了。李乡长想，要钟铁龙拿出两千万买七马乡傍水库的那一千二百三十亩丘陵地，钟铁龙恐怕不会干。但李乡长心里有一根底线，这底线就是最低也要坚守在一万五千元一亩上。昨天晚上，他在医院陪伴病母时，在计算器上算了下，一万五千乘一千二百三十，等于一千八百四十五万。一千八百四十五万，拿出一千二百万来办农药厂和化肥厂，余下的六百四十五万还可以干很多事，跟乡中学建一栋三层楼的图书馆、修四个篮球场；扩建养猪场，在乡政府旁建一个便于管理的农贸市场，给乡卫生院添置一些医疗设备。李乡长还有一些想法，比如改建乡完全小学的食堂，给乡中心小学买三张乒乓球桌和增加点体育器材，让乡中心小学的孩子能健康成长。还比如，有钱的话，多修几条乡公路，通到村里，让农民直接受益，等等。这些改变全乡面貌的想法，这些天，在李乡长那颗聪明的脑袋里活跃着，让他时常开会时走神。

"我只有一个想法，就是把乡里的工作搞好。"昨天晚上，他对当英语老师的妻子说，"如果这块地的买卖谈下来的话，我保证给你们中学建一栋图书馆。"

英语老师很高兴："我代表我们校长先谢谢你，亲爱的。"

李乡长把车开到银城大酒店的停车坪上时，脑海里就想着这些事。李乡长走进电梯，走出电梯口时，钟铁龙站在电梯口前同他握手："乡长好。"

李乡长笑笑："钟总好。"

钟铁龙拍拍他的肩，称赞他："你今天看上去很潇洒。"

李乡长是来跟钟铁龙谈那块地的，谦虚道："你才是真潇洒。"

钟铁龙把李乡长领进房，请李乡长坐，为李乡长泡了杯咖啡。"怎么没你的消息了？"李乡长单刀直入，"现在有个浙江搞房地产的老板看中了芙蓉水库边的那一千二百三十亩地，他同意出两万元一亩。我今天来，也是跟你通个气。"

钟铁龙的大脑迅速把李乡长的话作了分析，感到李乡长在诈他。钟铁龙微微一笑，想假如真有一个浙江老板要买那片丘陵，他还会跑来找他？那他不把屁股翘到天上去了？

李乡长又说："你考虑清楚，机会是不等人的。"

钟铁龙想哪里有自己跑上门来推销"机会"的，说："机会是不等人，但问题是那要是机会啊。做房地产犹如玩赌博，赢了，大获全胜；输了，一败涂地。"他突然相信那块傍着水库的地会给他带来巨大的利润，他等着李乡长把价格降下来。前几天，他让龙行长约了长益市国土规划局的局长吃饭，吃饭时他咨询过那位局长，那位局长说市政府是有朝那边发展的决策，只是现在市政府缺乏资金，发展的步伐就比较慢。钟铁龙当然清楚一旦城市朝那边发展，那块地就肯定升值。"我考虑过了，一万元一亩，我就拿下来。"

李乡长差不多是阴着脸看着钟铁龙："这是绝对不可能的，钟总。"

钟铁龙说："我知道，我没办法，如果那个浙江老板愿意出两万一亩，你可以卖给他。"

李乡长不说他虚构的浙江老板了，他知道自己遇到的是一个谈判高手，这个人一眼就看出他说了假话。他心里暗暗后悔自己太低估对方的智商了。李乡长纠正自己的错误说："浙江老板只肯出一万五一亩，"他把他的底线抛了出来，"一万五，那我就还不如卖给本地人更靠得住些你说呢钟总？"他望着钟铁龙，"一万五是底线，低于一万五就不要谈了。"

钟铁龙说："那是那是，你让我还考虑一下。"

李乡长晓得自己今天白跑了，说："我要走了，我这一向忙得自己很疲劳。"

五二 二十万

李乡长开着车去了医院。母亲不能吃东西，吃进去多少就呕出来多少，只能靠输液维持生命。母亲醒在床上，看着脸色不怎么好的儿子，声音就很虚弱："小斌，妈拖累你了。"

李乡长见母亲瞪着他，脸上就变得十分亲和："妈，我做的一切都是应该的。"

母亲这几天变得更加虚弱不堪了，眼球好像彻底变黄了。他握着母亲的手，母亲的手很粗糙，皮起了毛，还有刺一样，这是一双正宗的劳动妇女的手。母亲小声说："我刚才梦见自己去了九霄云外，那里没有落脚的地，人轻飘飘的。"

李乡长就打量着母亲，想这是死神降临的预兆。李乡长紧攥着母亲的手说："妈，你会好的，儿子一定要把你的病治好。"

李母深感欣慰和疲倦地说："妈有你这样的儿子真高兴。"

李母说完这话就咳嗽起来了，咳得喉咙呼呼作响。李乡长忙拍着母亲的胸口，担心母亲把血吐在床单上，又起身把病床摇起，端起痰盂让母亲吐痰。李母吐出了一口乌血，又吐了几口痰。李母舒服些了，李乡长又把床铺摇下来说："妈，你睡吧。"

李母躺下，闭上了眼睛。老婆从洗手间里走来，问他："卖地的事谈得怎样了？"

李乡长摇头："看来这笔生意做不成，那个姓钟的老板只肯出一万一亩。我心里的底线是一万五，他出的钱只有我计划的三分之二，只能再等，另找买主了。"

吃过医院的盒饭，李乡长闭着眼睛休息了下，开着车就去了七马乡，乡里有许多芝麻绿豆事等着他处理。五点多钟，他又开着车回了医院，顶替在医院里守了一天的老婆。母亲在昏睡中，脸色黑黑的。老婆的脸色很沉重，对他使眼色："你出来一下，小斌。"

"怎么啦？"李乡长跟着老婆走出病室，走到花坛前，问老婆。

老婆半天没开口，盯着他。临了，老婆很郑重地说："今天医生跟我很认真地谈了，说这样治疗不是办法，如果想彻底治好妈的病，只有一个办法——换肾。"

"换肾？"李乡长瞪着老婆，"换肾要多少钱？"

老婆说："医生说，要二十万，交了二十万才能做手术。"

李乡长好像被人打了一闷棍似的："二十万？要那么多钱？"

老婆抽口气，低声说："医生说这还只是初步估计，可能还不止二十万。"

李乡长变得很沉重也很烦躁了，"二十万？"他绝望地望着老婆，"我就是把我们的房子卖了，把自己卖了，也卖不到二十万啊。"

老婆盯着他："医生说，如果不换肾，妈最多还能活二十天。"

"难怪妈梦见自己去了九霄云外，"李乡长深刻地领悟道，"原来死神来到她梦中了。可是我到哪里去弄二十万？这真的是要命钱。"李乡长非常绝望，又道："可是我不能不救我妈啊，她就我一个儿子，为了我，她把自己的一生都搭上了。呜呜呜呜，我妈完全可以再再再结婚，妈曾跟一个比她大几岁的男人好过，后来我妈跟那个男人分手了，就因为那个男人对我说，当农农农民用不着读读那么多书，我妈就跟他分分手了呜呜呜呜。"

老婆很同情地看着他："哭没用的，你要尽早想办法。"

李乡长道："二十万，我们乡政府的账号上只有两万，不够啊。"他突然想到了堂兄，在李乡长眼里，他堂兄李总是个有钱人，不然也不会在他的地盘上开芙蓉度假村。李乡长抹干眼泪，掏出手机打李总的手机，李总说他在芙蓉度假村，李乡长便说："你等一下我。"

李乡长将车开到芙蓉度假村，走进了冷冷清清的度假村。李总跟几个朋友坐在大厅里打扑克，看见他，笑笑，问："你打不？"

李乡长偶尔也打牌，但不打钱，见桌上押着十块二十块的钞票，就摇头："不打。"

李总出着牌，李乡长在一旁看着，问堂兄："生意还好吗李总？"

李总回答李乡长："好鬼，现在是淡季。"边笑着洗牌。

李乡长心急如焚，他拍了拍堂兄的肩膀，堂兄望着他，他说："我找你谈点事。"

堂兄一笑："什么事你说？"

李乡长很郑重地起身："我们到外面说吧。"

李总跟着他走到了一隅。李乡长把他母亲患了重病，医院要二十万医药费等事三言两语地告诉了堂兄。堂兄听完，表示道："我很同情你，但我真的没钱，我搞这个度假村找农业银行贷了一百万，到期限了，银行正催我还贷。年底了，我手头很紧，一些原来跟着我做事的人，跑到我家要我早两年欠的工钱，坐在我家不肯走，我现在都不敢回家。"

李乡长瞪着堂兄，他没想到他堂兄会这样回答他，他的希望于这一刻破灭了。他不想再在堂兄面前浪费时间，他一脸凄惨地看着堂兄说："就当我没跟你提借钱的事。"

李乡长在爬上吉普车的那一瞬，脑海里闪现了另一个人，就是那个曾在他手上承包了乡中学的教师宿舍建筑，且把一万元现金放在他母亲手上，后来被他交到乡纪委的七马乡的建筑老板。这个老板姓段，五十多岁。李乡长把车开到他家楼前时，段老板已睡了，迎接李乡长的是一连串很凶的狗吠声。段老板养了两条狼狗，两条狼狗的狂吠声把段老板一家人惊醒了。段老板推开三楼的铝合金玻璃窗，问门外的李乡长："什么人这么晚了来干什么？"

李乡长急道："我是乡长李小斌。"

段老板一听是李乡长的大名，不敢相信地拿手电筒照了照李乡长的脸，一看果然是李乡长，忙下楼，开了院落的铁栅栏门。"乡长，深夜来访，有什么事啊？"段老板说，"打个电话吩咐一声就是，您何必辛自跑来呢。"

李乡长一时不知道怎么跟段老板开口借钱，就问段老板一些情况。段老板已从老婆嘴里听说李乡长的母亲病了，说了几句闲话后，他问李乡长："你妈好些了吗？"

李乡长就抓住这个时机把他妈的病情和急需二十万医疗费的事跟段老板说了。段老板听后，回答李乡长道："钱我有，但你不晓得现在做建筑这一行都是老板自带资金进场，自己垫钱开工，甲方再按协议分批分量地付款。我的钱都投到长益市的两处工地上了，一处是长益市酒店，还有一处是工商局的新办公楼。我现在还欠着包工头的五十万工钱没付，就要过年了，不付工钱，那些做事的民工不会造反？所以，实在对不起。"

李乡长一听这话就晕，呆呆地看着段老板。

段老板很同情他，便说："这样吧，我家里还有一万块钱现金，你先拿去应急。"他上了楼，一会儿后他下来，非常抱歉地看着李乡长道："只有八千。我老婆说，今天一个曾经在我手下做工的跑来借钱，我老婆借给了他两千。"段老板把八千块钱递到李乡长手上，要李乡长接钱，"这八千块钱你都拿去。"

李乡长不敢拒绝，马上说："那我写一个借条。"

段老板大气的样子说："无所谓，有钱你就还，没钱就算了，我不在乎这点钱。"

李乡长写了借条。李乡长的脑海里还有两个人，那两人也都是七马乡有名的大户，一户是在乡里和乡外承包土方工程的土建老板，与搞建筑的段老板都属于七马乡响当当的人物；还有一户是养猪养鸡专业户，养猪养鸡专业户在村子的荒山上建了个很大的饲养场，猪场、鸡场有好几间。次日一早，他开着车先到了土建老板家，土建老板不在家，在长益市的一处土建工地上守着。两人通了话后，李乡长又马不停蹄地开着车往长益市飙，开到一半，车坏在路上了。他急晕了，打电话给张副乡长，让张副乡长叫人来拖车。李乡长觉得这兆头很不好，似乎预示着他今天出师不利。但他不甘心，就在手机里跟土建老板谈他母亲的病和想找他借钱为母亲治病的事。土建老板听了半天，也沉默了半天，说出的话几乎跟段老板如出一辙，说现在搞土建都是垫资进场啊甲方拖欠工程款拖欠得很厉害啊而他又欠了民工几十万工钱啊等等。李乡长听不下去了，打断土建老板诉苦道："借两万可以吗？"

土建老板说："我现在没钱，等两个星期可不可以？我跟你想想办法……"

李乡长想等两个星期，他母亲怕已经烧成灰入土了，就没等土建老板说完话便愤怒地挂了电话，骂道："不借就是，干吗找那么多借口。"

一个半小时后，张副乡长领着村里一辆跑运输的农用汽车一路黑烟滚滚地来了，农用汽车挂上李乡长开的北京吉普，把吉普车拖进了路旁的一家修理厂。李乡长邀着张副乡长赶到养殖专业户家时，养殖专业户一家人及他请的工人正在吃午饭。食堂就挨着鸡场，一股鸡屎臭气就飘散在空气中。他们就在那股难闻的鸡屎臭气中吃着午饭。养猪养鸡专业户姓张，是张副乡长的亲戚。张老板见两位乡长大驾光临，忙吆喝两位乡长吃饭。李乡长没胃口，张副乡长也不想吃，他把张老板叫进了张老板的办公室。

张老板四十多岁，是个憨厚的农民，矮矮墩墩。他为两位乡长泡茶、递烟，边听张副乡长介绍李乡长母亲的病情，一脸同情地看着满脸凄惨的李乡长。张副乡长声情并茂地说："都是一个乡的人，论年龄和辈分我要叫你叔叔，叔叔，你得帮我们李乡长排忧解难啊。"

张老板不多解释，起身，领着两位乡长上二楼，进了他的卧室。卧室里有只保险柜，保险柜就立在一角，绿油油的。张老板蹲下身拨弄密码时，李乡长感激地看了张副乡长一眼，想天下总算还有愿意帮忙的好人，就对张副乡长说："谢谢你。"

张副乡长忙答："应该的，有困难，大家帮。"

张老板把系在皮带上的保险柜钥匙插进锁孔，一拧，保险柜门开了。柜里有一叠用纸条扎着的百元大钞，一万元；另外还有一两千元散放在柜里。再就是与农村合作信用社签的合同书啊、借条啊、欠条啊等。张老板把那一万元塞到李乡长手上说："这是我备在家里应急用的钱，你拿去应急用。"

李乡长既失望又感动："那怎么好意思张老板？"

张老板憨厚的模样说："还过半个月到二十天，我会拖一车猪送到广州去，那会有几万块钱款子回来，把员工的工资开了，放他们回家过年，也还会余下两万块钱，到时候你需要的话，我还可以借你两万。"

段老板和土建老板说的话李乡长不信，张老板这么说，又打开保险柜让他参观，他相信张老板说的是真的。他写了借条，张老板当着两位乡长的面把李乡长的借条放进保险柜，关了柜门。张老板领着他们下楼说："李乡长，你妈病了，我就不留你，你去忙吧。"

李乡长再次握了下张老板的手："谢谢你。"

李乡长走出张老板的饲养场后，就再没有地方可借钱了。他原以为以他乡长的身份，找这几位七马乡的知名老板借个二十万不会有问题，现在看来，他高估自己了。平时他们见到他一口一个乡长，满脸的客气，轮到他开口找他们借钱时，乡长不乡长在他们眼里就不存在了。李乡长感到，还只有这个张老板为人忠厚。下午，李乡长一筹莫展地回到医院，老婆坐在躺椅上昏昏欲睡，李乡长拍了拍老婆的肩，老婆醒了，问他："钱借到没有小斌？"

李乡长做了个"十"和"八"的手势，老婆理解道，"十八万？"

"一万八千。"李乡长小声说。

老婆一听"一万八千"，人就像泄了气的皮球，仿佛都瘪了，脸色就变得很迷茫。李乡长安慰老婆说："不要泄气，明天我再想办法借。"

李乡长其实已没办法可想了。他的能耐就这么大，他的好朋友和好同事都是穷人。他的初高中同学大多在家当农民，生活还不如他李乡长。他想到了大学同学。第二天上午，他到了办公室，从抽屉里找出与大学同学的联系电话簿，抱着有病乱投医的幻想，接连打了七八个电话，回答他的话都在他的意料之中，全是对他母亲的重病深表同情及实在爱莫能助一类的语言。李乡长趴在桌上哭了，哭他敬爱的母亲，哭自己太无能了。

钟铁龙等了一个多星期，等李乡长的电话，等不到李乡长的电话，他便带着刘进来了芙蓉度假村。在进入芙蓉水库的这段路上，山山水水的，真是漂亮。一万五一亩，我也要了。他坚决地想。他来度假村的目的是想从李总的嘴里搜索一点信息。他在芙蓉度假村的大厅里碰见了李总。芙蓉度假村的生意很一般，李总想了很多办法，又是打广告，又是出钱请人写文章，仍没什么人来住和吃，这让李总很失望。现在银行催贷，李总都不知道上哪里去弄这笔钱还贷。李总看见钟铁龙，忙将脸上的苦恼抹掉，说："哎呀，好久没看见你钟总了。"

钟铁龙扫一眼餐厅，餐厅里没几个人，他问："生意怎么样？"

"不好，"李总说，"你不来，我的生意怎么能好？"

钟铁龙看着李总，觉得李总与李乡长到底是堂兄弟，脸型有点像，尤其是下巴一带，像一个模型里倒出来的。他看着李总说："你打电话把李乡长叫来一起吃顿饭怎么样？"

"你别叫他了，"李总摆下手，"他此刻肯定在医院。"

钟铁龙以为李乡长病了，问："他病了？"

李总摇头："他身体好得同牛一样，他母亲病得快死了。"李总望一眼钟铁龙，"前几天，李乡长还跑来找我借钱，要借十万块钱。"

"借十万块钱？"钟铁龙觉得奇怪，"要借那么多钱？"

"他妈要换肾，不然就会死。"

"你借他没有？"

李总苦笑了下："我哪里来的十万块钱？"他接过钟铁龙递给他的软中华烟，又道："就算我筹十万块钱借给他，他一个拿国家工资的，一个月就那么点工资，拿什么还我？再说，又不是十万块钱能解决的，李乡长那天说，医生说要二十万才能动手术。而且还有可能李乡长自己要献出一个肾。李乡长三十二岁，把肾捐了，他老婆会怎么想？"

钟铁龙觉得买地的事有希望了，问李总："李乡长的母亲住在哪家医院？"

"长益市一医院。"李总说，摇头，"我这个堂弟一心想当一个正直的好官。乡政府搞基础建设，修公路、扩建学校、翻新政府办公楼、建养猪场等，村里那些接了工程的包工头送钱和烟给他，他都退了。"李总说到这里扑哧一笑，"不怕你笑话，他连我这个堂哥的钱都不敢要，说他收了我的钱会睡不着觉。这就是我堂弟。现在他焦头烂额的，到处筹钱给他母亲治病。他又不是借一点点钱，一借就是狮子开大口，不把别人吓住了？"

钟铁龙听李总这么说后，觉得自己在李乡长这样的好官面前真不是个东西，觉得上天对李乡长这样的好人不太公平，心里便尊敬起李乡长来。吃过晚饭，他让刘进先进房休息，自己开着奔驰向市一医院飙来了。这是一间睡四个病人的病房，病房里比较热闹，李乡长坐在一隅，明显比早几天瘦了圈，脸黑黑的——那是疲劳、焦虑和惆怅所致。钟铁龙认识这种表情，他一个人时，在镜子里就看见自己脸上也有这种表情。李乡长的母亲躺在病床上，又是输液又是输氧，已进入了半昏迷状态。李乡长看见钟铁龙走来，没起身，只是冲钟铁龙淡淡地点了下头。钟铁龙说："我刚听你堂兄说你母亲病了。"

李乡长根本就没想起过钟铁龙，在他眼里钟铁龙只是个跟他谈生意的有点固执和狡猾的商人，他根本就没把钟铁龙列入可以帮他的朋友范畴。这几天，他忙着筹钱，几乎把钟铁龙忘记了。他对钟铁龙的到来颇有点意外，咧嘴说："谢谢你关心。"

钟铁龙瞟一眼李乡长，李乡长瘦得颧骨都突出来了，脸上一片凄苦，仿佛地上遍地垃圾似的。钟铁龙理解道："我听李总说你妈需要换肾？钱筹到没有？"

"要换肾，"李乡长伤心道，"只筹了三万三千块钱，还差十六万七千元。"

钟铁龙同情地握住李乡长的手，发现李乡长的手冰凉冰凉的。这个房间没有空调，就有些冷。钟铁龙想起自己早一向在吉祥酒店吃饭时，曾听刘夫人介绍一个五十来岁的中年女人说"市一医院的王院长"，就拉开通向阳台的门，掏出手机打刘夫人的手机。刘夫人接了，钟铁龙忙向刘夫人汇报了这个情况，希望能在王院长的关心下弄一间有空调的单间。刘夫人笑了笑："那我跟王院长打个电话试试。"

一刻钟后，护士和医生相继拥进病房，忙着跟李母转病房。李乡长很吃惊，以为是催他母亲出院，他望着护士和医生问："怎么啦医生？"

医生说："跟你妈转个病房。"

李乡长"哦"了声，望一眼钟铁龙，他刚才听见钟铁龙在阳台上打电话，只是他没留心听。钟铁龙忙解释说："是我安排的，安排一间有空调的房子给你们。"

李乡长就感激地望一眼钟铁龙："那我谢谢你。"

钟铁龙帮助李乡长把他母亲抱到担架上，举起打点滴的木架子，推着担架进了电梯，上到四楼，进了一间高干病室。病室里只有一张病床，一旁摆着一组漂亮的真皮沙发，还有很庄严宽大的黑漆茶几及黑漆衣架和黑漆衣柜。还有一张门，推开门，里面是洗手间，有坐便器，坐便器两旁还有不锈钢扶手。李乡长一看就明白这房子价格不菲，傻眼了，看着钟铁龙，又是感动又是担忧，说："这我住不起，医生，这要好多钱一天？"

护士回答："两百元一天。你换吗？"

钟铁龙替李乡长回答："当然换。就这间房。"

李乡长摇头："换什么啊？不换，这太花钱了。钟总，我感谢你的好心。"

钟铁龙说："换，钱不要你操心。我明天让黄总预交一个月的钱，不够再交。"他望着李乡长，"钱不是问题，只要能把你妈的病治好就行。"

李乡长听了这话十分感动，马上握住钟铁龙的手说："钟总，虽然大恩不言谢，但我还是要说谢谢你，太谢谢你了。只是我怎么收受得起呢？"

"没什么。"钟铁龙说，心里透着高兴，安排好李乡长和他母亲后，没坐多久，因为他受不了李乡长那感动得一塌糊涂的模样，起身说："我走了，明天再来。"

五三　干儿子

钟铁龙于第二天上午九点钟来了，带着三狗一起来的，让三狗去住院部交了六千块钱。三狗交了钱，折回来，钟铁龙就拉着李乡长和三狗去找王院长。王院长是肝肾科教授，她和刘夫人关系很好，钟铁龙既然是刘夫人的朋友，她对钟铁龙就非常热情。"小李，你妈妈的病情相当严重，现在已进入昏迷状态了。"王院长望着李乡长，"只能尽早手术，像她现在这种情况，我都无法保证她还能不能活一个星期。"

钟铁龙马上插话道："那还犹豫什么？赶快做手术。"

王院长望一眼急得晕头转向的李乡长，说："我早在一个星期前就通知小李了，但他至今还没交手术费，没交齐手术费，我们就没法给他母亲安排手术，因为做这样的手术用的药都是美国进口的，相当贵。"

李乡长差不多是带哭腔道："我现在还只筹到三万三千块钱。"

钟铁龙瞟一眼李乡长，故意问王院长："要多少钱，王院长？"

王院长说："先预交二十万，不够再补。"又说："做这样的手术很复杂，也相当危险，像他母亲这种情况，要尽快手术，再迟几天，搞不好病人会死在手术台上。"

"二十万我来交，"钟铁龙对王院长说，"救人要紧，是不是今天就安排手术？"

王院长一听这话，心里就有了底，说："那我们去看看吧，我好安排手术时间。"

一行人走出来，李乡长还不太相信钟铁龙的话地跟在后面。英语老师在病房里批改学生的英语作业，见一行人进来就停止了手中的活。李母已经昏迷了。王院长让护士把主治医生叫来了。王院长望着李乡长说："年轻人，你真的愿意切下一边肾来接到你母亲身上？"

李乡长点头说："我愿意。"

王院长问英语老师："你的意见呢？你们两口子是怎么商量的？"

英语老师没回答，李乡长忙替老婆回答王院长道："她也同意。"

钟铁龙插话了："王院长，李乡长正是干事的年龄，假如切掉一边肾，对他的身体和工作都会有影响。有什么别的办法？比如我们可以移植一个别人的肾到李母身上？"

王院长说："那要到别的医院或外地、外省的医院调看，看判了死刑的死刑犯愿不愿意捐肾，还要看那肾适合不适合李乡长的母亲，如果有，那当然最好，既不影响李乡长的身体和工作，又可以替他母亲治好病。不过，医疗费会要贵一些。"

钟铁龙问："那要多少万？"

王院长想了想说："那会要三十万的样子。"

钟铁龙忙对站在他身后一直没说话的三狗道："黄总，你赶快跟出纳联系，叫上出纳一起去银行取三十万现金，你亲自把钱押来。"

三狗领命走了。王院长很惊讶地瞟一眼钟铁龙，因为她没想到钟铁龙会这么果断。李乡长和英语老师更是惊诧，因为夫妻俩为此一筹莫展的大事，钟铁龙在几秒钟里就解决了。在王院长办公室时，李乡长嘴里没说，心里却在想钟铁龙在说大话。此刻，李乡长见钟铁龙说得这么斩钉截铁，而三狗又领命而去，他再没理由怀疑这是真的了。他一生里没感激过任何人，觉得自己从来不欠任何人的情，此刻他觉得自己永远也无法偿还钟铁龙的大恩。他激动得抱着头哭了，英语老师的眼泪水也涌了出来，看着钟铁龙，脸上的泪珠一串串地往下掉。王院长大声说："哭什么啊你们？有这么好的朋友你们应该高兴啊！"

李乡长摇头，呜呜呜呜哭道："我我我没没有想到，我我我是高高高兴啊。"

钟铁龙知道李乡长被他彻底打垮了。他点上支烟，塞到李乡长嘴里，说："抽支烟老李，你是个孝子，我佩服你。能找到别的肾，那就最好，你年轻，嫂子也年轻，割了一边肾，会影响你的身体。我多出点钱，能保住你的肾，也算我尽了点力。"

李乡长跪下了，不管王院长和一旁的主治医生，也不管他老婆地跪下了。这是第三个男人在钟铁龙的面前跪下，这可不是小马，也不是刘松木，而是堂堂的七马乡李乡长。这就是好的力量。他想，又一次证明只要你能做到足够的好，好的力量就能把你想打垮的任何一个人打垮。恶，只能让人暂时屈服；好，却能俘虏你想俘虏的任何一个人，无论这人是男人或女人，将军或士兵。钟铁龙当然不会让李乡长完全跪在他身前，李乡长毕竟不是小马和刘松木，他赶紧扶李乡长起身："你要是这样，我转身就走。"他把李乡长扶到沙发上坐下，"我们是朋友，是朋友，你母亲就是我母亲。别的什么都不要说了。"

李乡长很动情地伏在钟铁龙的胳膊上呜呜呜呜地哭道："好好好，我不说，我只想说一句，你钟老板等于是我妈的再生父母。"

钟铁龙想我是你妈的再生父母，那不等于是你爷爷了？忙说："我还没那么老。"

医院没有取李乡长的肾，本来是准备取的，邻市有一个三十多岁的农村妇女谋害亲夫，判了死刑，正好是这两天执行，她把自己的肝脏全捐了出来。医院得知这个消息，派了救护车赶紧将死刑犯的肾取了来，死刑犯的肾与李妈的肾，六个加号都相符。这让李乡长和他老婆及钟铁龙悬起的心落下了，尤其是李乡长的夫人，紧绷着的脸立即松开了，像荷花打开了样，笑了。李母被推进手术室，王院长亲自主刀，手术从下午两点做到晚上八点，李乡长和钟铁龙一直守在手术室外。李乡长问王院长："手术怎么样？"

王院长精疲力竭地说："比较成功，如果你母亲的身体恢复得快，一个月后就能出院。"

直到这个时候钟铁龙心里才踏实下来，此前他的心都是悬在天上的，现在李妈没死在手术台上，他所做的一切就很值。"王院长谢谢你，"他说，"你辛苦了。"

王院长咧嘴笑笑："小李幸亏有你这样的朋友鼎力帮忙，不然……"王院长没把话说完，看一眼李乡长，"你要感谢钟总，你妈真是命悬一线，他出钱救了你妈。"

李乡长点头："我知道，我一辈子都感激不完。"

钟铁龙要走了，有些疲乏地笑了下："不要客气，有朋友在银元娱乐城等我，我得赶过去。"他说，抛下李乡长用感激涕零的目光看着他，很高兴地走了。他清楚李乡长将用什么回报他的好，想他花三十万却在这个贫穷正直的乡长手上搏回了六百万，完全是一场商业上的胜仗。他觉得自己这一仗打得很漂亮，在生意和感情上取得了双丰收。他是下了死决心要买那块地的，心里已打算用一万五千元一亩买了，现在看来一万元一亩不会有问题了。

李乡长的母亲身体恢复得相当快，虽然是五十八岁的女人，但她一直从事体力劳动，底子好。一个星期还不到，脸色就泛红了，说话的声音也亮了，跟着就能吃点稀饭或黑芝麻糊了，再跟着就可以下床走路了。一个月后，李母出院了，在家里吃药，在乡卫生院打针，可以坐在家里跟来看她的乡里乡亲说笑了。"我啊，是死过了又活过来的人，幸亏我养了一个孝顺我的好儿子。"李妈对来看她的乡亲说。

李乡长在一旁听他妈这么说，心里特别幸福。他一幸福就饮水思源地想到了钟铁龙，不是钟铁龙大力出资相救，此刻他的母亲已埋在土里与他阴阳相隔了。他断然拍了下大腿，不要钟总提醒，我也应该有所行动了。他想。

农民出身的人从政，要不就胆子很小，事事都向上级请示；要不就胆子很大，"独断朝纲"。李乡长恰好是那种胆子很大的人。这天，李乡长召开全乡干部会议，他着一身灰色西装，坐在会议桌前大声说："我们现在急需要一笔巨资，一千二百万，没有这笔巨资，农药厂和化肥厂都只能是纸上谈兵。"他望一眼他的乡干部们，"你们有没有把钱弄到乡里来的路子？有的话，不论你是从什么途径弄来的，一律回扣百分之五，我说话兑现。"

没一个乡干部能回答他，李乡长就很有魄力的样子挥挥手说："如果都没有，那就只能走那条路，把傍水库的那一千二百三十亩丘陵卖给银马房地产公司。你们说呢？"

张副乡长第一个表示赞同："我同意李乡长的决定。"

另一个副乡长也说："我也同意。"

还一个副乡长是分管林业的，他说："县里有规定，山上的树是不能砍的，假如地卖给他们，他们随意砍伐那怎么办？"

张副乡长替李乡长回答道："这个问题要体现在合同上，协议上注明那些山林这么便宜地卖给他们，是让他们便于规划和管理，不是给他们任意砍伐的。砍伐树木就是违约。"

管林业的副乡长是个五十多岁的老头，老头说："我担心的是，一旦地卖给他们了，他们会任意妄为。到时候就麻烦了。"

"到时候你去监督，"李乡长把这个皮球踢给他，"一千二百多亩山地，我和张乡长估摸了下，严格意义上的林木是八百多亩，可以建房、修路的空地和山地有四百亩左右。那八百亩山林是不能砍伐的，卖给他们是丢给他们管理，这样我们乡也节省了一笔护林开支。"

管林业的副乡长说："我就是担心县里到时候追查起来，我们没法交代。"

李乡长觉得这个管林业的副乡长几乎是个饭桶，就挥手说："只要合同上体现了，他们砍伐了森林，责任就在他们身上。到时候他们违约，我们就可以干预。"

管林业的副乡长问："这一千二百三十亩地，我们打算做多少钱一亩卖给他们？"

李乡长要谈的就是这个问题，他很严肃地回答他的乡干部们说："我和张副乡长已经跟银马房地产公司的钟总洽谈了好几个月，最后的结果是一万元一亩卖给他们，但他们要把那四百亩生地变成熟地，建成别墅卖出去，修路、筑护坡、挖下水道和架电线、电话线等，还要花两千万。我算了算，一千二百三十万，我们办农药厂和化肥厂的钱都有了。"

李乡长最后表态说："我首先声明，我引进了这笔资金，我个人一分钱回扣都不拿，请同志们放心，也请同志们监督。"

乡干部会议开到中午十二点钟，散了会，李乡长走到乡政府外，这是三月里难得的一个阳光灿烂的好天气，他望了眼前面那片挨着山丘的斜坡地，那片斜坡地土质很差，是又硬又涩的金刚石土，长着些杂草和细小的灌木。以前在搞集体经济时，曾让农民在那些斜坡地上种植过红薯，然而红薯因土质缺肥长得很不好。他仿佛看见了两座并排在一起的厂房耸立在那片斜坡地上，厂房的烟囱冒着烟，机器轰鸣，工人们正在车间里忙碌。"我已经看见有人在农药厂上班了。"他心情很好地说，望着那片于阳光下生机勃勃的斜坡地。

张副乡长的目光也投到了那片斜坡地上，说："啊，老板你真有魄力。"

李乡长掉头望他一眼："到时候我让你负责抓乡里的工业。"

张副乡长很愿意抓工业，因为工业出成绩快。他表态："我一定配合老板的工作。"

李乡长笑笑，张副乡长却说："老板，我觉得你应该拿回扣，银马房地产公司是你引进乡里的，你就是不拿百分之五，也应该拿百分之三。"

李乡长脑海里盘算了下，一千二百三十万的百分之三，那应该是三十六万九千元。李乡长摇了下头："这么多钱，我能拿的？"他对张副乡长说："你别给我出馊主意，你们可以拿，我一个乡长，制定土地政策的人，不能拿。"

李乡长爬上那辆破吉普车，对张副乡长说："下午两点半钟，我们一起去找钟总谈。"

钟铁龙就坐在李乡长家，黑亮亮的奔驰车就停在李乡长家的坪上。他是来送控制李母体内排异功能的药给李母吃，李母不吃，移植到她肚皮里的那个女杀人犯的肾就会遭到腹内其他内脏的排异。医院里开的药要比药材公司贵一倍，钟铁龙就通过朋友找了药材公司，直接从药材公司买了三万元西药。药被他拎到了桌上，堆了一桌子，他正准备走，李母却拉着他说话，一定要他留下来吃饭。李乡长回来时，看见的就是他母亲抓着钟铁龙的手不放的一幕。钟铁龙对李乡长笑道："你妈硬要留我吃饭，我说了我还有事，你妈就是不让我走。"

李乡长很高兴，他母亲脸色红润，这让他放心。"你就留下来吃饭，小林回来没有？"

小林是李乡长的老婆，李母说："应该快回来了。"

李乡长看见桌上堆的一个个盒子，就明白这是钟铁龙送药给他妈吃。他说："钟总，你就听我娘的一次话好不好？我娘一天到晚念你好呢，今天就留下来吃餐饭，我来做饭。"

钟铁龙说："伯妈，我留下来吃饭，你让我跟李乡长一起做饭。"

"让我斌儿做，你不做，"李母说，"你是我家的贵客。你动手，那要得的！"

母亲的声音那么响亮、悦耳，跟没病的人一样，李乡长脸上就堆满了笑："妈，你不要老抓着钟总的手，钟总已答应你留下来吃饭了。"

李母不松手："不行，斌儿你快去做饭，我一松手干儿子就会走。"

钟铁龙向李乡长解释道："老李，你妈刚才说要认我做干儿子，伯妈，那我从现在起改口叫你干妈好不好？"

李母说："好啊，我有个干儿子了。"

英语老师就在这个时候走了进来，李乡长说："小林，妈认钟总做干儿子了。"

英语老师说："是要认啊，钟总在妈得病的这段时间付出得太多了。"

钟铁龙说："我没做什么，那都是举手之劳。"

英语老师说："那也要你钟总费心啊。不是你，妈现在都不晓得在哪里呢。"

李母说："就是就是，不是干儿子出钱为妈治病，妈怕是在阎王爷那里报到了。"

李乡长很愧疚地看一眼母亲，又一脸感恩地望一眼笑着的钟铁龙。英语老师做饭的手脚很快，几分钟后高压锅就在液化气灶上滋滋滋滋地响了。李乡长起身为钟铁龙添茶，脸上挂着很多笑，笑得很憨直。做个好人多好，钟铁龙想，吃饭、睡觉和休息都踏实，不像我，一有风吹草动，耳朵就跟兔子耳朵样竖了起来。

吃饭时，李母不断地给钟铁龙敬菜，以至于钟铁龙的碗里肉啊鱼啊都堆积如山了。他只好起身，端着碗跑到外面吃。李乡长端着碗走出来陪他吃，两人相视笑着，李乡长说："今天上午开了会，会上我已跟大家说了，为了农药厂和化肥厂尽快上马，一千二百三十亩地，做一万元一亩卖给你钟老板，我的干部都表态赞成。"

钟铁龙要听的就是"一万元一亩"这话，这句话在他脑海里盘旋了几个月，现在这句话不用他开口就被李乡长说出来了，他觉得自己采用情感方式迂回曲折的攻关，还真是妙招，就高兴道："县国土局方面，我们一起去摆平，该送的礼、该出的钱我来承担。"

李乡长说："国土局没问题，局长是老乡长，和我一样都是七马乡人，熟悉七马乡的情况，那些丘陵地闲着也是闲着，还不如利用你们的资金启动。七马乡引进了你们的投资项目，只会拉动七马乡的经济。早两天我跟老乡长通电话，这话是他说的。"

钟铁龙将一块咸得要命的腊鱼咽进喉咙，想腊鱼是好吃，就是咸了。他抑制着好心情，望一眼绿绿的山林，说："那好，这两天我们就签合同。"

李乡长也开心："好啊，我也可以上农药厂和化肥厂了。"

钟铁龙拿下了那块地，合同一签，他就付了八百万过去。剩下的四百三十万一年内付清。他把大哥找来了，说："我成立了一家房地产公司，在一个水库边买了一千二百三十亩山林地，我准备在那一带开辟一个生态别墅区。现在我缺一个值得我充分信任的总经理。"

大哥钟唤龙脸上就很有神采说："你的意思是……"

钟铁龙打断大哥的话说："我只是说缺一个，并不是说我马上就让你当总经理。"

大哥说："我想我能做好。我也想尝试一下另一种生活。"

钟铁龙自己犯了很多法，为此寝食不安的，他可不想他的大哥也跟他一样睡不好觉，他绷着脸对大哥说："大哥，你要很规矩才行。"

大哥以为钟铁龙是说他玩鬼，就批评弟弟道："你还怀疑我会搞你的名堂？"

"不是这个意思。我说的规矩是不要有半点违法行为。"

大哥说："这我懂，我是当老师的，我有行为准则。"

"我把你带到我公司做事，是希望你把你负责的部门搞好，不要有欺诈行为，该交的税一分不要漏，该交的工商管理费统统都交，宁可多花钱，也要少捅娄子。"

大哥说："你要我做一个正直的生意人，那我最高兴了。我不会搞欺诈。"

钟铁龙了解大哥，大哥本性好，骨子里是个敢于担担子的正直的人，不会在蝇头小利上动脑筋。他之所以把大哥拉到他的公司里，是想他一罪恶之身，万一他栽了，大哥也好接替他的公司，不至于将偌大一个公司拱手送给别人。"我打算跟你配辆车。"

大哥笑得嘴都合不拢了："只要搭车方便就行，我又不是老板，要什么车？"

钟铁龙陡然觉得大哥这人很可爱，说："车还是要的，跟你配辆奥迪吧。"

大哥不懂奥迪车问："奥迪是什么车？"

"四五十万一辆的车。"

大哥差不多晕了，激动道："铁铁铁龙，配配那么好好的车给我？"

钟铁龙说："对外，你是银马房地产公司的总经理啊。"

钟铁龙在《长益晚报》上登了一则招聘广告，诚聘园林艺术设计师和建筑设计师，注明受聘对象必须是执有大学本科及以上学历和有五年以上工作经历的人。结果来了一百多人，拿着自己的毕业文凭和工作简历，从长益市的东南西北纷纷赶到银城大酒店应聘。大哥亲自主持，分别跟来应聘的人交谈，最后选定了两个在园林部门工作了几年的年轻人和两个湖南大学建筑系毕业的大学生。大哥把他们带到芙蓉度假村，在芙蓉度假村安排他们住下了。芙蓉度假村的生意一直不好，李总支撑不下去了，把度假村以一百万的价格卖给了钟铁龙。

钟铁龙把整个芙蓉度假村交给了大哥，钟唤龙很高兴在这样的地方办公，每天早晨他都是被鸟叫声吵醒，醒来后，他会走到水库边散散步，情绪来了就给远在白水的老婆打电话，对老婆说："这里没有女人，只有几个净男人。我现在变成和尚了。"

老婆在手机那头听他这么说就强调："不许你搞别的女人听见吗？"

钟唤龙说："我，你还不放心？我除了你再也没碰过别的女人了。我真想你。"

老婆说："那我星期六来。"

钟唤龙说："还要星期六？我等下就让司机去接你。"

老婆说："你神经呢，我下午有两节课呀。"

钟唤龙说："别教书了。这里很好的。"

老婆说："现在不行，等你们公司稳定了，我就打辞职报告，炒校长的鱿鱼。"

钟唤龙就对着山林开怀大笑："说得好，好老婆我真想你。"

大哥钟唤龙是个工作狂，一工作起来就浑身是劲，不晓得累似的。他把一天里大量的时间都掷到这一千二百三十亩山林的整体规划和开发上了，领着那几个年轻人在这一千二百三十亩山林和山坡上走来走去，测量、画图，把可以建房与必须修筑护坡和路的地方一一标出来，为此他晒黑了许多，但健康了，脸上的棱角出来了，腿上也呈现了肌肉，胳膊上的肌肉也鼓出了好几块。钟唤龙原是个诗人，曾想自己掏钱出一本诗集，但现在他一点也没写诗的兴趣了。他走进书店，不再买文学方面的书，而是搬来了很多园林艺术和建筑设计方面的画册和书，车上、沙发上、桌子上、茶几上、枕头边或抽水马桶旁都搁着他随手可以取到和阅读的书或画报，没事就翻阅和啃食，心里就亮堂堂的了。

一天，钟铁龙来了，他笑看着大哥钟唤龙说："感觉还可以吧？"大哥嘿嘿嘿笑："可以可以，现在我想我们应该修路了。"钟铁龙就指着大哥说："修路你主持。"大哥觉得自己有权了，就对弟弟说："我会很负责。"

五四　宋叔叔

石小刚非常热爱住在他亲手创建的乡村酒店里住着。他觉得这王国虽小，但是他的王国。什么人都听他的，随便说句什么，都会有人忙着执行。他在他的王国里，常常于黄昏时望着他王国的那片窄小的天空，伤感地想姨父说若是在古代，我的命是坐轿进朝廷的，但现在是二十世纪末，早没有朝廷了，所以就只好这样。石小刚比较赏识莫伢子，莫伢子聪明能干，是他乡村酒店的总管。光头是他的保安队长，假如在古代，那当然是做将军且率兵冲锋陷阵的。莫表弟也是个人才，一脑壳的鬼点子。石小刚喜欢他睡的那间房，跟船舱样，从天到地都是杉木板子，床也是杉木板子床，桌子椅子和衣架都是杉木做的，且都用皮鞋油擦旧了，看上去就别具一番风味。他喜欢在这间房子里同石妹子做爱。石妹子身高一米五六，像匹小母马，他就喜欢搂着这匹小母马交欢。石妹子不用做什么事，每天起床就坐在镜子前美化脸蛋，梳妆打扮完毕，就捧本时尚杂志坐在躺椅上读，再不然就戴上遮阳帽，涂上防晒油，拿根钓竿到酒店前的塘边钓陈家鱼塘的鱼，钓上来了，提给陈家大嫂，让她称称斤两，付了钱，再叫莫表弟或光头拎回来，炖鱼汤给石小刚喝。石小刚喝了鱼汤后性欲倍增，就表扬她说："你真好，你比我老婆对我都好。"

石妹子会一笑，问他："那你还不离婚？"

石小刚一听这话就没那么冲动了，说："我老婆比你差一点，但她的优点是她很温柔。"

石妹子就表现出十分温柔的样子说："好老公，你觉得我不温柔？"

石小刚被她抚摸得非常舒坦，就承认她也温柔道："不，你也很温柔。"

"那你还不离婚？"

石小刚憨憨的模样一笑："一时离不脱呢亲爱的。"

石妹子爱石小刚，而且把石小刚看得很紧，不准他回家找老婆。她是个一心要讨石小刚欢心，且想把他老婆从他身边赶走的充满占有欲的女人。她问："我和你老婆谁更温柔？"

石小刚觉得她舔得他很舒服，说："你比我老婆更温柔。"

"那你赶紧离婚呀。"

"没那么快的，离婚不是一件简单的事。"

石妹子就提醒石小刚："亲爱的，你离了婚，我会对你更好。"

石小刚不想石妹子对他更好。他清楚石妹子把他看成了一棵能做爱的摇钱树，想跟能做爱的摇钱树结婚，但石小刚心里并不愿意丢弃云南妹而跟石妹子结婚。云南妹比石妹子有知识，是中山大学毕业生，所读的书都是厚厚的一本，听的音乐也是很优雅的古典音乐，不像只读了高中的石妹子，读的是薄薄的时尚杂志，听的都是些港台歌星唱的流行歌曲。再说，云南妹的历史很透明，中学教师的女儿，高中毕业就直接考取了中山大学，在中山大学读书期间认识了他石小刚，并把处女之身给了他。石妹子以前干过什么，同几个还是十几个男人睡过觉，他一点也不清楚。他能舍弃云南妹而跟石妹子结婚？他跟石妹子坑，纯粹是逢场作戏。在他心里，她只是个让他开心的女人，不是个值得他动心的女人。他对她说："我非常爱你，但我也爱我老婆。我老婆跟我睡觉时是个处女。"

石妹子斜着脑袋瞅着石小刚问："处女很重要吗？"

石小刚说："也不是很重要。但她心里没装别的男人，一心爱着我。"

石妹子说："我也是一心爱着你呀。"

石小刚觉得这很危险："我这人很坏，不值得你用心爱。"

石妹子反对道："不，男人不坏，女人不爱。"

石小刚哈哈一笑："看来男人还是坏一些好，至少有女人爱啊。"

过了一段时间，两个猛女小杨和小周也被石小刚叫来了。石小刚叫她们来，让她俩为来乡村酒店玩赌博的男人泡茶兑水。石小刚叫小杨"杨妹"，叫小周"周妹"。石妹子自然认识她俩，都在东方快车酒吧干过酒吧女，彼此都晓得些底细。起先，三个姑娘都很高兴，仿佛老朋友相逢，但很快杨妹和周妹就不那么高兴了，而是忌妒石妹子。两人忌妒石妹子的穿戴和化妆，忌妒石妹子身着一身白衣白裤一脸灿烂的样子扛着钓竿去钓鱼，忌妒石妹子穿着高跟尖皮鞋到处游荡。这种忌妒最开始只是在心里隐隐作痛，后来就像油一样浮到水面上了。

"我还不晓得她？"杨妹说，脸上露出不屑一顾的模样望着与她睡过觉的石小刚，"她跟好多男人都上过床。我真不懂，她实在不怎么样，又矮，你怎么会喜欢她！"

石小刚见杨妹脸上那么不屑，感到好笑地问："你看见了？"

杨妹蔑视道："她有次还跟一个五十岁的老男人睡过，回来后还说那个老鳖起不来。"

石小刚的脑袋"嗡"地一响，一个五十岁的老男人就在他脑海里脱着衣服。"真的？"

周妹就咯咯笑："刚哥，我们不好说她，你如果真想了解她，你自己去酒吧里问。她并没有你想象的那么好。我们太了解她了，她跟我们说男人是衣服，这话要人听！"

石小刚并不想了解石妹子，说："你们女人，聚在一起就叽叽喳喳。"

杨妹瞟他一眼："那是，不过我们是为你石总好。"

石小刚想起杨妹的那副骚相，便说："你们女人最大的优点就是欠搞。"

杨妹很严肃地瞪着他："你莫开口就搞啊搞的，招呼我们联手对你来个先奸后杀。"

石小刚哈哈哈大笑："什么时候呢亲爱的？"

"今天晚上，"杨妹说，"要搞得你变果冻。"

石小刚又大笑："那我晚上等着你们来先奸后杀。"

周妹咯咯一笑："今天不行，过几天吧。"

石小刚眼睛发亮地看着周妹笑道："怎么？来月经了？"

周妹道："留你多活几天。"说毕，转身招呼客人去了，圆圆的屁股一扭一扭的。

宋经理常带赌徒来。宋经理就跟酒吧女在酒吧里提成一样，他在乡村酒店里拿提成，还在赌徒身上也拿提成。他带来的朋友输了，他就只在石小刚手上拿；赢了，他就两边拿。宋经理整个就是石小刚的"托"，他把来他酒吧里的一些老板都拖来了，鼓励他们来，为了煽动他们的赌博热情，他一脸正经地加入赌博，与一身西装的石小刚赌，将一万又一万的人民币往赌桌上扔，给他带来的人的感觉是拖都拖不住。其实他输的钱，都是莫伢子拿给他的。他只是把莫伢子在背后给他的钱，当着赌徒的面在桌上输给石小刚而已。或者当着赌徒的面大赢几把，一把就赢几万，再一把又赢几万，然后摆出一副见好就收的扬扬得意的模样离开，转背则把钱交给莫伢子或光头。这在长益市叫做"带笼子"，把其他赌徒带进来。宋经理觉得这挺好，又玩了又赚了钱，这比他开酒吧的收入还来得快，一个晚上就是好几千。

宋经理说："好玩得很。"

宋经理看不起那些赌徒说："这些哈卵，都被我骗了。"

宋经理自我标榜说："我这人最大的优点就是只认钱不认人。"

宋经理确实是只认钱不认人，他把他那个做汽车轮胎生意的亲叔叔也拖来了。他叔叔只有一个爱好，就是赌博，以前经常上澳门赌，一输就是十几万。在他的怂恿下，叔叔开着宝马车来了。宋经理的叔叔是个绅士，西装革履的，走路、说话都有绅士派头。宋经理不喜欢这个叔叔，因为这个叔叔在他最困难的时候没有帮他，所以他内心里还有点恨这个叔叔。宋叔叔话不多，虽然看人时目光确实很傲慢，但在做人上没有他侄儿一半坏。例如在赌博上，宋叔叔就是个规矩人。宋叔叔称得上是个名正言顺的赌徒，拖来一箱人民币，箱盖一掀开，全部是让人爱得半死的百元大钞。一个晚上，他就把那箱人民币输了个精光。宋叔叔输完钱后，没事样地耸耸肩，脸上并没多少痛苦不堪的表情，把手中的人头马喝完，开着宝马车便走了。过了半个月，宋叔叔又拎了三十万，叫上侄儿，又一脸豪情万丈的样子来赌。宋经理害怕了，毕竟这个视赌如命的人是他叔叔。他望着叔叔，很诚恳地告诉叔叔："你玩不赢的，叔叔，你要晓得，庄家赢的概率总是你的几倍。"

宋叔叔说："我要把我输的钱赢回来，我只赌一把。"

侄儿宋经理说："叔叔，我不是激你，你会输得连裤子都穿不起。"

宋叔叔烦躁地瞪一眼侄儿："一边去，你不说好话。"

宋经理怕叔叔以后怪他，就把话挑明："叔叔，你硬要赌，我也不拦你。钱是你的，输赢都是你的事，但以后你不要怪我。"

宋叔叔说："叔叔是那种人吗？愿赌服输，人生之理。走吧。"

宋经理就跟着他叔叔来了。宋经理脸上笑着，宋叔叔脸上却相当严肃。

宋叔叔要跟石小刚玩单双，这种玩法很简单，就是你要单数，开出来是单数就是你赢，开出来是双数你就输了。宋叔叔把三十万往桌上一押，开口问侄儿："今天是星期几？"

宋经理说："星期三。"

宋叔叔说："那我要单。"

莫伢子一见是三十万的大赌注，就让莫表弟把石小刚叫来了。石小刚正在他那间船舱样的房子里睡觉，听莫表弟这么一说，便来了。石小刚脸上还有很多睡意，他坐到桌前，抹着眼屎，让莫伢子把三十万摆到桌上。单双赌博里含着赌运，赌运各占一半，长益市的一些赌徒都愿意玩这种简单明了的赌博。"你要什么？"石小刚问宋叔叔。

宋叔叔说："单。"

石小刚说："那我要双。摇色。"

宋叔叔忽然改变了主意："慢点，我要双。"

赌场里，庄家是随客家的。石小刚说："你想好没有？到底是双还是单？"

宋叔叔坚定地说："我要双。"

石小刚说："摇色。"

莫伢子就叫站在他一旁的一身黑西装的年轻人摇色，这个人是石小刚花重金从澳门聘来的，是石小刚的秘密杀手，只有石小刚和莫伢子知道他的来历。他是个摇色高手，可以任意掌控色子的单双数。他把色子摇出一片悦耳的响声，随后"嘭"的一响，按在桌上。

石小刚盯着摇色高手说："开。"

一开，是单数。石小刚望光头一眼，光头就走过去把宋叔叔的三十万收了。宋叔叔懊悔不已，宋经理的眼睛也瞪得大大的，脸上古怪地笑了下。宋叔叔的心理承受能力算大的，他对侄儿宋经理说："今天不走运，走吧，输了就输了，下次再来。"

过了一个月，宋叔叔又带了三十万来赌，这一次他没叫侄儿，因为他觉得侄儿是扫把星，每次叫上侄儿他都输。他是一个人开着宝马车来的，将他的宝马车停在坪上，仍然要求玩单双赌博。他总结了经验，这一次他不让那个年轻人摇色，他要求莫伢子摇，石小刚想了想，同意了。宋经理就把三十万往桌上一搁："我就赌这一把，我要单。"

莫伢子把三粒色子放进摇色筒，一脸紧张地摇着，最后停住了。结果是两个二，一个四。莫伢子高兴地松口气，石小刚奖励他说："奖励你一万，莫总。"

那天晚上，宋叔叔就出了车祸，死在离长益市还欠三公里的路上，与前面驶来的一辆运渣土的货车相撞，他驾车太疲劳了，车速又快，且心不在焉，结果把车开到了阴曹地府。宋经理在他叔叔死后的第三天来了，一脸的悔意，毕竟死的那个人是他叔叔。

"他是我叔叔呢，"宋经理说，脸上古怪地笑了那么一下，"他死了。"

石小刚莫名其妙："你叔叔死了？"

"死了。"

石小刚心里一惊："早两天我还和他赌了一把，你叔叔说下次他要把输的钱都赢回去。我看见你叔叔上的车，他上车的时候还点了支烟。"

宋经理说："就是那天。我叔叔的命真短。他还没好好地享受人生就死了。"

石小刚觉得宋经理有点假惺惺，因为宋经理的圆脸上尽管有几分哀伤，却不是那种失去了亲人的大悲伤。他笑笑，对莫伢子说："把宋总的回扣给宋总。"

莫伢子就拿来了六万块钱，宋经理一看只有六万元，就踟蹰了下说："早两天我叔叔输的钱里，我也应该有回扣吧？"

石小刚想了想，对莫伢子说："再给宋总两万。"

莫伢子就又拿来两万，边说："你叔叔很豪爽，赌钱规规矩矩的。我很同情你叔叔。"

宋经理一脸感慨万千的模样，忽然对着八万元人民币哭道："叔叔，我对你不住，是我害了你啊。早晓得你会死，我干吗叫你来赌博啊。我害了你啊呜呜呜呜。"

石小刚安慰宋经理："你又没害你叔叔，这是命晓得么？"

宋经理哭道："要是我不带他来赌博，他那天晚上就不会死。"

石小刚不这么认为："宋总你没听老话说，生死有命？这是命中注定的事。"

宋经理走后，石小刚点上支古巴雪茄，望着莫伢子说："你觉得宋总像不像猫哭耗子？"

莫伢子咧嘴大笑，觉得宋经理不是人道："他就是一只猫。"

乡村酒店里住着十几个人，除了石小刚、莫伢子、莫表弟、光头和两个从澳门请来教石小刚和莫伢子如何在赌博上做手脚的高手，还有四个长益市的武术馆推荐来的脸晒得黑黑的保安，还有两个弄饭菜吃的大师傅，和石妹子及杨妹和周妹。杨妹和周妹是在赌场里添茶兑水的，有时候还会叫她们做一做安慰天使，安慰那些悲痛欲绝的赌徒，甚至不惜敞开胸怀，让那些悲伤的赌徒靠在她们身上痛哭。还有两个打扫卫生的女性，一个是隔壁陈村长老婆姐姐的大女儿，另一个是村支书的妹妹。她们的工作就是打扫一间间房子的卫生，客人走了，她们就来收拾。这么一支庞大的队伍，当然需要一个人专门采购食物，莫表弟就积极主动地要求承接这项业务，他挺直鸡胸对石小刚说："刚哥，我来买菜。"

石小刚本来想把这事交给光头，见莫表弟主动请缨就看莫表弟一眼，警告他说："莫表弟，你买可以，有一条我得声明，不准落钱，一分钱也不能落。"

莫表弟马上挺起胸表态："我落了一分钱，你刚哥就剁了我的手。"

石小刚望一眼一旁的莫伢子和光头："你们都听见了他说的话啊。到时候他犯了这方面的事，查出来了，莫怪我石小刚不讲情面。"

莫表弟脸上很庄重地拍着胸说："你刚哥把我当人看，我如有半点不忠，你把我的脚砍了，我也不会埋怨您刚哥一声。"

石小刚就笑："我本来是要光头采购，既然你这么想干，也行，我就让你做这事。不过，我喊醒你，你要记住你说的话。"

莫表弟很高兴地承下了乡村酒店的采买任务，每天从他表哥莫伢子手上支钱，支了钱就骑着摩托车唱着歌儿上路了。摩托车是莫伢子的那辆，已经破旧了，莫表弟在摩托车上用铁丝绑了两个篓子，骑着它到农民家或附近的集市上买菜或买鱼买肉。最开始莫表弟是真的不敢落一分钱。他记着账，每一分钱都清清楚楚，他觉得他要对得住刚哥的信任。但是，几个月下来，除了表哥莫伢子偶尔翻阅一下他的账本，再没人问津了。石小刚根本就不在乎他昨天采买了什么，今天又采购了多少钱的菜。石小刚的不闻不问，就导致他的另一面悄然抬头了。他的另一面就是贼性的那面，贼性的那面对他说：没事，没有人关心你今天买了多少钱菜，你是个灵泛人，可以稍稍把菜价抬高一点。于是他开始在小菜上动脑筋了，白菜五毛钱一把他就说六毛钱一把，蘸菜五毛钱一把他也说成六毛钱一把。每天落个一包烟钱，好像也没人发现。这样又讨了几个月，他觉得也没什么值得骄傲的，就觉得应该在肉和鱼上动点脑筋。一天，他采买回来，对表哥莫伢子说："肉涨价了，今天要六块五一斤。"

莫伢子随口"哦"了声。

莫表弟说："镇街上鱼也少，鲢鱼今天也涨了点。"

莫伢子又说："哦。"

莫表弟抽上了好烟，他递给别人抽的是盒白沙烟，自己却抽芙蓉王。这芙蓉王烟当然是肉涨价和鱼涨价的钱买的。没事的时候，他就从口袋里摸出一支芙蓉王抽，一个人躲在一隅抽。有天，他一高兴就递了支芙蓉王给表哥，莫伢子看了眼"芙蓉王"三个字，脸上的颜色就很慎重，起了疑心地望着表弟说："你抽这么好的烟？"

莫表弟说："间或抽一包尝尝鲜。"

莫伢子说："你要注意啊，刚哥是不讲情面的。"

莫表弟咧嘴一笑："我是拿自己的工资买的，我有两千块钱一月。"

莫伢子瞟表弟一眼："做人要老实，我提醒你。"

莫表弟觉得没事，不会有人跟着他去买菜，也不会有人跑到菜市场和农民家里查看，大家都在忙自己的事，每天要买这么多东西，除了鱼肉，还有鸡鸭鹅，还有烟酒茶等，有谁会顾及他落了多少钱？他的胆子渐渐就大了起来，不但自己把鸡鸭鱼肉的价涨了上去，还开始缺斤少两了，十斤肉变成了十一斤，四斤的鸡变成了四斤八两，十七斤的鹅变成了十八斤三两。西瓜、苹果等水果在他手上也涨了价。一天，他居然带了个本乡的妹子来，他把本乡的妹子弄到他和莫伢子睡的房里，在那间房的硬板子床上把本乡的妹子睡了。本乡的妹子看上去最多十七八岁，长一张红彤彤的脸，一双羞涩的眼睛不敢看人。石小刚看见了，把莫表弟叫到面前："你这杂种居然泡起土鸡来了？"

莫表弟嘻嘻一笑："她自己要跟着我来。"

石小刚盯他一眼："她是哪里的?"

"集市上认识的妹子,她爸爸在集市上摆了个菜摊子。"

"你不要把土鸡带到酒店来,免得她到处说这里的事。"

莫表弟说："我就要她走。"

莫表弟骑上摩托车,把本乡的妹子送走了。

石小刚的房间里有两个保险柜,一个藏在墙壁内,外面钉着杉木板,杉木板钉了一面墙,表面上看不出来;另一个保险柜立在墙角,很高很大,里面少说也有几百万现金。这些现金全都是开赌场抽水和做庄赢来的,备在保险柜里有两个用途,一是赌,二是放高利贷。总有人赌红了眼,输了钱又想赢回来就找赌场借赌资,这一借就是一天一分的息。借十万,第二天就得还十万零一千,十天后必须还十一万。莫伢子是负责赌场与赌徒打交道的经理,光头是他的助手。石小刚向他交代,无论是什么级别的老板,只要是找赌场借钱,最高不能超过十万。这大中午,有两个昨天输了钱而找赌场借了十万元钱的老板还钱来了,二十万零二千元被莫伢子抱来了,放在石小刚的桌上,莫伢子说："刚哥,你点一下。"

石小刚点了钱,二十一沓,其中一叠薄的只有两千元。待莫伢子出门,他刚要把钱放进保险柜里,宋经理坐一辆银灰色的卡迪拉克车来了,在门外叫他。宋经理带来了几个豪赌的客人,宋经理说："石总,来大老板了。"

石小刚一听是宋经理叫他,就忙着走了出来。一看,停车坪上停着一辆银灰色的卡迪拉克,一旁停着辆宝马。宋经理和三个年龄都在三十岁以上的年轻人站在车旁说话,宋经理向石小刚介绍说："这是马老板,这是曹老板,这是长益市最著名的王公鸡。"

他又指着石小刚向他带来的三人说："这是石总,赌场的老板。"

石小刚一看见曹老板和王公鸡就哈哈大笑："不用你介绍了,我们认识。"

曹老板看见是石小刚,也哈哈一笑："是你哦?"

曹老板和王公鸡是银城桑拿中心的常客,有一度他们经常上银城桑拿中心洗桑拿,把一个个漂亮的桑拿小姐都"洗"尽了。曹老板身材壮硕,长着双好色的鱼泡眼,是做家电生意的。王公鸡灰头灰脑的,还只三十出头,就有很多白头发了,自称是股票大王。曹老板一脸流氓相地拍了拍石小刚的肩："你开起赌场来了? 可以吧。"

石小刚有点忌讳曹老板和王公鸡,曹老板的两只眼睛含着凶光,王公鸡那张两边不怎么对称的脸上却一脸的邪恶。银城桑拿中心的小姐曾对他说,这两个人好恶的,洗桑拿时虐待她们。石小刚觉得自己虽然心也狠,但他从不在女人面前张牙舞

386

爪，所以他觉得这两人不是善类。他做出欢迎的样子说："哪里哪里，比不得你们。"

马老板说："我们哪里比得了你？你敢开赌场，证明你来头不细啊。"

"什么来头不来头？混饭吃而已。"石小刚看马老板一眼，马老板剪了个板寸头，模样刁钻、凶悍。石小刚想这样的人一定比他还坏，心里就很重视他们，把头往酒吧方向一摆，说："几位老板，先到酒吧里吃饭吧。"

曹老板大声吼道："走，吃饭去。"脚就在地上跺了下。

石小刚知道这几个人不好对付，便把目光丢到光头脸上，光头正望着他。他对光头招了下手，光头走拢来，他在光头耳边小声说"到时候给我留神点他们"，忙去酒吧招待他们。三个大人加宋经理往酒吧里一坐，立即呈现出缺乏教育的流氓相，一只只穿着皮鞋的大脚全架到茶几或其他椅子上，歪着身体，叼着烟，咧嘴笑着，一口痞腔。石小刚留着神，边亲自撬开一瓶人头马，将酒盛上，端到这几名彪形大汉前，怕他们在他这里吵闹，脸上就有点讨好，说："人头马，尝一口。"

曹老板瞟一眼说："这酒没味，淡了。"

马老板耸一下肩，附和道："这酒度数不高，喝起来没劲。我宁可喝邵阳大曲。"

王公鸡骂道："喝什么卵酒？又不是来喝酒的，是来赌钱的。"

几个人还真不是来喝酒吃饭的，饭只是吃了十几分钟，四个人跟石小刚把酒杯一碰，将杯中物一口倒入嘴中，就嚷着要玩赌博。莫伢子笑眯眯地走来，领着他们进了赌场。石小刚折回房，准备把钱放到保险柜里去，却发现少了一沓钞票。他不敢相信，自己重新数了遍，确实只有十九万二千元。他又数了遍，仍是十九万二千元。他把十九万二千元放进保险柜，锁上，心里冷笑一声，不觉就有一丝悲凉，他的王国里出现了贼！他点上支古巴雪茄，想这事应该严肃处理。我养的人，居然打起了我的主意，这还了得？他阴着脸走出来，见猛女杨妹走来，就瞥着杨妹问："我吃饭的时候，你看见有人进我房间没有？"

杨妹摇头："我没注意。"

他说："周妹呢？"

杨妹说："周妹在睡觉。怎么啦石总？"

石小刚撇下她，走到站在门口的保安前，问保安："刚才有人走进我房间吗？"

保安想了下说："好像莫经理进去了下。"

石小刚说："哪个莫经理？大的还是小的？"

保安说："买菜的莫经理。"

石小刚的脸色变了，骂了声"这个杂种"。他步入了赌场。那天下午他输了四十万，曹老板他们好像从宋经理嘴里知道了什么，不愿跟澳门来的高手玩，点名要跟石小刚玩，石小刚就玩了。曹老板赢了四十万后，不玩了。曹老板说："我爸爸告诉我，见好就收。"

石小刚有点恼，知道这几个人不好惹，忍了。送走曹老板和马老板他们，他把光头和莫伢子叫进酒吧，把脚架到茶几上，对莫伢子说："把你表弟叫来，我有话要问他。"

莫伢子就去叫表弟，莫表弟正同他勾引来的本乡的妹子在房间里搂搂抱抱，莫伢子敲门说："表弟、表弟，刚哥叫你。"

莫表弟在房里说："我就来。"

莫表弟穿上一身干净的酱色西装，还对着镜子梳了下头发，这才吹着口哨走了来。莫伢子站在酒吧门前对莫表弟说："在这里。"

莫表弟以为刚哥叫他喝酒，就快步走来。莫表弟看见刚哥和光头坐在一张杉木桌前，都望着走进来的他，莫表弟就问："刚哥，你叫我？"

石小刚不理他地点上支古巴雪茄，这才拿厌恶的目光打量莫表弟，心想一定要给他点厉害瞧瞧，不然何以服众？便说："我记得在你要求负责采买时，曾说，如果你有一丝偷窃行为，或买菜落钱，你要我剁了你的手和一只脚，你说过这话没有？"

莫表弟脸色紧张了："我是说过，刚哥我又没落钱。"

"你是想留手还是留脚？"

莫表弟慌了："我没有偷窃和落钱呀刚哥。"

石小刚吐口烟，盯着他："你敢说你真的没有？"

莫表弟结巴了："真真真的没没有。"

石小刚说："你以为我不知道？十斤肉说是十一斤，十斤鱼说成十二斤。前几天，你买回来的三只鸡，一只鸡只有四斤二两，你说五斤。另外两只鸡，一只四斤六两，一只三斤八两，你说是五斤三两和四斤八两。有这事没有？"

莫表弟脸变白了："没没有这事。"

"光头，把厨房的大师傅跟我叫来，要他把记的账本一起拿来。"

光头扫一眼莫表弟，起身出去了。一会儿后，大师傅跟着光头来了。大师傅是光头请来的，与光头有亲戚关系。大师傅脸色很庄重地说："老板，你叫我？"

石小刚说："把我要你记的采购账本拿来给这个畜生看。"

大师傅就掏出本子，把记的账给莫表弟看。账本上写着莫表弟报的数字，和大师傅称出来的实际数字。莫表弟没想到石小刚会暗中来这一手，噎住了。

"还不承认？"石小刚说，指着大师傅，"他是干什么的？手一提就晓得你买的肉是几斤几两。三个月前他告诉我，你这杂种买的肉啊鱼啊鸡啊缺斤少两。我晓得你会来这一手！我让大师傅把你买回来的东西过过秤，倒看是多少。结果你把我们做宝搞是吧？"

莫表弟一下子脸色苍白："刚哥，我真的不敢。"

石小刚猛拍了下桌子："本来我还想到了年底再跟你算账，你居然不要我等到年底就发展到进我房里偷钱了。你这狗杂种，你是活久了不顺了是吧？"

莫表弟说："我没偷钱，我真的没偷钱。"

"把钱交出来我就饶了你。"石小刚很凶地瞪着他，"不然我剁掉你一只手。"

莫表弟说："我没没偷你的钱，刚刚哥。"

石小刚对大师傅说："你去，到灶屋里拿把菜刀来。"

大师傅转身走了，酒吧里的空气突然凝固了，杉木板和皮鞋油气味一下子变得很浓。石小刚盯着莫表弟，莫表弟却不敢迎接石小刚那愤怒的目光。石小刚想这个畜生太不争气了，说："我那么信任你，你却把我的信任当狗屎样丢了。你这号人，永远做不了大事。"

莫表弟一脸不安道："我真真真的没偷你的钱，刚刚哥。"

大师傅拎着菜刀来了，走路迟迟疑疑，因为这关系到莫表弟的手，他那颗肥头里就充满了举棋不定的矛盾。这是一把大师傅用来切肉的菜刀，磨得很锋利。石小刚转头对莫伢子说："莫伢子，人是你叫来的，你把他的手剁掉。"

莫表弟扑通一声跪到地上："刚哥，我没偷你的钱，真的真的没偷，我向你发誓。"

石小刚说："一万块钱是小事，一只手是大事。你交出一万块钱，看在你父母和同村人的面子上，我不剁你的手，你还可以回家去做你的木匠。"

莫表弟赌咒道："刚哥，我要是偷了你的钱，我娘都是你的崽。"

"你还敢骗老子？你是真不想要这只手了。剁手，光头，把他的手按到桌子上。"

光头是练了武功的，劲大，一上去就把莫表弟的右手抓起来放到了桌上。莫伢子拿着菜刀，迟疑着不敢下手。石小刚盯莫伢子一眼："何解，还要老板动手嗳？"

莫伢子就举起刀，望一眼表弟说："这是你自己事先说的，说你落钱就剁手剁脚，你不能怪表哥啊。表哥对你不起了。"

莫表弟见表哥举起菜刀真要砍他的手，叫道："等等。我交出那一万块钱好不好？"

石小刚说："那你交出来。"

莫表弟说："我把一万块钱放在储藏室的辣椒袋子下面了。"

石小刚对大师傅说："去把钱拿来。"

大师傅去了储藏室，石小刚又重新点燃古巴雪茄，望一眼莫表弟："你这畜生，本来你落买菜的钱，我让大师傅记账是准备到一定的时候扣你的工资，让你老实点。你这畜生变本加厉，居然敢偷老子的钱。我不治你，那人人都可以偷老子的钱。你说是不是？"

莫表弟这个时候已经软得像一摊泥了，哀求道："刚哥，我不敢了。我真的不敢了。"

大师傅拿着那一万元走来了，石小刚接过那一万元，闻到了刺鼻的辣椒气味。他把钱丢到桌上，这才望着莫表弟说："你是哪只手偷的钱？你老实说。"

莫表弟一听，头就在地上砸着："刚哥，原谅我，请你饶了我吧，请你饶了我。"

"我说了我今天不剁你的手，是看在你爹妈的分上。但我不能就这么放过你。我要剁掉你的一个手指。剁你的大拇指，让你长记性。"他转头对莫伢子说，"他肯定是用右手偷的，剁他右手的大拇指，剁了喂狗。"又对莫表弟说："你今天就给我滚！"

石小刚说毕，起身，一脸怒气地抬脚把椅子踢开，走出酒吧。他听见莫表弟在酒吧里大喊大叫，他没理睬，瞄一眼拴在柱子上的那条大狼狗——大狼狗是他两个月前花四千块钱买来护院的，很壮大，叫起来十分凶。大狼狗看见他走过来就弓起身，对他摇尾巴。

莫表弟捂着血淋淋的右手冲出酒吧，向他和莫伢子住的房间冲去。莫伢子却用两根指头拈着莫表弟右手的大拇指走来，给石小刚验收。石小刚冷冷地说："丢给狗吃。"

莫伢子将血淋淋的大拇指丢在了狼狗前，狼狗用鼻子嗅了嗅，马上将那大拇指叼进嘴里咬起来，瞧得那指骨嘎嘎嘣嘣响。

五五　大胡子

五月十八日上午八点钟，一挂一万响的鞭炮一放，推土机便开始了工作。第一车沙子也运来了，倒在与公路衔接的地方。但是，第二天问题就来了，问题出在沙子上。沙子是从十几里外的浏阳河边上运来的。那里有两处沙场，一处是村办沙场，一处是私人沙场。村办沙场的沙子要比私人沙场的沙子少三十元一车，大哥钟唤龙亲自去问的，当然就选择了村办沙场的沙子。两个沙场相距一公里远，都是取浏阳河的沙子，往七马乡所在地运输的话必须经同一条省道，否则你就得绕一个大圈，绕几十公里才能把沙子运到七马乡。私人沙场距这条省道很近，就霸占着这条省道。他们把车横在岔路口上，不让跑村沙场买沙的车上省道。运沙的司机没法，因为他们是一大帮人，手持铁棍和木棒，司机不但怕他们打人，还怕他们砸车。几个司机便打钟唤龙的手机，告诉钟唤龙他们没办法通行，他们的运沙车被一群路霸拦在岔路口了。钟唤龙听了这话很恼火，这真是在光天化日之下无法无天，便坐着奥迪车来了。钟唤龙是个很正直的人，很正直的人都觉得这个世界再怎么糟，也是邪不压正。他见他的运沙车排成长队被拦在岔路口前，就义愤填膺地说："这是怎么回事，啊，怎么回事?!"

没有人理他，那些拦路虎皆是本地小流氓，无法无天惯了，见一个戴眼镜的人从奥迪车上下来，居然一脸义愤填膺，就笑来者有点傻气，说："来了个神经。"

钟唤龙听见了，掉过头来瞅他们一眼，坚决地说："请你们把车移开。"

一个小流氓说："这车烂了。"

另一个小流氓嘿嘿一笑："你说移开就移开，我们那么听话哦? 我们又不是你的崽。"

钟唤龙用强硬的口气威胁道："你们不移车，我就打 110 报警。"

一个大胡子年轻人说："你报 110 吧，你报就是。"他手里持着木棒。

钟唤龙不怕他的木棒，当过多年人民教师的他觉得自己是正义之师，对方不过是车匪路霸，便拿出手机就拨 110，接着大声对手机那头的民警说："110 的民警同志，我这里遇到了车匪路霸，他们拦着我的运沙车，不让我们通行。"

大胡子将手中的木棒一捅，奥迪车的一处车窗玻璃便碎裂了。大胡子瞪着钟唤龙，目光像乡下的恶狗，很凶，吼道："哎呀，你还真的敢报 110 啊?"

钟唤龙咽下窜到喉头的口水，大声说："你打碎我的车玻璃，你要赔。"

大胡子继续用乡下恶狗的目光瞪着钟唤龙："老子赔你一筒卵!"

钟唤龙是见过流氓的，在白水县一中周围常有一些流氓聚集在一起，骚扰学生，搜学生口袋的钱。他曾经大胆地走上去制止过。他瞪着一脸横蛮相的大胡子，警告道："你莫流里流气，你以为你是黑社会的? 这是在中华人民共和国，是法制社会，我警告你!"

大胡子觉得来的是一个白痴，就对他的伙计使了个眼色。那伙计忙捡起地上的石头朝空中一抛，结果石头落在奥迪轿车顶上，"嘭"的一声，车顶中央当即就呈现了一个凹陷处。钟唤龙很心疼地冲上去抓住那掷石头的人说："你莫走。"

小伙子却踢了钟唤龙一脚，凶道："放开手，抓么子抓? 哪个走了?"

大哥钟唤龙的司机见状，立即冲上来，举起拳头要揍那个丢石头的人。另一个手持铁棍的年轻人却用铁棍一扫，打在司机的腿上，司机叫了声"哎哟"，身子就栽了下去。大哥气愤道："太无法无天了，光天化日之下砸车打人。这里还有王法没有？"

那些人说："卵王法！"

一个流氓好像很替大哥钟唤龙着想道："喂，何解110的还没来啊？"

另一个瘦子小流氓笑着搭腔："应该要来了，可能110的民警解大溲去了。"

大胡子说："110的来了。"

大家就左右张望，却没看见110的民警出现。他们就笑，笑得很野很快活的样子。大胡子一挥手，喝了声："走。"十几个流氓便耀武扬威地走了。

110的民警赶来了，见到的是大哥及大哥的那辆被损坏的奥迪轿车。

大哥说："这太不像话了，这帮人跟上匪样。"

110的民警就笑："这些人，我们抓了好多次了。"

大哥说："抓了好多次他们还敢这样？"

"有什么办法？"110的民警说，"大法他们又不犯，犯点小法，这点小法又够不成判刑。关吧，关个十天八天还得放，放出来他们又是这样干，还真拿他们没办法。"

大哥看着他的奥迪车，心痛得脸上异常愤怒："民警同志，一个一脸胡子的青年砸坏了我的车玻璃，还有一个矮个子流氓用石头砸坏了我的车顶。"

110的民警很同情他地摇摇头说："这些人，胆子越来越大了。"

第二天，运沙的车又被拦在岔路口上，仍然是那伙人，十几个，坐的坐，站的站，一辆贩运蔬菜的手扶拖拉机横在岔路口上，阻拦了运沙车的去路。大哥来了，钟铁龙也来了。钟铁龙从奔驰上下来，觑着这帮流里流气的人，一看就清楚这是一帮长益市郊的黑势力。钟铁龙问这帮人说："喂，你们中谁是为头的？"

一个人说："我们没有为头的，我们都是脚。"

钟铁龙觉得这帮人个个长着猪脑子，又问："头是谁？"

另一个说："我们有鬼头？我们只有脚。"

钟铁龙说："我要跟你们的头谈谈。"

大胡子说："你说要谈就谈？我们就那听话？"

钟铁龙瞧了眼大胡子，觉得这个男人长得很蠢的样子，问他："你是老板？"

大胡子横一眼钟铁龙，目光抛到一旁的樟树梢上，嘿嘿嘿道："我是脚板。"

钟铁龙望着大胡子，想世界上怎么会有这样的蠢人出生！"什么事情都有个协商解决的办法是不是？我退一步，你们也让一步，一车沙多个十元钱可以不？"

一个说："不可以。"

另一个说："我们并没要你们买我们沙场的沙，免得你们告我们强买强卖。"

钟铁龙笑笑："我们要修一条七八里长的水泥马路，沙子要得很多，不是几十车沙子就能解决的，陆陆续续会有几千车沙子。大家都退一步可以么？"

大胡子冷笑一声："买我们沙场的沙子就是这个价，一分钱都不能少。"

钟铁龙瞥大胡子一眼，想这个一脸黝黑的蠢人可能是他们的头，便拿出古巴雪茄递支给大胡子："你抽支雪茄啰？"

大胡子不接："我不抽。我们乡里鳖只晓得抽旱烟。"

钟铁龙想他这样的蠢人当头不是把弟兄们往死路上带？他正想用什么办法来制服这群拦路虎，大哥在一旁愤慨道："铁龙，不要跟他们讲理了，一群流氓。"

大胡子瞪一眼钟唤龙，又把目光抛到一旁的奥迪车上，那辆奥迪车的车玻璃重新换了块新的，但车顶上的凹陷处还呈现在他的眼里。大胡子咧嘴笑了笑："流氓也好不流氓也好，反正就是那个价，梆硬的价，没得少。要不要随你们。"

钟铁龙对大哥说："走吧，跟他们没什么好说的。"

沙子必须在这个沙场拖，假如去湘江边的沙场拖就要穿越市区，白天，运沙车是不准穿越市区的。钟铁龙打电话给市局的刘局长，刘副局长已于今年扶正了，成了长益市公安局的一把手。"刘局长，我作为长益市的普通市民向您汇报情况，"钟铁龙在手机这头说，"现在长益市出现了车匪路霸，把一些运沙车拦截在公路上，要求加钱。您局长不来看看？"

刘局长说："小钟，你把情况说具体点。"

钟铁龙就说了上述的事，刘局长觉得是该治理一下，就调了一车全副武装的防暴队员来逮人，抓走了七八个，但秩序只好了几天，几天后，大胡子又领着一伙人站到岔路口上，又一个个暴徒样持着铁棍和木棒地拦着运沙车。运沙的司机打电话给钟唤龙，钟唤龙又打钟铁龙的手机，要钟铁龙再打刘局长的手机，让刘局长派防暴队员再去抓人。钟铁龙没打这个电话，他心里清楚，对付这帮人，唯一的办法就是以毒攻毒，跟他们打。警察把他们抓去没什么用，最多是说他们阻碍交通，或是说扰乱社会治安，关个几天，教育一通还得放人。而这些人是不听教育的，一没文化，二没脑子，活在世上就跟砖缝里的蛐蛐一样，吃点泥土都能从春天活到秋天，只要你给他们一支烟抽，他们就跟着你死跑。钟铁龙打了刘松木的叩机，刘松木回话了，他对刘松木说："你来一下，最好下午就来。"

刘松木说："我下午来。"

刘松木来了。这个浑身肌肉的壮汉穿一身旧西装来了。钟铁龙望着他笑，请他吃饭，请他抽古巴雪茄，晚上又带他到乡村酒店玩赌博和洗桑拿。次日上午，他把刘松木带到一辆运沙车前，让他和从银城桑拿中心抽调来的三名保安押车。刘松木上车时，钟铁龙交代说："松木，你不要闯大祸。一、莫把别人压死了；二、莫把别人打死了。"

刘松木很快活地咧嘴道："好的。"

三辆运沙车于那天上午八点钟出发了。车很快就到了沙场，也很快就装满了沙子，三辆运沙车接着打道回府。车开到交叉路口处时，那里横着一辆运沙子的手扶拖拉机，那帮流氓又聚集在那里，坐的坐站的站，眼睛却盯着他们这三辆运沙车。刘松木不是来运沙的，而是来打架的，车开到交叉路口，刘松木跳下车对他们说："请你们让开。"

那些人望他一眼，却不理他。

刘松木冷冷的表情说："好狗不挡道，你们是好狗就请你们让路。"

一个流氓瞪松木一眼："你这杂种把嘴巴洗干净点。"

刘松木把目光放到那人脸上。刘松木的目光天生很凶，刀子样锋利地刺了那流氓脸一下，那流氓感觉到脸上一痛，忙把目光移开了。刘松木警告说："你们不挪开我就开车撞了。"

刘松木看了看路面，爬上驾驶室，把司机推开，开着车绕过那辆手扶拖拉机，向这边移动。这边恰好有一辆车能勉强过去的位置。这伙人不让，刘松木按了按喇叭，没人理他按喇叭。刘松木就开着车往前挤，车的保险杠已贴近大胡子的屁股了。大胡子仍不动，刘松木没踩刹车，汽车把大胡子推着向前走了几步。大胡子火了，跳开，夺过他手下的一根铁棍，一铁棍砸在汽车的引擎盖上，把引擎盖砸瘪了。他骂道："你想死是吧？老子打死你。"

刘松木跳下车，对准大胡子的脸就是一拳，把大胡子打得叫了声"哎哟"。刘松木不等他还手又一脚踢在他下身上，把他踢倒了。刘松木缴过大胡子手中的铁棍，用铁棍指着大胡子的头说："叫他们滚开，不然老子一铁棍打开你的鳖脑壳！"

大胡子吓住了，忙说："弟兄们让开，让开啊。"

十来个手持铁棍和木棒的流氓让开了。

三辆运沙的车开了过去。一个小时后，运沙车又开来了，却不见了这伙人。刘松木松了口气。下午，这伙人又聚集在交叉路口，一辆农用汽车横在马路上，他们在拦别的运沙车。刘松木跳下车，手里持着他上午从大胡子手上缴获的那根铁棍，大声吼道："谁的车？"

没人回答，但都望着他。刘松木又说了遍："谁的车？赶快开走，不然老子砸车了。"

拦路的一个流氓瞪他一眼，壮着胆子说："你敢！"

刘松木不等"敢"字的话音完全结束，一铁棍就砸在农用汽车的引擎盖上，引擎盖顿时瘪下去很深一条。那个说"你敢"的青年冲上来，持着铁棍要打刘松木，刘松木抢先一铁棍打在小青年手臂上，把那小青年打得叫了声"哎哟"，手中的铁棍掉到了地上。刘松木抓住这个战机又一脚将小青年踢了个四仰八叉。刘松木正犹豫是不是再踹他一脚，另一个上午就不服气让路的壮汉冲上来，持根很粗的木棒，照着刘松木的脑袋劈来。刘松木用铁棍接住这一棒，顺着这根木棒直捅过去，铁棍捅在壮汉的胸口上，汉壮站不稳，一个后仰倒在地上。刘松木一脚踢在壮汉的下巴上！壮汉惨叫一声，手就捂着下巴。刘松木在几秒钟内将两个猛男打翻在地，这确实让他威风凛凛。"哪个不怕死的只管上！"他说，目光很凶，"老子别的本事没有，打架是老子的专长，评个正教授都没问题，还有哪个?!"

没有人再敢冲上来，大胡子吃过他的亏，这会儿坐在椅子上没说话，盯着刘松木。

刘松木说："把车移开，不然老子又砸车了。"

小青年捂着手臂，爬上农用车的驾驶室，将车朝前移动了几米。刘松木领着他的三辆运沙车驶了过去。刘松木领着运沙车驶回来时，路口空荡荡的，既没车也没人。运沙车的司机对刘松木竖起大拇指说："还是你行，你真的了不起，佩服佩服。"

刘松木开心道："我唯一的特长就是打架。"

几天后，这伙人又聚集在交叉路口，有二十几个。一台破旧的手扶拖拉机横在交叉路口中。刘松木跳下车，只见大胡子黝黑的宽脸笑了下，大胡子的两旁各站着一名大汉，大汉都绷着脸瞧着刘松木。刘松木一点也不怕，问："何解？你们还要打架？"

大胡子对刘松木抱拳打个拱手，说："今天不跟你打真架，跟你打文明架。"大胡子指着他一旁的两个大汉："这两位是我的师兄，想跟你过几招。"

刘松木瞟一眼两位大汉，"我打真架没怕过人，打文明架我不行。"

大胡子说："他们听我说你手脚反应很快，想试试你的身手。"

刘松木抹了下脸上的汗，说："老子从小到大只打真架，你要打文明架，那我叫我的师兄来。我师兄跟我正好相反，他只打文明架。"

大胡子困惑地望着刘松木，刘松木一脸傲慢地解释说："打真架和打文明架不一样，打真架是乱打，没章法的，只看你的手脚怎么快怎么狠。打文明架是切磋武术，我学艺不精，不会打。你有手机吗？我打个电话把我师兄叫来跟你们打文明架。"

大胡子就掏出手机，刘松木拨了三狗家的电话，对三狗说："大师兄，你快过来。"

三狗听出是刘松木的声音，便问："松木出了什么事？"

刘松木说："你过来就晓得了。快过来。"

三狗说："在哪里？"

刘松木说："你快到芙蓉水库来。"

刘松木对他的运沙车说："你们都回去，把我师兄接来。"

运沙车司机怕留下刘松木一人吃亏，刘松木说："走吧，你们，我没事。"

两个跟着刘松木押运沙车的保安也跟着刘松木留下了。刘松木说："他们要打文明架，我不会打，你们会打不？会打就跟他们打？"

两个保安觑了眼两个身体很结实的大汉，有些不敢打地摇头说："可能打他们不赢。"

刘松木觉得打不赢和能打赢都无所谓，问："你们中哪个厉害点？"

个子高一点的保安指着个子稍矮一点的保安，说："他要厉害点。"

刘松木就盯着个子稍矮点的保安，问："你敢跟他们中的哪个打？"

个子稍矮点的保安脸上犹豫着，刘松木鼓励他打说："怕卵咧，不就是打一架么？"

稍矮点的保安受到刘松木的鼓励，胆子就壮了，说："蛮怕也不怕。"

刘松木望着大胡子说："我的一个小弟兄想跟你的师兄切磋一下。"

大胡子望着刘松木，刘松木嘿嘿一笑，指着稍矮点的保安说："他愿意跟你们打文明架。"

大胡子一旁的大汉说："可以。"

刘松木就把稍矮点的保安往前一推："看你的了。"

稍矮点的保安是白水县武馆出来的，他盯着大汉，大汉也盯着保安，两人交手了，大汉居然被保安摔到了地上。大汉爬起来，满脸通红。另一大汉走上来说："请。"

稍矮点的保安就把目光放到大汉脸上，见大汉脸上有些愤怒，就不敢怠慢。一交手，他就被大汉摔在地上，摔出几米远。保安爬起来，脸擦破了皮。他捂着脸。大胡子那边的人却赶紧鼓掌为大汉助威。刘松木问保安："你没什么吧？"

保安活动了下四肢，没发现什么不适，便说："没什么。"

三狗来了，坐在钟唤龙的奥迪车上。三狗下了奥迪车，走到刘松木前面。三狗的外表看上去并不威猛，甚至都没刘松木一半威风。刘松木先跟钟唤龙打了招呼，然后对那两个大汉说："朋友，这是我师兄，你们只要赢得了他一招就算你们有狠了。"

两个大汉听刘松木这么说，又重新打量了三狗几眼。三狗活动了下四肢，便把目光放到两个大汉身上。一个大汉走上去，手一搭到三狗的手上，也不知怎么回事人就摔倒在地了。那大汉叫了声"咦呀"。另一个大汉马上警惕了，但手一跟三狗的手交上，也摔倒了。那大汉不服气，爬起来又要跟三狗打，三狗一个转身，手一拖，大汉趔趔趄趄地往前走了几步，还是摔在地上了。另一大汉拍了拍自己的胸脯，再次跟三狗交手，但三狗一勾腿下去，大汉就很重地倒在地上。这一次三狗没松手，而是笑着把大汉拉了起来。大汉忙对三狗作个揖，低下头，一脸服气道："佩服佩服。"

大哥钟唤龙拿出芙蓉王烟，一人散一支，散到大胡子面前时，大胡子对大哥钟唤龙抱拳道："老大，你手下尽是能人啊。"

钟唤龙听了这话非常高兴："交个朋友，我们交个朋友。"

大胡子就接了钟唤龙递给他的芙蓉王烟，用江湖人的口气说："多有得罪，还望海涵。"

大哥钟唤龙嘿嘿嘿一笑，也客气道："不打不相识，以后我们就是朋友了。"

刘松木对大胡子说："我告诉你，我们大哥一身的武艺，他只是不显山露水。"

大胡子很佩服三狗，更佩服刘松木，早两天刘松木竟在几秒钟内把他的两个很厉害的手下打趴在地上，这让他不得不打心眼里佩服。他一脸客气地冲刘松木一笑，与刘松木做起了生意，要刘松木买他们的沙子，价钱与村里的价钱一样。刘松木就打钟铁龙的电话，钟铁龙同意了："当然可以，他转弯，我们就给他台阶下。"

钟铁龙给了刘松木两万元现金，刘松木不肯接，钟铁龙奇怪道："怎么，你嫌少？"

刘松木摇头说："哪里呀，我是不好意思，老接你的钱。"

钟铁龙觉得刘松木变陌生了样："你什么时候变得客气了？拿着。"

刘松木就拿了，晃晃手中的钞票说："我想到石总的乡村酒店玩两把。"

钟铁龙笑："我晓得你，身上不能有钱。我陪你去，只准你玩两千块钱。"

刘松木很高兴："我只玩两千块钱。"

钟铁龙也想到石小刚的乡村酒店走走，两人就上了车，钟铁龙让刘松木开他的奔驰。刘松木一开就极喜欢，脸上就一脸的快乐："龙哥，干脆让我做你的司机兼贴身保镖吧？"

"你不能在我身边，我太招摇了，你在我身边别人就会留意你。"钟铁龙说，"我要是遇到我自己解决不了的麻烦，我会找你来解决。你是我的核武器。"

刘松木一听他是钟铁龙的"核武器"，就觉得自己也算个人物了，便咧嘴一笑："能为龙哥出哪怕是一点点力我也高兴。那我明天回去。"

"像沙场的那帮地痞流氓，他们不怕老板，也不怕警察，因为警察没时间跟他们胡搅蛮缠，警察一走他们又霸着沙场的必经之地。"钟铁龙对刘松木说，"左拐，慢点开。但他们服你和大师兄这号人，因为他们的脑壳里装的就是能打和会打的人，装的是李连杰、李小龙、李逵和鲁智深。所谓一物降一物，这就是他们服你和大师兄的地方。"

刘松木驾驶着奔驰车说："他们跟恶狗一样，只服粗棍。"

"大胡子他们是地头蛇，没脑壳的。还好，被你的拳头打服了。"钟铁龙说，"前面右拐直走。他们佩服你会打架。"钟铁龙说到这里瞧一眼刘松木，"今天天气真好。"

汽车驶出长益市，朝着乡村酒店飙去。

五六　乡村酒店

乡村酒店的名声逐渐大起来了，有人在这里输得精光，有人在这里赢了几十万，这自然在一些人嘴里犹如佳话样传得一塌糊涂。玩赌博的人是有圈子的，而且都想了赌博中一夜暴富，于是一些赌徒不请自来了。他们这个邀那个来，那个邀这个来，这个又邀另一个来，另一个又叫上他的朋友来赌，于是一大帮赌徒便成了乡村酒店的常客，一来就吃喝拉撒，就吃喝着玩赌博。他们个个都一身的赌性，且目光凶狠，像一群好斗的恶狗，不拼个你死我活都不收兵。有的人走的时候，兴高采烈；有的人走时一脸的苦瓜皮，耷拉着肮脏的脑袋。

有一个姓郑的赌徒经常来，他个子不高，稍胖，人也不爱说话，一来一双贼溜溜的眼睛就这间赌室那间赌室地看，看别人玩，不动声色。他只在自己觉得有必胜的把握时才下注。赢个两万三万他就收手不玩了，开着他的白色桑塔纳车走人。大家都叫他郑胖子。"郑胖子来了？郑胖子你玩一把不？"有人看见他就笑着邀他玩。

郑胖子当然会玩，赢了也不欣喜，输了也不吭声，因为他不是那种爱夸夸其谈的人。郑胖子总是一个人开着白色桑塔纳车来，也总是一个人开着白色桑塔纳车走，他的白色桑塔纳车上从来没有第二个人。他来了，把车停下，夹着永不离身的黑皮包，走进赌场，不急不慢地察看，看到最后就玩上一把，然后突然就不见人了，一问，走了。一年下来，郑胖子输了几十万。他是个土建包工头，灰头灰脑的，老婆还在十年前就跟别的男人跑了，女儿大学毕业了，学经营的，在一家大公司的经营部门工作。他孤身一人，除了在工地上走走看看，就是来乡村酒店打发一天里剩余的时光，喝酒和玩赌博。他的性格看上去当然不是那种豪情万丈的男人，事实上他是个孤独谨慎的、好赌胜过好色的男人，并且还是个温温吞吞的，笑起来像只熊猫的男人。大家都弄不懂他是怎么发财且怎么管理他的施工队伍的。都说搞土建的人都很凶蛮，但郑胖子一点也不凶蛮。郑胖子就是输了钱也只是看一眼赢了他钱的人，随后一声不吭地自我消失。一天，郑胖子向莫伢子开口借钱赌，要借十万。莫伢子虽然管理着赌场业务，但他做不了主，就把郑胖子带到石小刚面前，石小刚当时躺在床上看电视，莫伢子指着走在他身后的郑胖子说："石总，郑哥想找我们借钱玩。"

石小刚自然也认识郑胖子，经常来的人石小刚都认识。石小刚问："你要借多少？"

"借十万。"郑胖子说。

"一天一分的息，你也借？"

郑胖子说："我晓得。"

石小刚说："那你立个借据。"

郑胖子人长得丑，又矮又胖，但写得一手漂亮的硬笔书法。他在借条上工工整整地写了借人民币十万元，并签了他的大名。那天晚上他赢了几万，当晚他就还了十万零一十元给莫伢子，并把自己立的借据撕了。之后，他有好一向没来。有一天，他突然又出现在乡村酒店里，对莫伢子和光头笑，不急不慢地走进赌场玩赌博。那天，他带来的几万块钱很快就输了，他又要借十万。莫伢子就又让他立字据又借给了他。这天晚上他运气真糟，十万块钱分几把输了个干净。他没吭一声，开着白色桑塔纳走了。过了两天，他带十万块钱来了，胖脸上挂着谦虚的笑，手上夹着三五烟。他对莫伢子说："我今天要扳回我早几天输的钱。"

莫伢子说："那是应该扳回。"

他不跟乡村酒店请的澳门高手玩，他知道自己不是那两个年轻人的对手，来乡村酒店的熟客都不跟那两个高手玩了，都是只跟来乡村酒店玩赌博的赌徒玩，赢了钱，让乡村酒店抽百分之十的"水"。郑胖子跟几个年轻赌徒玩"比大小"，结果输了五万。他觉得这张桌子不适合他赌，又去跟另外几个赌徒赌"单双"，本来他赢了三万，但他赢了还想赢，结果手上的八万元人民币全输了。他在赌场里转了很久，这里看那里看，临了，他又找莫伢子，要借十万。莫伢子提醒他说："郑哥，你上次借的十万还没还的。"

郑胖子一脸坚定地说："你放心，我一分钱也不会少你的。"

莫伢子犹豫着说："这恐怕不行。"

郑胖子瞪着他："你看人不来还是怎么着？"

莫伢子忙解释："老板说了，凡是借了钱没还的，一律不再借。"

郑胖子又说："你放心，我会还的，一分钱也不会少你们的。"

莫伢子就又把矮矮胖胖的郑胖子带到了石小刚面前。石小刚与几个经常来赌的赌徒在酒吧里吃宵夜，石妹子陪着石小刚喝酒。石小刚听了莫伢子的汇报，摆摆手说："借给他。"

郑胖子又用他那笔漂亮的硬笔书法写了借据，又借了十万块钱去玩。结果他又输了。输给了一个从平江开车来玩的赌博佬。平江赌徒与郑胖子玩"比大小"。这种玩法很简单，就是发三张扑克牌，不再添牌，只是在底金上加注，你加一万两万都行，随便你喊，跟不跟一句话，不跟就算输，跟了，谁的牌大谁就赢了。郑胖子开始还赢了平江赌徒七万块钱，但平江赌徒带了很多钱，不在乎地跟郑胖子玩着。郑胖子想收手，不玩了，平江赌徒笑着，引诱郑胖子继续赌："我们最后玩一把大的怎么样？"

郑胖子望着平江赌徒，平江赌徒就对发牌的青年说："老弟，发牌。"

一张牌就到了郑胖子身前，郑胖子一看是红桃A，就不动声色地等着第二张牌，第二张牌是方块A，第三张牌是黑桃A。平江赌徒面上的两张牌，一张是红桃J，一张是红桃9。底金是五万，平江赌徒把十二万往桌上一放说："就是这一把，你赌就押，不赌，我就收了。不过我告诉你，你连底牌都不能看。"

就是这句话计郑胖子犹豫了，想平江赌徒惯用的伎俩就是虚张声势、先声夺人，把人镇住，让对手一头雾水地丧失良机。郑胖子说："等我考虑一下。"

平江赌徒做出无所谓的样子把背靠到椅子上，跷起二郎腿，点上一支芙蓉王烟抽着。郑胖子想难道他真是同花顺？他盖着的那张牌就真是红桃10？就真有那么巧？如果平江赌徒的底牌不是红桃10，他不跟，那他的五万不就白送给平江赌徒了？桌上有二十二万，其中有五万是他的，另外五万是平江赌徒的，还有十二万是平江赌徒刚下的注。如果他跟，那桌上的二十二万就是他郑胖子的了。一大堆钱呢！平江赌徒长得尖嘴猴腮的，一双贼眼鬼得很。郑胖子已领教了这个平江赌博佬的奸诈。上几把牌中的有一把牌，他一手梅花同花顺，平江赌徒一手黑桃，桌面上是一张黑桃8、一张黑桃9；他是一张梅花J、一张梅花9，底牌是梅花10。但都是同花顺的话，黑桃是要吃梅花的。他以为平江赌徒是黑桃同花顺，放弃了。然而平江赌徒的底牌是一张梅花3。一张很臭的梅花3把他打败了，让他输了三万。此刻，郑胖子相信平江赌徒又在跟他打心理仗。郑胖子想平江赌徒的底牌只要不是红桃10，他就赢了，于是他把他身前的十二万押了上去。

平江赌徒亮出了底牌：红桃10。"你这只老狐狸，兵不厌诈你懂吗？"平江赌徒说。平江赌徒把摆在郑胖子面前的一堆钱全部抱走了，抛下郑胖子坐在赌桌前懊悔不迭。

郑胖子可以不赌这一把的。这一把把他输蒙了。他半天都没挪窝，眼睛死死地盯着绿茸茸的桌面。莫伢子见他又输了，输得很凄惨的模样，同情地走过来，强硬地把他拖到酒吧里喝酒。"郑哥，钱是身外之物，想开点。"莫伢子说。

郑胖子垂头丧气的样子坐着，喝着闷酒。那天赌场里人很多，莫伢子得盯着那些人，免得那些赌徒连"水"钱都不付就开溜，确实有这样的赌徒，赢了钱，趁他没注意而跑掉，下一次来却不认账，就没时间款待郑胖子。大家都在忙自己的事，等莫伢子觉得可以松懈下来时，发现郑胖子没坐在酒吧里了，然而他的白色桑塔纳车仍斜停在坪上。

"郑哥的车在这里，人却没看见了。"莫伢子四处寻了寻，掉过头来对光头说。

第二天一早，石小刚被光头叫醒了，不光只是石小刚被叫醒了，全酒店的人都被陈农民打门的声音吵醒了。陈农民一早起床，挑着一担粪桶去塘边舀水淋莥，一转头发现枫树上吊了个人，一根白绳子牢牢地套在这人的脖子上，脸色苍白，舌头伸了出来，吓得他丢下粪桶就朝家跑。他告诉了在灶屋里忙着煮猪潲的老婆，老婆走出来看，说这肯定是酒店的人。陈农民就镇静下来，忙拍打着乡村酒店的大门，叫道："开门开门咧，死了人了咧。"

光头就睡在大门旁的一间房里，听陈农民说"死了人了"就慌忙起床开门，陈农民指着枫树大声对光头说："树上吊死了一个人。"

光头穿着背心和短裤，趿着一双塑料拖鞋走出来看，一看居然是郑胖子，忙奔进酒店，把正在打鼾的石小刚叫醒了。"刚哥刚哥，出事了，郑胖子吊死在枫树上了。"

这是农历八月里一个桂花飘香的日子，村长屋前的两株桂花树于清晨飘来了好闻的香气，不远处田野上也飘来了稻谷的清香。这样的日子，应该是令人心旷神怡的，实在不应该出这种晦气事。石小刚有些紧张地走来时，莫伢子也跟着走了来。死者的脚上只穿着袜子，一双皮鞋脱在树下，摆得很正，显然郑胖子死前是经过"深思熟虑"的。可以断言，他是自己爬到树上，又不急不慢地在分叉的树枝上系上白尼龙绳，把脖子伸进白尼龙绳套里，然后才自觉倒霉地一跳，尼龙绳套牢了他的脖子，肥胖笨重的身体却悬了空。石小刚忽然呕了，蹲在一旁呕了一大堆昨晚吃到胃里的食物。他恼怒道："这个郑胖子，你要死也莫死在我酒店的门前啊。你死远点不行吗？干吗把我也害一把?!"

他命令莫伢子和光头："你们还站在这里干什么？快把死胖子放下来——你们!"

光头就上了树，光头边上树边说："不晓得郑胖子这么胖是怎么爬到树上去的。"绳子系的是死结，光头就对莫伢子喊道："莫总递把剪刀给我。"

莫伢子跑进酒店，石妹子穿上衣服也跑出来看，还有周妹和杨妹也满脸关注的样子跑出来看。周妹和杨妹看见郑胖子吊死在树上，不发表什么感慨，石妹子却尖声说："啊呀，这个人怎么吊死在这里？他是故意吊死在这里啊！"

周妹说："赶快报派出所。"

杨妹脸上没多少恐惧，她是个胆大的女人，要是在宋朝，她一定是第二个扈三娘。她走到树下看尸体。她望一眼光头和石小刚说："他这么死胖，是怎么爬上去的？"

周妹不敢看说："小杨你不怕？"

杨妹说："这有什么好怕的？"说毕，一笑。

石妹子见杨妹如此勇敢地走到枫树下观察尸体，她也不甘示弱地走到枫树下，眼睛就盯着郑胖子那肥胖的身躯。为了表示自己是真勇敢，她于众目睽睽下走拢去摸尸体的手，她说："我的天，他的手冰冷的，跟一块冰一样。"

石小刚批评她说："走开，你显胆了大是吧？"

石妹子嘻嘻笑道："我才不怕呢，死人全少不会害人了。"

石妹了嘻嘻嘻嘻笑。莫伢子拿把剪刀跑来，石妹子接过剪刀，踮起脚，将剪刀递给光头，对光头笑。光头没笑，皱着眉头，剪断了那根白尼龙绳，只听见"嘭"的一声，尸体沉重地摔在地上，听上去像一根木头被抛到地上的声音。

石妹子瞟一眼杨妹："好刺激啊。"

杨妹听到尸体落在地上的这一声响，脸都白了。

上午九点钟，乡镇派出所来了两个民警，一个脸上乱长着些胡子，一个长一张黑黑的马脸。胡子民警掀开盖在尸体上的被单，看了眼死者，又把死者的衣服解开，查看身上有没有伤痕，胸脯和肚子上都没有。胡子民警又把尸体翻过来，看背，背光光洁洁的，除了一背冰凉的白肉，没任何伤痕。胡子民警对马脸民警说："所长，好像是自杀。"

马脸所长说："现在下结论还为时早了。"

马脸所长阴着脸走进酒店，莫伢子在前面引路，把马脸所长引到了酒吧里。马脸所长虽不是酒吧的常客，却也来过几次。马脸所长很严肃地在酒吧靠窗的一隅坐下，让莫伢子在他对面坐下，马脸所长开始询问莫伢子情况："你说，这是怎么回事？"

莫伢子说："可能是他昨晚输了钱，人想不通……"

胡子民警在一旁作记录。马脸所长问过莫伢子话后，又把光头叫进去问话，问过光头还不放心，又叫了两个保安进去询问。最后才轮到石小刚。马脸所长已把酒吧当成了临时审讯室，他像主人样指着莫伢子和光头等坐过的椅子对石小刚说："你坐。"

石小刚坐下了。

马脸所长望着石小刚："你遇到麻烦了啊石大老板。"

石小刚就感到晦气地说："真是脑壳痛。"

马脸所长笑了下："你可能会要伤点'银子'才能摆平这事。"

石小刚又感到晦气地摇头："他干吗要在我这里上吊？要吊回去吊不安静些？"

马脸所长说："石总，你现在的麻烦是要面对死者的家属，懂吗？"

石小刚摇摇头："死者的家属怎么啦？"他想如果死者的家属在这事上大做文章那是打错了算盘，"是他自己想不通上吊，又不是我逼他上吊，这能怪谁？"

马脸所长说："石大老板，你应该明白，你要把死者的家属安抚好，这事儿只能是大事化小，小事化无。最好的办法是出点钱，安抚死者的家属，不然闹起来就麻烦了。"

石小刚回答："人又不是我杀的，我有什么责任？随便死者的家属怎么闹，我都不怕。"

马脸所长盯一眼石小刚，感到石小刚不懂事道："在死者的家属面前，你最好不要这么高的调子。你调子高了，只会激化矛盾。"

"我懂。"石小刚说，觉得自己没错，错的是郑胖子，他要死也不应该选择他的风水宝地。赌场开了近两年，一切都平安，他赚了五百多万。他没告诉钟铁龙他赚了这么多钱，也没告诉莫伢子和光头。现在，正在他的赌场生意蒸蒸日上的时刻，郑胖子竟吊死在他乡村酒店前的枫树上，这让他能不气恼？"只要死者的家属不无理取闹，"他对马脸所长说，"我会考虑给他们一点安葬费，但要是他们以为有油水可捞，那我就一分钱都不给。"

马脸所长看石小刚那副盛气凌人的模样，觉得不顺眼，说："石大老板，要是是我叔叔或我家的什么人……"他没把这句话说透，"你如果是这种态度，我会跟你搞到底。"

石小刚见马脸所长有些生气，就改口道："那是那是。"

石小刚在死者的家属面前调子还是很高，死者不是他杀的，而且死者还欠了乡村酒店二十万元借款，所以他觉得没什么好怕的。死者只有一女儿，女儿和女儿的男朋友赶来了。两人是乘一辆电视台的采访车来的。那是一辆白色的捷达。死者女儿的男友是电视台的一名记者。两人赶到时已是中午时候了。这一天的中午阳光明媚，空气中飘散着好闻的桂花香。电视台的采访车在酒店前停下，死者的女儿和女儿的男友下了车。尸体仍撂在那株枫树下，尸体上盖着白被单。死者女儿的男友一掀开被单，死者的女儿就"哇"的一声哭了，伏到尸体上："爸爸、爸爸为什么你要死啊呜呜呜呜爸爸爸爸，我的爸爸呀……"

乡村酒店的人陆续出来了，大家都很严肃地看着死者的女儿痛哭流涕。

郑胖子长得丑，又矮又胖，而且还是个不开朗的人，但他女儿长得很漂亮，个头虽不高，却苗条，一张鹅蛋脸也生得好看，穿得也相当时髦。郑女儿一个劲地哭，她男友想把她拉起来，但刚拉开，她又扑到尸体上，一个劲地哭喊道："爸爸呜呜呜爸爸爸爸，你不能丢下我不管啊呜呜呜呜……"

郑女儿的男友很冷静，没掉一滴泪。他见莫伢子一身西装，西装的料子相当不错，就猜他可能是老板，便走前几步问莫伢子说："老板，你看这怎么搞？"

莫伢子很抵触地瞟他一眼，晓得他是要找麻烦，就一副事不关己的样子说："怎么搞？搞辆车把尸体赶快运回去烧了。"

郑女儿的男友又瞟一眼莫伢子，觉得他说得太简单了，问："你们的经理是哪个？"

莫伢子头一扬："我就是酒店经理。"

郑女儿的男友望一眼乡村酒店的门，脸上就有些激动，说："你看这事怎么搞？"

莫伢子可不愿意承担责任："这不关我们的事，郑老板是自杀。"

石小刚就在这个时候走了来，莫伢子看见石小刚便说："死者的家属来了。"

石小刚就表情淡漠的样子冷笑了下，郑女儿的男友瞥见石小刚脸上有一丝冷笑，心里就窝了一股火，说："总不能就这样运回去吧老板？"

石小刚望一眼郑女儿的男友，觉得他长得挺文秀，白白的脸上戴副眼镜，就想这个时候态度要硬，再说郑胖子的死也的确与他无关。他说："那你想怎么办？"

"你们一点也不管？"郑女儿的男友一脸激动，还一脸愤怒，"我女友的父亲死在你们酒店，你们就一点也不管？"

"你没搞错吧？"石小刚望着他，"他不是死在我们酒店，他是自己吊死在酒店外的枫树上。"他望了眼枫树，枫树的有些枫叶已开始泛红了，又说："如果是死在我们酒店，我们会负责，一走出我们酒店，就不是我们的事了。酒店外是福田村的地盘，你去找村长，问他为什么不把这棵枫树砍了？走出酒店的门就不关酒店的事了。老弟，你到一朋友家去玩，从你朋友家出来，被汽车撞死了，能怪你朋友么？"石小刚盯着他，"就是这个道理。"

郑女儿还伏在郑胖子遗体上哭泣，扯着遗体上那件灰色的西装叫喊着"爸爸"。郑女儿的男友翻了下白眼，说："你们这是欺负人。"

"我们欺负你？"石小刚觉得自己没有欺负他，想不把这个人吓走，那这事怎么完？"我们还正要找你，"他转头对莫伢子说："把郑胖子打的借条拿给他看。"

莫伢子转身走进酒店，石小刚看一眼天，天色很好，脸上就一笑，又盯着郑女儿的男友说："你没来我们还不晓得怎么找你。父债子还，天经地义。你女朋友的父亲，"石小刚扫一眼尸体，"就是你岳老子。你岳老子借了我们酒店二十万。你自己看怎么处理这事。"

莫伢子拿来了郑胖子那笔漂亮的钢笔书法写下的借据，将借据递给郑胖子女儿的男友，说："这一张借据是你岳老子上个星期写的，十万，息钱每天一分，借据上写得清清楚楚。这一张是他昨天写的，你看日期，昨天。他保证一周内还清。我们正要找你，兄弟。"

郑女儿的男友傻眼了，这可是一笔巨款呀。他好像被痰呛住了，隔了会，他说："他为什么昨天借你们的钱，昨天晚上就死了？他借的钱呢？"

莫伢子说："派出所的民警没告诉你？他借了钱，又玩赌博，又输了。"

马所长没告诉郑胖子女儿的男友，死者是因欠了赌债上吊的，只是说他们正在调查。此刻，郑胖子女儿的男友紧盯着石小刚和莫伢子，问："你们是开赌场的？"

"愿赌服输，没有人逼他来赌。你女友的父亲是自己开车来玩的。"石小刚说。车已经被莫伢子开到了酒店外靠墙的一旁。石小刚指着车说："车还停在这里。"

郑胖子女儿的男友把借据退给莫伢子，说："这和我们没关系。我不会替他还赌债。"

石小刚说："我想你是读了几本书的，欠债还钱父债子还，这是天经地义的事。你想不还就不还？这事拿到哪里你都理亏。二十万你不还，就把你女朋友扣在这里抵债。"

郑胖子女儿的男友说："人还没烧没埋，你们未免做得太过分了！"

石小刚盯着他，想这个企图在死者身上大做文章的戴眼镜的年轻人已被他"镇压"下去了，便指着他的脸很不含糊地道："是的，人都死了。但你要是想借着这事敲诈我们，就先拿二十万来，还了钱，我们再理论。老实告诉你，老弟，想敲诈，你打错了算盘。"

郑胖子女儿的男友呆呆地瞪着石小刚。

石小刚变得更加不客气了："还望着老子做什么？赶快把尸体弄走，不然，我们就叫辆手扶拖拉机把尸体运到后山里喂野狗。"

郑胖子女儿的男友觉得自己很亏道："你们不要太仗势欺人了。我不会完的。"

石小刚在自己的王国里当了两年"国王"，人人都在他的下巴下接饭吃，人就变霸道了，就不怕的样子瞪对方一眼，凶道："你吓哪个？滚。"

五七　塘

　　下午，钟铁龙来了。钟铁龙来的时候，尸体已被郑胖子女儿的男友和他的两个同事搬到郑胖子的那辆白色桑塔纳上运走了。随钟铁龙来的还有云南妹，云南妹坐在奔驰车里，手里抱着她和石小刚的儿子。儿子两岁多了，晓得叫妈妈了。钟铁龙来时，石小刚因中午喝了酒，正同石妹子在房里睡觉。云南妹一下车就径直往石小刚的房间走去，云南妹来过，但不经常来。云南妹一来，石妹子就让"贤"，回到自己的房间生闷气。这会儿，云南妹是突然做出来的决定，石小刚不知道。云南妹带着孩子在钟铁龙家玩，钟铁龙对郑小坽和她说了郑胖子在乡村酒店前的枫树上吊死的事，钟铁龙说他要来处理这事，她就跟着来了。石小刚平时和石妹子睡觉是闩门的，唯独那天没闩门，因为事先两人没打算做爱，只是累了睡个午觉。云南妹一推开门，就看见石小刚和石妹子睡在一床被子里，石妹子的手搭在石小刚的头上。云南妹气得脸都青了，她每天在家里老老实实地为石小刚抚养儿子，他自己却在这里搂着另一个女人睡觉。她真的来火了，大叫一声："石小刚！"

　　石小刚睁开了眼睛，石妹子也睁开了眼睛。石妹子一看是云南妹，脸上就露出了惊慌，马上坐起来穿衣服。云南妹放下儿子，扑上去就是一耳光打在石妹子脸上，骂道："你这臭婊子，你勾引我老公，真不要脸，你这遭千人操的婊子！"

　　石妹子是个要面子的女人，马上回击道："我是婊子你不是婊子？"

　　云南妹又一耳光打在石妹子脸上。石妹子也不是好惹的，扬手还了云南妹一耳光。云南妹就揪住石妹子的头发使劲扯，石妹子也抓着云南妹的头发往下扯，两颗头就撞在一起了。儿子在一旁吓得直哭，哇哇哇的。石小刚吼道："莫打了——你们给老子住手！"

　　两个女人仍然扭打在一起。云南妹身上流着一半傣族人的血液，石妹子是长益市人，从小就在街上玩的，都是不怕事的猛女，两个猛女都狠劲揪着头发不松手。石小刚想拉开两个女人，然而两个女人像两头公牛样头顶着头，揪着头发扭打在一起。钟铁龙不过是滞后了一分钟，那一分钟不过是用来停车、关车门和与迎上来的莫伢子打声招呼而已。他跟莫伢子没说几句话，蓦地听到这房里闹腾的声音很大，便大步走来，大喝一声："都住手！"

　　云南妹住手了，石妹子也住手了。钟铁龙当然是站在云南妹一边，他本来就不喜欢石妹子，觉得石妹子太妖了，还觉得她太没文化了。他厌恶的样子扫一眼石妹子道："你滚。"

石妹子脸都白了，她没想一个与她毫无关系的男人居然如此粗鲁地命令她。她望一眼石小刚，石小刚这会儿却弃下她和云南妹，忙着去抱儿子。

钟铁龙又一点也不含糊地大声说："石总是有老婆的，你霸蛮插在中间干什么？"

石妹子用求救似的委屈的目光望着石小刚，石小刚不理睬她的目光，对儿子说："莫哭了莫哭了，没事了，崽。"

钟铁龙大喝一声："你滚啊！"又加一句："你不要赖在这里。"

石妹子的眼泪水涌了出来，这个在长益市长大的女人，从没被男人这么蔑视地吼过，她觉得自己非常委屈。她大声说："我会走。"她起身，胡乱地穿着衣裤。

云南妹仍然愤怒不已，大声骂她："婊子，臭婊子，不要脸，勾引老子的老公。"

莫伢子和光头走拢来，杨妹和周妹也走过来看热闹，且做出惊恐的样子。杨妹现在与光头有一腿，光头对杨妹说："莫出声，老板在骂石妹子。"

石妹子穿上鞋子，她心里十分难受，在东方快车酒吧和乡村酒店与她明争暗斗了几年的杨妹和周妹成了她狼狈蒙羞的见证人，这让她以后怎么在社会上混？她们难道不会在外面笑她遭挫？她愤怒地回击云南妹说："哪个勾引他了？我才不稀罕他呢！是你老公勾引老子，你老公把老子勾引到他床上，操老子……"

钟铁龙烦躁了："莫说了，滚吧。"

"老子不滚！"石妹子说，突然就站住，回头用一种怨恨的目光望着钟铁龙："你凭什么叫老子滚？你是老子什么人？老子又没跟你搞，老子又没欠你的，老子就是不滚！"说着，她一屁股坐下了，把脸扭向墙。

钟铁龙对站在门外的莫伢子和光头说："把她拖出去。"

莫伢子和光头接到老板的命令，就走前几步，一人抓着石妹子的一只胳膊，强硬地拖着她从杨妹和周妹身旁走了过去。周妹一副幸灾乐祸的样子说："好玩好玩。"

石妹子突然回头骂了周妹一句："老子要×你的娘！"

周妹回击说："你怎么×？你又没长个那东西。"

杨妹帮周妹的腔："丑咧，硬要人拖，讲出去都不好听，真的不要脸！"

石妹子一听这话就哭了："我要×你们的娘呜呜呜呜……"

钟铁龙觑着莫伢子和光头把石妹子拖到了停车坪上，石妹子扭着屁股反抗，他厌恶地转过头对石小刚说："石总，以后，这样的妹子最好莫惹。"

云南妹忽然就低头哭起来。钟铁龙望一眼哭得很伤心的云南妹，说："算了，你也别哭了。小刚，我们到酒吧里说说话。"

莫伢子和光头已把石妹子拖出了酒店，并关了酒店的木大门。莫伢子走拢来，对着钟铁龙讨好的样子笑着，光头也跟了来。石妹子却在大门外骂着脏话，用脚踢门的声音也很清晰地传入了他们的耳朵。光头转身，一副要去教训石妹子的样子。钟铁龙叫住他："算了，让她去，她闹一下就没味了。"

钟铁龙回头望了眼，石小刚还在房里，他问莫伢子："郑胖子的女儿把尸体运走了？"

莫伢子一副万事大吉的样子说："运走了。"

"你们是怎么处理的？"

"没怎么处理。"

"人死在我们这里，他们没提出要求？"

"他们提了，但他们刚提出要求就被我们堵住了嘴。"莫伢子说，脸上有些得意。接着，莫伢子说了整个经过。

钟铁龙听完莫伢子表功后，觉得他们做过了头，说："你们不会做人，这事儿会有吵的。"

莫伢子笑笑："吵什么？尸体都拖走了，还有什么好吵的？"

石小刚走出来，脸上没什么表情。大门外，没有了石妹子踢门和脏话连篇的叫骂声。钟铁龙对石小刚一笑，石小刚脸上有几分责怪地望他一眼："你把我老婆带来干什么？"

"是你老婆在我家同我老婆一起看碟，跟着一起来的。"

石小刚说："那你也该事先打个电话。"

"三点多钟了，我以为你会在酒吧或赌场里。哪里想到你还抱着石妹子睡觉！"

四个大男人走进酒吧坐下，钟铁龙要了杯茶，这才对石小刚说："我觉得你们处理死者的事没处理好，你们这样做可能会激化矛盾，小刚。"

石小刚就冷冷地望着钟铁龙："什么意思你？"

钟铁龙说："死者的家属绝不会善罢甘休的，你想死的是他们的长辈啊，他们会就此完事？我敢打赌，他们会要来闹的。你们做错了。"

光头插话说："他们就是不善罢甘休也没办法，因为人都死了，尸体都运走了。他们要是不运走尸体，尸体放在这里臭，那还有点麻烦，但石总吓他们说，他们不运走尸体就把尸体丢到后山里喂野狗。嘿嘿嘿，他们怕尸体被野狗啃掉，嘿嘿嘿嘿。"

钟铁龙深深地吐口气："你们这些人，脑壳从不站在别人的角度想问题。他们就没有人替他们打抱不平？他们就那么好欺？我提醒你们，你们留点神。"

石小刚心里有点不舒服，他不喜欢钟铁龙在他创建的王国里指手画脚："无所谓，事情闹大了再来补救，他无非是要钱，要钱给点安葬费就是，没什么了不起。"

钟铁龙听出石小刚说话带情绪，就看石小刚，石小刚脸上有些火气。他想石小刚一定在怪他把他老婆带来了，又想这两年石小刚有些变了，好像饭变馊了样。他沉默了下，才说："有些事，做在前面比做在后面好，等到设法补救就有些麻烦了。"

石小刚没吭声，莫伢子和光头也没说话。他想石小刚在这事上做得太盛气逼人了，没有学会以柔克刚，死者的家属不会甘心的。他等石小刚脸上的火气减退一些后，说："小刚，如果他们再来讨说法，我劝你听听他们的意见，多放些让，别一口把他们堵死。"

"嗯，只要他们提的要求不过分。"

钟铁龙开车出门时，看见石妹子弓着背坐在前面塘边的草地上，他突然想这个女人莫想不开而投塘自杀。他忙打石小刚的手机，让他安慰石妹子。他说："你的姐现在坐在塘边。刚才我们对她的态度太生硬太恶了，她毕竟是女孩子，我是为了云南妹才吼她。她现在一个人坐在塘边，你出来安慰她几句，免得她想不开。"

石小刚在手机那头说："我会安慰的。"

石小刚没出来安慰石妹子。石妹子真的就投塘自杀了。石小刚是想出来安慰几句石妹子的，但云南妹在他身边，他就不好出来。他曾想叫杨妹或周妹出来安慰几句，然而杨妹和周妹都对石妹子有意见，就没叫。他想石妹子那么现代，既抽烟又喝酒，做爱也不扭扭捏捏，不会有自杀的举动。也许她一个人冷静一下，想通了就会消化今天发生的不愉快。

石妹子没想通，因为她没找到活下去的理由。

第二天上午，一具穿着西式女装的尸体浮在了水面上，背朝上，脸朝下。陈村长有一块菜地在塘边，他老婆到菜地里割菜，忽然发现塘里有一具女尸。她大惊失色，昨天枫树上才吊着一具男尸，今天塘里又浮现了一具女尸。她吓得尿湿了裤子，奔回家，把正在修锄头的村长叫来看。村长看了眼就清楚这女尸不应该是本村妇女，马上走过去敲酒店的木大门，说："开门，开门，喂，快开门。"

光头开了门，陈村长说："出大事了，塘里有一具女尸。爷咧，怕是你们酒店的哦。"

光头又一次走出来查看尸体，他只看了一眼就清楚浮在塘边的女尸是谁了。这身衣服不正是昨天从石小刚房里拖出去的石妹子的么？他去报告石小刚，石小刚一听，哑了。云南妹也木了，脸色变得很紧张："她她她真真真的死死死死了？"

光头说："死了。"

石小刚站起来，对光头说："赶快报警。"

光头就打电话报警，石小刚对云南妹叹口气说："昨天钟总走时打我的手机，要我安慰她，因为你在这里，老子就没出去安慰。"他懊悔地盯一眼云南妹，"你是她的丧门星。"

"这和我有什么关系？"云南妹争辩说，"你不要说得这么难听，石小刚。"

石小刚说："你不来，她就不会死。"

云南妹听了这话一脸蜡白："你怪我？"

"不怪你怪哪个？"石小刚突然凶起来，"都是你，你把这里搅浑了，你给我滚！"

云南妹说："你难过了？难过了就别干这种事。我就走，别滚啊滚的！"

石小刚怒吼一声："你马上滚！"

乡镇派出所的马脸所长和胡子民警又来了，这一次不光只是他们来了，县公安局刑侦队的两名刑警也赶来了。两名刑警都是年轻人，都长着警惕的眼睛，目光也相当锐利，盯一眼罪犯，罪犯就会发怵。两名刑警脸上没任何笑容，而是一种严肃得让人摸不清底细的表情。两名刑警显然看不起马脸所长和胡子民警，他们亲自传讯一个个人，让胡子民警叫人，让马脸所长做记录。他们先问石小刚与死者是什么关系，接着又问莫伢子和光头，让他们在笔录上画押按手印。再接下来，他们把杨妹和周妹分别唤进酒吧，仔细询问，也让她们画押签字。最后，他们让胡子民警叫来了陈村长和陈村长的老婆，陈村长说："我昨天下午四点钟挖一担红薯回来时，还看见她坐在塘边上，后来我又出去了；五点多钟，我再走回来时就没看见这个人了。好好的一个大活人，怎么就成浮尸了呢？"

一刑警说："这么说她应该是四点到五点多钟时死的？"

陈村长说："怕是那样哦。"

陈村长的老婆回忆说："三点多钟的时候，我在堂屋里择豆角，听见有个女人又哭又闹，我出来看了下，怕就是死在塘里的那个女人。她还踢门，骂人哦。我看是酒店的人，就没吭声。后来我到坪上喂鸡，看见她一个人坐在塘边。我当时没想到她会投塘。"

刑警问："你怎么肯定她是自杀呢？"

陈村长的老婆说："这是酒店里的人说的，我晓得么子自杀哦。"

一个瘦一点的刑警用责备的目光看一眼石小刚："你们啊，真没水平，连女人都摆不平，又怎么能在社会上立足？"

石小刚摇头说："谁晓得她会想不开？"

瘦点的刑警说："两天死了两个人，这是个问题啊。"

石小刚没答，眼睛望着门外的阳光，感觉阳光投在黄土上黄灿灿的。

另一刑警说："现在的问题是看你们怎么向死者的父母交代。"

石小刚望一眼那个刑警，脸上有些不悦道："怎么交代？她是自己投塘，又不是我们把她推到塘里的。她要死，我们有什么办法?!"

刑警指出道："人死在你这里，又跟你是那种关系，你总得向她父母作个交代。"

石小刚说："我真不懂，一个现代女性，刚过二十一岁的生日，干吗就想死呢?"

瘦点的刑警说："就是这种女孩子最容易轻生。现在的女孩子没吃什么苦，没受过什么磨难和挫折，反而更脆弱。有的女孩子只十五六岁，不过就是一次考试没考好，回家受了父母的责骂，就服农药自杀了。有一个女孩，只因男朋友要跟她分手，她就爬到六楼上跳楼自杀，脑浆都摔了出来。现在的女孩子动不动就用自杀结束生命，这样的事例很多呢。"

石小刚很无奈地说："她这是死给我看。"

瘦点的刑警说："你们要把死者的后事处理妥当，不要搞得大家都不愉快。"

石妹子的父母及哥哥都来了，和法医一起，坐县公安局的车来的。他们是下午两点钟到的，石妹子的哥哥一揭开盖在尸体上的白床单就大叫一声"妹妹"，就攥紧拳头，大叫着问："是谁逼死了我妹妹，我妹妹怎么会自杀？我要杀了那个逼死我妹妹的人!"

没有人回答这个愤怒的蛮汉。

愤怒的蛮汉用拳头打着枫树干，叫道："我一定要杀了害死我妹妹的凶手。我妹妹不会自杀，她是最开朗的，是你们杀了她，是你们把我妹妹的头按到塘里淹死的是不是?"

没有人回答他。

石妹子的母亲一见女儿的尸体就像郑胖子的女儿看见父亲的遗体样，扑上去就哭。很奇怪的是，石妹子的母亲一哭，尸体的鼻孔里突然就涌出了鲜红的血，那血从那对细小的鼻孔里淌出来，流到脸上又顺着脸颊流到地上。石妹子的母亲号啕大哭道："是哪个该千刀万剐的人害死了我女儿呀呜呜呜呜她还只二十一岁呀呜呜呜呜呜……"

莫伢子代表石小刚来劝慰石妹子的哥哥，石妹子的哥哥愤怒地揪着莫伢子，拳头都举了起来。莫伢子说："你妹妹的死与我没任何关系，请你冷静点。"

石妹子的哥哥问他："我妹妹跟哪个关系最密?"

莫伢子说："我们也很同情你，但我们确实没想到你妹妹会自杀。"

石妹子的哥哥攥紧拳头问："我妹妹跟哪个关系最密?"

莫伢子说："你不要激动,你妹妹死了,你激动有什么用?"

石妹子的哥哥一拳打在莫伢子脸上,把莫伢子的鼻子打出血了。"激动?"石妹子的哥哥说,"你妹妹被别个害死了你激动么?是不是你害死我妹妹的?"

莫伢子捂着被打痛的鼻子说："我发誓你妹妹的死与我半点关系都没有。"

石妹子的哥哥仍揪着莫伢子的衣服问："那我妹妹跟哪个的关系最深?"

光头和另两名保安走上去把石妹子的哥哥拉开了。"现在不是讨论你妹妹跟谁的关系最深的时候,"光头说:"现在是商量如何处理你妹妹的后事。"

石妹子的哥哥愤怒地瞪着光头,"你放开我。"

光头没放开他,因为他认定是莫伢子害死了他妹妹,他要打死莫伢子。光头说:"你妹妹跟哪个的关系都不深,她只是酒店的一名员工,我骗你是你养的。"

光头又说:"你妹妹受了什么刺激我们真的不晓得,她的死我们也很难过,你不要以为谁害死了你妹妹,真的没这回事。你冷静点,请你冷静点。"

石妹子的哥哥愤怒道："我要打死那个害死我妹妹的人,我要打死那个人。"

石小刚开始没打算露面,他坐在酒吧里喝着闷酒。石妹子一死,石妹子的种种好处就浮现在他记忆里了,石妹子很关心他、爱他,他睡着了,石妹子在他身边安静得像一只猫,他不醒,石妹子绝不会说话或看电视。他有时候很疲劳,石妹子会跪在床上给他揉眼睛或坐在一旁给他按腿,直到他呼呼熟睡。还有,他洗脚时,石妹子会替他修指甲。石妹子钓了鱼,煮熟了,总是把那块刺少的肚皮肉夹到他碗里给他吃,等等。他听见石妹子的哥哥吼"我要打死那个人",就伤感地冷冷一笑。周妹在一旁陪他,他让周妹把莫伢子叫进来,他指示莫伢子说:"你和光头把石妹子的哥哥叫进来,我有话要跟他说。"

莫伢子走出去,和光头把石妹子的哥哥带进了酒吧。酒吧的光线很暗,石妹子的哥哥站了几秒钟才适应酒吧里的光线。石小刚盯着这个蛮汉,感觉他不过是长益市街上的小混混而已,心里就有了底。"你妹妹是我们酒店的一名员工,她死了,我们都很难过。"石小刚这么说,"我打算给你十万块钱,你赶快把你妹妹的尸体运走,不要再在这里闹了。"

石妹子的哥哥瞪着石小刚,一看石小刚那架势就晓得石小刚是老大。他说:"十万?"他马上跟石小刚谈价,"我妹妹只值十万?我要一百万,没一百万,我不会走人。"

石小刚讪笑了声:"你如果这样说,那就不好办了。你妹妹的死与我们中任何一人都没任何关系,她是自杀,不是他杀,你要搞清楚。"

石妹子的哥哥吼道："无论我妹妹是怎么死的,我要一百万。"

"你要再这样说，我一分钱都不给你，"石小刚瞪他一眼，"你要闹，我们不怕你闹，公安和法院都有朋友，玩黑社会你还不见得玩得我赢，我敢开赌场就不怕你吵事。"

石妹子的哥哥也是在长益市街头上玩的小混混，混得并不好，属于那种雷声大雨点小的人，听石小刚这么说，嘴就没那么硬了："那你们说给多少钱？"

"十万。"石小刚说。

石妹子的哥哥一昂脸道："十万绝对不可能，我妹妹的生命就值十万？笑话！"

石小刚想石妹子毕竟跟他睡了两年，十万是欠了点，便说："你不要开口就把我们吓得晕头转向，你说个能让我们接受的具体数目，你要多少？"

石妹子的哥哥伸出五个指头说："至少也要五十万，不然就法庭上见。"

石小刚觉得石妹子多少还有点灵泛，说话还能察言观色，但她哥哥却跟大脑被人取走了样，一开口就没边。他冷笑一声回答："看来只能是在法庭上见了，那就让法院判吧。"

这事儿最终以三十万元人民币打发这一家人走了。石妹子的哥哥拿到三十万元人民币后，脸上就没那么多脾气了，在莫伢子递给他的协议上签了字，保证以后不再往妹妹的死因上找乡村酒店的麻烦。尸体于当天傍晚被殡仪馆来的车运走了。

石小刚那天在塘边站了很长时间，他真的不懂一向开朗、浪漫的石妹子竟会投塘自杀！就在早两天，他曾对石妹子描述她的未来说，只要她忠实于他，他一定不会亏待她。没想，他还没来得及实现自己的诺言，她就永远离开他了。石小刚看着天，天色灰暗了，夕阳已落到了山那边，有星星在暗灰色的天上呈现了出来，不多的几颗，还有一弯月亮悄悄爬到了山巅上，像一只女人的眼睛，远远地冷冷地盯着他。我有什么事情做得不对吗？他望着渐渐暗下去的村子，他突然看见杜会计从远远的村道上走来，手里拎着个旅行袋。他呆呆地看着，杜会计变成了另一个女人，手里拎着的不是旅行袋，而是个蛇皮袋。她是陈村长的老婆。

五八　刘夫人

钟铁龙来了，一个人来的。石小刚觑着走进来的钟铁龙。钟铁龙递支古巴雪茄给石小刚，石小刚接烟，点上。钟铁龙左右望望说："小刚，我觉得这是一块凶地，会有麻烦的。"

石小刚盯着钟铁龙，钟铁龙心里一惊："你这样看着我是什么意思？"

石小刚就勉强一笑："我觉得这里蛮好，很多人都来玩。"

"两天死了两个人，这不是好兆头，你不觉得吗？你应该赶快撤退。"

石小刚不愿意接受钟铁龙的忠告，吐口雪茄烟，说"我喜欢这里，有钱赚就是好兆头。"

钟铁龙望一眼石小刚，想石小刚有点玩个性了，这不是一个好信号。他就摆出柔和的样子说："小刚，我们是一起出来混的，我觉得这是块凶宅。你好自为之，我走了。"

石小刚看出钟铁龙有点不高兴，起身送钟铁龙到奔驰车前。钟铁龙钻入奔驰，开着奔驰车驶出了酒店的大门。石小刚看见周妹望着他，就对周妹招手，周妹笑着走近他，他闻到了周妹身上的玫瑰香水味，便对周妹一笑："我们今天晚上玩一玩？"

周妹嘻嘻一笑，斜睨着他："怎么？人家尸骨未寒，你就打我的主意了？"

石小刚说："不能打吗？"

周妹骄傲的样子一扬脸："你们男人真没良心。"

"良心？石妹子又不是我害死的，是她自己要死，怪得我？"

"哼。"周妹哼一声，走开了，屁股一扭一扭的。

石小刚想她真是个骚货，用不着多久她就会投到他怀里的，她还真不是那种能守住自己的女人。假如她结了婚，她唯一的乐趣就是做绿帽子给她的老公戴。他想到这里一笑。

有人开车来了，来玩赌博，石小刚就跟赌徒们玩起来。那几天，来的人很多，有时候坪里停满了车。一天晚上，他和莫伢子在酒吧里吃饭，忽然就看见荧光屏上报道着一则新闻，新闻直指乡村酒店。莫伢子、光头和周妹都在荧光屏上闪现了好几回。"哎呀，这是怎么回事？"石小刚瞪大了眼睛。

荧光屏上有乡村酒店的赌场，有聚赌的场面，有宋经理在荧光屏上笑，还有几个赌徒东走西看的图像。还有郑胖子的女儿在荧光屏上哭诉，最后还配了措辞严厉的编者按。

"他妈的，"石小刚骂道，"我们居然被电视台的记者偷拍了。"

莫伢子也鼓起了眼睛。石小刚对莫伢子说："你怎么把电视台的记者也放进来了？"

莫伢子说："那哪个晓得？他们的脸上又没写他们是电视台的记者。"

"把光头叫来。"石小刚让莫伢子去把光头叫来。

光头不用叫就来了。石小刚生气地盯着光头："刚才电视台播放的东西你看见没有？"

光头说："看了。"

石小刚说："他们是怎么进来的？"

光头一脑袋空白道："我不知道。"

"你这保安队长是吃闲饭的？"石小刚盯着光头，"你只晓得跟杨妹子谈爱，眼睛只盯着杨妹子的屁股，你这是负责保安？居然有人在你的眼皮底下偷拍，你就是这样保安的？"

光头脸红了，回答石小刚："其实进来的每一个人我都留意了的。"

石小刚骂他说："你留意了卵！你只留意杨妹子的屁股是不是被赌徒摸了吧？"

"不是。我真的没注意到有人带了摄像机进来。"

石小刚很生气地骂光头："你个白痴，要你有卵用！"

光头垂下头，杨妹打扮得很妖艳地笑嘻嘻地走来，光头望她一眼，又把脸低了下去。

石小刚继续骂道："都是些粪桶，一个个都跟我滚。"

一天晚上月明星稀，乡村酒店里一切如故。来了很多赌客，酒店内的停车坪停不下了，有的车就只好停在外面，保安就没关酒店的大木门，因为外面的小车也需要照着，这就导致了公安干警能很好地闯入。那天晚上龙行长来了，带着那个已为他生了个娃的四川妹。四川妹一心要把龙行长占为己有，秘密跟龙行长生了个娃，躲到新疆生的。力总也来了，他是被龙行长拖来玩的。他们两人一人提了五万元来玩，但龙行长就是走运，他玩得正起劲，省工行的领导打他的手机，找他喝酒，他可不敢拒绝，忙拉着力总走人，他是坐力总的车来的，他得坐力总的车回去。宋经理那天晚上也来了，他陪曹老板、马老板和王公鸡来赌。宋经理不赌，他在乡村酒店的赌场里玩起赌来从没赢过，已经输了三十三万元，他没勇气再在这里赌钱了。他只是陪曹老板、马老板和王公鸡来玩。石小刚先是陪龙行长和力总玩，他可不敢赢龙行长的钱，主动输了一万给龙行长。送走龙行长和力总，他转身，让光头拎着五十万跟着他去与曹老板、马老板和王公鸡三人玩"比大小"。澳门的高手走了，马来西亚有一家赌场出的钱比石小刚多，他们就于一个星期前双双走了。九点来钟，石小刚心情很好地与曹老板、马老板和王公鸡斗智斗勇地玩着赌博。他赢了十几万，兴致很高，很想把上次输给曹老板和王公鸡的钱赢回来。赌场里，大家的注意力都在赌博中，谁也没想到会有一大群公安冲进来。公安在晚上十点钟赌场里最热闹的时候，冲进了赌场。

公安的手上都举着枪，公安战士一冲进赌场就大喝一声："谁都不准动！"

公安战士厉声说："都把手放到头上，不然，打伤了别说警察没提出警告！"

大家都望着冲进赌场的公安。

公安手中的枪指着每一个人说："原地坐着。一个也不要动。"

另一些公安就走上去，挨个挨个地收钱和搜身，把收到的钱往事先准备好的蛇皮袋子里装，把一只只手机统统收走了，让搜完身的人一个个靠墙蹲着。

四个赌场分别都遭到了同等待遇。

闯入石小刚和曹老板、马老板及王公鸡等一些赌客所在的赌场的是市局分管治安的邓副局长，邓副局长绷着脸，脸上的表情犹如锅底。曹老板问石小刚："你认得他们不？"

石小刚摇头，马老板马上说："那你不把我们害醉（方言：害苦了）了？"

石小刚一脸抱歉的形容说："你们莫急，我会有办法的。"

就在这时，一个熟人走进了石小刚的视线，他是原南区公安分局的办公室马主任，后被提升为分局副局长，刘副局长升局长后，把他调到市局治安大队任副大队长，刚调进市局没几个月，钟铁龙告诉他的。他马上跟马副大队长打招呼："马局，我是石总，不认识我了？"石小刚叫马副大队长几个月前的官衔。

马副大队长循声瞟一眼石小刚，挤了下眼睛，以示打了招呼，转身向邓副局长请示说："邓局，现在……"

邓副局长不等马副大队长把话说完就道："你们那里有多少人？"

"二十四个。"

"通知局里，马上来两辆车，把他们统统带到局里去。"

马副大队长忙打电话，很正色地对着手机那头的人说："喂喂，人有蛮多，车少了，邓局指示，赶快再来两辆囚车。"他又大声说："没有车就去监狱调车。"

马副大队长根本不理石小刚，石小刚起先以为自己有救了，就用讨好的目光寻找马副大队长的目光，但马副大队长一副公事公办的样子，脸严肃得像一块锅巴，石小刚便感到自己今天在劫难逃了。石小刚等马副大队长打完电话，目光不经意中落到他头上时，他对马副大队长说："马局，您得高抬贵手呀。"

马副大队长这个时候是在执行公务，不会把碰见熟人的表情搁在脸上。马副大队长一点也没给他面子地粗声说："你给我老实点，我警告你，不然就是自己找亏吃。"

石小刚脸白了，心里骂了句"老子×你娘"。曹老板问石小刚："你认得他？"

石小刚心灰道："我认得他有卵用？他不认得我。"

一个小时后，增加的囚车呜呜呜地来了，直接开到乡村酒店前的坪上。众人被押上了一辆辆囚车。囚车没有把他们带到局里，而是直接把他们带进了长益市郊的一处拘留所。赌客和乡村酒店的员工加起来有百多人，分别关在五间弥漫着臭气的房子里。石小刚与员工关在一间房里。房里有一个水泥砌的简陋的通铺，通铺上扔着一些被拘留过的人遗留下的破东西。通铺上铺着草席，还有人留下的脏床单。房子的中间有一盏十五瓦的电灯，于那个秋天的晚上始终照耀着这间昏暗的牢房。石小刚感到晦气地坐到靠窗的一旁，眼睛就望着窗外黑幽幽的夜空，黑幽幽的夜空上悬挂着半轮惨淡的月亮。莫伢子坐在他一旁，递支白沙烟给他抽，他接了，抽着。大家见他不吭声，就都坐在通铺上，骂骂咧咧地等着公安来录口供。他们被押进来时，拘留所里热热闹闹的，叫声嚷声此起彼伏，一个小时后蓦然就安静了，安静得只有他们说话和出粗气的声音，还有监狱外传来的夜虫的叫声。

莫伢子望着铁窗外明朗的夜空说："刚哥，我估计公安都回家睡觉了。"

杨妹恨恨地道："有什么了不起？不就是穿一身警服?!"

光头望着杨妹："你不会有事的。"

杨妹说："有事也无所谓。"

石小刚没说话，他想一定是电视台曝光了，招惹公安来封场。差错就出在那个死胖子身上，那个死胖子的女婿是电视台的记者……真是这样，一个环节没处理好，另一个环节也跟着坏了，就跟单车链条样，一个链扣坏了不换，链条就会掉。他想，自己是因小失大，后事没处理好，结果在死胖子身上翻了船。周妹瞥着石小刚问："难道要把我们关一晚?"

石小刚不愿再想这些事地掉过头来，望她一眼："可能。"

周妹吐下舌头，叫一声："惨了。"

石小刚说："我们要求他们把我们单独关一间房子?"

周妹一笑，一点也不怕石小刚提出的非分之想说："只要你能做到，我保证愿意。"

"你是说真的?"

周妹就望着他："本小姐会开玩笑吗？就看你石老板有这个本事没有。"

石小刚就虚张声势地大叫道："看守看守，我有事要向你们汇报。"

没有人回答他，大家都笑。

莫伢子说："我这是第二次被抓进牢房，第一次是在镇街上一个朋友家打麻将，被派出所的人抓进派出所关了一晚，罚了五百块钱。本来要罚一千，后来好说歹说才降到五百。"

光头说："我是第一次。"

周妹一笑："我也是第一次。"

石小刚又盯着周妹问："你是什么时候破的身?"

周妹望他一眼："你问这干吗?"

石小刚说："我只是想问一下。是初中还是高中？不是小学吧?"

417

周妹打了石小刚的胳膊一下说："你讲点别的吧。"

几个人就嘿嘿嘿笑。

天泛白了，早晨的一缕阳光涂到了锈迹斑斑的铁窗上。他们都没睡，都弓着背坐着，都疲疲沓沓迷迷糊糊的，看见这缕阳光又开始活泛了。"天亮了。"石小刚说。

周妹坐直身体，整理着头发。石小刚从侧面看着周妹，周妹说："我好想睡觉的。"

杨妹直起腰，一脸蒙眬地问："几点了？"

周妹答："现在还早。"

八点多钟时，有人走来，皮鞋声挨近铁门时停住了，一个麻脸看守向里面的他们扫了眼，掏出钥匙，弄出一片响声地开了铁门，问："哪个是石小刚？"

石小刚说："我是石小刚。"

"你出来。"看守说。

石小刚走出来，看守又将铁门锁上，领着石小刚走进了一间简陋的审讯室。审讯石小刚的是三个公安，其中一个就是马副大队长。马副大队长脸上相当严肃，像一块坚固的生土，没有任何弹性和肥力似的。他用冰冷的表情问石小刚姓名，石小刚心里冷笑："姓石。"

马副大队长继续问："叫什么？"

石小刚望他一眼："石小刚。"

马副大队长问了些该问的话，随后说："你晓得开设赌场是触犯刑法吗？"

石小刚就看着一脸绷紧的马副大队长说："我真的不晓得。"

"不晓得？"马副大队长说，"现在我告诉你，你已经触犯了刑法。你如果不想判刑，就拿两百万来买阳寿。你看你是命重要些还是钱重要些，你自己考虑吧。"

"两百万？"石小刚叫道。

"两百万。"马副大队长说得斩钉截铁。

石小刚盯着马副大队长，觉得马副大队长的脸比他当公安分局副局长时胖了圈，但脸上却没有那份和气，而是一种不近人情的陌生的表情，像生铁，只是颜色比生铁色黄一些。他盯了足有五秒钟，马副大队长面不改色心不跳地反盯着他，他想马副大队长真是定力一流，说："我关在这里，怎么去搞钱？"

马副大队长说："等下我们会让那两个妹子出去，你要她们出去想办法。"

石小刚被重新带进牢房时骂道："这个马副大队长是畜生变的。"他盯着杨妹和周妹说："我要求他们把你们放了。你们出去后马上跟钟总联系，要他找刘夫人疏通疏通。"

莫伢子说："你还不如让我出去找钟总。"

石小刚皱了下眉头："他们不会放你，他们只肯放女人。"他又对周妹说："马上就去找，你记住钟总的手机号。就说我们都关在拘留所了。市治安大队要罚我两百万。"

罚款两百万最终变成了五十万。钟铁龙打刘夫人的手机，让刘夫人求刘局长发善心，少罚点款。刘夫人让钟铁龙别急，说："这事不好在电话里说，等晚上我回家再跟老刘谈。"

钟铁龙就赶到拘留所，他告诉石小刚要等两天。他送来了烟和酒，先喂饱看守，看守才同意把他送的食物和烟酒转给石小刚他们。那天晚上，钟铁龙等刘夫人的电话等了一晚，等到十一点，他打刘夫人的手机，手机关机。他没打刘夫人家的电话，他怕惹恼了刘局长。前一向在吉祥酒店吃饭，与刘夫人聊天时，刘夫人说自从老刘升正局长后，担子重了，压力就大，因为长益市发生了什么大案，市长、市委书记的电话都是直接打在他手机上，听他汇报或给他布置任务，要求他尽快破案。这让老刘当了一把手后反倒有如履薄冰之感，以前是副局长时，前面有个宋局长扛着，现在大案要案来了，他得一肩挑，脾气自然就比以前大了许多，最讨厌有人打家里的电话。钟铁龙当然把刘夫人的话听进了耳朵里。次日，钟铁龙打刘夫人的手机，通了，他说："刘姐，昨天我等了你一晚的电话。"

刘夫人说："你不晓得，老刘好烦的，我只是刚刚开口，他就把我骂了顿。"

昨天晚上，刘夫人一早就回了家，把家里收拾干净后，坐在梳妆台前往自己的脸上化了些妆，这几年里，她这是第一次为丈夫化妆。十点钟，她听见汽车驶来的声音，接着，她十分熟悉的丈夫的脚步声传入了她的耳孔。她没等丈夫掏钥匙，迎上去开了门，一笑，又殷勤地弯下腰，把一双布拖鞋放到丈夫的脚前。"我刚擦的地。"她说。

刘局长换上拖鞋，走进洗手间洗了下手，折回客厅坐下，刘夫人赶紧把事先泡好的洞庭毛尖端给刘局长，刘局长喝了口，放下茶杯，刘夫人对丈夫讨好地一笑，先问了问丈夫今天怎么这时候才回来，待丈夫把事情说完，她才用热情洋溢的脸色开口说："老刘，有件事恐怕要你亲自出面讲情才行。"

刘局长就望着老婆，刘夫人说："小钟的搭档，在福田村开了个赌场，昨夜被你们治安大队的封了，抓了人，没收了赌资，还要罚两百万元款……"

刘局长不等老婆把话说完，火冒三丈地拍了下茶几，茶几上搁了只果盘，果盘里放着五个洗净的苹果和三个梨子，两个梨子吓得从苹果上滚下来，一个梨子滚到茶几上又滚到了地上。刘局长捡起那个梨子，大声说："太不像话了，他们！居然在我的管辖范围内开赌场，还开了两年，还死了人。这些人，太没法律法规意识了，你不要理睬。"

刘夫人听丈夫这么不客气地说，就知道事情难办，她待丈夫把话说尽，温柔的模样接过丈夫手中的梨子，重新放到果盘里，码好，隔了几秒钟，她轻声说："老刘，别人的事，我不管，小钟的事，你最好还是过问一下，他是我酒店的老客户，每个月都要在我酒店消费，还不是因为你是公安局长，他才来……"

刘局长一脸脾气地瞪着老婆，又很凶地拍了下茶几，那一拍，不但重新码好的梨子和苹果散开了，茶杯上的盖子吓得也掉了，发出脆脆的一响。刘局长厉声质问夫人："你得了小钟什么好处，你老实交代!"

刘夫人吓得脸都白了："你凶我干什么？我又没得小钟什么好处。"

刘局长很不客气地指着老婆说："你没得他好处，怎么他一个电话，你就给他办事?"

刘夫人说："我说了，他是我酒店的常客，顾客就是上帝，我能帮当然要帮啊。"

刘局长用怀疑的目光盯一眼老婆，火道："我再次警告你，你要是得了他什么好处，就如数退给他，你别到时候怪我大义灭亲! 他竟敢在我的眼皮子底下开赌场，这也太无视国家法律了! 你不要为他说话，我是不会管这事的，该怎么处理就怎么处理!"

刘夫人把她和丈夫的对话都说给了钟铁龙听，钟铁龙问："那怎么办呢，刘姐?"

刘夫人在手机那头迟疑了片刻，说："这事只能慢慢来。我家老刘越来越没人情味了，这狗屎样的，当了局长不得了了!"

钟铁龙是第一次听刘夫人骂丈夫"这狗屎样的"，心里就有点恼石小刚，要他不要搞赌场，他偏要搞，结果弄成了这样。他说："我知道这事难办，但现在钱很难赚，石小刚开赌场没赚钱，罚两百万太高了，能不能只罚三十万？刘姐，您替我求求情，想想办法。"

"这事儿比较麻烦，昨天我问马副大队长，马副大队长说这次抓赌是市委何书记看了电视后亲自部署的，只罚三十万，太少了，没人敢认可。"

钟铁龙想三十万是不好过门，便说："罚五十万可以吗？"又说："不能再高了，再高我就承受不了了。一个破赌场，又没赚几个钱，真是头痛呢，刘姐。"

刘夫人说："小钟，当初你就不该同意石小刚开赌场。我家老刘说，赌博是我们国家的法律明令禁止的。赌场是很可怕的，一个晚上可以让很多人倾家荡产。倾家荡产就关系到社会治安，这能搞的？所以昨晚老刘听我说赌场是你的朋友开的，就好大的火。"

钟铁龙就用抱歉的语气说："刘姐，害你挨局长的骂了，真对不起。"

刘夫人在手机那头说了几句抱怨的话，然后说："这事得慢慢来，我会想别的办法。你让石小刚在里面待几天也好，免得他出来又给你添麻烦。"

石小刚和莫伢子及光头在看守所关了半个月，半个月里，钟铁龙每隔一天开车送烟和吃的东西去。半个月后，刘夫人打钟铁龙的手机，说她通过马副大队长约带队去封赌场的邓副局长到吉祥酒店吃饭，她做通了邓副局长的工作。"邓副局长是负责这案子的，我在饭桌上说了你一大堆好话，说你是我的朋友。我还打老刘的牌子，说我家老刘说，罚款的事由邓局说了算。邓副局长见我亲自出面讲情，就同意罚款降到五十万。"刘夫人用那种办成了事而松了口气的语调说，"你赶紧跟马副大队长联系，顺便送几条好烟给他抽，把罚款交了。"

钟铁龙想这个刘夫人还真有能耐，说："好的，你辛苦了，刘姐。罚款交到哪里？"

刘夫人在手机那头回答："当然是交市局治安大队。"

五九　四百万

七马乡的李乡长陷入困境里了。这个困境是他事先没想到的，他督促建成的七马乡农药厂和七马乡化肥厂不过是生产了两个月就被上级部门下令停产了。耗资一千多万弄出的政绩，一夜之间成了"污绩"，这让他有身陷囹圄之感。七马乡化肥厂和七马乡农药厂的破土剪彩和落成剪彩都是县长大人亲自剪的，县长大人两次剪彩时都很高兴，其中一次拍着李乡长的肩膀，赞誉李乡长说："你啊，你是个有办法带领全乡老百姓致富的人。"

七马乡的李乡长觉得自己遇到赏识自己的领导了，马上表决心说："我一定会带领七马乡的农民摆脱贫困。"

然而同时上马的七马乡农药厂和七马乡化肥厂排放的废水却严重污染了当地老百姓的生活，废水流进农田，稻谷于一夜之间枯死；废水流进渠沟，不但青蛙饮了肚皮翻白，就连生命力极强的泥鳅也漂浮在水面上，成了流动的尸体；废水流入浏阳河，浏阳河贴近废水排污处的鱼纷纷毙命，一些农民和驾船的船夫捡了那些鱼，洗净弄熟后吃，其结果却是一家又一家人因食鱼中毒。一中毒，长益市电视台的记者就兴致盎然地跑来了。电视台的记者顺着污水排放的线路追踪拍来，就拍到了七马乡农药厂和七马乡化肥厂的排污口。荧光屏上，农药厂排污口的废水呈黑色；化肥厂排污口的废水呈紫色。一些农民在荧光屏上气愤地说："自从有了化肥厂，渠道里的鱼都翻肚皮了。"

农民说："化肥厂的气味很难闻，那股味道顺风飘来，害得我们吃饭都吃不进。"

农民说："我们家离农药厂的排污口近，我都怕喝我们家的井水了。"

农民说："我们呼吁上级政府管一管我们老百姓的死活。"

市政府负责环保的领导带着人来了，绷着脸饭也不肯吃，对废水进行检测，检测的结果令他们大吃一惊，废水中氯啊汞啊铅啊都严重超标，难怪那些鱼啊泥鳅啊都不愿意活了，原来是被氯啊汞啊铅啊夺去了生命。上级政府立即下令七马乡农药厂和七马乡化肥厂停厂整改。整改的通知明确规定，要进行有效的废水排污处理，否则就得关闭这两家制造毒素的工厂。李乡长不敢无视上级领导的指示，忙派人去打听排污设备的价格，结果一点也不乐观，两家工厂的排污设施安装起来，要四百万。李乡长到哪里去弄这笔钱？找农村信用社贷款，信用社不愿贷，因为乡政府于修路和扩建乡中学时已向信用社贷了两百多万，这笔债务还没还呢。李乡长想到了芙蓉水库的另一面山坡，另一面山坡上也有些坡地和平地，临水，如果钟总感兴趣，他可以考虑将那些斜坡地卖给他。他这么想，就拨了钟铁龙的手机。

李乡长在手机里说："你在哪里钟大老板？"

钟铁龙说："我在芙蓉水库。"

"我们见下面怎么样？我请你吃晚饭？"

钟铁龙笑了："干妈还好吗？"

"我妈很好，时常念你呢。"李乡长在手机那头大声说。

钟铁龙说："那就好。哪天我有时间一定去看干妈。今天我请你乡长吃饭吧。"

李乡长就开着他那辆破车来了芙蓉水库。一下车就赞美钟铁龙说："你们的路修得好。双车道，宽敞，这多好啊。"

钟铁龙说："什么事啊李乡长？"

李乡长把目光投到水库对面的斜坡地上，下午的阳光正好照在那一大片绿亮亮的山林上。这天是一九九八年十月中旬的一天，十月的阳光就是迷人。这一天是星期三。李乡长看着水库对面的山林说："多美啊。"

钟铁龙看一眼抒情的李乡长，不晓得他怎么心情这么好。他其实已从电视台的连续报道里得知了七马乡农药厂和化肥厂的坏消息，按说乡长这会儿应该心情很差。他没问李乡长为什么这么高兴，而是说："你心情蛮好的吧李乡长。"

李乡长这才醒过神来的样子叹口气："我不好啊。我现在骑虎难下了。"

李乡长摇了下头，又说："电视台的那帮记者一闹，市环保局的人下令我们停厂整改。我好不容易把两处厂房建起来，才生产两个月，一千万的设备难道就放在那里生锈？你说我哪里来的好心情？"

"应该还有别的办法想吧乡长？"

李乡长鼓大了眼睛："要我们添置污水处理设备，否则就不能生产。"

钟铁龙说："是应该安装污水处理系统。我看了电视台的报道，你们农药厂和化肥厂排出的废水对周边环境造成了很大的污染，废水中的氯、铅、汞的含量都严重超标。"

"你一句话说得轻巧，没有四百万这些排污设备怎么安装？"

钟铁龙问："安装排污设备也需要这么多钱？"

李乡长又把目光投放到水库对面那一大片绿亮亮的山坳上，它们于明亮的阳光下充满了生机，有白鹭从那些树林里飞升起来。李乡长说："鸟儿多好啊，自由自在地飞翔。"

钟铁龙也把目光落到于天空中飞翔的白鹭上："是啊，做鸟儿好自由的。"

李乡长疲倦的样子打个哈欠："怎么样，把水库那边的山林也买下来你觉得怎么样？"

钟铁龙把目光又放到水库对面沿水库的山坡地上："好是好，这很麻烦的。"

李乡长觉得这不麻烦，说："有什么麻烦？从芙蓉度假村这边修条路过去，方便得很。其实那边的沿水地更适合你们搞别墅，不是吗？这块地我可以便宜点给你，你考虑一下？"

钟铁龙笑笑说："那我考虑一下。"

钟铁龙把石小刚叫来了，还把大哥叫来了，把李乡长的意思跟他们说了。钟铁龙说："我和李乡长吃饭的时候，李乡长想把水库对面沿水库的一千亩山林卖给我们，在不破坏大环境的情况下让我们开发。他的主要目的是要钱添置排污设备。"

石小刚鼓起了眼睛："那不又要一千万？"

钟铁龙估计说："一千万可能不会要，但可能会要六七百万。"

石小刚说："又要动用六七百万，现在账上还哪里来的六七百万？"

大哥积极主张买下这块地说："如果要我说，我的意思是拿下来。我没搞房地产就没发言权，不懂。搞了这两年，我在网上和报纸上到处收集资料，发现在青岛、上海和杭州、广州，凡是临海或临水的别墅和公寓都很贵，至少要比不临水的商品房贵三分之一，甚至贵一倍。广州就很明显，不临水的公寓楼只要三千四千一平米，临水的就是六千七千一平米。"

石小刚惊讶道："差别有这么大？"

大哥说："网上可以查价格的。"又说："我们现在还没炒作，如果我们把这一带炒热了，这里的房地产就会升温，我估计我们不开发对面的山林，别的房地产老板也会拿下来。到时候那就不是这个价格了。只要一炒，这里的地价就会飙升。"

钟铁龙思索着这一切的样子，说："我现在很矛盾，又想拿下来，又想先集中钱财和精力做目前已经在进行的事情，但又担心李乡长会把这块地很便宜地卖给另一些房地产公司。因为他们现在急需要钱搞停产整改。"

大哥说："我觉得如果有钱赚那当然要拿下来，现在不搞，等隔一两年，把一期工程做得差不多的时候再搞。"

钟铁龙望着石小刚，石小刚脸上仍残留着前几天从拘留所里走出来的晦气。石小刚没有回家，因为他不想看见云南妹。他住在银城大酒店。钟铁龙问他："你的意见呢？"

"我随你决定，"石小刚说，"既然大哥说临水的房屋很贵，那就可以考虑。"

过了几天，钟铁龙送药到李乡长家，李母在家，李乡长也在家。李母种了很多菜，钟铁龙提出他坚决不吃荤菜，李母就到地里搞了很多她亲手栽的菜。吃饭时，钟铁龙大力赞美干妈种的菜好吃，李母很高兴，要求干儿子天天来吃。钟铁龙说："好啊，只要我有时间，我一定来吃干妈种的蔬菜。"

吃过饭，李乡长问钟铁龙考虑了他的提议没有。钟铁龙说："考虑了下，但我现在都把钱投到水库这边的修路、建别墅和搞基础设施了，要我一下子再拿出六七百万，我拿不出来。"

李乡长说："我们不是外人，你觉得你能拿出多少？"

"五百万。"

"那我们乡党委通不过的。"

钟铁龙望一眼李乡长："这在于你做工作，不过我也不勉强你。"

李乡长大方地说："你对我妈这么好，依我的脾气，那块地我简直想送给你，可惜地是国家的，不是我的。五百万又太少了点，可能会通不过。要不，我们到实地看看？"

李乡长的手机响了，是张副乡长找他，他说："到水库边来吧，我和钟老板在一起。"

李乡长上了钟铁龙的奔驰车，奔驰车驶到水库边上没有路的地方停在了草地上，两人下车，天空蓝蓝的，水绿绿的，钟铁龙心里暗暗喜欢这一带的风光。他扫了眼水库对岸的山林，说："在长益市附近恐怕再也找不到这么好的地方了。"

李乡长说："那你还犹豫什么啊钟老板？"

"钱啊，"钟铁龙笑笑，"又不能像村干部样给农民打白条。"

张副乡长一身蓝西装地来了，随来的还有只爱穿中山装的管林业的副乡长。李乡长说："你们来得正好，钟老板在，来，大家讨论一下那块地的价格。"

钟铁龙问管林业的副乡长："水库那边的树木能砍吗？"

"树木不能砍。"管林业的副乡长望着对岸的山林说。

"我也是这样看，把树木砍了，水土流失了，那谁愿来七马乡住？"钟铁龙说，"昨天我们几个人特意过去看了看，能使用的地不到三百亩，所以我也不是急着要那块地。你们可以找别的房地产投资商联系，看还有没有别的房地产商愿意来投资。"

上个世纪的九十年代，长益市的房地产投资商都把目光集中在市内了，眼睛都盯着破产的企业或旧城房屋改造区域，这是由于那时长益市的老百姓买房都看地段是不是热闹，离市中心和大商场大超市是不是近，只图生活方便。因此那时的房地产商买了地，都是在最小的地盘上建最多的房，购房者还没对住宅环境产生要求。小车还没有大面积地进入家庭，购房者当然要考虑交通问题。七马乡这一带没有大超市，交通也不方便，当然就没有第二家房地产公司来投资。"我在这里投资，很多老板都摇头，把我做神经看。"钟铁龙望着李乡长他们，"我现在已经被你们拖下水了，我是贷款投资，银行一催贷，我离跳楼的日子就不远了。"

几个人就笑。李乡长听了钟铁龙一番话后，心里也急了，银行确实在催贷，七马乡向农业银行贷的修路和扩建校园的两百万元款，今年年底就到期了，到期了，没钱还贷，他这个乡长也不好过。他说："钟总，七百万怎么样？这已经是很便宜的了。"

钟铁龙觉得不值那么多钱说："你要是到下面的县里买地，五百元一亩的地到处都是。"

管林业的副乡长说："不可能啰，我还从没听说过五百元一亩的地。"

"有的，你要是愿意到湘南或湘中的一些县投资，还真的是五百元一亩的地，而且还是在县城关镇，地只象征性地收点费用。有的县乡很穷，只要你愿意去投资办企业，地不要钱白给你五十年使用期。我一个朋友就到浏阳县办养殖场去了，那两百亩地一分钱都没要。"

钟铁龙见几位乡长满脸疑惑，又说："不信我就开车带你们去。我那朋友姓蒋，他把那两百亩地围起来，在那两百亩地里建了猪场、鸡场、狗屋和蛇屋，早一向电视台还报道了。"

张副乡长说："你觉得多少钱合适？"

钟铁龙想到了李乡长提到的办污水处理设备需要的钱的数字，说："最多五百万。"

李乡长歪着头说："六百万怎么样？再不要说了。"

钟铁龙说："六百万？你们看三百万有别的房地产公司要没有？别人要我就不要。"

他见他们脸色灰暗地望着他，他缓缓地算给李乡长他们听："我如果买了水库那边的斜坡地，光修条马路过去又要花两百万，还要加固水库的护坡，那至少要花三四百万，那么大一片，必须做护栏。光一条路还不方便，还要花两百万在水库中修一座钢筋混凝土吊桥，不然，谁愿意买那边的房子？这几项加起来就要花一千万。"他说到这里一笑，进一步阐述道，"还要架电线、铺自来水管、挖下水道、安液化气管和安装电话、网络及有线电视，缺一样都没人来住，光这些基础设施的开支就又是六七百万。还有砌围墙也需要一笔巨大的资金，你安全不搞好，不让人感觉到安全，谁敢住在这荒郊野地里？围一千亩山林，想想那要多少万块砖、多少吨沙子和多少吨水泥及多少人工工钱？你们最好找别的买主。"

钟铁龙说到这里觉得够了，他说的这些没一条不着边际，可实施起来都是放在后面又后面的事情。但困难能堵住张副乡长和管林业的副乡长的嘴，省得他们事后到处说李乡长讲什么"亲情"而把地贱卖给了钟铁龙。钟铁龙笑笑："走吧，我请你们去吉祥酒店吃晚饭。"

钟铁龙打电话给吉祥酒店，让他们安排一桌有鱼翅的酒菜。他叫上大哥，一行人便开着车向市内飙去。吉祥酒店重新装修了番，也扩大了一倍。钟铁龙清楚，很多事情都是在饭桌上吃吃喝喝中解决的。喝酒时，钟铁龙又望着张副乡长和管林业的副乡长说："表面我只花了五百万，但要把这块生地变成熟地，我得投入两千万，所以我的困难和压力都很大。"

李乡长点头说："老张、老林你们的意见呢？"

张副乡长嘿嘿一笑："我看老板的意思，我没意见。"

老林喝了酒，脸上就很高兴："我也是这个意见。"

"县国土局方面你去解释？"李乡长看着林副乡长。

钟铁龙想看来这一千亩临水的山坡地要到手了，就放心地望一眼大哥："大哥你发表一下你的意见？"

大哥钟唤龙看了眼弟弟，故意反对说："钟总，我的意思是我们莫贪大，不必要把水库两边的山地全拿下来。我们吃不下的。现有的资金，我们实在没能力开发另一块地。"

大哥又向李乡长他们解释道："一条马路修了两百多万，现在一天到晚都是投入投入，投了这么多钱也没看见收获。我真怀疑我们搞的这个房地产项目会让我弟弟破产。"

大哥望一眼钟铁龙，又看着李乡长他们说："我弟弟是个疯子，从小就喜欢贪大。我们不能贪大，贪大到时候会欠一屁股账。银行追起贷来，就真的只能跳楼了。"

钟铁龙觉得大哥很聪明，说话晓得掂分量，到底是当过老师的，能把话说到利害处，说透。他扫一眼李乡长和张副乡长及林副乡长，又把目光放到大哥脸上，说："你的话是值得我考虑。"他把目光再次放到李乡长脸上，"我大哥可以做主，我们要拿下那片山林地开发，还真的有些吃力。但你要我帮你，那又是另一回事。"

李乡长点头："那是，你在帮朋友方面，真没空话说。"

"喝酒，"钟铁龙举起酒杯，他知道这事成了，"吃了饭，我请你们上蓝天夜总会玩。"

六十　绑架

钟铁龙花五百万买下了那片沿水的山林地，合同一签，钟铁龙又把龙行长拉来了，先跟他讨论房地产的观念改变问题，再讨论人的消费意识和消费水平等诸如此类，最后才指着水库对面那片绿亮亮的山地说："龙总，你觉得我把它买下来怎么样？"

龙行长鼓大了眼睛："你真贪，嘴里的粑粑还没咽下去，眼睛又盯着锅里的粑粑。"

钟铁龙弹了下烟灰，说："在杭州和广州临水的房屋都很贵，比市内的房屋要贵一倍。"

龙行长说："那是广州和杭州，这里是长益市。"

钟铁龙递上支古巴雪茄给龙行长，说："我刚才说了，消费观念都会变的，长益市的人既不聋又不瞎，也会受广州和杭州等城市的影响，我敢肯定。"

龙行长左右望望："你又想贷款了？"

"我还像上次一样，把地产证押在你们银行。地又跑不了的，还不了贷款，你们把地拍卖抵贷就是。你们又没有风险。"

"又打算买多少亩？"

"一千亩。"

龙行长说："就买些临水的坡地就可以了，买那么大的面积干什么？"

"好整体设计和规划。"

龙行长望一眼水库面对的山林说："你真是好高骛远的祖宗。"

钟铁龙大笑："有你龙行长的鼎力支持，我不好高骛远也不行啊。"

大哥来了，走到他们身旁，还有郑小玲和云南妹也坐大哥的奥迪车来了。大哥负责整体规划和别墅建设，郑小玲和云南妹现在负责芙蓉山庄的售楼工作。售楼工作开始了，因为修好路后，这两年来已经建成几十栋漂亮的别墅了。售楼部就设在路旁，是一栋刚建成不久的漂亮别墅，三层楼。郑小玲是售楼部经理，云南妹是副经理，又从市内招来了几个年轻人，让他们联系市里的电视台和报社，为芙蓉山庄打售楼广告。郑小玲看见龙行长就笑道："龙总，您亲自来视察呀。"

龙行长说："我有什么资格视察？你老公叫我来看他的宏伟蓝图。"

云南妹用普通话说："我们钟总要把这里建成一流的高档别墅区。"

龙行长说："这里是好。"

郑小玲忙说："龙总，在这里购置一栋别墅吧？我们给你打八折。"

龙行长哈哈一笑："好倒是好，就是买不起啊。"

钟铁龙说："龙总要买的话，肯定是打对折。我们不敢赚你一分钱。"

龙行长摇头："不买。这里好是好，但住家感觉还是不方便。"

云南妹说："方便。自己有车，只要二十几分钟，车就开到市内了。"

云南妹又说："龙总买一栋吧？你来住就提高了我们芙蓉山庄的档次。"

龙行长又哈哈一笑："我有买不得的苦啊。我可以常来这里玩。"

一行人开着车离开芙蓉山庄，向市内飙去。正是上下班时间，有点堵车，半个小时后车开到了市里。一行人就去市内新开张的一家海鲜楼吃龙虾和鲍鱼。钟铁龙打石小刚的手机，石小刚的手机关机，他就偏过头来问云南妹："石小刚回家没有？"

云南妹不屑道："我才不管他呢。我玩我自己的。"

钟铁龙望一眼郑小玲，郑小玲说："你别生气了，小茜。"

云南妹说："谁生气了？我懒得理他。他一世不回我也无所谓。"

钟铁龙递一支古巴雪茄给龙行长，龙行长说："把力总叫过来。"

钟铁龙打力总的手机，力总就屁颠屁颠地来了，穿着一身体面的休闲服，戴一顶帽檐很长的白帽子，手里拿着网球拍。他坐下说："我打网球去了，打了一下午。"

龙行长说："力总爱惜自己的身体了。"

力总说："那当然，身体是革命的本钱。"

龙行长嘲讽道："是革小姐的命吧？"

力总就笑："革小姐的命就更要有身体啊。"

云南妹和郑小玲听了大笑，云南妹笑得腰都弯了。

钟铁龙的手机响了，一看是石小刚的手机号码，这家伙刚才不是关机么？他接了，不是石小刚的声音，是一个说话声音很粗的陌生男人的声音："你是钟铁龙？"

钟铁龙望大家一眼，回答："是啊。你是谁？"

对方用更加粗硬的声音说："你不要问我是谁，会有人跟你说话。"

钟铁龙望一眼郑小玲，郑小玲正盯着他打电话。石小刚在手机那头说话了："龙哥，他们把我绑架了，要三百万现金。"

钟铁龙听毕，望一眼云南妹，见云南妹满脸的笑，又见郑小玲也一脸笑，就不想影响一桌人的情绪，起身向门外走，边问石小刚："你说什么？再说一遍。"

回答他的是另一个陌生男人的声音，那男人说："我们在石总开的赌场里白丢了三百万，我们得要回我们的钱。我不晓得你是老弟还是老兄，我们到他的赌场赌钱，他身为赌场老板就应该让我们安全地赌，安全地走人，你说是不是？"

第一个跟钟铁龙说话的陌生男人在手机那头大声吼道："莫跟他啰唆，要他带三百万来赎人，不然就剁了石总。"

钟铁龙望着走道壁上的一幅油画说："现在是晚上，银行关门了，朋友。"

对方说："我们给你二十四小时，明天我们会跟你联系。记住，不要报警，你只能一个人来，一旦报警，我们会杀了石总。我们说话兑现的。"

"你们在哪里？"

对方挂了手机，再打过去却关机了。钟铁龙恼怒地想，什么人？搞到我们头上来了？三百万？把香港警匪片演到长益市来了？他再次走进包房时，酒水上来了，鲍鱼也上了，一人一份，龙虾也上了桌。大家都很开心，他就没把这个坏消息传达给众人，他怕嘴硬心软的云南妹担心。他装没事地坐到桌前，宣布说："吃，开吃。"

一桌人里，只有郑小玲问了他一句："谁的电话？"

他回答老婆："一个朋友，想要我去广州玩。"

一桌人就边吃饭边聊天，说些与楼盘有关或无关的事。钟铁龙根本没心思吃饭，他盯一眼云南妹，他想她此刻正有说有笑，她根本就没想到此刻她老公被人绑架，要三百万元的赎金。他脑海里盘算着这事该怎么处理。一桌饭吃了两个小时。吃过饭，大哥送两位弟媳回家，钟铁龙没露出半点不快，陪龙行长和力总去银元娱乐城洗桑拿。

银元娱乐城的生意好得很，好到了那种程度，桑拿中心一到中午就客人不断。钟铁龙事先跟三狗打了电话，让他留两间房，不至于龙行长和力总来了还要坐等。

龙行长天生就是匹种马，家里准备了很多为这方面服务的食品：肾宝、古汉养生精、人参蜂王浆、六味地黄丸、三鞭神、蚁力神和藏定宝等，什么乱七八糟的只要是跟补肾挂钩的药和补品他都吃，吃了就意气风发且斗志昂扬地跑到银城或银元桑拿中心消火。钟铁龙把龙行长和力总领到桑拿间，三狗安排了一切事宜，两人下到三狗的总经理室，钟铁龙坐到办公桌前，严肃着脸对三狗说："石小刚被人绑架了，要三百万赎金。"

三狗脸上一片惊异，一双警觉的眼睛就盯着老板："绑架了？要三百万赎金？"

"那帮畜生说他们那天在乡村酒店的赌场里被公安搜走了三百万赌资。"钟铁龙望着三狗，"我怀疑这里面有诈，你想想，那天公安局搜走的赌资才四百三十万，石小刚说他那天被公安搜走了五十万，有一个浏阳鞭炮厂来赌的老板被搜走了八十万，四十万在桌上赌，还有四十万放在皮箱里没动，这加起来就是一百三十万。三百万，抓走的人有几车，未必别人就没带钱来玩，只是来看热闹？"

三狗也觉得有问题，说："我也觉得有问题。"

钟铁龙说："这帮王八蛋，居然把警匪片演到生活中来了。"

三狗说："打110吧？让110的解决？"

"我们报警，石小刚就没命了。"钟铁龙瞟一眼办公桌上的竹船，见船舱外的一名持刀的武士歪倒了，就伸手把武士扶直，"账上还有多少钱？"

三狗回答他："大概一百万的样子。"

钟铁龙说："那离三百万还远得很。"

三狗说："银城那边的账上可能也有百把万。"

钟铁龙说："也不够，钱都用到芙蓉山庄了。现在是救命的时候。"

钟铁龙想了下，打王总的手机，王总接了。他盯着竹船想，石小刚这只船不能翻，问王总说："你账上有钱吗王总？"

王总在那边警惕地问："什么意思你？"

钟铁龙说："我要找你借一百万。"他又添一句："过一个星期就还你。"

王总说："有。"

钟铁龙望着三狗，小赵怀孕了，肚子很大，三狗为小赵请了保姆，自己却整天在银元卡拉OK娱乐城忙着。钟铁龙问他："你老婆什么时候生孩子？"

三狗听了这话心里有点感动，这个时候了，老板还关心他，便说："预产期是十一月。"

"那就是下个月的事，"钟铁龙说，"做了B超没有？男孩还是女孩？"

"女孩。"

"女孩好，"钟铁龙说，"女孩长大了晓得心疼父母。"

他望一眼三狗，又说："你让会计明天上午把钱都提出来，再去王总那里拿一百万来。"

三狗说："好的。"

钟铁龙一拳砸在桌子上，那个潜伏在他体内的魔鬼钟铁龙忽然昂起了头，凶恶地觑着被他一拳击得从竹船上蹦下来翻倒在桌上的小武士。"他娘的，"他骂了句，目光像狮子的目光样瞪着前方，"就这么老老实实地送给别人三百万真有点不甘心！"

三狗见钟铁龙一脸的愤恨，便说："会有办法的，老板。"

钟铁龙扫一眼三狗说："那帮王八蛋手上捏着石总的命，你有什么办法救石总？"

三狗摇头："到时候我再想办法。"

"你不要硬来，那些人敢绑架石小刚，就都是些亡命之徒。"

三狗脸色坚定地说："不怕，我会随机应变。"

凌晨两点多钟，三狗开着黑色桑塔纳回了家。这辆桑塔纳是过年时钟铁龙为他头的，还送了辆给张兵。三狗很爱惜这车，经常开着车去洗车店洗，车内的座椅都换成了咖啡色的羊皮，驾驶台上搁了瓶汽车香水。一开车，车内总有一股淡淡的香气。他开着车回过三趟黄家镇。就在上个月，他的一个同事做四十岁生日，他去了，同事们见他开着崭新的桑塔纳回来，从车上走下来这么一个年轻漂亮的老婆，都瞪大了眼睛，其羡慕的程度就跟他做了大官样。"黄建国，你发财了。"他的同事说。

他的同事还说："黄总，开着车带着我们这些穷人兜兜风看。"

三狗一想起他的同事这么说，脸上就会升起一丝笑。三狗把车停好，往家里走时，因怕吵醒妻子，脚步就很轻，除了掏钥匙开门时弄响了一点点声音，基本上就没声音了。他轻轻关门，揿亮了灯。这是一个温馨的家，自从有了这个家，他就觉得这个世界不同了，因为随便他到哪里，他心里总装着这个家。他坐下，望一眼吊灯，吊灯是水晶吊灯，银光闪闪的。他点上支烟，这生活有滋有味的，谁给我的啊？不是钟铁龙，我黄建国能住这么好的房子，能娶到这么漂亮的老婆？他想，我是该回报一下钟铁龙了。

老婆醒了，口干醒的，要喝水。他听见老婆起床的声音就望着老婆。老婆喝了一杯冷开水，见他坐在客厅里，这才放下杯子问他："你怎么不睡觉啊黄建国？"

三狗望着老婆一笑："我坐一下就睡。"

老婆说："干死了，我还要喝杯水。"

老婆走过去倒开水，挺着大肚子。老婆提起热水瓶，倒了杯开水，又走过来，因为开水很烫，老婆就在沙发上坐下，等着开水冷下来。"我妈今天来了。"

小赵的母亲一开始很反对他们的婚姻，反了一两年，现在见女儿怀上孩子，就没那么坚决了。三狗望着老婆："你妈怎么说？"

老婆说："妈跟我说一些以后坐月子的事。"

三狗感到高兴地问："你留你妈吃饭了吗？"

老婆一笑："当然留了。"

三狗把老婆搂过来："妈到底是妈。她说她不认你这个女儿，还是认了。"

早晨七点钟，他突然惊醒了。他一般要九点钟才醒来，这是他总是在凌晨两三点钟才睡觉。老婆先他一步醒了，坐在客厅里，挺着大肚子看电视和喝热牛奶。老婆说："你醒了？还睡下吧，这么早起来干什么？"

"不睡了，今天白天要办事。"

老婆说："什么事？"

"老板要我八点钟就赶到银行取钱。"他说，走进了卫生间。卫生间里搁了个乳白色的玻璃钢大浴缸，带冲浪的。老婆非常喜欢在这浴缸里洗澡，情绪来了，一天要在浴缸里洗两个澡。她喜欢享受冲浪。他感觉轻快地一笑，走出来时已经漱口洗脸完毕了。

喝牛奶和吃面包时，保姆买菜回来了，老婆跟保姆说话。他跟出纳打了电话，开着车到了工商银行前，出纳匆匆来了。两人要取一百万人民币，银行经理说："你们应该事先打个电话，银行好替你们准备这么大数额的款。如果你们今天硬要取，那只能下午才有。"

三狗说："下午？下午几点钟？"

银行经理说："下午四点钟。"

三狗打钟铁龙的手机，钟铁龙听他说了几句话后，说："大师兄，你老婆要生孩子了，我怕你逞勇，我决定亲自去会会那帮王八蛋。"

三狗说："龙哥，我能对付的。"

钟铁龙说："王总已跟我准备了一百万，你跟我把钱都备齐。"

三狗说："那我马上去拿。"

街上是十月里金灿灿的阳光。每当这个季节，长益市的人心情都比较舒畅，这是长益市于这个季节里天气干燥，雨水比较少，不像三、四、五月，三天两头下雨。三狗把车开到王总的公司，拎着装有一百万人民币的皮箱，放到副驾驶座上，十一点钟，三狗拎着这口皮箱走进了银城大酒店。张兵也准备了一百万，放在绿绿的皮箱里。张兵见三狗也提着一口皮箱，便问三狗："何解陡然一下子要提这么多现金？"

三狗把自己提的皮箱和张兵的皮箱放在一起，刚要回答，手机响了，是钟铁龙打他的手机。钟铁龙说他刚接到他妈的电话，父亲今天上午发了心脏病，现正在镇人民医院抢救。钟铁龙说:"我得赶回黄家镇。钱你送去,你必须见到活着的石小刚才能给钱。"

三狗说:"老板,你放心。"

钟铁龙说:"到时我把你的手机号告诉那帮王八蛋,让他们直接跟你联系。"

三狗应道:"好的。"

整整一个下午三狗都在等电话,等得他都烦躁了。电话倒是有几个,税务局的、法院的和纪委的年轻人,都是要到银元卡拉 OK 娱乐城玩的。四点多钟,他从工商银行里提取了一百万,将三百万分成两口皮箱装好,接着他就坐在他的桑塔纳车上耐心地等电话。他把车开到江边,江边的树木很多,他摇下车窗,看着头顶上的树木。难道我真的将这三百万拱手送给那帮歹徒?钟总会觉得我没用呢。他想,我不能把这三百万白白送人。五点多钟,三狗的手机上呈现了白水县的电话号码,三狗接了,是钟铁龙打来的,说:"你赶快开车到汽车南站接松木,松木正朝长益市赶来,你把你的车、钱和手机都留给松木,记住不要跟任何人说,随后你就去银元娱乐城招呼客人,其他事你就不要管了。"

三狗吃惊不小:"龙哥,我会摆平的。"

钟铁龙在手机那头说:"我是爱护你,不要说了。我相信松木会把事办好。"

三狗合上手机,心里更加感激钟铁龙,小赵要生孩子了,钟铁龙不想让他面对危险和干危险的事情。他将车驶向汽车南站的途中,手机响了,一接,是刘松木的声音。刘松木在手机那头嘿嘿笑着说:"我是松木,大师兄,我在汽车南站的公用电话旁,刚到。"

三狗说:"我已经来了。"

三狗把车开到汽车南站前,看见刘松木着一身黑披风,戴副墨镜,手上戴着白手套,昂着脸站在马路上。他觉得刘松木真威风。他把车驶到刘松木身前,刘松木一张宽脸上飘着笑地拉开车门,上了车。三狗再次感觉刘松木的外表要比他威武,就点头说:"钱在后椅上,两箱,一箱大点的是两百万,一箱是一百万。手机你拿着,到时会有人跟你联系。"

刘松木点头:"龙哥都跟我说了。"

三狗知道他要去干什么,便说:"小心点,松木。"

刘松木嘿嘿一笑:"会小心的,你放心,大师兄。"

三狗下车,打了个的走了。刘松木开着车在街上行驶,觉得驾驶小车比驾驶大卡车舒适多了。他用三狗的手机打了钟铁龙的手机:,"龙哥,我准备好了,现在正等电话。"

钟铁龙回答刘松木:"我正在等那帮杂种的电话。"

天空在刘松木的等待中渐渐暗下来了，深沉的黑夜开始笼罩着这座城市了。华灯初上，路灯、车灯，还有沿街店铺里射出的灯光闪耀不止。刘松木喜欢干这种冒险的事，这两年，他真的做到了拳不离手，每天早晚他都要到湘江边上活动筋骨，以至于街上很多小伙子都崇拜他身手敏捷。他身上有一把左轮手枪，是靶场里的枪贩子卖给他的。去年，离白水县城不远开了个靶场，是一个广东老板与县武警大队联营创建的。县里很多男人都抱着好奇心去打靶玩。刘松木自然也去。刘松木喜欢打枪，有段时间，他一个星期要去四五次，陆陆续续打了几千块钱子弹！这把锃亮亮的左轮手枪就是在靶场游荡的枪贩子卖给他的，枪贩子见他酷爱枪，就要他买这把漂亮的左轮手枪，枪上的消音器则是免费相送。后来靶场被上级机关下令撤了，因为有人偷了靶场的枪，打死了人，靶场便被取缔了。

钟铁龙就是听他说他有枪才决定让他收拾那帮歹徒，他问："你打枪怎么样？"

"还可以。"刘松木说。

钟铁龙就兴奋道："那这件事就交给你办，要干得干净。"

刘松木想他骨子里就是个杀人犯，因为他一点都不害怕，这证明他生下来就是一个这样的人。手机就在他想这些事时响了，他接了，对方的声音很粗，说："你是不是黄建国？"

刘松木一听这声音就想应该是那帮畜生了，便说："我是黄建国，请问……"

对方打断他的话说："我是哪个你不要问，钱准备好了？"

"准备好了。"

"你如果敢报警，石总就没命了。"

"我晓得。"

"晓得就好，是三百万吗？"

"是三百万。"

"你把车开到 107 国道上来，往岳阳方向开。"

电话挂了，再打过去却没人接。刘松木又打，电话那头却接不通了。刘松木骂了句脏话，开着车驶向了 107 国道，岳阳在长益市的北方，他把车往北开。车驶离市区上了 107 国道，他开了气（方言：一阵），将车停在路旁，等着。一个多小时后，手机响了，仍然是那个手机号码，那个陌生的声音说："你现在的位置在哪里，朋友？"

刘松木想谁跟死人是朋友，他回答道："不晓得，我这里黑麻麻一片，没什么标志。"

对方说："你刚才经过了一些什么地方？"

刘松木就说了他刚才经过的几个地名，对方说再往前开，"往汨罗开"。

刘松木就驾着车向汨罗开去。

对方又打电话来了，问他说："你的车牌号是多少?"

刘松木不知道，就下车看了眼车牌，说了车牌号，对方说："好的，你继续开。"

刘松木想他们也会怕，这更证明他们是敲诈勒索。此刻已是晚上九点钟，不一会，手机又响了。刘松木接了，对方粗声说："喂，你把车掉头。你已经开过去了。"

刘松木刚才看见一辆黑色的卡迪拉克车停在路旁的树下，车上坐着几个人，他的桑塔纳开过去时，那辆卡迪拉克忽然打开了刺眼的车灯，让他紧张了下。他想可能他们就在那辆卡迪拉克车里。他将车掉头，开了段，忽然想应该把枪准备好，万一他们不交出石小刚就把钱抢了，那他怎么向钟铁龙交代。他将车停下，掏出不锈钢左轮手枪，把消音器拧上去，打开保险栓，再把枪插进黑披风的内口袋，这才开着车朝前驶去。

那辆黑色的卡迪拉克车仍停在那棵树下，那是棵很高大古老的樟树。他的车缓缓开到了卡迪拉克车旁，因为无法断定这帮人是不是坐在这辆车上，就没停。他的桑塔纳开过去还没几米，手机响了，卡迪拉克车上的人说："你把车朝前开一百米就靠路边停下。"

刘松木把车往前开了一百米，靠路边停下，路旁是一片菜地，菜地过去是茂密的竹林。他关了车灯，下车，手机里说："你只能一个人过来，把钱拿来。"

两口皮箱就在后椅上。刘松木打开车门，拎出两口皮箱，关了车门，朝卡迪拉克车走来。卡迪拉克车的车灯一直开着，照着他。他感到眼睛里一片白亮，那片白光刺激着他，让他浑身是胆。他走到卡迪拉克前，司机才关掉车灯，伸出头说："你打开箱子看看。"

刘松木摇了下左手的箱子，说："这口箱子里是一百万。"又拎起右手大点的箱子晃了晃，"这口皮箱里是两百万，一分钱也不少。石总呢?"

司机说："你打开箱子给我们看看钱。"

刘松木想要死的人了还看钱有什么意思? 他伸出头看车里的几个男人，他没看见石小刚。"我要先看见石总。"

司机说："石总在另一个地方，不在车上。你钱带来了，我就告诉你石总在哪里。"

刘松木放下两口皮箱，将一口皮箱打开，举起来给司机和车上的另外三个男人看。"这是一百万，"他说，又拿起另一口皮箱，打开给车上的人看，"这是两百万，一分钱也不少。现在你们可以告诉我石总在哪里吧?"

车上的一个粗喉咙说："会告诉你的，你把箱子丢进来就告诉你。"

刘松木将那口装着一百万的皮箱塞进车里，将另一口皮箱提到驾驶室窗口前，司机伸手接住箱子，刘松木却不松手，说："你告诉我石总被你们关在哪里了。"

驾驶员旁的男人回答他："石总被关在他自己的乡村酒店，这是门钥匙。"

那口大皮箱挡住了车上人的视线，刘松木左手把着大皮箱，右手很坚决地从披风的内口袋里掏出左轮手枪，箱子一拨，枪头就抵住了司机的额头。一勾扳机，一颗子弹射进了司机的额头；第二颗子弹打穿了坐在驾驶员旁，惊呆了而紧盯着他看的那个男人的脑门。后面的两个男人见状，其中一个没拿箱子的想推开车门逃跑，刘松木在他打开车门的那一秒钟，冲他的头开了枪，子弹射进了他的后脑勺，那男人一头栽在地上。剩下的最后一个是宋经理，宋经理吓得尿都流了出来，满脸惊恐地瞧着刘松木，边摆手哀求道："莫、莫杀我，叔叔。"

刘松木说："我不杀你。"子弹却射出了枪膛，正中宋经理的太阳穴，因为宋经理在刘松木把枪指着他的头时，扭开了害怕的脸庞。宋经理一头栽在沙发上。刘松木赶紧把皮箱从卡迪拉克车内拎出，又走过去给那个在地上抽搐的曹老板的脑门补了一枪。曹老板不再抽搐了。刘松木提着箱子，捡起那串钥匙，大步走到桑塔纳车前，他打开车厢盖，将两口皮箱塞进了车厢。那一刻，公路两边非常寂静，只有夜色和他，他开着桑塔纳迅速驶离了现场。

刘松木把车开到乡村酒店，这个时候也就是十点多钟。他下车，于月光下，他看见大门上还贴着公安局的封条，小门的封条被人撕开了。刘松木用那串钥匙中的一片开了门，推开小门走了进去。一度很热闹的乡村酒店，这会儿寂静得只有昆虫的叫声从这儿那儿飘进刘松木的耳孔。他喊了两声"石总"，没人回答，他就一间间房查看，终于在石小刚自己睡的房子里发现了石小刚。石小刚的手被捆在后面，捆得很紧；脚也被捆得牢牢的。嘴里塞了东西，是枕巾，将他的嘴巴塞得满满的。刘松木觉得滑稽地走上去，蹲下，将塞在石小刚嘴里的枕巾扯掉。石小刚大口吐着气，骂着娘说："老子要×他们的娘，老子崽不杀了他们！"

刘松木轻轻一笑说："这帮畜生。"他又替石小刚解开了捆着双手的麻绳，石小刚的手解放了，接着他把捆着石小刚双腿的绳子也解散了。石小刚活动着手脚，手已被捆成紫色，手腕上捆出了一圈圈紫红色的印子，脚也捆肿了。石小刚说："我的手脚都捆木了。"

刘松木又蹲下，替石小刚揉捏手脚，石小刚问："这帮狗杂种现在到哪里去了？"

刘松木说："我把他们都打发到阴间了。"

"真的？"石小刚盯着刘松木。

刘松木说："不要您石总操心了。"

"钱呢？"

"钱在我车厢里。"

石小刚说："干得好。你不杀，我也会把他们杀了。那个宋经理，不是他，我怎么会认识这帮杂种？曹老板还用脚踢我的下身，宋经理死了没有？"

刘松木瞪着石小刚问："他们一共几个人？"

"四个人。"

"那就都死了。"

石小刚表扬刘松木说："你真是好样的。"

刘松木一笑，说；"没什么，干这事我一点也不怕。龙哥说 定要把石总救出来。他们在你赌场里真的被公安搜走了三百万？"

"卵，有二十万都是好的了。"石小刚很怄的样子说，"他们每次来赌，都是只带个一二十万。他们打合手，做手脚，赢一些赌徒的钱。他们晓得我是外地人，就'杀猪'。你不杀他们，我发誓也要把他们都宰了。"

石小刚想站起来，脚落到地上时，身体却往下坠。刘松木忙扶住他："你小心。"

石小刚的脚还没那么灵活，走路有点不稳，刘松木扶着他走出乡村酒店，扶到车前，石小刚坐进了车里。刘松木绕过来，看石小刚一眼，开着车走了。

六一　左轮手枪

刘松木和石小刚回到了银城大酒店。刘松木的手机响了，刘松木一看不是钟铁龙的手机号，就没接。那天晚上，刘松木陪石小刚坐在银城大酒店的餐厅里吃宵夜吃到凌晨一点钟，随后石小刚回房间睡觉了。刘松木不敢对车上的三百万现金掉以轻心，就回到车上睡着。第二天上午八点钟，刘松木醒了，打钟铁龙的手机，手机关机。他就上二楼吃了碗面，然后再打钟铁龙的手机，通了，他说："龙哥，你在哪里？"

钟铁龙说："我刚回长益市，我正打算去芙蓉山庄的办公室，你来我办公室。"

刘松木来了，把两口皮箱拎进钟铁龙的办公室，刘松木说："老板，这是三百万元。"

钟铁龙说："石小刚呢？"

刘松木脸上飘扬着得意："石小刚出来了，这会儿在银城大酒店睡觉。"

"你确定你干得很干净？"钟铁龙盯着满脸自信的刘松木。

刘松木就向钟铁龙汇报了他干的一切。钟铁龙听他说，没插话，待刘松木把事情说完，他才叹口气说："这是他们自己找死，怪不得我们。"

刘松木点点头："是的。"

钟铁龙指着那口小皮箱说："这一百万是你的了，你先拿十万走，另外九十万借我用。现在公司财政很紧张，我一年后还你一百万的整数。"

刘松木说："我现在有钱用，公司现在紧张，我不需要……"

钟铁龙拍拍刘松木的肩，"你是我最贴心的朋友，"他说，找出一个黑塑料袋，拿出十叠人民币放进袋中，递给他，"这钱你要秀气点用，不要显自己有钱，你懂我的意思吗？"

刘松木说："我懂。"

钟铁龙说："你今天就回去，把枪留下，我要它销声匿迹。"

刘松木把他钟爱的左轮手枪拿出来，说："它可是立了大功的。"

钟铁龙说："它是把好枪，这东西不销毁，会要了你的命。"他用报纸把左轮手枪包好，送刘松木去汽车站。刘松木走了，他想刘松木真能干。他边开车边打三狗的电话，让三狗速来他的办公室。他把车开到芙蓉山庄时，三狗已先他一步来了，打的来的，站在门前等他。他觉得三狗也是个能干的人，笑笑，把手机和车钥匙都给了三狗，三狗说："松木走了？"

钟铁龙望着三狗："走了。大师兄，我得提醒你，公安会调死者的手机，看他们昨天跟一些什么人通了话。你自己要编好话。"

三狗说："我就说他们要我安排他们唱歌和洗桑拿。"

"你认得他们吗？"

"应该认识吧，石总好像还带他们来洗过桑拿。"

"他们昨天晚上都是和你的手机联系，你要把借口编好。"

三狗说："要我安排唱卡拉OK的借口是最好的。"

"也只有这个借口了，你最好去问石总他们长什么模样，问清楚就好对付公安。"钟铁龙说，脑海里闪现了那个陈大队，"公安肯定会询问你的。"

三狗仔细检了下汽车，汽车上没发现什么痕迹，但他还是把车开到洗车行洗了车，随后他把车开到银城大酒店，把正在梦中的石小刚叫醒了。石小刚睡眼惺忪地开门，又睡眼惺忪地望着他说："你怎么跑来了？"

三狗坐下后说："钟总估计公安会调查我，我想问问那几个人长什么模样。"

石小刚点上支烟，说："等我醒一下瞌睡，我跟宋经理最熟，那几个人是宋经理的朋友。"

三狗说:"宋经理长什么模样?"

石小刚向三狗描述宋经理的长相,顺便把那三个人的长相也描述给三狗听:"都是几个王八蛋。宋经理不高不矮,略胖,脸是扁圆的,嘴巴很薄。这个畜生说话声音怪怪的。"

"你有宋经理的照片没有?"

"乡村酒店里好像有,他抱着石妹子在乡村酒店的门前照过相。这样吧,我们去乡村酒店找这个杂种的照片,我记得就丢在我睡房的抽屉里了。"

两人来到乡村酒店,乡村酒店给人一种人去楼空的凄凉感。石小刚的眼里,突然有一个人影一晃,那是身姿婀娜的石妹子,他愣住了,想不是云南妹,这个娇柔妩媚的女人就不会死。石小刚对三狗说:"妈的,都过去了。你想过自己发展吗黄建国?"

三狗不晓得石小刚问这话是什么意思:"没想过。"

石小刚说:"你们都是钟总的好兄弟,钟铁龙有几个好铁哥们,这真值得我学习。"

"我们和钟总是从小玩到大的。"

石小刚看着三狗:"你们黄家镇人个个都能搞事。你功夫那么好,想不想开家武馆?"

"没想过,如今谁还有兴趣习武?一枪就把你一身的武艺打得看不见了。"

"刘松木是个人物,我很欣赏他。"

三狗说:"松木能干,不怕事,打人从不手软。"

石小刚感叹说:"我要是有你和松木这样的兄弟就好了。"

三狗就笑:"我们难道不是兄弟?"

石小刚想,你们是钟铁龙的兄弟。他领着三狗走进了他和石妹子睡过的房间。石小刚拉开抽屉,抽屉里有石妹子留下的化妆品,还有空调遥控器和一叠信纸及几张照片。果然就找到了那张宋经理搂着石妹子站在酒店大门前的相片。石小刚把那张相片拿给三狗看,指着那个着一身蓝色西装的略胖的男人说:"他就是宋经理,一个坏到了骨子里去了的杂种。"

三狗就仔细认着这个宋经理。

"他把他亲叔叔都骗来赌博,于赌博中拿回扣。他叔叔就是于一次赌博后,开车回家,在路口与一辆渣土车相撞而死的。这个杂种后来居然有脸跑来拿回扣。"

"那他真做得出。"

"看看他这副六亲不认的嘴脸,有什么事是他做不出的?!"石小刚说,"他妹妹很漂亮，身材也好，他让他妹妹做'吧托'，还让他妹妹发动一些漂亮妹子去酒吧做'吧托'，陪一些老板呷酒。他妹妹呢，跟一些男人开房，他居然不管！"

"那他真是坏到家了。"三狗仔细盯了几眼照片上的宋经理，"他还真没什么人相。"

"当年就是这个畜生鼓动我开赌场，这次绑架我，也是他出的馊主意，想在我身上弄三百万，这个王八蛋！"石小刚啪地按燃打火机，将照片点燃，烧了。

公安局刑侦队的确实调看了宋经理的手机通话记录单，发现从傍晚六点三十七分到九点十一分，前后有四个电话是同一个号码。公安局的把这个号码调了出来，手机用户名叫黄建国。公安局的就拨了黄建国的手机，三狗接了，听见一个陌生的声音说："我找黄建国。"

三狗回答："我就是黄建国。你是哪位？"

对方沉默了几秒钟才说："我们是宋经理的朋友，你在哪里？"

那是第二天下午四点钟，三狗在银元卡拉OK娱乐城，正陪纪委的几个年轻干部唱歌。他回答："我在银元卡拉OK娱乐城。你们是要来玩吗？"

公安局的人说："是的，我们就来玩。"

三狗想他们肯定是公安局的，便说："来了就打我的手机。"

三狗合上手机，想幸亏我事先有准备，还幸亏我没杀人，假如我杀了人，我真的不敢面对公安。他想，钟铁龙真是料事如神，胜过诸葛亮了。

公安来了，来了三个人，陈大队、高军和一个年轻队员。陈大队穿一身灰西装，表情极为严肃。陈大队一步入银元娱乐城，就觉得这个银元娱乐城里妖魔鬼怪很多，昨天有四个人被人枪杀在卡迪拉克车上，而死者宋经理打的就是银元娱乐城黄总经理的手机，这让他觉得这些人一定有问题。刘局长十分震怒，指示他说："无论犯罪分子是什么人，无论他有多大的社会背景，一定要将犯罪分子绳之以法。"陈大队盯着三狗，他想看看三狗在他的目光下是什么反应。三狗嘿嘿嘿笑着，把他们往包房里引，说："我们的音响设备是非常好的。"

陈大队说："黄建国，不认得我了？"

三狗说："不认识？认识，你们是不是要唱歌？"

陈大队说："不唱，有事找你，去你的办公室谈吧。"

三狗就把他们带进了二楼的总经理室。陈大队坐下，他的副手高军也坐下，还有一个瘦点的刑警也坐下了。杨敏衣着时髦地进来时，陈大队一愣，哪里见过她？他突然想起来了，这女人应该是死在监狱里的马新的遗孀。他真没想到他会在银元娱乐城的重要部门碰见她。他吃惊地盯着马新的遗孀。三狗忙向陈大队介绍说："我们银元娱乐城的杨副总经理。"他又对杨敏说："你泡三杯好一点的茶来。"

陈大队说："不用。"

三狗说："茶还是要喝的。"

杨敏为陈大队他们泡茶，三狗很镇静地递烟给他们抽，说："请问什么事找我？"

陈大队盯着三狗："你这里生意相当好吧？"

"都是朋友们抬我。"

陈大队冷冷道："你这里的小姐很多啊，大厅站了一厅的。"

"也不晓得她们是从哪里来的。我真的搞不清，小姐的事我不管。"

陈大队斜瞟一眼杨敏："是她管吗？"

杨敏递上茶来："我不管，是她们自己来的。"

陈大队说："你什么时候跑到这里来做事了？"

杨敏一笑："早就来了。"

"不错吧，当了副总经理。"陈大队说，想这个女人八成是站在她亡夫的肩膀上上来的，不然那个姓钟的怎么会让她做副总经理？"你看上去比早两年还年轻些了。"

杨敏一笑："谢谢。"掉头对三狗说："我等下再找你，我出去了。"

杨敏出门后，陈大队盯着三狗问："有一个姓宋的经理你认识不？"

"姓宋的经理？"三狗看了眼陈大队，陈大队正用锐利的目光直视着他。他说："你是说哪个宋经理？我认识三四个宋经理。他们都是我银元娱乐城的常客。"

陈大队问："有一个宋经理是开东方快车酒吧的，你认识吧？"

"不太记得了。一般我都不记来的客人是搞什么的。"

陈大队说："真的不记得了？他不高，有点胖，脸有点圆。"

"好像认识一个这样的人，但不太熟悉。"

高军从包里拿出了一张宋经理的半身相片，递给三狗看："认识他吗？"

三狗想幸亏抢先一步认识了照片上的宋经理，说："他好像是姓宋，他来我们银元娱乐城玩过几次，一来就要找唱歌唱得好的小姐。"

"昨天晚上他是不是跟你打过电话？"

"是他打的吧？他说他姓宋。"

"他打了几次？"

"不记得了，怎么啦？"

"六点三十七分的时候宋经理跟你有过一次通话，他跟你说什么？"陈大队盯着三狗。

"六点三十七分？哦，宋经理问我还有包房没有，我说有，他要我给他预备一个大一点的包房，他说他有几个朋友要来我这里玩。"

陈大队看了眼记录，又问："七点五十五分的时候你们又有一次通话是吧？"

三狗一脸回忆的模样："哦，是有。他说他们还在吃饭，要我留几个漂亮点的小姐。"

"你当时在哪里？"陈大队盯紧三狗说。

"我就在娱乐城。"

陈大队想他在娱乐城？又说："宋经理还说了什么别的吗？"

"我没怎么去记。"

"八点四十五分的时候你们还有一次通话，这一次通话有多长时间？"陈大队问。

二狗查看过手机上的通话时间记录，说："聊了几分钟。怎么啦？"

"他跟你说了什么？"

"他问我有女大学生没有。我说有，他说他想和女大学生玩玩。"

"还有呢？"

"他跟我说他不想找鸡，他只喜欢女大学生，因为女大学生有文化，等等。"

陈大队盯紧三狗："你不老实。"

三狗被他盯得有点心跳，他想幸亏不是他杀的人，不然他真的立不住。正好这时有人敲门，是妈咪，高军起身开门，三狗忙问妈咪什么事，妈咪说："龙总找你。"

"找我？要他等一下。"他望着陈大队和高军，"你们还有事吗？"

陈大队提高声音厉声道："九点十一分的时候宋经理和你通话时说了些什么？"

"他问我包房跟他们留了没有。"

"就是这么一句话？"

三狗说："宋经理说他们现在在谈点事，要晚一点来。"

"谈什么事他说了吗？"

"没有。他要我把小姐留在包房里，说他十点钟左右来。"

陈大队掏了掏耳朵，问："当时你在哪里？"

"我在娱乐城招呼客人。"

"有人证明你在这里吗？"

"多的是人证明，昨天晚上来了很多朋友，我们这里的工作人员都可以证明。"

陈大队的目光就没一开始那么尖利了，问他："你晓得宋经理昨晚被人杀死了吗？"

三狗看陈大队一眼："杀死了？"

"就是昨天晚上被人杀死了。杀死在车上。他拨的最后一个号码，就是你的手机。"

高军补一句："你能保证你昨天晚上没离开银元娱乐城一步？"

"凌晨两点钟以前我没离开，两点钟以后我回家睡觉了。"

陈大队讥诮道："很奇怪啊，有人打你的手机要来玩，却被人杀死在车上。"

三狗因为没杀人，就不在乎陈大队的讥诮，说："那你要问他，我不觉得奇怪，经常有朋友打我的手机，要我留包房和留几个嗓音好的小姐陪他们玩。"

龙行长来了，推开门。他瞥一眼三个刑警，三个刑警穿的是便衣，龙行长以为只是客人，就有意见道："你妈妈的，老子就不是上帝是吧？老子找你，你就可以不理老子是吧？"

三狗忙大笑，心里颇感谢龙行长跑来解围。他忙起身，笑着递芙蓉王烟给龙行长："对不起对不起，龙行长有什么指示？"

龙行长说："我敢指示你？"

陈大队一眼就认出了龙行长，他笑笑说："龙行长。"

龙行长扭过头来，觉得陈大队很面熟，但一时想不起陈大队是谁，就愣愣地望着陈大队说："你是——"

陈大队说："我是刑侦队的老陈。"

龙行长忙夸张地伸出手与陈大队相握，握着不松说："唱歌唱歌唱歌，我那里还有几个朋友。我呷了点酒，你不会怪我冒昧吧？"

陈大队没唱歌，说了几句话就走了。三狗送他们到门口，他们上了车，消失了，三狗那颗悬着的心总算落下来，仿佛一只苹果从树上掉下来似的，掉得"嘭"的一声，他都能清晰地听见他那颗心落下来的声音。他对自己说：幸亏不是我干的，不然我立不住的。

曹老板、马老板和王公鸡是长益市这几年起来的黑社会，早几年是搞走私车生意，他们开的卡迪拉克和宝马车都是走私来的黑车，牌照都是假的，后来走私不好干了才转干别的。他们身上至少有两条命案：有一个从事走私活动的人的死与他们有关；还有一个从他们手上购了辆奥迪车的老板的死与他们三人也不无关联。只因公安干警没抓到他们于现场作案的证据，就没抓他们。至于宋经理，也在市局备了案，他十六岁时就犯过强奸妇女罪，只因那时他尚未到判刑年龄便只判了两年劳教，后来他因诈骗罪又判了三年，再后来就开了东方快车酒吧。在市局的人眼里，曹老板、马老板、王公鸡和宋经理都是人渣，人渣死了，就跟死几条狗样，只是稍有惊慌，报纸上沸沸扬扬地炒了几天，公安干警也大量出动了几趟，但跟着就平息了，就像一场风浪过后，就风平浪静似的。

一个星期后，就没多少人议论这事了。因为市刑侦队的人在报纸上透露，据他们分析，这是黑社会火并。黑社会当然没好人，既然死的是坏人，长益市的老百姓就有理由不再关心那几个人的死因，又过了两个星期，这事就被人搁置在脑后了。

六二　模特儿

本来很想另辟蹊径地干一番事业来证明自己很能干的石小刚，在银城大酒店懒懒地住了一个月后，人也就没有那种建立"王国"的冲动了，因为他觉得这个世界好像有点跟他过不去。赌场开了这么长时间，最终市局治安大队以一纸封条结束了他的王国，这让他很恼怒和很灰心，恨自己不是生长在美国的拉斯维加斯，假如是生长在那样的地方，他的王国就不会受到侵害，就是合法的。生长在中国，开赌场就变成非法经营了，他觉得很没劲。除了吃饭、睡觉，剩下的时间他就想醉生梦死。他忽然清晰地认识到生命是短暂的，不好好玩一玩，难道要等到老了像他父亲样玩不动了再玩吗？他来到这个世界究竟是为什么？不就是吃喝玩乐？当年和钟铁龙冒死弄那笔钱，不也是为了有钱好吃喝玩乐？他变得不愿想事了。事情有钟铁龙想，他又何须去想破脑壳？他自诩脑子好用，但他心里承认钟铁龙的脑子更好用，不免就想起了《三国演义》里周瑜的那句叹词："既生瑜，何生亮。"想想三国时期的那些风云人物，曹操、刘备、孙权、周瑜、诸葛亮等，连尸骨都不知在何方了，就索性更不想事了。莫伢子和光头来找他，他就领着莫伢子和光头去酒吧泡吧，天天泡。

莫伢子没有钟铁龙替他赚钱，每天泡，又没工资可言，泡得就有点空虚了，说："刚哥，未必我们就这样玩下去？"

石小刚望他一眼："不玩搞什么？"

莫伢子说："我们也可以搞一家酒吧。我来负责经营。"

石小刚想莫伢子一个乡巴佬也要经营酒吧？就问："你经营酒吧？"

莫伢子就指着光头："我和光头一起经营。"

石小刚想莫伢子和光头经营一家日杂店还可以，经营酒吧，那不是屠夫开裁缝店，不着边？说："现在街上有这么多家酒吧，还开酒吧有钱赚？不。我不想开酒吧。"

上个世纪的九十年代末，在长益市解放路上酒吧突然就多了起来，以前的服装店或饮食店都变成了酒吧。有跟东方快车取名接近的动力火车酒吧、有魅力无限酒吧、有快乐巴黎酒吧、有金色年华酒吧和野玫瑰及黑郁金香酒吧等。石小刚今天在这个酒吧喝酒搂女人，明天又在那个酒吧喝酒和搂女人，他真的忙不过来。这个酒吧的女人打他的手机，问他在哪里，那个酒吧的美女打他的手机，问他在哪里。这个酒吧的美女用甜甜的声音叫他"帅哥"，那个酒吧的美女同样用甜甜的声音叫他"靓仔"，以致他都不愿回家跟云南妹过夫妻生活了。

"来酒吧玩的妹子都喜欢男人大方，"他对莫伢子介绍经验说，"你只要大方，什么妹子都会把裤带松开。因为这里的妹子都是些嫌贫爱富的婊子。"

"我们没你那么多钱。"莫伢子说。

石小刚就觉得自己比莫伢子和光头优越地望着他们："光头，你的模样很酷，酒吧里的妹子喜欢你这种类型的男人。"

光头摆一下他的光头，说："酷有么子用？钱才有用。"

石小刚给光头指条路道："有钱只是一方面，酒吧里有一些三十岁左右的富婆，她们很骚的，你可以去勾引她们，让她们包养你。"

光头脸上不高兴了，回答石小刚："我倒是想勾引一个富婆，就是没有缘分。"

"杨妹呢？不跟你上床了？"

"杨妹不晓得到哪里去了，好像去了广州。"

"她去广州能干什么？"

莫伢子替光头答道："做鸡。"

光头笑笑："她在广州有一个同学，那个同学在一家酒店做大堂经理。"

石小刚看着光头："光头，你可以做鸭。"

光头不恼："我倒是想做，就是没地方做。"

莫伢子很现实地说："我们这些乡里长大的，最多只能成为酒吧里的看客。"

光头顺着石小刚的意思说："要是长益市有鸭店，那我就去做鸭。"

石小刚大笑，想自己比莫伢子和光头就是有福气，便开玩笑说："哪天我开一个专门供女人们来玩的鸭店。到时候让你做鸭的领班。"

莫伢子望着前面一桌的一个妹子说："刚哥，那个妹子很漂亮啊。"

光头说："哪个？你是说那个？"

莫伢子用手一指："那个个子很高的妹子，看见吗？"

石小刚批评莫伢子动手指人说："你莫指，显得很没文化样。"

那个妹子对他们笑，莫伢子就惊讶道："她对我们笑。"

那个妹子是对石小刚笑。石小刚认识她。她是名身高一米七五的模特儿。石小刚是在快乐巴黎酒吧里认识她的，模特儿不是酒吧女，而是像他一样常来泡吧的漂亮女人。之前，他曾在湖南电视台举办的模特儿大赛里见过她，那是八月份的事，他当时就被荧光屏上的她吸引了。她脸蛋那么俊，身材那么高，是模特儿选美中身材最好的，走台时那么楚楚动人，腿那么长——不像云南妹是一双矮腿；这在他脑海里留下了极为深刻的印象。模特儿于模特儿大赛里只获了季军，他当时还为此愤愤不平地对守着电视机看的石妹子说："如果我是评委，我就要给她冠军。"没想在生活中他居然能与在荧光屏上丰姿绰约的模特儿邂逅，他当然就毫不犹豫地掏钱为她买单。模特儿泡吧就同龙行长去银元卡拉OK厅唱歌样，不用带钱，只带嘴巴就行了。她只需对一个男人一笑，那男人就掏钱买单了。她那天对为她和她的两个女友买单的男人说："啊，你真大方。"

这男人就是石小刚。石小刚说："我开车送你们回去吧？"

模特儿说："那怎么好意思？"

石小刚说："我现在很无聊，我愿意送你。"

模特儿一笑："我怕你把我们卖了。"

石小刚很高兴她这么说，忙说："我怎么舍得把你卖了？"

模特儿就抿嘴笑。她的两个女友也抿嘴笑。模特儿笑得很好看，像一朵荷花开了样。模特儿的脸蛋是一张好看的瓜子脸，皮肤很好，白白净净的，目光很清澈，同时也很媚。模特儿没让石小刚送她，尽管石小刚很想送她，她还是不要石小刚送。石小刚自己也承认，他之所以不停地泡吧，就是为了"邂逅"她。他终于见到她了，就很高兴地对她招手。

"是你？"模特儿抿着红唇走过来，看着石小刚。

石小刚忙让光头让位说："你坐。"

模特儿就娇艳的样子坐下，又娇艳地一笑："我好久没来快乐巴黎泡吧了。"

"我也是，"石小刚说，把莫伢子和光头介绍给模特儿，"我的两个伙计。"

模特儿就微笑着朝莫伢子和光头点下头，问："你们是做什么生意？"

石小刚答："什么生意都做，房地产、卡拉OK娱乐行业都做。"

模特儿就羡慕道："哎呀，那你一定很有钱吧？"

石小刚笑了下："马马虎虎。你呢？"

模特儿说："我什么都没干，就是玩。"

"玩好啊，人生就是玩的么。"

模特儿咯咯一笑："我正是这样看，人的一世就是玩一辈子。"

"你这么漂亮，是要认真享受生活。"石小刚说，"做事是别的女人的事。"

模特儿又娇媚地一笑，瞟一眼莫伢子和光头，说："我讨厌上班，不愿被人指挥。"

"好，"石小刚竖起大拇指表扬模特儿，"我就是你这种性格，我也不愿被人指挥。"

模特儿没坐多久，她的两个女友坐在邻桌，那里还有两个年轻男孩，高高瘦瘦的，模特儿与石小刚聊了几句，又起身回那桌喝酒去了。

"她真漂亮，"莫伢子说，"她是我在生活中见到的最漂亮的妹子。"

光头也点头说："比我们村里的杨菊花还要漂亮十倍。"

莫伢子不屑于光头的比喻说："杨菊花与她比，根本就不是一回事。"

光头喝了口酒，看一眼模特儿说："刚哥，周妹跟她比，不在一个档次上。"

这段时间周妹跟石小刚时常有电话联络，常在电话里跟石小刚调情，真要上床，周妹又不干了，说她怕被他先奸后杀。石小刚说："不要说周妹，我根本就不喜欢她。"

三个男人喝酒喝到十一点钟，模特儿过来笑了下说："我们要走了。"

石小刚说："就走？"

模特儿抿嘴一笑："是的。"

石小刚忙表现自己的大方道："你们那桌的单我买了。"

模特儿不好意思道："那怎么好意思？"

石小刚说："没什么不好意思。哦，你有手机吗？我们以后好联系。"

模特儿就说："你把你的手机告诉我，我一打，我的手机号就在你的手机上了。"

莫伢子就替石小刚报了手机号，并说："我们石总很喜欢你呢，小姐。"

那天晚上石小刚和莫伢子及光头泡吧泡到凌晨两点多钟，回到酒店，一觉睡到第二天下午。一开机，模特儿就打他的手机，一笑，问他："你在干吗？"

石小刚一听那笑声就明白是那个模特儿，马上说："没干吗。你呢？"

模特儿说："我没干吗，我好无聊的。"

石小刚忙说："我来陪你吧。"

模特儿发出了一大串银铃般的笑声："你好大方啊。"

石小刚想他的大方赢得了模特儿的关注，忙表白："在你面前，我愿意大方。"

模特儿说："怎么呢？"

石小刚开心道："我也不晓得。"

模特儿说："你结婚了吗？"

石小刚撒谎说："我没结婚，你呢？"

模特儿说："我也没结婚。"

石小刚高兴道："我们一起吃晚饭可以吗？"

模特儿说："现在说不准，我再打电话给你。"

两人吃了晚饭。吃晚饭时，周妹打石小刚的手机，石小刚一看是周妹的手机号就没接。模特儿说："你怎么不接？"

石小刚表现出厌烦的模样道："我前女朋友，我不想理她。"

"前女朋友？"模特儿看着他，"你们分手了？"

"分手了，"他说，索性把手机关了，"现在我们安静了。"

模特儿就很安静地吃着饭。

石小刚目不转睛地盯着模特儿看，看得模特儿不好意思地跟他轻描淡写地谈起她的家庭来了。模特儿说："我父亲是基建老板，有点钱；我母亲是搞食品批发的，两个人各赚各的钱。"她说到这里时犹豫了下，接着说："我父亲有一个情妇，那个女人只比我大六岁。我父亲为了那个女人，长期不回家。我母亲很好强，在这方面也不示弱，效仿我父亲，也弄了个三十多岁的男人做情夫，也不回家，经常在宾馆开房。这是父亲对我说的。两个人　见面就吵架，家里跟战场一样。"模特儿忧伤的模样望眼石小刚，"从我读高中起我就常常是一个人待在家，一栋好大的屋就我一个人，那时候我很害怕，随便什么声音都会让我紧张。"

石小刚同情她道："我理解，我真的很理解。"

"我讨厌我母亲，那么老了还在外面玩。"

"你母亲多大了？"

"快五十了吧。"

"哦。"

"早一向我跟几个朋友逛商店，碰见了我妈。她打扮得同老妖怪样。"

石小刚第一次听一个年轻漂亮的女孩用这种不屑的口气谈论母亲，就很感兴趣的样子看着模特儿。模特儿继续说："我妈为了让自己显年轻，穿着红衣服，红衣服的领口还特意开得很下，那不是出丑吗？她还以为她的肉有魅力？那么老，真恶心。"

石小刚觉得很对，就笑。

模特儿鄙夷那个同她母亲相好的男人说："那个男人纯粹是搞我妈的钱。"

石小刚不好发表意见，模特儿问石小刚："你以为他们会有感情吗？"

石小刚把充满爱怜的目光投到模特儿脸上："这我不好回答你。你爸爸呢？"

"我爸还好一点。不过我也不喜欢我爸。我跟我爸只有电话联系，我爸根本不回家，在外面另有房子，只是我不知道。我一个星期难得见到我爸一面。"

"哦。那你爸和你妈都蛮浪漫的。"

模特儿瞟一眼石小刚："他们都太自私了。"

石小刚表示可以理解说："人都是自私的，自私是人的天性。"

吃过晚饭，两人就去快乐巴黎泡吧。快乐巴黎的老板认识石小刚，忙把两人迎到吧台里坐下，上了洋酒。模特儿喝着洋酒，笑着，突然就打了个哈欠。石小刚注意到她打哈欠，就笑："还没开始就累了？"

模特儿说："告诉你，这酒吧里有摇头丸。"

石小刚早就晓得酒吧里有人吃摇头丸，主要是一些小青年爱吃摇头丸，然后随着酒吧里放的摇滚音乐摇头晃脑。石小刚从没吃过摇头丸，但他听人说吃摇头丸能乱性，使女性增加性欲。他想她要是吃了摇头丸，说不定就会跟他狂欢一顿。他说："你吃过摇头丸吗？"

模特儿大大方方地说："吃过，你没吃过？"

"没吃过，"石小刚答，"会上瘾吗吃摇头丸？"

"我想不会，因为我没上瘾。"

石小刚来兴趣了，对酒吧老板招下手，酒吧老板忙走上来，石小刚就扯了下酒吧老板的衣角问："有摇头丸吗你们？"

酒吧老板说："我没有，有人身上有，你要？"

石小刚说："想试一试。"

酒吧老板问他："要好一点的还是一般的？"

"当然是好一点的。"石小刚兴奋道。

一个年轻人走拢来，把摇头丸卖给他们，转身离开了。石小刚像吃药一样要把摇头丸丢进嘴里，模特儿制止说："是放在酒里亲爱的，和酒一起吃。"

石小刚听她叫他"亲爱的"忙高兴地望她一眼，把摇头丸丢进酒里，摇着，摇头丸则在液体中慢慢散开、融化。两人便喝着放了摇头丸的酒，石小刚饮了几口酒，渐渐觉得脑壳有点晕，心跳也加快了。他望着模特儿，见模特儿反而很精神，摇头晃脑的，脸上的笑容也比先前靓丽了几分，就想他身上的药物反应是晕，而在她身上反馈的却是化学物质产生的兴奋。"我脑袋有点晕。"他说。

模特儿说："第一次吃都这样，等一下就好了。"

石小刚就忍着，慢慢喝着掺了摇头丸的洋酒，随着摇滚乐摇晃脑袋。两人泡吧泡到凌晨一点钟，石小刚送模特儿回家，这时摇头丸的药力已经转换成克制不住的情欲了。他在车上吻了模特儿。他感到从未有过的甜蜜，觉得这个模特儿又美丽又大方，就停下车说："今天晚上我们去蓝天大酒店开房？"

模特儿说："你想搞我了吧？"

石小刚觉得模特儿说话真是一针见血，便说："是啊，我很想。"

"你这么爱玩，这么有钱，搞过的女人肯定不下一打吧？"

石小刚笑笑，"没有呢。我这人有些择人，我又不是公猪，见了女人就要上。"

模特儿抿嘴一笑："那我很荣幸呀。"

石小刚不想回银城大酒店，他怕被他弃在酒店里的莫伢子和光头搅了他的好事。他将车向蓝天大酒店开去，说："我更荣幸，因为你是名模啊。"

模特儿脸上掠过了一丝忧伤。石小刚折头瞥见了她脸上掠过的那一抹忧伤，想她一定想到了什么不开心的事，便说："你好像有什么不开心的事？"

模特儿看他一眼，说："我很好。"

车很快就驶到了蓝天大酒店，模特儿跟着石小刚下车，两人一前一后走进蓝天大酒店的玻璃大门，这时已是凌晨三点钟。这是十二月里的一天凌晨，这一天石小刚交上了厄运，厄运是女模特儿带给他的。石小刚开了间单人间，两人进房，石小刚极为兴奋地将模特儿搂在了怀里。她能跟他开房，他当然就一脸的快乐。模特儿脸上却充斥着倦意，在他的怀里接连打了几个哈欠，泪水都打出来了。石小刚心疼她说："怎么啦？你想睡觉了？"

模特儿把涌到眼角边的一点疲惫的泪水揩掉，说："昨晚上没睡好。"

石小刚很关心从荧光屏上走下来的偶像，问她："你不舒服？"

模特儿又一个哈欠打到石小刚脸上："不是，只是有些累。"

石小刚没想到他挖空心思才把她弄到房间里来，她居然哈欠连连。石小刚脸上就有些失望，也不想把自己表现得同饿狼样，便说："那你睡觉吧。"

模特儿说："好。"

模特儿接着就向卫生间走去，她步入卫生间又折回来，把她拎着的漂亮的草绿色皮袋拎了进去。石小刚点了支古巴雪茄，坐到沙发上心潮起伏地抽着。他听见模特儿打开抽水马桶的声音，又听见模特儿撒尿的单调的声音，接着就是一阵水哗啦冲洗马桶的声音。再接着，他就听不见什么声音了。他等了几分钟，什么声音也没传到他耳朵里，便起身，走到卫生间的门前，敲了下门问："你没什么吧？"

模特儿回答他："我很好。"

石小刚拿起遥控器打开电视机，看了会电视，她开门走出来，脸上显得精神很好，她对他一笑，笑得很大方很妖媚，说："我要洗个澡。"

石小刚觉得奇怪，她进卫生间时疲惫得如一只晕鸡，怎么转眼就恢复了那种青春迷人的神采？模特儿把短短的皮夹克脱下，里面是件黑羊毛衫，她对他一笑，一举手，黑羊毛衫就被她脱了，露出一件贴肉穿的肉色的长袖衣，下面是一条裹着她臀部的线条优美的牛仔裤。模特儿往床上一坐，就果断地脱掉了牛仔裤，于是一条光洁的玉腿就充满弹性地呈现在石小刚的眼里。她问石小刚："石总，我的腿是不是很性感？"

这话明显带几分挑逗，石小刚的目光不但落在她的玉腿上，还落在她那条白裤衩上。石小刚非常肯定地说："它是我见过的最修长的腿。"

石小刚太喜欢她了，喜欢她白净的身体，喜欢她优美的身材，喜欢她俊俏的脸蛋，喜欢她那坏女孩般的不羁神情。模特儿说："万一我怀孕了呢？"石小刚大声表白说："怀了孕就生下来，生下来我就有儿子了。"

模特儿说："不，我这辈子都不想怀孕。"

两人睡觉时已是凌晨四点多钟。石小刚很疲劳，模特儿也很疲劳，两人搂在一起，一并沉入了温柔之乡。上午十点多钟，石小刚被尿胀醒了，他睁开眼，没看见模特儿，起身，向卫生间迈去。卫生间的门关着，他拧开门，惊呆了。模特儿正坐在抽水马桶上吸白粉，手上持着打火机，打火机上一团黄火，黄火烧着锡皮纸底，鼻头冲着锡皮纸上面的一点白粉吸着。在酒吧里，石小刚听宋经理他们形容过吸毒，就猜出她这是吸毒。她的秘密被他发现了，脸上就有一抹惊惶失措的红云。石小刚就盯着那片红云说："你吸毒？"

模特儿说："别说得那么难听。"

石小刚明白了，难怪她昨天跑进卫生间里摸摸索索，再出来时就精神焕发得不行，原来是毒品让她疯狂。石小刚说："你这是害你自己啊亲爱的。"

她没回答，把目光抛到壁镜里自己的尖脸上。

石小刚说："难怪你身材这么苗条。"又嘀咕道，"原来你吸毒。"

模特儿有意见了："莫吸毒吸毒的好不好？"她掉过头来瞟他一眼，绕过他，走出卫生间。石小刚解了小便，追出来，见她边穿衣服边收拾东西，就问："早饭都不吃就走？"

模特儿脸色冷冷地道："我得回去了。"

石小刚问："你爸爸妈妈晓得你吸毒么？"

"晓得。"

"你爸爸妈妈准你吸？"

"他们管不着。"

石小刚说："怎么会吸上它的？"

模特儿这会儿在穿袜子了，低下头说："我以前的男朋友吸它，我跟着染上了。"

"你男朋友供应你白粉吸？你男朋友呢？"

"他在牢里。他到广州进了些毒品，想以毒养毒，在贩毒中被抓了。"

"你应该把它戒了。这对你不好。"

"我现在想戒也戒不掉。不吸就什么都不想干，浑身无力。"

模特儿穿好袜子了，坐到梳妆台前打开化妆盒化妆，用描眉笔描眉，接着涂睫毛膏，还画了点眼影，最后她掏出褐色口红在嘴唇上搽了遍，抿了抿，然后掉头看一眼坐在沙发上盯着她的石小刚。石小刚觉得她化完妆后很完美，一点也不像个染上了毒品的女人。

"我漂亮吗？"她问他。

"你很美。"他说。

她浅浅一笑，亭亭玉立地拎上包，向门外走去，头也不回地说："再见。"

石小刚叫住她："等一下。"

模特儿站住了，转过身来。石小刚想说什么又犹豫了，改口道："我送你吧？"

模特儿说："不用，我打个的走。"

六二 宝马

石小刚觉得自己不应该跟模特儿持续下去，就一夜情蛮好，互不欠感情债。那几天他守在银城桑拿中心，白天看看杂志、报纸和电视，晚上就让光头替他把啤酒和宵夜买进房间，和莫伢子、光头一起喝啤酒吃宵夜。莫伢子和光头与他一并住在银城大酒店，他给两人开了个标准间，还让两人去桑拿中心玩。他留着他俩，是想他一个老板不能没有跟班。莫伢子人活泛，光头会打，有他们两人跟着，他心里踏实，但他也不想给他们更多，在他心里，他是看这两个人不起的。每天，三个大男人都把早餐省了，把上午睡干净，中午，莫伢子或光头就会敲他的门，于是三个大男人便聚到一起，开始了这一天的吃吃喝喝，或者看电视或思谋着到哪里去玩。一天，莫伢子见石小刚神思恍惚，心不在他们身上，就晓得石小刚在思念那个模特儿。莫伢子关心他说："石总，既然你那么想她，就打她的手机，约她泡吧。"

石小刚是很想那个身材窈窕的模特儿，模特儿与他发生的那一夜情，老实说在他心里留下了很多余韵。他摇摇头说："她为什么要吸毒？这样的妹子能惹吗？"

光头见石小刚满脸凄迷，知道他心里想那个女人和为那个女人痛苦，就淡淡一笑："不就是吸毒么？又不吃人。"说完，他看一眼莫伢子，对莫伢子眨了下眼睛。

莫伢子也觉得无所谓道："只是吸毒，又不是贩毒。现在社会上吸毒的人很多。"

石小刚望莫伢子和光头一眼，说："人一沾染上毒品就没救了。"

光头说："你不吸就是了，她吸那是她的事。"

莫伢子建议说："刚哥，我觉得你可以叫她把毒品戒了。"

石小刚说："毒品这东西那么好戒？要是那么好戒，还要戒毒所干什么？"

"那就把她送到戒毒所去，"莫伢子说，"强制她戒毒。"

石小刚摇下头："她爸爸妈妈都不管，我怎么好管？我凭什么管她？"

石小刚很想淡忘与他有一夜情的模特儿，就把周妹约来玩。周妹来了几次，石小刚对周妹却没了激情，激情都跑到模特儿身上去了，因为无论从哪个角度比较，周妹比模特儿都差一到两个档次，所以石小刚对周妹在他面前撒娇就无动于衷。有天，周妹说她现在准备去广州打工，杨妹要她去。石小刚竟没有挽留她的意思，反而说："广州好，我主张你去。"

周妹听他这么说，脸色就阴了，拿起包走了，从此就再也不肯出现在他生活中了。过了几天，他无聊，打周妹的手机约周妹吃饭，周妹却没有让他如愿，说自己有事。又过了几天，石小刚再打她的手机，她回答说她今天有饭局。有天，石小刚想很久没跟周妹联系了，便打她的手机，周妹却说她现在和杨妹在一起。石小刚问她："你真的跑到广州去了？"

周妹说："是啊，广州真好，你来广州吗石总？"

石小刚回答周妹："广州不好玩，我从广州回来的。"

石小刚放下话筒，脑海里就出现了模特儿的裸体。她现在在哪里？正在干什么？他的手机二十四小时开着，然而他却从没接到过模特儿的电话，倒是有很多酒吧女打他的手机，问他在哪里。他总是说他有事，接着就继续跟莫伢子和光头喝酒。过了一向这样的日子，他内心不但没将模特儿忘记，反而更想这个楚楚动人的女人了。他在银城大酒店待得就很难受，尽管有酒，有肉，有莫伢子和光头陪他，但他的心却飞到模特儿身上去了。

"走，去快乐巴黎。"他对莫伢子和光头说。

他又开始去酒吧了，去动力火车、快乐巴黎、黑郁金香酒吧等，去跟在桑拿中心里结识的男人和酒吧里结识的女人喝酒，去消磨一个又一个等待和思念的晚上。每天晚上八九点钟去，叫上莫伢子和光头，一车开到某酒吧前，钻进酒吧，叫上洋酒，兑着饮料喝，还要点鱿鱼、羊肉串之类的烧烤。不到凌晨两点钟，他不走人。有时候，他会带一个酒吧女回银城大酒店睡觉。然而在他眼里，所有的酒吧女都没有模特儿一半漂亮，首先是没模特儿那么修长的身材，其次没模特儿那样修长的玉腿——那些腿不是短了就是粗了，要不就是腿上长一腿他不喜欢看见的汗毛。她到哪里去了？他后悔没把模特儿的手机号存下来，以致他想存时，一个又一个的手机或电话号把模特儿打在他手机上的手机号挤没了。

他开始问酒吧的经理了："有一个姓邓的参加选美的模特儿最近来玩过没有？"

"姓邓的？模特儿？"他问的人迷茫地看着他。

他说："怎么？你连她都不晓得？就是那个很高很漂亮的女人。"

"哦，"酒吧经理笑笑，"没注意。"

他又说："就是那个很高很漂亮的女模特儿。"

酒吧经理说："来我们酒吧喝酒的好多都是模特儿，不晓得你是指哪个。"

他懒得理睬酒吧老板了，他又拉着莫伢子和光头去别的酒吧打听模特儿的下落。"有一个个子很高的很漂亮的女孩来过没有？我是说一个参加过模特儿竞选的姓邓的女模特儿。"

酒吧老板说："你是说她啊，早两天她还在这里喝酒，玩到晚上一点钟才走。"

石小刚瞪大眼睛说："真的？"

"是呀，你是说那个又高又苗条的女模特么？"酒吧招待说，"早两天她跟一个男人在这里喝酒喝到凌晨一点钟才买单。"

石小刚脸上露出了他自己都能感觉到的嫉妒："跟一个男人？"

酒吧招待说："嗯，跟一个男人在这里喝酒和玩色了。"

"是那个姓邓的女模特？"

"应该是她。"

石小刚说："姓邓的女模特去年参加模特儿大赛得过季军。"

酒吧招待肯定道："那就是她。"

石小刚吃起醋来了："哎呀，她胆子蛮大啊，真是个猛女。"

第二天晚上，石小刚九点钟还不到就拉着莫伢子和光头到了这家酒吧，三个人在一处桌前坐下，要了一瓶人头马，边喝兑了饮料和冰块的人头马，边等待模特儿出现。可是等了大半个晚上仍不见女模特儿的身影，便问酒吧招待说："怎么没看见她来？"

酒吧招待一笑："那我不晓得。"

石小刚说："她一般什么时候来？"

酒吧招待答："这我说不准。"

"她经常来你们黑郁金香酒吧喝酒？"

"我经常看见她来。"

莫伢子终于发话了："算了，刚哥，不就是一个女人么。这里女人多的是。"

石小刚说："你不懂，这是爱情。"

莫伢子说："还爱什么情啊？她这样的女人是交际花，有点乱搞的。"

石小刚瞪莫伢子一眼："你跟老子闭嘴，还轮不到你教训老子！"

连续一个星期石小刚都坐在黑郁金香酒吧喝洋酒和聊天，莫伢子和光头每天晚上都陪着他，三个人觉得无聊就叫上别的女孩陪他们喝洋酒、聊天和掷色子。有天有个女孩很漂亮，与一个男孩坐在他们一旁喝酒，石小刚望了那女孩好几眼，觉得那个陪女孩喝酒的男人实在不配坐在这里，个子矮矮小小的，穿得也不像个老板。石小刚喝得有点醉了，就举起酒杯要跟那个女孩碰杯。女孩惊讶地望着他，不晓得如何应对，石小刚却把漂亮女孩做酒吧的"吧托"看待，大声命令她说："喂，喝酒，我们干一下。"

女孩不动，而是瞧着她一旁的男人，男人也望着石小刚，石小刚说："来，小姐，我们干一杯，赏一个脸给我。"

男人发话了："有病。"

酒吧里摇滚乐声很喧哗，按说石小刚应该听不到那男人说的话，但石小刚听到了，眼睛就一瞪，盯着那个年轻男人："你说什么？你说谁有病？"

那男人一点也不怕石小刚，回答他："你有病。"

石小刚把手中的酒泼到瘦矮的男人脸上，有些酒还溅到了女孩身上。男人站起身，愤怒地望着石小刚。光头马上挺身而起，直视着男青年。男青年脸上古怪地一笑，掏出手机拨了个号码，对着手机那头说了几句什么，然后说："有狠你就不要走。"

石小刚正色道："我走就是你的崽。"

男青年坐下，望着他一旁的女孩，女孩正拿餐巾纸揩落到她身上的液体。莫伢子拉了下石小刚的衣角，示意石小刚走人说："他打电话叫了人，我们走吧？"

石小刚瞪一眼莫伢子，大声说："我不晓得叫人？要张兵把银城和银元的保安都调来。"

莫伢子就拿起石小刚的手机拨了张兵的手机："张总，我和石总在黑郁金香酒吧，有人要搞我们，喊人去了，石总要你把银元和银城的保安都调来。"

张兵说："我马上来。"

邻桌男青年的朋友先到了，一下子来了十几个。男青年立即大声说："这个杂种要泡我的女友，还泼了一杯酒到我身上，给我打。"

一个壮汉走上来挥拳要打石小刚，光头霍地起身，用胳膊挡住那壮汉挥来的拳头，并一拳打在那壮汉的脸上。壮汉身体一歪，一屁股坐到了一旁的椅子上。另一壮汉拔出刀就砍光头。光头一看是刀，闪开，拿起酒瓶就砸在壮汉的头上。壮汉叫了声"哎哟"，晃了晃身体，栽倒了。架就这样打起来了，一些人就纷纷朝外跑。酒吧老板打了110，警察与张兵他们同时赶到，都围着这堆人。石小刚的头上流着血，那是一壮汉挥刀砍在他后脑勺上，将包着他后颅骨的皮肉砍开了一条口子，血就是从那处伤口涌出的，流了他一身；莫伢子的头也打开了，被对方一酒瓶砸开的，伤口在额头上，额头上还肿了个包，是另一酒瓶砸出的。光头也被砍伤了，肩膀上挨了一刀，在他挺身而出地保护石小刚时，胳膊上也挨了一刀，那一刀砍得很深，都见骨头了，此刻他的肩膀和胳膊都流着血。110的警察一赶到，那伙挥刀砍人的家伙就想溜。石小刚一把揪住用刀砍他的壮汉，大声说："想跑——你做梦！"

张兵挤进来，见石小刚、莫伢子和光头都是一身血，忙道："石总，别的先不要说，先去医院治疗伤口。让开让开，都让开点。"

石小刚的头上缝了七针，头发都剃了；莫伢子的头上缝了三针；光头的肩膀和胳膊加起来缝了十一针。三个人在医院里躺了半个月，当然是对方付医药费，本来准备躺三个月，让对方多放点"血"，但石小刚实在不喜欢闻医院的气味，就开了些药，率领莫伢子和光头离开医院，回到银城大酒店住下了。有一段时间他们就没去泡吧，因为头上扎着绑带去泡吧让人笑话。后来伤好了，石小刚一想起那天他和模特儿玩的一夜情就兴奋，又思念起身材修长、面容姣好的模特儿来了，又拉着莫伢子和光头走进一家酒吧喝酒。那天也是运气，三人在快乐巴黎坐下没几分钟，酒还只是刚刚开瓶，石小刚一转头，看见了他思念多日的模特儿小邓。他的眼睛大了，他们有五个月没见面了。她穿件白夹克，夹克只箍在她的小腹处，因而下身特别修长迷人。她穿的是黑色弹力牛仔裤，弹力牛仔裤裹着她圆润的臀部和修长的腿，脚上一双白高跟鞋，因而看上去她比一般男人都高，就显得尤其窈窕迷人。她一进来就东张西望地找座位，她那高挑的身材和那蔑视一切的气质，让石小刚一眼就认出了她。他简直是激动地看着她，他冲模特儿招手，酒吧里人很多，模特儿没注意到他。模特儿不是一个人，她和三个男青年及两个女孩走到一处空桌前坐下了。石小刚没管那么多地走了过去。

模特儿看见他了，说："你好。"

石小刚说："看见你我很高兴。"

模特儿就抿嘴一笑。

石小刚问模特儿："最近你去哪里'飘'了？怎么没看见你了？"

模特儿说："去上海拍婚纱广告去了。"

石小刚扫了眼那三个男青年，他们也望着他，目光有几分敌视，石小刚就觉得自己不便跟模特儿多说话，说了几句便回到自己的桌前坐下。石小刚对莫伢子说："老子今天不能再放她走了。"他边喝酒边打量着坐在另一隅的模特儿。他发现模特儿也时不时将目光抛向他。他看见与模特儿喝酒的三个男人里，有一个与模特儿卿卿我我的，心里就冒出一股酸水，想去找那男人的不是。莫伢子拖住他说："算了，她又不是你女朋友，你一闹，反而不好。"

石小刚就没去。酒喝到凌晨一点钟，模特儿一伙人起身向门外走去。模特儿过来跟他打招呼，石小刚就抓住这个时机说："早两天我想请你喝酒，却不知道怎么跟你联系。你打在我手机上的号码一不小心被别人的号码冲了。你把你的手机告诉我，我要把它存起来。"

模特儿说："我手机经常关机，你打我的叩机吧。"

石小刚说："叩机号是多少？"

模特儿就把叩机号码告诉了石小刚。模特儿离开后，莫伢子笑了："石总，这个女人真的是很漂亮，难怪你石总忘不了她。"

石小刚说："我已经掉入情网了。"他说得很认真。

第二天上午九点钟，石小刚醒了，一醒，他就打模特儿的叩机，模特儿没回机，他又打了一个，仍没回。中午吃饭的时候他再打了一个，但直到晚上模特儿才回机；石小刚问她："你怎么才回机？"

模特儿说："我的叩机丢在家里，人出来了。你叩我什么事？"

"找你喝酒。"

模特儿在手机那头一笑："原来是这个。"

"你肯赏脸吗？"

模特儿很自信地问石小刚："想我了吧你？"

"那还用说。我们去快乐巴黎怎么样？"

"我不想去快乐巴黎。"

石小刚提出了新方案："那就去新开业的苏荷酒吧喝酒你看呢？"

模特儿在手机那头迟疑了下，石小刚生怕她拒绝，说："我还没去过苏荷酒吧，你呢？"

"好吧。几点钟碰面？"

石小刚一听她这么说，心里就充满了喜悦，说："八点半怎么样？我来接你，你住哪里？"

模特儿说："不要你接，我打的去。"

八点半钟，石小刚把本田雅阁开到苏荷酒吧前，刚停下，就见模特儿从对面走来，模特儿也看见了他，对他一笑。石小刚高兴地表扬她说："你很准时吧小邓。"

模特儿小邓俏皮的样子抿嘴笑了下："约好了的，怎么可以不守时？"

两人就步入了苏荷酒吧。苏荷酒吧刚开业，没有快乐巴黎那么热闹，也许是取了个怪名字，长益市爱泡酒吧的年轻人一时还没反应过来，就安静些。两人坐下，石小刚要了瓶法国人头马，加了冰块和话梅，就很正经地瞧着模特儿说："小邓，我这几个月到处寻你呢。"

模特儿小邓说："有缘就还会坐在一起，没缘，找到了又有什么用？"

石小刚觉得小邓这年纪轻轻的脑子里居然装着些灰头灰脑的思想，就举起高脚玻璃酒杯，跟她手中的酒杯碰了下说："来，为我们的缘分干杯。"

模特儿小邓抿嘴一笑，瞟一眼他说："为你想我干一下。"

石小刚觉得模特儿小邓十分聪明，竟能一语道破他暗藏的用心。他笑笑，觉得自己的爱情像映山红开了样，心田上一片红，就禁不住赞美她说："你真美。你的皮肤真好。"

模特儿小邓说："你是情人眼里出西施吧？"

"来，为情人眼里的西施干杯。"石小刚快乐地跟她碰了下杯。

模特儿一笑，笑得同电影演员一样好看。

石小刚的身体一热，很想把模特儿拥到怀里，很想跟模特儿马上潜入爱河，但是才来就走，未免太性急了。"你真美，你是我愿意献出一切的女人。"他说，脸上一脸的信誓旦旦，就跟地上一地的水似的，"一切，什么都可以给你，包括我的生命。我要是骗你，我出门就被汽车撞死，洗澡也被水呛死，真的。"

模特儿很愉悦地瞥着他："太夸张了吧你？有洗澡被呛死的吗？"

"有，"石小刚说，"有部香港电影里一个女人在洗澡，死在浴缸里了。"

模特儿咯咯一笑："那是别人谋杀的吧？"

"是的，"石小刚深感快乐地喝口酒，"有人把她的头按在浴缸里，活活把她呛死了。"

"为什么？"模特儿关心着影片中的情节问。

石小刚说："那个女人知道得太多了，坏人就把她弄死了。"

模特儿吐了下舌头："为好人干杯。"

石小刚就端起高脚酒杯，与模特儿很亲昵的样子碰了下，把半杯酒喝了。

两人喝酒喝到十二点钟，石小刚买了单，走出来，模特儿坐进石小刚的本田雅阁，模特儿说："我坐过宝马，我觉得本田车没有宝马车宽敞，也没宝马车气派。"

石小刚大气地道："那我明天就去提辆宝马。"

模特儿很欣喜地瞅着他："真的？"

"当然。"

模特儿小邓快乐地扑到石小刚身上，一股让石小刚激动的香气就缭绕在他脸前，让他不由得心醉神迷。模特儿小邓娇声说："你真可爱，我等着坐你的宝马车。"

石小刚把通体香喷喷的模特儿拥在怀里，嘴唇凑到了模特儿那丰腴妖艳的红唇上，"没问题。"他说，就用他那含着古巴雪茄烟味的舌头开启了模特儿那丰腴妖艳的红唇……

石小刚买了辆黑色宝马车，只因模特儿的一句话，他就买了。石小刚有钱，那是他开赌场时赚的五百万，他没告诉任何人地放在银行里了。他本想拿这笔钱再投资什么生意，但是这么一玩下来，他做生意的心跑得没一点踪影了，反正银城桑拿中心和银元娱乐城都在天天赚钱，他无须再搞新项目。次日一早，他去了车行，花一百万买了辆宝马。中午，他就把黑亮亮的宝马车开到了银城大酒店的停车坪上，打电话让模特儿下来。一个多小时后，模特儿化好妆，拎着漂亮的手袋走出来，一脸美丽地走出酒店，一眼就看见石小刚站在比本田雅阁气派的宝马车前。她高兴地大叫一声说："哎呀，亲爱的，你太了不起了。"

石小刚就冲着模特儿笑："你想坐宝马，我当然要买啊。"

模特儿在大庭广众下走上来抱住他，嘟起红唇在他嘴上深吻了下说："我爱你。"

石小刚就幸福地笑道："我也爱你。"

模特儿在石小刚的鼻头上揪了下，"哼，"她娇声说，"你骗人。"

石小刚说："没有，我真的爱你。"

模特儿就偏过脸，对石小刚撒娇说："那你亲我一下。"

石小刚在她俏丽的脸蛋上亲了口。模特儿看了眼大街，大街上有几个路人看见石小刚亲她的脸，露出了诧异的目光。模特儿却感到愉快地一笑，钻进了宝马车。

过了儿天，石小刚就开着宝马车载着模特儿小邓四处飙了，今天在广州，明天在南宁，后天又到了北海。过几天，两人又到了武汉，不几天又在洛阳或开封的酒店里与河南人说着普通话，看那些号称是从洛阳旧皇宫里偷出来的假古董。两人玩疯了，这里玩那里玩，乐不思蜀。模特儿小邓人很野，玩心亦很重，说："亲爱的，我们去秦皇岛吧。"

宝马车就驶到了秦皇岛。

模特儿小邓说："我们去青岛玩吧？"

宝马车就奔向了青岛。

莫伢子打石小刚的手机，问他在哪里，他说他在秦皇岛；光头打他的手机，他说他在青岛。光头在手机里踟蹰了半天，说："我想找你借三万块钱，我想开个油漆店。"

他回答光头："等我回来再说吧。"

"你什么时候能回来刚哥？"

"暂时还不能决定。"石小刚说，想他们终于露出跟他玩的目的了，想他的钱，农民。

莫伢子也想找他借钱，莫伢子在手机里说："我要砌屋，想找你借两万块钱。"

石小刚想两个人都想在他身上挖一瓢醩的，他回答莫伢子："哦，等我回来再说。"他想建房子只怕是假的，无非是想从我手上弄几个钱走人，便对莫伢子说：

"秦皇岛真好玩。"

"我急于要钱呢刚哥，你是不是同张兵打个电话？"

石小刚想都在打我的主意，我未必还看不出来？你们肚子里装的那点货，那几根肠子在哪里打弯，我还不知道？说："不能说话了，我手机没电了。"

一个月后，他和模特儿小邓回来了，却不住银城大酒店了，改住蓝天大酒店。因为他不想借钱给莫伢子和光头。他想他们拿什么还他？拿命还他吗？他不需要他们的命。以前开赌场，他需要他们出力，现在他不需要他们了。他不需要他们的忠诚，也不需要他们的义气，他觉得他们两人都没什么用，书读少了，人就只那么灵泛，带在身边还是两个累赘。他觉得有模特儿在他身边就足以抵挡来自内心的寂寞和外界带来的空虚，不需要莫伢子和光头那样的农民陪他排遣一个又一个无聊的晚上了。模特儿小邓躺在蓝天大酒店的大床上，觑着她心爱的愿意为他干一切的石小刚说："亲爱的，你是真爱我吗？"

石小刚说："当然是真爱。"

模特儿就觉得自己很幸福地给了他一个飞吻，说："我非常爱你。"

石小刚说："有了你，我觉得我别无所求了。"

模特儿打一个哈欠，用手拍拍自己的红唇，泪水突然就涌了出来，在她脸颊上滚动。模特儿的毒瘾上来了。模特儿说："不行，我控制不住了。我要吸一口。"

石小刚说："亲爱的，你把白粉戒了吧？戒了，你就特别完美了。"

模特儿看他一眼："我想戒掉，不想吸。但你骗我，你明明有老婆你却说你没结婚。不行，我受不住了。"模特儿打开一个小纸包，开始吸。她闭上眼睛，享受着那撮白粉的滋润。她脸上呈现着陶醉的笑，她睁开眼睛说："我看见周润发了。"

在与模特儿小邓相爱的这段日子里，石小刚晓得在模特儿小邓心里，全世界最帅的男人就是香港男影星周润发。自从她看了电影《纵横四海》后，她就觉得这个世界上再也没有一个男人比周润发帅。他问模特儿小邓："你看见巩俐没有？"

模特儿小邓不是同性恋者，问他说："我看见巩俐干吗？"

石小刚既有几分迷茫又有几分嫉妒道："你真的看见了周润发？"

模特儿抿嘴一笑："你不吸不晓得，它真的能给你一种美丽的幻觉。"

石小刚羡慕她说："我真羡慕你，除了拥有我的爱情，还拥有白粉产生的幻觉。那个幻觉里还有你喜爱的周润发。你真幸福。我就没有，我只有你。"

"那你吸一口吧。你一吸，什么烦恼都没有了。"

"你想害死我呀？"

"害死你？我还要嫁给你呢。"

"能看见许晴吗？"

模特儿小邓说："能看见。她保证是一丝不挂地出现在你眼里。"

模特儿小邓又说："不过你不吸也好，免得你一吸就看见了许晴。"

石小刚说："我看你一回来，就有人送白粉给你。白粉真的这么容易弄到手?"

模特儿小邓一笑："你不是也想吸了吧?"

石小刚说："拿一点给我试试，看你那么如醉如痴，我也想试一下。"

模特儿小邓就打开包，拿出一个小纸包，将纸包打开，把那撮白粉倒在锡纸上，很小心地端给石小刚，提醒石小刚说："不是我强迫你吸，是你自己要试啊，到时候别怪我。"

"试一次就上瘾?"

"那还不至于。"

石小刚学她的模样打燃打火机，将那团黄火凑到锡皮纸下烧着。白粉受热后化成气泡了，模特儿催他说："快吸呀，不然就浪费了。"

石小刚迟疑片刻，埋下脸，一吸，那一撮炽热的白粉便尽数吸进了他的鼻孔……

六四　吸毒

云南妹脸色很不好，很疲惫和失意的样子，郑小玲跟她天天坐在一起，自然就感觉到了云南妹脸上的不快。云南妹是那种人，高兴的时候脸上就飘扬着高兴，好像节日里门上插着旗子样迎风招展；不高兴，脸上就乌云压境样，一个人坐在一隅，似乎在独自吞着一团团乌云。郑小玲见云南妹脸上乌云翻滚，眼睛像猫眼睛样射着痛苦的绿光，就关心地问云南妹怎么啦。云南妹那双绿光四射的眼睛立即一片模糊，像起了风，跟着就下雨了似的，眼泪水一颗颗地往下掉，犹如一粒粒珍珠滚落下来，似乎掉在地上都噼啪直响。云南妹终于说出了她的烦恼，她抽一口气说："石小刚要跟我离婚。"

郑小玲也觉得石小刚有些问题说："石小刚太过分了。"

云南妹说："自从石妹子死后，他就不跟我来神了，说石妹子是我害死的。天呀，这能怪我?我那天去乡村酒店，并不晓得石妹子会一时想不通自杀。"

郑小玲说："石妹子是自己投塘自杀，怎么能怪你?"

云南妹噙着委屈的泪水说："小刚说他给我一百万，还把我们现在的那套房子给我。"

"他这是搞真的呀？"郑小玲瞪大眼睛，"还提出房子和一百万了，你是什么态度？"

云南妹说："昨天晚上，他回来了，说他一定要跟我离婚。还说石妹子把他对我的爱情带进了坟墓。他这是找借口。我相信他在外面又有了新的女人。你想想，他有一年多没碰我了，他这样的男人——以前天天晚上要搞的男人，怎么会没有女人？"

郑小玲觉得她说得对，问："那你打算怎么办？"

云南妹把目光抛到了茶色铝合金玻璃窗外。窗外白雪皑皑的。这一天长益市下了场雪。雪是从凌晨下起的，飘啊飘的，飘了十多个小时，直到下午两点钟雪才停下来。整个芙蓉山庄披了层厚厚的雪花，一些树木被雪压弯了腰，弓着树身。一栋栋正在建设或已竣工的别墅使这一带山林多少还有点人气。一个黑影在雪地里走着，是钟唤龙。钟唤龙拎着相机走来，里面上了柯达胶卷，脸上充满了诗人的激情，"啊，你们想照雪景相么？"他邀请两个女人说，"今天的雪景真美，照雪景相吗两位小姐？"

大哥钟唤龙喜欢把她们两个女人叫做"小姐"，大哥脸上笑呵呵的——这个从衡阳师范专科学校毕业后，教了十几年语文，如今却在钻研房地产生意的男人，一个月拿一万元工资，包里又常常装着几万元招待费，几年下来，那种当教师的讲究外表朴素的文质彬彬的样子少了，换之的当然是一副有钱人的派头了，几千块钱的西装套在身上，几百元一条的领带系在脖子下，脚上是皮尔卡丹皮鞋，腰上是皮尔卡丹皮带，衬衣和内裤也是一色的皮尔卡丹。上午，大哥见雪花飘飘，就激动地开车去了市内，当然就买了台尼康相机和四卷柯达胶卷。大哥简直是激情满怀地冲到两个漂亮的女人面前，脸上是那种发现了新大陆的兴奋，说："这可是几年不遇的大雪，雪景非常美，照相不——你们？"

郑小玲晓得云南妹不悦，望一眼云南妹："照相不——你？"

云南妹瞟一眼钟唤龙，见钟唤龙一脸的激情，便说："为什么不照？照！"

大哥就跟一个摄影家样，脸上充满了可以大显身手的快乐，领着两个漂亮女人走进雪地，眼睛就不停地左右搜索，把两个漂亮女人叫到这里唤到那里，从相机的窥视孔里瞅着郑小玲又盯着云南妹，总是要求云南妹说："你笑一下，你稍微笑一下。"

云南妹笑不出来，她一想起自己从中山大学的校门里走出来，义无反顾地跟随石小刚来到长益市，放弃了学业，放弃了回昆明工作的机会，如今石小刚却要跟她离婚她哪里还有心情微笑？她笑得像哭，却说："我笑了呀。"

或者说："我没笑吗？我笑了的。"

大哥从相机的窥视孔里望着她说："你笑是笑了，但笑得有些勉强。"

"是吗？"云南妹说，"怎么可能？我笑了呀。"

大哥初试摄影，兴致高涨，把两个漂亮女人带到这里又带到那里，让她们在水库边或树下或已建成的别墅前站着或摆出沉思或向往的姿势，或做出温柔或妖艳的模样，跟两个女人照了整整两卷胶卷。几天后，胶卷洗出来了，郑小玲脸上没有忧伤，有的是对生活的憧憬和向往，因而脸上充满了美好的东西。云南妹照的很多相都是拧着眉头，或者一副苦皱着脸的模样，或者是闭着眼睛。大哥不好意思把这些照得不好的照片给云南妹看，就把几张好的给云南妹看。云南妹记性很好，记得自己在水库边上照了至少有十张，但大哥却只给她看站在别墅前的几张。她问大哥说："我在水库边照的呢？还有我攀着柳枝照的几张呢？"

大哥说："没洗出来。"

云南妹有意见的样子瞅着大哥说："哈，你贪污我的相片？"

大哥听不了这种话，贪污给女人拍的照就是对这个女人有暗恋情结呀，尽管大哥早就暗恋上云南妹了，而且暗恋得晚上都有些想云南妹了，可是大哥仍不愿意被云南妹视为"贪污犯"，忙表白说："不，我没贪污，老实告诉你，那些相你没照好。"

云南妹叫道："你洗了呀？"她撒娇地看着他，"快给我看。"

大哥从包里拿出了那些云南妹照得不怎么好看的相片给云南妹，一共有二十多张。大哥说："主要是我照得差，我刚学摄影，不会把握表情。"

云南妹看了，心里把自己视为女中豪杰的云南妹伤感起来了，愤然觉得自己再也没本钱骄傲了，说："我长得好丑的啊。"

大哥盯一眼云南妹："不，你很漂亮。"大哥是个当老师的，说话讲究诚实，他就诚实地说："严格地说，你不是很漂亮，不是那种常规中说的漂亮不漂亮，你不会一眼就吸引男人，但你经看，因为你长得有特色，傣族女孩的特色。"

云南妹瞟一眼大哥："还女孩？我都三十岁了。"

对于业已四十多的大哥来说，三十岁的女人当然是女孩，因为他进初中的时候，她才出生呢。大哥说："女人三十岁风华正茂，我说错了么？"他说完笑笑。

云南妹说："别拿好话说我了，我都绝望了。"

云南妹生于一九六九年，真的三十岁了，这让她有一种青春一去不复返的惆怅。想想她小时候的志向，她是要当女科学家的，如今却像离退休老干部样被丈夫闲置在家里，只能面对儿子石金水，就觉得自己很划不来就愤怒就真想把自己当破罐子破摔。女人有两怕，一怕嫁错郎，二怕学错行。云南妹觉得自己很倒霉地遇上了第一怕，嫁了个把她闲置在家里不闻不问的男人。云南妹很想自己重新来过，捡起书本，考研究生。可是她再也不是那种一坐下来就能安心学习的女孩子了，石金水在她一旁玩耍，在床上乱爬，这不能不分散她的注意力，因为万一孩子从床上栽下来，又万一把头栽坏了，那她不要后悔一辈子?! 所以她索性丢开书本，盯着她与石小刚生下的儿子。有天她想：难道我就这样任劳任怨地活着，跟旧社会的妇女样天天守在家里带孩子? 凭什么他石小刚就可以在外面找左一个右一个女人睡觉，而她就得老老实实地在家里浪费一天又一天的青春? 她觉得自己太亏了，天天守着空房对着黑暗，真像旧社会里那些坚守贞操的坐在望夫亭里等待丈夫归来的可怜的女人，便恨不得自杀。云南妹有些恼恨自己道："我真是太傻了。"

大哥不知道她在生谁的气，以为是他的相没照好而生他的气，就灰溜溜地走了。大哥嘀咕道："我可没有喜欢她。"四十四岁的大哥并非情种，相反，他是个很理智的男人，生里除了跟老婆做爱外，四十四年里他再也没碰过其他女人，尽管银城桑拿中心和银元桑拿中心里美女如云，但他硬是克制了那股冲到了他脑门顶的情欲。这是他心里装着很厚一本的伦理道德书，那些书一翻开就是对不贞洁不守信等行为的严厉谴责，另外，还偷偷装着云南妹。他买相机，完全是为了给云南妹照相，好留一些云南妹的照片在身边，晚上一个人时偷偷看一眼。大哥看出云南妹不高兴，这一天，他问郑小玲："云南妹好像不怎么愉快?"

郑小玲看一眼大哥："嗯。石总要跟云南妹离婚。"

大哥脸上一喜，但他迅速把那抹从心底冲上来的喜悦揩掉，就跟人把沾到嘴上的油揩掉了样，说："这怎么可能?"

"怎么不可能? 石小刚那样的人跟飞天蜈蚣样，云南妹管得住他?"

大哥觉得这真是上天要他喜欢云南妹，说："未必石总真的有了外遇?"

"我想应该是的。"郑小玲玩着手中的笔，"你想想，石总有一年不碰她了，他找谁排泄去了? 石总那样的人，身体那么健壮，公牛样，未必会老老实实?"

大哥想云南妹的身体也好得很，问弟媳妇："钟总晓得吗?"

"我还没跟他说，因为我不晓得该不该说。"

大哥想说"随他们去"，但话到嘴边却换成了关心云南妹的句子："告诉你老公，让他劝劝石总。莫搞什么离婚不离婚的事。"

郑小玲突然袭击的样子盯大哥一眼："大哥，你蛮关心云南妹啊。"

大哥的脸红了红："我是大哥，我希望你们都好。"

钟铁龙听完郑小玲的描述后，说："石总不会跟别人玩真的吧? 他未必这么不懂事?"

"你原来已经晓得石小刚有外遇了?"郑小玲望着老公。

此刻是四月里的一个中午。两人是在芙蓉山庄的别墅里。这是栋四百八十平米的别墅，楼上楼下有众多房间，是仿造荷兰乡村别墅建造的，室内建了壁炉，屋顶还有烟囱，楼下的大客厅有五十多平米，可以开家庭舞会。两人此刻是在窗户朝南的主卧室里。主卧室很宽大，带一个安装着整体浴室的卫生间；室内的墙布置成了淡紫色，门窗都包着柚木，有一股淡淡的柚子香味在房间里飘荡。床是豪华的席梦思床，床上铺着白垫单与白被子，床头挂着两人的结婚照。主卧室是落地窗，窗外是一片郁郁葱葱的树林，枝叶几乎都伸到阳台上来了。有一株野生的柚子树于这个季节里开花了，室内淡淡的柚子香就是这棵野生的柚子树送来的。躺在床上，用不着起床就感觉自己是躺在森林里一般。钟铁龙觉得睡在这里，有一种离罪恶远一点的安全感；睡在大酒店的房间里，警车驶过时尖叫着的声音，脚步走近的声音和走道上有人说话的声音，甚至隔壁开门关门的声音，有时候会让他很紧张。睡在别墅里，夜晚除了青蛙和昆虫的叫声，再也没有别的声音使他恐惧了，这让他于睡眠中感觉似乎踏实些。他点上支古巴雪茄，视线抛到樟树上，樟树于这个季节里正在换叶，一些樟树叶绿得发亮，一些老绿色的樟树叶却在飘落。他吸了几口窗外飘进来的新鲜空气，这才回答郑小玲的话说："这些事旁人不好管的，更何况石小刚现在根本就听不进我的话了。"

郑小玲非常喜欢她这个家，这个家充分让她觉得脸上有光。她的父母都从湖北来了，就住在楼下的一间同样宽大舒适的卧室里，她每天都可以见到父母和父母说话，她觉得这很幸福。她望一眼丈夫："铁龙，你不会也学石小刚吧？"

钟铁龙的目光仍然在茂盛的樟树上，他心里对石小刚已有了点看法，觉得石小刚终究是个农民，搞小金库。那辆宝马车一百多万，石小刚从哪里弄出来的一百多万？明摆着是石小刚在经营赌场时赚的，石小刚却瞒着他，说假话，居然对他说开赌场亏了。石小刚如今天天在外面玩，跟一些不三不四的人泡吧，他打石小刚的手机，石小刚回话的声音都是懒懒的，这让他心里不快，让他想起史书上的刘邦与韩信、朱元璋与蓝玉等。这些历史人物在他脑海里申辩着是非，使他时而站在刘邦、朱元璋的角度想，时而站在韩信、蓝玉的立场上想事。"不会，石小刚的脑海里是没有尺度的，"他不愿多想地回答老婆，"我不是石小刚。"

郑小玲就高兴道："那我就很幸运了。"

钟铁龙掉过头来望郑小玲一眼，看见妻子脸上是那种快乐的微笑，自己也笑了："我这人责任心强，何况我们已经有了一个钟万林。"

郑小玲说："我还想要一个女儿。"

钟铁龙开玩笑说："如果是女儿就给她取名钟荷花。我喜欢荷花，出污泥而不染。"

郑小玲说："那我们生吧？最多是罚点款。我们又不是罚不起。"

钟铁龙脑海里闪现了自己犯下的罪恶，那些罪恶时常在梦里纠缠他，让他在梦乡里惊慌不安地奔跑。如果再生一个女儿，他想，假如……就摆下手说："有钟万林就够了。"

钟万林在草坪上逗狗，他们喂养了一条英国牧羊犬，牧羊犬已经半岁了，个子长得很大很健壮。"万林在玩狗，"他说，"养了这条狗又好又不好，好是有一条狗守屋，不好是我们的儿子太关心这条狗了。这不行的。"

钟铁龙的手机响了，龙行长打他的电话，问他："在哪里？"

"在芙蓉山庄。"

"我有一个号称是石油大王的朋友姓胡，胡老板想买你搞的别墅。"

"可以啊。"

"别墅有好多个平米？"

"从三百五到五百的都有。"

"别墅好多钱一个平米？"

"四千一个平米。"

"你卖这么贵？"

"别墅啊，龙总，独门独院的，又不是公寓。"

"能不能多打点折？"

"你龙总开口，我可以给他打八五折。"

"还多打点。"

"这已经是最低的了。"钟铁龙告诉龙行长，"早一向市国土局一个局长的弟弟来买别墅，我给他打的还是九折。我这里有合同，不信你可以来看合同书。你要他先来看看。"

"他来看过了，胡老板有五十岁了，喜欢清静，他觉得你那山庄的环境不错。他已跟你大哥谈了，你大哥说公司规定最多只能打九五折。"龙行长在手机里打个哈欠，"我要胡老板明天直接找你，打八折啊，胡老板是我娘那方的亲戚，这点面子你要给老子。"

钟铁龙就给面子给龙行长道："你开了金口，我又有什么办法！"

龙行长在手机那头嘿嘿一笑，问他："你现在在忙什么？"

"正准备睡午觉。"

"午觉莫睡了，"龙行长说，"老子下午没事，你这大老板安排一下。"

钟铁龙觉得"大老板"这个称呼很受用，连龙行长都叫他大老板了，可见他在龙行长眼里的地位在不断攀升。他笑了笑："没问题。你等我的电话。"

龙行长现在打麻将打得很大，包里总是带着几万块钱，要打两百三百的，力总

466

和刘总都不敢跟龙行长打麻将了，打小了龙行长又没劲，打大了，力总和刘总又没那么多钱玩。钟铁龙就打王总的手机，邀王总打麻将。接着邀另一个于这两年认识的房地产老板，那老板一听是打麻将就来了精神，说："玩。"然后才问："在哪里玩？"

他告诉这个老板："蓝天大酒店，打洗牌机。"

他起床，走到一个镶在墙上的大柜前，拉开柜门，再把里面的隔板取下，露出了隐藏在壁内的保险柜。他取了十万元人民币，包里还有五万，想这应该够了。他对郑小玲一笑："我出去了。"他想他如今一出去打麻将就带十多万，不是大老板，谁有这么多钱玩？他见儿子在跟狗玩，就批评儿子："你莫一天到晚跟狗在一起，去看看书，万林。"

一桌麻将打到晚上八点钟，邓老板带的十一万元于麻将桌上进了龙行长、王总和钟铁龙的口袋。邓总把麻将一推："不玩了，手气太否了。"

邓总不玩了就坐到了沙发上。王总赢了钱很快乐，他望一眼钟铁龙，忽然很感兴趣地说："说真的，我看中了你搞的芙蓉山庄的大环境，我想在你开发的芙蓉山庄买个两三亩地，自己建一栋别墅。有优惠没有钟总？"

钟铁龙说："别人头，我要二十万一亩，卖给你我就不赚钱，十万一亩。"

王总笑笑说："卖给我你也要十万一亩？"

"十万一亩是最低价。"钟铁龙说。

王总说："你在我头上也要赚钱？"

邓总开口说："我要买就买水库边上的地。"

钟铁龙说："临水的地很俏，在广州和杭州，临水的别墅如今都是一万元一个平米。我在临水库边一带建的别墅都要卖五千一个平米。那片地最低也要二十万一亩。"

邓总说："你搞强了，那片地你买得好。在长益市方圆百里内再也找不到芙蓉水库那样的地理位置和环境。我真蠢，我当知青就下在七马乡，芙蓉水库就是我们当知青时修的。早几年我还到过七马乡，我却没有你这种敏锐的商业目光。不然我就大发了。"

龙行长笑笑："你当过知青？怎么从没听你说过？"

"我一九七一年下乡，在七马乡当了三年知青。"邓总说。

王总说："我也不让你吃亏，你五万元一亩给我。可以吗？"

钟铁龙说："五万元一亩，那我就只能卖一亩给你，而且不能卖水库边上的。"

"我不要水库边上的，我只要两亩。我自己建个花园。"

邓总羡慕地看着钟铁龙："我羡慕你。"

"羡慕我？"钟铁龙笑着说，"羡慕我做什么？"

"羡慕你年轻啊。"

钟铁龙想他要是没犯罪，不是个罪恶之人，他倒很愿意接受他们羡慕，他确实把芙蓉山庄做起来了，芙蓉山庄也确实在为他大把大把地赚钱了。他淡淡地说："你也没老啊邓总。"

"还不老？我四十五岁了。四十以前，"邓总望一眼他们，"我每天都可以搞女人，四十以后，性欲就下降了。四十是男人的一个坎，过了那个坎，身体各方面都下降了。"

钟铁龙看着邓总笑，他现在三十四岁，不觉得自己与二十八岁时有什么区别。邓总说："你笑，等你到了我这个年龄，你就笑不起来了。"

钟铁龙想，他这罪恶之身还不知能不能平安地活到四十五岁，脸上就一派茫然。王总却认真地看看他说："我明天就去你那里看地。我要两亩。"

在钟铁龙心里，王总也是他发迹路上的恩人，便答："没问题。"

七月份来了。这一年的夏天非常炎热，到了七月份，气温一天比一天高，市区内，街上热浪冲天，以致人一出门就跟走进了蒸笼样。这天上午，钟铁龙回到别墅，客厅里，郑小玲和云南妹正说着话。云南妹满脸泪水，脸上还有被打的红肿印。云南妹看见他，忽然又伤心地哭道："钟总，呜呜呜呜呜。"

钟铁龙心里一惊，他没想到云南妹会这么失态，这个女人受过良好的高等教育，平常是很会装扮自己的，把忧伤啊痛苦啊什么的都藏在了背后，今天却释放出来了，犹如商店开业了样，只差放鞭炮了。他坐下，想她一定是受了石小刚的气，还是问："怎么啦你？"

云南妹哭道："我不想活了，活着没一点意思。"

郑小玲说："你不要说傻话，女人对自己要有信心。"

钟铁龙问："你跟石小刚吵架了？"

"石小刚跟一个没受过教育的农民样，动手打人。"郑小玲告诉丈夫，"把她按在地上拳打脚踢。你要讲讲石小刚了。"

钟铁龙盯一眼云南妹，见云南妹哭得真的很伤心的样子，又见云南妹的脸上、额头上都有青肿块，就严肃着脸问她："石小刚人呢？"

云南妹说："我不晓得。他可能去找那个骚货了。"

钟铁龙心里清楚，石小刚如果真要离婚，他是拉不回来的。他既不是石小刚的父母，也不是石小刚的姐姐姐夫，还真不好怎么说石小刚。他安慰云南妹说："你不要太伤心，如果石小刚硬要离婚，那你也要正确对待。"

云南妹哭得更悲伤了，捂着青一块红一块的脸："我不想活了，我想死。"

郑小玲说："你又说傻话，有什么了不起？不就是离婚么！"

云南妹继续哭着，她说了一件让钟铁龙顿时目瞪口呆的事情："你们不知道，石小刚现在吸毒，呜呜呜呜我不准他吸，他就粗暴地打我呜呜呜呜呜。"

钟铁龙的心一悸，仿佛有只螃蟹在他心坎上钳了下似的，心就一痛，脑海里忽然就飘过了很多疑云，这些疑云一度像座山样堆积在他迷茫的脑海里，越积越厚，都把他的脑袋塞满了，现在仿佛忽然就散开了，山露了出来，庙也呈现了出来一般。难怪石小刚变得越来越瘦了，难怪石小刚时常从财会室一领就是几万十几万的。他想起财会主任告诉他，不到一年时间，石小刚就花掉了一百万。原来石小刚是拿钱吸毒。他问："小刚吸毒有多长时间了？"

云南妹说："我不晓得。"

钟铁龙盯着哭巴巴的云南妹："你第一次发现石小刚吸毒是什么时候？"

"一月份的一天。"

"一月？"钟铁龙说，想现在已经七月了，"你为什么不早点告诉我？"

"他不让我跟你说，他说不准我告诉任何人他已染上了毒品。"

钟铁龙的心已不在云南妹身上了。石小刚怎么会变成这样一个人？他还要怎么对过？居然吸起毒来了！他想什么事情都可以不管，吸毒却不能不管，人一吸毒脑袋想问题的方式就与一般人不同了。他有点伤感，说："石小刚被那个女模特儿害了。"

云南妹马上望着钟铁龙："什么女模特儿？"

"反正不是个好东西的女模特儿。"钟铁龙说，不觉攥紧了拳头。

石小刚和云南妹住在另一栋别墅里，那别墅与他的别墅隔着两栋别墅。保姆带着他儿子睡了，石小刚坐在客厅里，客厅里有一大片枪炮声，那是环绕音响制造的枪炮声。石小刚在看美国枪战片，影片里的主角是史泰龙。由于音箱里播出的枪炮声和说话声太大了，他没听见钟铁龙走进来的脚步声。钟铁龙是看见石小刚的宝马车停在路边才走来的，他进来时，石小刚弯着胳膊给自己打针，他已经不是在锡皮纸上吸白粉的初级阶段了。石小刚注射完，拔出注射器，就歪着脸享受的模样闭着眼睛找快乐的感觉。钟铁龙呆呆地看着，叫了声"石小刚"。石小刚睁开眼，看见钟铁龙站在身前，一惊："你是人还是鬼？"

钟铁龙说："小刚，你吸毒？"

石小刚的脸色蓦地变冷了，他冷冷地瞟一眼钟铁龙："你莫说得这么难听。"

钟铁龙走过去把功放机关了，客厅里顿时安静得一点声音都没有了，如果有一点声音也是门外风把树木刮得沙沙响的声音。石小刚端起杯子，喝口茶，把杯子重重地放在茶几上，制造出的声音打破了僵局。他说："你坐。"

钟铁龙坐下，眼睛打量着荧光屏，荧光屏上还在播放着影碟，只是声音被他关了。石小刚不说话，背靠在沙发上。钟铁龙说："我一开始就说过，我们一旦有了钱，第一件事就是不能吸毒。你身为公司的老板，怎么率先吸起毒来了？"

石小刚说："什么吸毒不吸毒，没那么可怕，真的，不信你试试。"

钟铁龙感到震惊，怎么石小刚可以这么恬不知耻？钟铁龙走出来时忘了带烟，茶几上扔着古巴雪茄，钟铁龙弯腰拿了支，点上。石小刚又说："其实是政府宣传得可怕，吸白粉就跟你抽烟和喝酒样，只是一种需要。你沾上了，身体就需要它。"

钟铁龙说："你应该把毒品戒掉。这东西是害人的。"

"长益市有很多人吸这东西，它并不害人，反而给人一种你想象不到的快乐。"

"小刚，你吸的毒品是哪个提供的？"

"到处都有，只是你不吸你就没注意。到处都是吸白粉的。"

钟铁龙吸了口雪茄，说："你要跟云南妹离婚？"

"这是我的家事，你不要管。"

"我不是管，我是问是不是有这回事。"

"有。我答应把那套房子给她，还给她一百万。"

钟铁龙听他说话口气很大，便说："我不主张你离婚，云南妹是个好女人，你不要抛弃她。"

石小刚怒了："这是我的私事，这不是公司的事，你没有必要管。"

"你好像蛮有脾气样？"

"对，我是有脾气。"石小刚把气发了出来，"公司里什么都是你说了算，你说搞什么大家就跟着搞什么，我想搞的事你一句话就否决了。我变成了相公，一个摆设而已。"

"谁说的？"

"不要人说，我自己都能看出来。公司变成了你钟铁龙的公司，我在公司里变得可有可无了。公司的要害位置上都是你的亲戚和朋友。他们只听你的。老子成了摆设。"

钟铁龙觉得有必要向他解释了，就指出道："财会主任算不算要害位置？她是你表姐。我为什么不用别人而用你表姐，是我要让你放心，我并没把一分钱放进自己的腰包，所有的费用都是围绕着公司转。"

石小刚不认账："什么你用我表姐？我也是公司的老板。这个公司不是你个人的！"

"对啊，是我们共同的。我用黄建国，是你同意的。张兵也是你认可的，你说张兵帮你挡了好多事，而且办事认真。我用我大哥当银马房地产公司的总经理，也是事先征求了你的意见。我大哥这人厚道，不奸猾，这也是你说的。"

钟铁龙吸口烟，又说："莫伢子应该是你最信任的吧？光头也是你们村的人。光头找你，你不接见，就找我，我安排光头在银城桑拿中心协助张兵，还不是看了你的面子?! 为了让你放心我干的一切，我是有意要你把莫伢子叫来，安排莫伢子进银马房地产公司当副总，让他直接负责财务方面的事情。莫伢子不是你的中学同学么？"

石小刚说："莫伢子已经被你收买了。他现在不是我的人了。"

"光头呢？"

"光头现在也只是对你感恩戴德。"

"你这是说什么话？莫伢子虽然文化水平低一点，但交给他的事情他都做得有头有尾！自己买房地产方面的书看，不懂他就问别人，或直接问我大哥。什么收买不收买？光头也是个干脆人，从不乱搞一下。他们两人都是值得你信任的。"

石小刚冷笑道："他们现在开口闭口就是龙哥龙哥，你成了他们眼里的英雄。"

钟铁龙笑了："那是因为你只顾跟小邓谈爱，而我整个心思都放在公司里。最近这一年多，你一到晚上就往酒吧跑，公司里的事你管了多少？你不管，哪个听你的?"

石小刚又冷笑道："我这个老总说话没人听，现在连张兵都不尊重我了。"

"那我明天跟张兵谈谈，你是公司的老板他敢不尊重你！"

"我想自己搞一个公司，搞一个与你完全无关的公司。"石小刚很激动地说，"我就不相信我石小刚搞不好！"

钟铁龙不想听他说这些，"你说的话我都没听见，你先休息。"说完他起身，突然转过身来，"小刚，我劝你把毒品戒了。这东西太害人了。"

六五　双规

那天晚上钟铁龙没睡着觉，脑海里都是些可怕的人和可怕的事，这些人和事把他一次次地从睡乡的门槛里拖了出来。当他几乎要跨入睡乡那张温柔的大门时，好像有个人伸手揪住了他的后衣领，一回头，就是一件他自己做下的足以判他死刑的事，那事成了个面孔狰狞的鬼，对他露出冷笑的獠牙，那獠牙白白的，同匕首样尖利，把他的瞌睡全刺跑了，仿佛一只猫出现，将一群游荡着的老鼠吓得四散。次日一早，他对自己说："不行，不能不介入了。"他坚决地起床，把脸上的疲惫洗净，大步走向石小刚的别墅，没看见石小刚的宝马车，他知道石小刚回银城大酒店的长包房了。他就站在树下打 114 咨询台，接着打长益市戒毒所的联系电话，联系好后，他打三狗的电话，让三狗马上赶到银城大酒店。他把车开到银城大酒店的停车坪上，等三狗。三狗来了，着一身黑西装，很精神。他一笑，对三狗说："石小刚吸毒，这是很严重的事，我刚才跟戒毒所联系了，今天要把他送进戒毒所去。"

两人上了楼，走到石小刚长住的客房前，敲门。石小刚还躺在床上，模特儿起身开的门，钟铁龙厌恶地瞟一眼穿着睡衣睡裤的模特儿，对石小刚说："我们跟你单独谈谈。"

模特儿忙拿起衣裤进了卫生间，她换了衣服，走出来，化了点淡妆，出了门。

钟铁龙一直没开口地望着石小刚，脸上严肃得可怕，待模特儿小邓一离开，他才开口："我刚才跟戒毒所的人联系了，他们让我送你去。"

石小刚脸上立即不高兴了，"我不去，"他很有气地说，"我自己的事，不要你管。"

钟铁龙看着他："你必须去。我要对你负责。我不能看着你把自己毁了。"

石小刚盯着钟铁龙，脸上一脸愤怒："钟铁龙，你是不是管得太宽了？我拉屎撒尿你是不是也要管？"

钟铁龙想石小刚变了，变得不知好歹了。他说："我是为你好，小刚。"

石小刚还是一脸的气，"钟铁龙，干脆我们分家，你搞你的，我搞我的。我也不要多少，我只要一千万，一千万开一个公司就可以了，我自己另辟蹊径。"

钟铁龙的心一痛，像被螃蟹咬了口似的，他极为惊讶地盯着石小刚。这是他第二次听石小刚说这种话，昨天石小刚曾跟他说"想自己搞一个公司"，他及时打断了石小刚的话，没想石小刚今天又这么说。他想石小刚难道真要与他分道扬镳？他觉得石小刚变陌生变古怪了。石小刚说完这些话后不看他，而是把目光放到天花板上。钟铁龙想不能让他把这种思想发展下去，就答："莫说气话小刚。"

"我不是说气话，"石小刚尖声说，"这事我已经考虑很久了。"

"我们是不可能分的，也分不了。"

石小刚又尖声道："为什么不能？这个世界上没有不散的筵席。我觉得我们可以分。"

又道："分开了，我们各干各的，免得我对你生意见，你看着我又不顺眼。"

钟铁龙觉得石小刚这种离心离德的思想都是毒品闹的，"分不分今天不说好不好？"他对石小刚说，"等你把毒品戒了，我们再坐下来讨论可以不？"

"不可以，"石小刚说，"有些话，今天谈清楚好些。"

钟铁龙说："小刚，你把毒品戒了，我就跟你坐下来好好谈，今天不谈。"

石小刚不同意道："不，今天必须谈清楚，我早就想跟你谈了。"他瞪着钟铁龙，"这段时间，我仔细想过我们两人，我们两个人性格都太强了，都是不愿意屈于他人之下的人，既然都是这种人，就不可能在同一只锅里吃饭。"

钟铁龙点上支古巴雪茄，说："这样吧，等你把毒品戒了，公司由你石总来管，我就不再管公司的事，我也好落个清闲，可以不小刚？"

"不可以，"石小刚说，"今天就把公司分了，你干你的，我干我的。"

三狗开口道："石总，龙哥是为你好……"

石小刚尖声打断三狗道："还轮不到你开口说话，闭嘴。"

钟铁龙说："小刚，伤感情的话不要说，穿上衣服，我们走吧。"

石小刚不肯走，钟铁龙就继续跟他磨嘴皮，磨到下午一点多钟，钟铁龙火了，一拍桌子，说："你今天不去也得去！"他打了桑拿中心的电话，让张兵上来。

张兵上来了。钟铁龙绷着脸对三狗和张兵说："你们跟我把石总架到戒毒所去。"

三狗走上前去，抓住了石小刚的一只胳膊，一拉，石小刚就从床上起来了。石小刚叫道："放手——你！"

钟铁龙大声说："不要跟他啰嗦，走，跟我把石总架到戒毒所去。"

三狗不用张兵插手，一人架着石小刚的一条胳膊跟在钟铁龙的后面出了门。石小刚想反抗也反抗不了，因为他的胳膊被三狗扭得只能跟着三狗走。三狗是摔跤高手，石小刚的身体已被毒品损坏了，只能乖乖地跟着三狗缓步前行。张兵搂着石小刚的衣服，追随他们进了电梯。几个人走出电梯时，一些人就惊奇地盯着他们。石小刚又羞又恼地骂着脏话，钟铁龙黑着脸走出了酒店的玻璃大门，三狗二话不说地把石小刚塞进奔驰车的后座，自己也坐进了奔驰。张兵拉开另张车门，用身体堵着想从这张门下车的石小刚，把石小刚夹在中央。

奔驰车径直朝长益市戒毒所驶去。

这天下午，钟铁龙从戒毒所回来，车还没有驶进别墅，手机响了，是长益市工商银行行长助理兼办公室主任，姓韩，一个年轻人。韩助理说："钟总，你在哪里？"

钟铁龙就刹住车说："我在回家的路上，有何贵干韩助理？"

韩助理说："告诉你一个不好的消息，龙行长被'双规'了。"

钟铁龙一听这话就感到这真不是好消息，忙说："韩助理，你在哪里？我们见下面？"

"我在办公室。"韩助理说。

"那我来？"

473

韩助理说:"我来你家吧。"

钟铁龙把车停到门前,进了别墅。书房里有一张很大的红木书桌,弧形,桌上放着力总送他的一只白色的帆船,那天力总对他说:"我每个朋友搬新居,我不送别的,只送船,因为每个男人都是一条船,载着老婆、孩子,事业和梦想。"力总说这话时,脸上笑得很爽,嘿嘿嘿的。钟铁龙接过船时也很高兴,说:"谢谢力总。"并加了句:"我一定小心行驶。"力总送的这只帆船,是一个人驾着一条船与风浪搏斗的情形,船上的那个男人展开双臂,一手拉帆一手把舵,很有动感和力量。钟铁龙在转椅上坐下,眼睛盯着这只脸盆大的帆船时,脑海里出现了狂风、大雨和巨浪。他想龙行长正在与风浪搏斗,龙行长这只船不能翻,龙行长这只船一旦渗漏,他会跟着倒霉,目前他还有三千万的贷款没还呢。他倒不是怕银行催贷,而是担心,假如龙行长把他们的私下交易吐出来,那他不死也要蜕层皮!

一个小时后,韩助理来了,脸上跟他一样不安。韩助理是学经营的大学毕业生,高高瘦瘦。"我们银行信贷科的王科长是个猪,搞了钱生怕别人不晓得,银行里给他配了辆捷达,他嫌捷达车不气派,自己买了辆丰田佳美。这已经够引起别人怀疑了,他还嫌不够,又花一百七十多万买了处带屋顶花园的住房,把装修一搞,不就是两百多万?"韩助理觉得王科长没脑子,说道,"这还有人不怀疑的?有人写匿名信到省工行纪委,检举王科长的财产来路不明,他一个科长,银行效益再好也就是两千元左右一月,凭什么他王科长又买进口轿车又买一百七十多万的房?这不是明摆着要让纪委的人盯上他和怀疑他受贿吗?一抓进去,他就吐了,他把他行贿受贿的事都吐了出来。他说他当这个信贷科长是用钱买来的。"

钟铁龙抓住这句话问韩助理:"哪个告诉你这句话的?"

韩助理说:"纪委的干部说的,省工行纪委的干部是我的大学同学。通知我们行长去纪委报到的就是我同学,电话打到行长办公室,是我接的。我同学说王科长交代他这个信贷科长是花钱买来的。我再问,我同学就不肯说了,他在纪委工作,麻花样的。"

钟铁龙觉得于情于理龙行长都不能倒,一倒,这个最好玩的朋友就永远趴在地上了。说:"你那个大学同学在哪里?打电话约他一起吃晚饭吧?"

"请他吃晚饭?"韩助理说,"不晓得他会不会同意。"

钟铁龙觉得龙行长如果被纪委查出问题来了,就会移交到检察院,检察院就会起诉,那龙行长就死定了。龙行长一死,他钟铁龙也不会有好日子过。"你打个电话,以同学的名义请他吃晚饭,然后我们一起去银元娱乐城唱歌。你快打个电话试试?"

韩助理就拨了大学同学的手机,大学同学接了,说他今天很忙,等过两天再说。钟铁龙知道这一等，会等出问题。他玩的是工商银行的钱，所贷的三千万都出自龙行长之手，纪委的干部难道不会从贷款上嗅出铜臭来？"韩助理，干脆我们去工行纪委找你同学，"钟铁龙霍地起身，刻不容缓的样子拿起雪茄烟和打火机，"想办法温暖温暖龙行长。"

韩助理也觉得此刻是该去温暖他的领导："好的，走。"

省工商银行是一栋二十二层的大楼，建在一条宽大的街上。一旁还有一栋与大楼连在一起的矮楼，十层，工行纪委就在这栋楼里。钟铁龙将车开到大楼前，和韩助理一并走进了银行纪委办公楼。纪委在九楼，两人步入电梯时韩助理打大学同学的手机，大学同学接了，韩助理问大学同学在哪里，大学同学说："还能在哪里？在上班。"

"你要接见我一下吧？我已经到了你楼下呢。"韩助理说。

大学同学说："我现在正开会，不能出来。"

韩助理对钟铁龙说："我同学说他现在正开会，出不来。"

"你同学在纪委有什么职务？"

"一年前我听他说好像是科长办事员，没听他说有其他职务。"

电梯在九楼停了，电梯口旁挂了块白底黑字的牌子：纪律检查委员会。钟铁龙打量着大楼的内部结构，一条长走廊，两边是一间间办公室。钟铁龙想龙行长如果被关在这栋楼里，那是关在哪间房子？他对韩助理说："走，进去看看。"

很多办公室的门都敞开着，只有少量几间办公室的门是关的。走到头，是楼梯通道，在通向十楼的楼梯拐弯处装了银灰色的铁栅栏门，有一个中年男人在铁门里守着铁门。钟铁龙只看一眼就明白了。两人走出省工行办公楼，钟铁龙绕到后面查看，一抬头，见十楼有五个窗户装着铁防护窗。十楼还安护窗，这是关人的，钟铁龙想，对韩助理说："走吧。"

晚上九点多钟，钟铁龙坐着三狗的桑塔纳轿车来了。他们把车驶到矮楼后面，这里有一个花坛，一条林荫道连接着职工宿舍。钟铁龙抬头望着十楼，十楼安着铁护窗的窗户有三户亮着灯。"我敢断言，龙行长一定被关在三个亮着灯的铁护窗内的一间房里。"钟铁龙对三狗说，"在十楼安铁护窗，不是防贼，而是怕那些被'双规'的人还没交代问题就跳楼自杀。"

三狗说："那肯定。"

"下午我来看了，这里有一条下水管通到屋顶。"钟铁龙说，"大师兄，我准备爬上去，如果我今天不跟龙行长通气，我担心他会扛不住。"他想得很明白，像龙行长这样的人，如果在这种状况下不给他吃一粒定心丸，只要一审，就会跟大堤一样溃堤。"龙总从小养尊处优惯了，哪里经受得住纪委干部的审问，这一审，那还不坦白交代的？你跟我看着。"

三狗制止他爬说："我来爬，我去通知。"

钟铁龙瞟三狗一眼："你行吗大师兄？"

"应该没问题。"三狗说，浅浅一笑，活动了下四肢，走前几步，瞧见了钟铁龙说的那根连接着屋顶的下水管，这下水管贴着十楼西头的那个亮着灯的窗户。

钟铁龙打量了眼四周，周围没人，只有黑夜、钩月和树影婆娑的林荫道及微风。三狗毛遂自荐道："我就顺着这条下水管爬上去。"

"要是龙行长是关在这间房子就好了，如果是关在那几间房子就麻烦了。"

三狗说："但愿龙行长是关在这间房里。"

"你告诉龙行长，我会想办法让王科长翻供，要他什么都不要承认。"

三狗脱下皮鞋，攀着下水管就一步步往上爬。三狗爬了几分钟，爬到十楼临近铁护窗的一旁，三狗在那里迟疑了下，攀着铁护窗，身体就靠了过去。室内有盏日光灯，亮着，三狗看见一张床，龙行长盘腿躺在床上，在这种境况里还在让他体内的所谓气场滋润他的老二，边抽着烟，足见他还是算有定力的，眼睛却无神地觑着上方。三狗很留心，确认这间房里没有第二人，便非常兴奋地唤了声："龙总，我是黄建国。"

龙行长一惊，身体机械地坐起，朝门口张望。三狗说："我在窗外。"

龙行长迅速把目光投向窗户，一眼看见护窗上贴着三狗的身体，立即高兴道："这么高你都爬上来了？我的天，黄总真是你！"

三狗说："龙哥要我告诉你，什么都不要承认，他会想办法救你。"

龙行长的眼睛睁大了，目光不再是惊异而是兴奋："好的，你代我谢谢钟总。"

三狗又道："龙哥说他会想办法让王科长翻供，龙哥会有办法，你要相信龙哥。"

龙行长非常感激地看着窗外的三狗："你要他赶快想办法。"

三狗折着身体，伸长手攀紧固定下水管的马钉，身体就吊了过来，接着他紧抱着下水管一步步下移。比爬上去的时间稍快一点地下到地上，他穿上皮鞋，走到桑塔纳车前，这才对钟铁龙说："是龙行长，我已经把你的话传给他了。"

那天晚上钟铁龙又没睡好觉，次日，钟铁龙把韩助理约到吉祥酒店吃中饭。钟铁龙把奔驰车一停下，衣着时髦的刘夫人就迎了出来："钟总，好久没看见你来了。"

钟铁龙随口回答刘夫人："我去上海考察房地产项目去了，昨天才回来。"

刘夫人很惊讶："怎么你要去上海做房地产？"

钟铁龙摇下头："不去，只是考察上海房地产的楼盘和理念，我怎么舍得丢下

476

吉祥酒店呢，上海又没有刘姐开的吉祥酒店，要是上海有一家吉祥酒店分店，我就去上海发展。"

刘夫人很高兴地看着钟铁龙："钟总，我给你留了个包房。"

钟铁龙步入酒店，笑着走进包房，服务小姐为他沏了壶茉莉花茶，他刚把菜点好，韩助理就到了。韩助理放下包，"唉"地叹口气，钟铁龙笑笑问："叹什么气韩领导？"

韩助理说："唉，现在我六神无主，心里忐忑不安。"

钟铁龙很有把握的样子说："我保证龙行长不会有事，你们这些当干部的优越惯了，平常都是被别人捧惯了，一遇事就慌了神。"

韩助理说："我自己没事，我是担心龙行长。"

"我跟你说了龙行长不会有事，我保证。"钟铁龙说。

上菜了，钟铁龙拿起筷子，夹了片生鱼片，蘸了点芥末，放进嘴里吃着。"你晓得王科长的老婆孩子住在哪里吗？"他瞟着韩助理说。

韩助理也夹了片生鱼片蘸了点芥末吃着，说："他们原来住在那处屋顶花园，王科长被'双规'后，他们母子又住回银行宿舍了，咋天我还碰见她带着儿子骑着女式摩托车回家。"

"住回了银行宿舍？我想找王科长的老婆谈谈。"

"哦？"韩助理说，"那有用吗？"

"试试。"

韩助理担心钟铁龙会搞出什么事来，说："事情搞大了会收不了场。"

钟铁龙说："我有分寸。王科长的老婆是搞什么的？"

"是三中的化学老师。"

"教化学好啊，充分晓得什么叫化学反应，那她就应该懂得利害。"钟铁龙说，更有信心了，"王科长的儿子多大了？"

"七八岁吧，读小学二年级。"

"你把他们母子住的门牌号码告诉我，我去找王科长的老婆谈谈心。"

韩助理把王科长家的门牌号码告诉了钟铁龙，韩助理说："莫把事情搞大了，万一你们把事情搞大了，你千万别说是从我嘴里打听到的门牌号码。"

"不会的。"钟铁龙说，手机响了，一看是刘松木的手机号，接了。

"我到了，龙哥。"刘松木说。

上午钟铁龙打了刘松木的手机，让刘松木来，这会儿刘松木已到了。"你到银城大酒店去洗个桑拿，"他告诉刘松木，"跟张兵说单我来签。"

韩助理说："你的事情很多啊钟总。"

"不多，都是些琐事，不像你们考虑的是国家大事。"

韩助理说："你是讽刺我啊钟总。"

钟铁龙没有闲心跟韩助理聊天，吃过饭，他买了单，就开着车驶到了银城大酒店。他走进桑拿中心，张兵和光头看见老板走来，忙都迎了上来。钟铁龙打量着光头，见光头高高大大一脸威猛相，就想可以让光头陪刘松木去，立即又望着张兵，张兵胖了，但给人的感觉更是一副孔武有力的模样。他想张兵可以控制局面，张兵比刘松木和光头会说话。他说："等松木洗完桑拿，你带他到一楼咖啡吧来，光头，你跟我走。"

两人下到一楼的咖啡吧，半个小时后，刘松木和张兵一起来了，刘松木头发湿湿的，却神清气爽相。钟铁龙开口了："今天把你们三个人叫到一起是要你们去办件事，这事很重要，关系到我们大家的安危。"他扫一眼三人，"因为弄不好我们大家就都得散伙。我现在向工商银行贷了二千万元款搞房地产，如果龙行长倒了，银行就会找我的麻烦，我一麻烦，我们就都没饭吃了。我今天派你们去做一件事，一件一出马就得成功的事，不允许搞砸。"

三个人就举着三双期待的眼睛瞪着钟铁龙。"不能有半点伤害行为，不能动半根指头，但是要跟他们母子讲明要害，要让对方怕你们，从心里怕。"他说了很多，"要干科长的老婆转告王科长，不要害别人，如果他害龙行长，那他老婆和儿子，还有他的父母和岳父岳母就都完了。你要别人死，别人当然会先要你一家人死。记住这句话，张兵。"

张兵忙点头："我记住了。"

"你告诉他们，这不是威胁而是关系到别人的生存问题，生存受到威胁那就只能同归于尽。"钟铁龙亲自导演着这场戏说，"松木，你和光头都不要说话或少说话，你们两个在张兵说话时就捏捏拳，动动脖子，表示自己是专门吃这碗饭的，是六亲不认的杀手。"

刘松木立即将手指扳出"啪啪啪"一串响声。

钟铁龙赞赏这片响声道："对，你就这样子，什么都不要说，就扳弄手指。"

信贷科前王科长住四楼，一张盼盼防盗铁门呈现在张兵、刘松木和光头眼前，张兵见门上有门铃，就抬手按门铃。铁门里有一个女人的声音问话："哪个？"

张兵用普通话回答："我是王科长的朋友。"说完，他让刘松木和光头躲到猫眼看不见的墙这边，他自己很正经的模样站在猫眼前。

里面的女人很掉以轻心地开了门，门还没开彻底，张兵就挺身一挤，进了门。刘松木和光头立即跟了进来。这是一套三室一厅房，客厅里除了一个七八岁的小孩子，还有一个年轻男人。年轻男人是前王科长的小舅子，见一下子拥进来三个身材

478

魁梧的男人，就感到不妙地瞪着他们。小男孩却坐在沙发上看电视，边吃着苹果。光头一进房就将门关了，刘松木却迈到电视机前关了电视机。女人、小男孩和年轻男人都看着他们三人。高高大大的光头傍着年轻男人坐下，刘松木坐到靠窗的沙发上，瞪一眼年轻男人，就扳起了手指，把手指扳得啪啪啪响；光头却把凶猛的目光落在小男孩身上。张兵望一眼年轻男人，问女人："这位是？"

女人回答："我弟弟。"

张兵开口了："有你弟弟在那就更好，你晓得我们今天来的意思吗？"

女人惊骇地盯着张兵，又扫一眼刘松木和光头，摇头说："我我不晓晓得。"

"那我告诉你，你老公王科长很不够意思，"张兵说，"他自己犯了国法还乱咬人，这就是说他自己把自己害了，还要把别人毁了，这就犯众怒了。晓得吗？"

女人没回答，张兵又道："我们今天来不说别的，要你老公不要咬龙行长，你告诉你老公，咬了龙行长，那他就是不要这个家了，不要你这个女人和他的儿子了。"张兵说到这里把目光投到小男孩身上，在小男孩身上停留了几秒钟，又说："大家都讲道理，大家就都过得下去；你不要别人活，别人当然不会让你们一家人活下去。这句话你听清楚了？"

女人说："我懂。"

张兵说："我们不认识你老公，也不认识龙行长，但我们是受龙行长的朋友之托，来跟你们讲明利害，你老公要毁别人，别人当然会要你一家人先死。一点都不是吓你。"张兵瞟一眼小男孩，"我们从来不杀小孩，这是我们干这一行的原则，但我敢打赌，他的两只手和两条腿都会被剁掉，绝不是吓你。"

女人脸都白了，非常恐惧地瞧着这个说这事跟说家常事一样的男人。她扫一眼三个蛮汉，坐在沙发上扳得手指啪啪响的刘松木开口了："我们真的不是威胁你，我们就是吃这碗饭的，你要不信，那你用不着多久就能看到我们今天说的话。"

女人的头点得跟鸡啄米似的："我信，我信你们说的。"

张兵再一次开口道："如果你老公不在龙行长一事上翻供，龙行长有个三长两短，下次来就不是跟你站着说话了。你在长益市三中教书，你姓王，教初三年级的化学，我们都摸得很清楚，你明白吗王老师？"

王老师慌忙点头道："我明白。"

刘松木说："明白就赶快叫你老公翻供。"

王老师忙点头说："好好，我明天就去找我老公说。"

王老师的弟弟开口道："你们请放心，我保证让我姐叫我姐夫翻供，我保证。"

"那就好，希望你们说的话能实现。"张兵说，"这样大家就都相安无事。"

王老师的弟弟说："你们放心，我姐夫很怕事的，我姐一说，他一定会听。"

张兵见效果已达到了，便对刘松木和光头说："我们走。"

刘松木和光头站起身，两具魁梧的身躯跟着张兵走到门口，刘松木回头盯一眼王老师，很色情和粗野地添一句："喂，王老师，其实你蛮漂亮的。"

这句话吓得王老师腿都软了，哆嗦着说："我我保证让我老老公改改口供。"

前王科长由于能主动交代一个个错误，且把自己犯下的危害党和人民利益的罪行都交代完了，在没有送交检察院而是在进一步深挖前王科长检举揭发的其他银行干部的这段时间里，省工行纪委对前王科长的看管就处在一种相对松散的状况，就允许他老婆来看他。这天下午，前王科长的老婆来了，送来了烟和几听肉罐头，并对看管的纪委干部说她想跟老公多待点时间。纪委的年轻干部在这事上没有阻挠，把她带进关着前王科长的单间里，让他们夫妻去恩爱。王老师不是来找老公恩爱的，她推开丈夫那双怯懦的手，一脸恐慌地向丈夫描述了上述的一切。她说："好恐怖的，话讲得很明白了，要你翻供，不要把龙行长扯进来。"

她又说："那几个黑社会的流氓当着我弟弟的面都敢说这样的话，如果你不改口供，对我肯定是先奸后杀，对我们的儿子是砍掉两只手和砍断两条腿……"

前王科长呆呆地瞅着王老师。

"我弟弟也认识几个社会上的痞子朋友，我弟弟说一看他们这几个人就是吃这碗饭的专家。"王老师说，"我弟弟平时那么不怕事，昨天都被他们吓住了。我弟弟说从他们脸上，他看到的就是他们什么事情都做得出来，他们个个一脸横肉，目光极为冷酷。"

她瞪着前王科长道："我弟弟也要你翻供，如果你不想家破人亡的话。"

前王科长清楚一旦把他送交检察院，三百万的巨款受贿，不判他无期，也会判他十五年有期徒刑！老婆么，肯定会找他离婚！前王科长对老婆将可能面临的"先奸后杀"倒只那么关心，但对他唯一的儿子却不能熟视无睹。想想他的儿子两只手没有了，两条腿被人砍了，那还不如把他儿子杀死好！儿子是王家的独苗，他的两个哥哥养的都是女儿，只有他生的才是儿子。一旦儿子被毁，他的父母也会伤心而死，这让前王科长真的不敢想象！

前王科长瞟一眼老婆："你放心，为了我和你的儿子还有我们双方的父母，我翻供。"

老婆说："你一定要翻供知道吗？不然你就害死我们了！"

老婆一走，前王科长就趴在桌上给纪委负责他这案件的尹科长写思想汇报，说他鬼迷心窍，心存嫉妒，妄加猜想。他终于想通了，人在世上不能害人，害人不会有好结果，害人会遭报应且不得好死。因此他郑重声明，关于他交代的他的信贷科长是花钱买的，先后三次送钱给龙行长共计二十万元人民币纯粹是诬陷，敬请组织上查明，等等。

这封信于第二天上午九点钟落到了韩助理的大学同学尹科长手上，尹科长十分惊讶，捏着这封信步入房间，把信掷到桌上，瞪着前王科长说："你搞什么名堂王斌？"

前王科长讪笑了下："我觉得我不应该坑害别人你说是不是？"

尹科长瞪着前王科长："是不是你老婆和孩子受到了别人的威胁？你老实说。"

前王科长觉得这个时候他还真的只能说谎，因为没有人会听到他的老实交代后赶紧去保护他的家人，而他自己关在这里又没法保护。所以他一脸沉重地道："没人威胁我，也没人威胁我老婆和孩子，你想我现在已是条死狗子了，威胁我老婆和孩子还有什么用？"

尹科长说："昨天你老婆来了？"

"来了。"

"你老婆让你翻供是吧？"

"她跟我翻供没有关系，我是自己觉得我对不住龙行长，应该实事求是。"

"土斌，你要什么把戏？"尹科长火道，"你以为我们会相信你说的话？你不交代，我们也觉得龙行长有问题，就是龙行长有天大的能耐，我们也会一查到底。"

前王科长已坚定了翻供的决心，他昨晚一宵没合眼，脑海里尽是儿子被人秘密地砍去双手和双腿，然后被弃在街上浑身是血的可怕想象。这些直接联系到亲人身上的心痛肉痛的想象足以把懦弱的前王科长迅速变得无比坚强。"我就是不想冤枉一个好人所以才写信如实相告，"他对尹科长说，"我这人做了很多对不起党和人民的事，理应受惩罚。"

尹科长说："胡闹，你以为你说不是就不是？我们早就怀疑你们龙行长有问题了。"

前王科长头也不抬地道："那是你们的事，我声明这与我无关。"

两个月后，瘦了三圈的龙行长从纪委出来了，因没查出他有什么问题，仍然当他的市工商银行行长。他打的第一个电话就是打给钟铁龙。"钟总好，你在哪里？"他说。

钟铁龙在芙蓉山庄，正跟一个来芙蓉山庄买别墅的人聊天，听出是龙行长的声音，高兴地叫道："啊，是你？你在哪里？"

龙行长说："我在单位上，我他妈的没事，晚上我他妈的请你吃饭。"

龙行长从没请过钟铁龙吃饭，钟铁龙一听，笑了："好的好的。"

龙行长约钟铁龙六点钟在蓝天大酒店吃饭，钟铁龙准时到了。龙行长一见钟铁龙，就夸张地把钟铁龙抱到怀里，说："亲爱的龙哥，我要谢谢你，我真的没想到，你是怎么让那个姓王的畜生写翻供词的？"

钟铁龙一生里还是第一次被一个男人搂抱，很不习惯，推开他，大笑："细节你就不要问了，只要王科长翻了供，你没事了就万事大吉了。"

龙行长哈哈大笑："我们银行的事你都能搞定，你真他妈的神通广大。我们工行那帮纪委的人很难缠，我都不敢相信你能摆平那个姓王的杂种！今天晚上的客我请了，我要谢你。"龙行长一脸亲切地说，"看来我交你这个朋友真他妈的交对了。"

钟铁龙看着瘦了三圈的龙行长，龙行长从小就优越就高傲，脸上很少有像今天这样谦虚和知好歹的形容。"把黄总叫来，他冒着跌下来的危险爬那么高通知我……"

龙行长的手机里有三狗的手机号，他马上打三狗的手机："快点来蓝天大酒店。"

三狗来了，一身西装单履，很精神。龙行长一看见敲门进来的是三狗，马上走上去搂住三狗，"谢谢谢谢谢谢，"他 连说了三个谢谢，"晓得吗，那天我整个脑袋是木的，还真的是你及时爬上来告诉我，不然我龙某不吹牛皮，我真的不敢想象我他妈的能不能硬下去。"

三狗憨厚的模样嘿嘿嘿笑着："哪里哪里，龙总你太客气了。"

龙行长握着三狗的手不放，牵着三狗把三狗安排到他身旁坐下，说："我曾跟钟总说，钟总有几个好帮手，说的就是你。"

三狗说："哪里哪里，我没什么能耐，不过是做了钟总吩咐的事情。"

龙行长拍着三狗的肩膀，说："不是看见你就说客气话，我真是这么说的，说钟铁龙真他妈的有福气，有几个工作能力相当不错的帮手帮他打天下，这就是福气。"

钟铁龙想起《朱元璋传》那本书里，朱元璋有常遇春、徐达等帮朱元璋打天下，朱元璋之所以能胜陈友谅就是朱元璋对部下很好很友善。假如朱元璋只对自己好，不团结他的部下，他能赢生性狡猾、歹毒又很能为自己造势的陈友谅？他深感做老板的不能不为自己的部下设计未来，说："我大师兄这人非常能干且舍得干，而且很有责任心。"

龙行长一心要感激钟铁龙和三狗，他点了鱼翅、鲍鱼、鹅掌，当然还点了很多普通菜。酒是三千多元一瓶的人头马。钟铁龙笑："龙总今天是在大放血啊。"

龙行长说："无所谓无所谓，经常请我请不起，请一次还是请得起。"

龙行长望着钟铁龙和三狗："端杯，我敬你们两位。"

三狗端起酒杯，一饮而尽。龙行长又亲自为三狗倒酒，说："不是你和钟老板，我他妈的都不晓得现在自己在哪里了，谢谢你们。"

钟铁龙笑道："不说这些了，听起来肉麻呢。"

"他妈的，不说了。我龙某一辈子认你这个朋友。"

饭吃到九点钟，龙行长买单，要服务员开发票，这一桌饭吃了一万一千多元，龙行长当然会编一个名目，拿到财会室报销。龙行长发麻将瘾了，打电话给王总和力总，要他们到蓝天大酒店的棋牌室来。他对力总说："不打太大了，打一百的，快来。"

力总来了，"恭喜恭喜，"力总说，"我正想约钟铁龙哪天去看你。"

龙行长说："你有这份心就可以了。"

麻将刚刚打了几盘，钟铁龙的手机响了，戒毒所的老何告诉他，石小刚走了，那个女模特儿来找他们请假，说石小刚的父亲病得快死了，想见石小刚最后一面。钟铁龙说："不可能吧？那个女模特儿最坏了，她一定是欺骗你们。"

老何说："我想也是，女模特儿说她晚上八点钟以前保证把石小刚送回来，现在十二点钟了，石小刚还没回来。我是特意告诉你钟老板。"

六六　尼龙绳

那天晚上钟铁龙没有找到石小刚，芙蓉山庄的别墅里没有，银城大酒店里也没有石小刚的影子，打石小刚的手机，手机关机，石小刚石沉大海了。

次日上午，他把三狗、张兵、莫伢子和光头都叫到办公室，"石小刚失踪了，从戒毒所跑了出来，你们去找找。"他对他们说，"一定要找到他，一定要让他把毒戒了。"

莫伢子开着张兵开过的那辆白色桑塔纳，当天上午回了村，问石小刚的父亲道："石伯伯，石小刚回来没有？"

石小刚的父亲见是莫伢子，摇头说："没回来。莫伢子你坐。"

莫伢子没坐，又开着车飙回长益市，下午他和光头就分头上酒吧找石小刚。三狗却开着车去了乡村酒店，乡村酒店如今还在石小刚的名下。乡村酒店的大门锁着，侧门却大敞，三狗走了进去，里面满目凄凉，原来关着的门都被人撬开了，酒店里的空调、冰箱、桌椅和席梦思床统统不见了，都被当地的村民偷偷搬走了，甚至热水瓶、茶壶、杯子和碗筷都一概不剩了。他回来，向钟铁龙汇报说："乡村酒店被当地农民偷光了，连一根筷子都没遗下。"

钟铁龙说："你说石小刚会躲到哪里去？"

"应该躲在哪家酒店里住着。"三狗说。

钟铁龙说："走，去酒店看看。"

两人去了蓝天大酒店，又去了金源大酒店和通程大酒店，寻遍了停车坪上的车也不见石小刚开的宝马车。"这样找等于大海捞针，"钟铁龙没有信心了，"算了，随他去。"

晚上，他又打石小刚的手机，石小刚的手机仍是关机。他打张兵的手机问："找到没有？"

张兵回答："没找到。"

他又打光头的手机，光头说："没找到。"

他再打莫伢子的手机，莫伢子说"没找到"，他交代莫伢子说："你继续找。"

他们没有找到石小刚，石小刚跟模特儿小邓开着他心爱的宝马车去了广州、汕头、惠州、深圳和珠海等城市，在那些城市吃喝玩乐了大半个月，所带的十万元现金花得差不多了，这才回到银城人酒店。石小刚出现在银城桑拿中心时，张兵和光头都喜出望外，禁不住内心的激动，把他抱住了。光头说："刚哥刚哥，你让我们找你找得好苦啊。"

石小刚说："找我干什么？我又不是三岁两岁的孩子，还以为我会丢吗？"

张兵拍着石小刚瘦削的肩膀："你回来了就好，你玩失踪，把龙哥急死了。"

石小刚瞟一眼张兵："我这人不喜欢被人管，他凭什么管我？"

张兵没敢附和他，光头也不敢附和他。张兵笑道："我们都担心你呢。"

石小刚说："不用你们担心，我好得很。"

钟铁龙来了。石小刚开了间豪华单人间，刚刚洗了个热水澡，正准备睡觉，钟铁龙按响了门铃。石小刚就穿着裤衩走上去开门，钟铁龙就看着石小刚说："你这家伙玩失踪，害得我叫莫伢子、光头和三狗、张兵四处找你。你躲到哪里去了？"

"躲？"石小刚很不愿意听这个字，就用蔑视一切的目光盯一眼钟铁龙，"我躲谁？我去了广州、深圳和珠海，去散心。"

钟铁龙看到石小刚的目光很对抗，像一把匕首似的刺来，便冷静地在沙发上坐下，拿出古巴雪茄，递一支给石小刚，石小刚不接道："我刚丢的。"

钟铁龙将雪茄烟点燃，抽了口，说："小刚，你一定要戒毒，等下我就陪你去戒毒所。"

"不去，"石小刚尖声说，"那不是人去的地方。"

钟铁龙不动声色地瞅着他，瞅了他几秒钟，这才问他："我们是不是好兄弟？"

"以前是，现在不是了。"

"你怎么说这种话？"

484

石小刚抽一口气："我谢谢你关心，但你无权干涉我干什么。"

钟铁龙又一次强调："你一定要把毒戒掉，那东西会把你害死。"

石小刚冷冷一笑："这一向我反复想过了，我们各干各的。我和你既然已有了隔阂，再待在一起就只能进一步激化矛盾。你把银城桑拿中心给我，张兵是你的人，你带走；光头以前是我的人，就让他留下暂时替我打理。别的我都不要，我吃点亏也无所谓。"

钟铁龙的心田上腾起了一片灰尘，那片灰尘里有硫磺味，让他很恼火地盯着石小刚："什么我的人你的人？你越说越歪了！你明天去戒毒所，小刚，我真的是为你好。"

"我不要你为我好。你不要逼我，逼急了，那你不要怪我不讲兄弟情面。"

钟铁龙听出他话里有敌对情绪，便想不能激化矛盾，得采用另外的方式来解决这个棘手的问题了。他勉强笑了下，强调说："我们是好兄弟，我不逼你。"

石小刚阴着脸，眼睛望着墙角，说："你考虑一下我的话。"

"好，你让我考虑一个星期。"钟铁龙说。

钟铁龙相信石小刚要分家的思想已经根深蒂固了，因为他这是第三次提出来了。一个人如果有了分家的思想，那就不可能拧在一起了。他深感他终于明白史书上那些历史人物到后来都不能"同甘"的原因了，都是彼此不把对方放在眼里且听不进对方的话所致。苦的时候，大家的思想是共同御敌；甘的时候，利益和权力的分配难免会失衡，失衡就会生隔阂，隔阂会导致双方都不痛快。朋友也会生忌妒啊。史书上有的是这样的人，卢绾不就是例子？他曾经死心塌地地跟着刘邦打天下，后来富贵了，与刘邦不和，就公开反叛。为什么？钟铁龙想清楚了，就因为他们一度是朋友，刘邦贫穷时与卢绾还真是一对兄弟，从一条起跑线上起跑，一起反秦朝，一起打项羽，但后来刘邦跑到前面去了，当了皇帝；而卢绾只是封了燕王，燕王卢绾不觉得刘邦有什么了不起，就反，而反的起因就是心理不平衡！

整整一个星期，钟铁龙睡不好觉，吃饭也不香，一看见穿警服的就紧张。有天晚上，他在梦里再现他几个小时前回芙蓉山庄别墅的情景，他把奔驰车开到别墅前，刚进屋，有人敲门，他以为是大哥和莫伢子他们来了，就起身开门。走进来的是陈大队、高军等几人，陈大队对他冷笑道："姓钟的，你最终还是逃离不了我的法手。"郑小玲在他的梦里惊悸地看着，他儿子拉开房门，也害怕地望着，一双眼睛同他母亲一样，瞪得大大的。他正想安慰他儿子说"儿子你不要怕，爸不会有事的"，陈大队却迅敏地掏出手铐将他的双手铐住了。他在梦里似乎听见了手铐发出的冰冷的"咔嚓"一声，然后陈大队在他肩上推了一把，说"走吧"。他吓醒了。现实世界里，风把窗外的树木刮得呼呼响，陈大队在他梦里说的那声"走吧"，此刻还在他耳畔回荡。郑小玲却在他身边安睡。他起床，走进书房，点上支烟，坐到转椅上，盯着桌上的那只白帆船。他机械地伸出手，摸着这只帆船，摸着帆船上那个胳膊很粗壮的木雕人，这人一手扯帆一手把舵，一副正力挽狂澜的架势。这只船不能被来自后院的风浪打翻，他想，一翻，这些年他所干的一切都会化为乌有。这种可能性是存在的，而存在的砝码就在石小刚身上。石小刚一旦垮了，会很惨，人在悲惨状态中考虑问题就不是站在朋友的立场上考虑了，就会设法把令他嫉妒的人拉下水。一想到这里，钟铁龙就不寒而栗。

整整一个白天，他的思想都在那个梦里打转，他怎么会做自己被捕的梦？这样的梦，以前他从没做过，是不是有什么预兆？下午五点钟，太阳阴了，他看着窗外的天空，苍白的天色又把他引到了他七岁时走在送葬队伍里的那一幕，他手攥拳头，眼睛瞪得很大，装着姐姐尸体的棺材在他眼前晃荡。我姐死去二十七年了，那个害死我姐的人至今仍逍遥法外，所谓天网恢恢，疏而不漏，其实有时候也有一个"漏"。他想，什么事情只要做得神不知鬼不觉，就没事。刘进打他的手机，两人事先约好了一起吃晚饭的，他回答："我就来。"

钟铁龙把车开到黄兴路上，还在去年的春末，他为刘进在黄兴路上开了家时装店，取名为女同胞时装店。他这样做是因为他不想天天跟刘进待在一起，他不愿意郑小玲在这方面有所察觉。刘进对自己突然拥有了一家时装店充满了浓烈的兴致，当然就天天守着它了。她雇了个女孩替她卖服装，还邀了个女同学跟她一起做生意。她当老板，女同学当二老板。黄兴路上整天都有几万人蹿动，总会有女人光临她的女同胞时装店，刘进便会笑脸相迎，让那些女人不惜掏钱包。刘进是个非常聪明的女孩，脑子很活，总是有办法让一个个犹犹豫豫的女顾客咬着牙掏钱买她购进的服装。刘进在，她的女同学也在。刘进看见他，说："你瘦了。"

他摸了摸自己的脸，望一眼刘进，问："我瘦了？"

刘进非常注意自己的体形，因而在她的店子里有一个方形的专称体重的秤。刘进让他站上去，钟铁龙就站到秤上称，果然他瘦了十斤。"你现在相信你瘦了吧？"

钟铁龙这一向为石小刚的事确实没睡好，他说："是瘦了。"

刘进又娇声一笑："是不是想别的女孩子了？"

"没想。想公司的事。"

"想别的女孩子吧？"

"真的是想公司的事。"

刘进说："电话都不跟我打一个，我以为你又有了新的女孩呢。"

"你想到哪里去了？"

他们去一家以吃蛇而闻名于长益市的餐馆吃蛇，吃了晚饭，他便开车去了蓝天大酒店。一进屋，他把刘进揽在怀里，刘进反过来吻他，问他："做爱吗？"

他点点头，刘进就脱光衣服进卫生间洗澡。他瞪着洗完澡走出来的她，她的身材非常好看，皮肤也是一流的，光洁得犹如瓷器。她说："你去洗澡呀亲爱的。"

他去洗澡，让热水淋着他光光的肚子，他香皂也懒得揩就湿淋淋地走了出来。刘进把湿淋淋的他搂到怀里，用自己的身体揩他身上的水珠，娇声批评他说："你真懒。"

两人倒到床上，彼此亲吻、抚摸。爱河就涌现在两人中间，爱河波涛汹涌的，两人在爱河里潜游，时不时昂起头于风浪中吸一口氧，又坠入充满玫瑰香水的爱河中。可是做爱做到一半他就软了，因为他在爱河里仰泳小憩的那会儿，脑海里突然出现了这样的假设：假如石小刚因吸毒被公安抓了，关在牢里受煎熬了，他凭什么要让你钟铁龙好过？你是他爹？他哥？他弟？他崽？他的思想一跑到石小刚身上，就再没兴趣做这事了。

刘进问他："怎么啦你？"

他解释说："我这一向太累了。"

这天上午，钟铁龙把奔驰车开到了黄家镇，同刘松木会了面。刘松木在大街上的一处桌球室打桌球，穿着件花衬衣，下身一条西装短裤，脚上却是双拖鞋。刘松木看见他，就不打球了，笑嘻嘻地走拢来。他对刘松木说："你和我一起去长益市。"

刘松木说："我回家去换件衣服。"

五分钟后，刘松木走来了，穿件黑衬衣，下身一条牛仔裤，脚上穿着旅游鞋，变成一副精干的模样。刘松木是两个人，他想，一个是干事的刘松木，这个刘松木浑身是胆；一个是松松垮垮地在街上玩的刘松木，这个刘松木跟镇上的男人没什么两样。

路上，钟铁龙没怎么说话。他把车开到长益市一家新开张的神龙大酒店，开了房，领着刘松木进了房间。刘松木看着钟铁龙笑："你又有什么活要我干？"

钟铁龙点上支雪茄说："这个活我自己做不了。我是考虑了好久才下的决心。"

刘松木望着他，钟铁龙把黑皮包的拉链拉开，将一万块钱放在茶几上，说："这是你这几天的费用，干完了活，我会给你三十万现金。一句话，要干得干净，一点痕迹都不能留。"

刘松木的眼睛瞪大了："你是要我干什么大活吧？"

钟铁龙说："有一对朋友，以前很好，为了改变命运，一起做过一桩足可以让两人判十次死刑的事。后来好了，一个兄弟就吸起了毒，他的朋友无意中发现了，把吸毒的兄弟强扭进戒毒所戒毒，但这个兄弟中途找个借口跑了，跑了后带着吸毒的情妇去广州、深圳玩，手机关机，害得他的朋友发动弟兄们到处寻他。"他望着松木，"那个人回来后，他连自己的老婆和儿子都不去看一眼，仍整天跟情妇住在酒店里。松木，你说一个男人连自己的儿子都可以丢在一边不要，这样的男人一旦被抓进公安局，他会不会出卖朋友？你凭你的直觉说。"

刘松木毫不犹豫地回答："一个男人连自己的崽都不要了，又怎么会在乎朋友？他肯定会把朋友出卖给公安局，因为这个人心里已经没有朋友不朋友了。"

"说得好，"钟铁龙望着刘松木，"你和我的判断一样。"

刘松木见钟铁龙满脸忧愁，便笑着问："龙哥，你是说谁？"

钟铁龙这才点出人来："这个人是石小刚。"

刘松木的宽脸上一片惊诧，稀疏的胡子都翘了起来，很是吃惊地瞪着钟铁龙。

钟铁龙淡淡一笑："你救过他，他现在是个吸毒犯，被一个漂亮女人拖进了吸毒的圈子。我跟他是多年的朋友，我下不了手杀他，所以找你。"

刘松木的目光就像鹰一样盯着他："石总？"

"晓得我为什么要你干掉石小刚了吧?!"钟铁龙吸了口雪茄，"他晓得的事太多了，你那次救他，杀了四个人，他都知道。我要你给他留个全尸。"

刘松木说："全尸怎么个留法？"

"我跟你想了个最好的方案，我安排你坐他的车，你从背后勒死他。"他从口袋里掏出一根白尼龙绳，丢给刘松木，"该做的你都晓得了？完事后，记得把尼龙绳带走。"

刘松木玩着尼龙绳，试着拉了拉，发现它很结实，便说："我会完成的。"

"你戴双白手套上他的车，还是那句话，不要留下任何东西，包括烟蒂。"

刘松木点头说："我什么都不会留下。"

钟铁龙瞧着刘松木："你为我做了很多事。今天我看见你像街上的二流子，一条短裤一双拖鞋地打桌球，像没混出水平样。我准备在白水县城投资一个白水县最好的卡拉 OK 厅，送给你经营。一句话，赚了钱是你的，我一分都不要，亏了那是你没本事。"

刘松木咧开大嘴笑了，打一个拱手说："谢谢龙哥。"

"你现在有一百多万，如果不给你一个公司经营，别人还以为你的钱是偷的。"

刘松木哈哈一笑："是有人问我，问我哪里来的这么多钱，没做事还抽芙蓉王烟。"

钟铁龙点燃古巴雪茄，望着窗外，脑海里又闪现了童年的那个记忆，思绪飘忽起来。

晚上九点来钟，钟铁龙到了银城桑拿中心，张兵、光头和小黑皮在桑拿部，钟铁龙带了三个税务局的年轻人来玩，他让张兵安排。他问光头："石总人呢？"

光头告诉他："石总在他房间里。"

钟铁龙在桑拿部看了看，就上楼了。石小刚在他的长租房里，正歪着头看电视。门虚掩着，钟铁龙走进去时，石小刚说："你来了。"

钟铁龙说："我陪几个税务局的人来玩，他们在洗桑拿。"

石小刚"哦"了声。

钟铁龙说："等下松木会打我的手机，他正往银城赶来。"

"松木？"石小刚说，"我好久没看见他了，松木还好吧？"

"他带了些李培父母给孙子的东西。"他望着石小刚，"我走不开，要陪税务局的干部玩和吃宵夜，你等下开你的宝马车送他去。"

石小刚说："没问题，刘松木这个人非常能干，我很欣赏刘松木。"

钟铁龙想那就最好，他的手机响了，手机上显示了刘松木的手机号码。钟铁龙接了，故意大声问："你在哪里？你到了？哦，你等一下。"他望着石小刚，"你的车停在哪里了？"

石小刚说："就停在坪上。"

钟铁龙又对着手机说："你晓得石总的车牌吗？你到那车前等着。我就通知石总，让他送你去。"他合上手机，瞧一眼石小刚，石小刚看着他，钟铁龙说："松木到了。"

石小刚便起身穿衣服，说："那我马上去。"

钟铁龙淡淡地看他一眼："你代我向李培的遗孀问声好。"

石小刚说："我代你问声好。"

两人走出房间，进入电梯，钟铁龙按了"6"字键，石小刚按了"1"字键。电梯在六楼停下，钟铁龙走出电梯时看了石小刚最后一眼，他看见石小刚对他笑。

刘松木在人行道上站着，石小刚来了，拎着皮包，看见刘松木就跟刘松木打招呼，"好久没看见你了，松木你越来越精神了。"石小刚赞美他，伸出手要跟刘松木握手。

刘松木戴着薄薄的白手套，刘松木跟石小刚握手，嘿嘿干笑两声。

石小刚见刘松木两手空空，笑声也冷漠，又见这么热的天他还戴着手套，就觉得古怪道："松木，钟总说你带了点土特产给小小？"

刘松木说："带了，有几十斤，我懒得提，寄放在一家饮食店了。"

石小刚"哦"了声，也没来得及细想，按了下遥控器，车锁开了。

刘松木拉开驾驶室后面的车门，坐了进去。石小刚拉开车门，坐进去，把车门关了。他的车钥匙刚刚对着锁孔，还没来得及插入，猛地感觉脖子被什么东西勒住了。石小刚想说"你干什么"，但他说不出口了，因为脖子立即被勒得紧紧的，勒得他既不能出气又不能进气。他慌了，想转过身来，但他的头被绳索死死地勒在宝马车的真皮靠背上，动弹不了。石小刚反过手来抓刘松木，然而刘松木的头与他的头相隔了一段距离，他只扯到了刘松木额头上的几根头发。刘松木把头朝后一仰，说："不是我要杀你，是龙哥要我杀你，你不该吸毒。你死了，你的灵魂不要找我刘松木，你的死和我刘松木没关系。"

石小刚无法辩解，脖子被尼龙绳勒得死死的，勒得他无法呼吸。他感到很闷，闷得心脏都要爆了。他无法挣脱，吸毒把他的身体吸空了，他又哪里是刘松木的对手！他一下子泄气了，就跟皮球泄气似的，气从他那长着痔疮的肛门冲了出去，把屎都冲了出来……刘松木闻到了一股屎臭，他仍十分用力地勒着石小刚的脖子。有人从车旁走过，然而石小刚的宝马车车窗上贴了黑太阳膜，外面的人看不见里面。十分钟后，刘松木松开了紧攥着尼龙绳的手，用手背在死者的额头上探了探，感觉额头凉了。他相信石小刚死了。他把尼龙绳放进口袋，甩了甩手腕，这才把石小刚的包拎过来，把包里的东西统统倒在车椅上，有几叠百元人民币掉在沙发上，还有各种证件及几张银行卡，还有几根古巴雪茄。刘松木把钱捡进口袋，把雪茄烟也一一捡进口袋，银行卡他没要。他看了看车窗外，没人，便下车，弓着腰走到一辆桑塔纳前，然后直起腰，朝街对面匆匆走去。接着，他上了一辆的士……

十一点钟，三个洗桑拿的税务干部都快活地洗了桑拿，钟铁龙执意要送他们回家。一行人下楼，走出银城大酒店，钟铁龙领着三个税务干部向他的奔驰车走去，经过石小刚的宝马车时他看见了这辆车。他开着奔驰车驶离停车坪，将三个快乐的税务干部一一送回了家。接着，他的车驶到了神龙大酒店，径直去了1818房。刘松木就待在房里，看着电视，脸上笑嘻嘻的。他想他还能笑，真是个杀人不眨眼的魔王。"事情办完了？"他问刘松木。

刘松木咧开嘴说："办完了。"

钟铁龙盯着刘松木："你确定他死了？"

刘松木回答："我确定。"

电视机柜上摆着刘松木从石小刚包里拿来的钱，有三万多元，还有七支古巴雪茄，刘松木已抽了一支，屋内飘散着古巴雪茄的香味儿。钟铁龙闻到了古巴雪茄烟味，折过头来望着刘松木说："这都是石小刚包里的东西？"

刘松木点头说："都是。"

"全在这里？你没拿别的东西吧？银行卡啊、存折啊对你都没用的。"

"我没拿。"

"这钱你拿去用。绳子呢？"

刘松木起身，拉开床头柜抽屉，将那根勒死石小刚的白尼龙绳递给钟铁龙。钟铁龙的包里备了一把毁灭证据的小剪刀。他剪着尼龙绳，剪成半支烟长一截的。随后，他把剪碎的尼龙绳丢进抽水马桶，冲走了。"现在这件事的任何证据都毁了。"他说，转身望着一旁的刘松木，"你一定要记住我的话，不能吸毒。"

刘松木眼里出现了石小刚挣扎的可怜相，说："我保证不吸。"

"你只要吸毒，我就没你这个兄弟了。"钟铁龙又解释说："一个人一旦染上毒品就没有意志了，就成了蛀虫，你就是用钢筋混凝土建的大厦，也会被毒品这只蛀虫蛀垮。"

刘松木咧嘴一笑："我晓得轻重，龙哥。"

六七　张兵

石小刚被人勒死在车上一事是模特儿发现的。模特儿那天约石小刚晚上十半点钟在电视台前见面，因为事先她得上电视台做个节目。十点半钟，她做完节目，打石小刚的手机，通了，石小刚没接。她有些恼石小刚，就自己打的去了快乐巴黎酒吧。然而她在快乐巴黎酒吧没见到石小刚。于是她拼命打石小刚的手机，手机永远是通的，而石小刚却永远不接。模特儿觉得奇怪了，想是不是石小刚回了芙蓉山庄。她在酒吧里等着石小刚，边喝酒，喝酒喝到凌晨两点钟，她的毒瘾发了。然而，白粉在石小刚的车上，石小刚又没来，她终于熬不住地上银城大酒店来了。在银城大酒店石小刚睡的那间房的壁柜里还藏着几包白粉和一打注射器。她来到银城大酒店的停车坪上时，无意中发现了石小刚的车。她奇怪了，十分恼怒地冲进电梯，到了石小刚包的房门前。她敲门，不见里面有反应。她叫来服务员，服务员晓得她和石小刚的关系，就掏出房卡开门，房里没人。石小刚的车在停车坪上，人呢？她又打石小刚的手机，手机仍没人接。她下到只有男人才光顾的桑拿中心，这个时候桑拿中心已打烊了，只有光头一人在。模特儿神色严肃地问光头："光头，石总呢？"

光头说："石总没来。"

"石总没来？"她望着光头，"不可能吧？那石总人呢？"

光头耸耸肩："石总真的没来。"

模特儿已经被毒瘾弄得身体簌簌发抖了。她记得车上，副驾驶座的车屉里有白粉。她冲出来，她包里有另一把宝马车钥匙，石小刚不想开车时就是她开。她来到宝马车前，按了下遥控器，拉开车门，她看见石小刚的身体歪倒在驾驶座上。她以为他喝醉了，用手推了推他的头，却感觉手碰在了冰凉的石头上似的。她摸他的手，手冰凉的。她想，不是他吸毒过量而死了吧？她对站在不远处的保安说："你快过来看这是怎么回事？"

酒店保安赶紧走过来，看了眼说："他好像死了，快打110吧。"

模特儿就掏出手机拨打了110。

陈大队这天从西安回来，抓获了一个潜逃到西安的杀人在逃犯，把罪犯押到看守所，回到家，与老婆聊了气西安，亲热了番，便疲惫地跌入了梦乡。他似乎只是刚刚走进梦乡，手机就响了。手机是高军打给他的，告诉他，银城大酒店的停车坪上发生了一桩命案。老婆也醒了，见他起床穿衣服，问他："怎么，又发生了凶杀案？"

"嗯，我得去现场勘察。"陈大队说，边穿袜子。

老婆怜惜丈夫的身体说："你刚回来，叫高军去一趟不行吗？"

"犯罪分子留下的第一手资料都在现场，我还是亲自去一趟，踏实些。"陈大队已穿好了袜子，站起身系好皮带，拿起枪插进枪套，边对老婆说："你睡觉吧。"

深夜的长益市，街上已没了什么人，也没什么车了，一条又一条街都呈现着空虚、诡异和冷漠。陈大队驾着桑塔纳警车，很快就赶到了银城大酒店，110的民警已率先赶到了，维护着犯罪现场。他们看见陈大队来了，都很尊敬他。高军在他到达时，也赶到了。两人开始用心勘察现场。陈大队没想到死者是石小刚。他和高军都一眼就看出人是被绳索勒死的，死者的脖子上有一圈勒痕，他第一反应便是寻找作案工具，他和高军却没发现车内车外有绳索一类的东西。他感到这又是一桩棘手的命案。高军说："陈大队，绳索被凶手带走了。"

他没有说话，打着强光手电在死者身上仔细搜索，一寸一寸地查看。他发现死者右手的大拇指指甲缝内夹了两根头发，他取出这两根头发与死者的头发比较，用肉眼都能看出有所不同，死者的头发长些，柔软些，而这两根头发粗硬些，也黑些。他感觉这两根头发太重要了，这可能是死者与身后的凶手搏斗时，抠下的凶手的头发，只需做 DNA 比对，就能弄个水落石出。他把这两根头发放进一只透明的小塑料袋，封好。他除了发现车内有几张银行卡、酒吧消费卡、死者的身份证、驾驶证、手机和打火机，还发现副驾驶车屉里有毒品和几支注射器。他似乎明白了什么，把张兵叫到面前问："你最后一次看见死者是什么时候？"

"昨天。"张兵回答他。

陈大队问了张兵一些问题，边想着张兵的话，边盯着宝马车，想能坐进死者车内的人必定是死者的朋友，如果凶手不是死者的朋友，死者也不会让凶手坐到车上。他打量张兵，张兵当然是死者的朋友，身体结结实实的，完全有能力杀死石小刚。他说："你别动。"

张兵不动地望着陈大队。陈大队走拢去，敏捷地拔下张兵的一根头发，捏在两指间，却说："刚才你头发上有条虫，我替你把虫打掉了。"

张兵答："谢谢。"

陈大队转身，把张兵的头发放进另一只小塑料袋，为避免与死者指甲缝中取下的头发打混，把这只小塑料袋交给了高军，边说："回局里时交给我。"

钟铁龙开着奔驰车来了。半个多小时前，他接到了张兵的手机，张兵在手机里非常焦急地告诉他："钟总，石小刚被人杀死在宝马车里了。"

钟铁龙整个晚上都在等这个电话，这个电话终于来了。他装傻说："你吓我吧？"

"真是这样，老板，"张兵在手机那头用悲痛的声音说，"我不骗你，石总真的死了。"张兵呜咽了几声，"公安局刑侦队的来了几个人，刑侦队的说，石小刚是被人从背背后勒勒死的，脖子上有一条紫红色的勒勒印。"

钟铁龙这个时候需要郑小玲做掩护，便把郑小玲叫醒了。"石小刚死了。"

郑小玲瞪大了眼睛："小刚死了？这怎么可能？"

"张兵刚才在手机里说，小刚被人勒死在自己车上。"

郑小玲打了个激灵，爬起床。钟铁龙就一脸迫不及待的模样，开着奔驰车来了。两人下车，张兵在，三狗也来了，光头和莫伢子及小黑皮，还有银城桑拿中心的另外几个重要人员也都站在酒店门口。尸体仍在车里，陈大队勘察完现场后，脸上的表情既是冷冷的，又是疑惑的。他盯着走近的钟铁龙，冷冷地盯着，石小刚可是他的副手，石小刚死了谁最受益？他脑海里闪了下这个问题，他对钟铁龙说："你的搭档死了。"

钟铁龙没回答陈大队，径直向宝马车走去，车内很臭，那是死者生前挣扎时拉在裤裆里的屎发出的臭气。钟铁龙叫了声"小刚"，就扑在石小刚腿上哭，呜呜呜呜，哭声很大。

张兵呜咽着说："龙龙龙哥，呜呜呜事已至此，不不不要再再再哭哭了。"

钟铁龙哭道："呜呜呜呜小刚小刚呜呜呜小刚啊，兄弟你怎么就这么走了啊……"

陈大队站在一旁觑着，三狗和张兵把哭着的钟铁龙从车旁拉开，钟铁龙大哭道："搞到我我我们头上来来来了呜呜呜呜……我我绝不会放过凶手呜呜呜呜……"

郑小玲也哭了，不过她没钟铁龙哭得那么感情充沛，而是捂着脸边哭边走来走去。

下雨了。雨水由小变大。张兵关心钟铁龙说："进去吧龙哥，进酒店里先休息休息。"

钟铁龙仍然呜呜呜呜地哭着，鼻涕眼泪在他脸上流淌不止。陈大队在一旁觑着钟铁龙，等钟铁龙情绪稳定后，他走拢来说："你估计是谁杀了石小刚？"

钟铁龙悲伤的样子摇头："这我不知道，假如我晓得，我还能让他下手？"

"他有些什么仇人？"陈大队问他。

钟铁龙不吭声，陈大队又问了他一遍，钟铁龙仍装伤心的样子不说话。陈大队见他如此伤心，心里更迷茫了。他假装关心地拍拍钟铁龙的头，却迅敏地拔下钟铁龙的一根头发，后者只顾悲伤，一点感觉也没有。陈大队攥着那根头发，想这是只狡猾得可怕的狐狸，八成是在演戏给别人看。他严肃着脸说："这样吧，你先休息一下，处理一下石总的后事，你这几天不要外出，我会找你了解情况的，我希望你把你所晓得的事告诉我们。"

钟铁龙不理陈大队，哭巴巴地看三狗一眼，三狗苦皱着眉头抽烟，也看着他。他对三狗说："黄总，通知我大哥，叫他把云南妹接来。"

云南妹来了，是大哥开着奥迪车把她带来的。大哥一边开车一边字斟句酌道："你要坚强，茜茜。你一定要坚强，茜茜。因为一个人只有坚强才可能面对突发的困难。"

云南妹焦急地看着钟唤龙，她很聪明，已经猜到大哥要说什么了："你快说。"

钟唤龙说："你得答应我你会坚强地面对一切，不然我不敢说。"

云南妹急了："是不是石小刚出事了？"

钟唤龙说："你要坚强，这个世界上，人最可贵的就是坚强。"

"是不是石小刚死了？告诉我！"

钟唤龙边开车边说："人最宝贵的是生命，但比生命更宝贵的是坚强。"

云南妹恨恨地盯大哥一眼："你到底想说什么呀钟唤龙？"

钟唤龙觉得云南妹还没准备好，便说："我们这代人没有你们这代人幸运，但我们这代人比你们这代人坚强。一九七二年，我亲妹妹钟金凤只有十五岁，那天她吃过晚饭，去镇百货商店买线还是买什么别的，就没有再回来。知道为什么吗？她被一个畜生奸污杀死在一间空房子里了。当时钟铁龙七岁，我十七岁，我爸哭了，钟铁龙吓哭了，我妈都哭得昏死了过去，唯独我没哭。当时我脑海里想的是我们这代人崇拜的一个个英雄：许云峰、杨子荣和李玉和——他们不准我掉泪。你们这代人赶上了好时代，但恰恰好时代让你们这代人变得承受不了突如其来的压力。我们这代人在成长时受的是革命主义教育，后来又恰巧赶上了'文化大革命'，所以都经历了些风雨。你要学会一笑，一笑解千愁，懂吗你？"

"你想说什么啊钟唤龙？"

"还是你们好，你们最大的本钱就是年轻，思想也比我们这代人解放。我羡慕你们。"

云南妹愤怒地看着他："你扯到哪里去了钟唤龙，你怎么这么啰唆？"

"像你，读的是名牌大学，中山大学啊。就要有名牌大学的风范。"他看她一眼，见她一脸愤怒，觉得还要做一下她的思想工作，又说："这个世界上没有过不去的坎，喜马拉雅山都有勇敢的登山队员冒着生命危险攀爬过去，这是为什么你懂吗？"

云南妹大叫道："我不懂。"

钟唤龙又瞥她一眼，发现他还没有完全激怒她，便又说："不经历风雨怎么见彩虹？这歌词道出了人生的真谛。人，谁没经历过大悲大痛？记得有一首歌，幸福不是毛毛雨。懂吗？幸福是什么？是用痛苦换来的。幸福是学生，痛苦是老师，痛苦永远比幸福来得深刻。文天祥说了句著名的话：人生自古谁无死？人都要死的，只是早死和晚死的问题。曹操说，对酒当歌，人生几何？譬如朝露，去日苦多。这是要我们后人珍惜生命和活着的岁月。唐朝是中国最强盛的时期吧？但是烟消云散了。南唐皇帝李煜是个悲剧人物，他的一首词名叫《虞美人》流芳千古：春花秋月何时了／往事知多少／小楼昨夜又东风／故国不堪回首月明中／雕栏玉砌应犹在／只是朱颜改／问君能有几多愁／恰似一江春水向东流。雕栏玉砌应犹在，只是朱颜改。一个改字，道出了他的苦水，好深刻啊。春花秋月何时了，往事知多少？多伤感的词句，一泻千里的伤感啊，当时李煜已是宋太祖赵匡胤的阶下囚。"

"你在说些什么呀？"云南妹暴怒了，"你再不说我就下车了。"

钟唤龙见云南妹要开车门，马上说："石小刚死了，刚才黄建国打电话告诉我的。"

云南妹有点吃惊："怎么死的？"

"被人勒死在自己车上。"

云南妹呆呆地望着钟唤龙，傻了的样子。钟唤龙说："你应该坚强。"

云南妹不说话。

钟唤龙说："黄建国还要我告诉你，那个长得还算可以的女模特也在，是她最先发现石小刚死了。你看见她不要感情用事，因为你是个受了高等教育的名牌大学毕业的大学生。"

云南妹吃了一惊："是不是她害死了石小刚？"

钟唤龙说："这个只有公安局的才能定，我不晓得。"

银城大酒店前站满了人，很多人都是路过的市民，见这里发生了命案就走过来看。云南妹不像大家想象的那么脆弱，自己走下了车。钟唤龙为她开路，把围观的人一一撞开。她走到宝马车旁，闻到了一股难闻的臭气。她大叫一声，呜呜呜呜地哭了……

钟唤龙把云南妹视为妹妹："啊，我跟你说了，你在这种情况下应更加坚强。"

郑小玲跑过来，泪汪汪地抱住云南妹："你要节哀呀。"

陈大队把钟铁龙的头发、张兵的头发与死者的头发及死者右手大拇指指甲缝中取下的头发送到鉴定科做 DNA 比对，鉴定报告一小时前送到了他手中，结果令他失望，四根头发的 DNA 比对结果都不一样。但是可以肯定，能坐进死者车内的人肯定是死者的熟人，死者绝不会让一个陌生人坐进车内，这又不是的士，更不是招手即停的中巴，这是一辆高档的宝马轿车。死者既然不是钟铁龙和张兵所杀，那么会是谁对死者下毒手？陈大队思考了一气说："这个人会是谁？"陈大队望着高军，"这个杀手是个高人，车上连一个指纹也没留。"

高军点头："又是个让人头痛的凶杀案。"

陈大队点燃一支烟，烦躁地抽着烟，目光看着窗外，又自言自语地说："谁会是石小刚死后最大的受益者？是不是姓钟的？"

高军说："对，以前我们调查关局长的死时，石小刚自己说，他和钟铁龙是搭档，两人都是老板。现在石小刚突然死了，受益最多的自然是姓钟的。"

陈大队和高军坐在办公室里讨论了整整一上午，对案情进行多方面分析，都认定钟铁龙嫌疑最大，虽然 DNA 的鉴定并没提供有力的证据证明石小刚是钟铁龙所杀，但却不能排除死者是钟铁龙指使他人所杀。"这个人是个恶魔，"陈大队盯着高军说，"你发现吗？凡是挡着他财路的人，都死了，先是丁建、关局长，现在又轮到了石小刚。"

高军说："一联系起来想，是这么回事。如果真是这样，那这个人太可怕了。"

"可怕什么？魔高一尺，道高一丈。我们与他们是天敌，生下来就是收拾这些犯罪分子的。"陈大队愤恨地说，"这个人很狡猾很阴毒倒是真的，真下得了手，这个恶魔的心一定是石头铸的，是天生的——是那种只为自己打算盘的魔王，这样的魔王总有败露的一天，总会露马脚的。你感觉到没有，高军，我们离真相的距离越来越近了。我坚信这个世界是正义和公道的，犯罪分子无论多么狡猾，最终会落入法网的。"

这天下午，陈大队和高军开着警车驶到了芙蓉山庄，钟铁龙在办公室里接待了他们。莫伢子为他们倒了茶，陈大队对莫伢子说："你先出去一下，我们有些话要问钟总。"

莫伢子忙点头，出门。钟铁龙望着陈大队和高军，陈大队目光尖利地盯着钟铁龙，钟铁龙觉得陈大队的目光能洞穿他的心脏。他说："问吧，我还有一些事要处理。"

陈大队开口道："希望你能配合我们。"

钟铁龙又看陈大队一眼，勉强道："我会配合。"

"那请你谈谈石小刚的情况吧。"陈大队说。

钟铁龙把自己早已准备好的话抛了出来："我和石小刚分了工。早两年他在福田村开赌场，我负责芙蓉山庄的开发，不晓得他开赌场时得罪了什么人。"

陈大队想这个人够阴险的，顺着他的话问道，"他没告诉你他有什么仇人？"

"赌场封了后，我曾听石小刚说，有几个不要命的赌徒找他，向他追要在赌场里被市局治安大队没收的赌资，还威胁不退就要杀了他。"

陈大队立即说："都是些什么人，你说具体些。"

钟铁龙当然说不出具体人，他是在引开公安的视线。他说："石小刚生前也没说具体什么人，他只是用不怕的语气说'那几个赌徒'，我也没详细问。"他看一眼陈大队和高军，"他这一两年跟一个女模特好，天天跟那个女模特儿泡在一起，我们很少在一起说话。即使碰面，说的也是公司里的一些事，所以我搞不清他的仇人，没法向你们提供具体人名。"

陈大队盯着这个说话从容不迫的钟铁龙，突然说："你知道石小刚吸毒吗？"

"当然知道，是我和黄建国送他去的戒毒所戒毒。"

"他没戒你知道吗？"

钟铁龙忙就汤下面道："是不是他的死与吸毒的人有关？你们有线索了？"

陈大队想他这是把皮球朝门外踢，看他的脸色，表面上十分镇静，其实是假的，说："暂时还没有。"他说完这话，盯了钟铁龙几秒钟，突然话题一转："你昨天晚上在哪里？"

钟铁龙没马上回答，而是看了眼陈大队："在银城桑拿中心，怎么啦？"

陈大队又盯了钟铁龙几秒钟："你在银城桑拿中心干什么？"

"陪三个税务局的人洗桑拿，一直坐到十一点钟他们出来。"

"出来后呢？"

"出来后我把他们一一送回家，然后自己也回家了。你什么意思？"

陈大队说："很明显，能在背后勒死死者的人一定是他的熟人，不然死者也不会让凶手上车。我们要调查每一个与死者熟悉的人。你昨晚九点到十一点都在桑拿中心？"

"是的。"钟铁龙说,想他们怀疑到他身上了,厉害。桌上的电话响了,一个朋友来看别墅。钟铁龙也不想多说话,起身道:"我还有事,你们还有别的要问吗?"

陈大队盯着钟铁龙说:"这段时间你不要离开长益市。"

"可以,我如果要离开会跟你们打电话。"钟铁龙说,做出送客的样子。

陈大队和高军下楼,与钟铁龙分了手,两人坐进车里时,陈大队对高军说:"这个姓钟的是一头狼,我相信这个人是什么事都干得出的。肯定有问题。"

高军说:"我也觉得有点怪。"

回到市局,石小刚的验尸报告摆在陈大队的桌上了,陈大队翻阅验尸报告,法医鉴定死者的死亡时间为前天晚上21点至23点之间。两人又取出昨天在银城大酒店的机房里拿出的前天晚上的摄像。两人又一次仔细看着这盘摄像。摄像头没有摄到石小刚的宝马车,石小刚的宝马车偏偏是停在摄像头摄不到的位置上,酒店保安的目光能照顾到,但令他们失望的是前天晚上保安对陈大队和高军回忆说,他没留意。从摄像右上角的时间记录上看,死者石小刚只身走出酒店大门的时间是21点15分12秒,而此前,钟铁龙和三个西装革履的年轻人走进酒店的大门时间是20点58分,之后钟铁龙和那三个年轻人走出酒店的时间确实是23点05分33秒。这就是说钟铁龙没有说假话,这意味着石小刚被人勒死在车上时,钟铁龙确实是在酒店内。陈大队看毕摄像,判断说:"这个杀死石小刚的人,没进酒店。"

石小刚的追悼会是在殡仪馆开的。来了很多人,都是石小刚生前的亲戚和朋友,模特儿也参加了石小刚的追悼会。石小刚的父母和姐姐姐夫都来了,他们站在前排,个个悲痛欲绝。钟铁龙没在追悼会上说话,代表公司说话的是黄建国,黄建国写的悼词很长,念了大半个小时,念得很多人的腿都站酸了,念得石小刚的母亲心脏病发了,晕倒在灵堂上,弄得大家一派手忙脚乱。追悼会完毕,钟铁龙就满脸疲惫地说:"我先走,我这几天没睡好。"

黄建国说:"你去休息,这里有我们料理。"

钟铁龙睡了三天,三天里他都迷迷糊糊的,睡梦里必定有石小刚。石小刚在他的睡梦里与陈大队搞到了一起,向陈大队告密,说"一九八九年三月十一日,发生在长益市电工厂门前的那桩抢劫杀人案是我和钟铁龙干的"。还在他的梦里对陈大队嘀咕"关局长就是钟铁龙开枪打死的"。陈大队就来抓他,提着手枪追赶他。他没命地逃跑,跑过运动路,跑过城南路,跑啊跑的,跑到了芙蓉山庄的水库边。他以为他甩脱陈大队了,一回头,陈大队又出现在他身后;他又跑,跑到了一处绝壁上,陈大队在他身后笑,举起枪对他瞄准,开了两枪,叭、叭,他看见两颗子弹从他头顶呼啸着飞了过去。他纵身跃下了绝壁,他的身体往下落啊落,却怎么也落不到底。郑小玲把他推醒了,说:"你做噩梦了吧?"

他说："是做了个梦，梦见自己不小心掉下了万丈深渊，却怎么也落不到底。"

郑小玲笑，拿枕巾揩他额头上沁出的冷汗，说："你这么大一个人了，还做噩梦。"

他的睡衣于噩梦中全汗湿了。郑小玲拿来干睡衣，他换了睡衣，打个喷嚏，再次躺下，看着窗外的天空，天色渐渐亮了。这天上午，他叫莫伢子去乡下请专为死人做道场的道士。第二天上午，那些个着蓝衣黑裤的道士们便在银城大酒店前的停车坪上设了个道场，道士们吹吹打打了一天，弄得很多人跑来看热闹，把交通都堵塞了。钟铁龙跪在石小刚的遗像下烧纸钱，心里默祷石小刚不要来缠他。做完道场，深夜一点钟，钟铁龙回到别墅里睡觉，很奇怪，石小刚就没到他的梦里吵他的睡眠了。他睡得很香，浓浓的鼾声把郑小玲打到隔壁的房间去了，醒来后他感觉精神恢复了，就走进隔壁房间问郑小玲："你怎么睡在这里？"

郑小玲说："你昨天晚上那是打鼾？那是打雷。"

他就对郑小玲惭愧的样子一笑："你老公这一向亏伤了。"

郑小玲表扬他说："不过你昨晚睡得真香。"

钟铁龙望着老婆："昨天好累的，为石小刚做道场把头都做晕了。"

"石小刚有知，在九泉之下都会感谢你，你等于是为他开了两个追悼会。"

"石小刚是我最好的朋友，"钟铁龙说，"云南妹呢？她情绪稳定了吧？"

"她本来就没怎么悲伤。你也晓得，石小刚跟那个模特儿的事让云南妹很痛苦。"

钟铁龙问："她爸爸妈妈还在这里吗？"

"在。昨天我还看见她爸爸妈妈在外面散步。"

钟铁龙伸了个很舒服的懒腰，说："去把云南妹叫来，我找她谈点事。"

郑小玲去了，不一会，云南妹来了。云南妹还真的不怎么伤痛，这是因为石小刚死前威胁她，逼她离婚，把她对石小刚的感情逼跑了，就像一只老虎把一群羊吓跑了似的。云南妹脸上还化了点淡妆，走进来时脸上还笑了下："你找我钟总？"

钟铁龙把云南妹引进书房，指着一张椅子："坐。"

云南妹坐下了。

"你有什么想法？"

云南妹说："我没什么想法。"

钟铁龙望一眼桌上的白帆船，又看着她说："从明天起你就是总公司的副总经理。"

钟铁龙又说："当然，桑拿中心不适合你管理，芙蓉山庄的大小事情从明天起由你和我大哥说了算，你是总公司副总经理，直接负责芙蓉山庄的大小事宜，我就不管这边的事了。我负责桑拿和卡拉 OK 那边的事。今天下午就开个会，明确一下。"

云南妹却说："我怕我不行……"

"你是中山大学毕业的高材生，我相信你的能力。"

云南妹脸上有些兴奋了，说："我会尽我最大的能力办好每一件事。"

"从这个月起你的工资就是五万元一月，石小刚活着时，我和他都是五万元一月。"

"五万?"云南妹叫了起来，"那太好了，我有钱买衣服和化妆品了。"

"女人是要多对自己好点。"钟铁龙笑笑说。

云南妹被五万元一月的薪水刺激得无比兴奋。她是个单纯的女人，她的单纯和对未来生活的美好渴望让她手舞足蹈起来，她说："五万元一月，那我可以买很多漂亮的衣服穿了。"

"你赶紧去学开车，石小刚的宝马车是台新车，停在那里会生锈，以后就你开。"

云南妹简直想冲上去把钟铁龙抱在怀里当哥哥样地亲一口，说："谢谢龙哥。"

六八　云南妹

钟铁龙想现在全世界只有一个人晓得他的底细了。这个人就是刘松木。他很了解刘松木，刘松木不是个有理想的人，刘松木还没什么文化。刘松木是他的樊哙，史书上写到"楚汉之争"时说，刘邦有一个从小玩到大的弟兄叫樊哙，是个杀狗的，在鸿门宴上樊哙救了刘邦的性命。但钟铁龙还是不想把刘松木放在身边，觉得把刘松木放在白水县，让他自己去发展比放在身边遭人注意好。陈大队可不是盏省油的灯。他又想，古代，皇帝需要大臣替他卖命，就大行赏赐，就是让那些讲江湖义气的好汉死心塌地地替皇帝卖命。他想要让刘松木一辈子感激他就得把刘松木打造成一个有面子的老板，刘松木才会永远忠实于他，做他的猛犬！他打刘松木的手机，要刘松木去县城打探，看有什么宽大的房子出租或出售。

刘松木在县城转了一圈，看见有三处地方的门上写着门面转让。一处是县金阳酒店，一处是白云饭店的一楼，还一处是一家破败的舞厅。钟铁龙来了，两人先看了金阳酒店，钟铁龙觉得那酒店的位置不好，又看不起白云饭店，觉得白云饭店的门面太小了。随后，两人在县文化宫舞厅前下了车。舞厅真的很破旧，门上的油漆都剥落了。墙上贴了张黄纸，黄纸上用毛笔写了四个字"舞厅转租"。一旁有一处像岗亭样的售票窗口，刘松木买了两张舞票，两人步入舞厅看。此刻是下午四点多钟，有一些县城里的中老年人在跳舞，严格地说不叫跳舞，而叫锻炼身体。他问刘松木："舞票几块钱一张？"

"一块五一张。"

一些中年妇女瞧见他们进来就望着他们，接着她们又跳她们的。钟铁龙左右瞧了瞧，真的没什么可看的。"这里可以，"他对松木说，"我们不搞卡拉OK厅了，就把它改成一个跳迪斯科的舞厅。县城街上还没一家蹦迪的舞厅。"

刘松木很兴奋，他确实想做一下老板。刘松木觉得他是可以借钟铁龙这只鸡下蛋了。过了两天，刘松木只身走进文化馆，打听舞厅是由谁承包的。文化馆的一副馆长说是他承包的。刘松木就盯一眼文化馆副馆长，说："我看到舞厅门外贴着转租，是不是真要转租？"

文化馆副馆长神色马上庄重起来："有这回事，你想租？"

刘松木一笑："我想租。"

副馆长上上下下瞧刘松木一眼："行啊，我的合同到期还有一年半时间。"

"能看一下你签的合同吗？"

副馆长就找出合同书给刘松木看，刘松木看了合同，打电话给钟铁龙，钟铁龙说要租就要租十年，不然就没必要投资。刘松木就对副馆长说："我们要租就租十年。"

副馆长急于想把这个背时的舞厅转租出去，忙把馆长叫来了。馆长是个大胖子，眼睛眯成了一条缝，副馆长说："他们要租十年，你的意思呢馆长？"

刘松木笑着递上一支烟给胖馆长，刘松木说："我们准备装修一下，一年半可能只是把生意刚刚做起来，做起来合同就到期了，划不来。"

胖馆长是个爽快人，说："可以啊，只要你们愿意租十年。"

刘松木想把价格压下来，说："五万一年贵了，四万可以不？四万我们就租。"

胖馆长想少了一万那怎么行？说："四万不行，我们要五万一年。"

刘松木又打电话给钟铁龙，汇报说："文化馆要五万一年。"

钟铁龙说："五万就五万，你告诉他们我明天送钱来。"

刘松木就跟胖馆长和副馆长签了十年的协议。

钟铁龙把金天装饰公司的小高找来了，力总也随车来了，几个人就开始对舞厅进行整体设计，吧台在什么位置，音响间放在哪里，领舞台设在哪里，灯光怎么布置，等等。力总随便计算了下，告诉钟铁龙："就是再节约也要两百万。"

钟铁龙说："两百万太多了，能不能少一点？"

"要出效果，那就要硬挺挺的两百万。"

刘松木瞪大了眼睛："两百万？要这么多钱？"

力总说："肯定会要这么多钱，光音响设备就要一百万。"

"不要搞那么好的，这是县城，又不是大都市。"钟铁龙说，"搞个四五十万的就行了。"

力总说："四五十万的出不了效果。场子这么大，喇叭好、功放机好，才能出效果。"

钟铁龙送一个哈欠给力总，"这里是白水，又不是长益市。"

力总笑笑："那至少也要一百八十万，钱再少就做不下去了，钟总。"

刘松木发表看法说："我的意见是只要喇叭能叫，再买个放唱片的唱机就行了。"

力总笑得弯了腰，看刘松木一眼，竖起大拇指说："你是搞路的。"

刘松木说："我的意思是简单点，白水又不是你们长益市。"

"不是长益市也要把它做漂亮，"力总说："我宁愿不做，也不砸自己的牌子。"

钟铁龙很欣赏力总这种做事认真的人，他望一眼县城街上，县城街上一派落伍的景象，房子旧的新的掺杂在一起，就觉得在县城弄一个漂亮的舞厅也好，便说："那就一百八十万。"

回长益市的路上，力总对钟铁龙说："钟总，你真的想帮你那个朋友搞迪斯科舞厅？"

"我跟他是从穿开裆裤玩起的朋友。"

"你做人真够义气。"力总说，"有的人兄弟之间都不帮，这也是你能发财的原因。"

"人抬人无价之宝啊。"钟铁龙说。

云南妹当了副总经理后，开始有很多想法了。她得拼命工作，不然她就会陷入失去丈夫的痛苦中。云南妹其实有些恨石小刚，甚至觉得他死了比不死好，因为不死，她就是悲剧角色。云南妹有一种解脱的感觉，同时又十分痛苦，所以她不能清闲，一清闲，与石小刚相亲相爱和彼此仇恨的一幕一幕便在她脑海里放电影样地播放。为了消除迷茫，她就很猛地投入工作中，就跟一个长跑运动员一醒就撒开两腿跑步似的。她是女人，心细，又有了自主权，便按自己的思维布置着芙蓉山庄，这里建一处花坛，那里铺一块意大利草皮；这里开掘一个喷泉，那里移植一些树木；这里建个牌楼，那里建个凉亭；这里需要做一个网球场，那里必须建一个篮球场；这里造一个观月台，那里设一个望湖亭；等等。她不但自己设计亭子，还亲自指挥工人建造。她胆子大得没边，将几十万元放在一个包里，邀着小小，两个女人穿得漂漂亮亮地开车到贫困县察看，也不怕被那里的流氓团伙先劫后奸，用最低的价格把她觉得好看的树木买下来，将那些茂盛的树木移栽到她觉得应该栽种的地方。她用巨大的热情工作，整日在阳光下暴晒，连帽子和遮阳镜都不戴，甚至穿的是无袖衫，两条胳膊不但和脸一起晒红了，还晒黑了。人就跟刚从坦桑尼亚来的非洲女人似的。

"李总，你会晒蜕皮的。"大哥钟唤龙关心她道。

云南妹成了公司副总经理后就没人再叫她云南妹了，第一个叫她李总的是小小，第二个则是大哥钟唤龙。大哥又说："李总，我去跟你拿把伞来好不好？"

云南妹摇头："不需要，我就是要把自己晒黑。"

大哥说："你已经晒得很黑了。"

云南妹扭头瞟一眼大哥："你觉得我很黑？"云南妹一副受虐狂的样子，脸上为自己很骄傲，"我就是要把自己晒黑。晒得跟煤炭样最好。"

大哥说："其实你晒黑了更漂亮。"

云南妹又扭头看一眼大哥："钟唤龙，你现在还爱你老婆么？"

"怎么说呢？"大哥迟疑着，"我不能说假话是不是？"

"当然，"云南妹冷笑一声，"我最讨厌男人说假话。"

"爱都爱厌了，只是有一种感情存在于我与我老婆之间。"

"男人都这样吗？就是一旦女人成了自己的老婆，就不爱老婆了是吗？"

"也不全这样，也有一辈子钟情于自己老婆的男人。"

云南妹一笑："我同学说那是古时候。"

"古时候还真不是这样，一个男人可以娶几个老婆，所以他同时爱几个女人。"

云南妹瞅一眼大哥："看你，说这话时一脸向往的样子。"

大哥说："古时候的女人比今天的女人看得开，那时候的女人年纪大了就主动给自己的男人找小老婆，小老婆要比男人小一二十岁呢，所以那时候的男人莺歌燕舞的。"

云南妹瞥着大哥说："看你，眼睛都发亮了。"

大哥就把发亮的目光放到云南妹脸上，盯得云南妹的脸微微泛红了。云南妹说："那天在车上，我第一次听你背了那么多诗，我发现你蛮有学问的。"

"背几首诗不算学问，"大哥嘿嘿一笑，"我那天是想安慰你，又不晓得应该怎么安慰，就只好背诗给你听。诗有时候能化解一个人心头的愁闷。"

云南妹斜睨着他："对酒当歌，人生几何。是曹操写的？"

"没错。"大哥说，"曹操其实没有史书上说的那么奸猾，事实上他还真是'宰相肚里能撑船'。作者罗贯中为了突出刘备为人厚道的一面，就把曹操写成了奸雄，曹操没那么坏，按现在的话说，他应该是那个朝代里有抱负的男人，能容忍人。"

云南妹又瞥着他："问君能有几多愁？恰似一江春水向东流。好伤感啊。"

"是的，李煜当时成了宋太祖的阶下囚，很悲伤，就有这样伤感的句子从他的笔端下流出来。春花秋月何时了／往事知多少／小楼昨夜又东风／故国不堪回首月明中。这样伤感的诗句，也只有当过皇帝的被禁锢的李煜写得出。"

"你有过伤感吗？"云南妹觉得大哥很理解人，因而对大哥感兴趣地问。

大哥难过地说："有时候有一点。"

大哥爱上了云南妹，但大哥又不敢爱云南妹，因为云南妹的脸虽然晒黑了，看人时斜着眼一副不理不睬的模样，目光里却有一股火辣辣的东西。那东西虽然无影无形，却可以把大哥"击"得一嚓，因而心惊肉跳、浮想联翩。大哥深知自己是有妇之夫，年龄也不小了，所有的道德观念都告诉他不应该玩火，就决定疏远她。大哥开始在小公室里待着了。在野外，在一派充满生机的空气中，他觉得呼吸了那种充满了阳光的空气，又跟着这个屁股长得很好看的女人待在一起，他感到自己随时都有可能做出违背道德的事情来。大哥当过多年老师，脑海里有好几条道德防线，那些防线里似乎有很多拿着枪奋力反击的道德官兵，他们为他抵挡着不属于自己的女人，不准他跟云南妹亲近。"不行，我不能对不起雷琳琳，我不能见异思迁。"大哥对自己说。大哥开始找理由拒绝跟云南妹一并在山庄漫步，拒绝跟云南妹一并栽树了，还借口天气太热，拒绝跟云南妹打网球了。

有天，云南妹走进他的办公室，那是八月里一个能把人热晕的傍晚，外面非常热，空气中满是热浪汹涌。大哥躲在空调房里研究图纸，手里捧杯铁观音。云南妹撞门进来，笑着说："走，我运来了几棵树，有一棵是罗汉松，你看栽在哪里合适。"

大哥瞥她一眼，立即打了个激灵，她太暴露了，大开领衬衣呈现着一片巨大的胸脯，把汗湿了的灰色衬衣撑得老高。我的天，这不是要我发疯吗？大哥想，咽了下口水，不敢看这个女人道："罗汉松？你从哪里弄来的？"

"哪里？武冈县。"云南妹说，"我磨了很久的嘴皮子才买下来。"

云南妹伸出五个指头又说："五万块钱才肯卖给我呢。"

大哥瞪大了眼睛，眼睛里是一个非常性感的女人。他问："你一个人去的？"

云南妹一笑："我叫了小小一起去的。"

大哥不想去，脑海里，所有的道德官兵都对着眼前的女人扔手榴弹，于是一片轰隆轰隆的爆炸声弄出了一团浓浓的烟雾。可是云南妹用她那双清澈明媚的眼睛盯着他，盯得大哥不由自主地起身，用力推开那些道德卫士，拨开他脑海里那团阻拦着他的浓雾，跟着云南妹走了出去。一棵棵树都被民工和花匠卸下了车，大小十几棵，其中有一棵是罗汉松。小小也晒黑了，和莫伢子站在一起，在大太阳下跟莫伢子眉来眼去的。钟唤龙隐约感到，莫经理与小小关系有点暧昧。他望两人一眼，说："你们不觉得很热吗？"

小小一笑，才想起热似的往阴处站，"是好热。"她说。

莫伢子却嘻嘻一笑："热惯了，不觉得热。"

天实在太热了，室外的气温在摄氏不晓得好多度上。豆大的汗珠极其欢畅地从每个人的额头上淌下来，背上、胸前，一下子全湿了。就有民工大胆地瞅云南妹的胸部。云南妹自己也注意到了，这些民工可不像大哥含蓄，目光火辣辣的。云南妹说："讨厌。"

云南妹不好意思再在这里待下去了，就掉头望着大哥，努努嘴，向仙推荐茶叶说："到我家去吧，你那铁观音太普通了，我有上等的铁观音。走。"

云南妹又吩咐小小："你和莫经理让他们把树栽好，要盯好他们。"

大哥还真的喜欢喝茶。大哥随云南妹经过一片草地，穿过一片树林，横过一条马路，就走进了云南妹的别墅。别墅里乱七八糟的，看上去已好久没人整理了。云南妹是个事业心很强的女人，以前石小刚在，石小刚以男人的姿势压着她，把她的事业心压成了一摊泥。现在石小刚死了，她当然就不管家务一类的琐事了。儿子随父母去了云南，家里就她一人。云南妹一进门就叫叫嚷嚷地打开空调，目光就朝晖样四射，大哥被她的目光射得心慌意乱的，脑海里的那些道德官兵也跟集体中了暑样，都晕倒在壕沟里了。大哥伸直脖子说："真热。"

云南妹娇艳地一笑："啊，是太热了。"

她忙着打开饮水机，忙着洗杯子，还忙着把铁观音放进紫砂壶里。云南妹忙完这一切，于是拿起桌上的芙蓉王烟，递一支给大哥，自己就点上一支抽着。她见大哥感到吃惊地瞟着她，就说："我没烟瘾，但在家里，没事时会抽一支。"

大哥觉得云南妹抽烟的样子很酷，还很浪漫，便问："你什么时候学会抽烟的？"

云南妹说："一年多前，石小刚找我离婚，我突然就陷入了一片迷雾中。"

大哥知道那段时间云南妹十分痛苦，说："人都有这样的时候。"

云南妹开始泡铁观音了，茶端上来，捧着递给大哥，大哥就很懂茶道的样子啜一口。云南妹斜睨着他问："怎么样？"

"味道好。"

云南妹的目光就亮了，说："我以前从不喝茶，自从听你谈喝茶的种种好处后，我就爱喝茶了。我这小女子是可以教育好的吧？"

大哥看云南妹，云南妹的模样十分娇柔，想这样娇柔的女人，要是有个男人好好爱她，一定会变得更加娇柔。大哥说："那还用说，你是个很聪明的女人。"

云南妹就骄傲道："当年我考大学的时候，我是我们学校的女状元。"

大哥想云南妹可不是一般的傻女人，他脑壳里的想法她一定知道，就不敢造次。大哥喝着茶，看着窗外的树木和阳光，脑海里有一个从中暑中苏醒过来的道德卫士拍了下他的头，提醒他说"孤男寡女待在一起是很危险的"。他立即醒过神来，起身说："我走了。"

大哥起身走到门口，云南妹突然叫住他："喂，我喜欢吃你做的凉面。"

大哥以前常做凉面给云南妹和弟媳妇吃，那是几个人都讨厌吃饭或都懒得做饭的时候所为。大哥转过头来，云南妹一脸期待地看着他，大哥："那我来煮面。"

大哥做凉面时想，做了凉面他得赶快离开，再不离开谁也不能保证今天不会发生什么事。他做了两碗凉面，端了一碗给云南妹，云南妹就露出一脸馋相地吃着，那种贪婪的样子真让人哥觉得她是个饿坏了的女人。吃过面，大哥觉得自己可以走了，云南妹又给大哥找了条留下来的理由，云南妹说："你陪我看一部美国鬼片吧，我一个人看，怕。"

大哥想她这是故意给他亲近她的机会呀，就陪她看美国鬼片，影片看到紧张时刻，云南妹尖叫一声，人倒在了大哥怀里。大哥推开她不是，抱紧她亦不是，脑海里那些道德官兵原来就是些不成气候的脑细胞，在这具娇躯的袭击下自然溃不成军，一个个落荒而逃了。云南妹却娇声说："今天晚上你要陪我，不然我会吓死去。"

大哥的话是从喉咙深处飘出来的："好。"

云南妹指出道："就一个好字吗？你真迂腐。"

大哥是诗人，曾经把爱情诗写得甜得流蜜，身上自然有着很多流光溢彩的感情。大哥还没迂腐和老到不吃"腥"的程度。大哥豁出去了，猛地低下头便亲云南妹的嘴。她马上就勾住了大哥的脖子，两人就在沙发上热情地拥抱着，亲吻着。他一直回避的爱情终于走到了无法回避的程度。大哥告诉她："你是我一生里接触的第二个女人。"

云南妹说："我也是，你是进入我身体的第二个男人。"

大哥说："啊，你真美。你是一朵黑牡丹。"

大哥很快乐，又表白说："我很早就喜欢你了，但如果今天你不这么大胆地倒进我怀里，我还是不敢走出这一步。我没想到我会跟你走到这一步。"

云南妹也撒娇地说："我也是，我也没想到我会跟你走到这一步。你爱我吗？"

"我是有老婆的人，但我爱你。"

云南妹搂住大哥的脖子，在大哥的嘴上深深亲了下："我要你再说一遍。"

大哥就很认真地说："我爱你。"

芙蓉山庄越来越被长益市的有钱人青睐了。到了二〇〇一年，很多人在居住方面就讲究起居住环境了。过去是只要住的地方热闹和方便就行，现在不同了，提出高要求了。高要求当然就与环境有关。有着这些思想的购房者来了，一眼就喜欢上了芙蓉山庄，对房子的喜欢还是其次，重点是看中了这里的环境。在长益市附近，正如钟铁龙几年前下决心购这两千多亩地时预测的，绝对没有第二处外部环境胜过了芙蓉水库的。云南妹和大哥不遗余力地对这片环境进行进一步的美化，这里一片芭蕉树林，那里一组椰子树林；这里一座凉亭，那里一处喷泉，等等，这些投资收到了很好的成效。开奔驰车的来了，开宝马车和奥迪车的也来了。他们来购置别墅，与大哥、云南妹和郑小玲很认真地讨价还价。另有一批人也来了，属于长益市的中产阶级，他们有的在报社工作，有的在电视台工作，还有的是大公司的高层干部。他们来买度假住的公寓房。在别墅区的一侧，在一处斜坡地上，建了十几栋六层的公寓楼，从三室两厅到一室一厅不等，目的就是为一些买不起别墅的人建的。没想到这些房子被这些中产阶层的人非常看好，纷纷来了，带着存折或提着现金来了。他们是那种比较浪漫或喜欢追求浪漫的年轻男人或女人，他们在市内都有房子，但他们想在郊外也弄一套住住。他们也有车，桑塔纳、捷达或富康什么的。他们把车开到售楼部前，下车，一脸阳光和浪漫地走来，望着郑小玲、云南妹和小小，声音清亮地说："几位美女好，你们这里还有没有房子？"

他们一脸谦虚道："不，我不是买别墅，是想买你们的公寓房。"

他们赞美这里说："我主要是喜欢你们的环境，目的也只是周末来度度假。"

他们要求价格上有优惠而拿出名片道："美女，我是报社的，我可以替你们宣传宣传，当然，折扣是不是可以再低一点？"

他们或拿出电视台的工作证说："我是电视台的，我可以替你们做一台节目，从环境保护和环境开发入手。不过，我希望你们多优惠一点。"

有电视台和报纸的不断宣传，芙蓉山庄火得超乎人的意料，什么人都来了，名人也跑来购房了。他们脸上充满了文化人的傲气，同时也充满了对生活的渴求。他们的入住，使芙蓉山庄在文化层次上又上了个台阶。他们邀约着买了一套一套的公寓楼，他们的名字被一些报社记者拿到长益市的晚报上宣传，这一宣传，又有人来了。有的人简直就是冲他们来的，他们觉得住在这里，可以成为他们热爱的名人的邻居。

他们跑到售楼部问郑小玲："某某某真的在你们这里购了房子？"

郑小玲忙找出合同书给他们看，他们一看，合同上果然有他们喜爱的名节目主持人的大名，他们忙开心地说："啊，那我也要买这里的房子。"

他们不但自己买，还带来了朋友，因为他们想在这里凑一桌麻将。他们鼓励他们的朋友说："芙蓉山庄是真的好，你想想某某名人都舍得在这里买房。我劝你早下决心痛下决心，免得到时候后悔。我们也可以凑一桌麻将，周末打打麻将，几好玩啰。"

他们说他们的朋友："你还想什么呢？买吧，你这人做事就是不果断。"

他们描绘住在一起的好处说："一到周末，我们就一起来。上午打网球，你喜欢打篮球我就陪你打篮球，下午打打麻将。生活的质量就是这样提高的。"

他们在售楼部大声指责他们的朋友说："你再犹豫，我不跟你玩了。"

他们硬是把他们的朋友一个个地拉到这里买房了。一到周末，他们就开着车一伙伙地来了，来了就打球，在球场上奋力拼搏，打出一身汗便去洗澡，然后打麻将，晚上么就不知道他们打什么了。除了度周末，他们平时也来，一车开到楼下，不过不是携老婆来，而是带一个小情人来。小情人下车，跟着他屁股一扭一扭地步入房间，站在窗口欣赏美景，然后就肆无忌惮地在客厅或床上做爱，用不着担心老婆突然如夜幕一样降临，因为老婆不会开车，也没车，不会突然而至。于是芙蓉山庄的空气里充满了爱的分子，那都是那些做爱的年轻男女于交欢中吐到空中的，那些飘散着爱意的空气一经云南妹呼吸就如在火上浇了瓢油，使她变得更加生机勃勃更加爱意横流了。她恨不得一天要做三次爱，好把过去的损失补回来，可惜大哥没那样好的身体，所以她只能克制了又克制。她刚刚与大哥做完爱，忽然对大哥说："何得了呀？我又想做了。这是怎么回事？我跟一个女色魔样的吧？"

大哥笑笑："不行，我会被你搞死去。"

"我知道，我不是在尽力不去想吗？"

大哥回忆说："可惜我没那么好的身体了，要是十年前，一天做三次还真没问题。"

云南妹嘻嘻一笑，色情地问道："那时候你老婆是不是一天要跟你搞三次？"

"没有。我老婆性欲没你强。"

"我以前也没这么强的性欲，石小刚那时候经常不回，我也没怎么想这事。不晓得怎么回事，一跟你好上后，我就天天想，成了个女色魔。"

大哥觉得云南妹真是个性欲奔放的女人，便赞美她说："你很迷人。"

六九　大哥大嫂

钟铁龙知道大哥和云南妹搞上了，这事是郑小玲告诉他的。他笑笑，要郑小玲不要管，他说："他们都是大人，都有自己的选择。你别横加指责。"

郑小玲说："我才不管他们的事呢。"

钟铁龙强调说："也不要跟大嫂说，大嫂会受不了。"

大嫂还是知道了。大嫂不是一个感情麻木的女人，尽管她不漂亮了，尽管她日前对做爱一事没早几年那么热情高涨了，但这并不意味着她就不需要爱了。大嫂从老公身上看不到那种朝气蓬勃的爱了，看到的是一片枯叶，或是一片懒洋洋的瘦弱的草地。先前两年，大哥一回家，第一件事就是把她抱到床上，迫不及待地进入她的身体。现在他回来就回来了，就是做爱热情也明显减退了，而且阳物好像一个醉鬼样站起来又倒了下去。大哥解释说他老了，工作压力太大了把它压迫成这样了。大嫂相信了他。但有天她看一部电视连续剧，电视剧里的那个在外面有情妇的男主角正是大哥这样回答老婆的，这就让她联想到了大哥身上的点点滴滴，便断定大哥一定有情妇。一天，大哥开车回来，送人参蜂王浆给父亲吃。大哥没提出做那事就睡了。她冷冷地看着他，早晨大哥要走时，她冷不丁地指出说："你肯定有情人。"

大哥看大嫂一眼："畜生有。我是工作压力太大了。"

大嫂冷笑一声："压得你都阳痿了？"

大哥惭愧的样子笑笑："好吧，我们现在来一下。"

大嫂不愿意勉强干这事，她是个讲究生活质量的女人，在这事上她同样讲究质量。大嫂说："滚你的。不要以为你有什么了不起，不过是跟你弟弟打工而已。"

大哥恼她这么贬低他道："那又怎么样？"

"你要保持脑袋清醒晓得吗？唉，你们男人变坏很快的。"

大哥因为有云南妹的爱情说话口气就不一样了："老子变坏了又怎么样？"

大嫂感叹道："以前我还相信你，想想你这么老实和正直的一个人，就应该能抵制住来自方方面面的诱惑。原来老实和正直的人只要有了钱，也是可以变坏的。"

大哥也不拐弯："现在晓得了还不晚。你还只四十岁，还可以重新开始。"

大嫂很认真地审视大哥一眼，看不起大哥道："你们男人都不是东西。"

大嫂来了，她谁也没通知一声地来了，来侦察她男人变坏的缘由。她当然不想让大哥看见她。大嫂老电影看多了，从小就向往干女特务，最近这段时间因无事又看了几本侦探小说，来时，她把自己化装成一个肮脏的老头。她戴了顶帽檐很长的破草帽，在人中上安了两撇翘翘的假胡子，还在背上塞了个枕头装驼背，在芙蓉山庄的一隅窥伺着大哥钟唤龙。她当然就看见钟唤龙与云南妹笑着手拉着手同进同出。她气得脸都歪了，走进了钟唤龙的办公室，钟唤龙抬头看着她问："你找谁？"

大嫂把帽子摘下来，又把假胡子摘下，说："我找你。"

钟唤龙慌得从椅子上跌坐到地上。钟唤龙与云南妹手牵着手在草地上散步时曾碰见过这个"糟老头"，另外，他在罗汉松前与云南妹搂着欣赏罗汉松的遒劲丰姿时也看见了这个"糟老头"。当时这个驼背糟老头就站在他和云南妹后面，原来这个驼背糟老头是他老婆。钟唤龙愤怒了，因为他不能接受被监视的侮辱！他大声说："你他妈是特务吗？你怎么能这样干？"

大嫂说："我怎么就不能这么干？那个跟你手牵手的骚货是谁？"

大哥可不愿意大嫂毁了他那火热的爱情，说："滚，你给我滚。"

大嫂很镇静，又问："她是谁，那个黑皮妖精是谁？"

"这不关你的事。"

大嫂瞪大了眼睛："不关我的事？她把我老公勾引走了还不关我的事？"

大哥说："招呼我给你一个耳光。"

大嫂气愤了："你敢！你敢打我我就死在这里。我告诉你钟唤龙，人不能做得太毒。"

"你以为我还爱你？跟你说老实话，我已经不爱你了。"

大嫂气得浑身发抖，声音都颤动起来："你你无无耻，真真无耻。"

大嫂冲了出来，冲到了坐在售楼部玩扑克的郑小玲面前。郑小玲看见大嫂便很高兴，忙要小小去叫大哥。大嫂说："不用了，我刚跟他吵了一架。"

郑小玲惊愕地望着她："你刚才跟大哥吵架了？"

大嫂望一眼郑小玲："我要见你老公，他在哪里？"

郑小玲是个聪明女人，一看大嫂满脸乌云翻滚、电闪雷鸣的，就晓得大嫂一定晓得了大哥与云南妹之间的荤事，便笑着告诉大嫂："你以为你要见就见得了的？我一个星期都难得跟我老公见上一面呢。"

大嫂迷茫:，"他是国务院总理？你都见不到？"

郑小玲告诉大嫂："他现在在操心别的事，芙蓉山庄他已经不管了。"

大嫂说："那我要怎么才能见到铁龙？"

郑小玲就跟钟铁龙打手机，她在手机这头说："大嫂来了，要见你。"

钟铁龙问老婆她见他是什么事，郑小玲说："还不是你大哥的事。"

钟铁龙就在手机里笑，告诉老婆说："你跟她说我现在在香港，要过一个星期才回来。"

"他现在在香港，要过一个星期回来。"

大嫂绝望了，对郑小玲说："我要自杀。"

郑小玲吓了一跳："自杀？这样的话说都不要说。无所谓点想通点大嫂。"

"他怎么可以背着我跟一个骚女人鬼混？那个女人是个什么东西？"

郑小玲觉得大嫂说话太不给大哥留面子了，就觉得大嫂太土了，便劝她："你要冷静点。"

"我还不如死了好，我不想活了。"大嫂说，泪水涟涟地看着郑小玲，"你们这里有'敌敌畏'那样的农药吗？有就给我，求你了。"

郑小玲生气道："有也不会给你！你真的喝'敌敌畏'死了，那不正好便宜了大哥？"

吃晚饭的时候，大哥一脸矛盾地坐在桌前，手上夹支烟，烟灰已经有一寸长了。云南妹打他的手机，问他在哪里。他告诉云南妹说："我在办公室，我老婆来了。"

"好呀，"云南妹说，"那叫你老婆一起去良友甲鱼馆吃甲鱼吧。"

两人上午就约好了，晚上云南妹要给他补身体，请他吃甲鱼。大哥说："不行，我老婆已发现了我们的事。"

云南妹说："怎么可能？你向她坦白了？"

"不是，"大哥说，"是她侦察到的。"

云南咯咯地笑了："她是搞公安的？"

"她就是下午时我们碰见的那个驼背老头。"

云南妹在手机那头大叫一声："妈呀！我晕。完了完了，彻底完了。"

云南妹又扑哧一笑，然后觉得有趣地说："亏你老婆想得出啊。那你怎么办？"

"你放心，我会把她打发走的。"大哥坚决地说。

大哥在芙蓉山庄也有一栋别墅，这栋别墅小一点，傍着一片竹林。大嫂坐在客厅里，听着竹林传来的沙沙声。郑小玲坐在一旁，陪着大嫂。郑小玲看见大哥走来，就笑容可掬地起身说："大哥你不能对大嫂恶三恶四啊，你们不能吵不能打架，听见吗大哥？"

大哥说："你以为我们还是十几岁的孩子？不会吵闹的。"

郑小玲觉得这个时候最好的办法是开溜，便说："那我回家了。"

大嫂没说话，低着头，阴沉着一张痛苦得变了形的脸，乌云在这张脸上缓缓移动，仿佛就要下雨了。大哥在另张沙发上坐下，脸上也一脸的迷雾，声音却很沉重："你既然已知道我和另一个女人的事了，我想我们还是离婚好些，免得你心里不畅快。"

"离婚？"大嫂盯着大哥，"我在家里代替你和你弟弟当孝子，换来的就是离婚？"

大哥抽口烟说："我会补偿你的。"

"补偿我？"大嫂愤慨地盯着大哥，"拿什么补偿？拿命补偿我还是拿钱赔偿？"

"随便你要什么都行。"

大嫂冲动地站起，气愤地走到大哥面前，气得手都颤抖起来，她指着大哥说："当年我跟你结婚时，你说你会爱我一辈子，现在我四十岁了，不年轻了，你嫌我老了，搞上别的女人了。你还不是老板呢唤龙！"

大哥皱着眉头："你不要用手指啊指的。"

大嫂很气愤："你鬼混都混得，我指一下你都不行？"

大哥火道："不行。干脆我给你五十万，离了婚，你再找个比你小几岁的男人。"

大嫂甩了大哥一耳光，愤怒道："我不稀罕你的钱！我哪点对你不住？儿子整个就是我带，你这几年一天也没管过。现在儿子大了，你觉得我的任务完成了，就要跟我离婚？"

大哥的手机响了，一看是云南妹的手机号码，没接，他说："你还敢打人啊？雷琳琳，你连自己姓什么都忘记了吧？我今天不跟你吵，我现在还有事情要办。"

大哥说着就站起身要走，大嫂叫住他："站住。"

大哥回转头来，大嫂说："你到哪里去？"

"我去办事。"

"我也要去。"

大哥瞪着她："你去干什么？"

大嫂说："看你怎么办事。"

手机又响了，还是云南妹的手机号码。

大嫂说："是那个骚女人打你的手机吧？让我跟她说几句。"大嫂抢过大哥的手机，按了下通话键，对着手机大声说："喂，不要脸的，不要再打我老公的电话，你去死吧。"

大哥身上，那些被文化知识压着的野蛮的篱笆，一下子弹了起来，抬手给了大嫂一耳光，瞪圆眼睛道："你这臭女人，你怕是不想活了？"

大嫂没想到大哥会出手打她，气愤地把手机摔到地上，手机顿时成了好几块。大哥更火了，一拳把大嫂打倒了。大嫂尖声哭道："你打吧，钟唤龙你有狠就把我打死！"

大哥听她这么说，脑海里那些野蛮的虾兵蟹将纷纷蹿上岸，举着刀枪棍棒喊打喊杀的。大哥被那些虾兵蟹将所激励，立即做出狞恶的样子凶道："你想死是吧？老子成全你！"

大嫂咒他说："你今天不打死我，你就是猪日的。"

大哥说"好"，就冲大嫂一顿暴打，心里想的就是要她惧怕他。"叫你来管我的事，叫你来管我的事。"大哥想起她居然装扮成驼背老头，气就更大了，拳头就更重。他火冒三丈道："你还化装做驼背老头骗老子，要是在旧社会，你就跟国民党的女特务样。"

大嫂说："打死我吧，打死我吧。"

大嫂是真想死。当年在衡阳师专的学府里，她拒绝了很多追求者而把自己给钟唤龙时，是希望将来成为一名著名诗人的老婆，现在这个当年在学校操场上对她吟诵苏轼的"明月几时有／把酒问青天……但愿人长久／千里共婵娟"的钟唤龙，居然成了个暴徒，她觉得活着没一点意思了，她决定等他打累了她就割腕自杀。"你打吧，你这是最后一次打我。"

大哥提起的脚收了回来，问："怎么呢？"

大嫂说："我等卜就死给你看。"

大哥听她这么说，吃了一惊，脑海里的那些虾兵蟹将也弃下了刀枪，说："你吓我？"

大嫂扭开脸，说："你只要走出这张门，我就割腕自杀。"

大嫂没有死，她是老师，还是学校教务处主任，教务处主任的职务让她考虑的问题总是很多——安排教师上课，跟教师调课，检查教师的备课情况，等等。她一死，那些恨她的老师不就松了口气？她顿时感到不能让那些恨她的老师拍手称快。又想自己就这么死了确实太便宜钟唤龙了。这样想来想去就贻误了死的时间，于是一种深度的疲惫如一张网样把她揽在了怀里，等她醒来时已是早上了。

大哥睡在客厅里，她起床的声音把大哥吵醒了。大哥坐直身体，看着她说："昨天我打你不对，你回去吧，儿子打电话来了，要你回去。"

大嫂说："我不回去。我要在你身边住到死。"

大哥用柔和的话安慰她："那你就住吧，你想住到什么时候就住到什么时候。想想我们十多年的夫妻，不能够因为你老了我就嫌你。"

大嫂说："从昨天到今天，你才说了一句人话。"

"走，老婆，"大哥说，"我带你去市内杨裕兴吃面，我肚子还真饿了。走吧。"

大嫂洗了脸，化了妆，跟着他出门了。

大哥把大嫂带到了杨裕兴面馆，吃了碗鸡丝面，吃面时，大哥关心的样子望着她说："我打了你，你还痛不痛？"

大嫂一听他这么问，眼泪水都快掉出眼眶了，回答说："痛。你的手好重的。"

"我当时气晕了。"

大嫂说："我比你还晕。我昨晚差点自杀了。"

"那我会很伤心的。"

"你高兴都来不及吧？"

"怎么可能？毕竟我们是十几年的夫妻，想想你把你一生中最美好的时间都给了我，我就觉得我不应该对你那么凶。"大哥一脸悔悟的模样，"这几年，儿子和我父母都是你在照料，于情于理，我都不该那样粗暴地对你。"

吃过面，大哥带着老婆去了市中心，在一家服装专卖店里给大嫂买了套衣服。大嫂在试衣服时看着镜子里的自己，觉得自己是老了，脸上有了皱纹，皮肤也干燥了，悲愤中就流下了两滴眼泪。大哥说："别这样，不过你是要爱惜自己，多注意一下你的皮肤。"

大嫂说："这两年我老得好快样。"

大哥假惺惺地说："是我不好，这两年我关心你少了，脑子都放在芙蓉山庄的开发上了。等儿子考上大学，你就辞了职，在家里调养，老师不要当了。"

大嫂觑眼大哥："说得轻巧，你养我吗？"

大哥说："肯定啊，我昨晚也想了很多，真要跟你离婚，我还是舍不得的。"

大嫂说："又骗我，看你跟那个女人手牵手的模样，真受不了。"

大嫂并不是那种一冲动就不顾一切的女人，虽然她一想起丈夫跟那个女人手牵手就咬牙切齿，就恨不得把那个狐狸精剁成肉饼子，然后往自己身上浇上汽油，自焚，变成一朵爱情的烈焰，在烈焰中化成蝶，愤然飞向另一个世界。假如她真这么做的话，总有人会把她演的爱情悲剧谱写成歌曲，灌成碟，拿到大型文艺晚会、夜总会或卡拉OK厅唱，使她的壮举于民间流芳百世！尽管这种联想让她激动，但她还是不愿意就这么死而便宜了丈夫，因为最大的受益者，在她的眼里，就是她丈夫。当了这么多年老师的大嫂，虽然是个爱幻想的女人，同时也是个极理性的女人，实际上她还是那种责任感和责任心都很强的女人。她下午有两节英语课，她从昨天晚上起就在想是自己上还是打电话找别的老师代课，现在想清楚了，决定回去上课。她对丈夫说："送我回白水吧，我下午还有两节课。"

大哥就抑制住谢天谢地的高兴劲儿，开车把大嫂送回了白水。中午，他和老婆、儿子在县城一家餐馆吃了中饭，吃过中饭，他把大嫂和儿子送到学校门口，自己开车回来了。

大哥对云南妹说："我把疯婆子打发走了。"

云南妹冲大哥伸开了一双玉臂，大哥就很听话地把身体给云南妹搂着。云南妹搂着他，在大哥那张憔悴的长脸上很夸张地亲了口，娇声说："我要你跟你老婆离婚。"

大哥皱了下眉头："我也想离婚，但现在还不可能，因为我真的怕她自杀。"

云南妹问他："你就不怕我自杀？"

大哥清楚如此娇柔的对生活充满热情的云南妹，犹如一头年轻的雌熊，你听说过雌熊也自杀吗？大哥想，说："当然也怕，但毕竟我现在天天跟你在一起，而我老婆……"

云南妹打断他说："不准你再在我面前说'我老婆'三个字。"

大哥说："好的，她在管我儿子，要离婚也要等我儿子高中毕业考上大学后。"

云南妹不是那种有耐心的女人，她摇下头："不行，我不能等，到时候你又会有别的借口。你今年不离婚，我们就分手，我只想跟一个男人过一种堂堂正正的夫妻生活。"

大哥虽然染色商业了，但骨子里还是那种很有激情的诗人，虽然他没写出几首脍炙人口的诗来，但不妨碍他一辈子喜欢苏东坡。"明月几时有／把酒问青天／不知天上宫阙／今夕是何年／我欲乘风归去／又恐琼楼玉宇……"他望着天，朗诵起苏东坡的《水调歌头》来，"转朱阁／低绮户／照无眠／不应有恨……人有悲欢离合／月有阴晴圆缺／此事古难全！"他记得他曾多次在妻子面前朗诵过苏轼的这首词，他想起当年在衡阳师专的操场上，在雷琳琳面前朗诵这首词时，脸上一脸对未来生活的美好憧憬，就忧伤地一笑。他想他已经借苏东坡的词回答了云南妹，她一定懂的，她是个极聪明的女人，便又凄凉的模样一笑，昂起头，吸口气，低声吟道："但愿人长久／千里共婵娟"，然后他看一眼云南妹，特意强调道："不应有恨，此事古难全。写得多好啊。"

七十　宁亚丽

钟铁龙不回家，既不是在香港，也不是在澳门，而是在蓝天大酒店里住着。他跟刘进分手了，刘进要跟他生孩子，这让他不能不做出分手的决定。钟铁龙本不想搞恋爱游戏了，这样的游戏终究是以女人眼泪汪汪来收场。然而，就在他收了心，一心扑在赚钱上时，又一个女孩如燕子似的飞进了他的视线，甚至是飞进了他的脑海，让他色心暗动。这个女孩有着魔鬼一样的身材：身高一米七，该凸现的部位凸现得一点也不含糊，该凹进去的地方凹得分厘不差。她的肌肤光洁得就如同上等瓷器。这样的女人生下来就是尤物，那张脸很阳光，阳光得能把身边的人照亮！也只有这样青春美丽的女人，才会让钟铁龙这样的男人动心。这样天生丽质的女人，就是住蓝天大酒店或金程大酒店的，就是为了购物或穿戴得漂漂亮亮地出入宾馆、酒店等高档娱乐场所的。钟铁龙觉得应该把她弄到手。他是跟电视台的编导们谈事时认识这女孩的。电视台的编导们希望他出钱赞助电视台搞星姐选美，前提是在选美期间替他的芙蓉山庄打广告。钟铁龙本不想打广告，但想选星姐，看的人一定很多，就同意出十万块钱。于是电视台的编导们替芙蓉山庄拍摄了个很有创意的二十秒钟的广告片。一辆白色的宝马车驶进芙蓉山庄，一个漂亮的女孩从宝马车里下来，轻盈地向一栋别墅的大门迈去，在到达大门前时，回头对走在她后面的年轻人一笑，说"快点嘛"。钟铁龙替她想了下面这句话："我等不及了。"他一笑，问电视台的编导说："她是谁？"

编导说："一个正准备参加星姐选美的女孩，叫宁亚丽。"

他问编导："她是干什么的？"

"她二十岁，正读大三，下半年进大四。"

钟铁龙觉得好玩道："她在星姐中算漂亮的吗？"

"绝对算漂亮的，不然我们也不会找她拍广告。"

钟铁龙说："把她叫来。"

宁亚丽来了，生活中的她更加美丽。她是学舞蹈的，走路就是与一般女孩不一样，一条线，该翘的地方翘得挺拔，该凹的地方凹得柔软。一张瓜子脸儿，一对明媚的月牙眼，那眉毛就是两片娇嫩的柳叶；脸上皮肤的颜色白里泛红，光洁得连一丝瑕疵也找不到；笑时露出了一口非常洁白好看的牙齿。身上释放着玫瑰花的香气。那天晚上，钟铁龙带着她在蓝天大酒店的保龄球馆打保龄球时，美人儿出了微汗，香味儿就更浓了，直接往钟铁龙的脸上飘，令钟铁龙兴奋，自然就心醉神迷。打完保龄球，他又叫来很多电视台和报社的记者来陪美人儿吃宵夜和喝酒。他们都赞美她，这让他由衷地快乐。他贴着她的耳朵说："我一定要让你成为今年的星姐冠军，你信不信？"

宁亚丽就很高兴地看着他问："钟总你真的能做到吗？"

"能。"

宁亚丽说："要是你是评委就好了。"

"评委？塞一个大一点的红包，就是我的评委了。"

宁亚丽一脸欣喜道："真的？"

钟铁龙觉得这没什么难的，说："评委都包在我身上。"

宁亚丽就眼睛勾勾地盯着他："那我怎么谢你？"

钟铁龙觉得她的眸子真亮真清澈，他看见自己的脸在她的眸子上映着，比一粒黄豆还小一点，一副痴相，便一笑："你自己想吧。"

宁亚丽很会舞蹈，时不时就会有一两个优美的舞蹈动作从她身上"飘出"，那青春的体态和妖娆的身姿，及那靓丽得让人感觉到阳光的笑容，真的是为当明星而生的。钟铁龙觉得这个世界因为她而变得十分美丽！他觉得自己又陷入了恋爱的怪圈，仿佛他刚刚从国外回来，还只是刚坐到沙发上，又有一件非办不可的大事要他再度出国一样。无疑，他被宁亚丽的美貌征服了，被征服得神魂颠倒的。有天，他刚跟她分手心里就挂记着她，生怕别人会捷足先登。这种感觉让他心头一惊，目光就迷茫和痛苦，"这是恋爱呀，"他对自己说，"我已经爱上她了。"他马上跟她打手机说："晓得我为什么刚跟你分手又打你的手机吗？"

宁亚丽笑笑："我不知道。"

"你真美。"

宁亚丽在手机那头礼貌地回答说："谢谢。"

钟铁龙表白说："小宁你是让我最心动的女人。"

宁亚丽在手机那边笑了："谢谢。"

"我一定要让你出人头地，因为你有明星相，具备出人头地的潜质。"

"那我真要好好谢你。"

钟铁龙想她一定会谢他的，说："为你，我愿意花钱。"

过了几天，钟铁龙就让电视台的编导们把评委叫到蓝天大酒店。他请评委们吃鱼翅和鲍鱼，他让宁亚丽替评委们倒酒。他对评委们说："小宁很不错，天生丽质，人非常聪明。"

评委们吃着鱼翅和鲍鱼，当然就迎合钟铁龙道："她是很不错。"

钟铁龙就敬兑了冰块的人头马，说："到时候还希望你们支持她。"

评委们喝着人头马，抽着熊猫牌香烟，脸就笑得同熊猫样说："我们肯定支持她。"

一桌宵夜吃到十二点钟，评委们走时，莫伢子来了，一人手上塞了个很厚的红包。

评委们笑着说："钟老板，你太客气了。"

第二天下午，评委们评星姐们的最佳仪态奖，宁亚丽自然就得了那个奖。

宁亚丽非常高兴，打电话给钟铁龙说："钟总，我得了最佳仪态奖。我要谢谢你。"

"是你自己表演得不错。"

宁亚丽说："我晓得，没有你，我得不了这个奖。"

钟铁龙说："你绝对能得，你是冠军。"

宁亚丽在手机里嗲声道："我要是得了冠军，我会很好地谢你。"

钟铁龙就是想听这句话，过了几天，他又在蓝天大酒店请电视台的编导和三个评委吃鱼翅，因为再过一个星期就是总决赛了。钟铁龙要了瓶一万多一瓶的路易十三，向评委们介绍："这种酒是路易十三，要一万六千元一瓶。你们这一辈子恐怕都没喝过。"

一个评委说："那没喝过，我呷的最好的酒也就是五粮液。"

电视台的编导也说："我喝的最好的酒也只是三千多元一瓶的人头马。"

另一个编导赞美钟铁龙说："钟总真大方，我很佩服钟总。"

钟铁龙就笑，看一眼宁亚丽。宁亚丽很高兴，说话和走路就更加妖娆和更加楚楚动人。钟铁龙觉得上天对他真好，把这么美丽的女人推到了他面前，他举起盛着路易十三酒的高脚玻璃杯，对赴宴的三个评委和电视台的编导们说："来，为宁亚丽将成为星姐冠军干杯。"

大家就举杯相碰。

钟铁龙喝了口酒，放下高脚玻璃酒杯说："冠军已经产生了。"

一个编导马上笑着附和说："宁亚丽肯定是冠军。"

钟铁龙望一眼那个编导，编导因得了钟铁龙私下塞的一个大红包，脸上就红灿灿的，说："钟老板你放心，到时候我会把最佳才智奖的题目透露给小宁。"

另一个编导也得了个可观的红包，他的心就相当蔚蓝。他喝口酒，向三个总评委交代："冠军已定下来了，你们主要是评亚军和季军。"

评委们也得了红包，自然就心领神会地笑笑。

钟铁龙望一眼这三个评委，这三个评委都是长益市的名人，一个是大学教授，一个是画家，一个是电视台的节目主持人。他想他们活得很轻松，有名声有地位，在社会上受到了他人的尊敬，不像他，活得很警惕，身上所有的毛细孔都是张开的搜索的，耳朵没一天不在紧张地搜集着来自方方面面的信息。他一笑，说："几位令我尊敬的评委，喝酒。"

三位评委都举起酒杯喝了口，教授评委说："那天，凡是小宁表演，我都打最高分。"

宁亚丽忙举起酒杯，甜甜地一笑，敬教授酒说："谢谢教授。"

钟铁龙看了眼画家和电视台的节目主持人，对宁亚丽说："你也要敬这两位呀。"

宁亚丽就站起身，用甜甜的声音敬另外两位评委的酒。

一桌高档酒宴吃到九点钟，大家散了。宁亚丽这一次留了下来。钟铁龙把她带进房间，叫她坐到他腿上。宁亚丽就毫不犹豫地坐到他腿上。钟铁龙就抚摸着她的腿，赞美她的腿说："你的腿生得真美，皮肤也好。"

　　宁亚丽娇羞地说："是吗？"

　　"你是天生的尤物。"

　　"我这尤物只是一只花瓶，是吗？"

　　"不，你是个很美的又聪明的女人。你很懂得自己美。你的每一个动作都美。"

　　宁亚丽就撒娇地做了个极漂亮的舞蹈姿势，说："我美吗？"

　　钟铁龙就快乐地把她抱了起来，赞美她说："你很美。"

　　宁亚丽笑："那你把我拿去吧。"

　　钟铁龙将一口雪茄烟吐到宁亚丽脸上："你又不是东西，怎么拿？"

　　宁亚丽驱赶开烟雾，问他："怎么？不要我？"

　　钟铁龙想天下的女人美到她打止了，不要她才是傻瓜呢，便把烟揿灭："要。"

　　钟铁龙一边和宁亚丽谈情说爱，一边打算着另一桩买卖。那桩买卖是一块地，那是一家倒闭了好几年的工厂的地皮。那家工厂地处市内，在京广路旁。他想在这块一百多亩的地上建一栋三十八层楼的四星级大酒店。芙蓉山庄已给他带来了九位数的资产，这是他在几年前自己都不敢想的。现在还有三期工程正在开发，还将在芙蓉水库的对岸建一片临水别墅区，将又可以给他带来一笔巨额财富。芙蓉山庄在大哥、云南妹和郑小玲的操持下，成了长益市最好的楼盘。他现在想搞一家大酒店，栽一棵常青树，让常青树给他带来源源不断的财富。他观察了蓝天大酒店和金程大酒店，他还住了佳程大酒店和神龙大酒店。他觉得三星级酒店档次低了点，五星级收费又太高了。他决定搞一个四星级酒店，他相信四星级酒店的人气会比五星级旺。他把目光投放在挨着京广路的那块地皮上了。

　　那块地皮原是长益市一家衬衫厂。过去那家衬衫厂生产的衬衫远销东南亚国家，还销到坦桑尼亚去了。然而这几年江苏一带的一些民营企业通过种种关系打通了销往东南亚和非洲的途径，于是长益市衬衫厂迅速走下坡路了，早两年终于支撑不住而倒闭了。上个世纪的九十年代末，钟铁龙在忙于芙蓉山庄的开发和投资时，长益市衬衫厂的一百一十五亩地被一家房地产公司以七百五十万的价格买了。但这家房地产公司的老板是个赌徒，赚了钱就拿到澳门去赌，一箱箱地拎去，当然就把大把大把的钱输掉了，输得他欠了一屁股的债。大家都晓得霍老板是个赌徒，因为霍老板无论是在澳门赢了钱或是输了钱都一律做歌唱，唱得大家都晓得他于豪赌中把资产输光了。现在，霍老板想弄一笔钱再来开发这块地皮却有些困难，因为没有

519

人敢跟赌徒联手。霍老板曾找王总合作，王总推辞说他没钱，他推荐钟铁龙给霍老板。那些天，霍老板就天天打钟铁龙的电话，约钟铁龙吃饭。霍老板想跟钟铁龙合作，他出地皮，钟铁龙投资建房，利润四六开。钟铁龙已从王总嘴里了解了霍老板是何许人，便推托说："我这人不爱合作，你可以考虑把那一百一十五亩地卖给我。"

霍老板不同意卖地，说："你肯出四千万不？四千万我就卖给你。"

钟铁龙晓得他这块地是七百五十万买进来的，说："我只能出两千万。"

霍老板说："去年，有一个房地产朋友出两千七百万，我也没出手。"

钟铁龙想了想说："我出两千三百万。你觉得合适，就卖。"

钟铁龙不急，事先他已从几个朋友嘴里调查了霍老板的现状。他清楚霍老板现在没有其他经济来源，跟着他跑的一些小混混都陆续离开他了。霍老板现在的资产就是这块地。他等看霍老板把价格降下来，就他对霍老板的调查，霍老板不但欠了银行的六百万元贷款，还借了朋友好几百万。他的一个朋友已跟他翻脸了，把他告上了法庭。他相信霍老板等钱还债已等得猴急了，如果不出意外，霍老板会把那块地做两千三百万让给他。那他就可以在那一百一十五亩的地皮上建一栋四星级的大酒店，酒店的名字他都想好了，叫银马大酒店。

七一　李东和李坚

钟铁龙等来了另一个老板，消息来源于卖方霍老板，霍老板有些得意地告诉他，有个从北京回来的大老板想买他那块地。"哦，那好啊。"钟铁龙说，想这八成是霍老板为抬高那块地耍的花招，"那是好事啊，他可以出好多钱？"

霍老板说："三千八百万，分两次付，第一次付两千万，半年后再付一千八百万。"

钟铁龙抛一句话给对方："哦，钱分两次付，好像有点猫腻样。"

霍老板回答他："那应该不会，合同一签，就得按合同付款。再说，这个老板我认识，姓关，是我们长益市人，叫关伟。"

"关伟？"钟铁龙的耳朵好像被针刺痛了，"他有钱买你的地？"

霍老板在手机那头回答："你认识关伟？"

"不晓得你说的是哪个关伟？"

"一个传奇式的大老板，几年前在金圣大酒店开桑拿中心和洗脚按摩城的，只是几年工夫就成了身价十亿以上的富豪。"霍老板说，"他们就是搞房地产发的，他们不是建房子，而是把地皮盘下来，再把地皮高价抛出去。不过他们的资金目前都被套在地上了，他的手下说要等三个月，他们把珠海的那块地出手，就会有八千万资金回来。"

霍老板又说："他的手下说，一个香港老板看中了珠海那块地，正在洽谈中。"

关伟回来了，如今他成了身价十亿元人民币的大老板。不再是开那辆宝马车，而是换了台宾利，宾利车上的是北京牌照，可见他是在北京。关伟离开长益市后，去了云南，他在云南边界混了两年，于贩毒中赚了几把。辉哥和马宇都死在了云南的边界上，是他们与另一伙贩毒的人于火并中被打死的，当时子弹是朝关伟射击，马宇挺身而出，把自己"挺"进了再也无须拼杀的安静得连蚊子都飞不进去的坟墓里。辉哥却是与他并肩战斗时，被一颗粗大的机枪子弹打死的。辉哥和马宇一死，关伟和李东就离开云南，跑到北京去花天酒地。在北京花天酒地中关伟与一个高官的公子成了朋友，与那公子合作炒地皮。跟着，关伟又跑到上海炒地皮，有一块地让他们纯赚了五千万。关伟如今在上海、杭州、海口、青岛、大连、连云港、深圳和珠海都有地。他的工作就是把几十亩或几百亩地买进来，等一个好价钱再卖出去。他的身边除了李小和李东的堂弟李坚两人，还有大学生和研究生，有一个年轻人还是经济学博士。他们都是很有经济头脑的人，负责替他考察地皮、权衡利弊，把别人可以发财的机会抢过来，让他的资产直线飙升。关伟的工作仍是吃喝玩乐，带着李东和李坚。这两年，他们把全国各地都玩到了他回来了。他是在这块土地上长大的，很多小时候的同学和朋友只有在长益市才能召见。他一高兴，就请他的老朋友在蓝天大酒店或金程大酒店吃饭、聊天，给他们钱打牌。他的乐趣就是享受这些朋友的爱戴，满足了就打发他们走人。关伟觉得自己命贵，在中缅泰出生入死那么多次，他连一根毫毛都没伤，马宇和辉哥都死在那里了，李东受过两次伤，李坚也受过一次伤。关伟却从枪林弹雨中走了出来，走到今天也没发现有什么不对劲的地方。

关伟再回到长益市就不是跟黑社会的人交往了，他躲到五星级酒店住着。住在家里，那些他打心眼里看不起的小混混就会排着队等着他接见，如今他这身份再带着黑社会的人出入长益市的社交场所就不像了。从宾利车上下来，与那些坐没坐相站没站相、嚼着槟榔、张口就是痞话的小混混同桌饮酒吃饭，这让他觉得自己很没面子。他如今要打交道的人都是市、局级领导，至少也是处级干部。关伟为此规定李东和李坚不准讲痞话，而且每天读一个小时书，因为他现在不需要他们替他挡子弹了。"我们又不是在金三角，不要还是过去那种流氓样子。你们少出门一点，每天跟我读一个小时书，"关伟笑着说，"读不进书就读报，我希望你们的脑袋有所长进。不要在公开场合给我丢脸。"

李坚说:"好的,老板。"

"尤其你,"关伟望着李坚,"你要少说话,你一说话别人就晓得你几斤几两。"

李坚只读了小学,虽有一身武艺,却是个大老粗。李坚说:"那我只是在你身边坐着。"

"你呢?"关伟说李东,"一副土匪相,以后胡子刮干净点。"

李东忙把脸上刮得干干净净,笑着问关伟:"现在我像不像你说的绅士?"

关伟瞟他一眼:"以后都要这样,每天都给我刮胡子。"

李东从此每天一早起床,第一件事就是拿剃须刀修面,把脸修得光光的。李坚一早起床就打领带,把皮鞋擦得锃亮无比,不西装革履他就不出房门,因为他不愿意看见关伟脸上呈现丝毫不悦。只要关伟脸上不悦,这个跟着关伟走南闯北好几年的汉子心里就没底。

"伟哥现在变了,"李坚感叹道,"我领带的颜色他都要批评。"

李东望一眼堂弟李坚,说:"你领带的颜色与你的西装是不相配,伟哥并没说错。"

"那有什么关系?"李坚说,"愿意看就看,不愿意看就不看。"

"问题是你这么一穿,别人不可能不看啊。"李东笑,"穿着要注重颜色搭配,你看那些有身份的人,哪个像你穿一件蓝色西装,系一根黄领带?这哪里有点绅士味?"

李坚说:"那配什么颜色的领带好?"

李东想了下说:"灰色的领带,或者黑领带。"

李坚就开着挂着北京牌照的宾利车,去长益市最繁华的地段买了一捆灰色、蓝色和黑色的领带回来,每天出门他就问李东他系什么领带好,因为他有色弱,分辨不清颜色。

李东和李坚那天都穿着蓝色西装,都系一根灰色的皮尔卡丹领带,于步入蓝天大酒店的餐厅时与钟铁龙不期而遇了。李东一眼就认出了钟铁龙,钟铁龙见这个男人盯着他,也认出了他。四只眼睛对视了几秒钟,两人同时移开了目光,钟铁龙步入了餐厅。李东跟在他身后走进餐厅,钟铁龙站住了,李东从他身边迈了过去。钟铁龙看见李东走到一张餐桌前,餐桌前有几个人,其中一人是关伟。他们瞪着他,钟铁龙不看他们,他听见他们中哪个用一种奇怪的声音说:"是他?他还活着啊。"

钟铁龙没吭声,宁亚丽在房里化妆,钟铁龙先来一步。他的手机响了,是杨敏打他的手机,杨姐说:"老板,我打算过两天结婚,到时候您跟我讲几句话好吗老板?"

钟铁龙说:"没问题,人都请好了吗杨姐?"

杨敏说:"还没有,我不打算张扬。"

"那不行啊,一定要热闹。"钟铁龙说,脑海里闪现了凿着马新名字的那块碑,"这样吧,把公司里的全体员工都通知到,定在吉祥酒店。你结婚的费用我来出。"

杨敏在手机那头说:"老板,那怎么好意思?"

钟铁龙看见宁亚丽走来,便说:"星期六中午,吉祥酒店。就这样定了。"

宁亚丽一身很漂亮地走进餐厅,就像一束阳光从门口泻进来,一下子把整个餐厅都照亮了。钟铁龙对她一笑,她径直步入到钟铁龙一旁,坐下。钟铁龙问宁亚丽爱吃什么菜,宁亚丽就翻开菜谱看,点了几个素菜,服务员记下了那几个菜。钟铁龙晓得邻桌正在讨论他和宁亚丽,心里就很戒备那一桌人,嘴里不忘赞美宁亚丽说:"你今天真美。"

宁亚丽今天真的很美,穿一件淡黄色且很时尚的短吊衫,下面一条深灰色的裤子,脚上一双白高跟鞋,脖子上系了根银色的珍珠项链。一张脸,放射着无形的、芬芳的光,以至于整个餐厅里飘散着令人心旷神怡的清香。早一向电视里播杨贵妃,电视台的编导们都说,那杨贵妃还没有宁亚丽长得美。宁亚丽说:"你也很帅呀。"

身高一米八几的李东走拢来,脸上颇有几分挑衅,目光热乎乎毛森森的,犹如猛犬的两只前爪蓦地搭在他肩上。钟铁龙仿佛觉得肩真的被别人拍了下似的,忙回头看,身后没人,心就踏实了点。李东很海的模样看着宁亚丽说:"你是那个参加星姐选美的宁小姐吧?你最好离他远点,担心他把你害了。"

宁亚丽就用吃惊的目光瞟一眼钟铁龙,钟铁龙勉强一笑:"你不要听他瞎说。"

李东瞪着钟铁龙:"我瞎说?你死到临头了。"

钟铁龙就盯着他,李东虽然脸上刮得干干净净,但目光很坚硬、生冷、锋利,像一把锄头挖过来,让钟铁龙不由得闪了下脑袋。李东说:"你蛮潇洒啊,把星姐都勾引到手了。"

李坚跑来,目光同样生冷、锋利,还多了几分血腥味,问李东:"你是不是想要他死?"

李东说:"我赌他活不过今年。"

钟铁龙望一眼关伟,那边有一大片目光都掷在他身上,仿佛是一群恶犬扑向他。他身上所有的细胞都戒备起来,像众多士兵样护卫他,他对宁亚丽说:"亚丽,我们走。"

钟铁龙的好心情被破坏了,饥饿感也随之消失了。他领着宁亚丽回到房间里,脸上乌云翻滚的。脑海里闪现了陈大队,同时还有石小刚与关局长带着陈大队到长益市郊的一口深塘里找枪的情形。这个梦是他昨晚做的，梦里的石小刚在关局长的劝说下，不但阴着苍白的面孔向陈大队交代，钟铁龙有一把五四式手枪，他还向陈大队坦白，是他用五十万买了小马顶钟铁龙的罪。石小刚在他的梦里说完这一切就哭，然后又阴险地笑，声音咯咯的，像中年女人的笑声，尖锐、刺耳。此刻，钟铁龙就在回想这个噩梦，这个梦让他害怕，让他感到自己罪孽深重。他阴着脸，想是祸躲不过，看来他得腾出时间来对付这几个仇人了。宁亚丽看着他，问："钟总，他们是什么人？"

钟铁龙瞟一眼宁亚丽："流氓，黑社会。"

"黑社会？"宁亚丽说，"你跟他们有过节？"

"他们曾砍死了我的一个伙计，那伙计跟我是小学、初中和高中同学，叫李培。"

宁亚丽瞪大了美丽的眼睛："刚才他们好凶的，把我吓坏了。"

钟铁龙把目光抛到她脸上，觉得她真是天姿国色的美人。"他们是针对我的。"

钟铁龙的手机响了，电视台的编导让钟铁龙送宁亚丽去电视台彩排和试服装，再过两天就是总决赛，导演请了省歌舞团的老师，要排一台由二十个星姐跳的舞蹈。他合上手机说："走吧，我送你去电视台。"

七二　李秋燕

钟铁龙接了个电话，他的一个高中女同学患了鼻癌，死了。这个女同学是他们的班长高玫。钟铁龙读高中时与高玫班长没什么往来。打电话给他的是另一个在县卫生防疫站工作的女同学黄艳，黄艳说："高玫同学离婚都十年了，一直一个人带着女儿过，好可怜的。"

钟铁龙听了这话心里有点颤抖，"哦，"他说，"那我深表同情。"

黄艳又说："高玫的女儿现在跟她外婆住在一起，她外婆退休退得早，退休工资少得可怜。好困难呢，我和李秋燕、大宏同学商量了下，打算都捐点钱给高玫的女儿。"

钟铁龙晓得他们几个同学在读高中时都是班干部，就玩得好。他问她："高玫的女儿不是还有父亲吗？她父亲就不管的？"

"她父亲不晓得是去了海南还是在东莞打工，几年没回来了。"黄艳说，"你有时间来吗钟铁龙同学？"

钟铁龙一听黄艳称他"钟铁龙同学"，他就肯定地表态说："我一定来。"

钟铁龙就开车去了黄家镇。黄艳、李秋燕和大宏等同学他都有多年没见了，他都记不起他们的模样了。他记得高玫高中毕业时没考上大学，顶了她母亲的职，在镇粮站上班。镇粮站在黄家镇西边的一处斜坡上。镇粮站在上个世纪的八十年代，是一家很靠得住的有铁饭碗的单位，但如今它"破落"了，因为粮食早就可以自由买卖了，还因为很多别的原因，镇粮站这样曾经让人羡慕的国营单位成了仅仅拿一点基本工资的破单位。钟铁龙把车开进镇粮站时已是下午五点多钟，他把车停在离灵堂不远的一棵树下，他看见了李秋燕。灵堂内外有许多他的高中同学，他们看见他开着车来了，就都走过来打招呼。他望着他们，一一回应着这些高中同学，最后轮到了李秋燕。李秋燕比他记忆中的那个李秋燕要瘦多了，脸黑黑的，面色有些憔悴，仿佛一只苹果被风吹干了似的。李秋燕也盯着他，他笑了下："李秋燕你好。"

同学们望着他俩笑了。高中同学都晓得他于高中时代暗恋李秋燕，曾经背着他把这事做笑料谈论。现在，这一对没有成功的恋人相逢了，面对面站在众人面前，他们笑了。"钟铁龙同学，想不到你还是显得这么年轻。"那个打电话通知他的女同学黄艳说。

黄艳读高中时与高玫和李秋燕关系最好，三个女同学一下了课就聚在一起。现在，高玫死了，她们来吊唁，黄艳表扬李秋燕说："高玫死的时候，李秋燕一直守在她身边。"

钟铁龙就看李秋燕一眼，李秋燕说："高玫生前跟我联系最多，我当然要陪她。"

钟铁龙步入灵堂，灵堂是用肮脏的油布搭的，灵堂里挂着祭帐和几只花圈，中央挂着高玫的遗像，遗像上的高玫很年轻，但不漂亮。他看了几眼遗像，脑海里跳出少女时的高玫很看不起他的样子，那是他把要赶他出教室的李老师拉倒在教室里时的事。高中三年，他几乎没跟高玫说过话。"高玫同学，你死得早了点。"他心里说。

一个女孩端着盘子在他面前跪下了，盘子里有十七八个红包，那可能是装着五十或一百的红包。黄家镇人的风俗是红白喜事，来者都要打红包，红包上写上自己的名字，以示自己不是来白吃。小女孩跪下后对他磕了个头，叫了声"叔叔"就不说话了。黄艳向他介绍说："她是高玫的女儿，读小学五年级。"

高玫的女儿十一岁了，长得还真有点像高玫。高玫十年前离婚后就带着女儿与母亲一起过，一直没再结婚。高玫的女儿一张脸很小，也很瘦，脸上一脸的悲伤。钟铁龙看一眼一旁的男女同学，他们于此刻都望着他，他心里暗笑，想现在是回答他们多年前看不起他和疏远他的最好时候。这样的时候到哪里去找啊？他想，从容地打开包，掏出三沓捆扎得很好的人民币，丢在女孩低头托着的盘子里，那三沓钞票以女孩没有心理准备的重量落在盘子上，把女孩托着的盘子砸翻了。女孩十分惊讶，大家也都把目光投到钟铁龙身上和地上。钟铁龙是故意这么干，他完全可以把钱小心地放到女孩托着的盘子上，但他就是要用三沓厚厚的钞票砸掉高玫女儿手中的盘子，从而引起同学们的注意。女孩也知轻重，首先捡起那三沓沉甸甸的人民币，然后才捡那一个个薄薄的红包。黄艳对小女孩说："快谢谢钟叔叔啊。"

钟铁龙冷冷地告诉小女孩说："是钟伯伯。"

小女孩被这多钱吓得要磕头，钟铁龙说："不要磕了，你起来，把钱收好。"

小女孩的外婆看见了这一幕，赶紧过来，见外孙女托起的盘子里一下子码了三沓厚厚的人民币，就很感激钟铁龙地说："谢谢你，我家高玫在九泉下知道了也会谢谢你。"

钟铁龙说："不用谢，应该的。现在是谁负担她读书？"

高玫的母亲一听这话眼睛就红了，说："还有谁负担啊？就我一点退休工资，高玫看病借了亲戚朋友七八万元医药费，现在还不知道怎么还清这笔欠债。"

钟铁龙瞟了眼高玫的遗像，遗像上的高玫冷峻地嘟着嘴，嘴角有一丝傲气。他心里说："高玫，我不是为了你，我是为我自己，我要让这些同学把我做的一切带给李老师，让李老师去想想他当年在教室里说的话。"他奇怪的模样笑笑，对高玫的母亲说："您不要急，我就跟您还债。"他听大宏同学说"钟铁龙你真有钱，一出手就是三万"，他看大宏一眼，大宏一脸的佩服，就想还得让他进一步佩服。他走到奔驰车后，按了下遥控器，打开后备箱，后备箱里有只皮包，包里装着二十万，那是他备在车上打牌或应急时用的。他拿出八叠人民币，递给高玫的母亲，高玫的母亲捧着人民币的手抖得相当厉害，有两叠人民币就抖到了地上。黄艳忙弯下腰，捡起那两叠钞票，放到高玫母亲的手上："伯妈，您拿好。"

高玫的母亲扑通一声跪下了，在钟铁龙眼里，这是第四个人在他面前下跪，这个人是他高中女同学的母亲。这又一次证明好的力量能让人不由得弯下膝盖！钟铁龙想，荆轲只怕也在燕太子丹面前下过跪。他弯腰扯起高玫的母亲说："您不要这样。"

他的这些高中同学被他这进一步的举动刺激得目瞪口呆，半天没反应过来，接着一片欢呼和喧嚷。高玫的母亲却感动得哭了，捂着脸呜呜呜呜。一旁的同学都围了上来，来安慰高玫的母亲。钟铁龙想你们不过是嘴上安慰，我要让你们一个星期睡不着觉，就提高声音说："高伯妈，以后您外孙女读书的一切费用都由我出，只要她能读书和愿意读书。"

高玫的母亲忙对孙女说："丽丽，快给你钟伯伯磕个头。"

钟铁龙很惬意地把跪下磕头的小女孩拉起来，感到做好事其实也很好玩，说："你只要好好学习就是对钟伯伯和这些叔叔、阿姨的最好的回报。"

高中同学从这个人那个人嘴里早就知道钟铁龙混得不错了，但都没想到钟铁龙一出手就是十一万，这强烈地震撼了他们，让他们抛下高玫的母亲和女儿，都围着他，赞赏他。大宏羡慕地看着钟铁龙说："钟铁龙，你让我真的很感动。我没想到！"

黄艳也说："我也没想到，我没想到钟铁龙同学来了会对高玫一家有这么大的帮助！"

钟铁龙笑笑说："这没什么的，只是帮了一点小忙。"

大宏同学叫道："那就不是只帮了一点小忙，你这是帮了高玫一家人的大忙。"

当年班上的数学课代表也说："钟铁龙，你真是帮了高玫一家人的大忙。"

钟铁龙心里已经有了一百二十个的满足，便客气道："哪里哪里，我没做什么。"

当年班上的宣传委员说："我要写篇文章，让全县的人都知道这事。"

黄艳忙鼓动宣传委员说："那你一定要写，我等着看，你是要宣传一下钟铁龙同学。"

李秋燕一直站在一旁觑着钟铁龙，这会儿她也松一口气的样子说："钟铁龙，高玫死前跟我说，她最放心不下的是她女儿，现在她可以安心了。"

钟铁龙想他今天把当年受学校"开除学籍留校察看"的处分的气，于这个晚上在高玫的灵堂前出了！他想他再不转换话题，再站在同学中间接受赞美，那会被他的这些同学赞美死去。他看着李秋燕，故意转移话题道："你现在在哪里工作，李秋燕？"

黄艳满脸热忱地批评钟铁龙："钟铁龙同学你太官僚主义了，你的李秋燕五年前就调回白水了，在白水县师范学校教体育，你不知道？"

钟铁龙和李秋燕同时听到黄艳称李秋燕为"你的李秋燕"，李秋燕就笑，当众指出道："黄艳，你别乱说，什么'你的李秋燕'，这话传出去我就要怪你。"

钟铁龙心里清楚黄艳有点撮合他和李秋燕圆梦的意思，他不是来圆梦的，便说："那是那是，黄艳你不要拿过去的事开玩笑。"

那天晚上，九点钟左右，追悼会结束了，几个高中同学就吃喝着打麻将，边为高玫同学守灵。黄艳被拖上了桌，李秋燕不晓得打麻将，却没走，钟铁龙见时间还早就陪李秋燕说话。两桌麻将设在灵堂里，打得吆喝喧天。钟铁龙和李秋燕坐在灵堂外，天上一天的星星，一弯钩月悬在远远的山林上。不知哪家的人，正拉着《二泉映月》，二胡拉出的舒缓、忧伤的乐曲声于夜色下悠悠扬扬地传来，缓缓地散开，就有点苦，还有点虚无的味儿。直到这个时候他才感到奇怪地问李秋燕："你怎么会调回白水县师范教书？"

李秋燕笑着回答他："我是糊糊涂涂就调回来了，也可以说是赌气调回来的。"

钟铁龙望着这个他曾经很爱很爱的李秋燕，李秋燕说："大学毕业时我和我前夫同时分到了那所中学，那所中学在长益市郊。第二年我们结了婚，开始还好，后来学校又分来了一个音乐老师，其实那个音乐老师长得并不怎么样，我都没想到我前夫竟喜欢上了她。两人好上后……没有不透风的墙，后来逐渐成了公开的秘密，我是学校里最后一个晓得的。"李秋燕瞟一眼钟铁龙，笑笑，"兔子都不吃窝边草，我前夫连只兔子都不如，离婚的事闹了两年，最后离了。正好那段时间我父亲身体不好，我姐在县教育局，我请假回来招呼我父亲，我姐见我不开心，问我愿不愿意调回来。我想自己在那所学校很没面子，就说愿意。我姐跟县师范学校的校长打电话一说，校长当即就拍板同意，我就糊糊涂涂地调回来了。"

"哦，调回来五年了？后悔吗你？"

李秋燕摇头："有什么好后悔的？要后悔就不要活了。"

"你父亲还好吗？"

"我父亲前年死了。"

"你母亲还好吧李秋燕？"

"我母亲比我父亲还早死几年。"

钟铁龙想她一定受了很多委屈，问："你是儿子还是女儿李秋燕？"

"女儿，跟高玫的女儿同一年生的。"

"真想看看你女儿，"钟铁龙说，"你女儿漂亮吗？"

"不漂亮，长得有点像她父亲。好高，十一岁就长到一米六五了。"

钟铁龙一听这话就没兴趣谈她女儿了，说："原来你早调回来了，我一直不知道你的消息。"

"我也没跟什么同学联系，我只跟黄艳联系得较多，都是在县城，离得又不远，她有时候散步就散到我们学校的操坪上来了。"李秋燕说，"早两年，我父亲身体不好，我经常是家里、医院、学校三点一线地跑，也没跟其他同学联系。"

钟铁龙问："你现在的丈夫干什么工作？"

李秋燕轻轻一笑："我现在没丈夫。"

钟铁龙想李秋燕是个好女人，只是她的命不济，没上运。"你还年轻，不应该不结婚。"他说，"不要跟自己过不去，人生就是几十年，一晃就过去了。"

"是啊，几十年眨眼就过来了。"

钟铁龙很想帮她一把，问她："需要我为你做什么吗李秋燕？"

"谢谢，我不需要。"她说，望了眼挂在灵堂里的遗像，"高玫说起过你。"

"她说我什么？"

"她死前说没想到你是我们七十一班同学里搞得最好的。"

钟铁龙望了眼很安静地停在树下的奔驰，说："什么好不好，混而已。"他想到自己干了那么多坏事，又说："说不定，我哪天又是最惨的。还是你好，平平淡淡就是福。"

两人说了很多话，直到深夜十二点，一弯钩月升到头顶了，起了风，风把树木刮得簌簌响，风吹在他俩身上，使两人都打了个冷噤，风把他们的话和他们之间有过的爱都吹跑了。李秋燕起身去看打牌，钟铁龙也走上去问："你们谁赢了钱啊你们？"

黄艳说："没什么输赢。"

当年的宣传委员说："没输赢？你至少赢了一百多元。"

黄艳说："我没赢那么多吧？我自己没数。"

当过数学课代表的同学说："又没人找你退钱，别不老实。"

黄艳就要数钱，大宏同学输了几十块钱，就叫道："不要数，你快出牌。"

钟铁龙想为这点钱还要吵，这就是他的高中同学，一帮井底之蛙。他说："我要走了，我明天还要参加一个人的婚礼，要回长益市。"

他的同学都起身，弄出一片桌椅响声地走出灵堂送他，都用友好和嫉羡的目光看着他。他钻进奔驰车，探出头，对他的同学扬了扬手，开着车驶离了他们。他想哭，心里酸酸涩涩的，他曾经爱过的李秋燕，成了这副模样，仿佛脑海里的一尊美丽的维纳斯雕像被人打碎了。李秋燕显得很干，而且瘦，这是缺乏爱情滋润的结果，女人是需要爱情滋润的，没有爱情滋润就跟禾苗没有水分一样，会枯死。他突然想，当年他要是追到了李秋燕，他现在一定是另一个钟铁龙，肯定没今天这么有钱，但肯定也没干这么多坏事。

杨敏今天结婚，日子是早几天定的。她找了个比她小八岁的男人。事实上是那个比她小八岁的男人拼命追杨敏，杨敏一开始并不同意，她有一儿一女，已不打算再结婚了，两人若即若离了两年，杨敏自己都不愿承认这份感情，可是禁不住男人的一阵猛烈炮火，投降了。"不是我要结婚，是他要跟我结婚。"杨敏说。

杨敏已是四十出头的女人了，四十出头的女人谈到自己又要结婚时，脸居然红了。这证明杨姐还没老到无可救药。钟铁龙想，说："好，结了婚以后也有个依靠。"

杨敏说："这两年，我觉得小周对我儿子和女儿都可以。"

杨敏的婚礼定在吉祥酒店，办了二十桌，杨敏和新郎官的亲戚朋友占了五桌，其他十五桌都是公司的职员，钟铁龙都有点吃惊，公司里竟有这么多职员了。当然，这十五桌里有四分之一是家属。黄建国主持的婚礼，钟铁龙讲话道："今天大家都很高兴，杨敏女士与周国华先生结为了伉俪。我代表公司的全体员工希望新娘杨敏和新郎周国华永结同心，白头到老。大家都知道，杨敏是个非常出色又非常漂亮的女人，新郎周国华也很不错，一表人才，自己有公司也有上进心。来，朋友们，为杨敏女士和周国华先生永远相爱，干杯。"

众亲戚朋友就都举起酒杯，于一片玻璃酒杯的碰撞声和一片笑声、叫嚷声中干了。

小小还没结婚。小小不再是当年那个土气的女人了，小小如今穿戴得很洋气，身材也保持得不错，既练健美，又举着羽毛球拍打羽毛球，看上去只有二十八九岁似的。小小也有一个男人，男人比小小大几岁，是一家电脑公司里做电脑软件的。小小把她和李培生的儿子放在一所私立小学读书，那所学校的收费很贵，但小小为了儿子就没管那么多。只有星期五，她才接儿子回家，小小的儿子一回来，那个男人就自动退出了；小小的儿子一去上学，那个男人就和小小睡到了一起。钟铁龙早就晓得这些事了，还晓得小小曾跟莫伢子有过一腿，这都是郑小玲于枕头边上告诉他的。他望着小小说："小小，你是不是也该结婚了？"

小小笑，"我暂时还没想结婚。"

钟铁龙说："小小你年龄也不小了，如果看中了合适的，就结了算了。"

小小又笑；"缘分到了就结婚，缘分尽了就分手。结了婚，就被一张纸约束了。"

钟铁龙觉得小小笑起来还蛮好看的，说："你倒是想得通啊小小。"

小小收拢起脸上的笑，说："李培一死，我突然就看开一切了。以前想不通的事，李培一死，我都想通了。我觉得女人首先应该为自己活，自己活得自由活得好才是好。"

钟铁龙心里掠过了一抹不悦，这一抹不悦来自住在蓝天大酒店的关伟和李东，仿佛一片乌云从天那边飘来似的。杀死李培的杀手此刻就住在蓝天大酒店，这让他觉得有些对李培不起。他提议："你这样说没错，来，我们这一桌的人为女人为自己活干杯。"

郑小玲也说："好，我们为女人干杯。"

大家碰了杯，喝了酒。这一桌坐着四个男人：钟铁龙、钟唤龙、三狗和张兵。郑小玲就对云南妹、小赵和张兵的老婆及小小提议："来，我们为男士干杯。"

大家又笑着喝了口酒。钟铁龙说："这些年里，你们个个都辛苦了，为大家的身体健康，来，"他举起酒杯，"都要把酒杯里的酒喝干净，干了。"

大家就笑着都把酒杯里的酒喝了个底朝天。

杨敏带着新郎周国华来了，来敬这一桌人的酒。杨敏直扑钟铁龙而来，钟铁龙望了眼比杨敏小八岁的周国华，无意中发现周国华的眼神有点邪乎。钟铁龙自己是个邪乎的人，他只瞟一眼就知道这个男人并非善类，便暗想：杨敏了解他吗？但他没把这种思想往下发展，说："你们两位今天是大喜，来，都举起酒杯，干杯。"

杨敏说："老板，你随意，我们喝完。"

杨敏说着，一仰脖子，一口酒就全倒在嘴里了。新郎官没听她的，只抿了半口，然后红着脸望着大家说："谢谢你们给我和杨敏面子。"

新娘和新郎去邻桌敬酒，钟铁龙瞟一眼新郎，问三狗："他是干什么的？"

三狗说："我不清楚，他以前喜欢来唱歌，杨敏陪他喝过几次酒。后来两人就好上了。"

钟铁龙没把他的感觉说出口，只是说："我以为是别人介绍的呢。"

云南妹说："我听杨敏说他在一家广告公司做事，专门搞诈骗。"

钟铁龙批评云南妹："注意你说话的内容，不要诬蔑别人。"

喜酒吃到一点半钟，散席了，钟铁龙和郑小玲回芙蓉山庄，钟铁龙在车上对郑小玲说："昨天我回黄家镇参加高中同学高坟的追悼会，遇见了我的初恋李秋燕，心里很不是味。"

郑小玲说："你的初恋？感慨万千吧？"

"有点儿，"他回答，"我觉得她显得很老，比你还显得差些。"

郑小玲叫屈道："你的意思是我有蛮差了？"

钟铁龙抱歉地一笑："不是这个意思。"他把他对李秋燕的感觉告诉了老婆，"我是说她显得很干，一看就是没有男人关心和爱的。她离婚六年了，一个人带着女儿过。"

郑小玲叫道："我的天，你不会跑去关心她吧？"

他说他的感受："昨天我真不该遇见她，那个少女时代的完美的她像一尊雕像毁了。"

七三　星姐冠军

湖南星姐选美总决赛的晚上，钟铁龙把王总、龙行长和力总都叫到了蓝天大酒店，在他的房间里一边打麻将，一边看星姐选美。钟铁龙还叫来了三狗及报社的几

531

个记者，为的是制造一种欢迎星姐到来的局面。没有人知道他已经出了几十万为宁亚丽成为今晚的明星扫清了道路。他跟任何人都没说。报社记者们不看麻将，却盯着荧光屏，相互猜测今晚的桂冠将戴在谁的头上，有人猜到了宁亚丽，但更多的人把目光放到了另一个姓刘的小姐身上。他们说："刘小姐回答问题非常聪明，肯定能拿冠军。"

一个人说："我觉得宁亚丽能拿，她身材呷通。"

"呷通"是长益市土话，表示胜过了一切。另一个喜欢刘小姐的记者说："刘小姐的身材也相当不错。"

那个说："不，刘小姐没有宁亚丽的身材好，宁亚丽到底是学舞蹈的，气质就是不一样。"

又一个喜欢刘小姐的人说："刘小姐的气质也非常好。"

钟铁龙问王总："你觉得哪个小姐能摘下今晚的桂冠？"

力总一直在看星姐选美，他插话说："那肯定是那个姓李的小姐。"

龙行长扫了几眼荧光屏上的众小姐说："我觉得应该是宁亚丽。"

王总说："我喜欢刘小姐。"

龙行长不喜欢刘小姐说："刘小姐是一根豆芽菜，太瘦了。"

力总说："我喜欢李小姐的味道，显得很纯洁。"

报社的一个记者赞成力总的话说："我也喜欢李小姐，她的味道就是不一样。"

喜欢宁亚丽的说："都好，但宁亚丽显得气质更好。"

龙行长催力总说："你出牌啰。"

选美还在继续，牌也还在打。三狗买来了很多水果，西瓜、哈密瓜、提子什么的，还买了两条软中华烟扔在茶几上，让朋友们一边吃水果一边抽烟喝茶。钟铁龙让三狗替他打麻将，自己坐到沙发上看电视，看星姐选美的最后结果。二十个星姐里淘汰了十个，余下的十个星姐进行最后一轮比赛，比小品，考官让她们随便抽一个签，签上会有一段文字，文字描述的是一件事，或者一个什么棘手的问题，星姐们就依照文字所说做即兴表演，评委根据星姐们的即兴表演打分。刘小姐表演得非常机智，大家都觉得她表演得太好了，轮到宁亚丽即兴表演时，力总说宁亚丽表演得不行："太一般了，没有刘小姐演得好。"

轮到李小姐表演时，力总牌都不打了，盯着荧光屏。李小姐表演得有些做作，龙行长直摇头："力总，你喜欢的李小姐蛮矫情的啊。"

力总说："我觉得好。"

这一轮表演结束后，接下来是一个歌星唱歌，唱完歌，选美的结果即将尘埃落定了。大家都放下麻将，看电视。力总喜欢的李小姐什么名次都没拿到，刘小姐拿了季军。轮到揭晓谁将是今晚的冠军时，大家都瞪大了眼睛，十个星姐里季军和亚军都产生了，另外八个星姐里将诞生一名冠军，这会儿广告出现了。钟铁龙号召大家说："我们赌一把，看谁能当冠军。"

王总说："如果刘小姐只是季军，我就赌宁亚丽是冠军。你赌谁？"

钟铁龙说："你赌宁亚丽，那我赌宁亚丽不是冠军。"

"我赌宁亚丽是冠军，"龙行长说，"我赌五千。"

"王总赌多少？"

"一万。"

"你呢？"钟铁龙望着力总。

力总嘿嘿嘿笑说："我不赌，我喜欢的李小姐没戏。"

报社的许记者说："我赌宁亚丽是冠军，赌五百。"

报社的李记者也说："我也赌宁亚丽是冠军，赌五百。"

另外两个记者想了下，也赌宁亚丽说："我和刘记者都赌宁亚丽是冠军。"

钟铁龙对记者们笑，表扬他们有眼力道："看来宁亚丽的人气蛮旺的，好，你们赌宁亚丽是冠军，我赌宁亚丽不是冠军。力总不赌，做公证人，我们把赌资都交给力总。"

几个记者就都掏出钱，钱便放在不愿参赌的力总手上。

广告结束后，结果出来了，电视台的主持人宣布："今晚的星姐选美冠军是"——一片扣人心弦的锣鼓声——"宁亚丽小姐！"

只见如花似玉的宁亚丽脸上十分激动，激动得热泪盈眶，她没想到自己的人生会于这个晚上变得如此灿烂和美丽……

宁亚丽戴着桂冠来了，桂冠是纯银做的，上面镶了颗红宝石，那是颗假宝石，玻璃的。不过宁亚丽还是戴着它姗姗来迟。三狗开着钟铁龙的奔驰车去把她接来的，她下了车，走进蓝天大酒店时，许多人都认出了她就是今晚的星姐选美冠军，于是一大片火热的目光都掷到了她身上。她仍然穿着在舞台上翩翩起舞的服饰，那一身白色的长裙在蓝天大酒店华丽的地上拖着，使她犹如仙女下凡。三狗引着她走进餐厅时，大家都围坐在桌前等她，钟铁龙率先鼓起了掌，当然就是一片热情的掌声迎接着冠军的到来。

"啊呀，"许记者赞扬宁亚丽，"你今天真美。"

李记者也大声说："你是今晚的冠军，全湖南人民都认识你了。"

力总说："我最后悔，"边摇头，"我今天本来可以捡一万块钱，一时没想通就没捡到。"

宁亚丽一笑："怎么呢？"

许记者说："我们都支持你，赌你是冠军，力总没赌，所以他没捡到钟老板发的加班费。"

宁亚丽望着钟铁龙，钟铁龙说："把你的桂冠摘下来给我看看。"

宁亚丽就摘下桂冠给钟铁龙，钟铁龙拿在手上看着，批评说："这桂冠做得粗糙。"

龙行长看着美丽的宁亚丽，开玩笑道："我可以戴一下你的桂冠吗？"

大家都笑，因为龙行长说得一本正经的。龙行长又说："沾一下你的仙气么。"

钟铁龙就把银质桂冠递给龙行长，龙行长拿在手上看着，说："可惜王总赢了钱就跑了，"他说，把桂冠放到头上，"不然我就要借你的桂冠戴，把输的钱赢回来。"

大家看着桂冠在龙行长的肥头上闪闪亮亮，都开心地笑着。

还有一桌人注意到了宁亚丽的美丽，那一桌人时不时盯一眼坐在这一桌的宁亚丽。那一桌人有十来个，在吃宵夜。一个穿一身橄榄绿的年轻人走来，径直走到宁亚丽身前，一脸盛情地望着宁亚丽："宁小姐，我们老板要敬你一杯酒。"

他是李坚，李坚继续望着宁亚丽说："请赏脸。"

宁亚丽望一眼钟铁龙，钟铁龙望着李坚，又掉头看一眼那桌人，那一桌人都把目光放到了宁亚丽身上。那一桌人里除了他认识的关伟，还有一个像是市里的领导。再一个便是拥有那一百一十五亩地的霍老板，霍老板主动对他挥了挥手，以示打招呼。钟铁龙笑笑说："你现在不一样了，星姐冠军了，去吧，人家那么给你面子。"

宁亚丽说："我不会喝酒。"

李坚说："没关系，意思到堂就行了，宁小姐就给个面子吧。"

宁亚丽起身，随着李坚向那一桌人走去，那一桌人同样用热情的掌声欢迎她，李东立即给宁亚丽盛了杯酒，那是一杯洋酒，放到宁亚丽面前。宁亚丽说："我不会喝酒。"

关老板开口了："一口喝尽，我送辆宝马车给你。"

大家都鼓起了眼睛，宁亚丽也同样瞪大眼睛瞧了眼关老板。关伟嘿嘿一笑："只要你一口喝光，一辆宝马车明天就送到你住的地方，你告诉我你喜欢什么颜色的宝马车。"

宁亚丽说："谢谢，不过我真的不会喝酒。"

"宝马车等着你呢，宁小姐。"李东说。

霍老板高兴道："一杯酒换一辆宝马车，这是全世界最好的交易，宁小姐。"

宁亚丽掉转头望这一桌一眼，只有钟铁龙没朝她看，其他人的目光都跟鸟栖息在树上样飞落在她身上。关伟微笑地盯着她。她一仰脖子，一杯XO就尽数倒进了咽喉。她放下杯子，却赢得一片清脆的掌声，霍老板说："宁小姐有头脑，一杯酒喝了一辆宝马车。"

李东吹嘘他的老板："宁小姐，要是我们关老板出钱包装你，你一定会大红大紫。"

宁亚丽说："谢谢，真的谢谢。"

宁亚丽折回来坐下时，力总夸张地竖起大拇指说："宁冠军，你刚才的举止真像明星。"

李记者说："你的前途很大，你一定能成为大明星。"

宁亚丽很兴奋·"刚才他们也说我一定会成为大红大紫的明星。"

龙行长说："我给你出个主意，要李作家写个三十集的电视连续剧，让钟老板投资拍，你演女一号，拉上王志文或陈道明演男主角，不就出来了？好多明星不就是这样出来的？"

力总也赞成："你的长相丝毫不比她们差，我觉得你还漂亮些。"

许记者说："到时候我演宁亚丽的追求者，每天献一束玫瑰。"

李记者也开口说："我就演一个失意的追求者，身份是没钱的文人。"

力总开口道："我演一个小老板，三天两头跑到你面前献殷勤。"

龙行长瞟众人一眼，突然宣布说："我演你父亲，每天就在家里接受这些鳖的礼物。"

"只有龙总最会占便宜，是占便宜的祖宗。"钟铁龙高兴道。

大家都大笑。

一桌宵夜边吃边谈边笑直到凌晨两点钟才散，力总和龙行长都有车，钟铁龙让三狗开车送几个记者回家，自己和宁亚丽就进了电梯，电梯升到二十层，两人走出电梯，进了房间。房里乱糟糟的，是刚才他们在这里看电视和打麻将弄的。钟铁龙躺到床上，双手枕着头，侧过脸来问宁亚丽："他们把你叫去喝酒，跟你说了什么？"

宁亚丽很温柔的样子在他身边躺下，嘴在他额头上亲了下，说："那个关老板要我喝酒，我说我不会喝，他说我喝了那杯酒，就送我一辆宝马车。"

钟铁龙就笑："你喝了？"

"喝了。"

"他们还说了什么？"

"有一个人说只要关老板愿意出钱包装我，我一定会大红大紫。"

钟铁龙抠了抠头皮，他头皮有点痒。"这钩子下得很大的。"

宁亚丽脸上一片红晕，那是酒精闹的，问："下什么钩子？"

"你不懂？用宝马车啊电视剧啊勾引你，让你乖乖就范。"

钟铁龙望她一眼，想天下的女人哪个不爱慕虚荣和金钱？关伟一开口就送她宝马车，这不就是用金钱引诱她？他笑笑，拍了拍她的脸蛋："去洗澡吧。"

冠军去洗澡了，喷头洒水的声音从卫生间里传了来。钟铁龙点上支古巴雪茄，抽着，脑海里却出现了李培的形象，当然也闪现了他枪杀关局长的情景，还有石小刚在他脑海里哭泣的叛徒相。"你不应该吸毒，"他对在他脑海里哭泣的石小刚说，"是毒品要了你的命。"他又强调说："我杀你是对的，你在我梦里出卖了我，告诉陈大队五四式手枪是你送给我的，还说是你用五十万要马新替我顶罪。假如你没死，你可能真会这么干，我是出于自保。"他这么自语时，冠军洗完澡出来，光着身体，正拿浴巾揩头发。冠军的大腿，丰满、修长、白里透红，有一种光，仿佛晨雾中的朝晖，让人迷醉。他想，她是不是一当冠军，身上的一切就变得不同了？他驱散开烦恼，激情满怀地说"我去洗澡"，便三下两下地脱光衣服，走进了卫生间……

那天夜里钟铁龙做了个梦，梦见自己身在一团灰蓝色的迷雾中，怎么走也走不出那团迷雾。第二天上午，他醒了，想这又是一个什么梦，怎么会做一个走不出迷雾的梦？这梦有什么暗示？是不是关伟他们要害我了？如果这个梦是这种预示，那我得抢先下手。他想。冠军醒了，两人坐在床上说了气（方言：一阵）话，中午时，一并下到二楼，餐厅里有很多人在吃饭。两人刚坐下，李坚一身西装地走来，阴着脸。李坚说："宁小姐，我们关老板请你过去喝杯酒。"

冠军看一眼李坚，又望着钟铁龙，钟铁龙把目光移到李坚所指的那一桌，那一桌有七八条汉子，还有两个衣着时髦的女人。他们都盯着他俩，钟铁龙笑笑："我随你。"

冠军说："我不喝酒，真的不会喝。"

李坚肯定有一身武功，不然关伟那样的人也不会把李坚留在身边。钟铁龙打量着李坚，感觉李坚的身体很硬，脸色很坚定。李坚说："我们关老板要我带你去看车。"

"看车？"

"宝马车有红色、黑色和白色，不晓得你喜欢哪种颜色。"

冠军看一眼钟铁龙，又望着李坚："还真的要送车给我呀？"

李坚说："我们关老板说话从来都是兑现的。等下我们去车行看车，怎么样宁小姐？"

宁亚丽说："谢谢，我不需要车。"

又一个人走过来，他是李东。他脸上有脾气的样子，说："怎么宁小姐不肯赏脸？"

宁亚丽望一眼钟铁龙，见钟铁龙脸上不愉快，便说："对不起，我不会喝酒。"

"你的面子就那么大？"李东瞪着宁亚丽，"关老板是市长都要给面子的。"

钟铁龙把目光放到李东脸上，李东却做出恶相瞪着钟铁龙。李东开口了："宁小姐，你不要跟一个死人吃饭。你这么漂亮，怎么可以和要死的人坐在一起？"他盯一眼钟铁龙，"那次没把你砍死算你命大，现在是九月份，我保证你活不过国庆节。"

钟铁龙的脸变得铁青了，霍地起身，瞪着李东。他脑海里的那只恶狼猛地抬起头，他自己都能看见那头恶狼正张开獠牙锋利的大嘴，眼露凶光。他握紧拳头："你说什么？"

李东立即挑衅地望着他："我说你活不过国庆节。何解，你以为你是角色？老子一刀捅了你！"他的手上蓦地就多了一把伞兵刀，刀身在餐厅的灯光下闪着寒光。"你这土八蛋还想占有星姐冠军？老子要取了你这条烂命！"

宁亚丽脸都吓白了，惊恐地望着这一切。

李坚一笑："宁小姐，我们不是要对付你。"他见宁亚丽紧张地望着他，他把下巴对着钟铁龙一用，"他才是我们要搞的人。我劝你最好离要死的人远一点。"

钟铁龙盯着李东手中的伞兵刀，对宁亚丽说："我们走。"

宁亚丽惊魂未定地站起身，跟着钟铁龙向餐厅外走去。

李东冲着钟铁龙的背说："只要你敢走出酒店一步，我就要捅死你。"

钟铁龙终于明白了，难怪他在那团令他惊慌的蓝色的迷雾里走不出来，此刻看来，那个梦就是要他警惕他们杀他的预兆！我不能等着他们来杀我，他愤恨地想。

七四　关老板

关伟睡不着了，这些年他在外面出生入死，什么凶险场面没见过？在金三角泰国境内，他、辉哥、马宇、李东和李坚等人，买了手提式冲锋枪、火箭筒和轻机枪，把一个贩毒团伙吃掉了，一夜之间就拥有了八百万美金，这是他做的最大的一笔黑吃黑的生意。在缅甸，他不讲游戏规则那一套，把来找他们买海洛因的美国毒贩消灭了，抢了三百万美金，就是在那次交火中，他的爱将辉哥倒下了，就倒在他身边，一颗机枪子弹打爆了他的脸。在另一次为几百万美金与缅甸毒枭火并时，他的另一名兄弟马宇为掩护他撤离，也倒在了血泊中。即便马宇倒下了，心里还想着他，还对他叫嚷"伟哥你快跑你快跑"。只要他想起辉哥和马宇，他就心痛肉痛，因为这两条性命为他拼出了一个灿烂的世界，自己却丝毫没缘分到这个世界里游玩。关伟也是个重义气的人，暗想自己八成是关云长的后裔，所以就更加重义气，每当辉哥和马宇的祭日降临，他就禁欲禁荤，一天不吃一口东西，以示自己的缅怀之心。

当然，还有一个人也在关伟的心里存了档，那就是钟铁龙。在他心里，钟铁龙不过是一块粑粑，但这块粑粑他没吃下来，这让他于这几年里总觉得有一件事情没做一样，只要他想起他叔叔，便想一飞机飞回来，一枪把钟铁龙毙了。没想事隔这么几年，正当他脑海里对他叔叔的怀念和对钟铁龙的仇恨渐渐淡化时，这个钟铁龙居然敢在他眼前晃荡，还带着一个冠军美女，他心里能痛快?! 他想要钟铁龙死，而且想要钟铁龙死得很难看! 这天中午，他午睡起床，抽着烟，一支又一支，五点来钟，李东和李坚敲门进来，见一屋子烟，就晓得他不痛快。"老板，"李东很忠诚地看着他，"干脆我一刀捅死那个姓钟的?"

关伟说："你有把握吗?"

李东说："我有把握。"

关伟愁容满面地说："捅死他那不太便宜他了?"

李东不懂了，问："那你的意思是——"

"我要把他慢慢玩死，"关伟说，嘿嘿一笑，"像猫吃老鼠，抓到老鼠先玩它，玩死再吃。这个姓钟的在我眼里就是只大老鼠，我要先把冠军美女吓跑，再来吓他，不能让他死得太快了。我打算花一百万从泰国请一个泰拳高手来，一拳拳把他打死，打成肉酱。"

李坚说："还是老板高见。老板，那我明天就去泰国?"

关伟说："我们先跟他玩，以前我们是没时间跟他玩，现在我们有的是时间，我们就要换一种方式。你把宝马车买来，停在酒店的停车坪上，先把他身边的冠军引诱过来。"

李坚说："那个冠军说她不需要车，老板。"

关老板咧嘴一笑："冠军的身材真好啊。"

李东说："放心，老板，冠军迟早会对你投怀送抱的。"

关伟的手机响了，是他的一个老朋友打他的手机，两人约好了吃晚饭。这个人姓胡，是做石油生意的，从长益市南到广州、北到郑州沿途有几十家加油站都在为他积极地加油。他只要一个电话打到加油站，就会有人向他报告今天赚了多少钱。他门都不出就可以赚钱。胡老板也不好意思出门，因为他讨了个比他小二十四岁的老婆，该老婆是他在厂里上班时一同事的女儿，他同事是他上班时最好的朋友，就很信任他，把大学毕业的女儿送到他手下做事。没想胡老板不是个安分的男人，也不管朋友不朋友辈分不辈分，两人就发生了床笫之事，女孩还为他怀了孕，把他的朋友气得割腕自杀未遂又自杀一次。胡老板觉得自己对不起朋友，就离了婚，与这个比他小二十四岁的女人结了婚，躲在芙蓉山庄的别墅里，门都不出。

胡老板对关伟说："来我的别墅吃饭吧，我请的保姆饭菜搞得蛮好吃的。"

关伟说："你到蓝天大酒店来吃饭吧。"

胡老板拒绝说："酒店的饭菜不好吃，也不卫生，来吧，来我家，我们好久没见面了伟哥。你打麻将不？我叫几个人陪你打麻将怎么样？"

关伟一听打麻将就嘻嘻一笑·"你住哪里？"

"芙蓉山庄，"胡老板说，"进芙蓉山庄的别墅区，路边的第三栋就是我家。"

"好吧，那我来吃饭。"关伟笑笑，"要你的朋友多带点钱玩。"

关伟是那种嗜赌成性的人，大赌博小赌博都玩，实在没赌博玩就找女人玩。这些年里，关伟玩过的女人很多，有的女人还是影视明星。在关伟眼里，小女孩或没名气的女人那是小老板们玩的。他是大老板，就把目标锁定在一个又一个的女明星身上。早一向在北京，他喜欢上了一个女明星，让李坚拎了三十万给那女明星，说睡一觉，这三十万就是她的了。女明星欣然接受了。还有个女明星风尘仆仆地到了他在北京的别墅，做完爱便开着辆宝马车走了。这些事，关伟喜欢挂在嘴上谈论，因为这些桃色新闻也是他做人的资本。

关老板有玩女明星的情结，这是钱闹的。他仔细观察了宁亚丽，觉得她一定是未来的女明星。在车上，他对开车的李东说："那个姓宁的女人有明星相。"

李东说："我也觉得她有，身材好，气质也好。"

李坚说："伟哥，你会把她搞到手的，只要把那个障碍扫清了，她不就是你的了？"

关老板让自己坐得很舒服，说"这个姓宁的冠军是长得漂亮，比跟我睡过的那几个女明星既漂亮些又年轻些。"他把目光抛到车窗外，街上阳光灿烂的，这让他的心情很好，"我会把她搞到手的，老子要投资一部电视连续剧，让她演女主角。"

"如果真让她演一部电视连续剧，那她不乖乖地投到你怀里了？"李东说，"这些女人就是想成名，你给她成名的机会，她还有不把身体给你的？"

关伟觉得这个世界很美好因而感叹说："早一向看的电视剧里，乾隆皇帝下江南，一出来就是半年，坐轿子屁股都坐肿，人都走蠢。应该感谢现代工业文明带来的成果，汽车、飞机节约了人享受生活的时间。所以我说，弟兄们，我们要好好享受生活……"

李东把车开进芙蓉山庄，在驶入别墅区前被保安拦住了，保安打了胡老板家的电话，胡老板就出来接，脸上笑呵呵的。

这天晚上十二点，钟铁龙开着车回来，车灯照见路旁停着一辆枣红色的宾利，车牌是北京牌照。他心一颤，抽搐了下。他在蓝天大酒店的停车坪上，曾看见李东从这辆车上下来。前面还有两辆车，一辆银灰色的沃尔沃，一辆黑色的宝马。钟铁龙认识胡老板，胡老板是龙行长的朋友，开一辆黑色的奥迪A6。他警惕地把车缓缓朝前驶了七十米，将奔驰车驶进车库，下了车。家里黑漆漆的。他很防备地开了门，揿亮灯，客厅里一切都好。他谨慎地走入儿子的卧室，儿子蜷缩着身体睡得很熟。他退出来，走到客厅一旁，从这个窗口望出去，可以觑见胡老板那栋别墅，自然也能看见停在路旁的车。有路灯涂抹在那三辆车上。这是别墅区，管得严，二十四小时都有保安人员值班。他想关伟跟石油大王胡老板是朋友。他就那么盯着，边想怎么对付这几个人。一点钟，有儿个人走近了那辆宾利，接着那辆宾利驶离了胡老板的别墅。他松了口气，步入卧室睡觉。那天晚上他又梦见自己困在那团蓝雾里，他怎么走也找不到出口，像郭靖困在了黄老邪的桃花阵里。又一个晚上，他十二点多钟回家，又看见了那辆宾利，他又盯着；一点钟，那辆宾利车离开原地，开走了。第二天下午，他看见胡老板在花坛里浇花，就跟胡老板打招呼："胡总好，浇花啊。"

胡老板就把水壶放下，看着他："几天没落雨了，怕它们干死，浇点水。"

钟铁龙笑笑："我昨晚回家，看见你门口停了辆宾利，那是个什么人啊那么有钱？"

"关老板，"胡老板说，"一个亿万富豪，很有钱。"

钟铁龙跟胡老板聊了几句，得知关老板是上胡老板家打麻将，心里就有了主意。过了几天，一个晚上回来，他再次看见胡老板的门前停了几辆高档轿车，其中有那辆枣红色的宾利车。他站在窗前，抽着古巴雪茄，目光坚定地瞪着那辆宾利。一点钟时，这辆宾利启动了，从他的视线中开走了。那天晚上，这段时间总是在他梦里困扰着他的那团蓝雾消散了，他走出了梦里那团阴森森的蓝雾，走进了另一个令他胆寒却兴奋的冰冷和凄惨的世界，在那冰冷又凄惨的世界里，他隐约看见车毁人亡后的关伟、李东和李坚都变成了肉酱，且冻成了冰。第二天上午，他打刘松木的手机，对刘松木说："你来一下。"

在刘松木拿尼龙绳勒死石小刚后不久，钟铁龙花一百八十万在白水县城装修了一家名叫松木迪斯科舞厅的场子，送给刘松木经营。他还送了辆普通型桑塔纳轿车给刘松木。男人一旦有了车，就觉得自己高贵了，又有一个迪斯科舞厅天天替刘松木抓收入，刘松木当然就成老板了。刘松木做了老板后，县城街上的一些青年就都来巴结他，刘松木既是个天生的杀手，同时也是个豪爽、仗义之徒，就乐于交往，经常拉着他们吃宵夜，人就吃胖了，体积更大了也更魁梧了。刘松木接到钟铁龙的电话，就二话不说地开着深灰色的桑塔纳轿车来了。"你胖了，松木。"钟铁龙在金程大酒店的房间里接待他说。

刘松木在钟铁龙面前咧嘴笑笑说："呷宵夜呷的。"

钟铁龙望了眼虎背熊腰的刘松木："你体重多少？"

刘松木说："两百三十斤的样子。"

"我叫你来是要告诉你，那个杀死李培的幕后凶手回来了，他发了财，比我还有钱，开宾利车，晓得宾利车要好多钱一辆吗？折合人民币至少要八九百万一辆。"

刘松木瞪大了眼睛："他们是抢了银行吗？"

钟铁龙说："有一块地，我盯着有半年了，打算在那块地上建一家四星级酒店。但他们杀回来了，要跟我争那块地。假如只是这块地，我也算了，问题是一想起李培是他们害死的，想起蒋老师那么好一个人，我心里就不痛快。"

刘松木说："我前一向还梦见了李培。"

"梦见了李培？"

"我梦见李培在黄公庙后面的树林里练拳。李培的仇肯定要报，怎么搞你说？"

钟铁龙看刘松木一眼："关伟有两个贴身跟班。一个个子高大，另一个年轻点，一看就有一身功夫。他们现在都住在蓝天大酒店，你看怎么搞？"

"那只能分头搞……"

钟铁龙晃了下脑袋说："他们三个人形影不离，分头搞恐怕不行。"

刘松木想向钟铁龙要回那把左轮手枪，问："我那把左轮手枪呢？"

"早丢到长江里了。"钟铁龙说，"那样的凶器我敢放在家里？"他瞟一眼刘松木，又分析说："用枪惊动的人也太多了。而且，他身边有那么几个整天跟着他替他挡子弹的人，杀他可不是杀一般的老板。大酒店都装了摄像头，你就是侥幸跑了，也是跑得了和尚跑不了庙！他们又不是曹老板、宋经理，坐在车上等你掏出枪来击毙他们。他们开的是一辆宾利车，在路上，你那辆桑塔纳不是宾利车的对手。速度没它快，撞也撞它不赢。"

钟铁龙递了支古巴雪茄给刘松木，目光就严肃地抛到蓝天上。这是九月的天空，天色并不是很蓝，只是有些蓝罢了。他等刘松木点燃雪茄烟，对他笑时，说："那个姓关的喜欢到我的芙蓉山庄打麻将，他跟一个就住在我前面两栋的姓胡的老板关系蛮好。我有个想法，"他把思索的目光重新放到刘松木那宽大的脸上，"你以前开过货车，你去偷辆载重十吨以上的大货车，用大货车撞他的宾利车。那不把宾利车和人撞得同耙耙样的？"

刘松木没底道："哪里有这样的大货车偷？"

"这要你自己去寻，我们做的事情只限于我们两人知道，不能有第三人晓得。"他从包里拿出两万，丢给刘松木，"这事不急，你去找个三星级酒店住下。找到了车再跟我联系。"

七五　大货车

刘松木开着桑塔纳驶到一家名为小天鹅的大酒店前，开了房，洗了个澡。随后他开着车在长益市转了圈，结果发现到处都有大货车。他想还是不在长益市偷车为好。他就开着桑塔纳驶向了邻市。这时候已是凌晨一点钟了。他的车刚开进潭洲市，就见一辆载重十五吨的大货车巍然地停在马路旁。不远处有一工商银行，刘松木把车开到银行前停下，锁好车，缓缓走来。这种有着十个轮胎的载重十五吨的大货车不是一般偷车贼关注的对象。刘松木用起子撬开车门，爬上驾驶室，将连接着启动锁的那把线拔了出来。刘松木拥有那辆经常发生故障的货车时，曾目睹修车的师傅这么干过。他把一根红线和蓝线一搭，大货车便启动了。他开着大货车朝前飙，大货车的车灯很亮，照得也很远。刘松木将大货车驶出潭洲市，把大货车停在路旁，取下牌照，扔到阴沟里，就一脸轻松地开着大货车向长益市奔来了。两小时后，刘松木把大货车停在长益市一处停放着很多货车的停车坪上，交了停车费，走了。

他叫了辆的士去了潭洲市，早上七点多钟，他把桑塔纳开了回来。他回到酒店，一觉睡到下午三点钟，第一件事就是给钟铁龙打手机，说："龙哥，货车我已搞到手了。"

钟铁龙问刘松木："几吨重的货车？"

刘松木回答："载重十五吨的。"

钟铁龙表扬他说："松木，你真是我的好兄弟，真能干。"

刘松木说："这车的性能还不错，我开了，车身高，车灯雪亮，视线看得很远。"

钟铁龙说："知道了，手机里不说了。"

从那天开始，钟铁龙每天每晚上八点钟回芙蓉山庄，回来了，眼睛就盯着胡老板的别墅，看是不是有那辆枣红色的宾利轿车。连续三个晚上他都是八点钟准时回家，回来得让郑小玲都有点意外。"咦呀，这是新鲜事啊，"她笑着看着他，"你表现蛮好吧。"

钟铁龙笑笑:"当然啊,你是我的好老婆,我回来陪陪你啊。"

他带着郑小玲出来散步,两人走累了,就在路旁的石凳上坐下来欣赏月亮。"多好,这里。"钟铁龙跟他老婆抒情道,"月亮真美,闻闻,空气中到处都是桂花香。"

郑小玲是个贤惠的女人,尽着相夫教子的职责,从不碍钟铁龙的事。她和云南妹一样是真心喜欢这里,说:"你是要回家多住一下,陪陪我。"

钟铁龙架着二郎腿,笑着对老婆说:"我是特意回来陪陪你。"

郑小玲说:"是不是外面的女人给了你气受你就回来了?"

钟铁龙哈哈一笑:"你看你,说些什么话?我一片好心地回来陪你,你反倒怀疑是外面的女人给了我气受。我哪里来的外面的女人?你给我安排一个?"

郑小玲就笑:"没有最好,我以为你也有呢。"

"没有,真的没有,我对天发誓,你才是我唯一的女人。"

郑小玲就把头钻到他宽厚的怀里。钟铁龙的注意力不在老婆身上,也不在上苍那轮清晰的月亮上。他的眼睛盯着胡老板的别墅。他说:"秋天的月亮似乎比夏天的明亮一些。"

郑小玲就把头抬起来,见他的目光并没在天上,她望着月亮说:"月亮真美。"

钟铁龙这才把目光放到天上:"是啊,我也只有在这里才有心情坐下来看月亮。"

老婆高兴地在他脸上亲了口,钟铁龙说:"秀气点啊,到处都藏着摄像头,保安看见总经理的老婆举止轻浮,会笑呢。"

老婆说:"看见就看见,我还想要别人看见呢。"

两人走回家,他走进书房,眼睛盯着窗外,胡老板的那栋别墅前空空如也。

这天下午,关伟在蓝天大酒店宴请客人,来者是长益市的一个副市长,副市长希望关老板投资市政府决定的一个项目。市政府准备修筑沿江风光带,保护母亲河,因为如果不修风光带,那些住在河边上的人就会给湘江制造污染。副市长姓邱,关伟于前一向在酒店里认识的,邱副市长是个想干一番事业的人,市委把这项工作交给了他。他说:"市委决定,修筑沿江风光带,把居住在河边上的人迁走,这样,湘江就会少受污染。"

关老板感兴趣地说:"这个决定很英明,我小时候经常上湘江游泳,那些住在河边上的人都把马桶直接倒到江里,还有一些人就蹲在船上屙屎撒尿。"

邱副市长说:"所以市委决定把河边上的老百姓都分散迁走。"

"好啊,"关伟端起了酒杯,酒杯里是红色液体,"来,市长,喝酒。人头马。"

邱副市长就端起酒杯抿了口，说："这个项目工程浩大，动用资金要十个亿，市政府目前财政困难，决定向民营老板融资，分标段包干，以后政府再慢慢偿还。"

关伟说："我可以推荐几个老板给你，他们都有几千万或上亿的钱捏在手上。"

邱副市长笑道："那是好事情，你关老板面子大，这样的老板认识也多。"

关伟笑笑，对他一旁的李坚说："打胡老板的手机，打邓老板的手机，叫他们来蓝天大酒店。"他又掉头对副市长说："胡老板是做石油生意的老板，手上有几千万。邓老板也有几千万，正思谋着新的投资，我正好把他们推荐给你邱市长认识。"

李坚拨了胡老板的手机，通了，他把手机递给关伟。关伟对胡老板说："胡老板，来蓝天大酒店，我和邱副市长正吃饭。你来，我们谈件正事。"

胡老板不爱与平常人打交道，因为很多人一跟他打交道就哭穷，就希望他助人为乐。但胡老板从不拒绝跟领导交往，因为领导一个主意或不经意中一句话就能让人发财。他当年做石油生意，就是领导一句话搞起来的。假如没那个领导，他做梦也做不到石油上去。他来了，很恭敬地伸出手与邱副市长相握，关伟说："有一个项目，看你愿不愿意投资？"

胡老板望着邱副市长，又望着关伟，关伟就把邱副市长的话说了遍。"我的资金都投到地皮上了。但我还是准备包一段，胡老板你呢？这是政府项目，这样的项目是稳赚的。"

胡老板是个生意人，一听就明白这是稳赚不亏的，点头道："可以可以。"

邱副市长说："我们现在正请人设计标段和造预算，到时候你们拿出具体的实施方案。"邱副市长的手机响了，他还要去参加一个晚会活动，他让胡老板留下电话，匆匆走了。

邱副市长刚离开，邓老板就一身名牌西装地来了。关伟看着邓老板笑："邱副市长刚走，下次再约你和邱副市长见面。"

邓老板回答："邱副市长我认识，我们同桌吃过饭。"

关伟又看着胡老板笑，胡老板于上次打麻将输了十一万，输出了脾气。胡老板一见关伟脸上的笑，就清楚关伟脸上笑的是什么，他道："我今天要报仇。"

关伟端起酒杯："可以，喝酒。邓老板，晚上打麻将不？"

邓老板随口道："有人就打。"

胡老板端起酒杯饮了口，问邓老板："你那天赢了好多钱？"

"我只赢了七万。"邓老板说，"就我们三个人，还有腿没有？"

关伟说："胡老板，你叫上次打牌的那个龙老板吧，那个龙老板蛮好玩的。"

胡老板就拨龙老板的手机，两人说了几句话，胡老板说："约好了。"

关伟哈哈一笑："今天我们就打那个龙老板，他赢了三次钱了。打麻将去。"

几个人起身，李东忙去开车，李坚收拾着桌上的东西，一行人就出了餐厅。

刘松木狠狠地睡了一觉，醒来，洗了把脸，看着镜子里自己这张有些变圆的脸，他对自己眨了下眼睛说："刘松木，你瞎混了几十年，现在才体会到人生的乐趣。一定要好好地享受人生。"他对着镜子里的自己一笑。他走出洗手间，拿起烟，啪地按燃打火机，骄傲的样子点上，看着壁镜里的自己抽烟。"我这副样子应该属于猛男相。"他对壁镜里的自己说。他出门，钻进桑塔纳轿车，开着车向芙蓉山庄驶去。这几天，他每天开车到芙蓉山庄附近察看路段和地形，设计撞车地点和逃跑路线。他得把一切都想好，不然就毁于一旦了。通往芙蓉山庄的路上，有一段路是从山丘中开辟的，马路两边有沟，阳沟，落下去半尺深、两尺多宽，接着是严密的麻石护坡，麻石护坡的上面是枞树林。这一段路有两里长，没房子，再前面的公路两边是菜地和农舍，再往前，拐弯就进了芙蓉山庄修的牌楼和水泥马路。刘松木的车在这里拐弯，又往回开。刘松木把车开到一处单位前，下车，在这里东走西看。然后又上车，把这一带都弄熟悉了，这才把车开到一家百货公司前。他买了架望远镜，他得借用望远镜察看前方来车是不是挂着北京车牌的枣红色宾利车。他还买了护膝和手套，护膝是为了保护腿不受伤，手套则是他不想在车门和方向盘上留下指纹。

刘松木在小天鹅大酒店住了整整五天。五天里，钟铁龙只来了一次，每天一到下午他就做好了一切准备，等着钟铁龙的电话。这天晚上八点多钟，手机响了，钟铁龙说"今天晚上准备行动"。他想等待已久的时刻终于来了。他走出酒店，将车开到离那条公路不远的几栋职工宿舍前，停好，穿上护膝，拿着望远镜和手套，走了。

他上了辆的士，直奔停车场。那辆大货车已在停车场停了六天。他付了六天的停车费，开着大货车驶离了停车场。他把大货车开到那条公路上，这条公路白天车就不多，到了晚上车就更少。他将大货车停在距那段麻石护坡一百多米的一条岔路口上，熄了火，等着钟铁龙召唤他。夜了这一带很宁静，偶尔有一辆车驶过，制造出一片声音，紧接着又恢复了宁谧，跟着又有一辆车制造出声音，车一驶过，又是一片宁谧。刘松木抽着烟，耐心地等着。他把抽完的烟蒂放进口袋，看着夜空。夜色阴沉沉的，一颗星星也看不见。十一点钟，下雨了，首先是小雨，跟着越下越大，雨水打得车顶篷一片响声。雨下一阵，停一阵，又下一阵，又停一阵。他确实无事可干，就细心地打扫自己可能在车上留下的指纹，边很有耐心地等着。手机终于响了，那是凌晨一点过一分钟响的，是一条信息，打开只有两个简单的字："开始。"他把手机放进裤口袋，启动车，系上安全带，就用望远镜观察着前方。三分钟后，前方一辆车飙来，他从望远镜里看见那辆车是枣红色轿车，立即加大油门冲了上去。在两车相距一百米时，他蓦地打开远光灯，一抹雪亮的灯光射向了宾利车，他一脚将油门踩到底，大货车就狂啸着撞了过去。

宾利车的速度很快，时速飙到了两百公里。李东被大货车的车灯照得什么都看不见了，情急中他赶忙踩刹，路面湿淋淋的，这一踩，宾利车就斜着向大货车撞来，发了疯的大货车把宾利车撞下了公路，挤压在麻石护坡上。宾利车都被大货车撞扁了。随着汽车的碰撞，刘松木的头也撞在车顶上。那一刻他感觉头撞得很痛，眼睛里出现了黑圈，手一摸，有血。他顾不得那么多地跳下车，大步离开了现场。他跑出几十米远，跳进阳沟，猫着腰跑下公路，这才回头张望，没有人。他如释重负地快步走着，走到他的车前，开着桑塔纳驶离了这一带。

没有人知道发生的那起车祸是谁制造的，是意外的交通事故，还是蓄意谋杀，这成了长益市人士谈论的焦点。大货车的车主是潭洲市人，一个非常普通的五十多岁的男人，他早在六天前就向潭洲市当地派出所报了案，说他停放在路边的大货车被人盗走了，连派出所的民警都不相信那样的庞然大物居然也有人敢盗！派出所的民警安慰车主说："你放心，这样的车过不了几天又会出现在你眼里，它又不是轿车，偷了也没用。"没想这辆大货车再出现在车主眼里时却成了一辆事故车。车主不可能是那天车祸的制造者。那天晚上车主在舅舅家打麻将，他舅舅的两个同事可以证明。另外，肇事者留在驾驶室内的血迹，经 DNA 鉴定，与原车主的血型也不符。宾利车上的三个人都死了，李东和李坚当场就撞死了。坐在后座的关伟在急救中心的车赶来时还活着，于送往医院的途中死的，因流血过多而死。

钟铁龙心里的那块压着他的巨石被刘松木搬走了，他送了辆黑色奥迪给刘松木，还给了刘松木五十万。他把刘松木叫到蓝天大酒店，两人说了一气话，钟铁龙就带他去汽车市场。那里停放着一辆黑色的奥迪。"奥迪车价六十万人民币，把牌照一上，会要七十万。"他告诉刘松木，"奥迪车是副省级干部才有格坐的车，我相信它应该是白水县唯一的一辆奥迪。"

刘松木听懂了，望着黑亮亮的奥迪，又望着钟铁龙说："你不是开玩笑吧龙哥？"

"我像开玩笑？"

刘松木嘿嘿一笑："我不敢相信我的眼睛。真是一辆非常漂亮的车。"刘松木一脸快活，"龙哥，我们白水县电视台的节目主持人来我舞厅蹦迪时曾说，'除非你开奥迪 A6 我就跟你上床'。现在我开奥迪 A6 了，看她还有什么话说？！"

钟铁龙哈哈一笑："有这事？那这女孩蛮现实的啊。"

刘松木说："我今天晚上就去跟她上床。"

车行为新车贴太阳膜需要三个小时，两人回到芙蓉山庄，钟铁龙把身材魁梧的刘松木引进书房，让刘松木在书桌对面坐下，钟铁龙指着桌上的白帆船问刘松木："这是什么？"

刘松木无需想地回答："船。"

钟铁龙把刘松木带来就是要跟刘松木谈船，说："我和你之间的事，说出一个字都会掉脑袋。多年前，我父亲曾告诫我说：'小心驶得万年船'。男人是船，不想翻船就要谨慎驾驶。这只船是我的一个叫力总的朋友送给我的，知道他说了些什么话吗？"

刘松木嘻嘻笑地看着他。

"我把他对我说的话送给你，你要记在心上。他说的原话我想不起来了，但意思是，每个男人都是一条船，船上载满了货物，金钱、欲望、梦想都在你自己驾驶的这条船上。"他严肃地看着刘松木，见刘松木盯着他，他再次说："我和你都是罪恶之人，身负死罪，就更加要谨慎，不能触礁，一触礁，船就会沉。你即使是开奥迪A6，也要低调生活，不要像过去一样逞能，你现在好过了，要学会吃亏，你的性格我太了解了，特别好胜，从小就不肯吃亏，这不好。吃亏是福，吃点亏没关系，要学会舍得，有舍才有得。这是做人、做生意的真谛！你事事都想占便宜，这个世界上就没人跟你做朋友也没人愿意跟你合作了。"

刘松木点头道："我晓得了。"

钟铁龙说："你不晓得，我告诉你你才会晓得。记住我说的话，你脾气大、好斗，一定要学会忍让，你这条船才行得稳，我心里才踏实，懂吗？"

刘松木感动道："好的，我一定记住龙哥今天说的每一句话。"

钟铁龙指着白帆船说："这条船我送给你，你一定要放在你经常能看见的地方，好让你想起我今天跟你说的话，这也是我带你回我家的原因！你要行好你这条船。"

刘松木抱着这只白帆船，一的士坐到车行，将船放进黑亮亮的奥迪车里，一脸幸福和色情地开着崭新的奥迪车，驶出车行，朝白水县城飙去。

七六　银马大酒店

在关老板车祸身亡的三个月后，霍老板终于抵挡不住债主的威胁——因为那些债主已跟霍老板翻脸了，带着黑社会的人跑到他家，限定他还款日期，不然就要剁掉他的双脚。霍老板的老婆是个非常循规蹈矩的女人，一听了这话当场吓晕了。那伙人走后，霍老板接了瓢自来水把晕倒在地的老婆泼醒了。老婆醒来的第一句话就是："你要是没了双脚，我们就只好离婚了，我可不想跟一个残疾人生活在一起。"

霍老板说："没那么严重，他们只是吓唬我们，不要怕。"

然而霍老板自己也怕了。当另一伙债主跑上门来，用刀子逼着他，且扬言要绑架他儿子时，他怕了。霍老板觉得自己不能把灾祸带给他读小学的儿子。他能流血，儿子不能流血，于是他找钟铁龙了。"三千二百万可以不钟总？"他在手机里问。

那是二〇〇二年的元月。那一天很冷，钟铁龙穿着皮大衣都觉得有点冷。钟铁龙想了想说："我最多只能出两千三百万。"

霍老板一笑，降价说："两千三百万是不可能的，三千万可以不？"

快过年了，钟铁龙知道过年边上有人向他要债，就笑道："两千四百万。先付你一千四百万，半年后再付你一千万。你什么时候都可以找我。"

钟铁龙得到了这块地：一百一十五亩，以两千四百八十万成交了。过了年，他就筹划在这一百一十五亩地上建三栋三十层楼的商品房和银马大酒店了。他把三狗抽出来，让三狗负责具体工作，让张兵总负责银城和银元桑拿中心及卡拉OK的事宜。他组织了一班人马，找来了建筑设计院的高级工程师，请他们负责银马大酒店的设计和高层公寓楼设计。他还把龙行长叫来了，让龙行长嗅嗅这块地上有没有铜臭气。

龙行长吸了吸鼻子，大声说："那还讲卵！"

钟铁龙说："我要在这里投资三个亿。"

龙行长马上说："三个亿可以变成六个亿。"

钟铁龙哈哈一笑："我第一次听见你说好话。"

龙行长对着这片即将拆毁的破旧的厂房抽一口气。"你现在开口闭口投资都是上亿了。"龙行长的感慨颇深，像一口油井那么深。"十年前，你想过你会有今天没有？"

钟铁龙笑了下："没想过。不是你龙行长好几次抬我，我今天最多只是守着银城桑拿中心的小老板。所以我这一辈子最要感激的人是两个，一是我老婆，她是个贤惠的女人，另一个就是你。"他拍拍龙行长的肩，"龙总，你是我这一生里起了决定性作用的贵人。"

龙行长说："别把高帽子给我戴。"

钟铁龙就哈哈笑。

"找我来，又是要贷款吧？"

钟铁龙又哈哈一笑："我是很守信誉的吧？"

"那倒是，"龙行长说，"你是我们银行的诚信贷款方，银行的人都说你讲信誉。"

"我只相信那句老话，有借有还，再借不难。"钟铁龙说。

他们去吉祥酒店吃饭，吉祥酒店换了新厨师，刘夫人打电话请钟铁龙去品尝菜。钟铁龙就带着龙行长、三狗来了，力总和王总也被钟铁龙打电话叫来了。五个大男人围着一张餐桌品尝新厨师的手艺，都对新厨师做的几个菜赞不绝口。刘夫人走进来与钟铁龙打招呼，聊天中刘夫人告诉钟铁龙说："李自强局长被'双规'了。"

钟铁龙望着刘夫人，刘夫人一脸恨铁不成钢地叹息道："李自强局长是自己不争气，我早就跟他说了，做人做事要注意影响，要遵纪守法，他把我的话当耳边风了。这狗屎样的，坐在局长的位置上才几年？就受贿一千二百多万，自己找死。"

刘夫人笑着离开后，几个人就边吃边议论李局长，大家都迷茫，堂堂的南区公安分局李局长竟敢知法犯法，几年时间弄出了如此数额巨大的钱。钟铁龙说："这个人是胆子大。"

王总说："这样的贪官是该抓，应该枪毙。"

力总感叹道："我们赚钱，人累得要死，脑筋都想烂。他李局长只管坐在家里收钱，送慢了还不高兴，连路都不要走一步，这样的人是要凌迟处死。"

钟铁龙不愿再谈李局长被"双规"的事，说："走，打牌去。"

几天后，市公安局纪委的人找到钟铁龙，钟铁龙早有思想准备，说李自强确实每月在他的银元娱乐城收取了三万元，但并非他行贿，是李自强开口要，银元娱乐城在李局长管辖区内，迫于李局长的淫威，他妥协了。至于本田雅阁车，是他借给李局长开，并没送给李局长，车主至今仍是他钟铁龙的名字。"我也是李局长淫威下的受害者。"他对纪委干部说。

钟铁龙摆脱掉这些事，就全力以赴地忙着建银马公寓和银马大酒店。

钟铁龙在一百一十五亩地的西面建了三栋三十层的钢筋混凝土高楼，每层六套，两室两厅、三室两厅和四室两厅的各两套，每栋一百八十套。房子还只是刚刚打地基，就有人找上门来看模型和交订金了。房子还只建到一半，五百四十套就卖了五百套，平均一栋楼替他赚了两千万。三栋商品楼还没封顶，他就着手挖酒店的地基了。他想他将建造长益市最高的大厦，三十八层，这三十八层只有一个姓，姓钟。他就兴奋。省建六公司承建了他这栋大厦，尽管质检人员跟着工程滚动，他仍然每天到场，与工程处的工程师、建筑师聊天，问这问那，检测钢筋的质量，查看水泥的生产厂家和标号，戴着安全帽在工地上出入。他的奔驰车基本上都停在这里。大厦在他的监督下一天天成长起来了，到第二年年底，大厦封顶了。那天，他在工地上放了十挂一万响的浏阳鞭炮，以示大厦进入了扫尾阶段。

他对大厦建设的总指挥说："总算可以松口气了。"

"你是我见到的最负责的甲方老板，"工程总指挥说，"你这样的老板是做扎实事的。"

钟铁龙笑笑："你假如是自己投资，你也会像我这样。"

二〇〇三年的最后一天，钟铁龙邀着大哥、三狗和张兵去了衡山，在山上的一处私营饭店住下，四个人烧完香，拜完佛，就聚在饭店的火塘前喝酒聊天，然后去睡觉。凌晨四点多钟，大哥率先起床，把钟铁龙和三狗、张兵都叫醒了，穿上饭店提供的军大衣，一起上山去迎接二〇〇四年的第一道曙光。山上气温很低，地上结了冰，寒风凛冽，西北风打得脸有点疼。四个人走到一处观日台上，就缩在那里等二〇〇四年的第一道曙光来临。六点多钟，旭日东升了，一颗火红的太阳从山巅后冉冉升起，跟着旭日就变成橘红色了，一道美丽的朝霞涂抹在四个人的脸上。大哥说："真美啊，大自然。"

钟铁龙说："这抹阳光照在我们脸上，会让我们蒸蒸日上。"

三狗说："蒸蒸日上蒸蒸日上。"

张兵说："我想起了电影《甜蜜的事业》里的那首歌：《我们的生活充满阳光》。"

大哥面对朝霞一脸快乐地唱道："幸福的花儿心中开放／爱情的歌儿随风飘荡／我们的心儿飞向远方／憧憬那美好的革命理想／啊，亲爱的人啊携手前进携手前进／我们的生活充满阳光充满阳光……那时候我刚到县一中教书，还只二十多岁，这首歌给了我很多激情。"

钟铁龙觉得大哥脸上是有很多激情，想大哥是无邪的，不像他有一身的罪恶。大哥高兴是真高兴，大哥开心是真开心。他真羡慕大哥，比他开朗、比他率真，"走，"他望一眼大家说，"二〇〇四年的第一缕阳光已经迎接了，但愿它能给我们带来好运。"

他们回到了长益市。这天下午，钟铁龙接了个电话，电话是杨敏的老公打来的，杨敏的老公说："钟老板，我是周国华，我找你有点事。"

钟铁龙记得周国华这个名字，也想起了杨敏，就有点警惕地问他："什么事你说？"

周国华在手机那头说："我想见面再跟你钟老板说。"

钟铁龙脑海里跳出了两套方案，一是拒绝跟周国华见面；二是见面，看他想说什么。他选择了二："好吧，你来我办公室吧。"

钟铁龙不止一次地听郑小玲谈过周国华，说小小跟杨敏的关系不错，两个女人时常见面。早在一年前小小就告诉郑小玲，说杨敏很后悔结婚，因为周国华是个赌徒，可以坐在麻将桌上三天三夜不下来，吃杨敏的用杨敏的，但自己从来不给杨敏一分钱。钟铁龙当时听了也没在意，此刻，他想到这些，打了小小的手机："你来一下。"

小小来了，钟铁龙望着小小说："杨敏的老公是个什么角色？"

小小说："杨敏说她和她老公的关系一点也不好，起先还行，后来她发现周国华是个无赖，嗜赌如命，吃她的用她的，还撬柜子偷了她七千多元现金拿去打牌。"

钟铁龙点上古巴雪茄烟，问："还有呢？"

小小说："这个男人好要不得的，杨姐说他跟杨姐结婚后，与他的老相好并没断，经常鬼混。杨姐说这个周国华品质很低下，竟跟杨姐说那个女人如何想要他什么的。"

钟铁龙问："杨姐也真是，干吗不离婚？"

小小说："我也是这样问杨姐，杨姐说周国华不肯离婚，周国华是长益市的小无赖。"

周国华一身灰色西装地来了，脖子上系根黑领带，推门进来时，对钟铁龙点头哈腰的，这让钟铁龙想起了老电影里的汉奸或日本翻译官。钟铁龙觉得对这样的人没必要客气，就没叫周国华坐，而是盯着他问："什么事你说？"

周国华一脸掌握了钟铁龙秘密的样子要小小回避，小小起身走了，他忙跑过去关门，再坐下来时他拿出芙蓉王烟，又起身敬烟给钟铁龙，钟铁龙没接，说："你说。"

周国华自己点燃芙蓉王烟，说："钟老板，怎么说呢钟老板？这事我真的不好开口，你钟老板会说我周国华敲诈你，但我确实手头比较紧，真的。"他望着钟铁龙，脸上一脸狡诈，"早一向，我发现了我老婆的一个秘密，秘密是存折，差不多是十年前的十月，我老婆于一天里突然存了五十万，用她母亲和她弟弟的名字各存了二十万，我问过我岳母和小舅子，我岳母和小舅子都很吃惊，说不知道这事。"他一脸狡猾地对钟铁龙挤了下眼睛，"她用自己的名字还存了十万，她哪里来的五十万？这事是不是有问题？"

钟铁龙一听就清楚周国华是要敲诈他，他冷冷地看着周国华："你说完没有？"

周国华盯着钟铁龙，用目光提示他说："我也是长益市南区长大的，十年前我也二十多岁了，住在离关局长家不远的另条街上，关局长被人枪杀在汽车上的事，正是一九九四年九月末的一天，后来我们都听说马新杀了关局长，那时候我就有所怀疑……"

钟铁龙不想听他说下去，打断他道："你说完没有？"

周国华说："我老婆那五十万元存款来路不明，她说是死去的石总给她亡夫的，石总凭什么要给她亡夫五十万？是想要她亡夫替杀害关局长的真正的凶手顶罪……"

钟铁龙忍无可忍地一拍桌子，吼道："滚出去——给我！"

周国华说："我只要一百万，一百万我就什么都不说。"

"滚！"钟铁龙霍地站直身体，"你再不滚，我叫人把你打出去。滚！"

钟铁龙打了张兵的手机，让张兵迅速把杨敏送来。他气得脸都青了。一个什么王八蛋，居然敢勒索他。他想把刘松木叫来，让刘松木去收拾这个王八蛋。然而他拿起电话的手又放下了，"我可以不承认啊，"他对自己说，"把五十万块钱送给马新的是石小刚，石小刚已死了，我可以把这桩事推到石小刚身上。我什么都不知道，当时我在死囚室，对外界发生的事一无所知。对，我相信不会有几个人真正知道关局长是我杀的，就是马新和石小刚，也只是猜测，况且他们都死了。我有什么好怕的？"

杨敏来了，穿着件年轻女孩才穿的红羊皮大衣，脖子上系着水红色围巾，头发有点儿散乱，脸上的妆化得略微偏浓。她看着钟铁龙："老板，你找我？"

钟铁龙示意她坐，"杨姐，你老公刚才跑来敲诈我，"他盯着杨敏，"这是怎么回事？"

杨敏脸都白了，"他真是不要脸，老板。"她说，"你不晓得他呢，他偷我的钱，偷不到就索性撬我的柜子。存折放在柜子里，被他发现了，他逼着我说真相，我没说，他掐着我的脖子，把我掐得小便都失禁了。这个周国华是个魔鬼。"

钟铁龙听她说。杨敏怕钟铁龙不相信，把系在脖子上的水红色丝围巾解下，把脖子伸到钟铁龙的脸前，让钟铁龙看她脖子上被周国华掐出的手指印。"看见吗钟老板？"她说，"我差点被他掐死了。他吃我的用我的，还嫌不够，还要我拿钱去给他打麻将。"

钟铁龙确实看见了她脖子上几个浅红色的手指印，右边一枚，左边三枚手指印，其中一枚手指印已经淡了。杨敏要脱衣服，让钟铁龙看她身上和背上的伤痕，钟铁龙制止道："我知道了，我不怪你，只怪你找了个这样的老公。"

"我没有跟你们说呢钟老板，我是打断了牙齿往肚子里吞。"杨敏哭了，"还在结婚后不到半年我就要跟他离婚，他说离可以，要我给他一百万。自从他撬开我的柜子，盗窃了我的钱之后，我就把门锁都换了，他把门踢烂，冲进门就当着我儿子和女儿的面打我。我趁他不在家时找人安了个不锈钢铁门，他用撬棍把那张铁门撬了。我真拿他没一点办法。"

"你怎么不早跟我说？"钟铁龙望着她，"杨姐你是马新的老婆，我有责任帮你。"

杨敏哭着说："钟钟钟老板，我是想自自己解决，但实实在解决不了。"

钟铁龙把张兵叫进来，说："张总，杨姐的事你帮她处理好。"他嘱咐张兵，"叫两个保安去收拾那个王八蛋，记住莫搞出人命就是了。"

张兵就叫了两个保安，这两个保安是海军陆战队复员的，都是二十多岁，身高都在一米八五，是张兵解雇了几个不称职的保安后新招的。"从今天起，你们就跟着卡拉OK部的杨经理，除了不跟着杨经理上厕所和睡觉，其他时间一步都不能离开杨经理，杨经理要你们做什么你们就做什么。"张兵向两名武高武大的前海军陆战队的战士交代。

杨敏开一辆富康，两个武高武大的前海军陆战队的战士一坐进去，富康车的空间似乎就被两名前海军陆战队的战士占满了。杨敏很开心，开着富康车回了家。杨敏领着两名前海军陆战队的战士进屋，见周国华还睡在床上，杨敏说："你们把这个人丢出去。"

两名前海军陆战队的战士走拢去，其中一个拍了拍周国华的肩膀说："起来，你是自己出去还是要我们丢出去？你自己选择。"

周国华瞪大了眼睛："你们说什么？"

另一名前海军陆战队的战士说："杨经理要你出去，穿上衣服，自己走吧。"

周国华说："你们是什么人？我现在还是杨敏的丈夫。"

杨敏叫道："你们把他丢出去。"

一名前海军陆战队的战士一伸手就抠住了周国华的锁骨，将周国华拎了起来。周国华痛得直叫，说："我自己出去，我自己出去。"

那名前海军陆战队的战士不听他的，拎着他往门外拖，将他拖到门外，这才放手。周国华大声说："你们是什么人？凭什么跑到我家里打人？"

杨敏走过来，嘭地把门关了："你去死吧。"

周国华在门外冷得瑟瑟发抖，赤着一双脚，衣服也没穿，鼻涕都冷得掉了下来。他捶着门叫道："喂，你们总要把我的衣服和鞋子给我吧？"

前海军陆战队的战士拉开门，将他的鞋子和衣服都踢出门，又把门关了。周国华穿了衣裤和鞋子，又捶门道："还有我的烟呢，我的烟放在床头柜上了。"

前海军陆战队的战士拉开门对他说："你要再捶门，我们就不客气了。"

周国华很想跳起脚骂娘，但面对两名武高武大的前海军陆战队的战士，冲到嘴边的脏话又咽了下去，转口说："你们等着，老子到派出所报案去。"

陈大队在办理一宗强奸杀人案，一年轻女孩被人杀死在树林里，事先遭到过强奸。他正想这年头犯罪分子不是减少了，而是增多了，主要是一些没受什么教育的农村青年大量拥入城市犯罪，这些人既没知识，又找不到工作，且从小就在农村好

553

逸恶劳惯了，于是就犯罪，偷盗、抢劫，甚至入室杀人。最近这半年，好几宗大案都与农村里来的年轻人有关，这些人最棘手，无固定居所，杀了人就跑。他的手机响了，是他的老手下高军，高军现在在一家派出所当所长。"高所长，"他对着手机说，"什么事啊？"

"头，有个情况向你汇报。"高军在刑侦大队工作时就叫陈大队"头"，"有一个叫周国华的人报案，说他怀疑十年前杀死南区公安分局关局长的人不是马新。"

陈大队问："他有什么证据吗高所长？"

高军说："证据是存折，他老婆——马新的遗孀，于一九九四年十月八日，一下子存了五十万，分别以她母亲和她弟弟的名字存了二十万，自己存了十万。"

陈大队感兴趣了，问："他人在哪里？"

"在派出所，就坐在我面前。头，你看这事是不是查下去？"

陈大队说："查下去，我就来。"

陈大队迈上他的警车时想的是，犯罪分子再怎么狡猾，终究会露出狐狸的尾巴。有些案子还真是这样，往死里查仍一无所获，突然有一天又峰回路转，这就正应了那句老话"踏破铁鞋无觅处，得来全不费功夫"。他把车开到派出所，高军笑着走出来迎接他。陈大队随高军走进所长室，当然就瞧见了失魂落魄还一脸愤恨的周国华。陈大队坐到桌前，翻看着高军作的笔录，问周国华："你还有什么其他证据吗？"

"那个姓钟的老板对我老婆特别好，"周国华说，"最开始我怀疑我老婆与那个姓钟的有奸情，因为我和我老婆结婚，所有的开支都是他出的。但后来我觉得不像是有奸情，去年我老婆亡夫的祭日，姓钟的陪我老婆一起去祭马新，而且事先是他打电话提醒我老婆，第二天一起去的。从那天开始我就有怀疑了，直到前一向我发现了存折……"

陈大队瞅着周国华，问："存折带来了吗？"

周国华摇头："她把存折藏起来了。"

对于陈大队来说，钟铁龙是他的一块心病，这几年里，他从来就没彻底忘记过这个人，尽管他一想起钟铁龙就像驱赶蚊子样将这个钟铁龙从他脑子里驱赶开，但这个人总是在他思索案情的时候不请自来，对他暗笑，让他怅然、生气，甚至愤恨。在他那双鹰眼里，钟铁龙绝非善类，只是苦于没有足够的证据证明钟铁龙是犯罪分子。现在你露出尾巴了吧！看你还能往哪里跑！陈大队恨恨地想，是坏人，终究会有落入法网的一天。

到了二〇〇四年，当然不是一九九四年那样可以随便入室搜查了。他开了搜查令，几个公安于这天晚上十点钟走进了杨敏家。两个前海军陆战队的战士坐在沙发上看电视，听到敲门声，其中一个就起身开了门，陈大队绷着脸说："我们是公安局的。"

前海军陆战队的战士问陈大队："公安局的？请问你带了公安证件吗？"

陈大队就掏出公安证件给他看，还拿出搜查令让另一个凑上来的前海军陆战队的战士看，说："看仔细了，知道我们来的目的了吧？你们是什么人？"

两名前海军陆战队的战士说："我们是银元娱乐城的保安，老板让我们保护杨经理。"

杨敏从卧室里出来了，事先她以为是周国华带人来打架，没想是公安局的。她看着陈大队问："什么事你们？"

"奉命搜查。"陈大队严肃着脸说，"打开你的柜子。"

杨敏一听就清楚这是周国华捣的鬼，她走进卧室，打开了大柜，大柜里有一只抽屉上了锁，锁被周国华撬开过，后来又重新装了把锁。杨敏打开柜子又打开了抽屉锁。抽屉里没什么东西，只有几张发票，连一分钱都没有，更不要说那几本存折了。陈大队黑着脸问："存折呢？把那几本存折交出来。"

杨敏一脸惨白地说，"什么存折？"

陈大队就紧盯着她："杨敏，你还是主动配合，免得大家都不愉快。交出来。"

杨敏脸白了，声音有些沙哑了："我没你们说的存折。"

陈大队冷冷一笑，想她一个女人他还搞不定，那他这个刑侦大队长就白当了。"你老实点，交出赃款来，说不定我还可以帮你。"他说，"不然你完了。"

杨敏把脸扭到一边："我不知道，周国华是故意要害死我。"

"你不老实，看来只有到公安局你才会老实，跟我们走吧。"陈大队说。

杨敏慌了，说："为为为什么要抓抓抓我？我我我又没犯犯法？"

高军吼她道："啰唆什么？快点。"

杨敏是个老实女人，面对陈大队那双盯贼的目光，她扛不住了。她把她和马新生养的女儿小时候穿过的那件红太空棉袄从柜子里扯出来——这件棉袄是钟铁龙当年过年时送的，几本十年前的存折就藏在这件棉袄的口袋里。陈大队看了存折：工商银行、中国银行和农业银行的都有。看存款日期，五十万元确实都是同一天存的。陈大队狠狠地盯着她问："你哪里来的这么多钱？"

"我不知道，是马新留给他儿子、女儿和我的钱。"杨敏说。

"走吧，跟我们去公安局。"陈大队说，"去了你就能说清楚了。"

杨敏害怕得腿都软了，一走进审讯室就说了她知道的一切，说那天是石小刚送马新回家的，马新回家时拎了一旅行袋钱，五十万，倒在床上，把她吓坏了，并说她相信马新没杀关局长。"马新没这么大的胆子，"她说，"他得了癌症，要死了，就主动去顶了罪。"

陈大队问她："既然不是你亡夫杀的，你怀疑是谁杀的关局长？"

杨敏说："我不知道，马新晓得，但他没跟我说。他把秘密带走了。"

陈大队盯着杨敏问："是不是你们老板钟铁龙？"

"我真的不知道。"杨敏说，"马新应该晓得是哪个杀的，他没说。"

"我当时去找了你，你当时为什么不说？"陈大队问她。

杨敏摇头："马新不让我说，说如果我说了，他顶罪就白顶了，钱肯定也没有了。"

陈大队马上告诉她："我告诉你，五十万元是肯定要没收的。"

杨敏说："那是我亡夫马新留给他儿子和女儿的钱，你们怎么可以没收呢？"

陈大队就阴着脸告诉她："你那五十万属于来路不明的黑钱，与那桩杀人案有着直接关系，妨碍了我们公安办案，不是你和你亡夫的劳动所得，属于非法收入。"

"这是马新用自己的名声换来的呀。"杨敏不甘心，想这笔钱打了水漂那马新不是白替人顶了罪？"这是马新留给儿子和女儿将来读大学的钱……"

陈大队一拍桌子："正因为你亡夫替元凶顶了罪，致使元凶至今还逍遥法外，我们没打算追究你，已经是客气的了。老实说，就为这五十万，判你五年徒刑也不为过！"

杨敏吓得不敢吭声了。

当天晚上钟铁龙就从张兵嘴里知道了这事，两名前海军陆战队的战士一向张兵汇报，张兵就把这事报告给了钟铁龙。钟铁龙放下手机后，看着宁亚丽笑。那天晚上他睡得很不好，在这事上想了一遍又一遍。他很羡慕睡在一旁的宁亚丽，这个女人没犯罪，睡得就相当踏实。下午三点钟，陈大队和两名刑警一起走进了他的办公室，他当时正打算出门上银马大酒店看看。他望着敲门进来的陈大队，又望着陈大队的两名手下。他说："你们什么事？"

陈大队用那种想洞穿他的目光盯着他说："有点意外吧钟老板？"

钟铁龙装出很意外的样子说："是意外，你们来是为什么事？"

"钟铁龙，"陈大队厉声道，"十年前，关局长被人枪杀在警车上的案子有了新发现。"

钟铁龙说："好啊，祝贺你啊陈大队长，不过这和我有什么关系？"

陈大队说："马新不是杀死关局长的凶手，现在证实他完全是替某人顶罪。"陈大队盯着钟铁龙，那目光简直是刀子样插在钟铁龙的脸庞上，"马新的遗孀交代说，关局长不是马新杀的，而是另一个人杀的，这个人至今仍逍遥法外。"

钟铁龙今天的身份与十年前还是有区别，十年前他只是个开桑拿中心的小老板，如今他是房地产老板，还是正建设着的投资三个多亿的四星级银马大酒店的大老板，而且前年还在王总的鼓动下成了市政协委员。身份已经摆在众人眼里了。另外，十年后的今天，法制比以前更健全了，不是他陈大队想抓人就可以抓人的，抓人要讲证据。他知道他们不会有证据，所以他面对陈大队那双严厉的眼睛一点也不惊慌，反而望着陈大队笑："陈大队长，你兴师动众地跑到我办公室来就是说这些事？请问你还有别的事没有？"

"我们来的目的是来重新调查这个案子，希望你配合。"陈大队的手下说。

陈大队盯紧钟铁龙问："是谁杀了关局长？"

"你还是去问别人吧，我不知道。"

陈大队激动地一挥手，"你不知道！既然不是马新杀的，你就是最大的犯罪嫌疑人。"

钟铁龙拨了律师的手机，"王律师，你来我办公室一下。"他说，放下电话，看着陈大队，"我不想跟你纠缠这个问题，我让我的律师跟你说。"

陈大队说："姓钟的，你嚣张不到哪里去！你以为你有钱就可以逍遥法外？只要我找到了证据，你就是躲到天涯海角，我也要将你绳之以法。"

钟铁龙看着陈大队，想假如他今天没钱，假如他前年没当选为市政协委员，还是那个守着银元桑拿娱乐城的小老板，陈大队说不定一进来就会给他一双锃亮的手铐，把他押到公安局去审问。钱可以让他的胆子变大而让对手的胆子变小，这就是钱！"我告诉你，"他很不客气地盯着陈大队，"你要是再在我这里胡说八道，我就打110，告你扰民。"

陈大队说："你打110？你打，我今天是来报个信，坏人终究会遭到报应！"

钟铁龙拨了刘局长的手机，刘局长接了，钟铁龙说："刘局长，您的手下跑到我办公室来威胁我，我要向您提出抗议。"

刘局长在手机里说："开什么玩笑？"

"不是开玩笑，有人办了冤假错案，不但不认识错误，还跑到我这里要威风，威胁我。我一个守法公民，长益市的政协委员，竟受到政府执法部门的威胁，这算什么事？"

刘局长在那边听出了一点名堂，问："你是说哪个啊钟委员？"

钟铁龙说："你自己问他吧。"他起身，把手机递给陈大队，"你们局长要你接电话。"

陈大队接了，刘局长在手机那头问他："你是谁？把名字报给我。"

陈大队说"我是陈国辉"，刘局长大声道："我猜也只有你敢到钟委员的办公室吵事，我告诉你啊陈大队，他是市政协委员，何市长说这些长益市的老板我们要好好保护，他们解决了很多人的就业问题，这等于帮市政府解决了一些困难！你以为他还是以前的钟铁龙？想抓就抓想放就放？！你把何市长的话都当耳边风？你给我滚到我办公室来！"

陈大队把手机"啪"地拍在桌上，瞪一眼钟铁龙："走着瞧，你猖狂不了多长时间！"随后，他对他的两名年轻手下说："我们走。"

王律师就在这个时候赶了来，与陈大队撞了个满怀。王律师是银马房地产公司的法律顾问，是十年前中国政法大学毕业的，是个三十多岁的年轻人，脑袋里装了一脑袋的民法、刑法和治安管理条例，在长益市的律师界有一点名气。他说："钟老板，就是刚才那几个人？"

钟铁龙"嗯"了声，王律师说："他们是什么人？"

钟铁龙答："市公安局刑侦队的。"

王律师问："他们来是为什么事？"

钟铁龙觉得还是有必要让王律师知道，就跟王律师从头到尾地说了遍，王律师听后说："怀疑在法律上是不能成为依据的，不能成为依据而抓人审讯人就是伤害他人的人身权，也是对法律的践踏。他要是再来，我们可以告他扰民，要求他赔偿精神损失。"

七七　高军所长

陈大队只身走进刘局长办公室，刘局长很不高兴地瞪着他的这名干将。刘局长既欣赏陈大队的才干，又有些恼火陈大队时常自作主张。刘局长说："陈大队，你搞什么名堂？"

陈大队坐下说："刘局，十年前，关局长被杀死在警车上的那桩案子我当时就怀疑不是马新杀的，现在证实了，果然不是马新，马新的遗孀亲口告诉我，当时马新是受了五十万元的诱惑，替元凶顶罪，而真正的凶手现在还逍遥法外。"

刘局长很是吃惊，脸上的脾气就没那么多了，他弹了下烟灰，严肃着脸让陈大队把事情说清楚。陈大队便把他这两天做的事都汇报给了刘局长。刘局长抽口烟，脑海里出现了钟铁龙那张谦逊、精干和巴结他的笑脸。刘局长始终觉得钟铁龙这人讳莫如深，像个废弃的矿洞，潮湿得阴霾霾的，看不透里边。刘局长想，钟铁龙如果真是杀害关局长的凶手，那绝不能姑息。他待陈大队说完，清了清喉咙说："这事是该认认真真查，如果钟委员真是元凶，该抓就抓。但要注意方法，要讲证据，没证据，人家就可以告你。"

陈大队说："我知道，我今天去他办公室，是故意搞一个突然袭击，看他的反应。"

刘局长笑笑："他有什么反应？"

"他的反应出奇的冷静。"陈大队说，"但尽管他很冷静，我还是觉得他有问题。"

"哦。"刘局长感兴趣了，"你觉得他有问题？"

陈大队一时说不出问题在哪里："有一点水落石出了，关局长不是马新杀的。"

刘局长想了想，觉得这事不能马虎，说："这事我还得向宋书记汇报。宋书记当时是局长，关局长的案子是宋书记下令结的。现在我们把它翻出来重审，首先要跟宋书记通通气。"

陈大队说："那当然。"

刘局长问陈大队："你有什么具体方案？"

陈大队说："从钟铁龙的周边人物下手，找一个缺口。"

这个案件发生在十年前，刘局长觉得也只能如此，"要注意方法。"他提醒陈大队。

陈大队充满信心地回答："刘局放心，我会有办法的。"

刘局长待陈大队离开后，感到这事很重大，便让司机开着车去了政法委，他要亲自向宋书记汇报。宋书记于早几年调到了省高院，何书记于三年前当选为长益市的常务副市长后，宋局长又调回长益市的公安系统，成了长益市分管公安的政法委书记。宋书记接待了刘局长，"哈哈哈，坐坐坐，"宋书记道，"刘局大驾光临，难得啊哈哈哈哈。"

刘局长嘿嘿嘿一笑："你这是取笑我啊宋书记。你的老部下来向你请示呢。"

宋书记说："先不急着说事，我这里有上等的乌龙茶，来了，就喝几口。"

宋书记起身，亲自为刘局长泡乌龙茶，茶几上有一套上等茶具，是宋书记从家里拎来的。宋书记把水烧开，淋到盛着乌龙茶叶的壶上，边问："什么事你说？"

刘局长把陈大队向他汇报的事复述了遍，宋书记有点吃惊："那是得重新查。"

刘局长说："有你书记的指示，那我就下令他一查到底。"

"喝茶。"宋书记指着从壶嘴里倒出来的乌龙茶对刘局长说，刘局长忙端起那只棕色的小紫砂碗盏喝了口。宋书记问："味道怎样刘局？"

刘局长赞美乌龙茶的味道："味道真好。"

宋书记待刘局长喝完碗盏里的乌龙茶，又给碗盏添上，抬头想了下说："看来，当年是我们错了，错在哪里老刘你知道吗？"

刘局长谦虚道："错在哪里请书记指示？"

"错在迫于上面的压力急于结案。"宋书记喝口乌龙茶，"上面下了限期破案的死命令，到期不破，我、你的乌纱帽就摘了，哈哈哈哈，我们有什么办法？"

刘局长点头说："是啊，当时上面的压力相当大。"

宋书记又说："我们得检讨，当时我和你一个是局长、一个是副局长哈哈哈哈。"

刘局长也觉得那桩案子当时处理得太仓促了，说："我是该检讨。"

"老刘啊，人不可能一贯正确。"宋书记说，"我们又不是神，党的政策时常还要修正呢，何况我们几个小萝卜头哈哈哈哈。喝茶喝茶，让陈大队查吧。"

陈大队这天一上班，就再次审讯杨敏。"你坐吧。"他看着杨敏，知道这个女人不是坏女人，他待她屁股落座后又说："你还有什么话没有交代吧？嗯？"

杨敏说："我晓得的我都说了。"

陈大队瞪着她："你说公司里谁跟你们钟老板最亲密？"

"我不清楚，"杨敏说，"我很少看见钟老板，他很少来银元娱乐城。"

陈大队问："黄建国是个什么人？你们工作中，黄建国曾跟你说过一些什么话？"

"没说过什么，说的都是工作上的事。我们黄总没有幽默感，不开玩笑的。"

陈大队问："现在的张总经理是个什么人？"

"我不知道，只知道他和钟老板是一个地方的人。"

陈大队摸摸自己的下巴，说："你觉得张总这人怎么样？你说实话。"

"张总经理很随和，跟什么人都可以开玩笑。"

"他跟你说过些什么？你回忆一下。"

"没说过什么，说的都是工作上的事。"

陈大队摸着下巴，他的下巴上有几根山羊胡须，特意留着思考问题时摸捏的。"你可以回家了，不过你不要离开长益市，因为有什么问题我们想到了，还会问你。"

杨敏起身说："那我走了。"

下午，陈大队让他的两名手下把张兵请来了。张兵是被两名刑警从银元娱乐城的总经理室请来的。陈大队的手下对张兵亮出公安证件，张兵就一身西装地跟来了。张兵身上的西装是名牌货，笔挺的，领带也很高级，脸刮得干干净净，皮鞋一尘不染，除了说话带点白水话尾子，外形已经很城市人还很老板了。陈大队是在自己办公室问张兵话，陈大队想用严厉来打垮这个在他眼里很不寻常的且一定知道很多秘密的男人。"这不是审讯，你不要紧张。"他黑着一张脸望着张兵，"张总，你跟你们钟老板是同乡？"

张兵听陈大队这么说，就晓得陈大队想从他嘴里了解钟铁龙什么，笑笑："岂止同乡，我们是从小玩在一起的。"

陈大队装吃惊道："这么说你和钟老板感情非同一般吧？"

张兵丢支烟给陈大队，更加随便的样子架起二郎腿："可以这么说。"

陈大队就迎合且感兴趣的样子问他："说说你是怎么来长益市工作的。"

张兵瞟一眼陈大队："我是我们老板在最需要人手的时候来的长益市，我来长益市有十年了。老板把黄建国抽去筹建银马大酒店后，就让我来负责公司方面的娱乐行业。"

陈大队讥诮道："你们钟老板很信任你吧？"

张兵说："这一点你没说错，钟老板很看得起我。"

"你们钟老板是个很危险的人，"陈大队突然说，"你就不怕跟着他一起倒霉？"

张兵摇头："钟老板做人做事都很有原则，我不晓得他哪一点危险。"

陈大队弹了下烟灰，突然又问张兵："就我了解，你以前是和被人勒死在车上的石小刚守银城桑拿中心一个场子，关于钟铁龙，石小刚生前讲过他什么？有什么你就说什么。"

张兵装作回忆的模样想了下，说："石小刚生前很佩服钟老板，说钟老板能干，有一股韧劲和闯劲，比他还能吃苦。"

"你不老实，"陈大队瞪着张兵，"你没有讲真话。"

张兵说："我说的句句是实话。"他赌咒发誓，"我说了一句假话，我娘都是你的女。"

"关于关局长被杀的事情，石小刚在世时说过些什么？"陈大队盯着张兵，"你那时候跟石小刚天天在一起，你仔细想想，不要急于回答，想到了再回答。"

张兵当然清楚陈大队叫两名手下"请"他来不会有好事，但他暗暗吃惊陈大队竟拿石小刚问他。他坐正姿势，断然说："我不用想，石小刚生前真的没说过关局长的事。假如石小刚知道，石小刚会说的。那段时间，我们很紧张，我跟石小刚天天待在一起，他什么事都跟我商量，什么事都跟我说。但我对天发誓，他没说过关局长的事。"

陈大队虎下脸道："一九九四年的时候，石小刚突然动用了五十万元，你知道吗？"

"我那时只是钟老板叫来护场的，就像林场里请人护林，护林的只管看守森林，谨防坏人来砍伐树木。石小刚当时是老板，他动用多少钱可以不告诉我。"

"张总，你说假话，"陈大队说，"你一定知道实情。"

"我真的不知道，"张兵说，"我可以走了吗？"

陈大队想把张兵关起来显然证据不足，便一拍桌子说："如果查出来你晓得实情，我一定要求法院判你重刑。"

张兵说："你不要威胁我。"

陈大队瞪着张兵："关局长是不是你杀的？"

张兵说："请你调查清楚了再说这种话，我张兵做人规规矩矩，从没杀过人。"

陈大队觉得他很讨厌地挥了挥手："你走吧。"

张兵开着车到了钟铁龙办公室，把陈大队问他的话全部学给了钟铁龙听，钟铁龙想了很久，回答张兵："你和黄建国是我的左右两臂，你不要干犯法的事，你管理桑拿中心和娱乐城的生意，该交的管理费一分不能少，该交的税也一分不能少。"

张兵点头："老板放心，我会老老实实交税的。"

钟铁龙想他当年没把他干的坏事告诉他们是对的，这样他们被陈大队搞突然袭击地喊去调查时，回答陈大队的问话就不至于不安。陈大队那双鹰眼是能一眼就看出你在撒谎还是没撒谎的。陈大队是只鹰，你一不小心就会被他逮着。"银城桑拿中心有光头管，我把莫伢子也给你，让他负责银元娱乐城的具体事，你是总经理，工资从这个月起拿三万元一月。"

张兵很高兴："谢谢老板。"

"谢你自己，"钟铁龙淡淡一笑，"你老婆和儿子都好吧？"

张兵回答："我老婆和儿子都好，不用老板挂心。"

这天晚上陈大队和高所长一起吃晚饭，高所长请他吃。高所长是他的老部下，跟了他十几年，从刑侦队的副组长、组长到副队长、队长，去年局领导安排高军去派出所当所长，为的是以后提拔他。高军的前途在陈大队眼里是不可限量的，首先高军有正规本科学历，其次高军比他陈大队年轻几岁。陈大队把警车开到一家新开张的酒店前，走进酒店，高军叫服务员上菜。吃饭时，陈大队不怎么说话，高军问："遇到什么不开心的事了？"

陈大队就把今天办的事说了，高军道："你问他们问得出的？他们当然不会说对钟老板不利的话，我劝你不要纠缠那些人，没用的。"又说："坏人总是为自己打算，总是以为自己能得逞，所以就还会干坏事。我就不相信他每次都能顺利，总有败露的一天！"

陈大队抿口酒："我没你高军那么好的耐心，我恨不得马上就将他抓了。"

"按我的意思是算了，"高军说，"既然案子早在十年前就结了，刘局和宋书记表面上不反对，心里还是不舒服的，因为当年这个案子在限期内结案后，你和宋局长、刘局长都受到了上面的表彰。现在你又重新查，那就证明当年他们和你都搞错了。"

陈大队瞪一眼高军："错了就让它错到底？错了不纠正那真理何在？"

高军嘿嘿嘿笑："当年的案子是你亲手破的，上面给你记了二等功。现在你又说那个案子搞错了，上面会怎么看，你想过没有？"

陈大队把杯中的劲酒喝到底，说："错了就要纠正。真理只有一个，懂吗？"

高军笑了下说："你是大侦探，是刘局和宋书记眼里的红人。"

陈大队缓口气说："说老实话，我的第六感觉总觉得关局长的死和长益市电工厂的抢劫杀人案，与这个姓钟的有着关系。这个人不简单，还记得吗？当年搜查他在银城大酒店的房间时，搜到了《案例大全》和《犯罪心理学》那样的书，可见他跟你我一样是有文凭的。"

高军随口答："那是，他蛮爱学习的。那时我也觉得他有反侦察能力。"

"不把他揪出来，不把他放到太阳下晒，我不甘心。"

"喝酒，"高军说，举起酒杯笑看着陈大队，"希望你能把他揪出来。"

高军抿口酒，想了想又说："头，我给你出个馊主意怎么样？"

陈大队就睁着一双老练的眼睛望着高军："什么主意你说？"

"我给你出的馊主意也是最奏效的，搞突然搜查。那把打死关局长的枪一直没找到，万一从姓钟的家或办公室里找到了枪，那不什么问题都解决了？!"

陈大队担心道："他现在是政协委员，万一搜不到枪，麻烦就大了。"

高军笑道："所以我说我是给你出馊主意，但万一搜到了呢？案子结了这么些年了，一般情况下，犯罪分子已放松警惕了。他以为你不会去他家或办公室搜，偏偏你开了搜查令去搜，如果搜到了枪，别说是政协委员，政协主席都照样抓。"

陈大队夹了块鱼，举到空中，想了想说："你的馊主意说不定是个好主意。"

杨敏在钟铁龙办公室哭，诉说自己的不幸遭遇。钟铁龙望着这个女人，想她要不是马新的遗孀，他早就一脚将她踹出门了。"你不要哭了，"他说，玩着打火机，"我不论你说了什么或没说什么，一切都过去了，你还是在银元娱乐城上你的班，当你的卡拉 OK 部经理。"

杨敏哭的是钱，她抽泣着说："那五十万未必就真的没有了？"

钟铁龙觉得她哭的模样很丑，脸上皱纹交错，以前她看起来怎么都像是三十几岁，现在看起来跟五十岁的女人一样了。"公安局是什么意思？"

杨敏说了陈大队说的话，接着说："钟老板，你神通广大，你能跟我想点办法吗？"

钟铁龙暗想她是不是被那五十万急蠢了？竟找他想办法。他说："这事我不好出面，怎么说呢，陈大队说你那五十万属于黑钱，是非法所得，这也没有说错……

你去要钱，要有一个可信的道理，你自己都讲不出钱的来源，所以这事很麻烦。"

杨敏一听这话就号啕大哭了："那是马新留给他儿子和女儿的。"

钟铁龙很想说"事情坏就坏在你身上"，但他改了口："哭是没用的，我问问我的律师，看有什么办法替你要回来，不过我告诉你，希望不大。"

杨敏进一步哭道："那是马马新拿命换换来的钱，马新背了黑锅为真凶顶罪，到头来落了个竹竹篮打水一场空。他在九泉之下都会不不安心，钟总，现现在我我怎怎么办？"

钟铁龙恨不得大吼一声"滚"，就像他对周国华大吼一声"滚"一样，但临了他还是把这股怒火抑制下去了。"别哭了，废话都不要说了。"他讨厌她在他办公室哭，"一句话，你把婚离了，账要算在这个姓周的男人身上，把他赶出门。"

杨敏可怜巴巴地瞅着钟铁龙，仍然想要钟铁龙替她想办法，再次把马新摆在前面，说："马新在九九泉下会会不不安心，因为他白替人顶了罪。"

钟铁龙火了："这只能怪你自己，怪不得别人。"他瞪她一眼，"你走吧。"

杨敏走后，钟铁龙十分恼火，想这个女人居然有敲诈他的用心，只是她没把这个用心说透罢了。什么东西？他恨恨地想，一个婊子，居然拿马新来挟我！他拨张兵的手机，张兵接了，他粗声说："张总，明天杨敏来上班，你开三个月工资给她，叫她走人。"这话刚刚说完，马新的女儿立即跳到了他脑海里，那是个可爱的女孩，是马新的亲骨肉。

张兵回答他："好的，我明天就跟她说。"

"这句话我收回，"钟铁龙对张兵说，"把她开了，她女儿就得讨饭了。算了。还是让她干吧，不过你跟她说，没事不要来找我，我没时间听她唠叨那些屁事。"

张兵回答："我一定跟她说。"

钟铁龙又后悔了，想还是不给她压力，免得她变成疯婆子。"这话你也不要说，什么都不要跟她说，让她去。看在她亡夫的面子上，还是要善待她。"

张兵就在手机那头笑："那就还跟过去一样。"

钟铁龙放下手机，想杨敏跑到我办公室来哭是什么意思？真是没大脑，我要是再给你五十万，那不等于是向你杨敏承认枪杀关局长的人就是我?!

七八　搜查令

过年边上，钟铁龙回了趟白水，这一次钟铁龙没住家里，而是住在白水县城最好的金龙头大酒店。大年初二，刘松木请他上松木大酒店吃饭。钟铁龙去了。钟铁龙对刘松木的作为早有耳闻，这几年刘松木在县城有所发展，除了松木迪斯科舞厅，他还开了松木大酒店、松木服装厂和松木建材公司，俨然是白水县里一个响当当的人物了。钟铁龙多次在电话里提醒刘松木，要他低调，不要耀武扬威。钟铁龙于大年初二的中午走到了松木大酒店前，一看那架势，吃了一惊，刘松木变了，变得像香港枪战片里的黑社会老大了，他戴顶礼帽，一条围巾搭在脖子上，一件黑披风落在肩头。他的身后站着几个穿黑西装的年轻人，都戴着墨镜，只差拿刀或挎枪了。魁梧的刘松木候在门口迎接他，一看见他就伸出手叫喊："龙哥、龙哥。"接着就跑前几步握着他的手不放，这真像香港枪战片里的黑帮老大相聚。

钟铁龙呆立了几秒钟才问："你这是演戏么？"

刘松木哈哈哈笑着说："我哪里是演戏呀？"

"你把自己打扮成这样做什么？"

"我请你龙哥吃饭，当然要隆重一点。"

钟铁龙感到吃惊和失望地摇下头，想他对刘松木说的话刘松木一句也没听进耳朵。刘松木已备了圆圆的一大桌子菜，龙虾、鲍鱼、鱼翅、甲鱼都有。然而只有他和刘松木两人吃，其他人都叉腰站在刘松木的身后或两旁。钟铁龙看他们一眼说："坐啊，你们。"

那些身穿松木牌黑西服的人居然仍那么笔挺地站着。

钟铁龙说："松木，让他们坐下来一起吃。"

刘松木摆摆手说："他们怎么能跟你钟大老板同桌吃饭？他们吃盒饭。"

"什么钟大老板？我什么东西没吃过？叫他们坐下来一起吃。"

刘松木没法，一招手说："弟兄们都过来，龙哥要你们吃饭。你们要谢谢龙哥赏面子。"

那些人忙说："谢谢龙哥。"

"吃。"钟铁龙要他们去拿筷子和碗。

那些人就去拿了碗筷，一个个相继坐下，吃起来。

"这是老易，我的军师，一肚子鬼点子，是我酒店的经理。"刘松木介绍两个贼眉鼠眼的人说，"这是老段，我的副军师，鬼点子也他妈的很多，是我建材公司的经理。"

钟铁龙就瞥一眼老易和老段，老易一张贼脸，目光也是贼的目光；老段一张老鼠脸。刘松木又介绍他身边的另外三个人说："这个人叫三毛，不怕事；这个人小名叫黑狗，敢打架；这个人叫马坨坨，是我的保镖。他们都是我的武将，我刘松木要他们干什么他们就干什么。"

钟铁龙又打量了几眼刘松木说的这三个人，他们都一脸粗蛮，还一脸邪气。他淡然道："松木，你不需要他们干什么，你要他们好好做事就行了。"

"在县城不像在长益市，有些事情要靠拳头解决。"

钟铁龙眼帘里出现了当年那个在黄家镇街上趿着一双拖鞋、举着杆子打桌球的刘松木，就提醒刘松木说："你混到今天也不容易，不要'玩'黑社会，枪打出头鸟，松木。"

刘松木无所谓的样子嘿嘿一笑，端起酒杯与钟铁龙碰了下："我敬你。"

一桌酒席吃到两点钟，刘松木有些醉了，他站起来说："龙哥，我的今天是你给的，没有你钟铁龙就没有我刘松木的今天！来，龙哥，我最后敬你一杯酒。"

钟铁龙一惊，没说什么，端起酒杯喝了。"你们知道龙哥吗？"刘松木向他的手下介绍说，"我当年没有一分钱，是个彻头彻尾的穷鬼，全是龙哥帮我，不是龙哥抬我，松木迪斯科舞厅就不存在，我就起不来！我这辆奥迪车……"

钟铁龙打断刘松木的话说："松木，别乱说。"

刘松木红着眼睛道："我要说，你龙哥是我刘松木的再生父母。"

钟铁龙觉得刘松木喝醉了，话太多了，便起身，"我走了，松木。"他对刘松木说，"你现在有钱了，但有钱也不要摆这种谱，要本本分分做人。"

刘松木让他放心："没事，刘县长和县委政法委郑书记都是我的铁哥们。"

"铁哥们？他们是县里的领导，你是生意人，根本不在一条线上，你要看清点！"

刘松木炫耀自己如今在县城的地位说："昨天晚上我还和刘县长坐在一起喝酒、聊天。"

"松木，千万不要以为自己认识几个县领导就可以为所欲为，当官的上面还有官。再说当官的跟你交朋友，是给你面子。但正因为如此，你就更要低调。"

刘松木当了白水县的老大后，就不愿意听钟铁龙用教训的口气说他了。他声音很粗地回答："放心吧龙哥，我自己晓得分寸。"他骄傲地回头指着老易和老段，"他们是我的军师，我搞不清的事就问他们，他们跟你龙哥一样是读了书的。"

"松木，"钟铁龙觉得他必须喊醒刘松木，"不要'玩'黑社会。"

刘松木喜欢玩黑社会，他觉得自己既有黑社会老大的相貌，又有黑社会老大的威望和凝聚力。这当然是老易和老段对他说的。他喜欢他坐着吃饭时别人站着侍候，喜欢他在床上抱着女人睡觉时有人在门外站岗，喜欢让他的贴身保镖马坨坨挡来求见他的人，喜欢出门时被众多穿着松木牌黑西装的男人前呼后拥。他喜欢这种味道，就跟有的人喜欢山林的味道而有的人喜欢闻大海的味道一样，香港影片教会了他玩这种味道。他对钟铁龙的提醒和指责，理解起来是随心所欲的，回答道：

"龙哥你不要担心我，我刘松木自有分寸。"

初三，钟铁龙接到了女同学黄艳给他打的拜年电话，电话里黄艳要他关心一下李秋燕，说李秋燕现在生活状况很不怎么样。钟铁龙问："怎么呢？"

黄艳说："自从高玫同学死了后，她就变得不出门了，我觉得你应该关心一下她。"

钟铁龙放下电话时想：年轻的时候我想爱她关心她，她不给我机会，现在我怎么去关心她？他给李秋燕打了个拜年电话，电话里聊了几句后，钟铁龙还是决定与李秋燕见下面，毕竟是同学，毕竟他当年爱过她。他是特意想看看李秋燕的生活才步入李秋燕家的，李秋燕住着她父母留下的县老干部休养所的三室一厅房，楼上的一间房子封存着，打开，里面是她父母亲睡过的一张床，还有父母亲用过的桌椅，墙上是她父亲和母亲的遗像，遗像凝望着走进来的女儿，当然还凝望着钟铁龙。钟铁龙注意到了一个细节，桌子、柜子和椅子都抹得一尘不染，倒是床铺上落了一层薄薄的灰，而让他感到惊奇的是遗像的镜框和玻璃都抹得很干净，玻璃还泛亮。李秋燕的女儿在楼下看电视，电视机的声音开得很大。

"你就没想过再结婚？"钟铁龙瞭着李秋燕。

李秋燕咯咯一笑"没碰见合适的，结什么婚？"

他觉得她老了，但她几年前肯定没这么干瘦，问她："就没人向你求婚？"

"有，我看不上。"

"你太高傲了，李秋燕。"

"我不高傲，只是我一想我没感觉，生活在一起就没意思。"

"我很想帮你，"他说，"需要我怎么帮你说？"

李秋燕摇头："我没什么要你帮的。"

"你快四十了吧李秋燕？"

李秋燕点头："是吧。"笑笑。

"你以后的日子还长呢，你应该放低标准，再找个丈夫。"

李秋燕说："无所谓，我习惯了。"

一句简单的"习惯了"藏着多少孤寂啊，他想。他感到他在师大校园里见过的那个身高一米九几的大学同学把李秋燕的一生都毁了，假如不是那个同学而是他钟铁龙，李秋燕绝不是今天这个样子，当然，他钟铁龙的历史也得重写。"你有兴趣经商吗？"他问她。

"我没兴趣。"

"你想搞什么？把你的愿望告诉我，看我能不能替你实现。"

李秋燕想了想，一笑说："想回到十八岁，重新来一次。"

"那我实现不了。"

"就是，不是什么事情都可以用钱来实现的。"

他们说话时，黄艳打李秋燕的电话，要李秋燕上她家吃中饭。钟铁龙本来想请李秋燕吃饭，见黄艳已跟李秋燕约好了，就缄了口。"改天我再请你吃顿饭。"他说。

初八那天，钟铁龙回了长益市，在他的别墅里召开了一个各部门的总经理、副总经理会议，晚上就宴请他们吃晚饭，就在家里，大家动手，这个炒一个菜，那个炒一个菜，热热闹闹的。十点多钟，大家散了，钟铁龙在书房里坐下，翻阅着司马迁著的《史记》，看殷商的兴衰，忽然有人敲门，郑小玲去开门，闯进来五个人，为首的是陈大队。陈大队虎着脸走进书房，对钟铁龙说："这是搜查令，请你配合，钟委员。"

钟铁龙望着陈大队："请问我犯了什么法？"

陈大队冷笑一声，"到时候你就明白了。"他对钟铁龙说，"不要动，给我坐着。请你也配合。"他对郑小玲说，"到这边来，不要打电话，不要有什么别的企图。"

郑小玲也走进了书房，昂着头，眼睛望着窗外。陈大队又将保姆，还有儿子钟万林都叫到书房里站着，让一个刑警盯着，他与另外二名刑警开始一间房一间房地搜查。他们搜了两个小时，除了仔仔细细地搜查了卧室，连厨房和厕所都搜了，最后才搜书房，当然什么都没查到。陈大队不甘心，对钟铁龙说："走吧，去你的办公室。"

钟铁龙有些生气了："去办公室干什么？"

"去了就晓得了，走吧。"陈大队说。

钟铁龙说："去可以，我要跟我的律师打个电话。"

陈大队说："我看你没必要打了，有事，你叫律师也没用。"

钟铁龙索性坐下了，说："我的律师有权知道我的去向，不然我不会走的。"

陈大队当然不会像对待张兵和杨敏那样对待钟铁龙，因为钟铁龙不光是资产过亿的老板，还是市政协委员。"那你叫律师到你办公室去吧。"

钟铁龙打了王律师的手机，说有重要事情，要王律师赶快赶到他办公室。钟铁龙打了这个电话，就领着陈大队一行五人去了前芙蓉度假村如今的银马房地产公司。钟铁龙的办公室在二楼，很大，一壁的书，一个吧台，酒柜里摆着各种酒，还有各种咖啡和熟食，一旁还有卫生间。钟铁龙打开办公室里的一切抽屉和柜门，坐到沙发上，看他们搜。不久，律师从市里赶来了，敲门，钟铁龙对陈大队说："我的律师来了。"

陈大队就示意他的一名手下去开门。王律师走进来，愣住了。陈大队同主人一样低声说："律师你坐，不要打电话，不要问这问那。"

王律师看一眼钟铁龙："他们这是干什么？"

钟铁龙回答律师："你带了数码相机吗？"

王律师的包里常备着索尼数码相机，王律师说："带了。"

"照啊，照了好拿去发表。"钟铁龙说。

王律师就打开包，掏出数码相机，对着陈大队照了张，陈大队说："收起你的玩意。"

王律师又拍了一张，陈大队瞪着他，"你再照，没收你的相机。"

王律师说："你没这个权力吧！军事禁区是严禁照相的，国家机密机关也是严禁照相的，这是我的客户钟老板的办公室，除非他不让我照，他有这个权力，你没有。"

陈大队又恼怒地瞪他一眼："我告诉你，不要妨碍公务，否则我把你也抓起来。"

王律师说："请问，我的客户犯了什么法？他触犯了哪一条你告诉我，你有搜查令吗？"

陈大队就让手下把搜查令给王律师看，王律师说："搜查令上说对钟铁龙的住房进行搜查，并没写对钟铁龙的办公室进行搜查，你们不能超越搜查令限制的范围。"

陈大队瞪一眼王律师道："闭嘴。少跟我玩文字游戏。"

王律师说："我不知道你姓什么，但请问你，你认为搜查令是玩文字游戏？"

陈大队走拢来，拍了拍王律师的肩膀："当了几年律师就把自己看得很高了？小伙子你还嫩得很，一边待着去。"

王律师冷冷道："你这是把自己的所作所为凌驾于法律之上，住宅是住宅，办公室是办公室，这是两个地方，你超出了搜查令给予你的权限，这是藐视法律。"

陈大队下令道："把这个咬文嚼字的律师赶出去。"

陈大队的两个手下就走过来，把王律师推出了门。王律师就在门外叫嚷，陈大队他们不理王律师，仔细地查看每一处他认为可能藏枪的地方。当他把一切地方搜完之后，他便翻看钟铁龙写的工作日记，钟铁龙站起身说："陈大队，请你不要翻看我的工作日记。这个本子上有我的商业机密，也是我的私人用品，你无权翻看。"

陈大队就更要翻看，想从钟铁龙的工作日志上找到他想要找到的东西。他当然什么也没找到，这是让他暗暗吃惊的。他对他的手下说："我们走，姓钟的，告诉你，我还会来。"

钟铁龙说："我也告诉你，我要告你利用职权侵害公民的合法权益。"

七九　撤职

次日一早，钟铁龙就一个电话打到了刘局长办公室，说自己没办法接受这样的伤害，说他要在政协会上提出来，不能因为怀疑什么人就对什么人进行搜查，这是"文化大革命"中的搞法，这样搞是无视公民的合法权益，等等。他说了一大堆，说他要告陈大队利用职权加害他这个合法商人。刘局长当然是拼命安慰他，并说他会向市委政法委宋书记汇报，会给他一个结果。钟铁龙说："我希望我的正常生活和正常权益受到保护，不然就法庭上见。"

王律师就坐在一旁，王律师写了一晚的状纸，这会儿眼皮泛青地坐在一旁听他跟刘局长打电话。王律师说："下午我就去法院起诉公安局，起诉陈大队利用职权伤害合法公民。"

"好，你上午先回家睡一觉，下午就起诉，把照片寄给报社，我们要反击了。"

钟铁龙回到家，保姆为他煮了碗三鲜面，吃完面，他爬到床上睡了。下午，公司里很多人都来了，来声援他。钟铁龙笑，说他现在已准备起诉那个姓陈的刑侦大队长，将他们打发回家了。他对郑小玲说："老婆，我现在一有风吹草动别人就替我急，知道为什么？"

郑小玲望着他："他们都怕你出了事而丢掉饭碗。"

"对，"钟铁龙说，"现在这个社会人满为患，工作不好找，一旦我出了事，他们就得重新打算，而哪里又能找到在我公司工作这么高的薪水？"

郑小玲说："所以你不能出事，你要珍惜自己。"

过了几天，长益市开政协会。这天上午，钟铁龙跟拍戏回来的宁亚丽待在一起，宁亚丽接了部电视连续剧，在电视连续剧里演国民党的姨太太。钟铁龙抽着古巴雪茄，觑着这具十分完美的身体，问她："你跟那个男演员演床上戏时，自己进入角色没有？"

宁亚丽说："那是演戏，没什么的。"

钟铁龙笑笑："你跟那个男演员亲吻有什么感觉？"

宁亚丽咯咯一笑："没亲吻，只是嘴唇碰了下嘴唇，就跟握手一样。"

"他那么有名，你没冲动？"

"怎么可能？他又不是你。"

钟铁龙心里有点高兴，说："来，亲爱的。"

宁亚丽就十分娇媚地坐到他腿上。他看着宁亚丽的脸蛋，觉得宁亚丽的脸蛋很漂亮，皮肤超一流的好。郑小玲脸上的皮肤与宁亚丽脸上的皮肤相比，有点老了。他拍拍宁亚丽的脸蛋，说："等你成了大名，追求你的男人更多了时，我们就分手。"

宁亚丽撒娇道："你说什么呀？我要爱你一辈子。"

钟铁龙又淡淡一笑："你真的很爱我？"

"是的，我真的很爱你。"

钟铁龙想女人和男人还是不一样，男人爱女人一半是真的一半是玩，女人爱男人一开口就要爱一辈子。手机响了，他接了，王总打他的电话："开政协会了，你怎么还没来？"

钟铁龙说："有意思吗王总？"

王总说："你要来，你是政协委员啊。"

钟铁龙便对宁亚丽说："我要去开政协会。"

他去了，他和王总安排住一间房了。吃过晚饭，他本想走，王总拉着他聊天。两人聊天时，他把陈大队率众闯入他家抄查之事说给了王总听。"我已经向法院告陈大队了，"钟铁龙说，"告他滥用职权恶意伤害生意人，我要求公安局赔偿我精神损失费三十三万元。"

"告得好，"王总说，很气愤，当即就大骂公安，"什么刑侦队的？刑侦队的就可以无法无天？！刑侦队的就可以空穴来风地抓人？还以为是过去，是'文化大革命'？"

门是敞开的，许多政协委员开了一天会后，都相互嘘寒问暖，王总的一番叫骂声招来了隔壁房间和对门房间的政协委员，其中还有一位特意来找钟铁龙聊天的市政协常委，市政协常委是民盟长益市委副主委，在某中学教语文。他马上要求大家讨论，"来来来，"他把站在门外的政协委员统统叫进来，"坐坐坐，大家坐在一起讨论讨论，我觉得这事不可小觑！"他望一眼他临时召集的十几个政协委员，"我们应该把这事放大到社会中来看，因为今天可以搜查钟总家，明天就可以搜查王总的别墅，后天也许就轮到邓总全家被抄了。邓总你说呢？"

邓总说："那是那是，谁不犯点小错误的？"

政协常委鼓动道："我们应该搞个提案，你们说怎么样？"

提案在群情激愤中写了，王中华是学历史的，很能上纲上线，说搜查要有证据，无证据搜查是搞"文化大革命"那一套，是法盲执法，是在践踏法律。他强烈要求公安局向长益市民公开道歉，还要求公安局责令市刑侦大队陈大队长向受害方钟铁龙赔礼道歉。提案的宗旨是，从此以后，在长益市公安进入公民住宅及公司办公室搜查前，一定先要有犯罪证据，不能搞空穴来风，等等。提案写完后，这位政协常委兴高采烈地拿到办公室打印，打印了他就拿着提案拉人签名，很多政协委员都签了名。这份提案当然得到了市委市政府的高度重视，何副市长和市委政法委宋书记及市公安局刘局长都亲自到会，听取这份提案的详情。王总对这事有很多看法，他首先发言，来了一番理论联系实际，说得何副市长和市委政法委宋书记及公安局刘局长频频点头。跟着政协常委来了番对事不对人的高谈阔论，从中国讲到外国，讲得大家都快打瞌睡了他才止步。"我就讲这些，总之一句话，"他望着三位领导，"我们需要一个合理的处理结果。"

何副市长表态说："会的，你们政协的提案，市委市政府历来都是相当重视的。"

政协常委就高兴道："那就好，那我们等着您市长的答复。"

钟铁龙开口了："今天我当着何市长、宋书记和刘局长的面老实说，我的律师已向法院起诉，要求公安局赔偿我三十三万元精神损失费。"

刘局长瞪大了眼睛："钟老板，你可不能把我也扯进去啊。"

钟铁龙早就把想说的话反复过滤了好多遍，又说："陈大队是公安局的刑侦人队长，我既告了陈大队，自然也告了长益市公安局。告长益市公安局滥用权力，滥开搜查令。"

刘局长一脸友好地看着钟铁龙说："钟老板，散会后，我和你沟通一下。"

"几位领导，我不敢说我钟铁龙对长益市有贡献、有功劳，但应该还是有点苦劳吧？我的公司有一百多名员工，他们吃饭、穿衣都离不开我。芙蓉山庄，光保安人员、花工和保洁员就有三十多人，还有其他人员二十来人；银马大酒店我投资了三个多亿，三个多亿的投资就没拉动一点长益市的供需？还有银城和银元娱乐城的管理、财会、出纳和保安、保洁人员等，这些人如果放到社会上去，是不是给社会和市委市政府增加了就业的压力呢？"

何副市长笑道："谁说你没贡献？这就是贡献啊小钟。"

何副市长又说："你们都是长益市的能人，确实为我们长益市委市政府解决了一些就业困难。我代表市委市政府感谢你们各位老板。"

钟铁龙想他已经博取何副市长的重视了，就进一步说："何市长，谢谢您夸奖我，比我贡献大的人多的是。我钟铁龙是名生意人，考虑的是利益，但如果在长益市生活和投资没有安全感，今天这个来查，明天那个开一张搜查令跑来威胁我，大家将心比心地想一想，我还有什么激情在长益市干？投资环境如果遭到某些人的人为破坏，谁还会对长益市感兴趣？邓总昨天就说，他要把他的资产陆续抽走，到上海或深圳去。邓总的电热水器厂，那是有五百多名员工的私营企业。假如大家都不在长益市投资了，长益市又怎么发展?!"

何副市长道:"邓总，你可不能走，你走了，我追到上海或深圳去把你揪回来。"

邓总笑:"不走咧不走咧。"

钟铁龙又说:"三位领导，陈大队长拿着搜查令来搜查，什么都没搜到，一拍屁股就走人了，可是我的员工会怎么看待这事? 他们会怎么想? 他们还有信心跟着我钟铁龙干事? 试想想假如他陈大队长怀疑您宋书记或刘局长有受贿行为，忽然就带几个公安来你们家搜查，虽一无所获，但这对您宋书记或刘局长会产生什么社会影响? 你们比他官大，可以收拾他。我们呢? 谁来保护我们这些遵纪守法的公民? 谁为我们做主?"

王总站在钟铁龙的立场上插话道:"何市长，这事一定要给我们一个答复。"

何副市长点头说:"这事我今天就答复你们，我一定会给一个处理结果给你们。"

政协常委来劲了:"不能只是一句话的问题，要有大动作和实际行动。"他一脸很纯洁的样子大声说，"我要求公安局在报纸上公开道歉，还要求那个带队搜查钟老板家的刑侦大队大队长向钟铁龙先生书面道歉。"

宋书记看着政协常委说:"公开道歉就免了吧?"宋书记看一眼刘局长，又看着政协常委笑了下，"你们写的提案我认真读了三遍，何市长和刘局长也很认真地读了，我们公安系统的确存在着一些问题，有些工作还有待改进。这样吧，"宋书记望一眼刘局长，把目光抛到钟铁龙脸上，"我和刘局长在这里表个态，我们让陈大队长向钟铁龙先生书面道歉。"

钟铁龙观察了下三位领导的脸色，感觉政协常委要求得太多了，就说:"公安局毕竟是政府的执法部门，公开道歉有损政府执法部门的形象。但有一点我想说，我希望你们领导给我们政协委员一个承诺，那就是再也不能发生这样的事了。"

宋书记跟何副市长叽咕了句什么，何副市长立马点头，宋书记就表态说:"我现在就可以向大家承诺，这样的事在长益市不会发生第二次，请各位政协委员放心。"

陈大队不肯向钟铁龙写书面道歉，陈大队不相信自己的耳朵地看着刘局长，刘局长说:"这事是在政协会上定的，到会的几百名政协委员都听见了，你必须向钟铁龙书面道歉。"

"笑话，"陈大队在刘局长的办公室大声说，"政协委员怎么啦? 他想利用政协来压我? 不写，就是把我大队长的职撤了，我也不写。"

刘局长很严肃地望着陈大队:"这不是我的意思，何市长和宋书记在政协会上都表了态，陈国辉，你要学会转弯。"

陈大队不转弯道："你要我向一个杀人嫌疑犯认错？"

刘局长打断陈大队道："你再不要说杀人嫌疑犯这种话了，陈大队长。"

"我会追查到底的。"陈大队尖声说。

刘局长觉得陈大队错了，还觉得陈大队这人太固执了，就跌下脸来说："陈国辉同志，向钟铁龙委员写份书面道歉是宋书记当着很多政协委员表的态，何副市长也表示同意地点了头。你不写，宋书记不成了个说假话的书记了？写吧。"

陈大队粗声道："不写。我绝不会给一名杀人嫌疑犯低三下四地写道歉书！"

刘局长瞟他一眼，"陈大队长，你自己考虑清楚。"他说，拿起电话拨了宋书记办公室的电话，三言两语地向宋书记汇报这事，"陈国辉大队长不愿写，宋书记。"

宋书记说："叫陈国辉接电话。"

陈大队接了电话，表明自己的看法说："宋书记，那些政协委员并不晓得事情的真相，都受了钟铁龙的蒙蔽，跟着起哄，我用人格向您保证，钟铁龙绝对有问题。"

宋书记说："问题在哪里？你有证据吗？"

陈大队说："证据还没找到，不过……"

宋书记说："那就道歉，有证据再抓，没证据说也是白说。"

陈大队坚持自己的原则说："我不会给杀人嫌疑犯道歉。"

宋书记说："你必须先道歉，而且还要写书面检查。你听清楚了吗？"

陈大队挂了电话，脸上一脸的烦恼，他望一眼刘局长说："刘局，请你跟宋书记说，就是撤了我的大队长职务，我也绝不向姓钟的道歉。"

刘局长挽留陈大队说："何必呢？暂时低一下头也不是坏事啊。"

陈大队粗声道："我绝不会向一个杀人嫌疑犯低头。"

政协散会的前一天，刘局长告诉钟铁龙，陈大队撤了职，高军从派出所调回了市局，接替了陈国辉的大队长职务。钟铁龙希望公安局把陈大队开除道："没把他开除？"刘局长笑笑："开除还不够条件，撤职，在公安系统已经是天大的处分了。"

八十　神秘人物

　　这年九月，刘松木出事了。事情是由他的伙计引发的。他的伙计用匕首戳货车轮胎，致使货车没法将一车水泥运送到工地上去。货车司机叫人卸下一包包水泥，用千斤顶将车厢顶起，拆下那只轮胎，推滚着去补了胎。可是他费了很大的力气把刚刚补好的轮胎换上去，另一只轮胎在他眼皮底下又被一匕首捅破了。货车司机绝望了，看着那个拿匕首捅破轮胎的年轻人，恨不得一拔手把这个年轻人打死。但他不敢，只能攥紧拳头说："你太缺德了。"

　　年轻人是个牢改释放犯，牢改释放犯说："缺德又何解啰？"

　　货车司机气得浑身发抖说："缺德就不对你晓得啵？"

　　牢改释放犯盯着他握紧的拳头说："不对又何解啰？你还握着拳头？你是要打架？"

　　货车司机痛苦地坦白说："不，我不敢跟你打架。"

　　货车司机摆他们不平，领来了邓公子。邓公子是白水县宏达建筑公司总经理，二十七八岁，同时也是白水县邓县长的公子。邓公子开着辆黑色的桑塔纳来了，那是辆新车，县里很多人都认识他这台车，就跟很多人都认识刘松木的奥迪车一样。邓公子把车一停，瞪着松木建材公司的几个年轻人问："是哪个杂种敢捅我货车的轮胎？"

　　刘松木公司的经理老段心情很不痛快，因为他早一向得知荒淫无度的刘松木把他老婆睡了。他尽管认识邓公子，晓得邓公子是县城里的一个人物，却故意不出来打招呼。

　　邓公子扫一眼松木建材公司的几个人，又说："是哪个杂种干的？"

　　松木建材公司的几个伙计之所以拿匕首捅货车轮胎，是因为邓公子的手下没有买松木建材公司的建材。他们见邓公子就两三个人，当然就不怕邓公子："你算老几？跑来骂人？"

　　邓公子说："是哪个捅的？"

　　捅轮胎的是两个人，一个挺身而出道："老子捅的，何解啰？"

　　另一个也逞强道："老子捅的，何解啰？"

　　邓公子可不是一般的人，说："你们等着。"

　　邓公子开着桑塔纳走了，不一会来了一货车人，手持木棒和铁棍，一跳下来就举着这些"武器"，冲进松木建材公司，见人就打，打得松木建材公司的人个个抱头鼠窜。

那会儿是中午时间，刘松木正在他的松木大酒店里喝酒，他的一旁坐着他的"爱妃"赵茜，就是县电视台的那个在松木迪斯科舞厅里蹦迪时，曾声称除非松木开一辆奥迪A6就跟他上床的女节目主持人，今年已跟他生了个女儿，取名刘配仙，已有七个月大了。刘松木的一旁坐着松木服装厂的经理三毛和松木大酒店的经理老易，再一旁坐着贴身保镖马坨坨。他们正喝着酒，松木建材公司的一个伙计满头是血且慌不择路地跑来了，说："老板，一个开桑塔纳的叫了几十个人，举着棒棍和铁棍冲进我们建材公司打人，段经理要我来向您报告。"

刘松木瞪着他："你慌什么？一个什么杂种敢砸他爷爷的店子？"

伙计说："不知道，我只晓得他廾一辆黑色的桑塔纳。"

刘松木是那种当了老大就一副老大相的人，他起身说："走，去看看。"

刘松木就丢下他的"爱妃"，带着他的三个手下和这个小伙计开着奥迪车来了。刘松木当然就看见了挥着木棒和铁棍在松木建材公司里打砸抢的人，而他的伙计却跑到远远的地方站着，头上都是血。刘松木觉得很没面子，忙用他的奥迪车撞倒了三个站在松木建材公司前的人，另外一些人纷纷逃开。刘松木让马坨坨停住车。刘松木跳下车，抢过一个人的铁棍——那是一根很粗的螺纹钢，一铁棍就把对方的头打得血如泉涌。马坨坨和那两个经理也立即投入械斗，跟着刘松木一起与这班建筑工人大打出手。刘松木喝了酒，勇气百倍，出手就不晓得有好重了。铁棍乱挥，自己也挨了几铁棍，因为那班人见他如此英勇就围着他打。刘松木见一个西装革履的家伙拿铁棍砸他的奥迪，顿时大怒地奔过去，一铁棍砸在那个穿西装革履的家伙的脑门顶上，只听见瓜掉在地上摔破的声音，很沉，那西装革履的家伙栽在地上了。他又一铁棍，把一个跑过来救那人的小青年也撂倒在地。刘松木吼道："还有哪个？只管来！"

刘松木表现得那么神武，那伙人就像大胡子率领的沙场匪徒，一哄而散了。

那两个被他两铁棍打倒的年轻人，其中一个无比艰难的样子站起来，捂着血如泉涌的头颅，跟跟跄跄地往前走。另一个穿西装的年轻人却躺在地上，脸上一脸苍白，眼睛里满眼怨恨。血在他脑袋附近流了一摊，好像还有脑浆流了出来。老易一看就知道坏了，脸上就有些紧张。刘松木也清楚坏了。老易望刘松木一眼说："赶快报急救中心。"

三毛也觉得这事不妙，忙说："快打急救中心电话。"

马坨坨也是一脑壳的血，那是被铁棍打的。他掏出手机拨急救中心电话。老段走来，他倒没事一样，身上没受伤，衣着整齐。刘松木盯着他："你这杂种躲到哪里去了？"

老段说："刚才……刚才……"

刘松木骂他"你这杂种"，恼怒地举起铁棍，用铁棍抵着老段的冬瓜头，说："祸是你惹的，你这杂种却躲了起来，老子一铁棍打死你这杂种。"

老段脸都白了，扑通一声跪下了。

就在这时110的民警来了，来了两车民警，十几个，从两个方向进来的。他们接到建材市场的报警电话，说这里发生了大械斗，忙开着警车赶来了。他们把刘松木、老易、老段、三毛和马坨坨等一些人围在中间。他们中的头说："都不要动，知趣点就跟我们合作！"

刘松木盯着这个身材高大的民警，大声强调："是他们先搞头。我们是自卫。"

身材高大的民警说："道理到派出所去讲。把铁棍放下。"

刘松木犹豫了片刻，丢下了手中的铁棍，一民警冲上去捉住刘松木的手，把刘松木的手反到背后，一只锃亮亮的手铐就铐到了刘松木的手上。

刘松木喝得醉醺醺的，也就不知道事态的严重性，他甚至都没作反抗，反而对老易和三毛、马坨坨他们说，"没事没事，我保证。"还咧嘴笑了下。

钟铁龙知道这事时是第二天下午，告诉他这事的是张兵。张兵的老婆回娘家有事，正好听说了刘松木在县城闯了大祸，用铁棍打死了两个人。回来，她告诉了张兵。张兵忙打电话告诉了钟铁龙。钟铁龙一听刘松木出了事，脸都白了，忙叫上张兵，开着奔驰车就朝白水县城飙来了。他的车在松木大酒店前停下，跟刘松木有了一女儿的县电视台的赵茜就一身绿衣绿裤地迎上来，脸上有些浮肿，身体显得肥胖，这时她正处在哺乳期。赵茜开口说的第一句话就是："松木被县公安局的抓起来了。你要救他呀龙哥。"

钟铁龙瞪着这个女人，这个女人一头雾水的模样。钟铁龙说："怎么回事？"

女人就说了上述的事，女人说："昨天松木喝多了酒。你也晓得的，他一喝酒就讲狠，结果就出事了。今天上午我送换洗衣服到公安局，公安局的人都不让我见他。"

钟铁龙认识县委政法委郑书记，县委政法委郑书记以前是白水县公安局局长，是个瘦高个子男人。钟铁龙曾跟郑书记同桌吃过几次饭。钟铁龙打郑书记的手机，郑书记问他什么事，钟铁龙说："没事，只是想请你吃晚饭。"

郑书记就笑："不只是吃晚饭吧钟老板？"

钟铁龙说："真的只是吃晚饭。"

郑书记说："我在开县委常委会，没时间吃晚饭。"

钟铁龙知道郑书记是在拒绝他，便说："那就明天上金龙头大酒店吃中饭吧？"

郑书记说："明天再说吧。"

那天晚上钟铁龙什么话也没说，他和张兵都睡在金龙头大酒店，两人一人一间地住着。钟铁龙想他的事业难道要终结在刘松木身上？刘松木掌握了他发展道路上的好几桩罪恶事，现在，这个刘松木身陷牢笼了，假如他为了减轻自己的罪行，把跟着他干的事兜出来，他不就跟着完蛋了？他想起自己在政协会上，为博取政协委员们的同情，那么赌咒发誓，就觉得自己像个跳梁小丑。那天晚上，他根本没法睡觉，一个又一个死去的面孔从他的记忆里生龙活虎地跑了出来，丁建、关局长、石小刚和关伟及李坚、李东等，还有那两个被他和石小刚打晕和打死的女会计，其实这些死去的面孔从来都没曾离开过他的脑海，总是在他脑海里闹腾，时常于幽静的晚上，会突然把他从梦中唤醒，让他睁大惊恐的眼睛，害怕地看着四周。这几年里他何尝睡过几个安稳觉？那些死在他手中的人，都变成了鬼，绝不会给他安宁，甚至在他与宁亚丽亲热时，也会从他脑海的深处浮上来，在他脑海里相互碰撞，让他惊异而兴趣全无。天快亮时，他满脑袋恐惧地沉入了睡乡。

早上八点多钟，张兵敲门，把他吓醒了，他以为是公安局的人来了，问："谁啊？"

张兵在门外说："张兵。"

他挣扎着起身开门，张兵走进来说："走吧，吃早饭去？"

钟铁龙说："等下，我先跟郑书记打个电话。"

他打郑书记的手机，郑书记说："我十二点钟来。"

郑书记不是一个人来的，还带了他的司机和秘书，钟铁龙明白他这是摆出疏远的架势。钟铁龙请他们进了一间包房，叫服务员上了五粮液。喝了几杯酒，谈话的气氛变得投机时，钟铁龙才开口问刘松木的事。钟铁龙说："我找你帮一个忙，不知郑书记是否赏这个脸？"

郑书记一愣，然后问他："是不是为了刘松木？"

钟铁龙想到底是当过县公安局局长的，说："刘松木是我多年的朋友。"

郑书记阴下了脸，说："刘松木这个忙我帮不了。他打死的是邓县长的公子；还有一个是马主任的儿子，杀人抵命，天经地义。你昨天一打电话我就明白你的意思。"

"可以把这事变通成误杀吗？"钟铁龙说，"你看要好多钱，我可以出钱。"

郑书记盯钟铁龙一眼，说："这事你最好不要插手，招呼把你也带进去。"

钟铁龙听了这话一惊，感觉到心口一痛。

郑书记又说："刘松木这几年在县里像个流氓大亨，出门一群人，都穿着黑西装，戴着墨镜，像黑社会的，要知道这可是在中华人民共和国的白水县。县里的一些领导早就看他不惯了。哪里有那么猖狂的？你插手这事，说不定你也会被扯进来。"

钟铁龙说："我和他是从穿开裆裤玩大的。"

郑书记说："钟总，他肯定会被毙的。光天化日之下打死了两个人，市里的领导作了批示，必须从重从快地处决这帮黑社会势力。昨天晚上的县委常委会上，已经议过了，不光是他，还有他的几个经理，也会重判。我是没法更改的。"

钟铁龙摇头，笑着说："黑社会？他那脑壳能搞出什么黑社会？"

张兵也说："松木搞不了黑社会，他的头脑很简单，只晓得吃喝玩乐。"

郑书记抽口烟，说："强占别人的酒店，强迫别人转让酒店经营权；在建材市场大搞强买强卖，人家嫌他们的建材贵了不买，就打人，扎人家的汽车轮胎；松木服装厂生产的服装，人家嫌质量不好，要求退货，有人就当众殴打他人。这不是黑社会是什么？"

钟铁龙深感他犯的唯一的错误就体现在刘松木身上，他抬刘松木抬错了。咋晚上他想了一晚，刘松木这种没脑袋的人是不配他抬的，只配在社会的最底层生存，打桌球、嚼槟榔和三两个人喝酒说脏话。把刘松木抬到老板的位置上，只要有三两人在他耳畔怂恿、出歪点子，他就搞不清自己是谁了。钟铁龙预感自己可能会栽在刘松木身上，心里痛恨自己就没想过刘松木这种人是不能抬的。他望着郑书记说："郑书记，我可以见一下刘松木吗？"

郑书记意味深长的模样看他一眼："现在不能见，案子还在调查中。"

钟铁龙没再说什么，他对刘松木的关心已经引起了郑书记的警惕。郑书记瞟他那一眼的眼神已经让他意识到这一层了。郑书记表面上跟他讲交情和友谊，心里不晓得在想什么呢。刘松木如今捏在他们手上，在监狱里的刘松木会不会为了自己而供出他来还真是个天大的未知数。他想他现在唯一可以做的就是在刘松木的家属身上做点文章。那天下午，他和张兵去了刘松木家，跟刘松木的老婆说："你有什么困难就跟我说，我会尽我的能力帮你。"

刘松木的老婆一副哭腔说："暂暂时我还不不晓晓得有什么困困困难。"

他没有同这个被刘松木弃在一边长达四年的女人多说什么，他感觉这个女人的头脑已经有毛病了。他去了赵茜那里，他相信赵茜会去监狱探视刘松木。他对赵茜说："你如果去县监狱探视松木，请你务必转告他，我已找了郑书记，郑书记说不行。你要松木放心，我会照顾好他的儿子和女儿。这是我的原话，你见到松木就一定要转告松木。"

赵茜眼泪汪汪地点头："我会的。"

钟铁龙丢下五万块钱给赵茜，说："松木在监狱里一定需要钱用，你替我买些好烟和好酒给他。"随后，他离开了白水县城。

那几天，钟铁龙特别不安，觉也睡不着，只能睁着眼睛等待天明。他深深觉得自己的生活受到了威胁，这种威胁来自他的内心。他有一身的罪恶，随便一桩都会把他带入万劫不复的深渊中。他创造了这么大一个公司，不能因自己倒霉而全军覆没，挽救公司和保护儿子、老婆及大哥等人的唯一的办法就是与郑小玲离婚，而且要赶快离。他想，宁亚丽此刻在欧洲旅游，等她一回来，他就打宁亚丽的牌子向郑小玲提出离婚。他无心干任何事地打开电视看新闻：他看见一条新闻，长益市一户人家，两口子都下了岗，父亲患了癌症于上个星期死了，留下了一儿一女；儿子正读高中，女儿读初中，现在母亲不得不让儿子和女儿双双辍学，因为女儿又不幸出了车祸，肇事司机逃逸了，有一大笔医药费无处着落。母亲泪流满面，儿子呆若木鸡，女儿躺在病床上一副孤立无助的模样。他看着这一切，忽然想起他七岁那年，呆若木鸡地站在墓穴前，看着几个大人把一铲铲土扒进墓坑的情景，那一铲铲土打在棺材上的令人齿寒的声音，至今仍在他耳畔回荡。姐姐钟金凤已经死去三十多年了，可是发生在他童年时期的这悲惨的一幕却始终在他脑海里演播，让他迷茫、仇恨、困惑和不知所措。他忽然决定帮那一家人，便打了电视台的电话，问明了医院和受害者的姓名，接着他打三狗的手机，让三狗拿三万块钱送到医院去为那个遭受车祸的女学生治病。他交代三狗说："你什么都不要说，不要接受采访，把二万块钱交给那个母亲，说明钱的用途，就转身走人。"

二狗说："好的。"

钟铁龙大发善心，希望用善举来抚平他内心的恐惧。他看到浏阳县某乡的乡小学成了危房，房子有几处地方开裂了，随时都有可能倒塌，但却没有经费重建校舍。他想他做了那么多坏事，趁他现在还能支配钱，一定要多做几件好事，让好人为他祈福。他一个电话打到电视台，要了那个乡小学的联系电话，跟着就一个电话打过去，问建一栋教学楼要多少钱。乡小学校长见是看了电视的好心人，立即说："我们估算了下，那可能要二十万元。"

钟铁龙对乡小学校长说："我出二十万捐建一栋新教学楼。"

乡小学校长在电话里大为感动地说："您是大好人，我代表我们全乡的老百姓感谢您。"

钟铁龙说："好了，明天我就派人送钱到你们乡小学来。"

钟铁龙又一个电话打给三狗，让他准备二十万，明天一早就开车送到浏阳某乡小学去。"记住，"他交代三狗，"一不接受采访；二不留名；三不能留下联系电话。"

三狗在手机那头笑："老板，你喜欢做无名英雄啊。"

钟铁龙想他现在还真是泥菩萨过河，自身难保啊。说："你记住我的话就是了。"

刘松木被关了大半年。这大半年里，钟铁龙每天都被煎熬着，同时也在大做善事。大半年里，他接连捐出了四百多万人民币。他自己不露面，让张兵和三狗及莫伢子替他执行一项项"爱心"任务。他每天都要做一件雪中送炭的善事来弥补他内心里巨大的愧疚和惶恐。短短的大半年里，他资助了几十名学生读高中或大学。他不让三狗或张兵接受守在那里的电视台或报社记者的采访，让他们捐了钱就捂着脸走人。其结果是制造了一个令全市老百姓百般猜测的神秘人物，报纸上也出现了这样的标题：《长益市出了个非常神秘的好心人兼大老板》，或者《大老板平安》，或者《大老板，祝福你》，等等。长益市的报纸和电视台炒得沸沸扬扬的，于是大家都盼望着电视台或报社揭开这位神秘人物的面纱。神秘面纱终于被揭开了，这是三狗掉以轻心的结果。钟铁龙十无一大晚上看新闻，看到一个女孩子的父母正为一笔医疗费一筹莫展，女孩子患了尿毒症，需要二十万元替她换肾，现在还有十二万元的缺口。钟铁龙就一个电话打给三狗，派他送十二万元去医院。三狗简直有些怕了，说："你又要我去接受这种考验？每次我都被接受资助的人，还有那些记者穷追不舍，好不容易才脱开身。"

钟铁龙就在这斗笑，说："组织上把这个光荣任务交给你了，你要圆满完成。"

钟铁龙需要这种良心上的慰藉，需要用做好事来讨好上天，求得上天宽宥。他并不想出名，他知道他不是一个好人，无权也无脸接受社会的赞美。但三狗把他出卖了。三狗换了辆很气派的新车，奥迪A6，他开着奥迪A6去医院送那十二万元，送完，他简直是逃跑似的夺门而去。但他被长益市一家报社的两个年轻记者跟踪了。三狗不知道，他开着奥迪A6离开医院，驶到银马大酒店的工地上时，就见一辆捷达车在他的奥迪A6车旁停住，下来两个年轻人，对他微笑。三狗不认识他们就觑着他们说："你们找谁？"

一个年轻人回答三狗："我们找你。你就是那个神秘的好心人。"

三狗说："我不是。我真的不是。"

年轻人说："别装蒜了，我们刚才跟着你的车，从医院一直跟踪到这里。"

三狗说："真的不是我，我没这么多钱做善事献爱心。"

年轻人说："啊，你真谦虚。"

三狗没法，道出了其中原委："我是为我们老板做事，老板让我替他献爱心。"

钟铁龙一下子被推到台前了，两个记者急着要见他写他，三狗打个电话给钟铁龙，说他今天被两个记者逮住了，他不得不把事情的真相向记者坦露。钟铁龙听了这话便把三狗骂了顿，不准三狗带记者来采访他。他这样做的结果是使两个年轻的很富想象能力的记者把他写得更加高大，说他比雷锋还雷锋，是一个真正做了好事却不留名的老板，然后在报纸上列举了很多三狗供出的钟铁龙指示他和张兵及莫伢子所做的献爱心的好多事情。第二天报纸一出版，几家电视台的记者都拥来了，守着正热火朝天地装修着的银马大酒店，等着钟铁龙出"笼"。钟铁龙听三狗说有一大班记者守在银马大酒店的大堂里，本来他打算下楼看看大堂装修的效果，这会儿他改主意了。他说三狗："你真是一个会惹麻烦的人。"

三狗抱歉地笑笑："我也是被'强奸'的。"

钟铁龙没再说他，就在酒店里待着。记者在银马大酒店等了一天，最终无功而返。过了几天，记者们也不知是从哪里打听到的，突然一窝蜂地拥到芙蓉山庄，因为找不到钟铁龙就把郑小玲堵在家里，让郑小玲谈她丈夫。郑小玲吓得一脸蜡白，对着摄像机说她也不知道她丈夫做了些什么好事，因为她丈夫献爱心从不跟她商量。记者们因拍不到钟铁龙真人，就要拍钟铁龙的相片，要求郑小玲把钟铁龙这些年照的不多的一些照片给记者们拍，大多是钟铁龙与石小刚、钟铁龙与她和钟铁龙与儿子坐在一起或站在一块的生活照。尽管钟铁龙自己没露面，长益市的几家电视台还是播了，把他吹嘘成了一个很有责任心、很善良又很讲诚信因而在事业上蒸蒸日上的大老板。电视台因介绍不了他本人，就介绍他的芙蓉山庄，又介绍他建的银马大酒店，电视台的记者一激动就在荧光屏上说"我们衷心祝愿好人钟铁龙先生一生平安、更加发财，在事业上更加成功"等等。

只是一个星期，银马大酒店和芙蓉山庄就接到了五百多封来自湖南各地的信，都是些自称贫困或说自己一辈子都没见过光明因而希望得到好心人帮助的人；或说自己才华横溢，很希望投奔到一位"明君"身下，并愿意将自己的才华施展出来的人；或说自己目前囊中羞涩因而急需要钱用，将来一定还钱的人；或说自己父母双亡，生活很困难，希望能得到他的赞助，有朝一日定当回报的人；还有一些信说自己的儿子或女儿或老伴身患不治之症，希望大老板慷慨解囊什么的，等等。这都是电视台和报纸惹的祸。信都被大哥和三狗送来了，一大扎一大扎的，让他慢慢消受。这天晚上，他把三狗叫到蓝天大酒店，三狗又给了他十五封信，说："今天收到的，都是直接对你写的。"

他拆开信，看了眼，有十二封信是要钱，有三封信是这两年毕业的大学生，他们写信给他是希望能到他的公司锻炼。他把信丢到地上，说："骗钱骗到我钟铁龙的头上来了，以后凡见到这些信，一律丢到垃圾箱里去，我不想看了。"

三狗憨厚的模样笑笑，"你做的好事太多了，大街小巷都在热议你呢。我今天中午在饭店吃饭，我隔壁的一桌就在谈论你，说你是个豪爽慷慨的好人。"

钟铁龙一脸暧昧地笑笑：想自己要是好人就好了，他多么希望自己是一个好人，但他清楚他今生今世是做不了好人了，恐怕连做一个虔心赎罪的人的资格也没有了。他悲伤地看三狗一眼，说："你现在搞得我有家都不敢回了，北京都晓得了，早几天北京某报的记者打电话来要采访我，郑小玲接的，也不晓得那班记者是从哪个渠道搞到我家的电话号码的，真有本事。郑小玲说，广州有两家大报的记者，还有《深圳特区报》的记者都跑到芙蓉山庄，要采访我。我他妈真的成了好人了？我自己晓得我是什么人！"

三狗说："有一件事我得向你汇报，今天下午民盟的人来了，那人是政协常委，姓张，他要你的材料，你被市政协推选为政协常委了。"

钟铁龙摇头："你莫跟他们乱说我啊。我可不愿意搞这些事。"

"张兵不是这样看，张兵说这是好事。"

钟铁龙点上支古巴雪茄："都是那些吃饱了撑的报社记者和电视台的那帮人干的。"他看了眼阴惨惨的天色，想他这罪恶之身，哪里配享受这么盛大的名誉啊？要是以后有人知道他曾干了那么多坏事，报纸上一披露，人家又会怎么评价他这个"好人"？昨晚他一晚也没睡好，此刻头有些重，心里却记挂着刘松木，关键是要把刘松木的嘴堵死。他忙说："快过年了，你明天送点东西给松木。主要是送点烟啊钱啊给松木，让他在监狱里过个好年。"

三狗说："送多少钱？"

钟铁龙说："你去财务室领十二万元，另外买十盒古巴雪茄送去，明天一早开车去。送两万给松木，送五万给他的原配老婆过年，送五万给赵茜母女过年。"

刘松木开的迪斯科舞厅和酒店及几家公司在他被捕后几天都陆续被封了，账上本来就不多的现金全被县公安局当来路不正的"黑资"冻结了，没冻结的又都被他的手下一分不剩地卷走和瓜分了。奥迪车却被扣在县公安局了。刘松木又成了个身无分文之人。他老婆在争得了可以探视他的权利后，来了。刘松木的老婆非常恨刘松木，她来，是来找他诉苦和出气的。老婆告诉他说："松木，你什么都没有了，你开的店子和公司都被封了。"

"钱呢？"刘松木问她。

老婆说："钱？你还以为你那些弟兄会把钱送给我用吗？你以为他们有那么好？你那些弟兄是些什么人？一群牢改释放犯和县城里的流氓，他们全是贼和抢劫犯，以前看见我叫我嫂子，那是他们当时都在你下巴下接饭吃，现在，看见我都装做没看见了。"

刘松木感到愤怒地骂了句："这帮杂种。"

老婆说："多亏龙哥叫黄建国送来了五万块钱，不然，你儿子吃饭和读书的钱都没有着落了。刘松木你好蠢的，当初我要你留些钱在家里，你都要拿去开公司开店子，还打我，现在我和你儿子什么都没有，只有靠别人施舍过日子了。"

刘松木脸色很难看地望着老婆："莫说了。"

老婆怨恨道："你风光呀，你大方呀，带着那帮人进进出出，车里坐个骚女人，睡觉都有人守门！你不晓得街上的人是怎么笑你呢，说你是个神经！你这几年赚的钱呢？钱都跑到你那些坏朋友的腰包里去了。"

刘松木的脸都青了，剜老婆一眼说："滚，你这扫把星。"

另一个"扫把星"也来了，穿着黑衣黑裤，一副扫把星的样子。二十几岁且年轻漂亮的赵茜一看见他就向他哭诉，说他那帮跟他称兄道弟的弟兄把钱都卷走了，她去找他们，他们还调戏她，摸她的屁股。刘松木脸色铁青，胡子都翘了起来，大声问："是哪个杂种？"

"老段，他说你玩了他老婆，他也要玩我。"

刘松木攥紧了拳头，咬牙切齿道："等老子出去，老子就要把老段剁成肉酱。"

老段出去了。他在县公安局拼命交代，把所有的罪过都推到了刘松木身上，还赌咒发誓说他早就跟刘松木不是一条心了，他看不惯刘松木这种胡作非为的人品（他把刘松木睡了他老婆的事也交代了），所以他预感像刘松木这种不把朋友放在眼里的人，迟早会翻船。老段有个亲戚是县委办公室的秘书，秘书从中斡旋，把老段"斡旋"了出来。一出来，松木大酒店就改了名，在老段手上改成了"好呷酒店"。他亲自在好呷酒店主持工作，脸上的笑容可以用云彩来比喻。赵茜向他要松木大酒店的股份，他就把小公室的门关了，要跟赵茜交欢。他抱住赵茜说："我早就想搞你了，跟我搞一下，我给你三百块钱。"他告诉赵茜县里的行情说："县城里的鸡只要一百。"

刘松木听了赵茜抽抽噎噎的哭诉后，脸都气歪了："莫说了，老子要杀了他。"

赵茜抽泣着说："不是龙哥叫你大师兄送来五万元钱，我和你女儿只能喝西北风了。"

刘松木说赵茜："你要少打牌，把配仙带好。"

赵茜忧伤道："配仙好可怜啊呜呜呜，她还只一岁，她的爸爸就进牢房了呜呜呜呜。"

刘松木不愿意他最疼爱的女人痛哭流涕，烦躁道："你不要哭。"

八一　前陈大队长

星期五下午，牢门打开了，看守把刘松木带到了一间审讯室，这间审讯室非常简陋，只有桌子和几张椅子，其中一张椅子被固定在中间，有两盏聚光灯对着这张无数名罪犯坐过的铁椅子。曾经提审过他两次的长益市公安局前刑侦大队的陈大队长，用一种讥诮和厌恶的目光盯着这个人。还有两名刑警，一名是县刑侦队长，另一名是长益市的年轻刑警，是前陈大队长降职后的搭档。他们或坐或站，都盯着在聚光灯下更显得肮脏、死板和令人讨厌的刘松木。县刑侦队长开口了："刘松木，你马上就要判死刑了，但如果你能老实交代你干的每一件坏事，交代幕后的指使者是谁，我们还可以考虑你的死刑问题。我们不可能再在你身上浪费时间，今天来，是最后一次审你，就看你是不是配合。"

年轻点的刑警望一眼前陈大队长，也说："刘松木，这是给你的最后一次机会。"

刘松木颓丧地垂下了肮脏的面孔。他的脸因没刮胡子，胡子都长了有一寸多长。他忽然仰起头，看着前陈大队长和县刑侦队长。前陈大队长很希望刘松木交代他背后的事情。县公安局的刑警在审理刘松木的案子时，始终弄不明白这个生长在黄家镇的曾经一贫如洗的刘松木是靠什么发家的。在老段、马坨坨、黑狗和三毛及老易的供词里，有一个他们没权抓的人浮出了水面，那就是刘松木经常挂在嘴里提及的钟铁龙，而钟铁龙又好几次到过刘松木大酒店吃饭，松木的手下都与钟铁龙有过几面之缘，于"坦白从宽"中向公安人员提供了此人。县公安局联合调查小组的人与长益市公安局联系，要求长益市公安局提供钟铁龙的背景资料，现任长益市公安局刑侦大队的高军大队长把这信息给了他的老上级前陈大队长，前陈大队长当然没有放过这条线索，立即赶来提审刘松木。他只看了刘松木一眼就清楚这是个杀人不眨眼的冷血动物，这张胡子乱长的脸是一张麻木不仁的脸，眼皮很厚，目光却如鳄鱼的目光一样是冷的。他希望从刘松木嘴里撬开缺口，将发生在钟铁龙身边的几桩命案一举侦破。他隐隐感觉，这个人一定与钟铁龙有着不可告人的罪恶勾当！

前不久，前陈大队长在刘松木头上取了一根头发，拿到局里做了 DNA 鉴定，结果既令他吃惊，又在他的意料之中！他发现刘松木的头发与攥在死者石小刚手里的那根头发及沾在那辆载重十五吨的撞死关伟等人的大货车上的头发和血型完全一致。几年前，他对关伟几人被大货车撞死在路旁，而肇事者却逃之夭夭，曾经就有过怀疑，觉得这事蹊跷，只是苦于找不到证据而把这个案子搁在了一旁。刘松木与钟铁龙的关系让他联想到了关伟几人被大货车撞死的案子，就拿了刘松木的头发与大货车上犯罪嫌疑人留下的血迹和头发做 DNA 比对，结果令他激动，还令他豁然开朗。他感到这个世界真是天不藏奸！这一次，前陈大队长真的觉得自己离真相只有半步之遥了。他不动声色地直视着刘松木，突然给刘松木希望说："刘松木，我们今天特意从长益市赶来，是想告诉你，如果你老实交代罪行，你还有办法自救。"

刘松木抬头看着前陈大队长，前陈大队长正色道："我们已经掌握了铁的证据！你的头发与死者石小刚手上的头发和撞死关伟等人的大货车上的血迹 DNA 是一样的。如果你能如实交代你与钟铁龙所干的罪恶勾当，我们可以酌情考虑，向法院提出来，可能能免你一死。"

县刑侦队长说："交代吧，你交代了，可以把死刑改成死缓。"

年轻的刑警说："人只要不死就还有希望。没有什么比生命更重要的东西了！"

刘松木说："一辈子蹲在监狱里，那有什么意思？"

前陈大队长插话了："你可以在监狱里立功，争取减刑。"

刘松木说："能给我一支烟抽吗？"

前陈大队长看着这只脏狗，嘴一撇，指挥他的搭档说："给他一支烟抽。"

刑警走上来，递了支精白沙烟给刘松木，还按燃打火机，给刘松木点烟。

前陈大队长道："说啊，钟铁龙为什么要你杀死石小刚？"

刘松木呆头呆脑的模样回答："我没杀石小刚。"

前陈大队长冷笑道："刘松木，在事实面前狡辩是没用的。不是你勒死他的，他指甲上会夹着你的头发？你的头发会从白水县的街上飞到石小刚的指甲上吗？"

刘松木真没想到他会有头发留在石小刚的指甲上，他印象中那天的搏斗很简单，他怎么会有头发留在石小刚的指甲上？是不是他们诈他？前陈大队长："我们刑侦队里还保存着你那天晚上勒死石小刚的摄像，那大晚上，钟铁龙走进酒店的一刻钟后，石小刚就走了出来。之后，他就死在车上了。是你杀了石小刚！我们曾经怀疑过钟铁龙，因为能上石小刚的宝马车，并在背后勒死他的人，准是他的熟人，死者是不会让一个他不认识的人上他的车的。钟铁龙没杀，他把你叫来杀死与他合作的伙伴，他信任你，视你为心腹，但石小刚于挣扎中揪下了你的头发。我早就怀疑石小刚的死不简单，我们曾拿钟铁龙、张兵和黄建国的头发与石小刚手指揪下的头发进行过 DNA 比对，都不符，但你的头发却证实了我的判断，死者石小刚告诉我，你就是勒死他的凶手。"

年轻点的刑警对前陈大队长一笑，掉头看着刘松木，说："刘松木，现在事实都摆在面前了，交代吧。钟铁龙为什么要你杀死石小刚，说吧。"

刘松木抠了抠腋窝处，说："我和钟铁龙没关系。"

前陈大队长说："我说你蠢吧你又不承认，铁证如山你还否认，说吧。"

刘松木不吭声了。

前陈大队长又盯着刘松木说："关伟和他的两个手下被人撞死在车上，在长益市一直是个悬案。潭洲市的原车主说，他的大货车早在肇事前一个星期就被人于一天半夜里偷走了。那个偷车贼就是你刘松木！别人不会偷那样的庞然大物，你偷是因为你和阴险歹毒的钟铁龙早就预谋要用那样的大货车撞关伟他们的宾利车，是这样吧？嗯？"前陈大队长继续审视着一脸迷惑和暗暗惊讶的刘松木，又道："你曾经开过货车，是名货车司机，在白水县跑运输。说吧，钟铁龙为什么要你开大货车撞死关伟他们？"

前陈大队长又激他："你倒是对钟铁龙蛮死心塌地的啊？但我敢跟你打赌，现在最盼望你死的人就是钟铁龙！你死了，钟铁龙才有安全感，你懂吗？"

刘松木张开口打了个很疲倦的哈欠。

县刑侦队长说："说啊。"

刘松木动了动他那颗肮脏的脑袋，说："你们把我枪毙好了，我没什么说的。"

刘局长昨夜一晚都没睡好，当刘局长从前陈大队长嘴里得知刘松不是杀害石小刚和关伟、李东、李坚的凶手后，他陷入了深思。他想到了十多年前关局长被凶手枪杀在车上，想到了丁建于雨夜中被人砍死在家门前，还想到了一九八九年三月发生在长益市电工厂外的那桩抢劫杀人案，及几年前宋经理、曹老板等四人被枪杀在卡迪拉克车上的凶杀案和关伟等人惨死在宾利车上的车祸案，这几桩大案，除了关局长死后那个马新替罪犯顶罪而结案外，其他几宗均未侦破。这个人太聪明、太可怕、太阴险、太狠毒了。回到家，他感到很失望和很痛心地瞪着老婆，他悲伤地感到他被老婆牵连了。他老婆为那个人做了那么多事，在他面前叽叽喳喳地说了不少那个人的好话，局里很多同事都知道他老婆与姓钟的关系好，他相信老婆在阴险、狡诈又狠毒的出手大方的钟铁龙手上一定得了很多好处。他问老婆："你以前经常在我面前替钟铁龙说好话，你得了他多少钱？"

刘夫人不承认道："我没得他的钱，他经常来我酒店消费，我才帮他，怎么啦？"

刘局长是个谨慎的老公安，当他把事情想明白后，他知道不能走漏半点风声，如果把前陈大队长最新掌握的钟铁龙的情况说给老婆听，他老婆一定会给钟铁龙通风报信，那钟铁龙八成会从他眼皮子底下消失。他说："你脑袋清醒些，少被钟铁龙的假象骗了！"

刘夫人警惕地问他："钟老板是不是又遇到了什么麻烦，你说？"

刘局长皱起了眉头，他知道他不能对老婆吐一个字，想他要是说给老婆听，那才是真有麻烦。"没有，"他瞟一眼老婆，见老婆满脸疑惑，便轻轻一笑，"你想到哪里去了，钟老板现在是市政协常委，他会有什么麻烦？"他用这话把老婆的疑问搪塞了过去，后面的时间他都沉默寡言，一个晚上他都在想他怎么会认识一个这样丧心病狂的人？一个如此大的犯罪嫌疑人竟在堂堂的公安局局长的眼皮子底下生活了这么多年，活得这么潇洒，还伪装成了爱心人士、大慈善家，真是令人不寒而栗啊。上午，他在办公室打了个盹，一醒来，就打前陈大队长的手机，前陈大队长走出审讯室汇报说："刘局，你放心，我们一定会让刘松木开口。"

刘局长说："要做犯罪分子的思想工作，不要性急。"

"好的，刘局你放心。"前陈大队长回答，折回审讯室，盯着刘松木。"刘松木，你老实交代吧。"他说，"如果你在铁的事实面前还狡辩，那你就是自己找死。"

"在事实面前，你不可能不交代的！"县刑侦队长说，"刘松木，交代吧。"

刘松木望着他们，脸上的胡子张扬着，一张肮脏的脸上似乎还挂着一丝傲气。前陈大队长抑制着心里的怒火道："刘松木，你不要那么一厢情愿。以前，钟铁龙要利用你，要你替他扫除障碍。现在，他最希望你死，所以你不要以为他会救你，他也救不了你。"

刘松木没说话。前陈大队长又说："说吧刘松木，你把你干过的坏事和知道的事都说出来。我可以保证，只要你交代了罪行，人民政府会酌情减刑的。"

刘松木脸上掠过了一抹古怪的笑。

前陈大队长点上支烟抽着，说："其实不要你交代，我们也可以抓他。你是钟铁龙的杀手，石小刚吸毒，钟铁龙害怕石小刚出卖他和石小刚所干的坏事，就叫你勒死了石小刚。石小刚对你不会有防备，所以你才能趁他不备在车上勒死他。但你万万没想到，石小刚手挣扎时揪下了你脑门上的两根头发，这就是说，死人也会告诉我们是谁杀害了他。"前陈大队长看着刘松木，感觉这个人又蠢又像茅坑里的石头样又臭又硬，"关伟与钟铁龙有很多矛盾，十多年前关伟的叔叔就是钟铁龙杀死的，关伟想报仇，钟铁龙感到了关伟的威胁，就叫你先下手，派你偷了辆大货车，用大货车撞关伟的宾利车，但你没想到你的头撞了下车顶，留下了一根头发和血迹。这叫做天不藏奸！老天爷怎么会隐藏你和钟铁龙这样的坏人？那还有天理吗？刘松木，说吧，把你干的一切坏事都老实交代清楚！"

刘松木深深地回想着钟铁龙曾对他说的那番关于"船"的话，后悔自己当初没把钟铁龙的话听进耳朵里去，后悔他不该跟老易、老段及三毛、黑狗他们这些口是心非的王八蛋说他和钟铁龙的事，假如他不说，他们就不会把他与钟铁龙联系起来，不联系起来他们就不会拿他的头发去做 DNA 比对。一切都是他高兴时多嘴多出来的！"祸从口出"这话，以前钟铁龙对他说过，他知道，但他没放在心上，现在他是深深体会到了。他痛恨自己不争气，当年钟铁龙劝他不要"玩"黑社会，他还对钟铁龙有意见，认为钟铁龙不了解他不理解他不相信他的能力，结果他"玩"到死因室里了。他痛恨自己没有低调生活，因有了钱就想活得风光，开着奥迪 A6 在县城里耀武扬威，把县城街上一些地痞流氓纳到麾下，为自己所用，因而横行霸道。他痛恨自己的嘴，痛恨自己的舌头，想自己这舌头比乡下的茅坑板子还要臭，这舌头让他和他最敬重的朋友陷入了困境。当前陈大队长再次厉声问他"是钟铁龙要你勒死石小刚的是不是？说！"时，刘松木晓得他真的没法逃脱法律的制裁了，因为他的头发出卖了他，他干的一切都在这个前陈大队长的掌握之中，他万念俱灰了，在事实面前他唯一要做的就是咬舌自尽！他想他杀了那么多人，是该轮到他偿命了。他没有信心活下去了，他害怕被押到刑场上枪决！他将舌头吐出，舌头呈红色，中间有白舌苔，还有一条裂缝。在中医看来，这是因睡眠不足而上了火。他把力气运到牙齿上，狠劲一咬，一吐，就有一半舌头掉到了地上。前陈大队长和县刑侦队长都惊呆了，一时面面相觑。刘松木面对前陈大队长张开嘴笑，就见一张胡子拉碴的脸上，满口是血的嘴傻笑不止……

前陈大队长非常厌恶眼前的这一幕，在他十州警的二十年里，什么犯罪分子和亡命之徒他没见过？但这还是他第一次遭遇一个当着他的面把舌头咬断的罪犯。他知道刘松木这是想自杀，他对县刑侦队长说："快叫医生来，不能让他就这么便宜地死了。"

八二 离婚

就在前陈大队长他们忙着审讯刘松木，很想从刘松木的嘴里掏出钟铁龙的罪恶时，钟铁龙却在努力与郑小玲离婚，天天带着宁亚丽到处跑，还将宁亚丽带到芙蓉山庄，带给郑小玲、云南妹和小小看，这气得郑小玲逃也似的跑了。他打郑小玲的手机："你跑什么？"

郑小玲在手机里说："你怎么可以这样侮辱我？你怎么可以把她带到芙蓉山庄来？你要我在李总和小小面前怎么做人？你太过分了钟铁龙！"

钟铁龙说："离婚啊，离了婚就都没事了。"

郑小玲一直拖着不肯离婚，郑小玲在手机里大声说："你一直说你永不负我，你就是这样不负我吗？我哪点对你不起？"

钟铁龙冷冷道："你对得我起，是我对你不起。我把芙蓉山庄和银元娱乐公司都给你，你可以安安心心做你的富婆，我只要银马大酒店，这还是可以吧？"

郑小玲说："我什么都不要。"

"你冷静点，什么都不要，你想做乞丐？我打算和宁亚丽去美国……"钟铁龙想再说什么，郑小玲挂了线，他再打过去，郑小玲已关了机。

那天晚上他打家里的电话，儿子接了，他让儿子把电话给郑小玲。郑小玲说：

"钟铁龙，石小刚当年搞外遇时，你说你永远不会抛弃我……"

钟铁龙打断她说："不要提石小刚，我是很认真地跟你谈离婚的事。"

郑小玲挂了电话，他再打过去，电话没人接了。

这天下午两点钟，他走进别墅时，郑小玲坐在客厅里，音响正播放着音乐，那是《友谊地久天长》那首歌曲。郑小玲听得眼睛湿淋淋的。他望着郑小玲，郑小玲也抬起湿淋淋的眼睛瞅着他。钟铁龙一笑："你用不着这样，离婚没什么的。昨天公司召开了董事会，云南妹和大哥都在会议纪要上签了字，银马房地产公司和银元娱乐公司都划到你名下了，你将是这两家公司的董事长兼法人代表，我估计云南妹和大哥都告诉你了。你现在成了大富婆，个人资产上亿了，你应该高兴才对。"

郑小玲尖声说："我不高兴。"

钟铁龙约了王律师三点半钟在民政局门前见面，便笑笑说："我只要了银马大酒店，我算对得起你。这是王律师起草的离婚协议书副本，你看一下。"

郑小玲不看说："我不跟你离婚。"

"离婚是一定要离的。"他想银马大酒店还背负着银行两个亿的贷款，假如他被抓了，不离婚，这笔债务就足以把银马房地产公司拖死。"我们必须离婚。王律师三点半在民政局等我们，他跟民政局局长是同学，今天下午就把这事办了。"

郑小玲一脸轻蔑的形容回答他："要离你去离，找小离。"

钟铁龙走过去把音响关了，转过身，扑通一声在郑小玲身前跪下了，望着郑小玲说："小玲，有些事情我没法向你解释，我有苦衷。我是走错了一步，就一错再错地错到了今天。我必须离婚！当年石小刚怂恿我走错了一步，那一步一迈出去就没有回头路了。这话你该懂！我离婚是我不想我这些年的努力和苦心经营因我又毁于一旦！你要明白我的心。"

郑小玲抬起头瞟着他："这与你跟我离婚有什么关系？"

"你是真不懂还是糊涂了？你不想我们的儿子将来一贫如洗吧？你不想这么大一个公司因我而散吧？我话说得很明白了，我钟铁龙不是个好人，是不会有好结果的。"

郑小玲不相信道："有那么严重吗？"

"有，"钟铁龙仰起惆怅、瘦削的面孔，还满脸的担忧，"以后你会知道的。自从刘松木被抓后，我没一天晚上真正意义上地睡过一个好觉，风吹过窗玻璃的声音都会吓醒我，一醒来就是睁着眼睛到天亮，天天都被噩梦缠身，我都快疯了。"

郑小玲望着他："钟铁龙，你到底做了什么可怕的事？"

"我做了几件足可以把我判死刑的事，这话已经够明确了，这就是我一定要跟你离婚的原因。刘松木迟早会立不住的，一旦他垮了，我肯定倒霉，我不想祸

590

及你们。懂吗？"

郑小玲的眼泪水哗地流了出来，哭了："钟铁龙，你真的背着我干了坏事？"

钟铁龙抽口烟，说："如果我能过这个坎，我们再复婚，我保证。现在，我必须离婚，离了婚，对你对我都有好处。亲爱的，离婚去吧。王律师在民政局等我们呢。"

郑小玲知道自己斗不过钟铁龙，满脸疑虑道："你不是骗我吧？"

"我好久骗过你？"钟铁龙望着郑小玲，自己站了起来，"男人膝下有黄金，我从没在任何人面前跪过，我这是第一次下跪，因为我感觉我大难临头了。我不想因我而毁了你和万林。不离婚，不把财产分割开，那你和万林就都会毁在我身上。话只能说到这个分上。跟你说实话，宁亚丽只是我跟你离婚的一个幌了！如果我不出事，能过这个坎，我会找你复婚，出了事，也不会牵连你。我今天跟你说的话，你不要跟任何人说。走吧。"

郑小玲一头雾水地跟着他出了门，上了奔驰车。

王律师西装革履地站在民政局的大门前等着他们。王律师微笑地看着钟铁龙和郑小玲，王律师对钟铁龙说："我跟李局长说了，说你明天要去美国，今天就把离婚证办了。"王律师把包打开，拿出两份离婚协议书，让钟铁龙和郑小玲分别在两份协议书上签名。

钟铁龙在协议书上签了名，把离婚协议书递给郑小玲，郑小玲看也不看离婚协议书的内容，也不说话地在下面签了名。王律师让他俩坐下，自己拿着两份离婚协议书走进了一间办公室，那间办公室于这一天是专办离婚事宜的。办事人员是个中年男干部，他看了看离婚协议书，问王律师说："钟铁龙和郑小玲都来了没有？"

王律师说："来了，就在外面。"

中年干部说："叫他们进来。"

钟铁龙和郑小玲随王律师走到中年干部前，中年干部打量了眼钟铁龙，又瞟几眼郑小玲，说："我看你们俩挺好的么，干吗要离婚？"

钟铁龙回答："这是我们的私事。"

中年干部把离婚协议书又扫了遍，问郑小玲说："你有什么异议吗郑女士？"

郑小玲望一眼钟铁龙："没有。"

中年干部笑了下，问郑小玲："协议书上的内容你都清楚吧？"

郑小玲点头道："清楚。"

王律师说："这是他们和我一起研究后决定的，两人都同意。钟先生明天要去美国，刚才李局长跟你打电话没有？"

中年干部说："打了，办手续吧。"

从民政局出来，两人手上就一人拿了一张离婚证。钟铁龙对王律师说："明天你就陪郑小玲去工商局办法人代表转换手续，带着我写的全权委托书和董事会会议纪要，要郑小玲带好离婚协议书和离婚证，以后银马房地产公司和银元娱乐公司就与我无关了。"他又望着郑小玲，郑小玲正站在奔驰车前望着他们，他说："郑小玲，你从今天起就请王律师做你公司的律师吧，有麻烦和搞不清的事就打电话问王律师，他能用法律保护你的财产。"

郑小玲没说话。

钟铁龙笑笑，又补一句："王律师在长益市是很有名的，包里有法律硕士文凭。"

王律师也笑笑，他开一辆银灰色奥迪，他站在他的奥迪轿车前，等着钟铁龙他们上车。钟铁龙上了奔驰车，郑小玲坐进了车里。钟铁龙将车驶离民政局的停车坪，朝着芙蓉山庄飙去。路上，两人都没说什么话。回到芙蓉山庄，钟铁龙把郑小玲送到家门口，郑小玲下车时说："怎么？不进去坐了？这里就不是你的家了？"

钟铁龙说："还真不是了，我是光身一人出门呀。"

郑小玲笑笑："进来喝杯茶吧，不会吃了你的。"

钟铁龙下了车，缓步走了进来。他坐到沙发上，笑着点上支古巴雪茄，看着郑小玲，郑小玲为他泡了杯茶，递到他手上。钟铁龙接了茶，说："把婚一离，再走进这个家感觉就不同了，跟做客一样。"

郑小玲浅浅一笑，走进卧室，走出来时拿着他曾经写的十八封爱情信，说："昨天晚上我还在看你写的一封封情书。"

"你还保存着？我以为你这几天烧了呢。"钟铁龙说，就有些感动地接过那些信，翻了翻，有的信纸已发黄了。他扫了几眼，笑笑："你真是个好女人。"

"那你又要离婚？"

钟铁龙又笑："如果我过了这个坎，一年后我会跟你复婚。"他望着郑小玲，她虽然没有宁亚丽年轻，皮肤也没宁亚丽光洁，但她在他心里仍然很漂亮。"照顾好万林。大哥、黄建国和张兵都是可用的人，他们都不会玩你的名堂，你掌握全盘就是了。"

他又说："莫伢子和光头就难说，你让大哥和云南妹防着他们一点，不要他们管钱。我能抓住他们，你和大哥、云南妹能不能把握他们，那就难说。发现不对头，就炒了。"

"你像是交代后事呀。"郑小玲说，哭了。

钟铁龙望着郑小玲哭，郑小玲见他不动声色，哭了几分钟就停住了流泪。钟铁龙觉得自己无话可说了，起身准备走，郑小玲却抱住了他，搂着他的腰。钟铁龙缓缓转过身来，捧起她的脸，郑小玲的眼睛里盈满了泪水。他把嘴唇凑上去吻她的泪水，她闭上了眼睛，他吻她的嘴唇时她将舌头放进了他嘴里，嘴唇就封住了他的嘴，手就勾住他的脖子，边激动地告诉他："钟铁龙，我今天想要你。"

钟铁龙只回答了一个字："好。"

郑小玲把他抱得更紧了。他搂着她进了卧室，把她抱到宽大的床上，她的嘴仍吻着他的嘴，手却在解着他的裤扣。她摸到了他火热的根部，说"钟铁龙，我好爱你的"。他没回答，开始解她的衣扣。她快四十了，乳房已松弛了，然而这是他曾经充满爱和激情的地方，是他年轻时候的绿洲——另一个温柔、旖旎和绚丽的世界。他把嘴凑了上去，深情地吻着这个与他生活了十多年的女人。做完这一切，已是吃晚饭的时间，他小睡了片刻，手机响了，是宁亚丽打他的手机。他接了，郑小玲躺在他一旁，看着他接手机。

郑小玲待他说完话，觑着他说："是那个女人吧？"

"是她。"

"她很爱你？"

钟铁龙摇头："应该没你爱我。"

"你爱她吗钟铁龙？"

"我最爱的是你。"

"那你要跟我离婚？"

"我是怕我害了你才跟你离婚。"钟铁龙不愿多说了，他很烦恼，"我们又绕到这个话题上了，不说了，你以后会知道的。我要走了。"

郑小玲又把他抱住了，说："我等着你回来。"

他笑笑说："我想我会回来的，只要你到时还愿意接受我。"

宁亚丽在房间里等着他，穿着她从法国买回来的睡衣。她化了很好的妆，往身上打了很好的法国香水，想他为她离了婚她要把最好的她给他。钟铁龙开门时，她笑吟吟地把芬芳的身体投到了她爱慕的男人的怀中，举起一双水汪汪的眼睛看着他，在她明媚的目光里，他是这个世界上最好的男人。她在他脸上吻了下，"亲爱的，你离婚了？"她说。

钟铁龙觉得她真美，在她脸上回了个吻，坐下，把离婚证拿给她看："离了。"

她一脸幸福，芬芳的身体挨着他坐下，说："亲爱的，那我们可以结婚了？"

钟铁龙有些儿疲惫，伸直两腿，"你还年轻，急什么？"他望着她说。她的脸蛋很光洁，但欧洲的太阳把她晒黑了点儿，却使她更显得青春、妩媚、健康和迷人了。他嗅到了极好闻的香气，他深深地吸了一鼻，在她光洁的脸上摸了下，说：

"你过两天去美国，等我忙完了手头的事，我再到美国跟你团聚。"

宁亚丽举着一双痴迷的眼睛看着他问："我们去美国？"

钟铁龙想他应该把她安排好，这几年，她的青春都给了他，他得安排好她的未来。"去美国，"他说，"你先去，在美国买一套房子，一百万美元以内的。"

宁亚丽说："我觉得法国真的好。"

钟铁龙摇头："美国是个移民国家，排外情结没欧洲严重。美国的中国人很多，旧金山、芝加哥和华盛顿都有我的朋友。法国，我一个朋友都没有。"

宁亚丽把屁股挪到他腿上坐下，轻轻一笑："那我们去美国，我跟你生一大群子女。"

宁亚丽的屁股很大，这也是她穿着牛仔裤时，特别迷人的地方。这两年她过着衣食无忧的生活，略略胖了点，屁股就更加圆润了。钟铁龙感到奇怪，他原来只注意女人的脸蛋，现在怎么会那么钟爱她的屁股呢？怎么他对女人的兴趣下移了？移到屁股上了？变态了？他的腿上有她臀部释放的热量，软软和和的。他抚摸着她的臀部，高兴道："好，美国反正不存在计划生育，到时候希望你的肚子生几对双胞胎出来。"

天暗了下来，两人下到餐厅吃饭。吃饭时，钟铁龙接了几个电话，没一个重要的。吃过饭，他感觉有些累，就回房间睡觉。他睡得很沉，醒来是第二天上午十点钟。这段日子以来，他这一天是睡得最踏实的。他想这主要是他昨天把婚离了。他起床的第一件事就是打王律师的手机，王律师说"我正陪郑小玲在工商局办更改法人代表的手续"，他没多说话，宁亚丽早起了，坐在沙发上看时装杂志。他合上手机，说："这一向，我这是第一次睡了个好觉。"

宁亚丽说："你睡得真香。"

他洗了个澡，坐到桌前，吃完宁亚丽从餐厅里端来的面条，喝了几口豆奶。他走到窗前，目光就抛到窗外，窗外是灰蓝色的天，有几朵云，不太白地浮游在上空。宁亚丽走拢来，他搂着她，她吻他，他很高兴地把她揽到身上，说："你身上真香。"

她说："是吗？想要我吗亲爱的？"

他今天还真想，说"没错"。他握着宁亚丽的手，感觉她的手无比纤细，这真是一双美人的手。他在她手上吻了口，说："你的手生得真好。"

宁亚丽趴到他身上，脸贴到了他脸上说："我爱你，亲爱的。"

"如果我有第二次生命，我一定要娶你做老婆，我一不小心就四十岁了。"他说，"我这十几年都在拼，为了达到自己的目的，不惜损伤别人，结果呢？不过如此。"他望着她，"你很纯洁，我都觉得自己不配享用你。我是个肮脏的人，坏人，万一我出了事，你不要管我，只管奔自己的前程，别为我掉泪，也不要跟你未来的丈夫说我，懂吗？"

宁亚丽不懂地看着他说："我不懂你说的话。"

"也许没那么悲伤，不过万一什么的，你要记住我今天说的话。"

"你今天说的话让我莫名其妙，怎么啦亲爱的？"

他想他得跟她打预防针，万一他栽了，她也不会没一点心理准备。她是个非常好和非常单纯的女人，她从来不拒绝他的要求，总是尽自己的能力取悦他。"没怎么，亲爱的。"他回答她，"你把你自己管好，不要担心我。"她的肌肤有一股香味，让他迷醉，还让他充满激情。"你的身体是我见到的女人里最完美的，我们做爱吧！"

她在他鼻头上砸了口，娇声答："好。"

两人开始了做爱，做得翻江倒海的，仿佛整个世界就只剩了他们两人。随后，两人双双跌入了梦乡。他梦见了杜会计，杜会计在他梦里拎着两只热水瓶，去锅炉房前打开水。杜会计在食堂门前看着他，对他笑，那笑忽然就变成了哭，两行眼泪从杜会计的两只眼眶里流了出来，变成了血，滴落在地上。他大叫一声，醒了。宁亚丽蜷缩着身体睡着，睡得很香，睡态也很美。怎么啦？我怎么会在大白天梦见杜会计？他吃惊地想，我从来没有这么真切地梦见过杜会计啊。知道真实情况的石小刚已经死了，我都忘记杜会计长什么模样了，她却不让我忘记她，竟跑到我梦里哭。人啊，真的不能做恶事，做了恶事，想遗忘都遗忘不了，当你忘记得差不多时她又会赶到你梦里来提醒你。他点上支古巴雪茄，他点烟按打火机的声音把宁亚丽惊醒了。宁亚丽揉了揉眼睛，问他："几点了？"

"还早。还只三点多钟。"他笑笑，"你睡得很香。"

宁亚丽爬起床，穿上睡衣，走到饮水机前，接了杯温水喝。"你喝水吗？"她问。

他点了下头，她接了杯水递给他。他喝了，说："我这段时间尽做梦。"

"做什么梦亲爱的？"

他回答宁亚丽说："梦见我们在美国旅游。"

"真的吗？那我们去美国吧？"

钟铁龙说："你先去，看哪座城市最漂亮，找一处方便的富人区房子，离罪恶远一点的住宅。我呢，缓一步去，我等银马大酒店开业剪彩后，再去美国会你。"

八三　剪彩

　　银马大酒店的开业大典定在四月十八日上午十一点四十八分，这是为了剪了彩后，留下客人共进午餐，已准备了四十八桌酒席。第一发礼炮将在十一点四十八分钟准时鸣响，将放十八颗礼炮，请了省武警总队的军人来完成这项工作。到时候一定很好看，还一定壮观。庞大的军乐队也请好了，将在那一刻奏乐。交警和公安都打了招呼，到时候进行交通管制，公安局刘局长答应到时来祝贺银马大酒店开张，刘局长在电话里承诺说"我一定来"。还有何副市长会来，何副市长的秘书说何副市长于十一点半钟到，何副市长将亲自为银马大酒店的开张剪彩。那天，他钟铁龙自然也是个重要人物，他将和何副市长一并为自己的酒店开业剪彩。中午，在酒店二楼的餐厅里将宴请客人，请了很多省里或市里的头头脑脑，除了市政府和市人大及省人人的领导，还有市政协、省政协及省、市工商联的领导届时都会来，为他的银马大酒店开业喝彩、壮威。电视台和报社的记者也请了不少，请他们宣传长益市第一家私营大酒店于改革开放的时代里诞生了，这可是一件很有新闻由头的新鲜事，很多人都想目睹这位被报纸和电视台宣传得十分神秘又颇具爱心的大老板的风采。

　　这些天里，钟铁龙都在忙着银马大酒店开业的事，给这个领导发请柬，给那个领导打电话，希望他们能于四月十八日上午十一点半钟赶到银马大酒店。他就忙着这些事。三狗跟他一起忙，忙得都有三天没回家睡觉了。这天晚上，钟铁龙睡下后，又梦见关局长紧追着他，这个梦做了好几年，这简直是同一个梦在不同的时间演变，就同电视连续剧样。他跑进了一处四面都是冷森森的绿苔的房子里，他躲在这房子里，盼望关局长跑过去，但关局长也走进了这间房，并对他说"我看你还往哪里跑"，他确实没地方跑了，四面都是冰冷的似曾相识的墙——原来他跑进了曾经关过他的死囚室。关局长举枪对他射击。他闪过了一枪，关局长又朝他开了一枪。他身体往下一蹲，这一枪把他头上的墙打了个洞，一撮被子弹打落的墙灰飘到了他头上。他想好险。就他对五四式手枪的了解，五四式手枪的弹夹只能装八发子弹。在这些年做的如同电视连续剧样的梦里，他清晰地记得，关局长已先后开了六枪，今天又开了两枪，子弹已打完了。他松了口气，就在他如释重负的当儿，关局长又对他开了一枪，这一枪打中了他的左胸，他的左胸猛地一痛，血涌了出来。他吃惊地瞪着关局长问："你已经开了八枪，枪里还有子弹？"关局长嘲讽地看着他，说："我故意造成把子弹打完的假象，让你这蠢猪以为我没子弹了，我不晓得边跑边上子弹？"

醒来后，他清晰地记得关局长在他梦里就是这么说的，而且他中了弹，血在他左胸上汩汩地流淌。他摸了下左胸，左胸似乎有点肿痛。这个噩梦纠缠了他十年，每次他在这噩梦里都成功地逃脱了关局长的追捕，这一次他身陷牢笼，中弹了。我怎么总是做同样的梦？我怎么会在梦里想起关局长已经开了八枪？这个梦太荒谬了。后天就是四月十八日，银马大酒店就要开业了……这样一想，瞌睡全跑了，仿佛一麻袋青蛙放生了似的。内心里那个身陷牢笼的梦让他恐惧，让他像只毛兔样警觉地瞪着四面八方，生怕有鬣狗或豺狼扑向自己。他睡在银马大酒店三十六层的套房里，这间套房是特意为他建造的，有接待室、客厅、小会议室和搁了台自动洗牌机的麻将室及宽大的浴室和更加宽大的卧室，这间卧室听不到来自任何方面的噪声，街上的汽车声和说话声传不到一百多米高的三十六层的楼上来。在这间卧室里，如果有什么声音可以引起他的警觉，那就是于高空中跑过的风声。这个梦让他惊出了一身冷汗地面对夜空发呆。我变得脆弱了，他自语道，这是我生活得太好了，我什么都有，金钱、美女、荣誉哪样我都不缺。想想十多年前，我一个人住在长益市电工厂子校的宿舍里，那时我什么都没有我怕什么呢？晚上睡觉从来就没惊醒过。

他在黑暗的卧室里思索了很久，随后揿亮台灯，面对着床的这面墙被绘成了波澜壮阔的大海，有一只一米长的仿古的船，船头翘得很高，船上有众多桅杆和硬缎做的白帆；船舱里有通了电的长明灯；船上载着金元宝；船头和船尾都分别塑着几名武士。这是只金船，黄亮亮的，是他特意要厂家定做的。他看着这只金船，他曾想，男人是船，社会是海洋，男人在社会上奔忙犹如帆船在大海中行驶，稍不留神就会触礁、渗漏，而被茫茫人海所淹没，恰如帆船沉入大海。他仿佛看见一个巨浪打在这只船上，让这只船摇晃了下。他呆住了，眨眨眼睛，船还是平稳地挂在墙上。他悲伤地叹口气，起床，看着窗外四月的夜空。夜空在他的注视下白了，先是灰蒙蒙的，接着是鱼肚白，跟着天就大亮了，一束白亮亮的阳光涂抹在窗台上，这让他想起七岁那年父亲把他叫醒时见到的那片苍白的阳光，他在那片苍白的阳光下走着，他的前面是一口黑棺材，棺材里躺着他美丽的姐姐。他突然看清了那个总是背对着他走着的孩子脸上的表情，那个孩子突然转过脸来，那张稚嫩的孩子脸是愤恨的、复仇的，而且是泪流满面的。那孩子就是七岁的他，当时他涉世不深、不谙世事，却学会了仇恨。在他的记忆里，七岁的他并没哭脸，只是茫然、沉默和难过地走在送葬的队伍里，怎么会泪流满面呢？难道他的记忆出了差错？还是过去的事也会演变？他十分惊讶。苍白的阳光在他的注视下变黄了，移开了，天色变蓝了。

"刘松木，"他自语道，"我是你最好的朋友，你不能害我。"八点钟，他决定叫上三狗和张兵一起去看看刘松木。他打了两人的手机，让他们都来。

钟铁龙邀了三狗和张兵去了白水县，想去县监狱探视刘松木。但他们没见到松木，县监狱的看守说："谁也不能见刘松木，上面有规定。"

三狗就解释，说他们是刘松木多年的朋友，都是黄家镇长大的，就是想来看看。看守很戒备地盯着他们："刘松木的案子未结以前，上面规定谁也不能看他。走吧，你们。"

三狗就掏出一万元要塞给看守，看守眼睛一瞪，说："什么意思你们？"

钟铁龙说："我们只是想看看他。"

看守是个中年人，而且是个很有原则的中年人，他很不屑地把钱重新放到三狗手上，"不要腐蚀我，"他说，"犯错误的事情我不会干。走吧，你们。"

钟铁龙忙说："不是腐蚀你，同志你误会了，我们是刘松木多年的朋友，只是想送点钱给刘松木用。麻烦你转交给刘松木，不是什么别的意思。"

中年看守说："哦，钱我可以替你们转交，人不能看。你们走吧。"

钟铁龙知道磨嘴皮没用，中年看守长着个芋头脑壳，长着这种脑壳的人，都是相当固执的。钟铁龙就没再坚持，走出来他便打县委政法委郑书记的手机。郑书记接了，听完他提出的要求后，叹口气说："没办法啊，刘松木的案子现在已不在我们手上了，市里插手了，看他要经过市公安局办手续。这很麻烦的。"

钟铁龙说："只是看一眼，你们可以让公安在一旁监视，不会有事的，郑书记。"

郑书记在手机里回答他："我刚才说了，刘松木的案子已不由我们管了，我没办法满足你的要求。还是不要看，等一切弄清楚后，你如果想见刘松木，那时再说吧。"

钟铁龙心里很空，嘴里说："还没弄清楚？"

"复杂啊，现在审他的是你们长益市公安局的人。"

"长益市公安局的？"钟铁龙十分吃惊，"怎么长益市公安局的人也插手了？"

"我也不太清楚，"郑书记说，"我们县局已把刘松木的案子上交了。"

钟铁龙的头嗡地一响，脑袋变大了，问："你说的都是真的，郑书记？"

郑书记却挂了机。钟铁龙再打过去，郑书记的手机却无法接通了。钟铁龙感到恐慌地盯着天空，天上游着一团散乱的云。完了，肯定完了，但不对啊，刘松木如果交代了，我还会站在这里？他失魂落魄的模样想，公安已怀疑到我身上了，郑书记刚才说漏了嘴，长益市的公安插手了，事情一定坏在刘松木那张臭嘴上，他喝了酒，还不在他那帮弟兄面前瞎吹？他又一次感到他真不该抬他！错在我啊，他又没

598

脑子的，一抬，他就真以为自己是角色了。他想，呆呆地望着前面。三狗看着他，张兵也看着他，钟铁龙突然感觉浑身无力地蹲下，捂着脸，紧接着他又站起身，脸色就凄凉，说："走吧，回长益市。"

钟铁龙回到银马大酒店就关了手机，拔了电话线，躺在宽大的床上，盯着挂在墙上的金船，心里却七上八下的，仿佛有鬼一样。眼里产生了幻象，仿佛船触了礁，倾斜了，船员们纷纷往下跳。他眨了下眼睛，船又稳定了，眼里的狂风和巨浪也平静了。深夜两点多钟了，他的意识还非常清醒。他对自己说："我只怕要逃了。"宁亚丽早几天已去了美国，看来我也只能去美国和宁亚丽生活在一起？他想，真是应了那句俗话：天网恢恢，疏而不漏。很多年前，那个现在已调到邻县干刑警队长的同学曾在李培的婚宴上说，犯罪分子总是抱着侥幸心理一错再错，我就是犯了这种错啊。他在这种悲伤的思想中渐渐进入了梦乡。在梦里，他梦见刘松木冲着他哭："呜呜呜呜，龙哥龙哥，我刘松木对你不住呜呜呜呜，我没想到我刘松木会给你带来灾难呜呜呜呜。"他蓦地惊醒了，吓出了一身冷汗。我怎么会梦见刘松木哭？他感到不安，想刘松木一个蛮汉，怎么会在我梦里说"我没想到我刘松木会给你带来灾难"！他相信刘松木连"灾难"两个字都不会写，刘松木最多只会说"我给你带来了祸兮"。这个梦做得十分真切，真切得让他全身发毛。难道刘松木把一切都吐了？吐了，为什么公安又不来抓我呢？他瞪大一双恐慌的眼睛，觉得这个世界迎接他的将是黑暗！他自语道："我这只船恐怕是翻在刘松木身上，原来我最信任的人，却是我的暗礁啊。"他走到窗前，看着天空一点点变亮，在这片天色里他又看见七岁的他走在送葬的凄凉的队伍里，他嘀咕道："三十多年过去了，我从来都没忘记过这一幕。姐姐的死改变了我，使我成了个疯狂的人。我干的坏事太多了，不能再抱侥幸心理了，银马大酒店的彩一剪，我就跑到美国去。"

前陈大队长在白水县待了两天，回来的第二天，他把警车开进市局时，守传达的老任告诉前陈大队长说："老陈，高大队找你，让我通知你，你来了就去他办公室。"

前陈大队长"嗯"了声，把捷达警车开到坪里停下，看了眼天空，觉得天色很明朗，是个好天气。他去大队长办公室找高军大队长。高大队正在看一份卷宗，见前陈大队长进来，便一笑，起身说："坐，老陈。"

高大队以前叫他"头"，现在改称他"老陈"了。前陈大队长坐下，这个高军曾经是他多年的手下，现在是他的顶头上司了，这没什么不舒服的，都是朋友，不计较这个。高大队为他泡了杯茶，又递烟给他抽，问他："那个刘松木都说了没有老陈？"

前陈大队长说："他咬断了自己的舌头。"

高大队很是惊讶地问："有这事？"

前陈大队长淡淡地说："他在犯罪事实面前彻底垮了，想咬断舌头自杀。"

高大队想了下，摇摇头说："这个人倒有点像金庸武侠小说里的义士。"

"义士？不过是只垃圾桶。"前陈大队长望着他的上级高大队，"这样的人天生就是坏种，跟钟铁龙一样，生下来就不是东西，表面上绅士得温文尔雅，骨子里却是干恶事的。"

高大队嘿嘿嘿笑笑："从案情分析，钟铁龙是肯定有问题的，就是刘松木不交代，我跟刘局和宋书记通过气，照样可以抓钟铁龙。宝马车和大货车上都有刘松木留下的头发，刘松木是凶手。刘松木凭什么要杀石小刚和关伟？他一个在白水县土生土长的人，他认识石小刚和关伟？他与石小刚和关伟有仇？当然是钟铁龙指使的。刘松木是钟铁龙的杀手。"

前陈大队长说："那个刘松木是钟铁龙的一条恶狗，我提审过他三次，前两次他拒不交代，这次面对铁的事实他才慌神，临了想咬舌自尽，真是个固执的蠢人。"

高大队说："钟铁龙也厉害，还记得关局长死的时候我们审他吗？他不是也不肯交代？这一次，我们掌握了证据。我们可以把审刘松木的过程跟钟铁龙说，说通过 DNA 比对，刘松木在铁的事实面前垮了。我相信钟铁龙这只惊弓之鸟在铁的事实面前也会垮。"

前陈大队长嘿嘿嘿笑，喝了口茶，说："那是肯定的，钟铁龙这只狐狸十分狡猾，这些年里他每作一个案都做得很隐蔽，但他没想到百密还有一疏，会栽在刘松木身上。"

高大队说："在审钟铁龙上，我们一定要讲策略，要让他把犯罪事实一一道出来。"

前陈大队长握着拳头，"我现在怀疑关局长也是钟铁龙叫刘松木干的。"

高大队想了想，说："关局长的事先摆在一边，有石小刚和关伟这两宗命案就足可以打败狡猾的钟铁龙。杀死关局长的人不是刘松木就肯定是钟铁龙本人，这是毫无疑问的！"

前陈大队长拿起桌上的烟，点燃一支，"刘局呢？"他说，"要不要我向刘局汇报？"

高军淡然地笑了下，脸上有一丝惋惜，说："刘局给市纪委宋书记打了个报告，说这个罪大恶极的犯罪嫌疑人竟在他眼皮子底下生活了这么些年，他夫人还多次为这个人说情，而他也被这个人的伪装所蒙骗，属于严重失察，他向组织上请求降职处分。"

前陈大队长看着高大队，失察在公安系统是一件很严重的事，也就是失职，在公安系统内是要接受严厉处分的。他盯着高大队问："你是怎么知道的？"

高军又淡淡一笑，看着满脸惊讶的前陈大队长，说："前两天你去白水县提审刘松木时，刘局很谦虚地把我叫到他办公室，让我看他写的请求降职处分报告。"

前陈大队长说："有这事？"

两人正说刘局长，桌上的电话响了，是刘局长打电话给高大队，说宋书记来了，让他和前陈大队长过去汇报情况。高大队就领着前陈大队长去了刘局长办公室。宋书记果然在，很严肃又很高兴地看着前陈大队长说："老陈，你辛苦了，案情有突破没有？"

前陈大队长把向高大队说的审讯刘松木的事复述了一遍，宋书记拧着眉头问："人呢？"

前陈大队长说："在县人民医院秘密抢救。"

宋书记说："不能让刘松木就这么简单地死了，要让他接受法律的审判。"

刘局长点头道："对，这样的人，一定要用法律惩办。"

前陈大队长说："钟铁龙这只狐狸自己都没想到他会栽在刘松木身上。"

高大队一笑，望着宋书记问："宋书记，那我们是不是立即下逮捕令？"

刘局长看着宋书记，宋书记想了下说："钟铁龙尽管没有亲手杀死石小刚和用车撞死关伟他们，但钟铁龙是幕后主使者，这已经是再清楚不过的事实了。这在逻辑上是成立的。我相信发生在长益市的好几桩杀人案都该揭晓了，是该轮到我们动手了。"

前陈大队长说："宋书记、刘局，我相信一直未侦破的，一九八九年发生在长益市电工厂的那桩抢劫杀人大案，也是钟铁龙干的。他一定是那桩大案的元凶。"

宋书记听前陈大队长这么说，表示同意地点了点头，"刘局，"宋书记说，看着刘局长，"你的失察报告，我昨天已跟市委书记说了，市委书记听了很震惊，还很生气，说星期五开市委常委会时再研究针对你的处理意见，在市委常委未研究你的去留问题前，你暂时还主持抓捕和审讯钟铁龙的工作，一定要将他绳之以法。"

刘局长见宋书记还信任他，十分感动，诚恳地点了点头："好的，谢谢组织上还信任我。我会接受市委的处理意见，在市委未下处理意见前，我会坚守在岗位上，把事情办好。我和我夫人都被这个人的假象蒙蔽了，可怕啊。"刘局长说，把目光从宋书记脸上移到前陈大队长脸上，"今天中午，钟铁龙的银马大酒店开业，早两天他打电话给我，请我去，我为了稳住他，怕他跑，答应了。今天会很热闹，就是要这个坏东西在今天出丑，要让这个狠毒的人在光天化日之下曝光。老陈，钟铁龙的案子一直是你在查，你辛苦了，案子就由你来结。他是个十分危险的人，你

601

多带几个人，我们一起去抓他，绝不能让他逃了。"

前陈大队长很兴奋地起身，安排抓钟铁龙的事情去了。

上午十点多钟，三狗上来了，告诉钟铁龙都准备好了，放礼炮的人来了，十八响礼炮都摆好了。军乐队也到齐了，关键是有几个参加剪彩仪式的领导已提前到了。钟铁龙脸色很不好，眼睛浮肿，这是他缺乏睡眠的缘故。他对三狗说："这样大的场面，我心里好紧张的。"

三狗笑笑："你还紧张？你在什么事情上紧张过？"

钟铁龙脑海里又闪现了刘松木于他梦里说的那句话"我没想到我刘松木会给你带来灾难"，就勉强笑了下。"我真的紧张。"说着，他拿起西装穿上，随三狗走进电梯，下到了漂亮的大堂。酒店大堂里聚集着很多来庆祝酒店开业的在长益市里略有些身份的人。他们都笑着跟钟铁龙和三狗打招呼，钟铁龙忙着回应，脸上很谦虚，也很疲倦。酒店门外还聚集着一大群人，一些赶来祝贺他酒店开业的朋友，及一些附近的路人，还有众多的电视台和报社记者，他们是刘总经理叫来的。刘总经理以前是蓝天大酒店的副总经理，钟铁龙把他挖来了，让他到银马大酒店当总经理，年薪一百万。刘总经理向电视台和报社的记者介绍钟铁龙："朋友们，这就是我们银马大酒店的董事长钟铁龙先生。"

于是众多的摄像机和照相机对准了钟铁龙，似乎是终于能够大张旗鼓地拍摄这个神秘的大人物了，一片镁光灯闪耀在酒店前，那是照相机的闪光灯闪出来的。钟铁龙知道自己没法躲避了，索性就微笑地迎接着照相机和摄像机的拍摄。三狗在他前面挡着拥上来的人，因为那些记者想要采访他，钟铁龙不愿接受面对面的采访，三狗说："免了免了，以后再说。"

何副市长的奥迪轿车来了，自然是来剪彩的。何副市长下车，与钟铁龙握手，祝贺他的银马大酒店在长益市顺利诞生。一个管经济的副市长也随何副市长来了，同他握手，脸上飘扬着由衷的笑容。省政协和市政协的领导也来了，还有省、市人大的几位领导，他们也与钟铁龙一一握手。钟铁龙的目光搜寻着市公安局的刘局长，刘局长站在龙行长一旁，脸上很严肃，看上去不是来祝贺的，他心里就没了底，因为他感觉刘局长的脸色不对。他看见龙行长对他笑，王总对他扬手，表示他们来祝贺他的酒店诞生。他回了个笑。他向刘局长走去，脚碰倒了一个花篮，他心里一惊，忙弓身扶起花篮。龙行长、王总、银城大酒店的刘总、金天装饰公司的力总都走上来跟他打招呼，他一一回应，刘局长却退开了，退到一旁盯着他。刘局长怎么会退开？他心里嘀咕，他怎么这么严肃？但他没法深想，市人大和市政协的领导都走拢来与他打招呼，接着市工商局、税务局的领导及市旅游局、消费者协会还有报社、电视台的领导等都围了上来，把他和刘局长隔出了一段距离。他忙于应酬这一个个于长益市里有头有脸的人。花篮摆满了酒店两旁，形成了一条花的长廊，都摆到马路上来了。钟铁龙与他们一一握手，笑着说："谢谢、谢谢光临，一定要吃了中饭才能走。"

大家都等着十一点四十八分钟放礼炮，礼炮一字儿排开，放礼炮的武警战士表情很严肃。另一边，军乐团的军人们也服装整洁地站在酒店漂亮的玻璃大门的另一侧，手里拿着圆号、长号、小号和黑管、萨克斯管，还有大鼓、小鼓什么的，都在等待着十一点四十八分钟的来临，人站得笔直，脸上挂着庄严的笑。

十一点四十八分钟快来了。刘总笑着，很礼貌地提醒他："钟老板，要准备剪彩了。"

钟铁龙回过神来，就邀请一旁的何副市长、省人大领导和省政协领导一起走到了两个牵着红绸带的迎宾小姐面前。四个小姐都微笑地端着四只盘子走上米，每只盘子上搁着把用红绸带缠着的剪刀，省人大和省政协的领导、何副市长和钟铁龙都笑着从盘子上取了剪刀。何副市长笑笑，问钟铁龙："是不是可以开剪了董事长？"

钟铁龙说："何市长，礼炮一响就剪彩。"

三狗跑过去说："十一点四十八分到，放炮。"

第一发礼炮于十一点四十八分"轰"的一声，射向了空中，跟着第二发、第三发、第四发相继轰鸣……钟铁龙和何副市长及省人大、省政协领导手中的剪刀于同一刻"咔嚓"一声剪了下去，用红绸扎出来的两朵红牡丹便分别掉进两名小姐端着的彩绘盘里。就在这一刻，照相机咔嚓咔嚓响，镁光灯一片，军乐队迅速奏起了明快的军乐。省人大领导和何副市长率先鼓起了掌，大家马上跟着鼓起了掌。冲天的礼炮声、明快的军乐声和海浪一般的掌声当然就响彻云霄，似乎将一朵朵散乱的白云都遏止住了。大家相视笑着，掌声落下后，都把视线投掷到微笑着的省人大、省政协领导及何副市长和着一身白西装的董事长钟铁龙身上。

刘总让何副市长讲几句话，何副市长让省人大领导先讲，省人大领导推辞不下，便走上前对着麦克风讲话了。钟铁龙想，我应该讲什么？脑海里又出现了刘松木的哭相！松木，你怎么跑到我梦里来哭呢？你真让我烦躁啊。他想，对任何人都疲惫地笑着。

何副市长也讲了话，讲了五分钟，完了，轮到钟铁龙开口了。主持人是省电视台的名角，名角笑容可掬地把麦克风"栽"到他手中说："钟老板，你得说两句了。"

钟铁龙推脱说："我就不讲了，我不会讲话。"

主持人说："您肯定要讲的，这么多朋友都来了，您不讲两句？"

钟铁龙知道自己推脱不了，就拿着麦克风，看着前面的一堆人。他心里有很不

603

好的预感，那种预感让他的内心七上八下，便想也许他这一生这是最后一次面对大家了。他看见郑小玲和云南妹都穿得很漂亮地站在人群中，都用欣赏的目光望着他；他看见大哥用鼓励的目光望着他。他突然心里堵得慌，他努力压制着慌乱的心情，提高声音说："各位领导、女士们、先生们、朋友们，我是个最不擅辞令的人，我此刻很激动。为什么？因为今天来了这么多高朋好友！我的银马大酒店在各位领导的鼎力支持和关怀下开业了。开张大吉。有很多人都在我人生的道路上助了我一臂之力。在此，我表示深深的感激。"说到这里，他看见刘局长严肃着脸对走到他一旁的一个人耳语了几句，那人昂起了脸，竟是他最不愿意看见的前陈大队长，前陈大队长的脸上挂着几丝冷笑。那是冷笑，放出让他害怕的寒光，他能感觉到，他想，这个倒霉鬼怎么来了？是不是刘松木把一切都说了？

　　大家不知道此刻他的心里已慌乱得像一锅水饺，见他说话停顿了，立即给了他一片热烈的掌声。他于掌声中突然看见人群骚动，前陈大队长和几个刑警正向他走来。他愣住了，望一眼刘局长，刘局长正板着脸严厉地紧盯着他。他感到了不妙，面对前陈大队长逼近的脚步和刘局长严厉的面孔，他脸上的对朋友的感激之情旋即飘散了，有的只是紧张。大家望着他，见他脸色苍白、神色慌张，都不知道发生了什么事地左右张望，就见刘局长和前陈大队长等人绷着脸，折着身体朝前挤，边道"请让一下"。钟铁龙对自己说"镇静"，那声"镇静"居然通过麦克风飘了出来，让在场的人震动了下，于是都惊诧地望着他。钟铁龙迅速告诫自己，就是死也要死得好看点，便强打起精神一笑，壮着胆子说："各位领导和朋友，我恳请各位领导和朋友都上酒店的二楼，酒水和饭菜都备好了。请、请！"

　　钟铁龙见前陈大队长快走到他面前了，便把麦克风交给一旁的女主持，离开人群，匆匆向酒店里迈去。前陈大队长紧跟几步，对他说："钟铁龙，站住！"

　　钟铁龙不由自主地腿一软，站住了，一站住就无法挪动腿了。他转过身，把目光落到前陈大队长脸上，前陈大队长的脸十分严峻，就像悬崖峭壁一样阴森。前陈大队长掏出手铐，锃亮的手铐转瞬就铐到了钟铁龙手上，说："钟铁龙，跟我们去公安局。"

2008 年 3 月二稿

2008 年 3 月二稿

2008 年 11 月三稿

2009 年 9 月四稿改定